SONIA MARMEN

Schild und Harfe

Buch

Schottland im 18. Jahrhundert: Alexander Macdonald, Sohn von Duncan Coll und Enkel von Caitlin und Liam, fühlt sich von seiner Familie zurückgewiesen. Um seinem tragischen Dasein voller schmerzhafter Erinnerungen, Einsamkeit und widersprüchlicher Gefühle zu entgehen, schließt er sich dem schottischen Regiment der englischen Armee an, die für die Eroberung Neufrankreichs kämpfen will. So kommt es, dass er sich 1758 auf amerikanischem Boden wiederfindet und an der Seite Englands gegen die Franzosen kämpft. Aber das Schicksal hat eine neue Prüfung für Alexander vorgesehen: Während der Besetzung Québecs trifft er die Liebe seines Lebens: Isabelle Lacroix, Tochter des reichsten Kaufmanns der Gegend – und Französin. Trotz ihrer scheinbar unüberbrückbaren Gegensätze entwickelt sich bald eine verzehrende Leidenschaft zwischen ihnen. Doch wird ihre Liebe den Schrecken der Zeit trotzen können?

Autorin

Sonia Marmen wurde in Oakville, Kanada, geboren. Mit vier Jahren zog sie mit ihrer Familie nach Neuschottland, wo sie das erste Mal mit den Nachfahren von schottischen Highlandern und deren farbenprächtigen Tartans in Kontakt kam. Sonia Marmen hat englische Vorfahren und ist fasziniert von allem Keltischen. Sie lebt mit ihrem Mann und ihren zwei Kindern in der Provinz Québec.

Von Sonia Marmen bereits erschienen:
Schwert und Laute (1; 36569)
Lanze und Rose (2; 36570)
Dolch und Lilie (4; 36924)

Sonia Marmen

Schild und Harfe

Highland-Saga

Ins Deutsche übertragen
von Barbara Röhl

blanvalet

Die kanadische Originalausgabe erschien 2005 unter dem Titel
»Cœur de Gaël: La Terre des conquêtes«
bei Les éditions JCL inc., Chicoutimi, Québec, Kanada.

Verlagsgruppe Random House FSC-DEU-0100
Das für dieses Buch verwendete FSC-zertifizierte Papier
Super Snowbright liefert Hellefoss AS, Hoksund, Norwegen.

2. Auflage
Deutsche Erstveröffentlichung März 2008 bei Blanvalet,
einem Unternehmen der Verlagsgruppe
Random House GmbH, München.
Copyright © 2005 by Les éditions JCL inc., Chicoutimi,
Québec, Kanada
Copyright © der deutschsprachigen Ausgabe 2008 by
Verlagsgruppe Random House GmbH
Dieses Werk wurde vermittelt durch die Agentur Editio Dialog,
Dr. Michael Wenzel, Lille, Frankreich.
Umschlaggestaltung und -motiv: Eigenarchiv HildenDesign, München
Redaktion: Beate Bücheleres-Rieppel
ES · Herstellung: Heidrun Nawrot
Satz: Uhl + Massopust, Aalen
Druck und Einband: GGP Media GmbH, Pößneck
Printed in Germany
ISBN: 978-3-442-36571-5

www.blanvalet.de

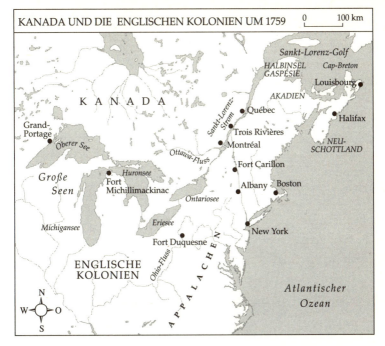

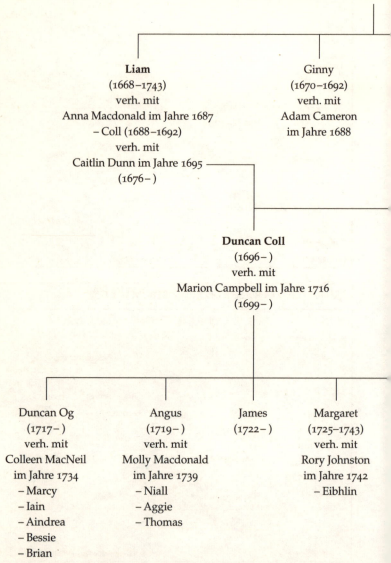

Stammbaum der M
Duncan Og Macdona
verh. mit Janet Macdor

Liam
(1668–1743)
verh. mit
Anna Macdonald im Jahre 1687
– Coll (1688–1692)
verh. mit
Caitlin Dunn im Jahre 1695
(1676–)

Ginny
(1670–1692)
verh. mit
Adam Cameron
im Jahre 1688

Duncan Coll
(1696–)
verh. mit
Marion Campbell im Jahre 1716
(1699–)

Duncan Og
(1717–)
verh. mit
Colleen MacNeil
im Jahre 1734
– Marcy
– Iain
– Aindrea
– Bessie
– Brian

Angus
(1719–)
verh. mit
Molly Macdonald
im Jahre 1739
– Niall
– Aggie
– Thomas

James
(1722–)

Margaret
(1725–1743)
verh. mit
Rory Johnston
im Jahre 1742
– Eibhlin

nalds von Glencoe
Glencoe (1647–1692)
Keppoch (1651–1686)

Colin	Sàra
(1671–1716)	(1673–1724)
	verh. mit
	Patrick Dunn
	im Jahre 1695

Ranald	Frances
(1697–1715)	(1698–1741)
	verh. mit
	Trevor Macdonald im Jahre 1715
	verh. mit
	Duglas MacPhail im Jahre 1731
	– Munro (1733–)

Mary	Sarah	Coll	John	**Alexander**
(1728–)	(1730–1734)	(1731–)	(1732–)	(1732–)
verh. mit				
Donald Macdonald				
im Jahre 1745				
– Griogair				
– Ishobel				

Historische Anmerkung zum Siebenjährigen Krieg

Auf den österreichischen Erbfolgekrieg, der mit dem Friedensschluss von Aachen im Jahre 1748 zu Ende gegangen ist, folgen acht vergleichsweise ruhige Jahre, in denen Europa aufatmen kann. Doch der Groll schwelt weiter. Ein Bündnis der seit Jahrhunderten verfeindeten Mächte Frankreich und Österreich führt zu neuen Feindseligkeiten mit Großbritannien. Diese Umkehrung der Allianzen treibt die großen europäischen Mächte in den Siebenjährigen Krieg, der auf mehreren Kontinenten geführt wird und rasch Züge eines Weltkriegs annimmt. Dabei treten Großbritannien, Preußen und Hannover gegen ein starkes Bündnis an, das aus Frankreich, Österreich, Russland, Sachsen, Schweden und Spanien besteht.

Doch schon lange vor dem offiziellen Beginn der Kämpfe hängt Pulverdampf über Amerika. Im Frühjahr 1754 greift der einundzwanzigjährige, aus Virginia stammende George Washington eine französische Abteilung an, die sich auf einer diplomatischen Mission befindet. In Akadien* beginnen die Briten nach der Eroberung von Fort Beauséjour mit der Deportation der franzö-

---

* Zeitgenössische Bezeichnung für die von Frankreich aus besiedelten Küstengebiete Nordamerikas; das Gebiet umfasste die heutigen kanadischen Provinzen Neuschottland, Neubraunschweig und die Prinz-Edward-Insel sowie Teile der Provinz Québec. (Anm. d. Übers.)

sischen Akadier, die sich vor allem in Louisiana wieder ansiedeln. Diese Umsiedlungsaktion wird von den Akadiern als »Le Grand Dérangement«, die »große Störung«, bezeichnet.

Währenddessen sticht Jean-Armand Dieskau, Kommandeur einer französischen Schwadron, mit sechs Bataillonen von insgesamt dreitausenddreihundert Mann, die für die Verteidigung Neufrankreichs bestimmt sind, vom französischen Hafen Brest aus in See. England zögert nicht, ebenfalls Regimenter dorthin zu entsenden, die sich hauptsächlich aus Iren und Schotten zusammensetzen.

Mit der Schlacht am Monongahéla* beginnt das, was in Amerika bis heute als »Franzosen- und Indianerkrieg« bezeichnet wird. Zu Beginn stecken die Engländer einige Niederlagen ein. Doch dann fällt ein französischer Vorposten nach dem anderen. Die Auseinandersetzungen auf amerikanischem Boden enden mit der Kapitulation von Québec 1759 und der von Montréal 1760.

Am 10. Februar 1763 wird mit dem Frieden von Paris der Krieg offiziell beendet, aus dem Großbritannien als großer Sieger hervorgeht. In Nordamerika beginnt damit eine schwierige Koexistenz zwischen zwei vollkommen verschiedenen Kulturen mit allen Folgen, die daraus erwachsen. Und diese beiden Kulturen existieren bis heute weiter.

Im Dezember 1763 wird das schottische Regiment der Fraser Highlanders, das auf den Abrahamshöhen gekämpft hat, aufgelöst. Etliche Soldaten – darunter Mitglieder der Familien Fraser, Ross, Mackenzie, Reid und Blackburn – entscheiden sich, in Kanada zu bleiben und ehelichen Frankokanadierinnen. Nachkommen von ihnen leben noch heute im Saint-Laurent-Tal und sind vollständig frankophon.

---

* Benannt nach dem Monongahéla-Fluss. Das Schlachtfeld liegt auf dem heutigen Stadtgebiet von Pittsburgh, Pennsylvania. (Anm. d. Übers.)

TEIL EINS

1745

No man's land

Nur wenige von ihnen werden zurückkehren.
William Pitt, britischer Kriegsminister

Oh Herr, öffne mir die Tore der Nacht, auf dass ich vergehe.
Victor Hugo

1

In memoriam Glencoe, 1745

Dieser Tag hätte der Schöpfungstag sein können oder auch der letzte der Welt. Er war ein Tag wie alle anderen und gleichwohl ein Tag, wie er nie wiederkehren würde. Die Zeit ist ein ewiger Wiederbeginn und zugleich das unaufhaltsame Fortschreiten auf ein Ende hin, denn jedes Ding trägt seine Vollendung bereits in sich. Aber ich glaube auch... dass das Ende einer Sache immer der Beginn einer anderen ist, denn in allem schlummert die Ewigkeit.

Es war einer dieser frischen, sonnigen Vormittage im Frühherbst. Nebelfetzen schmiegten sich wie verliebt um die Felsgipfel, diese natürlichen Festungswälle, zwischen denen der Coe-Fluss mit seinem eher ruhigen Temperament hinunter zum Loch Leven sprudelte. Das kristallklare Lied des Wassers, das durch mein ganzes Tal klang, erinnerte mich an meine Geschichte, die auch die meiner Kinder und Enkel war. Denn in meinen Nachkommen floss das Blut meines Volkes: ein lebendiges Wasser, das die Geschichte von einer Generation zur anderen trägt; eine Quelle, die unsere Wurzeln tränkt; Tinte, die unsere Zeit auf Erden festhält. So habe ich durch meine Kinder Anteil an der Ewigkeit, auch über die Zeit hinaus, die mir auf Erden gegeben ist. Durch sie wird mein Volk den Exodus überleben.

Die Sonne brachte es nicht mehr fertig, meine alten Knochen zu erwärmen. Ich saß auf einer Bank unter dem Apfelbaum, den die Brise entblätterte wie ein zärtlicher Liebhaber, und betrachtete die Landschaft, versuchte, mir das unwandelbare Blau des weiten Himmels einzuprägen und ließ mich von den schönen und teilweise bedrückenden Bildern aus meiner Vergangenheit wiegen, die in meinem Geist aufstiegen. Die Sommerhitze hatte ihr Werk getan, und die Hügel hatten wunderbare Ockerschattierungen angenommen, die das Auge wärmten. Meine Seele war heiter, obwohl ich nicht lächelte. *Bald ist es so weit...*, sagte ich mir zum wiederholten Mal. Ich empfand weder Angst noch Bedauern. Der Himmel breitete seine Unendlichkeit über meinem Tal aus und lud mich ein, mich dort auszuruhen. Endlich öffnete die andere Welt mir ihre Pforten. Dort würde ich Liam wiedersehen, meine große Liebe... Ich war bereit für meine letzte Reise.

Ausgelassenes Lachen riss mich aus meinen Gedanken. Die beiden Letztgeborenen meines Sohns Duncan, die Zwillinge John und Alexander, rannten mit einem anderen Jungen um die Wette und schwenkten dabei ihre hölzernen Schwerter. Mit ihren langen, nackten Beinen, die schlammverkrustet unter den Kilts hervorschauten, sprangen sie durch das goldene Gras. Die Kinder erinnerten mich an neugeborene Fohlen, die auf spilligen Beinchen herumtollen. Der Gedanke entlockte mir ein Lächeln.

»Sie sind schön«, murmelte ich und betrachtete sie mit zärtlichem Blick. »Einmal werden sie stolze Krieger sein... wenn Gott will.«

Duncan, der neben mir saß, sagte nichts und ließ den Blick über das Tal schweifen. Mit seinen fünfzig Jahren und seiner kräftigen Statur war er immer noch ein Bild blühender Gesundheit, wenngleich er sich im Laufe seines Lebens zahlreiche Blessuren zugezogen hatte. Sechs Wochen war es jetzt her, dass die waffenfähigen Männer des Clans aufgebrochen waren. Doch da Marion, seine Frau, an einem schweren Fieber litt, hatte er beschlossen zu warten, bis sie außer Gefahr war, und erst dann ihren Spuren zu folgen. Nun ging es ihr seit zwei Tagen besser, so dass er daran denken konnte, zum jakobitischen Heer zu stoßen. Dieses befand sich, begeistert über das Eintreffen des Prinzen von Wales, des Sohns des »Alten Prätendenten«, auf dem Marsch nach Edinburgh. Unterwegs schlossen sich ihm alle an, die festen Willens waren, die Stuarts ein für alle Mal wieder auf den schottischen Thron zu setzen.

Erschauernd zog ich das Plaid über meine Knie hoch. Meine Finger, die von einem arbeitsreichen Leben gezeichnet waren, zitterten, und meine Gelenke schmerzten immer stärker.

»Wie geht es Marion heute?«

»Ein wenig besser. Aber die feuchte Luft ist ihr nicht zuträglich.«

»Hmmm… nein, wahrscheinlich nicht. Nun, da ihr Fieber gesunken ist, willst du wohl aufbrechen und dich zu den Unsrigen und dem Prinzen begeben?«

»Ich überlege noch…«, brummte er und richtete den Blick erneut auf das Tal, das sich vor uns ausbreitete.

Und so begann ein weiterer Aufstand…

Die Erhebung war nördlich des Tweed-Flusses nicht unumstritten, genau wie es vor Killiecrankie im Jahre 1689 oder vor Sheriffmuir gewesen war, 1715. Aber sie entflammte die Herzen der Jakobiten und erweckte ihn ihnen den heftigen Wunsch, sich von dem drückenden englischen Joch zu befreien. Dieses Feuer brannte in Duncans Adern, genau wie es Liam beseelt hatte und zweifellos auch meine Enkel erfassen würde.

Der letzte Aufstand lag bereits dreißig Jahre zurück, so dass die junge Generation des Clans davon nur aus Erzählungen wusste. Die Alten berichteten begeistert davon; offenbar hatten sie die Bitterkeit ihrer Niederlage und deren Konsequenzen in den darauffolgenden Jahren vergessen. Die Repression war moderat gewesen, aber dennoch hatte sie den Wunsch nach Rache geweckt. Den Rest hatte die Zeit erledigt.

Es hatte einige Versuche gegeben, so 1719 in Glenshiel. Einige Querköpfe hatten sich mit einer Handvoll Spanier zusammengetan und gehofft, dort Erfolg zu haben, wo der Earl of Mar gescheitert war. Die Keith-Brüder – einer der beiden Earl of Marischal – und der Earl of Tullibardine, William Murray, waren die Initiatoren der Bewegung gewesen. Aber die Schlacht hatte mit einem weiteren Misserfolg geendet. Daraufhin waren die jakobitischen Clanchiefs ins Exil auf das europäische Festland gegangen, und so war die Vorstellung von einer Restauration der Stuarts einige Jahre lang in Vergessenheit geraten. Jeder hatte sich in sein alltägliches Tun gestürzt, das den rebellischen Geist einschläferte.

George Keith, Earl of Marischal, hatte Zuflucht in der Schweiz gefunden, wo er den Preußen als Gouverneur von Neuchâtel diente. Mein Bruder, Lord Patrick Dunn, und seine Frau Sàra waren ihm gefolgt. Für mich war diese Trennung sehr schmerzlich gewesen: Patrick und ich standen uns sehr nahe, und Sàra, Liams Schwester, war mir lieb wie eine eigene Schwester. Eine gewisse Zeit lang hatte Patrick noch regelmäßig geschrieben. Dann, eines traurigen Tages im Jahr 1722, hatte Sàra mir in zögerlicher Schrift mitgeteilt, dass Patrick verstorben war. Sein Herz hatte zu Beginn des Frühjahrs zu schlagen aufgehört.

Im Jahr darauf war meine Schwägerin nach Glencoe zurückgekehrt. Doch Patricks Tod hatte sie zutiefst niedergeschlagen, und sie war, geschwächt von der langen Reise, die sie zurück in ihre geliebten Berge geführt hatte, im Winter 1724 ebenfalls entschlafen. Patrick und sie hatten keine Kinder gehabt.

Zu dieser Zeit lebte mein Bruder Matthew noch. Er war seit zehn Jahren verwitwet und wohnte bei seiner Tochter Fiona in Strathclyde, auf den Ländereien seines Schwiegersohns Lord Samuel Crichton. Durch die Entfernung und den Altersunterschied hatten wir uns ein wenig entfremdet, und ich fühlte mich isoliert. Zum Glück schrieben wir uns mindestens zweimal jährlich.

Schottland machte schwierige Jahre durch. Der Aufschwung der Industrie machte England reich, aber die wohltätigen Auswirkungen gelangten nicht bis nach Schottland, wo die Wirtschaft stagnierte. Die schottische Bevölkerung lebte in bescheidenen, ja dürftigen Verhältnissen. Der *Act of Union* aus dem Jahre 1707 hatte nicht gehalten, was er versprochen hatte, und im Herzen der Schotten wuchs die Unzufriedenheit. Der Schmuggel, der eigentliche Dreh- und Angelpunkt der schottischen Wirtschaft, nahm sprunghaft zu. Die Engländer, die sich dadurch bedeutender Einnahmen beraubt sahen, belegten die Whisky- und Bierproduzenten mit neuen Steuern. Die Folgen ließen nicht lange auf sich warten: Tumulte und Streiks in den Destillerien und Brauereien. All das trug dazu bei, das Monstrum zu erwecken, das in jedem Jakobiten schlummerte.

Die Aufruhrstimmung beunruhigte das britische Parlament. Man musste diese Unbelehrbaren zur Räson bringen, sie unterwerfen, ehe diese Geschichte sich zu einem neuen Aufstand auswuchs. Dazu hielten die Abgeordneten es für notwendig, in den Highlands Garnisonen einzurichten, um das Temperament der Bergbewohner zu zügeln. So brach General Wade, der Oberbefehlshaber der königlichen Truppen in Schottland, den Granit der Highlands und baute Straßen, um seine Truppenbewegungen zu erleichtern. Er ließ bereits vorhandene Festungsanlagen wieder aufbauen und errichtete Fort Augustus auf dem Nordufer des Loch Ness. Zur Krönung des Ganzen hob er noch ein Regiment von hannoveranisch gesinnten Highlandern aus, das man die »Schwarze Garde« nannte.

Die Bergbewohner standen den Veränderungen ablehnend gegenüber. Manche Clanchiefs versuchten, effektivere Formen der Landwirtschaft einzuführen. Aber die Bevölkerung wollte nichts von den englischen Methoden wissen und widersetzte sich. Unser Clan machte da keine Ausnahme von der Regel. Wie seit jeher waren Schmuggel und Viehdiebstahl unsere hauptsächliche Einnahmequelle. Sie sicherten uns das Überleben, aber sie waren auch unser Unglück.

Im Lauf der Jahre weitete Liam das Netz aus, über das er Alkohol und Tabak verschob. Er tat sich mit Neil Caddell zusammen, einem skrupellosen Geschäftsmann aus Glasgow. Dieser besaß Handelskontore in den amerikanischen Kolonien, legte seine Preise selbst fest und setzte sich über die englischen Steuergesetze hinweg, die er als betrügerisch bezeichnete. Seiner Meinung nach dienten sie nur dazu, eine despotische Regierung zu bereichern.

Caddell wurde mehrmals wegen Steuerbetrugs verhaftet. Aber es gelang ihm immer wieder, den Kopf aus der Schlinge zu ziehen. Stets blieb es bei Geldstrafen, die er auf Heller und Pfennig entrichtete. Die Zöllner der Regierung und die Juristen ließen sich nicht lange bitten, wenn man ihnen eine fette Börse präsentierte. Anschließend gingen die Geschäfte weiter wie zuvor. Doch das Glück sollte Caddell nicht ewig hold sein. Im Jahr 1736 wurde er erneut festgesetzt. Und dieses Mal war der *Lord Advocate*, der mit seinem Fall befasst war, nicht geneigt, für Geld einen Freispruch anzuordnen. Caddell wurde zum Tode verurteilt. Nach der Hinrichtung seines Kompagnons verhielt Liam sich äußerst diskret. Er widmete sich wieder dem Viehhandel und gab den Alkoholschmuggel nach und nach auf.

Duncan, der nie aufgehört hatte, in den Highlands dem Viehdiebstahl nachzugehen, begleitete seinen Vater nur allzu gern in die Lennox-Berge. Dort taten die beiden sich mit einem gewissen Buchanan of Machar und den Söhnen des verstorbenen Robert Roy Macgregor zusammen. Einer von ihnen, James Mor, war ein alter Spießgeselle von Duncan. Diese Leute verstanden sich ausgezeichnet auf das *black mailing**. Mir kam dieser neue Erwerb nicht weniger gefährlich vor als der alte. Aber was konnte ich dagegen tun? Liam machte es glücklich. *Von etwas muss man schließlich leben,* erklärte er mir außerdem immer wieder mit dem typischen Pragmatismus der Schotten.

»Von etwas muss man schließlich leben«, murmelte ich, in meinen Erinnerungen verloren, vor mich hin.

Eine warme Hand legte sich auf meinen Arm und holte mich in die Gegenwart zurück. Ich wandte mich Duncan zu und sah, dass seine blauen Augen traurig dreinschauten. Er löste den Blick von mir und sah den Zwillingen zu, die Krieg spielten.

»Ich nehme sie mit.«

»Aber sie sind erst dreizehn, Duncan! Marion wird niemals...«

---

* In Schottland ein Schutzgeld, das die Viehdiebe bei den Züchtern in den Lowlands eintrieben. Dabei ließen sie sich große Summen für den »Schutz« ihrer Herden entrichten. Wenn der Besitzer sich zu zahlen weigerte, verschwanden die Herden auf geheimnisvolle Art von den Weiden.

»Ich habe es so entschieden. Sie braucht Ruhe. Ich mache mir Sorgen um sie, Mutter. Das Fieber ist gefallen, aber sie ist immer noch schwach. Und der Winter steht bevor... Bei mir sind sie besser aufgehoben. Ich werde auf sie aufpassen, und ihre Brüder Duncan Og, Angus, James und Coll sind ja auch noch da. Sie sind schließlich fast schon Männer...«

Bei seinen Worten konnte ich nicht anders, als ihm einen bedeutungsvollen Blick zuzuwerfen. Was er da sagte, erinnerte mich an ein Versprechen, das er mir an einem grauen Morgen gegeben und nicht hatte halten können. Damals waren die Männer des Clans aufgebrochen, um zu den jakobitischen Truppen des Earl of Mar zu stoßen. 1715 war das gewesen, und es kam mir vor, als wäre es schon eine Ewigkeit her. Und andererseits stand die Erinnerung mir so lebhaft vor Augen, als wäre es gestern gewesen. Leider war Ranald nicht aus der Schlacht von Sheriffmuir zurückgekehrt. Ich wusste, dass Duncan sich teilweise verantwortlich dafür fühlte. Dabei hatte ich ihm nie einen Vorwurf gemacht. So war der Krieg nun einmal: Das Leben eines Mannes war nur ein schmaler Tribut, den man für eine Sache entrichtete.

Unauslöschliche Erinnerungen... manchmal süß und manchmal grausam. Sie sind in der Lage, den Schleier vor den Bildern und Gerüchen wegzuziehen, die wir im Laufe unseres Lebens in unserem Geist ansammeln, um daraus die Essenz unserer Gefühle zu destillieren.

Mehr als dreitausend Männer aus den Clans im Westen der Highlands, die seit Jahrhunderten eine jakobitische Hochburg waren, hatten sich bereits unter der Standarte von Charles Edward Stuart versammelt. Der junge Prinz war der Sohn von James Francis Edward, den man damals den Prätendenten nannte und der, nachdem er nach dem letzten Aufstand für immer ins Exil gehen musste, einer Nervenschwäche anheimgefallen war. Nun sollte Charles Edward den Thronanspruch seines Vaters vertreten. England, das mit seinen ewigen Kriegen gegen Frankreich auf dem Kontinent beschäftigt war, hatte nur sehr wenige Truppen auf seinem eigenen Territorium zurückgelassen. Der Augenblick schien günstig zu sein. Vielleicht konnten die Jakobiten mit ein wenig Glück ja ihr Ziel erreichen?

Elegant, energisch, von fröhlichem Temperament und unwiderstehlichem Charme, besaß Charles Edward Stuart, den man liebevoll »Bonnie Prince Charlie«* nannte, alle Eigenschaften, die einen Anführer ausmachten, und schien genau der Richtige zu sein, um seine Untertanen nach dreißig Jahren des Friedens erneut auf den Weg des Krieges zu führen. Der Auslöser war wohl der Tod des Kaisers von Österreich gewesen, Karls VI., der zu neuen Konflikten zwischen Frankreich und England geführt hatte; ein Teil von dem, was man inzwischen den Österreichischen Nachfolgekrieg nennt.

Die jakobitischen Chiefs, insbesondere der hinterlistige Lord Lovat und der Enkel des hochverehrten Ewen Cameron, der junge Donald, fanden, dass diese Unstimmigkeiten, die sich über ganz Österreich, Deutschland und Flandern erstreckten, eine gute Gelegenheit für einen neuen Versuch boten, einen Stuart auf den schottischen Thron zu setzen.

Bewogen von der Aussicht, den Thron zurückzuerlangen, den man seinem Großvater 1688 geraubt hatte, ersuchte der stürmische Bonnie Charlie den König von Frankreich um Hilfe. Doch Louis XIV. wusste nichts mit den schottischen Problemen anzufangen und sonnte sich lieber im Ruhm seines kurz zurückliegenden Sieges in Fontenoy – mochte er nicht lange Freude daran haben! Aber mit Hilfe von zwei in Frankreich lebenden Landsleuten, Aeneas Macdonald, einem Bankier aus Paris, und Antoine Welsh, einem irischen Reeder, konnte Charles Edward seine wahnwitzige Expedition aufstellen.

Wir wussten wenig von dem, was sich da ankündigte, abgesehen davon, dass der Prinz Mitte Juli an der Ostküste Schottlands gelandet war, genauer gesagt auf der Insel Eriksay, dem Stammsitz der Macdonalds von den Inseln. Einen Monat später war in Glenfinnian die Standarte aufgepflanzt und akklamiert worden. Die Treueschwüre wurden mehr und mehr. Schon klirrten die

* Spitzname, »der nette Prinz Charlie«.

Waffen. Das Abenteuer von 1745 begann ... und ich erriet schon seinen Ausgang.

»Ich werde sie aus den Kämpfen heraushalten«, versicherte mir Duncan mit leiser Stimme.

Ich legte die Hand auf die meines Sohnes und spürte, wie mir das Herz schwer wurde. Nun, da er älter wurde, ähnelte er seinem Vater so sehr! Liam fehlte ihm schrecklich, genau wie mir. Ich wusste, welche Gefühle ihn zerrissen. So wie sein Vater vor vielen Jahren nahm er seine Söhne mit, um zusammen mit einem Stuart auszuziehen, und wusste dabei ganz genau, dass bis zum Sieg oder bis zur Niederlage der Tod ihr Begleiter sein würde. Aber in den Highlands hatte die Freiheit eben ihren Preis.

In unseren Bergen wollte es einfach nicht Frieden werden. Es hieß, dass dieses wilde Land von den Geistern der großen Fiann-Krieger* bewohnt war, deren Atem ihm seinen Duft schenkte; einen Duft, der sich nicht vom Geruch der *Sassanachs*** beherrschen lassen wollte. Manche Dinge ließen sich eben nicht ändern. Tief im Blut dieses Volkes war die Überzeugung verankert, dass sein Überleben davon abhing, standhaft an seinen Wurzeln festzuhalten. Die *Sassanachs* fielen über uns her, wühlten unsere Erde um und legten unsere Wurzeln frei, um sie besser ausreißen zu können. Es war allerhöchste Zeit, diesen kriegerischen Geist wieder zu erwecken und das Flammende Kreuz zu schwenken.

»Es ist gut«, antwortete ich einfach, denn ich wusste genau, dass es nichts hinzuzufügen gab.

Ich wandte mich den Hügeln zu und beobachtete ein Weilchen die beiden Knaben, die sich gut unterhielten. Alexander lief hinter John her. Er war ständig an der Seite seines Zwillingsbruders, folgte ihm wie ein Schatten und versuchte, jedes Wort und jede Bewegung von ihm nachzuahmen, um endlich ein vollgültiges Mitglied des Clans zu werden. Äußerlich hatte die Na-

---

* Der keltischen Legende nach grimmige Krieger aus dem Westen der Highlands.
** Gälisch: Engländer

tur sie exakt gleich erschaffen, doch ihre Charaktere waren vollkommen entgegengesetzt.

Ich zweifelte nicht daran, dass sie eng verbunden waren. Was für ein faszinierendes Phänomen die Entstehung von Zwillingen doch ist, die Geburt zweier Wesen, identisch und zugleich verschieden! Von demselben Blut und demselben Fleisch und doch zwei unterschiedliche Geister, waren meine beiden Enkel zusätzlich durch eine jeweils andere Umgebung beeinflusst worden. John war von ruhigem, überlegtem Naturell und wirkte mäßigend auf Alexanders rebellisches, streitsüchtiges Temperament. Wenn sein Bruder eine Dummheit anstellte, was allzu oft vorkam, verteidigte er ihn immer. Aber ich spürte, dass es zwischen ihnen nicht mehr so war wie früher. Wäre es anders gekommen, wenn man die beiden nicht in früher Kindheit auseinandergerissen hätte? Eines stand inzwischen fest: Diese Trennung war ein schrecklicher Fehler gewesen.

Die ganze Geschichte hatte mit dem viel zu frühen Tod der kleinen Sarah begonnen. Die Diphtherie hatte das Mädchen, das zwei Jahre älter als die Zwillinge gewesen war, dahingerafft. Dann hatte die Krankheit Coll befallen, der ein Jahr jünger gewesen war als Sarah, und schließlich war John ebenfalls krank geworden. Duncan und Marion, die um den kleinen Alexander fürchteten, hatten sich widerstrebend entschlossen, ihn nach Glenlyon zur Familie meiner Schwiegertochter zu schicken, bis die beiden anderen vollständig genesen wären… falls Gott ihnen diese Gnade schenkte. Es sollte mehrere lange Monate dauern. Schließlich – niemand wusste, wie dieses Wunder geschehen war – überstanden die beiden Brüder die Krankheit, wenngleich sie noch länger unter einigen Folgeerscheinungen litten, die erst die Zeit linderte. Unterdessen hatte Marion, die vollständig erschöpft war und sich immer noch sorgte, die Krankheit könne Alexander überfallen, den weniger kräftigen der Zwillinge, es vorgezogen, ihren Letztgeborenen noch eine Weile in Glenlyon zu belassen.

Doch die schwierigen Zeiten hatten gar nicht enden wollen, und aus den Monaten wurden Jahre, drei insgesamt. Schließlich erholte Marion sich langsam von ihrer großen Mattigkeit, und der Knabe kehrte ins Tal zurück. Während der folgenden Jahre teilte er seine Zeit auf und verbrachte den Sommer in Glencoe und den Winter in Glenlyon. Und nun war es wieder drei Jahre her, dass Alexander endgültig zu seiner Familie zurückgekehrt war. Der arme Junge versuchte immer noch, sich einen Platz im Clan zu schaffen. Er war der »Fremde«, und diese Bezeichnung verletzte ihn grausam.

Aus Eifersucht und Unverständnis stellten ihn die anderen oft ins Abseits. Bei seinem Großvater mütterlicherseits hatte er eine Erziehung genossen, die des Sohns eines Laird würdig war, und ein Leben geführt, das er sonst nie kennengelernt hätte. All das machte ihn in den Augen seiner Geschwister anders. Außerdem verbarg sein Großvater, John Buidhe Campbell, nicht, dass er den Jungen vorzog, was die anderen zur Eifersucht anstachelte.

Zwischen den drei Knaben war ein heftiger Streit entbrannt. Wie immer stellte John sich zwischen Malcolm Henderson und Alexander, der Letzterem die Stirn bot.

»Ich werde dieses Kind nie verstehen«, brummte Duncan, der die ganze Szene verfolgt hatte. »Immer sucht er Händel mit den anderen. Warum nur? Ich frage mich, ob ich nicht besser daran täte, ihn hierzulassen.«

»Er leidet, Duncan. Hier ist er ein Campbell, und in Glenlyon ist er nur ein Macdonald. Verstehst du das denn nicht? Er ist auf der Suche nach sich selbst, und du musst ihm helfen herauszufinden, wer er ist. Ein Name bleibt nur ein Name, wenn der Mann, der ihn trägt, keine Seele hat.«

Matt schüttelte Duncan sein rabenschwarzes, von Silberfäden durchzogenes Haar und sah auf unsere verschlungenen Hände hinunter, die auf meinem abgetragenen *arisaid** lagen. Ich wusste, dass Duncan und Marion ein schlechtes Gewissen

---

* Traditionelle Tracht der Frauen in den Highlands aus einem um den Körper drapierten Plaid, das unter dem Busen von einem Gürtel gehalten wird.

hatten und sich des Fehlers bewusst waren, den sie begangen hatten, als sie Alexander so lange von den Seinigen fernhielten. Doch die aggressive Art seines Sohns brachte Duncan regelmäßig außer sich. Er wusste, dass er Probleme mit diesem Kind haben würde, das ständig versuchte, mit seinen Eskapaden Aufmerksamkeit zu erwecken. Aber er hatte geschworen, seine beiden Söhne nie wieder zu trennen. Er musste eben mit seinem rebellischen Charakter zurechtkommen.

»Vater konnte so gut mit ihm reden... Warum... warum bringe ich das bloß nicht fertig? Ich wünschte mir so sehr, ich könnte ihm verständlich machen, dass wir unseren Irrtum einsehen... Wir hätten die beiden nicht trennen dürfen, niemals! Wenn nur Vater noch bei uns wäre...«

Der Schmerz schnürte ihm die Kehle zu. Meine Hand begann zu zittern, und er umfasste sie fester. Wenn Liam noch da wäre... Ich schloss die Augen und erinnerte mich an jenen schrecklichen Tag, als Liam mich zum letzten Mal geküsst hatte. Ein Tag wie heute war das gewesen, kühl und sonnig. In dem hohen, vergilbten Gras hatten die Grillen fröhlich gezirpt, und die Farnwedel, die wie zarte Spitze wirkten, röteten sich unter dem letzten heißen Sonnenschein im Sommer 1743. Noch keine Woche war es her, dass wir Margaret begraben hatten, Duncans älteste Tochter, die bei der Geburt ihrer Tochter Eibhlin zusammen mit der Kleinen gestorben war. Liam war gemeinsam mit Duncan und fünf weiteren Männern des Clans in die Lowlands aufgebrochen, um sich wie immer mit der Bande von Buchanan und den Macgregors zu treffen.

Zwei Wochen verstrichen. Die Gerüchte über neue Pläne für einen Aufstand hatten die Behörden in Alarm versetzt. Die Schwarze Garde hatte ihre Patrouillen in den Highlands verstärkt, so dass es immer schwieriger wurde, ihr auf den neu gebauten Straßen auszuweichen. Liam und Duncan, die es eilig gehabt hatten, mit ihrer Beute nach Hause zurückzukehren, waren das Risiko eingegangen und hatten die Militärstraße eingeschlagen, die Fort Willliam mit dem Loch Lomond verband und am Eingang unseres Tals vorbeiführte. Ein unglücklicher Zufall hatte es gewollt, dass die kleine Gruppe einer Abteilung der Schwarzen Garde über den Weg lief, die soeben den steilen, als »Teufelstreppe« bekannten Pfad zurückgelegt hatte.

Wie Duncan berichtete, war es zu einem kühlen, aber höflichen kurzen Wortwechsel zwischen Liam und dem Hauptmann gekommen. Dann hatten sie ihren Weg fortgesetzt. In diesem Moment hallte ein Schuss von den Granitwänden wider, ein einziger Schuss, bei dem alle erstarrten. Liam und seine Männer, die glaubten, die Soldaten hätten sie angegriffen, schossen zurück. Bei dem darauffolgenden Scharmützel waren zwei Soldaten getötet und drei der Unsrigen verletzt worden. Liams Gruppe war verfolgt worden, hatte aber Zuflucht in den Bergen gesucht und war so einem Massaker entronnen.

Ich ließ mein Haar offen und glitt aus der Kate. Angelockt von dem Gurgeln der Stromschnellen, tat ich einige Schritte auf das Birkenwäldchen zu, das sich mit goldenem Laub schmückte und von dem feinen Nebelschleier umflossen wurde, der das ganze Tal bedeckte. Ich bespritzte mir Gesicht und Hals mit Wasser. Dann setzte ich mich ans Ufer und überließ meine Füße der zärtlichen Berührung der Strömung.

Das unablässige Krächzen der Raben hatte mich geweckt und verdross mich seit dem frühen Morgen. Ich schaute mich nach den Unglücksbringern um. Einer der Vögel saß auf dem höchsten Ast der alten Eiche, in deren Schatten meine Hütte stand, und schien mich anzusehen. Ich tastete im Gras umher, ergriff einen Stein und warf ihn nach dem Vogel, doch der rührte sich nicht.

»Verschwinde!«, stieß ich mit zusammengebissenen Zähnen hervor. »Mach dich davon, du ...«

Ich sprach den Satz nicht zu Ende. Eine Bewegung in der Ferne zog meine Aufmerksamkeit auf sich. Ich wandte den Kopf und erblickte eine Gruppe von Reitern, die sich näherte. Mein Rücken schmerzte von den langen Tagen, die ich am Webstuhl verbracht hatte, und ich verzog das Gesicht, als ich mich aufrichtete und erhob. Einen Moment lang glaubte ich, die Männer, die im Morgengrauen zur Jagd aufgebrochen waren, kehrten bereits zurück. Dann zog ich die Augen zusam-

men und erkannte Duncans Mähne, die um seinen Kopf flog. Voller Freude hielt ich Ausschau nach Liams silberfarbenem Haarschopf, doch ich sah ihn nicht. Mir blieb fast das Herz stehen, und ich ballte die Hand zur Faust. Eine entsetzliche Vorahnung presste mir die Brust zusammen und raubte mir den Atem.

»Liam...«, brachte ich heraus. »Wo ist Liam?«

Ich raffte meine Röcke und rannte auf die Gruppe zu, die vor unserer Hütte zum Halten kam. Duncan war abgestiegen und machte sich mit zwei Männern an einem der Pferde zu schaffen. Liams Pferd...

Ich stolperte und fiel. Der Schrecken trieb mir die Tränen in die Augen, und ich sah wie durch einen Nebelschleier. Mein armes Herz schlug wild und drohte auseinanderzubrechen, genau wie mein Leben.

»Liam!«, schrie ich und versuchte aufzustehen.

Meine Röcke behinderten mich, und ich stürzte erneut. Die Männer hörten und sahen mich. Duglas MacPhail, mein Schwiegersohn, kam mir zu Hilfe, während Duncan und die anderen jemanden in die Kate trugen. Wunderschönes silberfarbenes Haar wehte hinter ihm her...

»Liam! Liam!«, kreischte ich voller Panik.

Ich stürzte nach drinnen. Die Männer zogen sich zurück und machten mir den Weg zu meinem Liebsten frei. Duncan, der auf dem Rand seines Lagers saß, erhob sich, als ich hineinkam. Sein Gesicht war grau und schlammbespritzt. Er wandte mir seine geröteten Augen zu und streckte mir eine Hand entgegen... Sie war blutbeschmiert. Ich stieß ein Stöhnen aus.

»Nein...«

Arme umfassten mich und hinderten mich daran, zu Boden zu sinken. Jemand zog eine Bank an das Bett und setzte mich darauf.

»Mutter...«, hörte ich wie in einem Traum, während ich auf ein albtraumhaftes Bild hinuntersah.

Liams Hemd war scharlachrot vor Blut, seinem Blut. Seine Brust hob und senkte sich mühsam, und sein Atem ging mit einem Unheil verkündenden Pfeifen. Er war schwer verwundet.

»Liam...«, sagte ich leise und beugte mich über ihn.

Seine Lider zitterten und öffneten sich langsam. Sein Blick wirkte verschleiert. Trotz meines Entsetzens musste ich ruhig bleiben. Liam brauchte mich; ich konnte jetzt nicht zusammenbrechen.

»Cait... lin, a ghràidh...«, *brachte er mühsam hervor und suchte meine Hand.*

Unsere Finger verschränkten sich in einem festen Griff. Er seufzte und verzog den Mund zu einem schmerzlichen Ausdruck, bei dem ich die Zähne zusammenbeißen musste.

»Wir sind von einer Abteilung der Garnison von Fort William angegriffen worden«, *flüsterte mir Duncan ins Ohr.* »Wir wissen nicht genau, was passiert ist, Mutter... Jemand hat geschossen, und dann hat sich alles überstürzt.«

»Wann war das?«, *fragte ich und betastete vorsichtig Liams klebriges Hemd. Er stöhnte.*

»Vor drei Stunden...«

»Drei Stunden? Dein Vater befindet sich seit drei Stunden in diesem Zustand, und ihr bringt ihn erst jetzt zu mir nach Hause?«

Ein bedrücktes Schweigen folgte, das auf der einen Seite voller Vorwürfe und auf der anderen voller Schuldgefühle war.

Duncan bewegte sich hinter mir. Ich hörte ein Rascheln von Stoff und das Knarren von Schritten. Die Männer verließen die Hütte. Aber Duncan war immer noch da und stand schwer atmend hinter mir, offenbar von Gewissensbissen und Kummer niedergedrückt. Ich schloss die Augen, um mich zusammenzunehmen, und krallte die Finger in den blutigen Stoff.

»Wir hatten keine andere Wahl, Mutter«, *versuchte er mit gepresster Stimme zu erklären.* »Sie haben uns verfolgt. Zu diesem Zeitpunkt konnte Vater sich noch im Sattel halten. Er hat uns ausdrücklich untersagt, die Soldaten bis ins Tal zu führen. Sie hätten sich an euch schadlos gehalten. Wir mussten abwarten...«

Ich nickte zum Zeichen, dass ich verstanden hatte, und biss mir auf die Lippen, um ein Schluchzen zu unterdrücken. Liam hatte seine Familie schützen wollen, und dafür würde er jetzt sein Leben lassen. Sein Leben... und auch das meinige, denn er würde einen großen Teil von mir mit sich nehmen.

»Mein Gott! Nein!«, *wimmerte ich und vergrub das Gesicht in Liams Haar.*

Meine Tränen mischten sich mit dem Blut auf seiner Brust. Eine Hand strich über mein Haar. Ich hörte Duncans Stimme noch, aber ich begriff seine Worte nicht mehr. Dann fand ich mich allein mit Liam wieder, der meinen Blick suchte. Seine zitternde Hand lag auf meiner Wange, sank dann aber schwer auf seine Brust hinab.

»Weine ... nicht, a ghràidh ...«

»Verlass mich nicht, Liam ...«

»Ich ... glaube, dieses Mal ... kann ich nichts ... dagegen tun. Ich habe zu viel ... Blut verloren.« Er stieß den Atem aus, und seine Hand krampfte sich um die meine, um den Schmerz zu unterdrücken.

»Ich liebe dich ...«

»Ich liebe dich auch, mo rùin. Ich liebe dich auch. Oh, Herrgott! Bitte stirb nicht, Liam!«

»Gott ... hat es so gewollt, a ghràidh. Du hast mich glücklich gemacht. Ich gehe als glücklicher Mann ... bereue nichts ... Sei nicht ... traurig.«

Ein höhnisches Lachen schnürte mir die Kehle zu. Mit einem Mal wurde mir klar, dass mir sein Leben zwischen den Fingern zerrann und ich nichts dagegen unternehmen konnte.

Er lächelte schwach und tat einen langen, pfeifenden Atemzug, der Schlimmes ahnen ließ.

»Du kommst ... ja nach. Wir werden uns wiedersehen, Caitlin. Bald ...«

»Bald ...«, wiederholte ich und schluchzte noch heftiger. »Ja, bald, mo rùin.«

Seine Finger strichen durch mein von grauen Strähnen durchzogenes Haar und glitten auf meine Brust hinunter. Jeden Augenblick genießen ... Seine Hand legte sich um eine meiner Brüste und umfing sie mit seiner Wärme. Dann umfasste er wieder mein Gesicht und zwang mich, ihm tief in die blauen Augen zu sehen. Der schönste See in Schottland.

»Du bist ... immer noch so schön. Du bist ... immer die Allerschönste gewesen ...«

»Aber jetzt bin ich verschrumpelt wie ein alter Apfel ...«

Ich biss mir auf die Lippen, um nicht vor Schmerz aufzuschreien. Liams Augen verdrehten sich. Er verzog erneut das Gesicht, bäumte sich leicht auf und erschlaffte dann. Das Ende würde bald kommen. Ich wurde erneut von einer Woge der Panik ergriffen.

»Sag etwas, Liam. Verlass mich nicht, rede mit mir!«
»Fast ... fünfzig Jahre Glück, a ghràidh. Das hast du mir ... geschenkt. Dank dir ... lebt mein Name weiter ... Ich werde weiterleben ...«

Er stieß ein leises Stöhnen aus, das mir das Herz zerriss, und schloss die Augen, um den Schmerz vorübergehen zu lassen. Dann lächelte er.

»Du leidest Schmerzen. Spar dir deinen Atem für die anderen auf, Liam.«

»Ich habe schon ... mit Duncan gesprochen«, fuhr er fort. »Iain* sollst du mein Pulverhorn geben und ... Alasdair** mein Wappen. Er muss wissen ... wer er ist. Er darf nicht vergessen ... woher er kommt. Sonst ... ist ... er verloren.«

Seine Stimme klang immer schwächer, und ich klammerte mich verzweifelt daran.

»Ich gebe es ihm«, versicherte ich und strich ihm übers Haar. »Und ich werde mit ihm reden, das verspreche ich dir.«

Zufrieden nickte er.

»Jetzt ... küss mich, a ghràidh mo chridhe ...«

Ich schloss die Augen und beugte mich über ihn. Sein nach Whisky duftender Atem wärmte mein Gesicht. Ich unterdrückte ein Schluchzen und legte sanft den Mund auf seine Lippen. Sie waren weich und warm ... Mit diesem Kuss nahm ich seinen letzten Atemzug auf.

Es war unser Abschiedskuss gewesen.

Ein heftiger Schmerz schoss mir durch die Brust. Duncans Hand, die auf meiner lag, verkrampfte sich leicht. Beunruhigt wandte mein Sohn sich mir zu.

»Mutter? Mutter!«

Er packte mich am Mieder. Ich versuchte zu sprechen, aber nur ein entsetzlicher rauer Laut entrang sich meiner Kehle. Seine Stimme drang als bloßes Dröhnen an mein Ohr. Er hob mich

---

* Gälische Entsprechung von John.
** Gälische Form von Alexander. In diesem Roman werden beide Namen abwechselnd gebraucht.

hoch, drückte mich fest an sich und schrie John und Alexander zu, sie sollten so rasch wie möglich ihre Mutter und ihre Schwester Mary holen. Ich spürte, dass die Sonne mir nicht mehr ins Gesicht schien, und dann stieg mir Torfgeruch in die Nase, und ich zitterte in der feuchten Luft der Kate. Duncan legte mich auf mein Bett und überhäufte mich mit Decken.

»Kannst du mich hören, Mutter?«

»Ja ... Duncan ...«

»Oh, Mama ... nicht jetzt, das ist viel zu früh!«

Trotz des Schmerzes, der in meiner Brust wühlte, trat ein leises Lächeln auf meine Lippen. *Mama* ... Duncan hatte mich seit einer Ewigkeit nicht mehr so genannt. Genauer gesagt seit dem Tag, an dem er beschlossen hatte, dass er jetzt ein Mann war.

»Alasdair ... Hol ihn her, Duncan«, bat ich und drückte eindringlich seinen Arm. »Ich muss mit ihm sprechen, bevor ...«

»Sprich nicht vom Sterben, Mama!«

»Alasdair ... Mach schnell.«

»Ja doch. Gleich ist er hier. Er ist gegangen, um Mary und Marion zu holen ...«

»Schon gut, ist gut ...«

»Mamie Kitty, du wirst doch nicht sterben, oder?«, ließ sich John vernehmen, der in der Tür stand und mich unverwandt ansah.

Duncan drehte sich um und bedeutete ihm, näher zu kommen.

Von den Schreien der Zwillinge herbeigerufen kamen sie alle, einer nach dem anderen, meine Enkel und Urenkel. Im Halbdunkel erkannte ich ihre Silhouetten, und ihre Anwesenheit wärmte mir das Herz. Wenn ich ging, würde ich von den Menschen umgeben sein, die ich liebte ...

Ich würde die wiedersehen, die uns schon verlassen hatten: meine Tochter Frances und meinen Sohn Ranald. Margaret und Eibhlin. Marcy und Brian, die Kinder von Duncan Og, die bei einer tragischen Bootsfahrt auf dem Loch Leven ertrunken waren. Ich spürte ihre Nähe. Sie streckten mir die Hände entgegen, beschwichtigten mich und würden mich in diese unbekannte Welt führen, die ich früher so gefürchtet hatte. Dorthin, wo Liam auf mich wartete.

Mit einem Anflug von Stolz betrachtete ich meine Nachkommenschaft. *Sieh doch*, mo rùin, *was wir hinterlassen. Sie sind unser Blut, die Frucht unserer Liebe. Sie sind ein neuer Kreis im ewigen Zyklus des Lebens.*

Der Schmerz verblasste und wich einem seltsamen Taubheitsgefühl. Mir blieb so wenig Zeit, um ihnen allen zu sagen, dass ich sie liebte. Ich konnte jedem nur ein paar Augenblicke schenken, meine Kräfte verließen mich… Die hübsche Mary weinte. Sie hatte vor einem Monat, als die Nachricht eintraf, der Prinz sei auf schottischem Boden gelandet, eilig geheiratet. Genau wie damals Frances und der arme Trevor. Die liebe Mary, so großzügig zu den Menschen, die sie liebte, und so stolz und aufrecht gegenüber den anderen.

Seit Liams Tod kümmerte die junge Frau sich aufopferungsvoll um mich. Coll, ihr jüngerer Bruder, versuchte sie gerade zu trösten und drückte sie an seinen massigen Körper. Obwohl er erst vierzehn war, besaß er bereits die Statur eines Mannes. Ein Hofstaat junger Maiden flatterte überall hinter ihm her wie ein fröhliches Banner, das seinem geheimen Charme Tribut zollte.

Auch Duncan Og, Duncans Ältester, war mit seiner Frau Coleen und ihren drei Kindern gekommen. Es fehlten nur Angus, der zwei Kinder in der Obhut seiner Gattin Molly zurückgelassen hatte, und James, Junggeselle und unverbesserlicher Schürzenjäger. Die beiden waren bereits zur Armee gestoßen.

Jetzt traf ihr Cousin Munro ein, Frances' einziger Sohn. Der Kleine hatte nie verstanden, warum seine Mutter ohne einen Abschied oder einen Kuss von ihm gegangen war. Frances war vor einigen Jahren, als Munro noch ein Kind war, vergewaltigt worden. Danach war sie von einer seltsamen Krankheit befallen worden, die ihren Verstand zerstörte… bis nichts mehr von ihr übrig war und sie starb. Manchmal fragte ich mich, ob es ihr Leiden nicht verschlimmert hatte, dass man ihr das Kind weggenommen hatte, das neun Monate später zur Welt gekommen war. Aber für solche Gedanken war es zu spät. Das kleine Mädchen, das aus diesem schrecklichen Verbrechen hervorgegangen war, lebte fern von Glencoe, friedlich und von der Liebe umgeben, die es verdiente, dessen hatte ich mich versichert.

Aber wo blieb Alexander? Ich musste ihn unbedingt sehen…

2

*Per mare, per terras, ne obliviscaris**

Alexander, der niedergeschlagen auf einem Kiefernast saß, hatte seinen Bruder nicht kommen gehört. Das Knacken von Kiefernnadeln riss ihn aus seinen Gedanken.

»Komm da herunter, Alas!«, befahl John. »Großmutter verlangt nach dir.«

»Ich kann nicht...«

»Alas«, versetzte John ungeduldig und versuchte ohne allzu viel Erfolg, den Baum zu schütteln. »Du musst mitkommen, Herrgott! Sie fragt nach dir. Großmutter wird sterben, du Dummkopf! Komm herunter!«

Schniefend wischte Alexander sich die Nase mit dem Ärmel ab und ließ sich widerstrebend herab, aus seinem Versteck zu springen. John warf ihm einen verärgerten Blick zu, drehte sich auf dem Absatz um und ging voran. Ein metallisches Aufblitzen zog Alexanders Aufmerksamkeit auf sich, und er erkannte den Gegenstand wieder, den sein Bruder über die Schulter gehängt trug. Er setzte ihm nach, packte ihn und zwang ihn, sich umzudrehen.

»Wo hast du das her?«, verlangte er zu wissen und wies mit dem Finger darauf. »Das ist doch Großvaters Pulverhorn!«

»Großmutter hat es mir geschenkt. Für dich hat sie auch etwas, reg dich nur nicht auf. Komm schon! Du bist der Einzige, der sich noch nicht von ihr verabschiedet hat.«

---

* Latein: »Über Meere und Länder, sollst du nicht vergessen.« Der erste Teil des Satzes ist die Devise der Macdonalds, der zweite die der Campbells.

Der junge Alexander stand in einer dunklen Ecke und betrachtete die kleine Frau mit der wächsernen Haut, die von ihrer Familie voller Sorge und Liebe umhegt wurde. Die Frau, die man einst die »irische Kriegerin« genannt hatte, schien kurz davor zu stehen, ihren letzten Kampf zu verlieren. Angst zog ihm mit einem Mal den Magen zusammen: Seine Großmutter Caitlin lag im Sterben. Eine dicke Träne rollte über seine Wange. Rasch zerdrückte er sie mit dem Ärmelaufschlag und überprüfte, ob jemand ihn weinen gesehen hatte. Aber alle ignorierten ihn, wie immer, seit er in das verfluchte Tal zurückgekehrt war. Nun ja, seine Großmutter Caitlin vielleicht ausgenommen. Aber sie würde heute von ihm gehen und ihn allein, ganz allein mit seinen Problemen lassen...

Seine Brüder und seine Schwester gingen einer nach dem anderen gramgebeugt hinaus, nachdem sie einen Moment am Bett ihrer Ahnfrau verweilt hatten. Nur Duncan und Marion waren noch da; Letztere tupfte der Sterbenden die Stirn ab. Caitlins Haut war entsetzlich grau, und sie atmete mühsam. Aber sie war noch bei Bewusstsein. Sie spürte, dass ihr jüngster Enkel im Dunkel stand, wandte sich ihm zu und lächelte sanft.

»Alas...«, flüsterte sie schwach und streckte ihm eine Hand entgegen. »Mein großer Alasdair, komm her zu mir...«

Der Junge wagte sich nicht zu rühren. Er hatte Angst, das nahe Ende könnte den liebevollen Blick seiner Großmutter verändert haben. Er spürte, dass der Tod sie umschlich und auf den richtigen Moment wartete, um sich Caitlins Körper zu bemächtigen. Des Körpers einer Frau, der Sanftheit, Wärme und Sicherheit bedeutete. Ein weiches Nest für ein Kind oder eine verletzte Seele. Ob Mutter, Großmutter oder Schwester, für ihn war eine Frau ein Zufluchtsort, an dem er seinen Lebensüberdruss vergaß. In ihren Armen, die sich zärtlich um seine unglückliche Seele schlangen, ihrem wunderbaren Duft und ihrer melodischen Stimme fand er Schutz vor allem Übel auf der Welt.

Wenn er, was selten vorkam, eine Kirche besuchte, betrachtete er aufmerksam und forschend die Statue der Muttergottes, der Frau, die Jesus Christus auf die Welt gebracht hatte. Der Sohn

Gottes, dieser Mann, den alle verehrten ... hatte er Maria wirklich als seine Mutter betrachtet? Als Kind hatte er es bestimmt geliebt, sich in ihre warmen Arme zu schmiegen. Und sicherlich hatte er sich gewünscht, ihre Umarmung zu spüren, als der Schmerz seines Opfers seinen Höhepunkt erreichte, die Grenze, an der sein gepeinigter, menschlicher Körper ihn nicht mehr aushielt. Natürlich, anders hätte es gar nicht sein können.

»Alas ...«, rief sein Vater mit einem harten, ungeduldigen Unterton.

»Ja, Vater, ich komme schon ...«, murmelte der Junge und trat zögernd zu der Sterbenden.

»Komm näher, Alas, und hab keine Angst ... Ich bin immer noch deine gute alte Großmutter, weißt du.«

Alexander kniete nieder, nahm Caitlins zitternde Hand und vermochte das Schluchzen, das ihm die Kehle zuschnürte, nicht länger zu unterdrücken. Duncan stand auf und bedeutete Marion, ihm zu folgen, damit Alexander allein mit seiner Großmutter sein konnte. Der Kleine versteckte das Gesicht nun hinter den verkreuzten Armen und wagte es nicht, der alten Frau ins Gesicht zu schauen. Sie sollte seine Tränen nicht sehen. Er drückte die kleine, ach so zerbrechliche Hand, die ihm mehr als einmal übers Haar gestrichen hatte, um ihn zu trösten.

»Lass das, mein Junge«, murrte Caitlin schwach und legte die Hand auf seinen Kopf. »Bei mir brauchst du nicht zu verbergen, was du auf dem Herzen hast. Komm, schau mich an. Ich möchte in deine schönen Augen sehen ...«

Alexander verbiss sich ein Schluchzen, trocknete seine Wangen und hob den Kopf. Die alte Frau strich ein paar dunkle, widerspenstige Locken weg, die ihm im Gesicht klebten.

»So ist es besser. Und jetzt erzählt mir, was vorhin gewesen ist. Warum habt ihr euch gestritten, dein Bruder und du?«

Alexander dachte an die Auseinandersetzung, die kurz bevor es seiner Großmutter unwohl geworden war, zwischen ihnen stattgefunden hatte, und verzog das Gesicht. Er hatte keine Lust, ihr davon zu erzählen. Aber sie bestand darauf, und wie üblich gab er schließlich nach.

»Wir haben Krieg gespielt, und Malcolm wollte, dass ich der ›böse Campbell‹ bin. Aber ich bin ein Macdonald, genau wie die anderen. Dieser Dummkopf will einfach nicht hören.«

»Und John, kommt er dir denn nicht zu Hilfe?«

»Doch ... aber er wollte nicht, dass ich Malcolm die Strafe verpasse, die er verdient hat.«

»Hmmm, verstehe. Er hatte vielleicht recht. Glaubst du denn, wenn du Malcolm geschlagen hättest, hätte er sich anders besonnen?«

Caitlin sah ihren Enkel an, der den Kopf schüttelte und sich auf die Lippen biss, um nicht in Tränen auszubrechen. Dieses Kind war so furchtbar dünnhäutig und sein Bedürfnis nach Liebe so groß ... Sein Leben versprach schwierig zu werden.

»Weißt du«, flüsterte sie ihm leise zu, »du bist deinem Großvater Liam sehr ähnlich.«

Er sah sie an, sichtlich erschüttert von dem Kompliment.

»Wirklich?«

»Wirklich.«

Liam hatte auch diese Sensibilität besessen, die sie schon bei ihrer ersten Begegnung berührt hatte, dieses Bedürfnis, mit seinen starken Armen ihre Seele zu behüten. Einige Männer aus dem Clan hatten darin eine Art von Schwäche gesehen. Aber Caitlin hatte diese Eigenschaft eher als geistige Reife betrachtet, die gerade darin bestand, seine Schwächen anzuerkennen.

Genau wie alle Wesen, die Gott geschaffen hatte, musste Alexander lernen, seine Schwächen zu akzeptieren und mit ihnen zu leben. Eines Tages würde er sein Gleichgewicht finden und damit den Stützpfeiler seines Glücks. Doch im Moment machten ihn seine Jugend und sein Groll blind. Im Gegensatz zu seinem Großvater gelang es ihm noch nicht, seine Gefühle zu beherrschen, die sich dann in Wutanfällen entluden. Der Schutzpanzer, in den er sich einschloss, wurde für ihn zur drückenden Last.

Caitlin suchte etwas unter dem Laken und zog einen Gegenstand hervor, den sie ihrem Enkel reichte.

»Für dich«, sagte sie einfach und öffnete die Hand.

Mit aufgerissenen Augen starrte Alexander die Brosche an,

die auf ihrer faltigen und von einer langen Narbe durchzogenen Handfläche glitzerte: das Wappen seines Großvaters. Er wagte nicht, es zu nehmen.

»Er wollte, dass du es bekommst, Alas. An seinem Todestag hat er mich gebeten, es dir zu geben. Aber ich habe noch auf den richtigen Augenblick gewartet, verstehst du?«

»Das kann ich nicht annehmen, Großmutter«, stöhnte der Junge und hielt die Tränen zurück.

»Rede keinen Unsinn. Liam wollte, dass du und kein anderer die Brosche bekommst.«

Auf Alexanders betrübten Zügen malte sich tiefe Trauer. Wie sollte er seiner Großmutter erklären, dass er die Brosche seines Großvaters nicht annehmen konnte? Dass er sie nicht verdient hatte und dass Großvater ihm dieses Geschenk bestimmt nicht gemacht hätte, wenn er gewusst hätte, was er an diesem Tag, diesem furchtbaren Tag, getan hatte ... Nein, er konnte ihr nicht anvertrauen, was ihn seit zwei Jahren umtrieb. Und er vermochte ihr auch nicht zu erzählen, warum er sich in der Samhain-Nacht, wenn die Seelen der Verstorbenen zwischen den Lebenden umgingen, versteckte: Gewiss würde Großvater Liam ihm sonst erscheinen und ihn bestrafen.

»Mein Kleiner«, sagte sie mit einer Stimme, der man anmerkte, wie schwer ihr das Sprechen fiel, »du bereitest mir solche Sorgen. Ich könnte in Frieden sterben, wenn ich wüsste, dass deine Seele mit dem Leben versöhnt ist. Aber so ist es nicht. Ständig kämpfst du gegen dich selbst. Warum nur, Alas? Was willst du dir beweisen? Oder uns?«

Der Knabe schlug die Augen nieder und verwehrte es ihr, die Geheimnisse zu ergründen, die er in der Tiefe seines Herzens verbarg.

»Nichts, Großmutter.«

»Vergiss die anderen, und tu, was du tun musst. Du brauchst niemandem etwas zu beweisen, Alexander Macdonald. Wenn die anderen sich manchmal bösartig verhalten, liegt das daran, dass sie schlicht eifersüchtig sind. Ich bin mir sicher, dass du das verstehst, oder?«

»Also...«

»*Tuch*, Alas, psst! Sieh mich an.«

Der Junge hob das Kinn; Tränen schimmerten auf seinen Wangen. Er sah in diese Augen, die ihn noch nie verurteilt, ihm nie das Gefühl gegeben hatten, der »Fremde« zu sein. Einen ganz kurzen Moment lang überlegte er, ob er der alten Frau sein schreckliches Geheimnis verraten sollte. Aber er besann sich anders. Diese Tat konnte sie ihm nicht verzeihen, auch wenn sie sonst die Einzige war, die ihm niemals Vorwürfe wegen seiner Entgleisungen machte. Nein, er konnte sich ja nicht einmal selbst vergeben.

»Ich liebe dich, Alas. Genau, wie dich dein Vater und deine Mutter lieben, selbst wenn du in deinem Kinderherzen vielleicht etwas anderes glaubst. Ich weiß, dass es Dinge gibt, die für einen kleinen Jungen deines Alters schwer zu verstehen sind, aber ich möchte, dass du weißt, dass deine Eltern dich lieben, ehe ich... nun ja... Mach ihnen ihre Entscheidungen nicht zum Vorwurf, sie haben sie immer zu deinem Besten getroffen... Mit der Zeit wirst du das verstehen... Bald wirst du selbst ein Mann sein, groß und kräftig wie dein Vater und dein Großvater. Und genau wie sie vor dir wirst du große Dinge vollbringen und auch... weniger großartige. Wir alle begehen Fehler; und wir müssen sie annehmen und das Beste daraus machen. Wenn Gott es anders gewollt hätte, dann hätte er uns als vollkommene Wesen geschaffen. Doch davon sind wir weit entfernt. Verstehst du, dank der Irrtümer, die wir begehen, gewinnen wir an Weisheit...«

Caitlin schluckte und legte eine kurze Pause ein. Sie hätte diesem Kind, das sie liebte, so gern eine Richtung gewiesen, ein Lebensziel. Das wäre ihr Vermächtnis, das er fortführen würde.

»Alas, trotz deiner Jugend vermute ich, dass du genau weißt, was in den nächsten Monaten geschehen wird...«

»Du meinst den Aufstand?«

Langsam nickte sie, ohne ihn aus den Augen zu lassen. Sie fand ihn so wunderschön. Die Zwillinge ähnelten ihren Brüdern nicht, die alle eine stämmige Statur und mehr oder weniger rotes

Haar besaßen. Die beiden hatten eher die dunkle Haarfarbe ihres Vaters und die schlanke Gestalt und die unregelmäßigen Gesichtszüge ihrer Mutter geerbt. Die langen schwarzen Wimpern des Knaben lagen auf von der Sonne vergoldeten Wangen. Dann schlug er die saphirblauen Augen zu ihr auf, die sie mit einem Mal an Liam erinnerten. Aber die Augen der Zwillinge ließen eher an fließendes Wasser denken, so veränderlich waren sie. Die Miene des Knaben hellte sich auf.

»Bonnie Prince Charlie wird den Thron besteigen, Großmutter. Schottland wird frei sein...«

Sie umfasste seine Hand und runzelte die Stirn.

»Das weiß nur Gott, mein Junge. Wir haben schon zwei Mal erfolglos versucht, wieder einen Stuart auf den Thron zu setzen. Aber der Traum von der Freiheit... kann so viele verschiedene Gestalten annehmen.«

»Dieses Mal wird es gelingen«, beharrte Alexander.

»Und wenn wir wieder scheitern? Alas... was soll dann aus unserem Volk werden? Die Engländer würden uns nur zu gern den Gnadenstoß versetzen... Was wird dann aus unseren Traditionen, unserer Sprache? Die englische Herrschaft erstreckt sich bis in Reiche, die einst unsere Vorfahren erobert haben. Heute ist unser keltisches Bewusstsein nur noch eine Randerscheinung. Jeden Tag wird es ein wenig angenagt, und jeden Tag werden wir ein bisschen mehr zurechtgebogen und einverleibt. Langsam, aber sicher. Wenn wir nichts unternehmen, werden wir verschwinden. Alasdair, versprich mir, alles in deiner Macht Stehende zu tun, um das zu bewahren, was deine Vorfahren dir hinterlassen haben. Und wenn ein Tag kommt, an dem du spürst, dass dieses Erbe bedroht ist, dann geh fort. Lass nicht zu, dass sie es dir wegnehmen. Lass dir nicht deine Seele stehlen. Geh nach drüben, nach Amerika. Ich habe sagen hören, das Land sei riesig, und man sei dort frei.«

»Ich will aber Schottland nicht verlassen, Großmutter! Ich bin Schotte und...«

»Schottland ist nicht nur das Land, in dem du geboren bist. Es ist auch und vor allem die Seele seines Volkes, verstehst du? Seine Sprache, seine Traditionen sind in uns verwurzelt. Der Geist, Alasdair, ist das Wichtige, und das wird dich retten. Einmal hat ein Freund, ein Arzt, zu mir gesagt: ›Die einzige Freiheit des Menschen liegt in seinem Geist. Kein Gesetz, keine Drohung, keine Ketten können ihn bezwingen.‹ Er hatte recht: Du allein bist der Herr deiner Freiheit. Die Engländer können unser Feuer nicht einfach mit ihrem bösartigen Hauch löschen. Schottland wankt, aber es wird nicht fallen. Es wird überleben, an einem anderen Ort, wenn es sein muss. Unser gälisches Blut lässt sich nicht so leicht verdünnen. Gewiss, wir werden uns mit anderen vermischen; das ist unvermeidlich und notwendig, damit wir überleben. Aber unser Blut ist stark und muss es bleiben. Der Geist, das Bewusstsein dessen, was wir sind, wird unser Volk retten. Kennst du die Devisen der Clans, die dir dieses kostbare Erbe hinterlassen haben? *Per mare, per terras, ne obliviscaris*; das heißt so viel wie über Meere und Länder sollst du nicht vergessen, wer du bist... Verstehst du? Vergiss niemals, wer du bist! Ich weiß wohl, dass du noch etwas jung bist, um das alles zu erfassen. Aber du trägst das Erbe deines Volkes in dir. Es ist deine Aufgabe, es zu bewahren, es weiterzugeben, um unsere Traditionen zu erhalten. In gewisser Weise vertraue ich dir eine Mission an, Alasdair. Deine älteren Brüder haben sich schon eingerichtet, haben Frau und Kinder. Natürlich sind Coll und John auch noch da. Ich vertraue darauf, dass du ihnen diese Botschaft übermittelst. Aber dir vertraue ich die Aufgabe an, meinen Traum zu verwirklichen. Wenn diese Rebellion scheitert, dann bedeutet es das Ende der Clans in Schottland, in unseren Bergen. Und das darf nicht sein...«

»Aber was sagst du da, Großmutter? Wir werden sie schlagen! Wir werfen sie aus unserem Land!«

»Also, ich weiß nicht... Ich will dir ein Geheimnis anvertrauen. Deine Mutter hatte eine ihrer Visionen. Darin waren unsere Täler leer. Niemand lebte mehr dort. Nur Ruinen waren noch übrig. Die Welt ist groß, Alasdair. Du musst unser Erbe in Sicherheit bringen. Es darf nicht verloren gehen. Nur wenn wir das schaffen, haben wir die *Sassanachs* wirklich besiegt. Deinen

Geist, deine Seele... das können sie dir nicht nehmen... Versprich mir, Alasdair...«

»Ich... ich verspreche es... Du machst mir Angst, Großmutter...«, stammelte der kleine Alexander.

»Du wirst mutig sein, mein Junge. Ich weiß es... Du bist es ja schon...«

Bestürzt blieb Duncan knien und betrachtete zärtlich seine Mutter. In Caitlins Gesicht stand ein ganzes Leben geschrieben. Die durchscheinende Haut, die sich über den Knochen spannte, ließ an den Schläfen feine bläuliche Venen erkennen. Ihre jetzt geschlossenen Augen lagen tief in den Höhlen. Trotz allem fand er sie immer noch sehr schön. Ihr langer, silbriger Zopf, der einst schwarz wie die Nacht gewesen war, ruhte auf ihrer Brust. Sie hatte diese Haartracht stets einem strengen Knoten vorgezogen. Die Altersweisheit hatte dem lebhaften Blick ihrer meergrünen Augen eine neue Dimension verliehen. Caitlin Fiona Dunn Macdonald hatte ein erfülltes Leben gehabt. Und mit neunundsechzig Jahren fand sie nun endlich ihre verdiente Ruhe.

Abendliches Halbdunkel erfüllte die Kate. Aber Duncan zündete die Kerze nicht an. Er verharrte reglos und betrachtete das Profil seiner Mutter, das nach und nach von der Dunkelheit verschlungen wurde, und weinte. Die Hand, die er in der seinen hielt, war noch warm, würde sich aber nie wieder regen. Caitlins Züge wirkten entspannt. Die Last der Jahre schien von ihr genommen zu sein; sie sah beinahe glücklich aus.

Liams Tod hatte seine Mutter zutiefst getroffen, und sie war nie vollständig darüber hinweggekommen. Jetzt würde sie ihren Mann wiedersehen, irgendwo auf der anderen Seite. Mit einem Mal fühlte Duncan sich angesichts von allem, was auf ihn wartete, furchtbar allein.

»Danke, Mama«, murmelte er von Schluchzern geschüttelt. »Danke... dafür, dass du Alexander erklärt hast, was ich nicht geschafft habe, ihm zu sagen... Ach, lieber Gott!«

Er hatte seinen Sohn schützen wollen, aber er hatte ihn von sich entfremdet. Alexander war ein Fremder in seinem eigenen

Zuhause. Warum gelang es ihm nicht, ihm zu sagen, dass er ihn liebte und dass es ihm leidtat ... dass er sich mehr als alles andere wünschte, es wäre anders gekommen ... Sein verfluchter Stolz!

Worte zu finden fiel ihm nicht leicht; so war er nun einmal. Er erinnerte sich an den Tag, an dem Liam sich ihm geöffnet hatte, ihm gestanden hatte, wie stolz er auf ihn war. Damals hatte er eine gewaltige Freude empfunden. Warum konnte er für seinen Sohn nicht das Gleiche tun? Bei Marion brauchte er nicht zu sprechen. Sie erriet, was er empfand, denn sie kannte seine Gefühle. Zu seinen anderen Söhnen hatte er eine gute Beziehung. Alexander war der einzige, der ihm Gewissensqualen bereitete, und er fühlte sich hilflos. Bis jetzt war Caitlin die Mittlerin zwischen ihnen gewesen, hatte den einen aufgeheitert und dem anderen alles erklärt. Wie sollte er nun, da sie nicht mehr da war, mit dem Jungen umgehen?

Duncan hoffte, seinem Sohn näherzukommen, indem er ihn mit auf den Feldzug nahm. Marion war dagegen gewesen. Aber er hatte seine Entscheidung getroffen. Es war an der Zeit, dass Alexander seinen Platz unter seinen Leuten einnahm. Er besaß den Elan der Krieger, ihren Willen zum Sieg und ihre an Besessenheit grenzende Leidenschaft, die sie dazu trieb, ihre Grenzen zu überschreiten.

Im Hintergrund des Raumes stand Alexander steif wie ein Stecken da und fixierte den Rücken seines Vaters, um nicht in das starre Antlitz seiner Großmutter blicken zu müssen. Duncans Schultern wurden von Schluchzern geschüttelt. Als der Junge das hörte, wurde ihm klar, dass er seinen Vater zum ersten Mal weinen sah, und er verspürte den Wunsch, ihn zu berühren, die Hand auf diese starken Schultern zu legen, die vor Kummer bebten. Er wünschte sich, er könne seinen Schmerz mit ihm teilen. Doch er hielt sich zurück, denn er fürchtete, sich eine Abfuhr zu holen.

Marion hob den Kopf und erblickte ihren Sohn. Angesichts seines tiefen Kummers stand sie seufzend auf und löste sich von Caitlins Lager, um zu ihm zu gehen. Sie legte ihm die Hand auf die Schulter und bedeutete ihm, ihr zu folgen.

»Komm, wir wollen deinen Vater einen Moment allein lassen.«

Sie gingen hinaus. Marion beugte sich über Alexander und küsste ihn auf die Stirn, eine zärtliche, selbstlose Geste. Die bedingungslose Liebe einer Mutter zu ihrem Kind. Er fühlte sich getröstet. Aber die Liebe einer Mutter vermag nicht alle Bedürfnisse eines Kindes zu stillen. Der Junge bedurfte dringend der Zuneigung seines Vaters und der Anerkennung seiner Altersgenossen. Er wollte, dass man stolz auf ihn war. Großmutter Caitlin hatte von ihm verlangt, sein Volk, seine Seele zu bewahren. Er würde es tun, denn er hatte es ihr auf dem Totenbett gelobt.

»Sie ist glücklich dort, wo sie jetzt ist«, flüsterte ihm seine Mutter zu, während sie mit der Hand Ordnung in seine Mähne brachte. »Sie hat gelitten, und da hat Gott sie zu sich gerufen…«

»Ich weiß…«

Als Alexander die Augen niederschlug, begegnete er Johns Blick. Sein Zwilling sah ihn mit zusammengepressten Lippen an. Verbitterung malte sich auf seinen angespannten Zügen. Rasch drehte Alexander sich um und rannte in die Hügel.

Hoch auf dem Meall Mor betrachtete Alexander mit schwerem Herzen sein grünes Tal, das sich vor ihm erstreckte, als er jemanden kommen hörte. Sein Vater setzte sich neben ihm ins Gras und legte ihm einen Gegenstand zwischen die Knie, auf seinen Kilt.

»Das hast du vergessen, mein Junge.«

»Ich möchte lieber, dass du es für mich aufbewahrst, Vater…«

»Warum?«

»Ich habe Angst, die Brosche zu verlieren«, log er und wandte sich ab.

Duncan zögerte und räusperte sich.

»Einverstanden, Alas. Ich werde gut darauf aufpassen, bis du sie dir von mir wiederholst.«

»Danke.«

»Weißt du, dass Großvater dir damit ein Zeichen seines Vertrauens geschenkt hat? Das Wappen des Clans ... Er hat es von seinem Vater bekommen, und es war ihm sehr kostbar.«

»Vom dem, der bei dem Massaker umgekommen ist?«

»Hmmm ... ja.«

Nachdenklich drehte Duncan das Schmuckstück zwischen den Fingern und ließ es im Mondlicht aufleuchten. Dann überfiel ihn die Erinnerung an Liams Tod, und er ließ es rasch in seinem *Sporran** verschwinden. Manchmal, so wie der Blitz aufflammt und dort einschlägt, wo es ihm beliebt, überfielen ihn ohne Vorwarnung die Ereignisse dieses traurigen Tages und stürzten ihn in tiefe Betrübnis. Verstohlen sah er Alexander an, der den Himmel betrachtete. Er hatte nicht vergessen, dass sein Sohn ihm an diesem schrecklichen Tag ungehorsam gewesen war. Aber da er Marion sein Wort darauf gegeben hatte, nie wieder die Hand gegen eines seiner Kinder zu erheben, hatte er darauf verzichtet, ihn zu fragen, was genau er angestellt hatte. Zweifellos litt das Kind ohnehin unter den Folgen seines Fehlers.

»Wir brechen in zwei Tagen auf«, erklärte er nach kurzem Schweigen. »Sobald ... nun ja, nach dem Begräbnis deiner Großmutter.«

Alexander nickte und ließ den Polarstern nicht aus den Augen, die Achse des Himmels, wie seine Mutter ihn nannte. Ihm war, als leuchte er heute Abend heller ...

»Ich habe beschlossen, euch mitzunehmen, John und dich.«

»John und mich? Du meinst ... zum Prinzen? Mich?«

»Ja, John und dich«, wiederholte Duncan. Es machte ihn froh, seinen Sohn lächeln zu sehen, etwas, das seit Liams Tod nicht mehr allzu oft vorkam.

Alexander schwoll das Herz vor Stolz. Er würde zum Prinzen gehen? Er würde für ihn kämpfen und ...

»Eine Bedingung gibt es, Alas; du wirst auf gar keinen Fall einen Fuß auf das Schlachtfeld setzen.«

---

* Eine Art Beutel, oft aus Pelz, der auf der Vorderseite des Kilts getragen und von einem Gürtel gehalten wird.

»Aber ...«

»Ist das klar?«

Duncans Blick wurde hart, und der Junge erkannte, dass es nichts weiter zu sagen gab.

»Ja«, antwortete er leise. »Und was soll ich dann tun?«

»Du kannst zum Beispiel helfen, die Waffen zu reinigen und zu transportieren. Außerdem gibt es bestimmt genug anderes, was du beitragen kannst. Mach dir keine Gedanken... So, und jetzt komm!« Duncan zauste seinem Sohn das Haar. »Wir müssen schlafen gehen. Morgen wird für uns alle ein trauriger Tag.«

Er erhob sich und streckte dem Knaben die Hand entgegen, um ihm beim Aufstehen zu helfen.

»Vater«, fragte Alexander, als er vor ihm stand, »glaubst du, dass die Toten uns von dort, wo sie sind, hören können? Dass sie uns sehen?«

»Ich weiß es nicht, mein Junge. Aber mir gefällt der Gedanke. Dein Großvater hat jedenfalls daran geglaubt.«

»Können sie dann auch unsere Gedanken lesen?«

»Das nehme ich an. Die Verstorbenen sind wie die Luft, sie können kommen und gehen, wie und wohin es ihnen beliebt. Warum dann nicht auch in unser Herz? Hast du nicht manchmal den Eindruck, dass Großvater dich auf die Jagd begleitet, so wie früher, und dass er dich zu einem schönen Hasen führt? Hörst du nie im Traum seine Stimme, die dich an deine Geschichte und die deiner Vorfahren erinnert?«

Verblüfft runzelte Alexander die Stirn, presste die Lippen zusammen und zuckte die Achseln. Großvater Liam hatte ihm diese Ehre noch nicht erwiesen. Und was Großmutter Caitlin anging, so musste sie inzwischen die Wahrheit kennen und war ihm sicherlich furchtbar böse. Jetzt bedauerte er, dass er nie etwas darüber gesagt hatte, was an diesem Tag wirklich geschehen war. Aber er hatte nicht die Kraft dazu gehabt. Und heute war es zu spät. Doch wenn er sich verraten hätte, dann wäre er bestimmt verbannt worden. War er hier nicht ohnehin ein Fremder?

»Darf ich noch ein Weilchen hierbleiben, Vater?«

»Einverstanden, aber nicht allzu lange.«

Als sein Vater nicht mehr zu sehen war, zog Alexander sein Schwert und reckte es zum Himmel. Die Klinge glitzerte im Mondlicht. Sein Vater hatte ihm die Waffe an dem Tag geschenkt, als er endgültig ins Tal zurückgekehrt war. Sie war ein wenig schwer, aber wenn er übte, würde er sie führen können wie jeder andere Krieger. Er wog das Schwert mit beiden Händen und ließ es vor sich kreisen, als stünde er im Kampf. Bald würde das Blut der *Sassanachs* die Klinge beflecken.

Völlig außer Atem legte er das Schwert zu seinen Füßen im Gras ab, dann kniete er nieder und küsste die Klinge. Er würde Glencoe verlassen und mit seinem Vater und seinen Brüdern zum jakobitischen Lager ziehen. Im Kampf verdiente man sich die Wertschätzung anderer. Vielleicht konnte er ja seinen Fehler wiedergutmachen, indem er das Blut der Feinde vergoss... Wenn er den Tod von Großvater Liam rächte, würde dieser ihm seinen Fehler vielleicht vergeben... Ja, er hatte einen großen Fehler begangen... eine falsche Entscheidung getroffen. Er würde seinen Großvater rächen, und sein Vater würde stolz auf ihn sein. Die *Sassanachs* würden ihnen nicht die Seele stehlen, das würde er verhindern.

»*Is mise Alasdair Cailean MacDhòmhnuill**«, erklärte er feierlich und reckte das Schwert in die Höhle. »Ich bin ein Macdonald aus dem Clan Iain Abrach. In meinen Adern fließt das Blut der Herren der Welt. Ich bin der Sohn von Duncan Coll, Sohn von Liam Duncan, Sohn von Duncan Og, Sohn von Cailean Mor, Sohn von Dunnchad Mor, und so weiter, bis zurück zum Anbeginn der Zeiten. Ich werde mein Versprechen halten. Man wird Loblieder auf mich singen so wie auf meine Vorfahren...«

Alexander legte diesen Eid mit der ganzen Naivität eines dreizehnjährigen Knaben ab.

---

* Ich bin Alexander Colin Macdonald.« »Mac« bedeutet auf Gälisch »Sohn von«, und »Donald« heißt »Herr der Welt«.

Drei Tage später verließen sie Glencoe. Alexander warf einen letzten Blick zurück auf sein Tal. Obwohl er ungeheuer stolz darauf war, an dieser außerordentlichen Mission, der Befreiung Schottlands, teilzunehmen, betrübte ihn doch der Gedanke an die Trennung von seiner Mutter. In der großartigen Landschaft wirkten die Gestalten seiner Mutter und Marys so klein. Er biss die Zähne zusammen und wandte sich ab. Ob er sie bald wiedersehen würde? Er spürte, dass sein Bruder ihn beobachtete, und presste die Lider über den vor Tränen brennenden Augen zusammen.

Nein, er würde nicht weinen. Nur Kinder weinten. Und er näherte sich mit jedem Schritt, den er tat, der Welt der Männer.

3

Das verfluchte Land
August 1746, Highlands, Schottland

Die Erde bebte, und einen Moment lang glaubte er, Jesus Christus als Heerführer sei mit seiner himmlischen Armee gekommen, um sie zu erretten. Er stützte sich auf die Ellbogen und riskierte einen Blick über die wogenden Getreidehalme. Nur wenige Schritte von ihnen entfernt donnerte eine Abteilung Dragoner vorüber und ritt das Feld, das kurz vor der Ernte stand, nieder. Sie hielten genau auf die Kate zu, wo die Flüchtlinge gehofft hatten, Zuflucht und mit ein wenig Glück auch etwas zu essen zu finden. Der alte Mann, der neben ihm lag, knurrte und spuckte auf den Boden.

»Wie viele sind es?«, wollte Fergusson wissen.

Alexander, der sich wieder flach hingeworfen hatte, hob den Kopf und beobachtete die Stelle, wo die Abteilung Halt gemacht hatte. Er litt furchtbar unter Magenkrämpfen und hatte eine Wunde an der Schulter, die nicht recht heilen wollte und ihm stechende Schmerzen bereitete. Im grellen Sonnenlicht zog er die Augen zusammen. Die Dragoner disputierten. Einer von ihnen trat in die Hütte, aus der grauer Rauch aufstieg.

»Ich zähle sechs.«

»Bei allen Heiligen! Wir müssen verschwinden und uns ein anderes Versteck suchen…«

Seit zwei Tagen litten sie Hungerqualen. Auf der vergeblichen Suche nach Nahrung waren sie über die Heide und durch die Wälder geirrt. Die Gräser und Wurzeln, die sie zu sich genommen hatten, wären sicherlich besser für Vierfüßler geeignet gewesen. Allerdings ähnelten sie in diesem Moment auch eher Tieren als Menschen. Heftige Durchfälle schwächten sie noch zusätzlich. Vergangene Woche hatte der junge Keith Ross vor Entkräftung den Geist aufgegeben. Alle wussten, dass der Tod auf sie lauerte. Auf ihrem Weg waren die Flüchtlinge nur auf leere oder niedergebrannte Katen gestoßen. Der Rauchgestank, der ihnen grausam das Ende der Highlands verkündete, folgte ihnen überall hin.

Aus dem kleinen Steinhaus drangen Schreie zu ihnen. Eine Frau kam, einen Säugling auf den Armen, nach draußen gerannt. Sogleich nahmen zwei Dragoner die Verfolgung auf. Ein erster Schwerthieb verfehlte knapp sein Ziel. Zwei weitere Dragoner sprangen auf ihre Pferde und setzten ihr nach. Einem gelang es, das Kind am Arm zu packen und ihr zu entreißen. Die verzweifelten Schreie der Mutter sprengten Alexander, der dem Schauspiel entsetzt zusah, fast den Kopf.

Der Dragoner hob den mageren Säugling über den Kopf, und der andere spießte ihn mit seinem Schwert auf. Die Frau schrie noch lauter, worauf der erste Reiter sie mit seiner Klinge niedermachte. Mit einem Mal senkte sich grauenhafte Stille über das Kornfeld. Der alte Mann, der neben Alexander das Geschehen verfolgt hatte, murmelte ein Gebet für die Seelen der unschuldigen Opfer.

Dicker schwarzer Rauch stieg aus der Hütte auf, und das Knistern der Flammen übertönte die Stimme der Rotröcke, die lachend davonritten. Alexander hatte seinen Hunger vergessen. Seit sie auf der Flucht waren, hatte er schon oft solche Szenen erlebt, doch er konnte sich nicht daran gewöhnen. Die Soldaten des Duke of Cumberland, dem Sohn von George II., dem man den Beinahmen »der Schlächter« verliehen hatte, gaben kein Pardon. Dies war die Stunde, in der die Rechnungen zwischen Engländern und Highlandern beglichen wurden.

Vor zwei Tagen hatten Alexander und seine Gefährten eine andere Dragonerabteilung beobachtet. Die Soldaten hatten Männer, Frauen und Kinder in eine Scheune gesperrt, die sie anschließend in Brand gesetzt hatten. Später hatten sie die noch rauchenden

Körper, die in eigenartigen Stellungen ineinander verkrallt waren, aus den Trümmern gezogen, um sie als Warnung für alle, die sie sahen, zur Schau zu stellen. Manchmal fanden die Flüchtigen auch die Leichen von Highlandern am Straßenrand, wo sie seit Tagen verfaulten. Der unerträgliche Gestank steckte ihnen in der Nase und in den Kleidern und begleitete sie beständig. Seit vier Monaten ging das jetzt so, seit dem Tag der blutigen Schlacht von Colloden, auf dem Moor von Drummossie.

Alexander warf einen Blick auf den alten O'Shea, der sich bekreuzigte, und nahm eine Bewegung in den Hügeln wahr. Zunächst glaubte er, andere flüchtende Highlander zu sehen, doch dann riss er entsetzt die Augen auf, als er feststellte, dass es sich um die Dragoner handelte, die aus einem nicht ersichtlichen Grund noch einmal zurückkehrten.

»*Mac an diabhail!* Sohn des Teufels!«, schrie MacGinnis und sprang hoch.

Seine Bewegung machte die Soldaten auf sie aufmerksam, und sie galoppierten auf sie zu. Jetzt standen alle auf und rannten los. Nirgendwo bot sich ihnen ein Unterschlupf, es gab nur Heide und Felder, unterbrochen von Mauern aus aufgetürmten Bruchsteinen. Quer durch das wogende, goldene Kornfeld lief Alexander so schnell, wie ihn seine mageren Beine trugen. Wahnsinnig vor Angst folgte er den weit ausholenden, müden Schritten des alten Priesters O'Shea. Aber die Flüchtlinge waren entkräftet und konnten es nicht mit den Schlachtrossen der *Sassanachs* aufnehmen.

Nicht umdrehen, bloß nicht umdrehen..., sagte der Knabe sich unablässig und rechnete jeden Augenblick damit, Stahl zwischen den Schulterblättern zu spüren. Hinter sich vernahm er Schreie und das Stampfen von Stiefeln. MacGinnis brüllte vor Schmerz auf, dann ein weiterer seiner Kameraden. Das Blut pochte ihm in den Schläfen. Sie würden alle sterben. Wenn er nur den Waldsaum erreichen könnte... Wenn nur...

Ein Schuss erscholl, gefolgt von einem erstickten Schrei und dem dumpfen Aufschlag eines Körpers auf den Boden. Alexander wandte den Kopf leicht nach rechts, wo gerade eben noch

O'Shea gelaufen war. Nichts… Er rannte weiter und kämpfte gegen den Drang an, umzukehren und dem alten Priester zu Hilfe zu kommen.

»Neiiin!«, schrie er seine zwiespältigen Gefühle heraus.

Er wurde langsamer; ein Dragoner näherte sich mit großer Geschwindigkeit. O'Shea versuchte aufzustehen, der Schuss hatte ihn ins Bein getroffen. Alexander rannte zurück. Er würde seinen Freund nicht feige im Stich lassen.

»Lauf! Rette dich!«, rief der Priester. »Bete für meine Seele, Alasdair, und rette die deine… Du kannst nichts mehr für mich tun!«

Der Knabe war kreidebleich geworden und zögerte. Der Dragoner kam mit hoch erhobenem Schwert näher, bereit, es auf seinen Freund niedersausen zu lassen. Nein, das durfte er nicht erlauben… Er konnte ihn nicht im Stich lassen, und wenn es ihn das Leben kosten sollte.

»Haltet aus, Vater!«

Er war als Erster bei ihm. Als der Dragoner zu ihnen aufschloss, warf er sich vor den alten O'Shea und schützte ihn mit seinem mageren Körper.

»Er ist ein Mann Gottes! Tötet ihn nicht! Erschlagt mich, aber lasst ihm das Leben…«

Vor dem Mut des Jungen erstarrte der Arm des Soldaten. Sein blitzendes Schwert verhielt in der Luft. Verächtlich betrachtete er ihre zerlumpten Tartans und zögerte noch, ihnen den Gnadenstoß zu geben. Großmütig nahm er dann langsam die Waffe herunter. Er konnte sich leicht erlauben, zwei zu verschonen. So verhungert, wie sie aussahen, würden sie ohnehin nicht mehr lange leben. Und außerdem war der Alte ein Priester… Da hatte er ein Problem mit seinem Gewissen.

»Ein Mann Gottes, sagst du? Katholisch?«

»Katholisch«, bestätigte O'Shea. »Ich habe als Geistlicher ein Regiment hierherbegleitet…«

Der Dragoner sah zu seinen Kameraden, die ihre von dem Blut der anderen Highlander geröteten Klingen am Gras abwischten.

»Meine Mutter ist Katholikin«, gestand der Soldat leise, als er sich erneut den beiden zuwandte. Er sagte es, als spräche er von einer schändlichen Krankheit. »Deshalb erweise ich euch Gnade; ich töte keine Priester. Das heißt, dass ihr bis Inverness meine Gefangenen seid.«

Alexanders Herz pochte zum Zerspringen. Er beugte sich über seinen Freund. Sie wurden also verschont. Doch dies war auf jeden Fall nur ein Aufschub. Wenn sie nicht im Gefängnis verreckten, würde man sie aufhängen wie Hunde. Er zweifelte nicht daran, welches Schicksal ihrer harrte. Nun gut! Dann würde er eben als Held sterben.

Tage vergingen. So viel vergeudete Zeit, während sie auf den Tod warteten, meinte Alexander. Aber der Priester wiederholte unermüdlich, so etwas wie verlorene Zeit gebe es nicht. Jede Minute, jede Sekunde hatte im Leben eines Menschen ihren Sinn. Und wenn sie nur dem Vogelgezwitscher lauschten, das manchmal zu ihnen drang.

Man hatte sie für schuldig erklärt, an der Rebellion teilgenommen zu haben, und sie ins Tolbooth-Gefängnis von Inverness geworfen. Mit ihnen zusammengepfercht waren andere Schotten, Iren, Franzosen und sogar Engländer, die sich der Sache einfach aus politischer oder religiöser Überzeugung angeschlossen hatten. Manche waren wegen Fahnenflucht eingekerkert, andere, weil sie Lieder gesungen hatten, die zum Verrat aufforderten, oder weil man sie dabei ertappt hatte, wie sie auf die Gesundheit des flüchtigen Stuart-Prinzen getrunken hatten.

Jeden Tag sank die Sonne ein wenig früher. Der Herbst ging leise in den Winter über. Graue Tage, mondlose Nächte. Immer das gleiche blasse, farblose Licht, fahl wie die abgemagerten Gesichter der Männer und Frauen, die hier im Kerker saßen.

Und während dieser ganzen Zeit sprach O'Shea, und Alexander lauschte und nahm alles in sich auf, gebannt von so viel Gelehrsamkeit. Der Knabe wusste nicht viel über den Iren, nur dass er in der Tat ein ehemaliger Abt war und wegen einer Sittengeschichte vor den weltlichen Behörden hatte fliehen müssen. Er war auf die Hebriden gegangen und schließlich auf der Insel Skye gelandet. Dort hatte er sich in einem kleinen Fischerdorf am Loch Ainort niedergelassen, einem Weiler, dessen Einwohner froh waren, einen Mann Gottes gefunden zu haben, der bereit war, bei ihnen zu bleiben. Da machte es ihnen nichts aus, dass er seinen Orden verlassen hatte.

Alexander fand, es müsse die Vorsehung gewesen sein, die ihm O'Shea über den Weg geschickt hatte, denn ohne diesen Mann wäre er wahrscheinlich tot. Er erinnerte sich noch ganz genau an den Moment, als er in diesem neuen, geschenkten Leben zum ersten Mal die Augen aufgeschlagen hatte. Als er nach einer Verwundung auf dem Schlachtfeld zu sich gekommen war, hatte er festgestellt, dass er auf dem Rücken lag. Äste versperrten ihm den Blick in den Himmel. Er hatte versucht, sich zu bewegen, doch der Schmerz war so stark gewesen, dass er sich nicht mehr gerührt hatte. Ihm war kalt, und er war durstig... Geräusche drangen zu ihm... nein, Stimmen. Ganz in seiner Nähe sprachen Männer miteinander. In diesem Moment wurde ihm plötzlich klar, dass die Kanonen schwiegen.

»Vater?«, murmelte er schwach.

Die Stimmen unterbrachen sich kurz und nahmen dann ihre Beratung wieder auf. Eine Hand legte sich auf seine Stirn und hob dann sein Hemd an.

»Du hast Glück gehabt, Kleiner. Gott hat die Schritte der Männer gelenkt. Sonst hätte die fliehende Armee dich nämlich zu Brei zertrampelt.«

Er wandte der Stimme den Kopf zu. Ein ziemlich alter Mann betrachtete ihn betrübt. Sein Gesicht war von Schlamm und Blut verkrustet; die weißen Haare klebten an seinem Schädel, und er war so mager, dass die Knochen unter der welken Haut hervortraten. Nur seine Augen, die von einem ganz hellen Blau waren, befanden sich unter seinen dichten weißen Augenbrauen ständig in Bewegung und zeigten, dass noch Leben in seinem Körper wohnte. Alexander schluckte.

»Die Armee ist auf dem Rückzug?«

»Was hattest du denn gedacht? Dass wir nur mit unseren Schwer-

tern und Dolchen gegen das Geschützfeuer ihrer Kanonen obsiegen würden? Nein... Es hat zu viele Tote in viel zu kurzer Zeit gegeben. Alles ist verloren, mein Kleiner... Der Prinz ist geflohen, möge Gott ihn schützen.«

»Mein Vater... Wo ist er?«

»Dein Vater? Wer will das wissen? Mehr als die Hälfte der Männer sind auf dem Moor von Drummossie gefallen. Wie heißt er?«

»Duncan Coll Macdonald von Glencoe.«

»Glencoe... hmmm... Warte ein wenig, ich werde mich umhören.« Einige Minuten später kehrte er zurück.

»Tut mir leid, aber niemand hat diesen Namen gehört. Unter uns befindet sich niemand aus Glencoe. Wie heißt du?«

»Alasdair.«

»Ich bin Daniel O'Shea aus Skye. Ich bin... nun ja, ich war der Regimentsgeistliche des Mackinnon-Regiments.«

Der Priester half dem Knaben beim Aufstehen.

»Kannst du allein auf den Beinen stehen? Wenn sie dich tragen, werden sie deine Rettung sein, Alasdair. Wir müssen fort. Es wird nicht lange dauern, bis sich die Sassanach-Soldaten blicken lassen; sie durchkämmen die ganze Gegend und schießen auf alles, was einen Tartan trägt. Komm!«

Als der Junge versuchte, den linken Arm zu bewegen, verzog er das Gesicht. Das sah der Alte und band ihm aus einem Stück Stoff eine Trageschlinge, damit er den Arm weniger bewegte und die Wunde nicht wieder aufriss.

»Du hast eine Kugel in die Schulter bekommen, Kleiner. Zum Glück ein glatter Durchschuss. Gut, dass sie nicht im Knochen stecken geblieben ist oder, schlimmer noch, ihn zerschlagen hat. In diesem Fall wäre es besser gewesen, der Sassanach hätte dich getroffen... denn du hättest schreckliche Schmerzen gehabt, und wir hätten nichts für dich tun können...«

Ja, John hätte besser getroffen... denn ich leide tatsächlich furchtbar, und Ihr könnt nichts für mich tun, *dachte Alexander.*

Als Theologe, der sich von dem unabhängigen Geist der irischen Mönche angezogen fühlte, hatte David O'Shea an der Universität von Dublin studiert. An seinem Umgang konnte man ablesen, dass er einer gesellschaftlich hochgestellten Familie entstammte. Er sprach Französisch, Italienisch, Latein und dazu noch verschiedene Dialekte der Landessprache. Doch am stärksten interessierte Alexander sich für seine Kenntnisse des keltischen Kunsthandwerks und seiner Symbole, welche den ewigen Kreislauf des Lebens beschrieben.

»... und diese Spiralen stellen die Entwicklung allen Lebens dar. Man findet sie häufig auf Steinen und Kreuzen. Das keltische Volk hat seine Sitten und Gebräuche nach dem Zyklus der Natur ausgerichtet: Wasser, Erde, Himmel... Diese Dreiheit bildet einen Kreis, der sich in alle Ewigkeit dreht. Zwischen allen Elementen unserer Welt sowie zwischen ihnen und uns besteht eine universelle Harmonie. Der Stein, das Wasser, die Tiere, die Bäume besitzen alle eine Seele und stehen in einer engen Beziehung zueinander. Doch wir, die Menschen, sind die Einzigen, die das verstehen können. Daher ist es unsere Pflicht, dieses Wissen anzuwenden, um diese Beziehungen, die sich zu einem Kreis fügen, aufrechtzuerhalten. Früher war das die Aufgabe der Druiden. Das waren die weisen Männer, die diese Kenntnisse besaßen. Dann gab es die Barden. Heute... ich weiß nicht, mein Junge... Da liegt es bei jedem Menschen selbst, seine Weisheit zu pflegen und zu kämpfen, um seine Integrität zu schützen. In dieser Zeit, in der ein jeder nur für sich selbst eintritt, gehen unsere alten Traditionen verloren.«

Er unterbrach sich und legte betrübt das Gesicht in Falten. Dann schüttelte er sein dünnes Silberhaar und sprach weiter.

»Weißt du, warum die Krieger so wagemutig waren? Das war ihr Glaube an das ewige Leben. Es gibt unsere Welt, die unterirdische Welt – die der Feen – und dann die andere Welt. Im Laufe unserer Entwicklung gehen wir von der einen in die andere über. Der keltische Krieger kannte keine Angst vor dem Tod... Aber das weißt du ja schon, oder?«, fragte O'Shea und zwinkerte ihm zu. »Der Tod ist nur ein Übergang, der dem Menschen erlaubt, auf eine höhere Stufe der Seele zu schreiten. Die

Kunst unserer Vorfahren beruht auf einer sehr komplexen Lebensphilosophie, Alasdair Dhu*. Die Philosophie ist die Summe der Kenntnisse, die der Mensch ansammelt und anwendet. Es ist wichtig, sie zu bewahren... Viele sind der Ansicht, wir Kelten wären ein Volk von primitiven und blutrünstigen Kriegern. Diese Leute haben nichts von der keltischen Philosophie verstanden und halten sich an die vereinfachten Vorstellungen, die sich die römischen und griechischen Denker von ihr gemacht haben.«

»Aber die alten Kelten waren doch Heiden, oder?«

»Bah! Ob Heiden oder Christen, was macht das schon aus? Sie hatten ihre eigene Sicht des Universums und haben die großen Verhaltensrichtlinien für ihre Kultur aufgestellt. Glaubst du, die Massaker während der Kreuzzüge wären gerechtfertigter gewesen als die Kriege der Kelten, nur weil sie zum Ruhme *unseres* Gottes geschehen sind?«

»Musstet Ihr deswegen aus Irland fliehen? Ich meine... weil Ihr Franziskaner seid und Euch für die Kelten und für heidnische Kulte interessiert?«

Der Ire lächelte ihm zu, sichtlich erfreut über den Scharfsinn des Jungen.

»Ah! Ein wenig lag das auch daran... Aber vor allem bin ich ein treuer Jünger Epikurs. *Carpe diem***, hat Horaz geschrieben. Ich bin ein Mann des Fleisches, mein Junge. Gewiss, ich suche in der Kunst unserer urkeltischen Vorfahren nach dem Absoluten, und ich glaube, dass mich das bewogen hat, das Klosterleben zu ergreifen. Aber ich bin auch wie alle Menschen: Ich esse, ich trinke und... nun ja, ich habe auch andere Bedürfnisse. Brenda hieß die Dame, die mein Verderben war.«

In Gedanken versunken hatte der Alte den Vornamen mit einem ganz besonderen, sehnsüchtigen Unterton ausgesprochen.

»*Iam dulcis amica venito quam sicut cor meum dilogo. Intra in cubicu-*

---

* Gälisch: »Alexander, der Schwarze«.
** Latein: Nutze den Tag.

lum meum ornementis cuntis onustum...* Was für wunderbare Verse! Ich habe sie ihr bei unserem letzten... nun ja... Brenda war... eine göttliche Vision, meine Inspiration... Alle Engel, die ich zeichnete, sahen ihr ähnlich. Ach, mein Junge, die Frau ist die Quelle des Lebens. Sie schließt den ewigen Kreislauf. Sie ist die Fruchtbarkeit, die Liebe und die Schönheit. Sie ist eine Muse und ein Heiligtum, der Altar, auf dem wir unsere Opfer darbringen... Vergiss das niemals, Alasdair. Die Frau ist die Hand, die dem Herzen Heilung bringt, aber sie kann auch der Dolch sein, der es bluten lässt.«

»Oh!«, versetzte Alexander verblüfft. »Aber Ihr seid doch...?«

»Priester? Ja, gewiss... Aber schau...«, sagte er und wies mit dem Finger auf seine Augen, »ich bin nicht blind. Und ich bin auch nicht aus Holz geschaffen«, setzte er hinzu und kniff sich in den unverletzten Schenkel. »Brendas Eltern haben unsere Beziehung entdeckt. Sie haben das Mädchen zu Verwandten geschickt, nach Kildare. Und ich habe, um einen Skandal zu vermeiden, in aller Heimlichkeit den Orden verlassen. Ich habe meine Liebste nie wiedergesehen...«

Schreie, die aus dem Innersten der Erde zu kommen schienen, drangen bis zu ihnen, hallten in den Korridoren des Gefängnisses wider und unterbrachen ihr Gespräch. Alexander schnitt eine Grimasse und zog den Kopf zwischen die Schultern. Das ging jetzt schon zwei Tage so. Einer der neuen Gefangenen hatte ihnen erklärt, das sei Evan MacKay, ein jakobitischer Spion, den man mit auf Französisch geschriebenen Briefen ergriffen hatte. Der Unglückliche weigerte sich, unter der Folter zu sprechen. *Dafür kommt er ins Paradies,* flüsterte man sich zu. O'Shea sprach ein kurzes Gebet. Für MacKay konnte man nur noch hoffen, dass ihm ein rascher Tod vergönnt war.

»Gut, Alasdair Dhu... fahren wir fort...«

---

* Der Text stammt aus den *Carmina Cantabrigiensia* oder »Cambridger Liedern« aus dem 11. Jahrhundert. Ursprünglich ist das Lied in Aquitanien im 10. Jahrhundert entstanden. Die Übersetzung lautet: »Komm, süße Freundin, die ich wie mein eigenes Herz liebe. Komm in mein Zimmer, das ich für dich geschmückt habe.«

Fasziniert sah Alasdair Dhu, den der Alte wegen seines dunklen Haars so getauft hatte, viele Minuten lang zu, wie er mit der Hand, an der zwei von einem Geschoss weggerissene Finger fehlten, wunderbare, komplexe Motive auf den Boden zeichnete. Gewiss, diese verschlungenen Ornamente waren ein wichtiger Teil der Kultur der Highlander und ihm vertraut. Besaß nicht jeder der Männer des Clans einen Dolch, dessen Griff mit solchen Mustern verziert war? Doch erst jetzt erlernte Alexander ihre Bedeutung und sah sie nun mit anderen Augen.

Wenn O'Shea schlummerte, unterhielt der Knabe sich damit, das wiederzugeben, was er sich bei seiner letzten Lektion eingeprägt hatte. »*Der Geist ist wie die Hand*, schrieb Aristoteles«, erklärte der Priester ihm eines Tages, als er erwachte und seine Fortschritte betrachtete. »Wer nichts spürt, der lernt auch nichts. Aber du bist talentiert. Eine Gabe… wahrhaftig.«

Alasdair sah ihn an und runzelte die Stirn.

»Du bist noch recht jung. Aber der Tag wird kommen, an dem du das verstehst. Wir kommen nicht tugendhaft zur Welt, sondern müssen uns unsere Tugend erwerben. Man muss lernen, sie im alltäglichen Leben anzuwenden. Dazu bedarf es gewisser Neigungen und des Erwerbs von Kenntnissen. Anders ausgedrückt: Du besitzt Talente, Alasdair, Eigenschaften, von denen man wissen muss, wie man sie zur Geltung bringt. Die Fehler vergisst man natürlich lieber. Doch auch diese Makel, diese Grenzen, müssen wir akzeptieren und uns mit ihnen abfinden. Vollkommenheit ist nur den Göttern gestattet. Wir müssen unsere Gaben einsetzen, um Vollkommenheit zu schaffen und sie zu betrachten. Die Betrachtung der Schönheit erlaubt es dem Geist, in einen Moment der Seligkeit zu flüchten und dabei alles zu vergessen. Während du also auf *Dies irae* wartest, den Tag des göttlichen Zorns oder das Jüngste Gericht, während dein leerer Magen dich quält, wenn dein letzter *Farthing** dir in dem Moment, in dem du dir ein letztes *Dram*** Whisky kaufen willst, aus

---

* Alte britische Münze im Wert eines Viertelpenny.
** Ein kleines Maß Alkohol, heute etwa 35 ml. (Anm.d.Übers.)

den Händen fällt und zwischen zwei Bodendielen verschwindet, wenn die Angst dir bei jeder Biegung eines unbekannten Weges die Eingeweide verknäult, dann konzentriere dich auf die Schönheit, und erfreue dich daran. Du trägst genug davon in dir. *Carpe diem*, vergiss das nicht. Das ist der Schlüssel zum Glück, zum wahren Glück, diesem grundlegenden Bedürfnis, das alle anderen bestimmt.«

Als er sah, dass sein junger Schüler ein wenig verwirrt auf seine abstrakten Gedanken reagierte, griff der Alte zu einem konkreteren Beispiel, um ihm begreiflich zu machen, worauf er hinauswollte.

»Sag mir, Alasdair, wenn es dir gelingt, eine meiner Zeichnungen wiederzugeben, wie fühlst du dich dann?«

»Also… zufrieden mit mir vielleicht?«

O'Shea umfasste die elende Gefängniszelle mit seinem klaren Blick.

»Ein ziemlich seltsames Gefühl für diesen Ort, findest du nicht? Du müsstest verbittert sein, danach dürsten, Rache zu schreien und dem erstbesten englischen Soldaten, der sich blicken lässt, an die Kehle zu springen. Aber nein, es gelingt dir, ein paar Augenblicke lang *froh* zu sein! Beweist das nicht, dass Reichtum, Liebe, Freiheit und Ehre nicht wirklich die Instrumente sind, durch die man Glück erlangt? Sie spenden Freude, gewiss, und welcher Mensch suchte nicht nach ihnen? Doch sie sind keine Garantie für das wahre Glück, dessen Quelle allein in uns selbst zu finden ist. Die kleinen Dinge des Lebens bringen die großen Freuden, während die großen Leistungen nur ein flüchtiges Glück eintragen. Also vergiss nicht: *Carpe diem!*«

Je mehr Zeit verging, umso unerträglicher wurden die unmenschlichen Bedingungen, unter denen die Gefangenen dahinvegetierten. Etwa vierzig Männer und Frauen teilten sich die Zelle und drängten sich, so gut sie konnten, an den Wänden. Die erzwungene Intimität brachte diejenigen, die sich noch einen Funken Würde bewahrt hatten, häufig in beschämende Situationen.

Sie schliefen über- und untereinander, und es kam vor, dass Alexander plötzlich ein Arm oder ein Bein traf. Der Junge zog es dann vor, nicht zu protestieren, sondern sich an O'Shea zu schmiegen. Wenn er nicht wieder einschlafen konnte, lauschte er den nächtlichen Geräuschen und ließ den Blick durch die Dunkelheit schweifen. Um ihn herum brach sich das menschliche Elend in ersticktem Weinen oder unterdrückten Schreien Bahn. Manchmal vernahm er auch Keuchen.

Alexander, der das Pubertätsalter erreicht hatte, wusste genau, worum es sich handelte, und wider Willen reagierte sein Körper auf diese Geräusche und ließ Bilder in ihm aufsteigen. Trotz der furchtbaren Bedingungen und der Verzweiflung gab es eines, dessen der Mensch sich nie enthalten konnte, nämlich die Liebe. In ihren flüchtigen Umarmungen suchten die zusammengepferchten Gefangenen sich zu vergewissern, dass sie immer noch Menschen waren.

Ohne ihre Plaids, die ihnen die Soldaten weggenommen hatten, und nur mit ihren Hemden bekleidet, die nach und nach in Fetzen fielen, waren die mageren Gestalten beinahe nackt; lebende Gespenster im Vorzimmer des Fegefeuers. Jeden dritten Abend teilte man den Gefangenen eine Kohlepfanne und fünf Ballen Torf zu. Wasser bekamen sie selten, so dass sie es ausschließlich zum Trinken verwendeten. Der Schmutz, der sich auf ihren Körpern ansammelte, wurde zum Nährboden für alle möglichen Parasiten.

Der Gesundheitszustand des Priesters verschlechterte sich. Seine Verletzung, die zu verbinden die Soldaten nicht für nötig gehalten hatten, hatte sich entzündet. Sein Schenkel, der angeschwollen wie eine aufgepustete Schweinsblase, mit der Kinder spielen, und schwarz wie Kohle war, bereitete ihm entsetzliche Schmerzen. Doch der Mann klagte nie und fuhr stoisch mit der Unterweisung des Knaben fort. Alasdair hatte den Wächter, der ihnen ihren ekelhaften Haferbrei brachte, überredet, ihm auch den Anteil des Priesters zu geben, der nicht mehr gehen konnte. So kippte man ihm jetzt eine doppelte Ration in seinen Hemdzipfel, die er dann mit seinem Freund teilte.

Nachdem er ihm beim Essen geholfen hatte, bat er ihn, ihm Geschichten aus der keltischen Mythologie zu erzählen, in denen sich die Realität und das Übernatürliche vermischten. O'Shea, der vor Fieber glühte, dessen Geist aber immer noch so lebhaft und wach wie eh und je war, beugte sich seiner Bitte um des Vergnügens willen, seine Augen aufleuchten zu sehen. Oft gesellten sich andere Gefangene zu ihnen. Diese Art von Erzählungen zerstreuten die unglücklichen Menschen und wärmten ihnen für eine oder zwei Stunden das Herz. Alexander lauschte besonders gern den Geschichten über Krieger, deren Namen er in seiner Kindheit immer wieder gehört hatte. Er entdeckte in sich eine Leidenschaft für die Kultur der alten Kelten und sog alles Wissen, das sein Freund ihm übermitteln konnte, in sich auf. Alles, was mit dem legendären irischen Krieger Cuchulain zu tun hatte, fesselte ihn.

»Weißt du eigentlich, warum er so hieß?«, fragte ihn der Priester.

»Weil er ein so feuriger Kämpfer war?«

»Feurig war er, das stimmt. Aber daher kommt sein Name nicht. In den alten Zeiten hatte König Conchobhor Mac Nessa, der zu einem Festmahl bei dem Schmied Culann eingeladen war, einen jungen Mann, Setanta, gebeten, ihn zu begleiten. Er war ihm auf einem Spielfeld aufgefallen, weil er so geschickt mit dem Ball umging. Als der König bei dem Bankett eintraf, fragte ihn der Schmied, ob noch andere Gäste kämen. Der König, der seine Einladung gegenüber Setanta in letzter Minute ganz vergessen hatte, versicherte ihm, dass er niemanden mehr erwarte. ›Ich habe nämlich einen grimmigen Hund, der mein Vieh bewacht‹, erklärte Culann. ›Er ist mit drei dicken Ketten gefesselt, die von drei kräftigen Kriegern festgehalten werden. Jetzt lasse ich ihn los, und wir wollen die Tore schließen.‹ Doch in diesem Moment traf der junge Setanta ein, und der Hund stürzte sich mit aufgerissenem Maul auf ihn. Der späte Gast drückte ihm die Kiefer mit den Händen auseinander, schleuderte ihn gegen eine Steinsäule und tötete ihn auf der Stelle. Die Männer von König Conchobor liefen, alarmiert von dem Radau, herbei und konnten gar nicht genug über die außergewöhnliche Kraft des Jünglings staunen. Der Schmied allerdings war sehr unzufrieden, denn er hatte keinen Wachhund für sein Vieh mehr. Da erbot sich Setanta, die Stelle des Hundes einzunehmen, bis Culann einen neuen gefunden hatte. Und so kam es, dass Cathbhadh, der große Druide und Ratgeber des Königs, den mutigen jungen Mann Cù Chullainn nannte, den ›Hund des Culann‹.«

»Wie viele Schlachten hat er gewonnen? Ist er alt geworden?«

»Er hat in mehreren Kriegen gesiegt, ja, aber wie viele genau das waren, kann ich nicht sagen! Er war der größte Krieger Irlands, und niemand konnte ihm lange widerstehen, denn er besaß nicht nur körperliche, sondern auch geistige Kraft. Das ist sehr wichtig, um ein guter Krieger zu werden und keine Fehler zu begehen, die sich als verhängnisvoll erweisen können…«

Er unterbrach sich, als er Alexanders niedergeschlagene Miene bemerkte.

»Wie ich dir schon sagte, kann man alles erlernen. Aber niemand ist unfehlbar, nicht einmal Cuchulain war das. Er ist in einem Kampf gegen das Heer der Königin Medb gestorben; eine Lanze hat ihn durchbohrt. So hatte es die Fee Morrigane beschlossen, deren Annäherungsversuche er einst zurückgewiesen hatte. In der Stunde seines Todes setzte sie sich auf seine Schulter, und seine Feinde schlugen ihm den Kopf ab und tranken sein Blut. So war es damals Brauch; auf diese Weise bemächtigte man sich der Kräfte des Helden. Ulster sollte lange um ihn weinen.«

»Meine Großmutter stammte aus Ulster«, erklärte Alexander bestimmt.

»Ah! Dachte ich mir doch, dass in deinen Adern irisches Blut fließt, mein Junge. Aus welcher Stadt kam sie?«

»Belfast.«

»Hmmm… *Béal Feirst**.«

---

* Gälischer Ausdruck, welcher der Stadt ihren Namen gab: »in der Nähe der Sandbank«.

»Mein Großvater hat mir erzählt, dass man sie einst *Babd Dubh* nannte...«

»Die schwarze Krähe. Eine Kriegsgöttin, welche die Krieger im Kampf entweder mit Mut oder mit Furcht erfüllen konnte. Alasdair Dhu, bist du etwa der Enkel einer irischen Gottheit?«

Sie lachten gemeinsam. Dann streckte O'Shea sich erschöpft auf dem Boden aus. Mit seinem langen weißen Bart ähnelte er eher einem Druiden als einem entlassenen Priester. Alexander, der glaubte, sein Freund wolle sich ausruhen, streckte sich neben ihm aus, um ihm ein wenig von seiner Wärme zu spenden. Erneut erklang die vor Schmerz gepresste Stimme in seinen Ohren.

»Verstehst du... all diese Mythen enthalten einen wahren Kern. Sie sind das Erzeugnis von Generationen von Erzählern, die mündlich die Geschichte ihres Volkes überliefern und nach eigenem Dafürhalten Einzelheiten hinzufügen, um sie zu verschönern und dem Gedächtnis einzuprägen. Ob die Ungeheuer und die Götter wirklich existiert haben? Natürlich. Auch du hast deine eigenen Monster, und du verehrst deine eigenen Götter, Alasdair. Es sind deine Ängste und deine Ideale, die hinter deinen Gespenstern stecken. Ist es nicht unterhaltsam, von ihnen zu sprechen, indem wir ihnen eine Gestalt geben, die ausdrückt, was sie bei uns auslösen? Du siehst, wie ein Barde von den Taten eines stolzen Kriegers aus seinem Clan erzählen kann... Cuchulain war nur ein Mensch aus Fleisch und Blut, ein sterblicher Krieger wie du und ich. Aber man erzählte sich von ihm, dass er sich im Kampf in ein entsetzliches, blutrünstiges Monstrum verwandelte. Seine Haare stellten sich auf wie Stacheln, sein Mund wurde so groß, dass der Kopf eines Mannes hineingepasst hätte; und während eines seiner Augen sich in seinen Schädel zurückzog, trat das andere aus seiner Höhle und wurde rot. Ist dieses Bild nicht sehr vielsagend? Denn so rasend war seine Kampflust... genau wie deine auf der Ebene des Drummossie Moors.«

Verblüfft, mit offenem Mund hatte Alexander sich umgedreht.

»Aber ich habe dort doch gar nichts vollbracht«, stotterte er und errötete.

»Im Gegenteil! Du hast mehr erreicht, als du glaubst. Du hast dich deinen Ängsten gestellt, diesen Ungeheuern, die deine Eingeweide verschlingen. Genau wie Cuchulain bist du zur Rettung deiner Götter herbeigeeilt: deines Vaters, deines Clans, deiner Heimat. Zugestanden, das Ergebnis ist nicht so ausgefallen, wie du es dir erhofft hattest. Aber man kann die Ziele, die man sich setzt, auf verschiedenen Wegen erreichen. Du wirst eines Tages einen anderen finden. Vergiss nicht, dass wir Menschen und daher unvollkommen sind. Wir haben alle unsere Grenzen. Jeder Mensch muss mit seinen guten Eigenschaften und seinen Fehlern das Beste tun, was er kann. Du musst lernen, deine Schwachpunkte anzunehmen. Für die Kelten ist das eine Lebensregel. Für sie sind die einzigen Schwächen ein Mangel an Mut, ein weichlicher Geist und böse Taten. Und daher trifft dich keine Schuld, mein Kind.«

»Aber ich habe versagt... Meinetwegen ist mein Vater...«

»Cuchulain war auch nicht unfehlbar. Er war ein Mensch. Heißt es nicht: *Errare humanum est*, irren ist menschlich? Seine übergroße Leidenschaft hat ihn dazu getrieben, viele Fehler zu begehen, für die er oft sehr teuer bezahlen musste. Hat er nicht seinen eigenen Sohn Conlai getötet, nachdem er ihn bei einem Kampf Mann gegen Mann zu spät erkannt hatte? Und was geschah mit Ferdia, seinem Freund, mit dem gemeinsam er das Kriegshandwerk erlernt hatte? Gereizt von den sarkastischen Worten der Königin Medb, seiner Feindin, auf deren Seite sich Ferdia gestellt hatte, musste Cuchulain sich mit ihm messen und ihn zu seinem allergrößten Entsetzen töten. Trotzdem haben alle ihn in den Himmel gehoben. Man scheitert niemals auf der Suche nach dem Guten, Alasdair. Doch der Weg ist häufig verschlungen und voller Dornen. Cuchulain war der Wächter seines Volkes. Seine Mission war edel; und er hat sie so gut vollbracht, wie es ihm seine Fähigkeiten gestattet haben. Du wirst dieses Gefängnis bald verlassen, nach Hause zurückkehren und die Deinigen wiedersehen. Sie werden Verständnis haben und dir die Tat vergeben, die du dir vorwirfst.«

Seine Tat? Aber welche? Seinen Ungehorsam auf dem Schlachtfeld ... oder die Tat, die ihn seit fast drei Jahren nicht mehr schlafen ließ? John wusste Bescheid. Ganz bestimmt kannte er sein schreckliches Geheimnis. Wenn nicht, warum hätte er sich dann auf dem Moor von Drummossie so verhalten sollen? Inzwischen wussten es sicherlich alle. Seine Brüder, sein Vater ... Sie würden ihn nicht wiedersehen wollen und ihn von sich weisen. Zweimal war er ungehorsam gewesen; zweimal hatte er den Tod eines Menschen verursacht, der ihm lieb war. Vielleicht sogar ein drittes Mal, auf dem Moor von Drummossie.

»Mein Bruder John wird mir nie verzeihen«, murmelte Alexander schwach. Sein Blick verlor sich in dem Stückchen Himmel, das durch das Fenster zu sehen war. »Und die anderen auch nicht, wenn sie davon erfahren. Ich bin meinem Vater ungehorsam gewesen. Meine Brüder haben versucht, mich daran zu hindern, auf das Schlachtfeld zu laufen. Aber ich habe nicht auf sie gehört. John ... hat auf mich geschossen.«

Der Alte sah ihn wortlos an. Alexander hatte ihm noch nie erzählt, was ihm an diesem schrecklichen Tag zugestoßen war. Aber er wusste, dass der Junge schlimme Seelenqualen litt. Oft sah er, wie seine schönen Augen sich verdüsterten. Nachts hatte der Knabe oft Albträume, in denen er nach seiner Familie rief und aus denen er dann entsetzt hochfuhr. Es war nur natürlich, dass die Schlacht auf dem Moor von Drummossie einen Vierzehnjährigen umtrieb und seine Deutung der Ereignisse beeinflusste.

Er selbst versuchte verzweifelt, vor den entsetzlichen Bildern zu fliehen: übereinandergeworfene, aufgeschlitzte Menschen, die in ihrem Blut badeten, gestikulierten, um Hilfe riefen, rohes Fleisch und blanke Knochen. An diesem Tag hatte er sterben wollen. Aber Gott hatte anders entschieden. Und als er Alexander unter den Sterbenden gefunden hatte, in dieser eisigen Schlammwüste, da hatte er verstanden, warum. Der Junge hatte eine gute Seele, die es wert war, gerettet zu werden. Und das war seine Aufgabe.

Trotz der schmutzstarrenden Umgebung verheilte Alexanders Wunde gut. Die Pflege, die O'Shea ihm in den Wochen nach der

Schlacht hatte zukommen lassen, zeigte Wirkung. Der Junge hatte Glück gehabt. Mit Hilfe seines Kräuterwissens hatte der Alte ihm die Qualen erspart, die er jetzt selbst litt. Glücklicherweise war er am Ende seines Weges angekommen. Es war höchstens noch eine Frage von Tagen. Er würde das Ende des Jahres 1746 nicht mehr erleben. Aber er hatte sein Ziel erreicht.

Die klirrende Kälte drang den Gefangenen bis in die Knochen. In der elenden Kerkerzelle drängten sie sich eng zusammen, um ein wenig Wärme zu finden. Der Gestank war entsetzlich, doch er störte Alexander nicht mehr; er hatte sich daran gewöhnt. Das Stöhnen und Schreien, das Klirren der Ketten, das Klicken der Riegel und das Rasseln der Schlüssel waren ihm inzwischen vertraut. All das war nur noch eine schauerliche Melodie, die ihn bis in seine Träume begleitete.

An diesem Abend herrschte in der Zelle eine andere Stimmung als sonst. So etwas wie Freude schwang in den Gesprächen, und manchmal ließ sich sogar ein Lachen vernehmen. »Sie feiern den Geburtstag des Prinzen, mein Junge«, hatte O'Shea ihm erklärt. Sie hatten Dezember; *Nollaig* stand vor der Tür, Weihnachten. Und bald würde *Hogmanay* sein, der letzte Tag des *Bliadhna Thearlaich,* von Charlies Jahr.

Der pfeifende Atem des alten Priesters neben ihm ließ einen feinen weißen Dunst aufsteigen, der sich auf seinem Schnurrbart als Reif niederschlug. Das Fieber zehrte seinen abgemagerten Körper aus, von dem ein starker Fäulnisgeruch aufstieg, und schüttelte ihn heftig. Seit drei Tagen verweigerte O'Shea jede Nahrung und nötigte den Knaben, seine Ration zu essen. »Du wirst es brauchen, Alasdair Dhu...« Er hatte nicht einmal mehr die Kraft, Geschichten zu erzählen. Alexander wusste, dass der Tod seinen Freund holen würde. Sein Herz war schwer, und er fühlte sich schrecklich ohnmächtig.

Das Tageslicht, das durch das Loch in den dicken Steinmauern eindrang, tauchte die Zelle in einen nebligen Schein und beleuchtete den Haufen verwesender Leichen, die sich in der Mitte stapelten. Die Ratten ergötzten sich an den Körpern, deren Zahl immer mehr anwuchs. Ein Mann fand die Kraft, aufzustehen und einen der Nager mit einem Fußtritt zu verjagen. Die Tiere getrauten sich sogar gelegentlich, in das noch warme Fleisch der Lebenden zu beißen. Ein Rattenbiss konnte verhängnisvolle Folgen haben... Aber die Luft in der Zelle ebenfalls...

Bald würde eine Gruppe von Bettlern kommen, um die Toten zu holen, wie sie es seit vier Monaten regelmäßig taten. Sie warteten stets, bis sich etwa ein Dutzend Leichen angesammelt hatte, was mehrere Tage dauern konnte. Dann trafen neue Gefangene ein, wieder andere starben, und der Kreislauf setzte sich fort. Die Hinrichtungen wurden seltener. Den Menschen bereitete es immer weniger Vergnügen, bei diesen Schauspielen zuzusehen. So vergaß man die Gefangenen in ihren dunklen, feuchtkalten Zellen, denen nur der Tod seinen Besuch abstattete. Ab und zu jedoch holte man Männer und Frauen heraus, um sie in andere Gefängnisse zu verlegen oder sie auf die Schiffe zu bringen, die zu den Kolonien im Süden segelten, wo sie auf den Plantagen wie Sklaven verkauft werden würden.

Alexanders Lebensumstände waren elend, gewiss, aber vor allem litt er an seiner Seele. Trotz O'Sheas Morallektionen war er zu dem Schluss gelangt, dass er in seinem kurzen Leben nichts vollbracht hatte, über das die Barden singen konnten. Er hatte das Versprechen, das er seiner Großmutter gegeben hatte, nicht eingelöst; er hatte sein Volk nicht gerettet. In dem Versuch, den Feind zurückzuschlagen, Ruhm zu gewinnen und seinem Clan Ehre zu machen, hatte er Schande und Tod über die Seinigen gebracht... Seine Brüder würden ihm nie vergeben, das hatte er in Johns Blick gelesen. Das Tal von Glencoe war ihm von jetzt an verschlossen. Vielleicht war es ja alles in allem das Beste, wenn er als Sklave in die Kolonien verkauft würde...

Die abgemagerten Finger seines Freundes drückten seinen Arm, und er wurde aus seinen düsteren Gedanken gerissen. Er wandte sich ihm zu.

»Alas... dair«, hauchte der alte Priester, »hör mir zu... Du musst... dieses Gefängnis verlassen. Du musst leben...«

»Aber...«

»Hör zu... Lass mich ausreden... Unterbrich mich nicht... Ich... habe nicht... mehr viel Zeit. Ich werde sterben. Ich spüre schon, wie das Blut in meinen Adern stockt... und mein Gehirn taub wird. Ich habe... eine Idee. Sie ist nicht besonders reizvoll, aber sie... ist die einzige, die funktionieren könnte. Kurz bevor sie... die Toten holen kommen, leg dich zwischen sie.«

Entsetzt riss Alexander die Augen auf; sein Herz zog sich schmerzlich zusammen. Doch O'Shea drückte seinen Arm, um ihn zu beruhigen und zu ermutigen.

»Ich werde in deiner Nähe sein, Alasdair, und über deine Seele wachen... Ich habe sie beobachtet. Sie machen sich nicht die Mühe festzustellen, ob die Menschen wirklich tot sind. Die armen Teufel... die Wächter treiben sie mit dem Bajonett vor sich her, und sie denken nur daran, ihre scheußliche Aufgabe so rasch wie möglich hinter sich zu bringen. Mit ein wenig Glück... wirst du frei sein...«

»Das schaffe ich nie! Das sind doch verwesende Leichen!«

»*Omen nominis*, dein Name ist ein Omen... Du trägst den Namen eines Kriegers, Alasdair. Alexander der Große hat sich seinem Schicksal gestellt, ohne sich abzuwenden. Und ist *Mac Dhòmhnuill* nicht der Herr der Welt? Du musst es versuchen... Das ist deine einzige Chance... Der Winter hat gerade erst begonnen... Hier wirst du krepieren wie ein Hund. Rette dich. Atme die Freiheit... um meinetwillen. Wenn Gott dich zu sich rufen will, dann soll er es tun, wenn du den Sternenhimmel über dir siehst...«

»Die Sterne«, flüsterte Alexander.

Es war so lange her, dass er sie gesehen hatte...

»*Libera me, Domine, de morte aeterna, in die illa tremenda...*«, murmelte Daniel O'Shea schwach. Errette mich, Herr, vor dem ewigen Tode, an diesem schrecklichen Tag...

Mit diesen Worten verschied er in der Morgendämmerung in Alexanders Armen. Still beweinte der Knabe seinen Freund und Mentor, der ihm geholfen hatte, ein wenig Achtung vor sich selbst zurückzugewinnen. Würde er ihn enttäuschen?

Er betrachtete den Leichenhaufen, auf dem jetzt auch der Priester ruhte. Man hatte ihm sein schmutziges Hemd ausgezogen, und nun lag er nackt da, auf dem Rücken, so dass sein erschreckend magerer Körper auf schamlose Weise den Blicken aller ausgeliefert war. Aber niemand, abgesehen von Alexander, schenkte dem neuen Toten Aufmerksamkeit, derart war der Tod zum Alltag geworden.

Der Jüngling überlegte lange, was er tun sollte. So verging langsam der Tag. Beim leisesten Geräusch von der anderen Seite der Tür begann sein Herz wild zu pochen, und er legte die Hand darauf, um sich zu beruhigen. Wenn er blieb, war er unentrinnbar zum Tode verurteilt. Aber der von Ungeziefer wimmelnde Leichenberg war derart abstoßend... Und außerdem, wenn man ihn entdeckte, würde man ihn sicherlich foltern oder totschlagen wie den armen MacKay.

Der Abend tauchte die Zelle in eine tiefe Dunkelheit, die seine trübe Stimmung nicht linderte. Dies würde die erste Nacht ohne den Priester sein. Alexander konnte nicht schlafen, denn die Worte des Alten ließen ihm keine Ruhe. Er hoffte, O'Shea werde kommen, ihn an seinen warmen Körper drücken, ihm sagen, dass er nur einen Albtraum gehabt habe. Aber nichts davon geschah. Er musste allein mit seinen Dämonen kämpfen.

Die Bettler kamen am nächsten Morgen, bei Tagesanbruch. Im Korridor erklangen ihr Murren und die schweren Schritte der Soldaten, die sie begleiteten. Dann das metallische Klirren der Schlüssel... Alexanders Herz begann heftig zu pochen. Er sah O'Sheas blassen, im Tod erstarrten Körper an und schluckte. Panik bemächtigte sich seiner. Er musste sich jetzt sofort entscheiden.

Mut bedeutet, sich seinen Ängsten zu stellen, Alas, glaubte er die Stimme seines Vaters zu hören. Er schob sich auf die mageren, zitternden Beine, zögerte aber noch. Die Schritte kamen näher. *Atme die Freiheit... um meinetwillen...,* ermutigte ihn die Stimme des Priesters. Er schluckte ein letztes Mal und kroch auf allen vieren in die Mitte des Raumes, um in dem widerwärtigen Leichenhaufen nach einem Platz zum Hinlegen zu suchen. Die beste Idee schien es zu sein, sich an seinen Freund zu schmiegen. Eine Frau beobachtete entsetzt sein Tun, sagte aber nichts, als er sich auf dem kalten Boden ausstreckte. Um sich herum vernahm er Stimmengemurmel und angeekelte Ausrufe. Doch die Frau brachte sie sofort zum Schweigen. Sollte er sein Hemd ausziehen? Würden die Soldaten ansonsten Verdacht schöpfen? Keine Zeit mehr!

Der Riegel knarrte, und die schleppenden Schritte der Bettler, die in die Zelle traten, ließen sich in demselben Moment vernehmen, als er sich mit dem Gesicht zum Boden an O'Sheas starren Körper presste. Der Geist eines Gottesmannes würde sich gewiss nicht seiner Seele bemächtigen.

»Los, beeilt euch, ihr faulen Nichtstuer!«, brüllte einer der Soldaten. »Wir haben noch mehr davon… Herrgott, wie das stinkt!«

Es war kalt. Sein Herz schlug zum Zerspringen. Seine Glieder waren wie gelähmt. Wie sein Freund gesagt hatte, machten sich die Soldaten nicht die Mühe, sich davon zu überzeugen, ob die Körper tatsächlich leblos waren, bevor sie sie abtransportierten. Der Verantwortliche erfragte den Namen des Toten, schrieb ihn in sein Register und wandte sich dann dem nächsten zu. Doch der Mann, der Alexanders Knöchel umfasste, spürte die Wärme, die davon aufstieg. Die Frau, die Alexander kurz zuvor beobachtet hatte, erklärte sofort, er sei vor kaum einer Stunde gestorben.

Die Angst hatte den Körper des Jungen gelähmt, und er hatte unwillkürlich die Muskeln entspannt und sich nass gemacht. Der Soldat bemerkte das und wollte mit der Spitze seines Bajonetts auf ihn einstechen. Sogleich kreischte die Frau, man dürfe die Körper der Verstorbenen nicht verstümmeln, das sei Gotteslästerung. Der Soldat, der schon auf Alexanders Nierengegend gezielt hatte, schrak zusammen und traf ihn stattdessen in den Schenkel. Alexander rührte sich nicht. Er war dermaßen durchgefroren, dass er den Stich der Stahlspitze kaum spürte.

»Wisst ihr seinen Namen?«

»Ich glaube, er hieß Alasdair. Alasdair Dhu Macdonald aus Glencoe.«

»Glencoe? Hmmm... Nun gut«, brummte der Soldat beim Schreiben.

Mit großer Mühe gelang es dem Jungen, nicht vor Angst und Kälte zu zittern. Der Soldat versetzte ihm noch einen Fußtritt in die Rippen, dann war er anscheinend zufrieden und ließ ihn aus der Zelle tragen, worauf er sich der nächsten Leiche widmete.

Alexander fand sich auf einem Karren wieder, auf Leichen liegend, die Gestank und Körperflüssigkeiten ausschieden. Er musste stark an sich halten, um sich nicht zu erbrechen. Das stinkende Gas, das von den Kadavern aufstieg, die unheimlichen Laute, die aus den Mündern der von dem Karren durchgerüttelten Leichen kamen, widerten ihn an, und am liebsten hätte er laut geschrien. War das der Tod? Er verfluchte O'Shea für seine Idee, und dann verwünschte er sich selbst, weil er nicht mit ihm gestorben war. Schließlich gelang es ihm, sich auf die Freiheit, die vor ihm lag, und auf seinen Herzschlag zu konzentrieren, der ihn daran erinnerte, dass er noch am Leben war.

Unter ihm knarrten die Räder; der Fuhrmann summte eine Ballade vor sich hin. In einer dunklen Straße gelang es Alexander, sich aus der eisigen Umarmung einer Frau zu befreien, die ihn zu ersticken drohte. Auf seinem Bauch lag eine Hand, an der zwei Finger fehlten. Der Priester. Ein bitterer Geschmack stieg ihm in den Mund. Mit einem kräftigen Fußtritt befreite er sein Bein, das unter einem Torso festgeklemmt war, rollte sich auf die Seite und ließ sich an der Biegung einer Gasse schlaff vom Wagen fallen. Ohne sich zu regen, schlug er vorsichtig ein Auge auf. Der Wagen ratterte weiter. Er wartete noch einen Moment, bis er ganz sicher war, dass er sich weit genug entfernt hatte. Dann rappelte er sich mühsam auf die Beine und erbrach einen dünnen Faden Galle. Er war frei...

Alexander hatte es geschafft, er konnte es kaum glauben, er war frei! Er schlug die Augen zum Himmel auf und dankte Gott und O'Shea. Schwindlig vor Schwäche hielt er sich an der Wand fest, um nicht zusammenzusacken, und schaute sich um. Es war noch sehr früh. Die Gasse war verlassen, und von den Ufern des Ness stieg dichter Nebel auf, der seine Flucht begünstigen würde.

Er tat ein paar Schritte und spürte, wie der eisige Schlamm zwischen seinen Zehen hervorquoll. So taub vor Kälte und nur mit seinem zerlumpten, schmutzigen Hemd bekleidet, musste er etwas zum Anziehen finden. Ohne Kleidung würde er die nächste Nacht nicht überstehen, denn schon jetzt begann er mit den Zähnen zu klappern. Anschließend würde er sich etwas zu essen suchen.

Hinkend strich er an den Mauern entlang, warf einen Blick in die Fenster und durchforschte die Winkel der Gasse auf der Suche nach einem Eingang. In dem Moment, als der Umriss einer Kutsche aus dem Nebel auftauchte, hatte er endlich einen gefunden. Er sprang in einen Torbogen, der sich hinter ihm auftat, und fand sich auf einem verlassenen Hof wieder. In der Nähe wartete ein Stapel Holzklötze darauf, dass jemand sie hackte. Eine Axt lehnte daneben. Die Türen des Pferdestalls waren geschlossen. Alexander erblickte ein Nebengebäude, dessen Dach eingesunken war, bestimmt die Latrine, und einen kleinen Anbau, den er für die Milchkammer hielt. Er trat näher heran.

Der Raum war dunkel; ein wunderbarer Geruch nach Fleisch hing darin. Er hatte solchen Hunger... Er schluckte den Speichel hinunter, der ihm im Mund zusammenlief, und tat ein paar Schritte. In diesem Moment wurde eine Tür weit aufgerissen, und eine nur verschwommen erkennbare Gestalt tauchte langsam aus dem Halbdunkel auf. Auf der Schwelle erstarrte die Silhouette, und Alexander erkannte, dass sie Röcke trug. Der Knabe stand wie gebannt da und wagte weder sich zu bewegen noch etwas zu sagen. Ob die Frau ihn gesehen hatte? Ein leiser Aufschrei, den sie mit der Handfläche erstickte, gab ihm die Antwort.

Verzweifelt warf er sich der Frau zu Füßen, um sie anzuflehen, sie möge schweigen. Als sie seinen Geruch wahrnahm, stieß sie ihn heftig zurück, trat einen Schritt nach hinten und hielt sich die Nase zu.

»Puhhh! Wo kommst du denn her, dass du so stinkst?«

»Aus ... dem Gefängnis«, gestand er naiv.

Verblüfft starrte sie ihn an.

»Was? Aus dem Tolbooth?«

Wieder sah sie ihn an und riss die Augen auf.

»Aber du bist doch nur ein Junge! Wie alt bist du?«

»Ähem ... vierzehn ...«

Sie trat zur Seite, um mehr Licht einzulassen, und betrachtete ihn aufmerksam.

»Hmmm ... Was willst du, und wie ist dein Name?«

»Ich heiße Alasdair ... Dhu. Ich brauchte etwas zum Anziehen ... irgendetwas, um mich zu bedecken. Und vielleicht noch ein Stück Brot ... Nichts weiter, das schwöre ich Euch.«

»Bist du allein?«

»Ja.«

Sie inspizierte die entfernteren Winkel der Milchkammer, um sich zu vergewissern, dass er die Wahrheit sagte. Dann richtete sie die dunklen Augen auf ihn und schwieg eine Weile. Alexander nahm ihre zweifelnde Miene wahr und fürchtete einen Moment lang, sie werde schreien und ihn verraten, und er fände sich schon bald im Gefängnis wieder. Oh nein! Nur das nicht ... Er würde sich lieber wehren und dabei totschlagen lassen, als wieder dorthin zurückzugehen.

»Also, du bist ja ganz blau gefroren! Komm, du brauchst zuerst einmal ein schönes Bad und dann saubere Kleider. Ich habe vielleicht etwas, das dir passt. Und erst danach bekommst du etwas zu essen.«

Alexander schwankte. Die Erleichterung verschlug ihm die Sprache. Dann schmeckte er eine salzige Träne auf seinen aufgesprungenen Lippen.

Im Kamin brannte ein kräftiges Feuer und ließ Schatten auf Alexanders ausgemergelten Zügen tanzen. Er hatte die Augen geschlossen, hielt eine Hand auf den Magen gelegt und wartete darauf, dass die Krämpfe vorübergingen. Vielleicht hätte er sich doch mit Brühe und Brot zufriedengeben sollen, Fleisch hatte er nicht mehr gegessen seit… Wann? Oh! Er konnte sich nicht einmal erinnern.

Draußen stöberten Tausende kleiner Flocken umeinander. Die Dächer überzogen sich mit einer dünnen Schneeschicht. Nachdem er nun sauber und in Sicherheit war, spürte er, wie ihn in der Wärme, an die er gar nicht mehr gewöhnt war, der Schlaf überwältigte. Die Tür ging. Mit einem Sprung flüchtete er sich unter den Tisch und beobachtete den Kücheneingang. Der braune Rocksaum der jungen Frau tauchte auf, und er stieß einen Seufzer der Erleichterung aus. Das Hausmädchen hatte ihm versichert, dass ihre Herrin erst nach dem Unwetter zurückkehren würde. Aber nach dem, was er so lange erlebt hatte, war er schreckhaft wie ein wildes Tier.

Das lächelnde Gesicht des Mädchens erschien. Sie war kaum älter als fünfzehn oder sechzehn. Wirklich hübsch war sie nicht mit ihren zu eng stehenden Augen und der Nase, die leicht nach rechts zeigte, aber sie besaß ein freundliches Lächeln, das einem das Herz erwärmte. Für ihn reichte das aus, um sie schön zu finden.

»Komm da heraus, ich fresse dich schon nicht!«, rief sie lachend aus. »Außerdem geht sonst deine Wunde wieder auf, und du blutest mir den Fußboden voll, den ich erst heute Morgen gescheuert habe.«

Errötend kroch er aus seinem Unterschlupf. Dann setzte er sich wieder auf die Bank und verzog das Gesicht. Den Kopf zur Seite geneigt, betrachtete sie ihn kritisch. Sie stellte eine Schale mit dampfendem Wasser, ein Stück Seife und ein Rasiermesser vor ihn hin. Verblüfft sah er das Arrangement an und versuchte zu begreifen, was sie vorhatte.

»Was denn?«, meinte sie achselzuckend. »Wir müssen dich rasieren, mein Großer.«

»…«

Er fuhr mit der Hand über seine Wangen und sein Kinn. Ein paar kräftige Haare stachen ihm in die Finger, andere waren länger und krausten sich. Ohne Umschweife band das Mädchen ihm ein Tuch um den Hals, schäumte die Seife auf und schmierte sie ihm in das vom kräftigen Abrubbeln bei seinem Bad noch rote Gesicht. Verlegen ließ er sich von dieser freundlichen Unbekannten, die ihn seit seiner Ankunft wie eine Stoffpuppe behandelte, verhätscheln. Die glänzende Klinge des Rasiermessers huschte vor seinen Augen vorbei und verhielt unter seinem Kinn.

»Ich heiße Connie«, sagte sie liebenswürdig, während das scharfe Messer über seine Kehle glitt. »Woher kommst du?«

»Aus dem Westen.«

»Bist du ein Mackenzie? Macdonald? Cameron? Vielleicht ein Campbell? Aber gewiss stammst du aus einem jakobitischen Clan, stimmt's?«

Er zuckte zusammen, und die Klinge ritzte ihn leicht.

»Oh, Verzeihung! Habe ich dir wehgetan?«

Er schüttelte langsam den Kopf und sah die Klinge an. Sie wischte das Blut mit einer Ecke des Tuchs ab und machte sich erneut an die Arbeit.

»Du bist nicht verpflichtet, mir den Namen deines Clans zu nennen, Alasdair Dhu. Mach dir keine Sorgen. Solange du hierbleibst, bist du in Sicherheit. Meine Herrin heißt Annabel Fraser. Ihr Mann war Leutnant in Lovats Regiment. Er ist nicht aus der Schlacht von Culloden zurückgekehrt. Ich glaube nicht, dass sie etwas dagegen hat, dich einige Zeit aufzunehmen. Außerdem hat sie auch den Diener von Mr. Fraser verloren, der beschlossen hatte, seinem Herrn in den Kampf zu folgen. Ein zusätzliches Paar Hände käme uns hier nicht übel zupass. Gewiss, die Nachbarn helfen uns ein wenig, aber trotzdem bin ich allein mit ihr und muss alles im Hause erledigen. Seit dem letzten Frühjahr hat sich alles verändert. Zu viele Witwen und Waisen...«

Seufzend tupfte sie die letzten Seifenreste von Alexanders Wangen und lächelte dann.

»So, fertig! Neben der Tür hängt ein Spiegel an der Wand.«

Erschrocken fuhr er vor seinem Spiegelbild zurück. Er erkannte den jungen Mann nicht wieder, der ihn verblüfft anstarrte. Unter der dunklen Mähne lagen glanzlose Augen tief in ihren Höhlen. Die Wangenknochen und das Kinn standen groß und knochig unter der Haut hervor. Sein ungleichmäßig geschnittener Mund kam ihm größer vor als in seiner Erinnerung. Wo war das Kind geblieben, das vor einem Jahr das Tal von Glencoe verlassen hatte? *Es ist in diesem abscheulichen Gefängnis gestorben*, antwortete ihm eine leise Stimme.

Wie um sich zu vergewissern, dass er nicht träumte, strich er mit der Hand – von der ihm auffiel, dass sie stark geädert war – über die Konturen seines Gesichts und dann über seinen Adamsapfel, der an Umfang zugenommen hatte und sich anfühlte wie ein Ei, das in seinem abgemagerten Hals steckte. Ein Mann… Er war zu einem Mann geworden.

»Und?«

Er wandte sich zu der jungen Frau um, die ihn mit offensichtlichem Vergnügen ansah. Er spürte, wie er bis an die Haarwurzeln errötete und sah auf seinen hochgeschossenen Körper hinunter. Seine mageren Gliedmaßen waren zu lang für die Hosen und das Hemd, die er trug. Die Kleidungsstücke gehörten dem Diener, hatte sie erklärt. Der arme Mann würde wahrscheinlich nie zurückkehren, um sein Eigentum einzufordern.

»So ist es schon viel besser«, meinte sie mit zufriedener Miene.

Sie bewaffnete sich mit einer Bürste, ergriff eine seiner verfilzten Haarsträhnen und zupfte daran.

»Jetzt müssen wir dich nur noch frisieren. Dann wirst du so hübsch aussehen wie der Prinz selbst.«

Ihm blieb nichts anderes übrig, als seinen Kopf den Händen der jungen Frau zu überlassen. Doch es tat ihm sehr gut, wie ihre kräftigen Finger in sein Haar fuhren und ihm den Schädel massierten. Das Gefühl bereitete ihm sogar Vergnügen, und er schloss die Augen und entspannte sich zum ersten Mal seit langer Zeit.

Obwohl der Winter in den Highlands in diesem Jahr besonders streng ausfiel, konnte Alexander sich in keiner Weise über seine Lage beklagen. In den Bergen wäre er gewiss an Hunger und Kälte gestorben. Mrs. Fraser war einverstanden gewesen, ihn aufzunehmen, und hatte nur zur Bedingung gemacht, dass er sich seinen Unterhalt verdiente, indem er die Aufgaben übernahm, die sonst der verschwundene Diener erledigt hatte. Nahrungsmittel waren schließlich knapp und wurden beinahe mit Gold aufgewogen. Da ging es nicht an, mildtätige Gaben zu verteilen, wenn man selbst kaum genug zu essen hatte. Doch der Junge war davon überzeugt, dass die Dame hinter ihrer barschen Art ein großes Herz verbarg. Er gab ihr keinen Grund zur Beschwerde, obwohl die Schufterei oft über seine Kräfte ging.

Nach und nach wurde es milder, und der Frühling kam. In der linden Luft schmolzen rasch die letzten Schneereste, und das Vieh kam wieder auf die Weiden, wo es das sprießende Grün fressen konnte. Connie sang mit den Vögeln. Sie trillerte den ganzen Tag, während sie ihre Arbeit tat. Alexander hörte ihr gern zu; sie hatte eine so schöne Stimme. Sie lenkte ihn von den düsteren Gedanken ab, die ihn bei der Arbeit überkamen.

Die Vorstellung, nach Glencoe zurückzukehren, wie es ihm O'Shea vorgeschlagen hatte, ging ihm im Kopf herum. Er hoffte mit aller Macht, dass sein Vater nicht tot sein möge, wie er geglaubt hatte. Aber der Gedanke, seinen Brüdern gegenüberzutreten, erfüllte ihn mit Schrecken. Er würde ihnen sein unverzeihliches Verhalten erklären müssen, und bestimmt würden sie ihn verurteilen. Vielleicht würde er aus dem Clan verstoßen werden. Und John...

Er besaß nur bruchstückhafte Erinnerungen an diesen entsetzlichen Apriltag, und es fiel ihm schwer, die Ereignisse in die richtige Reihenfolge zu bringen. Offenbar weigerte sich sein Verstand, irgendeine Ordnung darin herzustellen.

In Gedanken versunken saß er auf einem umgedrehten Schubkarren und unterhielt sich damit, mit dem Taschenmesser, das Mrs. Fraser ihm geschenkt hatte, an einem Stück Holz zu schnitzen. Er betrachtete das grob herausgearbeitete Motiv und verzog unzufrieden den Mund. Die Rankenmuster waren nicht ausgewogen, und der Kopf des Reihers war zu groß. Aber er hatte keine Zeit, seinen Entwurf zu verbessern. Brummend steckte er das Holzstück zusammen mit seinem Messer in die Hosentasche und sprang von der Schubkarre. Er landete in einem frischen Kuhfladen, rutschte aus und schaffte es gerade noch, nicht hineinzufallen, indem er sich an einem Halfter festhielt, das vor einer leeren Box an der Wand hing.

»Ach, verfluchter, gotterbärmlicher Mist!«, knurrte er mit zusammengebissenen Zähnen, während er sich die Schuhsohlen an einem Heuballen abwischte.

»Besser hättest du es nicht ausdrücken können!«

Ein helles Lachen hallte durch den Stall und ließ ihn herumfahren. Connie betrachtete ihn mit ihrem wunderschönen Lächeln. Er war ganz versunken in sein Werk gewesen, und so war ihm gar nicht aufgefallen, dass sie zu singen aufgehört hatte. Ob sie ihn wohl schon lange beobachtete?

»Du bist heute Nachmittag aber nicht besonders fleißig, was, Alasdair?«

»Ich wollte mich gerade wieder an die Arbeit machen«, stotterte er, während ihm das Blut in die Wangen stieg.

Gelassen trat sie auf ihn zu und legte ihm eine Hand auf den Unterarm. Sie fühlte sich warm und weich an.

»Was hast du da eben gemacht? Zeig es mir.«

»Nichts... Also, ich habe mich nur damit unterhalten, an einem Stück Holz zu schnitzen.«

»Verstehe... Bist du hungrig? Ich habe etwas für dich...«

Sie zog ein Tuch aus ihrer Tasche und schlug es auf. Darin befand sich ein dickes, noch heißes Stück Haferkuchen.

»Oh! Danke schön.«

Sie betastete seinen Bizeps und schlug kokett die Augen zu ihm auf. Inzwischen überragte er sie um gut eine Haupteslänge. Merkwürdig, dass ihm das erst heute auffiel.

»Die Arbeit bekommt dir gut. Du bist kräftig geworden.«

Ein wenig verlegen zog Alexander sich zurück. Die Berührung der jungen Frau hatte Empfindungen in ihm erweckt, die er am besten sofort unterdrückte. Connie schien seine Reaktion zu verstehen, und sie lächelte honigsüß.

»Ich muss wieder in die Küche und das Abendessen kochen... Bis später.«

Ohne Vorwarnung presste sie die Lippen auf seinen Mund; dann wirbelte sie herum, rannte singend aus dem Stall und ließ ihn verdutzt zurück. Klopfenden Herzens, eine Hand dort, wo sich seine männliche Begierde unmissverständlich zeigte, starrte er mit offenem Mund auf die Tür.

Die Tage vergingen, und Connie sorgte dafür, dass sie öfter allein mit ihm war und streifte ihn absichtlich, um seine Lust zu entzünden. Alexander fühlte sich ein wenig unwohl dabei, hatte er sie doch von Anfang an als so etwas wie eine große Schwester betrachtet. Dieses plötzlich ganz andere Verhalten der jungen Frau erweckte in ihm Gefühle, die er für unnormal hielt. Nachts, allein in seinem Bett im ehemaligen Zimmer des Dieners, lag er viele Stunden lang wach und lauschte dem sinnlichen Rascheln des Laubwerks, das ihn an das Rauschen ihrer Röcke erinnerte. Er stellte sich vor, wie der Wind ihre Kleider leicht hochwirbeln würde, und das reichte schon aus, um ihn zu erregen. Wenn er das Jaulen der Katzen hörte, die sich auf den Häusern des Viertels paarten, meinte er beinahe, die Lustschreie von Frauen zu vernehmen. Vor allem glaubte er, Connies engelsgleiche Stimme zu hören.

Connie war eine Sirene, die ihn verzauberte, die ihn in den Strudel seiner erwachenden Sinne zog und in ihm ein ganz neues Pochen hervorrief, das er nur stillen konnte, indem er von ihr träumte. Sie flößte ihm Träume ein, die ihn mit Begehren erfüllten und in ihm die Leidenschaft für den weiblichen Körper erweckten, den er geschickt entblätterte, um den köstlichen Unterschied zwischen ihnen zu entdecken, der sie zu seinem vollkommenen Gegenstück machte.

Er entdeckte eine neue Facette der Frau. Bis jetzt kannte er die Mutter, die Frau, durch die er Liebe erfuhr, durch die er überhaupt existierte. Nun lernte er sie in Gestalt der Geliebten kennen, der Frau, für die man lebte und vielleicht auch starb, die, *für die* man existierte.

Alexander wehrte sich dagegen, sich in Connie zu verlieben, denn er würde fortgehen. Endlich hatte er sich entschieden.

Er würde eines Tages nach Glencoe zurückkehren, das musste sein. Doch zugleich spürte er, dass er sie brauchte. Er begehrte sie. Aber er hatte Angst, Furcht davor, ihr warmes Geschlecht, das ihm Lust spenden würde, könnte ihm auch etwas von sich entreißen. Er fürchtete sich davor, ihr ein Stück seiner Seele zu überlassen und ihr so Zugang zu seinen Schwächen zu gewähren, die sie einsetzen könnte, um sich nach Belieben seiner zu bedienen.

Das Kind in ihm sehnte sich nach dem Trost, den ihr verführerisches Fleisch ihm schenken konnte, doch der Mann, der in ihm erwachte, wappnete sich gegen die Liebe, diesen unbekannten Usurpator, und schützte sich mit seinem Schild. Denn Liebe konnte auch weh tun, hatte O'Shea ihn gewarnt; sie konnte mit größerer Sicherheit töten als der harte Stahl einer Klinge. Wenn er zuließ, dass die junge Frau fortfuhr, ihn zu bezaubern, würde er unnütz leiden, und das wollte er nicht. Er musste die Lage zwischen ihnen so bald wie möglich klären.

Er traf Connie über den Kochtopf gebeugt an, wo sie das Ragout abschmeckte. Ihr dralles Hinterteil wiegte sich im Rhythmus der Melodie, die sie fröhlich vor sich hin summte. Dieser Anblick ließ Bilder in ihm aufsteigen, die eines aufreizender als das andere waren, und versetzte sein Herz in wildes Klopfen. In seinen Schläfen und seinen Lenden pochte das Blut.

Alexander hatte Lust, sie zu umarmen, seine Hände auf ihren gut im Fleisch stehenden Körper zu legen, der angenehm und warm war. Warum sollte er ihr sagen, dass er fortgehen würde? Er begehrte sie doch. Auf der anderen Seite verdross es ihn, dass er sich der Macht der Anziehung, die das schwache Geschlecht auf ihn ausübte, beugte. Von Panik ergriffen wollte er schon hinauslaufen, als Connie den Rücken wölbte und den Kopf nach hinten warf, um ihre Muskeln zu entspannen, und ihn so unbewusst zurückhielt, indem sie die Klauen der Versuchung tief in seinen Leib schlug.

Der starke Regen rauschte vor den Fenstern wie ein Vorhang herab und dämpfte die Geräusche, die von der Straße hereindrangen. Ein blendend heller Blitz durchzuckte den dunklen Himmel. Der Donner, dieser Aufschrei des Himmels, rief ihm eine Warnung zu. Dann war es wieder still. Aber in Alexanders Kopf hallte noch das himmlische Grollen nach. *Rette dich! Rette dich!* Es gelang ihm nicht; er war vollständig betört von dieser Hexe.

Sie wandte sich anmutig um, wobei sie zugleich ein paar Tanzschritte vollführte und einen Finger in ihr rundes Mündchen steckte. Dann streckte sie den Arm aus, nahm eine Büchse und gab eine Prise Salz in den Topf. Anschließend steckte sie den Schöpflöffel hinein und holte etwas von der dampfenden Brühe heraus.

»Autsch!«, stieß sie hervor, als die heiße Flüssigkeit ihre Lippen berührte. »Hmmm... Da fehlt noch Thymian.«

Connie stieg auf einen Stuhl und versuchte, ein paar Zweige des Gewürzes abzureißen, von dem ein Büschel an einem Haken vom Dachbalken herunterhing. Mit seinem Blick liebkoste der junge Mann die Rundung ihrer Brust, die ihr Mieder spannte. Er schluckte. Connie kam nicht an das Kraut heran, daher stellte sie sich auf die Zehenspitzen und stützte sich mit einer Hand an einem Regal ab. Doch das Brett rutschte weg; die junge Frau verlor das Gleichgewicht und versuchte sich an den Pfannen und diversen Küchengeräten, die ebenfalls dort hingen, festzuhalten. Unter gewaltigem metallischen Klirren stürzte sie ins Leere, doch zwei starke Arme fingen sie auf.

»Oh!«, rief sie erschrocken aus. »Ich bin ja so... ungeschickt!«

»Alles in Ordnung? Hast du dir etwas getan?«

»Ich glaube... nicht. Du warst ja da.«

Wortlos sah sie ihn an und ließ zu, dass er sie mit seinen saphirblauen Augen verschlang, die er ganz offensichtlich nicht von ihr nehmen konnte. Schwer atmend drückte Alexander sie an sich und spürte ihre festen Brüste, die sich gegen seinen Brustkasten pressten. Aber wie fing man es an, einer Frau näherzukommen? Er hatte wohl zwei oder drei Mal eine kleine Spielkameradin geküsst. Aber er hatte bei diesen harmlosen Küssen, zu denen ihn reine Neugier getrieben hatte, bloß ein vages Unbehagen empfunden und nicht versucht, das Erlebnis zu wiederholen. Damals hatten ihn die Jagd und seine Schwertübungen weit mehr interessiert. Heute, mit fünfzehn, hatte er keine Ahnung von solchen Dingen und wusste trotz der Empfindungen, die Connies Brüste in ihm erweckten, nicht, wie er sich verhalten sollte. Sie dagegen schien da aufgeweckter zu sein. Er sog ihren Duft ein und bemerkte zum ersten Mal diese schwache, undefinierbare Note, die darin lag. War das bei allen Frauen so, oder war das Connies ganz eigener Geruch?

»Danke …«, hauchte sie leise und schob ihr Gesicht näher an seines heran.

Sie verharrte ein paar Zoll vor ihm, schaute eindringlich auf seinen Mund und schlang die Arme um seine Schultern. Kühn strichen ihre rosigen Lippen über den Mund des jungen Mannes und riefen dort einen wunderbaren Schauer hervor, der über seinen Nacken bis in sein Kreuz hinunterlief. Ihre Lippen waren noch weicher, als er sich das vorgestellt hatte.

»Mrs. Fraser wird den ganzen Tag fort sein. Sie ist zu ihrem Schwager nach Beauly gefahren«, flüsterte sie mit halb geschlossenen Augen. »Bei diesem Gewitter … ist sie zum Abendessen gewiss noch nicht zurück.«

Alexander, der keine Silbe herausbrachte, nickte und holte tief Luft, um einen klaren Kopf zu bekommen.

»Wir sind also den ganzen Tag allein, Alexander Dhu.«

Connies Hände, die nichts von dem inneren Tumult ahnten, der den jungen Mann lähmte, glitten über sein Hemd, über seinen Rücken und bis zur Taille. Sein linkischer Jünglingskörper hatte sich im letzten Jahr verändert, und die harte Arbeit hatte seine Muskeln entwickelt, so dass er jetzt die Gestalt eines Mannes besaß. Sie folgte seinen Konturen bis zu den Hüften und ließ dann die Finger in seine Hose gleiten, über seine Hinterbacken, die er unwillkürlich zusammenzog. Alexander stöhnte auf. Mit einem Schlag hatte sie die Mauer niedergerissen, die er verzweifelt zwischen ihnen beiden aufzurichten versuchte …

»Willst du mich, Alasdair? Du bist jetzt ein Mann. Und ein Mann möchte manchmal … gern mit einer Frau liegen … Begehrst du mich, Alasdair?«

Sie hauchte ihm die Worte in den Mund hinein, dann bedeckte sie ihn erneut mit ihren Lippen, und ihre feuchte Zunge glitt hinein wie die listige Schlange des Bösen. Er vermochte nicht einmal mehr zu protestieren. Die Würfel waren gefallen. Er begehrte sie, und wie er sie begehrte!

Außer sich vor Erregung presste er sich stöhnend gegen ihren Körper, der sich anspannte, während die Hände der jungen Frau geschickt seine muskulösen Hinterbacken massierten. Er ließ die feuchten Handflächen über ihre Brüste gleiten, diesen Gegenstand seiner Fantasien. Wie so oft im Traum berührte er sie, so wie man sich einer ersehnten reifen Frucht bemächtigt, zart und mit geschärftem Tastsinn. Der intime Kontakt ließ wunderbare Bilder in ihm aufsteigen und vor seinen geschlossenen Augen vorbeiziehen und stürzte ihn in einen Zustand, in dem seine Ungeheuer keine Macht mehr über ihn hatten.

»Oh! Connie … Oooh …! Ja! Oh jaaa!«

Ein neuer Blitz zuckte über den Himmel. Connies Hände, die ihn geschickt liebkosten, ergriffen Besitz von seinem Körper und seinen Sinnen. Ein rauer Schrei entrang sich seiner Kehle, während ein Höllenfeuer seinen Unterleib verbrannte. Wieder riss der Himmel auf. Er hatte das Gefühl, als tue sich die Erde unter seinen Füßen auf und er würde von einem bodenlosen Abgrund verschlungen. Alexander klammerte sich an die junge Frau und bohrte durch ihre dicken Röcke hindurch die Finger in ihr Fleisch. Dann ließ er keuchend und benommen ein wenig lockerer und lauschte dem Trommeln des Regens und seinem Herzen, das in seiner Brust heftig pochte. So blieben sie einige Minuten lang reglos stehen; während er wieder zu Atem kam und sie sich auf die Lippen biss, um nicht zu lachen.

»Es … tut mir leid«, stotterte er verlegen. Er stellte fest, dass er seine Kniehosen befleckt hatte, und hielt eine Hand davor.

»Du bist unerfahren, aber du wirst es schon noch lernen.«

Sie stellte sich auf die Zehenspitzen und drückte ihm einen zärtlichen Kuss auf den Mund.

»Wenn du möchtest, zeige ich dir, wie es geht … Du küsst gut, das ist immerhin ein Anfang.«

Offenbar war Connie in diesen Dingen nicht unerfahren. Ihre karminroten, leicht angeschwollenen Lippen wölbten sich leicht, und ihre Wimpern flatterten. Seufzend schloss er die Augen. Immer noch tobte das Verlangen unerbittlich durch seinen Leib. *Carpe diem*, dachte er bei sich. Aber wie sollte er es jetzt fertigbringen, von hier fortzugehen?

Ein weiteres Jahr verging. Der Sommer 1748 überhauchte die Berge mit dem Amethystton von Heidekraut und die Täler mit smaragdfarbenem, üppigem Pflanzenwuchs. Weizen und Gerste standen hoch auf den Feldern, und die Lämmer hüpften fröhlich hinter den Herden her, die auf den Hügeln weideten. Das Leben begann seinen Kreislauf von neuem, und die Unterdrückung in den Highlands ebenfalls. Die Schiffe, die auf Reede lagen, füllten sich mit Rebellen, die von den Gefängnissen ausgespien wurden. Man schickte die Gefangenen nach Newcastle, wo man sie wie gemeines Vieh auf verschiedene große Schiffe aufteilte; und von dort aus ging es auf die Plantagen in den Kolonien.

Manchmal wagte Alexander sich bis an den Hafen und sah zu, wie sich diese Unglücklichen, deren Lumpen kaum noch ihre Blöße bedeckten, einschifften. Schweigend schaute er zu, suchte in den Gesichtern nach vertrauten Zügen und erschauerte manchmal, wenn er glaubte, sich selbst unter ihnen zu sehen. Dann wandte er sich ab und kehrte zu Mrs. Frasers Haus zurück, wo ihn seine Pflichten riefen. Er war der Witwe für ihre Güte dankbar. Und durch Connie hatte er wieder Freude am Leben gefunden... Doch manchmal hörte er, wie der Wind den Ruf der Berge herantrug, und das Heimweh zerriss ihm das Herz. Seine heimatliche Landschaft fehlte ihm. Er sehnte sich danach, das Tal von Glencoe wiederzusehen und dem Fluss zu lauschen, der ihm seine Geschichte erzählte. Wie gern hätte er sich auf dem fetten Gras von Rannoch Moor ausgestreckt und dort den Abdruck seines Körpers hinterlassen.

Alexander schüttelte den Sand herunter, der sein Werk bedeckte, und strich zufrieden über die polierte Holzoberfläche. Seiner Meinung nach war ihm die Arbeit recht gut gelungen.

Er nahm Connies kleinen Spiegel, legte ihn in die Vertiefung, die er zu diesem Zweck in der Mitte der Schnitzerei eingefügt hatte, und befestigte ihn mit kleinen Häkchen. Dann betrachtete er bewundernd das Ergebnis. O'Shea wäre stolz auf ihn gewesen. Die flüssigen und harmonischen Flechtelemente bildeten den perfekt proportionierten Körper eines Kranichs, des Symbols für logisches Denken und Geduld. So sah er Connie, und er hoffte, dass sein Geschenk ihr gefallen würde.

Er löschte die Kerze, und der Stall lag im Dunkel. Mondlicht fiel von draußen ein, beleuchtete die Kruppe des Pferdes und ließ sein frisch gestriegeltes Fell aufschimmern. Er war später als sonst mit der Arbeit fertig geworden, da Annabel Fraser gerade eben erst aus Beauly zurückgekehrt war. Connie hatte sie im Verdacht, eine Liebesbeziehung zu ihrem Schwager, der Junggeselle war, zu unterhalten. Und was wäre auch Schlimmes daran gewesen? Alexander vermutete, dass es zwischen den beiden Streit gegeben hatte, denn Mrs. Fraser war bei ihrer Rückkehr in einer unausstehlichen Stimmung gewesen. Fluchend hatte sie ihm die Zügel ihres Pferdes, dem der Schaum vor dem Mund gestanden hatte, in die Hand gedrückt, war wortlos ins Haus gerannt und hatte die Tür hinter sich zugeknallt.

Nachdem er sich vergewissert hatte, dass wirklich alle Lampen gelöscht waren, verließ er den Stall. Er hatte es eilig, in sein von Connie angewärmtes Bett zu kommen. Um diese Zeit würde sie wohl nicht mehr auf ihn warten. Ihre Zimmer lagen nebeneinander, so dass nur ein paar Schritte sie trennten. Im Küchenkamin glomm noch die letzte Glut. Aus einem Raum, von dem er wusste, dass er das Arbeitszimmer des Herrn gewesen war, drangen Schritte und ersticktes Schluchzen zu ihm. Bei Strafe der Entlassung war es allen verboten, dieses Zimmer zu betreten, das seit dem Verschwinden des Herrn verschlossen geblieben war. Unter der Tür fiel ein schwacher Lichtschein hindurch. Die Hausherrin brütete offenbar über ihrem Zorn. Vielleicht sollte er Connie davon erzählen…

In dem Dachzimmer des Hausmädchens war es heiß. Durch das offene Fenster wehte eine frische Brise und bauschte den

Vorhang wie den Unterrock einer Frau. Sein Geschenk in den verkrampften Händen, blieb Alexander reglos stehen. Dieses Zimmer war von ihrem Lachen und ihren Seufzern erfüllt. Er hatte sich geschworen, sich nicht in Connie zu verlieben, doch er konnte nicht leugnen, dass er Gefühle für sie hegte. Sie hatte ihn so viel gelehrt und war so geduldig dabei gewesen. Oft ertappte er sich dabei, dass er fürchtete, der Diener der Frasers, der ebenfalls das Bett der bezaubernden jungen Frau geteilt hatte, könnte unerwartet zurückkehren. Das hatte sie ihm selbst gestanden, ohne sich im Geringsten zu schämen, um ihm zu erklären, woher ihre Erfahrung rührte, und damit er sich keine falschen Vorstellungen darüber machte, wie sie dazu gekommen war. Sie hatte Wallace gern gemocht, und er sie ebenfalls.

Connie hatte auf ihn gewartet, war aber eingeschlafen; die Kerze war vollständig heruntergebrannt. Er legte den Spiegel auf dem Nachttisch ab und trat ans Bett. Sie war es gewöhnt, nackt zu Bett zu gehen, wenn sie wusste, dass er noch zu ihr kommen würde, und ihre blasse Haut schien im Dunkel einen Fleck mit unscharfen Konturen zu bilden. Doch Alexander kannte jede Kurve und jede verborgene Falte an ihrem Körper.

Der Gedanke an ihre Liebesspiele erweckte sein Verlangen. Er setzte sich und strich sanft mit einem Finger über ihren Rücken, der sich daraufhin wölbte. Die junge Frau seufzte, drehte sich auf den Rücken und zeigte ihm jetzt ihre vollen Brüste, was seine Erregung noch anfachte. Sie erschauerte in dem Windhauch, der über ihre Haut, die im Mondlicht schimmerte, strich.

Alexanders Hände glitten an ihren Flanken hinauf und umfassten die milchweißen Brüste, deren Spitzen sich wollüstig aufstellten; diese festen und doch weichen Kissen, auf denen er so gern einschlief, nachdem sie sich geliebt hatten. Connie, deren Herz ebenso groß war wie ihre Formen üppig, hatte sich ihm angeboten, ihn in ihre köstliche Wärme eingeladen und ihn in die Freuden der Sinne eingeführt. Jetzt schlug sie mit den Wimpern und reckte sich beim Aufwachen träge wie eine Katze. Ja, inzwischen verstand er, warum ein Mann um einer Frau willen den Kopf verlieren konnte.

»Oooh!«, seufzte sie.

Ein Lächeln umspielte ihre Lippen, und sie ließ die Hände über Alexanders Schenkel gleiten. Unwillkürlich spannte er unter seinen Kniehosen die Muskeln an.

»Ist es schon spät? Wo warst du?«

»Die Herrin ist zurückgekehrt, als ich gerade aus dem Stall kam. Ich musste ihr Pferd versorgen.«

»Aber sie wollte doch die Nacht dort verbringen...«, meinte sie mit schläfriger Stimme. »Ich frage mich wirklich, warum sie nicht in Beauly geblieben ist. Die Straßen sind nicht sicher, vor allem nicht für eine Frau, die allein reitet.«

»Ich glaube, die beiden haben sich gestritten. Sie war in einem furchtbaren Zustand.«

»Hmmm... Annabel ist ein wenig aufbrausend, und Allan kann manchmal ein grober Klotz sein. Ach... sollen die beiden ihre Angelegenheiten doch allein regeln. Komm zu mir. Du hast mich zu lange warten lassen, Alasdair...«

Sie packte ihn am Hemdkragen und zog lachend daran, so dass er aufs Bett fiel. Dann senkte sich die Stille über sie wie ein Schleier. Connie umfasste Alexanders Schultern und zog ihn auf sich. Wie hätte er da widerstehen können?

»Alasdair... Du weißt, ich habe dich sehr gern...«

Er bedeckte die Lippen seiner Geliebten mit dem Mund, damit sie nicht die Worte aussprach, welche die furchtbarsten Waffen einer Frau sind.

»*Tuch!* Sag nichts.«

»Nein... Ich möchte, dass du es weißt. Du sollst nicht glauben, dass ich... so ein Mädchen bin. Ich liege gern mit dir, aber das ist, weil ich mich bei dir wohl fühle und weil...«

»*Tuch!*«

Sie zog ihn fest an sich und vergrub das Gesicht an seiner Schulter.

»Alasdair, ich habe... ich habe oft Angst, du könntest einfach verschwinden. Ich weiß ja, dass du davon träumst, nach Hause zurückzukehren. Du sprichst häufig im Schlaf davon.«

»Connie...«

»Würdest du mich mitnehmen?«

Er küsste sie, um ihr nicht antworten zu müssen. Nein, er könnte Connie auf keinen Fall mitnehmen. Mit seinen fünfzehn Jahren konnte er sich nicht vorstellen, die Verantwortung für eine Frau zu übernehmen. Und noch weniger, vielleicht Vater zu werden... Bei dem Gedanken, sie könnte ihm vielleicht eines Tages verkünden, dass sie ein Kind von ihm erwarte, bekam er Gänsehaut, und er sah erneut die entsetzlichen Bilder vor sich: Säuglinge, aufgespießt von *Sassanach*-Schwertern, abgeschlagene Kinderköpfe, verstümmelte Körperchen, die seit Tagen in ihrem geronnenen Blut lagen, die Bäuche aufgetrieben von der Sommerhitze. Es war wie ein Albtraum. Er war sich nicht sicher, ob er Kinder wollte... jedenfalls nicht in einer Welt, in der es so zuging.

Ohnehin erschien es ihm inzwischen wenig wahrscheinlich, dass sie schwanger sein könnte. Er teilte jetzt seit einem Jahr regelmäßig ihr Bett, und nichts war geschehen. Da hatte er ganz einfach geschlossen, dass wohl einer von ihnen beiden unfruchtbar war, und sich weiter nicht darum gesorgt. So war es besser.

Connies kleine heiße und feuchte Zunge glitt an seinem Hals entlang und verschaffte ihm wohlige Schauer. Dann fand sie den Weg in seinen Mund, wo sie lange mit seiner spielte. Nachdem die junge Frau wieder zu Atem gekommen war, nahm sie die Unterhaltung erneut auf, erzählte aber zu seiner großen Erleichterung von dem neuesten Klatsch, den sie heute auf dem Marktplatz gehört hatte. Mit einem Ohr hörte er ihr zu, und mit dem anderen lauschte er den Geräuschen, die aus dem Erdgeschoss heraufdrangen. Anscheinend hatte Mrs. Fraser ihren Zorn noch nicht gekühlt, denn jetzt machte sie sich daran, in der Küche Geschirr zu zerschlagen. Connie ließ das gleichgültig.

Ein amüsiertes Funkeln huschte über die dunklen Augen, die Alexander ansahen.

»In den vier Jahren, die ich schon in ihren Diensten stehe, hat sie schon drei vollständige Services aus schöner holländischer Fayence zerbrochen. Mach dir keine Gedanken, daran bin ich gewöhnt. Außerdem bin ich mir sicher, dass Allan die

Stücke, die sie zerschlagen hat, ersetzen wird, damit sie ihm verzeiht.«

Alexander warf einen kurzen Blick zur Tür und zuckte die Achseln. Trotzdem war er unruhig. Connie öffnete die Schenkel und presste ihr Becken gegen das seine, um seine Aufmerksamkeit zurückzugewinnen, was ihr recht gut gelang. Seine animalischen Instinkte waren geweckt, und er begann, ihren weichen, rundlichen Körper mit abenteuerlustiger Hand und kühnem Mund zu liebkosen. Die Hitze war erstickend, so dass ihre Haut aneinanderklebte und vor Schweiß glänzte. Die Hände in ihrem üppigen Fleisch vergraben, bewegte er sich rhythmisch zur Begleitung von Connies tiefen Seufzern. So kam er zum Genuss und gab nichts mehr auf Mrs. Frasers wütendes Gezeter, das sich mit den Lustschreien der beiden mischte.

Einige Zeit später, als seine Gefährtin an ihn geschmiegt friedlich schlummerte und Annabels Ausbruch abgeklungen war, bemerkte er einen beißenden Rauchgestank. Er hob den Kopf und spitzte die Ohren, hörte jedoch nichts. Aber der Geruch war deutlich wahrzunehmen und wurde noch stärker, was ihn beunruhigte. Vorsichtig, um Connie nicht zu wecken, schob er sie beiseite, stieg aus dem Bett und zog seine Kniehosen an. Dann ging er nach unten.

Seine Herrin stand mit dem Rücken zu ihm vor dem Kamin, in dem ein helles Feuer brannte. Dort hinein warf sie Bücher und andere Gegenstände und murmelte dabei unentwegt vor sich hin. Mit einem Räuspern machte er sich bemerkbar. Annabel Fraser fuhr mit verzerrten Zügen, ein Buch an die Brust gepresst, zu ihm herum. Sie durchbohrte ihn mit ihrem irren Blick und runzelte dann die Stirn.

»Alasdair?«

»Ich bin es, Madam. Ich ... ich hatte mich gefragt, ob Ihr vielleicht Hilfe braucht ...«

Mit einem Blick nahm er den Zustand in Augenschein, in dem sich der Raum befand. Porzellanscherben und herausgerissene Buchseiten übersäten den Boden. Ein einziger Stuhl stand noch aufrecht und am richtigen Platz. Die anderen lagen umgeworfen inmitten des unbeschreiblichen Durcheinanders, das sie in ihrem Zorn angerichtet hatte. Alexander fragte sich, ob die Dame es gewöhnt war, bei jedem Wutanfall ihr Haus derart gründlich zu verwüsten.

Die arme Frau sah ihn wortlos und verstört an. Das Buch glitt ihr aus den Händen und fiel mit einem Knall, der sie aus ihrer Erstarrung riss, zu Boden. Sie bückte sich, hob es behutsam auf und streichelte mit einer Hand über den Einband.

»Du kannst wieder schlafen gehen, Alasdair. Ich brauche dich heute Abend nicht mehr...«

Unsicher zögerte Alexander einen Moment lang. Sie sah wirklich nicht aus, als gehe es ihr gut. Vielleicht sollte er Connie holen, damit sie sich um ihre Herrin kümmerte...

»Obwohl...«, sprach sie unvermittelt weiter und trat auf ihn zu. »Sag mir eines... Ich weiß, du bist ein junger Mann, den die Frauen nicht gleichgültig lassen...«

Betrübt lächelnd strich sie über den Flaum, der seine Wangen bedeckte. Annabel wusste natürlich Bescheid darüber, wie es zwischen ihm und Connie stand, aber sie hatte noch nie etwas dazu gesagt.

»Schau mich an, Alasdair, und sei ehrlich. Bin ich abstoßend? Bin ich zu alt, als dass ein Mann mich begehrenswert finden könnte?«

Überrumpelt fuhr Alexander einen Schritt zurück, errötete heftig und stotterte nur ein paar unverständliche Worte heraus. Annabel Fraser roch stark nach Alkohol und schwankte gefährlich. Ihr üppiges rotbraunes Haar, auf dem warme Reflexe tanzten, fiel ihr offen auf die Brust, die sie ihm praktisch unter die Nase hielt.

»Also?«

»Ihr seid... immer noch sehr hübsch, Mrs. Fraser... Aber...«

Sie lächelte, neigte den Kopf zur Seite und sah ihn aus ihren nussbraunen Augen, in denen die Tränen glänzten, von der Seite an.

»Aber?«

»Ich meine... Ihr wirkt sehr anziehend auf einen Mann...«

Wie sollte er ihr erklären, dass er sie ehrlich schön fand, aber dass sie seine Mutter sein könnte? Er konnte unmöglich...

»Würdest du mit mir schlafen?«

Er erstickte fast an seinem eigenen Speichel und machte sich aus den Armen frei, die sich um ihn geschlungen hatten. Sie geriet ins Schwanken und hickste.

»Verzeiht mir, Mrs. Fraser...«

»Schon gut, mach dir keine Gedanken. Ich habe einen Fehler begangen, Alasdair. Du hast dir nicht vorzuwerfen.«

Trotzdem überschlug er sich in Entschuldigungen, zog einen Stuhl heran und half ihr, sich zu setzen. Jetzt schluchzte sie heftig, und er wusste nicht mehr, was er mit ihr anstellen sollte.

»Der Bastard... dieser Bastard«, murmelte sie unablässig und wiegte sich vor und zurück. »Die ganze Zeit... habe ich geglaubt... *A Thighearna mhór!* Oh, Herrgott!«

Er bemerkte einen Bluterguss an einer ihrer Schläfen und runzelte die Stirn.

»Hat Mr. Fraser sich Euch gegenüber nicht korrekt verhalten?«

Ein sarkastisches Lachen hallte durch die Küche. Alexander, der sich immer unwohler fühlte, wollte schon loslaufen, um Connie zu holen, als sich Annabels bissige Stimme erneut vernehmen ließ.

»Kommt darauf an, von welchem Mr. Fraser du redest.«

»Ja... von dem, der in Beauly lebt?«

Sie hörte auf zu lachen und starrte mit leerem Blick in die Flammen, welche die Seiten kostbarer Bücher, die ihrem verstorbenen Gatten gehört hatten, verschlangen.

»William ist nicht tot«, erklärte sie. »Er lebt versteckt in Kilmorack, in einem Bauernhaus... seit er vom Schlachtfeld von Culloden geflohen ist. Der Bastard... Seit mehr als zwei Jahren halte ich ihn für tot, und er hat es nicht einmal für nötig gehalten, mir ein Lebenszeichen zu geben... Soll er doch in seinem Misthaufen verrecken, zusammen mit... seiner Mätresse! Er soll bloß nicht wagen, sich hier zu zeigen!«

Das Feuer knisterte und beleuchtete die vom Hass verzerrten

Züge der Unglücklichen. Sie verstummte und blieb reglos sitzen, die verkrampften Hände um die Knie geschlungen und immer noch mit dem Buch im Schoß. Alexander hielt es für das Beste, sie allein zu lassen. Diese ganze traurige Geschichte ging ihn nichts an. Er zog sich ins Dunkel zurück und ging zur Treppe. Nachdem er einen letzten Blick auf Annabel Fraser geworfen hatte, stieg er nach oben.

Zu aufgeregt, um Schlaf zu finden, wartete er auf das erste Licht des Morgens und grübelte über seine Lage nach. Er dachte an seine Mutter, und mit einem Mal ging ihm auf, welchen Kummer sie leiden musste, weil sie ihn tot glaubte. Und seine Schwester Mary war auch noch da. Wie konnte er sie nur im Unklaren über sein Schicksal lassen? Worin war er besser als dieser William Fraser, den seine tränenüberströmte Ehefrau als Bastard beschimpfte? Gewissensbisse quälten ihn. Er war so in seine eigene Verzweiflung versunken gewesen, dass er die der Menschen, die er liebte, vergessen hatte.

Der Moment der Entscheidung war gekommen. Er wusste, was er zu tun hatte, aber da war Connie... Dann würde er eben nach Glencoe gehen und wieder zurückkehren. Genau, das würde er tun. Mit diesem beruhigenden Gedanken schlummerte er ein. Einige Stunden später erwachte er von einem Schrei, von dem er zuerst glaubte, ihn im Schlaf gehört zu haben.

Der Schrei erscholl ein zweites Mal. Abrupt richtete er sich im Bett auf und hustete. Seine Lungen waren voller Rauch. Feuer! Das Haus brannte!

»Connie!«, schrie er und schüttelte die Schlafende, die wimmerte und mit Mühe ein Auge öffnete.

Connie atmete ebenfalls einen großen Mundvoll Rauch ein und hustete. Mit tränenden, vor Angst weit aufgerissenen Augen sah sie zur Tür. Von dort kam das ohrenbetäubende Prasseln, das keinen Zweifel daran ließ, was auf der anderen Seite vor sich ging.

»Mrs. Fraser! Das Feuer... Sie ist unten... Alasdair...«

»Beeil dich, Connie! Zieh dich an!«

Er schleppte sich ins Treppenhaus, in dem dicke schwarze

Rauchsäulen standen, ging bis in den ersten Stock und tastete sich auf der Treppe, die ins Erdgeschoss führte, voran, bis die starke Hitze ihm die Augenbrauen und die Haare auf den Armen versengte und ihn am Weitergehen hinderte. Von seinem Standort aus konnte er immerhin einen Teil der Küche erkennen. Entsetzt fuhr er vor dem Bild zurück, das sich ihm bot. Annabel Fraser – oder das, was von ihr übrig war – hing an einem Strick wie ein großer Räucherschinken. Die Flammen leckten an ihrem Körper und hatten begonnen, die Treppe zu verschlingen. Für die arme Frau konnte man nichts mehr tun, und so, wie es aussah, würden sie sich auf diesem Weg nicht retten können.

Alexander zog sich das Hemd über die Nase und lief zurück in den ersten Stock, wo Connie auf ihn wartete. Der Rauch drang ihm in die Nasenlöcher und den Mund und brannte in seinen Augen. Er blieb stehen, um seine Kräfte zu sammeln, und hustete. Er bekam keine Luft. Alles verschwamm ihm vor den Augen. Er tastete sich durch den raucherfüllten Korridor und fand schließlich eine Tür. Er würde ersticken...

»Hier entlang, Connie!«, stöhnte er und öffnete die Tür.

Die junge Frau kam angerannt. In dem Moment, in dem er die Tür aufstieß und sie an ihm vorbeilief, erschütterte ein ohrenbetäubender Krach das Haus. Die Treppe und ein Teil des Korridors brachen zusammen. Benommen öffnete er die Augen und versuchte zu begreifen, was da passiert war. Brennende Holzstücke fielen rund um ihn nieder, und die glühend heiße Luft kochte die Haut auf seinen Wangen.

»Connie? Connie?«

Er stürzte ins Zimmer und spähte in der Dunkelheit umher. Ganz in seiner Nähe vernahm er ein Stöhnen. Da war sie, auf dem Boden.

»Connie! Ich bin... ja bei dir...«

Er tastete den Körper der jungen Frau ab. Ihr Atem ging schwach. Aus einer tiefen Kopfwunde sickerte Blut.

»Alasdair... Ist das für mich?«

»Wir müssen hier hinaus, Connie! Durch das Fenster... Kannst du dich bewegen?«

»Ich weiß nicht... Ist das für mich, Alasdair?«

Wovon redete sie überhaupt? Rasch untersuchte er sie, um festzustellen, in welchem Zustand sich ihre Gliedmaßen befanden. Da stieß seine Hand auf einen Gegenstand, den sie festhielt. Der Spiegel...

»Ja, Connie. Aber jetzt komm... Das kann bis später warten...«

»Noch nie hat mir jemand ein so schönes Geschenk gemacht...«, murmelte sie seufzend.

Die starke Hitze und der Luftmangel raubten ihm die Kraft. Aber die Furcht, Connie zu verlieren, verlieh ihm neue Energie. Er zog die junge Frau zum Fenster, kämpfte sich hoch, indem er sich an der Wand abstützte, und schob Connie und sich selbst auf das Fenstersims. Im Hof liefen die Nachbarn schreiend durcheinander; Soldaten reichten einander Wassereimer an. Das Haus war verloren, nun kam es darauf an, den Brand einzudämmen, damit er nicht das ganze Viertel verwüstete.

Eine Frau sah die beiden und rief zwei Männer zu Hilfe. Sie zogen einen Heuwagen unter das Fenster und bedeuteten ihnen, sich hineinfallen zu lassen. Alexander schätzte noch die Höhe ab, während ihm alles zuschrie, er solle springen. Dann nahm er Connie in die Arme und warf sich, ein Gebet auf den Lippen, ins Leere. Um sie herum wirbelte das Heu auf. Über sich sah er einen schönen, violett gestreiften Himmel. Gestalten beugten sich über die beiden. Hände packten ihn und wollten ihn von dem Wagen herunterziehen, den die herumfliegenden Funken jeden Moment in Brand zu setzen drohten. Die Männer zerrten an seinen Armen, damit er sie öffnete, aber er hielt sie stur um seine Freundin geschlungen. Schließlich waren drei Männer nötig, damit er losließ.

»Connie...«

Ein Mann beugte sich über ihn und sah ihn aus himmelblauen Augen an.

»Seid Ihr das, O'Shea?«

»Nein, junger Mann. Mein Name ist Farquar.«

»Connie?«

Der Fremde schüttelte betrübt den Kopf.
»Tut mir leid; sie ist tot.«

General Wades Militärstraßen durchzogen das Land und rissen es in Stücke. Über sie sickerten die Bräuche aus den Lowlands und aus England ein und höhlten die alten Traditionen aus. Doch die Wurzeln der Clans reichten tief in die Vergangenheit zurück und waren fest in diesem Land verankert, dessen Einwohner immer noch die raue Sprache ihrer Vorfahren gebrauchten. Momentan war der Clan die Identität der Männer und Frauen, aus denen er bestand. Sein Fortbestand war bedroht, und das einzige Gesetz, das seine Mitglieder kannten, war der Stahl ihrer Klingen.

Doch Cumberlands Truppen hatten diese Stämme auf ihrem Durchmarsch dezimiert. Manche, wie die Camerons, waren durch den Verlust der Männer, die in der Schlacht gefallen waren und die anschließende Deportation weiterer Krieger, die in Gefangenschaft geraten waren, erheblich geschrumpft. Dies war der Anfang vom Ende des Clansystems in den schottischen Highlands. Dafür würden die englischen Behörden schon sorgen.

Viele Wochen lang irrte Alexander durch die Heide und die Berge, die seltsam verlassen wirkten. Er musste seine ganze Zeit und seine gesamte Kraft aufs Überleben verwenden, so dass er nicht allzu viel an Connie zu denken brauchte. Die junge Frau war so etwas wie ein lichterfülltes Zwischenspiel in seinem düsteren Leben gewesen. Heute war er sich vollständig bewusst, dass die Liebe – ganz wie der Krieg – Leiden verursachte. Er verbrachte die Nächte damit, in seinem verwaisten Herz unter den Sternen nach den Gesichtern geliebter Verstorbener zu suchen, die er in sich trug. Oft erschienen ihm Liam oder Caitlin schimmernd am Firmament. Dann wieder sah er O'Shea und Connie. Doch nie erblickte er das Gesicht seines Vaters, was ihm ein wenig Hoffnung schenkte.

In der Stille der Bergwelt grübelte er darüber nach, was das Leben ihm wohl noch zu bieten hatte. *Ziemlich wenig*, dachte er. Doch dieses *wenige* hielt ihn in dieser Welt fest wie ein dünner, zerbrechlicher Goldfaden. Wenn er jedes Mal, wenn er Freude und Glück erlebte, derart dafür leiden musste, schön, dann sollte es eben so sein! Dann allerdings sollten die Freude und das Glück sich auch mit dem Grad seines Leidens messen können. Wenn nicht, würde der Faden reißen, und nichts hielte ihn dann noch hier.

Die Zeit verging, und er verlor sich hoffnungslos in einer anderen Welt. Alexander vagabundierte von einem Loch zum nächsten und wanderte an Flussläufen entlang, weil er sich nicht auf den Straßen zeigen wollte. Seine Brandwunden, die wie durch ein Wunder oberflächlich waren, heilten langsam. Da er keine Jagdwaffen besaß, musste er sich Schlingen aus Ranken fertigen. Manchmal vergingen zwei Tage, bis er etwas fing, doch es war der Mühe wert. Von dem Fleisch eines Hasen konnte er drei Tage leben, und danach war es immer noch möglich, sich aus den Knochen und der Haut eine Brühe zu kochen. Er aß auch Beeren und Eicheln. Wenn er Glück hatte, fing er eine schöne Forelle.

Was die Raubzüge der englischen Truppen nach der Niederlage der Jakobiten angerichtet hatten, übertraf all seine Vorstellungskraft. Alles war geplündert und gebrandschatzt worden. Das Vieh schien sich in Luft aufgelöst zu haben. Oft begegnete er einer alten Frau oder einem halb verhungerten Kind, die ihn um etwas zu essen anbettelten. Dann und wann erspähte er auch einmal einen Mann, der in den Hügeln auf der Flucht war. Mehrmals musste er sich vor einer Gruppe Dragoner verstecken. Die Soldaten schossen auf alles, was sich bewegte, und Alexander hatte nur sein Taschenmesser. Sein Magen krampfte sich zusammen, wenn er die Karren vorbeirumpeln hörte, von denen er wusste, dass sie mit Nahrungsmitteln beladen waren. Dann wartete er und kam erst wieder aus seinem Unterschlupf hervor, wenn das Stampfen der Stiefel und das Klirren der Pferdegeschirre in der Ferne verklungen waren.

Zwei Monate dauerte es, bis der junge Mann die Umgebung von Glencoe erreichte. Dort erhob sich der Kegel des Buachaille Etive Mor genau wie früher und wachte noch immer über den

Eingang des Tales. Seit drei Tagen strich er nun schon gequälten Geistes hier herum. Er lag in dem fetten Gras, atmete tief ein und schloss die Augen. Ein Adler überflog diesen Teil der Ebene von Rannoch Moor, die unter einer bleiernen Sonne lag. In der erstickenden Julihitze zirpten die Grillen ohne Unterlass. Der Vogel stieß seinen rauen Schrei aus, der durch die Lüfte hallte. Alexander pochte das Herz in der Brust, und in seinen Schläfen pulsierte das Blut. Was würde er am Grund seines Tals vorfinden?

Schließlich erhob er sich und schlug mit zögernden Schritten den Weg ein, der ihm einst so vertraut gewesen war. Tausend Gedanken überschlugen sich in seinem Kopf, und sein Körper war vor Angst wie erstarrt. Ein- oder zweimal blieb er stehen, kurz davor, wieder umzukehren, und führte Selbstgespräche, um seine düsteren Gedanken zu verscheuchen. Er dachte an seine Mutter und sagte sich, dass er unbedingt wissen musste, was auf dem Schlachtfeld von Drummossie Moor wirklich geschehen war.

So wanderte er am Coe-Fluss entlang, bis er die schmalste Stelle des Tals erreichte. Dann beschloss er, wieder in die Berge hinaufzusteigen, um nicht gesehen zu werden. Seine Zweifel waren immer noch da, aber er ging weiter und kam immer näher. Bald erschien der kleine Loch Achtriochtan, der ruhig und still dalag und aussah, als wäre er zwischen den steilen Hängen des Aonach Dubh und des Sgòr nam Fionnaidh aufgehängt. Da waren ein paar Katen, die verlassen wirkten; einige von ihnen hatten kein Dach mehr und waren rauchgeschwärzt. Die Soldaten hatten den Clan von Iain Abrach nicht verschont. Alexander war bestürzt. Was war aus seiner Mutter geworden, seiner Schwester, seinen Brüdern und ... seinem Vater? Waren sie weggeführt und deportiert worden wie so viele andere, oder waren sie in die Berge geflohen?

Die halb in den Hang hineingebaute Kate seines Vaters stand noch. Alexander fühlte sich mit einem Mal von einer unbeschreiblichen Empfindung ergriffen, die ihm die Brust zusammenpresste und ihn nicht normal atmen ließ. Er fühlte sich so aufgewühlt, dass er am liebsten geflüchtet wäre. Vorsichtig stieg er den Abhang hinunter, bis er nur noch wenige Schritte von der Hütte entfernt war. Als er von drinnen Stimmen vernahm, erstarrte er und meinte, sein Herz müsse stehen bleiben. Da er sich nirgendwo verbergen konnte, legte er die letzten paar Fuß zurück, die ihn von der Kate trennten, und wartete im Schutz der Wand. Er hatte das Gefühl, einen Klumpen in der Magengrube sitzen zu haben.

Die Stimmen drangen nur leise zu ihm, aber er erkannte die von Coll, obwohl sie tiefer klang als in seiner Erinnerung. Wie alt war sein Bruder noch? Ein Jahr älter als er, damit musste er heute sechzehn sein. Eine Frau war bei ihm. Herrje, Coll! Was für ein Schürzenjäger! Einige Minuten vergingen, ohne dass er sie erneut hörte. Dann bewegte sich etwas durch sein Blickfeld, und er sah Colls feuerrote Haarmähne vorbeihuschen. Wie groß er geworden war!

Die Frau, die ihm folgte, strich ihm tröstend über den Rücken. Als Coll sich umdrehte, um mit ihr zu sprechen, erstarrte er und sah in die Richtung, in der sich Alexander befand. Dieser drückte sich an die Mauer und hielt die Luft an. Mit einem Mal waren all seine guten Absichten verflogen, genau wie der Mut, den er sich auf seinem langen Weg selbst zugesprochen hatte. Plötzlich hatte er nicht mehr die Kraft, seiner Familie entgegenzutreten. Wie naiv er gewesen war! Zu glauben, alles könne wieder wie vorher werden... Außerdem war er sich nicht einmal sicher, ob ihm das recht wäre. Hier würde er immer der Fremde sein.

Coll wischte sich die feuchten Augen, beobachtete aber weiterhin die Stelle, an der er eine Bewegung wahrgenommen hatte. Wahrscheinlich ein kleines Tier; jedenfalls hoffte er das. Wachsam wandte er sich ab, nahm den Arm seiner Gefährtin und drängte sie zu einer rascheren Gangart. In der letzten Woche hatten drei Individuen, die in dieser Gegend herumlungerten, Mary Archibold Gewalt angetan. Also sollten sie lieber nicht allzu lange verweilen. Wenn diese Männer bewaffnet waren, konnte er es nicht mit ihnen aufnehmen.

Hin- und hergerissen zwischen dem Drang, die Flucht zu ergreifen, und dem Wunsch zu erfahren, was aus seiner Familie geworden war, irrte er noch zwei Tage herum. Er ging nach Carnoch und nach Invercoe, wohin sich die Mitglieder seines Clans anscheinend geflüchtet hatten. Aus seinem Versteck in einem Erlenhain beobachtete er sie und suchte nach den Gesichtern seiner Angehörigen. Er sah Duncan Og, Angus und seine Schwester Mary, die einen Säugling in den Armen trug. Bitter stellte er fest, dass er wieder einmal Onkel geworden war. Doch er entdeckte keine Spur von seinen Brüdern James und John oder von seinem Vater. Seine düsteren Vorahnungen schienen sich zu bestätigen.

Alle wirkten zutiefst bedrückt. Den Grund begriff er, als er vier Männer sah, die mit einem Sarg aus einer Kate kamen. Der Tod hatte dem Clan einen Besuch abgestattet. Forschend betrachtete er den Trauerzug, der dem Sarg folgte, und fragte sich, wer wohl in dem Kasten aus hellem Kiefernholz liegen mochte. Immer noch zögerte er, sich zu zeigen. Er konnte sich mühelos vorstellen, was für einen Schock sein plötzliches Auftauchen auslösen würde, und sagte sich, dass er besser noch ein paar Tage wartete, bis sich alle beruhigt hatten. Jede Ausrede war ihm recht, um die Begegnung hinauszuschieben.

Der Himmel grollte, und die Erde bebte. Der Hauch des Todes umwehte sie. Alexander konnte einfach nicht stillsitzen, während seine Leute massakriert wurden. Obwohl sein Vater ihm genau das ausdrücklich verboten hatte, ergriff er entschlossen sein Schwert und rannte auf das Schlachtfeld zu. Coll und John setzten ihm nach und befahlen ihm schreiend, er solle zurückkommen.

»Sei doch kein Idiot, Alas! Wenn du dich umbringen lässt, wird Vater sich sein ganzes Leben lang Vorwürfe machen!«, brüllte John.

Alexander fuhr herum.

»Sie werden alle getötet, und wir unternehmen gar nichts?«

»Wie dumm du manchmal sein kannst! Glaubst du, du kannst mit deinem lächerlichen rostigen Schwert Cumberlands Armee aufhalten?«

»Es ist verrostet, weil es zu lange im feuchten Gras lag und darauf gewartet hat, dass ich es gegen den Feind führe. Die Zeit ist gekommen, John. Ich gehe zu den Meinigen, ob ihr mir folgt oder nicht.«

»Geh nicht, Alas. Vater hat uns ausdrücklich verboten, einen Fuß auf ein Schlachtfeld zu setzen, ehe wir fünfzehn Jahre alt sind!«

»Wenn ich fünfzehn bin, ist es zu spät ...«

Wie immer tat er, wonach ihm der Sinn stand, hörte nur auf sein eigenes Urteil und gab nichts auf die Einwände der anderen. Um ihn herum pfiffen die Kugeln, doch er wurde nicht getroffen. Er musste über grausam verstümmelte Leichen hinwegsteigen und kämpfte gegen seine Übelkeit an. Nur wenige Fuß von ihm entfernt schlug eine Kanonenkugel ein, und er wurde zu Boden geschleudert und mit Schlamm bespritzt. Ein wenig benommen tastete er nach seinem Schwert, das ihm aus der Hand gefallen war, fand es jedoch nicht. Ach, zum Teufel! Er würde sich unterwegs ein anderes nehmen.

Er stand auf, wischte sich mit dem Ärmelaufschlag das Gesicht ab und musterte das vom Geschützhagel aufgerissene Feld. Die unverletzten Männer rannten umher, beugten sich über die Verwundeten und halfen denjenigen, für die es noch ein wenig Hoffnung gab. Wo war sein Vater? Sein Herz schlug wie verrückt, um dann bei jedem Kanonenschuss beinahe stehen zu bleiben. Als er vor sich die Farben der Macdonalds erkannte, riss er einem Toten das Schwert aus den Händen und stürzte zu den Männern seines Clans.

»Alas! Alas! Komm zurück!«, *vernahm er Colls immer leiser werdende Stimme, doch er war so besessen von seinem Drang, zu töten und zu siegen, dass er nichts darum gab.*

Endlich erblickte er seinen Vater, gefolgt von seinen Brüdern Duncan Og und Angus. Er suchte noch nach seinem Bruder James, als ganz in der Nähe, vor ihm, eine Detonation den Boden unter seinen Füßen erbeben ließ. Männer fielen. Da sah er James unter den Verletzten und schrie auf. Aber sein Vater rannte schon zu seinem Bruder und bückte sich, um ihn mit der Hilfe anderer Männer aus dem Gefahrenbereich zu ziehen.

Überall um ihn herum fiel ein Krieger nach dem anderen, zerrissen von den mörderischen Geschossen. Vor seinen Augen explodierte der Kopf eines Mannes, und er wurde mit Blut und Gehirnmasse be-

spritzt. Ein anderer, dem das Bein abgerissen worden war, sackte zu seinen Füßen zusammen und zog ihn im Fallen mit. So gut er konnte schüttelte er den Verkrüppelten ab, dessen Schmerzgeheul ihm in den Ohren gellte, und rannte Hals über Kopf weiter. Mit der ganzen Naivität seiner Jugend forderte er den Tod heraus.

Rache! Rache!, schrie sein Herz, als er im Blut der Seinigen watete.

Die hannoveranischen Soldaten in ihren scharlachroten Uniformen kreisten das Schlachtfeld ein wie ein rotes Band. Er musste durchbrechen und ihre Reihen zerreißen. Er wollte seinen Anteil am Ruhm, wollte, dass seine Taten besungen würden. Mit erhobenem Schwert rannte er auf ein Bataillon zu, das mit aufgepflanztem Bajonett vorwärtsrückte. Durch die Nebel- und Rauchschwaden war ein Teil der feindlichen Armeen seinen Blicken entzogen, doch er wusste, dass sie da waren, irgendwo da vorn.

»Fraoch Eilean!, brüllte er aus vollem Halse.

Wie eine verdammte Seele rannte und schrie er mitten in die in Auflösung befindlichen Highlander-Einheiten hinein. Außer sich vor Sorge, lief sein Vater ihm nach und kämpfte gegen den Strom der flüchtenden Pferde und entsetzten Männer an. Alexander wurde angerempelt, die Männer versuchten ihn zum Umkehren zu bewegen. Hinter ihm schrie sein Vater seine Verzweiflung heraus.

»Sieh mich an, Vater, schau doch...«

Seine vom Pulverdampf verätzten Lungen schmerzten, und seine Stimme war kaum zu vernehmen.

Erneut hörte er Johns Rufe.

»Alas! Alas! Was für eine Torheit! Komm zurück! Du bist verrückt, dass du dorthin läufst!«

»Ich bin kein Feigling!«

»Alas! Nein! Vater hat gesagt...«

»Was er gesagt hat, ist mir vollkommen gleich, ich muss ihnen helfen!«

»Wie kann man bloß so starrköpfig sein! Du wirst unseren Vater noch umbringen! Das wird er dir nie verzeihen und mir auch nicht. Begreifst du denn nicht, Alasdair, es ist vorbei! Alles ist vorbei, wir müssen den Rückzug antreten!«

Doch Alexander hatte sich schon auf dem Absatz umgedreht und lief weiter auf das englische Bataillon zu. Sein Vater brüllte ihm zu, er solle in die Hügel zurückkehren, aber er hörte nicht auf ihn. Eine neue Salve erscholl und forderte einen entsetzlich hohen Tribut. Alexander sah wieder Dutzende von Männern fallen. Er wandte den Kopf; sein Vater war verschwunden. Er schrie. Merkwürdigerweise befand sich John immer noch hinter ihm. Seine Züge waren von Hass verzerrt, und er zielte mit der Muskete in seine Richtung.

Ungläubig blieb Alexander wie angewurzelt stehen. Was machte sein Bruder da nur? Warum richtete er die Waffe auf ihn? Stumm vor Schrecken lief er erneut los. Doch da warf ihn plötzlich ein dumpfer Schlag zu Boden, und ein unerträglicher Schmerz durchfuhr seine Schulter. Sein Bruder hatte auf ihn geschossen… sein Bruder John, seine andere Hälfte… Warum? Alles geriet durcheinander. John beugte sich über ihn, redete auf ihn ein. Aber er verstand nichts davon, derart dröhnte es in seinen Ohren und in seinem Kopf. Dann war sein Bruder verschwunden. Mit jedem Kanonenschlag, der ihm durch Mark und Bein ging, wurde der Schmerz stärker. Um ihn herum rannten Männer, einige sprangen über ihn hinweg. Einer konnte ihm nicht mehr ausweichen und trat ihm das Handgelenk in den Boden. Er würde hier sterben, zu Tode getrampelt von seinen eigenen Leuten… Nein, er wollte nicht sterben, nicht, bevor er seinen Vater gefunden hatte, der gestürzt war… seinetwegen… weil er so verbohrt gewesen war… John hatte ihn aufhalten wollen. Hatte er deswegen auf ihn geschossen? Nein, sein Bruder kannte sein Geheimnis, und er hatte ihren Großvater rächen wollen. Er, Alexander, hatte seinen Clan und seinen Namen entehrt… Er würde als Feigling sterben.

Der Tod schlug die Klauen in seinen Körper und zerrte ihn in die Hölle. Aber nein, er wollte nicht sterben. Er klammerte sich am Boden fest und leistete Widerstand. Dann erhaschte er durch den nach Schwefel stinkenden Rauch hindurch einen Blick auf ein freundliches Gesicht: Daniel O'Shea beugte sich über ihn. Der Priester sprach mit ihm, aber er hörte nur noch seinen eigenen Herzschlag. In seinem Kopf überschlug sich alles.

Connie… Sie war da und streckte ihm durch die Rauchsäulen hindurch die Hand entgegen. So gern wäre er zu ihr gegangen, um sie zu retten. Doch er vermochte sich nicht zu rühren. Dann explodierte die Luft um ihn herum, und alles wurde schwarz...

»Nein! Connie!«

»Alasdair...«

Das war nicht Connies melodiöse Stimme, die nach ihm rief, doch sie war ihm vertraut. Eine verschwommene Gestalt bewegte sich in einem blendend hellen Lichtschein.

»Du bist zurückgekehrt... Alasdair... endlich!«

»Mutter?«

Keuchend und schweißüberströmt fuhr Alexander aus dem Schlaf hoch und schlug die Augen auf. Er sah in den hellen Himmel, legte die erdverkrusteten Hände auf seine sich heftig hebende und senkende Brust und atmete tief durch. Ein Albtraum. Schon wieder! Er schloss die Augen und wartete, bis sein Atem zu seinem normalen Rhythmus zurückfand. Dann rollte er sich auf die Seite und stützte sich auf.

»Aaaah!«

Ruckartig fuhr er hoch. Ein Hund, von dessen herabhängender Zunge der Speichel troff, sah ihn an.

»Branndaidh?«

Das Tier begann mit dem Schwanz zu wedeln. Es hatte die Stimme seines Herrn gehört.

»Ach, Branndaidh, bist du das wirklich, mein Hund? Was hast du hier zu suchen? Und wie hast du mich nach der langen Zeit wiedererkannt? Zwei Jahre... also so etwas!«

Er kraulte seinem Gefährten, der ihm dafür das Gesicht ableckte, kräftig den Kopf. Da ließ ein Schrei ihn erstarren. Der Hund stellte die Ohren auf und wandte den Kopf in die Richtung, aus welcher der Ruf gekommen war.

»Branndaidh! Hierher!«

Panisch warf Alexander einen Blick in die Runde, um festzustellen, wo er sich befand. Er hatte sich bei Einbruch der Dunkelheit erschöpft und hungrig auf dem Boden ausgestreckt, ohne wirklich zu sehen, wo er war. Vor sich sah er den nackten, eigentümlich geformten Gipfel des Aonach Dubh. Mehrere Meilen trennten ihn von der Mündung des Coe, wo die Dörfer Carnoch und Invercoe lagen. Wer hatte einen Grund hierherzukommen? Wieder ein Ruf. Der Hund schien zwischen seinem wiedergefundenen alten Herrn und dem, der nach ihm rief, zu schwanken. Jaulend lief er hin und her.

»Wer ruft da nach dir, mein Alter? Einer meiner Brüder? Welcher? Coll vielleicht? Er hat dich immer gern gemocht...«

»Branndaidh! Wo steckst du nur, du elendes Vieh? Ich habe nicht den ganzen Tag Zeit, um Verstecken mit dir zu spielen!«

Alexanders Herz setzte einen Schlag aus. John! Wenn er ihn hier antraf... Panik ergriff ihn. Auf der Suche nach einem Versteck rannte er auf allen vieren zu einem dichten Busch und warf sich dahinter flach auf den Boden. John war nicht allein; da war noch eine andere Stimme außer der seinen. Coll? Schon möglich. Branndaidh war ihm in seinen Schlupfwinkel gefolgt, so wie er es gewohnt gewesen war, wenn er als Kind mit seinen Brüdern gespielt hatte, und legte sich reglos und ohne einen Ton hinter ihn.

»Wie ich sehe, hast du dich nicht verändert, *a charaid*, mein Freund. Bleib ganz ruhig liegen, und nachher kannst du mit mir kommen, wenn du möchtest«, flüsterte er und strich ihm zärtlich über den Kopf, ohne den Weg aus den Augen zu lassen.

Die Stimmen kamen näher. Endlich konnte er die Sprecher erkennen. Es verschlug Alexander den Atem, und ein Schluchzen stieg in seiner Kehle auf. Sein Vater... er lebte. Alles verschwamm ihm vor den Augen. Er konnte es nicht glauben: Sein Vater lebte! Gewiss, er stützte sich beim Gehen auf einen Stock, aber er war heil und gesund. *Danke, Gott, ich danke dir!*

»Lass ihn doch, John«, meinte Duncan matt. »Seit dem Tag, an dem wir deine Mutter begraben haben, verhält er sich so merkwürdig. Er wird schon wiederkommen, wenn er gefunden hat, was er sucht...«

Noch ganz unter dem Schock, den diese Worte ihm versetzt hatten, sah Alexander seinem Vater und seinem Bruder nach, die davongingen und den Hund zurückließen. Das Tier blieb artig neben ihm liegen, so treu, wie es vielleicht nur ein Hund gegenüber seinem Herrn ist. Als die beiden verschwunden waren, vergrub er das Gesicht in den Händen und brach in Tränen aus. In diesem Moment wurde ihm klar, dass er – nun, da seine Mutter tot war – nie mehr den Mut aufbringen würde, seinem Vater gegenüberzutreten.

Er traf die furchtbar schwere Entscheidung, sich nicht sehen zu lassen. Für seine Familie stand wahrscheinlich ohnehin fest, dass er auf dem Schlachtfeld gestorben war. Nun würde er es dabei belassen. So war es besser für alle. Seine Seele würde unter seinem Volk umherirren und die seiner Mutter begleiten. Alasdair Colin Macdonald von Glencoe war in der grauenhaften Schlacht von Culloden gestorben, in dem schmutzstarrenden Gefängnis von Inverness und dann noch einmal, als das Haus der Frasers niedergebrannt war. Heute, in diesem Tal, in dem er geboren war, starb er ein weiteres Mal. Ein Schauer überlief seinen Rücken, der sich unter der Last seines großen Schmerzes krümmte. Wie oft konnte man in einem einzigen Leben sterben?

Lange Minuten weinte er seinen Kummer heraus, dann nahm er seine letzten Kräfte zusammen. Resigniert brach er gen Osten auf, nach Rannoch Moor, und ließ einen Teil seiner selbst für immer hinter sich zurück.

4

Morgen wird die Sonne im Westen aufgehen, Juli 1757

Endlich verschwand der zerklüftete irische Küstensaum in den aufgewühlten Wassern des Ozeans. Alexander schloss die Augen und wandte sich um. Er kehrte seiner Vergangenheit den Rücken und schaute dem Unbekannten entgegen, das vor ihm lag und ihm die Aussicht auf ein neues Leben eröffnete. Tief sog er die salzige Luft ein, die in seiner Nase prickelte. In das Kreischen der letzten Möwen, die das Schiff umkreisten, mischte sich das Knarren der Takelung. Über ihm knatterten die Segel. Das Meer war unruhig, er musste sich Mühe geben, das Gleichgewicht zu wahren. Langsam entspannten sich seine Hände, die sich in seinen Kilt gekrampft hatten. Schließlich, nachdem er ein paarmal tief durchgeatmet hatte, war er bereit, die Augen zu öffnen und seiner Zukunft entgegenzusehen, die ihm vorkam wie eine graue, Angst einflößende Weite… ohne Orientierungspunkte und ohne ein Ziel; nur der Ozean und ein ungewisses Schicksal lagen vor ihm.

»Siehst du, Großmutter, ich breche auf, wie ich es dir versprochen habe…«

Die *Martello* hatte zusammen mit mehreren anderen Fregatten und Schonern, die Passagiere transportierten, den Hafen von Cork verlassen und Kurs auf Nordamerika genommen. Doch noch wusste niemand genau, wohin die Reise ging. Die Soldaten waren im Unklaren über ihr Ziel gelassen worden. Europa war nicht der einzige Kontinent, in dem blutige Auseinandersetzungen im Gange waren. Die großen Mächte machten sich

Indien streitig und nun auch Amerika, wo das vollständig ruinierte Frankreich nicht mehr lange würde standhalten können. Die Großmacht England hatte vor, es vollständig zu erobern, und würde diesen fetten Brocken gewiss nicht aus den Klauen lassen, ohne sich ehrenhaft darum zu schlagen. Die Flotte, die heute nach Amerika segelte, würde dort triumphieren, wo Admiral William Phips gescheitert war. Den neuen Truppen würde es schon gelingen, die Bewohner dieses kleinen Stückchen Frankreichs auf dem gewaltigen Kontinent, den man die Neue Welt nannte, zur Räson zu bringen.

Für den Highlander-Soldaten ist der Mut die ehrenhafteste aller Tugenden und die Feigheit die schändlichste Verfehlung. Der Highlander verehrt seinen Clanchief, gehorcht ihm blind und opfert sich für seinen Clan und sein Land auf. Für jeden anderen Soldaten stellt die Peitsche die grausamste Bestrafung dar; doch für ihn ist die Schande, die er über seinen Clan und sich selbst bringt, die schlimmste Strafe. Sein Stolz treibt ihn an, seine Pflicht zu tun, während ein anderer Soldat diese nur aus Angst vor Repressalien verrichtet.

Dieses Wissen über das Temperament des Highlander-Soldaten hatte – auf die unausgesprochene Anregung von James Wolfe hin – den Kriegsminister und kürzlich zum Staatssekretär ernannten William Pitt bewogen, die Rekrutierung von Soldaten in den schottischen Highlands anzuordnen. Zuvor hatte man die deutschen Söldnertruppen aufgelöst. Die Highlander waren von rebellischem, kriegerischem Naturell und würden unter dem Kommando von Männern, denen sie vollständig vertrauten, eine furchteinflößende Armee abgeben. Außerdem stellten die Papisten und Jakobiten, wenngleich sie geschlagen worden waren, immer noch eine Bedrohung im Herzen Schottlands dar. Gab es einen besseren Weg, sie zu beherrschen, als ihnen die Illusion einer Rückkehr zu den »alten Bräuchen« vorzuspiegeln, indem man ihnen erlaubte, ihre traditionelle Tracht zu tragen und zum Klang von Dudelsäcken auf ein Schlachtfeld zu marschieren?

Und so zog man zwei Clanchiefs und Gentlemen heran und

stattete sie mit Offizierspatenten aus: Simon Fraser von Lovat und Archibald Montgomery. Fraser war der Sohn des berühmten jakobitischen Anführers Lord Lovat, den man in dem nicht weniger berühmten Tower von London geköpft hatte. Ihm gelang es, innerhalb weniger Wochen mit der Hilfe von Freunden mehr als eintausendfünfhundert Männer zu sammeln, aus denen zu Beginn des Jahres 1757 das 78. Highlander-Infanterieregiment aufgestellt wurde.

Offensichtlich waren die meisten Offiziere dieses Regiments Jakobiten, die bei der Erhebung von 1745 auf der Seite des Stuart-Prinzen gestanden hatten. Mehrere von ihnen waren sogar aus dem Exil zurückgekehrt, um das Patent anzunehmen, das ihnen gestattete, unter dem britischen Union Jack zu kämpfen. Eine bittere Ironie lag in der Tatsache, dass all diese Männer von nun an einer Regierung dienen würden, die zuvor einen Preis auf ihren Kopf ausgesetzt hatte. Aber so spielte das Leben nun einmal, das galt für sie ebenso wie für Alexander.

Nachdem er zehn Jahre lang durchs Land geirrt war, von kleinen Diebereien gelebt hatte und von einer Frau zur anderen und von einer Flasche Whisky zur nächsten getaumelt war, um seine Dämonen einzulullen und seinen Lebensüberdruss zu betäuben, hatte er genug gehabt. Alasdair Dhu MacGinnis machte seinem Beinamen »der schwarze Alexander« alle Ehre. Es hieß, seine Seele sei ebenso schwarz wie sein Haarschopf, und er trinke das Blut Unschuldiger.

Überall in den Highlands und in ganz Schottland wurde er wegen verschiedener Verbrechen gesucht, deren jüngstes der niederträchtige Mord an einer jungen Frau und drei Männern war. Da er sich bewusst war, dass man ihn möglicherweise in Ketten legen würde, wenn er sich zum Militärdienst meldete, hatte er lange überlegt und die Entscheidung in sich reifen lassen. Doch dann waren ihm die Worte seiner Großmutter Caitlin ins Gedächtnis gekommen und hatten den Alkoholdunst durchdrungen, der sein Hirn umnebelte. *Lass nicht zu, dass sie dir deine Seele stehlen... geh fort...* Er erinnerte sich wieder an das Versprechen, das er ihr vor Jahren gegeben hatte.

Allerdings war er der Ansicht, dass er seine Seele schon vor langer Zeit verloren hatte; an jenem Tag, an dem er beschlossen hatte, nie wieder in sein geliebtes Tal zurückzukehren. Wenn er jetzt fortging, war das eine Flucht. Flucht vor dem Duft des feuchten Torfs früh am Morgen, vor der wilden Schönheit der ersten Oktobertage, vor der Stille, die über den grünen Tälern lag... aber auch vor der Angst, der geistigen Umnachtung und den Albträumen. Dass er nun auf die andere Seite der Welt in die Schlacht zog, war sein letzter Versuch, die Ungeheuer zu bekämpfen, die ihm seit Culloden keine Ruhe ließen und die er auch mit seinem übermäßigen Alkoholkonsum nicht wirklich hatte einschläfern können. Der Eintritt in dieses Regiment bot ihm eine Chance, Buße zu tun, vor Gott, seinem Clan... und seinem Vater. In dieser geistigen Verfassung befand sich Alasdair Dhu MacGinnis, als er sich Ende Februar in Fort William einfand.

In der Garnison in der Grafschaft Argyle herrschte an diesem Tag ein ungewöhnliches Kommen und Gehen. In Lumpen gekleidete Männer, von denen einige sich statt Schuhen Rinderhäute um die Knöchel gebunden hatten, drängten sich im eisigen, böigen Wind in dichten Reihen vor der Tür der Kommandantur. All diese armen Teufel waren gekommen, um ihre drei Kreuze unter einen Vertrag zu setzen, der ihnen wenigstens für die nächsten paar Jahre Nahrung und Kleidung garantierte. Mit gesenktem Kopf und unruhigem Blick wartete Alexander seit über einer Stunde darauf, dass er an die Reihe kam. Er war vollkommen durchgefroren, und Schnee bedeckte seine Kleidung und seinen Bart. Unzählige Male hätte er beinahe seinem Drang nachgegeben, umzudrehen und wieder in die Berge zurückzukehren, wo er lebte. Vielleicht würde man ihn erkennen und wegen Mordes festnehmen. Aber sein fester Wille, sich endlich von seinem einsamen Los zu befreien und vor allem dieses Unglücksland zu verlassen, hatte ihn zum Bleiben bewogen.

Der Offizier las ihm das Rekrutierungsformular vor – die meisten Highlander konnten nicht lesen – und vergewisserte sich, so wie er es bei allen anderen vor ihm getan hatte, dass er alle Klauseln richtig verstanden hatte.

»Ihr werdet das Recht haben, die Tracht Eurer Vorfahren zu tragen«,

erklärte ihm der Sergeant, als wolle er ihn ermutigen. »Der Kilt ist die offizielle Uniform des Regiments. Spielt Ihr Dudelsack?«

Alexander sah ihn argwöhnisch an. Seit 1747 war der Dudelsack in den Highlands verboten, ebenso wie das Tragen von Kilts oder Tartanstoffen.

»Nein.«

»Nun gut, wir bräuchten nämlich einen Dudelsackspieler. Euer Name, junger Mann?«

»Alexander...«

Er zögerte. Welchen Familiennamen sollte er angeben? Der Offizier wartete; seine Schreibfeder verhielt über dem Formular.

»Alexander Colin Macdonald.«

»Macdonald...«, murmelte der Sergeant, als er den Namen niederschrieb. »Aus Keppoch?«

Alexander gab keine Antwort.

»Aus Glencoe«, sagte jemand hinter ihm an seiner Statt.

Er fuhr herum. Ein Gentleman, den er nicht bemerkt hatte, lehnte an der Wand und betrachtete ihn aus hellen Augen. Sein Haar, das ein schönes, lebendiges Rot aufwies, war in seinem Nacken sorgfältig zu einem Zopf geflochten, was seine feinen, energischen Gesichtszüge betonte.

»Kennt Ihr diesen Mann, Leutnant?«, erkundigte sich der Sergeant.

»Ja, Ross. Sorgt dafür, dass er in die Kompanie von Hauptmann Macdonald kommt, ja?«

»Ähem... Die Sache ist die... Ich rekrutiere hier für die Abteilung von Keppoch...«

»Ich werde mich der ›kleinen Probleme‹ annehmen, die Ihr dadurch bekommt.«

»Sehr wohl, Leutnant.«

Alexanders Verblüffung hätte nicht größer sein können, als er in dem Leutnant seinen Onkel Archibald Campbell von Glenlyon erkannte, bei dem er einen Teil seiner Kindheit verlebt hatte. Der Bruder seiner Mutter, der nur wenige Jahre älter war als er selbst, hatte ihn diskret unter seine Fittiche genommen.

»Archie Roy?«

»Ich würde dir raten, deine Unterschrift zu leisten, Alexander«, meinte Archie lächelnd. »Draußen warten noch andere.«
Ein wenig benommen nahm Alexander die Feder, die Sergeant Ross ihm hinhielt.
»Hier«, brummte der Offizier missmutig.
Und so unterzeichnete er mit zitternder Hand den Kontrakt, der ihn so lange an die Söldnerarmee der Highlander band, bis König George II. deren Auflösung beschließen würde. Dies würde am Ende des Krieges geschehen, den man später den Siebenjährigen nennen sollte.

Am 20. April, dem Tag, an dem er in Inverness seinen Dienst unter dem Kommando von Hauptmann Donald Macdonald antrat, erwartete Alexander noch eine weitere Überraschung, die ihn in Verwirrung stürzte. Bei der Waffenausgabe fand er sich seinem Cousin Munro MacPhail gegenüber, Frances' Sohn. Merkwürdigerweise waren sie derselben Kompanie zugeteilt worden. Mehrere Nächte lang hatte ihn die Vorstellung nicht schlafen lassen, seine Brüder könnten ebenfalls in die Armee eingetreten sein. Doch als er ihnen beim Exerzieren oder unterwegs nicht begegnet war, war er beruhigt gewesen.

Ende April marschierte das Regiment nach Glasgow, und anschließend begab es sich nach Port Patrick an der Westküste, wo sich die Männer einschifften, um über die Irische See nach Larne in der Provinz Ulster zu segeln, das nur wenige Meilen nördlich von Belfast lag. Von dort aus würden sie an der Ostküste der grünen Insel entlangfahren. Unterwegs hatte Alexander Gelegenheit, die verwandtschaftlichen Bande zu Munro zu erneuern, die viel zu lange brachgelegen hatten.

Zu Beginn mussten beide Männer das tiefe Unbehagen überwinden, das aus ihrer langen Trennung herrührte. Munro war ein wenig jünger als Alexander und daher nicht mit den Männern des Clans auf Prinz Charlies Feldzug gegangen. Aber er hatte Erzählungen über die Schlacht gehört. Allerdings wusste er nichts Näheres darüber, wie sein Cousin verschwunden war. Er bestätigte Alexander, dass man ihn in Glencoe für tot hielt. Wo war er die ganze Zeit gewesen? Warum war er nicht zu seiner Familie zurückgekehrt? Warum nur? Alexander machte ihm klar, dass er nicht darüber reden mochte. Munro war enttäuscht darüber gewesen, aber zugleich überglücklich, ihn wiedergefunden zu haben, und hatte seinen Wunsch respektiert. Seitdem hatte sich ihre Beziehung stetig verbessert.

So erreichten sie Cork und die Schiffe, von denen sie noch nicht wussten, welches Ziel sie hatten. Für Alexander begann im Angesicht des Unbekannten, das sie erwartete, ein neues Kapitel in seinem Leben.

Sein Blick glitt über seine Kompanie, die eine Ruhepause einlegte. Brüder und Cousins, Freund und Feind hatten auf diesen Schiffen ihre Schicksale vereint, weil sie eine letzte Chance suchten, für den Ruhm ihrer Clans, für Schottland und Großbritannien zu siegen oder zu sterben. Die meisten Gesichter waren ihm unbekannt; es waren Männer, die den Clans der Grafschaft Argyle entstammten und entweder mit den Campbells oder den Camerons verwandt waren. Diejenigen, deren Züge ihm vage bekannt vorkamen, waren wahrscheinlich ehemalige Sauf- und Spielkumpane. Vielleicht hatten sie einige Tage lang sein Leben auf der Heide geteilt.

Er wusste, dass das Leben an Bord nicht einfach werden würde. Die drangvolle Enge, in der die Männer während der zwei oder drei Monate, welche die Überfahrt dauern würde, leben mussten, und die diversen Reibereien zwischen den Clans, die im Lauf der Jahre nicht geringer geworden waren, würden zwangsläufig zu Streitereien innerhalb des Regiments führen. Er hatte vor, sich wohlweislich aus solchen Dingen herauszuhalten. Auf mehr als die Hälfte dieser Soldaten war ein Haftbefehl ausgestellt, und er legte nicht den geringsten Wert darauf, dass man ihn mit dem entsetzlichen Mord an der jungen Kirsty und ihren Begleitern in Verbindung brachte. Ohnehin verfolgte die Erinnerung an die Ereignisse jener Nacht ihn ständig…

»Steuer hart am Wind! Hisst das Großsegel! Hisst die Bramsegel! Los! Wir müssen den Kurs halten!«, brüllte der Steuermann.

Dutzende von Matrosen kletterten rasch in die Wanten, um die Befehle auszuführen. Der Wind frischte kräftig auf und ließ für diesen Abend eine hohe Flut erwarten. Das Geschrei der Matrosen übertönte das Knarren der Rollen und Leinen und mischte sich zu einem Gesang, der den Manövern einen ganz eigenen Rhythmus verlieh. Gebannt beobachtete Alexander, wie die Segel sich wie in einer einzigen Bewegung entfalteten.

»Kompanie, angetreten!«

Alexander, der immer noch ganz versunken in den rhythmischen Tanz war, den die Matrosen im Tauwerk der Takelage aufführten, hatte den letzten Befehl, den der Offizier seiner Kompanie gegeben hatte, nicht gehört. Munro, der neben ihm stand, versetzte ihm einen Rippenstoß, der ihn aus seinen Betrachtungen riss. Man schickte die Soldaten in ihre Quartiere im Zwischendeck, damit sie die Seeleute nicht bei ihren Manövern störten. Der Sergeant ging vor Alexander vorbei und sah ihn argwöhnisch an. Dem jungen Mann war in der Tat schon aufgefallen, dass Sergeant Roderick Campbell ihn seit einiger Zeit mit merkwürdigen Blicken bedachte. Obwohl der Offizier aus Knapdale stammte – einer Gegend, durch die seine verschlungenen Wege Alexander während der letzten vier Jahre häufig geführt hatten und wo er Kirsty kennengelernt hatte –, erinnerte er sich nicht daran, ihm schon einmal begegnet zu sein, ehe er in das Highlander-Regiment eingetreten war. Nein, wirklich, sein Gesicht sagte ihm gar nichts. Aber seine Miene verhieß nichts Gutes. Vielleicht war er ja ein alter, unzufriedener Gläubiger... Die Spielschulden, die Alexander in den Herbergen dieser Gegend angehäuft hatte, waren enorm gewesen.

Pechschwarze Nacht herrschte. Die entfesselten Elemente rüttelten das Schiff durch, als wäre es nur ein kleines Holzstück, das auf dem gewaltigen, dunklen Wasser trieb. Die Soldaten lagen da, so gut sie eben konnten, stöhnten oder erbrachen ihren Mageninhalt in Eimer, die bereits voll waren. Ihre Lippen bewegten sich, als sie Gebete sprachen, die von dem unheimlichen Knirschen der Balken übertönt wurden. Die Männer flehten Gott an, sie wenigstens so lange leben zu lassen, dass sie auf dem Festland sterben konnten.

Alexander ließ seinen Blick über die Kompanie schweifen. Einige hatten in Culloden gekämpft, darunter Evan Cameron, der den jungen MacCallum festhielt. Letzterer war totenbleich, hatte die Galle auf den Lippen stehen und klammerte sich mit der Kraft der Verzweiflung an seiner Hängematte fest. Alexander fragte sich, ob der Sturm sie alle verschlingen würde. *Dies also ist die Armee, die Kanada erobern soll, ein Land voll blutrünstiger Wilder und Kolonisten, die an das schlimmste Klima gewöhnt sind!*, höhnte er angesichts des elenden Zustands der Männer.

Von neuem sackte das Schiff durch und brachte die Laternen zum Tanzen, die ihr schwaches Licht über das Zwischendeck warfen. Kurz schloss Alexander die Augen und atmete tief durch, doch er erwischte einen Mundvoll widerlich stinkender Luft, die von dem Bilgenwasser aufstieg, das aus dem Schiffsinnern heraufgepumpt wurde. Dies war die erste Fahrt der *Martello*, daher war ihr Rumpf frisch kalfatert. Aber die gewaltigen, eiskalten Wasserfontänen, die das Meer über die Deckaufbauten spie, drangen durch die Luken, die Laufgitter und die Ladeklappen und wirbelten eine ekelerregende Brackwasserbrühe auf.

Einige Männer stöhnten auf, als das Schiff sich auf die Seite legte und drohte, aufzureißen und seine menschliche Fracht von sich zu geben. Alexander spürte ein dringendes Bedürfnis nach frischer Luft. Er kroch über den mit Erbrochenem bedeckten Boden, schob einen Rattenkadaver beiseite, den die Pumpen zusammen mit dem Bilgenwasser aus dem Rumpf heraufgeholt hatten, und klammerte sich an den Stützbalken. Mühsam hievte er sich auf die Leiter hoch, an der er sich mit aller Kraft festhielt, um nicht in die scheußliche Brühe oder auf die Seekranken geschleudert zu werden. Als er die Persenning zurückschlug, empfing ihn ein eiskalter Schwall Meerwasser. Er fluchte, sprach ein rasches Gebet und erstieg die letzten Sprossen.

Der schäumende, entfesselte Atlantik donnerte heftig auf das Oberdeck des Schiffs, dessen Mastwerk gefährlich schwankte. Die Wucht des Wassers klatschte dem Schiffszimmerermeister ins Gesicht, der sich mit einem Tau, das fest um seine Taille geknotet war, an der Reling festgebunden hatte und mit einer

Sturmlampe den Zustand der Verbindungen und Fugen der Planken überprüfte. Im Moment hielten sie. Der Sturm tobte jetzt seit zwei Stunden. In seinem Brüllen ließen sich ab und zu die Psalmengesänge der Handvoll Presbyterianer und der wenigen Katholiken an Bord vernehmen. Die feierliche Stimme des Vorbeters erhob sich über das Tosen.

»Gott ist unsre Zuversicht und Stärke, eine Hilfe in den großen Nöten, die uns getroffen haben. Darum fürchten wir uns nicht, wenngleich die Welt unterginge und die Berge mitten ins Meer sänken, wenngleich das Meer wütete und wallte und von seinem Ungestüm die Berge einfielen.«*

Bis auf die Knochen durchtränkt, hielt Alexander sich an der vorderen Ankerwinde fest und beobachtete die Matrosen, die im Tauwerk umherkletterten, in einer Art disziplinierter Unordnung von einer Seilsprosse zur nächsten sprangen und mit verblüffender Gelassenheit den Schlägen standhielten, die der Sturm ihnen versetzte und die drohten, sie über Bord zu reißen, wo sie in den Fluten versinken würden. Zwei Offiziere rannten schimpfend und stolpernd an ihm vorbei und verschwanden in den Latrinen am Bugspriet. Er musste lächeln. So hoch man auch stehen mochte, man war niemals mehr als ein Mensch.

»Macdonald!«, brüllte jemand über den Höllenradau hinweg.

Alexander fuhr hoch, glitt beinahe aus und fand sich Auge in Auge mit einem ihm unbekannten Leutnant wieder, der ihn aus hevorquellenden Froschaugen anstarrte. Seine Perücke tropfte.

»Was habt Ihr hier zu suchen, Soldat Macdonald? Geht sofort hinunter, und meldet Euch bei Sergeant Watson. Er wird mir ...«

»Sergeant Watson?«

Der einzige Sergeant, dem er Rechenschaft schuldig war, hieß Roderick Campbell. Und dann ging ihm auf, was das bedeuten könnte ... Der Schlag traf ihn mitten ins Gesicht. Noch unter Schock erstarrte er einen Moment lang und sah auf das Stöckchen des Offiziers hinunter.

»Was für eine Impertinenz! Auf einen Befehl von einem Vorge-

---

* Psalm 46, Vers 2–4.

setzten gibt es keine Widerworte, und man sieht einem Offizier, den einen anspricht, nicht in die Augen! Für diese Beleidigung lasse ich Euch auspeitschen, Ihr ...«

»Was geht hier vor, Leutnant Fraser?«

Rot vor Zorn fuhr der Mann herum und maß seinen Offizierskameraden mit einem durchdringenden Blick. Eine Woge rollte über das Deck, strudelte um ihre Fußknöchel und versuchte sie im Zurückweichen mitzureißen. Rasch hielt Alexander sich an der Winde fest.

»Leutnant Campbell«, zischte der erste Offizier und konnte kaum seine Verachtung für sein Gegenüber verbergen, »ich würde Euch bitten, Euch nicht in Angelegenheiten einzumischen, die Euch nichts angehen. Dieser Mann steht unter meinem Befehl, und ...«

»Unter Eurem Befehl?«, fiel Archibald Campbell trocken ein und runzelte die Stirn. »Dieser Soldat gehört *meiner* Kompanie an, die, fürchte ich, keinesfalls unter *Eurem* Befehl steht.«

Dann wandte er sich an Alexander.

»Soldat, nennt uns Euren Namen und den Eurer Kompanie!«

»Soldat Alexander Macdonald aus der Kompanie von Hauptmann Donald Macdonald, Sir.«

»Er lügt!«, rief Leutnant Fraser empört. »Dieser Mann ist ...«

»Fraser, ich würde Euch bitten zu überprüfen, ob der Mann, von dem Ihr glaubt, dass er vor Euch steht, sich vielleicht genau dort befindet, wo er hingehört, und meinen Soldaten mir zu überlassen.«

»Wie bitte?«

»Macdonald, Ihr geht wieder nach unten und wartet auf mich«, fuhr Archibald fort und gab nichts auf die Proteste des anderen.

»Ja, Sir«, stotterte Alexander. Er spürte einen Kloß in der Magengrube.

Alexander lag ausgestreckt in seiner Hängematte. Mehr als eine Stunde hatte er jetzt dem Gebrüll eines armen Matrosen gelauscht, der unter eine Kanone, die sich auf dem schlingernden

Deck losgerissen hatte, geraten war. Schließlich verstummten die schauerlichen Schreie, wahrscheinlich, weil der Mann den Geist aufgegeben hatte.

Im Dunkel waren jetzt nur noch das unablässige Knarren der Schiffsplanken und das Gestöhn der Soldaten zu hören. Der Sturm hatte nachgelassen, aber Alexander ballte immer noch die Fäuste und versuchte, die Angst zu beherrschen, die ihn nicht mehr verließ.

Aber es war nicht die Wut der Elemente, die ihn wach hielt. Ihm war es ziemlich gleich, ob das Schiff alles, was es barg, in die tobende See spie. Nein, etwas anderes trieb ihn um, seit er auf dem Oberdeck der kleinen Auseinandersetzung zwischen den beiden Leutnants beigewohnt hatte. Seine Befürchtungen hatten sich bewahrheitet, als Archie ihm den Grund für die Verwechslung erklärt hatte: Seine Brüder John und Coll befanden sich an Bord, unter dem Kommando von Hauptmann Montgomery.

Er konnte es immer noch nicht begreifen. Wie war das möglich? Das hätte er doch wissen und spüren müssen. Wie hatte er Irland umsegeln können, ohne seinen Brüdern über den Weg zu laufen? Wie? Die Fragen überschlugen sich, und er fand keine Antworten darauf.

Ein Arm streifte seine Schulter. Er wandte den Kopf seinem Nachbarn zu, der versuchte, sich auf seiner schwebenden Lagerstatt umzudrehen, ohne ins Leere zu stürzen. Munro grunzte. Das flackernde Licht der Laternen, die an den Balken hingen, brachte die Schatten auf den Feuchtigkeit ausschwitzenden Innenplanken zum Tanzen und ließ die in ihren Hängematten liegenden Männer aussehen wie zum Räuchern aufgehängte Würste. Immer noch herrschte ein unerträglicher Gestank. Aber Alexander, der schon Schlimmeres erlebt hatte, kam damit zurecht.

»Munro?«

»Hmmm...«, brummte sein Cousin schläfrig.

»Wusstest du, dass meine Brüder an Bord sind?«

Munros langes Schweigen gab ihm die Antwort. Da der Jüngere wusste, dass nun unvermeidlich ein Verhör folgen würde, spürte er das Bedürfnis, sich zu rechtfertigen.

»Ich weiß nicht, was zwischen deinen Brüdern und dir vorgefallen ist, mein Alter, aber ich habe nicht gewagt, es anzusprechen, weil ich fürchtete, du würdest über Bord springen und zur Küste zurückschwimmen. Ich hätte es dir in einem oder zwei Tagen gesagt, sobald ich ganz sicher gewesen wäre, dass du nicht mehr fliehen könntest.«

»Ich weiß nicht, ob ich dir dafür danken soll ...«, knurrte Alexander und verfolgte einen Fleck, der sich auf einem Balken über ihm bewegte.

»Ich schwöre dir, Alas, ich hatte wirklich vor ...«

»Hmmm ... Seit wann hast du gewusst, dass sie in das Regiment eingetreten sind? Von Anfang an?«

Erneut trat ein langes Schweigen ein, in dem die Stimmen der Seeleute, die damit beschäftigt waren, das beschädigte Tauwerk in Stand zu setzen, zu ihnen drangen.

»Ich habe mich zusammen mit ihnen eingeschrieben«, ließ Munro sich schließlich vernehmen.

»Und sie, wissen sie Bescheid?«

»Über dich? Nein ... jedenfalls glaube ich das nicht. Ich habe sie seit Inverness nicht gesehen.«

»Und ich nehme an, der Umstand, dass ich in dieselbe Kompanie gesteckt worden bin wie du, ist kein Zufall, oder?«

»Allerdings nicht ... Dein Onkel ...«

»Lass gut sein, Munro«, schnitt Alexander ihm grob das Wort ab und schloss die Augen. »Er hat mir schon alles gestanden. Ich wollte einfach nur wissen, ob du mit ihm unter einer Decke steckst, und damit ist jetzt meine Frage beantwortet.«

Das Gespräch mit Archibald kurz nach der Szene auf Deck hatte ihn erschüttert. Zu erfahren, dass er auf demselben Schiff reiste wie seine Brüder, war schon aufwühlend genug gewesen; aber zu hören, dass man diesen Umstand bewusst vor ihm verborgen hatte, war noch eine andere Sache. Die Konfrontation war unvermeidlich; es war nur eine Frage von Tagen. Zwölf Jahre des Schweigens ... und jetzt ... Herrgott! Schon bei dem Gedanken spürte er, wie sein Magen sich zusammenzog.

»Alas... bist du jetzt böse auf mich?«, fragte sein junger Cousin schüchtern.

Alexander biss die Zähne zusammen und dachte nach, bevor er antwortete. Er war aufrichtig froh, seinen Spielgefährten aus Kindertagen wiedergefunden zu haben, vielleicht den einzigen aus seinem Clan, der ihn nie wie einen Außenseiter behandelt hatte. Sollte er die einzige Verbindung zu seiner Vergangenheit, die ihm geblieben war, zerreißen?

»Schon, Munro... aber ich kann dich verstehen.«

»Danke, Alas. Ich möchte nur wirklich gern wissen, warum du nie zurückgekommen bist.«

»Eines Tages erzähle ich es dir vielleicht«, unterbrach Alexander ihn seufzend. »Aber jetzt habe ich keine Lust, darüber zu sprechen.«

»Ist gut.«

Die durch den Sturm zerstreuten Schiffe der englischen Flotte brauchten eine Woche, um sich wieder zu sammeln und einen langen Konvoi zu bilden, der erneut seinen Weg aufnahm und langsam gen Südwest segelte. In den Alltag der Soldaten kehrte Routine ein. Doch das ungute Gefühl in Alexanders Magengrube blieb.

Das Zwischendeck lag unter einem Nebel aus Pfeifenrauch. Umgeben von dem lauten Stimmengewirr, das die Soldaten in ihrem engen Quartier erzeugten, saß der junge Mann in einer dunklen Ecke und schnitzte mit seinem Taschenmesser an einem Pulverhorn. Auf einer alten Holzkiste maßen sich zwei Männer mit nacktem Oberkörper im Armdrücken. Begeisterte Kameraden umstanden sie und feuerten sie an. Etwas weiter weg übten sich die Soldaten Macleod und MacNicol unter dem aufmerksamen Blick eines alten Seemanns in der Kunst des Spleißens. Obwohl den Männern das Glücksspiel verboten war, rollten unter freudigen oder bestürzten Ausrufen auf den Schiffsplanken die Würfel, und es wurde Karten gespielt.

Es wurde geschrien und laut gesprochen.

»Wusstet ihr, dass ich einmal mit einer einzigen Kugel aus

meiner Muskete ein gutes Dutzend von Cumberlands Männern in den Himmel geschickt habe?«

»Potztausend«, rief ein schmächtiger Jüngling mit einem tiefen Grübchen im Kinn, »wahrscheinlich hast du sie eher mit einem wohl fermentierten Lüftchen erstickt, wie es nur du zustande bringst...«

In größerer Nähe plauderte eine Gruppe von Männern angeregt. Patrick Grant, der bei ihnen saß, erzählte stolz von seinen kriegerischen Großtaten und schwor, er sei Bonnie Prince Charlie persönlich begegnet. Ja, angeblich hatte er ihn sogar nach der Niederlage seiner Armee auf dem Moor von Drummossie auf der Flucht beschützt.

»Sie waren zu siebt, genau wie wir, und wir sind über sie gekommen wie der Blitz. Die Chisholm-Brüder sind auf den Felsen geblieben, haben auf sie geschossen und zwei *Sassanachs* getötet. Die anderen und ich sind mit gezückten Schwertern den Hügel hinabgerannt. Ihr hättet sehen sollen, was diese Dummköpfe für Gesichter gezogen haben! Ich schwöre euch, dass sie weiß wie Schnee waren. Den Engländern ist nichts Besseres eingefallen, als ihre Musketen wegzuwerfen und mit eingezogenem Schwanz die Flucht zu ergreifen. Das Gepäck und die Pferde haben sie einfach zurückgelassen. Wir haben dann die Leichen ins Moor geworfen und die Vorräte mitgenommen. Dann sind wir nach Carriedhoga zurückgekehrt, wo der Prinz auf uns wartete. Ich schwöre euch, das Feuer, das wir an diesem Abend mit ihren roten Röcken angezündet haben, war herrlich...«

»Du erzählst uns doch alles Mögliche, um dich interessant zu machen, Grant! Was beweist uns, dass du die Wahrheit sagst? Also, wenn du Charlie in einer Höhle versteckt hast, dann habe ich mich unter den Decken und zwischen den Schenkeln der schönen Hauptmännin Anne* versteckt, ha, ha, ha!«

---

* Lady Anne Mackintosh, eine legendäre Gestalt aus den Highlands, war 1745 erst zwanzig Jahre alt. Während ihr Gatte eines von König Georges Regimentern kommandierte, stellte sie sich mit ihrem Clan in den Dienst des Stuart-Prinzen.

Gelächter brandete auf, und neugierige Gesichter wandten sich der Gruppe zu.

»Ganz richtig, wir wollen Beweise!«

»Wo sind die anderen sechs Männer, die zu den berühmten ›Sieben von Glenmoriston‹ gehört haben? Sie sollen uns bestätigen, dass dies nicht nur eine weitere der vielen Legenden über die Flucht von Bonnie Charlie ist!«

»Meine Kameraden sind heute in alle Winde zerstreut und wahrscheinlich tot oder deportiert; möge Gott sich ihrer erbarmen. Aber ich schwöre beim Leben des Prinzen selbst, dass ich die Wahrheit spreche; ich schwöre es ebenso feierlich, wie ich ihm an diesem Tag im Juli 1746 Treue gelobt habe: ›Mögen wir Gott den Rücken kehren und unsere Gesichter dem Teufel zuwenden, mögen alle Plagen aus der Heiligen Schrift über uns und unsere Nachfahren kommen, wenn wir dem Prinzen nicht in der höchsten Gefahr zur Seite stehen…‹«

Stille senkte sich über die Menge der Zuhörer, die sich um den temperamentvollen Erzähler gesammelt hatte. Grants Wagemut wurde mit Stimmengemurmel und vielsagendem Nicken quittiert. An diesem Ort so laut seine Zuneigung und Treue gegenüber dem exilierten Prinzen zu bekräftigen konnte einen Mann teuer zu stehen kommen. Das war der Beweis, nach dem alle verlangt hatten. Man klatschte Grant Beifall und bot ihm einen Krug mit gepanschtem Whisky an.

Eine Geige erklang. Die Töne stiegen in einem brillant ausgeführten Glissando von den tiefen bis in die allerhöchsten Lagen und sanken dann wieder herab. Das An- und Abschwellen der Melodie wirkte wie eine Explosion von Farben und führte die sehnsüchtigen Herzen der Männer auf die Wege der Highlands und in die Täler, die sie vielleicht für immer verloren hatten. Alexander hatte seine Schnitzarbeit unterbrochen. Auch er war hingerissen von dieser Tonflut, die lange unterdrückte Bilder vor seinem inneren Auge vorbeiziehen ließ.

Reglos und von Gefühlen überwältigt, hatte er nicht bemerkt, dass MacCallum sich näherte. Der junge Soldat setzte sich neben ihn auf eine Taurolle. Er war ebenfalls fasziniert von dieser

Musik, die selbst den Männern, die ihr hartes Leben abgestumpft hatte, die Tränen in die Augen trieb. Das Pulverhorn glitt Alexander aus den Händen und fiel hinunter. Abrupt kehrte er in die Wirklichkeit zurück. Als er sich danach bückte, stieß er mit der Stirn gegen die Schulter von MacCallum, der ebenfalls danach gegriffen hatte. Verwirrt und Entschuldigungen stammelnd fuhren die beiden hoch und sahen einander an. Dann wandte MacCallum sich ab.

Über ihn waren allerhand Gerüchte im Umlauf. Inzwischen war allgemein bekannt, dass William MacCallum der Schützling von Evan Cameron war, der behauptete, der junge Mann sei sein Halbbruder. Doch man erzählte sich auch etwas anderes, das Alexander besonders störte. Er hatte gespürt, dass der Junge ihm eindringliche Blicke zuwarf, obwohl er getan hatte, als hätte er nichts bemerkt. Der Gedanke verdross ihn, dass MacCallum ihm irgendwelche... Gefühle entgegenbringen könnte, die für ihn widernatürlich waren. Doch Cameron, den die anderen Männer insgeheim als Sodomisten schmähten, verhielt sich nicht im Geringsten merkwürdig, obwohl er seine Zuneigung zu dem Knaben nicht verbarg... Vielleicht waren die beiden ja tatsächlich Halbbrüder, oder MacCallum war ganz einfach ein etwas weichlicher junger Mann, den zu beschützen sich Cameron zur Aufgabe gemacht hatte. Wenn dem so war, dann gab Alexander dem Bürschchen nicht allzu lange Zeit beim Regiment. Das Soldatenleben stellte selbst die abgebrühtesten Männer auf eine harte Probe. Wenn der Kleine nicht bei den ersten Kämpfen umkam, würde ihn der Wahnsinn ereilen.

»Der Griff ist sehr schön«, stammelte MacCallum und wies auf den Dolch, den Alexander am Gürtel trug. »Darf ich ihn anschauen?«

Alexander sah sich um, dann nahm er die Waffe ab und reichte sie ihm, wobei er sorgfältig darauf achtete, den Jungen nicht zu berühren. MacCallums Hände strichen über die Rankenornamente, die das Heft schmückten, und verhielten bei den Details.

»Hast du das geschnitzt?«

»Ja.«

»Und das Pulverhorn ... machst du das auch für dich?«

Alexander sah auf den Gegenstand hinunter, von dem er ganz vergessen hatte, dass er ihn in der Hand hielt, und nickte.

»Arbeitest du manchmal auch für andere? Ich meine, gegen Bezahlung ...«

Alexanders Halsmuskeln spannten sich an; er fürchtete, dies könnte ein ungehöriges Angebot sein. Die grauen Augen, aus denen der andere ihn ansah, waren von grünen Flecken durchsetzt; eine solche Farbe hatte er noch nie gesehen. MacCallum sah ihn so eindringlich an, dass er unruhig zu werden begann.

»Du willst mich bezahlen?«

»Mit Geld, Macdonald«, erklärte MacCallum mit einem wissenden Lächeln. »Was hattest du denn gedacht?«

Peinlich berührt stammelte Alexander etwas zur Antwort.

»Schön«, fuhr die hohe Stimme des anderen fort, »könntest du dann vielleicht schauen, ob du hiermit etwas anfangen kannst?«

Aus einem kleinen Lederetui, das an seinem Gürtel hing, zog er einen *Sgian dhu**, dessen Griff aus geschwärztem Nussbaumholz bestand und ebenso glatt wie seine Wangen war. Alexander nahm ihn an und tat, als untersuche er ihn; er zögerte, die angebotene bezahlte Arbeit anzunehmen, weil er fürchtete, damit Aufmerksamkeit auf sich zu ziehen.

Die Waffe war gut gefertigt. Ihre fein geschmiedete Klinge aus blauem Stahl war mit Sicherheit nicht aus einem zerbrochenen Schwert hergestellt worden.

»Der Waffenschmied konnte die Arbeit vor meiner Abreise nicht mehr beenden«, erklärte MacCallum und streckte die Hand aus, um seinen Dolch wieder an sich zu nehmen. »Aber wenn du keine Zeit hast ...«

»Ich mache es«, versetzte Alexander und schloss die Hand um das Heft.

---

* Kleiner Dolch, den die Schotten oft auch im Strumpf trugen. Aussprache: »skin dou«.

Einen Moment lang sah der Knabe ihn mit offenem Mund an. Dann verzogen seine Lippen sich zu einem Lächeln, was seinem von einer seidigen rotbraunen Mähne, die im Nacken von einem Lederband zusammengehalten wurde, umrahmten Gesicht etwas Feminines verlieh. Er war von gepflegtem Äußeren und mittelgroß, besaß den schmalen Körperbau eines Heranwachsenden, und auf seinen Wangen wies noch kein Flaum darauf hin, dass er bald zum Mann werden würde. *Das kommt schon noch*, sagte sich Alexander, *und je schneller, desto besser.*

»Wie alt bist du?«

MacCallum presste die schmalen Lippen leicht zusammen.

»Sechzehn.«

»Hmmm...«, meinte Alexander beiläufig, den Blick fest auf den *Sgian dhu* gerichtet. »Das ist sehr jung...«

»Ich kann kämpfen! Und außerdem ist es nicht nötig, mich so zu mustern, Macdonald, ich weiß genau, was du von mir denkst. Schließlich habe ich Augen und Ohren, falls du das noch nicht bemerkt hast. Ich dachte, du wärest anders als die anderen... Ich habe geglaubt... Ach, egal!«

MacCallum versuchte sich seinen Dolch wiederzuholen und streckte die Hand nach Alexander aus, der sprachlos vor Verblüffung über seinen heftigen Ton war. Und wenn er sich irrte? Trotz seiner weichlichen Art wirkte der Junge aufgeweckt. Er stieß die Hand zurück, die sich um den Griff schließen wollte.

»Gib mir mein Messer wieder!«

»Ich habe dir doch gesagt, dass ich mich darum kümmern werde... wenn du das noch möchtest.«

MacCallums Wangen waren vor Zorn rot angelaufen. Er warf einen Blick in die Runde, aber niemand schenkte ihnen Beachtung.

»Ähem... ja, gern.«

»Einverstanden. Was bekomme ich dafür?«

»Was... also...«

»Wie viel, meine ich.«

Der Junge sah seinen Gesprächspartner fest an, also wolle er ihm verbieten, auch nur daran zu denken, mit ihm könne man nach Belieben umspringen. In diesem seltsamen Blick erkannte Alexander Verletzlichkeit, aber auch Entschlossenheit und eine ungeahnte innere Kraft. *Was für ein außergewöhnlicher Charakter,* dachte er.

»Ich habe drei Pence...«

»Drei? Einer wird genügen.«

»Du willst die Arbeit für einen Penny tun?«

»Für einen einzigen, oder gar nicht.«

Ein weiches, gurrendes Lachen stieg aus MacCallums Kehle auf. Alexander runzelte die Stirn. Wirklich, es würde dem Jungen guttun, wenn er so bald wie möglich ein paar männliche Eigenschaften entwickelte.

»Einverstanden, und danke.«

Er begleitete seine Antwort mit einem Lächeln, das auf seinem bartlosen Gesicht verstörend wirkte. Mit einem Mal fürchtete Alexander sich vor dem seltsamen Charme, der von dem Jüngling ausging. Einen winzigen Moment lang überraschte er sich dabei, dass er seinen Blick suchte. Dann sah er auf das Messer hinunter, das er umklammert hielt. MacCallum war ein Mann!

»Du kannst mich William nennen, Macdonald.«

»William... Ich heiße Alexander.«

»Sehr erfreut, Alexander.«

Mit diesen Worten ergriff der Jüngling Alexanders Hand und drückte sie fest, um ihre neue Freundschaft zu besiegeln. Die beiden lächelten einander zu.

Zwei Wochen vergingen. Der Wind wehte von achtern, und das Geschwader glitt anmutig über ein spiegelglattes Meer. Das Wetter war ihnen günstig gesinnt. Das Zusammenleben zwischen Soldaten und Seeleuten auf der aus Holz errichteten schwimmenden Insel verlief ohne größere Zwischenfälle. Außerdem gab es genug Arbeit zu erledigen, so dass niemand der Melancholie anheimfallen konnte.

In seinen wenigen freien Stunden schnitzte Alexander oder ruhte sich aus. Wenn er wusste, dass Montgomerys Kompanie sich in ihrem Quartier aufhielt, gestattete er sich, aufs Oberdeck zu steigen. Dort lehnte er sich an die Reling und beobachtete die blauen Wogen, die sich am Schiffsrumpf brachen, wobei er sich bemühte, den Matrosen bei ihren Manövern nicht im Weg zu stehen. Manchmal schwammen Delfine mit dem Schiff um die Wette. Ab und zu gesellten sich auch William und Evan zu ihm. Er hatte sich mit den beiden angefreundet und verdrängte seinen Argwohn bezüglich der Art ihrer Beziehung. Schließlich ging es ihn nichts an, was zwischen den beiden war... solange dieser bezaubernde Jüngling einen respektvollen Abstand von ihm hielt.

Aus ihren Gesprächen wusste er, dass Evan aus Glen Pean in Lochaber stammte, fünfunddreißig Jahre alt und verwitwet war. William war ein Spross aus der zweiten Ehe seiner Mutter mit einem Mann aus Loch Sheil. Daher waren die beiden einander erst vor fünf Jahren begegnet. William hatte während der Jahre der Not, die auf die Schlacht von Culloden gefolgt waren, seine Familie verloren, und dieser Bruder, den er nie kennen gelernt, von dem er aber oft gehört hatte, war gekommen, um sich seiner anzunehmen.

Alexander beobachtete die beiden, ohne dass sie dies bemerkten, und sagte sich, dass es sich bei der seltsamen Beziehung, die sie allen Gerüchten zum Trotz pflegten, zweifellos um brüderliche Bande handelte, wie er sie selbst nie hatte erfahren dürfen. Die bösen Gerüchte waren nur eine törichte Reaktion der Männer auf Williams ungewöhnlich feine Züge. Aber dennoch besaß der Knabe Mumm und war schlagfertig. Erst gestern war Alexander Zeuge einer ziemlich komischen Szene geworden, die ihn zum Lächeln gereizt und ihm diese Eigenschaften des Jungen deutlich vor Augen geführt hatte.

Die drei Männer hatten sich auf dem Vorderdeck eingefunden, um einem Wettbewerb beizuwohnen, der auf dem Schiff zu einem sonntäglichen Ritual geworden war. Matrosen standen am Fuß des Fockmastes Schlange, um mit Boswell, dem Makaken, um die Wette zu klettern. Das unterhaltsame Schauspiel zog die Soldaten an, die diese Gelegenheit zum Wetten nutzten: Wer würde als Sieger hervorgehen, der Affe oder der Mensch?

Der milde Wind wehte die Kilts hoch, und William hatte sich seinen zwischen den Schenkeln festgeklemmt. Mit einem Mal hatte er sich beobachtet gefühlt, sich umgedreht und festgestellt, dass ein Matrose, der damit beschäftigt war, ein Segel auszubessern, seine Arbeit unterbrochen hatte und ihn breit anstrahlte. Aus reiner Höflichkeit erwiderte William das Lächeln, wandte sich dann wieder ab und richtete seine Aufmerksamkeit auf den Wettkampf, der sich vor ihm unter großem Gelächter abspielte.

»He, Kleiner«, rief da eine tiefe Stimme hinter ihnen, »weißt du, dass die Haut an deinem Hintern so glatt ist wie bei einer Frau? Wenn du mich anfassen lässt, gebe ich dir ... Umphhhh!«

Mit einem empörten Aufschrei war William herumgefahren und hatte dem Seemann das Knie in die Weichteile gerammt. Der Mann hatte direkt hinter ihm gestanden und es gewagt, die Hand unter seinen Kilt gleiten zu lassen.

»Oh, Verzeihung«, meinte William und zog eine betrübte Miene. »Sagtet Ihr etwas?«

Nur ein Pfeifen stieg aus dem Mund des Matrosen, der sich krümmte und die attackierten Organe hielt. Die Botschaft hätte für alle Anwesenden nicht deutlicher sein können: Niemand griff MacCallum unter den Rock!

Alexanders Blick glitt über die Klinge des *Sgian dhu*, den William ihm anvertraut hatte, und überprüfte ihre Schärfe: perfekt. Er barg die Waffe in seiner Handfläche und wog sie ab. Genau das richtige Gewicht. Nun musste er sich nur noch vergewissern, dass das Gewicht des Griffs und das der Klinge gut ausbalanciert waren.

Zwischen zwei Fässern bewegte sich etwas und zog seine Aufmerksamkeit an. Aus dem Schatten kam eine dicke Ratte und begann zu schnüffeln. Er beobachtete sie einen Moment lang. Dann kniff er ein Auge zu, fasste den Dolch langsam an der Spitze, nahm ihn hoch, bis der Griff sich auf einer Höhe mit seinem offenen Auge befand, und warf das Messer. *Tschuck!* Der Nager gab keinen Ton von sich, zuckte noch einmal und lag dann still. Dieses Tier würde er nicht essen. Nicht dass der Geschmack von Rattenfleisch ihm derart missfallen hätte – wenn der Hunger einem in den Gedärmen wühlte, war man da nicht allzu kritisch –, aber er fand, dass für die paar Bissen Fleisch, die dabei abfielen, das Häuten viel zu lange dauerte. Da gab er sich lieber mit dem halb verdorbenen Fleisch und dem eingeweichten Schiffszwieback zufrieden, die sie bekamen.

»Hmmm ... wirklich sehr gut ausbalanciert«, schloss er und steckte den Dolch wieder ein.

Er versetzte dem Tier einen Tritt, um es aus seinem Blickfeld zu entfernen, und wischte die Klinge an dem Sack ab, an dem er lehnte. Die Schreie der Ausrufer hallten über die Holzgitter der Laufstege. Auf diese Weise wurden auf der *Martello* Befehle von einer Brücke zur anderen weitergegeben. Ruhe zu finden war auf einem Schiff ein Ding der Unmöglichkeit.

Alexander rieb sich die Augen, die müde waren, nachdem er in dem Halbdunkel, das in seiner kleinen Ecke im Rumpf des Schiffes herrschte, so lange die Einzelheiten seines Werks betrachtet hatte. Zwei Laternen standen in den verglasten Vertiefungen, hinter denen die Pulverkammer liegen musste, und spendeten spärliches Licht.

Heute fand eine größere Bestrafungsaktion statt: Ein Matrose war wegen Diebstahls zu einer Prügelstrafe verurteilt worden. So wie er gehört hatte, bestand diese darin, dass der Verurteilte zwischen zwei Reihen von Männern hindurchging, die ihn mit verknoteten Tauenden schlugen. Um des Vergnügens und der Abschreckung willen versetzten die Offiziere ihm häufig noch einen Schlag mit dem flachen Schwert oder einen Stoß mit dem Bajonett. Auf dem Oberdeck würden sich jetzt die Menschen drängen; solche Zerstreuungen gab es nur selten. Alexander, der fürchtete, womöglich einem seiner Brüder zu begegnen, hatte sich an diesem Platz versteckt, der für ihn inzwischen zu einer Art Zufluchtsort geworden war.

Mit dem Daumen fuhr er über den Marderkopf, mit dem er den Griff des *Sgian dhu* geschmückt hatte. Er hatte dieses Tier für Williams Waffe ausgewählt, weil es als Symbol für Beharrlichkeit und Mut galt. So würde der Junge einen Talisman haben, der ihm in widrigen Umständen Ausdauer und Durchhaltevermögen schenken würde. Alexander steckte den Dolch in seinen Gürtel, stand auf und riskierte einen Blick um einen Stapel kleiner Fässer herum. Niemand zu sehen. Er wusste, wenn man ihn hier antraf, würde man das verdächtig finden oder ihn sogar des Diebstahls anklagen, daher beschloss er, dass es an der Zeit war, zu seinen Kameraden zurückzukehren.

In dem Gang, von dem die Kammern für die Ersatzsegel abgingen, war es dunkel. In der stehenden Luft stieg ein durchdringender Geruch nach Moder und Fäulnis aus der Bilge auf. Ein wenig frische Luft würde ihm guttun. An der Wand entlang drückte er sich auf das schwache Licht einer Laterne am Ende des Gangs zu. Endlich konnte er die Leiter erkennen.

Als er ganz in seiner Nähe die Stimme eines Mannes zu hören glaubte, erstarrte er. Die durch die Zwischenwand gedämpfte Stimme wurde zu einem Stöhnen. Ein Verletzter? Aber das Quartier des Schiffsarztes lag an Steuerbord, auf dem zweiten Deck.

Die Neugierde trug den Sieg davon, und er spitzte die Ohren, um den Ursprung des Stöhnens zu entdecken. Er tat ein paar Schritte und vernahm es erneut, dieses Mal deutlicher. Ein langes Seufzen, in das sich das unverkennbare Keuchen mischte, das am Beginn der höchsten Lust steht. Er drückte sich an die Wand und lauschte mit wachsendem Interesse. Wer mochte es wagen hierherzukommen, um seine Bedürfnisse zu stillen?

Es folgte ein langes Schweigen, während dessen er sich vorzustellen versuchte, wie zwei Körper eng umschlungen auf dem blanken Boden oder auf einem Stapel gefalteter Segel lagen und darauf warteten, dass ihr Herzschlag sich wieder beruhigte. Auf dem Schiff befanden sich auch Frauen, die Ehefrauen von Soldaten, die sie gelegentlich diskret für eine Münze »ausliehen«. So etwas war in der Armee sehr verbreitet, da nur sechs Frauen pro Kompanie zugelassen waren. Aber die Männer gaben sich auch miteinander der Lust hin. Gespannt wartete Alexander.

Auf dem Deck ließ sich das Stiefeltrampeln einer Abteilung Seeleute vernehmen, die ihre Posten einnahmen: der Wachwechsel. Auf der anderen Seite der Wand ließ sich endlich ein unverständliches Murmeln vernehmen; die tiefe Stimme ließ keinen

Zweifel an dem Geschlecht des Besitzers. Doch es dauerte nur ein paar Sekunden, dann war es wieder still. Ein Schleifen, ein Kratzen auf dem Boden und das metallische Klicken von Schnallen rührten sicherlich von einem Mann her, der sich wieder anzog. Alexander begriff, dass das Paar gleich sein Versteck verlassen würde, sah sich im Gang um und entdeckte in einigen Schritten Entfernung eine Tür. Wie durch ein Wunder war sie nicht verriegelt. Als er sie hinter sich schloss, sah er, wie sich die andere vorsichtig und mit einem leisen Knarren öffnete. Ein Kopf erschien, dann die hochgewachsene Gestalt eines Mannes. Der Unbekannte zog die Tür hinter sich zu und ging zur Leiter.

»Herrgott!«, murmelte Alexander, als er in einem Lichtstrahl das Gesicht des Soldaten erkannte.

Evan Cameron kletterte zur Luke hoch und verschwand. Der junge Mann, der plötzlich erriet, wer in der Kammer zurückgeblieben war, verließ sein Versteck und schlich sich auf Zehenspitzen dorthin. Er musste einfach Klarheit haben.

Die Tür knarrte, und das Licht der Laterne fiel in den Lagerraum. Zuerst nahm er den durchdringenden Modergeruch wahr. Nach und nach drangen auch die Ausdünstungen menschlicher Körper auf ihn ein, eine Mischung aus Schweiß und etwas Süßlichem, und ließen vor seinem inneren Auge Bilder von Umarmungen aufsteigen, die ihn erschauern ließen. Eine Gestalt lag halb ausgestreckt auf dem Boden. Sie fuhr herum.

»Evan? Warum bist du ... Oh! Heiliger Jesus!«

William – den Alexander an seiner Stimme erkannt hatte – griff nach seiner Kleidung, um sich zu bedecken und huschte aufstöhnend ins Dunkel davon. Dann rührte er sich nicht mehr und sagte kein weiteres Wort. Doch Alexander öffnete die Tür vollständig, so dass das Licht auf sein Gesicht fiel. Erschrocken sah er in das entsetzte Gesicht des jungen Mannes, der sich in einer Ecke zusammenkauerte. Mit einem Mal empfand er Mitleid mit ihm und machte sich Vorwürfe, weil er ihn dieser Demütigung aussetzte. Was ging es ihn schließlich an, wenn William und Evan ein Paar waren? Und auf der anderen Seite, warum wühlte ihn das derart auf? Warum wurde ihm das Herz so schwer, nun, da er wusste, was er von Anfang an geargwöhnt hatte? Doch die bloße Vorstellung, wie sich die Hand eines Mannes auf sein Geschlecht legen würde, stieß ihn ab.

Der vor Angst erstarrte Knabe regte sich immer noch nicht. Alexander wurde klar, dass William ihn im Gegenlicht nicht erkennen konnte, und tat zwei Schritte zur Seite, damit das Licht auf sein Gesicht fiel. Das Ergebnis ließ nicht auf sich warten: William stieß einen Schrei aus und stürzte voran, um den Rest seiner Kleidungsstücke, die auf dem Boden lagen, zu holen. Das flackernde Licht der Lampe glitt über einen glatten, unbehaarten Schenkel und eine Hüfte. Alexander vermochte den Blick nicht davon loszureißen. Peinlich berührt über seine Reaktion und beschämt über sein Verhalten, wollte er schon gehen, als William ihn mit schwacher Stimme anrief.

»Alexander...«

Die Finger um den Türrahmen gekrampft, erstarrte er. Er wagte es nicht, sich umzudrehen, denn er fürchtete, den Rest dieses blassen Körpers zu erblicken, der ihn in Aufruhr versetzte. Das Rascheln von Stoff verriet ihm, dass der Junge sich anzog.

»Bleib, ich bitte dich. Ich muss mit dir reden.«

Zusammen mit der Uniform schien William neues Selbstvertrauen angelegt zu haben. Alexander trat ein Stück zur Seite. Als er das Rot des Uniformrocks wahrnahm, drehte er sich endlich um.

»William, ich wollte nicht... Es tut mir...«

»Nein... Ich hatte ohnehin befürchtet, dass man uns irgendwann entdecken und die Sache ruchbar würde. Nur dass ich gehofft hatte, ein wenig mehr Zeit zu haben.«

Unter seinem Gürtel richtete er die Falten seines Plaids. Sein noch offen stehendes Hemd ließ die knochigen Schlüsselbeine erkennen, die von zarten Schatten umspielt wurden. Unter seinen zerwühlten Haaren waren seine grauen, geheimnisvollen Augen kaum zu erkennen. Seine Miene war undeutbar. Theatralisch schlug er den Blick zu Alexander auf, dem auf undefinierbare Weise unwohl wurde.

Er schloss die Augen, um die ausschweifenden Bilder zu vertreiben, die Williams zarter Körper in ihm hervorrief, aber dennoch kam er nicht gegen die Vorstellung an, wie es sich anfühlen würde, ihn zu liebkosen. Ob er dabei Lust empfinden könnte? Er hatte auch Frauen schon von hinten genommen. Eine Öffnung blieb immer eine Öffnung, ganz gleich, was genau sie darstellte. Er biss die Zähne zusammen und unterdrückte den Drang, aus lauter Abscheu vor sich selbst zu schreien.

»Da gibt es etwas, das du wissen musst, Alexander.«

»Du brauchst dich nicht zu rechtfertigen«, gab er ein wenig trocken zurück. »Ich ... werde nichts sagen, das versichere ich dir.«

»Ich weiß. Das habe ich schon gespürt, als ich dich zum ersten Mal gesehen habe, in Inverness. Du bist ... anders als die anderen. Du bist ...«

»Ich bin nicht das, was du glaubst!«, unterbrach Alexander ihn barsch, als müsse er vor allem sich selbst überzeugen. »Du irrst dich. Ich bin nicht an ... Männern interessiert.«

William quittierte seine Beteuerungen mit einem leisen, gurrenden Lachen, das noch zu seiner Demütigung beitrug. Nie hätte er sich vorgestellt, sich eines Tages in einer solchen Lage wiederzufinden. Williams süßlicher Körpergeruch war jetzt deutlicher wahrzunehmen. Listig hüllte er ihn ein und reizte gegen seinen Willen seine Sinne.

Eine Hand strich über seine Wange. Wie von einem glühenden Kohlestück berührt, fuhr Alexander abrupt zurück und riss die Augen auf. William stand vor ihm und sah ihn an. Am liebsten hätte er die Beine in die Hand genommen und wäre geflüchtet. Er wünschte sich, er hätte in den Spalten zwischen den Planken verschwinden und sich im Bauch des Schiffs, im Ozean auflösen können. Doch stattdessen stand er, körperlich aufs Höchste erregt und von heller Panik ergriffen, wie angewurzelt da. Er war sich nicht mehr sicher, ob er in der Lage sein würde, William zurückzustoßen, falls dieser ihn berühren würde.

»Fass mich nicht an!«, zischte er und wich einen Schritt zurück.

»Einverstanden.«

Zuerst hatte er geglaubt, die zu lange Enthaltsamkeit zöge ihn zu einem Manne hin, wie er das von anderen Soldaten wusste. Dann sagte er sich, dass ihn die Sanftheit und der zarte Körperbau des Knaben an eine Frau erinnerten. Schließlich versuchte er sich das Unerklärliche mit tausend Gründen verständlich zu machen, die er angewidert einen nach dem anderen von sich wies.

Er zwang sich, William ins Gesicht zu sehen, damit er nicht nach weiter unten schaute. Sein Atem ging in abgehackten Stößen. Der Jüngling öffnete schüchtern sein Hemd und enthüllte ihm zarte, feuchte Haut, die im Licht schimmerte. Bestürzt sah er auf die Rundung einer weiblichen Brust. Ein rauer Laut entrang sich seiner Kehle und befreite ihn von dem Druck, der ihm den Atem genommen hatte. Verblüfft streckte er eine Hand aus, um sich zu vergewissern, dass seine Augen ihn nicht trogen.

Und dann wurden seine Scham und Erleichterung abrupt von Zorn abgelöst. William... ja, wie sollte er ihn jetzt nennen? MacCallum hatte sich über ihn lustig gemacht. Er ballte die Fäuste und biss die Zähne zusammen.

Die junge Frau, die seinen Stimmungsumschwung bemerkte, beeilte sich ungeschickt, ihr Hemd zuzuknöpfen. Sie hörte den geräuschvollen Atem des jungen Mannes, der ihr verriet, dass er seinen Zorn nur mühsam beherrschte.

»Wer bist du wirklich? Wie lautet dein richtiger Name? Deine wahre Geschichte? Dann war also alles, was du mir über dich erzählt hast, nur eine Lüge? Da hast du mich ja ganz schön zum Narren gehalten!«

»Nein! Wie kannst du so etwas sagen, Alexander? Du weißt ganz genau, dass ich dich niemals mit Absicht hinters Licht führen würde. Ich hatte doch keine andere Wahl. Niemand darf davon wissen!«

»Und wie soll ich dich jetzt nennen?«

»Ich heiße Leticia...«

Leticia, Leticia... Der Name hämmerte in seinem Kopf, seinem Herzen, seinen Lenden. War Leticia William, oder William Leticia? Mann oder Frau? Er wusste nicht mehr, woran er war. Er betrachtete den zarten Hals, die Form der Schultern, die schmalen Handgelenke. Langsam glitt sein Blick über die gerundete Brust, die er zu berühren gewagt hatte, und verhielt bei den langen, schlanken, muskulösen Beinen, die unter dem Kilt hervorschauten. Wer immer die Frau sein mochte, die vor ihm stand, er spürte einen rasenden Drang, sie gleich hier zu nehmen, auf dem Fußboden, sie unter sich stöhnen zu hören, während er seine Unzufriedenheit und seinen ganzen Missmut in sie ergoss, nur um sich zu beweisen, dass er William nie wirklich begehrt hatte.

»Leticia. Gut... Leticia. Und wer ist Evan? Dein Mann?«
»Ja.«

Er vermochte sich nicht zurückzuhalten. Erneut ließ er den Blick über die Schenkel der jungen Frau schweifen und verhielt dann bei ihrer Brust. Mit einem Mal erklärte sich Williams oft so seltsames Verhalten: Sein Schweigen, wenn die Männer sich schlüpfrige Geschichten erzählten, seine Weigerung, sich vor den anderen zu waschen. Jetzt begriff er auch, warum William so peinlich berührt dreingeschaut hatte, wenn die Männer nackt vor ihm umhergegangen waren und ihm ihre Genitalien praktisch vor die Nase gehalten hatten. Als ihm klar wurde, dass Leticia mehrere Male Gelegenheit gehabt hatte, seinen eigenen nackten Körper von nahem zu betrachten, spürte er, wie ihm plötzlich das Blut in die Wangen schoss.

»Zieh dich an!«, befahl er grob, um seine Verlegenheit zu übertünchen. »Du solltest rasch wieder an Deck gehen, bevor...«

»Bevor uns jemand vermisst?«, gab sie empört zurück.

Als sie sich bückte, um ihr Barett aufzuheben, fluchte sie unterdrückt und rang ein Schluchzen nieder. Jetzt wurde sie ebenfalls zornig. Alexander hatte kein Recht, sie zu verurteilen, ohne sie zu kennen. Über William sollte er denken, was er wollte, aber es stand ihm nicht zu, Leticia so zu behandeln. Sie wandte ihm den Rücken zu und rückte ihre Uniform zurecht. In dem kleinen Raum war es still geworden. In dem Glauben, der junge Mann sei fort, schickte sie sich ebenfalls zum Gehen an. Doch da bemerkte sie, dass er mit verschränkten Armen an der Wand lehnte und sie beobachtete. Alexander vermochte den Aufruhr, der immer noch in ihm tobte, nicht zu verbergen; daher zwang er sich, sich abzuwenden und Zuflucht in der Betrachtung des graugrünen, fauligen Wassers in einem Fass zu suchen, das seit Ewigkeiten niemand mehr geleert hatte.

»Jetzt kennst du die Wahrheit, Alexander. Meine Geschichte hat sich genauso abgespielt, wie ich sie dir erzählt habe. Die von Evan ebenfalls. Wir haben es für besser gehalten, in diesem Punkt bei der Wahrheit zu bleiben. Lügen ist gefährlich, weil man sich dabei zu leicht vergisst. Der einzige Unterschied ist, dass meine Mutter nicht auch Evans Mutter war, sondern seine Cousine. Als meine Eltern starben, war Evan auf Durchreise in unserem Tal. Er hatte vor drei Monaten seine Frau verloren, und vor zwei Jahren seine fünfjährige Tochter Mary Hellen. Ich war damals zwölf. Wir waren beide allein und hatten niemanden. Da hat er mich unter seine Fittiche genommen, und ich bin mit ihm gegangen. In gewisser Weise habe ich ihm seine Tochter ersetzt.«

»Und jetzt ersetzt du ihm seine Frau?«

»Ich *bin* seine Frau, Alexander. Du solltest meine Gefühle für ihn nicht missdeuten. Ich liebe Evan und bin ihm treu. Es ist nur... ich wollte, dass du es weißt. Ich weiß, ich hätte dir schon viel früher die Wahrheit sagen sollen. Es macht mich traurig und beschämt mich, dass du es auf diese Weise erfahren musstest. Aber ich habe es einfach nicht fertig gebracht...«

Die Trommel ertönte und brachte sie zum Schweigen. Lange sah Alexander die knabenhafte junge Frau an und fragte sich, ob es ihm alles in allem nicht lieber gewesen wäre, sie wäre William geblieben. Ihre Beziehung würde nie wieder die gleiche sein. Wie sollte er vergessen, dass sich unter Williams Uniform Leticias zarte Haut verbarg?

»Komm, Soldat MacCallum, wir müssen antreten.«

Unerbittlich rann der Sand durch die Sanduhr, die auf dem Schiff über die Zeit wachte. Seit sie in Cork abgelegt hatten, das heißt seit einem Monat, drehte der Steuermann sie am Ende jeder Wache. Die Soldaten, die größtenteils Rekruten waren, empfanden den eintönigen Alltag und die beengten Verhältnisse mehr und mehr als Last, die immer schwieriger zu ertragen war. Viele von ihnen litten unter der Seekrankheit und trugen eine wachsbleiche, ins Grünliche schillernde Hautfarbe zur Schau. Andere, deren Mägen die zweifelhafte Nahrung nicht vertrugen, rannten regelmäßig zu den Latrinen am Bug, um unter den amüsierten Blicken der Seeleute ihre Eingeweide zu entleeren.

Um die Mitte des achtunddreißigsten Reisetags war der Himmel immer noch verhangen, und im Zwischendeck herrschte eine beinahe nächtliche Dunkelheit. Ein leichter Wind wehte durch die Geschützpforten, die man offen gelassen hatte, um die Gerüche zu zerstreuen, die sich in den letzten Tagen angesammelt hatten. Ab und zu spürte man einen heftigen Windstoß, so dass die Männer besorgt die Stirn runzelten. Auf dem offenen Meer konnte ein Sturm ohne große Vorwarnung ausbrechen. Die Laternen schaukelten in einem einschläfernden Rhythmus und warfen bewegte Schatten auf den Boden.

Wie mit mütterlicher Hand wiegte das Schlingern des Schiffs die Hängematten, in denen sich mehrere Männer ausgestreckt hatten, um ihre Siesta zu halten. Ein paar Soldaten, deren Mägen wieder einmal rebellierten, hatten sich in der Nachbarschaft eines Eimers niedergelassen. Nur die Seeleute schienen immun gegen dieses Leiden zu sein, das ein menschliches Wesen in ein jammerndes Häufchen Elend verwandeln konnte.

Alexander, der es überdrüssig war, die Flöhe von einer Hängematte zur anderen hüpfen zu sehen, drehte sich in seiner schwebenden Lagerstatt mühsam um. Nicht weit von ihm entfernt schnarchte Evan. Noch näher bei ihm hatte Leticia sich auf dem nackten Boden ausgestreckt. Sie sah zu den Deckenbalken auf und trommelte auf ihrem angezogenen Schenkel eine Melodie. Er versuchte sie mit distanziertem Blick zu betrachten, brachte es aber nicht ganz fertig. *Keine Ahnung warum, aber sie schätzt dich, Macdonald. Daher vertraue ich dir*, hatte Evan ihm einige Zeit, nachdem er Leticias wahre Identität entdeckt hatte, erklärt.

Doch vergiss nie, dass sie meine *Frau ist, mein Freund.* Evan würde ihn töten, wenn er es wagte, Leticia anzurühren.

Sie drehte sich um und zog die Beine an. Dabei begegnete sie seinem begehrlichen Blick. Verlegen lächelte Alexander ihr zu und wandte sich der Geschützpforte zu, um die stahlgrauen Fluten zu betrachten.

Vom Oberdeck aus drangen Geschrei und Gelächter zu ihnen. Das waren die Seeleute, unter die sich Munro gemischt hatte. Alexanders Erregung wollte einfach nicht weichen; immer noch hatte er das Bild von Leticias angezogenem Bein vor Augen. Herrgott! Er musste diesen Druck irgendwie loswerden.

In diesem Moment erblickte er ein kleines Gesicht, das zu ihm aufsah und seine wollüstigen Gedanken zu lesen schien. Die alterslose Frau, deren flachsblondes Haar unter einer schmutzig grauen Haube steckte, stand vom Boden auf, wo sie gesessen hatte, und schaute ihn an. Vielsagend strich sie sich über den Hals und lächelte ihm unterwürfig zu. Dann, nachdem sie ein letztes Mal sinnlich die Lippen aufgeworfen hatte, um ihn zu reizen, glitt sie auf den Gang hinaus und warf ihm noch einen schmeichelnden, verheißungsvollen Blick zu. Alexanders Herz pochte von einem fleischlichen Begehren, das viel zu lange unbefriedigt geblieben war. Er ließ sich aus der Hängematte gleiten, bückte sich, um nicht mit dem Kopf gegen die Balken zu stoßen, und folgte der Frau in das halbdunkle Schiffsinnere.

Das Muhen einer Kuh und das Gegacker von Hühnern verriet ihm, dass sie nicht allzu weit vom Tierpferch entfernt waren. Dessen Betreten war jedem verboten, der nicht einen Auftrag vom Proviantmeister hatte. Wenn man sie dort ertappte, würde es ziemlich schlecht für sie aussehen. Leise und mit gespitzten Ohren zog er die Frau an der Wand entlang hinter sich her. Es war ihm unmöglich, die heftige Erregung, die ihn seit Wochen quälte, länger zu unterdrücken.

Auf der Suche nach einem Winkel, der für ihr Vorhaben geeignet war, ließ er den Blick umherschweifen und sah Hühnerkäfige, enge Einfriedungen, in denen sich Schweine und Schafe drängten, und Kühe, die mit Ketten an den Innenplanken festgemacht waren. Hier gab es nur schmutziges Stroh und Mist und unerträglichen Gestank. Er knurrte ungeduldig. In seiner Eile, dem ein Ende zu machen, zog er die Frau in den Gang, der zu den Lagerräumen für die Taue führte.

Als sie endlich eine dunkle Ecke gefunden hatten, die ihm akzeptabel erschien, stieß er sie grob mit dem Bauch voran auf ein dickes Fass. Die Frau leistete keinen Widerstand, als er ohne Umschweife ihre Röcke hochschob, ihre Schenkel spreizte und seine raue Hand dazwischenschob. Sie war nicht hübsch und stank entsetzlich. Aber das scherte ihn nicht. Sie war nur da, um seinen Samen aufzunehmen und dafür mit klingender Münze entlohnt zu werden. Er schlug seinen Kilt hoch, grub die Finger in die breiten, schlaffen Hüften und stieß einen tiefen Seufzer der Erleichterung aus.

Schwer atmend murmelte er vor sich hin. Ihr war das vollständig einerlei, er hätte sie ruhig Mary, Jane oder Margaret rufen können. Jeder der Männer, denen sie sich anbot, führte einen anderen Namen auf den Lippen. Ihre Begegnung war kurz und brutal; in wenigen Sekunden war sein körperliches Bedürfnis gestillt.

Die Frau, die von Anfang an kein Wort gesprochen hatte, rückte ihre schmutzigen Kleider zurecht und streckte die Hand aus. Alexander, der keuchend die Stirn an die Wand lehnte, zog ein Geldstück aus seinem *Sporran*, ließ es in ihre Hand fallen und schloss die Augen wieder. Zufrieden drehte sie sich um, so dass ihre Röcke sich bauschten, und ging hoch erhobenen Kopfes zur Leiter.

»Elender Schuft!«

Alexander, dessen Wangen immer noch glühten, riss den Kopf hoch und erblickte die Silhouette eines Soldaten, die in dem Halbdunkel des Tierpferchs zu erkennen war, und ihm blieb fast das Herz stehen. Leticia musterte ihn kühl, mit verschränkten Armen. Sie waren ihnen bis hierher gefolgt… Sinnlos, ihr gegenüber abzustreiten, was sie wahrscheinlich gesehen hatte.

»Was hast du hier zu suchen?«, fragte er barsch, beschämt und verärgert zugleich.

»Ich wollte wissen, wohin du gehst. Ich dachte, du möchtest vielleicht reden... Aber offensichtlich hattest du ein ganz anderes Bedürfnis.«

Er steckte die Spitze ohne mit der Wimper zu zucken ein.

»So«, fuhr sie in demselben scharfen Ton fort, »geht es dir jetzt besser?«

»Und dir?«, fragte er angewidert zurück. Er würde sich von ihr kein Gespräch über seine Ausschweifungen aufzwingen lassen!

»Muss ich dich um Erlaubnis bitten, bevor ich annehme, was andere mir freiwillig anbieten?«

Die Anspielung traf ins Schwarze, und sofort bedauerte er, dass er so bösartig reagiert hatte. Er wandte sich ab und schlug mit der Faust fluchend auf die Wand ein. Warum hatte er nur diese unselige Angewohnheit, sich in die erste Frau zu verlieben, die ihm die geringste Aufmerksamkeit entgegenbrachte? Worte seines Freundes O'Shea stiegen aus seiner Erinnerung auf und gaben genau das wieder, was er gerade empfand. *Die Frau ist die Hand, die dem Herzen Heilung bringt, aber sie kann auch der Dolch sein, der es bluten lässt. Vergiss das nie, Alasdair.* Niemals würde er Leticia frei und offen lieben können.

So weit war er mit seinen Überlegungen gekommen, als er im dunklen Gang flüsternde Stimmen vernahm. Ohne lange zu überlegen, sprang er auf Leticia zu, zog sie in den Tierpferch und zwang sie, sich unter einem Hühnerkäfig zusammenzukauern. Er versteckte sich ebenfalls und legte einen Finger auf die Lippen der jungen Frau, damit sie nicht protestierte. Die grauen Augen, in denen Tränen standen, sahen ihn so voller Kummer an, dass er sich zwang, seine Aufmerksamkeit den Besuchern zuzuwenden, deren Schuhe direkt vor seiner Nase vorbeigingen.

Nach ihren karierten Strümpfen zu urteilen, handelte es sich um Soldaten aus dem Highlander-Regiment. Die beiden Männer unterhielten sich mit leiser Stimme, doch durch das unaufhörliche Gackern der Hühner konnte Alexander nicht verstehen, was sie sagten. Einer von ihnen kam zurück und blieb vor dem

Käfig stehen, unter den sie sich geflüchtet hatten. Die Vögel gerieten in helle Aufregung und flatterten, dass die Federn nur so um sie herumflogen.

»Ich habe zwei.«

»Und ich drei. Verschwinden wir von hier!«

Lachend gingen die Soldaten davon. Alexander wartete ein paar Minuten, um ganz sicherzugehen, dass sie nicht zurückkommen würden. Dann robbte er aus seinem Unterschlupf. Niesend folgte ihm Leticia.

»Puhhh! Das ist ja ekelhaft!«, meinte sie und spuckte eine Feder aus, die ihr am Mund kleben geblieben war. »Oh! Alexander, ich glaube…«

Alexander, der damit beschäftigt war, seinen Kilt auszuschütteln, damit die Strohhalme und der getrocknete Kot abfielen, bemerkte die Gestalt nicht, die in einigen Schritten Entfernung wie angewurzelt stehen geblieben war. Ein Geräusch – etwas fiel zu Boden und zerschellte dort – ließ ihn den Kopf wenden. Dann erstarrte er wie vom Donner gerührt. Er hätte nicht bestürzter sein können, wenn die Erde aufgehört hätte sich zu drehen und ihm der Himmel auf den Kopf gefallen wäre. Als er in die Augen sah, die genauso saphirblau waren und ebenso entsetzt dreinschauten wie seine, war es ihm, als hätte er einen Schlag in die Magengrube erhalten, und als er ausatmete, spürte er einen solchen Schmerz in der Brust, dass er sich an dem Käfig festhalten musste, um nicht zusammenzubrechen.

Kein Wort fiel. Angesichts seines Zwillings, den er seit vielen Jahren für tot gehalten hatte, war John alle Farbe aus den Wangen gewichen. Ungläubig blinzelte er. Dann gesellte sich das zweite Ei, das er in den Händen hielt, zu dem anderen, das bereits auf dem Boden zerbrochen war. Der junge Mann war so überwältigt von seinen Gefühlen, dass er nicht denken konnte. War das ein Gespenst? Eine Vision?

John streckte die Hand nach Alexander aus, als wolle er sich versichern, dass dieser keine Erscheinung war, doch dieser fuhr zurück. Wie lange standen sie wohl so dort? Keiner von ihnen hätte das sagen können. Aber der Moment dauerte lange genug, um Johns Kumpan zu beunruhigen, der ihn von der Leiter aus anrief. Alexander nutzte die Ablenkung, um in den dunklen Gang zu flüchten. Zu seinem großen Erstaunen folgte John ihm nicht. Als er den Blicken der Männer entzogen war, ließ er sich zu Boden sinken und weinte wie ein Kind.

Er rannte, völlig außer sich vor Schmerz. Tränen verschleierten seinen Blick, so dass er über ein Hindernis stolperte und der Länge nach in den Matsch fiel. Nachdem er seine Muskete wieder aufgehoben hatte, rappelte er sich auf und lief weiter. Er stürmte den Weg hinunter, der zum Fluss führte. Immer noch hallten ihm die Schüsse in den Ohren, und er sah wieder, wie sein Großvater vom Pferd stürzte, nachdem er von einer Kugel getroffen worden war. Sein Großvater Liam war verletzt, und das war seine Schuld. SEINE SCHULD!

»Nein!«, schrie er und stürzte wieder.

Ein Ruf antwortete auf seinen Aufschrei, und er erstarrte mitten in der Bewegung. John! War er ihm gefolgt? Was hatte er gesehen?

»Alas! Wo steckst du nur, Herrgott? Die Soldaten haben auf sie geschossen! Sie haben auf unsere Leute geschossen! Alas!«

John tauchte auf dem Weg auf. Er keuchte und war ebenso blass wie Alexander.

»Die Schwarze Garde ... Sie hat Vater und Großvater angegriffen ... Einige sind verwundet ...!«

»Was ist passiert?«, fragte Alexander vorsichtig.

»Ähem ... Ich glaube, einer der Männer hat auf die Soldaten geschossen, und sie haben zurückgeschlagen«, erklärte John mit eigenartiger Miene. »Sie haben Großvater verwundet. Komm!«

Er sah die Muskete im Gras liegen, nahm sie am Lauf und ließ sie sofort wieder fallen.

»Autsch! Die ist ja ganz heiß? Hast du etwa damit geschossen? Du weißt genau, dass du das nicht darfst ...«

»Ich habe die Waffe gefunden«, log Alexander.

»Aber sie ist abgefeuert worden, Alas. Warst du das?«

»Nein, das muss ein Landstreicher gewesen sein ... Ich habe jemanden wegrennen sehen und bin ihm gefolgt. Dann habe ich die Muskete gefunden. Bestimmt hat dieser Mann auf die Soldaten geschossen ... Vielleicht ein entflohener Gefangener, wer weiß?«

Er wandte sich ab, um Johns Blick auszuweichen. Sein Bruder wusste genau, dass er nicht die Wahrheit sagte. Die beiden waren nicht in der Lage, einander anzulügen.

»Verschwinden wir, ehe uns noch jemand entdeckt.«

»Und Großvater? Wir müssen ihm doch helfen, John!«

»Die anderen werden sich um ihn kümmern, Alas. Wir können nichts für seine Verletzung tun, und die Soldaten sind in die Hügel ausgeschwärmt. Wenn sie uns finden, ist es um uns geschehen…«

Die Zeit verging, Erinnerungen stiegen an die Oberfläche. Dann legte sich eine Hand in seinen Nacken und riss ihn aus seinen albtraumhaften Gedanken. Auf der Ebene des Drummossie Moors, zwischen den entsetzten Gesichtern von Männern, die sich zum Ruhme eines Prinzen in Stücke reißen ließen, erblickte er John, der ihn über die gähnende Mündung eines Laufs hinweg ansah. Er hatte die Wahrheit immer gewusst.

Alexander nahm die zarten Finger wahr, die über sein Haar strichen, bewegte sich aber dennoch nicht sofort. Leticias Duft hüllte ihn ein. Nach einer Weile atmete er tief durch und erhob sich.

»Er ist fort«, sagte sie leise, in der Hoffnung, ihn aus seiner Erstarrung zu reißen. »Ihm ist es nicht besser als dir ergangen, das kann ich dir sagen. Ich wusste gar nicht, dass… dass du einen Zwillingsbruder hast.«

»Hat er noch etwas zu dir gesagt?«, erkundigte er sich matt.

»Nein. Er hat mich angesehen und sich dann auf dem Absatz umgedreht.«

Alexander stöhnte. Mit einem Mal zürnte er sich wegen seiner Schwäche. Mühsam schleppte er sich, gefolgt von der jungen Frau, zur Luke. Seine wild durcheinanderschießenden Gedanken und Gefühle erschöpften ihn. Als er seinen Zwilling erblickt hatte, war sein erster Gedanke gewesen, dass John sich auf ihn stürzen würde, um dieses Mal auszuführen, was er damals nicht beendet hatte. Doch John hatte sich nicht gerührt. Nachdem die erste Überraschung vorüber gewesen war, hatte Alexander die Angst auf dem Gesicht seines Gegenübers erkannt. Bereute John, was er getan hatte? Hatte er begriffen, dass er, Alexander, wusste, was er vor zwölf Jahren getan hatte? Hatte er ein schlechtes Gewissen?

Schwankend, auf unsicheren Beinen, ging er durch den Gang auf das schwache Licht zu, das durch die Holzgitter einfiel, als befände er sich auf dem Weg zum Jüngsten Gericht. Unter dem Ansturm einer Flut von Erinnerungen bewegte er sich schwer atmend. Die Angst davor, in der Lukenöffnung das Gesicht seines Bruders wiederzusehen, schnürte ihm die Kehle zu. Er wurde langsamer, legte die flachen Hände an die Wand und atmete tief durch. Lange blieb er so stehen und betrachtete seinen eigenen Schatten.

»Willst du darüber sprechen?«

Er fuhr zu der jungen Frau herum und maß sie mit einem durchdringenden Blick. Sie zuckte zusammen.

»Sprechen? Worüber denn? Warum sollte dich mein Leben interessieren, MacCallum?«

Wieso sollte er ihr von seiner kriminellen Vergangenheit erzählen und sie damit in die Lage versetzen, ihn vor Gericht zu zerren? Wollte sie, dass er ihr erklärte, warum er vor zwölf Jahren nicht nach Hause zurückgekehrt war? Dass er ihr seine Liebe zu Connie gestand und ihr das traurige Ende der Geschichte schilderte? Dass er ihr seine Kumpane nannte und beschrieb, Donald Marcrae, Ronnie Macdonnell und Stewart MacIntosh, mit denen er sich herumgetrieben hatte? Wünschte sie die Einzelheiten seiner heimtückischen Überfälle auf kleine Militärabteilungen zu erfahren? Wollte sie tatsächlich wissen, wie sein illegaler Handel mit Vieh, das er in den Lowlands gestohlen und in England wieder verkauft hatte, funktionierte? Und was er mit dem Gewinn angefangen hatte? Er hatte ihn für Frauen und Alkohol ausgegeben und den Rest beim Spiel verloren.

Sollte er ihr etwa von seiner Begegnung mit der liebreizenden Kirsty Campbell erzählen, nachdem er in Knapdale bei einer Zechtour, die aus dem Ruder gelaufen war, eine Tracht Prügel bezogen hatte? Kirsty... Sie hatte ihn in dieser Nacht in einer Scheune versteckt und verbunden. Anschließend hatten sie sich fast zwei Jahre lang ab und zu getroffen, wenn Alexanders Geschäfte ihn in diese Gegend führten. Er hatte der jungen Frau nie etwas versprochen, und sie hatte nichts von ihm verlangt. Seit Connie weigerte er sich, feste Bindungen einzugehen.

Nein, er konnte Leticia nicht von dem entsetzlichen Mord erzählen, dem Dolch, der sich in Kirstys zarten Hals gebohrt hatte, dem Blut, das ihre blasse Haut, ihr seidiges Haar getränkt hatte... Das Leben war aus ihrem Körper, den er so gern liebkost hatte, entwichen...

Er sah auf seine Hände hinunter. Für wie viele Tote waren sie verantwortlich? Wie oft hatte er ein Leben genommen, um das seinige zu erhalten, das doch so unglücklich war? Er hatte kein Vergnügen am Töten gefunden und bereute es trotzdem nicht, denn er hatte es getan, weil er keine andere Wahl hatte. Nein, es ging tatsächlich nicht an, dass er Leticia etwas von all dem anvertraute.

»Ich interessiere mich aber für dich, Alexander... viel mehr, als du glaubst.«

»Das solltest du aber nicht, Leticia«, flüsterte er betrübt. »Ich bin für keinen anderen Menschen gut. Im Gegenteil, ich bringe allen Unglück.«

Sie nahm sein Gesicht in die Hände und zog es ganz nahe an das ihre heran.

»Ich flehe dich an, Alexander, sei nicht so zynisch. Du bist nicht böse, sondern du leidest Qualen. Lass mich dir helfen.«

»Du kannst nichts für mich tun...«

Doch, das könntest du, aber das, was ich von dir will, kannst du mir nicht geben. Der leichte Atem Leticias wärmte ihm die Wangen. Als er sie so sah, fragte er sich, wie William ihn hatte täuschen können; obwohl sie fast genauso groß wie er und für eine Frau ungewöhnlich kräftig war. Sie war ganz sicher nicht hübsch, wie Kirsty es gewesen war, oder so kokett wie Connie. Aber sie besaß eine viel subtilere Schönheit, die man mit dem Auge nicht wahrnehmen konnte: eine schöne Seele. Und sie hatte diese Kraft und dieses Verständnis, die nur bei Frauen mit einem großen Herzen zu finden sind. Vielleicht hatte er im Grunde seines Herzens schon immer die Wahrheit über Leticia gewusst.

Besaß der Körper nicht die Macht, etwas vorauszuahnen, das der von vorgefassten Vorstellungen geblendete Verstand ablehnt, weil es nicht der »Normalität« entspricht? Er hatte diese Anziehung, die er von Anfang an empfunden hatte, unterdrückt und nicht versucht, nach ihrem Ursprung zu suchen. Aber nun, da er es wusste... stand Evan, ihr Ehemann, zwischen ihnen.

Die junge Frau, die argwöhnte, dass er gleich die Flucht ergreifen würde, drückte ihn mit ihrem Körper gegen die Wand und packte ihn am Kragen seines Rocks.

»Lauf nicht vor mir weg!«

Er schloss die Augen, so schmerzlich sehnte er sich danach, sie zu nehmen und zur Seinigen zu machen, trotz seiner Begegnung mit dem losen Weib eben, für die er sich jetzt schämte.

»Warum tust du das?«, murmelte er.

Ihre Hände glitten langsam an seinen Wangen hoch. Er drehte den Kopf ein wenig und spürte, wie ihre Finger seine Lippen streiften.

»Oh, Leticia! Ich möchte so gern...«

Zwischen ihnen gab es Worte und Berührungen, die ihnen verboten waren. Doch wie Dornenzweige, die unter die Haut dringen, versengten sie beide bis ins Herz. Leticia drängte sich leicht gegen ihn, und der Schmerz wurde stärker. Alexanders Finger glitten über den rauen Wollstoff ihres Rocks. Er legte die flachen Hände in ihr Kreuz, das sich wölbte.

Sie war sich der Wirkung, die sie auf ihn ausübte, ohne dass sie selbst etwas zu tun brauchte, vollständig bewusst. Genauso, wie William das immer gewesen war. Das körperliche Begehren, das Alexander in ihr erweckte, war zugleich spirituellen Ursprungs. Vage erkannte sie dieses Gefühl und spürte einen jähen Impuls, den jungen Mann zu trösten, seine Seele zu retten. Nicht, dass sie Evan nicht geliebt hätte, ganz im Gegenteil. Aber bei ihm war das etwas anderes. Er war wie ein Vater zu ihr gewesen, und jetzt war er ihr Ehemann, was sich manchmal ein wenig wie Inzest anfühlte.

Sanft und liebevoll hatte Evan ihr innere Ruhe geschenkt, und sie war bei ihm in Sicherheit gewesen. Dann hatte er sie ebenso zärtlich in die Liebe eingeführt. Dagegen ahnte sie bei Alexander eine Art verborgener Menschenfeindlichkeit, die sich hinter seiner besessenen Suche nach körperlicher Lust verbarg. Und diese Gewalttätigkeit zog sie an. Wenn er seinen Blick auf sie richtete, in dem dieser Hunger nach Liebe stand, sah sie eine unbekannte Facette seiner Persönlichkeit, die ihr Angst machte.

War es möglich, zwei Menschen auf verschiedene Weise zu lieben? Gerade eben, als sie Alexander dabei ertappt hatte, wie er sich bei dieser Hure wie ein wildes Tier gebärdete, da hatte sie mit einem Mal heftige Erregung empfunden. Konnte man sich überhaupt wünschen, sich so hektisch und hemmungslos zu umarmen? Doch, sie hätte gewollt, dass er sie ebenso nahm, genauso ungezügelt, um sich in der Lust so lebendig zu fühlen wie sonst nie...

Alexanders Lippen strichen über ihre Stirn, erweckten ihr Begehren und entlockten ihr einen tiefen Seufzer. Dann bedeckte er ihr Gesicht mit Küssen, ohne dass sie ihn zurückstieß. Ermutigt durch ihre Hingabe, bemächtigte er sich ihres Munds, erkundete ihn gierig und verlangte noch mehr.

Der Körper einer Frau war die Zuflucht, in der das Kind, das er einmal gewesen war und das immer noch in ihm wohnte, Aufnahme finden würde. Dort vergaß er all seine Albträume und fand Frieden. So war das immer schon gewesen.

Leticia spürte, wie Alexanders Hand zwischen ihre Schenkel glitt. Sie hätte es auch gewollt, und wie gern... Aber da war noch Evan, dem sie Treue gelobt hatte. Keuchend stieß sie den jungen Mann von sich und schuf so einen Abstand zwischen ihren Körpern, die nichts auf ihr Ehegelübde gaben.

»Ich kann nicht, Alex... Es tut mir... wirklich leid. Verzeih mir. Ich hätte das nicht zulassen dürfen, ich...«

Tränen der Scham und der Enttäuschung ließen ihren Blick verschwimmen. Sie flüchtete in Richtung Licht und stieß in ihrem Aufruhr beinahe mit einer hochgewachsenen Gestalt zusammen, die sie nicht bemerkt hatte. Alexander blieb allein zurück, schrie auf und schlug wütend mit der Faust auf die Wand ein. Doch es war vergebliche Mühe, im körperlichen Schmerz eine Ablenkung für den Schmerz der Seele zu finden. Immerhin linderte es seinen ihm nur zu gut bekannten Drang, alles zu zerschlagen, was ihm unter die Finger kam, wenn es ihm schlecht ging.

»Alasdair?«

Alexander zuckte zusammen, fuhr herum und fand sich einem Soldaten gegenüber, der vorsichtig auf ihn zutrat. Also wirklich, auf diesem verdammten Schiff gab es überhaupt keine Rückzugsmöglichkeit!

»Wer bist du?«, verlangte er unfreundlich zu wissen, besorgt darüber, was der andere vielleicht gesehen hatte.

»Coll Macdonald, Sohn des Duncan Coll, aus Glencoe.«

Alexander, der sich die schmerzenden Fingerknöchel gerieben hatte, erstarrte. Er hörte auf zu atmen und zu denken. Der Mann, der einen gewissen Abstand zwischen ihnen wahrte, sprach mit unsicherer Stimme weiter.

»John hat behauptet, du seist ihm als Gespenst erschienen. Ich wollte ihm nicht glauben…«

Was für ein Tag! Alexanders Verstand arbeitete mit Verzögerung, und er versuchte sich daran zu erinnern, welchen Tag sie hatten. Gewiss würde man dieses Datum in seinen Grabstein meißeln! Der letzte Gedanke brachte ihn zum Lachen, und er stieß ein merkwürdig krächzendes Kichern aus. Nein, wirklich, er musste träumen…

»In diesem Fall solltest du ihm auch nicht glauben, Coll. Er hat dich angelogen. Ha, ha! Sehe ich etwa wie ein Geist aus?«

Coll neigte den Kopf zur Seite und versuchte in der Dunkelheit Alexanders Züge zu erkennen. John hatte ihm berichtet, ihr Bruder habe verstört gewirkt. Aber er hatte überlegt, dass so etwas wahrscheinlich normal war, wenn man nach so langer Trennung seinen Zwillingsbruder wiedersah. Doch der Mann, dem er jetzt gegenüberstand, wirkte tatsächlich verwirrt, und mit einem Mal sorgte er sich um die Gesundheit seines Bruders.

»Geht es dir auch gut, Alasdair?«

Wieder ertönte ein leises Lachen, dann senkte sich ein bleiernes Schweigen über die beiden Männer, die einander musterten.

Coll trat noch näher heran und konnte die Augen seines Bruders, die klar wirkten, sich ihm aber zu entziehen versuchten, deutlicher erkennen. Mit einem Mal wurde er von Zorn ergriffen. Er packte Alexander an den Schultern und stieß ihn gegen die Wand, die unter der Wucht des Aufpralls erbebte. Der junge Mann war angeschlagen und wehrte sich nicht. Coll war riesig und überragte ihn um Haupteslänge; er wusste genau, dass er nicht gegen ihn ankam.

»Zwölf Jahre! Zwölf Jahre ohne ein einziges Wort von dir, Alasdair! Warum? Wir haben dich für tot gehalten! Warum?«

»Das würdest du nicht verstehen… Es ist… zu kompliziert.«

»Zu kompliziert? Versuch es doch wenigstens. Du bist uns eine Erklärung schuldig, mir, John, Vater…«

Coll brach die Stimme; zu viele Gefühle auf einmal überrollten ihn. Grob gab er Alexander frei und ließ ihn erschüttert und schwer atmend zurück. Dieser spürte, wie die scharfen Worte seines Bruders ihm das Herz zuschnürten. Wie sollte er ihm alles erklären? Wie ihm sagen, dass John auf ihn geschossen, dass er an jenem Tag versucht hatte, ihn zu töten? Wie sollte er ihm verständlich machen, dass er, obwohl ihn die Kugel verfehlt hatte, an diesem Tag auf dem Drummossie Moor dennoch gestorben war, dass der Mensch, den man einmal Alasdair genannt hatte, in diesem Körper, der des Lebens überdrüssig war, nicht mehr existierte?

»Ist der Grund vielleicht das…«, fragte Coll mit verächtlichem Unterton, »was ich da eben gesehen habe?«

»Was?«

Alexander war so durcheinander, dass er Leticia ganz vergessen hatte.

»John hat mir gesagt, er habe dich in einer… nun ja… verfänglichen Situation mit einem anderen Soldaten angetroffen… Hat dich das daran gehindert, nach Hause zurückzukehren? Hast du dich geschämt?«

Als Alexander das hörte, wurde ihm klar, wie das Bild, das Leticia und er abgegeben hatten, auf Coll gewirkt haben musste. Die Absurdität der Situation ließ ein unbändiges, unbezähmbares Lachen in ihm aufsteigen. Beinahe hysterisch platzte er heraus, krümmte sich und hielt sich den Bauch. Coll runzelte verblüfft die Stirn und wartete geduldig darauf, dass er sich beruhigte.

Schließlich wischte Alexander sich die Augen, kam ein wenig zu sich und ordnete seine Gedanken. Coll hatte sich nicht gerührt und sah ihn immer noch so durchdringend an wie eben. Er schien entschlossen zu sein, alles aus ihm herauszuholen und ihn nicht gehen zu lassen, ehe er nicht die ganze Geschichte gehört hatte.

»Tut mir leid, aber Leticia hat sich... ein wenig überstürzt verabschiedet«, meinte er ironisch. »Ich hätte sie dir gern vorgestellt... Nun ja, dann ein andermal.«

»Leticia?!«

Bestürzt zog Coll die Augenbrauen hoch. Er hatte den jungen Mann erkannt, der sich so »überstürzt« zurückgezogen hatte. Von ihm erzählte man sich, dass er der Armee auf verschiedene Arten diente, die nichts mit der Kriegskunst zu tun hatten. Als er gesehen hatte, wie sich die beiden leidenschaftlich umarmt und geküsst hatten, da hatten ihn tiefer Ekel und eine unbeschreibliche Trauer ergriffen. Liebte Alexander etwa Männer? Aber war dies wirklich ein Mann?

»Leticia ist ganz und gar eine Frau, Coll, das kann ich dir versichern. Aber sie ist verheiratet, verstehst du?«

»Eine Frau? Oh! Und verheiratet?«

»Mit Evan Cameron, einem Kameraden aus meiner Kompanie.«

»Ich... verstehe.«

Nachdem dies klargestellt war, lag der schwierigste Teil noch vor ihnen. In dem engen Gang war die Anspannung fast mit Händen zu greifen. Je rascher, umso besser, sagte sich Alexander. Wie bei einer Hinrichtung.

»Was hat John euch darüber erzählt, was am Tag der Schlacht von Culloden geschehen ist, Coll?«

»John? Nichts... also, nichts weiter als das, was wir gesehen haben...«

»Dann hat er euch also nicht verraten, was er getan hat, oder? Natürlich, warum sollte er euch auch so etwas erzählen? Und er hat auch nicht über Großvaters Tod gesprochen? Er hat euch nicht eingestanden, was an diesem Tag passiert ist? Nein? Bestimmt war er überglücklich darüber, dass ich nicht mehr da war!«

»Wovon redest du überhaupt? Großvater ist doch lange vor Culloden gestorben, Alas. Ich sehe nicht, was das eine mit dem anderen zu tun hat. Und außerdem hat John unter deinem Verschwinden gelitten. Vater und er haben dich tagelang auf dem Schlachtfeld gesucht und sich auch nicht dadurch abhalten lassen, dass Cumberlands Männer unterwegs waren und alle abgeschlachtet haben, die sie noch lebend antrafen. Sie sind an die Stelle zurückgegangen, an der sie dich hatten fallen sehen, doch du warst nicht mehr da. Da die Todesbrigaden dort noch nicht durchgekommen waren, hofften wir, du hättest überlebt und würdest irgendwann zu uns stoßen. Aber ein Tag nach dem anderen verging, und du bist nicht aufgetaucht. Da haben wir gefürchtet, du könntest in Gefangenschaft geraten sein... John ist entgegen Vaters ausdrücklichem Verbot nach Inverness gegangen, wo man, wie er wusste, die kranken Gefangenen festhielt; die, die man am Leben gelassen hatte... Drei Wochen hat er überall nach dir gesucht, aber... vergeblich!«

Ein verächtliches Lachen steckte in Alexanders Kehle fest, zusammen mit der Flut von bitteren Bemerkungen, die sich dort stauten. Doch er schwieg und dachte über das nach, was Coll ihm gerade berichtet hatte. John hatte offenbar sein Geheimnis nicht verraten und sogar nach ihm gesucht und riskiert, selbst in Gefangenschaft zu geraten... Warum? Um ihn in ihr Tal zurückzubringen, wo man ihn öffentlich ächten würde? Oder ganz einfach, um sich zu vergewissern, dass er auch wirklich tot war? Coll wusste bestimmt nichts darüber. Nur John konnte seine Vermutungen bestätigen oder entkräften. Doch im Moment dachte er lieber nicht allzu genau darüber nach.

»Ich bin auch tatsächlich gefangen worden«, gestand er langsam. »Aber erst vier Monate nach der Schlacht.«

»Vier Monate?«, fragte Coll erstaunt und mit verblüfft aufgerissenen Augen zurück. »Und wo warst du in dieser ganzen Zeit?«

»Ein alter Mann hat mich nach der Niederlage unserer Armee auf der Ebene aufgelesen. Ich war verletzt, und er hat mich gepflegt. Dann sind wir herumgeirrt. Schließlich haben uns die Dragoner festgenommen und ins Tolbooth von Inverness gebracht. Dort waren wir ein paar Monate lang eingesperrt. O'Shea ist dort gestorben ...«

»Bist du freigelassen worden?«

»Nein ... ich bin geflohen.«

Vor seinem inneren Auge stiegen Bilder auf, völlig ungeachtet der Chronik der Ereignisse, und erfüllten ihn mit Entsetzen und Trauer.

»Alas«, fuhr Coll nach langem Schweigen fort, »ich würde gern verstehen, was passiert ist. Herrgott! Du warst zwölf Jahre lang verschwunden! Warum bist du nie zu uns nach Hause gekommen? Vater hat sich schrecklich gegrämt, und Mutter ...«

»Ich weiß das mit Mama«, gestand Alexander mit leiser Stimme. »Sie ist im Spätsommer 1748 gestorben. An dem Tag ihres Begräbnisses war ich im Tal ...«

»Du warst dort? Und du hast dich nicht gezeigt? Alas!«

»Ich konnte nicht ...«

Coll tat einen Schritt nach vorn; nun trennte sie nur noch eine Armeslänge. Alexanders Herz klopfte in seinem Brustkasten so hektisch wie ein panisches kleines Tier, das vor einem Ungeheuer, das sich im Dunkel verbirgt, zu fliehen sucht. An seinem Rückgrat lief ein Schweißtropfen hinunter, und er krümmte sich.

»Wie geht es Vater?«

»Einigermaßen. Unsere Abreise hat ihn sehr bekümmert. Du weißt ja, was er von denen denkt, die den Sassanachs aus der Hand fressen! Aber er versteht schon, warum wir uns eingeschrieben haben. Die Highlands haben ihren Kindern nichts mehr zu bieten, nur noch Verzweiflung. Duncan Og und Angus leben noch im Tal und kümmern sich um ihn. Sie haben seit

Culloden viel mitgemacht. Weißt du, dass unser Bruder James in der Schlacht gefallen ist? Und Rory auch. Dann hat vor vier Jahren die Schwarze Garde Thomas aufgehängt, Angus' Sohn. Er hatte auf eine Abteilung geschossen und war gefangen worden. Unsere Schwester Mary ist mit ihrem Mann Donald, der für einen großen Tabakimporteur arbeitet, nach Glasgow gezogen. Sie haben zwei Kinder und leben ziemlich ärmlich in einem übel beleumdeten Viertel. Aber du kennst sie ja, sie nimmt alles philosophisch...«

»Und du, Coll? Du bist nicht verheiratet?«, spöttelte Alexander und erkannte verbittert, dass er in dieser Familie immer ein Außenseiter sein würde.

»Nein. Ich habe eine Verlobte zurückgelassen, Peggy Stewart, aber sie ist erst vierzehn.«

Alexander stieß einen Pfiff aus.

»Vierzehn Jahre?«

»Sie ist ganz vernarrt in mich. Um ihr den Gefallen zu tun, habe ich ihr gesagt, wir wären verlobt. Aber es ist nichts Offizielles. Peggy ist ein sehr liebes Mädchen, aber sie ist noch zu jung zum Heiraten. Wenn dieser Krieg vorüber ist, wird sie reifer sein. Und wenn sie mich dann noch will, heirate ich sie. Vielleicht lasse ich sie auch nach Amerika nachkommen. Es heißt, der Boden dort sei fruchtbar, und alles gedeihe im Überfluss.«

»Sie muss sehr hübsch sein, dass du sie nach dem Krieg wiedersehen willst, Coll...«

Sein Bruder wirkte einen Moment lang nachdenklich. Dann nickte er seufzend.

»Und du? Gibt es eine Frau, die auf dich wartet?«

Ja, in einer anderen Welt, antwortete er lautlos.

»Nein.«

In einer unausgesprochenen Übereinkunft sprachen sie nicht wieder von John. Aber sein Zwilling stand unsichtbar zwischen ihnen. Coll mochte Alexander um nichts in der Welt mit Fragen und Äußerungen bedrängen, die ihn in die Flucht geschlagen hätten. Er war so glücklich darüber, nach all den Jahren seinen Bruder wiederzusehen.

»Darf ich denn Vater schreiben, dass du noch am Leben bist und es dir gutgeht?«

Die Frage ärgerte Alexander, und er biss die Zähne zusammen, damit er nicht allzu rasch antwortete.

»Was sollte ich dagegen einwenden, wenn du meinst, dass ihn das irgendwie in seinem Kummer trösten kann?«

Die falsche Beiläufigkeit seiner Antwort ließ Coll hellhörig werden. Mit einem Mal hob sich ein Eckchen des Schleiers, der über dem Geheimnis hinter Alexanders langem Verschwinden lag. Sein Bruder hatte ständig die Aufmerksamkeit ihres Vaters gesucht, und dabei hatte er sie immer gehabt, ohne es zu bemerken. Etwas trieb ihn um und hielt ihn von seinem Tal fern; und dieses Etwas hatte mit seinem Vater und mit John zu tun. Eifersucht? Schlechtes Gewissen? Jedenfalls war zwischen den Zwillingen etwas vorgefallen. Im Lauf der Zeit würde er schon die Wahrheit erfahren. Im Moment hatte er nur den einen Wunsch, Alexander neu kennenzulernen.

Er hielt ihm die Hand entgegen, eine Aufforderung an seinen Bruder, Waffenstillstand zu schließen und der Entfremdung zwischen ihnen, deren Grund er nicht kannte, ein Ende zu bereiten. Alexander sah auf die ausgestreckte Hand hinunter und schlug schließlich ein. Ihre Berührung erweckte ihre brüderlichen Gefühle erneut zum Leben und ließ das Blut, das sie verband, in ihren Adern brodeln. Heftig und tief gerührt umarmten sie einander, vergossen Freudentränen über ihr Wiedersehen und beweinten alles, von dem sie wussten, dass es unwiederbringlich verloren war.

Ehe die achte Woche zu Ende war, sahen die Soldaten die zerklüftete Küste eines kleinen Stückchens Erde aus dem Nebel auftauchen, das den Angriffen des Meers ebenso starrsinnig Widerstand leistete wie seine Bewohner den Invasoren: Akadien. Erst nach sechs Wochen auf See hatte man den Soldaten mitgeteilt, wo ihr Ziel lag.

Sie warfen Anker auf der Reede von Halifax. Halifax, das 1749 von General Edward Cornwallis gegründet worden war, diente als Marinebasis gegen die französische Präsenz auf der Halbinsel Akadien. Seit kurzer Zeit hatte sich dort auch eine zivile Ansiedlung gebildet, die täglich wuchs. Der zunehmende Handel und die aufblühende Fischereiindustrie zogen Einwanderer aus Neuengland, Schottland und sogar Deutschland an, die sich rund um die Festung niederließen.

In der Stadt waren zwölftausend Soldaten im Dienste von George II. stationiert. Ihr hauptsächliches militärisches Ziel würde Fort Louisbourg sein, östlich der Stadt in einer französischen Enklave gelegen, die seit dem Tode Louis XIV. Île Royale hieß und von den Engländern Cap-Breton genannt wurde. Diese Festung, die der zufälligen Laune eines Königs entsprungen war, stellte finanziell ein Fass ohne Boden dar und verschlang die Louisdors, die dazu hätten dienen sollen, die Stadt Québec, die Hauptstadt von Neufrankreich, zu versorgen und zu bewaffnen.

Nachdem sie einige Wochen lang eine gründliche Ausbildung erhalten hatten, würden die Truppen sich wieder einschiffen, und die Flottille würde Kurs auf das Fort nehmen. Man wusste nicht, auf welche Weise die Franzosen von ihrer Ankunft erfahren hatten, doch sie waren für das Zusammentreffen gewappnet. Das englische Oberkommando, das stark auf das Überraschungsmoment gesetzt hatte, verschob – zur großen Enttäuschung der Soldaten, die bei dem Gedanken gejubelt hatten, an der ersten großen Schlacht teilzunehmen, die ihnen den Weg zum Sieg ebnen würde – daraufhin den Angriff auf das nächste Jahr.

Anfang Oktober schifften sich die Regimenter der Fraser Highlanders erneut zu einer kurzen Fahrt nach New York ein, wo sie den Winter verbringen würden.

Boston, April 1758. Unter dem aufmerksamen Blick von Admiral Edward Boscawen rückten die Soldaten auf die frisch gescheuerten Decks der Schiffe ein. General Jeffrey Amherst, der die Expedition nach Louisbourg kommandierte, hatte befohlen, die Truppen zur Ausbildung in Halifax zusammenzuziehen. Der junge Brigadier James Wolfe leitete die Division, der die Fraser

Highlanders angehörten. Ende Mai schifften die Truppen sich wieder ein, und die Schiffe fuhren nach Cap-Breton, wo sie am 2. Juni Anker warfen.

Louisbourg, einst uneinnehmbarer Schlupfwinkel französischer Korsaren, die lange Zeit das Schreckgespenst der englischen Schiffe gewesen waren, erhob sich auf einem Felsen inmitten von Nebel und Sumpf. Die Festung, die an einem strategischen Punkt südlich der Einfahrt zum Golf von Saint-Laurent lag, war ein Zankapfel zwischen Engländern und Franzosen, wobei Erstere sie den Letzteren zu entreißen versuchten. Ein erstes Mal war sie 1745 gefallen, während des Österreichischen Erbfolgekriegs. Aber bei der Unterzeichnung des Friedensvertrags von Aachen 1748 war sie zur großen Enttäuschung der Sieger an Frankreich zurückgegeben worden. Doch nichts währt ewig...

Sechs Tage dichter Nebel und schwere Brise. Die Elemente schienen auf der Seite der mit dreitausendfünfhundert regulären Soldaten, Milizionären und Indianern besetzten französischen Garnison zu stehen und gaben sich die größte Mühe, die sechzig Schiffe der englischen Flotte in der Bucht von Gabarus zu zerstreuen. Die Engländer jedoch widersetzten sich, klammerten sich an ihre Anker und an die Überzeugung, dass Amerika besser dran wäre ohne *diese Franzosen, deren Blut so gottlos ist wie die Wilden, mit denen sie paktieren!*

Die Nacht war weit fortgeschritten, als Alexander in den flachen Kahn trat. Das schwimmende Bataillon fieberte den ersten richtigen Kämpfen entgegen, zu denen es bald kommen würde. Der Wind von Süden hatte die Trübsal des Winters verjagt. Nachdem sie so aus ihrer Mattigkeit gerissen waren, fühlten die Männer sich von kriegerischem Geist erfüllt und konnten es kaum abwarten, wieder Pulverdampf zu atmen. Sie waren da. Die zerklüftete, wenig einladende Küste bot keinen sicheren Ort für eine Landung. Einzig die Bucht von Kennington Cove, die im Schatten eines Felsvorsprungs lang, schien bereit, sie aufzunehmen.

Dank der Ausbildung, die sie in Halifax erhalten hatten, waren die Soldaten an diese Art Manöver gewöhnt und wussten, wie sie sich in den winzigen Booten zu verhalten hatten, die von einer erbarmungslosen Dünung durchgeschüttelt wurden. Alexander trug nur sein geladenes Gewehr, Reservemunition, sein Schwert und seinen Dolch sowie Brot und Käse für zwei Tage bei sich. Sobald sie ein Gebiet eingenommen hatten, das sicher genug war, um ein Lager zu errichten, würden sie neue Verpflegung erhalten.

In dieser mondlosen Nacht hatte das Land kein Gesicht. Nur eine schwarze Masse, die vor ihnen aufragte, wies darauf hin, wo sich die Küste befand. Das Meer überhauchte sie mit seinem stechenden Atem und überzog ihre Haut mit einer Salzschicht. Alexander schloss kurz die Augen, denn er spürte Leticias Blick im Rücken. Er hatte Angst um sie. Wie würde sie zurechtkommen? Wie konnte Evan nur zulassen, dass sie ihm in den Kampf folgte? Sie war eine Frau!

Die liebreizende Leticia... Mit der Zeit hatte er gelernt, seine Impulsivität ein wenig zu zügeln, doch er spürte immer noch dasselbe Verlangen. Nach ihrer Begegnung in dem dunklen Gang auf der *Martello* hatten sie einen gewissen Abstand eingehalten. Dann waren sie einander ganz vorsichtig wieder näher gekommen. Alexander hatte keine Ahnung, ob ihr Mann wusste, was zwischen ihnen vorgefallen war. Jedenfalls hatte Evan nichts durchblicken lassen, und ihre Freundschaft hatte sich vertieft.

Alexander war beruhigt, denn er mochte diesen Mann sehr gern; im Lauf des Winters, den sie in Neuengland verbracht hatten, hatte er viele schöne Momente mit ihm erlebt. Deswegen hatte er auch nicht mehr versucht, Leticia zur Untreue zu verleiten. Sie liebte ihren Mann, da war er sich sicher. Aber er wusste auch, dass es ihr an Willenskraft mangelte; wenn er ihr nachgestellt hätte, wäre sie ihm gewiss bald erlegen. Doch das hätten sie beide bereut.

Den Blick in die Ferne gerichtet, strich er über seinen *Sporran*, in den er seine Uhr gesteckt hatte, die Uhr seines Großvaters John Campbell... Coll hatte sie ihm gestern gegeben.

Gerührt betastete der junge Mann die Uhr und schloss die

Lider, um die Tränen zurückzuhalten, die ihm plötzlich in die Augen stiegen. Sein Großvater mütterlicherseits hatte ihm diese Uhr an seinem fünften Geburtstag geschenkt.

Coll hatte ihm berichtet, dass der alte Laird von Glenlyon kurz nach Culloden gestorben war, in den Bergen, in denen er sich versteckt hatte. Diese Nachricht hatte ihn zutiefst bekümmert. Der Mann hatte ihm echte Zuneigung entgegengebracht, obwohl er ansonsten eine Abneigung gegen alles hegte, was aus dem »verfluchten Tal« kam; daher bedeutete die Uhr Alexander viel. Wie war Coll an sie herangekommen? Alexander hatte sie doch vergraben, ehe er im Herbst 1745 zum jakobitischen Heerlager aufgebrochen war! Er hatte gefürchtet, der junge Iain MacKendrick, der ein Auge darauf geworfen hatte und der mit seiner Mutter im Tal blieb, werde versuchen, sie ihm zu stehlen. Das Uhrwerk tickte immer noch präzise.

Coll hatte gehofft, mit dieser Geste könne er Alexander verständlich machen, dass sein Platz immer noch bei seiner Familie war und dass er ihn, anders als er selbst glaubte, nie verloren hatte. John hatte ihm die Uhr vor zwei Tagen übergeben. Alexanders Zwillingsbruder hatte sie bei sich geführt, seit er nach der Katastrophe von Culloden ins Tal zurückgekehrt war. Coll hätte sich gewünscht, er möge sie ihm selbst geben, und die Zwillinge könnten sich versöhnen… Aber vielleicht war es dazu noch zu früh.

Coll hatte John mit Fragen nach den Ereignissen von Culloden bestürmt, die zu diesem unwiderruflichen Bruch zwischen den Zwillingen geführt hatten. Aber sein Bruder hatte sich geweigert, ihm irgendeine Erklärung zu geben. »Das kann doch nicht wahr sein!«, hatte er verärgert ausgerufen. »Ihr seid einer so starrköpfig wie der andere, das ist wirklich unglaublich!«

»Du vergisst, dass wir Zwillinge sind«, hatte John ihm mit einem bitteren Lächeln geantwortet. Und so hatte Coll sich damit abgefunden, keine Frage mehr zu stellen. Er hoffte, dass die Zeit diese Wunden heilen würde.

Heute Morgen schien die Bucht von Gabarus nicht bereit, sich einer Invasion zu beugen. Nebel umwaberte sie und verbarg die nach Hunderten zählenden kleinen Boote, die dem ihrigen glichen. Die Wellen schüttelten sie durch, als wollten sie sie zurückstoßen. Unter großen Problemen rückte die Division von Brigadier Wolfe auf die düstere Landmasse zu, die langsam aus den vom Wind zu feinen Fetzen zerrissenen hellen Nebelsäulen auftauchte. Aus der Ferne drang Geschützdonner zu ihnen: Englische und französische Schiffe beschossen einander mit ihren Kanonen. Mit zusammengebissenen Zähnen versuchte Alexander, die entsetzlichen Bilder eines Schlachtfeldes, die vor seinem inneren Auge aufstiegen, zu verscheuchen. Er legte die Hand auf das Heft seines Dolchs, das wie ein Kruzifix geformt war, und murmelte ein kurzes Gebet. Das Donnern der Kanonen verstummte, als hätte Gott ihn erhört.

Mit einem Mal kam ihm die Stille viel angsteinflößender vor als der höllische Geschützdonner. Das Plätschern des Wassers, das Knarren der Ruder, alles erinnerte ihn daran, wie verwundbar ihre Position inmitten der heftig bewegten Wellen war. Vor ihnen hob sich jetzt die Silhouette der Küste vor einem blassen Himmel ab. Nichts deutete darauf hin, dass dort jemand zu Hause war. Doch Alexander hatte das undeutliche Gefühl, dass sich Tausende von Augenpaaren hinter schussbereiten Waffen auf ihn richteten.

Das Knarren der Ruder stieg in die Morgendämmerung auf, die sie mit einem blassen Licht übergoss. Über den Bäumen, die zahlreich auf dem Cap Rouge wuchsen, schrie eine große Möwe. Alexander schaute gerade auf den Wall aus gefällten Bäumen am Fuß des fünfzehn oder zwanzig Fuß hohen Felsens, der ihnen das Eindringen erschweren sollte, als ganz in der Nähe eine Kanone einschlug. Der Himmel riss auf, und sie wurden mit einem Hagel aus Eisen und Blei überschüttet. Die Franzosen beschossen sie nach Lust und Laune.

Eine Woge der Panik brandete über die Flottille der Boote, die in ihren Versuchen, die Richtung zu ändern, zu kentern oder zusammenzustoßen drohten. Unbarmherzig ging das Bleigewitter über ihnen nieder und fällte einen Mann nach dem anderen. Die Offiziere forderten sie mit ungeheurem Gleichmut auf, Ruhe zu bewahren. Ein Mann, der bereit ist, sein Leben zu opfern, schert sich kaum um das der anderen.

Völlig unerwartet gab Wolfe die Order zum Rückzug, den die meisten Boote in einem unbeschreiblichen Durcheinander bereits von sich aus angetreten hatten. Doch dann plötzlich befahl er, auf eine kleine Bucht zuzuhalten, in der bereits drei Boote Zuflucht gefunden hatten.

Alexander sah zum Ufer und versuchte an nichts zu denken, um die Angst zu bezähmen, die in seinen Eingeweiden wühlte. Der unerschütterliche Munro stopfte mit einer Ecke seines Plaids ein Loch zu, das eine Kugel in den Rumpf geschlagen hatte und durch das Wasser eindrang. Dann begann er ein munteres Lied zu singen. Doch seine Hände verrieten ihn, denn er umklammerte sein Gewehr so fest, dass die Knöchel weiß hervortraten. Ein furchtbares Pfeifen, und dann versetzte die Wucht des Einschlags das Boot ins Schaukeln, so dass es gefährlich schwankte. Ein ohrenbetäubendes Gebrüll brachte Alexanders Trommelfelle fast zum Platzen. Erschrocken fuhr der junge Mann herum. Blut... viel Blut! Zwei fast aus den Höhlen tretende Augen rollten inmitten einer schwarzen, schleimigen Masse.

Der verwundete Soldat schlug wild um sich und lief Gefahr, entweder über Bord zu gehen oder, was noch schlimmer gewesen wäre, das Boot zum Kentern zu bringen. Ein entsetzliches Gurgeln stieg aus einer klaffenden Wunde auf, die da saß, wo einmal sein Mund gewesen war. Da ging Alexander auf, dass ein Teil seines Kiefers weggerissen war, zusammen mit einem Stück der Schulter, an der merkwürdigerweise noch in einem verdrehten Winkel der Arm hing. Die Männer, die nicht wussten, was sie tun sollten, rückten auf ihren Plätzen herum und schrien. In gewisser Weise hatte der Nachbar des armen Mannes Glück gehabt: Die Kanonenkugel hatte ihn in die Mitte getroffen und ins Wasser gerissen. Wenigstens hatte er nicht gelitten.

Sie hielten den Verwundeten fest, damit nicht die ganze Besatzung über Bord ging. Leticia, die direkt vor ihm saß, betrachtete die Szene erstaunlich gelassen. Sie zog ihren Dolch und sprach Sergeant Campbell an, der am Steuerruder stand.

»Wir müssen etwas unternehmen. Man kann ihn unmöglich in diesem Zustand lassen!«

Der Sergeant betrachtete das Messer und sah sich dann um, als suche er nach einem höherrangigen Offizier, der an seiner Stelle antworten könnte. Doch er sah niemanden, nur Korporal Watson, der sich im vorderen Teil des Bootes befand. Leticia wartete.

»Nun gut, MacCallum... Aber mach schnell.«

Geführt von einer eigenartig ruhigen Hand, stieß der Dolch in die Brust des Verletzten, direkt unterhalb des Brustbeins. Ein Zischen ließ sich vernehmen, und dann hörte der Körper auf, sich zu bewegen. Gebete wurden gemurmelt, und Leticia schloss die Augen des Toten, den man anschließend ins Wasser stieß. Ohne weitere Umstände schrie Sergeant Campbell den Ruderern zu, sich wieder in die Riemen zu legen.

Langsam kehrte Leticia an ihren Platz zurück. Sie war blass, und vor ihrem starren Blick schien immer noch ihre schreckliche Tat zu stehen. Evan sprach einige Worte mit ihr; sie reagierte, indem sie auf ihre zitternde Hand hinuntersah, in der sie immer noch den blutigen Dolch hielt. Den Dolch, dessen Griff Alexander für sie geschnitzt hatte... Behutsam nahm Evan ihr die Waffe ab, wischte sie an seinem Kilt ab und schob sie dann wieder in die Scheide, die an Leticias Gürtel hing. Die junge Frau schlug die Augen zu Alexander auf, und für einen kurzen Moment trafen sich ihre Blicke. Er lächelte ihr schwach zu, um sie aufzumuntern.

Die Vorsehung hatte gewollt, dass ihr Boot, obwohl es von Kugeln durchsiebt war, bei dem Einschlag der Kanonenkugel nicht untergegangen war. Sie hielten auf die Küste zu, die einige Boote bereits erreicht hatten. Wenn sie nahe genug waren, sprangen die Soldaten ins Wasser, wobei sie Pulver und Gewehr hoch über den Kopf hielten, und wateten im feindlichen Beschuss an den Sandstrand. Ohne Unterlass pfiffen die Kugeln heran und fanden ihr Ziel, ohne ihnen jedoch ernstliche Verluste zuzufügen.

Alexander sah zu der Felsnadel von Cap Rouge auf und entdeckte einen Wachturm. Hinter einem Schleier aus weißem Rauch richteten sich abwechselnd Silhouetten auf. An der Gestalt und der Haltung eines der Männer, die auf sie schossen, erkannte er einen Wilden von riesenhafter Statur. Alexander wusste, dass der Befehl lautete, nicht von den Booten aus zu schießen. Aber die Versuchung war zu groß. Er legte sein Gewehr an und entsicherte es.

»Was machst du da?«, rief Munro ihm zu.

»Alas!«, schrie Evan.

Alexander tat, als höre er nicht, und visierte den Indianer an, der durch seine Größe selbst auf diese große Entfernung ein perfektes Ziel abgab.

»Waffe runter, Macdonald!«, brüllte Campbell hinter ihm.

Durch den starken Seegang und den Wind schwankte das Boot heftig. Dennoch hielt Alexander den Blick fest auf den Wilden gerichtet. Sein Finger, der am Abzug lag, zitterte nicht mehr. Er drückte ab. Langsam beugte der Koloss sich nach vorn, dann stürzte er ins Leere und traf zwanzig Fuß tiefer in den verschlungenen Ästen der Barriere auf. Nach dem Schuss hatte sich Schweigen über das Boot gesenkt. Dann stieß Munro einen bewundernden Pfiff aus, und andere taten es ihm nach.

»*Mac an diabhail!*«, murmelte jemand in seiner Nähe. Sohn des Teufels...

»Wenn noch einer versucht, gegen die Befehle zu verstoßen, bringe ich ihn vors Kriegsgericht!«, warnte der Sergeant sie in drohendem Tonfall.

Ohne weitere Zwischenfälle gingen sie an Land. Vor den Soldaten ragte eine Felswand auf, und kein Weg führte durch den Wall aus gefällten Bäumen, die sie umgab. Dort oben waren mit Sicherheit Franzosen postiert. Munro wurde zusammen mit zwei weiteren Männern auf Kundschaft ausgeschickt. Einige Minuten später kehrte das Trio zurück und bestätigte den Verdacht. Der Sergeant wog die Lage ab.

»Ihr, Adlerauge«, wandte er sich an Alexander. »Wenn Ihr mir diese Bastarde herunterschießt, vergesse ich Euren Verstoß gegen die Disziplin. Verstanden?«

»Ja, Sir!«

Adlerauge... Aus den Tiefen seiner Erinnerung drang die Stimme von Großvater Liam an sein Ohr. Er sah sich selbst, wie er im Heidekraut lag und einem Moorhuhn auflauerte, das er jetzt seit fast einer Stunde verfolgte...

»Richte den Blick fest auf dein Ziel, mein Großer. Wenn du spürst, dass deine Hand zittert, stütze sie irgendwo ab. John und du, ihr habt das perfekte Auge, wie ein Adler. Ihr besitzt eine besondere Gabe mit eurer außergewöhnlichen Zielsicherheit. Aus euch werden einmal gute Soldaten...«

Verschanzt im Schutz der Barriere mit ihren angespitzten Ästen hatte der Feind in zwei Linien Stellung bezogen. Die Highlander postierten sich an verschiedenen Stellen entlang des Walls und warteten auf den Feuerbefehl. Sie würden in zwei Gruppen schießen, deren erste nachladen würde, während die zweite feuerte. Damit sollte dem Feind vorgespiegelt werden, dass der angreifende Trupp weit größer war als in Wirklichkeit.

Weniger als zehn Minuten später überließ die französische Abteilung dem Feind Waffen und Terrain und rannte in die Garnison zurück. Alexander, der mit drei Schüssen zweimal getroffen hatte, wurde wegen seiner Geschicklichkeit mit Glückwünschen überhäuft. Gewiss würde man ihn beim Hauptmann für eine Versetzung in die Einheit der Eliteschützen empfehlen. Voller Stolz auf ihre Leistung gratulierten die Männer einander.

»Wer würde nicht freiwillig zur Hölle fahren, um einen solchen Sieg zu kosten?«, schrie ein großer, kräftiger Bursche, der auf den Namen Gibbon hörte, und schwenkte sein Gewehr.

Ein trockener Knall brachte ihn zum Schweigen, und er brach stöhnend auf den angespitzten Zweigen zusammen. Alexander wandte sich der Stelle zu, von der der Schuss gekommen war. Im Gestrüpp bewegte sich etwas, dann erschollen zwei weitere Schüsse. Ein brennender Schmerz ließ ihn aufschreien, und er fiel auf die Knie. Ungläubig sah er auf den Blutfleck hinunter, der sich auf seinem Ärmel ausbreitete. Sein Kamerad hatte weniger Glück gehabt; die Kugel hatte ihn mitten in die Stirn getroffen.

Munro stieß einen Wutschrei aus und zog sein Schwert. Andere Highlander waren herbeigelaufen und taten es ihm nach, und zusammen nahmen sie die Verfolgung der Schützen auf. Man zog Gibbon aus dem Buschwerk und legte ihn auf den Boden. Sein verwundeter Schenkel schwoll zusehends an; er schrie vor Schmerzen und wand sich wie ein Aal. Als Leticia begriff, dass die Kugeln vergiftet gewesen waren, erbleichte sie und beugte sich über Alexander. Hastig zog sie ihm den Rock aus und riss den Hemdärmel bis zur Schulter auf, um den Zustand seiner Verletzung zu untersuchen.

»Nur ein Kratzer«, flüsterte sie erleichtert.

Aber das Gift war dennoch in den Körper des jungen Mannes eingedrungen. Sein Arm brannte und bereitete ihm entsetzliche Schmerzen. Die Haut rund um die Verletzung schwoll gewaltig an. Evan trug seinen Freund in den Schatten eines Baumes. Gibbons Gebrüll wurde immer lauter; er stieß ein unmenschliches Geheul aus, bei dem es sie alle kalt überlief. Doch niemand wagte es, das Leiden des Unglücklichen abzukürzen. Als er wenige Minuten später starb, war sein Gesicht immer noch verzerrt von der Tortur, die er hatte ertragen müssen.

»Wer würde nicht freiwillig zur Hölle fahren, um so etwas nicht zu erleben?«, murmelte jemand mitfühlend.

Unter dem besorgten Blick von Evan, der sich in einigen Schritten Entfernung hielt, versuchte Leticia Alexander zu beruhigen, der unter starken Schmerzen stöhnte. Munro kehrte völlig außer Atem von der Verfolgung der beiden Rothäute zurück, die sie überrascht hatten, und erkundigte sich nach dem Zustand seines Cousins. Als er hörte, wie das Gift auf Gibbon gewirkt hatte, geriet er in Panik. Alexander hörte nicht auf zu stöhnen, und sein Arm schwoll weiter an, bis er das Doppelte seines normalen Umfangs erreicht hatte.

»Hackt ihn ab! Ihr müsst den Arm amputieren!«, flehte er.

»Halte aus, Alex«, flüsterte Leticia und untersuchte die Schwellung.

»Das Übel wird sich ausbreiten«, meinte Munro, dem der Schweiß auf der Stirn stand. »Besser, wir tun, was er verlangt.«

»Nein!«, fiel Leticia barsch ein. »Wir müssen warten. Gibbon ist schon fast zwanzig Minuten tot, und Alexander ist noch am Leben, obwohl die beiden nur mit ein paar Sekunden Abstand getroffen worden sind. Das könnte bedeuten, dass die Menge Gift, die in seinen Körper eingedrungen ist, nicht ausreicht, um ihn zu töten. Wir sollten abwarten... Seht, sein Arm ist nicht weiter angeschwollen.«

Munro, dessen Schwert zitterte, sah auf den wimmernden Alexander hinunter. Dann nickte er.

»Einverstanden, warten wir noch.«

Lange bevor die Sonne im Zenit stand, hatte sich die französische Armee hinter den Mauern ihrer Festung in Sicherheit gebracht und die Ansiedlungen, die sie auf ihrem Rückzug durchstreifte, in Brand gesteckt. Aus ihrer Bastion heraus hielt sie die Briten mit Kanonenfeuer auf Abstand und ließ sie nicht nahe genug für eine Belagerung herankommen.

Schwere Winde hinderten die Briten zwei Tage lang, ihr schweres Kriegsgerät an Land zu bringen; wertvolle Zeit verstrich, welche die Franzosen jedoch nicht nutzten, um die Insel von den Besatzern, die immer noch verwundbar waren, zu säubern. Die Engländer, die doppelt so zahlreich wie sie waren, hatten die vollständige Kontrolle über das Terrain und konnten es nach Belieben auskundschaften. Als sie schließlich ihre Artillerie zu eilig konstruierten Batterien zusammenstellten, waren sie mehr als sicher, dass sie den Sieg davontragen würden. Es war nur noch eine Frage der Zeit: Louisbourg würde bald fallen.

Erneut wurde er allnächtlich von Albträumen heimgesucht. Er sah das Bild des unglücklichen, von einer Kanonenkugel zerrissenen Soldaten vor sich, und sein Herz schlug zum Zerspringen. Dann schob sich Johns Gesicht vor das des anderen Mannes. Jetzt lag er mit offenen Augen da, den Blick auf den von einem nebligen Hof umgebenen Mond gerichtet, und zählte seine Atemzüge, um sich zu beruhigen und seine Gespenster zu verjagen. Es war so still, dass er ebenso gut zusammen mit seinen Ungeheuern in einem Sarg hätte liegen können.

Der Schrei einer Nachtschwalbe ließ ihn erstarren, und er atmete langsam aus. So ging das, seit er seine Brüder wiedergesehen hatte. Er hatte Angst. Und dabei wusste er im Grunde nicht genau, was er fürchtete. John hatte nicht noch einmal versucht, Verbindung zu ihm aufzunehmen; er floh ihn ebenso wie Alexander ihn. Wenn er ihm hätte schaden wollen, dann hätte er es schon lange tun können. Während des Winters hatte es nicht an Gelegenheiten dazu gemangelt. Aber wie sollte es jetzt weitergehen?

Sein halbes Leben lang war er vor etwas geflüchtet, auf das er sich jetzt überhaupt nicht mehr besinnen konnte. Mit dem Verstand nicht zu erklärende Ängste eines Jünglings vielleicht, die mit ihm gewachsen waren, die in die Irre gelaufen waren, so wie er selbst... Alexander befand sich jetzt am Scheideweg zwischen seiner Vergangenheit und seiner Zukunft. Er musste sich für eine Seite entscheiden. Doch wie immer hinderte seine Angst ihn daran.

Er drehte sich um, wobei er darauf achtgab, sein Gewicht nicht auf seinen Arm zu verlagern. Seit einer Woche war die Schwellung vollständig abgeklungen, und das Fieber, das ihn vier Tage lang an sein Lager gefesselt hatte, war gefallen. Die Wirkung des Gifts war rasch verflogen; nur die Wunde war noch empfindlich. Aber das hatte ihn nicht daran gehindert, seine Arbeit bei der Kompanie wieder aufzunehmen und bei der Errichtung von Befestigungs- und Schanzanlagen zu helfen.

Ein Windstoß ließ das Feuer aufleuchten, um das einige seiner Kameraden saßen, und wirbelte Funkengarben auf, die spiralförmig in die Nacht aufstiegen. Munros kräftige, tiefe Stimme drang zu ihm. Er sang. Alexander erklärte ihm oft, er würde einen wunderbaren Barden abgeben, was den Jüngeren unfehlbar zum Lachen brachte. Was? Er, der tollpatschige Munro, der körperlich wie in seinen Worten so unbeholfen war, sollte ein Barde sein? Es stimmte schon, dass sein bäuerliches Auftreten nicht von einem besonders hellen Geist kündete. Aber er war erstaunlich gewitzt, und mit seiner herrlichen Stimme hatte er schon mehr als einen Mann zu Tränen gerührt.

Heute Abend hatte sich Alexander nach einem Tag anstrengender körperlicher Arbeit ein wenig abseits hingelegt, um sich auszuruhen, und zugehört, wie sein Cousin seine Geschichten erzählte. Erschöpft war er bald eingeschlummert, um dann wie so oft plötzlich aus dem Schlaf hochzufahren.

Er richtete den Blick auf Leticia, die am Feuer saß und ihre Pfeife rauchte. Sie fühlte sich beobachtet, wandte sich zu ihm um und lächelte. Nichts hätte er lieber getan, als zu ihr zu gehen und sich still neben sie zu setzen, nur um ihren Geruch wahrzunehmen. Aber an diesem Platz saß schon Evan. Sein Freund flüsterte Leticia etwas ins Ohr. Dann, als er bemerkte, dass seine Frau mit den Gedanken anderswo war, folgte er ihrem Blick und sah Alexander an. Sofort wandte der junge Mann sich ab wie ein Kind, das man bei einer Missetat ertappt hat.

»Hast du diese Woche wieder mit deinen Waffenübungen begonnen?«, fragte Evans Stimme ein paar Minuten später.

Sein Freund ließ sich neben ihm nieder. Nachdem er ihm Rum angeboten hatte, erkundigte er sich nach seinem Befinden.

»Ich glaube, in ein paar Tagen kann ich wieder Dienst mit der Waffe tun«, versicherte er ihm und reichte ihm die lederbezogene Flasche zurück.

»Hmmm... da wird sich MacCallum freuen«, erklärte der andere in gleichmütigem Tonfall. »Sie hat sich große Sorgen um dich gemacht.«

Aufgeregt setzte sich Alexander auf, was Evan nicht entging. Jedes Mal, wenn sie von Leticia sprachen, erforschte er aufmerksam seine Miene. Doch dann mochte er seinen Freund nicht länger in Verlegenheit bringen, sondern wechselte lieber das Thema. Für den Moment jedenfalls; er hatte vor, später noch einmal darauf zurückzukommen.

»Dein Cousin Munro macht von sich reden. Er ist... ein wenig sonderbar.«

Erleichtert stieß Alexander ein raues Auflachen hervor und nickte.

»Ich glaube, mit seinem letzten Streich hat er sogar die Aufmerksamkeit von Brigadier Wolfe auf sich gezogen.«

»Ach? Davon hat er mir gar nicht erzählt«, meinte Alexander, mit einem Mal sehr interessiert.

In der Tat entdeckte er täglich neue Seiten an Munro. Der Jüngere erstaunte ihn durch seine offenbar vollkommen naive Gutmütigkeit, hinter der sich jedoch ein wacher und gewitzter Geist verbarg. Munro sprach nur sehr wenig Englisch; aber trotzdem brachte er es fertig, eine erstaunliche Menge an Informationen einzuholen, indem er den englischen Offizieren zuhörte. Diese hielten ihn für einfältig und gaben kaum etwas darum, wenn er bei ihren leise geführten Gesprächen anwesend war. Abends am Lagerfeuer verbreitete Munro dann die neuesten militärischen Nachrichten, gewürzt mit einigen eigenen Einfällen. Nein, so dumm konnte er wirklich nicht sein.

»Heute hat er während seines Wachdienstes alle zum Lachen gebracht. Er hat seinen Posten am Strand bezogen, und da die Flut einlief, stand er rasch mit beiden Füßen im Wasser. Fletcher ist zurückgelaufen, um trocken zu bleiben, und riet ihm, es ihm nachzutun. Da hat Munro ihn ganz ernst gefragt, warum er das tun solle. Um nicht nass zu werden, was sonst?, antwortete der andere ihm ein wenig verwirrt. Und weißt du, was dein Cousin ihm darauf gesagt hat? Er hat Fletcher erklärt, er solle sich einmal die Dienstvorschriften vorlesen lassen, besonders die Abschnitte, in denen es heißt, dass ein Wachsoldat, der seinen Posten verlässt, mit dem Tode bestraft wird. Kannst du dir das vorstellen? Fletcher blieb der Mund offen stehen. Noch nie ist jemand vors Kriegsgericht gekommen, weil er während seiner Wache Schutz vor den Unbilden der Natur gesucht hat! Aber weißt du was? Johnston hat nachgelesen, und anscheinend hat Munro recht. Fletcher ist am Sandstrand geblieben, aber als die Ablösung kam, hat sie deinen berühmten Cousin bis zu den Schultern im Wasser stehend vorgefunden. Ich brauche dir wohl nicht zu sagen, dass die Geschichte rasch die Runde gemacht hat! Aber das Beste ist, dass die Sache an Wolfes Ohren gedrungen ist und dieser sich persönlich mit Munro getroffen hat.«

»Wolfe in höchsteigener Person?«

»Hmmm...«, nickte Evan lächelnd. »Er hat ihn zu seiner Rechtschaffenheit und zu seiner Kenntnis der Regeln beglückwünscht, die er bei einem einfachen Soldaten, der des Lesens und Schreibens unkundig ist, nicht erwartet hätte.«

Alexander fand die Vorstellung schrecklich komisch, wie sein schalkhafter Cousin dem schmalen, verkniffenen Brigadier Wolfe gegenübergestanden hatte, und er brach in Gelächter aus.

»Ich könnte wetten, dass Munro nicht mehr als drei Wörter auf Englisch zu ihm gesagt hat, und ich frage mich wirklich, worüber die beiden gesprochen haben... Außer Wolfe spricht Gälisch oder Scots*, was mich sehr erstaunen würde.«

Sie plauderten noch ein wenig über dieses und jenes, und die Unterhaltung plätscherte angenehm dahin. Doch Alexander sah genau, dass Evan sich unwohl fühlte. Ihm wurde klar, dass sein Freund mit ihm über ein bestimmtes Thema reden wollte, und konnte leicht erraten, worum es sich handelte. Nachdem sie alle Gesprächsthemen erschöpft hatten, lauschten sie schweigend dem nächtlichen Zirpen der Grillen. Schließlich kam Evan auf das zu sprechen, was ihn umtrieb.

»Ich möchte mit dir über meine Frau reden, Alexander. Du weißt, dass ich sie liebe und bereit bin, viele Opfer zu bringen, damit sie glücklich ist. Keine Ahnung, was sie dir über uns beide oder über unsere Pläne erzählt hat; ich verlange nicht von ihr, dass sie mir über eure Gespräche Rechenschaft ablegt. Aber ich vertraue ihr... und dir ebenfalls.«

»Ich respektiere Leticia, Evan, und ich würde nie etwas tun, was sie verletzen könnte.«

»Ich weiß.«

Evan hob den Kopf und sah sich nervös um. Im Lager war es ruhig. Munro ruhte sich aus, und der Beschuss würde erst in der Morgendämmerung wieder beginnen. Mehrere Männer waren

---

* Vom Altenglischen abstammender schottischer Dialekt, der in den Lowlands gesprochen wird.

bereits schlafen gegangen, und bald würde die Sperrstunde ausgerufen werden. Evan sah Alexander erneut an.

»Wir wollen desertieren ...«, erklärte er mit ernster Stimme.

Alexander glaubte, nicht richtig gehört zu haben.

»Wie bitte?« Mit offenem Mund sah er seinen Freund an, während dessen Worte langsam in sein Hirn einsickerten. Das war nun wirklich das Letzte, womit er gerechnet hätte.

»Und ... wann?«

»So rasch wie möglich, je früher, desto besser. Ich weiß, dass einige vermuten, wer MacCallum wirklich ist, obwohl alle sich hüten, davon zu sprechen. Er ist ein guter Soldat, der niemals Schwierigkeiten macht. Aber irgendwann wird jemand den Mund aufmachen, und dann muss sie die Armee verlassen.«

»Warum hast du unter diesen Umständen überhaupt zugelassen, dass sie zur Armee ging?«, erkundigte sich Alexander, der sich diese Frage schon lange stellte.

Evan zuckte die Achseln.

»Man könnte sagen, dass sie mir nicht wirklich eine Wahl gelassen hat. Ich weiß, es ist äußerst unvernünftig, meiner Frau zu erlauben, mir in einen Krieg am anderen Ende der Welt zu folgen. Aber wir wollten Schottland um jeden Preis verlassen. Da wir kein Geld hatten, sah ich keinen anderen Ausweg, als mich bei der Armee zu verpflichten. Ich glaubte, sie könnte mich als meine Ehefrau begleiten. Aber die Anzahl an Frauen, denen man erlaubte, mit der Kompanie zu reisen, war bereits erreicht. Und sie wollte nicht allein zurückbleiben und darauf warten, dass ich sie holen kam. Du weißt ja, wie gewitzt MacCallum ist. Sie hat sich ohne mein Wissen eingeschrieben und mich erst eine Woche, bevor die Truppen in Inverness zusammengezogen wurden, vor vollendete Tatsachen gestellt. Zuerst bin ich schrecklich zornig geworden. Dann hat sie mir ihren Plan auseinandergesetzt, nämlich die Armee auszunutzen, um das Meer zu überqueren, und sie dann im richtigen Moment zu verlassen.«

»Das war ihre Idee?«

Evan verzog den Mund zu einem bitteren Lächeln, und sein Blick verlor sich in der Dunkelheit.

»Ja. Ich hätte nie von ihr verlangt, dass sie sich einer solchen Gefahr aussetzt. Du weißt so gut wie ich, was einen gefangenen Deserteur erwartet, nämlich der Strick. Und das stelle ich mir für sie nun wirklich nicht vor. Eigentlich sollte sie inzwischen ein oder zwei Kinder haben und friedlich zu Hause sitzen, um sie großzuziehen.«

»Wenn das so ist, warum habt ihr Schottland dann verlassen?«

Diese ganze Geschichte kam Alexander ziemlich ungereimt vor.

»Ich werde gesucht«, gestand Evan, ohne den Blick von der Silhouette der belagerten Festung zu wenden, die sich, von einem großen, beinahe vollen Mond beschienen, vor dem Hintergrund der Bucht abzeichnete. »Manchmal bekommt man Probleme, weil man zur falschen Zeit am falschen Ort ist.«

Er legte eine Pause ein und wandte Alexander sein ernstes Gesicht zu.

»Ich weiß etwas, das eine Menge Leute gern erfahren würde. Man will mich zum Reden bringen.«

»Anders ausgedrückt, jemand will dir ans Leder.«

»Mehr oder weniger.«

»Weiß Leticia darüber Bescheid?«

Evan nickte.

»Zum Teil. Ich will sie nicht weiter als nötig in diese Sache hineinziehen. Es ist zu gefährlich. Diese Leute verstehen keinen Spaß.«

»Aber wer sind diese Menschen?«

Evan zögerte mit seiner Antwort.

»Erinnerst du dich an den Mord in Appin, im Jahre 1752?«

»Ja, dunkel.«

Alexander hatte in der Tat von diesem scheußlichen Mordfall gehört, der die Parteigänger der Jakobiten in den Highlands und in Frankreich erschüttert hatte. Aber er war zu sehr mit seinem Überleben beschäftigt gewesen und hatte der Geschichte nicht allzu viel Beachtung geschenkt. Stewart of Ardshield aus Appin war ein verfolgter Jakobitenchief gewesen, dessen Besitz die Krone nach 1746 konfisziert hatte. Der von der Regierung eingesetzte Pachteintreiber, Colin Campbell von Glenure, dem man den Beinamen »roter Fuchs« verliehen hatte, wurde ermordet, als er Bauern vertrieb, die ihren Zins nicht bezahlt hatten. Der Mord wurde nie ganz aufgeklärt. Aber der Mann, den man der Tat bezichtigte, Allan Breck Stewart, flüchtete nach Frankreich. Man hängte seinen Halbbruder an seiner Stelle auf, aber niemand weiß, was aus ihm geworden ist.

»Ich war in der Gegend, als der Mord geschah, und ich kannte Allan ... den Mann, dem man die Tat vorwirft.«

»Ich verstehe.«

Evan musterte ihn, als versuche er zu erraten, wie seine Meinung zu dieser Angelegenheit war. Doch Alexander, den die missliche Lage der jakobitischen Anführer nicht interessierte, wartete gleichmütig darauf, was jetzt kommen würde. Aber Evan verstummte. Er fand, dass er genug gesagt hatte, um seinem Freund klarzumachen, dass er wusste, wo sich Stewart aufhielt.

»Alexander ... Ich muss dir eine Frage stellen, und ich möchte, dass du mir ganz ehrlich antwortest. Das ist mir wichtig. Du kannst dir sicher denken, dass es um MacCallum geht.«

»Was willst du wissen, Evan?«, fragte Alexander nervös.

»Liebst du sie? Ich meine ... Ich weiß, dass du meiner Frau zugetan bist. Aber ich möchte wissen, ob du sie als Mann liebst, so wie ich.«

Verblüfft riss Alexander die Augen auf und schluckte.

»Ich verstehe nicht ... ich ...«

»Ich möchte eine offene Antwort.«

»Aber ...«

Überrumpelt hatte Alexander sich seinem Freund zugewandt und fragte sich, warum er so etwas von ihm wissen wollte, obwohl er wusste, dass die Antwort ihn nur verletzen konnte. Doch als er den wohlwollenden, aber entschlossenen Blick sah, den Evan auf ihn richtete, konnte er nicht anders, als ihm die Wahrheit zu sagen.

»Ja, Evan, ich liebe sie. Aber ich respektiere euch, Leticia und dich«, rief er ihm ins Gedächtnis, damit er wirklich begriff, dass er nie etwas tun würde, was die beiden auseinanderbringen würde.

»Das weiß ich doch. Mach dir keine Gedanken deswegen. Aber ich musste mich deiner Gefühle für sie versichern.«

Unbehaglich nickte Alexander. Zu seiner großen Erleichterung verkündete die Trommel die Sperrstunde. Evan stand auf und reckte sich.

»Schön ... Gute Nacht, mein Freund.«

»Gute Nacht, Evan.«

Zwei Tage später brannten im Hafen von Louisbourg drei französische Schiffe, die *Célèbre*, die *Entreprenant* und die *Capricieux*. Der Beschuss ging weiter und verursachte große Schäden an den Befestigungsanlagen der Stadt. Am 26. Juli hisste die entkräftete französische Garnison die weiße Flagge. Louisbourg ergab sich.

TEIL ZWEI

1759

Annus mirabilis*

*Die Highlander sind kühn,
unerschrocken und an ein raues Leben gewöhnt,
und wenn sie fallen,
entsteht niemandem ein großer Schaden.
Was kann es Besseres geben,
als sich einen Feind so zunutze zu machen,
dass sein Ende noch zum Wohle des Gemeinwesens beiträgt?*
General James Wolfe

---

* Latein: Das wunderbare Jahr. So tauften die Engländer das Jahr 1759, aufgrund der vielen Siege, die es ihnen bescherte.

5

Die Engländer kommen!

Nachdem der Regen die letzten Überreste eines Winters, der nicht hatte enden wollen, mit sich genommen hatte, flossen Bäche die schlammigen Straßen von Québec entlang. Die Luft war noch etwas kühl, aber die Brise, die vom offenen Meer heranwehte, ließ einen milden Frühling schon ahnen. Die Freude darüber, wieder ins Freie zu können, erhellte die müden Züge der Stadtbewohner. Der Winter 1758/59 war hart gewesen. Es mangelte an Lebensmitteln, und die Bedrohung durch die Engländer wurde immer spürbarer. Die Lage war so katastrophal, dass Gouverneur Vaudreuil zwei Emissäre an den französischen Hof entsandt hatte, damit sie um Verstärkung nachsuchten.

So waren am 11. November 1758 die *Outarde* und die *Victoire* mit André Dorel und Louis Antoine de Bougainville an Bord von Québec ausgelaufen. Doch man hegte wenig Hoffnung. William Pitt, der Kriegsminister der britischen Großmacht, kannte nur ein Ziel, nämlich, sich Neufrankreichs zu bemächtigen, koste es, was es wolle. Es hieß, Frankreich sei ruiniert. Was konnte es da noch für Mittel in seine amerikanische Kolonie stecken, um ein Territorium von der Größe eines Kontinents zu verteidigen? Die beiden Gesandten und die Antwort, die sie bringen sollten, ließen auf sich warten.

Der Saint-Laurent-Strom war jetzt seit einigen Wochen wieder schiffbar, und die ersten Segel tauchten am Horizont auf. Aber man hatte noch keine Nachricht von der *Outarde* oder der *Victoire*. Isabelle zog die Falten ihres kurzen Capes aus grauem Tuch um die Schultern zusammen und eilte einem gelben Schmetterling nach, wobei sie über eine Schlammpfütze sprang und einer Spurrille auswich, in der eine Kalesche sich das Rad hätte brechen können. Die Straße befand sich in einem jämmerlichen Zustand. Die städtische Straßenmeisterei würde in den kommenden Wochen viel zu tun haben.

Zu Fuß war die Strecke leichter zu bewältigen als im Wagen, und ohnehin zog Isabelle es vor zu laufen. Außerdem machte es ihr kaum etwas aus, mit schmutzigen Pantinen und Strümpfen heimzukehren, solange sie nach Belieben spazieren gehen und dabei ein paar Einkäufe erledigen konnte. Heute fand kein Markt statt. Doch sie wusste genau, wo sie sich alle notwendigen Zutaten für ein Festmahl besorgen konnte. Denn heute war ein Feiertag. Beinahe im Tanzschritt ging sie die Rue Saint-Jean bis zur Côté de la Fabrique hinunter, die eher einem Bach als einem Weg glich.

Kinder, die bis zur Taille mit Schlamm bespritzt waren, amüsierten sich damit, über das Wasser zu springen und die Passanten zu bespritzen. Die Côté de la Fabrique war der einzige mit Kieseln gepflasterte Weg, doch war er immer schmutzig, weil starke Regenfälle regelmäßig Abfälle hier anspülten.

»Guten Tag, Mademoiselle Lacroix! Schöner Tag für einen Spaziergang!«

Isabelle hob den Kopf. Ein alter Mann mit schlohweißem Haar lächelte ihr von einem Fenster aus zu und winkte.

»Ah! Guten Tag, Monsieur Garneau! Ja, wirklich sehr angenehm. Wie geht es Cathérine?«

»Viel besser. Sie hustet nicht mehr und bekommt wieder Farbe.«

»Das ist schön. Sagt ihr, dass ich sie nächste Woche besuchen komme und ihr Teekräuter und Kekse von Mamie Donie mitbringe.«

»Besten Dank, Mademoiselle Lacroix. Ich sag's ihr auf jeden Fall. Ganz schönen Dank«

Isabelle winkte dem Mann grüßend zu und wich gerade noch zwei etwas angeheiterten Soldaten aus, die aus der Herberge *Zum Blauen Hund* kamen. Seit einigen Jahren ähnelte Québec eher einem Militärlager als einer Stadt. Seit 1748 waren fast viertausend Soldaten durch seine Straßen marschiert. Die meisten waren jetzt in den verschiedenen befestigten Vorposten, die über das ganze Land verstreut lagen, stationiert. Doch in der Garnison von Québec standen noch dreizehn Kompanien, deren Großteil – zum Glück für die armen Stadtbewohner, deren Wohnungen meist nicht besonders groß waren – in Kasernen lebte, die kürzlich in Haute-Ville für sie eingerichtet worden waren. Also waren nur noch sehr wenige übrig, die einen Einquartierungsbefehl hatten und die man beherbergen musste.

Isabelle ignorierte die anzüglichen Bemerkungen, die hinter ihrem Rücken fielen. Sie zog ihr Cape zurecht und hob ihren Rock ein wenig, damit sie sich nicht allzu schmutzig machte. Sonst würde Perrine am Waschtag maulen. Sie nahm ihren Spaziergang wieder auf und schlenderte am Jesuitenkolleg vorbei, wo ihr Bruder Guillaume studierte. *Armer Guillaume! Was für ein Jammer, an so einem schönen Tag im Zimmer zu bleiben und die Nase in die Rhetorik- und Lateinbücher zu stecken!*

Sie dachte an das Ursulinen-Kloster, in dem sie zur Schule gegangen war und das sie nicht im Geringsten vermisste. Vielleicht fehlte ihr ihre Cousine, Schwester Clotilde – oder Marguerite Bisson mit ihrem Taufnamen. Aber die noch ganz neue Freiheit, die ihr der Frühling wiedergeschenkt hatte, verlieh ihr Flügel …

Der herrliche Duft, der aus der Backstube des Priesterseminars aufstieg und den sie genüsslich einsog, erinnerte sie daran, dass sie bei ihrem Bruder Louis vorbeigehen musste, um die Brioches zu holen, die ihr Vater so gern aß. Sie sah zur Turmuhr der Kirche, die neben dem Jesuitenkolleg stand: fast elf Uhr. Sie hatte keine Zeit zu verlieren. Mit energischen Schritten überquerte sie die Grande Place und bekreuzigte sich rasch, als sie die schöne Kathedrale Notre-Dame passierte. In der Rue de Buade musste sie einem Haufen Brennholz ausweichen, der sich bis auf die Mitte der Straße ausbreitete. Unter dem wachsamen Blick des goldenen Hundes, der stolz den Eingang des imposanten, dreigeschossigen Hauses des Händlers Nicolas Jacquin, genannt Philibert, bewachte, beschleunigte sie ihre Schritte. Schon Schriften aus dem alten Griechenland schilderten solche Reliefdarstellungen von Hunden an Häusern, die für den Schutz ihrer Besitzer sorgen sollten. Trotzdem war Philibert 1748 ermordet worden; eine undurchsichtige Geschichte. Da konnte wohl etwas an der Legende nicht stimmen.

Isabelle blieb einen Moment stehen, um zu Atem zu kommen und den Blick zu genießen, der sich ihr bot. Vom oberen Ende der Treppe, die in die Basse-Ville, den unteren Teil der Stadt, führte, konnte sie zwischen den Rauchsäulen, die von den Häusern aufstiegen, und über die steilen Dächer hinweg, die mit Schindeln aus Zedernholz gedeckt und mit Leitern verziert waren, den majestätischen Fluss erkennen, der sich in der Sonne träge durch sein Bett bewegte. Einige Holzflöße und eine Pinasse schwammen auf dem Wasser. Flussaufwärts näherte sich langsam eine Flottille von Kanus, wahrscheinlich Indianer. Die in dem Gewirr von Rahen und Wanten kaum erkennbaren nackten Masten zweier Brigantinen und eines Schoners, die an der Reede ankerten, wiegten sich sanft.

Bald würde eine Armada von Handels- und wahrscheinlich auch von Kriegsschiffen eine schwimmende Stadt vor Québec bilden. Die Möwen würden begeistert über den Wald von Masten sein. Voller Stolz bewunderte Isabelle ihre Stadt. *Québec, du Königin von Neufrankreich. Möge Gott dich noch lange vor den Engländern bewahren.* Sie schloss die Augen und prägte das Bild ihrem Gedächtnis ein. Dann raffte sie seufzend ihre Röcke und machte sich leise vor sich hin summend an den gefährlichen Abstieg in die Basse-Ville.

Ein unheimlich aussehendes Wesen kam aus dem Schatten gehuscht und hinkte auf sie zu.

»'n Tag, Mamz'elle Lacoua!«

Als sie die näselnde Stimme vernahm, fuhr sie herum und fand sich einem kleinen Männlein mit hässlichen, plumpen Zügen gegenüber, die von einem braunen, kurz geschnittenen Haarschopf gekrönt wurden. Ein schrecklicher Irrtum der Natur, hatte sie gedacht, als sie den Mann zum ersten Mal gesehen hatte. Jetzt lächelte er ihr von der Seite zu und enthüllte schiefstehende Zähne, die zur Hälfte nur noch aus schwärzlichen Stummeln bestanden.

»Ah, guten Tag, Toupinet! Hilfst du mir, meine Einkäufe zu tragen?«

Das alterslose Wesen nickte; bei dem Gedanken an die Süßigkeiten, welche die junge Frau ihm wie immer für seine Dienste zustecken würde, lief ihm bereits das Wasser im Munde zusammen. Isabelle überließ ihm ihren leeren Korb und ging zum Marktplatz, wo sich die Bäckerei Lacroix befand. Heute waren die Marktstände leer. Aber morgen, am Freitag, würden sie gut gefüllt sein. Viele Menschen würden hier umhergehen, und die Händler, die ihre Waren oft schreiend anpriesen, würden einen Radau veranstalten, mit dem man Tote aufwecken könnte.

Als Isabelle an der Ecke der Rue Notre-Dame abbog, begegnete sie drei Offizieren, die, Ledermappen oder Stöckchen unter den Arm geklemmt, eilig einhergingen und ständig ihre Dreispitze zogen, um die Menschen, denen sie über den Weg liefen, zu grüßen. Vor der Herberge *Pomme d'or* rauchten zwei Indianer, die in bunte Decken gehüllt waren, gelassen ihre Pfeife. Überall waren Männer und Frauen unterwegs und widmeten sich ihren jeweiligen Beschäftigungen. Auch etliche junge Männer waren darunter, die unter dem müßigen Blick von Soldaten, die Urlaub hatten, Wasser oder Holz schleppten. Rekruten, die zum Arbeitseinsatz eingeteilt waren, entfernten die Schlammschichten, die sich an den Gebäuden angesammelt hatten. Das Schmelzwasser, das von der Oberstadt zum Fluss herunterrann, brachte den ganzen Schmutz, der sich den Winter über angesammelt hatte, mit sich.

Die junge Frau trat in die Bäckerei und ließ das ruhige Treiben des Donnerstagmorgens hinter sich. Der Duft nach frischem Brot empfing sie und weckte ihren Appetit. Genießerisch betrachtete sie die Kekse und *croquignoles* – Biscuitplätzchen –, die noch heiß und frisch mit Zucker überstreut waren. Toupinet bezog vor der Auslage mit den Brioches Stellung wie ein Hund, der auf den ihm zustehenden Leckerbissen wartet. Zwei Kunden gingen hinaus, ihr tägliches halbes Pfund Weizenbrot fest unter den Arm geklemmt. Françoise, deren Hände mit Mehl überstäubt waren, rieb sich das Kreuz, blies eine Haarsträhne weg, die ihr in die Augen fiel und strahlte Isabelle an, nachdem sie einen Blick auf Toupinet geworfen hatte, der sich keinen Zoll bewegt hatte.

»Da bist du ja, meine schöne Isabelle! Heute ist ein großer Tag für dich! Und da hat man dich ausgerechnet an deinem Geburtstag zum Einkaufen geschickt? Hast du denn nichts Besseres zu tun, als in diesem Schlamm von einem Ende der Stadt zum anderen zu laufen? Komm, lass dir einen Kuss geben.«

Die junge Frau errötete vor Vergnügen, beugte sich über die Theke und bot der anderen ihre Wange. Ihre Schwägerin versetzte ihr einen kräftigen Schmatzer und tätschelte ihr die andere Wange, wobei sie den Abdruck ihrer mehlbestäubten Finger zurückließ.

»Zwanzig Jahre, meine Schöne. Hier, eine Kleinigkeit für dich. Ganz frisch aus dem Ofen.«

Bei diesen Worten hatte sie sich gebückt, legte jetzt ein in Leinen geschlagenes Bündel auf die Theke und schlug es auf: Da lag stolz und prachtvoll eine schöne, dicke Brioche, genau richtig gebräunt, mit Trockenfrüchten gesprenkelt und mit Apfelgelee glasiert.

»Danke, meine liebe Françoise!«, rief Isabelle aus und roch an dem Gebäck. »Das werde ich unter meinem Bett verstecken müssen, damit Ti'Paul es mir nicht stibitzt.«

»Unter dem Bett? Dann wird Museau es sich holen.«

Isabelle lachte. Dieser verflixte Museau war genau so ein Leckermaul wie sie. Und ohnehin würde sich das Problem nicht stellen. Die Brioche würde ihren Rückweg nach Hause nicht überleben. Louis ließ seine Backöfen ein paar Minuten im Stich, um ihr einen schönen Geburtstag zu wünschen, und versprach, sich zum Abendessen bei ihrem Vater einzufinden.

Während sie mit ihrer Schwägerin plauderte, füllte die junge Frau ihren Korb, den Toupinet ihr, immer noch so reglos wie eben, mit beiden Händen hinhielt. Kurz bevor sie sich verabschiedete, erbat sie sich noch zwei der schmackhaft aussehenden *coquignoles*, die Françoise ihr in eine Papiertüte packte.

Ihr nächstes Ziel war das *Cabaret de Gauvain* in der Rue De Meules. Die Weinschänke nahm das Erdgeschoss des Gebäudes ein, das neben dem Lagerhaus ihres Vaters stand. Jedes Mal, wenn sie dort vorbeiging, stiegen vor ihrem inneren Auge die Bilder ihrer Kindheit auf. Dort war sie geboren und hatte ihre frühen Kinderjahre verbracht, bis ihr Vater, dessen Vermögen unaufhörlich wuchs, ein Grundstück in der Rue Saint-Jean erworben hatte.

Ursprünglich hatte auf dem neuen Besitz eine Halle erbaut werden sollen, die zur Lagerung von Waren diente, da diese immer mehr wurden und das Lager in der Rue De Meules zu eng geworden war. Doch nachdem er in den Rat des Königs berufen worden war, hatte Charles-Hubert Lacroix anders entschieden. Sein neues Amt erforderte, wie er sagte, dass er seine gesellschaftliche Stellung deutlicher demonstrierte. Außerdem würde er sich nun häufig zu den allwöchentlichen Sitzungen des Rats in den Palast des Intendanten* begeben müssen. Doch es stellte eine sehr anstrengende Übung dar, die Côte de Montagne und die Rue des Pauvres herab- und wieder hinaufzusteigen, insbesondere im Winter. So war das Grundstück einem anderen Zweck zugeführt worden. Ihr Vater hatte dort lieber ein schönes großes, mit allen modernen Einrichtungen ausgestattetes Haus bauen lassen. Das Gebäude in der Rue De Meules, das nur wenige Schritte vom Hafen entfernt lag, diente jetzt ausschließlich als Warenlager. Wirklich sehr vernünftig!

Isabelle blieb ein paar Minuten stehen und betrachtete die steinerne Fassade des Hauses. Das Lager war für sie als kleines Mädchen eine wahrhaftige Schatzhöhle gewesen. Ihre lebhaftesten Erinnerungen bezogen sich auf den Duft und die Textur

---

* Die *Intendanten* waren die wichtigsten Verwaltungsbeamten des Ancien régime, hervorgegangen aus königlichen Kommissaren, die zur Kontrolle als Aufseher und Verwalter in die Provinzen geschickt wurden. (Anm. d. Übers.)

der dort aufbewahrten Nahrungsmittel, ob nun im Lager oder in den Kellergewölben. Schon damals war sie ein Schleckermaul gewesen! Noch immer roch sie die einmal süßlichen und dann wieder scharfen Ausdünstungen der Gewürze: Zimt, Muskat, Pfeffer; den ranzigen Geruch nach Fleisch und Talg und den tierischen Fetten, die im Haushalt verwendet wurden; den säuerlichen Duft von Essig und Pökelbrühe und unzählige andere Düfte, die sie nicht hätte benennen können. All das vermischte sich zu dem Sinneseindruck, der für sie einfach »der Geruch von Papas Lagerhaus« war.

Leise lächelnd dachte sie an die vielen Stunden zurück, die sie zusammen mit Madeleine in dieser Höhle voller Schätze aus Übersee gespielt hatte. »Königin Isabella von Kastilien«, hatte ihre Cousine sie getauft. Tagelang hatten die beiden sich damit unterhalten, das Lager in einen richtigen Palast zu verwandeln; zum großen Verdruss ihres Vaters, der anschließend nichts mehr wiederfand. Ballen von Samtstoff und feines Tuch aus Lyon, funkelndes Kupfer aus Spanien und ein paar Teile silbernes Tafelgeschirr dienten den Mädchen als Schätze. Hin und wieder hatten sie sogar ein mit Damast bezogenes Kanapee oder einen mit edlen Bronzen geschmückten Schreibtisch zum Spielen gehabt. Was für schöne Erinnerungen!

»Mam'zelle Lacoua? Hier isses.«

Toupinet zupfte an ihrem Cape und wies mit dem Finger auf den Eingang des *Cabaret de Gauvain*. Sie nickte und stieß die Tür des Etablissements auf. Einige Gäste – Hafenarbeiter, die nichts zu tun hatten, Kaufleute, die Verträge aushandelten, und Durchreisende – saßen an den Tischen und schenkten ihr keine Beachtung. Sie ging direkt zur Theke, wo ein junges Mädchen Zinnbecher abtrocknete und sie dann sorgfältig in die Regale einräumte. Sobald sie Isabelle erblickte, hob sie das Kinn und lächelte.

»Ja, einen wunderschönen guten Tag, Isa! Kommt Ihr, um den Wein für Madame Perthuis zu holen?«

»Deswegen, und noch wegen etwas anderem, Marcelline. Ich bräuchte auch eine Flasche Pflaumenschnaps, falls noch welcher da ist.«

Das junge Mädchen runzelte die Stirn.

»Hat Euer Vater denn nichts mehr? Für gewöhnlich beliefert er uns damit.«

»Nur noch eine Flasche, und heute Abend kommen meine Brüder zum Essen...«

»Auch M'sieur Étienne?«

Ein Lächeln huschte über Isabelles Gesicht.

»Étienne ebenfalls, Marcelline. Du hast doch nicht etwa ein Auge auf meinen Bruder geworfen, oder? Er wird diesen Sommer sechsunddreißig, und du bist gerade einmal vierzehn. Damit könnte er dein Vater sein!«

Das junge Mädchen zuckte nervös die Achseln und schob schmollend die Unterlippe vor.

»Setzt Euch, ich hole den Wein.«

Sie verschwand im Vorratsraum. Isabelle hatte sich angewöhnt, Madame Perthuis einmal in der Woche ihren Krug Wein selbst zu bringen und bei dieser Gelegenheit ein wenig zu plaudern. Marie-Madeleine Perthuis war die Gattin von Ignace Perthuis, dem königlichen Prokurator. Als jüngster Sohn von Charles Perthuis, des ehemaligen Geschäftspartners von Charles Lacroix, Isabelles Großvater, war er zugleich der Patensohn des Vaters der jungen Frau.

Früher hatte das Paar die Familie häufig besucht, und Marie-Madeleine – Tante Marie – hatte eine besondere Zuneigung zu Isabelle entwickelt. Oft hatte sie ihr schöne Gegenstände aus der alten Heimat geschenkt, die sie selbst angeblich nicht mehr brauchte. Die junge Frau erinnerte sich speziell an eine wunderschöne Wachspuppe, die sie zu ihrem fünften Geburtstag bekommen hatte, und vermutete, dass sie dieses Geschenk extra für sie hatte kommen lassen.

Kurz darauf kehrte Marcelline mit einem bauchigen Krug zurück, den sie auf ihrer Hüfte abstützte. Sie ähnelte ihrer Mutter sehr. Von ihr hatte sie die leuchtenden, tiefschwarzen Augen, die dunkle Haut und das rabenschwarze Haar geerbt, das unter ihrer nachlässig aufgesetzten Haube hervorschaute. Die schöne Marie-Eugénie, eine junge Huronin, die im Dienst der Guillimins gestanden hatte, war tragischerweise bei der Geburt ihrer Tochter gestorben. Das Kind wurde von Mathieu und Marie Gauvain adoptiert, und Marie war im Winter 1757 gestorben. Niemand hatte je erfahren, wer Marcellines leiblicher Vater war, aber nach der hellen Haut des Mädchens zu urteilen, musste er ein Weißer gewesen sein.

Mit einem Knall setzte das junge Mädchen den Krug auf die Theke und vergewisserte sich, dass der Korken auch fest saß. Isabelle schaute auf die Reede hinaus, die durch das Fenster, das auf die Cul-de-Sac-Bucht hinausging, zu sehen war.

»Weißt du, ob in den nächsten Tagen Schiffe erwartet werden, Marcelline?«

»Wie man hört, sind drei Schiffe flussaufwärts unterwegs. Eigentlich müsste man sie bald auf der anderen Seite der Insel auftauchen sehen.«

Seit das Eis auf dem Fluss geschmolzen war, musterte Isabelle unablässig den Horizont in der Hoffnung, einen Zweimaster auftauchen zu sehen. Mit Ungeduld erwartete man die Emissäre des Gouverneurs zurück.

»Weißt du, welche Schiffe?«

Marcelline schüttelte den Kopf.

»Nein.«

Toupinet wurde unruhig. Er wollte gehen, denn er wusste, dass er seine Belohnung erst bekommen würde, wenn sie ihre Einkäufe beendet hatte. Isabelle umarmte Marcelline herzlich und ging hinaus.

»Hast du etwas über diese Schiffe gehört, Toupinet?«

»Nix gehört, Mamz'elle.«

Sie befanden sich an der Ecke Rue De Meules und Rue Sous-le-Fort. Isabelle hob den Kopf und sah träumerisch über die Batterie Royale hinaus, die Kanonenstellung, die sich am Ende der Straße befand. Die Reede dort war verlassen. Vor einer Tür küsste sich ein verliebtes Paar. Isabelle dachte an den gut aussehenden Nicolas des Méloizes, und ihr Herz begann ein wenig schneller zu schlagen.

Ihr seltsamer Begleiter stieß ein komisches Glucksen aus,

hüpfte von einem Fuß auf den anderen und schlug mit den Armen wie mit Gänseflügeln. Mit gespitztem Mund ahmte er einen schmatzenden Kuss nach. Isabelle brach in Gelächter aus. *Armer Toupinet*, dachte sie. *Die Natur hat ihn nicht besonders großzügig bedacht. Aber dafür ist er schrecklich nett und würde keiner Fliege etwas zu Leide tun.*

Jean Toupin, so sein richtiger Name, war als Säugling ausgesetzt und von den Augustinerinnen des Hospizes großgezogen worden. Seine Intelligenz war beschränkt, doch er wurde von einem grenzenlosen Drang angetrieben, anderen zu Gefallen zu sein, und so war er mit vierzehn Jahren von den Franziskanern quasi adoptiert worden, denen er als Botenjunge und Mädchen für alles diente. Die Bewohner der Unterstadt, wo er sich gern herumtrieb, hatten sich an ihn gewöhnt. Besonders gern strich er dort herum, wenn die großen Schiffe festmachten. Die gewaltigen Segler, die ihre Schätze auf die Kais ergossen, faszinierten ihn über alle Maßen.

Die Glocken von Notre-Dame-des-Victoires begannen zu schlagen. Isabelle fuhr zusammen. Das Angelusläuten! Wenn sie früh genug zu Hause sein wollte, um sich noch nützlich zu machen und Perrine und Sidonie beim Kochen zu helfen, musste sie sich beeilen. Im Laufschritt begab sie sich zusammen mit Toupinet in die Rue Saint-Pierre. Dort nahm sie ihren Korb wieder und gab dem ungeduldig hüpfenden Männlein die sorgfältig eingewickelten *croquignoles*.

»Danke, Toupinet. Ist mir immer ein Vergnügen, mit dir einkaufen zu gehen.«

Vor Freude über das Kompliment errötete er und umklammerte die Süßigkeiten mit seinen großen, behaarten Händen.

»Danke, Mamz'elle Lacoua.«

Isabelle drückte ihm einen kleinen Kuss auf die schlecht rasierte Wange und huschte eilig in den Hauseingang der Perthuis'. Hinter ihr blieb Toupinet sprachlos und verwundert zurück.

Das Klirren zerbrechender Fayence hallte durch die Küche.

»Verflixt und zugenäht!«

»Perrine! Hüte deine Zunge, mein Mädchen. Wir sind hier nicht auf einer Werft!«

Perrine schnitt Sidonie, die am Tisch arbeitete, hinter ihrem Rücken eine Grimasse. Die alte Frau hatte ihren Teig ausgerollt, drehte ihn jetzt mit geübter Hand inmitten einer Mehlwolke um und nahm erneut ihr Nudelholz zur Hand. Die junge Dienstmagd presste die Lippen zusammen, stieß eine weitere unterdrückte Verwünschung hervor und bückte sich, um die Scherben des Käsesiebs und den frischen Käse, den man nicht mehr gebrauchen konnte, aufzusammeln.

»Und wieder etwas für Museau. Dieser Hund wird bald so fett sein wie eine gestopfte Gans, bis er nicht einmal mehr aufstehen und sein Geschäft draußen machen kann! Herrje, und ich hatte den Boden gerade erst gescheuert...«

Vom Tisch her, wo Sidonie jetzt mit Kräutern gefüllte Poularden in Teig einschlug, erklang ein warnendes Räuspern. Isabelle lachte verstohlen und warf Ti'Paul, der sich in einer spiegelblank polierten metallenen Rührschüssel ansah und damit unterhielt, Grimassen zu schneiden, einen verschwörerischen Blick zu. Sie fühlte sich wie im siebten Himmel. Der Duft der Eiertorte* und des Apfelkuchens stiegen angenehm in ihr Näschen, das so empfänglich für kulinarische Genüsse war.

»Ist das jetzt genug, Mamie Donie?«, fragte sie und legte die Reibe und den Kohlkopf ab.

Sidonie beugte sich über die Schüssel, um den Inhalt prüfend zu betrachten. In der Küche wurde nichts ohne sie entschieden.

»Doch, das reicht bestimmt. Gebt das in einen Kessel, und gießt Wein darüber. Aber nur so viel, dass es bedeckt ist; Ihr sollt den Kohl nicht im Wein ersäufen.«

Isabelle tat, wie ihr geheißen. Die alte Dienstmagd fügte noch ein paar Zutaten hinzu, deren Geheimnis nur sie kannte, legte den Deckel auf den Kessel und trat an den Ofen.

---

* *Tarte aux œufs*: Spezialität aus Québec; ein süßer Kuchen mit Mürbeteigboden und einem Guss aus Milch, Eiern und Zucker. (Anm. d. Übers.)

»Ti'Paul, lauf zu Baptiste und sag ihm, er soll noch Holz bringen. Ich will die Poularden für das Festmahl deiner Schwester nicht roh servieren.«

»Zu Befehl, Mamie Donie!«

Durch die Tür, die zum Hinterhof führte, rannte Ti'Paul aus der Küche. Der alte Baptiste Lefebvre, der im Haus als Mädchen für alles diente, war seit einer guten Stunde mit Holzhacken beschäftigt. Je nachdem, was gerade anlag, spielte er den Kutscher, den Gärtner, den Zimmermann und sogar gelegentlich den Schiedsrichter, wenn die Kinder sich zankten. Er stammte aus Sorel, wo er groß geworden war, und hatte wie so viele Bewohner dieser Gegend Sense und Rechen gegen Mokassins und *Mitasses** eingetauscht und als Trapper dem »braunen Gold« nachgestellt, dem Biber. Er wäre sicherlich reich geworden, wenn er nicht so ein unverbesserlicher Spieler gewesen wäre.

Er hatte keinen Sou mehr besessen, und da er steif vor Arthritis war, hatte er auch nicht mehr auf dem harten Boden der feuchten Wälder schlafen können. Da war er Étienne begegnet, der ihm den Rat gegeben hatte, seinem Vater seine Dienste anzubieten. Die Familie hatte damals soeben den treuen Michel verloren, der mehr als achtundzwanzig Jahre in ihren Diensten gestanden hatte. Zu Beginn war das schwierig für Baptiste gewesen, da er so lange die Freiheit der Wildnis genossen hatte. Doch mit der Zeit hatte er sich an das sesshafte Leben gewöhnt und sogar Gefallen daran gefunden.

Charles-Hubert Lacroix schätzte diesen Mann sehr, der verlässlich, ehrlich und ebenso treu wie der vielbetrauerte Michel war. Er zögerte nicht einmal, ihm seine Aktenmappe anzuvertrauen, wenn er nach einem langen Tag im Palast des Intendanten nicht direkt nach Hause gehen wollte.

Ti'Paul kam zurückgehüpft, setzte sich wieder vor die Schüssel und streckte die Zunge bis zum Kinn heraus. Perrine nahm die Schüssel weg.

---

* Beinlinge aus Stoff, Wolle oder Leder, oft mit Fransen geschmückt.

»Du sollst mir nicht darauf spucken! Jetzt muss ich sie noch einmal abwaschen, du kleines Ungeheuer! Komm, du kannst lieber die Möhren schaben.«

Sie drückte ihm ein Gemüsemesser in die Hand und stellte die Schale mit den Möhren vor ihn hin.

»Was? Ich soll Gemüse putzen? Aber das ist Frauenarbeit!«

»Wenn das so ist, was hast du dann überhaupt hier zu suchen? Dann geh doch zu deinen Männerangelegenheiten! Aber lass deine Finger von meinem Geschirr!«

Ti'Paul, der entschlossen war, in der Küche zu bleiben, verstummte und ergriff eine Möhre. Perrine sah nach der Milch, die auf dem Ofen heiß wurde. Sie gab eine Prise Salz hinzu, ein Stück kostbare Vanilleschote, die Isabelle so sehr liebte, und etwas Zitronat für das Aroma. Dann schlug sie vier dicke Eier auf, wobei sie Weiß und Dotter sorgfältig trennte. Das Eiweiß gab sie in eine Terrine, die auf einem feuchten Geschirrtuch stand, und Letztere in eine Schale. Neugierig trat Isabelle heran und sah zu. Mit kräftigen Bewegungen schlug die Dienstmagd das Eiweiß zu einem weichen Schnee, worauf sie sich besonders verstand.

»Was tust du da, Perrine?«

Perrine war so auf ihre Arbeit konzentriert gewesen, dass sie weder gehört noch gesehen hatte, dass Isabelle hinter sie getreten war. Sie stieß einen Schreckensschrei aus und ließ beinahe ihren Schneebesen fallen.

»Herrje, Mam'zelle Lacroix! Euretwegen misslingt mir noch mein Eischnee!«

»Tut mir leid, Perrine. Machst du mir Eierschaum-Klößchen?«

Die Dienstmagd versuchte, eine abweisende Miene aufzusetzen, doch sie konnte nichts dagegen tun, dass ihre Mundwinkel zuckten.

»Macht Euch hinweg, Ihr kleine Topfguckerin! Lauft und deckt den Tisch, da könnt Ihr Euch nützlicher machen.«

Isabelle schnüffelte an der Milch, deren Oberfläche sich mit winzigen Bläschen bedeckte. Ohne ihren Schneebesen wegzulegen, zog Perrine den Kessel vom Herd und warf Reis hinein. Mit einem Mal hellte sich das Gesicht der jungen Frau auf.

»Du machst einen Reiskuchen à la Condé, ja, Perrine?«

»Also, diesem Mädchen kann man wirklich nichts verbergen«, brummte die Dienerin gutmütig. »Da Ihr nun Bescheid wisst, könnt Ihr jetzt das Geschirr herausholen? Gleich kommen Eure Brüder mit den Kleinen, und die müsst Ihr beschäftigen, damit sie uns nicht vor die Füße laufen.«

Isabelle trat an die Anrichte und nahm die Teller des herrlichen Sèvres-Services ihrer Mutter heraus. Ihr Vater hatte ihr das Porzellan vor sechs Jahren geschenkt, aber sie holte es nur zu hohen Fest- und Feiertagen heraus. Doch die junge Frau fand, dass ihr zwanzigster Geburtstag ein Anlass war, der den Gebrauch des guten Geschirrs rechtfertigte. Sie stapelte ein Dutzend Teller auf und trug sie ins Esszimmer, wo auf dem langen Nussbaumtisch auch die beste Tischdecke lag.

In diesem Moment trat ihr Vater, in seine große Gala gekleidet, ein. Er schwenkte seinen Stock mit dem Silberknauf, zog weit ausholend seinen Dreispitz und verneigte sich tief vor seiner Tochter. An seiner Hüfte trug er ein Schwert; dieses Privileg war üblicherweise Adligen und Offizieren vorbehalten, wurde aber auch von den bürgerlichen Ratgebern des Königs in Anspruch genommen. An den Ratstagen trug er es mit unverhohlenem Stolz.

»Papa!«, rief Isabelle aus. »Wie schön, Ihr seid schon früh zurück!«

Charles-Hubert richtete sich auf, rückte seine Kleider zurecht und überließ Dreispitz und Stock Baptiste, der ihm auch den Gehrock abnahm.

»Um meiner angebeteten Tochter willen habe ich die Sitzung abgekürzt.«

»Ach, Papa«, prustete Isabelle und fiel ihm um den Hals, »war die Sitzung nicht vielleicht früher zu Ende? Ihr könnt doch wegen einer solchen Bagatelle nicht früher...«

»Eine Bagatelle? Meine Tochter wird heute zwanzig, und das nennst du eine Bagatelle?«

Er lachte herzlich und küsste die junge Frau zärtlich auf die Wange. Dann trat er ein Stück zurück, musterte sie von oben bis unten, krauste dann die Nase und zuckte die Achseln
»Also, ich finde, du hast dich verändert.«
»Ich versichere Euch, dass ich dieselbe bin wie gestern.«
»Kann schon sein…«
Kurz leuchtete ein Anflug von Trauer in Charles-Huberts Blick auf.
»Aber es kommt mir vor, als wärest du gestern noch ganz klein gewesen… Und heute… sehe ich schon vor mir, wie sich die Verehrer vor unserer Tür drängen, um dich mir wegzunehmen.«
Isabelle schlug die Augen nieder und errötete leicht.
»So eilig habe ich es damit nicht, Papa.«
Er tätschelte ihre Wange und umfasste dann ihr Kinn, damit sie ihn ansehen musste.
»Vielleicht nicht. Aber ich weiß, dass der Augenblick näher kommt, in dem meine einzige Tochter das Nest der Familie verlässt. Wenn dieser Tag kommt, dann wünsche ich nur, dass derjenige, der dich mir wegnimmt, deiner würdig ist.«
Wieder dachte Isabelle an Nicolas Renaud des Méloizes de Neuville und spürte, wie ihr das Blut in die Wangen schoss. Der junge Mann gehörte einer bedeutenden Familie an, die aus Nivernais stammte und deren Söhne traditionell eine militärische Laufbahn einschlugen. Sein Großvater François-Marie war 1685 nach Neufrankreich gekommen. Kurz vor seinem Tod hatte er noch einen Sohn gezeugt, Nicolas-Marie. Letzterer, Nicolas' Vater, der Hauptmann bei den Kolonialtruppen gewesen war, hatte von seiner Mutter die Domäne Neuville geerbt.
»Das wird er gewiss sein.«
Als sie ihren Vater umarmte, spürte sie einen kleinen Stich im Herzen. In ihrer Naivität hatte sie nie daran gedacht, dass ihr freundschaftlicher Umgang mit Nicolas sie eines Tages vor den Traualtar führen könnte. Mit einem Mal kam ihr noch ein viel besorgniserregenderer Gedanke. Wenn sie eines Tages Madame Nicolas Renaud d'Avène des Meloizes war, würde sie

dieses Haus und alles, was bis jetzt ihre Welt ausgemacht hatte, verlassen müssen. Was für ein Leben würde sie dann führen?

Isabelle gab eine Kelle Lauchsuppe in ihren Suppenteller. Die neunjährige Anne und der zwölfjährige Pierre rannten um den Tisch und sangen aus Leibeskräften.

»Sergeant Lacroix, Sergeant Lacroix! Papa ist Sergeant, ratatatam! Papa ist Offizier, hört, hört!«

»Das reicht jetzt, Kinder!«, schalt Françoise lächelnd.

»Er hätte Offizier bei der Marine werden können«, versetzte Justine mit düsterer Miene und packte die vorbeilaufende Anne am Arm, damit sie stehen blieb. »Setzt euch, sonst bekommen wir alle einen Drehwurm. Und außerdem sind das für euer Alter keine Manieren.«

In einem Höllenlärm, der durch das Schaben der Stühle entstand, setzten sich alle an ihren Platz. Dann wurde es still. Nachdem Justine sich vergewissert hatte, dass die Kinder versorgt waren, strich sie die Falten ihres Rocks zurecht und sah Louis an.

»François-Marc-Antoine Le Mercier hielt Euch für einen interessanten Kandidaten. Euer Vater hätte Euch einen Posten als Fähnrich zur See oder Leutnant kaufen können.«

Louis seufzte.

»Mutter, Ihr wisst ganz genau, dass ich nie den Wunsch verspürt habe, eine Militärlaufbahn einzuschlagen. Ich fühle mich in Uniform nicht wohl. Außerdem ziehe ich den Duft von Brot und Hefe dem von Schießpulver und Korruption vor. Jedermann weiß, dass Le Mercier mit Intendant Bigot unsaubere Machenschaften betreibt.«

Étienne lachte sarkastisch auf.

»Aber du hast keine Skrupel, bei seinem Aufstieg in unserer schönen Gesellschaft in Vaters Kielwasser zu segeln, Louis. Du profitierst ziemlich gut von seiner Großzügigkeit.«

»Ich tue, was ich kann, um meine Kinder zu ernähren, Étienne«, fiel Louis lebhaft ein. »Was man von dir nicht behaupten kann. So, wie du die Frauen der Rothäute besteigst, musst du schon ziemlich viele Gören hinter dir zurückgelassen haben…«

Eine Hand schlug heftig auf den Tisch, dass die Suppe auf den Tellern bebte. Bleich vor Zorn sprang Étienne auf, bereit, sich mit seinem Bruder zu schlagen. Charles-Hubert, dessen Gesicht vor Zorn und Scham rot angelaufen war, starrte die beiden jungen Männer wütend an, während die anderen den Kopf senkten und den Atem anhielten. Der kleine Luc, Louis' Letztgeborener, stürzte sich in Françoises Arme. Sie ging mit ihm hinaus, und das Schluchzen wurde durch die Küchentür gedämpft.

»Genug!«, brüllte Charles-Hubert. »Étienne, Louis, ich dulde solches Benehmen unter meinem Dach nicht. Dies ist weder der rechte Ort noch die rechte Zeit dazu! Wenn die Engländer vor unseren Toren stehen, nützt es euch gar nichts, wenn ihr euch untereinander streitet, meine Söhne. Spart euch eure Kräfte für diesen Kampf auf.«

Étienne setzte sich wieder und warf Louis einen verbitterten Blick zu. Sein Bruder war sich seines Fauxpas bewusst und entschuldigte sich bei allen. Zufrieden tauchte Charles-Hubert den Löffel in die Suppe. Isabelle biss die Zähne zusammen und runzelte die Stirn. Hoffentlich verdarben ihre Brüder ihr nicht das Fest! Besser, sie lenkte das Gespräch auf ein weniger heikles Thema. Sie legte die Hand auf die ihres Vaters.

»Marcelline hat mir erzählt, drei Schiffe kämen den Fluss herauf. Habt Ihr davon gehört?«

»Marcelline?«

Étienne sah sie mit einem merkwürdigen Blick an, der in ihr die Frage aufsteigen ließ, ob vielleicht doch etwas zwischen den beiden war. Ihr Bruder sollte sich schämen, eine Beziehung zu einem blutjungen Mädchen zu unterhalten.

»Ja, Marcelline hat mir davon erzählt. Du scheinst dich ziemlich für sie zu interessieren, mein schöner Étienne...«

Einen Moment lang war Étiennes Miene undeutbar. Dann wandte er sich brüsk ab und beschäftigte sich mit seiner Suppe.

»Schiffe?«, fragte Ti'Paul begeistert. »Aus Frankreich?«

»So sieht es aus«, nickte Charles-Hubert.

»Dann kommen die Gesandten zurück und bringen die Antwort vom König mit!«

»Das ist sehr wahrscheinlich. Vielleicht die Verstärkung, auf die wir so dringend warten. Jedenfalls werden wir bald Bescheid wissen. Heute Morgen konnte man sie von der Île d'Orléans aus sehen. Wenn alles gut verlaufen ist, müssten sie jetzt schon auf Reede liegen. Aber erhofft euch nichts, was unmöglich ist«, schloss Charles-Hubert seufzend.

Isabelle senkte den Kopf.

»He! Wird dein des Méloizes nicht kommen, um dir zum Geburtstag zu gratulieren? Er weiß doch ganz bestimmt, was der König uns schickt.«

Die junge Frau fuhr abrupt hoch. Ihre Brüder betrachteten sie mit spöttischer Miene. Sie setzte schon zu einer lebhaften Erwiderung an, als Perrine eintrat, um die leeren Suppenschalen abzuräumen. Alle warteten darauf, dass die dampfenden Poularden und die Fleischpasteten zusammen mit dem geschmorten Kohl und den anderen Beilagen aufgetragen wurden.

»Also, Isa«, beharrte Ti'Paul, um sich interessant zu machen, »gib doch zu, dass du es eilig hast, deinen Verehrer des Méloizes wiederzusehen!«

Isabelle trat ihm mit dem Absatz auf den Fuß. Der Knabe stieß einen schrillen Schrei aus und warf ihr einen finsteren, von einer Grimasse begleiteten Blick zu. Justine, die wie immer über die guten Manieren ihrer Kinder wachte, schimpfte ihn aus und zwang ihn, sich bei seiner Schwester und den anderen zu entschuldigen, was er widerwillig tat.

»Er nimmt dich vielleicht mit nach Frankreich, Isa. Hast du schon einmal daran gedacht?«, fing Guillaume wieder an.

»Aber wie kommst du denn darauf? Nicolas ist Kanadier und hat eine Stellung bei den Kolonialtruppen. Und außerdem hat er noch nie von Heirat gesprochen.«

»Seht ihr, sie nennt ihn schon beim Vornamen! Ich sage euch, dass sie verliebt ist! Isa ist verliebt in des Méloizes! Isa ist...«

»Das reicht jetzt!«

Justine hatte so laut gesprochen, dass alle mit offenem Mund dasaßen. Françoise, die an den Tisch getreten war, zögerte einen Moment lang und wäre fast wieder in die Küche geflüchtet. Justine gewann ihre Haltung zurück und nahm sich ein Stück Poularde, ehe sie fortfuhr.

»Monsieur des Méloizes wäre eine sehr gute Partie für Isabelle. Er ist der älteste Sohn aus einer guten Familie und Erbe der Domäne Neuville. Seine Militärlaufbahn ist höchst vielversprechend. Er dient unserem guten Kommandanten Montcalm ausgezeichnet und wird gewiss bald befördert werden.«

»Mutter ... Nicolas ist ein sehr guter Freund von mir, nichts weiter«, stotterte Isabelle verlegen.

»Freundschaft ist etwas, das unerwartete Ausmaße annehmen kann, Isabelle. Du wirst schon sehen.«

Charles-Hubert sah seiner Tochter forschend ins Gesicht. Er wusste, dass dieser des Méloizes seine Tochter nicht gleichgültig ließ, und das beunruhigte ihn ein wenig. Nicht dass er etwas gegen den Mann gehabt hätte, im Gegenteil: Jedermann betrachtete Nicolas des Méloizes als integer und aufrichtig. Aber sein Vater, der sich in der gesellschaftlichen Elite Kanadas einer beneidenswerten Position erfreut hatte, war bei seinem Tod im Jahre 1743 ruiniert gewesen. Seine Dachpfannen-Manufaktur war bankrott gegangen. Nicolas war also nicht reich, doch er verfügte über Beziehungen, die ihm eine geachtete Stellung in der Kolonie sicherten. Wenn Montcalm ihm nur endlich das Saint-Louis-Kreuz* verleihen würde ... Der Gedanke an Montcalm verdross Charles-Hubert. Er hatte erfahren, dass der General und seine Gefolgsleute die Nase in die Angelegenheiten der Intendanz steckten. Zwar nicht offiziell, aber sie hatten ihre Beziehungen ausgenutzt, die Mitglieder des Rats auszuspähen.

Dies beunruhigte Charles-Hubert umso mehr, als sogar der König die exorbitanten Ausgaben Neufrankreichs, die sich angesichts des regen Handels nicht rechtfertigen ließen, argwöh-

---

* 1693 von Louis XIV. geschaffener Orden, der an besonders verdienstvolle Offiziere verliehen wurde. In manchen Fällen mit einer Pension verbunden; bürgerliche Ordensträger waren von der Steuer ausgenommen. Ab 1750 war ein Adelstitel mit dem Orden verbunden. (Anm. d. Übers.)

nisch betrachtete. Besaßen diese Leute Beweise für die illegalen Operationen, die hier im Gange waren? Wahrscheinlich nicht. Jedes Mal, wenn Intendant Bigot nach Frankreich gerufen wurde, um vor König Louis die Zahlen, die in den Büchern der Kolonie standen, zu erklären, beruhigten sich die Gemüter wieder. Doch ewig konnte das nicht so weitergehen. Dieser Gedanke quälte Charles-Hubert seit einiger Zeit und trug ihm sogar nächtliches Herzrasen ein. Auch bei Tag fühlte er sich zunehmend unwohler und litt unter starken Magenschmerzen.

Die Sorgen und das schlechte Gewissen – das konnte er sich ebenso gut eingestehen – unterminierten nach und nach seine Gesundheit. Momentan waren die Gerüchte über die Gefolgsleute des Intendanten verstummt. Um den Kritikern den Mund zu stopfen, verhielt Bigot sich diskreter als gewohnt und verzichtete darauf, seinen Reichtum zur Schau zu stellen. Angesichts des Hungers, der schon viel zu lange grassierte, konnte dieser Zustand nicht andauern. Durch die Nahrungsmittelknappheit und wegen des Dekrets, das alle zum Verzehr von Pferdefleisch verpflichtete, wurde die Stimmung in der Bevölkerung immer gereizter.

Seine Geschäfte allerdings gingen gut, für den Geschmack mancher Leute sogar zu gut. Doch er musste sich schließlich Mühe geben, den Lebensstandard, den er erreicht hatte, aufrechtzuerhalten… und wenn nur um des Glücks seiner lieben Justine willen, die schwierig zufriedenzustellen war. Ganz in Gedanken verloren seufzte Charles-Hubert laut. Das Gespräch drehte sich jetzt um die Gerüchte, die unter den Klatschmäulern der Stadt kolportiert wurden, und die Stimmung war entspannter. Guillaume gab seine Version der Gedanken Ciceros zum Besten, um mit seinen Kenntnissen zu prahlen, was alle zum Lachen brachte.

In den Worten von Justine, die stolz auf die schulischen Leistungen ihres ältesten Sohns war, beherrschte Guillaume die Kunst des *figuris sententiarum ad delectandum**, musste jedoch

---

* Die Kunst, einen Vortrag angenehm zu gestalten, damit er für den Zuhörer interessanter wird.

noch an der ebenso wichtigen Darlegungsform des *ad docendum**
arbeiten, um ein guter Jesuit zu werden. Guillaume, der fand,
dass er große Fortschritte machte, war gekränkt über die Bemerkung seiner Mutter. Um sich zu rächen, erinnerte er sie daran,
dass er seine Zukunft nicht in einem Orden sah, sondern in der
Literatur, die seiner Ansicht nach eine ebenso edle Kunst war
wie das Predigen der Abstinenz. Justine schaute mürrisch drein,
wie immer, wenn ihre Erwartungen nicht erfüllt wurden, und
setzte dann eine hochmütige Miene auf.

Abgesehen von dem kleinen Intermezzo war die Atmosphäre
äußerst angenehm. Nach dem Dessert, dem alle genüsslich zusprachen, öffnete man die Flasche Pflaumenschnaps, um nach
dem Kaffee noch einen guten Tropfen zu sich zu nehmen. Françoise führte die Kinder in die Küche, um ihnen das Gesicht zu
waschen, und Perrine räumte den Tisch ab. Die Männer zündeten ihre Pfeifen an und streckten unter dem Tisch die Beine aus.
Ein kurzes Schweigen trat ein, das Isabelle in vollen Zügen genoss.

Das Essen, das beinahe eine üble Wendung genommen hätte,
war ihm Großen und Ganzen doch wunderbar verlaufen. Isabelle war ihren älteren Brüdern dankbar. Die beiden hielten nicht
allzu viel von Familientreffen. Louis und Étienne, die Charles-
Huberts erster Ehe entstammten, waren erst zehn und acht Jahre
gewesen, als ihre Mutter, Jeanne Lemelin, 1731 gestorben war.
Daraufhin hatte ihr Vater sie bei Antoine und Nicolette Lacroix
in Ange-Gardien untergebracht, einem Dorf, das einige Meilen
flussabwärts von Québec lag. Dann hatte er sich 1738 mit Justine
erneut vermählt und sie wieder zu sich genommen. Die Beziehung zwischen den beiden Jungen und ihrer Stiefmutter war nie
besonders gut gewesen. Justine fand Louis und Étienne ungehobelt und grob und warf ihnen ständig ihre bäuerlichen Manieren vor. In einem Anfall von Zorn war sie sogar schon einmal so
weit gegangen, ihnen zu erklären, wahrscheinlich sei ihre Mutter nur die unerzogene Tochter eines Kolonisten gewesen.

---

* Belehrendes.

Zu dieser Zeit, als die Lacroix-Söhne siebzehn beziehungsweise fünfzehn Jahre alt gewesen waren, hatten sie sich von dieser kalten, abweisenden neuen Mutter, für die sie nicht die geringste Sympathie empfanden, nichts mehr sagen lassen. Charles-Hubert hatte sie, wenngleich ihn das schmerzte, einfach zum Gehorsam gezwungen und sich damit abgefunden. Justine schien sich deswegen nicht über Gebühr zu sorgen. Sie war schon ihren eigenen Kindern gegenüber nicht besonders herzlich und sah sich nicht in der Lage, ihre Stiefsöhne mit offenen Armen aufzunehmen. Nun ja, die Hauptsache war schließlich, dass man einander respektierte.

Das Ticken der großen Standuhr und die Nachwirkungen der reichlichen Mahlzeit ließen die Gäste in Apathie versinken. Isabelle stand kurz davor, auf ihrem Stuhl einzunicken, als es an der Tür klopfte. Baptiste öffnete und kehrte einige Minuten später mit einem Briefchen in der Hand zurück.

»Für Mademoiselle Isabelle«, erklärte er feierlich und reichte dem jungen Mädchen das versiegelte Schreiben.

Ein wenig erstaunt richtete sich Isabelle auf. Wer würde ihr so spät am Abend noch eine Nachricht schicken? Ohne auch nur den Namen des Absenders zu lesen, öffnete sie den Umschlag und überflog rasch die ersten Zeilen. Alle warteten, während ihr das Blut in die Wangen stieg. Nicolas befand sich in Québec, und er bat darum, sie noch heute Abend sehen zu dürfen – nur falls das möglich sei, natürlich –, nachdem er sich mit Montcalm und dem gesamten Generalstab getroffen habe. Die *Chézine*, auf der sich Oberst de Bougainville befand, hatte soeben Anker geworfen. Das Herz der jungen Frau pochte.

»Von wem ist das? Und was? Bist du zu einem Ball eingeladen?«, wollte Ti'Paul, der ganz aufgeregt war, wissen.

»Ähem... nein. Es kommt von... Monsieur des Méloizes. Er befindet sich in Québec. Die *Chézine* ist heute Abend eingelaufen, und er hat sich dorthin begeben, um Neuigkeiten einzuholen.«

»Ich hab's euch doch gesagt!«, krähte Ti'Paul. »Ihr Verehrer!«
»Rede kein dummes Zeug, kleiner Strolch!«

Ärgerlich faltete sie den Brief zusammen und steckte ihn in den Ärmel.

»Was will er? Erzähl es uns, Tochter«, fragte Justine, die mühsam verbarg, wie erfreut sie war.

»Er möchte mich sehen.«

»Heute Abend? Ist es dazu nicht ein wenig spät?«

»Ich kann ihm antworten, dass er lieber morgen kommen soll, Mama, wenn Euch das …«

»Nein, wir wollen den netten Herrn nicht verprellen. Nun gut! Er soll kommen. Sidonie wird im Salon bei euch bleiben.«

Isabelle spürte, wie ihr das Blut in den Schläfen pochte. Dies war mehr, als sie zu hoffen gewagt hatte. Nicolas wollte sie sehen. Seit ihrer letzten Begegnung war mehr als ein Monat vergangen. Das war das schönste Geburtstagsgeschenk, das sie sich hätte wünschen können. Sie würde ihren Nicolas noch heute Abend sehen … Nervös kritzelte sie ihre Antwort auf ein Stück Papier, das sie sorgfältig zusammenfaltete. Baptiste brachte die Nachricht zu dem Soldaten, der an der Eingangstür wartete.

Die Kinder spielten Kegeln mit Museau, der fröhlich mit dem Schwanz wedelte und alles umwarf. Die Männer disputierten darüber, ob es wahrscheinlich war, dass Frankreich die Kolonie bei ihrer Verteidigung unterstützte. Isabelle allerdings war mit den Gedanken ganz woanders.

»Glaubt ihr wirklich, dass die Engländer bis hierher kommen?«, ließ sich Ti'Paul plötzlich vernehmen.

Die kieksende Stimme ihres halbwüchsigen Bruders holte Isabelle in die Wirklichkeit zurück, und sie sah von ihrem Glas mit verdünntem Pflaumenschnaps auf.

»Gewiss, Louisbourg ist gefallen. Aber deswegen müssen sie nicht gleich vor unseren Toren stehen …«

Charles-Hubert legte seine Pfeife auf den Tisch und sah seine einzige Tochter mit einem melancholischen Ausdruck an. Sie wandte ihm ihre herrlichen grünen Augen zu, und ihm wurde klar, dass sie sich zu einer sehr begehrenswerten Frau entwickelt hatte. Seit sie in die Gesellschaft eingeführt worden war, hatte er zahllose schmeichelhafte Bemerkungen über sie gehört, was ihn zutiefst bestürzt hatte. Seine kleine Isabelle, dieses schalkhafte Wesen mit der überschäumenden Fantasie, die Sonne seines Lebens... war jetzt eine bezaubernde junge Frau.

Die Männer musterten seine kostbare Tochter mit Raubtierblicken. Wie eine Meute ausgehungerter Wölfe gierten sie nach ihrer Schönheit und Jugendfrische. Die Tage, die sie noch unter seinem Dach leben würde, waren gezählt. Außerdem war da dieser des Méloizes, der sie den ganzen Winter lang umschwärmt hatte. Charles-Hubert hatte gedacht, die räumliche Entfernung durch das Heranrücken der Engländer und seine damit verbundenen militärischen Verpflichtungen hätten die Leidenschaft des jungen Mannes abgekühlt. Aber anscheinend war dem nicht so... Aus rein egoistischen Beweggründen hegte er den Wunsch, seine Tochter noch ein wenig für sich zu behalten. Müde schüttelte er den Kopf.

»Isabelle, mein Schatz, glaub nur nicht, dass die Engländer sich mit dieser entlegenen Festung an der nebligen Atlantikküste zufriedengeben werden...«

»Außerdem haben sie bereits damit begonnen, sie Stein für Stein abzutragen«, setzte Étienne bitter hinzu. »Sie wollen sichergehen, dass sie uns nur Ruinen zurückgeben, falls sie jemals ein neuer Vertrag zwingt, die Île Royale wieder an uns abzutreten, so wie 1748.«

Justine rutschte nervös auf ihrem Stuhl herum.

»Der Krieg ist kein passendes Gesprächsthema für eine Dame, Isabelle. Du solltest dich lieber mit deiner Stickarbeit befassen.«

Die junge Frau ignorierte den Vorschlag ihrer Mutter demonstrativ. Ohnehin hielt sie nichts vom Sticken. Stattdessen sah sie ihren Vater besorgt an.

»Würden sie wirklich hierherkommen? Sie wissen doch, dass Québec uneinnehmbar ist!«

»Uneinnehmbar? Ist Louisbourg das nicht auch gewesen?«, warf Louis barsch ein. »Du bist ziemlich naiv, Isa. Die englische Flotte gehört in Akadien inzwischen zur Landschaft, und wie man hört, wächst sie täglich. Stell dich doch nicht dümmer als Toupinet, Dunnerlittchen! Bald werden sie zu uns kommen, so schnell das Wasser sie trägt, und uns umzingeln. Dieses Mal wollen sie alles, das kann ich dir versichern. Was glaubst du, warum ich die arme Françoise an den Backöfen allein lasse, um meinen Posten bei der Miliz einzunehmen?«

In der Tat hatte seit Januar Gouverneur Vaudreuil auf Montcalms Empfehlung eine Volkszählung in den drei Gouvernements von Neufrankreich – Montréal, Trois-Rivières und Québec – durchführen lassen und eine Miliz aufgestellt. Alle männlichen Einwohner zwischen sechzehn und sechzig Jahren, die in der Lage waren, Waffen zu führen, mussten ihr beitreten, ansonsten hatten sie mit schweren Strafen zu rechnen.

Perrine stand am Kamin und bemühte sich, die große Kupferkanne, in der Wasser gewärmt wurde, herauszuholen. Sie hatte zugehört, und jetzt schrie sie leise auf.

»Tut mir leid, ich habe mich verbrannt.«

Isabelle fing ihren verängstigten Blick auf und erriet ihre Befürchtungen.

»Sie haben schon zweimal versucht, Québec einzunehmen, Papa, und jedes Mal sind sie gescheitert...«

»Notre-Dames-des-Victoires wird uns beschützen«, versicherte Justine.

Étienne lachte kurz und bitter auf.

»Ha! Wenn Ihr glaubt, dass Eure Gebete sie abdrehen lassen, dann habt Ihr Euch geirrt, Stiefmutter!«

Justine richtete sich kerzengerade auf und warf Étienne einen mordlustigen Blick zu. Sie hasste es, wenn er sie »Stiefmutter« nannte, und wusste ganz genau, dass der junge Mann sie mit dieser Anrede nur provozieren wollte.

»Wenn Frankreich uns nicht mehr ernst nimmt, wird unser Land bald nicht mehr französisch sein«, erklärte Louis hart. »Unsere Armee ist völlig heruntergekommen. Fahnenflucht und Insubordination sind an der Tagesordnung. Wir brauchen unbedingt gut ausgebildete Soldaten. Aber Frankreich weigert sich aus lauter Geiz, uns welche zu schicken.«

»Lasst uns doch die Antwort des Königs abwarten. Vaudreuils Emissäre sind zurückgekehrt und werden uns bald mitteilen, wie sie lautet. Man soll das Fell des Bären nicht aufteilen, ehe man ihn erlegt hat.«

Isabelle senkte den Kopf. Sie konnte nicht glauben, dass sie eines Tages unter englischer Herrschaft würden leben müssen. Nicolas hatte mit ihr nie offen über die Bedrohung gesprochen, die über ihnen hing, sondern sie nur beruhigt und ihr erklärt, der Krieg spiele sich in erster Linie in Europa ab, und Frankreich fürchte nicht wirklich um seine amerikanische Kolonie.

Die junge Frau dachte an jenen wunderbaren Abend bei Intendant Bigot zurück. Lange hatte Nicolas mit einigen anderen Offizieren über das Schicksal der Kolonie diskutiert. Isabelle, die sich mehr für die Musik und das Tanzen interessierte, hatte nur mit halbem Ohr zugehört und die Worte ihres Verehrers nicht ernst genommen. Sicher, sie wusste, dass die Engländer befestigte Vorposten im Gebiet der großen Seen und in Ohio angriffen, und dass sie die schöne Fahne mit den Lilien mit Füßen traten. Indes ...

Im letzten Sommer war der Posten Frontenac gefallen. Dann hatte man kurz vor dem Eintreffen des Feindes Fort Duquesne aufgegeben und sich nach Niagara zurückgezogen. Aber hatte Montcalm nicht vor Carrillon die Angreifer ruhmreich zurückgeschlagen? Nur wenige Tage vor der Einnahme von Louisbourg war das gewesen; Nicolas hatte sich in dieser Schlacht besonders hervorgetan. Sollte dies ihr letzter Sieg gewesen sein? Seitdem hatten sich die Engländer, nachdem sie einige Dörfer an der Küste vor Gaspé zerstört hatten, relativ ruhig verhalten. Doch jetzt war der Winter vorüber und der Fluss wieder schiffbar, so dass der Weg für die Angreifer frei war. Würde Québec ihr nächstes Ziel sein?

»Diese Ketzer werden bestimmt nicht wagen, die Bewohner von Neufrankreich in ihre Kolonien im Süden zu deportieren, so wie sie es mit uns gemacht haben«, sagte Perrine, die soeben eine dampfende Teekanne auf den Tisch gestellt hatte, ernst.

»Wer will das schon wissen?«

»So etwas würden sie nicht noch einmal tun!«, rief Isabelle empört.

Die Dienstmagd hatte der jungen Frau von ihren schrecklichen Erlebnissen bei der Deportation Tausender Bewohner von Akadien erzählt. Ihr war zusammen mit einigen anderen die Flucht gelungen... aber zu welchem Preis! Ihr Vater, ihre Mutter und ihre Geschwister waren überall über die englischen Kolonien verstreut. Sie würde sie bestimmt nie wiedersehen. Einige Engländer hatten eingesehen, dass sie einen Fehler begangen hatten. Das hatte sie jedoch nicht daran gehindert, nach dem Fall von Louisbourg die dort lebenden Kolonisten nach Frankreich zu verbannen. Wollte sie für immer in Frankreich leben? Isabelle lief ein Schauer über den Rücken. Wie naiv sie gewesen war! Louis' Stimme riss sie aus ihren Gedanken.

»... angesichts der Hungersnot, die schon so lange herrscht, könnten die Kanadier einen Vorteil darin sehen, die Seiten zu wechseln. Hunger ist kein guter Ratgeber. Viele denken inzwischen, dass es kein großes Unglück wäre, ein Joch gegen das andere einzutauschen...«

»Louis Lacroix!«, rief Justine aus. »Wie könnt Ihr wagen, so etwas zu sagen?«

»Ich gebe nur wieder, was ich gehört habe. Die Menschen haben Hunger. Sie wollen in Frieden leben. In diesem Land herrscht Krieg, seit es überhaupt existiert! Die Bevölkerung hat genug davon. Es heißt, unter den Engländern hätte man es weniger schwer. Sollen die Männer mit einer Ration aus Pferdefleisch und einem halben Pfund Brot pro Tag kämpfen und zusätzlich noch ihre Felder bestellen? Beides zugleich können sie ja wohl nicht. Also müssen die Felder warten, und die Hungersnot geht weiter.«

»Also, ich finde unsere Soldaten sehr schön«, wagte die kleine Anne leise zu sagen und errötete.

Françoise sah sie drohend an. Isabelle schenkte sich eine Tasse Tee ein und riskierte es, ebenfalls eine Meinung einzuwerfen.

»Die Leute würden nie eine englische Herrschaft akzeptieren...«

Étienne wies anklagend mit dem Finger auf sie, und ein vages Lächeln umspielte seine Mundwinkel.

»Wenn du dich ein wenig in deiner Umgebung umsehen würdest, statt dich nur um deinen Glitzertand und deinen Hofstaat von Angebern zu kümmern, dann wüsstest du, wovon wir reden, Isabelle. Aber du siehst ja nur deine Bälle und Picknicks, wo du mit deinen Freunden große Ess- und Trinkgelage abhältst, während die einfachen Leute auf dem Grunde eines leeren Pökelfasses nach ihrem Essen suchen müssen! Wo warst du denn, als die Frauen mit ihren hungrigen Kindern auf dem Arm vor dem Schloss des Gouverneurs protestiert haben? Wahrscheinlich hast du im Salon der schönen Madame Beaubassin gesessen und dich mit Süßigkeiten vollgestopft.«

»Und Ihr sagt, dass es Euch gleichgültig wäre, wenn Ihr dem König der Engländer dienen müsstet!«

»Ganz und gar nicht. Du hast überhaupt nichts begriffen, arme Isa. Hast du dich schon einmal gefragt, warum es Bigot, Vaudreuil, Montcalm und sogar deinem teuren des Méloizes nie an Brot mangelt, während man die Rationen der Einwohner und erst recht des einfachen Soldaten immer weiter heruntersetzt?«

»Intendant Bigot isst Pferdefleisch wie alle anderen! Auf dem Tisch von Madame Péan stand…«

»Ich habe jetzt genug gehört!«, schrie mit einem Mal Justine, die kreidebleich geworden war, und stand auf. »Von Euren lästerlichen Reden dreht sich mir der Kopf. Ihr solltet Euch schämen, an den Absichten unseres guten Königs und unseres Intendanten zu zweifeln. Der liebe Monsieur Bigot tut alles Menschenmögliche, um dieses Land aus seiner misslichen Lage zu führen! Wir sind treue Untertanen von König Louis, und wir müssen ihm vertrauen.«

Charles-Hubert, der ebenfalls blass geworden war, leerte sein Glas, wobei er es geflissentlich vermied, seine ältesten Söhne anzusehen. Justine trank ihr Glas mit einem Zug aus. Dann verließ sie mit einem knappen Gruß den Raum. Françoise, die all dieser Reden müde war, zuckte die Achseln und ging wieder in die Küche, gefolgt von den Kindern und von Perrine. Isabelle biss sich auf die Lippen und unterdrückte ein Schluchzen. Nun hatten ihre Brüder es doch noch fertiggebracht, ihr Fest zu verderben. Louis stützte den Kopf in eine Hand. Guillaume und Ti'Paul sagten kein Wort. Sie waren viel zu froh darüber, dass man sie nicht aus dem Zimmer schickte. Étienne ließ mit unterdrücktem Zorn seinen Branntwein im Glas kreisen. Charles-Hubert krümmte sich unter der Last seiner Schuldgefühle.

Die Anspielungen seiner Söhne auf den Lebensstil der »guten Gesellschaft« versetzten ihn in Wut. Wie konnten sie unter seinem eigenen Dach und vor allem in Gegenwart seiner Frau so reden? Besaß Louis nicht eine gut gehende Bäckerei in der Unterstadt? Und Étienne war ein wohlhabender Pelzhändler, der bei den Indianern Felle einhandelte, um sie zu verkaufen. Und wem hatten sie das zu verdanken? Natürlich ihm, Charles-Hubert Lacroix! Gewiss, seine Methoden waren nicht immer ganz ehrlich, aber er hatte noch nie jemandem geschadet, zumindest nicht wissentlich. Er hatte nur einige vorteilhafte Transaktionen vorgenommen, ein paar gute Geldanlagen… Profitierten sie nicht alle davon? Hatte die Ökonomie der Kolonie nicht in den letzten Jahren Fortschritte gemacht?

Charles-Hubert war weder taub noch ein Narr. Er wusste, was man hinter seinem Rücken erzählte, nämlich, dass er zu »Bigots Clique« gehörte. Doch die Kolonie brauchte Geschäftsleute, die kein Risiko scheuten, um neue Märkte zu erschließen, durch die sich die Wirtschaft der Kolonie entwickeln konnte. Verstanden sie das denn nicht? War es nicht normal und akzeptabel, dass diese Menschen daraus kleine finanzielle Vorteile zogen?

Doch er wagte es nicht, aufzustehen und seine Interessen zu verteidigen. Etwas hielt ihn zurück; dieses Schuldgefühl, das wuchs und ihn umtrieb. Es stimmte ja, dass das Volk hungerte, und natürlich mussten die Soldaten Pferdefleisch essen, wenn sie nicht hängen wollten, während er einen Bauern aus Sillery dafür bezahlte, dass er Schweine und Rinder für ihn mästete. Justine verabscheute Pferdefleisch. *Ich würde meinen Hund und meine Katze nicht essen, und dasselbe gilt für mein Pferd!* Wie immer hatte er ihr zu Gefallen sein wollen… Aber je länger das alles so ging, umso schwerer drückte ihn das Gewissen.

War es nicht gut und richtig, seine Familie glücklich zu machen? Als Bigot die meisten Mühlen hatte schließen lassen, damit die Bevölkerung weniger Weizen verbrauchte, da hatte er dafür gesorgt, dass die Mühle seines Neffen Pierre Bission weiterarbeiten konnte. Daher stammte das Brot, das sie heute Abend an diesem Tisch gegessen hatten. Bei dem letzten Gedanken verflogen seine Schuldgefühle, und er kehrte reumütig auf den Weg zurück, auf dem er wandelte, seit er sich mit Justine Lahaye vermählt hatte.

»Ihr werdet mir keine Vorhaltungen machen, verstanden? Alles, was ich getan habe, habe ich für euch und eure Mutter getan. Ihr müsst doch verstehen…«

»Sie ist nicht unsere Mutter! Was ich verstehe, ist, dass diese Xanthippe Euch auf kleinem Feuer weichkocht. Aber das Volk spricht von Aufstand, begreift Ihr nicht? Wir müssen ein Beispiel geben. Jedermann ist überzeugt davon, dass die Herrschenden die Hungersnot mit Absicht ausgelöst haben, um sich die Taschen zu füllen. Es heißt, dass Gott uns durch die Missernten für das bestrafen will, was hinter den Mauern des Palasts des Intendanten vor sich geht… Denkt darüber nach, Papa.«

Dann wandte Étienne sich an seine Schwester.

»Es tut mir sehr leid, Isabelle. Aber ich will nicht, dass man von mir sagt, auch ich zöge meinen Vorteil aus Bigots Großzügigkeit. Ich gehe jetzt zu Gauvain und treffe mich mit LeNoir und Julien. Trotzdem noch einen schönen Geburtstag.«

Mit diesen Worten ging er hinaus. Erneut senkte sich Schweigen über den Tisch. Guillaume kippelte auf seinem Stuhl, dass er knarrte, was Isabelle außer sich brachte. Die junge Frau biss die Zähne zusammen. Étienne war wirklich das schwarze Schaf der Familie! Immer brachte er es fertig, bei Familientreffen Zwietracht zu säen. Er hatte die Lebensweise der Eingeborenen angenommen, trug Pelzkleidung, die entsetzlich stank, und hatte absolut keine Manieren. Und außerdem hatte sie heute entdeckt, dass er vierzehnjährige Mädchen verführte! Wie gut, dass Louis mehr Verstand hatte. Er mochte Justine nicht mehr als Étienne, aber er konnte zumindest den Mund halten. Isabelle vermochte ihr Schluchzen nicht länger zu unterdrücken, und so lief sie in ihr Zimmer, wo sie sich einschloss und ihren ganzen Kummer herausweinte.

Im Haus war jetzt alles still. Isabelle schlug die Augen auf: Sie war von Finsternis umgeben. Sie spitzte die Ohren: nichts. Waren etwa alle fort? Sie stand auf und tastete nach dem Kerzenleuchter. Auf leisen Sohlen ging sie dann in den Salon hinunter. Es war dunkel. Eine einzige Kerze warf ein schwaches Licht auf eine Ecke des Raums, wo Sidonie leise schnarchte. Ihre Strickarbeit war zu ihren Füßen auf den Boden gefallen. Charles-Hubert saß in seinem Lieblingssessel vor dem Kamin. Sonst war niemand da.

Die junge Frau betrachtete ihren Vater eingehend: Sein vorstehender Bauch hob und senkte sich langsam im Rhythmus seines Atems. Sie lachte oft über diese Wölbung und behauptete, dass er einen so dicken Bauch habe, läge ganz einfach daran, dass er ein so großes Herz unterzubringen habe. Ja, sein Herz war so groß wie das ganze Land. Zu groß vielleicht. Seine Frau war derart anspruchsvoll. Und sie, seine Tochter, liebte er so sehr, dass er ihr nichts abschlagen konnte. Er hatte sie bemerkt und wandte sich ihr zu.

»Isabelle? Bist du das, mein Schatz?«

Sie trat aus dem Dunkel.

»Ja, Papa.«

Er streckte ihr einen Arm entgegen und bedeutete ihr, näher zu kommen.

»Ah! Mein kleines Mädchen ... was für ein Durcheinander.«

»Seid nicht traurig, Papa. Étienne ist nun einmal so, wie er ist. Wir können nichts dagegen tun.«

»Ich weiß ... ich weiß. Dieser Junge ist so starrköpfig. Was für ein Unglück! Und dabei habe ich es wirklich versucht. Ich habe ihm eine Stellung im Familiengeschäft angeboten, aber er hat es mir abgeschlagen. Ich verstehe ihn nicht. Da läuft er lieber mit einem Haufen Wilder durch die Wälder ... Manchmal frage ich mich ...«

»Hört auf, Euch deswegen zu quälen. Étienne besitzt nun

einmal ein aufbrausendes Temperament und legt Wert auf seine Freiheit. Hier könnte ihn nichts halten. Nicht einmal eine Frau.«

Charles-Hubert schwieg. Étienne hatte nie geheiratet. Doch eine Zeitlang hatte er geglaubt, er sei verliebt. Aber die Frau – das hatte er von Justine erfahren – war gestorben. Wie war noch ihr Name gewesen? Es fiel ihm nicht ein. Aber Isabelle hatte recht: Man konnte Étienne nicht ändern. Ein Glück, dass der junge Mann sich wenigstens im Pelzhandel betätigte.

»Es ist schon ziemlich spät. Ich fürchte, dein teurer des Méloizes kommt heute Abend nicht mehr.«

Isabelle hatte Nicolas fast vergessen. Jetzt warf sie einen panischen Blick zur Standuhr: Viertel nach elf. Hatte er sie vergessen, oder hatte die Besprechung beim Generalstab länger als vorgesehen gedauert? Warum hatte er ihr dann keine Nachricht geschickt, um sie über seine Verspätung zu unterrichten? Träge erhob sich ihr Vater, und sein Körper knackte wie ein alter Schiffsrumpf, der viel zu oft starkem Seegang ausgesetzt gewesen ist.

»Ich glaube, ich gönne meinen alten Knochen Ruhe. Morgen ist auch noch ein Tag.«

Er wies auf Sidonie, die auf ihrem Stuhl saß, krauste die Nase und zog die Augen zusammen.

»Geht Ihr nur schlafen. Ich kümmere mich um sie.«

Er nickte schwerfällig und küsste die junge Frau auf die Stirn.

»Einverstanden. Gute Nacht, mein Schatz.«

»Gute Nacht, Papa.«

Die Treppenstufen knarrten unter Charles-Huberts Schritten. Isabelle trat an den Kamin, um die Wärme des Feuers zu genießen. So stand sie da, den Blick in den Flammen verloren. Eine Woge der Traurigkeit überkam sie. Was für ein trübsinniges Ende für einen Tag, der doch so schön begonnen hatte! Étienne hatte eine Katastrophe aus ihrem Geburtstagsessen gemacht, und zu allem Unglück war Nicolas nicht aufgetaucht. Wirklich, dies war ein sehr betrüblicher Tag gewesen.

Matt ließ die junge Frau sich in den Sessel fallen. Sidonie schnarchte immer noch. Die gute, liebe Mamie Donie! Sie war ihr wahrscheinlich mehr eine Mutter, als Justine es je sein würde. Es war Isabelle nie gelungen, eine herzliche Beziehung zu Justine aufzubauen. Anscheinend war nichts, was sie tat, ihr jemals gut genug. Ohne Unterlass lag ihre Mutter ihr mit ihren ewig gleichen Litaneien über ihre Haltung, die Qualität ihrer Handarbeiten und sogar ihre Sprache in den Ohren. *Du redest wie ein Fuhrmann, Isabelle! Sieh dich doch an, man möchte meinen, du hättest dich den ganzen Tag lang im Straßenstaub gewälzt wie eine kleine Landstreicherin!*

An manchen Tagen wäre sie lieber ein Waisenkind gewesen wie ihre Cousine Madeleine. Der Gedanke tat ihr immer sofort leid, weil sie wusste, dass Madeleine sie ihrerseits beneidete, weil sie eine Mutter hatte, die sie umarmen konnte... Doch Justine neigte nicht zu Zuneigungsbekundungen. Wann hatte sie die junge Frau zum letzten Mal herzlich in den Arm genommen oder ihr einfach ein paar Worte zugemurmelt, die ihre Gefühle für sie zum Ausdruck brachten? Vielleicht wenn sie, Isabelle, ein Junge gewesen wäre... Guillaume und Ti'Paul gegenüber gestattete sich Justine öfter eine liebevolle Geste. Die junge Frau war nicht wirklich eifersüchtig auf ihre Brüder, aber... Gott sei Dank wurde sie durch die Liebe, die ihr Vater ihr entgegenbrachte, reichlich entschädigt.

Sidonie stöhnte und bewegte sich auf ihrem Stuhl. Vielleicht war es Zeit, sie zu wecken und schlafen zu gehen. Isabelle stand auf. Gerade wollte sie die Kerze löschen, als sie eine Kutsche die Straße entlangfahren hörte. Sie warf einen Blick aus dem Fenster, doch es war zu dunkel, um etwas zu erkennen. Sie wartete einen Moment. Stimmen ließen sich vernehmen. Ob das Nicolas war? Aber es war schon so spät...

Ohne weiter nachzudenken, lief sie zur Tür und öffnete sie einen Spalt breit. Im Licht der Lampen an der Kutsche unterschied sie drei Gestalten. Eine davon löste sich von den anderen, ein Mann, mittelgroß, aber von kräftiger Statur. Er schien zum Haus zu sehen, rührte sich aber nicht. Nachdem er einige

Sekunden gezögert hatte, drehte er um. Der Mann wollte wieder in die Kutsche steigen, sprach aber zuvor noch einen seiner Begleiter an. Er war es, sie hatte seine Stimme erkannt! Es war Nicolas! Aber ... schickte es sich für sie, um diese Uhrzeit auf die Straße zu laufen?

Sie schlug alle Anstandsregeln in den Wind, hüpfte lebhaft nach draußen und blieb dann unentschlossen auf der letzten Treppenstufe stehen. Sollte sie ihn anrufen? Des Méloizes wandte sich um.

»Mademoiselle Lacroix?«

»Seid Ihr das wirklich, Monsieur des Méloizes?«

Er trat näher, hielt jedoch einen gewissen Abstand zwischen ihnen. Im Mondschein erkannte Isabelle sein Lächeln wieder. Den Dreispitz unter den Arm geklemmt, verneigte er sich tief.

»Mademoiselle Lacroix, es tut mir ... aufrichtig leid, Euch warten lassen zu haben. Ich bin länger als gedacht aufgehalten worden, und es war mir unmöglich, Euch eine Nachricht zu schicken. Vergebt mir bitte.«

»Ich verzeihe Euch gern, mein Freund. Natürlich verstehe ich, dass die Angelegenheiten Neufrankreichs von höchster Wichtigkeit sind und vor allem anderen kommen.«

»Ihr seid zu nachsichtig, Mademoiselle.«

Am Ende der Straße tauchte die Laterne eines Nachtwächters auf. Eine verlegene Stimmung schwang zwischen ihnen. Des Méloizes zwei Begleiter warteten immer noch beim Wagen; Isabelle spürte, wie ihre Blicke sich auf sie richteten.

»Wollt Ihr nicht einen Moment hereinkommen?«, schlug sie ohne nachzudenken vor.

Des Méloizes nestelte am Rand seines Dreispitzes.

»Ist es denn schicklich, Mademoiselle, dass ich um diese Uhrzeit in Euer Haus trete?«

Isabelle zog die Augenbrauen hoch. Wenn er es nicht statthaft fand, dass sie ihn hereinbat, warum war er dann gekommen?

»Sidonie ist noch im Salon. Wir wären nicht allein. Ist Euch das recht?«

»Ich bleibe nur ein paar Minuten.«

Er gab seinen Begleitern ein Zeichen, die daraufhin in die Kutsche stiegen, und folgte Isabelle steifen, zögerlichen Schrittes. Die junge Frau wies auf einen Sessel, doch er wollte lieber stehen bleiben, so dass sie sich ebenfalls nicht setzte. Sidonie auf ihrem Stuhl schlief noch immer.

»Solltet Ihr sie nicht wecken?«

Isabelle sah ihre gute, alte Amme an.

»Ach, sie schläft so tief… Ist das wirklich notwendig?«

Verlegen fuhr Nicolas mit dem Finger an seinem Hemdkragen entlang und betrachtete die Frau, die ihre Anstandsdame hätte spielen sollen. Nein, um ehrlich zu sein, er wollte sie nicht wecken. Aber seine bloße Anwesenheit hier war ungehörig. Isabelle trat auf ihn zu und streckte die offene Hand nach ihm aus. Ohne zu reagieren sah er die Hand an, die er so gern in die seinen genommen hätte. Sie machte eine Bewegung.

»Euren Hut…«

»Ah! Tut… mir leid.«

Ihre Finger streiften einander, und in den beiden jungen Leuten flammte Begehren auf. Nicolas reckte die Schultern und schlug die Augen nieder, damit Isabelle nicht sah, was ihn umtrieb. Wenn er die junge Frau allerdings angeschaut hätte, dann hätte er an ihrem Blick erkannt, dass es ihr nicht anders ging.

Während sie den Dreispitz auf ein Tischchen in der Nähe des Sessels legte, betrachtete er ihre wohlgeformten Kurven. Eine leise Stimme versuchte ihn zur Vernunft zu bringen. Er sollte sofort gehen. Was hatte er mitten in der Nacht hier zu suchen? Er war ein solcher Narr! So eilig hatte er es gehabt, die junge Frau wiederzusehen, dass ihm erst vor dem Haus aufgefallen war, wie spät es war. Wäre Isabelle nicht herausgekommen, er wäre wieder gefahren.

»Hatte Monsieur de Bougainville eine angenehme Reise?«

Sie war wieder zu ihm getreten und sah ihn mit diesem wunderbaren Lächeln an, das ihn schon bei ihrer ersten Begegnung bezaubert hatte. Er hatte schreckliche Lust, über ihre Lippen zu streichen, diesen Mund zu kosten…

»Soweit eine Reise über den Atlantik das sein kann… Er wäre

früher eingetroffen, wenn das Schiff nicht hinter dem Nordkap auf Eis getroffen wäre. Aber nun ist er ja da...«
»Und seine Mission in Frankreich? War sie erfolgreich?«
»Von gemischtem Erfolg, wenn man so sagen will.«
»Der König hat unseren Forderungen nicht zugestimmt?«
Des Méloizes seufzte. Er zögerte, der jungen Frau zu gestehen, was Bougainville ihnen berichtet hatte: Den König kümmerte das Geschick dieser Kolonie, die ihn ein Vermögen kostete und nur Brosamen einbrachte, kaum noch. Während der Überfahrt nach Frankreich hatte Bougainville einen Bericht verfasst, in dem er erklärte, wie schwierig die Lage Neufrankreichs war, von den unablässigen Angriffen der Engländer berichtete und die Notwendigkeit beschwor, sie zu verjagen... Aber nichts, was er hatte schreiben oder sagen können, war in den Dickschädel von Minister Berryer gedrungen. Der Mann hatte ihm auseinandergesetzt, der König habe ganz andere Sorgen.

»Nur zum Teil. Die Mittel unserer alten Heimat sind begrenzt. Frankreich ist durch den Krieg in Europa ausgeblutet. Unsere eigenen Kräfte lassen nach, und wir müssen unsere Siege teuer bezahlen. Ich fürchte, ich muss Euch, liebe Freundin, mitteilen, dass Frankreich seine ›Ställe‹ im Stich lässt. Denn mit diesen Worten hat Minister Berryer Bougainville klargemacht, dass die Interessen des Königs nicht hier lägen, sondern in Europa, wo alles entschieden werde. *Man versucht nicht, die Ställe zu retten, wenn das Haus in Flammen steht!* Der Minister hat es nicht einmal für nötig gehalten, unser Anliegen beim König vorzubringen. Unseren Truppen fehlt es an Munition, unsere Soldaten sind hungrig und entmutigt. Doch man hat uns nur das Minimum an Munition und Lebensmitteln zugestanden, sowie ein mageres Regiment von vierhundert Rekruten.«

»Ich habe gehört, dass nur drei Schiffe den Fluss heraufsegeln... Wo befindet sich diese Armee?«

»Laut Bougainville müsste sie binnen kurzem eintreffen, wenn Gott will. Auf dem Ozean wimmelt es von Korsaren, die im Dienst von König George stehen. Sie und die Blockade durch die englische Flotte an der Mündung des Saint-Laurent-Flusses bedrohen uns umso mehr, als ihre Armee anwächst. Die Verstärkungen, die bei ihnen eintreffen, zählen nach Tausenden.«

»Das ist ja furchtbar, Monsieur des Méloizes! Und ich dachte, Frankreich sei an seinem Pelzhandel interessiert, der ihm in der Vergangenheit so viel Gewinn eingebracht hat.«

»Dieser Markt ist heutzutage weit weniger lukrativ. Und außerdem ändern sich Ideen und Vorstellungen. Diese Schöngeister, von denen es bei Hof wimmelt, wollen Frankreich durch die Philosophie regieren. Über die Kolonien machen sie sich keine Gedanken. Rousseau, Voltaire, Montesquieu… Die Minister des Königs erliegen dem Charme ihres Esprits. Ein Stall! Also nein…! Für sie ist Kanada nur ein Anhängsel. Diese Emporkömmlinge werden das noch bitter bereuen! Sicher, sie kommen vor Schulden um. Warum wohl? Sie ersticken in ihrer Pracht. Der Herzog von Orléans hat sich große Mühe gegeben, die Truhen unseres Landes zu leeren. Zu unserem größten Unglück gebärdet unser geliebter König sich nicht besser. Und wir, wir müssen hungers sterben.«

Er sah, dass sie die Augen niederschlug. Ihre schönen, runden Wangen färbten sich rosig. Mit einem Mal fragte er sich, was sie über die Geschäfte ihres Vaters wusste, über die Machenschaften und Unterschlagungen von Bigots Entourage. Bougainville hatte dem König berichtet, was er wusste, und ihm heute Abend davon erzählt. Es hatte ihm das Herz gebrochen, aber er wusste, dass Bougainville keine andere Wahl gehabt hatte. Er hatte die Personen gemeldet, von denen er wusste, dass sie an der Vergeudung der Mittel der Krone teilhatten… Leider gehörte Charles-Hubert Lacroix dazu. Bougainville und Montcalm hatten Beweise dafür, dass Handelsschiffe, die von den Antillen kamen, auf offener See, lange vor ihrer Ankunft in Québec, angehalten wurden. Die Kommissionäre des Intendanten kauften ihnen dann ihre Ladung ab, um sie anschließend mit großem Gewinn in der Hauptstadt weiterzuveräußern. Und der Kaufmann Lacroix wirkte aktiv bei diesem Handel mit. Ein Skandal! Es war Zeit, dass dies aufhörte. Nicolas war nur traurig um Isabelles willen, weil sie die Folgen zu spüren bekommen würde.

Aber er würde auf sie aufpassen. Ja, er würde sie gegen alle Verleumdungen in Schutz nehmen.

Isabelle war nachdenklich geworden. Hatten ihre Brüder etwa doch recht? Sie hatte keine große Lust, dieses Gespräch weiterzuführen, das nichts Gutes verhieß. Nun ja, zumindest hinderte es sie daran, sich auf Nicolas zu stürzen und ihm zu gestehen, wie sehr sie ihn vermisst hatte.

Sidonie stöhnte und bewegte sich. Die beiden jungen Leute erstarrten. Wenn die alte Dame sie ertappte, wie sollte Isabelle ihr erklären, was der junge Mann zu dieser Uhrzeit im Salon zu suchen hatte? Doch zum Glück wachte die Amme nicht auf.

»Ich... habe etwas für Euch.«

Des Méloizes steckte die Hand in seinen Rock und zog einige Papiere hervor, die er nervös zwischen den Fingern zerdrückte.

»In Paris hatte Bougainville das Vergnügen, Meister Couperin zu treffen. Vor seiner Abreise habe ich mir erlaubt... ihn zu bitten... also... Ich weiß, wie gern Ihr Cembalo spielt... Hier sind die Noten einiger seiner Stücke für Euch.«

Isabelle sah die Blätter, die er ihr hinstreckte, mit unbeschreiblicher Freude. Eine neue Melodie für ihr Cembalo? Sie stürzte auf ihn zu, nahm die Partitur und drückte sie an ihr Herz.

»Oh! Nicolas... Ähem... Pardon...«, gebot sie sich Einhalt und errötete, weil ihr diese Vertraulichkeit entschlüpft war. »Ich wollte sagen, Monsieur des Méloizes...«

Er trat auf sie zu.

»Nicolas ist sehr gut... Dürfte ich Euch dafür Isabelle nennen?«

»Mhhh... ja... Unter diesen Umständen wäre das wahrscheinlich passend.«

Sie klammerte sich an den Blättern fest, die sie in der Hand hielt, um Haltung zu wahren. Nicolas sah der jungen Frau tief in die Augen. Sollte er es wagen? Er trat auf sie zu und warf der schnarchenden alten Dame einen Seitenblick zu.

»Ich habe noch etwas für Euch, Isabelle.«

»Ihr habt mir doch bereits ein wunderbares Geschenk gemacht!«

»Das war der Grund, aus dem ich Euch unbedingt heute Abend noch sehen wollen… Alles Gute zum Geburtstag!«

Zugleich kramte er ungeschickt in einer Innentasche seines Rocks und zog ein Stoffsäckchen aus changierender Seide hervor, das mit einem Samtband verschlossen war.

»Oh! Was ist das?«

Isabelle vermochte ihre Aufregung nicht zu verbergen.

»Schaut selbst nach.«

Sie nahm das Säckchen, öffnete es und konnte angesichts des wunderschönen Gegenstands, der vor ihren Augen lag, einen Aufschrei nicht unterdrücken: Es war ein hübscher kleiner Flakon aus bernsteinfarbenem Glas, der in ein Netz aus Goldfäden eingesponnen war. Nicolas nahm ihr das Fläschchen aus den Händen, entfernte die Versiegelung aus Wachs und zog behutsam den Glaspfropfen heraus, der mit einer irisierend schimmernden Perle geschmückt war. Ein zarter Dufthauch stieg auf, und Isabelles Nasenflügel bebten vor Vergnügen.

»Darf ich?«

Die junge Frau nickte und hielt ihm ihr Handgelenk hin. Der Applikator aus Glas fühlte sich auf ihrer Haut kühl an und rief einen köstlichen Schauer hervor, der ihm nicht entging. Nicolas nahm das zarte Handgelenk zwischen die Finger, roch daran und erinnerte sich an den Ballabend, an dem er Isabelle zum ersten Mal gesehen hatte. Er war wie geblendet von dem göttlichen Wesen gewesen, das am anderen Ende von Madame de Beaubassins Musiksalon auf einem Kanapee saß, so dass er Joseph Dufy-Charest, der sich langatmig über die wirtschaftliche Lage der Kolonie ausließ, nur mit halbem Ohr gelauscht hatte. Charest, dem seine mangelnde Aufmerksamkeit nicht entgangen war, folgte seinem Blick.

»Ihr scheint mit Euren Gedanken anderswo zu sein, mein Freund. Vielleicht am anderen Ende des Salons?«

Abrupt rief Nicolas sich zur Ordnung. Wie ein ertapptes Kind stotterte er ein paar Worte der Entschuldigung und versuchte ungeschickt, wieder auf das Thema ihrer Unterhaltung zurückzukommen.

»Sie heißt Isabelle Lacroix.«

Nicolas unterbrach sich mitten im Satz.

»Wie bitte?«

»Die junge Frau, die Ihr seit geraumer Zeit so bewundernd anschaut, heißt Isabelle Lacroix. Sie ist die Tochter von Charles-Hubert Lacroix aus Québec, Kaufmann und Ratgeber des Königs.«

»Aha!«, meinte Nicolas und richtete den Blick erneut auf die junge Frau, die ihn diskret musterte. »Ich bemerke sie zum ersten Mal. Ist sie...«

»Ob sie verlobt ist?«

Einen Moment lang blieb Nicolas der Mund offen stehen.

»Und, ist sie es?«

Der andere lachte und schüttelte den Kopf.

»Aber nein, mein Freund! Ihr habt Euch die schönste Frucht erwählt, die in den Obstgärten von Québec wächst. Ah, was für eine Frucht! Noch grün, gewiss, aber sie verheißt, mit Anmut zu reifen. Glücklich der Mann, der sie als Erster pflückt.«

»Sie ist eine verbotene Frucht, Joseph!«, schaltete sich Étienne Charest, der zu ihnen getreten war, brüsk ein. »Ihre Mutter wacht über sie wie eine Löwin über ihr Junges. Wehe dem Manne, der es wagt, sie zu berühren, ohne zuvor um ihre Hand angehalten zu haben. Das Bett, in das er sie legt, muss ein Ehebett sein.«

»Welch ein Glück, dass ihre Mutter, diese fromme Dame, sie nicht gezwungen hat, den Schleier zu nehmen, um sich Verdienste im Himmel zu erwerben. Stattdessen setzt sie auf ihren jüngsten Sohn Paul, der ihr einen Platz an der Seite Gottes reservieren soll. Also wirklich, könnt Ihr Euch diesen Hals unter schwarzem Tuch versteckt vorstellen, oder dieses seidige Blondhaar unter einer Nonnenhaube?«

Das Konzert war zu Ende, und die junge Frau war den Gästen in den Ballsaal gefolgt, wobei sie nahe... ganze nahe an ihm vorbeigegangen war.

Er vermochte den Blick nicht mehr von ihr zu wenden. Sie bewegte sich so voller Anmut, dass sie über das Parkett zu schweben schien. Ihr Kleid aus rosafarbenem Moiré flüsterte im Vorbeigehen süße Worte, und ihre wiegenden Hüften luden ihn ein, ihr in ihrem parfümierten

Kielwasser zu folgen. Nicolas' Herz pochte heftig. Ein Strauß weißer Blumen...

»Geranien, Jasmin und Rosen. Ihr Duft erinnert mich an Euch...«, murmelte der junge Mann und bemerkte plötzlich, dass er immer noch Isabelles Hand hielt. »Besser gesagt, Ihr erinnert mich an diese Blumen.«

»Nicolas... Ihr seid zu großzügig! Ihr stürzt mich in große Verlegenheit.«

Er beugte sich über sie, bis seine Lippen über ihr Haar streiften.

»Kein Grund, verlegen zu sein. Ihr habt mir gefehlt, Isabelle... Ich konnte es kaum erwarten, Euch heute Abend wiederzusehen.«

Seine Stimme, die kaum lauter als ein Flüstern war, klang belegt und bebte. Isabelle wagte sich nicht zu rühren, um diesen magischen Augenblick nicht zu unterbrechen. Sie war wie berauscht von dem Parfüm und dem Duft nach Tabak und Gewürzen, den Nicolas ausstrahlte. Sie schlug die Augen nieder und legte die Hände auf die Brust des jungen Mannes.

»Ihr habt mir so gefehlt, Nicolas. Seit unserer letzten Begegnung... ist mir die Zeit sehr lang geworden.«

»Isabelle... ich bin außer mir vor Glück! Würdet Ihr mir gestatten, dass ich bei Eurem Vater vorstellig werde und ihn um die Erlaubnis bitte, Euch offiziell wiederzusehen?«

Unter der Weste seiner Offiziersuniform spürte sie sein Herz schlagen. Erst in diesem Moment bemerkte sie die neuen goldenen Borten, die seinen Rock schmückten.

»Seid Ihr befördert worden? Ihr seid jetzt Hauptmann?«

Sie hatte ganz vergessen, auf die Frage zu antworten, die er ihr gestellt hatte. Ein wenig verstimmt räusperte er sich.

»Der König war so großzügig, mir ein Hauptmannspatent zu verleihen und das stellvertretende Kommando der Stadtgarnison zu übertragen. Wie es heißt, hat mich wohl Gouverneur Vaudreuil beim König für diese Beförderung vorgeschlagen.«

»Meinen allerherzlichsten Glückwunsch, Hauptmann des Méloizes!«

Er dankte ihr. Dann konnte er sich nicht mehr bezähmen und nahm ihre Hände, wobei er die Seiten der Partitur knitterte.

»Ihr habt nicht auf meine Frage geantwortet, Isabelle... Aber... wenn Ihr vielleicht noch etwas Zeit braucht... werde ich das respektieren.«

»Aber nein, Nicolas! Ihr könnt ruhig zu meinem Vater gehen. Die Aufmerksamkeit, die Ihr mir entgegenbringt, schmeichelt mir sehr, und ich würde mich wirklich freuen, Euch wiederzusehen.«

Er sah sie unverwandt an. Sein Blick fiel auf ihre halb geöffneten Lippen. Seit ihrer ersten Begegnung ersehnte Isabelle fieberhaft den Moment, in dem er sie küssen würde; und nun war er endlich gekommen. Nicolas umfasste ihren Mund und berührte ihn sanft mit den Lippen. Sie spürte ein köstliches Erschauern. Die Notenblätter sanken mit einem leisen Rascheln zu Füßen der beiden zu Boden. Sidonie konnte sie ertappen; es war klüger, es dabei zu belassen. Bedauernd gab sie sich mit diesem keuschen Kuss zufrieden. Sie hatten ja Zeit...

»Ich werde Euch erneut meine Aufwartung machen, Mademoiselle Isabelle, sobald meine Zeit es mir gestattet. Morgen muss ich meine Kompanie übernehmen und sie inspizieren. Und der Krieg steht kurz bevor... Ich... ich werde eine Möglichkeit finden, Euch bald wiederzusehen.«

Ein wenig enttäuscht seufzte Isabelle.

»Ich verlasse mich darauf, mein Freund.«

Das Wetter war schön. Eine leichte Brise blähte Isabelles Röcke. Mit verbundenen Augen, die Hände nach vorn gestreckt, ging sie von einem Mädchen zum anderen. Sie lachte; der Widerhall eines ungetrübten Glücks. Klar und rein wie eine Quelle, die in der milden Luft dieses 26. Juni entsprang, stieg ihr Lachen in das zartgrüne Laubwerk des gewaltigen Ahorns, unter dem sie sich befand.

»Wo seid ihr? Ich kann euch nicht finden, meine Freundinnen! Herrje, wo seid ihr nur? Ah, da habe ich eine!«

Sie tastete das Gesicht ihrer Gefangenen ab, um festzustellen, wen sie vor sich hatte. Die junge Frau konnte einen Protestschrei nicht unterdrücken, als Isabelle sie in die Nase kniff.

»Mado! Du bist Mado! Jetzt schuldest du mir ein Pfand!«

Die jungen Damen brachen im Chor in lautes Gelächter aus.

»Du hast geschummelt, Isa!«

»Nicht schimpfen, Mado. So ist nun einmal das Spiel. Los, jetzt musst du dir das Tuch umbinden.«

Madeleine Gosselin schickte sich an, sich die Augen zu verbinden, doch dann unterbrach sie sich und sah zu einem Punkt am Ende des Kaps.

»Was ist?«, erkundigte sich Jeanne Crespin.

»Das wird doch nicht mein Julien dahinten sein? Schau, er winkt mir heftig, als ob er mir etwas mitteilen wollte. Und ich dachte, der Fall der Witwe Pellerin würde ihn mindestens bis zum Angelusläuten beschäftigen... Und außerdem wollte er anschließend mit Ti'Paul die Manöver auf dem Exerzierplatz anschauen!«

»Lass doch deinen Julien. Wahrscheinlich wollte er dich nur begrüßen. Er wird sich ja nachher mit Ti'Paul zu uns gesellen. Gewiss hat er das kleine Problem mit der Witwe Pellerin schneller als gedacht geregelt.«

»Hmmm...«, meinte Madeleine, an Isabelle gewandt. »Diese Geschichte schwelt jetzt schon seit zehn Jahren. Wegen eines lächerlichen *minots** Getreide, das Juliens Großvater vergessen hat, ihr zu mahlen, hat die Pellerin sich geweigert, die Abgaben zu zahlen. Es würde mich sehr überraschen, wenn er die Angelegenheit so schnell beigelegt hätte. Die Witwe hat nämlich Haare auf den Zähnen!«

Beunruhigt schaute sie noch einmal in Richtung Mont Carmel. Julien war verschwunden.

»Ich frage mich wirklich...«

»Komm schon, Mado. Das Wetter ist zu schön zum Grübeln.

---

* Hohlmaß für Trockengüter; entspricht 34 amerikanischen Pfund oder 15,4 europäischen kg.

Verjage diese kleinen Wolken aus deinem Gemüt. Wir warten schon alle ungeduldig darauf, dass du dir die Augen verbindest.«

Madeleine seufzte. Die liebe Isabelle! Für sie war immer alles so einfach. Aber sie hatte nicht unrecht. Die Sonne schien heute zu hell, um sich von unwichtigen Dingen die Laune verderben zu lassen. Sie lachte auf, band sich das Tuch um und machte sich auf die Verfolgungsjagd, wobei sie immer wieder über Unebenheiten im Boden stolperte. Die jungen Mädchen, die im Ursulinenkloster aufgewachsen waren, hatten sich an diesem schönen Tag zu einem Picknick auf dem Cap Diamant getroffen. Sidonie und drei weitere Anstandsdamen anderer Mädchen saßen in einiger Entfernung und hielten ein schützendes Auge auf die Gruppe.

Locken tanzten fröhlich unter weißen, spitzenbesetzten Häubchen und rahmten strahlende, rosig angelaufene Gesichter ein. Nachdem sie eine Stunde lang hin- und hergelaufen waren, ließen sich die jungen Mädchen völlig außer Atem und durstig auf die Decken fallen, die sie aufs Geratewohl im Gras verteilt hatten. Isabelle allerdings wirbelte immer noch herum.

»Wie wäre es, wenn du mir ein wenig von deinem schönen Abend bei Madame Péan de Livaudière erzähltest, Isabelle, statt uns alle schwindeln zu machen«, meinte Gillette Daine. »Ich möchte gern wissen, wer was getan und wer was gesagt hat.«

Isabelle gluckste, sprang über einen Esskorb und drehte zwei Pirouetten, bevor sie keuchend zum Halten kam. Sie schloss die Augen und sog die Luft ein, die vom Meer heranwehte. Ihre wohlgerundete Brust zeichnete sich unter dem grünen Mieder ab, dessen Farbe perfekt zu ihren funkelnden Augen passte.

»Ah, meine Freundinnen ... Was für ein wunderbarer Abend! Das Leben ist ja so schön! Jeder Tag ist eine Verheißung neuer Freuden. Ich danke dem lieben Gott allabendlich dafür.«

»Wie ich höre, gehört zu diesen Freuden auch der Bruder von Madame Angélique Péan, dein kostbarer Hauptmann des Méloizes. Du solltest mir dafür danken, dass ich dich quasi in seine Arme geschoben habe«, neckte Jeanne sie.

Nicolas des Méloizes... Isabelle lächelte, und bei der Erinnerung an diesen bewussten Abend bei Madame de Baubassin im Januar 1758 liefen ihre Wangen rosig an. Sie war mit Jeanne Crespin dort gewesen, mit der sie seit ihrer Kindheit befreundet war, sowie mit deren Mutter. Dies war ihr zweiter offizieller Ausgang seit ihrer Einführung in die Gesellschaft von Québec gewesen; und damals war sie dem jungen Mann zum ersten Mal begegnet...

Die Kerzenleuchter glitzerten wie tausend Sterne, und das kleine Quartett der Gebrüder Raudot spielte wunderbar. Isabelle und Jeanne saßen bequem auf einem Kanapee im kleinen Salon, nippten genüsslich an ihrem Wein und lauschten gebannt der engelhaften Stimme von Louise Juchereau. Obwohl Isabelle bemerkte, dass sich ständig Blicke auf sie richteten, gab sie nichts darum. Allein die Musik und die Empfindungen, die sie in ihr erweckten, beschäftigten sie. Mit halb geschlossenen Augen erfreute die junge Frau sich an der melodiösen Stimme. Wie sehr wünschte sie sich, auch so wunderbar singen zu können!

»Isabelle!«, flüsterte Jeanne ihr zu.

Aus ihrer seligen Versunkenheit gerissen öffnete Isabelle die Augen. Zwei junge Frauen beobachteten sie, hinter ihren Fächern versteckt, von der anderen Seite des Raums aus. Der Höflichkeit halber lächelte sie ihnen zu und wandte sich zu ihrer Freundin.

»Wer verdient denn nun meine Aufmerksamkeit mehr als diese wunderbare Stimme, meine Liebe?«

»Nicolas des Méloizes. Schau, er ist eben gekommen. Sieht er nicht gut aus?«

Mit ihrem geschlossenen Fächer wies Jeanne diskret auf einige Offiziere und Notabeln, die plaudernd an der Tür des Salons standen. Isabelle sah Gouverneur Vaudreuil sowie den Generalfeldmarschall und Kommandanten der regulären Truppen, Montcalm. Letzterer löste sich in diesem Moment aus der Gruppe, um sich zu Madame de Beaubassin zu gesellen, von der Gerüchte wissen wollten, sie sei seine Mätresse. Außerdem erkannte die junge Frau Brigadier Senerzegues, den Bürgermeister Armand de Joannès, Monsieu de Lauzon, Étienne Charest und seinen Bruder Joseph Dufy-Charest. Die beiden Letzteren hatten beim Tod ihres Vaters eines der größten Vermögen Neufrankreichs geerbt.

In ihrer Nähe stand steif wie ein Stecken ein mittelgroßer, dunkelhaariger Mann, ein wenig stämmig, aber gut gebaut. Er nickte zur Antwort auf etwas, das sein Gegenüber zu ihm sagte. Als er den Kopf hob, traf sich sein Blick mit dem Isabelles. Die junge Frau spürte, wie ihr das Blut in die Wangen stieg, und rasch verbarg sie ihre Verlegenheit darüber, dass er sie ertappt hatte, hinter den Federn ihres Fächers.

Nach der detaillierten Beschreibung, die man ihr von ihm gemacht hatte, musste das Monsieur des Méloizes sein. Der Mann, der etwa dreißig Jahre alt war, lächelte ihr zu und widmete sich dann wieder seinem Gesprächspartner, der ihm, nach seinen heftigen Handbewegungen und seiner Miene zu urteilen, ein ernstes Thema auseinandersetzte.

»Und?«, wollte Jeanne wissen.

»Ich finde ihn sehr charmant. Aber er hat sicherlich eine Verlobte, die irgendwo auf ihn wartet. Anders kann es bei einem Mann in seiner hervorgehobenen Stellung doch gar nicht sein.«

»Wie man hört, ist sein Herz so frei wie eine Schwalbe im Frühling. Und ich sehe, dass er dich bemerkt hat, meine Liebe. Ich kann vielleicht meinen Bruder Jean bitten, euch einander vorzustellen...«

Isabelle ließ geräuschvoll ihren Fächer zusammenklappen, worauf die Damen Ramezay, die vor ihnen saßen, den Kopf wandten.

»Ich untersage dir, die Kupplerin zu spielen, Jeanne.«

Die junge Mademoiselle Crespin schlug sich eine Hand vor den Mund, um ein Kichern zu ersticken, und tätschelte mit der anderen Isabelles Arm.

»Ich sehe, dass er dich nicht gleichgültig lässt.«

»Das ist überhaupt nicht die Frage, Jeanne«, fuhr Isabelle fort und fächelte sich Luft zu, um ihr vor Verlegenheit rot angelaufenes Gesicht zu kühlen. »Du glaubst doch wohl nicht, dass Monsieur des Méloizes de Neuville sich für eine kleine Bürgerliche wie mich interessiert, obwohl es in Québec mehr als ein schönes, elegantes Mädchen von adligem Blut gibt...«

»Bürgerlich magst du sein. Aber du bist reich und wunderschön. In

seinen Adern fließt vielleicht blaues Blut, aber ich kann dir verraten, dass er bis über beide Ohren verschuldet ist.«

»Trotzdem ist er der Herr der Domäne Neuville. Es heißt, einer seiner Vorfahren mütterlicherseits sei Leibarzt von Louis XIII. gewesen.«

»Was hat das schon zu sagen? Isabelle! Seit einer halben Stunde verschlingt er dich buchstäblich mit Blicken.«

»Und wenn er gar nicht mich ansieht?«

»Wen denn sonst? Mich nicht, ich bin bereits verlobt. Außerdem bist du viel hübscher als Marie-Anne Duchesnay. Selbst Geneviève Michaud kann dir nicht das Wasser reichen.«

»Das sagst du nur, um mir zu schmeicheln. Du machst dich lustig über mich.«

»Männerblicke lügen nicht, meine Liebe...«

Jetzt errötete Isabelle erst recht. In der Tat, schon auf ihrem ersten Ball – im Oktober, beim Gouverneur – hatten sich die Verehrer nur so um sie gedrängt. Wenn ihre Vernunft sie nicht dazu bewogen hätte, Unwohlsein vorzutäuschen und den Abend vorzeitig zu verlassen, hätte es möglicherweise sogar einen Skandal gegeben, der zu einem Duell hätte führen können. Ziemlich bemerkenswert für eine Debütantin.

An diesem ersten Abend hatten sich der junge Antoine Michaud und der gut aussehende Philippe Amiot ohne Unterlass ihre Gunst streitig gemacht. Da sie dieser Konkurrenz überdrüssig gewesen war, hatte sie Marcel-Marie Brideaus Aufforderung zu einem Menuett angenommen. Die beiden Verschmähten hatten sich, empört über die Anmaßung des Neuankömmlings, sofort gegen Marcel-Marie verbündet. Wenigstens hatten sie so viel Anstand besessen, dass sie das Ende des Menuetts abgewartet hatten und erst dann auf ihn losgegangen waren.

Die Musik war zu Ende; man applaudierte kräftig. Mit vor Vergnügen rosig angelaufenen Wangen klatschte Isabelle in die Hände wie ein Kind. Alle Zuhörer erhoben sich, plauderten laut miteinander und begaben sich zu den Spieltischen und in den Ballsaal, wo man die misstönenden Klänge von Instrumenten, die gestimmt wurden, vernahm. Die Freundinnen schlugen ebenfalls diese Richtung ein. Als sie den *jungen des Méloizes passierten, schlug Isabelle, deren Wangen glühten, die Augen nieder. Aber sie spürte seinen Blick im Rücken. Des Méloizes wollte ihr schon folgen, doch der Graf von Montreuil vertrat dem jungen Mann den Weg.*

Einige Zeit später stand Isabelle inmitten einer Gruppe von Männern, die sie wie ein Bienenschwarm umschwirrten, und lachte über die Späße von Marcel-Marie, der die selbstgefällige Art von Intendant Bigot parodierte. Da kniff Jeanne ihr leicht in den Arm.

»Er kommt auf uns zu, Isabelle.«

Immer noch von ihrem ausgelassenen Lachen geschüttelt, drehte Isabelle sich zu ihrer Freundin um. Jeannes Miene war ernst.

»Was ist, Jeanne? Fühlst du dich nicht wohl?«

»Monsieur des Méloizes... Er kommt auf uns zu.«

Isabelles Herz tat einen Satz. Die junge Frau strich die Falten an ihrem Kleid glatt und zupfte an den Spitzen an ihrem Ärmelaufschlag.

»Bist... bist du dir ganz sicher?«

Sie wagte es nicht, sich umzudrehen, und lächelte Jean Couillard, dessen Worte sie gar nicht gehört hatte, verkrampft zu. Die Musiker hatten eine Gigue – einen schnellen, lebhaften Tanz – angestimmt, und die Paare begaben sich aufs Parkett. Marcel-Marie war den anderen zuvorgekommen, wollte die junge Frau zum Tanzen auffordern und verneigte sich bereits vor Isabelle, die den Blumenschmuck, den sie am Kleid trug, zurechtrückte. Da fiel ein Schatten zwischen sie.

»Wenn Mademoiselle Lacroix mir die Ehre geben würde...«

Isabelle, die erwartet hatte, die Stimme des jungen Brideau zu hören, richtete abrupt Kopf und Oberkörper auf und erstarrte angesichts des schmeichelnden Lächelns von Nicolas des Méloizes. Marcel-Marie vermochte einen wütenden Ausruf nicht zu unterdrücken, in den die anderen jungen Leute empört einfielen. Doch als er bemerkte, wer der Mann war, der sich so unverschämt zwischen sie geschoben hatte, zog er sich diskret zurück.

»Oh! Ich...«, stotterte Isabelle verwirrt.

Jeanne stieß sie mit dem Ellbogen an und strahlte Nicolas an.

»Ich bin mir sicher, dass Mademoiselle Lacroix Euch diesen Tanz nur zu gern gewährt...«

Isabelles Gesicht war purpurrot angelaufen. Die junge Frau voll-

führte einen ungeschickten Knicks und nahm den Arm, den Nicolas ihr bot. Als sie sich entfernte, warf sie ihrer Freundin einen finsteren Blick zu, doch diese rieb sich zufrieden die Hände.

»Huhu! Jemand zu Hause?«

Madeleine zupfte an einer der Locken, die unter Isabelles weißgestickter Haube hervorlugten. Die junge Frau fuhr zusammen und riss die Augen auf.

»Also, Mademoiselle Lacroix, wir warten immer noch darauf, dass du uns den neuesten Klatsch berichtest und uns vor allem von deinem Verehrer erzählst. Hattest du inzwischen wenigstens Gelegenheit, einmal ein paar Augenblicke mit deinem schönen Nicolas allein zu sein?«

Gillette und Marie-Françoise Daine, die Töchter des Polizeichefs von Québec, François Daine, begannen vor Aufregung zu kichern. Sie waren dreizehn und vierzehn Jahre alt, und wie alle jungen Mädchen, die noch nicht auf Bälle gingen, kamen sie um vor Neugier und ließen sich nur zu gern davon erzählen.

»Oh! Das schickt sich aber nicht, Madeleine Gosselin!«

»Und seit wann kümmerst du dich um das, was sich gehört, Cousine?«

»Warum sollte ich dir alle Einzelheiten dieses Treffens erzählen?«

»Weil ich weiß, dass du geradezu darauf brennst!«

»Vielleicht ja, vielleicht nein...«

»Jetzt aber, Isa! Lass uns nicht zappeln. Erzähle uns alles. Hast du ihn gesehen, ja oder nein?«

»Ja«, seufzte Isabelle, »ich habe ihn gesehen. Allein.«

»Ganz allein? Und, hat er dich geküsst?«

»He! Diese Madeleine ist so etwas von neugierig!«

Eifrig nahm Madeleine ihre Hände. Isabelle las Ungeduld und Aufregung auf den Zügen ihrer Cousine. Sie liebte es, sie warten zu lassen, bis sie fast platzte.

»Und? Hat er dir einen Heiratsantrag gemacht?«

»Madeleine! Also wirklich! Ich glaube nicht, dass dies die richtige Zeit für Heiratsanträge ist. Das wäre ein wenig zu früh, und angesichts der Bedrohung durch die Engländer hat er genug anderes im Kopf. Vielleicht, wenn diese Bedrohung beseitigt ist...«

Isabelle machte sich von Madeleine los, rannte davon und tollte im Gras umher wie ein kleines Mädchen. Doch Madeleine fing sie rasch wieder ein und trieb sie vor einem Hornstrauch-Dickicht in die Enge.

»Du wirst sofort reden, meine kleine Giftschlange!«

Isabelle warf einen Blick nach rechts, wo am Fuß des Cap Diamant das Wasser des Flusses glitzerte.

»Gut... einverstanden, ich erzähle dir alles.«

»Alles?«

»Ja! Versprochen ist versprochen und wird auch nicht gebrochen. Wenn ich lüge, will ich zur Hölle fahren!«

Beide brachen in helles Gelächter aus. Mit einer Anmut, die den Neid ihrer Cousine erweckte, drehte sich Isabelle, so dass ihr Rock um sie kreiste. Sie war wirklich schön, diese Isabelle Lacroix. Sie betrachtete alles, was sie umgab mit lebhaftem und neugierigem Blick und wurde niemals müde, Fragen nach dem Leben zu stellen, in das sie sich so begierig stürzte. Die junge Frau strahlte eine Lebensfreude aus, die sie auf alle, mit denen sie zu tun hatte, übertrug. Doch sie schien die Wirkung, die sie auf andere – insbesondere auf die Männer – ausübte, selbst nicht zu bemerken.

Mit ihren zwanzig Jahren erwartete Isabelle vom Leben nur die Vergnügungen, die es ihr bieten konnte. Sicher, da war der junge, intelligente und sehr charmante Nicolas des Méloizes. Aber sie machte sich keine Illusionen: In den Salons, die von der kleinen kanadischen Adelsschicht besucht wurden, fehlte es nicht an hübschen jungen Frauen, die auf der Suche nach einem Ehemann waren. Da konnte Madeleine ihr noch so zureden, dass sie alle Frauen ausstechen würde, sollte sie eines Tages einen solchen Salon betreten; sie glaubte nicht daran. Isabelle gehörte zu den Frauen, die sich der Macht ihrer Schönheit nicht wirklich bewusst sind. Vielleicht war sie gerade deswegen in den Augen der anderen so anziehend.

Madeleine fand Isabelle überaus reizend und erfrischend. Die Liebe, die sie ihr entgegenbrachte, überstrahlte jede Eifersucht, die sie in ihrem Herzen hegen mochte. Sie war zwei Jahre älter als die junge Frau und hatte immer an ihren Vergnügungen teilgenommen. Die beiden waren nur ein paar Häuser voneinander entfernt in der Rue De Meules in der Unterstadt von Québec aufgewachsen. Seit ihrer frühesten Kindheit rief man sie die Lacroix-Schwestern, da sie sich so ähnlich sahen. Madeleine war zwar ein wenig größer und schmaler, aber sie besaßen beide dieses leuchtend blonde Haar, das ihnen über den Rücken fiel, und die gleichen grünen Augen, deren Strahlen mit den schönsten Smaragden des Königreichs wetteiferte.

Die beiden jungen Frauen waren Cousinen väterlicherseits, betrachteten sich aber auch selbst als Schwestern. Madeleines Mutter hatte sechs Kinder zur Welt gebracht, von denen nur zwei überlebt hatten. Der vier Jahre jüngere François war im Januar 1755 an den Pocken gestorben, und seine Mutter war der Krankheit einen Monat später erlegen. Louis-Étienne, Madeleines Vater, war Kanonier bei der Marine und unter dem Kommando von Claude-Pierre Pécaudy de Contrecoeur auf Fort Duquesne stationiert gewesen. Er hatte sich gezwungen gesehen, das junge Mädchen seinem älteren Bruder Charles-Hubert anzuvertrauen. Doch er war nie wieder nach Hause gekommen. Im Herbst 1757 war er bei einer Schießübung einen völlig unnötigen Tod gestorben, zermalmt von einer fehlerhaft befestigten Kanone, kurz bevor er einen Urlaub von einigen Tagen hatte antreten wollen, um der Hochzeit seiner geliebten Tochter mit Julien Gosselin beizuwohnen, dem Müllerlehrling der Gemeinde Saint-Laurent d'Orléans.

Isabelle lief zurück zu den anderen jungen Frauen, drehte eine letzte Pirouette und ließ sich ins Gras fallen.

»Ganze Pyramiden von Törtchen, Madeleine! Krokant, Erdbeerkuchen! Ein Kleid war schöner und gewagter als das andere. Madame Angélique Péan war wie immer die Schönste. Sie trug eine prächtige Robe aus Tüll über blassgelber Seide mit vier Reihen Valenciennes-Spitze an den Ärmelaufschlägen.«

»Vier Reihen? Mein schönstes Kleid hat nur zwei, und die sind nicht einmal aus Valenciennes!«

»Wenn du die Mätresse des alten Bigot wärest, würdest du auch vier Reihen edler Spitze an den Ärmeln tragen, Gillette.«

»Und Geneviève Couillard, wie war sie?«

Jeanne streckte einen Arm aus und setzte eine blasierte Miene auf.

»Wie immer, meine Teure...«

Die jungen Mädchen gaben sich nach Herzenslust dem Klatsch hin, plapperten über Monsieur X und äfften Madame Y nach.

»Wusstest du, dass der Marquis de Vaudreuil Monsieur Bigot Vorhaltungen wegen des Prunks auf diesem Ball gemacht hat? *Was für ein Skandal! Und für unsere tapferen Soldaten haben wir nur ein paar Brosamen übrig!*, soll er gesagt haben. Dabei hat der Gouverneur es sich dort auch wohl sein lassen.«

»Weißt du, so unrecht hat er nicht, Isa. Julien hat mir geschildert, unter welchen Bedingungen die Milizionäre leben.«

Isabelle ließ sich nicht gern daran erinnern, dass sie selbst hemmungslos von der Großzügigkeit des Intendanten profitierte. Was hätte sie auch unternehmen können? Wenn sie aufhörte, diese Abendgesellschaften zu besuchen, würde das nicht das Geringste am Los der Bedürftigen ändern. In Ermangelung einer besseren Idee erleichterte sie ihr Gewissen, indem sie den Ursulinen Lebensmittel brachte, welche die Schwestern dann an die Armen verteilten. Sie hatte überhaupt keine Lust, sich diesen schönen Tag verdüstern zu lassen, und tat ihren Unmut kund, indem sie einen lauten Seufzer ausstieß.

Madeleine, die darauf brannte, die neuesten Gerüchte zu hören, zog es vor, dieses Thema, das für die Familie Lacroix seit einiger Zeit ein schwieriges war, fallen zu lassen.

»Gut... Erzähl uns amüsante Details! Auf dem Markt habe ich gehört, was über Monsieur Descheneaux geredet wird. Stimmt es, was man sich erzählt?«

Isabelle und Jeanne, die der Szene beigewohnt hatten, brachen in Gekicher aus.

»Es ist alles wahr, Cousine! Monsieur Descheneaux hat einen Menuettschritt gemacht und sich mit den Füßen im Kleid von Madame Panet verheddert. Er hat derart geschwankt, dass man vom Zusehen hätte seekrank werden können. Dann ist er auf Madame Arnoux gefallen, die Frau des Arztes. Ha, ha, ha! Seine Perücke ist davongeflogen und im Glas von Monsieur de Vienne gelandet, und der hat sie dem armen Mann, der mitten auf der Tanzfläche auf dem Boden saß, wieder aufgesetzt. Sie tropfte ihm auf die Schultern, und außerdem hatte Monsieur de Vienne sie ihm verkehrt herum auf den Kopf gedrückt... Stell dir nur dieses Bild vor! Man hätte Tränen lachen können! Ich habe jedenfalls derart gekichert, dass Nicolas mich aus dem Salon führen musste. Ich brauche wohl nicht zu erzählen, dass man Monsieur Descheneaux sofort umgezogen und rasch in seine Kalesche gesetzt hat.«

»Und bei dieser Gelegenheit warst du dann allein mit deinem teuren des Méloizes?«

Isabelle setzte einen träumerischen Blick auf und lächelte leise.

»Hmmm...«

»Erzähl es mir, Isa! Hat er dich geküsst?«

»Wie indiskret du...«

Schreie, die von der Terrasse des Château Saint-Louis – dem befestigten Stadtschloss – zu ihnen drangen, unterbrachen sie. Isabelle und ihre Schulkameradinnen fuhren herum und erblickten Ti'Paul und Julien. Die beiden kamen vom Exerzierplatz, wo die Übungen des Regiments von de la Sarre stattgefunden hatten, und liefen die Rue du Mont-Carmel entlang. Isabelles Bruder wedelte beim Rennen wild mit den Armen über dem Kopf herum.

»Die Engländer! Die Engländer kommen!«

Isabelle erbleichte genau wie ihre Cousine. Die Daine-Schwestern umarmten einander entsetzt. Sidonie, die mit den anderen Damen die Picknickreste zusammengepackt hatte, stieß einen Schrei aus. Ti'Paul kam als Erster bei ihnen an. Er keuchte und presste eine Hand auf sein Herz, das in seiner zarten Brust zu bersten drohte. Mit seinen dreizehn Jahren besaß er die Konstitution eines Zehnjährigen. Die verschiedenen Krankheiten, unter denen er in seiner Kindheit immer wieder gelitten hatte, hatten ihn geschwächt und sein Wachstum gehemmt. Inzwischen war klar, dass er von der Militärkarriere, von der er immer geträumt hatte, Abstand würde nehmen müssen. Auf der anderen Seite besaß er einen lebhaften Geist, einen intelligenten Blick und große Entschlossenheit, so dass er auf jeden Fall den Talar ergreifen und sich entweder Gott oder der Justiz widmen konnte. Doch wenn er sich derart anstrengte, lief er nur Gefahr, dass sich sein Zustand verschlechterte.

Isabelle beugte sich über ihn, umfasste seine Schultern und sah ihn besorgt an.

»Versuche, ruhig zu atmen, Ti'Paul. Du wirst dir noch die Lunge heraushusten, wenn du nicht...«

»Sie sind da, Isa!«, schrie Ti'Paul zwischen zwei keuchenden Atemzügen. »Sie sind vor der Stadt...«

Julien hatte sie ebenfalls erreicht. Seine Miene ließ nichts Gutes ahnen. Madeleine, die kurz davor stand, in Panik zu verfallen, lief zu ihm, um ein wenig mehr zu erfahren.

»Was ist denn nun wahr an dieser Geschichte, dass die Engländer sich auf dem Fluss befinden, mein Julien?«

»Wir haben Schreie gehört, die vom Schloss kamen. Also sind wir gegangen und haben nachgesehen...«

Mit einem zitternden Finger wies er auf den Fluss. Heute lag der feuchte Nebelschleier, der sich manchmal an sehr heißen Tagen bildete, nicht über der Landschaft, und so konnte man an der südöstlichen Spitze der Insel eine große Zahl blendend weißer Segel erkennen. Isabelle stieß ein Stöhnen aus. Das bedeutete Krieg, kein Zweifel. Québec stand eine Belagerung bevor.

»Was wir da sehen, ist offenbar nur die Vorhut ihrer Flotte«, fuhr Julien ernst fort. »Sogar den größeren Schiffen ist es gelungen, die Fährstation* zu passieren, die wegen ihrer Untiefen

---

* Schmalstelle des Flusses zwischen der Île d'Orléans und dem Südufer des Saint-Laurent-Flusses.

angeblich nicht schiffbar ist. In der Nähe der Île Madame sollen sich noch gut sechzig große Schiffe und mehr als hundert kleinere befinden. Das ist furchtbar; schlimmer als alles, was wir vorausgesehen haben!«

Frauen rannten unter entsetzten Schreien zur Landspitze; erschreckte Kinder flüchteten sich ins Gebüsch, da die Röcke ihrer Mütter nicht erreichbar waren. Auf Cap Diamant herrschte plötzlich große Aufregung. Und dabei hatte man mit dieser Invasion gerechnet. Vor einem Monat hatte man die Vorhut der englischen Flotte vor Rimouski auf dem Meer gesichtet. Daraufhin hatte Montcalm den Bewohnern des Südufers befohlen, ihre Häuser zu verlassen und sich mit allem, was sie tragen konnten, landeinwärts zu begeben. Gleichzeitig hatte er alle waffenfähigen Männer sofort nach Québec beordert.

Die Menschen hatten ihre schmalen Lebensmittelvorräte versteckt und die geweihten Gegenstände aus den Kirchen – Kelche, Monstranzen, Bibeln, Tabernakel – vergraben; alles, was diese protestantischen Häretiker vielleicht stehlen wollten. Die Île d'Orléans war evakuiert worden. So war Madeleine mit ihrem Mann unter Charles-Huberts Dach untergekommen. Doch sie sah Julien nicht sehr oft. Wie alle anderen Männer war er zur Miliz berufen worden und wirkte bei der Verstärkung der Stadtmauer und am Bau neuer Festungsanlagen an der Küste von Beauport mit.

Innerhalb weniger Wochen waren flussabwärts von Québec an drei Stellen zwischen dem Saint-Charles-Fluss und dem Sault de Montmorency Palisaden, Gräben und Schanzanlagen entstanden. Montcalm hatte es nicht für nötig gehalten, flussaufwärts Befestigungen errichten zu lassen: Niemals würden die Engländer weiter kommen als bis zur Île d'Orléans. Außerdem würden strategisch platzierte Batterien jedes Schiff zurückschlagen, das versuchte, die Stadt zu passieren.

Isabelles Herz klopfte zum Zerspringen. Gewiss wartete Nicolas in diesem Moment auf die Entscheidungen des Kriegsrats von Montcalm und seinem Generalstab. Würden sie sofort zurückschlagen oder die ersten Bewegungen des Feindes abwarten?

Mit einem Mal hatte sich eine merkwürdige Stille über die Höhen von Québec gesenkt. Sogar die Amseln, die vorhin noch gezwitschert hatten, waren verstummt. Es war, als hätte die Erde aufgehört, sich zu drehen. Alle Stadtbewohner, die dort zusammengekommen waren, um den schönen Tag auszukosten, waren stumm vor Erschütterung. Weltuntergangsbilder zogen vor dem inneren Auge der bestürzten Menschen vorüber. Isabelle ließ sich ohne auf ihr Kleid zu achten matt ins Gras sinken: die Engländer vor Québec ... Der törichte Gedanke schoss ihr durch den Kopf, dass sie dieses Jahr keine Himbeeren auf der Bacchus-Insel* würden sammeln können, und dass die Engländer sich daran ergötzen würden ... Sie sah zum azurblauen Horizont und wartete förmlich darauf, dort noch tausend weitere weiße Segel auftauchen zu sehen. Ihr Magen zog sich zusammen. Was sollte nur aus ihnen werden?

»Sie werden auf der Insel landen«, hauchte Madeleine mit entsetzter Miene. »Unser Haus, Julien ... Diese Ungeheuer werden alles verwüsten!«

---

* Einer der alten Beinamen der Île d'Orléans, der auf den damals dort wachsenden wilden Wein zurückgeht.

6

Schwanengesang

Auf dem Linienschiff *HMS Prince Frederick* knatterte die blaue Fahne mit dem roten Kreuz, die an der Spitze des Fockmasts hing, im Wind. Der mit vierundsechzig Kanonen bestückte Dreidecker von eintausendsiebenhundertvierzig Tonnen befand sich auf seiner dreiundzwanzigsten Reise. Die Möwen, die ihn seit Louisbourg begleiteten, hatten die Seeleute und die Takelung ohne Unterlass mit ihrem Kot bombardiert. Die Soldaten lachten darüber und erklärten, wenn das die gesamte Vorhut der Franzosen sei, dann täten diese gut daran, schon einmal mit dem Beten zu beginnen.

Der Himmel zeigte ein strahlendes, mit kleinen Wölkchen gesprenkeltes Blau. Am Horizont zeichnete sich ein Archipel aus kleinen Inseln ab. Gerüchte wollten wissen, dass ihre Reise sich dem Ende näherte. Die Soldaten waren froh darüber und schüttelten ihre Apathie ab, in die sie ihre erzwungene Untätigkeit und das Leben auf engstem Raum versetzt hatten. Sie näherten sich der ausgedehnten Île d'Orléans. Doch allzu große Freude wäre verfrüht gewesen: Wenn die Lotsen nicht äußerste Vorsicht walten ließen, konnten die Untiefen den Schiffen immer noch den Rumpf aufreißen. Bisher hatten sie die erste natürliche Verteidigungsanlage des Landes ohne Schwierigkeiten hinter sich gelassen: Die Mündung des gewaltigen Sankt-Lorenz-Stromes – ein wahrhaft imponierender Schiffsfriedhof, wie einige behaupteten –, konnte einem mit ihren unvermittelten Sturmböen, ihren plötzlich auftauchenden dichten Nebelbänken und ihren scharfen Riffen mancherlei Überraschungen bereiten und jedes

Schiff auf den Meeresgrund schicken. Doch auch der lange Flusslauf hielt noch Fallen bereit.

Gewiss segnete Gott ihre Mission, denn das Wetter war ihnen wohlgesinnt gewesen. Außerdem hatte der Nordostwind sie rasch über den großen Fluss bis nach Québec getragen, das vierhundertvierzig Meilen landeinwärts lag. Wie eine langgestreckte, majestätische Schlange wand sich der Sankt-Lorenz-Strom durch Landstriche, die sich, so weit das Auge reichte, ausbreiteten wie ein gewaltiger grüner Teppich, den jemand über eine Hügellandschaft geworfen hat. Alexander hatte den Eindruck, von dieser fremden Welt, die von barbarischen Wilden und blutrünstigen Kanadiern bewohnt wurde, verschlungen zu werden. Während des Winters hatte er anlässlich häufiger Scharmützel bereits nähere Bekanntschaft mit den Bewohnern dieses Kontinents gemacht und hing inzwischen sehr an seinem Skalp.

Neufrankreich war eine Weltgegend, die nur Extreme kannte, in ihren Jahreszeiten ebenso wie in ihren Dimensionen. Die Winter waren eisig und die Sommer brütend heiß. Die Seen waren so groß wie anderswo Meere, und die Wälder nahmen kein Ende. So hatte Alexander es jedenfalls in Schottland gehört. Wenn also dieser Sankt-Lorenz, der sie bis ins Herz des Kontinents sog, bloß ein Fluss war, wie gewaltig mochten dann erst die Seen sein? Eine Art rauschhaftes Hochgefühl ergriff den jungen Mann, während das zerklüftete Ufer vor seinen Augen vorüberzog. Der Drang, diese Welt zu zähmen und zu erobern, war so stark, dass er Gänsehaut davon bekam. Erneut packte ihn die Lust auf Abenteuer und weite Landschaften.

Der zweite Winter, den Alexander in den amerikanischen Kolonien verbracht hatte, war sehr kalt gewesen. Obwohl er an Entbehrungen gewöhnt war, ertrug der junge Mann die Minustemperaturen nur schwer und hatte sich oft gefragt, ob er nach dem Ende des Krieges tatsächlich in Amerika bleiben sollte. Doch jetzt machten die majestätische Landschaft und die linde Luft ihn den Winter und alles, was sein Leben in der britischen Armee ausmachte, vergessen.

Nachdem Louisbourg gefallen war, hatte man das Highlander-Regiment als Verstärkung zu General Abercromby geschickt, der soeben, im Spätsommer 1758, in Fort Carillon eine abscheuliche Niederlage gegen den französischen General Montcalm hatte einstecken müssen. Trotz seines erwiesenen Kampfesmutes hatte das 42. königliche Highlander-Regiment, das allgemein »Black Watch«, also »Schwarze Garde« genannt wurde, schwere Verluste erlitten. Man hatte die Fraser Highlanders von Halifax nach Bosten gebracht und ihnen drei Tage lang Gelegenheit gegeben, ihren gerade errungenen Sieg bei der Festung von Cap-Breton – so der englische Name der Île Royale – zu feiern. Dann hatte man sie, während sie noch ihren Wein verdauten, nach Albany in Marsch gesetzt, wo sie in den zahlreichen benachbarten Forts ihre Winterquartiere bezogen hatten.

Alexanders Kompanie hatte sich in Fort Stanwix niedergelassen, das einige Meilen westlich von Schenectady lag. Zu seiner großen Erleichterung hatte der Truppenteil, zu dem seine Brüder gehörten, in Fort Herkimer Quartier genommen. Zweimal war es zu Scharmützeln mit den Wilden gekommen; ansonsten hatte der junge Mann seine Zeit damit verbracht, die Franzosen zu beobachten und an der Vollendung des Forts mitzuarbeiten. Nur ein einziger Zwischenfall, der allerdings übel für ihn hätte ausgehen können, hatte sich an seinem zweiten längeren Aufenthaltsort in Neu-England ereignet. Auf den ersten Blick hatte alles wie ein unglückliches Zusammentreffen von Zufällen ausgesehen...

Sergeant Roderick Campbell hatte vor Louisbourg seinen Dolch verloren und Alexander gebeten, ihm für ein paar Tage den seinen zu leihen, so lange, bis der Waffenschmied ihm einen neuen angefertigt hätte. Der junge Mann hatte getan, wie ihm geheißen: Zum einen disputierte man nicht über die Befehle eines Offiziers, und zum andern war dies eine vollkommen banale Leihgabe gewesen. Fünf Tage später allerdings fand man in den Wäldern in der Umgebung von Stanwix einen Korporal, in dessen Leib diese Waffe steckte. Durch den eigentümlich geschnitzten Griff war der Besitzer des Dolchs rasch gefunden, und Alexander wurde des Mordes angeklagt und unter Arrest gestellt. Campbell blieb vier Tage lang unauffindbar, und man begann zu vermuten, Soldat Macdonald hätte den Sergeanten ebenfalls ermordet und sich dann der Leiche entledigt, wozu er bei dem anderen Opfer keine Zeit mehr gehabt hatte.

Doch im Morgengrauen des fünften Tages kehrte Campbell endlich ins Fort zurück. Er befand sich in einem jämmerlichen Zustand und erklärte vor dem Kriegsgericht, Korporal Niel Mackenzie und er seien einem Überraschungsangriff der Eingeborenen zum Opfer gefallen. Was den Dolch anging, so bestätigte er die Aussage des jungen Soldaten, ihm die Waffe geliehen zu haben, und erläuterte, einer der Wilden habe sie ihm entrissen, um damit seinen unglücklichen Kameraden zu töten. Man habe ihn gefangen genommen und durch die Wälder gen Norden verschleppt. Doch eines Abends, als die Rothäute betrunken waren, habe er die Gelegenheit zur Flucht genutzt. So war er mit drei Skalps ins Fort zurückgekehrt. In diesen Kriegszeiten besaßen solche Trophäen, die man bei Eingeborenen oder bei herumirrenden Akadiern erbeutete, die versuchten, in ihre Heimat zurückzukehren, großen Wert, und die Männer besserten damit ihren Sold auf.

Als sie die Holzhütte verließen, in der die Verhandlung stattgefunden hatte, war Roderick Campbell mit einem verschlagenen Lächeln auf den Lippen auf Alexander zugetreten. »Da hast du aber Glück gehabt, Macdonald! Fast wärest du gehängt worden, ehe ich aus...« Doch er unterbrach sich. »Beim nächsten Mal, Sergeant«, hatte Alexander einfach geantwortet, »würde ich Euch bitten, Euch den Dolch eines anderen Soldaten zu leihen. Der meine scheint Euch Unglück zu bringen.« Dann hatte der junge Mann die Hacken zusammengeknallt und war zu seinen Kameraden gegangen, die auf ihn warteten und mit ihm seine Rettung feiern wollten.

Alexander war klar gewesen, dass Campbell Mackenzie ermordet und die ganze Geschichte über den Angriff der Wilden erfunden hatte. Manche Soldaten beschäftigten sich in ihrer Freizeit mit Fallenstellen und verkauften den Lohn ihrer Mühen an Pelzhändler, die in der Region Handel trieben. Mackenzie hatte auch zu ihnen gehört. Er war sehr geschickt gewesen, hatte seine Fallen an den richtigen Stellen aufgebaut und so eine große Menge schöner Felle zusammengebracht. Ganz offensichtlich hatte Campbell ihn aus Habgier getötet. Doch Alexander hatte lieber geschwiegen: Er war mit knapper Not dem Strick entronnen, und ohnehin besaß er keinerlei Beweise. Am besten behielt er den Sergeanten genau im Auge.

Im März 1759 erreichte das Fort endlich der Befehl, wieder in See zu stechen. General James Wolfe hatte entschieden, dass das Regiment der Fraser Highlanders unter den ersten Brigaden der Armee sein sollte, die versuchten, Québec einzunehmen. Die Männer würden unter dem Kommando von Brigadegeneral Robert Monckton stehen, desselben Mannes, der Tausende Akadier hatte deportieren lassen.

Nach einem langen, beschwerlichen Marsch durch den Schnee, der ihnen an vielen Stellen bis zur Taille reichte, hatten Alexander und seine Landsleute New York erreicht und sich auf der Fregatte *Nightingale* eingeschifft. Mitte Mai hatten sie die Küste von Akadien gesichtet und einen Aufenthalt in Halifax eingelegt, wo sie noch einmal gründlich geschliffen worden waren. Schließlich waren sie mit Wolfes imposanter Flotte am 4. Juni erneut in See gestochen, um den endgültigen Sieg über die Franzosen zu erringen.

Die Ellbogen auf die Reling gestützt, sah Alexander zu, wie Seeleute und einige Soldaten Angelleinen auswarfen. Sie hofften, ein paar Fische zu fangen, von denen es hieß, sie seien in diesem Fluss besonders groß. Aber war hier nicht alles überdimensional? Sein Blick schweifte nach Backbord. Die mit achtundzwanzig Kanonen bewaffnete Fregatte *Trent* durchkreuzte die Wogen im selben Rhythmus wie die *Prince Frederick*. Hinter ihr folgten die *Peggy*, die *Northern Lass* und die *Beaver*. Schoner, Brigantinen, Korvetten und diverse andere Schiffstypen bildeten eine bunte Menge von Kriegsschiffen und kleinen Versorgungsfahrzeugen, die in ihrem Kielwasser segelten. Weit vor ihnen waren die Aufbauten der *Neptun* zu erkennen.

Die blauen, roten und weißen Wimpel der drei Divisionen

knatterten im Wind, und der *Union Jack* flatterte am Heck und am Bugspriet jeden Schiffs. So weit das Auge reichte, waren die dunklen Wasser mit strahlend weißen Segeln gesprenkelt. Diese gewaltige Flotte legte Zeugnis davon ab, dass das britische Imperium die unbestrittene Herrscherin der Meere war.

Ein von Admiral Philip Durrell kommandierter Voraustrupp hatte im Frühjahr an der Flussmündung Stellung bezogen, um den französischen Nachschub abzufangen. Mitte Mai war es einer französischen Flottille aus sechs Kriegsschiffen zwar gelungen, in den Sankt-Lorenz-Fluss einzudringen, doch seither war die Kolonie von Nahrungsmitteln, Munition oder Verstärkungen abgeschnitten, und Frankreich würde nichts anderes übrig bleiben, als sich dieser gewaltigen Invasionsstreitmacht zu beugen. Der Sieg war nur noch eine Frage von Tagen. Alexander war nachdenklich. Was würde er tun, wenn das alles vorüber war?

»Woran denkst du?«

Er fuhr herum. Leticia sah aus ihren grauen, grün gesprenkelten Augen zu ihm auf. Nach ihren leicht angeschwollenen Lippen und rosigen Wangen zu urteilen, vermutete der junge Mann, dass sie aus dem Lagerraum kam, wo Evan und sie sich heimlich trafen, so oft sie konnten. Es gab ihm einen Stich ins Herz.

»Wo ist Evan?«

»Er beendet seine Arbeit und kommt dann gleich zu mir.«

Leticia lächelte; sie wusste ganz genau, dass er sich jedes Mal um sie sorgte, wenn Evan und sie es schafften, sich kurz unter Deck zu schleichen. Die Männer zerrissen sich schon die Mäuler. Eines Tages würde einer von ihnen reden und sie denunzieren. Die beiden mussten ihren Plan in die Tat umsetzen, und je früher, desto besser. Während des Winters war Fort Stanwix für sie zur Falle geworden; unaufhörlich hatte es geschneit, so dass eine Fahnenflucht völlig außer Frage gestanden hatte. Diese Massen von Schnee hatten alles überstiegen, was die Soldaten sich vorgestellt hatten.

»Also? Wovon träumst du?«

Alexander sah wieder in die Ferne, zum Ufer, wo Steinhäuser und weiß getünchte Gebäude vorbeizogen.

»Was denkst du, wie lange die Franzosen sich uns widersetzen werden?«

»Willst du mich zu einer Wette verleiten?«

»Nein... ich habe nur überlegt, das ist alles.«

»Glaubst du wirklich, dass wir als Sieger aus diesem Krieg hervorgehen werden?«

Er dachte nach. Merkwürdigerweise hatte er nie daran gezweifelt. Wenn Wolfes Armee sich, um Neufrankreich zu unterwerfen, der gleichen Mittel bediente, die Cumberland seinen Ruf als »Schlächter« eingetragen hatten... warum sollte es dieses Mal anders sein?

»Ja.«

Sie seufzte und beobachtete ebenfalls die zwischen den Wäldern und Feldern verstreuten Häuser.

»Alex, ich wollte mit dir über unseren Plan sprechen. Evan und ich... wir wollen fortgehen, sobald sich eine Gelegenheit dazu ergibt.«

Alexander verzog leicht das Gesicht.

»Damit hatte ich gerechnet, MacCallum. Mein Angebot, Euch zu helfen, steht noch. Ihr müsst mir nur Bescheid geben.«

Leticia ließ den Kopf hängen.

»Würdest... würdest du mit uns gehen?«

»Nein.«

»Warum nicht, Alex?«, fragte sie und fuhr zu ihm herum.

Freudengeschrei erklang. Die Angler hatten einen ordentlichen Fisch gefangen.

»Noch jemand, der heute Abend etwas anderes zu essen bekommt als seine Ration Pökelfleisch«, bemerkte der junge Mann, um nicht auf die Frage antworten zu müssen, die Leticia ihm gestellt hatte.

»Alex...«

Er sah sie an und versuchte sich vorzustellen, wie sie in einem Kleid aussehen würde, mit offenen Haaren, die ihr über die Schultern fielen. Obwohl sie größer als der Durchschnitt der Frauen und ihr Körper fast so muskulös wie der eines Mannes war, besaß sie doch weiche Gesichtszüge, die er liebte. Und ihren Körper... den konnte er sich unter ihrer Uniform sehr gut vorstellen. Einmal hatte er bereits einen Blick auf ihre Brust erhascht. Sie versuchte verzweifelt, ihre Brüste unter eng gewickelten Bändern verschwinden zu lassen. Doch von nahem konnte man eine leichte Wölbung erkennen, die den scharlachroten Wollstoff ihres Uniformrocks spannte. Aber falls noch andere außer Munro, Coll und ihm selbst Bescheid wussten, dann ließen sie nichts darüber verlauten.

Leticia war durchaus kein Einzelfall. Schon früher hatten Frauen sich verkleidet, um ihren Männern zu folgen oder auf Abenteuer auszuziehen. So hatte Alexander von einer Frau gehört, die sich in das Regiment von Montgomery eingeschrieben hatte und demaskiert worden war, als man Maß für ihre Uniform genommen hatte. Man hatte die Unglückliche ohne Rücksicht ausgezogen und um die Männerkleider gewürfelt, die sie getragen hatte, um sich für den Whisky, den sie getrunken hatte, schadlos zu halten. Leticia hatte Glück gehabt.

»Ich werde nicht mit euch gehen, MacCallum. Endlich habe ich ein Ziel, und dieses Mal werde ich ausnahmsweise nicht davonlaufen. Anschließend werde ich überlegen, was ich anfangen soll.«

»Wie starrköpfig du sein kannst! Das ist vollkommen idiotisch. Was für ein Ziel soll das sein? Und was versuchst du zu demonstrieren? Dein Geschick und deinen Mut hast du in Louisbourg und in Stanwix mehr als einmal unter Beweis gestellt. Was willst du noch mehr? Willst du diesen Krieg ganz allein gewinnen?«

Er lachte. Der Steuermann brüllte seine Befehle. Die große Insel kam näher. Heute Nacht würden sie alle auf festem Boden schlafen. Die junge Frau hatte die Ellbogen auf die Reling gestützt und schmollte. Alexander hatte sich in letzter Zeit Evan und Leticia angeschlossen. Die Liebe, die er der jungen Frau entgegenbrachte und die zu Beginn rein fleischlicher Natur gewesen war, hatte sich während der gemeinsam verbrachten Wochen und Monate still und leise in Freundschaft verwandelt. Er hatte schon lange keine Beziehung zu einer Frau mehr gehabt, die nichts mit körperlicher Liebe zu tun hatte. Leticia war für ihn inzwischen so etwas wie eine Schwester und erinnerte ihn auch ein wenig an seine Nichte Marcy. Die liebe Marcy – möge Gott ihrer Seele gnädig sein – hatte nicht lange genug gelebt, um von dem Entsetzen von Culloden zu hören oder die schwere Zeit, die darauf gefolgt war, mitzubekommen.

Mit einem Mal machte sich ein unangenehmes Gefühl in seiner Magengrube breit. Würde er sich ebenfalls, so wie Cumberlands Männer, in eine blutrünstige Bestie verwandeln, die völlig unbekümmert die Befehle zur Ausrottung eines Volkes ausführte? Die Einnahme von Louisbourg hatte ihn kalt gelassen. Das war nur ein Fort mitten im Nirgendwo gewesen, das von einer Armee gehalten wurde und in dessen Nähe ein einziges Fischerdorf lag. Wie viele Zivilisten hatten dabei wohl ihr Leben gelassen? Sehr wenige jedenfalls... Aber Québec, die Hauptstadt von Neufrankreich, beherbergte mit Sicherheit Tausende von Zivilisten. Hier ging es nicht länger um eine einfache Verteidigungsbastion, sondern um ein Verwaltungs- und Handelszentrum, das von großer Bedeutung für die Kolonie war. So viele unschuldige Menschen...

Mit einer Handbewegung verscheuchte Alexander seine düsteren Gedanken. Er hatte einen Krieg zu führen; um ihn zu gewinnen, durfte er sich nicht mit Gefühlsduseleien aufhalten. Diese Lektion hatte er zu seinem eigenen Schaden gelernt, vor langer Zeit auf der Ebene von Drummossie Moor. Lässig legte er Leticia eine Hand auf die Schulter. Dann wurde er sich plötzlich seiner Geste bewusst und zog sie sofort zurück. Die junge Frau wandte ihm ihr ernstes Gesicht zu. Eine einzige Träne bildete sich in ihrem Augenwinkel, doch darin lag ein ganzer Ozean voller Kummer.

»Du wirst mir fehlen, Alexander...«

Die Offiziere der Landungstruppen hatten ihre Posten eingenommen und befahlen den Soldaten jetzt, sich in Reih und Glied aufzustellen. Die *Prince Frederick* ging vor Anker.

Es war heiß, sehr heiß. Das unablässige Zirpen der Grillen, die Rufe der Wilden, die sich miteinander verständigten, und die

Stechmücken, die sie umschwirrten, trieben die englischen Soldaten schier in den Wahnsinn. Alexander, der in der Deckung eines Erdhügels lag, litt furchtbar unter der immer gleichen, gnadenlosen feuchten Hitze und konnte nur daran denken, seinen Rock auszuziehen. Seine verschwitzten Hände glitten an seinem glatten Gewehr ab. Ständig musste er sich die Handflächen an seinem Kilt abwischen. Schweißtropfen perlten auch unter seinem Barett hervor, liefen über seine Stirn und brannten in seinen Augen, so dass er immer wieder blinzeln musste.

Neben ihm kauerte Evan und bewegte sich unruhig hin und her. Einige Schritte hinter ihnen war das schwere Atmen von Leticia zu vernehmen, die versuchte, die stechenden Insekten zu verscheuchen. Munro hielt sich so stoisch wie immer. Wie schaffte es ausgerechnet dieser korpulente junge Mann, diese Hitze zu ertragen? Die Soldaten ließen die kleine Kirche von Point Levy nicht aus den Augen. Ein Trupp kanadischer Milizionäre hatte sich, kurz nachdem sie das Gebäude am frühen Nachmittag verlassen hatten, dort verbarrikadiert. Sie hätten eine Wache dort aufstellen sollen, nachdem sie die Proklamation an die Tür genagelt hatten. Da hatte Brigadier Monckton einen Fehler begangen.

In der Proklamation forderte Wolfe die Bevölkerung der Umgebung auf, sich aus den Kämpfen herauszuhalten und weder den Franzosen zu helfen noch die Soldaten der britischen Armee anzugreifen. Ansonsten hätten sie mit schlimmen Folgen zu rechnen: Man würde ihre Häuser in Flammen aufgehen lassen, ihre Kirchen schänden und ihre Ernte vernichten. Sie sollten sich in ihrem Verhalten von der Vernunft leiten lassen.

Alexander wusste genau, dass all das nur Worte waren und Wolfe kein Problem damit haben würde, alles zu zerstören und zu plündern, wenn ihn die Lust dazu ankam. Hielten das die englischen Truppen nicht immer so? Früh am Morgen hatte Alexander flussaufwärts, aus Richtung Beaumont, Rauchsäulen aufsteigen gesehen. Dort hatte eine Abteilung des 15. Regiments von Amherst, das unter dem Kommando von Howe stand, die Nacht verbracht, um sich zu vergewissern, dass die Gegend sicher genug für eine Landung war.

Zwei Tage nach der Einnahme der großen Insel hatte Wolfe befohlen, Point Levy zu unterwerfen: Die Franzosen sollten nicht in der Lage sein, dort Artilleriebatterien aufzustellen, welche die englischen Schiffe daran hindern könnten, in das große Hafenbecken einzulaufen, an dem sich der Felssockel von Québec erhob. So hatten im Morgengrauen des dritten Tages vier Divisionen den Fluss überquert und waren bei Beaumont an Land gegangen. Unter dem Kommando von Brigadier Monckton waren sie anschließend durch Felder und Wälder bis nach Point Levy marschiert, das einige Meilen flussaufwärts lag.

Auf dem gesamten Weg hatte eine Bande aus Kanadiern und Eingeborenen die britischen Soldaten bedrängt. Sie hatten Entsetzen gesät, etliche Männer getötet und Skalps erbeutet. Zu Beginn hatten die Briten sich von dem Geschrei, das sie hörten, irritieren lassen und vermutet, es mit mehreren Hundert Männern zu tun zu haben. Dann war es zu Schüssen gekommen, die auf Seiten der Kanadier Opfer gefordert hatten. Als diese ihre Toten und Verletzten bargen, stellten die britischen Soldaten fest, dass es tatsächlich nicht mehr als hundert waren. Erleichtert hatten sie ein wenig aufgeatmet, doch da sie an einen solchen Krieg aus dem Hinterhalt nicht gewöhnt waren, befanden sie sich ständig in Alarmbereitschaft und musterten argwöhnisch die Wälder und Felder.

Unterwegs waren sie nur auf verlassene Ländereien und Häuser gestoßen. Bis auf diese Bande, die sich auf ihre Kosten amüsierte, waren sie auf keinen Widerstand seitens der Kolonisten gestoßen. Da sie durch ihre Tornister langsam waren, in geschlossenen Reihen und durch offenes Gelände marschierten, gaben sie ein leichtes Ziel ab.

Nun spielten sie schon seit fast drei Stunden Katz und Maus mit den Kanadiern. Beide Armeen hatten die Kirche abwechselnd besetzt. So langsam bekam Alexander Hunger, und er konnte es kaum abwarten, dass dieses lächerliche Spiel ein Ende nahm. Zusammen mit anderen Highlandern hatte der junge Mann Deckung in den Wäldern gesucht. Für den Fall, dass andere Kanadier sie von hinten attackierten, kreisten die Infanteristen den Fels ein, auf dem die Kirche stand. Schließlich hatten sich die Grenadiere von Louisbourg an der Vorderfront des Gebäudes versteckt. Sie würden von drei Seiten her angreifen.

Seit einigen Minuten herrschte Stille, doch den Männern kam es vor, als dauere sie schon eine Ewigkeit an. Endlich waren einige Schüsse zu hören, und Schreie erschollen. Alexander sah, wie sich unter schwerem Gewehrfeuer, das aus den zerbrochenen Fenstern drang, die hohen Mützen der Grenadiere auf die Kirche zubewegten. Ein paar Männer fielen, die anderen sprangen über sie hinweg. Mit einem Mal stürzten die Milizionäre aus dem Gebäude und rannten geradewegs in Richtung Wald. Zwei Kanadier und drei Wilde kamen auf sie zu.

»Na, die können etwas erleben, Jungs«, murmelte Munro, sprang auf und legte seine *Brown Bess** an.

»Ja ... viel Glück«, flüsterte Evan.

»Feuer!«, schrie ein Offizier.

Alexander, Munro und Evan feuerten ihre Waffen ab und stürzten dann aus ihrem Versteck. Einer der Kanadier fiel. Der andere erstarrte vor Verblüffung, als er sich den angreifenden Highlandern gegenübersah. Er fühlte sich in der Falle und schoss. Aber allein hatte er kaum eine Chance gegen ein Dutzend Männer. Er lief auf dem Weg, den er gekommen war, zurück; offenbar wollte er sich lieber den Grenadieren stellen als diesen merkwürdigen berockten Gestalten, die brüllten und gewaltige Schwerter schwangen.

Auf seinen langen Beinen hatte Evan ihn blitzschnell eingeholt und versetzte ihm einen Schwerthieb gegen die Schulter. Mit einem Schmerzensschrei brach der Mann zusammen. Weitere Schüsse wurden abgefeuert. Durch den Pulverdampf hindurch sah Alexander, wie sich Evan, ein eigenartiges Lächeln auf den Lippen, zu ihnen umdrehte. Leticia schrie auf, als sie zuschauen musste, wie ihr Gemahl über dem Kanadier zusammensank. Einer der Wilden, der ihnen entkommen war, kam zurück-

---

* Gewehr, das in der britischen Armee fast 150 Jahre lang gebräuchlich war.

gerannt. Was er vorhatte, begriff Alexander erst, als er Evans Haar packte und sein Messer an seiner Kopfhaut ansetzte.

Von unbändiger Wut erfüllt lief er auf den Eingeborenen zu, der jetzt das Messer in Evans Brust stieß und sie aufriss. Entsetzt sah Alexander zu, wie er mit den Händen in die Leiche fuhr. Als er sie blutüberströmt wieder herauszog, hielt er das Herz darin. Alexander holte mit dem Schwert aus. Seine blutige Trophäe in der Hand, richtete der Wilde sich auf und musterte ihn. Alexander schrie laut und durchbohrte mit der Klinge seine Brust. Immer wieder hieb er zu und brüllte weiter. Schließlich hielt er inne und sah auf sein regloses Opfer hinunter. In seinen Ohren dröhnte es, und sein Schädel pochte schmerzhaft. Ohne zu überlegen, zog er sein Messer und beugte sich über den Wilden. Mit fester Hand griff er in das rabenschwarze, mit Federn und Glitzertand geschmückte lange Haar. Der Kopf war schwer, ließ sich aber gut handhaben. Die Klinge schnitt wie von allein die Haut bis auf den Schädel ein und hinterließ eine rote Spur am Haaransatz.

Alexander dachte jetzt nichts mehr, sondern tat nur, was er seit seiner Ankunft in Amerika schon oft mit angesehen hatte, wenn er und seine Kameraden in die zahlreichen Hinterhalte geraten waren, die ihnen die Rothäute in Neu-England gelegt hatten. Die Technik war einfach: ein kurzer, kräftiger Ruck... Durch die Bewegung geriet er aus dem Gleichgewicht und fand sich plötzlich mit dem Skalp in der Hand wieder, der erstaunlich leicht war. Er holte tief Luft.

»Oh nein, nein! Evan!«

»*Tuch, tuch*, MacCallum! Er ist tot. Herrgott... Schau nicht hin...«

»Dieser Dreckskerl! Du hast es ihm gegeben, Alasdair...«

»Evan... Neiiin!«

Leticias Schluchzen drang zu ihm wie durch einen Nebelschleier. Die Schreie und die Stimmen der Männer hallten in seinem Kopf eigenartig wider. Er sah auf den Mann zu seinen Füßen hinab. Die braune, pergamentartig zerknitterte Gesichtshaut bildete einen scharfen Gegensatz zu dem weißen Schädel, der an ein gepelltes Ei erinnerte. Immer noch lächelnd richtete der Wilde seinen starren Blick auf ihn und verhöhnte ihn selbst im Tod. In seiner rechten Hand lag schlaff Evans Herz. Alexander dachte darüber nach, dass dieses lebenswichtige Organ noch vor wenigen Minuten geschlagen hatte, rasch, vor lauter Angst … und dass es ebenso gut sein Herz hätte sein können, das in dieser Hand ruhte.

Nach und nach kam der junge Mann wieder zu sich. Evans dunkler, seidiger Haarschopf lag am Boden. Er hob ihn auf und legte ihn an den Platz, an den er gehörte, auf den Kopf seines Kameraden. Dann nahm er das Herz und steckte es wieder in den Brustkorb. Eine ekelhafte Mischung von Gerüchen – rohes Fleisch, Blut und Urin – schnürte ihm die Kehle zu. Er schloss die Augen und versuchte, seine Übelkeit zu unterdrücken. Doch sein Magen zog sich zusammen, und eine schleimige Flüssigkeit stieg ihm in den Mund. Er rannte ins Gebüsch und erbrach sich.

Dutzende von Zelten reihten sich aneinander. Die nach Divisionen aufgeteilten Soldaten machten sich an den brodelnden Kochtöpfen zu schaffen, die jeder an einem Dreifuß über den Feuern hingen. Ein Duft von gekochtem und gebratenem Fleisch zog durch das Lager auf den Höhen von Point Levy. Man hatte auch eine kleine Einfriedung für das Vieh errichtet, das die Ranger* und Amhersts Truppen auf dem Rückweg von Beaumont mitgebracht hatten.

Alexander, der auf seiner Decke lag, drehte sich um. Sie mussten dringend die umliegenden Bauernhöfe aufsuchen und sich Material für Strohsäcke besorgen. Wieder brummte eine der verfluchten Stechmücken an seinem Ohr. Er verscheuchte sie mit wilden Gesten, die Munro schmunzeln ließen. Doch ihm selbst war nicht zum Lachen zumute. Immer wieder sah er die entsetzliche Szene vor sich, die sich in der Nähe der Kirche abgespielt hatte, und jedes Mal lief es ihm kalt über den Rücken.

---

* Eine besonders für Überraschungsangriffe und als Späher und Kundschafter ausgebildete militärische Einheit. (Anm. d. Übers.)

Er wandte den Kopf und sah Leticia traurig an. Sie schlief. Ihre Lider waren angeschwollen, und ihr Gesicht war noch mit dem Blut ihres Mannes befleckt. Sie tat ihm leid. Was würde sie nun anfangen? Ganz unmöglich, dass sie jetzt noch bei der Armee blieb. Wenn Munro nicht so geistesgegenwärtig reagiert hätte, wäre ihre Tarnung aufgeflogen. Der Anblick des jungen Soldaten, der Evans Körper umklammert, ihn geküsst und heiße Tränen vergossen hatte ... das hätte wohl manchen verblüfft.

Aber Munro hatte die junge Frau ins Unterholz geschleppt und sie gezwungen, fast seine ganze Ration Rum auszutrinken, damit sie sich beruhigte. Indes ... Alexander hatte gemeint, ein eigenartiges Glitzern in Campbells Blick wahrzunehmen, als dieser Leticia angeschaut hatte. War dem Sergeanten klar geworden, dass der junge Soldat in Wahrheit eine Frau war, oder fühlte er sich von Männern angezogen? Wie auch immer, anscheinend hatte er in seinem Bericht an Hauptmann Macdonald nichts davon erwähnt.

Munro zündete eine Laterne an und hängte sie an den Zeltpfosten, bevor er hinausging. Die Schüsse, die ein paar unermüdliche kanadische Milizionäre immer noch abgaben, fielen jetzt seltener. Die Nacht senkte sich über das Lager, und mit ihr kehrte die Angst zurück, welche die Männer beim Essen kurzzeitig vergessen hatten. Um sie herum erklangen wieder die Schreie der Wilden, als wollten sie die Fremden daran erinnern, was sie erwartete, wenn sie ihnen in die Hände fielen. Rund um Stanwix hatte es auch Rothäute gegeben, aber bei Nacht hatten ihnen eine vierzehn Fuß hohe Palisade aus angespitzten Pfählen und ein tiefer Graben eine gewisse Sicherheit geschenkt. Hier waren die Wachposten und ihre Zeltwände ihr einziger Schutz.

Die Zeltklappe wurde hochgehoben, und sein Cousin erschien wieder. Er trug einen Napf mit Eintopf in der Hand, den er ihm reichte, wobei er mit einer Kopfbewegung auf Leticia deutete, die immer noch schlief.

»Sie muss etwas essen. Was in den Töpfen übrig bleibt, wird sonst den Schweinen vorgeworfen.«

Alexander nahm den Behälter und stellte ihn neben sich auf

das niedergetretene Gras. Er wagte nicht, die junge Frau anzurühren. Der Schlaf war eine Zuflucht und schützte sie vor der harten Wirklichkeit, der sie sich würde stellen müssen. Lange sah er sie an, dann fasste er einen Entschluss. Sanft strich er ihr über das zerzauste Haar, in dem Kiefernnadeln steckten. Sie drehte sich auf den Rücken, so dass die Rundung ihrer Brust sichtbar wurde. Alexander konnte nicht umhin, den Blick darüber schweifen zu lassen, bevor er sich ein wenig beschämt abwandte. Er strich ihr über die Wange, und die junge Frau schlug die Augen auf.

»Ähem ... du solltest ein wenig essen, MacCallum.«

Sie gab keine Antwort und regte sich nicht. Stattdessen musterte sie ihn wortlos, und er wand sich unter ihrem Blick. Was sollte man einer Frau sagen, die auf so tragische Weise ihren Mann verloren hatte? Er musste sich eingestehen, dass er keine Ahnung von Frauen hatte; er wusste höchstens, wie man sich ihrer bediente, um sich Lust zu verschaffen ...

Obwohl er nicht abstreiten konnte, dass er sie immer noch begehrte, mochte er sie nicht berühren. Leticia war ihm viel zu kostbar, um sie auf diese Art auszunutzen. Für ihn war sie inzwischen so etwas wie eine Mutter, eine Schwester oder eine Freundin. In gewisser Weise hatte sie ihm eine Seite der menschlichen Natur enthüllt, die er zuvor nicht gekannt hatte, und ihm erlaubt, sie zu entwickeln: die selbstlose Liebe. Er wusste, dass er Leticia liebte, weil schon der Gedanke, dass sie gehen würde, ihn zerriss. All das wollte er nicht aufs Spiel setzen. Für die körperliche Liebe waren andere Frauen gut genug. Wenn zusammen mit dem Nachschub aus Boston die Freudenmädchen eintreffen würden, brauchte er bei ihnen nur zuzugreifen. Freundschaft war eine ganz andere Sache.

»Komm schon, MacCallum ...«

Er half ihr, sich aufzusetzen, und stellte die Schale in ihren Schoß. Sie sah auf das Essen hinunter und schüttelte den Kopf.

»Ich habe keinen Hunger. Gib das Munro.«

»Du musst etwas zu dir nehmen, Leticia ..., ich meine MacCallum«, verbesserte er sich, denn er wusste, dass überall neugierige Ohren lauerten.

Sie stieß den Napf weg. Er nahm ihn und zog seinen eigenen Löffel hervor, der in der Hülle seines Dolchs steckte.

»Iss!«

»Nein«, stöhnte sie und wollte sich wieder hinlegen.

»MacCallum! Evan ist tot, aber du lebst und atmest noch!«

Sie fuhr heftig herum und sah ihm wütend und durchdringend in die Augen. Aber das war immer noch besser als diese tiefe Niedergeschlagenheit.

»Nimm dich zusammen, MacCallum! Evan würde nicht wollen, dass du dich selbst bemitleidest.«

»Soll ich etwa jubeln?!«

Die Erwiderung knallte wie eine Peitsche. Auf der Miene der jungen Frau spiegelte sich ihre tiefe Erschütterung. Doch sie hielt die Tränen zurück, denn sie wusste, dass sie sich hier nicht vollständig gehen lassen konnte.

»Du weißt genau, was ich meine. Du musst dich fassen und weitermachen, um das zu verwirklichen, was ihr euch gemeinsam vorgenommen hattet.«

»Ohne ihn bin ich nicht in der Lage dazu, Alex. Verstehst du das denn nicht? Allein schaffe ich das nie.«

Alexander wusste nicht, was er ihr antworten sollte. In ihren Worten steckte etwas Wahres. Aber wenn sie es nicht versuchte, würde sie schlimmer dastehen als vorher. Er würde ihr helfen, aus dieser Lage herauszukommen. Das war er ihr schuldig. Entschlossen, sie auch gegen ihren Widerstand zu retten, steckte er den Löffel in den ekelhaften Eintopf und hielt ihn Leticia hin.

»Mund auf!«

Sie gehorchte wie ein Kind. Apathisch kaute und schluckte sie jeden Bissen, den er ihr einflößte, bis der Teller leer war. Dann trank sie. Schließlich nahm sie auch ihre Pfeife an, die er gestopft und angezündet hatte.

Dann flüchteten sie sich beide in ihre eigenen Gedanken. Das Trommeln des Regens auf dem Zeltdach dämpfte die Geräuschkulisse des Lagers. Männer lachten, andere sangen. Alexander erkannte die kräftige Stimme Munros, der Verse rezitierte. Nach und nach verklang der Radau, bis er zu einem Murmeln herabsank. Selbst die Schüsse der Heckenschützen hatten aufgehört. Vollkommene Stille trat ein. Ein Geigenbogen begann schüchtern die Saiten einer Violine zu liebkosen; eine Stimme erhob sich und deklamierte melodische Worte.

»*Lìon deoch-slàinte Theàrlach, a mheirlich! Stràic a'chuach! B'ì siod an ìocshlàint' àluinn, dh'ath-bheòthaicheadh mo chàileachd, ged a bhiodh am bàs orm, gun neart, gun àgh, gun tuar. Rìgh nan dùl a chur do chàbhlaich oirnn thar sàl ri luas!*«*

Alexander schlug die Augen nieder. Wie oft hatte er auf dem Feldzug von 1745 mit seinen abgezehrten, bärtigen Kameraden am Lagerfeuer gesessen und dieses bewegende Gedicht angehört? Nostalgie überwältige ihn, und er murmelte die Fortsetzung vor sich hin:

»Oh! Hisst die Segel... kraftvoll, sicher und weiß wie Schnee... an ihrem starken Mast aus Kiefernholz... um den flüsternden Ozean zu überqueren... Aeol verheißt... eine beständige Brise von Osten...«

»... die wehen wird... und der treue Neptun wird die schäumenden Meere bändigen...«

Mit einer Stimme, zart wie eine Brise, war Leticia in seine Worte eingefallen. Die junge Frau sah ihn durch eine Rauchwolke an. Er meinte, ein leises Lächeln auf ihren Lippen zu erkennen.

»Du kennst es?«

»Das *Lied der Clans*** ... Ja, gewiss. Wer kennt nicht diesen Appell an die Clans, die beim letzten Aufstand zögerten, die Sache der Stuarts zu unterstützen? Munro ist ziemlich mutig. In einem englischen Heerlager ein jakobitisches Gedicht aufzusagen... Das könnte ihn an den Strick bringen...«

---

* Füllt ein Glas für Charlie, mein Freund, und füllt es gut! Dieses erhabene Elixier wird mein ganzes Wesen wiederbeleben; ich, der ich an der Pforte des Todes gestanden habe, so schwach, so traurig und bleich. Der Gott der Elemente sendet sein Schiff über die Meere hinweg zu uns!
** Lyrisches Gedicht, verfasst von Alexander Macdonald kurz vor der schottischen Erhebung von 1745. Der Autor ist nicht mit der Gestalt aus diesem Roman zu verwechseln.

Die Erwähnung des Aufstands stürzte Alexander in andere Erinnerungen. Von neuem schloss er die Augen, und Bilder zogen vor ihm vorüber. So viel unterdrücktes Leid und mühsam bezähmter Zorn... Eine Woge schmerzhafter Gefühle überrollte ihn, drang in jede Faser seines Körpers und vergegenwärtigte ihm ausgerechnet den Moment in seinem Leben, den er so unbedingt vergessen wollte...

Über der Ebene von Drummossie Moor fiel ein Graupelschauer und legte sich über die blauen Barette der Clankrieger. Schon vor einer Stunde hatten sie Aufstellung bezogen. Alexander hatte bemerkt, dass die Macdonalds den linken Flügel bildeten, nicht den rechten. Er konnte erraten, wie enttäuscht sein Vater und seine Brüder darüber sein mussten. Die Tradition wollte, dass die Macdonalds die Rechte übernahmen. Das war immer so gewesen, schon seit der Schlacht von Bannockburn anno 1314. Warum setzte man sie ausgerechnet jetzt, bei einer so wichtigen Gelegenheit, als linken Flügel ein? Weder John noch Coll konnten ihm eine Erklärung geben, sie waren ebenso verblüfft wie er. Das verhieß nichts Gutes...

Sie hatten sich im hohen Gras am Rande der sumpfigen Ebene versteckt. Die durchgefrorenen Krieger traten von einem Fuß auf den anderen, um sich zu wärmen. In ihrer Nähe intonierte eine Gruppe neugieriger Anwohner den zwanzigsten Psalm, das Gebet des Volkes für seinen König in Kriegsnot: »Hilf, Herr, du König! Er wird uns erhören, wenn wir rufen...«

Die Krieger hatten ihre Plaids zu Boden geworfen; der Wind ließ die Kilts um ihre Schenkel flattern. Der Klang des Dudelsacks hallte über die Ebene. Aber die Sonne stand nicht am Himmel, um den Stahl der großen, zweischneidigen Schwerter aufblitzen zu lassen. Das Himmelsgestirn floh das Entsetzen, das nun folgen musste. Der Himmel war düster; die Wolken hingen so tief, dass Alexander den Eindruck hatte, sie berühren zu können. Er wäre so gern bei den anderen gewesen...

Weiter vorn war eine schmale rote Linie zu erkennen: die englischen Truppen. Die Dudelsäcke dröhnten hingebungsvoll; die Highlander schrien ihre Kriegslosungen wie einen Jubelgesang. Aber irgendwie klang alles falsch. Zum Rollen von Trommeln breitete sich die Linie der Rotröcke aus. Die Engländer hatten viele Kanonen... geladen und bereit, Tod über Tausende von Männern zu bringen... um eines Königs willen...

Alexander hatte Leticia nicht näher kommen hören. Er zuckte zusammen, als sie ihm über die Wange strich.
»Warum weinst du?«
»Ich weine gar nicht.«
Alexander fuhr so heftig herum, dass sie zusammenzuckte. Er war böse auf sich selbst: ein so jämmerliches Theater vor einer Frau aufzuführen, die selbst Trost brauchte...
»Doch!«
Sie fuhr über seine Wange und zeigte ihm ihre tränenfeuchten Finger. Dann setzte sie sich neben ihn und bot ihm ihre Pfeife an.
»Ich weiß, dass noch etwas anderes außer Evans Tod dich bedrückt.«
»Es gibt nichts zu erzählen«, brummte er mit zusammengebissenen Zähnen.
»Mach dich nicht über mich lustig, Alex. Das ertrage ich nicht... gerade heute nicht.«
Er reichte ihr die Pfeife zurück. Beißender Tabakrauch stieg in die Luft, der Rauch brannte in seinen Augen.
»Erinnerungen... Culloden. Du kennst ja die Geschichte.«
»Hmmm... Du warst dort?«
»Ja.«
»Damals musst du noch sehr jung gewesen sein.«
»Vierzehn, glaube ich.«
»Du hast die Schlacht miterlebt?«
»Ja.«

Der Donner grollte und ließ die Erde erbeben. Der Himmel spie auf die Gottlosen und weinte um die Unschuldigen. Der Tod regnete auf sie herab. Ohnmächtig wohnten John, Coll und er, Alexander, der Kanonade bei, welche die Hoffnungen eines ganzen Volkes zerstörte und die Clans dezimierte. Reglos und vor Entsetzen erstarrt verharrten sie und spürten nicht, wie der Schnee sich über ihre Körper ausbreitete wie ein dünnes Leichentuch.

»Kratzt die Rohre! Wischt die Rohre! Ladet die Geschütze! Lunte! Feuer!« Das ohrenbetäubende Gebrüll der englischen Kanoniere war der Schwanengesang der Clans. Über dem Schlachtfeld stiegen die Schreie und das Stöhnen der Sterbenden auf. Selbst die ausschweifendste Fantasie hätte sich das Ausmaß des Massakers hinter dieser Rauchwand, die ihnen Augen und Lungen verbrannte, nicht vorstellen können.

Immer noch wehte der Wind, fuhr in den Rauchschleier und zerstreute ihn. Das Bild, das jetzt vor den jungen Männern lag, ließ Alexander zu Eis erstarren. Berge von Fleisch und Tartanstoff türmten sich auf dem schlammigen Boden. Es presste ihm die Luft aus den Lungen. Nur noch ein Gedanke beherrschte ihn: Er musste sein Volk retten, seinen Clan, seinen Vater ...

Munro deklamierte immer noch seine gälischen Verse, das *Lied der Clans* für einen König, diesen König, für den sie sich hatten massakrieren lassen und ihrer Freiheit verlustig gegangen waren. Ironischerweise handelte es sich bei einem großen Teil der Soldaten, aus denen das Highlander-Regiment bestand, um Rebellen von 1745. Einige hatten die Gefängnisse von Inverness, Stirling, Edinburgh, Carlisle, Southwark, York oder Lancaster kennen gelernt ... Und so wie er hatten sie überlebt. Aber ein Teil ihrer selbst war in diesen widerwärtigen Kerkern gestorben. Das glaubte Alexander wenigstens ...

Ganz in seiner Nähe hörte Alexander Männer miteinander sprechen. Er erkannte die näselnde Stimme von Brigadier Monckton und die tiefere von Korporal Fraser.

»Dieser Vortrag kommt mir ziemlich feierlich vor, mein Freund. Was erzählt dieser Mann? Ich verstehe kein einziges Wort.«

Ein kurzes Schweigen trat ein, in dem Fraser wahrscheinlich überlegte, was er antworten sollte, ohne die Wahrheit zu sagen oder offen zu lügen.

»Sir, dieser Mann fordert die Seinigen auf, für ihren König zu kämpfen.«

»Hmmm... tatsächlich? Kennt Ihr ihn?«

»Den König?«

»Nein, den Mann.«

»Ja, Sir. Er gehört zu meiner Kompanie, Sir.«

»Sein Name?«

»Ähem... Munro MacPhail, Sir. Er ist ein wenig... merkwürdig. Aber ein guter Soldat.«

»MacPhail, sagt Ihr? Hmmm... ich glaube, ich erinnere mich an eine Anekdote, die von ihm handelte. Gebt ihm etwas zu trinken, Korporal Fraser. Er soll auf die Gesundheit seines Königs trinken, und auf die meinige.«

»Ja, Sir. Guten Abend, Sir.«

Alexander und Leticia hörten, wie Monckton sich entfernte und Fraser über Munros Leichtsinn fluchte.

»Ich frage mich, ob Monckton Munro etwas zu trinken spendiert hätte, wenn er wüsste, um welchen König es in dem Gedicht geht«, flüsterte Alexander und versuchte nicht zu lachen.

Leticia lächelte leise und schmiegte sich fest an ihn.

»Das bezweifle ich.«

Sie legte den Kopf an seine Schulter, was ihn nervös machte. Womöglich ertappte sie jemand. Ach, und wenn schon! Gemeinsam lauschten sie den letzten Versen.

»Danke«, murmelte die junge Frau, als Munro schwieg. »Dafür, dass du für mich da gewesen bist.«

Alexander beugte den Kopf, liebkoste mit seiner Wange ihr Haar und schloss die Augen.

»Schon gut, MacCallum.«

Alexander brüllte vor Verzweiflung und rief nach seinem Vater. Seine Lungen, die schon vom Pulverdampf verätzt waren, taten ihm schrecklich weh. Seine Stimme war kaum noch zu hören.

So viele Tote und Verwundete! Die Kanonen schossen unablässig, erbarmungslos. Die Engländer wollten sein Volk ausrotten.

Während er rannte, versuchten Hände, ihn an seinem Plaid festzu-

halten. Doch für die Männer, die am Boden lagen, konnte er nichts tun. Sein Vater beugte sich bereits über James, der mit Schlamm und Blut bedeckt war. Sein Bruder, tot!

»Nein, Alas!«

Das war Johns Stimme. Er drehte sich um.

»Alas! Alas! Das ist doch töricht! Komm zurück! Du bist verrückt, wenn du dort hinläufst!«

»Ich bin kein Feigling!«

»Alas, nein! Vater hat gesagt...«

»Es ist mir egal, was er gesagt hat, ich muss ihnen helfen!«

»Wie kannst du nur so dickköpfig sein! Du bringst unseren Vater noch ins Grab! Das verzeiht er dir nie und mir auch nicht. Begreifst du denn nicht? Es ist vorbei, Alasdair! Alles ist verloren, wir müssen den Rückzug antreten!«

Aber Alexander hatte sich schon wieder umgedreht und rannte auf das englische Bataillon zu.

»Fraoch Eilean!«

Er hörte seinen Vater verzweifelt rufen. Ein neuer Geschützhagel ging über sie nieder. Es war entsetzlich. Die Rotröcke holten die flüchtenden Männer seines Clans ein. Die Bajonette stießen in die Plaids und kümmerten sich nicht um die Farben, die sie zerrissen. Er wandte den Kopf, sein Vater war verschwunden. Er schrie. Merkwürdigerweise befand sich John noch immer hinter ihm. Mit vor Zorn verzerrten Zügen zielte er mit einer Muskete in seine Richtung.

Ungläubig erstarrte Alexander. Was machte John da nur? Trotzdem rannte er verzweifelt weiter, zu den Männern seines Clans, zu seinem Vater. Die Muskete krachte unheilvoll. Ein furchtbarer Schmerz durchfuhr seinen Körper und zugleich sein Herz. Sein Bruder hatte auf ihn geschossen... sein Bruder John... seine andere Hälfte... Warum? Undeutlich erkannte er das entsetzte Gesicht seines Vaters, das sich erneut im Rauch verlor. Alles verschwamm miteinander. John beugte sich über ihn, redete auf ihn ein. Aber er verstand kein Wort, so sehr dröhnten seine Ohren und sein Kopf...

Alexander stieß einen erstickten Schrei aus. Mit aufgerissenen Augen, keuchend starrte er in die stockdunkle Finsternis hinein.

Seine Hände krallten sich in den grasbewachsenen Boden. Herrgott! Wie oft hatte ihn dieser Traum jetzt schon heimgesucht? Viel zu oft jedenfalls. Ohne Unterlass malträtierten ihn seine Erinnerungen, die Bilder aus der Vergangenheit. Ob das eine göttliche Botschaft war? Seit ihrer Begegnung auf der *Martello* hatte er sich große Mühe gegeben, John aus dem Weg zu gehen. Vielleicht war es jetzt an der Zeit, dass er seinem Bruder gegenübertrat und diese Angelegenheit ein für alle Male regelte. Wenn noch einmal Blut fließen würde, dann sollte es sein eigenes sein. Er würde nicht weiterleben können, wenn ihm der Tod seines Bruders auf dem Gewissen lag. Das wäre so, als wäre er selbst tot. Wie brachte John es nur fertig, mit dieser Last zu leben?

Er spürte jemanden neben sich. Eine Hand, zu leicht, um die eines Mannes zu sein, legte sich auf seine Brust, die sich krampfartig hob und senkte.

»MacCallum?«

»*Tuch* ... Alex ... Es ist vorbei.«

Die junge Frau streichelte seine Wange, seinen Kiefer, sein Haar. Alexander sagte sich, dass er dieser zarten Hand Einhalt gebieten musste, obwohl sie seine furchtbaren Erinnerungen verjagte und so viele Empfindungen in ihm hervorrief. Das schickte sich nicht. Evan war gerade erst gestorben. Er durfte sie nicht gewähren lassen. Aber sein Körper machte keinerlei Anstalten, sie abzuwehren, und Leticias Finger fuhren fort, seine Begierde anzustacheln ... ein Umstand, der zu seiner großen Erleichterung durch die Dunkelheit verborgen wurde.

»Du hattest wieder einen Albtraum, Alex«, flüsterte sie ihm ins Ohr.

»Ja ...«

»Ich höre oft, wie du im Traum die immer gleichen Worte wiederholst. Du rufst dann nach deinem Vater.«

»Nach meinem Vater? ... Oh, es tut mir leid! Ich wollte dich nicht wecken.«

»Mach dir deswegen keine Gedanken. Glaubst du vielleicht, du bist der Einzige, der im Schlaf aufschreit? Hier tut das fast jeder irgendwann. Außerdem hatte ich nicht geschlafen ...«

Sie verstummte. Alexander wartete darauf, dass sie zu ihrer Lagerstatt zurückkehrte. Doch sie blieb, wo sie war, und schmiegte sich an ihn. Die Berührung wirkte wie Magie. Er atmete jetzt wieder gleichmäßig, doch der Schlaf floh ihn. So konzentrierte er sich auf die Stille, um sich zu beruhigen und seinen Aufruhr zu vergessen.

Im Dunkel waren die einzelnen Geräusche deutlich zu unterscheiden: Munros Schnarchen; die Rufe einiger Nachtvögel, die einander antworteten; das Bellen eines Hundes in der Ferne; das Quaken von Fröschen in einem nahe gelegenen Sumpf und schließlich Leticias Atem an seinem Hals…

Kurz dachte er daran, wie es gewesen war, wenn er als Kind bei Nacht nicht schlafen konnte. Damals hatten die vertrauten Geräusche ihn beruhigt: das Schnarchen seines Vaters, Johns Atem neben ihm, der pfeifende Atemhauch seiner Mutter… Er glaubte sich wieder in seinem Tal, und das Herz wurde ihm schwer. Seine Mutter fehlte ihm so…

Unwillkürlich hob sich seine Brust, und er unterdrückte einen Seufzer. Leticia, die den Kopf an seine Schulter gelegt hatte, richtete sich ein wenig auf. Obwohl er sie nicht sehen konnte, wusste er genau, dass sie ihn im Dunkeln musterte.

»Alex?«

»Ist gut.«

Kurz darauf bewegte sie sich und legte sich auf ihn. Er spürte eine Liebkosung auf den Lippen und wagte nicht, sich zu rühren. Noch einmal… Widerwillig schob er sie sanft zurück.

»Nicht, Leticia.«

»Ich brauche dich, Alex.«

»Ich weiß, aber nicht so.«

»Ich brauche dich aber…«, beharrte sie und presste sich an ihn.

»Leticia, nein…«

Erneut legte sie den Mund über seine Lippen. Sein Körper reagierte auf ihre Zärtlichkeiten und gab nicht das Geringste darauf, was die Vernunft gebot. Er versuchte, die heftige Erregung, die in seinem Unterleib wühlte, niederzuringen. Doch Leticia war ihm dabei nicht gerade eine Hilfe. Ihre Zunge schlang sich um die seine. Sie ließ die Finger durch sein Haar, über seinen Nacken und über seine Brust gleiten... Plötzlich warf er sie auf den Rücken und bedeckte sie mit seinem Körper. Sie seufzte, wölbte den Rücken und öffnete die Schenkel. Er bemerkte, dass sie nur ihr Hemd trug und die Bänder, mit denen sie sonst ihre Brüste flachdrückte, nicht angelegt hatte. Ihm wurde bewusst, dass sie nicht allein im Zelt waren, und er unterdrückte ein Stöhnen, während er sich zurückzog.

»Leticia... Oh nein! Das geht nicht!«

»Ich brauche dich, Alex. Ich liebe dich...«

»Sag so etwas nicht. Du liebst Evan.«

»Ich liebe dich, Alex... so, wie ich Evan immer geliebt habe. Frag mich nicht nach einer Erklärung dafür... Es ist einfach so.«

»Das ist nicht richtig, Leticia...«

Doch sie ließ entschlossen eine Hand zwischen ihre Körper gleiten und führte ihn in sich hinein. Er unterdrückte ein weiteres Aufstöhnen, indem er sich auf die Lippe biss. Kaum vermochte er zu glauben, dass dies wirklich geschah. Träumte er vielleicht noch? Doch die Empfindungen, die er spürte, waren vollkommen real, und der Körper, den er streichelte und gleich in Besitz nehmen würde, war es ebenfalls.

Leticia presste ihr Becken fest gegen seines. Die Lust kam zu schnell, war aber so intensiv, dass sie ihm den Atem nahm. Keuchend ließ Alexander sich auf die junge Frau sinken und vergrub das Gesicht in ihrem Haar. Mit einem Mal stand ihm wieder das grauenvolle Bild von Evans Leiche vor Augen. Vergeblich versuchte er es zu verdrängen. Evan verfolgte ihn; er war sein Freund gewesen, und jetzt hatte er seine Frau genommen, noch ehe sein Körper ganz erkaltet war. Oh, Leticia... Warum hatte sie das bloß getan?

Die Trommel hallte in Alexanders Kopf wider wie fernes Donnergrollen. Mühsam schlug der junge Mann die Augen auf; es war noch dunkel. Sein feuchtes Hemd machte sich unangenehm bemerkbar, und der Wollstoff seines Plaids kratzte. Er fluchte über das schlechte Wetter. Es regnete leicht, was den Bau der Befestigungsanlagen und Artilleriestellungen, den Wolfe befohlen hatte, noch erschweren würde.

Nachdem er sich die Augen gerieben hatte, drehte er sich auf den Rücken. Die vertrauten Geräusche des Lagers drangen zu ihm: die eiligen Schritte von Soldaten vor dem Zelt; das Gezeter der Küchenjungen; die Stimmen der Offiziere, die ihre Adjutanten zurechtstauchten... Eine Kuh versuchte ein wenig Ordnung in diesen Radau zu bringen und brüllte laut. Doch das führte nur zu einem Streit zwischen zwei Soldaten darüber, wer sie melken sollte. Nach und nach erwachte rund um das Zelt alles zum Leben. Zugleich fiel ihm wieder ein, was geschehen war: Leticia...

Sie waren eng umschlungen eingeschlafen... Abrupt setzte er sich auf und sah sich nach ihr um. Da saß sie, auf Evans Lager. Sie war vollständig angezogen, hatte sich die Haare zu einem Pferdeschwanz zurückgekämmt und sah ihn an. Nichts an ihrer Miene verriet, was sie dachte. Verlegen warf er einen Blick in die Runde. Munro lag noch auf seinem Strohsack, drehte ihnen den Rücken zu und brummte etwas vor sich hin. Finlay Gordon war schon hinausgegangen.

»Ich habe hier geschlafen«, flüsterte die junge Frau, die erriet, was er fürchtete.

Sie hatte ihn geliebt, aber sie hatte bei Evan geschlafen. Alexander schluckte und nickte dann.

»Ja, ich verstehe... So ist es besser.«

Sie zog die Knie unter das Kinn, und der Kilt rutschte zurück und enthüllte die blasse Haut ihrer muskulösen Schenkel. *Sie sollte vorsichtiger sein!*, dachte er. Ein Mann würde niemals diese Haltung einnehmen! Er fragte sich, wie es ihr gelungen war, die Männer der Kompanie so lange zu täuschen. Sicher, es ist normal, wenn ein sechzehnjähriger Knabe, der zur Armee geht, bartlos ist und zarte Züge besitzt. Die runden Hüften wurden durch den Kilt verborgen. Doch seitdem waren zwei Jahre vergangen, und ihre Wangen und Beine waren glatt und haarlos geblieben. Das musste bei den anderen Soldaten doch Zweifel säen.

Alexander wurde klar, dass die junge Frau die Armee so rasch wie möglich verlassen musste. Er wagte sich nicht vorzustellen, welche Demütigungen sie auszustehen hätte, wenn sie entlarvt würde. Die Offiziere würden ihr die Täuschung ganz bestimmt hundertfach heimzahlen. Andererseits, was sollte aus ihr werden, nachdem sie desertiert war?

Er besaß ein wenig Geld und konnte sich beim Kartenspielen immer ein paar Shilling dazuverdienen. Ja, er würde ihr seine wenigen Ersparnisse überlassen. Außerdem musste er Lebensmittel für sie auf die Seite bringen ... sogar stehlen, falls das notwendig sein würde.

»Macdonald!«, brüllte jemand.

Alexander fuhr zusammen. Die Zeltklappe wurde zurückgeschlagen, und das frisch rasierte Gesicht von Sergeant Campbell erschien in der Öffnung. Der junge Mann erstarrte.

»Ja, Sergeant?«

»Leutnant Campbell von Glenlyon möchte Euch sofort sehen. Ihr findet ihn dort, wo die Artilleriestellungen errichtet werden.«

»Sofort, Sir.«

Der Sergeant wollte schon wieder gehen, als er Leticia sah, die in einer Stellung, die für einen ungehobelten Soldaten merkwürdig war, dasaß. Sein Mund verzog sich zu einem spöttischen Lächeln, und seine halb geschlossenen Augen verbargen seinen durchdringenden und äußerst interessierten Blick nicht.

»Na, na, Soldat MacCallum, zieht nicht so ein Gesicht! Ihr werdet sehen, Ihr findet schon rasch wieder einen Beschützer.«

Lachend verschwand er. Alexander sah starr auf den Eingang, damit er Leticia, die, wie er hörte, murrend herumrückte, nicht anzuschauen brauchte. Der Regen trommelte auf das Zeltdach, und der Donner grollte.

»Was für ein Schwachkopf!«

Munro schüttete sich vor Lachen aus.

»Na, du bist mir ja eine, MacCallum!«

»*Einer*, Munro, ich bin *einer*! Denk daran.«

Feiner Nieselregen fiel. Steif wie ein Stecken wartete Alexander darauf, dass der Leutnant sich herabließ, das Wort an ihn zu richten. Im Moment war der Offizier damit beschäftigt, den Korporalen Ross und Fraser seine Instruktionen zu erteilen. Um sich die Zeit zu vertreiben, ließ er den Blick über das Nordufer den Flusses schweifen, das ihm gegenüber lag. Er hatte gehört, dass man diese Gegend die »Höhen« von Québec nannte. Sie sah aus wie eine Hochebene, die über einer anscheinend unbezwingbaren Steilküste lag. Aus der Stadt, die gemütlich auf ihrem Felsthron saß, ragten mehrere Kirchtürme empor. Er fragte sich, wie General Wolfe diesen schwer zugänglichen Ort erobern wollte. War England nicht bereits zwei Mal an diesem Unternehmen gescheitert? Wann war das noch gewesen? Das erste Mal vielleicht Ende des 17. Jahrhunderts anlässlich der Expedition von Phips. Der damalige Gouverneur Frontenac hatte, wie es hieß, den Engländer ohne viele Umstände nach Hause geschickt. Das zweite Mal war... Ach, egal! Was hatte das zu sagen. Das war jetzt Vergangenheit.

»*Delenda Carthago**«, sonst ist es um uns geschehen!«

»Ja, Sir!«, gab Alexander zurück und zuckte zusammen.

»Eine wunderschöne Stadt, nicht wahr? Eine natürliche Festung. Möge Gott uns helfen, sollten wir gescheitert nach England zurückkehren...«

»Ja, Sir.«

»Ein Jammer, dass Wolfe sich entschieden hat, sie zu zerstören, bevor wir sie in Besitz nehmen...«

»Ja, Sir.«

Ein kurzes Schweigen trat ein. Durch den Regen sah es aus, als läge ein gräulicher Schleier über der Landschaft, so dass sie glanzlos und trübe wirkte. Alexander erinnerte sich daran, welch herrliches Bild Québec in der Sonne bot. Am Vortag hatte er Zeit gehabt, die Stadt von der Schaluppe aus, die ihn nach Beaumont übersetzte, nach Herzenslust zu bewundern. Er

---

* Karthago muss zerstört werden, berühmter Ausspruch von Cato, dem Älteren, um 150 v. Chr.

konnte sich der Frage nicht erwehren, warum die Engländer eigentlich immer darauf bestanden, ihr Imperium auf Friedhöfen aufzubauen.

Wider Willen glitt sein Blick zu Archie Campbell. *Niemals einem Offizier, der einen anspricht, in die Augen sehen*, erinnerte er sich.

»Wegtreten!«

Wegtreten? Hatte Archie ihn nur herkommen lassen, um ihn an seiner persönlichen Meinung über Wolfes Befehle teilhaben zu lassen? Reglos, mit steinerner Miene, blieb er stehen.

»Das war ein Befehl, Macdonald!«

»Ja, Sir.«

Ohne länger zu warten, fuhr er auf dem Absatz herum und schlug den Weg ein, der hinauf zu der Stelle führte, wo die Stellung für die Batterien errichtet wurde. Doch die Stimme seines Leutnants rief ihn sofort zurück.

»Wohin willst du? Meinst du, ich habe dich rufen lassen, um die Landschaft zu bewundern?«

Der junge Mann blieb stehen und drehte sich zu Archie um, der die Mundwinkel zu einem leisen Lächeln verzogen hatte.

»Nein, Sir.«

»Zu Hause hast du mich Archie Roy genannt, Alex... Damals, als wir immer zusammen gespielt haben...«

»Unter diesen Umständen wäre das wohl unpassend... Und außerdem bin ich kein fünfjähriger Knabe mehr.«

Trotz der Bande, die einst zwischen ihnen bestanden hatten, war Alexander es sich schuldig, eine gewisse Distanz zu Archie zu wahren. Verwandter oder nicht, der Mann war trotzdem sein Leutnant. Und in der Armee konnte es einen sehr teuer zu stehen kommen, wenn man es seinem Vorgesetzten gegenüber an Respekt mangeln ließ. Archie schenkte ihm ein liebenswürdiges Lächeln.

»Allerdings. Aber ich bin immer noch dein Onkel... und dein Freund.«

Er sah sich um und trat dann auf Alexander zu.

»Wenn wir allein sind, ist Archie ganz und gar in Ordnung.«

»Aber Ihr seid trotzdem mein Leutnant, und …«

»Lass mich diesen Krieg vergessen, Alex, und wenn es nur für ein paar Minuten ist, ja?«

Überdruss malte sich auf den Zügen seines Onkels. »Der junge Archie«, wie ihn sein Großvater John stets liebevoll genannt hatte, entstammte seiner zweiten, ziemlich spät geschlossenen Ehe mit Catherine Smith. Archie war nur drei Jahre älter als Alexander und hatte ihn immer ein wenig wie seinen kleinen Bruder betrachtet. Während seiner Zeit in Glenlyon waren die beiden unzertrennlich gewesen.

Als man Alexander auf Wunsch seiner Eltern wieder nach Glencoe, zu seiner Familie, zurückgeschickt hatte, waren diese Bande durchtrennt worden. Doch Archie hatte dafür gesorgt, dass ihre Wege sich wieder gekreuzt hatten, wenn sich die Gelegenheit ergab. So kam er auf dem Weg nach Fort William öfter durch Glencoe. Merkwürdigerweise dachte Alexander voller Nostalgie an die bei den Campbells verbrachten Jahre zurück, obwohl ihn die Trennung von seiner Familie damals schwer angekommen war. Doch seine Rückkehr in das Tal von Glencoe war auch nicht leicht gewesen. Nie hatte er sich dort richtig aufgenommen gefühlt. Es war, als dächten alle, er sei irgendwie »vergiftet« durch die Campbells. Und dabei war seine Mutter eine Campbell, und auch in den Adern seiner Geschwister floss Campbell-Blut, vermischt mit dem der Macdonalds.

Seine Mutter, Marion Campbell, hatte sich einen Platz im Macdonald-Clan schaffen müssen. Und er, der Sohn eines Macdonald, hatte es umgekehrt bei den Campbells nicht leicht gehabt. Heute kam es ihm vor, als gehöre er nirgendwo hin. Was für eine Ironie! Marion hatte ihren Zwillingen die Namen der Chiefs der Clans, denen sie entstammten, gegeben: John Campbell von Glenlyon und Alexander MacIain Macdonald. War das symbolisch gewesen, oder hatte sie gehofft, auf diese Weise das Schicksal zu überlisten? Leider neigte das Schicksal jedoch dazu, eigene Wege zu gehen.

»Wie steht's mit der Beziehung zu deinen Brüdern, Alexander?«

»Ähem... meinen Brüdern, Sir?«, stotterte der junge Mann, der nicht genau wusste, worauf sein Onkel hinauswollte.

»John und Coll... Verstehst du dich gut mit ihnen?«

Alexander sah auf seine Fußspitzen, um nicht in die Augen seines Gegenübers schauen zu müssen, die ihn an seine Mutter erinnerten. Archie wirkte wie eine männliche Ausgabe seiner Mutter. Jedes Mal, wenn Alexander ihm begegnete, war es eine Tortur, sein Lächeln auszuhalten.

»Mit Coll geht es schon.«

»Aber mit deinem Zwillingsbruder nicht?«

»Nein, eigentlich nicht.«

»Hast du gestern mit ihm gesprochen?«

»Nein. Ich habe ihn seit dem Kampf bei der Kirche nicht gesehen.«

Die Hände im Rücken verschränkt, schritt Archie auf dem felsigen Grund hin und her und sah zu Boden. Alexander spürte, dass ihn etwas umtrieb. Hatte John etwas angestellt? Archie nahm seinen Dreispitz ab, ließ in aller Ruhe das Wasser ablaufen und setzte ihn dann wieder auf.

»Hauptmann Montgomery hat mir berichtet, dass ihn seit diesem Scharmützel niemand mehr gesehen hat, Alexander... Ich fürchte, dass er möglicherweise von den kanadischen Milizionären gefangen genommen worden... oder dass er desertiert ist.«

»Was? Desertiert?«

»Niemand hat gesehen, wie dein Bruder in Gefangenschaft geriet«, erklärte der Offizier verlegen. »Er hat sich schlicht in Luft aufgelöst, einfach so«, setzte er hinzu und schnippte mit den Fingern. »Hat er dir vielleicht von etwas erzählt, das ihn bewogen haben könnte...«

»So etwas würde John nie tun! Für ihn geht die Ehre über sein Leben. Ich kenne ihn gut genug, um...«

Abrupt unterbrach er sich, denn ihm wurde bewusst, dass er ihn in Wirklichkeit nicht so gut kannte, wie er glaubte. Gewiss, die beiden waren Zwillinge und glichen einander wie ein Ei dem anderen. Doch von ihrem Charakter und ihrem Verhalten her unterschieden sie sich sehr. Wäre es anders gekommen, wenn Alexander nicht nach Glenlyon geschickt worden wäre? Vor ihrer Trennung hatte jeder die Gedanken des anderen erraten und seine Reaktionen vorhersehen können. Sie hatten keine Worte gebraucht, um sich zu verständigen.

»Nun gut...«, schloss Archie peinlich berührt. »Ich wollte es dir sagen, ehe du es von anderen erfährst. Du sollst heute mit einer Abteilung unter dem Kommando von Sergeant Roderick Campbell ausrücken...«

Unwillkürlich presste Alexander die Lippen zusammen, doch er enthielt sich jeden Kommentars. Roderick Campbell sollte ihn bloß in Frieden lassen!

»Wir brauchen Lebensmittel... Der Nachschub ist noch nicht eingetroffen, und wir haben nur noch achtzehn Schweine, siebenundzwanzig Kühe und Schafe sowie ungefähr dreißig Stück Geflügel. Scotts Kundschafter haben gemeldet, dass in der Umgegend mehrere Bauernhöfe liegen. Einige sind verlassen; andere werden noch von ein paar alten Leuten bewohnt. Abgesehen von den Milizen dürftet ihr auf keinen Widerstand treffen. Bringt alles mit, was uns von Nutzen sein könnte.«

Archie lächelte verhalten.

»Noch eines, Alexander. Versucht, euch an die Indianer zu halten und solche, die sich wie sie kleiden, alle eben, die euch an die Skalps wollen... Frauen und Kinder werden nicht angerührt. Befehl von Wolfe. Ist das klar?«

»Vollständig klar.«

Archies Lächeln verschwand.

»Es tut mir sehr leid um Evan Cameron. Er war ein tapferer Soldat. Man hat mir seine persönlichen Besitztümer übergeben...«

»Darf ich dich um einen Gefallen bitten... Archie?«

»Ich höre.«

Alexander zögerte.

»Evan besaß ein goldenes Medaillon mit einem Porträt darin...«

»Ja, das befindet sich in meiner Obhut.«

»Ich... ich würde es gern haben.«

Archie sah ihn fragend an.

»Aus welchem Grund möchtest du dieses Medaillon, Alex?«

»Das ist eine persönliche Angelegenheit.«

»Wenn ich gegen die Vorschriften verstoßen soll, brauche ich einen guten Grund dazu, mein Freund. Du bist nicht verwandt mit ihm...«

Alexander hatte keine Ahnung, wie er erklären sollte, warum er das Medaillon an sich nehmen wollte. *Ich möchte es Soldat MacCallum zurückgeben, seiner Frau, der Dame, die darin abgebildet ist...* Doch mit einem Mal kam ihm eine Begründung in den Sinn.

»Ich kenne die Frau auf dem Porträt. Eine gemeinsame Freundin, die mir sehr teuer ist...«

»Hmmm... ich werde sehen, was ich tun kann, Alex. Und nun pack deine Sachen, ihr marschiert in einer Stunde ab.«

»Ja, Sir.«

Er knallte die Hacken zusammen und nickte kurz.

»Ein Letztes noch...«

»Ja, Sir?«

»Ich hatte dich noch aus einem anderen Grund nach deinem Verhältnis zu deinen Brüdern gefragt: Coll hat die Kompanie gewechselt. Hauptmann Macdonald hat ihn auf meinen Vorschlag hin in die unsrige übernommen. Das wollte ich dir noch sagen, bevor du dorthin zurückkehrst.«

Archie wartete auf Alexanders Reaktion, die zunächst jedoch ausblieb.

»Soll ich Euch jetzt dafür danken, Sir?«

»Ich dachte, ich hätte dich so verstanden, dass...«

Archie runzelte die Stirn. Alexander wandte sich ab. An dem ausgefransten Saum der Stadt unterhalb des Cap Diamant lagen in Québec einige Schiffe auf Reede. Er atmete tief ein und stieß die Luft langsam wieder aus. Die Nachricht hatte ihn überrumpelt. Das kam so plötzlich. Gewiss, mit Coll verstand er sich besser. Aber er wollte nichts überstürzen. Zwölf Jahre der Trennung und der Verbitterung ließen sich nicht so einfach auslöschen. Andererseits gab sich Coll große Mühe, ihm wieder näherzukommen.

»Doch, ich danke dir, Archie... aufrichtig.«

Der feuchte Boden dämpfte ihre Schritte. Die gut gepflegten Brown-Bess-Gewehre blitzten in dem diffusen Licht auf. Die Sonne versuchte den hartnäckigen, milchigen Nebelschleier zu durchdringen. Drückende Hitze herrschte, und ihre feuchten Kleidungsstücke juckten auf der Haut.

Ihr Unternehmen war anstrengend, aber recht erfolgreich verlaufen. Es war zu zwei folgenlosen Scharmützeln und ein paar einzelnen Schüssen gekommen. Nur ein Mann war verletzt worden, er hatte sich den Knöchel leicht verstaucht. Sie hatten recht ordentliche Beute gemacht: sieben Kühe, ein Kalb, vier Schweine, acht Ferkel, etwa zwanzig Hühner und eine große Anzahl diverser Lebensmittel, die sie auf einen »entliehenen« Ochsenkarren verladen hatten. Dazu kamen noch einige Möbelstücke, welche die Offiziere sicherlich zu schätzen wissen würden, Küchenutensilien, Werkzeug sowie eine Geige. Duncan MacCraw hatte ein Eichhörnchen in seinem Käfig mitnehmen wollen. Doch Sergeant Campbell hatte ihm das untersagt, »außer wir kochen Suppe davon«. Also hatte MacCraw den Käfig zurückgelassen.

Alexander hatte die Gelegenheit genutzt, um insgeheim selbst eine spezielle Beute zu machen. Der Sergeant hatte ihn in den ersten Stock eines kleinen Bauernhauses geschickt, während er selbst sich der Vorräte im Erdgeschoss annahm. In dem einzigen Zimmer unter dem Dach hatte Alexander eine Truhe aus Zedernholz entdeckt, die Frauenkleider enthielt. Er hatte schon wieder hinuntergehen wollen, da er nicht sah, was er damit hätte anfangen sollen, doch da war ihm ein Bild vor Augen getreten: Leticia in Röcken. Da hatte er die Truhe mit neu erwachtem Interesse betrachtet. Kleider für Leticia... In Frauenkleidern würde sie viel leichter desertieren können. Auf eine Frau würde die Miliz nicht schießen... Daher hatte er eilig ein paar Teile in seinen Ranzen gestopft und konnte es kaum abwarten, ihr seinen Fund zu zeigen...

Langsam kehrte die Abteilung ins Lager zurück. Munro sang mit seiner dröhnenden Stimme eine selbst gedichtete Ballade, und die anderen begleiteten ihn fröhlich. Leticia marschierte vor

Alexander. Ihre Hüften wiegten sich im Takt ihrer Schritte, so dass die Falten ihres Kilts nur so flogen. Der junge Mann musste sich fast Gewalt antun, um den Blick abzuwenden und seine wollüstigen Gedanken zu unterdrücken. Laut erklang Munros Stimme.

»*Cailin mo rùin-sa is leannan mo ghràidh... ainnir mi chridhh-sa's i cuspair mo dhàin. Tha m'inntinn làn sòlais bhi tilleadh gun dàil, gu cailin mo rùin-sa is leannan mo ghràidh...*«*

Ach, er hätte solche Lust gehabt, ihr diese Worte zuzuflüstern... Während seine Gedanken noch zwischen Lüsternheit und schlechtem Gewissen schwankten, sah er, wie John Macleod sich aus der Kolonne löste und, eine Hand auf die Blase gepresst, zum Waldsaum rannte. Sergeant Campbell befahl ihm, sofort stehen zu bleiben, und richtete die Waffe auf ihn. Nach zwei weiteren Fällen von Desertion hatten die Offiziere die Order erhalten, ihre Männer streng im Auge zu behalten.

»Macht Euch keine Gedanken, Sergeant, ich will bloß pinkeln...«

Anzügliches Gelächter quittierte seine Antwort. Die Kolonne wurde langsamer und kam schließlich zum Stehen. Campbell sah seinen Soldaten an, der die Landschaft begoss und dazu pfiff. Doch mit einem Mal verstummte der Soldat.

»Sergeant... da ist... etwas!«

Alexander ergriff sein Gewehr und entsicherte es. Auf Campbells Befehl rückten die Männer zusammen. Alle hielten ihre Waffen schussbereit und warteten darauf, eine Horde Wilder aus dem Wald auftauchen zu sehen. Macleod tat einige Schritte nach rechts und blieb erneut stehen. Die Hühner gackerten; eine Kuh brüllte.

»Was ist, Macleod?«, brüllte der Sergeant.

Alle hatten die Luft angehalten; die Angst saß ihnen in den Eingeweiden. Macleod bückte sich.

---

* Meine Liebste, willst du mein sein, ganz hingebungsvoll, bescheiden und süß? Mein Herz füllt sich mit Sehnsucht und Begehren; komm zu mir, meine Liebste, meine Treue soll dir gehören...

»Macleod! Was habt Ihr da?«

»Oh mein Gott! Sergeant! Sergeant! Es ist einer von unseren Leuten! Einer der Unsrigen!«

Der Soldat kam aus dem Unterholz gerannt und lief entsetzt auf die Gruppe zu. Leticia warf Alexander einen besorgten Blick zu. Campbell befahl zwei weitere Männer zu sich, und sie begaben sich mit angelegtem Gewehr dorthin, wo Macleod eben noch gestanden hatte. Bei ihren entsetzten Ausrufen und Flüchen zog sich Alexander vor Angst der Magen zusammen: John?

»Nein, geh nicht hin, Alex!«

Leticia hielt ihn fest, doch er riss sich schroff von ihr los.

»Ich muss wissen, was meinem Bruder zugestoßen ist.«

Die Leiche lag auf dem Rücken und wandte ihm das Gesicht zu – beziehungsweise das, was davon übrig war. Ein Teil des Haars war verschwunden, und auf dem nackten Schädel wimmelten Insekten. Die Raben hatten dem Toten bereits Augen und Nase ausgehackt. In dem Mund, der zu einem letzten Schrei aufgerissen war, kam und ging eine ganze Armee von Fliegen und Ameisen. Der unerträgliche Gestank ließ Alexander zurückweichen. Trotz des entsetzlichen Anblicks war der junge Mann erleichtert. Der Tote war nicht mehr zu erkennen, doch aus seiner roten Uniform, die ihn als Mitglied des Regiments von Amherst auswies, konnte man schließen, dass es sich nicht um John handelte. Alexander begann zu wünschen, sein Zwillingsbruder möge tatsächlich desertiert sein.

In den Büschen bewegte sich etwas und zog seine Aufmerksamkeit an. Er hielt den Atem an und neigte leicht den Kopf. Die Zweige der Hornsträucher bebten kaum wahrnehmbar. Die Hände um sein Gewehr gekrampft, schlich er sich an die Stelle heran. Kein Zweifel: Dort versteckte sich jemand. Die Büsche bewegten sich, und eine Gestalt stürzte heraus. Er zog den Dolch und nahm die Verfolgung auf.

Innerhalb von Sekunden hatte er den Flüchtenden eingeholt. Als er den Gegner erreichte, packte er seinen Schopf und riss ihm brutal den Kopf nach hinten. Ein Schrei stieg aus der Kehle seines Gefangenen auf und endete in einem entsetzlichen Gurgeln. Keuchend und noch unter dem Eindruck seiner Furcht ließ Alexander den reglosen Körper zu seinen Füßen fallen. Als er langsam wieder zu sich kam, registrierte sein Verstand, was er sah, und er stöhnte auf.

»Oh, nein!«

Die Haut des Toten war glatt und blass. Braune, von langen, schwarzen Wimpern gesäumte Augen starrten ihn blicklos an. Alexander erschauerte, und ein Gefühl tiefsten Abscheus überkam ihn: Er hatte einen Knaben von kaum zwölf oder dreizehn Jahren getötet...

»Dahinten ist noch einer!«, hörte er Campbell. »Holt mir diesen...«

Ein Schrei erscholl in seiner unmittelbaren Nähe. Alexander riss den Kopf hoch und begegnete dem verängstigten Blick einer jungen Frau. Dann raffte sie ihre Röcke und gab Fersengeld.

»He, Macdonald!«, brüllte der Sergeant, der mit einem Mal hinter ihm war. »Fangt mir diese kleine Schlampe!«

Doch Alexander verharrte bewegungslos, und der Befehl traf auf taube Ohren. Der fade Geruch, der von dem Blut des Kindes aufstieg, machte ihn schwindlig. Campbell fluchte und nahm selbst die Verfolgung der Frau auf, die er ohne große Mühe einholte. Die Ärmste schrie vor Entsetzen und schlug um sich wie eine Teufelin, was den Zorn des Sergeanten nur noch anstachelte.

»Wirst du wohl still sein?«

Unter seinem bedrohlichen Blick verstummte die Frau. Campbell stieß sie mit der Spitze seines Bajonetts zu Boden. Als er begann, ihre Röcke hochzuschieben, schrie sie erneut. Campbell presste ihr eine Hand auf den Mund, zerrte mit der anderen an ihren Kleidern und lachte.

Regungslos sah Alexander auf die Szene. Mit einem Mal fuhr er zusammen. Leticia hatte eine Hand auf seinen Arm gelegt und schüttelte ihn.

»Du darfst das nicht zulassen, Alex! Halt ihn auf, um Gottes willen!«

Aschfahl, mit vor Grauen aufgerissenen Augen, flehte sie ihn an. Er zögerte. Was konnte er schon ausrichten? Campbell war sein Vorgesetzter. Er konnte ihm nicht befehlen, damit aufzuhören, und erst recht keine Hand gegen ihn erheben. Die anderen Männer sahen mit unsicherer Miene zu, wie der Sergeant der Frau Gewalt antat.

»Alex!«, wiederholte Leticia gereizt.

»Und was, bitte, soll ich unternehmen?«, entgegnete er in schneidendem Tonfall.

Seine Untätigkeit ärgerte ihn selbst. Um sein schlechtes Gewissen zu beruhigen, sagte er sich immer wieder, dass er nichts für das Mädchen tun konnte. Da ließ Leticia seinen Arm los und marschierte mit festen Schritten auf den sich rhythmisch bewegenden Sergeanten zu, unter dem die Frau immer noch schrie und heftig zappelte.

Leticia legte ihr Gewehr an und zielte auf den Rücken des Offiziers. Als Alexander das sah, reagierte er endlich und war mit einem Sprung bei ihr. Mit dem Arm schlug er von unten gegen das Gewehr, das im Bogen davonflog und im hohen Gras landete. Im selben Moment stieß Campbell seinen Lustschrei aus.

»Ihr seid solch ein Bastard!«, zischte Leticia. »Ihr missachtet den Befehl, Frauen und Kinder zu verschonen...«

Roderick Campbell schüttelte sich vor Lachen, stand langsam auf und richtete die Falten seines Kilts. Kalt musterte er Leticia.

»Sie gehört Euch, Soldat MacCallum. Aber vielleicht lassen Frauen Euch ja gleichgültig?«

Leticia erstarrte. Forschend musterte Campbell ihr Gesicht, auf der Suche nach einer Lücke in ihrem Schutzpanzer, den sie gegen seine Attacke zu errichten versuchte. Sie atmete schwer und sah die Unglückliche an, die immer noch gekrümmt im Gras lag und schluchzte. Der Sergeant folgte ihrem Blick und lächelte spöttisch.

»Na, gefällt sie Euch etwa nicht?«

Leticia durchbohrte ihn mit einem bösen Blick. Alexander hatte recht. Sie konnten nichts für diese armen Teufel tun. Sie fuhr herum, dass ihr Kilt flog. Campbell ließ wie nebenbei den

Blick über den sich bauschenden Tartan huschen und wandte sich als Nächstes an Alexander.

»Und Ihr, Macdonald, wollt Ihr nicht?«

Der junge Mann reckte das Kinn und schluckte die scharfe Bemerkung, die ihm auf den Lippen lag, herunter.

»Und dabei habt Ihr Euch vor nicht allzu langer Zeit nicht derart geziert. Ist sie Euch vielleicht nicht hübsch genug? Gewiss, Kirsty war ein nettes kleines Ding... Ihr erinnert Euch doch noch an sie, oder, Macdonald?«

Alexander erstarrte. Campbell winkte vier seiner Männer heran und wies auf die Leichen des Knaben und des Soldaten.

»Sorgt dafür, dass die hier begraben werden!«

Dann wandte er sich erneut an Alexander.

»Gute Arbeit, Soldat Macdonald! Ich glaube, wir können uns einig werden: Ich habe nicht gesehen, was Ihr getan habt, und Ihr habt nichts von meinem kleinen... Ausrutscher mitbekommen. Versteht Ihr, ich habe keine Lust, Oberst Fraser am Hals zu haben.«

Wie gelähmt vor Bestürzung stand Alexander da. Kirstys Name hallte in seinem Schädel nach wie das Echo einer entsetzlichen Erinnerung. Ein Krampf zog seinen Magen zusammen. Wie war es möglich, dass Campbell davon wusste? Zutiefst verächtlich beugte der Sergeant sich über die junge Frau, die immer noch zusammengekrümmt auf dem Boden lag.

»Verschwinde von hier, und sag deinen Leuten, dass wir... Ach, dieses verfluchte Land! Spricht hier jemand Französisch?«

»Ich«, antwortete Korporal Ross.

»Sagt ihr, dass dies nur ein Vorgeschmack dessen ist, was sie und ihre Leute erwartet, wenn sie weiter Hinterhalte gegen unsere Männer legen...«

Ross übersetzte so gut er konnte, wobei er versuchte, die Drohung etwas zu mildern. Die Frau unterdrückte ein Schluchzen und warf ihm einen hasserfüllten Blick zu. Zitternd stand sie auf und versuchte, etwas Ordnung in ihre Kleidung zu bringen, dann setzte sie stolz ihre Haube wieder auf und schob eine Strähne darunter, die ihr schlaff in die Stirn gehangen hatte.

Sie murmelte noch ein paar Worte, die Alexander nicht verstand, deren Bedeutung er jedoch aus ihrem Ton ableiten konnte. Schließlich rannte sie davon, in die Wälder. Alexander schluckte. Er wagte es nicht, sich zu rühren, bis sein Vorgesetzter den Ort seines abscheulichen Verbrechens verlassen hatte. Erst dann ging er zu den anderen, um ihnen beim Ausheben der Gräber zu helfen.

Die Soldaten verließen das Haus und nahmen alles mit, was sie gebrauchen oder vielleicht verkaufen konnten. Alexander, der von dem Mord an dem Kind, den er kurz zuvor begangen hatte, noch zu aufgewühlt war, zog es vor, draußen Wache zu halten. Er hatte keine Lust, ein weiteres Mal an der Plünderung des Besitzes der armen Bewohner teilzunehmen, die sich zweifellos nicht weit entfernt versteckt hielten. Die Sonne ging unter, überzog den Himmel mit orangefarbenen Streifen und warf ein sanftes, goldenes Licht über die Landschaft. Belebt von der Aussicht auf eine von reichlich Rum begleitete Mahlzeit, plauderten die Männer fröhlich miteinander, während sie die kostbaren Esswaren und verschiedene Gegenstände auf den Karren luden.
Der Sergeant gab seine Befehle: Das Haus sollte niedergebrannt werden. Alexander runzelte die Stirn. Reichte es nicht aus, dass sie die Häuser plünderten; mussten sie auch noch alles brandschatzen? Er seufzte. So war der Krieg nun einmal. Man rechtfertigte so vieles, um zu überleben… Um ihn herum erhob sich das abendliche Krächzen der Raben. Rasch drang ihm der durchdringende Rauchgestank in die Lungen. Es brauchte nicht lange, bis die Flammen an den Holzwänden hochleckten. Alle betrachteten das Haus, das nach und nach vom Feuer ergriffen wurde, als aus dem Flammenmeer eine vom Knistern des Brandes fast übertönte Stimme zu ihnen drang. Alexander stockte das Blut. Die entsetzten Blicke Leticias und der anderen, die dasselbe gehört hatten wie er, bestätigten seine Befürchtungen: Da war noch jemand im Haus, der sich wohl dort versteckt gehalten hatte…

Der Schrei ertönte noch einmal, lauter jetzt. Dann stieg mitten aus den Flammen ein entsetztes Geheul auf. Jetzt versuchten die Männer panisch, in das Haus einzudringen, doch vergebens. Die starke Hitze, unter der die Fensterscheiben zersprangen, trieb sie zurück. So standen sie ohnmächtig da und wohnten dem sinnlosen Tod eines oder mehrerer unschuldiger Menschen bei. Kurz darauf verstummten die Schreie und das Wimmern. Ein bleiernes Schweigen senkte sich über sie, in dem nur gemurmelte Gebete und das Grollen des Feuers zu hören waren. Alexander fühlte sich von einer tiefen Trauer niedergedrückt. *Wenn man alles recht bedenkt, bin ich nicht besser als die verfluchten Sassanachs...*

Als Alexander ins Zelt trat, unterhielt Archibald Campbell sich mit Fähnrich MacQueen aus Camerons Kompanie. Der Offizier, der seinen Neffen nach seiner Rückkehr ins Lager zu sich hatte rufen lassen, bedeutete ihm, einen Moment zu warten. Dem jungen Mann gingen immer noch die Schreie und die Bilder von Frauen und Kindern, die von den Flammen verschlungen wurden, im Kopf herum. Zum Glück dämpfte der Alkohol seine Empfindungen ein wenig.

Um sich von seinen bedrückenden Gefühlen abzulenken, ließ er diskret den Blick durch den Raum schweifen. Da stand ein einfaches Feldbett, ein wenig zu schmal für Archies kräftige Gestalt. Ein alter Stuhl war anscheinend nur noch dazu gut, als Kleiderständer zu dienen. Aus Brettern, die auf Böcken standen, war ein Schreibtisch gebaut worden. Darauf lagen diverse, mit Steinen beschwerte Schriftstücke. In einer Ecke stand eine offene Schatulle, in der man die wenigen persönlichen Gegenstände erkennen konnte, die sie enthielt. Darunter erblickte Alexander das Medaillon, das Evan gehört hatte.

Als der junge Mann erneut den Kopf zu Archie umwandte, stellte er fest, dass dieser inzwischen allein war und ihn forschend ansah.

»Wie ich höre, habt ihr die Leiche von Jonathan Hennery gefunden...«

»Ja, Sir.«

»Der Unselige war desertiert. Irgendeine Spur von deinem Bruder?«

»Nein, Sir.«

Archibald holte tief Luft, verzog das Gesicht und wandte ihm den Rücken zu. Er hatte die Perücke abgenommen und in seine Tasche gesteckt, doch der Pferdeschwanz hing heraus und baumelte bei seinen Schritten wie ein Marderschweif. Archie trug das leuchtend rote Haar ziemlich kurz geschnitten. Die Haut an seinem nackten Hals trug noch die Spuren des Lederkragens, den er ebenfalls abgenommen hatte. Mit dem Rücken zu ihm musterte Archie die Zeltreihen, zwischen denen Rauchsäulen aufstiegen. In den Töpfen kochte die Abendmahlzeit.

»Gut, aber ich habe dich nicht hergebeten, um darüber zu sprechen.«

Mit undeutbarer Miene drehte er sich um. Langsam nahm er das Medaillon auf, drehte es zwischen den Fingern und sah es an.

»Weißt du, ob Cameron noch Familie in Schottland hatte? Ansonsten bin ich verpflichtet, seine Besitztümer unter den Männern aufzuteilen.«

»Familie...? Nicht dass ich wüsste.«

»Und diese gemeinsame Freundin?«, fuhr der Leutnant leise fort und wies auf das Porträt in dem Medaillon. »Ihr Gesicht kommt mir irgendwie bekannt vor. Aus welchem Teil der Highlands stammt sie?«

Der junge Mann gab keine Antwort und schaute auf das Medaillon, um dem forschenden Blick seines Onkels nicht zu begegnen.

»Hmmm... nun gut. Du hast angedeutet, sie sei dir sehr teuer...«

»Ähem... ja.«

»Wäre es möglich, dass es sich bei der Dame um Camerons Frau handelt?«

»Seine... Frau?«

»Wir haben einen Brief bei Cameron gefunden, eine Art Testament, denn darin legt Evan seinen letzten Willen dar. Es geht auch dich an...«

Verblüfft sah Alexander zu ihm auf. Sein Freund hatte ihm gegenüber nie ein Testament erwähnt.

»Das Dokument ist auf den 23. Juli 1758 datiert. Wenn ich mich recht erinnere, lagen wir zu diesem Zeitpunkt vor Louisbourg. Ob du verliebt in Evans Frau bist, interessiert mich wenig, Alex. Außerdem hatte Evan offensichtlich nichts gegen deine Zuneigung zu seiner Frau einzuwenden, denn in dem Brief bittet er dich, sie zu heiraten, falls ihm etwas... zustoßen sollte. Das Testament ist juristisch einwandfrei, da es von zwei Zeugen unterzeichnet ist, die seine Echtheit bekunden können. Sehr eigenartig ist allerdings, dass Cameron den Namen seiner Gattin nicht nennt. Aber ich vermute, du kennst sie...«

Während Archie ihm den Inhalt des Briefs enthüllte, waren Alexander die Knie weich geworden. Leticia heiraten? Evan vererbte ihm gleichsam seine Frau? Das war ja lächerlich! Warum hatte sein Freund nie mit ihm darüber gesprochen? Und dann fiel ihm der Abend ein, an dem Evan ihn gefragt hatte, ob er Leticia liebe. Damals hatte er die Frage merkwürdig gefunden. Erst jetzt begriff er, worauf Evan hinausgewollt hatte. Aber...

»Ich... ich kann nicht tun, was er da von mir verlangt, Archie.«

»Offensichtlich nicht, Alex.«

Er hielt ihm das Medaillon hin.

»Behalte es. Du kannst es seiner Witwe bringen, wenn du zurück in Schottland bist.«

»Danke, Sir.«

»Was den Rest angeht... da wir nicht die geringste Ahnung haben, wohin wir seine persönliche Habe schicken sollen... und da ich weiß, dass Soldat MacCallum sehr an ihm gehangen hat... wie wäre es, wenn ihr beide die Sachen unter euch aufteilt?«

Alexander schluckte. Archie rieb sich das Kinn, ohne ihn aus den Augen zu lassen. Er musste bemerkt haben, dass er sich zunehmend unwohl fühlte. Ein wissendes Lächeln umspielte seinen Mund.

»Übrigens, wie geht es ihm?«

Archie unterstrich seine Frage mit einem Räuspern und sah ihn aus seinen hellen Augen an. Er wusste Bescheid...

»Er wird es überstehen...«

Der Offizier nahm die Schatulle und inspizierte kurz den Inhalt: ein Taschenmesser, ein paar Geldstücke, ein silberner Reif, der zweifellos einen Ehering darstellte. Diese wenigen unbedeutenden Gegenstände waren die ganze schmale Hinterlassenschaft des Verstorbenen. Er überreichte sie Alexander, der nicht wagte, ihm ins Gesicht zu sehen.

»Übermittle ihm mein Beileid...«

»Ja, Sir.«

Nachdem Alexander sich vergewissert hatte, dass niemand kam, ließ er die Zeltklappe wieder fallen und wandte sich zu Leticia um, die mit dem Zeigefinger über das Medaillon strich. Tränen liefen über die Wangen der jungen Frau. Alexander hatte ihr Evans persönliche Habe übergeben, die rechtmäßig ihr gehörte, darunter auch das Testament. Die beiden waren sich einig, dass es nicht in Frage kam, es zu erfüllen... im Moment jedenfalls nicht.

Trotz allem, was Alexander unbestreitbar für sie empfand... wollte er Leticia wirklich heiraten? Wollte er, der stets wie ein Vagabund auf der Heide der Highlands gelebt hatte und nichts besaß, sich tatsächlich für das ganze Leben an eine Frau binden? Auf der anderen Seite vermochte der junge Mann sich nicht mit der Vorstellung anzufreunden, dass sie allein fortgehen könnte... vor allem, nachdem er miterlebt hatte, was einer Frau, die allein in den Feldern unterwegs war, zustoßen konnte.

»Ich habe etwas für dich, MacCallum...«

Er öffnete seinen Ranzen und zog ein Stoffbündel hervor, das er auf sein Lager legte. Verständnislos sah Leticia auf den Berg von Kleidungsstücken.

»Alex... Was ist das?«

»Du glaubst doch wohl nicht, dass du so, in Männerkleidern, fliehen kannst?«

Zufrieden lächelnd schlug er ein Hemd aus Baumwollstoff, einen Rock aus handgewebtem Tuch und ein kurzes Mieder aus braunem Filz auseinander.

»Hast du das alles für mich gestohlen?«

Er lachte herzhaft.

»Nun ja, der Rock ist mir zu kurz, und das Mieder engt mich ein wenig ein... Da habe ich an dich gedacht.«

Leticia entspannte sich und lachte mit. Das war heute das erste Mal, dachte er bei sich. Es erfüllte ihn mit Freude, sie über ein paar Stücke Stoff lächeln zu sehen. Leticia strich zärtlich über die Stickereien und Bänder, doch sie wagte nicht, die Röcke zum Probieren anzuhalten.

»O Alex!«

Der Blick ihrer grauen Augen, die wie ein Himmel voller Regenwolken wirkten, beunruhigte ihn. Tränen hingen plötzlich an ihren Wimpern und standen in ihren Augenwinkeln. Er wischte sie weg und ließ die Finger auf ihrer Wange verweilen.

»Da ist etwas, das ich dir sagen muss«, flüsterte sie. »Du musst es wissen...«

Sie nahm seine Hand und legte sie auf ihren Leib.

»Ich erwarte ein Kind, Alex.«

Die Verblüffung verschlug ihm die Sprache. Ein Kind? Sie war schwanger?

»Bist du dir sicher? Ich meine...«

Sie nickte. Er sah auf ihren Bauch hinunter. Evans Kind... sie trug sein Kind... Jetzt hatte er keine andere Wahl: Er musste seinen Plan so rasch wie möglich in die Tat umsetzen.

»Jetzt verstehst du, warum ich dich brauche, Alex. Ich kann mir nicht erlauben, lange um Evan zu trauern. Aber ich tröste mich mit dem Gedanken, dass er immer bei mir, in mir ist.«

»Leticia, du darfst nicht länger warten!«

»Ich weiß, ich weiß. Kommst du denn mit mir, Alex?«

»O Leticia! Ich lasse dich nicht allein gehen... jetzt nicht mehr, unmöglich!«

Leticia wusste genau, dass er hin- und hergerissen war und mit seinem Gewissen rang. Inzwischen kannte sie ihn gut, obwohl er ein ziemlicher Einzelgänger und nicht besonders gesprächig war. Was sie von ihm verlangte, bedeutete, dass er den Grund fallen ließ, aus dem er zu König Georges Armee gegangen war: seine Fehler aus der Vergangenheit wiedergutzumachen. Hatte sie das Recht, ein solches Opfer von ihm zu verlangen? Nein. Aber sie brachte es nicht fertig, auf ihn zu verzichten. Sie brauchten ihn, ihr Kind und sie selbst.

Aber sie liebte ihn auch… seit jenem Tag, an dem er sie auf der *Martello* in der Segelkammer ertappt hatte. Ihre Gefühle hatten sie in Verwirrung gestürzt. Konnte man denn zwei Männer zugleich lieben? Aber genau das hatte sie empfunden. Evan hatte es immer gewusst, aber nie etwas gegen diese Zuneigung unternommen. Vielleicht hatte er geahnt, dass sie Alexander eines Tages brauchen würde. Nicht jeder Mann kehrte lebend aus dem Krieg zurück… So hatte sie beide Männer von ganzem Herzen geliebt, aber nur einem von ihnen ihren Körper geschenkt. Doch jetzt war Evan tot. War es schlecht, sich jetzt Alexander hinzugeben? Bedeutete das, dass sie die Liebe zu ihrem Mann verleugnete?

In Gedanken verloren streichelte Alexander zerstreut ihren Arm. Nein, entschied sie. Wenn Evan verlangte, dass sein Freund sie nach seinem Tod heiratete, dann deswegen, weil er ihnen seinen Segen gab. Sie betrachtete Alexanders Profil. Seine Adlernase ließ ihn ein wenig derb aussehen, und sein Mund mit den vollen, leicht schmollend aufgeworfenen Lippen deutete auf ein hitziges Temperament hin. Seine rauen Züge erinnerten sie an Evan. War es das, was ihr gleich zu Beginn an ihm gefallen hatte? Oder eher der Blick seiner saphirblauen Augen, durch die man wie durch klares Wasser in seine Seele schauen konnte? Eine verletzte, getriebene Seele war das, die auf diesem elenden Planeten verzweifelt nach dem Sinn ihrer Existenz suchte. Auch in Evans Blick hatte dieses düstere Leuchten gelegen, das sie so berührt hatte. Ein leises, bitteres Lachen entrang sich ihr und riss Alexander aus seinen Grübeleien.

»Wie lange bist du schon schwanger?«
»Drei Monate vielleicht, länger nicht.«
»Drei Monate! Hat Evan davon gewusst?«
»Ja.«
»Bald wirst du deinen Zustand nicht mehr verbergen können! Und du darfst nicht mehr hinter den Wilden herjagen. Das ist viel zu gefährlich. Und dann könntest du dir noch die Ruhr einfangen. Wir müssen Lebensmittel für einige Tage zusammenbringen, und dann brechen wir auf. In einer oder zwei Wochen werden wir frei sein, Leticia ...«

Sie nickte und legte die Hand auf seine Wange, die warm und ein wenig rau war. Die Muskeln unter ihren Fingern spannten sich an. Alexander schloss die Augen, nahm ihre Hand und küsste ihre Finger.

Mit einem Mal wurde die Zeltklappe zurückgeschlagen. Coll trat ein und erstarrte sogleich. Leticia stieß einen Schrei aus und griff eilig nach den Frauenkleidern, um sie zu verstecken. Ein paar Sekunden lang stand Coll sprachlos da, dann räusperte er sich.

»Ich wollte nicht... Ich dachte nicht, dass... Bedaure.«

Alexander sah seinen Bruder an. Coll wusste Bescheid über Leticia. Aber er ahnte noch nichts von der neuen Wendung, die ihre Beziehung seit Evans Tod genommen hatte. Was würde er über sie denken? Leticia wandte ihnen zutiefst verlegen den Rücken. Ihr Mangel an Vorsicht hätte sie beide teuer zu stehen kommen können. In Zukunft mussten sie besser aufpassen. Auf der anderen Seite könnte Coll ihnen ein wertvoller Helfer sein, wenn sie ihn in ihre Pläne einweihten...

Endlich drehte Leticia sich um. Unausgesprochen stimmte sie ihm zu, als hätte sie das Gleiche gedacht wie er.

»Sag es ihm, Alex. Er ist dein Bruder; er muss die Wahrheit erfahren.«

»Bist du dir sicher, dass du das wirklich willst?«
»Ja.«

7

Verwirrte Herzen

Der Regen hatte aufgehört, und die Sonne übergoss Québec mit ihrem warmen Schein. Die Wasserpfützen, die noch auf dem Boden standen, verdunsteten und verwandelten sich in einen Nebelschleier, der über den schlammbedeckten Straßen hing. Isabelle stützte die Ellbogen auf die Terrassenbalustrade des Château Saint-Louis und betrachtete das feindliche Lager auf dem anderen Ufer. Sie hatte sich angewöhnt, täglich herzukommen, um festzustellen, welche Fortschritte die englischen Befestigungen auf den Landzungen von Pointe de Lévy und Pointe aux Pères machten.

Hunderte von Zelten leuchteten in der Sonne und bildeten helle Flecken rund um die Kirche, deren spitzen Turm sie erkennen konnte. Einige kleine Befestigungen ragten auf, aber viel besorgniseinflößender waren die großen Geschützstellungen, die Tag für Tag wuchsen. Québec würde bombardiert werden. Nicolas hatte versucht, sie zu beruhigen und ihr versichert, die englischen Geschosse würden nie und nimmer die Rue Saint-Jean erreichen. Das Lagerhaus ihres Vaters allerdings war gefährdet, so wie die ganze Unterstadt. Nach und nach verließen die Bewohner ihr Viertel und suchten Unterschlupf bei anderen, die in der Oberstadt wohnten.

Zwei Tage nach der Landung der Engländer auf der Île d'Orléans hatte der Gouverneur angeordnet, die Stadttore zu schließen. Die Belagerung von Québec dauerte nun schon siebzehn Tage an. Nicolas war sehr beschäftigt gewesen, so dass sie ihn nur einige Male hatte sehen können. Und dazu waren ihre

Begegnungen auch noch sehr kurz gewesen. Seit der Feind vor drei Tagen versucht hatte, an der Küste von Beauport an Land zu gehen, und unterhalb von Sault de Montmorency ein weiteres Lager errichtet hatte, hatten sie noch weniger Zeit füreinander. Doch wenn man Julien glauben wollte, der Madeleine regelmäßig Nachrichten schickte, hatten die Engländer schon jetzt viel mehr Männer verloren als bei der letzten Schlacht.

Unter diesen Umständen gab es nur selten Gelegenheiten, sich zu zerstreuen. Abendgesellschaften, Bälle und Picknicks fanden nicht mehr statt. Zum Glück hatte sie Madeleine. Gemeinsam gelang es den beiden Freundinnen zu vergessen, dass der Feind unmittelbar vor Québec stand, und ein wenig zu lachen.

Abgespannt und begierig, wieder in die relative Sicherheit ihres Elternhauses zurückzukehren, nahm Isabelle ihren leeren Korb und schlug den Heimweg ein. Seit einigen Tagen half sie ihrer Cousine, Schwester Clotilde, bei der Verteilung von Lebensmitteln an die armen Wesen, die sich in einem nicht enden wollenden Strom vor den Kirchen einfanden. Die Nahrungsmittel begannen knapp zu werden.

Als sie die Place d'Armes überquerte, erblickte sie ihren Bruder Guillaume, der in seiner schönen grauen Uniform mit den roten Tressen an den Waffenübungen teilnahm. Vor einer Woche hatte er verkündet, er werde in die Royal-Syntaxe eintreten, ein Regiment, das man aus Schülern des Jesuitencollegs aufstellte, nachdem dort wegen der besonderen Lage der Unterricht eingestellt worden war. Ihre Mutter wäre beinahe in Ohnmacht gefallen. Aber Guillaume, der sechzehn Jahre alt und begeistert von der Vorstellung war, für sein Land zu kämpfen, hatte ihr Gezeter und ihre Drohungen ignoriert. Jetzt lebten nur noch Ti'Paul und sie zu Hause. Glücklicherweise war Ti'Paul noch zu jung, um die Waffen zu ergreifen. Isabelle hütete sich wohlweislich, ihm zu verraten, dass schon Kinder von zwölf Jahren in die kanadische Miliz eintreten konnten.

Wie immer seit einiger Zeit verlief das Abendessen in gedrückter Stimmung. Justine kritisierte die Truppen des Kanadiers

Jean-Daniel Dumas, eines kampferprobten Offiziers, der sich in der Schlacht am Monongahela-Fluss ausgezeichnet hatte. Seine Milizionäre beklagten sich unablässig über den schlechten Zustand ihrer Waffen und die fehlende Munition und forderten die gleichen Bedingungen wie die Männer in den regulären französischen Truppen, die den gleichen Dienst taten wie sie. Justine warf auch Montcalm seine Laxheit gegenüber dem Feind vor. »Man könnte glauben, er wartet, bis die Engländer die Stadt besetzen, um auch nur den kleinen Finger zu heben«, schimpfte sie.

Ti'Paul würzte das Gespräch, indem er lebhaft und in allen Einzelheiten die neuesten Horrorgeschichten wiedergab, die er auf der Straße aufgeschnappt hatte. Heute hatte er gehört, die Indianer hätten einige englische Soldaten gefangen, sie gefoltert und dann gegessen, woraufhin sie Bauchgrimmen bekommen hätten. Die Schreie der Opfer seien bis zu den Verschanzungen des Regiments von Lévis in Beauport gedrungen und hätten die ganze Nacht angedauert. Bei diesen Geschichten lief es Isabelle kalt über den Rücken, und sie zog es vor, nicht daran zu glauben.

Madeleine berichtete Neuigkeiten, die sie von Julien hatte. In den Lagerhäusern der Krone gingen die Nahrungsmittel rasch zur Neige. Wenn die Belagerung noch länger andauerte, würden die Engländer sie aushungern. Würden sich die Franzosen gezwungen sehen, wegen eines Stücks Brot zu kapitulieren? Worauf warteten sie denn noch, um anzugreifen? Montcalm hatte beschlossen, dass er abwarten würde, bis der Feind den ersten Schritt tat. Man vermutete, dass die Engländer unterhalb von Beauport eine Offensive starten würden: Englische Gefangene hatten Wolfes Pläne verraten. Wahrheit oder List? Die Lage wurde immer bedrückender. Die Soldaten konnten nachts kaum schlafen, schreckten beim kleinsten Geräusch hoch und schossen auf alles, was sich im Dunkel bewegte.

Merkwürdig still hörte Charles-Hubert zu, wie seine Familienrunde über diese Krise debattierte. Er selbst schien seinen gewohnten Elan verloren zu haben. Er aß langsam und in Gedanken. Immer noch gingen Gerüchte darüber um, dass Untersuchungen bezüglich der Bücher des Intendanten und seiner Getreuen im Gang seien. Der Hunger, unter dem die kleinen Leute litten, trug nicht dazu bei, die Gerüchte zu ersticken. Isabelle fragte sich, ob nicht das der Grund für die Niedergeschlagenheit ihres Vaters war.

Madeleine, die eins von Isabelles Kleidern trug, bewunderte sich im Spiegel. Der blutrote Florentiner Taft, der ihrem blassen Teint schmeichelte, raschelte bei jeder Bewegung angenehm. Lachend drehte die junge Frau eine Pirouette und vollführte einen Knicks vor Isabelle, die in die Hände klatschte.

»Was für ein Glück du hast, Isabelle, so viele schöne Kleider zu besitzen. Mein schönstes Kleid ist bloß aus Etamine und schon ganz abgetragen.«

Sie strich zärtlich über die Spitzen, die den Ausschnitt und die Ärmelaufschläge des Kleidungsstücks zierten. Cremefarbene Satinschleifen waren übereinander auf die Vorderseite des Mieders aufgesetzt. Hübsche, aus Silberfäden gestickte Schmetterlinge schmückten das Oberteil und den Rock, über den sich das vorne offene Kleid breitete.

»Darf ich Euch zum Tanz auffordern?«, meinte sie selbstzufrieden.

Isabelle schüttete sich vor Lachen aus und ließ sich auf das Bett fallen, das mit Unterröcken aus Satin und Damast, Seidenstrümpfen, Spitzenhandschuhen und Gazehauben bedeckt war. Während die jungen Frauen sich damit unterhielten, sämtliche Toiletten Isabelles auszuprobieren, hatte das Zimmer das Aussehen einer Modeboutique angenommen.

»Meinst du, mein Julien würde mich darin wiedererkennen?«

Madeleine reckte sich und legte die Hände unter die Brüste, um ihre Rundung zu betonen.

»Ich glaube, er würde verlangen, dass du einen Schal darüber trägst, liebe Cousine. Wie ungehörig!«

»Schau dich doch selbst an! Von uns beiden bist zweifellos du diejenige, die sich am schamlosesten beträgt. Seit einer Stunde stolzierst du in Korsett und Unterrock vor dem Fenster herum. Ich bin mir sicher, dass Monsieur Pelletier hinter seinen Fensterläden steht und dich beobachtet. Du solltest etwas anziehen, Isa.«

»Es ist zu warm. Außerdem soll sich Monsieur Pelletier ruhig die Augen ausgucken, wenn er Lust dazu hat… solange er seine Hände bei sich behält!«

Isabelle ergriff die Bürste aus Wildschweinborsten und zog sie durch ihr herrliches Haar, das wie ein honigfarbener Wasserfall über ihre Schultern fiel.

»Hast du Sehnsucht nach deinem Julien?«

»Hmmm…«

»Warum kannst du nicht bei ihm im Lager wohnen?«

»Der Krieg ist nichts für Frauen, Isa. Das müsstest du eigentlich wissen. Und außerdem hätte er ja gar keine Zeit, sich um mich zu kümmern! Dein schöner Monsieur des Méloizes vernachlässigt dich im Moment sicher auch ein wenig, oder?«

Nachdenklich legte Isabelle die Bürste aufs Bett und wälzte sich in dem Berg aus Stoffen herum. Sie streckte den Arm nach der Schublade ihres Nachttisches aus und suchte darin nach etwas. Dann schwenkte sie mit Siegermiene ein Buch durch die Luft.

»Was ist das?«

»Etwas, das uns auf andere Gedanken bringen wir… Voltaire, meine Liebe! Die *Jungfrau von Orléans*, nichts weniger!«

»Voltaire? Mein Onkel erlaubt dir, so etwas zu lesen?«

Isabelle gluckste vor Lachen und schlug eine mit einer blauen Häherfeder markierte Seite auf.

»Er braucht nicht zu wissen, dass ich diesen Band habe, Mado. Eigentlich hat… Schwester Clotilde ihn mir geliehen.«

»Wie bitte?! Schwester Clotilde?«

»Ich habe nur gescherzt, Cousine. Jeanne hat mir das Buch überlassen. Sie wollte ihrer Schwester Élise ihre Perlenkette nicht leihen. Um sich zu rächen, ist diese dann zu ihrer Mutter gelaufen und hat ihr erzählt, dass Jeanne das Buch besitzt. Da sie

fürchtete, sie würde ihr Zimmer durchsuchen und es finden, wollte Jeanne es lieber für einige Zeit loswerden. Hör dir das an. König Charles VII. kommt ins Bett seiner schönen Agnès Sorel:
Ahnt ihr Liebenden die funkensprühende Ungeduld von König Karl? Seht ihr ihn mit duftgetränkten Locken halb entkleidet in der Kammer Heiligkeit eindringen, wo die lieblichste der holden Feen ihn mit Scham und doch zugleich glückselig stolz erwartet? Kann es göttlichere und zärtlichere Augenblicke geben, als es der ist, da er ihr Lager kühn besteigt? O ihr klopfenden Männerherzen, du errötende Stirn eines jungfräulichen Weibes, deren Scham verhüllt entfliehen muss, während kleine Liebesgötter sie umfliegen!«

»Isa! Du wagst es, so etwas zu lesen? Monseigneur de Pontbriant behauptet, dieser Voltaire sei ein Mensch ohne Moral, und Atheist noch dazu!«

»Aber das war noch gar nichts. Warte, bis du hörst, wie es weitergeht:
Was erlauben sich die aufgerissenen, ganz geblendeten verzückten Augen des Verliebten an den mädchenhaften Reizen dieses Halses, dessen Weiße jeden Alabasterstein beschämt, an den wogenden, von der Liebe straff gespannten Brüsten mit den zwei süßrosigen Knöspchen, die, im steten Auf und Ab jener zarten Elfenhügel mitbewegt, die kosende Hand zum Druck, den Blick zum Staunen und den Mund zum Kusse an sich locken!«

Madeleine schlug eine Hand vor den Mund, riss die Augen auf, bis sie rund wie Taler waren, und stieß einen verblüfften Ausruf aus. Isabelle lächelte ihr boshaft zu und fuhr mit ihrer freizügigen Lektüre fort.

»…Wohl möcht' ich dem Leser einiges mehr von diesen Reizen hier enthüllen, hielte mich nicht Dame Weltanstand davon zurück. Drum – genug hiervon. Die Liebeshingerissenheit verleiht dem Weib stets ungeahnte Anmut, und der Minne Glück erhöht die Süße hingegebener Fraulichkeit.«

»Oh! Ich hätte dich nicht für so schamlos gehalten, Isabelle Lacroix!«

»Findest du die Verse von Voltaire denn nicht bezaubernd?

Gib doch zu, dass sie dich ein wenig haben erschauern lassen! Hmmm... Voltaire ein Atheist, das kann schon sein. Aber man kann nicht behaupten, dass er der Liebe gegenüber unsensibel sei! Wie könnte ein Mann solche Worte finden, wenn er nicht wüsste, was Liebe ist? Glaube mir, Mado, dieser Voltaire kennt die Leidenschaft!«

»Aber dieses Buch ist bestimmt von der Kirche verboten! Sollte deine Mutter es jemals hier finden...«

»Du hast doch nicht vor, es ihr zu verraten, oder, Cousine Mado? So etwas würdest du doch nicht tun?«

Madeleine warf Isabelle einen schelmischen Blick zu. Es stimmte, als sie den gewagten Versen lauschte, da waren ihr Schauer über die Haut gelaufen. Julien fehlte ihr so. Seit dem Beginn der Belagerung hatte sie ihn nur dreimal gesehen. Sie hatten sich hinter der Gartenmauer der Ursulinen, in der Nähe einer Baumgruppe, getroffen. Ihre Umarmungen waren kurz gewesen, aber die Gefahr, vielleicht überrascht zu werden, hatte ihren Reiz nur noch erhöht. Die junge Frau spürte, wie ihr bei der Erinnerung an die Lust, die sie empfunden hatte, das Blut in die Wangen schoss. Isabelle war das nicht entgangen.

»Ich sehe, dass meine Lektüre lüsterne Gedanken in dir geweckt hat... Erzählst du mir davon?«

Madeleine wirkte zuerst verlegen, dann prustete sie vor Lachen und ließ sich neben Isabelle aufs Bett fallen. Nachdem sie sich endlich beruhigt hatten, schwiegen beide, jede in ihre eigene Traumwelt versunken.

»Mado...«

»Hmmm...«

»Wie... wie ist es, mit einem Mann zusammen zu sein?«

Ein befangenes Schweigen senkte sich über sie.

»Mado?«

»Isabelle, wie kann eine junge Frau in deiner gesellschaftlichen Stellung mich so etwas fragen?«

»Nun ja... Ich will es eben wissen. Antworte mir doch, bitte!«

»Ich kann mit dir nicht über solche Dinge sprechen! Darüber

redet man nicht. Vor allem nicht mit einem jungen Mädchen deines Alters. Also wirklich, Isa!«

Isabelle drehte sich auf den Bauch und stützte das Kinn in die Hand. Sie sah Madeleine an und setzte ein spitzbübisches Lächeln auf.

»Spiel doch nicht das Unschuldslamm. Ich bin nur zwei Jahre jünger als du. In meinem Alter warst du praktisch schon verlobt. Außerdem, wenn du es mir nicht erzählst, wer soll es sonst tun? Meine Mutter würde lieber zur Hölle fahren, als mit mir über dieses Thema zu sprechen. Mein Vater wird ganz bestimmt nicht davon anfangen, und meine liebe Amme ebenfalls nicht. Ich bin zwanzig, Mado! Vielleicht werde ich bald heiraten, und ich habe keine Ahnung davon, was mich erwartet...«

»Darum geht es gar nicht...«, unterbrach sie Madeleine besorgt. »Hat dein des Méloizes dich etwa... berührt?«

Isabelle lächelte träumerisch. Madeleine wurde immer nervöser.

»Ihr habt doch wenigstens nichts Unmoralisches getan, oder, Isabelle?«

»Unmoralisch? Er hat mich geküsst... Ist das schon unmoralisch?«

Madeleine tat, als müsse sie überlegen.

»Wahrscheinlich nicht... Wenn es ein keuscher Kuss war.«

»Was verstehst du darunter?«

»Nun, wenn eure Gedanken und eure Hände...«

»Was die Hände angeht, Mado, so haben sie die Grenzen der Schicklichkeit geachtet«, erklärte sie nicht ganz wahrheitsgemäß und errötete. »Aber meine Gedanken... da muss ich mich wohl schuldig bekennen.«

Wieder lachten sie leise.

»Ich habe mich nur gefragt... Ah, Mado... ob die Liebe wirklich so wunderbar ist, wie Voltaire sie beschreibt? Die Gefühle bringen das Herz zum Pochen, aber die Leidenschaft, die Küsse... Wenn Nicolas mich aus seinen dunklen Augen ansieht, werde ich ganz schlaff und willenlos wie eine Stoffpuppe... Sag es mir, Mado, erzähl mir alles!«

Madeleine drehte sich auf die Seite und sah ihre Cousine nachdenklich an. Dann breitete sich ein leises Lächeln über ihre Lippen. Sie schob eine Haarsträhne zurück, die Isabelle ins Gesicht hing, und steckte sie hinter ihrem Ohr fest.

»Das erste Mal mit einem Mann ... ist ... eher enttäuschend.«

Reglos und schweigend wartete Isabelle gespannt darauf, dass sie weitersprach.

»Ich glaube, dass die Männer nicht die gleichen Erwartungen hegen wie wir.«

»Was meinst du damit?«

»Ich kenne mich damit auch nicht so gut aus, Isa ... Aber ich glaube, sie drängt es mehr, der Liebe in der Sprache des Körpers Ausdruck zu verleihen, während wir Frauen eher mit den Worten des Herzens lieben.«

»Und das ist nicht gut? Gefällt es dir nicht ... also ... das Bett deines Mannes zu teilen?«

»Nein, das ist es nicht. Es ist nur so, dass es beim ersten Mal ein wenig zu schnell geht, wenn du verstehst, was ich meine ... Nein, natürlich verstehst du nicht. Ach, Herrgott! Ich kann nicht glauben, dass ich dir das erzähle!«

»Bitte sprich weiter, Mado!«

»Oh weh! Wir müssen morgen beide zur Beichte gehen.«

»Einverstanden, versprochen. Also, wie geht es dann weiter?«

»Bei den nächsten Malen wird es besser. Der Mann ist geduldiger, und man lernt sich besser kennen. Du kannst dir nicht vorstellen, wie peinlich es am Anfang ist, wenn er dich ganz nackt sieht. Ich wäre am liebsten gestorben, Isa!«

Isabelle setzte sich aufs Bett. Eine verstohlene Bewegung vor dem Fenster erweckte ihre Aufmerksamkeit. Sie drehte den Kopf leicht nach rechts, um hinaussehen zu können. Der Vorhang an einem der Fenster von Monsieur Pelletier fiel herab. Die junge Frau beschloss, sich etwas anzuziehen. Sie wollte schon einen Morgenrock aufheben, der auf dem Boden lag, als sie auf der Kommode das kleine Parfümfläschchen entdeckte, das Nicolas ihr geschenkt hatte. Bei dem Gedanken an ihre letzte Begegnung spürte sie, wie sich eine süße Wärme in ihrem Körper ausbreitete. An diesem Abend hatte er sie zum ersten Mal geküsst.

Sie hatte mit Nicolas zu Abend gegessen. Kurz nach Mitternacht hatte er sie nach Hause gefahren. Aber der Himmel war so wunderbar und die Luft so milde gewesen, dass er den Kutscher gebeten hatte, den Wagen anzuhalten, um noch ein wenig unter den Sternen zu gehen. Sie hatten sich nahe genug an dem Lager in Lévy befunden, um die Feuer erkennen zu können, aber weit genug entfernt, um sich vorzustellen, sie wären allein auf der Welt. Als perfekter Kavalier hatte Nicolas seine Jacke ausgezogen und sie ihr über die Schultern gelegt. Dabei hatten seine Finger ihren Nacken gestreift und waren dann an ihrem Hals entlanggeglitten. Sie hatte aufgehört zu atmen. Keiner von ihnen hatte ein Wort gesprochen, sie hatten einander nur in die Augen gesehen.

Sie hatte die Augen geschlossen und zuerst seinen Atem und dann seine Lippen auf ihrer Wange gespürt. Er hatte ihren Namen gesagt, als bitte er sie um Erlaubnis. Da hatte sie ihm ihren Mund dargeboten…

Isabelle lächelte, als sie sich an Nicolas' kühne Hände auf ihrem Kleid erinnerte, denen sie mehrmals hatte Einhalt gebieten müssen. War sie so bewegt gewesen, weil er die Grenzen des Anstands überschritten hatte? Oder wurden die Hände eines Mannes zu Zauberwerkzeugen, wenn sie eine Frau liebkosten, so dass ihre Vernunft eingeschläfert wurde? Zum Glück hatte sie ihn noch zurückweisen können. Was er wohl von ihr gedacht hätte, wenn sie ihm gestattet hätte, weiter zu gehen? Aber andererseits, wieso versuchte er es überhaupt? Er war doch ein so wohlerzogener Mensch… Das war wirklich kompliziert… Aber ach! Ihre rauschhaften Empfindungen hatten ihr Flügel verliehen…

»Und in deinem Körper, was geht da vor sich?«, wollte sie von Madeleine wissen, die wieder in ihren Erinnerungen versunken war. »Hast du das Gefühl, Schmetterlinge im Bauch zu haben?«

»Schmetterlinge? Das kann man wohl sagen!«

Ja, so war es gewesen: Tausende von Flügeln hatten sie davongetragen... Wenn ein einziger Kuss und ein paar Berührungen sie derart aufwühlen konnten, wie würde es dann erst mit dem Übrigen sein?

»Und wenn... wenn er... du weißt schon...?«

Madeleine errötete und versuchte, Isabelle in die Wange zu kneifen, doch die wich ihr aus.

»Herrgott, Isa! Ich kann nicht fassen, dass du mich das fragst!«

Die beiden jungen Frauen brachen in Gelächter aus.

Das aufgeregte Gekicher der jungen Damen hallte durch die Korridore des Hauses. Mit nachdenklicher Miene klopfte Charles-Hubert mit der Spitze seiner Feder auf das Löschpapier. Für gewöhnlich blieb Justine nach dem Essen noch eine oder zwei Stunden im Salon sitzen, um zu lesen oder ein wenig zu sticken. Wenn Baptiste keine Zeit für eine Partie Schach mit Ti'Paul hatte, amüsierte der Knabe sich mit Museau oder spielte Soldat, wobei er sich hinter den Sesseln vor einem imaginären Engländer versteckte. Isabelle und Madeleine flüchteten sich in ihr Zimmer. Dieser Ablauf war inzwischen zu einer Art Ritual geworden. Er selbst schloss sich, nachdem er in Gesellschaft seiner Frau sein kleines Glas Pflaumenschnaps getrunken hatte, in seinem Arbeitszimmer ein, das direkt unter dem seiner Tochter lag, um seine Bücher auf den neusten Stand zu bringen.

Charles-Hubert bereitete es großes Vergnügen, den beiden jungen Frauen zuzuhören, wenn sie Fabeln von La Fontaine aufsagten oder Scharaden spielten. Einen Moment lang vergaß er über ihrem Lachen, welches das Haus erfüllte, seine finanziellen Probleme. Vor einer Woche hatte er die Nachricht erhalten, dass die *Judicieuse* vor der Küste der Inseln von Saint-Pierre et Miquelon von englischen Korsaren überfallen worden sei. In dieses Schiff, das er einzig und allein für den Handel mit den Antillen hatte bauen und ausrüsten lassen, hatte er seine gesamten Ersparnisse gesteckt.

Die *Judicieuse* hatte ihm auf ihrer ersten Reise bereits ein Viertel seiner Investition einbringen sollen. Doch wenn die Nachricht stimmte, hatte sie ihn stattdessen in den Ruin gerissen. Geplant war gewesen, dass das Schiff seine Ladung auf der Île Saint-Jean an Land brachte. Von dort aus sollte ein Teil der Waren nach Frankreich gehen, der Rest auf kleine Schoner verladen werden, die ihre Ladung irgendwo am Nordufer anlanden sollten. Und von dort aus hätten die Waren auf dem Landweg nach Québec gebracht werden sollen. All das war langwierig und riskant, aber der einzige Weg, um an die Handelswaren zu kommen. Nur dass nun, da die Engländer die Flussmündung blockierten, nichts mehr an seinen Bestimmungsort gelangte.

Das Licht der Kerze flackerte und brachte die Zahlen in den Hauptbüchern zum Tanzen. Am unteren Ende der Kolonnen standen nur noch lächerliche Zahlen. Er besaß nichts, um seine Geschäfte wieder anzukurbeln. Seine Schatullen leerten sich entsetzlich rasch. Er brach unter Forderungen zusammen. Die Ursulinen verlangten ihre Melasse, ihr Olivenöl und ihren Wein; Madame de Beaubassin wollte ihre Ananas, ihren Kaffee und ihren Zucker… Wie sollte er all diesen Leuten ihr Geld zurückgeben? Gewiss, er hatte noch Papiergeld*. Aber dieses war kaum mehr wert als das Material, auf dem es ausgestellt war. Er besaß immer noch seine Brigantine *Isabelle*, die Waren von den Handelsschiffen, die vor der Île Royale ankerten, aufnahm. Aber seit dem Fall von Louisbourg hatte das Schiff sich irgendwo in den Fjord von Saguenay geflüchtet und brachte ihm nichts mehr ein.

So fühlte er sich seit fast einem Jahr finanziell wie moralisch immer weiter in die Ecke gedrängt. Eine Untersuchung folgte in erschreckendem Tempo auf die andere. Man nahm die Bücher des Intendanten auseinander und verlangte detaillierte Abrechnungen. Begriffen denn diese Idioten nicht, dass es der Kolonie nur gutging, weil ihre Geschäfte florierten? Er stieß ein kurzes, sarkastisches Auflachen aus und verstummte dann. Er verstand jetzt, dass es auch ihre eigene Schuld war, wenn es mit

---

* So genanntes *monnaie de carte,* ein Papiergeldsystem, das zu Beginn des 18. Jahrhunderts auf Grund des Mangels an Münzen in der französischen Kolonie eingeführt worden war.

ihnen bergab ging. Um des Ruhms und des Geldes willen hatten sie die Fundamente dieser Kolonie ausgehöhlt. Und die Bedrohung durch die Engländer erledigte den Rest. Die Armee litt unter Mangel: Waffen, Munition, Brot, es fehlte an allem, auch an der Hoffnung. Die gute Gesellschaft dagegen pflegte ihre geheimen Absprachen und ihre Unterschlagungen und wälzte sich in irdischem Luxus.

Charles-Hubert zog ein seidenes Taschentuch aus dem Ärmel und tupfte sich die feuchte Stirn ab. Im Zimmer war es heiß. Wie sollte er nur Justine sagen, dass er Gefahr lief bankrottzugehen? Schon bei dem Gedanken daran wurde ihm ganz blümerant zumute. Er seufzte und sah auf seine Taschenuhr: zehn Uhr abends. Er schloss die Bücher mit den gefälschten Zahlen und blies die Kerze aus. Dann öffnete er ein Fenster, um etwas frische Luft einzulassen. Die Grillen zirpten, und am klaren Himmel glitzerten Myriaden von Sternen.

Von seinem Standpunkt aus sah er die Kronen der Apfelbäume in der Obstpflanzung, die auf dem Hang hinter dem Haus angelegt war. Um die Bäume vor den kalten Nordwinden zu schützen, hatte er ihn mit einer Steinmauer umgeben lassen. Auf Justines Wunsch waren die Bäume vor fünfzehn Jahren aus der Normandie geliefert worden. Heute erzeugte die Pflanzung dank Baptistes guter Pflege reiche Ernten und brachte ihm das Fünffache seiner Investition ein, worauf er stolz war. Wenigstens dies war ihm geblieben, zusammen mit seinem Lagerhaus in der Rue De Meules... Ein ziemlich schwacher Trost!

Oben hörte er seine geliebte Isabelle lachen. Selbst die schrecklichen Bedrohungen, die über ihnen hingen, vermochten ihre Lebensfreude nicht zu dämpfen. Er sollte sich ein Beispiel an ihr nehmen und sich nichts aus seinem bevorstehenden Ruin machen. Ja, wenn das so einfach gewesen wäre... Aber da war noch Justine. Was hatte er nur getan, um eine derartige Gleichgültigkeit von der Frau zu verdienen, die er liebte, seit er sie zum ersten Mal in La Rochelle im Garten seines Freundes und Geschäftspartners Pierre Lahay erblickt hatte?

Zu jener Zeit lieferte er Pierre Stockfisch, Zucker und Kaffee.

Der Handel, der über Louisbourg abgewickelt wurde, war einträglich gewesen. Er hatte dafür Tuch und Seide aus Lyon, Wein aus Spanien und Portugal, aber auch Salz, Gewürze, Oliven und andere in der Kolonie seltene Nahrungsmittel importiert, die in den Mittelmeerhäfen reichlich zu haben waren. Mit Pierre hatte er einen Exklusivkontrakt abgeschlossen. Die Geschäfte florierten.

Bei seiner dritten Reise nach La Rochelle hatte ein Sturm das Auslaufen seines Schiffs verzögert. Pierre hatte ihm großzügig seine Gastfreundschaft angeboten, und er hatte angenommen, ohne zu ahnen, wie sehr sich dadurch sein Leben verändern würde. Weniger als eine Stunde nach seiner Ankunft im Haus seines Freundes hatte er eine göttliche Vision gehabt: Justine, die in einem dick mit blühenden Rosenbüschen überwachsenen Laubengang saß und mit einem Kätzchen spielte. Sie besaß das schönste Gesicht, das er je gesehen hatte, mit lilienweißem Teint und umrahmt von braunem Haar, das in der milden Brise wehte. Und als sie die Augen zu ihm aufgeschlagen und ihm zugelächelt hatte... Ah! Noch heute konnte er sich an diesem Blick nicht sattsehen, den Gott in seiner Gnade auch seiner Tochter geschenkt hatte. Er war ganz einfach wie verzaubert gewesen.

Die junge Frau war erst dreiundzwanzig Jahre alt. Er war damals auf die vierzig zugegangen, aber mit seiner hochgewachsenen Gestalt, seinen blonden, von Sonne und Seeluft gebleichten Haaren und seinen Augen, die so blau wie das Meer waren, brachte er die Frauen immer noch zum Erröten, wenn er sie eindringlich ansah. Seit er vor sechs Jahren Witwer geworden war, brach er ein Herz nach dem anderen, ohne jemals etwas von sich selbst herzugeben. Aber jetzt... diese Frau hatte ihn in ihren Bann geschlagen, und er wollte sie um jeden Preis haben... Und er hatte den Preis gezahlt... zu seinem Unglück, wie er zugeben musste.

Heute war ihm klar, dass man Liebe nicht kaufen konnte. Damals hatte er geglaubt, mit der Zeit, nach dem ersten oder zweiten Kind, würde sich Justine schon in die Situation hineinfinden. Er hoffte, dass sie irgendwann einmal Liebe oder zumindest ein wenig Zuneigung für ihn empfinden werde. Und während er auf diesen sagenhaften Tag wartete, hatte er seiner jungen Frau, die immer anspruchsvoller wurde, jeden Wunsch erfüllt. Er überhäufte sie mit Schmuck und prächtigen Stoffen. Doch nichts fruchtete…

Über die Gartenmauern drang ein schrilles Pfeifen heran. Mit einem Mal stand ein rotes Glühen am Himmel. Charles-Hubert runzelte die Stirn. Was machten denn die Artillerie-Schützen da? Unterhielten sie sich damit, ein Feuerwerk für die Engländer zu veranstalten? Eine Detonation ließ ihn zusammenfahren. Ihr folgte eine zweite, dann eine dritte… Der Lärm war ohrenbetäubend. Ohne jeden Zweifel eine Kanonade. Das Haus erbebte. Da erst begriff er: Die Engländer beschossen die Stadt!

Mit schweißbedecktem Gesicht stürzte er aus seinem Arbeitszimmer. Isabelle und Madeleine kamen schreiend die Treppe heruntergelaufen. Ti'Paul, Museau und Justine tauchten aus dem Salon auf. Auch die Dienstboten ließen nicht auf sich warten. Sidonie murmelte ein *Gegrüßet seist du, Maria* nach dem anderen, Perrine fluchte auf die »verdammten Engländer«. Von draußen drang Geschrei herein, und dann kam Baptiste herbeigerannt. Sein Haar war zerzaust und sein Gesicht aschfahl. Er atmete mühsam, mit Schaum auf den Lippen.

»Sie haben die Kirche der Jesuiten getroffen! Sie bombardieren uns! Diese dreckigen Hunde bombardieren uns!«

»Die Jesuitenkirche?«, rief Isabelle panisch. »Aber das ist ja ganz in der Nähe! Nicolas hatte mir doch versichert, dass wir nichts zu befürchten hätten…«

»Tja, dann hat er sich eben geirrt, Euer großartiger Monsieur des Méloizes, Mam'zelle Isabelle«, bemerkte Perrine bitter.

Ein weiteres Geschoss zischte mit einem unheilverkündenden Pfeifen über sie hinweg und schlug mit einem schrecklichen Krachen in ein Dach ein. Charles-Hubert schickte alle in den Keller, denn nur dort waren sie noch sicher. Am liebsten wäre er sogleich losgegangen, um nach seinem Lager in der Unterstadt zu schauen. Aber die Vernunft bewog ihn, nichts zu unternehmen.

Das Schicksal kam über ihn wie diese Kanonenkugeln. Er war ruiniert...

Der Morgen dämmerte trüb herauf. Immer noch regnete Höllenfeuer auf Québec herab. Isabelle hatte, genau wie die ganze Familie, in dieser Nacht kein Auge zugetan. Alle hatten um ihr Leben und um Françoise und ihre Kinder, die am Marktplatz wohnten, gebetet. Dann waren da noch ihre drei Brüder, von denen nur Gott wusste, wo sie steckten. Jetzt rannte die junge Frau zusammen mit Madeleine, Baptiste und Perrine durch die Straßen, strauchelte im Schlamm und wich immer wieder mit knapper Not den zahllosen Kutschen und Karren aus. Die Stadtbewohner luden ihre Besitztümer auf, um zu fliehen.

Verrückt vor Sorge waren sie im ersten Morgenlicht dem feindlichen Beschuss zum Trotz aufgebrochen und hofften, Françoise und ihre Kinder heil und gesund wiederzufinden. Je weiter sie in Richtung Unterstadt vordrangen, umso mehr wuchs angesichts der schweren Schäden ihre Sorge. Die Fensterläden schlugen im Wind, der den Geruch der Zerstörung herantrug. Milizionäre gingen den unglücklichen, flüchtenden Einwohnern zur Hand und forderten sie schreiend auf, die Stadt zu verlassen. Dennoch war die große Kathedrale voller Menschen, obwohl sie ebenfalls schwer getroffen war. Isabelle bekreuzigte sich.

Auf der Coté de la Fabrique passierten sie das Haus der Witwe Guillemette. Drinnen war alles dunkel. Die Bourassas hievten eine Truhe auf einen Karren. Ein dickes Schwein, das wohl davongelaufen war und von Hunden verfolgt wurde, quiekte. Nur wenige Fuß von ihnen entfernt schlug ein Geschoss ein. Die junge Frau kreischte, wich den Trümmerstücken aus, die von einem Sims herabstürzten, und rannte weiter hinter Baptiste her. Eine verängstigte Katze flitzte vor ihnen vorbei und flüchtete sich in eine Toreinfahrt.

Endlich erreichten sie die Treppe, die in die Unterstadt hinabführte. Dort blieben sie stehen, wie vor den Kopf geschlagen durch den Anblick, der sich ihnen bot. Die Häuser waren durchlöchert wie Siebe und leerten sich zusehends. Eine kompakte

Masse staubiger Menschen, deren Blicke Angst und Unverständnis ausdrückten, taumelte Hals über Kopf durch die Trümmerwüste, um dem Tod, der vom Himmel fiel, zu entfliehen.

»Hier kommen wir niemals durch!«, schrie Baptiste über den Tumult hinweg. »Wir müssen die Coté de la Montagne nehmen!«

»Gott schütze uns!«, murmelte Isabelle, als sie das gähnende Loch erblickte, durch das man in das Innere der Kirche Notre-Dame-des-Victoires hineinsehen konnte.

Während sie sich einen Weg durch die gegen sie anströmende Menge bahnte, musterte sie die Gesichter und suchte nach den Menschen, die sie kannte. Toupinet, Marcelline...

»Isa! Isa!«

Ganz unten an der Straße streckten sich Arme nach ihr aus und winkten hektisch.

»Da ist Françoise! Gott sei's gedankt! Françoise!«, schrie sie voller Freude.

»Ja, und ich sehe Pierre und Anne. Sie hat den kleinen Luc auf dem Arm!«, bekräftigte Madeleine.

Françoise schob ihre Kinder vor sich her. Hinter ihr erkannte Isabelle Louis, der einen kleinen Karren mit ein paar Besitztümern zog. Ihnen war nur wenig geblieben; aber sie waren heil und gesund, das war die Hauptsache. Zutiefst erleichtert fielen sich alle in die Arme.

»Isa!«, rief Louis aus. »Ihr seid unverletzt, Gott sei Dank!«

Dann rückte er von ihr ab und sah sie forschend an. Seine angespannten Züge verrieten, dass er seit Beginn des Beschusses fast wahnsinnig vor Sorge gewesen war. Schließlich hatte er die Erlaubnis erhalten, nach seiner Familie zu suchen und sie in Sicherheit zu bringen.

»Papa geht es gut«, beruhigte ihn Isabelle. »Mama und Ti'Paul ebenfalls. Das Haus ist nicht getroffen worden; wie Monsieur des Méloizes es vorhergesagt hatte, liegt es außer Schussweite. Wie geht es Étienne?«

»Ihm geht es gut. Hast du etwas von Guillaume gehört?«

Sie schüttelte den Kopf. Ihr Bruder Guillaume war am Vortag

mit einem Trupp Milizionäre aufgebrochen. Seine erste Mission hatte ihn an das Südufer des Saint-Laurent führen sollen, wo die Engländer kampierten. Er war schrecklich aufgeregt gewesen, aber Isabelle hatte seine Begeisterung nicht zu teilen vermocht. Seit seinem Aufbruch hatten sie keine Nachricht von ihm erhalten.

Françoise war in Tränen aufgelöst.

»Die Bäckerei, Isabelle... Alles ist zerstört... Meine Brioches, meine Brötchen... meine *croquignoles*...«

Sie erstickte fast an ihrem Schluchzen.

»Wir werden alles wieder aufbauen, Françoise«, versuchte Baptiste sie zu trösten und nahm den kleinen Luc aus den Armen seiner zitternden großen Schwester.

Das Gesicht des Kindes war staubverschmiert; seine schönen braunen Locken klebten auf den tränenüberströmten Wangen. Aus geröteten, ängstlichen Augen, die so groß wie Louisdors waren, verfolgte der Kleine das hektische Treiben in der Unterstadt.

Sie ließen sich von der Menge bis zum Stadttor mittragen, das man geöffnet hatte. Sogar das Hospital, das sie passierten, war nicht verschont geblieben. Sie begegneten einer Abteilung, die von einer Expedition unter dem Kommando von Dumas zurückkehrte. Unter dem Schmutz erkannte Isabelle die Uniformen der Royal-Syntaxe. Gerüchte wollten wissen, dass die Soldaten mit ihrer Mission gescheitert waren. Einige enttäuschte und zornige Stadtbewohner überschütteten sie mit bissigen Bemerkungen.

»Guillaume!«, rief Perrine. »Hier, Guillaume!«

Guillaume ließ den Blick über die Menge schweifen, um festzustellen, wer nach ihm rief. Als er die Seinigen erblickte, strahlte sein Gesicht erleichtert auf. Hinter ihm sah Isabelle Bougainville an der Spitze eines Regiments, das geschickt worden war, um den flüchtenden Stadtbewohnern zu helfen. In der Nähe des berittenen Offiziers brüllte ein zweiter Reiter, dessen Haltung Isabelle bekannt vorkam, Befehle und drängte sich durch die Menschenmenge. Plötzlich fiel ein Kind von einem Karren. Des

Méloizes zügelte sein Pferd, brachte es abrupt zum Stehen und wich ihm gerade noch aus.

Isabelle stieß einen Schreckensschrei aus, der die Aufmerksamkeit des Hauptmanns weckte. Ihre Blicke trafen sich. Des Méloizes wendete sein Reittier und bahnte sich einen Weg zu ihr.

»Isabelle ...«, flüsterte er, sprang vom Pferd und rannte auf sie zu. »Ich bin vor Sorge fast umgekommen. Dem Herrn sei Dank! Ich sehe Euch wieder ...«

Vor den verblüfften Blicken ihrer Familie und der Neugierigen umarmte er sie ohne Zurückhaltung. Aber die junge Frau ignorierte die Umstehenden.

»Nicolas ...«

»Ihr müsst Euch zu den Augustinern flüchten, Isabelle. Das Hospital ist vor dem Beschuss geschützt. Begebt Euch umgehend dorthin.«

»Aber die Geschosse kommen nicht bis ...«

»Ich habe mich geirrt, Isabelle. Sie fallen bis ins Saint-Roch-Viertel.«

Die junge Frau packte ihn am von Ruß und Schlamm überzogenen Revers seiner Uniform.

»Kommt Ihr mit mir?«

Er sah sie betrübt an und seufzte.

»Das würde ich sehr gern ... Aber es ist mir unmöglich, Euch dorthin zu begleiten. Ich muss unverzüglich die Garnison inspizieren. Aber ich schicke Euch einige Männer, die Euch helfen sollen.«

Er drückte sie fest an sich und vergrub das Gesicht in Isabelles zerzaustem, staubverkrustetem Haar. Als er ihren Duft einsog, stellte er mit einer gewissen Befriedigung fest, dass sie das Parfüm trug, das er ihr geschenkt hatte.

»Isabelle, ich verspreche Euch, zu Euch zu kommen, sobald ich kann ...«

Verzweifelt klammerte sie sich an ihn.

»Seid vorsichtig, Nicolas. Ich ... ich möchte nicht, dass Euch etwas zustößt ...«

Er lächelte ihr zu, umarmte sie noch ein letztes Mal und ging dann endgültig davon.

»Betet für mich, meine Kleine. Von ganzem Herzen wünsche ich mir, Euch wiederzusehen. Ich werde überleben.«

Isabelle dankte dem Himmel dafür, dass er die Menschen, die sie liebte, verschont hatte... Bis Mittag fielen die Bomben weiter. Wundersamerweise forderten die Geschosse zwar mehrere Verletzte, aber keine Todesopfer. Die Schäden dagegen waren beträchtlich. Heute war Gott ihnen noch gnädig gewesen. Aber was würde morgen sein?

Brütende Hitze drang auf die nach Hunderten zählenden Soldaten ein, die jetzt schon seit mehreren Stunden auf ihren Marschbefehl warteten. Die Sonnenstrahlen ließen die bronzenen Kragenstücke der Offiziere glitzern und verbrannten ihnen die Gesichtshaut. Eine Brise fuhr durch die Falten von Alexanders Kilt; eine flüchtige, aber willkommene Erfrischung.

Das Regiment hatte Moncktons Lager in Pointe Lévy verlassen und sich zur Île d'Orléans begeben. Dort hatten die Soldaten sich in fast dreihundert Boote gedrängt. Ihr Ziel: Die Festung Johnston einzunehmen, die am Fuß der Steilküste von Beauport lag. Würde Wolfe ein weiteres Mal seine Befehle zurückziehen und auf den Einsatz verzichten? Sie hatten den 31. Juli und damit den sechsunddreißigsten Tag der Belagerung. Die Offiziere verbargen ihre Frustration nur mühsam; die Soldaten scharrten vor Ungeduld mit den Füßen. Wolfe, der von eigentümlichem, schweigsamem Naturell war, handelte stets nach seinem eigenen Kopf und zog niemanden zu Rate. Dabei hätte ihm das gutgetan, denn er schien nicht zu wissen, was er wollte.

Das Wasser schlug gegen das Boot, doch man hörte es kaum. Seit mehreren Stunden beschossen die vierundsiebzig Kanonen der *Centurion* und die achtundzwanzig der *Three Sisters* und der *Russel* die Redoute und die Schützengräben, um die Munitionsvorräte des Feindes zu erschöpfen. Das Schaukeln des Bootes und die große Hitze machten die Soldaten schläfrig. Leticia sackte der Kopf nach vorn. Alexander versetzte ihr einen Stoß gegen die Schulter, um sie zur Ordnung zu rufen. Die junge Frau fuhr hoch und presste die Lippen zusammen. Sie war blass. Wie schaffte sie es nur, diese infernalischen Temperaturen auszuhalten? Seit einer halben Stunde wippte Munro mit dem Bein, ein zermürbender Anblick.

»Wenn wir nicht bald an Land gehen, bepinkle ich mich«, murrte sein Cousin.

»Leg dir nur keine Zurückhaltung auf, mein Alter«, lachte Alexander, der langsam das gleiche Unwohlsein im Unterleib empfand. »Solange du nicht vor den Augen dieser bemalten Wilden deine Eingeweide entleerst…«

»Geh zum Teufel, Alas!«

»Still!«, knurrte Sergeant Campbell.

Alexander kniff die Augen zusammen, um sich vor dem grellen Licht, das vom Wasser reflektiert wurde, zu schützen. Zu seiner Rechten hatten Wasserfälle, welche die Felswand herunterstürzten, eine kleine Bucht gebildet. Eine Brigade Grenadiere erwartete sie am Ufer von Sault-de-Montmorency, gegenüber den französischen Verschanzungen. Wolfe hatte dort vor mehreren Tagen Batterien errichten lassen. Der junge Mann untersuchte das Ufer in der Umgebung der Redoute Johnstone und erblickte eine zweite, unmittelbar daneben. Von zwei Festungstürmen hatte man ihnen nichts erzählt… Wahrscheinlich, weil der zweite ein wenig hinter dem ersten zurücklag und von diesem verborgen wurde. In der Ferne vernahm man die Glocken von den Kirchtürmen der Stadt, die darum flehten, der Himmel möge sich des kanadischen Volkes erbarmen.

Aus dem hinteren Teil des Boots drang ein dumpfer Schlag zu ihm. Jemand fluchte. Ein Mann war einem Hitzschlag erlegen und ohnmächtig geworden. Der Offizier befahl, ihm Wasser ins Gesicht zu spritzen, um ihn aufzuwecken. Der Soldat kam wieder zu Bewusstsein und erbrach sich zwischen seine Beine.

»Ganz schlechte Zeit für einen Angelausflug!«, nörgelte Munro. »Da lässt man uns hier auf dem Wasser seit wer weiß wie vielen Stunden auf leiser Flamme köcheln, damit wir den französischen Mörsern lauschen können... Wenn dieser verflixte General es sich wieder anders überlegt, schneide ich ihm seine edlen Teile ab und stopfe sie ihm in den Hals...«

»Dazu musst du sie erst einmal finden!«, rief Finlay aus.

Munro lachte.

»So ist es... Herrgott! Das Wetter in diesem verfluchten Land ist wirklich launisch! Mal regnet es, dann scheint die Sonne. Bei dieser Hitze bekomme ich kaum Luft.«

»Hör auf zu jammern, Munro«, knurrte Coll freundlich. »In Schottland ist es auch nicht viel besser. Vielleicht erklärt das ja Wolfes Benehmen. Er hat sich zu lange dort aufgehalten.«

»Wenigstens ist die Luft dort frischer.«

»Tatsächlich? Was hast du dann hier zu suchen? Wieso bist du nicht in Schottland geblieben?«, verlangte Alexander in sarkastischem Ton zu wissen.

Zur Antwort erhielt er nur ein Grunzen. Erneut machte sich der junge Mann daran, ihre Umgebung zu inspizieren. Oben an der Steilküste nahm er die Bewegungen des Feindes in seinen Stellungen wahr. Er wusste, dass Tausende von Augen sie beobachteten und Dutzende von Kanonen auf sie gerichtet waren. Im Moment befanden sie sich glücklicherweise noch außer Schussweite.

Gegen zwei Uhr mittags erging endlich der Befehl zur Landung und wurde mit erleichtertem Seufzen quittiert. Das Boot glitt über das Wasser, stieß jedoch mit einem Mal auf ein Hindernis.

»Verdammt noch mal«, fluchte ein Offizier. »Was ist passiert?«

»Eine Klippe, Sergeant. Ein Riff, fürchte ich.«

»Alles anhalten! Sonst laufen wir noch auf Grund.«

Es dauerte noch gut eine Stunde, bis sie eine schiffbare Durchfahrt gefunden hatten. Der Himmel über den Booten bezog sich gefährlich, während sie versuchten, den feindlichen Schüssen so gut wie möglich auszuweichen. In Alexanders Boot wurden zwei Männer verletzt. Vor ihnen machte ein Kahn einen Manövrierfehler und kenterte, so dass alle Männer, die darin saßen, ins

Wasser fielen. Mehrere ertranken, andere wurden mit knapper Not gerettet.

Als sie das Ufer erreichten, sprang Alexander hinter Munro und Coll ins Wasser, um unter dem starken Beschuss der Franzosen zu Fuß an Land zu waten. Leticia folgte ihnen dichtauf und duckte sich über ihr Gewehr, um den Geschossen auszuweichen. Eine Kugel pfiff, und man vernahm ein entsetzliches Geheul. Zehn Schritte vor ihnen trieb der Körper des jungen John Macintosh in einer roten Lache. Der Kopf war ihm vom Rumpf gerissen worden und unter Wasser versunken. Alexander fuhr herum und sah, dass Leticia immer noch unter dem schrecklichen Eindruck dieses Anblicks stand und regungslos verharrte. Er stürzte zu ihr und legte einen Arm um ihre Schultern, um sie zu stützen. So stolperten sie, schwer atmend und immer wieder auf den Steinen ausgleitend, durch das Wasser und erreichten schließlich den Strand.

»Herrgott!«, murmelte der junge Mann, als sie die verstümmelte Leiche passierten.

Unter dem Gebrüll der Offiziere versammelten sich die Kompanien der Grenadiere von Louisbourg, der Royal American, der von Lascelle und Amherst und die Brigade von Monckton, zu der die Fraser Highlanders gehörten, so gut sie eben konnten. Die Grenadiere vermochten ihre Kampfeslust immer weniger zu zügeln und ließen es an Disziplin mangeln. Ohne auf den Befehl zum Angriff zu warten, überquerten sie die Furt des Montmorency-Flusses und rückten wie ein Mann auf die erste Redoute zu. »*So at ye, ye bitches, here's give ye hot stuff*«*, sangen sie dazu und zogen in ihrem Kielwasser noch zweihundert Männer der Royal American mit. Die Konfusion war vollkommen.

Dass sie die erste Redoute leer vorfanden, stachelte den Zorn der Soldaten, der durch das lange Warten ohnehin auf eine harte

---

* »Passt auf, ihr Bastarde, wir machen euch die Hölle heiß!« Berühmte Zeile aus dem Lied *Hot Stuff*, verfasst von Ned Botwood, einem Sergeanten aus dem Regiment von Lascelle, in der Nacht vor dem Angriff von Sault de Montmorency, bei dem er getötet wurde.

Probe gestellt worden war, nur noch mehr an. Sie versuchten, den steilen Hang, der zu den Schützengräben hinaufführte, im Sturm zu nehmen. Diesen Moment suchte sich der voller Wolken hängende Himmel aus, um seine Schleusen über ihnen zu öffnen. Der Regen prasselte auf sie ein, während die feindlichen Kugeln sie dezimierten. Rasch überzog der Boden sich mit Schlamm, der den Aufstieg gefährlich machte. Die Franzosen feuerten aus ihren sicheren Schützengräben nach Lust und Laune auf die Engländer, die fielen, nach unten rollten und im Sturz noch ihre Kameraden mitrissen. Panik ergriff die Männer.

Der Kampf war kurz, aber erbittert. Überall auf dem Schlachtfeld lagen die Toten und Verwundeten. Alexander, der die Höhe erreicht hatte, rannte los und verfolgte einige Franzosen bis in den Wald. Dort flüchtete er sich hinter einen Baum, um seine Waffe nachzuladen. Er spürte einen Schmerz an der Schulter und verzog das Gesicht; das Blut auf seiner Hand verriet ihm, dass er verletzt war. Doch im Moment hatte er an anderes zu denken.

Er suchte Leticia. Sie hatte sich vom Beginn des Kampfes an hinter ihm gehalten, und er hatte ihr als Schild gedient, indem er darauf geachtet hatte, sich ständig zwischen ihr und dem Feind zu befinden. Sechs seiner Landsleute brachten sich ebenfalls in Sicherheit; doch er entdeckte keine Spur von der jungen Frau. Böse Vorahnungen stiegen in ihm auf. Er musste zurückgehen und sich auf die Suche nach ihr machen. Gerade, als er sich aufrichtete, um loszurennen, pfiff eine Kugel an seinem Ohr vorbei und ließ die Rinde des Baums, hinter dem er sich versteckte, wegstieben. Ein französischer Soldat tauchte wie aus dem Nichts auf und warf sich, den Dolch in der Hand, auf ihn. Die Klinge ritzte seine Wange. Dann rollten die beiden Männer in einem Nahkampf, der nur wenige Sekunden dauerte, über den Boden. Schließlich richtete Alexander, dem das Blut im Schädel pochte, sich auf die Knie auf. Der Franzose lag mit aufgeschlitzter Kehle auf einem Bett aus totem Laub.

Die Franzosen traten jetzt den Rückzug an und überließen das schlammbedeckte Feld den Kanadiern und den Wilden, die sich, ihrem barbarischen Brauch folgend, ihre Trophäen holen würden. Wo steckte Leticia nur? Er suchte seine Waffen zusammen, richtete sich auf und lief los. Hektisch sah er sich auf dem Schlachtfeld um und schaute jedem, dem er begegnete, forschend ins Gesicht. Endlich entdeckte er sie. Die junge Frau saß im Schutz eines Busches da, das Gesicht mit Blut bedeckt und mit leerem Blick.

Er parierte den Bajonettstoß eines Milizionärs und stieß dem Feind seine eigene Klinge in den Körper. Sein Herz trieb das Blut mit ungekannter Geschwindigkeit durch seine Adern, so dass ihm ganz benommen zumute wurde.

»Leticia ... O Leticia!«, murmelte er und beugte sich über die junge Frau.

Sie hielt sich mit beiden Händen den Schenkel, der unkontrolliert zuckte. Ein Indianermesser steckte noch darin.

»Ich ... konnte ... es nicht verhindern, Alex.«

»Schon gut, du brauchst nicht zu sprechen. Ich hole dich hier heraus.«

Er nahm eine Bewegung wahr, hob den Kopf und erblickte einen halb nackten Wilden mit rasiertem Schädel und schwarzrot bemaltem Gesicht, der sich, jaulend wie ein Tier, mit seinem Tomahawk auf sie stürzte. Alexander ergriff das Heft des Messers, das in Leticias Schenkel steckte, und zog es mit einem kurzen Ruck heraus, so dass die junge Frau vor Schmerz aufschrie. Dann warf er die Klinge, die durch die Luft zischte und in die Kehle des Wilden fuhr.

»Halte aus. Klammere dich an mir fest.«

Er warf Leticia über seine Schulter und rannte los. Jetzt wurde zum Rückzug geblasen. Sie musste so rasch wie möglich fort von hier. Er lief im Zickzack zwischen den Bäumen hindurch und rutschte den steilen Abhang hinunter. Auf seinem Rücken hörte er Leticia stöhnen. Als er sich sicher war, den Feind weit genug hinter sich gelassen zu haben, blieb er stehen und legte sie auf die weiche Bodenschicht aus Laub und Nadeln, um ein wenig zu verschnaufen.

Eine rasche Untersuchung überzeugte ihn davon, dass die

junge Frau außer der Verwundung am Schenkel keine weitere Verletzung erlitten hatte.

»Ich habe ihn nicht gesehen... Alex. Ich konnte nichts dagegen tun«, wiederholte sie ein ums andere Mal.

»Es ist vorbei, das wird schon wieder. Mach dir keine Sorgen. Daran wirst du nicht sterben. Du hast gekämpft wie eine Göttin, Leticia...«

»Das Kind?«

»Mach dir keine Gedanken. Du bist nicht schlimm verletzt.«

Sie weinte. Er wiegte ihren von Schluchzen geschüttelten Körper und murmelte zärtliche Worte. Sie war knapp dem Tod entgangen! Von einer heftigen Gefühlsaufwallung ergriffen suchte er ihre Lippen und küsste sie leidenschaftlich. Er hätte sie verlieren können! Herrgott, dieses Leben war zu hart für sie... für sie und das Kind. Der Krieg war nichts für Frauen!

»Leticia, meine Liebste, wir müssen fort...«

Ein Ast knackte. Alexander hob den Kopf und traf auf den durchdringenden Blick von Sergeant Roderick Campbell. Sekunden verstrichen, niemand rührte sich. Die beiden Männer starrten einander in angespanntem Schweigen an. Trommelwirbel riefen die Truppen zur Furt zurück. Die Soldaten rannten zum Steilhang; einige trugen verletzte Kameraden. Nach einer Weile wandte Campbell sich ab, entfernte sich und ließ die beiden allein.

Alexander versuchte zu erraten, welche Schlüsse Campbell aus dem Gesehenen gezogen haben mochte. Würde der Offizier sie melden? Höchstwahrscheinlich. Was würde dann aus Leticia werden? Vor Gericht stellen konnte die Armee sie jedenfalls nicht: Sie hatte mutig ihren Dienst geleistet, so wie jeder Soldat. Aber ihre Vorgesetzten konnten sie öffentlich demütigen und aus der Armee jagen. Kurz huschte dem jungen Mann die Idee durch den Kopf, augenblicklich mit ihr zu fliehen und sich mit ihr in diesem Land zu verstecken. Doch das Nordufer des Flusses stand noch teilweise unter französischer Kontrolle. Die Aussicht, lebend davonzukommen, war also gering, zumal Leticias Verletzung sie auf der Flucht beträchtlich behindern würde.

Und wenn Campbell nicht redete? Alexander konnte immer noch versuchen, sich sein Schweigen zu erkaufen, zumindest eine Zeitlang… Er warf einen Blick auf Leticias Schenkel. Die Wunde musste mit einigen Stichen genäht werden, aber die junge Frau würde nicht im Lazarett bleiben müssen. Der Druck ihrer klammernden Hände und die Rufe der Offiziere brachten ihn wieder zu sich. Er half Leticia beim Aufstehen und legte ihr einen Arm um die Taille.

»Komm, lass uns aufbrechen. Die Flut läuft ein; bald werden wir die Furt nicht mehr passieren können.«

Diese im Nachhinein gesehen sinnlose Schlacht kostete die Engländer einen hohen Blutzoll: Mehr als vierhundert Männer waren getötet oder verletzt worden. Einige Soldaten fehlten beim Appell und ließen nichts zurück als ein Fragezeichen neben ihrem Namen auf der Regimentsliste. Alexander stellte erleichtert fest, dass Campbell kein Wort über das, was er gesehen hatte, verlauten ließ. Doch das überhebliche Verhalten des Sergeanten ließ nichts Gutes ahnen. Bestimmt heckte er etwas aus.

Leticia erholte sich von ihrer Verwundung. Wie Alexander vermutet hatte, blieb sie nicht in dem Lazarett auf der Île d'Orléans, das vor Verletzten und Kranken, die an Skorbut und der Ruhr litten, überquoll. Alexander war angeschossen worden, hatte jedoch nur einen Kratzer davongetragen, der keiner besonderen Pflege bedurfte.

Mit Colls und Munros Hilfe stahl der junge Mann Nahrungsmittel und brachte sie auf die Seite. Anschließend versteckte er sie nachts, wenn außer den Wachen alles schlief, in einem Loch, das er am Waldrand gegraben hatte. Er ging damit ein enormes Risiko ein: Der Diebstahl von Lebensmitteln wurde mit nicht weniger als zweihundert Peitschenhieben geahndet. Doch für Leticia und für Evans Kind war Alexander zu allem bereit. Was Geld anging, so hatte er einen gemeinsamen Topf eingerichtet, in den jeder legte, was er entbehren konnte.

Leticias Verletzung heilte gut. Bald würde die junge Frau die Flucht bewältigen können. Nun mussten sie den richtigen Moment abwarten und dann die Gelegenheit ergreifen. Doch diese ergab sich nie. Alexander wurde ständig auf Expeditionen nach Côte-du-Sud geschickt. Wolfe sorgte dafür, dass seine Männer sich nicht dem Müßiggang hingaben. Anschließend sank Alexander in einen tiefen Schlummer der Erschöpfung, aus dem er erst erwachte, wenn ihn die Trommeln erneut riefen.

Die Zeit verging. Leticia fürchtete sich immer stärker davor, gefasst zu werden, wenn sie flohen. Keine zwei Tage vergingen, ohne dass man einen Deserteur zurück ins Lager schleppte. Die junge Frau schien es immer weniger eilig zu haben, aus der Armee fortzukommen, und tat so, als habe sie sich noch nicht ausreichend erholt. Doch ihr Leib rundete sich jetzt zusehends, und ihre Lage wurde von Tag zu Tag unhaltbarer.

Alexander spürte, dass die Schwangerschaft Leticias Willenskraft schwächte, statt ihr neuen Mut zu verleihen. Das bereitete ihm Sorge. Gerade heute Morgen war Ruaidh Kincaid als Deserteur hingerichtet worden. Dieses Los wünschte er Leticia nicht. Deswegen war er auch bereit gewesen, noch ein wenig zu warten, um sich die beste Gelegenheit zunutze zu machen und ausreichend Vorräte zu sammeln, damit sie nicht auf den Bauernhöfen in der Umgebung stehlen müssten, was unweigerlich beide Seiten auf sie aufmerksam machen würde.

So führten sie ihr Soldatenleben weiter, befolgten Befehle und taten ohne Murren, was ihnen aufgetragen wurde. Es war kein leichtes Leben für diese Menschen, die von der anderen Seite des Ozeans gekommen waren. Sie waren körperlich und seelisch erschöpft. Angesichts der ständigen Bedrohung durch die Indianer und das Geheul, das nächtens aus den umgebenden Wäldern schallte, fanden sie kaum Schlaf. Sehr oft entdeckte man im Morgengrauen einen toten Wachposten, dem die Kopfhaut fehlte. Einen fand man sogar erst nach zwei Tagen wieder: Man hatte den Mann an einen Baum gefesselt, ihm die Beine bis auf die Knochen aufgeschlitzt, seinen Bauch aufgeschnitten und ihn ausgeweidet. Seine Schreie waren eine ganze Nacht hindurch zu hören gewesen. Man hätte graue Haare darüber bekommen können. Einzig der Alkohol und das Spiel boten den Männern eine kurze Flucht und ermöglichten es ihnen, diese Hölle zu ertragen. Beides führte zu Ungehorsam: Die Anzahl der Diebstähle und die Fälle von Befehlsverweigerung und Fahnenflucht nahmen täglich zu. Die Drohung mit der Peitsche zeigte nicht die geringste Wirkung: Für ein winziges Stück Glück oder Freiheit waren die Soldaten zu allem bereit. So verging die Zeit...

Ein Funkenregen stob in die Nacht hinauf. Einige Männer aus der Kompanie von Hauptmann Donald Macdonald saßen am Feuer. Andere widmeten sich, vom Rum berauscht, unter einem Zeltdach dem Spiel oder vergnügten sich in einer dunklen Ecke mit den Freudenmädchen, die aus Boston und New York gekommen waren. Alexander lehnte an einem Proviantwagen und arbeitete mit seinem Taschenmesser ein Ornament an seinem Pulverhorn aus. Doch eigentlich war er vor allem damit beschäftigt, die Bewegungen der Wachposten auszuspähen. Seit einigen Tagen beobachtete der junge Mann die Gewohnheiten jedes einzelnen, um sie sich einzuprägen.

MacNicol schlug alle halbe Stunde an immer demselben Baum sein Wasser ab. Bestimmt hatte der Mann Probleme mit der Blase. Blaine hatte die schlechte Angewohntheit, auf den Kolben seines Gewehrs gestützt ein kleines Nickerchen zu halten. Er musste Pferdeblut in den Adern haben, um so ohne zu wanken im Stehen zu schlafen. Gallahan, ein Grenadier, mochte nie allein bleiben, da er so schreckliche Angst vor den Indianern hatte. Vor zwei Tagen hatte der Hauptmann ihn mit einer Haube, die er von der dicken Bessie entliehen hatte, durch das ganze Lager marschieren lassen, um ihn zu demütigen und zu zwingen, seine Panik zu beherrschen. Doch nichts fruchtete. Sobald er ein Hälmchen unter dem Tritt eines Hasen knacken oder eine Eule rufen hörte, machte er sich in die Hosen und schlug Alarm.

Heute Abend machten Buchanan und Macgregor die Runde. In zwei Stunden waren dann bis zum Morgengrauen Chisholm und Gordon an der Reihe. Finlay Gordon war in seine Fluchtpläne eingeweiht und könnte ihn decken. Endlich war die richtige Gelegenheit gekommen. Er musste mit Leticia darüber sprechen.

Er sah sich nach der jungen Frau um, entdeckte sie jedoch nirgends. Gerade steckte er sein Messer weg und stand auf, um sich auf die Suche nach ihr zu machen, als Lachlan Macpherson und Angus Fletcher bei ihm vorbeikamen.

»Hey, Macdonald! Was hältst du von einer kleinen Partie Würfel gegen Fletcher und mich?«

»Heute Abend nicht«, gab Alexander zurück und entfernte sich.

»Na mach schon, Macdonald! Ich habe fünf Shilling, die mir Löcher in die Taschen brennen!«

Den Blick auf die von den französischen Batterien gespuckten Flammenzungen gerichtet, die sich im ruhigen Wasser des Flusses spiegelten, blieb er stehen. Fünf Shilling? Die Versuchung war groß. Aber wenn er verlor? Er konnte sich nicht erlauben, auch nur einen einzigen Penny zu verlieren, nicht gerade jetzt. Wenn er auf der anderen Seite gewann, würde das seine kleine Börse ordentlich aufstocken.

Sein Ruf als Spieler war schon lange gefestigt; die Männer behaupteten, für ihn leuchte ein Stern am Firmament, weil er so häufig gewann. So ein Unsinn! Lachhaft! Sein so genanntes Glück bestand darin, dass er intelligent genug war, um zu wissen, wann er aufzuhören hatte. Genauso würde er es auch heute Abend halten…

Die Männer hatten sich um den kleinen Tisch versammelt, um den fünf von ihnen saßen. Coll hatte sich unter die Neugierigen gemischt. Abgesehen von Alexander, Macpherson und Fletcher gehörten Daniel Leslie, ein Korporal von den Grenadieren von Louisbourg und Seth Williamson, ein Kundschafter aus den Reihen von Scotts Rangern, zu der Runde. Der erste Einsatz betrug einen Shilling, eine gewaltige Summe.

Eineinhalb Stunden später saßen nur noch Alexander, Leslie und Macpherson am Tisch. Die anderen hatten sich zurückgezogen, nachdem sie gespielt und bis auf den letzten Penny alles verloren hatten. Leslie setzte seine letzte Münze, einen halben Shilling.

»Der Einsatz beträgt einen Shilling, mein Alter ...«

Dem Iren standen dicke Schweißtropfen auf der Stirn. Er hatte bereits ein Pfund und sieben Shilling verloren. Die Geldgier wühlte in seinen Eingeweiden wie eine giftige Schlange. Seine Augen blitzten beim Anblick des kleinen Vermögens, das Alexander und Macpherson angehäuft hatten. Ein letztes Mal ... dieses Mal würde er gewinnen, das spürte er. Er kippte sich einen ordentlichen Schluck Rum in den Hals und zog eine Grimasse.

»Ich habe noch etwas anderes ...«, verkündete er fieberhaft. »Etwas, das ich setzen kann ...«

»Lass es bleiben, Leslie, du hast doch nur noch dein Hemd und deine Stiefel! Du willst doch wohl nicht splitternackt gegen die Wilden kämpfen, oder?«

Gelächter stieg aus der Gruppe der Umstehenden auf, doch Leslie gab nichts darum und redete weiter.

»Christina ... Ich habe doch noch meine Tochter Christina.«

Es wurde still. Alexander war wie vor den Kopf geschlagen.

»Ich spiele nicht um ein Mädchen«, erklärte er verächtlich. »Sie ist Eure Tochter, ist Euch das eigentlich klar? Wer beim Spiel seine eigene Tochter als Einsatz hergibt, der muss ein ganz schöner Bastard sein, Leslie!«

»Wartet, bis Ihr sie seht, dann ändert Ihr Eure Meinung, Macdonald.«

»Also, ich wäre interessiert«, meinte Macpherson. »Dann bring die Ware her. Ich möchte sehen, was du zu bieten hast.«

Leslie ließ Christina holen, die einige Minuten später eintraf. Ihre großen braunen Augen wirkten ganz verschlafen, und ihre schönen blonden Locken waren zerzaust. Sie war wirklich sehr hübsch, recht gut gebaut und hatte alles, um einen Mann in Versuchung zu führen. Aber sie war kaum dreizehn oder vierzehn Jahre alt, und Alexander fühlte sich abgestoßen.

Schweigend und mit gesenktem Kopf ließ das arme Mädchen die Inspektion über sich ergehen. Macpherson lächelte ihr zu und kniff sie in die Hinterbacke, was ihr einen Schrei entlockte.

»Einverstanden, ein halber Shilling und Christina.«

»Den halben Shilling behalte ich und setze nur Christina. Ihr werdet sehen, sie ist viel mehr als einen halben Shilling wert...«

»Ihr seid wirklich ein Schweinehund, Leslie«, fuhr Macpherson fort. »So langsam frage ich mich ein wenig, wie Ihr an Eure Korporals-Tressen gekommen seid. Eure Tochter ist eine unerschöpfliche Einnahmequelle, stimmt's?«

»Was ich mit meiner Tochter mache, geht niemanden etwas an. Wenn ich verliere, macht Ihr mit ihr ja ebenfalls, was Ihr wollt. Sind wir uns also einig?«

Macpherson beäugte das Mädchen. Er schmatzte zufrieden und musterte begierig ihre Formen, die sich unter einem alten, vielfach geflickten Umschlagtuch verbargen. Natürlich konnte er das, was er wollte, für viel weniger als einen halben Shilling von einer Hure aus dem *Holy Ground** bekommen. Aber dieses Mädchen beherbergte bestimmt weniger Ungeziefer als die anderen Frauen und strahlte noch die ganze Frische der Jugend aus...

»Abgemacht.«

Alexander wollte protestieren, aber Leslie würfelte bereits. Die Einsätze waren gemacht. Erwartungsgemäß stand der Ire wenige Minuten später auf und verließ fluchend, schwankend und mit seinem letzten halben Shilling in der Tasche den Tisch. Seine einzige Tochter hatte Macpherson gewonnen, der darauf bestand, seinen Preis gleich auszukosten. Er zog das Mädchen auf seine Knie und steckte eine Hand unter ihr abgetragenes Nachthemd. Mit beunruhigendem Gleichmut ließ sie zu, dass der Mann nach Belieben ihre weiblichen Körperteile betastete.

Angeekelt betrachtete Alexander die Szene. Wenn nicht drei Pfund vor Macpherson gelegen hätten, wäre er auf der Stelle aufgestanden und hätte den Spieltisch verlassen. Er selbst hatte bereits vier Pfund und zwei Shilling in der Tasche; mehr als genug, um gut einen Monat davon zu leben, ohne stehlen zu müssen. Aber er wusste, dass Macpherson nicht aufhören wollte

---

* Wörtlich: Heiliger Boden. Berühmtes Bordell in New York auf einem von der evangelischen Kirche gemieteten Gelände.

und wie die anderen bis zu seiner letzten Münze spielen würde. Wenn er selbst jetzt verlor, hätte er am Schluss nur ein einziges Pfund weniger, der Rest war sein Gewinn.

»Lass uns um alles spielen, Macdonald!«, schlug Macpherson plötzlich vor und stieß das Mädchen weg.

»Wie bitte?«

»Du hast mich schon richtig verstanden. Steigst du ein oder nicht?«

»Ich habe ein Pfund und zwei Shilling mehr als du, Schwachkopf. Drei Pfund, nicht mehr.«

Macpherson tat, als überlege er. Heute Abend schien er das Glück auf seiner Seite zu haben. Er warf Christina, die sich in eine Ecke des Zelts geflüchtet hatte und an den Fingernägeln kaute, einen Blick zu. Er hätte dieses liebreizende Wesen gern unter sein Plaid genommen, aber ... na schön. Sein Drang, Macdonald sein kleines Vermögen abzunehmen, war stärker.

»Meine drei Pfund *und* Christina. Das Mädchen gegen ein Pfund und zwei Shilling ... Selbst wenn du verlierst, hast du noch zwei Shilling verdient.«

»Was hast du zu verlieren, Macdonald?«, warf ein Zuschauer ein.

Angewidert schickte Alexander sich an, vom Tisch aufzustehen. Da ließ sich hinter ihm eine Stimme vernehmen.

»Ihr habt also nichts für Frauen übrig, Macdonald? Natürlich, MacCallum ist ja auch sehr anziehend!«

Von der Bemerkung getroffen, fuhr er auf dem Baumstamm herum, der als Bank diente, und erstarrte. Da stand Sergeant Campbell, die Arme vor der Brust verschränkt, und sah ihn mit seltsamer Miene an. Er forderte ihn offen heraus. Coll legte eine Hand auf den Arm seines Bruders, damit er die Ruhe bewahrte. Um sie herum lachten die Männer. Alexander spürte, wie ihm das Blut in die Wangen stieg. Er erriet, dass Campbell diesen Moment gewählt hatte, um die offene Rechnung zwischen ihnen zu begleichen. Aber was hatte der Sergeant nur vor?

»Spiel um das Mädchen, Alas«, flüsterte Coll ihm zu. »Nachher kannst du sie doch wegschicken, wenn du willst, verstehst du?«

»Sagt mir nicht, dass Ihr Euch fürchtet, dieses hübsche Kätzchen zu gewinnen!«, begann Campbell wieder. »Hey, Männer! Ist unter Euch einer, der eine stürmische Nacht in den Armen dieser Göttin ablehnen würde?«

Anzügliche und grobe Bemerkungen prasselten auf Alexander ein. Dann stand einer der Männer auf und sprach ihn lachend an.

»Hey, Alex! Hast du etwa Angst zu verlieren? Denk doch an deinen Stern, mein Alter!«

»Ja... Wahrscheinlich fürchtet er, sein Geld zu verlieren. Wobei man sagen muss...«

»Vielleicht möchtet Ihr ja lieber Euren Dolch setzen?«, schaltete Roderick Campbell sich mit einem sarkastischen Unterton ein. »Ein wunderbares Stück, das sicherlich drei Pfund wert ist; ich hatte Gelegenheit, ihn von nahem zu betrachten. Ich fürchte allerdings, dass er Euch Unglück bringt, wenn Ihr versteht, was ich meine!«

Mit einem Mal fühlte sich Alexanders Mund staubtrocken an. Er schluckte und starrte wütend auf Campbell. Noch einmal ließ Coll sich leise vernehmen.

»Lass dich nicht provozieren, Alas. Du bist viel mehr wert als dieser arme Tor. Und nun spiel, damit wir es hinter uns haben! Was hast du schließlich zu verlieren? Wenn du gewinnst, besitzt du viel mehr, als du für deine Flucht brauchst...«

Alexander sah das arme Mädchen an, das sich in seiner Ecke zusammenkauerte. Wie oft hatte ihr Bastard von Vater sie wohl schon beim Spiel gesetzt und verloren? Mehr als einmal, das hätte er schwören können. Er wollte nichts von der Kleinen. Aber wenn er sie gewann, würde er sie aus Macphersons Klauen reißen und die drei Pfund einstecken. Alles in allem war es die Sache wert. Außerdem gelüstete es ihn wirklich, diesem Bastard Campbell das Maul zu stopfen, wenn er ihm schon nicht den Kiefer brechen konnte. Er biss die Zähne zusammen.

»Dann fang an zu würfeln, Macpherson. Ich bin als Zweiter an der Reihe. Auf sieben in zwei Würfen, ist dir das recht?«

»Sieben in zwei Würfen, einverstanden.«

Die Soldaten schlugen sich auf die Schenkel und rieben sich zufrieden die Hände. Die Wetteinsätze stiegen. Wer würde das letzte Spiel gewinnen, bei dem das Mädchen als Preis ausgesetzt war? Alexander sah zu, wie Macpherson über den Würfeln seine Glücksformel flüsterte und sie dann in den Händen rieb. Im Zelt wurde es still.

Ein Offizier, der im Eingang stand, beobachtete die Szene interessiert. Theoretisch war das Glücksspiel zwar untersagt, wurde aber toleriert. Ein bisschen Gelegenheit zur Zerstreuung musste man den Männern ja lassen. Leider hatte dies auch Nachteile, insbesondere Streitigkeiten. Aber die Offiziere schritten ein, wenn es nötig war.

Ein weiteres Augenpaar verbarg sich im Dunkel. Seit die Partie begonnen hatte, betete Leticia um Glück für Alexander. Dieses Mal allerdings war sie sich nicht so sicher, ob sie wollte, dass er gewann. Das Mädchen sah ihn aus großen Puppenaugen an. Wenn sie glaubte, Alexander in ihre kleinen Händchen zu bekommen, dann hatte sie sich gewaltig geirrt!

Die Würfel rollten und rollten. Immer noch herrschte ein aufs Äußerste angespanntes Schweigen.

»Fünf!«, brüllte Fletcher. »Noch einmal, Macpherson!«

Wieder klapperten die Würfel.

»Acht!«

»Lass schauen, ob du es besser kannst, Macdonald.«

Macpherson verschränkte die Arme vor der Brust und setzte eine herausfordernde Miene auf. Aller Augen waren auf den Spieltisch gerichtet. Der erste Würfel kam zur Ruhe: eine Zwei. Alexander schloss die Augen. Herrgott noch einmal! Mehr als vier Pfund ... Er hätte aufhören sollen, als noch Zeit dazu war.

»Sieben!«, schrie Coll freudig auf und schlug seinem Bruder kräftig auf den Rücken. »Mit einem Wurf. Du hast gewonnen!«

Ungläubig starrte Macpherson auf die Würfel, während die Männer, die sie umstanden, in einem fröhlichen Stimmengewirr ihre Wetten beglichen. Coll sammelte die Münzen vom Tisch und ließ sie in Alexanders *Sporran* fallen. Der junge Mann wurde sich erst jetzt seines Glücks bewusst.

»Wenigstens kannst du nicht behaupten, ich hätte mit gefälschten Würfeln gespielt, mein Freund«, meinte er zu dem Verlierer. »So langsam glaube ich wirklich, dass ich einen guten Stern habe.«

»Verlass dich nur nicht allzu sehr darauf«, zischte Marcpherson ihm gereizt zu. »Er könnte eines Tages verlöschen.«

Alexander sah ihn ernst an.

»Soll das etwa eine Drohung sein, Macpherson?«

»Nur eine Warnung, *mein Freund*. Genau wie ich wirst du noch erleben, dass das Glück nicht immer an einem klebt wie Scheiße.«

»Kann schon sein, aber ich bin froh darüber, dass es heute Abend auf meiner Seite war.«

Mit diesen Worten wandte er dem wutschnaubenden Macpherson den Rücken zu. Als er an Sergeant Campbell vorbeiging, fasste dieser ihn am Arm.

»Ich glaube, Ihr habt etwas vergessen, Macdonald.«

Alexander sah ihn an und runzelte leicht die Stirn.

»Euren Preis…«

Das Mädchen! An sie hatte er überhaupt nicht mehr gedacht! Er wandte sich zu der Stelle um, an der sie sich vorhin versteckt hatte. Sie war verschwunden. Umso besser! Dann brauchte er sie nicht nach Hause zu bringen. Brüsk machte er sich los und verließ das Zelt.

»Du hast es geschafft, Alas! Ich kann es nicht glauben. Du hast mehr als sieben Pfund gewonnen! Einfach unerhört! Sieben Pfund! Das ist ja mehr, als ein Mann in einem Jahr verdienen kann!«

»Hier… für dich, Coll.«

Alexander hatte zwei Pfund aus seinem *Sporran* gefischt und ließ sie in den seines Bruders gleiten.

»Was machst du denn da? Das Geld ist für dich… für dich und Leti…«

»Coll!«

Der junge Mann verstummte. Er war sich bewusst, dass er beinahe etwas Dummes gesagt hätte.

»Ich will, dass du es behältst. Du wirst es brauchen, wenn du nach dem Krieg nach Schottland zurückkehrst.«

Coll senkte den Kopf und schwieg seltsam still. Alexander spürte, dass ihm etwas auf der Seele lag.

»Was hast du denn? War es nicht das, was du wolltest? Ein Häuschen für Peggy und dich, Vieh, Land...«

»Ja, schon...«

»Was ist es dann?«

»Nichts. Also... Mir ist nur gerade klar geworden, dass ich dich vielleicht nie wiedersehen werde, Alas. Verstehst du, ich dachte, wir würden zusammen nach Hause zurückkehren. Und dann ist da noch Vater... Ich habe ihm geschrieben und...«

»Ich werde nicht zurückgehen, Coll.«

»Warum?«

Ein Gefühl von Verbitterung schnürte Alexander die Kehle zu. Er seufzte und senkte den Kopf, damit sein Bruder sein Gesicht nicht sehen konnte.

»Ohnehin stellt sich die Frage jetzt nicht mehr. Ich muss mich um Leticia kümmern. Wenn wir davonkommen, werden wir sicherlich nach Süden gehen, zu den Amerikanern, und uns dort niederlassen. Eine Fahrt über den Atlantik kann ich ihr nicht zumuten, nicht mit einem Kind.«

»Ich verstehe, Alas«, sagte Coll leise. »Vielleicht später... wenn du genug Geld hast?«

»Später, vielleicht...«

Alexander wandte sich ab und schlug den Weg zu seinem Zelt ein. Doch er hatte noch keine drei Schritte getan, als ihn ein leises Stimmchen ansprach. Während er noch ins Dunkel sah, um festzustellen, wer nach ihm gerufen hatte, trat eine Gestalt heraus. Die Kurven des jungen Mädchens zeichneten sich unter dem Stoff des abgewetzten Nachthemds ab.

»Mr. Macdonald...«

»Christina?«

»Ihr hättet mich fast vergessen...«

»Keineswegs, Miss. Ich gebe Euch die Freiheit wieder. Ihr könnt nach Hause gehen.«

Mit einer Handbewegung entließ er sie und ging weiter, doch sie vertrat ihm den Weg.

»Sir...«

»Wollt Ihr Geld? Bedaure, aber von mir bekommt Ihr keine einzige Münze. Dass ich Euch die Freiheit wiedergebe, muss ausreichen.«

Christina fasste ihn am Ärmel, um ihn aufzuhalten.

»Ich will kein Geld.«

Alexander blieb stehen und fuhr herum.

»Wenn Ihr weder Eure Freiheit noch Geld wollt, dann erklärt mir doch bitte, was Ihr wünscht, damit diese Sache ein Ende hat.«

»Ich will bei Euch bleiben.«

Er warf Coll einen Blick zu, doch der zuckte die Achseln.

»Ähem... also ich... Herrgott, sag doch auch etwas, Coll!«

»Was denn? Du musst selbst entscheiden, was du willst, Bruder. Sie gehört dir!«

»Verflucht...«, murmelte Alexander mit zusammengebissenen Zähnen. »Ihr könnt doch nicht, Miss... Ihr seid sehr hübsch, aber...«

»Dann zieht Ihr Soldat MacCallum vor?«

»Wie bitte?!«

»Ich... ich dachte, das hätte ich so verstanden. Der Sergeant hat gesagt... Ich weiß, dass manche Soldaten lieber miteinander...«

Coll hustete, um zu verbergen, dass er vor Lachen fast erstickte. Alexander warf ihm einen bösen Blick zu, der sogleich Wirkung zeigte.

»Was immer Ihr glaubt, Christina, es hat nichts mit Euch oder Eurer Anziehungskraft zu tun... Also geht ruhig nach Hause und schlaft...«

»Nein!«

Alexander zog die Augenbrauen hoch.

»Nein?«

»Ich will nicht.«

»Warum? Das verstehe ich nicht.«

»Ich will heute Nacht bei Euch bleiben.«

»Aber... Ihr seid noch ein Kind. Ich will nicht... ich meine...«

»Wollt Ihr lieber mit dem anderen Soldaten zusammen sein? Wenn das so ist, bleibe ich ganz still in meiner Ecke sitzen und störe Euch nicht.«

»Nein... da habe ich mich falsch ausgedrückt.«

»Was denn? Bin ich etwa nicht gut genug für Euch? Denkt Ihr, ich weiß nicht, wie so etwas geht? Wartet, ich zeige es Euch...«

Blitzschnell griff sie unter seinen Kilt. Alexander, der gerade hatte antworten wollen, dass sie seiner Meinung nach ein wenig zu jung dafür sei, stieß ein Keuchen aus. Ganz offensichtlich wusste das junge Mädchen ganz genau, wie sie ihn... nun ja. Sanft legte er die Finger um ihren zarten Knöchel und hielt die viel zu geschickte Hand fest.

»Versteht das jetzt nicht falsch, Christina...«

Aus ihren großen Augen sah sie zu ihm auf, und eine Träne rollte über ihre Wange. Er fluchte und schaute sich suchend nach seinem Bruder um, aber Coll war verschwunden. Alexander seufzte und sah das Mädchen mitleidig an. Was für ein Durcheinander!

»Schön, hört mir zu, Christina. Ich habe eine Frau... und...«

»Ich will bei Euch bleiben. Bitte, Sir. Eure Frau wird nichts davon erfahren.«

»Aber warum wollt Ihr denn so unbedingt die Nacht mit mir verbringen?«

»Mein Vater wird sein verlorenes Geld zurückhaben wollen. Wenn ich zurückgehe... Ich meine, wenn er getrunken hat...«

»Oh!«

Er wandte sich zu seinem Zelt. Drinnen war es dunkel. Wo steckte Leticia nur? Er erblickte Finlay Gordon, der sich mit dem Gewehr in der Hand entfernte, um seinen Wachdienst anzutreten. Verflucht! Er hatte vergessen, ihm Bescheid zu geben.

»Finlay! Hey, Finlay!«, schrie er und rannte auf seinen Kameraden zu.

»Du bist vielleicht ein Glückspilz, Alex! Coll hat mir gerade von deinem Würfelspiel mit ... Halloo! Ist sie das?«

»Was? Wer? Ach so ... ja, das ist sie.«

Mit einem dümmlichen Lächeln auf den Lippen trat Finlay von einem Fuß auf den anderen und begaffte Christina, die Alexander gefolgt war.

»Hmmm ... Und was machst du mit MacCallum?«

»Misch dich nicht in Dinge ein, die dich nichts angehen, Finlay. Christina wird auf deinem Lager schlafen, allein. Ist das klar?«

»Auf meinem Lager?«

»Hast du etwas dagegen? Du kannst es ja am Morgen wiederhaben ...«

Finlay lächelte der jungen Frau zu.

»Was für ein Pech, dass ich Wachdienst habe. Ich hätte sie gern gewärmt!«

»Lass den Unsinn. Ich muss mit dir reden ...«

Leticia hatte sich bereits hingelegt, als er ins Zelt trat, was ihn verdross. Er hätte ihr die Sache mit Christina gern erklärt. Dann würde er das eben später tun. Er zeigte dem jungen Mädchen Finlays Lager und stopfte seinen Ranzen mit Dingen voll, die sie heute Nacht brauchen würden. Nach einer Weile sah er zu Leticia. Sie hatte sich zusammengerollt und das Gesicht unter die Decke gesteckt. Etwas sagte ihm, dass sie nicht schlief.

»MacCallum?«

Keine Antwort. Christina lag auf dem Rücken und schaute ihn an. Da steckte er ja ganz schön in Schwierigkeiten! Eigentlich wünschte er sich jetzt nur eines: Leticia in die Arme zu nehmen und ihr die gute Nachricht mitzuteilen. Aber die Anwesenheit des Mädchens hinderte ihn daran. Er stöhnte und machte sich wieder an die Arbeit.

Als er die beiden Ranzen zugeschnürt hatte, setzte er sich auf sein eigenes Lager. Leticia hatte sich immer noch nicht gerührt. Er hatte Lust, sie zu wecken, gebot sich aber Einhalt. Sie brauchte allen Schlaf, den sie bekommen konnte; sie hatten einen langen Weg vor sich. Er streckte sich auf dem Rücken aus. Die Sperrstunde wurde ausgerufen; zugleich erhob sich Munros tiefe Stimme, die anzügliche Verse sang.

»*And when ye have done with the mortars and guns ... If ye please, Madam Abess, a word with your nuns**...« Autsch! Wer hatte nur die törichte Idee gehabt, genau hier eine Schnur zu spannen, damit man sich mit den Füßen darin verheddert?

Munro taumelte mit dem Kopf voran ins Zelt und brachte ekelhafte Gerüche mit. Es war nicht schwer zu erraten, in welchem Zustand er sich befand.

»Du hast diese Schnur dort gespannt, Munro«, erinnerte ihn Alexander verschlafen brummend.

»Was? Wie? Bist du dir sicher? Herrgott, bin ich blöd!«

Munro stieß eine Reihe unzusammenhängender Geräusche hervor.

»Wie du stinkst!«

»Es gärt halt im Bottich, mein Alter!«, gab sein Cousin lachend zurück.

Seufzend schloss Alexander die Augen. Völlig ausgeschlossen, dass er wieder einschlief: Munro würde die ganze Nacht lang schnarchen wie ein Schwein. Er hörte, wie sein Kamerad sich zu seinem Lager schleppte und dabei zwei weitere Fürze fahren ließ.

»Hey, Finlay! Was hast du da zu suchen? Ich dachte, du wärest auf Wache ... Autsch, mein Kopf!«

»Munro ...«

»Ja, ich bin ja schon still.«

»Die Vögel werden heute Nacht singen ...«

Es wurde still. Munro regte sich auf seinem Lager, und Alexander sah, wie seine korpulente Silhouette sich aufrichtete.

»Heute Nacht? Jetzt schon?«

»Heute Nacht.«

---

* »Und wenn wir mit den Mörsern und Kanonen fertig sind, bitte, Frau Äbtissin, dürften wir dann ein Wörtchen mit Euren Nonnen reden ...« Letzte Zeilen von *Hot Stuff*.

»Verflucht, du hättest mir vorher Bescheid geben können!«

»Ich konnte nicht. Wo warst du überhaupt? Hast du die Branntweinreserve der Offiziere entdeckt oder was?«

»Etwas Besseres als das. Erinnerst du dich an Willie Cormack?«

»Cormack? Du meinst den, der jedem, der es hören wollte, erzählt hat, dass er ein Likörrezept auf Grundlage von Whisky für unseren Prinz Charlie erfunden hat?«

»Genau den… Ich versichere dir, wenn er die Wahrheit sagt, dann rollt unser schöner Prinz sich in Rom ebenfalls auf dem Boden herum. Seine Erfindung ist göttlich.«

»Du behauptest, dass dieser Cormack im Lager Whisky destilliert?«

»O nein, nicht im Lager! Du würdest mir nicht glauben, wenn ich dir sage, wo.«

»Versuch es einfach.«

»In der Kirche. Hey, Finlay, hörst du überhaupt, was ich sage? Aber, was ist…«

Christina stieß einen Schrei aus und setzte sich, die Arme vor der Brust verkreuzt, auf.

»Aber das ist ja gar nicht Finlay! Du, wer bist du?«

»Sie heißt Christina«, klärte Alexander ihn auf. »Sie schläft heute Nacht hier, und du behältst die Hände über dem Kilt, Munro.«

»Was macht sie da?«

»Coll erklärt es dir später.«

Immer noch spien die Mörserbatterien ihre tödliche Fracht über die Franzosen aus. Im Zelt allerdings war es still geworden. Trotz der Aufregung, in die ihn der Gedanke an die nahe Freiheit versetzte, war Alexander nicht mit sich selbst im Reinen. Er würde desertieren, und das ging gegen seine Ehrengrundsätze. Und er ließ seinen Clan im Stich und ging damit jeder Chance verlustig, sich jemals vor seiner Familie reinzuwaschen. Was würde Coll seinem Vater erzählen, wenn er zurück in Schottland war? Dass er den Namen der Macdonalds von Glencoe entehrt hatte?

Alexander streckte die Hand nach Leticia aus, die so reglos wie eine Marmorstatue war. Er sorgte sich ein wenig: Vielleicht ging es ihr ja nicht gut... Unter der Decke tastete er nach ihr und stieß auf ein Knie, das sich ihm sofort entzog. Die junge Frau rückte von ihm weg, damit er sie nicht mehr berühren konnte. Was hatte sie nur?

»Alex?«

Das war Munros Stimme. Der junge Mann klang bewegt.

»Hmmm?«

»Ich kann nicht glauben, dass ich dich nie wiedersehen werde...«

Alexander schluckte, und ihm wurde das Herz schwer. Das Fortgehen fiel ihm nicht so leicht, wie er gedacht hatte. Ein weiteres Mal durchschnitt er die Bande zwischen sich und seinem Clan.

Sie hatten Vollmond; nicht ideal für eine Flucht, aber wenigstens regnete es nicht. Die Kanonen schwiegen. Munro schnarchte, was das Zeug hielt, wie er das vorhergesehen hatte. Alexander drehte sich auf seinem Lager um, als sein Arm auf etwas Festes traf, das sich bei der Berührung bewegte. Er ließ die Hand über die geschwungene Oberfläche gleiten, unter dem Stoff fühlte es sich weich und warm an. Eine Hüfte... seine Finger wurden kühner und glitten auf einen wohl gerundeten Schenkel hinunter.

»Leticia...«, murmelte er, noch immer in Gedanken verloren.

Die junge Frau drehte sich um. Er spürte ihren Atem im Gesicht und suchte ihren Mund, während seine Hände unter ihr Hemd glitten.

»Leticia...«

Er erkannte den rundlichen Körper nicht, den er liebkoste. Das Mädchen seufzte und spreizte die Schenkel, um seinen Gelüsten freie Bahn zu geben. Etwas stimmte hier nicht. Er hätte nicht sagen können, was es war, aber... Schlaftrunken ließ er die Hand zwischen die Schenkel des Mädchens gleiten. Dann, mit einem Mal erinnerte er sich. Christina! Augenblicklich erstarrte er.

»Christina! Was habt Ihr hier zu suchen?«

»Ihr... Ihr habt doch gesagt, ich könne hier schlafen.«

»Dahinten, auf *Finlays* Lager«, verbesserte er sie mit einem rauen Flüstern, »nicht hier.«

»Ich dachte... in der Nacht wolltet Ihr... Da Ihr allein wart, dachte ich, Ihr wolltet mit mir liegen.«

Von Leticias Lager aus drang ein Schluchzen zu ihnen. Durch die weiße Zeltleinwand fiel der Mondschein ins Innere. Alexander sah, dass Leticia ihn aus tränenfeuchten Augen ansah. Oh nein! Was mochte sie denken? Er streckte eine Hand nach ihr aus.

»Rühr mich nicht an.«

»Sei nicht albern, Leticia.«

»MacCallum! Ich heiße MacCallum! Bist du nicht bei Sinnen?«

Verblüfft über ihren bissigen Tonfall starrte er sie an.

»Aber... das ist ja eine Frau!«, rief Christina aus und schlug eine Hand vor den Mund, der vor Verblüffung aufgeklappt war.

»Allerdings bin ich eine Frau, kleine Närrin!«

»Oh!«

Als sie mit einem Mal die Situation erfasste, robbte das Mädchen auf allen vieren zu Finlays Lager und zog die Decke um sich. *Doch nicht so dumm, die Kleine*, dachte Alexander leise lächelnd bei sich. Er wandte sich erneut Leticia zu und nahm ihre Hand.

»Fass mich nicht...«

»Hast du den Verstand verloren? Autsch!«, stieß er dann hervor, als sie ihn in die Hand biss, die er über ihren Mund gelegt hatte, damit sie zu zetern aufhörte.

»Das hast du davon!«

»Das reicht jetzt, MacCallum!«, flüsterte er. »Sei still und zieh dich an.«

»Nein!«

»Zieh dich an.«

»Nein!«

Ein Kratzen an der Zeltwand ließ die beiden zusammenfahren. Eine schattenhafte Silhouette zeichnete sich über ihnen ab.

»Bei Nacht singen die Vögel...«

»Gordon?«

»Ich bin's, Macdonald. Die Luft ist rein.«

»Gut, danke.«

»Die Luft ist rein?«, wiederholte Leticia verblüfft.

»Eine Parole: Der Weg ist frei. Kleide dich an. Wir brechen auf.«

Er hatte in einschmeichelndem Ton gesprochen, um ihre Laune zu verbessern, und sie gehorchte. Bevor sie nach draußen huschten, warf er einen letzten Blick auf Munro, der schnarchte wie ein Bär im Winterschlaf. Höchstens der Einschlag einer Kanonenkugel hätte ihn wecken können, wenn überhaupt. Coll hatte sich aufgerichtet.

»Ich wünsche dir viel Glück, Alas...«

Gerührt trat Alexander auf ihn zu, und die beiden umarmten sich ein letztes Mal.

»Ich werde dir irgendwie Nachricht von uns geben, Coll. Bete für uns, dass alles gut geht.«

Christina starrte ihn aus großen Rehaugen an. Hoffentlich versuchte sie ihm nicht zu schaden, weil er sie so rüde zurückgewiesen hatte. Das war das Letzte, was er jetzt gebrauchen konnte.

»Ich habe nichts gesehen«, versicherte sie, um ihn zu beruhigen.

»Danke, Christina.«

»Viel Glück.«

Alexander und Leticia schlichen davon und glitten wie Schatten durch die schlafende Zeltstadt, wobei sie den Zeltpflöcken und Leinen aus dem Weg gingen. Die Wachen standen an einem Feuer, rauchten in aller Ruhe und wandten ihnen den Rücken zu. Finlay hatte sich zu ihnen gesellt und erzählte eine Geschichte, um sie abzulenken. Sie ließen das Lager ohne Zwischenfälle hinter sich und drangen in den Wald ein.

Nachdem sie einige Minuten stramm marschiert waren, legten sie eine Pause ein. Alexander stellte seinen Ranzen auf den Boden, wühlte darin herum und zog die Kleider heraus, die er Leticia reichte.

»Zieh das an. Wenn wir auf eine Horde Kanadier treffen, hast du darin größere Chancen, lebendig davonzukommen als in dieser Uniform.«

»Du hättest auch Zivilkleider für dich besorgen sollen, Alex«, meinte sie.

Alexander zuckte die Achseln. Er war nur auf ihre Sicherheit bedacht gewesen und hatte keinen Gedanken an seine eigene Kleidung verschwendet.

Der Mond erhellte den Wald, der von beunruhigenden Geräuschen erfüllt war, nur schwach. Nervös sah Alexander sich um. Er wusste, dass die Wilden sich beinahe lautlos bewegen konnten. Diese Männer waren imstande, sich ganz ausgezeichnet zu verstecken, das durfte er nicht vergessen. Als er sich erneut Leticia zuwandte, stockte ihm der Atem. Die junge Frau beugte sich über den Unterrock und suchte die Öffnung, wobei sie ihre nackten Beine, deren Haut beinahe im Dunklen leuchtete, präsentierte. Er vermochte den Blick nicht von ihrem Körper loszureißen, der ein starkes fleischliches Begehren in ihm erweckte. Aber das war nun wirklich nicht der richtige Zeitpunkt... Heftig wandte er sich ab und wartete. Leise raschelte der Stoff. Er stellte sich vor, wie der Unterrock über ihre festen Schenkel glitt...

»Alex...«

Sie hatte die Hand auf seine Schulter gelegt und drückte sie leicht. Er wandte sich um.

»Leticia...«

Lächelnd drehte sie sich um sich selbst und knickste.

»Du bist...«

»Eine Frau?«

Er schluckte. Ja, eine Frau... die Evans Kind trug. Er hatte das unangenehme Gefühl, sein Kamerad schaue ihm über die Schulter. Achselzuckend verscheuchte er den Gedanken und bückte sich, um seinen Ranzen aufzuheben. Da wurde ihm zu seiner Bestürzung klar, dass er den am Waldrand vergrabenen Proviant vergessen hatte.

Leticia schob ihren roten Uniformrock unter einen Haufen von Zweigen und Laubwerk und griff nach ihrem *Sporran*. In ihrer Hast kippte sie den Inhalt über den Boden aus.

»Ach, verdammt!«

»Warte, ich helfe dir.«

Auf der Suche nach den verlorenen Gegenständen tastete er im Gras herum. Leticia seufzte vor Erleichterung, als sie Evans kostbares Medaillon wiederfand. Etwas stach Alexander in den Daumen.

»Autsch! Was ist denn das?«

Er hob das Teil, das ihn verletzt hatte, auf: eine Brosche. Er wollte sie der jungen Frau schon zurückgeben, als das silbrig schimmernde Metall seine Aufmerksamkeit auf sich zog. Wie vom Donner gerührt zog er die Hand zurück. Das Schmuckstück war eine keltische Arbeit mit einem komplexen Muster aus ineinander verschlungenen Drachen. Er hatte diese Brosche schon einmal gesehen...

»Wo hast du das gestohlen?«, fragte er mit schwacher Stimme.

Leticia betrachtete den Gegenstand, den er in der Hand hielt, griff danach und wollte ihn in ihre Tasche stecken. Doch Alexander hielt ihren Arm fest.

»Antworte mir! Woher hast du diese Brosche?«

»Aber... sie gehört mir. Was ist denn bloß in dich gefahren?«

»Von wem hast du sie?«

Sie sah ihn fragend an. Warum reagierte er plötzlich so heftig?

»Von meiner Mutter... Sie hat sie mir kurz vor ihrem Tod geschenkt.«

Alexander riss ihr das Schmuckstück aus den Händen. Während er das wunderbar aus Silber herausgearbeitete Motiv betrachtete, stieg eine Flut von Erinnerungen in ihm auf...

Donner grollte; es drohte zu regnen. Munro ließ ihn warten, wie immer. Er wollte unbedingt noch sein Moorhuhn schießen... Alexander beschloss, noch ein wenig zu bleiben. Tante Frances würde böse sein. Na schön, es war Munros Schuld, wenn sie zu spät zum Essen kamen. Zum vierten Mal rief sie jetzt schon mit scharfer Stimme nach ihnen.

Munro stieß einen Siegesschrei aus, und Alexander seufzte zufrieden. Strahlend kam sein Cousin den Abhang heruntergerannt, in der Hand das von einem Pfeil durchbohrte Moorhuhn. Er hatte seine erste Jagdbeute erlegt.

»Alas! Alas! Sieh doch, ich habe es geschafft! Papa wird stolz auf mich sein!«

»Ganz bestimmt, Munro. Und jetzt lass uns zurückgehen … wenn du dich nicht zusammen mit deinem Vogel im Kochtopf wiederfinden willst. Deine Mutter wird einen ihrer Zornausbrüche bekommen!«

Ein markerschütternder Schrei ließ ihr Blut erstarren. Sie sahen einander an und erbleichten. Das war Frances' Stimme gewesen, aber dieses Mal hatte sie um Hilfe gerufen. Alexander sprang auf und ergriff den kleinen Dolch, den er zum Schnitzen gebrauchte. Munro rannte bereits auf die Kate zu.

Als sie den Fuß des Hügels erreichten, sahen sie fünf Pferde vor dem Haus stehen. Ein Mann bestieg gerade das eine. Mit eiserner Faust hielt Alexander seinen Cousin zurück und stieß ihn hinter einen Busch.

»Warte, Munro … Du bleibst hier.«

Er hatte die dunklen Tartans der Schwarzen Garde erkannt. Was hatten diese Reiter hier zu suchen, auf den Sommerweiden am Black Mount? Hatte Onkel Duglas etwas gestohlen? Abgesehen vom fröhlichen Trillern eines Brachvogels und dem aufreizenden Summen von ein paar Bienen war alles still. Aufmerksam beobachtete der Knabe die Kate und wartete darauf, dass entweder seine Tante oder sein Onkel herauskamen. Doch nichts rührte sich. Seine Besorgnis wuchs.

Obwohl er erst sechs Jahre alt war, wusste er doch, wozu die Männer der Schwarzen Garde, welche die Highlands durchstreiften, in der Lage waren. Diese Soldaten, die seit 1725 von den Sassanachs *eingesetzt wurden, um den Frieden in den Highlands zu sichern, spähten sie auf Schritt und Tritt aus. Gerüchte wollten wissen, dass die jakobitischen Clans einen neuen Aufstand vorbereiteten. Es hieß, Charles Edward, der älteste Sohn des exilierten Königs James Edward, den* man auch den »alten Prätendenten« nannte, warte auf seine Stunde, um sich den Thron von Schottland zurückzuholen.

»Siehst du deinen Vater irgendwo?«, fragte er Munro, ohne die aus Bruchsteinen errichtete Hütte aus den Augen zu lassen.

»Nein, er ist wohl noch nicht aus Crieff zurück.«

»Crieff?«

»Na ja, vom Viehmarkt.«

»Ach ja! Das hatte ich ganz vergessen ...«

Sein Onkel würde nicht vor Einbruch der Dunkelheit zurück sein. Und er wusste von keinem anderen Clanmitglied in dieser Gegend. Ein Mann verließ die Kate und rückte lachend seine Kleidung zurecht. Der Soldat, der draußen geblieben war, stieg vom Pferd und trat dafür ein. Was ging dort nur vor? Wo steckte Frances? Sie hörten ihre Stimme nicht mehr ...

Zwei andere Soldaten tauchten auf. Alexander stieß seinen Cousin heftig zu Boden und legte sich selbst flach ins Heidekraut: Einer der Kerle schaute in ihre Richtung. Munro warf ihm verängstigte Blicke zu. Er war ein Jahr jünger als er, aber er begriff vollkommen, dass etwas nicht in Ordnung war. Kleine Regentropfen zersprangen auf ihrer Stirn und durchnässten ihre Hemden. Erneut grollte der Donner, und sie erschauerten.

»Wo ist Mama?«, fragte Munro leise.

Was sollte er ihm darauf antworten? Alexander bedeutete Munro, ihm zu folgen, und kroch zu einem Felsbrocken.

»Wir müssen meinen Vater holen, Munro. Lauf los und suche nach ihm. Sag ihm, dass die Schwarze Garde bei dir zu Hause ist.«

»Und was ist mit Mama?«

»Lauf, Munro, rasch! Du darfst keine Zeit verlieren!«

So schnell er konnte, kletterte der Kleine den Hügel hinauf. Alexander sah ihm nach, bis er verschwunden war. Dann richtete er seinen Blick wieder auf die Hütte. Die drei Soldaten waren wieder in den Sattel gestiegen; die zwei letzten schickten sich ebenfalls an, sich auf ihre Pferde zu schwingen. Laute Stimmen und Gelächter drangen bis zu ihm. Immer noch keine Spur von seiner Tante Frances. Er hoffte von ganzem Herzen, dass sie gar nicht mehr in der Hütte war.

Nachdem die Männer fortgeritten waren, rannte der Knabe den

Rest des Hangs hinunter und trat, den Namen seiner Tante rufend, ins halbdunkle Innere der Hütte. Was er sah, ließ ihn zur Salzsäule erstarren. Frances lag auf dem Tisch, die Arme über die nackte Brust geschlagen. Ihre gespreizten Beine baumelten schlaff herunter. Aufgewühlt trat Alexander langsam näher. Frances starrte aus leeren Augen unverwandt zu den Dachbalken auf. Dann glitten ihre Arme neben ihrem Körper nieder, und eine ihrer Hände öffnete sich. Darin lag der Gegenstand, den sie mit verkrampften Fingern umklammert hatte: die Drachenbrosche...

»Was ist, Alex?«

Zärtlich strich Leticia ihm über den Arm. Er blinzelte und schaute sie mit eigentümlicher Miene an.

»Wie hieß deine Mutter, Leticia?«

»Warum?«

»Ich möchte es wissen, es ist wichtig.«

Eine dunkle Vorahnung zog ihm den Magen zusammen. Eigentlich konnte sich nur eine Person im Besitz dieser Brosche befinden. Eine einzige... Verzweifelt erforschte er Leticias Gesichtszüge.

»Flora.«

Alexander schloss die Augen und schluckte. Er glaubte zu träumen: Flora Mackenzie, die Hüterin des schrecklichen Geheimnisses!

»Alex, erklär mir doch, was los ist! Du machst mir Sorgen...«

»Hat sie dir erzählt, woher diese Brosche stammt, die sie dir geschenkt hat?«

Leticia runzelte die Stirn.

»Ich weiß wirklich nicht, wovon du redest, Alex.«

»Flora Mackenzie. Das war doch ihr Name, oder?«

»Ja... schon.«

»Und kennst du dein Geburtsdatum, Leticia?«

»Aber... warum...«

»Weißt du es?«

Er brüllte jetzt und sah sie so betrübt an, dass sie Angst bekam.

»Der 7. Juni 1739«, stotterte sie.

»Ach, du lieber Gott!«

»Du jagst mir Furcht ein, Alex! Sag mir endlich, warum du dich so aufregst und warum diese Brosche so wichtig für dich ist!«

Er musste nachdenken. War das wirklich möglich? Was für ein unglaublicher Zufall! Leticia legte ihm die Hand auf die Schulter, und er schaute hoch. Sichtlich besorgt sah sie ihn an. Mit einem Mal glaubte er, Frances vor sich zu sehen. Vielleicht versuchte er auch zwanghaft, sie in ihrem Gesicht zu erkennen. Und doch... die Form des Kiefers, der Schwung der Lippen, die warmen Reflexe in ihrem Haar... All das kam ihm mit einem Mal so vertraut vor. Er ballte die Fäuste vor der Brust, wandte sich ab und stöhnte auf.

»Alex...«

»O Leticia, das übersteigt jede Vorstellung. Was ich dir zu sagen habe... Herrgott!«

Sie zwang ihn, sie anzusehen.

»Diese Brosche... sie hat meiner Großmutter gehört.«

»Deiner Großmutter... aber wie ist das möglich?«

»Leticia, deine Mutter...«

Er nahm die Hände der jungen Frau in seine und drückte sie fest, damit sie nicht fliehen konnte. Es war so schmerzlich, die Wahrheit auszusprechen. Ihn selbst drückte sie bereits nieder. Sie sah ihn aus großen Augen an und hatte den Mund geöffnet, als schicke sie sich bereits an, den Schrei auszustoßen, den sie gewiss nicht würde zurückhalten können, wenn sie es erfuhr.

»Flora Mackenzie war nicht deine richtige Mutter.«

»Was? Aber was erzählst du da? Das ist doch lächerlich! Natürlich war Flora meine Mutter...«

»Nein! Sie hat dich kurz nach deiner Geburt angenommen.«

Leticia sah ihn an und zog die Augen zusammen. Sie wollte weglaufen, doch Alexander hielt ihre Schultern fest umfangen.

»Deine leibliche Mutter hieß Frances MacPhail. Und... Munro ist dein Bruder.«

Sie brach in Gelächter aus. Dann wurde sie blass und verstummte. Sie schlug die Hand vor den Mund, um einen Schrei zu ersticken. Er gab sie frei, und sie wich langsam zurück.

»Leticia... Frances war meine Tante. Sie war die Schwester meines Vaters, verstehst du?«

Frances... Leticia *Frances* Mackenzie MacCallum. Und sie hatte sich immer gefragt, woher dieser Name rührte... Keine ihrer Tanten oder Ahninnen hatte ihn getragen. Nun, da sie noch einmal darüber nachdachte, meinte sie, immer gespürt zu haben, dass man ihr etwas über ihre Geburt und ihre Abstammung verheimlicht hatte. Aber Flora und Arthur MacCallum hatten sie geliebt, und das hatte ihr mehr als genügt. Doch jetzt verstand sie die kleinen Anspielungen, die hinter ihrem Rücken geflüsterten Worte, diese Sätze, die oft nicht zu Ende gesprochen wurden, wenn sie in die Hütte trat... Außerdem war da diese alte Frau gewesen, die sie regelmäßig besucht hatte. Das kleine Mädchen hatte bemerkt, wie sie eine Träne verdrückte, wenn sie sie ansah. Ihre Mutter hatte ihr erklärt, sie sei eine alte Freundin. War diese Frau, die sie Tante Caitlin genannt hatte, in Wahrheit ihre leibliche Großmutter gewesen? Und diese Brosche, die Flora ihr am Morgen ihres Geburtstags kurz vor ihrem Tod geschenkt hatte... Sie hatte damals so traurig ausgesehen...

»Sag mir, was du weißt, Alex. Ich will die Wahrheit kennen.«

Er nickte und ließ sich zu ihren Füßen ins Gras fallen. Sie tat es ihm nach und klammerte sich an seinen Arm.

»Im September 1738 wurde Frances grausam... vergewaltigt.«

»Vergewaltigt?«

»Von Soldaten der Schwarzen Garde. Sie waren zu fünft. Ich habe sie gefunden. Damals war ich sechs. Ich war mit Munro auf der Jagd nach Moorhühnern. Als wir die Pferde und die Männer sahen, haben wir uns in den Hügeln versteckt. Wir waren noch zu klein, um ihr zu helfen. Nachher ist Frances... sie ist... Ich glaube, sie hat darüber den Verstand verloren. Stundenlang hat sie niedergeschlagen auf der Bank vor ihrer Kate gesessen und ins Leere gestarrt. Ihr Mann hat alles versucht, doch es hat nichts gefruchtet. Dann bekam sie einen dicken Bauch...«

Kopfschüttelnd rieb er sich die Augen. Erinnerungsfetzen stiegen in ihm auf, Bilder, die sein kindliches Herz erschüttert hatten. Nach diesem entsetzlichen Erlebnis war Frances der Melancholie anheimgefallen. Die Frau, die für gewöhnlich so heiter und witzig gewesen war, hatte sich in sich selbst verschlossen und in Gleichgültigkeit verschanzt wie in einem unzugänglichen Turm. Großmutter Caitlin hatte sich um Munro gekümmert, der nicht begriff, warum seine Mutter nicht mehr mit ihm sprach oder für ihn sorgte. Als Frances das Kind auf die Welt brachte, hatte ihr Mann nichts von der Kleinen wissen wollen, obwohl sie ebenso gut von ihm hätte sein können.

Alexander sah Leticia an, die auf ihre Hände hinunterschaute. Wie sollte er es ihr sagen? Er wusste, dass er ihr wehtun würde.

»Es tut mir leid, Leticia. Ich hätte nicht...«

Sie schlug die feuchten grauen Augen zu ihm auf. Plötzlich entfuhr ihr ein erschrockener Ausruf, und sie schlug die Hände vors Gesicht.

»*A Dhia*, o Gott! Und dieses Kind... war ich? Ich will es wissen, Alex«, flehte sie mit schmerzerstickter Stimme. »Ich muss alles wissen...«

»Ja, ich fürchte, dieses kleine Mädchen warst du«, schloss Alexander mit schwacher Stimme.

Er streichelte die feuchte Wange der jungen Frau.

»Um dich vor Duglas zu schützen, Frances' Mann, hatte Großmutter Caitlin meinen Vater gebeten, dich zu Mrs. MacCallum zu bringen. Da sie keine Kinder hatte, war sie bereit, dich aufzunehmen und großzuziehen.«

Mit den Fingern strich er über das Motiv der Brosche, wie er es als Kind so oft getan hatte. Die Schönheit und die feine Ausführung des Musters faszinierten ihn. Seine Großmutter hatte ihm erklärt, das Schmuckstück sei eine Arbeit ihres Vaters, Kenneth Dunn, der Goldschmiedemeister gewesen sei, zuerst in Belfast und dann in Edinburgh. Wie viele Stunden hatte er mit dem Versuch zugebracht, dieses Motiv mit seinem *Sgian dhu* auf einem Stück Holz nachzuahmen...

»Diese Brosche... hat Frances gehört, Leticia. Sie war ein Geschenk von Caitlin Dunn, ihrer Mutter und unserer Großmutter, das diese wiederum beim Tod ihrer eigenen Mutter aus den Händen ihres Vaters erhalten hatte. Sie sollte von einer Generation auf die andere weitergegeben werden, von der Mutter an die Tochter. Deswegen hast du sie nach Frances' Tod bekommen. Sie ist dein Erbe. Halte sie in Ehren... und wenn das Kind, das du trägst, eine Tochter wird, gib sie ihr.«

»Caitlin... Tante Caitlin...«, murmelte Leticia nachdenklich und streichelte ebenfalls über die Brosche.

Dabei streifte sie Alexanders Finger. Heftig riss dieser die Hand zurück.

»Diese Frau... war also meine Großmutter?«

Die junge Frau runzelte die Stirn und sah ihm unverwandt in die Augen, was ihn unruhig machte.

»Sie ist ab und zu gekommen und hat mir Süßigkeiten oder kleine Geschenke mitgebracht. Ich mochte sie gern... Alex... Sie war meine Großmutter, und ich wusste es nicht! Niemand hat es mir gesagt! Warum? Aus welchem Grund? Das ist nicht gerecht!«

Mit den Fäusten trommelte sie auf Alexanders Brust. Sanft nahm der junge Mann ihre Handgelenke, um ihr Einhalt zu gebieten, und flüsterte begütigende Worte, um sie zu beruhigen. Dann wischte er die dicken Tränen ab, die ihr über die Wangen rollten.

»Über so etwas spricht man halt nicht, Leticia... Außerdem wollte Großmutter Caitlin dich bestimmt schützen. Duglas hatte geschworen, seine Frau zu rächen. Wer weiß, was er getan hätte, wenn er gewusst hätte, wo du bist? Ich weiß, dass es nicht gerecht ist...«

Seine Finger verhielten auf ihrer warmen Haut. Er schluckte und rang sein Bedürfnis nieder, selbst über die Ungerechtigkeit aufzuschreien, die auch ihn betraf.

»Wir sind Cousin und Cousine ersten Grades, Leticia. Verstehst du, was das bedeutet?«

Sie schüttelte das Haar, in dem das erste, neblige Morgenlicht schimmernde Reflexe hervorrief.

»O Alex... Nein!«

»Ich kann dich nicht heiraten, Leticia. Auf gar keinen Fall.«

Sie legte die Hände auf ihren leicht gerundeten Bauch, schloss die Augen und stöhnte. Tränen der Verzweiflung rannen über ihr bleiches Gesicht. Alexander hätte sie am liebsten in die Arme genommen und gewiegt, doch etwas hinderte ihn jetzt daran. Seine Cousine... Zu allem Unglück hatte er sich auch noch in seine Cousine verliebt. Diese Frau, die ihm eine bis dahin unbekannte Facette seiner selbst enthüllt hatte, war ihm von jetzt an verboten. Sie konnten niemals heiraten. Sicher, sie konnten immer noch zusammenleben; aber... diese Nähe würde eine furchtbare Qual für ihn sein. Er liebte sie; er begehrte sie wie ein Mann eine Frau. Doch das war ganz offensichtlich nicht mehr möglich. Außerdem konnte er nicht verlangen, dass sie ihm treu blieb. Sie war jung, und bald würde sie ein Kind haben, das sie versorgen und großziehen musste. Sie musste einen Mann finden, der sich um sie kümmerte, und das könnte er nicht ertragen. Was sollten sie tun? Er musste nachdenken...

Ein Rabe krächzte. *Dieser Unglücksvogel!*, dachte er. Dann erschien seinem aufgewühlten Herzen mit einem Mal das Gesicht von Großmutter Caitlin. Die alte Frau hatte Raben ebenfalls nicht leiden können. Er sah wieder ihre zärtliche Miene, ihre dünne, durchscheinende Haut, und sie fehlte ihm schrecklich. Als er klein war, hatte sie immer die richtigen Worte gefunden, um ihm seine Ängste zu nehmen. Was sie ihm wohl in diesem Moment geraten hätte?

»Ich werde... einen Platz für dich und das Kind finden«, begann er seufzend. »Ich werde mich vergewissern, dass es euch an nichts fehlt und ihr korrekt behandelt werdet. Es muss doch irgendwo in diesem Land einen Bauern geben, der in der Lage ist, Mitgefühl für eine Frau in deinem Zustand aufzubringen.«

»Ich will, dass du bei mir bleibst, Alex!«, widersprach sie panisch. »Du darfst mich nicht verlassen.«

Er wandte sich ihr zu und sah sie betrübt an.

»Es geht doch nicht darum, dass ich dich verlasse, Leticia.

Aber ich werde nie unter einem Dach mit dir leben können ohne... ohne dich zu lieben. Das wäre zu schwierig!«

»Es braucht doch niemand zu wissen.«

»Ich weiß es, und du ebenfalls. Das zählt. Herrgott! Du bist Munros Schwester! Ich kann nie wieder... O Leticia!«

Aus feuchten Augen sah er sich um. Auf der Lichtung wurde es immer heller. Sie mussten sich so rasch wie möglich wieder auf den Weg machen. Plötzlich fiel ihm wieder ein, dass er ihren Proviant vergessen hatte. Rasch stand er auf, und sie tat es ihm nach.

»Gib mir deine Hände«, flüsterte er mit rauer Stimme.

Sie gehorchte. Er drückte ihre Hände an sein Herz und sah auf sie hinunter.

»Ich möchte, dass du eines weißt: Ganz gleich, was geschieht, ich werde stets tun, was in meiner Macht steht, um euch zu beschützen, dich und das Kind. Hast du das verstanden? Ich schwöre es dir bei meiner Ehre...«

Er zögerte und sah tief in die ängstlichen grauen Augen seiner Cousine. Sie floh seinen Blick und schloss die Lider. Ihre Lippen bebten. Einen kurzen Moment lang schaute er auf diesen Mund hinunter, der ihn zum Küssen einlud. Dann legte er die Hand auf den Rücken der jungen Frau und zog sie an sich. Er konnte nicht anders; er musste sie ein letztes Mal küssen. Eng umschlungen standen sie so da und unterdrückten mit großer Mühe ihre widerstreitenden Gefühle.

»Warte hier auf mich, ich bin in ein paar Minuten wieder da. Ich gehe zurück und hole den Proviant.«

»Nicht, Alex! Dazu ist es zu spät. Wir haben schon Tag.«

Er löste sich von ihr, hängte sein Gewehr um und ging entschlossenen Schrittes in Richtung Lager.

»Es dauert nur fünf Minuten, Leticia. Versteck dich hinter diesen Büschen.«

»Alex!«

Sie stürzte auf ihn zu, kramte in ihrem *Sporran* und zog das Medaillon hervor.

»Ich möchte, dass du es bei dir trägst.«

Er runzelte die Stirn: Evans Medaillon?

»Das kann ich nicht annehmen, es hat doch Evan...«

»Nimm es, Alex. Evan wollte, dass du mich heiratest.«

Sie ergriff seine Hand, legte das Schmuckstück hinein und schloss seine Finger darüber. Langsam nickte er. Eine Woge von Empfindungen überwältigte ihn. Einen winzigen Augenblick lang fragte er sich, was denn wirklich so schlimm daran wäre, mit ihr zu leben. Vielleicht hatte sie ja recht. Niemand bräuchte die Wahrheit zu erfahren. Aber im Grunde seines Herzens wusste er, dass das nicht möglich wäre. Trotz aller Liebe...

Zu viele Erinnerungen... Die Vergewaltigung, Frances' Wahnsinn. Ohne es zu wissen, erweckte Leticia alles wieder zum Leben. Und mit der Erinnerung an diese Ereignisse stieg auch ein Teil seiner Vergangenheit wieder an die Oberfläche, den zu verdrängen er sich so große Mühe gab. Wie hatte sein Großvater Liam noch gesagt? *In der Seele jedes Menschen gibt es einen geheimen Ort, an dem seine schrecklichsten Erinnerungen verwahrt sind. Man glaubt, sie seien verschwunden, hätten sich in Luft aufgelöst. Was für eine Täuschung! Wenn man am wenigsten damit rechnet, kehren sie zurück und verfolgen uns...* Liam Duncan Macdonald musste sein Leben lang solche inneren Qualen gelitten haben. Großmutter Caitlin hatte Alexander immer versichert, er sei seinem Großvater ähnlich. Leider war der Knabe beim Tode seines Großvaters erst elf gewesen, so dass er ihn nicht sehr gut kennengelernt hatte.

Alexander sah Leticia an, die im grauen Morgenlicht vor ihm stand. Keiner von ihnen rührte sich. Dem jungen Mann gab es einen schmerzhaften Stich ins Herz, als er Soldat MacCallum zum ersten Mal am hellen Tag in seiner wahren Gestalt sah. Die Röcke waren ihr etwas zu kurz, und das Mieder spannte, doch sie war einfach bezaubernd. Das Haar fiel ihr über die Schultern, und ihr milchweißes Dekolletee war enthüllt...

Er schlug die Augen nieder und fuhr herum, um vor diesem Anblick zu fliehen. Dann drang er in den dichten Wald ein. Rasch bahnte er sich mit dem Kolben seines Gewehrs einen Weg durch die Ranken und das Astwerk, die sich an den Wollstoff seines Kilts hängten. Er musste schnell machen. Bald würde das Lager erwachen, und man würde Alarm geben.

An der Stelle, an der er den sorgfältig in Öltuch eingeschlagenen Proviant versteckt hatte, begann Alexander zu graben. Er war noch ganz benommen von der bestürzenden Erkenntnis seiner Verwandtschaft mit Leticia, so dass er sich mechanisch bewegte und kaum auf die Geräusche in seiner Umgebung achtete. Daher reagierte er erst, als er hartes, kaltes Metall im Nacken spürte. Er erstarrte. Sein Herz begann wild zu klopfen.

»Na, wenn das nicht unser Meister des Würfelspiels ist!«, rief eine spöttische Stimme hinter ihm. »Was soll denn das hier werden, Macdonald?«

Alexander richtete den Blick fest auf das mit Erde verschmierte Tuch und wandte beträchtliche Kraft auf, um seinen Atem zu beherrschen und zu überlegen. Der Druck in seinem Nacken wurde stärker und zwang ihn, sich flach auf den Boden zu legen. Jemand setzte einen Stiefel zwischen seine Schulterblätter, damit er sich nicht mehr rühren konnte.

»Entwaffnet unseren Mann, Macpherson.«

Grobe Hände tasteten seinen Körper ab, während Erde in seinen Mund drang.

»Was hattet Ihr vor, Soldat Macdonald? Hat es Euch nach einem üppigen Frühstück gelüstet? Oder wolltet Ihr vielleicht zufällig desertieren?«

Ein Stiefel traf ihn in die Rippen, und er krümmte sich und rang nach Luft. Ein zweiter Tritt zwang ihn, sich auf den Rücken zu wälzen. Sergeant Roderick Campbell betrachtete ihn mit einem gehässigen Blick, in dem die Mordlust glitzerte. Er setzte ihm den Lauf seines Gewehrs auf die Brust. Alexander starrte ihn stoisch und herausfordernd an.

»Macht schon, Sergeant. Drückt ab. Ihr könnt es doch gar nicht abwarten!«

Der Mann brach in Gelächter aus und verstummte dann abrupt.

»Das ist noch schwach ausgedrückt, Macdonald. Keine Sorge,

ich werde Euch töten. Aber nicht heute. Ich warte auf den richtigen Zeitpunkt. Außerdem muss ich Euch gestehen, dass es mir Vergnügen bereitet, Euch leiden zu sehen.«

»Was wollt Ihr eigentlich von mir?«

»Das werdet Ihr zur rechten Zeit und am rechten Ort erfahren. Ich habe es nicht eilig«, flüsterte der Sergeant mit einem eigenartigen Unterton.

Campbell sah sich suchend um.

»Wo ist sie?«

Alexander hielt den Atem an. Gedämpft durch den dichten Pflanzenwuchs drangen die vertrauten Geräusche des erwachenden Lagers zu ihm. Was mochte Campbell hierhergeführt haben? Ob er ihre Flucht beobachtet hatte? Oder hatte Christina sie verraten?

»Wo ist sie?«

»Chistina ist im Zelt«, antwortete er unschuldig.

»Doch nicht sie, Schwachkopf! Ich rede von Soldat MacCallum. Haltet mich nicht für einen Idioten!«

Alexander blieb stumm. Campbell knurrte und versetzte ihm einen weiteren Tritt, so dass er aufschrie. Dann packten zwei Männer aus seiner eigenen Kompanie ihn bei den Schultern und zwangen ihn zum Aufstehen. Er spuckte Erde aus, dann reckte er das Kinn und hielt dem hasserfüllten Blick seines Sergeanten stand, der sichtlich frustriert war.

»Haltet ihn gut fest. Ich mache einen kleinen Rundgang. Weit kann sie ja nicht sein.«

Rette dich, Leticia! Lauf! Alexanders Magen zog sich zusammen, und sein Herz klopfte panisch. Der junge Mann versuchte sich loszumachen, doch vergeblich. Er biss einen der Soldaten in die Hand, und der Mann schrie auf und ließ ihn los. Dem anderen stieß er den Fuß in den Magen, so dass er sich krümmte und ihm die Luft aus den Lungen gepresst wurde. Doch Macpherson hob sein Gewehr und zog ihm den Kolben kräftig über den Schädel. Ein dunkler Schleier legte sich über sein Blickfeld, und die Beine gaben unter ihm nach.

Ein stechender Kopfschmerz zwang Alexander, die Augen geschlossen zu halten. Gras stach ihn ins Gesicht, und eine Stechmücke surrte um sein Ohr. Er stöhnte schwach und wälzte sich, immer noch ein wenig benommen, auf den Rücken. Stimmen, unter denen er die von Sergeant Campbell erkannte, drangen wie durch einen Nebel zu ihm. Dann traf ihn die Erinnerung wie ein Messerstich in die Brust: Leticia wartete auf der Lichtung auf ihn. Er stieß einen markerschütternden Schrei aus und riss die Augen auf, obwohl das grelle Licht ihn schmerzte.

Sergeant Campbell betrachtete ihn mit einem abscheulichen Grinsen. Die drei Soldaten, die ihn umstanden, hielten ihre Gewehrläufe auf Alexander gerichtet. Kurz herrschte Schweigen, während Campbell sich demonstrativ über die Lippen leckte und seinen Kilt zurechtrückte. Unsäglicher Zorn ergriff Alexander. Der junge Mann stöhnte noch einmal auf, rollte sich herum, so dass er auf die Knie kam, und richtete sich halb auf. Die Gewehre, die ihm drohten, ließen ihn kalt. Dieser Campbell-Bastard… er würde ihm das Fell abziehen! Mit einem fürchterlichen Gebrüll sprang er auf, stürzte sich mit dem Kopf voran auf Campbell und rammte ihn. Die beiden wälzten sich im Gras. Die Soldaten konnten nicht schießen, ohne dass sie Gefahr liefen, ihren Sergeanten zu treffen. Einer von ihnen rannte zum Lager, um Verstärkung zu holen.

Von rasendem Zorn erfüllt, schlug Alexander mit aller Kraft zu. Der Sergeant versuchte seinen Hieben auszuweichen und rief um Hilfe. Endlich reagierten die beiden Soldaten, die geblieben waren, und packten Alexander an Haaren und Armen. Schließlich bezähmte die Spitze eines Bajonetts, das einer von ihnen ihm an die Kehle setzte, die Wut des jungen Mannes. Schwer atmend kam er zur Ruhe und starrte Campbell hasserfüllt an. Der Sergeant fluchte und stand langsam auf. Er rückte seine Kleidung zurecht, wischte ein Blutrinnsal ab, das von seiner geplatzten Lippe herunterlief, und erwiderte Alexanders wütenden Blick. Dann bedeutete er den Soldaten mit einer Kopfbewegung, ihn festzuhalten.

»Wo ist MacCallum? Was habt Ihr mit ihr gemacht, Ihr Dreckskerl?«

»Obacht, Macdonald! Für Eure unpassenden Worte kann ich Euch noch ein paar zusätzliche Peitschenhiebe aufbrummen!«

»Bastard! Wo ist sie? Was habt Ihr ihr angetan?«

Bedächtig trat Campbell auf ihn zu, wobei er darauf achtete, einen gewissen Abstand zwischen ihnen zu wahren, und sah ihm durchdringend in die Augen.

»Ich würde Euch gern antworten, dass ich der kleinen Schlampe gegeben habe, was sie verdient; genauso, wie Ihr an meiner Cousine Kirsty gehandelt habt. Aber sie ist mir entwischt. Sie ist ziemlich gewitzt. MacCallum war schon ein guter Soldat, obwohl ihr dazu... gewisse Körperteile fehlen.«

»Ich bringe Euch um!«

Der Sergeant quittierte seinen Ausbruch mit einem teuflischen Auflachen.

»Dazu müsst Ihr erst einmal Eure eigene Haut retten, Alasdair Dhu!«

Alexander stockte der Atem, und er starrte Campbell bestürzt an: Wie war es möglich, dass er das alles wusste? Niemand hier kannte seine Vergangenheit, nicht einmal Munro... Als der Sergeant sah, welche Wirkung seine Worte auf den jungen Mann hatten, lächelte er. Er strahlte neues Selbstbewusstsein aus, in das sich Verachtung mischte.

»Was für eine Überraschung, nicht wahr? Ich hatte von Anfang an das Gefühl, Euch schon einmal irgendwo begegnet zu sein. Und dann erinnerte ich mich an die Nacht, in der Kirsty ermordet wurde. *Sieh an, sieh an*, sagte ich mir. Dann habe ich bei einer Gelegenheit Euch gegenüber ihren Namen erwähnt und aus Eurer Reaktion geschlossen, dass ich mich nicht geirrt hatte. Ihr wart tatsächlich der, für den ich Euch hielt. Wahrscheinlich habt Ihr geglaubt, Eure dunkle Vergangenheit verbergen zu können... Ihr fragt Euch, wie ich auf all das gekommen bin? Vielleicht frischt das hier ja Euer Gedächtnis auf, Alasdair Dhu.«

Er schob sein Haar zurück, um ihm sein rechtes Ohr zu zeigen, an dem ein Stück fehlte. Aus vor Entsetzen aufgerissenen Augen starrte Alexander einen Moment lang darauf und stieß dann einen langgezogenen Seufzer aus. Er? Wie war das möglich?

»Und nun, Macdonald? Habt Ihr etwa Eure Zunge verschluckt? Oder steckt Euch noch das Stück von meinem Ohr im Halse fest?«

»Ihr seid nichts als ein Mistkerl, Campbell!«

»Ich frage mich, wer von uns schlimmer ist.«

Eine Abteilung aus dem Regiment der Grenadiere von Louisbourg traf ein, gefolgt von einigen Offizieren und Soldaten aus den Reihen der Highlander. Alexander spürte, wie sich Eisen um seine Handgelenke und Fußknöchel schloss; er wusste, welches Los auf Deserteure wartete. Kurz sah er in die betrübten Augen von Archibald Campbell von Glenlyon und begegnete dem verzweifelten Blick seines Bruders Coll. Beschämt wandte er sich ab. Während des Prozesses würde er diese Blicke noch lange genug ertragen müssen. Doch erst einmal trauerte er um Leticia.

8

Mut ist eine Tugend

Er ließ es zu, dass Erinnerungen in ihm aufstiegen.

Das Mädchen, das unter ihm lag, lachte leise und wand sich köstlich, während er mit einer Hand unter ihre Röcke griff und mit der anderen versuchte, seine Hose aufzuknöpfen. Er war ganz fürchterlich erregt. Wahrscheinlich hatte er so lange keine Frau mehr gehabt, dass er nicht mehr wusste, wie es ging. Aber sein Körper erinnerte sich von ganz allein. Die junge Frau warf den Kopf nach hinten und bot ihm ihren weißen Hals.

Auf der anderen Seite des Lakens, mit dem der Raum aufgeteilt war, würfelten und lachten seine Kumpane. Der Whisky rann wie Feuer durch ihre Adern und verstärkte ihre Aufregung nur noch. Das Mädchen stieß einen langgezogenen Seufzer aus, als er in sie eindrang. Lange würde er sich nicht zurückhalten können; sie zappelte unaufhörlich unter ihm.

»Hey, Alas Dhu! Hör auf zu grunzen wie ein Schwein, ja?«

»Ha, ha, ha! Die Kleine kennt sich anscheinend gut mit Männern aus! Vielleicht könnten wir auch einen Anteil bekommen? Was meinst du dazu, Ronnie?«

Alexander biss überwältigt von seiner Lust in eine volle Brust. Das Mädchen stieß einen leisen Schrei aus, begann dann zu stöhnen und krallte die Fingernägel in seine Schultern.

»Oooh! Jaaa!«, seufzte sie an seinem Hals.

Er konnte nicht mehr; sein Herz schien ihm in der Brust explodieren zu wollen. Sie griff in sein struppiges Haar, damit er sie ansehen musste, doch er wandte den Blick ab. Da zerrte sie noch kräftiger.

»Alasdair... Sieh mich an... Ja, genauso... O heilige Muttergottes! Ja!«

Aus ihren grün und braun gesprenkelten Augen sah sie ihn eindringlich an, während er sich in ihr bewegte.

»Hey, junger Mann!«, rief Donald lachend. »Könnt ihr nicht ein bisschen weniger Radau veranstalten? Ich kann mich nicht konzentrieren!«

Alexander biss die Zähne zusammen, damit der Schrei, der ihm in der Kehle steckte, nicht hervorbrach. Das Mädchen war nicht so zartfühlend. Sie stieß ein langgezogenes Stöhnen aus und klammerte sich so fest an sein abgetragenes Hemd, dass es zu zerreißen drohte. Erschöpft und keuchend ließ er sich auf sie sinken. Sie stöhnte ihm leise ins Ohr und vergrub die Finger in seinem Haar.

»Sag mir, dass du mich liebst, Alasdair.«

Der junge Mann gab keine Antwort, aber seine Finger krampften sich um die Kante des Tisches, auf dem er sie genommen hatte. Er fand sie hübsch, gut gebaut und nett. Doch weiter durfte sein Interesse an ihr nicht gehen. In seinem Herzen wohnte keine Liebe zu einer Frau. Er durfte sich nicht gestatten, jemanden zu lieben... besser gesagt, er wollte es nicht mehr. Brummend richtete er sich auf und zog sich aus dem weichen, warmen und feuchten Körper des Mädchens zurück.

»Alas... nicht einmal ein ganz klein wenig?«

Sie hielt ihn am Hemdkragen fest und sah ihn aus ihren smaragdgrünen Augen, die er seit ihrer ersten Begegnung nicht mehr vergessen konnte, flehend an. Nein, er konnte ihr nicht sagen, dass er sie liebte, und wenn es nur ein kleines bisschen gewesen wäre; denn damit würde er ihr eine Waffe in die Hand geben, die sie gegen ihn einsetzen könnte. Sie könnte ihn leiden lassen... Nein, er hatte schon mehr als genug Leid erlebt.

»Ich weiß, dass du mich liebst... Ich sehe es in deinen Augen, Alasdair Dhu. Worte sagen nicht immer die Wahrheit, auch Augen können sprechen... Und die deinen sind so schön...«

Sie schlang die Arme um seinen Hals und zog ihn zu sich herunter, um ihn zu küssen. Deine ebenfalls, Kirsty..., dachte er.

»So, bist du fertig?«, erkundigte Ronnie sich abrupt.

Die Frage wurde mit einigen anzüglichen Lachern quittiert. Alexander presste die Lippen zusammen. Alles Schwachköpfe, die nur Trinken, Spielen und Stehlen im Kopf haben... Aber war er nicht genau wie sie? Nichts als ein Vagabund, der durch die Highlands streifte, sein Leben hinter sich herzog wie ein Gefangener eine Bleikugel und nur auf den Tag wartete, an dem einer von König Georges Soldaten ihn niedermachte wie einen streunenden Hund. O ja, er war nichts weiter als das...

»Was ist, Alasdair? Wenn du mit dem Mädchen fertig bist, worauf wartest du dann? Lass mit uns die Würfel rollen!«

»Alas... geh nicht. Bleib bei mir, die ganze Nacht«, bettelte Kirsty und ließ ihre kleinen Hände unter sein Hemd gleiten.

»Wir müssen weiter. Du weißt, dass ich nicht hierbleiben kann. Das wäre viel zu gefährlich.«

»Mein Bruder ist mit meinen Cousins über Land geritten. Sie wollen in Kilmartin übernachten. Wir wären ganz ungestört.«

Sie rieb ihre Wange an seiner. Ihm kam der törichte Gedanke, dass er sich seinen dichten Bart hätte rasieren sollen. Dann könnte er jetzt ihre weiche Haut spüren.

»Vielleicht kann ich morgen wiederkommen«, erklärte er und knöpfte seinen Hosenlatz zu.

Morgen... Aber für Kirsty hatte es kein Morgen gegeben. Mit einem Mal ging ihm auf, dass er wahrscheinlich auch keinen neuen Tag mehr erleben würde. Die Eisen schnitten ihm in die Handgelenke, und er verzog das Gesicht. Als er sich auf die Seite lehnte, klirrten die Ketten. Er war zusammen mit Soldat MacCallum, der in Abwesenheit verurteilt werden würde, des Diebstahls und der Fahnenflucht angeklagt. Heute würde er sein Urteil erfahren.

Zwei Tage und zwei Nächte waren vergangen, seit man ihn mit Ketten an eine Eisenkugel gefesselt hatte, aber die junge Frau hatte man nicht gefasst. Der Verhandlung des Kriegsgerichts wurde in einem Zelt geführt, das man zwischen dem Quartier der Offiziere und dem des Regiments von Scotts Rangern errichtet hatte. Oberst Simon Fraser führte den Vorsitz, und das Gericht bestand aus Offizieren der verschiedenen Regimenter, die in Point Levy kampierten. Aber all das ließ Alexander gleichgültig. Der junge Mann machte sich kaum Gedanken um sein eigenes Los. Ihn interessierte jetzt nur noch, was aus Leticia geworden war. Wo mochte sie stecken? Hatte sie einen Zufluchtsort gefunden? Nur eines wusste er mit Bestimmtheit, nämlich, dass ihr die Flucht gelungen war.

Traurig und müde ließ er den Blick über die Männer schweifen, die sich unter dem Zeltdach versammelt hatten. Soeben wurde einem jungen Soldaten von kaum achtzehn Jahren wegen Insubordination der Prozess gemacht. Er selbst wartete, von zwei bewaffneten Soldaten flankiert, auf einer Bank darauf, an die Reihe zu kommen. Die Zeltklappe am Eingang hob sich: Ein Offizier ging hinaus. Die Brise, die von draußen hereinwehte, liebkoste ihn sanft. Er schloss die Augen und versank erneut in seinen Erinnerungen.

»Warum bleibst du nicht über Nacht, Alas?«, fragte Kirsty noch einmal und legte den Zeigefinger in das Grübchen an Alexanders Kinn.

In diesem Moment bewegte sich der Vorhang und blähte sich in dem Schwall kalter Luft, der in die Hütte eingedrungen war, als jemand die Tür aufriss. Alexander rückte von Kirsty ab und griff reflexhaft nach seinem langen Messer, das er niemals ablegte. Laute Stimmen hallten durch den Raum. Ein dumpfes Geräusch, ein erstickter Schrei, und dann brach ein fürchterliches Kampfgetümmel los.

Blitzschnell schob der junge Mann seine Gefährtin hinter sich. Dann riskierte er einen Blick auf die andere Seite des Stoffs. Ronnie lag in einer Blutlache auf dem Boden. Stewart und ein Unbekannter wälzten sich kämpfend am Boden. Der Mann rammte Stewart, der stöhnend zusammenbrach, ein Messer in den Leib. Donald, der von drei zweifelhaften Gestalten an die Wand gedrückt wurde, rief um Hilfe. Mit einem Mal war es Alexander sehr heiß. Er war nur mit seinem Messer bewaffnet; so konnte er es niemals mit den drei massigen Gestalten aufnehmen.

Die Angreifer, die bemerkt hatten, dass sich noch ein Mann in der Kate befand, änderten ihre Taktik. Donald fand sich plötzlich unter die Achselhöhle des einen geklemmt wieder. Eine Klinge saß an seiner Kehle.

»Alas ...«, stieß sein Freund gepresst hervor.

»Heraus mit dir, du Bengel, sonst lasse ich deinen Kumpan ausbluten wie ein Schwein!«

Alexander sah sich panisch in der Ecke um, die als Hinterzimmer diente. Sie besaß keinen Ausgang; sie saßen unentrinnbar in der Falle. Hastig schob er Kirsty nach hinten und nötigte sie, sich hinter ein stinkendes Fass zu hocken. Mit zitternder Hand hielt sie ihn an seiner Kniehose fest.

»Nein ... Geh nicht, Alas. Sie werden dich töten.«

»Bleib hier, und rühr dich nicht, verstanden?«

»Alas ...«

Tränen glänzten in ihren herrlichen grünen Augen. Er beugte sich zu ihr hinunter und küsste sie zärtlich.

»Kirsty ... vielleicht liebe ich dich ja doch ein wenig ...«

In diesem Moment stieß sie einen Schrei aus, und er spürte, wie er gegen die Wand geschleudert wurde. Der Stoß war heftig und der Schmerz schneidend. Das Zimmer drehte sich um ihn, und er sah auf merkwürdige Weise alles doppelt. Er hielt sich an einem der Metallringe fest, die für das Vieh in die Wand eingelassen waren, und zog sich mühsam wieder hoch. Sein Messer ... Er hatte es verloren.

Kirstys Aufschrei traf ihn mitten ins Herz. Die beiden Männer versuchten, die Röcke der jungen Frau hochzuschieben. Endlich entdeckte Alexander sein Messer: Es lag auf dem Boden, direkt hinter einem von ihnen. Er musste unbedingt etwas unternehmen, konnte nicht zulassen, dass die Männer ihr Gewalt antaten. Wenn er sein Messer erreichte, ohne dass sie es bemerkten ... Er blinzelte, um seinen Blick zu klären, und stürzte voran. Ein stechender Schmerz fuhr durch seinen Schädel ... Kirsty schrie immer noch, spuckte und zappelte heftig. Noch ein paar Zoll ... Ein Fuß traf seinen Nacken, presste ihn auf den Boden und zerquetschte ihm fast die Luftröhre. Der dritte Mann ... Luft, er brauchte Luft ... Er sammelte alle Kraft, die er noch besaß, packte seinen Angreifer an einem Bein und riss ihn um, so dass er über das Stroh rollte. Ein paar Hühner flogen gackernd auf.

»Alasdair!«, schrie Kirsty.

Der eine Kerl war mit ihr fertig und hielt sie fest, während sich jetzt sein Kumpan die Hose aufknöpfte ...

Erneut wurde die Eingangsklappe hochgeschlagen, und drei Männer betraten das Zelt. Unter ihnen erkannte er Sergeant Roderick Campbell, der gegen ihn aussagen würde. Sein Auge war blau und seine Lippe angeschwollen. Der Mann sah ihn kurz an und ging dann auf das Gericht zu. Alexander starrte seinen Rücken an. Vor Zorn und Schmerz biss er die Zähne zusammen, ballte die Fäuste und wollte aufspringen. *Ich habe sie nicht getötet*, hätte er am liebsten gebrüllt. *Sie ist deinetwegen gestorben, du armer Tor! Wegen deiner unredlichen Machenschaften. Ich habe Kirsty geliebt... Ja, ich habe dieses Mädchen geliebt...* So, wie er Leticia liebte, die er nun ebenfalls verloren hatte.

Einer der Wächter stieß ihm den Gewehrkolben in die Rippen und rief ihn so zur Ordnung. Die Bilder von Kirstys Vergewaltigung drangen aus seinem Innern empor, und sein Magen krampfte sich schmerzhaft zusammen. Er hatte das Verbrechen mit angesehen... ohnmächtig.

Ihm war übel. Er ergriff das Heft seiner Waffe, wälzte sich herum und richtete sich in eine kniende Haltung auf. Die junge Frau sah ihn flehend an; ihr Gesicht war tränenüberströmt.

»Alas...«

»Willst du wohl still sein, Dreckstück!«

Eine kräftige Ohrfeige knallte.

Kirsty ergab sich in ihr Schicksal. Mit geschlossenen Augen ließ sie die Attacke des zweiten Mannes, der bereits einen Lustschrei ausstieß, über sich ergehen. Alexander schrie vor Verzweiflung und sprang auf, um sich auf die beiden Vergewaltiger zu stürzen. Doch in dem Moment, als er sie erreichte, riss ein heftiger Schlag ihn erneut zu Boden. Der dritte Mann war wieder auf den Beinen.

»Alas... Alas...« Immer wieder rief Kirsty verzweifelt nach ihm, doch er vermochte der jungen Frau nicht zu helfen... Der dritte Kerl packte ihn am Kragen, stieß ihn gegen die Wand und setzte ihm die Spitze seines Dolchs unters Kinn. Der zweite Angreifer kam auf sie zu.

»Du bist an der Reihe, Jonas«, meinte er lachend und löste seinen Kumpan ab.

Alexander war verzweifelt. Er hatte nicht die geringste Chance, diese Sache lebend zu überstehen! Der Mann, der ihn jetzt an der Wand festhielt, war doppelt so breit wie er. Er schloss die Augen, um die Szene, die sich vor ihm abspielte, nicht mit ansehen zu müssen. Aber er hörte die Bewegungen des dritten Vergewaltigers und das Wimmern der jungen Frau. Er fühlte sich entsetzlich machtlos...

Dann war es still; eine schreckliche Stille, in der nur Kirstys Schluchzen und sein eigener pfeifender Atem zu vernehmen waren. Die Dolchspitze bohrte sich in seine Haut, und er schlug die Augen auf.

»Siehst du jetzt, was passiert, wenn man sich nicht an Absprachen hält? Ich will wissen, wo Roddy ist.«

Roddy? Wovon redete der Bursche?

»Antworte, kleiner Dreckskerl, sonst schneide ich der kleinen Schlampe den Hals auf, von einem Ohr zum anderen!«

Eine Messerklinge wurde drohend an Kirstys zarten Hals gesetzt.

»Ich kenne keinen Roddy«, *erklärte er vorsichtig.*

»Erzähl uns keine Geschichten! Roddy kommt jeden Tag her. Wir haben ihn noch heute Morgen gesehen.«

»Er sagt... die Wahrheit...«, *bestätigte Kirsty mit schwacher Stimme.* »Er kennt ihn nicht... Roddy ist... mein Cousin.«

Mit neu erwachtem Interesse trat der Mann, der sich Jonas nennen ließ, zu der jungen Frau.

»Dein Cousin? Und wer ist der da?«

»Er hat... nichts mit Roddy zu tun. Er ist... ein Freund... von mir.«

»Tatsächlich? Wenn ich dich richtig verstehe, müssen wir uns also an dich halten, wenn wir diesen dreckigen Roddy kriegen wollen?«

»Was... wollt ihr von ihm?«

»Einhundertfünfzig Stück Vieh, acht Pferde, zwanzig Fässer unverschnittenen Whisky, sechzehn... Bah! Er weiß, was er uns schuldet. Dann wirst du ihm unsere Botschaft überbringen. Und so, wie ich diesen Bastard kenne... gibt es nur eine einzige Sprache, die er versteht...«

Mit diesen Worten stieß der Mann seine Klinge in Kirstys zarten Hals. Entsetzt riss sie ihre schönen Augen auf. Alexander war erschüttert. Er schrie, schrie so laut, bis sein Hals und seine Lungen davon schmerzten. Ein heftiger Magenschwinger sorgte dafür, dass er sich krümmte, und ein weiterer Schlag in den Nacken schickte ihn zu Boden. Ein roter Schleier breitete sich über sein Gesichtsfeld, und er spürte, wie sich ein Abgrund unter ihm auftat.

Ein Schluchzen stieg ihm in die Kehle. Er schluckte und atmete tief durch, um die Empfindungen zu bezähmen, die ihn überfielen.

Als er wieder zu sich kam, stieg ihm ein ekelhafter Gestank nach Blut und Exkrementen in die Nase. Stöhnend wälzte er sich auf den Rücken. Sein Schädel schmerzte fürchterlich, und sein Mund war so ausgetrocknet, dass er kaum schlucken konnte. Er zitterte in der herbstlichen Kälte. Es war still und fast vollständig finster. Sein Magen knurrte unwillig und erinnerte ihn daran, dass er länger als einen Tag nichts gegessen hatte.

»*Kirsty...*«, *flüsterte er, doch er wusste, dass sie ihm nie wieder würde antworten können.*

Nur die Rufe der Nachtvögel waren zu hören. Er rang ein Schluchzen nieder und sagte sich, dass ein Mann nicht weinte. Doch er vermochte seine Tränen nicht zurückzuhalten. Als er endlich aufstand, musste er sich mit beiden Händen den Kopf halten und die Zähne gegen den Schmerz zusammenbeißen. Seine Augen hatten sich an die Dunkelheit gewöhnt, und er nahm die Umrisse von Kirstys Körper wahr, der immer noch auf dem Tisch lag. Er trat näher. Der Anblick und der Geruch von Leichen machten ihm inzwischen kaum noch etwas aus. Aber das Gesicht seiner süßen Kirsty so zu sehen... Er vergrub den Kopf in ihren Röcken und stöhnte leise. Er hätte ihr sagen sollen, dass er sie wirklich liebte. Nun würde sie es nie erfahren.

Kurz darauf holte ihn das Stampfen von Pferdehufen auf der weichen Erde in die Wirklichkeit zurück. Da kam jemand. Er wusste, wenn man ihn zusammen mit all diesen Leichen in der Kate antraf, würde man ihn für den Urheber des Blutbads halten und auf der Stelle hängen. Rasch tastete er die Stelle des Bodens ab, wo er seiner Erinnerung nach sein Messer fallen gelassen hatte. Als er die Waffe an sich nahm, drangen vom Hof bereits Stimmen zu ihm. Die Dunkelheit würde sein

Verbündeter sein. Langsam, mit einem unheilverheißenden Knarren, öffnete sich die Tür. Mit zwei Schritten hatte er sie erreicht, im selben Moment, als die Neuankömmlinge über die Schwelle traten.

»Bist du dir sicher, dass sie hier ist? Wenn du meine Meinung hören willst, Angus, wirkt das Ganze merkwürdig verlassen.«

»Meine Schwester hat mir versprochen, heute Nacht hierzubleiben. Wenn sie mir ungehorsam war, dann wird sie meinen Gürtel zu spüren bekommen, das schwöre ich dir!«

Den Blick auf das einfallende Mondlicht gerichtet, das eine Silhouette erkennen ließ, zog Alexander sich tiefer in den Schatten hinter der Tür zurück. Der Besucher ging vorsichtig voran und zog dabei seine Waffe aus der Scheide.

»Riechst du, was ich rieche, Roddy?«

»Ja ... Diesen Gestank kenne ich.«

»Verflucht! Hast du etwas, um eine Kerze anzuzünden?«

»Warte.«

Alexanders Herz schlug zum Zerspringen; ein Schweißtropfen lief ihm zwischen den Schulterblättern hinunter. Die Hand um das Heft seines Messers gekrallt, wartete der junge Mann auf eine Gelegenheit, Fersengeld zu geben. Ob draußen noch weitere Männer waren? Er hatte jedenfalls nur die Stimmen dieser beiden gehört.

Derjenige, der versuchte, mit einem Feuerstein einen Funken zu schlagen, fluchte und machte endlich die Tür frei. Jetzt oder nie! Wenn er wartete, würde in dem hell erleuchteten Raum das ganze Entsetzen des Massakers offensichtlich werden. Alexander stürzte durch die Türöffnung und stieß dabei einen der Männer an. So schnell, wie es ihm seine immer noch zitternden Beine gestatteten, rannte er auf die Hügel zu und betete, der Mond möge hinter den Wolken verborgen bleiben.

Hinter sich vernahm er Gebrüll. Ein Schuss krachte und hallte in den Bergen wider. Die Nacht schützte ihn, doch sie verbarg auch Hindernisse, über die er stolperte. Schritte kamen näher. Er strauchelte über einen Stein und stürzte in ein Stechginstergebüsch, das ihm das Gesicht zerkratzte. Wieder einmal entglitt ihm sein Messer. Er spürte, wie jemand ihn zu Boden drückte, Finger legten sich um seinen Hals. Er wehrte sich heftig, wälzte sich mit seinem Angreifer auf dem Boden *und schlug zu, wo er konnte. Aber seine Kräfte begannen zu schwinden. Gerade, als der Mond hinter den Wolken hervorkam, heftete der andere ihn fest an den Boden. Alexander konnte sein Gesicht, das im Schatten lag, nicht erkennen, doch unglücklicherweise sah der andere sehr gut, denn er erstarrte.*

»Alasdair Dhu?«

Alexander nahm den Kopf des Mannes in beide Hände, zog ihn auf sich zu und schlug die Zähne in sein Ohr. Ein Gejaul erklang, während sich ein scheußlicher Blutgeschmack in seinem Mund ausbreitete. Alexander ließ los, wälzte sich seitwärts ins hohe Gras und spuckte das Stück Ohr aus, das auf seiner Zunge lag. Als er aufstand, sah er, wie in der Hütte Licht aufflammte. Dann hallte ein zweiter Schrei durch die Nacht. Sie hatten Kirsty gefunden...

Dieses schreckliche Ereignis hatte sich an einem Abend im November 1756 abgespielt. Nach dem Tod seiner Kumpane war Alexander über die Heide geirrt und hatte sich durch Stehlen oder die Jagd ernährt.

Der junge Mann, den man wegen der Morde in der Kate suchte, hatte die nächsten Monate damit verbracht, vor der Schwarzen Garde zu flüchten. In seiner Verzweiflung war er, ständig betrunken, von einer Taverne in die nächste gezogen und hatte wegen Nichtigkeiten Streit vom Zaun gebrochen. Eines Tages war ein Mann in das Lokal getreten, in dem er saß, und hatte der Runde erklärt, dass ein Regiment ausgehoben werde, das in Amerika kämpfen solle; und zwar unter dem Kommando von Oberst Simon Fraser, dem Sohn des berühmten Lord Lovat. Er hatte lange überlegt; doch das war seine Gelegenheit gewesen, aus Schottland zu fliehen, und er hatte sie ergriffen. Aber sein Schicksal verfolgte ihn.

Ein Räuspern riss ihn aus seinen trüben Erinnerungen und ließ ihn den Kopf drehen. Archie hatte hinter ihm Stellung bezogen und maß ihn mit einem undeutbaren Blick. Neben ihm stand Christina. Er suchte ihre Augen, um ein wenig Trost zu finden, doch sie hatte sich schon abgewandt und verschwand im Schlepptau seines Onkels in der Menge der Neugierigen.

»Aufstehen, Soldat Macdonald! Du bist an der Reihe!«, befahl einer seiner Wächter.

Unter Kettengerassel erhob sich Alexander und folgte den beiden Wachposten zum Vorsitzenden des Gerichts, der bereits die Anklagepunkte gegen ihn verlas. Man ging bei diesen Verfahren sehr summarisch vor. Viele Fälle waren zu entscheiden, und die Hitze, die unter dem Zeltdach herrschte, machte die Offiziere ungeduldig.

Dennoch zog die Zeit sich in die Länge. Macpherson und die beiden anderen Männer, die bei seiner Festnahme zugegen gewesen waren, beendeten ihre Zeugenaussagen. Sergeant Campbell hatte bereits gestern ausgesagt, bevor das Gericht sich vertagt hatte. Enttäuscht sah Alexander, wie Christina auf die Bibel schwor. Was tat sie da bloß? Wollte sie Zeugnis gegen ihn ablegen? Sie warf ihm einen Seitenblick zu und sah dann auf ihre Hände hinunter, die sie nervös auf den Knien knetete. Die Neugierde trug den Sieg davon, und Alexander richtete sich auf. Leutnant Archibald Campbell, der als Verteidiger auftrat, beugte sich über sie.

»Miss Leslie, berichtet doch dem hier versammelten Gericht, was Ihr Hauptmann Macdonald erst heute Vormittag in seinem Zelt erzählt habt.«

»Ich…«

Die leise, zittrige Stimme zögerte ein wenig. Erneut wandte Christina ihren Blick Alexander zu, und dann fasste sie ein wenig Selbstvertrauen.

»In der Nacht vor der Verhaftung des Gefangenen, Alexander Macdonald, habe ich… einige Zeit in seiner Gesellschaft verbracht…«

Unterdrücktes Gelächter kam in der Versammlung auf, die von dem Vorsitzenden jedoch sofort zur Ordnung gerufen wurde. Als es wieder still war, setzte Archie seine Befragung fort.

»Und was habt Ihr getan?«

»Wir haben uns unterhalten, Sir.«

Neue Lacher und gereiztes Aufstöhnen quittierten ihre Antwort.

»Unterhalten? Und worüber?«

»Über alles und nichts. Nun ja… ich habe mich darüber beklagt, dass unsere Essensrationen… unzureichend sind. Ich leide oft unter Krämpfen, und dann fällt es mir schwer, meine täglichen Arbeiten zu tun, Sir.«

»Bekommt Ihr denn bei Eurem Vater nicht genug zu essen, Miss?«

»Mein Vater…«, stotterte sie, »tut, was er kann…«

»Hmmm… Und was hat der Angeklagte zu diesem Bekenntnis Eurerseits gesagt?«

»Er hat mir versprochen, wenn ich bei ihm bliebe, würde er dafür sorgen, dass ich genug zu essen bekomme…«

»Wenn Ihr bei ihm bleiben würdet? Was versteht Ihr darunter?«

»Wenn ich seine Gefährtin würde, Sir.«

»Für eine Nacht?«

Christina sah den Leutnant an und setzte eine schockierte Miene auf.

»Natürlich nicht, Sir! Ich sollte… seine ständige Gefährtin sein.«

Alexander zog die Augen zusammen, sah die junge Frau an, die errötete, und versuchte zu begreifen. Was in aller Welt bezweckte sie damit? Was war das für eine Geschichte, dass sie seine Gefährtin sein sollte?

»Also hat der Angeklagte«, fuhr Archie fort und warf Alexander einen Blick zu, »gehofft, sich eine Frau, nämlich Euch, gewogen zu machen, ähnlich wie eine Ehegattin, indem er Euch genug zu essen gab… Und Ihr wart einverstanden?«

»Ja, Sir. Ich hatte den Eindruck, dass er ein guter Mensch ist. Wenn man ihn im Wald dabei angetroffen hat, wie er Vorräte ausgrub, dann ist das meine Schuld, Sir. Das Essen war für mich bestimmt. Ich habe in seinem Zelt gewartet, wo Ihr mich beim Wecken angetroffen habt.«

»Und warum hatte Soldat Macdonald überhaupt Nahrungsmittel im Wald versteckt? Das ist doch ein wenig eigenartig, oder?«

»Ich vermute, angesichts der vielen Durchfallerkrankungen hat er gefürchtet... Er ist nämlich bei guter Gesundheit.«

»Hmmm... Hat er Euch auch erzählt, ob er vorhatte, zusammen mit Soldat MacCallum zu desertieren?«

»Er hat sich an diesem Abend mit MacCallum gestritten. Das können auch andere bezeugen. Er wollte ihn von seinem Fehler abbringen. Aber Soldat MacCallum wollte einfach nicht hören. Er ist während der Nacht aufgebrochen. Soldat Macdonald hat das erst im Morgengrauen bemerkt. Dann ist er aufgestanden und wollte das Dämmerlicht nutzen, um etwas zu essen für mich zu holen.«

»Aber die Zeugen haben erklärt, dass der Angeklagte bei seiner Flucht seinen Ranzen und sein Gewehr bei sich trug...«

»In den Ranzen wollte er das Essen stecken, Sir. Und das Gewehr... Niemand würde es doch wagen, unbewaffnet in den Wald zu gehen... bei den Wilden, die dort lauern...«

»Hmmm...«

Verblüfft starrte Alexander Christina an, die da vollkommen dreist einen Meineid leistete. Er konnte es einfach nicht begreifen. Das junge Mädchen versuchte, ihm das Leben zu retten, indem sie eine vollständig an den Haaren herbeigezogene Geschichte erzählte. Doch sie war nicht zu widerlegen. Wer hätte sie der Lüge zeihen können? Niemand außer Leticia. Und vielleicht Sergeant Campbell und die anderen Männer, die ihn festgesetzt hatten. Merkwürdigerweise hatten sie Leticia nicht erwähnt.

Als sie ihre Aussage beendet hatte, wurde Christina vom Gericht entlassen und ging hinaus. Man befragte auch zwei Männer vom Küchenpersonal, die erklärten, sie hätten mehrmals gesehen, wie er um die Küchenwagen herumgeschlichen sei und sich dort zu schaffen gemacht habe, was nicht einmal verkehrt war. Anschließend wurde Alexander aufgefordert, vorzutreten und zu seiner Verteidigung zu sprechen. Der junge Mann hatte gar keine andere Wahl, als Christinas Erklärungen zu bestätigen.

Nachdem das Gericht die Beweise gegen ihn und seine eigenen Einlassungen abgewogen hatte, zog es sich kurz zurück, um dann sein Urteil zu verkünden. Stoisch wartete Alexander darauf, dass das Henkersbeil herabsauste.

»Soldat Alexander Macdonald von Glencoe, im Dienst unter dem Kommando von Hauptmann Donald Macdonald im 78. Regiment der Fraser Highlanders«, begann der Vorsitzende der Versammlung, »vernehmt nun Euer Urteil... Das hier unter dem Banner Seiner höchst ehrwürdigen Majestät von Britannien, König George II., zusammengetretene Gericht ist, nachdem es sowohl die Aussagen gehört hat, welche die Anklage stützen, als auch die der Verteidigung gewürdigt und abgewogen hat, zu der Ansicht gelangt, dass der Angeklagte des Verbrechens der Fahnenflucht, so wie es in Artikel 1, Abschnitt 6 des Kriegsgesetzes definiert wird, nicht schuldig ist. Von diesem Vorwurf ist er ehrenhaft entlastet. Was den zweiten Anklagepunkt angeht, namentlich den Diebstahl von Esswaren, so ist das Gericht zu der Auffassung gelangt, dass er dieses Verbrechens schuldig ist. Daher verurteilt es ihn zu zweihundert Peitschenhieben auf den nackten Rücken. Das Urteil wird morgen früh um Punkt acht Uhr vollstreckt. Bis dahin bleibt der Gefangene in Haft. Wenn er es wünscht, kann er mit seinem Regimentsgeistlichen sprechen. Kommen wir zum nächsten Fall...«

Alexander wandte sich zu Archie um. Der lächelte ihm zu und neigte den Kopf. Er gab sich Mühe, sein Lächeln zu erwidern, denn er hatte begriffen, dass Archie hinter dieser Komödie steckte, die zu seinem Freispruch beigetragen hatte. Sergeant Campbell, der hinter ihm stand, starrte ihn durchdringend an. Sie waren noch nicht fertig miteinander. Roddy Campbell hatte seine Rache nicht bekommen.

»Einhundertvierzehn!«

Die neunschwänzige Katze pfiff durch die Luft. Alexander spürte, wie ihre Riemen ihm die Haut aufrissen. Unwillkürlich wölbte sich sein Rücken, und er machte den Nacken steif. Ein raues Stöhnen stieg in seiner Kehle auf und wurde von ihm mit zusammengebissenen Zähnen erstickt. Er versuchte, nur an Leticia zu denken und betete, seine Qual möge nicht umsonst sein. Aber der Schmerz wurde immer stärker, war nicht mehr auszuhalten und erfüllte seine ganze Welt.

Die Trommel rollte; der Offizier zählte mit lauter Stimme die Hiebe ab. Die Geräusche drangen wie durch dichten Nebel zu ihm. Nach und nach unterhöhlte der Schmerz seine Widerstandskraft. Wie oft war er schon ohnmächtig geworden? Zweimal, dreimal? Er konnte sich nicht mehr erinnern ...

»Einhundertfünfzehn!«

Ein neues Pfeifen, ein neuer Schmerz. Verzweifelt unterdrückte er seinen Schrei und stemmte sich gegen den Querbalken, an den seine Handgelenke gefesselt waren. Sein Hemd, das ihm bis auf die Knie hinunterhing, färbte sich nach und nach rot. Der fade Geruch seines eigenen Bluts machte ihn schwindlig.

»Einhundertsechzehn!«

Die Peitsche fuhr herab und riss ihm die Haut auf. Er wusste genau, in welchem Zustand sein Rücken nachher sein würde. Schließlich hatte er schon genug Auspeitschungen erlebt, um sich eine gute Vorstellung machen zu können. Zweihundert Schläge ... Das war wenig im Vergleich zu den tausend Peitschenhieben, denen Soldat MacAdam sich letzte Woche hatte unterziehen müssen, weil er die goldene Uhr eines Offiziers gestohlen hatte. Der Mann war drei Tage später gestorben. Andere beginngen Selbstmord, um nicht spüren zu müssen, wie die Stahlkugeln in ihr Fleisch eindrangen.

»Einhundertsiebzehn!«

Stöhnend biss er sich auf die Lippen, bis sie bluteten. Die Sonne schien ihm in den Nacken und verbrannte seine verletzte Haut noch zusätzlich. Merkwürdig, heute Morgen hörte er die Vögel nicht singen. Vielleicht hinderte ihn das Rauschen in seinen Ohren daran. Wo war Coll? Und John, sein Zwillingsbruder? Hätte er mit ihm gelitten, wenn er hier gewesen wäre? Hätte er im Herzen seine Qualen geteilt?

»Einhundertachtzehn!«

Bei diesem Hieb überwältigte ihn der Schmerz. Er schrie auf und grub die Fingernägel in die Handflächen. In der Menschenmenge, die um ihn versammelt war, kam Gemurmel auf. Er mochte die Augen nicht wieder öffnen, um nicht in diese mitfühlend verzogenen Gesichter sehen zu müssen. Er wollte das Mitleid dieser Leute nicht.

»Einhundertneunzehn!«

Ihm drehte sich der Kopf. Übelkeit stieg ihn ihm auf, so dass er die Zähne zusammenbeißen musste. Auf Archies Vorschlag hin hatte er heute Morgen nichts gegessen. Er umklammerte seine Fesseln, um seine Handgelenke, in die der Strick einschnitt, ein wenig zu entlasten.

»Einhundertzwanzig!«

Ein Schrei brach aus seiner Brust, und seine Knie gaben nach. Es wurde dunkel um ihn.

Hier und da bedeckten noch die letzten Schneereste die Heide. Eine frühlingshafte Brise wehte über der Ebene von Rannoch Moor. Alexander stand nackt am Ufer des dunklen, kalten Loch. Seine Brüder verspotteten ihn:

»*Schwächling!*«
»*Du bist nur ein Mann, wenn du springst.*«
Sogar sein Bruder John lachte.

»*Na, komm schon, mein Junge!*«, *ermunterte ihn sein Vater und versetzte ihm einen Schubs in den Rücken.*

»*Ich habe Angst, Papa*«, *seufzte Alexander und starrte in das schwarze Wasser.*

Er hatte von Wasserungeheuern gehört, die einen holen kamen und in die Tiefen des Loch hinabzogen. Außerdem konnte er nicht schwimmen, was ihn verdross, sein Bruder John dagegen schon. Er hüpfte einfach ins Wasser und tollte herum wie ein Fisch. Warum hatte man es bei Großvater John Campbell nicht für nötig gehalten, ihn das Schwimmen zu lehren? Jetzt, bei seiner Familie, schämte er sich schrecklich deswegen. Er würde niemals wie sie sein, niemals ...

»*Wovor fürchtest du dich, Alas? Sieh dir deine Brüder an, sie amüsieren sich. Geh zu ihnen.*«

Die Angst wühlte in seinen Eingeweiden.

»Das Wasser ist zu kalt ...«

»Du musst lernen, dich deinen Ängsten zu stellen und den Schmerz zu ertragen, Alas. Du musst deinem Volk Ehre machen, mein Sohn. Eines Tages wirst du ein Krieger sein ... Wenn du dann auf dem Schlachtfeld deine Furcht meistern kannst, wirst du unbesiegbar sein. Du musst in der Lage sein, klar zu denken, selbst wenn der Schmerz unerträglich wird. Verstehst du das?«

Alexander sah seinen Vater stirnrunzelnd an.

»Du bist fast acht und wirst bald beginnen, das Schwert zu führen. Du musst lernen, mutig zu sein.«

»Mutig? Wie kann man das denn lernen?«

»Indem man sich seinen Ängsten stellt und seinen Schmerz erträgt, mein Sohn.«

Eine eiskalte Welle brachte ihn abrupt wieder zu sich. Dann schrie er vor Schmerzen auf und wand sich wie ein Aal, um irgendwie diesem entsetzlichen Schmerz zu entkommen.

»Was soll denn das?«, knurrte der Offizier. »Dieses Wasser riecht ja eine Meile gegen den Wind nach Essig! Mackay! Wer hat diesen Eimer hierhergestellt?«

»Ich weiß es nicht, Sir. Als Ihr mir befohlen habt, ihn aufzuwecken, habe ich nach dem ersten Eimer gegriffen, der mir zur Hand kam.«

»Seid Ihr denn nicht in der Lage, den Geruch nach Essig zu erkennen?«

»Ich ... ich habe mir nicht die Zeit genommen, Sir.«

Alexander öffnete die Augen, die wie vor Fieber stachen, einen Spalt breit. Das säurehaltige Wasser tropfte aus seinen Haaren und brannte auf seinem Rücken. Er spuckte aus. Ein Gesicht hob sich aus der Menge der Neugierigen ab: Roderick Campbell grinste ihm bösartig zu.

Der Offizier stellte sich vor ihn und hob mit dem Ende seines Stabs sein Kinn an, um ihn prüfend zu betrachten. Nachdem er zu der Ansicht gelangt war, dass er sich ausreichend erholt hatte, befahl er, die Urteilsvollstreckung fortzusetzen.

Erneut hallte die Trommel dröhnend in Alexanders Kopf wider.

»Einhunderteinundzwanzig!«

Mit fest zusammengebissenen Zähnen zählte der junge Mann lautlos mit, entschlossen, seinem Namen und seinem Volk Ehre zu machen... Man sollte Duncan Coll Macdonald von Glencoe nicht berichten, dass sein Sohn unter der Peitsche der Engländer schwach geworden war! *Mut lernt man, indem man sich seinen Ängsten stellt und seinen Schmerz erträgt...* Wie oft in seinem Leben hatten ihm diese Worte schon über eine Prüfung hinweggeholfen?

Der Mondschein spiegelte sich auf dem polierten Holz des Cembalos. Im Zimmer war es dunkel. Isabelle ließ ihre Finger über die vergilbten Elfenbeintasten huschen und spielte aus dem Gedächtnis eine französische Suite von Bach. Doch die Musik vermochte den Lärm der Bomben, die jetzt seit siebenundzwanzig Tagen in der Stadt einschlugen, nicht zu übertönen.

Abrupt verstummte das Cembalo. Die junge Frau schniefte und zog ihr Taschentuch hervor, um sich die Augen zu trocknen. Es kam ihr vor, als würde dieser Krieg nie zu Ende gehen. Sie würden alle sterben. Das Unglück suchte diese Stadt heim, die ihr so teuer war und wo es sich zuvor so angenehm hatte leben lassen. Was war davon heute noch übrig? Nichts als Trümmer. Ein paar halb zusammengebrochene Mauern, welche die Engländer immer weiter bombardierten, bis sie dem Erdboden gleich sein würden.

Isabelle sah auf ihre Finger hinunter und strich über die Tasten des kostbaren Cembalos, das ihr Vater ihr aus Frankreich mitgebracht hatte. Würde es ebenfalls zu Asche zerfallen? Nachdenklich schloss sie den Deckel und stand auf. Die Nacht senkte sich über das Haus und warf ihren dunklen Schatten bis in alle Winkel. Aber sie brachte nicht mehr die gewohnte Stille mit, denn die existierte nicht mehr. Diese fast vollständige Abwesenheit von Geräuschen, die ihr als Kind solche Angst eingejagt hatte, fehlte ihr jetzt merkwürdigerweise.

Aus einiger Entfernung drang Perrines Lachen zu ihr und holte sie in die Wirklichkeit zurück. Sie betrachtete ihren Vater, der in seinem Sessel schlief. Auch Museau war vor dem erloschenen Kaminfeuer eingeschlummert. Ihre Mutter, Ti'Paul und Sidonie waren bereits zu Bett gegangen. Vielleicht sollte sie sich ebenfalls hinlegen? Madeleine würde sicher erst in der Morgendämmerung zurückkehren. Sie war vor einer Stunde ausgegangen, um sich mit Julien zu treffen, dem es gelungen war, sich aus dem Lager zu schleichen... Doch die Aussicht, schlafen zu gehen, erschien Isabelle nicht besonders verlockend. Zärtlich küsste die junge Frau ihren Vater, der sich nicht rührte. Seit einiger Zeit kam er ihr so erschöpft vor. Sein früher aschblondes Haar war von Grau durchzogen und lichtete sich oben auf dem Schädel. Ausgerechnet er, der nie viel von Perücken gehalten hatte, musste sich jetzt damit abfinden, eine zu tragen. Als sie ihn liebevoll damit aufgezogen hatte, da hatte er nicht mit ihr gelacht... Überhaupt war er nur noch selten in aufgeräumter Stimmung.

Ein durchdringender Gestank nach Ruß und Asche hing in der Luft. Mehrmals hatten Brandgeschosse verschiedene Teile der Stadt verwüstet. Das hatte Mitte Juli begonnen. Damals war das Haus von Monsieur Chevalier in der Unterstadt getroffen worden und anschließend in Flammen aufgegangen. Das Feuer hatte sich rasch ausgebreitet und zahlreiche Häuser in diesem Viertel zerstört. Die Kirche Notre-Dame-des-Victoires und ihr Pfarrhaus waren nur noch eine Ruine. Père Recher hatte in das Saint-Jean-Viertel vor den Stadtmauern ziehen müssen. Dort hatte er in einem Haus, das ein Gemeindemitglied großzügig zur Verfügung gestellt hatte, provisorisch eine Kapelle eingerichtet.

Dann war das Ursulinen-Kloster getroffen worden. Das Gebäude war unbewohnbar geworden, und die Nonnen hatten sich zu den Augustinerinnen ins Hospital flüchten müssen. Was das Priesterseminar anging, so waren nur noch die Küchen nutzbar. Eine Woche später waren die Häuser an der Coté de la Fabrique in Rauch aufgegangen. Die entsetzten Anwohner hatten mit ansehen müssen, wie die Glockentürme der majestätischen Kathedrale in einem Meer aus Flammen und Funken, die bis zum Himmel aufstoben, zusammengebrochen waren.

Auf welcher Seite stand eigentlich Gott? Viele Menschen deuteten dieses ganze Zerstörungswerk als schlechtes Omen. Diese ketzerischen Engländer versuchten, ihren Glauben zu bedrohen. Die Menschen beteten mit nie da gewesener Inbrunst.

Auch das Lager ihres Vaters war nicht verschont geblieben. Nur noch ein geschwärztes Skelett war von dem Haus übrig, das nicht einmal mehr die Plünderer interessierte, von denen es seit dem Beginn der Bombardierung nur so wimmelte. Auf dem Cap Diamant baumelten immer noch wie unheimliche Hampelmänner die Leichen zweier dieser elenden Diebe an dem Galgen, der über dem Fluss aufragte. Unter diesen Umständen wurde bei den Prozessen und der Hinrichtung der Angeklagten summarisch verfahren. Die öffentlichen Ausrufer hatten an allen vier Ecken der Stadt bekannt gemacht, dass Gouverneur Vaudreuil beschlossen hatte, jeden, der beim Plündern gefasst wurde, ohne Verzug vor Gericht zu stellen, zu verurteilen und zu hängen. Doch dies verhinderte keineswegs, dass die Zahl der Diebstähle stieg.

Das Elend und die Verzweiflung der Bevölkerung waren so groß, dass die Menschen bereit waren, für einen Kanten trockenes Brot fast alles zu tun… Erst gestern war eine Gruppe Stadtbewohner aus La Batiscan zurückgekehrt, wo Nahrung für die Truppen eingelagert war. Die armen Teufel waren mehr als zehn Meilen zu Fuß gelaufen, nur um sich ein wenig Essen zu verschaffen. Einige waren unterwegs an Entkräftung gestorben. Angeblich war ein junges Mädchen von einem der Soldaten, welche die Gruppe begleiteten, vergewaltigt worden. Wahrhaftig, der Wind des Sittenverfalls wehte durch die Stadt und zerstörte nach und nach die Hoffnung, den Tag der Befreiung noch zu erleben.

Isabelle seufzte. Momentan wohnte ihre Familie weiterhin in dem Haus in der Rue Saint-Jean, das Gottes Hand verschont hatte. Alle schliefen im Keller, dem einzigen sicheren Ort, wenn die Geschosse fielen. Die junge Frau ging in die Küche, um vielleicht ein kleines Stück Käse zum Knabbern zu finden. In dieser traurigen Zeit kam ihre Naschhaftigkeit ernsthaft zu kurz. Es war ein Glück, dass sie überhaupt etwas zu essen hatten. Auf der Arbeitsplatte entdeckte sie Karotten und einen halben Kohlkopf. Perrine war nirgendwo zu sehen. Doch in dem großen Topf kochten auf kleiner Flamme die andere Hälfte des Kohls und ein Stück Speck. Isabelle nahm eine Karotte und führte sie zum Mund; doch dann überlegte sie es sich anders und legte sie auf den Tisch zurück. Von diesen sechs Karotten mussten ebenso viele Menschen satt werden.

Vom Hof aus drang ein Kichern zu ihr. Sie ging zur Hoftür, die offen stehen geblieben war: Zwei Gestalten, die vom Obstgarten herkamen, traten in die Milchkammer. Die junge Frau erkannte Perrines kleine, rundliche Gestalt. Bei der anderen Silhouette, hochgewachsen und schlank, handelte es sich wahrscheinlich um einen Mann. Neugierig ging Isabelle hinaus, drückte sich an der Mauer entlang und schlich in der nächtlichen Dunkelheit bis zur Milchkammer. Wieder erklang Perrines warmes Lachen, und das eines Mannes antwortete ihr. Die junge Frau sagte sich, dass es sich nicht gehörte, die beiden auszuspähen, aber ihre Neugier war stärker. Sie ging zu einem Fensterladen, von dem sie wusste, dass dort ein Astloch im Holz einen Blick ins Innere des Anbaus erlaubte. Nachdem sie auf den Hackklotz geklettert war, zog sie den Astknoten, der wie ein Korken im Holz saß, heraus. Dieses geheime Guckloch hatte sie eines Tages entdeckt, als sie Verstecken mit Ti'Paul gespielt hatte.

Das Gelächter war verstummt; jetzt wurde drinnen geflüstert. Das Mondlicht, das durch die offene Tür eindrang, erleuchtete das Innere der Milchkammer. Deutlich erkannte Isabelle die Abortkübel, die an einer Wand aufgereiht standen, und die Waschschüssel, die darüber hing. Auf den Regalbrettern waren die Käseschalen und die Sahnekrüge sorgfältig von groß nach klein aufgereiht. Sidonic achtete darauf, dass immer alles an seinem Platz stand. Sie behauptete stets, die Zeit sei zu kostbar, um sie mit Suchen zu vergeuden.

»Lass uns schnell machen! Wenn jemand kommt...«

»Keine Sorge, Perrine... Es ist stockdunkel. Außerdem schlafen um diese Zeit alle.«

»Baptiste könnte trotzdem noch hier vorbeikommen.«

»Ach, lass doch Baptiste! Ich versichere dir, dass er sich taub und blind stellen würde.«

Das Rascheln von Stoff, Keuchen, Gemurmel. Isabelle spürte, wie sich an ihrem ganzen Körper die Härchen aufstellten und es in ihrem Unterleib kribbelte. Étienne und Perrine? Sie hatte ihren Bruder mit dieser liederlichen Perrine ertappt! Sie klebte mit dem Auge am Guckloch und vermochte den Blick nicht von der Szene loszureißen, die sich vor ihr abspielte. Hektisch überlegte sie, welcher der sieben Todsünden sie sich wohl im Moment schuldig machte. Unzucht? War es denn auch eine Sünde, dabei bloß zuzusehen? Sie musste mit Père Baudoin darüber sprechen...

Perrines Röcke waren bis zur Taille hochgeschoben. Ihre rundlichen, weißen Schenkel waren im Halbdunkel als weiße Flecke zu erkennen. Étienne hatte das Dienstmädchen auf ein Fass gesetzt, in dem Wäsche gefärbt wurde. Er betastete sie und versuchte, ihr Mieder aufzuschnüren. Bald quollen zwei milchweiße Kugeln hervor. Isabelle spürte, wie ihr Herz rascher schlug.

»Perrine... Perrine...«, sagte der junge Mann ein ums andere Mal und machte sich mit dem Mund über das zarte Fleisch her.

»Étienne, mach schnell! Ich spüre, dass man uns erwischen wird...«

Étiennes Hosen rutschten herab, blieben auf seinen Knöcheln liegen und enthüllten schamlos sein glattes Hinterteil. Isabelle riss die Augen auf, fuhr zusammen und hielt sich am Fensterladen fest: Ihre Bewegung hatte den Hackklotz, auf dem sie stand, ins Wanken gebracht. Doch sie vermochte den Blick nicht von den runden Hinterbacken ihres Bruders abzuwenden. Im Rhythmus seiner Bewegungen erschienen zwei Grübchen darauf und verschwanden wieder. Er grunzte wie ein wildes Tier, das über seine Beute herfällt, und Perrine wimmerte wie dieses Beutetier, das sich mit seinem Schicksal abgefunden hat.

Eigenartigerweise verblüffte es die junge Frau ein wenig, dass Étiennes Hinterteil genauso glatt war wie das einer Frau. Als sie klein war, hatte sie ihren Vater einmal ohne Krawatte, mit halb geöffnetem Hemd und mit aufgekrempelten Ärmeln angetroffen. Da hatte sie entdeckt, dass auf seiner Brust und seinen Unterarmen ein dichtes Vlies wuchs und die Haut bis zum Halsansatz und bis zu den Handgelenken bedeckte. Seitdem hatte sie sich immer vorgestellt, der Körper eines Mannes sei überall so behaart wie der eines Bären.

Sie überraschte sich dabei, wie sie sich Nicolas nackt vorstellte, und ihr wurde heiß. Ob er so ähnlich aussehen würde wie ihr Bruder? Sicher, Nicolas war kleiner und neigte ein wenig zur Fülle. Doch abgesehen von der Statur musste das Übrige gleich sein. Plötzlich spürte sie erneut, wie seine Küsse ihr die Lippen, den Hals, das Dekolletee versengten... O ja! Sie hatte ihm sogar erlaubt, sich bis an ihren Brustansatz vorzuwagen... Die Empfindungen, die bei seinen Liebkosungen in ihr aufgestiegen waren, hatten sie all ihre Anstandslektionen vergessen lassen. Welch gefährliche Waffe gegen die Tugend die Lust doch war! Auch darüber würde sie mit Père Baudoin reden müssen.

Étienne stöhnte, und Perrine stieß abgehackte Schreie aus, während ihre Körper fieberhaft aufeinandertrafen und die feuchte Haut der beiden ein merkwürdiges Schmatzen erzeugte. Ganz neue Empfindungen stiegen heiß im Unterleib der jungen Frau auf. Perrine bog den Oberkörper nach hinten und wölbte den Rücken. Ihre üppigen weißen Brüste hüpften im Rhythmus ihrer Bewegungen. Étienne hielt ihre Taille umfasst und stieß unablässig in sie hinein. Isabelle schwindelte, und es verschlug ihr den Atem. Ihr Fuß glitt ab und trat gegen die Axt, die an dem Hackklotz lehnte. Sie verlor das Gleichgewicht und fiel seitlich herunter. Einen Aufschrei unterdrückend, rollte sie ins Heu, während in der Milchkammer die beiden Liebenden stöhnend den Höhepunkt der Lust erreichten.

Erst als es in dem Anbau wieder still wurde, hörte sie die Geschosse, die weiter über die belagerte Stadt pfiffen. Keuchend, mit glühenden Wangen und am ganzen Körper zitternd stand sie auf und rannte zurück ins Haus.

Es sind nur materielle Besitztümer, nichts als Gegenstände, sagte sich Isabelle immer wieder. Sie saß auf den Stufen der Kathedrale und ließ betrübt den Blick über ihre Umgebung schweifen. Der Große Platz, auf dem es sonst vor Menschen wimmelte, war jetzt ein verlassenes Trümmerfeld. Das sind nur Mauern und Steine. All das kann man wieder aufbauen, sagte sie sich noch einmal, um sich selbst zu überzeugen. Aber welches Wunder sollte das vollbringen? Sie wusste es nicht, aber zumindest hatten sie nur sehr wenige Tote zu beklagen ... jedenfalls bis jetzt.

Der August hatte nichts als Zerstörung gebracht. Während die Milizionäre aus den Lagern an der Verteidigungslinie in Beaumont flohen, verwüsteten die Engländer auf beiden Ufern die Dörfer, die flussabwärts von Québec lagen. Bei klarem Wetter sah man eine dicke Rauchwolke über dem Fluss hängen. Ohne Unterlass gingen Schreckensgeschichten um und belebten das Gespräch beim Abendessen. Die neueste handelte von dem Massaker von Saint-Joachim. Der dortige Geistliche, Père René de Portneuf, war zusammen mit acht Milizionären gefangen worden. Man hatte die neun Männer grausam umgebracht, skalpiert und auf dem Kirchenvorplatz liegen gelassen. Anschließend war das ganze Dorf in Flammen aufgegangen. Auch die Menschen in Château-Richer und Sainte-Anne-de-Beaupré hatten sich ihrer Felder, ihrer Scheunen und ihrer Lagerhäuser beraubt gesehen, in denen sie die wenigen Vorräte, die ihnen für die kommenden Monate geblieben waren, aufbewahrt hatten. Isabelle war verzweifelt. Oft fuhr sie bei Nacht aus dem Schlaf hoch, weil sie glaubte, das Weinen verängstigter Kinder und die Schreie von Müttern zu hören, die vor mit Fackeln bewaffneten Rotröcken flüchteten. Doch nach einer Weile wurde ihr klar, dass sie selbst geschrien hatte.

Wie sollten sie alle den bevorstehenden Winter überleben? Ganz wie ihr Bruder Louis so schön gesagt hatte, war Hunger kein guter Ratgeber. Die Stadtbewohner handelten lieber mit dem Feind, als ihre Nahrungsmittel von der französischen Armee konfiszieren zu lassen. Es gab kein Mehl und kein frisches Fleisch mehr. In den Lagern hatte man das Brot durch Alkohol ersetzt, um die Männer den Hunger vergessen zu lassen. Skorbut drohte.

Inzwischen hatten sie September. Rasch überschlug Isabelle die Zeit: Seit mehr als siebzig Tagen wurden sie nun schon belagert. Die Engländer schienen ihre Beute nicht aus den Klauen lassen zu wollen. Wenn die Einwohner von Québec noch lange aushielten, würde der Feind sich vielleicht wieder einschiffen müssen, um nicht im Winter hier festzusitzen. Aber wenn die Engländer die Stadt vor dem ersten Schnee eroberten? Vielleicht würden die zu erwartenden Entbehrungen dann nicht ganz so schlimm ausfallen, und es gäbe ein wenig mehr zu essen…

Die junge Frau nahm ihren leeren Einkaufskorb, klopfte sich ihren schmutzigen Rock ab und erhob sich mit einem langen, erschöpften Seufzer. Ein eigentümliches Gefühl trieb sie seit einigen Tagen um: Hoffte sie etwa auch, so wie diejenigen, die mit dem Feind Handel trieben, dass Letzterer all das beendete und sie erlöste, indem er den Krieg gewann? Viel zu erobern gab es allerdings nicht mehr… Bei diesem Gedanken lachte sie verbittert auf. Wenn die Engländer unbedingt einen Haufen Ruinen einnehmen wollten, nur zu! Denn etwas anderes würden sie nicht bekommen.

Sie wandte sich zum Fluss, der vom Ende der Rue Sainte-Famille aus zu sehen war. Der Sonnenuntergang überhauchte die Wolken blutrot und warf goldene Strahlen über das noch feuchte Straßenpflaster. Von dem Ruß, der an allen Schuhen klebte, hatte sich ihr Rocksaum pechschwarz gefärbt.

Zwei Männer kamen die Rue De Buade hinauf, Milizionäre. Isabelle flüchtete sich in das verlassene Kirchenportal. In diesen Zeiten waren die Straßen nicht mehr sicher. Die meisten Stadtbewohner hatten ihre Häuser verlassen, und die wenigen Passanten waren Soldaten oder Milizionäre, die möglicherweise auf der Suche nach Beute waren. Es hatte schon mehrere

Fälle von Vergewaltigung gegeben. Gerade heute Morgen hatte man einen Soldaten gehängt, der dieses Verbrechens angeklagt war.

Doch die beiden Männer gingen ihres Weges, ohne sie zu bemerken. Sie wartete noch ein paar Minuten. Dann war auf der Straße Hufgetrappel zu hören. Sie wich ein wenig weiter in den Schatten zurück. Ein Reiter tauchte auf dem Großen Platz auf und hielt vor der Kathedrale an. Isabelle spürte, wie ihr Herzschlag sich beschleunigte, und sie blinzelte, um ganz sicherzugehen, dass sie richtig sah. Ja, das war er! Sie ließ ihren Korb auf die Stufen fallen und rannte ihm entgegen. Als Nicolas die junge Frau erblickte, die auf ihn zulief, stieg er vom Pferd und breitete die Arme aus.

Ihre Hände suchten einander, ihre Lippen trafen sich. Isabelle legte den Kopf an die Brust ihres Liebsten und dankte dem Himmel für dieses unerwartete Geschenk. So verharrten sie lange Minuten schweigend und eng umschlungen und kosteten ihr Glück aus. Nicolas beendete als Erster den magischen Augenblick, indem er sich behutsam losmachte.

Er behielt Isabelles Hände in seinen und betrachtete erschüttert die Zerstörungen an dem Platz: die halb eingestürzten Mauern des Priesterseminars, die Hausfassaden, die einzustürzen drohten, die einst hoch aufragenden Kirchtürme, die jetzt am Boden lagen.

»Ich hatte gehofft, Euch vor Einbruch der Dunkelheit zu finden… Dass ich Euch inmitten so vieler Trümmer wieder treffe«, murmelte er bewegt, »erfüllt mich mit Trauer, meine süße Isabelle.«

»Das ist das Werk des Teufels. Was wird noch von unserem Land übrig sein, wenn sie abziehen?«

Eine Träne löste sich und rollte über die Wange der jungen Frau. Isabelle rang um ihre Fassung, denn sie wollte nicht vor Nicolas weinen. Er hatte anderes zu tun, als ihr die Tränen zu trocknen – was er dennoch zärtlich tat und sie dann küsste.

»Warum besteht Euer Vater so starrsinnig darauf hierzubleiben, Isabelle? Ihr solltet die Stadt verlassen. Das ist kein Ort mehr für Euch. Geht doch zu Euren Verwandten nach Charlesbourg...«

»Meine Mutter möchte das nicht. Und ... ich auch nicht.«

»Warum? Hier ist Euer Leben in Gefahr.«

»Ich bin aber immer noch da, oder?«

Sie lächelte schwach, und er sah sie seufzend an. Hinter ihnen lag ein langer, schmerzlicher Monat der Trennung. Der junge Mann hatte gespürt, wie ihn die Verzweiflung übermannte, und sich mehr als alles gewünscht, seine Liebste heute Abend zu sehen. Und jetzt war er vollkommen überwältigt. Am liebsten hätte er sie auf die Arme genommen und auf das erste Schiff getragen, das in die alte Heimat auslief. Er wollte sie von hier fortbringen, von diesem Krieg, der kein Ende nahm, von dem Tod, der überall umging. Auf der anderen Seite des Meeres wäre sie in Sicherheit vor den Kanonenkugeln und den Engländern, die dieses Land nicht nur verwüsteten, sondern sich offenbar auch auf Dauer hier niederlassen wollten. Die Unsicherheit der Situation belastete ihn sehr. Wenn die Auseinandersetzung zugunsten der Engländer ausging, würde er zweifellos nach Frankreich gehen müssen, denn er würde sich ihnen niemals freiwillig unterwerfen. Aber ob sie ihm folgen würde, selbst wenn sie ihn liebte?

»Was tut Ihr hier, so ganz allein?«

»Die Kinder haben Hunger, Nicolas. Ich helfe den Ursulinen, so viel an sie zu verteilen, wie wir auftreiben können. Aber in den letzten Tagen sind unsere Vorräte sehr zusammengeschrumpft. Die Kleinen sind so jämmerlich anzusehen ...«

Das konnte er sich ohne weiteres vorstellen. Der Hunger wütete überall. Milizionäre und Soldaten konnten sich immer schwerer auf den Beinen halten. Sie wurden sichtlich hohlwangiger und vermochten die Gewehre kaum noch zu tragen. Drohungen und Strafen konnten sie nicht mehr in ihren Lagern halten. Jede Nacht desertierten Dutzende und liefen nach Hause, um sich das wenige Getreide zu holen, das ihnen noch geblieben war.

»Und Ihr, mein teurer Freund, was wollt Ihr hier?«

»Ich hatte Lust, Euer Lächeln zu sehen, ehe ich mich ins Hospital begebe, um mich nach dem Befinden von Monsieur de Ramezay zu erkundigen. Ihr solltet Euch begleiten lassen, wenn Ihr ausgeht. Für eine Frau ist es gefährlich, allein hier spazieren zu gehen.«

»Dann seid doch meine Eskorte, Monsieur des Méloizes.«

Sie lächelte ihm zu. Das Licht der untergehenden Sonne übergoss das blonde Haar, das unter ihrer Haube hervorquoll, mit goldenen Reflexen und ließ ihre Haut wunderschön aufleuchten. Er verneigte sich tief vor ihr und schwenkte seinen Dreispitz. Dann schenkte er ihr ein strahlendes Lächeln und bot ihr seinen Arm. Er nahm die Zügel des Pferdes, und die jungen Leute machten sich auf den Weg. Ihre Schritte hallten laut auf dem Straßenpflaster wider.

»Ihr habt doch Erfahrung mit dem Krieg, Nicolas, da müsstet Ihr doch eine gewisse Vorstellung davon haben, was uns erwartet...«

Des Méloizes verhielt den Schritt. Mit einer solchen Frage hätte er bei Isabelle nicht gerechnet. Außerdem hatte er nicht die geringste Lust, mit der jungen Frau über die schwierige Lage der Armee zu diskutieren; darüber hatte er mit Ramezay, dem Vizekönig, heute Abend noch genug zu reden. Oder wollte sie einfach nur, dass er sie beruhigte?

»Bis jetzt haben wir ihnen standgehalten. Und der Winter wird die Engländer aus Kanada vertreiben.«

Isabelle blieb stehen und warf ihm einen gereizten Blick zu.

»Nicolas, ich bin eine Frau, zugestanden. Jung und unerfahren in den... Dingen des Lebens, was immer Ihr wollt. Aber ich bin alles andere als dumm. Erzählt mir keine Märchen, um mir Vergnügen zu bereiten. Ich sehe zu viel Leid um mich herum, um mir irgendetwas vorspiegeln zu lassen.«

Zerknirscht schlug der junge Mann die Augen nieder.

»Ich wollte Euch nicht zu nahe treten, Isabelle. Die Wahrheit ist nicht immer angenehm anzuhören.«

»Aber welche Wahrheit könnte schrecklicher sein als dieses entsetzliche Bild?«, rief sie aus und umfasste mit einer Handbewegung die Ruinen, die sie umgaben. »Sagt mir... Warum wird das Schiffsgeschwader, das flussaufwärts liegt, immer größer? Ich dachte, die Engländer wollten uns an der Küste von Beauport angreifen...«

»Wir glauben, dass sie versuchen, unsere Verbindung zu den Truppen in Trois-Rivières und Montréal abzuschneiden und uns den Nachschub an Lebensmitteln zu kappen. Bougainville jagt sie ständig die Küste entlang bis nach Deschambault.«

»Glaubt Ihr nicht, dass sie versuchen werden, dort zu landen?«

»Wir erwarten sie Gewehr bei Fuß. Das Regiment von Guyenne kampiert in der Nähe der Abrahamshöhen* für den Fall, dass...«

»Und wenn sie auf die Idee kommen, näher bei der Stadt an Land zu gehen, zum Beispiel in Sillery?«

Sprachlos sah des Méloizes sie einen Moment lang an.

»Wir haben auch diese Möglichkeit vorhergesehen und Vorsichtsmaßnahmen getroffen. Aber eigentlich ist es völlig undenkbar, dass es dem Gegner in einer einzigen Nacht gelingen könnte, den Fluss zu überqueren, an unserer Küste zu landen und Felswände zu erklettern, die so steil sind, dass man Leitern dazu bräuchte... Und all das müssten sie noch direkt unter unseren Augen zuwege bringen!«

»Ich hoffe, Ihr habt recht, Nicolas, ich hoffe es wirklich.«

»Isabelle«, murmelte er und ergriff die Hand der jungen Frau, »es liegt mir fern, unsere Lage allzu rosig zu malen. Da Ihr sie ebenso gut zu kennen scheint wie ich, ist Euch sicher bewusst, dass die Forts Carillon, Niagara und Saint-Frédéric gefallen sind.«

Sie nickte, den Blick fest auf ihrer beider verschlungene Hände gerichtet.

»In Yamaska haben wir die Boten festgenommen, die General Amherst zu Wolfe geschickt hatte, um ihn darüber zu informieren. So haben wir erfahren, dass Amherst beschlossen hat,

---

* Heute die »Abrahamsebene« (»plaines d'Abraham«) genannt.

seine Truppen ausruhen zu lassen und nicht weiter auf Montréal und Québec zu marschieren. Die Jahreszeit ist schon weit fortgeschritten. Wolfe wird demnach allein mit seinen eigenen Truppen bleiben, deren Zahl ständig schrumpft. Unsere Indianer setzen ihren Soldaten ständig zu und töten jeden Tag ein paar von ihnen. Die Engländer haben Angst; Fahnenflucht ist bei ihnen an der Tagesordnung. Außerdem haben wir ihnen in Pointe-aux-Trembles und Beauport schwere Verluste zugefügt. Wenn der Frost rasch kommt… Wir müssen hoffen. Das letzte Wort ist noch nicht gesprochen!«

Isabelle biss sich auf die Lippen, zog ihre Hand zurück und sah ihn an.

»Dann können wir also in Frieden verhungern, ja?«

»Die Ernte in Montréal war gut. Wir warten auf Lieferungen, die eigentlich unverzüglich eintreffen müssten.«

Sie sah auf ihre schmutzverkrusteten Schuhe hinunter, und ihr kam der völlig unpassende Gedanke, dass sie besser Holzpantinen angezogen hätte, um sie zu schonen. Wahrscheinlich würde sie sich lange kein neues Paar beschaffen können. Dann schämte sie sich ob der absurden Idee. Sie schniefte.

»Isabelle…«

Seine Stimme klang so zärtlich.

»Isabelle, mein Herz sehnt sich nach Euch. Warum sprechen wir von solchen Dingen, da wir doch zusammen sind und die Gelegenheit nützen sollten, einander zu umarmen, in den wenigen Minuten, die uns vergönnt sind?«

Nicolas schlang die Arme um die Taille der jungen Frau und zog sie an sich. Sie schmiegte die Wange an ihn und fühlte sich bei ihm so sicher, dass sie die Augen schloss. Langsam glitt Nicolas' Hand zu ihrem Kopf hinauf und zog behutsam die Haube hinunter. Verblüfft über seine Kühnheit erstarrte sie ein wenig.

»Isabelle, meine Süße«, flüsterte der junge Mann in ihr Haar hinein.

Er drückte sie fester an sich und strich mit den Lippen über ihre Stirn. Sein Atem war angenehm warm. Stets ging von ihm dieser scharfe Tabakduft aus, den sie gern mochte.

»Ah! Nicolas, mein Liebster… Wenn doch die Zeit in diesem Moment stillstehen würde… Dann könnten wir in alle Ewigkeit so verharren.«

Sein zärtlicher Mund glitt auf ihre Wangen hinunter und weiter kühn zu ihren willigen Lippen. Die Dunkelheit warf einen immer tieferen Schleier über die Zerstörungen und ließ die jungen Leute mutiger werden. Über den Straßen der Stadt lag eine seltene Stille. Doch jeder wusste, dass diese Ruhepause nur ein Aufschub war. Bei Einbruch der Nacht würde der Beschuss unvermeidlich wieder aufgenommen.

»Wenn ich das Land verlassen müsste, würdet Ihr dann mit mir gehen, Liebste?«

Verblüfft über die Frage, löste Isabelle sich ein wenig aus der Umarmung des jungen Mannes, um ihn anzusehen.

»Aber wohin denn?«

»Ich meine… Ich bin Offizier in der Armee Seiner Majestät, des Königs von Frankreich. Ihr wisst, was das heißt, sollte es jemals so weit kommen… ich meine… dass ich ins Exil gehen müsste.«

Isabelle wurde das Herz schwer. Ein eigenartiges Unwohlsein ergriff die junge Frau, ohne dass sie einen Grund dafür hätte nennen können.

»Sprecht nicht vom Unglück, Nicolas.«

»Ich liebe Euch, Isabelle, und ich habe keine Ruhe, so lange ich nicht die Gewissheit habe, dass Ihr mir folgen würdet. Ich möchte, dass Ihr die Meine werdet. Wenn es Euch also nicht allzu sehr abschreckt, die Ehefrau eines Offiziers zu werden…«

Sein verliebter Blick flehte sie an. Ihr hatte es vor Erstaunen die Sprache verschlagen. Er bat sie, ihn zu heiraten? Hier, unter den Ruinen, inmitten von Schmerz und Elend? Und vor der Kathedrale, die vollständig zerstört war! Welche Glocken sollten denn bei ihrer Hochzeit läuten?

»Ihr… habt mich überrumpelt, Nicolas. Ich hätte nie gedacht… nun ja…«

Lange schaute er sie an und erforschte ihre Züge, um ihre Gefühle zu erkennen. Er hatte nicht das Ende dieses vermaledeiten Krieges abwarten können, wie er es sich gelobt hatte. Zu zerrissen war sein Herz. Und nun floh ihn die Hoffnung, die er so sehr genährt hatte. Der Zauber des Augenblicks war verflogen. Isabelle wusste es nicht, aber sie hatte ihm ihre Antwort bereits gegeben. Er zweifelte keinen Moment lang daran, dass sie ihm aufrichtig zugetan war. Doch er erwartete mehr, er wollte, dass sie seine Liebe wirklich erwiderte.

»Ich muss Euch verlassen«, erklärte er bedauernd und löste sich von ihr. »Ich werde erwartet, und ich komme bereits jetzt zu spät.«

»Ja, ich verstehe.«

»Versprecht mir, vorsichtig zu sein, Isabelle. Ich wäre viel ruhiger, wenn ich Euch fern von hier wüsste, aber …«

Einem jähen Impuls nachgebend, umarmte er sie noch einmal und küsste sie leidenschaftlich. Ob das wohl ihr letzter Kuss gewesen war? Er zog es vor, nicht darüber nachzudenken. Er hatte einen Krieg zu beenden und musste einen klaren Kopf behalten.

Das stolze Wappen, der Prunk der Macht
Und alles, was Reichtum und Schönheit schenken
Sind alles eins in der Erwartung der unausweichlichen Stunde.
Die Wege des Ruhms führen nur zum Grab.*

Die Luft war frisch und der Fluss ruhig. Aschfarbenes Mondlicht glitzerte auf dem Wasser und übersäte die Ruder, die lautlos ein- und auftauchten, mit Reflexen. Vor ihnen ragte die Silhouette der Schieferwand hoch in den Himmel wie ein Festungswall, der sich ihrem Ansturm trotzig entgegenstellte.

Alexander saß unbequem zwischen Coll und Munro eingepfercht. Er hatte die Augen geschlossen und ließ seinen Geist über andere Flüsse treiben. Der Körpergeruch der in dem klei-

---

* Thomas Gray, *Elegie auf einem Dorffriedhof (Elegy Written in a Country Church-yard)*, 1850 verfasst, eines der berühmtesten Gedichte der literarischen Epoche der Empfindsamkeit. (Anm. d. Übers.)

nen Boot zusammengedrängten Männer stieg ihm unangenehm in die Nase. Doch das war immer noch besser als der ekelhafte Gestank in dem Militärlazarett, das er vor etwas über zwei Wochen verlassen hatte.

Es hatte drei lange Wochen gedauert, bis sein Rücken so weit zusammengeheilt war, dass er seine Waffenübungen wieder hatte aufnehmen können. An manchen Stellen waren die Wunden so tief gewesen, dass man die Rippen hatte erkennen können. Die ersten Tage nach seiner Rückkehr zur Kompanie waren schwierig gewesen. Bei der geringsten Bewegung hatte sein Rücken so sehr geschmerzt, dass er sich den Tod gewünscht hatte. Er hatte das Gefühl gehabt, ihm würden Dutzende von Klingen auf einmal in den Körper gestoßen. Er hatte nur ein wenig Ruhe gefunden, wenn er abends vor Erschöpfung wie ein Stein eingeschlafen war und von Leticia geträumt hatte.

Still hatte er um die junge Frau getrauert, so wie er zuerst Connie und dann Kirsty beweint hatte. Nachdem sie fortgegangen war, hatte er sich geschworen, nie wieder zu lieben. Die Liebe brachte einem nur Schmerz und Enttäuschung ein. Während seiner dreiwöchigen Zwangspause hatte er reichlich Zeit gehabt, über sein Leben nachzudenken, und hatte eine traurige Bilanz gezogen. Sein Großvater hatte ihm einmal erklärt, jeder Mensch, ob er arm sei oder reich, gut oder böse, habe auf Erden eine Aufgabe zu erfüllen. Aber was war die seine? Was hatte er in seinem verfluchten Leben vollbracht, das eines Grabspruchs würdig wäre?

Hier ruht ein Kindsmörder,
ein notorischer Dieb und Galgenvogel,
ein Soldat ohne Skrupel und Glauben…
Ein Mann ohne Seele.

Er hob ein wenig die Augenlider und betrachtete das Ufer, das die zurückweichende Ebbe enthüllte. Der Sand glitzerte am Fuß der hohen Felswand. Wie hieß noch einmal dieser Ort? Er hatte zufällig den Namen Foulon vernommen, nichts weiter. Er hatte nicht einmal eine Ahnung, was sie dort tun sollten. Man informierte die Soldaten grundsätzlich nicht. Erst wenn sie an Ort und Stelle angekommen waren, erhielten sie ihre Befehle. Doch nach der großen Nervosität zu urteilen, die er bei den Offizieren wahrnahm, argwöhnte er, dass diese kleine Expedition überaus bedeutsam war. Es war die erste Landungsoperation diesen Ausmaßes, die Wolfe seit seinem Scheitern in Beauport Ende Juli durchführte. Ob sie endlich die Stadt im Sturm einnehmen würden?

Die zahlreichen flachen Kähne glitten lautlos über den Sankt-Lorenz-Fluss und ließen sich von der starken Strömung tragen. Das Boot mit dem Voraustrupp war bereits gelandet, und die vierundzwanzig Freiwilligen, die damit gekommen waren, hatten am Strand Position bezogen. Bald würden sie ebenfalls an der Reihe sein.

Je näher sie dem Ufer kamen, umso stärker wurde Alexander von einem seltsamen Gefühl ergriffen. Eine Empfindung auf halbem Wege zwischen Angst und Aufregung ließ ihn erschauern und sorgte dafür, dass seine Haare zu Berge standen. Er holte tief Luft. Sein Rücken schmerzte immer noch ein wenig, und seine Haut juckte scheußlich, aber daran war er gewöhnt. Der Schmerz war sein ständiger Gefährte geworden. Er trieb ihn voran und ermunterte ihn, seine große Aufgabe zu erfüllen: sich die Achtung seiner Familie zurückzuerobern und dem Wappen seines Clans weitere Ehre hinzuzufügen. *Die Wege des Ruhms führen nur zum Grab...* Wo hatte er das schon einmal gehört?

Coll bewegte sich, und sein Arm drückte gegen seinen. Er verstand die Botschaft: Sie würden gemeinsam kämpfen. Das Leben des einen gehörte dem anderen; sie waren Brüder im Blute und im Tod. Nachdem ihnen diese Operation angekündigt worden war, hatten Coll und er fast eine ganze Nacht lang geredet, und dann hatten sie einen Eid geschworen und ihn mit ihrem Blut besiegelt: Derjenige von ihnen, der überlebte, würde ihrem Vater berichten, dass der andere ehrenhaft gefallen war. Seitdem fühlte Alexander sich heiter und gelassen. Nun konnte er in Frieden sterben, und er würde es hocherhobenen Hauptes tun und seinem Feind dabei in die Augen sehen. Dies war seine Aufgabe auf Erden.

Das Wasser plätscherte gegen den hölzernen Rumpf, und unter ihnen knirschten Kieselsteine. Ihnen war befohlen, absolute Stille zu wahren. Es war etwa fünf Uhr morgens; bald würde die Sonne aufgehen. Wolfe, der sich in eine lange Houppelande gewickelt hatte und von einigen Offizieren umgeben war, hielt sich ein wenig entfernt von den Reihen, die sich bildeten, als mehr und mehr Soldaten das Ufer erreichten. Die leeren Boote fuhren sofort zurück, um die zweite Division zu holen, die sich noch auf den Schiffen befand. Hauptmann Donald Macdonald hatte rasch sein Regiment aufgestellt und führte seine Männer ohne länger zu warten zum Fuß der Felswand, die über ihnen aufragte. Nun würde der gefährliche Aufstieg beginnen.

Ein französischer Wachposten, der in einiger Entfernung vom Ort der Landung gestanden hatte, näherte sich vorsichtig.

»*Qui vive?*

»*La France*«, antwortete Hauptmann Fraser in makellosem Französisch.

»Welches Regiment?«

Ein kurzes Schweigen trat ein.

»Marine!«

»Sprecht lauter! Ich verstehe Euch schlecht.«

»Wollt Ihr, dass die Engländer mich ebenfalls hören?«

»Lasst sie passieren«, befahl der Soldat, an zwei seiner Landsleute gerichtet, die ein wenig entfernt am Strand postiert waren. »Das sind unsere Leute mit dem Nachschub.«

In der Dunkelheit passierten sie direkt unter den Augen der Wachposten und erkletterten die fast sechzig Yards hohe Felswand. Aus der Ferne waren Mörserschüsse zu vernehmen. Die Bombardierung der Stadt ging weiter. Alexander wusste, dass Coll sich direkt unter ihm befand, doch er hatte seinen Cousin Munro aus den Augen verloren. Inzwischen fiel ein leichter Regen. Das Gewehr quer über den Rücken gehängt und den Dolch zwischen den Zähnen, hielt er sich an Wurzeln, Grassoden und scharfen Felsvorsprüngen, die unter seinen Fingern zerbröselten, fest. Der Aufstieg verlief in tiefstem Schweigen; davon hing ihr Leben ab. Die einzigen Geräusche waren das Gurgeln eines Bachs und der dumpfe Fall von Steinen, die sich von der Felswand gelöst hatten.

Einige Männer hatten jetzt den Gipfel erreicht, wo ein weiterer französischer Wachtrupp postiert war. Laute Stimmen ließen sich vernehmen, Schüsse wurden abgefeuert. Die Milizionäre schrien vor Verblüffung über den Angriff auf und gaben Fersengeld, und die Engländer setzten ihnen nach. Seit ihrer Landung waren nur zehn Minuten vergangen.

Die Soldaten bezogen vor den Mauern von Québec Stellung. Alexander drang in ein Weizenfeld ein, das sich sanft im Wind wiegte, und musterte den immer heller werdenden Horizont. Der Regen hatte aufgehört. Nicht weit entfernt verlief eine Straße. Sie führte direkt zu einem der Tore dieser Stadt, die er von Point Levy aus schon so oft bewundert hatte. Weiter vorn verbarg zu ihrer Linken ein Wald einen Teil der Befestigungen. Am Rande der Straßen lagen hier und da Bauernhöfe, Mühlen und Häuser. Rechts von ihnen, direkt vor den Bastionen neben dem Steilhang, schloss sich eine baumbestandene Ebene an die Höhen an.

Vorsichtig, unter den Schüssen französischer Kundschafter, rückten sie vor. Eine von den Matrosen heraufgeschaffte und gezogene Kanone war soeben eingetroffen und wurde zwischen Alexanders Regiment und dem 58. von Anstruther in Stellung gebracht. Weniger als drei Stunden nach der Landung der ersten Männer nahm ein Bataillon von viertausendachthundert Soldaten, die unter dem Union Jack dienten, in zwei Linien Aufstellung und richtete die Waffen auf die Hauptstadt Neufrankreichs.

Ein unbeschreiblicher Lärm riss Isabelle aus dem Schlaf. Noch ganz in einem Traum gefangen, in dem Nicolas sie leidenschaftlich küsste, fuhr die junge Frau hoch und setzte sich im Bett auf. Mado lehnte sich aus dem Fenster.

»Was ist los?«

Ihre Cousine drehte sich um. Ihr Gesicht wirkte genauso weiß wie ihr Nachthemd.

»Ich bin mir nicht sicher, Isa, aber ich glaube, etwas Schlimmes ist geschehen! All unsere Soldaten rennen zum Saint-Jean-Stadttor!«

Es klopfte an der Zimmertür. Ohne auf eine Aufforderung zu warten, stürzte Perrine wie ein Wirbelwind herein, ganz zerzaust und mit hochstehenden Haaren.

»Die Engländer sind gelandet! Sie haben ihre Fahne auf den Höhen gehisst! Kommt, sucht Eure Kleider zusammen, beeilt Euch!«

So schnell, wie sie aufgetaucht war, rannte sie wieder davon und ließ die beiden jungen Frauen verdattert zurück.

»Verflucht!«, meinte Madeleine.

»Die Engländer? Hier?«, murmelte Isabelle ungläubig. »Aber Nicolas hatte mir doch erklärt, dass ...«

»Dann hat er sich eben geirrt. Zieh dich an, Isa. Darüber kannst du später nachdenken.«

So wie alle übrigen Stadtbewohner, die geblieben waren und den feindlichen Geschossen, die seit über zwei Monaten fielen, getrotzt hatten, lief die Familie Lacroix mit ihren Dienstboten auf die Straße und watete jetzt unter einem grauen Himmel durch die Schlammpfützen. Die Soldaten aus Beaumont durchquerten die Stadt, um sich zu den Höhen zu begeben. Isabelle bahnte sich einen Weg durch die aufgeregte Menge. Sie hoffte, Louis, Étienne und Guillaume zu sehen, aber vor allem hielt sie nach Nicolas Ausschau. Die schmutzig weißen Uniformen mit den verschiedenfarbigen Tressen zogen an ihr vorüber. Sie sah die langen grauen Uniformröcke des Freikorps der Marine. Des Méloizes marschierte an der Spitze seiner Kompanie. Sie winkte und rief ihn an. Der junge Mann wandte sich zu ihr um und lächelte schwach.

»Gott schütze dich«, flüsterte Isabelle, als er ihren Blicken entschwand.

Dahinter kamen die zerlumpten Milizionäre mit ihren Wollkappen, und dann die Indianer, die ihr Haar mit Federn geschmückt und ihre Kriegsbemalung aufgelegt hatten und schreiend ihre Tomahawks schwangen.

Schließlich erblickte sie General Montcalm auf seinem schwarzen Ross. Er warf sich in die Brust und trug den Kopf hoch, doch er strahlte eine solche Trauer aus, dass der jungen Frau das Herz schwer wurde. Ihre Sorge wuchs. Eine Hand legte sich auf ihre Schulter; an der Berührung erkannte sie ihren Vater. Sie sah nicht zu ihm auf, sondern senkte den Kopf und ließ ihren Tränen freien Lauf.

»Das ist das Ende!«, murmelte sie, und dann versagte ihr vor Schluchzen die Stimme.

Es war ungefähr halb zehn Uhr vormittags. Reglos und schweigend sah Alexander zu, wie sich vor ihnen im zaghaften Sonnenlicht die französischen Flaggen ausbreiteten. Zu seiner Rechten lagen die Steilküste und der Fluss; hinter ihm befand sich Bougainvilles Regiment, das sein Lager in Cap-Rouge aufgeschlagen hatte und sicherlich bald auftauchen würde. Dem jungen Mann wurde abrupt klar, dass seine Armee keinen Ausweg, nicht die geringste Möglichkeit für einen Rückzug hatte. Wolfe wusste das sicherlich; er hatte seine Truppen ja absichtlich hergeschickt. Dann sollte es eben so sein! Sieg oder Tod, etwas anderes gab es nicht für sie. Endlich würden sie in die Schlacht ziehen, die zu führen sie gekommen waren.

Die Kanadier beschossen sie aus dem Hinterhalt unaufhörlich und nutzten die Gelegenheit, sie wie die Fliegen zu fällen. Rechts von Alexander sank ein Soldat zu Boden, in den Schenkel getroffen. Rasch brachte man ihn weg und schloss die Reihen wieder. Um sinnlose Verluste zu vermeiden, befahl der Hauptmann ihnen, sich in Schussposition im Gras niederzuwerfen. Das Warten wurde unerträglich. *Los, macht ein Ende!* Der junge Mann hoffte nur, bis zum Angriff durchzuhalten.

Langsam verstrichen die Minuten; die Soldaten begannen zu murren. Die französischen Truppen nahmen jetzt unterhalb der Stadtmauern ihre Kampfformation ein. Weiter unten an der Straße brannte ein Haus: Der Gegner hatte es angezündet, um zu verhindern, dass sie sich dort verschanzten. Der graue Rauch zog bis zu ihnen und ließ ihre Augen tränen. Die Kanonen donnerten. General Wolfe ritt an ihnen vorüber, einen blutigen Verband um das Handgelenk gewickelt. Er legte einen unerschütterlichen Gleichmut an den Tag und musterte die Soldaten mit aufmerksamem Blick. Dann sprach er mit Hauptmann Macdonald, der anschließend den Dudelsackspieler rufen ließ.

Trommelwirbel. Der Dudelsack begann seine Melodie zu spielen. Einen kurzen Moment lang schloss Alexander die Augen. Eine tröstliche Wärme ergriff ihn und löste seine Anspannung. Die Takte des »Marsches von Lord Lovat« berauschten ihn und beschworen die Ehre seines Volkes. Er spürte eine große Kraft in sich aufsteigen.

Zehn Uhr. General Montcalm saß zu Pferde zwischen dem Regiment von La Sarre und dem von Languedoc. Er reckte sein Schwert zum Himmel, riss es dann wieder herunter und richtete es auf die feindlichen Reihen: das Signal zum Angriff. In mehr oder weniger geordneten Reihen taten die Soldaten einige Schritte voran. Die Trommeln, die Hörner und die Querpfeifen erzeugten eine furchteinflößende Melodie. General Wolfe ritt vor den britischen Linien auf und ab, um die Bewegungen der Franzosen zu studieren. Er hatte Order gegeben zu warten, bis der Feind mindestens auf vierzig Yards herangerückt war, und erst dann zu feuern.

»Auf Position!«, befahl der Offizier.

Alexander erhob sich und beobachtete, dass drei Fuß vor ihm ein junger Soldat sich auf einem Knie zusammenkauerte. Die Spitze seines Bajonetts bebte.

»Hey, MacDonnell!«

Die Schultern des Jungen zitterten, und das Gewehr fiel ihm beinahe aus den Händen.

»Das ist nicht der richtige Moment, um deine Eingeweide zu entleeren. Denk doch an die Kameraden hinter dir, die in deine Hinterlassenschaften treten müssten.«

Ein paar Männer quittierten seine Worte mit Gelächter. Alexander hatte sie vor allem ausgesprochen, um sich selbst zur Ruhe zu zwingen und die Fassung zu bewahren, weniger, um den Soldaten zu verspotten. Unsicherheit trieb ihn um. Er wusste, dass Roddie Campbell hier irgendwo sein musste, nicht weit von ihm entfernt. Auf einem Schlachtfeld hatte man den Feind nicht immer *vor sich*.

»Fertig?«, brüllte der Offizier.

Die französischen Soldaten rückten rasch und ungeordnet auf sie zu. Sie blieben nicht in Reih und Glied, sondern verstreuten sich über die ganze Ebene. Einige warfen sich, nachdem sie geschossen hatten, zum Nachladen auf den Boden, so dass die Nachfolgenden über sie stolperten. Alexander erschauerte. Diese Mischung aus Angst und Erregung, die in ihm aufstieg, überwältigte ihn und beherrschte seinen ganzen Körper.

»Anlegen!«

Alexander drehte sich ein Stück zur Seite, um ein weniger leichtes Ziel abzugeben. Sein Finger, der am Abzug lag, krümmte sich, während er kühl einen französischen Soldaten anvisierte, der sich direkt vor ihm befand. Die Kugeln pfiffen über ihre Köpfe hinweg, richteten aber nur wenig Schaden an. Er brachte seine Atmung unter Kontrolle und zielte.

»Feuer!«

Der weiße Rauch behinderte die Sicht der Soldaten, brannte in ihren Augen und Lungen und trocknete ihnen den Mund aus. Sie gingen drei Schritte voran, luden zwei weitere Kugeln und nahmen erneut ihre Schussposition ein. Es vergingen ein paar Minuten, bis die Schwefelwolke sich zerstreute.

»Fertig?«

Dutzende von Männern lagen kreuz und quer am Boden; ihr Stöhnen und Schreien war ohrenbetäubend.

»Anlegen! Feuer!«

Die englische Salve knallte wie ein Kanonenschuss. Die meisten französischen Soldaten, die noch auf den Beinen waren, stoben in alle Winde wie eine Schafherde angesichts eines Wolfs und rannten auf die Stadttore zu. Alexander hängte sich sein Gewehr um, ergriff sein Schwert und zog es aus der Scheide.

Überall blitzte blanker Stahl auf und kündigte den Beginn der Attacke an. Ohne auch nur auf den Befehl zu warten, brüllten die Highlander wie der leibhaftige Löwe von Schottland und stürzten über das Weizenfeld auf den Feind zu. Schreckensstarr sahen die Soldaten aus de la Sarres Regiment und die Kolonialtruppen diese Barbaren in Röcken auf sich zukommen und traten einen völlig ungeordneten Rückzug an. Das war die Niederlage. Die Engländer hatten gesiegt.

Die Armee des hinterlistigen Albion legte die letzten Fuß zurück, die sie noch von den Toren von Québec trennten. Mit hängendem Kopf lauschten die Einwohner der Hauptstadt Neufrankreichs dem misstönenden Schlachtenlärm und konnten sich nur vorstellen, welch makaberer Totentanz sich auf ihren Kornfeldern abspielte; ein Ball, bei dem die Regeln der Etikette außer Kraft gesetzt waren. In dieser Auseinandersetzung kannten die Eroberer keine Nachsicht. Gott musste große Trauer empfinden, wenn er dieses Werk gieriger Menschen betrachtete.

Die Mündungen ihrer Waffen spien den Tod und mähten die Soldaten unnachgiebig nieder. Deren Entsetzensschreie drangen bis zu den Stadtmauern, hinter denen die Menschen vor Schrecken zitterten. Würde England mit seiner unbarmherzigen Hand das Ergebnis von zweihundert Jahren an Leidenschaft, Stolz und Hoffnung mit einem Schlag zunichtemachen?

Nun vernahmen sie schon seit mehr als einer Stunde die Gewehrsalven und Kanonenschüsse. Die Lacroix' hatten die wertvollsten Besitztümer in zwei große Truhen verpackt, um sie vor Plünderern zu schützen, und Baptiste hatte sie zusammen mit einem Nachbarn in den Keller hinuntergetragen und dort versteckt. Für den Fall, dass sie überstürzt aufbrechen mussten, hatte Isabelle eine Tasche mit Wäsche zum Wechseln gepackt. Justine kam aus dem Keller herauf und brachte ein paar Töpfe mit Marmelade und ein Stück Speck mit. Sie befestigte den Schlüssel wieder an dem Bund, den sie am Gürtel trug, und packte die Vorräte in einen Sack, den sie auf den Berg von Gepäck legte. Isabelle sah ihr zu. Wo hatte sie diese Nahrungsmittel nur aufgetrieben? Sie hatte gedacht, ihre Vorräte seien erschöpft… Sidonies Stimme riss sie aus ihren Überlegungen.

»Wo ist Ti'Paul? Er ist verschwunden! Mein kleiner Paul ist fort«, schrie sie in heller Panik.

Die junge Frau schaute zum Cembalo, wo sie ihn zuletzt beim Spielen mit Museau gesehen hatte. Er war nicht mehr da, nur seine Zinnsoldaten lagen noch auf dem Parkett. Ihr Magen zog sich zusammen.

»Ich sehe in seinem Zimmer nach«, erklärte sie und sprang so heftig auf, dass ihr Stuhl umfiel.

»Ti'Paul! Ti'Paul! Komm aus deinem Versteck. Ich finde das nicht komisch. Das Spiel ist vorbei.«

Das Zimmer ihres Bruders war leer. Eine Kommodenschublade stand offen; ein Durcheinander von Gegenständen quoll heraus. Isabelle trat heran. Was hatte Ti'Paul so eilig gesucht? Dann erblickte sie das Futteral seines Jagdmessers. Es war leer…

»Oh nein! Ti'Paul!«

In diesem Moment trat Mado ein. Isabelle drehte sich zu ihr um und zeigte ihr das lederne Etui.

»Glaubst du wirklich, er hat das getan?«

Die Angst schnürte Isabelle die Kehle zu, so dass sie nur zu nicken vermochte.

Auf der Straße herrschte helle Aufregung. Frauen rannten vorbei, ihre schreienden Kinder auf den Armen. Entsetzen malte sich auf ihren Zügen. Soldaten brachten verletzte Landsleute in die Stadt, übergaben sie den Nonnen im Hospital und kehrten mit der Kraft der Verzweiflung wieder in den Kampf zurück. Ein Wagen holperte rasch an Isabelle vorbei und drohte jeden zu zermalmen, der nicht aus dem Weg sprang. »Wir werden alle sterben«, murmelte die junge Frau, plötzlich überwältigt von Todesangst. Dann nahm sie ihren ganzen Mut zusammen und rannte geradewegs auf das Saint-Jean-Stadttor zu. Die dort postierten Wachen waren so mit dem unablässigen Kommen und Gehen beschäftigt, dass sie keine Notiz von ihr nahmen. So konnte sie die Stadt ohne Probleme verlassen.

Es sah aus, als wäre der graue Himmel auf die Höhen außerhalb der Stadtmauern herabgefallen. Eine dicke Rauchwolke trieb über die Hochebene und verbarg das Massaker. Die Kanonenschüsse hallten unheimlich. Ihr Herz begann genauso rasch zu schlagen wie das der panischen Männer. Sie legte beide Hände darüber, um es zu beruhigen, doch vergeblich. Dann holte sie tief Luft. Der Schwefel drang ihr in die Lungen, so dass sie husten musste.

»Ti'Paul? Wo steckst du?«

Soweit ihr Blick reichte, hatte der Tod sein Werk getan. Während noch das Blut tapferer Soldaten das Ende einer Ära besiegelte, hatten die Sieger in ihrem Hass das Urteil über die Regierung von Neufrankreich bereits gesprochen.

»Nicolas des Méloizes«, flüsterte sie betrübt. »Nun seht Euch an, was sie aus unserem Land machen! Und wenn ich den Rest meines Lebens damit zubringen müsste, ich werde mit hoch erhobenem Haupt wieder aufbauen, was Frankreich hat zusammenbrechen lassen.«

Der Rausch, der ihn im Kampf stets erfasste, trieb Alexander voran. Seine Klinge senkte sich hier in eine Brust und da in eine Flanke, durchtrennte einen Nacken, eine Kehle. Er war über und über mit Blut bespritzt. Ein französischer Fähnrich rannte mit seiner Flagge vor ihm davon. Sofort nahm Alexander die Verfolgung auf und schlug mit seinem Schwert das hohe, gelbe Gras beiseite. Die beiden Männer rannten auf ein kleines, von einer Holzpalisade umgebenes Bauernhaus zu. Der Franzose verschwand auf der anderen Seite der Barriere. Alexander beschleunigte seinen Schritt. Er wollte sich die Gelegenheit, eine so bedeutende Trophäe einzuheimsen, nicht entgehen lassen.

Der Offizier strauchelte, und die Fahne fiel ihm aus den Händen. Er robbte über den schlammbedeckten Boden und streckte die Hand danach aus. Doch Alexander, der ihm dicht auf den Fersen war, holte ihn genau in dem Moment ein, als er die Hand darauflegte. Er setzte dem Fähnrich die Schwertspitze unters Kinn und starrte den Mann herausfordernd an. Schweigend musterten die beiden einander. Als sich Alexander sicher war, dass der Offizier nicht versuchen würde, ihn anzugreifen, richtete er den Blick auf die zerrissene, fleckige Fahne: eine schöne Beute, die ihm gewiss Ehre eintragen würde. Er entzifferte das Motto, das darauf geschrieben stand. *Per mare, et terras.* Alexander konnte es kaum fassen; das war ja die Devise seines Clans! Zutiefst aufgewühlt senkte er das Schwert und trat einen Schritt zurück.

»*Sir, ye are my prisoner. Are ye hurt?* Ihr seid mein Gefangener, Sir. Seid Ihr verletzt?«

Der Mann, der damit gerechnet hatte, dass Alexander ihn töten würde, starrte ihn mit offenem Mund an.

»Seid Ihr verletzt?«, wiederholte Alexander in stockendem Französisch.

Langsam schüttelte der Fähnrich den Kopf. Er sah gut aus und schien nicht älter als zwanzig zu sein. Seine ein wenig arrogante Haltung ließ vermuten, dass er von Adel war. Mit einer gemessenen Bewegung schob Alexander eine braune Haarsträhne weg, die vor seinem Gesicht hing. Der andere sah ihn ohne mit der Wimper zu zucken aus dunklen Augen an.

»Steht auf und ergebt Euch.«

Der Offizier schickte sich an aufzustehen, doch dann erstarrte er und fixierte einen Punkt über Alexanders Schulter. Da er an eine List glaubte, folgte der Highlander seinem Blick vorsichtig und erblickte Roderick Campbell und einen weiteren Landsmann, die einige Fuß hinter ihm standen. Langsam trat er zur Seite und achtete darauf, weder seinen Gefangenen noch Campbell aus den Augen zu lassen.

»Dieser Mann ist mein Gefangener. Er ist Offizier, und ich gewähre ihm den ehrenhaften Status eines Kriegsgefangenen…«

Campbell trat vor und setzte dem Fähnrich die Spitze seines Bajonetts auf die Brust. »Ehre? Die kannst du dir sonst wohin stecken, Macdonald! Der Hund von einem Franzosen bleibt hier. Ich kümmere mich um seine Fahne.«

»Kommt nicht in Frage! Wir haben Befehl, feindlichen Offizieren, die sich ergeben, das Leben zu lassen!«, versetzte Alexander gereizt.

Der junge Fähnrich wandte ihm das Gesicht zu. Seine Miene war gleichmütig, doch seine Augen verrieten, dass er sich fürchtete. Der Highlander entdeckte einen Blutfleck, der sich auf seiner Kniehose ausbreitete. Der Franzose war gerannt wie ein Teufel, obwohl er eine Kugel im Schenkel sitzen hatte...

Das Klicken eines Gewehrschlaghebels, der gespannt wurde, alarmierte ihn. Alexander ahnte, was folgen würde, und trat Campbell vor die Schienbeine. Der Schuss ging los und schlug in die Holzwand der Latrine ein. Fluchend schickte der Sergeant sich an, mit der Faust zurückzuschlagen, als ein spitzer Aufschrei ihn innehalten ließ. In der Latrine rührte sich etwas und zog beider Aufmerksamkeit auf sich. Die Tür öffnete sich einen Spalt breit und ein mit einem Messer bewaffneter Knabe kam herausgerannt. Voller Entsetzen sah Alexander, wie Campbell sein Gewehr anlegte und auf den Flüchtenden zielte. Er schrie dem Kind zu, es solle sich auf die Erde werfen, aber der Kleine verstand wahrscheinlich kein Englisch.

Die Ereignisse überschlugen sich. Mit einem Mal stand Alexander die Erinnerung an den etwa zwölfjährigen Jungen, dem er die Kehle durchschnitten hatte, wieder vor Augen, und dem jungen Mann wurde übel. Diesen Knaben hier würde er retten. Entschlossen lief er hinter dem Kind her. Ein Schuss knallte, und ein scharfer Schmerz fuhr durch seine rechte Seite. Er stürzte schwer zu Boden, rollte weiter und fand sich zu Füßen einer jungen Frau wieder, die ihn entsetzt ansah und aufschrie. Alexander hatte gerade noch Zeit, ihre Augenfarbe zu erkennen, dann verschwand sie mit dem Jungen hinter den Pfählen der Palisade.

Campbell überschüttete ihn mit Schmähungen. Alexander legte die Hand auf seinen Dolch.

»Lasst sie in Ruhe, Ihr Bastard! Die beiden sind schutzlos und haben nichts mit diesem Krieg zu tun.«

Campbell spuckte aus und verfehlte ihn knapp.

»Ich glaube, jetzt ist der Moment gekommen, unsere Rechnungen zu begleichen, Alasdair Dhu...«

Alexander sah den Schlag nicht kommen. Der Kolben von

Campbells Gewehr traf ihn wie ein Blitz mitten auf die Kehle. Er bekam keine Luft, konnte nicht einmal schreien. Keuchend bäumte er sich auf und wand sich. Er würde sterben, dieser Dreckskerl hatte ihn umgebracht... Aber nein... So einfach würde er ihn nicht davonkommen lassen. Trotz des unsäglichen Schmerzes tastete er fieberhaft nach seinem Dolch, den er fallen gelassen hatte. Dann packte er die Waffe mit der einen Hand, presste die andere auf seine Luftröhre und wälzte sich herum.

Die Luft gelangte kaum noch in seine Lungen. Er wandte sich Campbell zu: Der Sergeant zielte mit dem Gewehr auf den Offizier, der unter Bewachung des anderen Highlanders ergeben auf sein Ende wartete. Herrgott! Sie waren viel zu weit entfernt; er würde es nicht verhindern können. Sein Kopf drehte sich. Ein raues Stöhnen entrang sich seiner Brust, als er mit aller Kraft, die er noch besaß, den Arm hob. Der Dolch flog durch die Luft und bohrte sich in Campbells Brust. Verblüfft drehte sich der Sergeant einmal um die eigene Achse und brach dann zusammen. Erleichtert ließ Alexander sich mit einem Aufstöhnen zu Boden sinken. Dann wurde es dunkel um ihn.

Isabelle war entsetzt. Ti'Paul klammerte sich zitternd an sie.

»Isa... Er hat seinen Landsmann getötet, um einen unserer tapferen Offiziere zu retten.«

»Ja, Ti'Paul, ich habe es gesehen. Außerdem hat er dir das Leben gerettet, du Dummkopf!«

Mit diesen Worten versetzte sie ihm eine schallende Ohrfeige. Der Knabe zog den Kopf zwischen die Schultern und stieß einen Protestschrei aus.

»Was hattest du hier zu suchen? Hast du denn gar kein Hirn im Kopf? Diese Männer führen Krieg, und du läufst ihnen vor die Füße und spielst Verstecken! Du musst wirklich vollkommen verrückt sein! Warte, bis Papa hört, was du angestellt hast!«

»Nein, Isa! Sag ihm nichts davon!«

Ein Schuss erscholl. Zwischen den Pflöcken der Palisade hindurch sah die junge Frau, wie der mit einem Rock bekleidete Soldat, der den Sergeant begleitet hatte und immer noch auf den Fähnrich anlegte, während er auf Verstärkung wartete, über dem Offizier zusammenbrach. Sie stieß ihren Bruder zu Boden, warf sich über ihn und erstickte seinen Schrei mit der Hand. Drei Rothäute rannten auf die Gruppe von Männern zu. Sie waren furchterregend mit Rot und Schwarz bemalt und mit Blut, Ruß und Schlamm bedeckt. Einer von ihnen beugte sich über den Offizier, um ihn von der Leiche zu befreien und ihm beim Aufstehen zu helfen. Der Mann stieß ihn weg und legte ihm die Fahne in die Hände.

»Bringt sie in Sicherheit. Ich würde euch nur aufhalten. Geht rasch! Es wird nicht lange dauern, bis weitere Engländer auftauchen. Wir müssen uns mit den Truppen, die wir noch haben, zurückziehen.«

Die Indianer widersprachen. Der Offizier erhob die Stimme und setzte seine Autorität ein. Die Eingeborenen sahen einander ratsuchend an und zuckten die Achseln, als hielten sie ihn für verrückt. Derjenige, der die Fahne genommen hatte, erteilte den beiden anderen Befehle. Einer von ihnen beugte sich über den Schotten, der zu ihren Füßen lag, und griff in sein Haar. Mit einer schnellen, präzisen Bewegung schnitt er mit seinem kleinen Dolch die Kopfhaut ein und fuhr um den ganzen Schädel herum. Isabelle wandte entsetzt den Blick ab, während ihr Bruder einen angeekelten Schrei ausstieß, den sie mit ihrer Hand erstickte.

»Nein, diesen nicht!«, schrie jemand.

Von neuem sah sie auf die Szene, wobei sie es sorgfältig vermied, den skalpierten Mann anzuschauen. Der andere Wilde hielt das Haar des Schotten, der am Hals verletzt war, fest. Das Messer hing über seiner Stirn.

»Ich verdanke diesem Mann, der mich gefangen genommen hat, mein Leben.«

Der Indianer knurrte verstimmt. Er zögerte und ließ dann zu Isabelles großer Erleichterung den Kopf des Schotten fahren. Kurz darauf waren die drei Rothäute verschwunden. Die junge Frau erhob sich zögernd und lief dann zu dem Offizier, der, nach seiner Uniform zu urteilen, zu den Freikorps der Marine gehörte. Der Mann hielt einen Lederriemen in der Hand und war dabei, sich den Oberschenkel abzubinden. Verblüfft bemerkte er Isabelle.

»Darf ich Euch helfen?«

»Was macht Ihr hier? Das ist...«

»Leichtsinnig?«, gab Isabelle lebhaft zurück und zog den Riemen zu. »Ich weiß. Versteht Ihr, mein kleiner Bruder hatte sich in den Kopf gesetzt, die Kolonie ganz allein zu retten. Erklärt Ihr ihm doch bitte, dass der wirkliche Krieg kein Spiel ist, und dass hier die Soldaten nicht aus Zinn gegossen sind.«

Der Fähnrich lächelte. Dann verzog er das Gesicht, als sie seine Hose aufriss, um die Wunde freizulegen.

»Ihr braucht einen Arzt.«

»Wie ist Euer Name, Mademoiselle?«

Die junge Frau schlug die grünen Augen zu ihm auf.

»Isabelle Lacroix, Monsieur. Und der Eure?«

»Fähnrich Michel Gauthier de Sainte-Hélène Varennes, aus der Kompanie von Deschaillons de Saint-Ours.«

»Nun gut... Sehr erfreut, Monsieur Gauthier. Stützt Euch auf mich, ich werde Euch helfen...«

»Nein, seht lieber nach, ob dieser Mann noch atmet.«

»Wie bitte?«

»Dieser Schotte dort hinten. Er hat mir das Leben gerettet. Ich möchte wissen, ob er noch lebt.«

Isabelle wandte den Kopf zu dem mit einem Rock bekleideten Mann, der bäuchlings auf dem Boden lag, und erschauerte.

»Bitte«, flehte Gauthier.

Sie stand auf und näherte sich vorsichtig. Dann bewegte sie den reglos Daliegenden mit dem Fuß. Ein scharfes Pfeifen drang aus seinem Mund. Der Mann lebte... noch jedenfalls. Langsam strich sie die langen, schwarzen Haarsträhnen zurück, auf denen in dem blassen Licht der Sonne, die jetzt durch die Wolken brach, rötliche Reflexe spielten. Ihre Finger glitten über warme Haut. Sein Hals war violett angelaufen und stark geschwollen. Behutsam hob sie den roten Uniformrock an. In Höhe der Flanke war vorn auf der Weste ein großer feuchter Fleck zu erkennen.

Die Kugel war auf der Vorderseite wieder ausgetreten. Wenn kein Organ getroffen war, müsste er die Verwundung überstehen, falls er die richtige Pflege erhielt. Doch es war immer noch denkbar, dass er vorher erstickte.

Isabelle kehrte zu dem Offizier zurück und erstattete ihm Bericht über den Zustand des Soldaten. Daraufhin bat dieser sie, den Dolch, der immer noch zwischen den Rippen des anderen Schotten steckte, herauszuziehen.

»Wenn man den Dolch dort findet, wo er jetzt ist, wird man diesen Mann des Mordes an einem Offizier seines Regiments anklagen und mit Sicherheit hinrichten. Das hat er nicht verdient.«

Angewidert darüber, was er von ihr verlangte, zögerte sie.

»Ich flehe Euch an ...«

Sie nahm sich zusammen, umfasste das Heft der Waffe, wandte den Kopf ab und zog. Der Dolch rührte sich zuerst nicht und ließ sich dann mit einem Mal ganz leicht herausziehen. Sie hatte einen Moment lang den Eindruck, als stürzten die Eingeweide des Toten zusammen mit dem Messer heraus, und schluchzte auf. Ti'Paul, den das Ganze faszinierte, war zu seiner Schwester getreten. In diesem Augenblick tauchten zwei Offiziere und einige Soldaten des Highlander-Regiments auf. Als Isabelle sie erblickte, unterdrückte sie einen Aufschrei und verbarg das lange Messer rasch in den Falten ihres Rocks. Sichtlich verwundert wandte sich einer der Offiziere ihr zu, während der andere sich über den verletzten Franzosen beugte.

»*By God! Lady, 't is no place for a woman and a child to be!*«

»Diese Männer sind verletzt, Monsieur«, stotterte sie mit vor Angst aufgerissenen Augen. »Sie müssen versorgt werden.«

»*Aye, so I see.* Das sehe ich. Das ist der Krieg, Madam.«

Mit einem Mal schien es in Isabelles Kopf nichts anderes mehr zu geben als das Pfeifen und die Detonationen der Geschosse, die Gewehrschüsse und Schreie. Die junge Frau wurde sich plötzlich mit aller Deutlichkeit der Lage bewusst, in welche die Naivität ihres Bruders und ihre eigene Unbesonnenheit sie gebracht hatten: Sie beide befanden sich mitten auf einem

Schlachtfeld! Der Offizier erteilte Befehle in seiner Sprache. Soldaten postierten sich neben ihr und Ti'Paul.

»Was habt Ihr hier zu suchen, Madame?«, verlangte der Offizier in korrektem Französisch zu wissen.

»Also... mein Bruder ist weggelaufen, und ich habe ihn hier gefunden, Monsieur.«

Der Offizier sah das Messer, das Ti'Paul immer noch in den Händen hielt, und konfiszierte es. Isabelle betete zum Himmel, er möge die bluttriefende Waffe, die sie selbst versteckte, nicht entdecken. Dann würde man sie des Mordes an dem Schotten bezichtigen.

»Euer Bruder? *So, my young lad! Ye should go back home. Macleod, escort the lady and the boy.*« Du solltest wieder nach Hause gehen, mein Junge. Macleod, Ihr begleitet die Dame und den Knaben.

»Was werdet Ihr mit dem französischen Offizier machen?«, wagte Isabelle zu fragen.

»Keine Angst, Madame. Man wird ihn versorgen. *Though ye is now a prisoner of war, aye!*« Obwohl er jetzt ein Kriegsgefangener ist, jawohl!

Man eskortierte Isabelle und Ti'Paul bis in die Nähe des Saint-Jean-Stadttores. Dann kehrten die Soldaten zurück, um die Verfolgung der kanadischen Milizionäre aufzunehmen. Die Kämpfe waren noch nicht vorüber. Die junge Frau hoffte nur, dass Nicolas und ihren Brüdern nichts zugestoßen war. Und sie wünschte sich, man möge den französischen Offizier mit der Achtung behandeln, die ihm seinem Rang nach zustand. Was den schottischen Soldaten anging, so war sie ihm aus tiefstem Herzen dankbar. Vielleicht würde sie irgendwann Gelegenheit haben, ihm das persönlich zu sagen. Ti'Paul zupfte an ihrem Rock. Sie drehte sich um und maß ihn mit einem vernichtenden Blick.

»Du...! Zurück nach Hause!«

»Isa...«

»Ich werde Papa nichts sagen. Aber tu so etwas nie, nie wieder! Durch deine Schuld könnten wir jetzt beide tot sein, Schwachkopf! Diese Männer spielen keinen Krieg, sie führen ihn wirklich!«

»Museau war weggelaufen. Ich wollte ihn finden, bevor ihn die Engländer fangen und kochen würden...«

»Wenn Museau so dumm ist, ihnen zwischen den Beinen herumzulaufen, dann ist er selbst schuld!«

Isabelle war ärgerlich und aufgewühlt. Erst jetzt bemerkte sie, dass sie den blutigen Dolch immer noch in der Hand hielt, und verzog das Gesicht. Mit festem Schritt ging sie zu dem nächstbesten Regenfass, das sie sah, und steckte den Arm hinein. Erst als sie die jetzt saubere Waffe herauszog, fiel ihr das kunstvolle Schnitzwerk auf, das den hölzernen Griff schmückte. Ungewöhnliche, verschlungene Ornamente bildeten Muster von wundersamer Schönheit. Aus den unentwirrbar gewundenen Motiven traten die Köpfe und Pfoten von Tieren – Hunden möglicherweise – hervor.

»Gibst du mir das Messer?«, fragte Ti'Paul. »Ich habe meines verloren.«

Aus ihren Überlegungen gerissen, wandte die junge Frau sich ihrem Bruder zu und schenkte ihm einen vorwurfsvollen Blick, angesichts dessen er die Augen niederschlug.

»Diese Waffe gehört uns nicht, Ti'Paul! Ich werde sie ihrem Besitzer zurückgeben... nun ja, falls mir das möglich ist. Verstanden?«

»Ja... schon gut.«

Isabelle und Ti'Paul kehrten nach Hause zurück und setzten den ganzen Tag keinen Fuß mehr nach draußen. Die Familie Lacroix hatte immer noch nicht ganz begriffen, was da vor sich ging. Wo blieben Oberst de Bougainville und seine dreitausend Männer? Gewiss würden sie kommen und die Engländer bis zum Steilhang und zum Fluss zurücktreiben. Montcalms Truppen würden sich sammeln und zurückschlagen. Doch nichts von alldem geschah. Man hörte nur noch einige Gewehr- und Kanonenschüsse, nichts weiter.

Die Engländer ließen sich vor den Stadtmauern nieder. Sie hoben Gräben aus, bauten Zelte auf, richteten die Kanonen neu aus und brachten weitere herbei. Bestürzt begriff Isabelle, dass sie Québec von den Abrahamshöhen aus belagern würden. Sie legte sich zusammen mit Madeleine, die vor Angst nicht aus noch ein wusste, zu Bett. Die Arme weinte ohne Pause, denn sie hatte keine Nachricht von Julien.

»Wenn ihm etwas zugestoßen wäre, hätten wir davon gehört, Mado.«

»Überall auf den Höhen liegen Leichen vestreut, Isa. Es wird Tage dauern, bis …«

Sie schluchzte noch heftiger los, und ihre Tränen netzten das Kopfkissen und Isabelles Schultern. Die junge Frau, die selbst mit ihren eigenen Sorgen zu tun hatte, wusste nicht, wie sie ihre Cousine beruhigen sollte.

»Morgen gehe ich zum Hospiz. Wenn er nicht dort ist, bitte ich Papa, mich zum Hospital fahren zu lassen. Vielleicht weiß Schwester Clotilde ja etwas.«

»Und die Toten?«

»O Mado, du darfst die Hoffnung nicht aufgeben. Dein Julien ist gewitzt. Gewiss hat er höchstens ein paar Kratzer abbekommen, du wirst schon sehen …«

Isabelle war so unruhig, dass sie erst einschlief, als bereits der Morgen dämmerte. Ein unbeschreiblicher Lärm ließ sie wenig später aus einem Traum hochfahren, in dem sie auf einem Schlachtfeld voller Leichen nach Nicolas suchte. Sie holte tief Luft, schüttelte den Kopf, um die letzten Spuren ihres Albtraums zu verjagen, und erhob sich aus dem Bett. Mado musste schon lange auf sein, ihre Seite war kalt. Aus der Küche drangen laute Stimmen zu ihr herauf. Mit klopfendem Herzen schlüpfte Isabelle in einen Morgenmantel, schlang sich ein Umschlagtuch um die Schultern und ging hinunter. Ihr Vater empfing sie mit einem Lächeln und bedeutete ihr, sich an das untere Ende des Tisches zu setzen.

»Louis!«, rief Isabelle aus und fiel ihrem Bruder in die Arme. »Wie schön! Und wie steht es mit Étienne und Guillaume?«

»Sie sind beide unverletzt.«

»Und Nicolas? Weißt du, wo er ist?«

Verlegen räusperte sich Louis.

»In Beauport.«

»Geht es ihm gut? Hast du ihn gesehen? Hat er etwas gesagt?«

»Ich habe nicht mit ihm gesprochen, Isa. Aber er ist nicht verwundet.«

»Und Julien? Mado hat die ganze Nacht geweint.«

»In diesem Moment trocknet er ihr gewiss die Tränen. Er hat nicht einmal einen Kratzer abbekommen.«

Erleichtert strahlte Isabelle.

»Dann steht doch alles zum Besten. Niemand ist getötet oder verletzt worden, und …«

Sie unterbrach sich, als sie die düstere Miene ihres Vaters wahrnahm.

»Was ist los? Hast du mich belogen, Louis?«

»Nein, die Familie ist vollständig. Aber … Montcalm ist im Morgengrauen gefallen. Gouverneur Vaudreuil hat das Kommando über das, was von der Armee übrig ist, übernommen und sie nach Beauport geführt. Wir müssen unsere Kräfte sammeln …«

»Du meinst … Ihr wollt eine neue Auseinandersetzung herbeiführen?«

»Isabelle, die Engländer stehen vor unseren Toren. Verstehst du? Wir müssen verhindern, dass sie in die Stadt eindringen, sonst …«

»Ist es das Ende?«

Niemand wusste ihr etwas zu antworten.

TEIL DREI

1759–1760

Die Eroberung

*Auch lange nachdem sich der Pulverdampf verzogen hat
und das Weinen und das Schreien verstummt sind,
bleibt der Unterlegene in den Augen des Siegers immer
noch der Besiegte.
Er wird mit Verachtung gestraft und mit Schande bedeckt.
Man vergisst seine Tapferkeit im Kampf und wirft ihm vor,
seine Niederlage selbst verschuldet zu haben.*

9

Die letzten Tage von Québec

»Da seid Ihr ja endlich! Hier...«, meinte die Nonne und atmete hörbar auf. »Das Parkett muss gescheuert werden, überall sind Blutflecken. Wenn Ihr fertig seid, geht zu Schwester Marie-Blanche und helft ihr, alte Unterröcke zu zerreißen. Es fehlt uns an Verbänden.«

Isabelle wollte schon protestieren und ihr erklären, dass sie eigentlich gekommen war, um jemanden zu besuchen, doch die Nonne hatte ihr bereits einen Lappen und eine Wurzelbürste in die Hand gedrückt und einen Kübel Wasser vor sie hingestellt. Sie lächelte ihr kurz zu, drehte sich auf dem Absatz um und eilte raschen Schrittes zu den Krankensälen. Die junge Frau stand mit offenem Mund da und musterte stirnrunzelnd den Lappen. Der Essiggeruch ließ sie schwindeln, konnte aber nicht die Ausdünstungen von Hunderten Verletzten mildern, die man ins Hospital geschafft hatte. Das Krankenhaus, das außerhalb der Stadtmauern lag, war von den Engländern requiriert worden.

Unentschlossen sah Isabelle immer noch zuerst auf den Lappen, dann zu den Verwundeten. Während der nächsten Tage oder Wochen würde es an Arbeit nicht fehlen. Die Nonnen schienen kaum noch zu wissen, wo ihnen der Kopf stand. Bestimmt würde es sie ablenken, sie ein wenig zu unterstützen. Außerdem würde sie so vielleicht etwas über Nicolas erfahren. Sie ergriff den Henkel des Eimers und ging zwischen den Verletzten hindurch, die in großer Zahl auf dem blanken Boden lagen, zum Ende des Saales. Man hatte noch nicht alle Feldbetten aufgestellt, die aus den königlichen Lagerhäusern geschickt worden waren. Die junge Frau kniete sich hin, nahm den Lappen und die Bürste und begann energisch zu schrubben.

Über der Arbeit vergaß sie die Zeit. Als es nach einigen Stunden dunkel zu werden begann und ihr Magen knurrte, legte Isabelle eine Pause ein. Sie war an solche groben Hausarbeiten nicht gewöhnt. Erschöpft und mit vor Müdigkeit brennenden Augen ließ sie sich schwer auf eine Bank im Refektorium fallen, die wundersamerweise frei war. Wie spät es wohl sein mochte? Bestimmt schon nach sechs Uhr abends! Jetzt hätte sie wirklich eine kleine Rast und einen Imbiss verdient. Sie hatte seit dem Frühstück nichts gegessen.

Sie lehnte sich an die Wand und gestattete sich einen Augenblick der Muße, ehe sie sich auf die Suche nach Schwester Clotilde machte. Durch das Stimmengewirr und das ständige Kommen und Gehen summte das Hospital wie ein Bienenstock. Alle Räume waren besetzt; das enge Zusammenleben von Nonnen und Soldaten bot ein eigenartiges Bild. Es gab so viele Verletzte, dass man sie sogar in den Lagerschuppen, den Ställen und anderen Nebengebäuden untergebracht hatte. Es fehlte an Platz, an Medizin und sogar an Verbandmaterial. Im ganzen Krankenhaus gab es bestimmt keinen einzigen Unterrock und kein einziges Laken mehr, die man noch zu Binden hätte zerreißen können.

Isabelle hatte gehört, dass der englische General auf dem Schlachtfeld gestorben war. *Dieser Mann hat seinen Sieg wirklich nicht auskosten können!*, dachte sie bei sich. Man hatte die Leiche des großen Mannes einbalsamiert, ihn dann durch ein Ehrenspalier zum Fluss hinuntergetragen und an Bord eines der Schiffe gebracht. Ein wenig betrübt fragte sie sich, ob General Montcalm bei seiner Bestattung wohl ebenso viel Achtung und Ehren zuteilwerden würden. Und außerdem, wo würde man ihn wohl begraben?

Sie ließ den Blick durch den Saal schweifen: rote, weiße oder blaue Uniformröcke, schwarze Roben, blutbefleckte Drillichschürzen, karierte Laken. Aus diesem Farbenwirbel stiegen Schreie und Stöhnen auf, Befehle und Gebete. Es gab nicht genug Ärzte für so viele Verwundete. Daher wurden sie zuerst von Schwestern, die sich darauf verstanden, versorgt. War der Fall schwierig, musste man darauf warten, dass ein Chirurg sich frei machte. Doch wenn der Arzt dann ans Krankenbett kam, konnte er oft nur noch den Tod feststellen. Und es gab viele Tote!

Isabelle versuchte, sich diskret nach Nicolas zu erkundigen, indem sie zwei verletzte französische Gefangene befragte. Doch niemand wusste zu sagen, wo der junge Mann sich aufhielt. Isabelle begann sich Sorgen zu machen und war enttäuscht. Obwohl sie wusste, dass Nicolas' militärische Pflichten vor allem anderen Vorrang hatten, hätte sie sich doch gefreut, eine kurze Nachricht von ihm zu erhalten. Dann hätte sie wenigstens gewusst, dass er heil und gesund war. Sie erkundigte sich auch, ob jemand den Offizier Michel Gauthier de Varennes gesehen habe, und man erklärte ihr, er befände sich in einem der ruhigeren Zimmer, welche die Ehrwürdige Mutter Saint-Claude-de-la-Croix, die Vorsteherin der Augustinerinnen, die das Hospital führten, großzügigerweise für die verwundeten Offiziere Seiner Majestät König Louis' zur Verfügung stellte.

Ein köstlicher Duft nach Suppe stieg ihr in die Nase und ließ ihren Magen heftig gegen die stiefmütterliche Behandlung, die sie ihm zuteilwerden ließ, protestieren. Der Appetit der jungen Frau erwachte, und sie schluckte. In diesem Moment erschien Schwester Clotilde mit einem Tablett voller Suppenschalen und durchquerte den Saal. Ein Knabe, der einen dampfenden Kessel trug, folgte ihr auf dem Fuß. Isabelle stand auf und lief den beiden nach.

Gemeinsam betrat das Trio ein Krankenzimmer, in dem Isabelle noch nicht gewesen war. Schwester Clotilde stellte ihr Tablett auf einem Stuhl ab, den ein Soldat geräumt hatte, bedeutete dem Jungen, den Kessel abzusetzen und fuhr mit einer großen Schöpfkelle in die heiße Flüssigkeit. Sie füllte einen Napf und hob dann, in Gedanken versunken, den Kopf. Erst da bemerkte sie Isabelle, die in der Tür stehen geblieben war und sie ansah.

»Isa! Du bist hier? Komm und hilf mir! Es geht schneller, wenn du die Schüsseln austeilst, die ich fülle.«

Die junge Frau verdrängte ihren eigenen Hunger und trat näher. Erst jetzt bemerkte sie die dunklen Schatten, die unter den hellen Augen ihrer Cousine lagen. Sie hatte wahrscheinlich seit dem Vortag nicht geschlafen.

»Zuerst gibst du die Suppe an diejenigen aus, die allein trinken können. Den anderen werden wir helfen müssen.«

Isabelle nickte. Sie hielt den Atem an, damit ihr die duftende Suppe nicht zu verführerisch in die Nase stieg, und begann die Schalen zu verteilen, wobei sie es vermied, die oft tiefen Wunden der Männer anzusehen. Die Soldaten in diesem Zimmer gehörten sämtlich englischen Regimentern an. Die meisten konnten ihren Napf selbst halten und die Brühe schlucken. Sie schenkten ihr dankbare Blicke, die sie rührten. Einige wagten sogar, ein paar Worte in ihrer Sprache an sie zu richten. Da sie nichts davon verstand, lächelte sie zur Antwort nur. Mehr verlangten die Männer auch nicht.

Sie schob einen letzten Löffel in den Mund eines Mannes, dessen beide Hände in blutigen Verbänden steckten, als sie bemerkte, dass immer noch zwei Verwundete übrig waren, die ihre Suppe noch nicht bekommen hatten. Sie füllte die Schale erneut und trat zu einem von ihnen, der im hinteren Teil des Raumes lag. Der Mann lag reglos da und schien zu schlafen. Sollte sie ihn wirklich wecken? Doch dann sagte sie sich, dass er vor morgen früh wahrscheinlich keine weitere Mahlzeit bekommen würde, und entschied sich dazu. Sie stellte den Napf auf den Boden und schüttelte sanft die Schulter des Verletzten. Keine Reaktion. Vielleicht hatte er das Bewusstsein verloren... Mutig rüttelte sie ihn ein wenig fester. Da sank sein Kopf zu Seite. Der Mund stand offen.

Als Isabelle begriff, dass der Mann tot war, stieß sie einen leisen Schrei aus, sprang hoch und hätte fast die Suppe über das Parkett ausgeschüttet.

»Was ist?«

Schwester Clotilde kam auf sie zu. Sie beugte sich über den Toten und zog eines seiner Augenlider hoch, das einen leeren Blick enthüllte.

»Ja. Noch einer. Schön, ich werde Armand und Jean bitten, ihn fortzubringen, damit er das Zimmer nicht verseucht.«

Dann wandte die Ordensfrau sich Isabelle zu. Als sie bemerkte, wie blass sie war, runzelte sie besorgt die Stirn.

»Hast du heute schon etwas gegessen, Isa?«

Die junge Frau, die ihren Blick nicht von der Leiche losreißen konnte, stotterte ein Nein heraus. Daraufhin schob Schwester Clotilde sie zu dem Stuhl, auf dem sie vorhin das Tablett abgestellt hatte, und zwang sie, sich zu setzen.

»Du musst ein wenig in den Magen bekommen, sonst kannst du dich nicht aufrecht halten! Ach, herrje! Vielleicht haben wir noch etwas Brot in der Küche, und ich werde versuchen, auch ein Ei oder einen Apfel für dich aufzutreiben.«

»Ich bin aber noch nicht fertig. Da ist noch ein Verwundeter, den ich füttern muss.«

Während sie sprach, wandte sie sich nach dem fraglichen Mann um. Verblüfft erkannte sie in ihm den berockten Soldaten, der Ti'Paul das Leben gerettet hatte. Er hatte mit dem Gesicht zur Wand gelegen, während sie die Verletzten gefüttert hatte, doch jetzt hatte er sich auf den Rücken gedreht. Sie fühlte sich beschämt, als ihr aufging, dass sie seit ihrer Ankunft im Hospital gar nicht an ihn gedacht hatte. Er lebte also noch... Schwester Clotilde war ihrem Blick gefolgt und seufzte.

»Dieser Mann dort? Seine Verletzungen sind nicht so offensichtlich, aber es scheint ihm sehr schlecht zu gehen. Seit er hergebracht wurde, hat er nicht einmal einen Tropfen Wasser schlucken können.«

»Ist sein Zustand so schlimm?«

»Der englische Arzt hat nach ihm gesehen. Ich habe nicht alles verstanden, was er gesagt hat, denn er hat ein wenig Englisch mit mir gesprochen und dazu ein paar Brocken Französisch geradebrecht. Ich weiß nur, dass er der Meinung war, der Mann werde die Nacht nicht überleben. Er hatte solche Schwierigkeiten beim Atmen, dass wir damit gerechnet haben, dass er ersticken würde. Aber er hat überlebt, und seit heute Nachmittag atmet er ein wenig freier. Er kann nur immer noch nicht schlucken. Ich frage mich, was ihm zugestoßen ist. Es ist, als hätte ihm etwas buchstäblich die Kehle zermalmt.«

»Ein Schlag mit einem Gewehrkolben«, erklärte Isabelle.

Die Nonne sah sie verblüfft an.

»Ein Gewehrkolben? Woher weißt du das?«

»Weil ich es gesehen habe...«

»Wie denn das?«

»Er hat Ti'Paul das Leben gerettet«, fuhr Isabelle fort und riss endlich den Blick von dem Schotten los. »Und es war einer seiner Landsleute, der ihm das angetan hat.«

Sie erinnerte sich daran, was Monsieur Gauthier de Sainte-Hélène ihr über den Dolch anvertraut hatte. Dieser Mann würde hingerichtet werden, wenn man entdeckte, dass er einen Offizier aus seinem eigenen Regiment getötet hatte. Vielleicht sollte sie nicht allzu viel darüber erzählen, was sich im Hinterhof der Valleyrands abgespielt hatte.

»Ich will versuchen, ihm ein wenig Brühe einzuflößen. Und anschließend gehe ich in die Küche, um etwas zu essen. In Ordnung?«

Schwester Clotilde warf dem Schotten einen Blick zu und schenkte Isabelle dann ein Lächeln.

»Einverstanden. Sag Schwester Marie-Jeanne, dass ich dich schicke, dann wird sie schon etwas Schönes für dich haben.«

»Du bist zu gut zu mir, liebste Cousine.«

Isabelle küsste die Schwester, die sie sanft zurückschob und die Stirn runzelte.

»Halte dich nicht zu lange auf.«

Dann verschwand Schwester Clotilde im Flur. Isabelle nahm die volle Suppenschale und trat auf den Soldaten im Schottenrock zu. Sie setzte sich, breitete ohne nachzudenken ihre Röcke um sich aus und sah den Schotten einen Moment lang an. Zuerst wurde ihr Blick von seiner Adlernase angezogen, dann glitt er zu seinem Kiefer hinunter, der kantig und von Bartstoppeln bedeckt war. Als sie seinen Mund musterte, lächelte sie über seine leicht schmollend verzogenen, vollen und ein wenig ungleichmäßigen Lippen. Ganz charmant! Schließlich verhielt ihr Blick auf dem angeschwollenen Hals. Sie erinnerte sich daran, wie heftig der Schlag gewesen war, den er eingesteckt hatte, und erschauerte. Eigentlich hätte der Hieb ihn töten müssen. Wenn er überlebte, würde er gewiss nie wieder sprechen können. Mit den Fingern strich sie über den Bluterguss, wobei sie darauf achtete, keinen Druck auszuüben. Der Mann schluckte, und sie riss die Hand zurück. Der Verletzte stöhnte und bewegte sich.

Durch das Fenster, das man zum Lüften geöffnet hatte, hörte man den Kampflärm, der noch immer von den Höhen in die Stadt drang. Die Engländer hatten die letzte Schlacht gewonnen, aber noch waren sie nicht die Herren von Québec. Rasch hatten sie begonnen, vor den Stadtmauern Verschanzungen zu errichten, und wurden so zur Zielscheibe von Milizionären, die sie aus dem Hinterhalt angriffen, und von französischen Soldaten, die sie von den Zinnen aus beschossen und versuchten, ihre Munitionsreserven zu erschöpfen. Doch das Zwitschern der Vögel, die im Garten und den Obstpflanzungen der Augustinerinnen Zuflucht gefunden hatten, ließ die Zuhörer für kurze Zeit diese makabere Symphonie vergessen und besänftigte ihr Herz. Einer der Verwundeten begleitete die kleinen Sänger und pfiff eine melancholische Melodie. Isabelle wagte nicht, den schottischen Soldaten zu stören, und da sie sich sagte, dass er die Brühe wahrscheinlich ohnehin nicht schlucken könnte, stand sie auf. Doch als sie sich bückte, um die Suppenschale zu nehmen, sah sie, wie seine Lider flatterten.

Mit geschlossenen Augen hörte Alexander wie aus weiter Ferne den Schlachtenlärm, diesen schrecklichen Gesang des Todes. Er kam ihm vertraut vor. War er wieder in Culloden? Er roch Blut und Schießpulver... das Schießpulver, das einem den Mund austrocknet und einen unstillbaren Durst hervorruft. Aber da war auch noch etwas anderes, ein süßlicher Duft, ein zartes Parfüm. Seine Mutter? *Mama!* Bilder von Frauen zogen vor seinem inneren Auge vorüber: lange Beine, bunte Röcke, zarte Arme, sinnliche Kurven. Sie besaßen durchscheinende Flügel, mit denen sie ihn einhüllten, ihn beschützten, während sie eine sanfte

Ballade für ihn sangen... Ihr Lied, das über seine Haut, über sein geschundenes Fleisch glitt wie eine Liebkosung, betäubte seinen Schmerz. Tief drinnen nahm sein Herz den Rhythmus auf... pochte in seiner Brust, seinen Schläfen. Sein Herz schlug also noch? Er war nicht tot? Aber... woher kamen dann diese Engel?

Mühsam öffnete Alexander die Augen, schloss sie in dem blendend hellen Licht jedoch sofort wieder. Er schluckte und spürte einen starken Schmerz in der Kehle. Er hatte gerade eben Zeit gehabt, eine Gestalt zu erahnen, die sich über ihn beugte. Mit einem Mal stand ihm wieder die Erinnerung an den Wilden vor Augen, der über ihm schwebte. Der Gesang war verstummt. Eine Hand legte sich auf seine Stirn, warm und leicht. Eine Stimme ließ sich vernehmen, eine Frauenstimme. War das eine Nonne? Sie sprach eine andere Sprache als er. Was sagte sie? Er versuchte noch einmal zu schlucken. Wie weh das tat! Die Hände fuhren fort, ihn abzutasten, vorsichtige, zögerliche Berührungen. Noch einmal schlug er die Augen auf und erblickte die schönste Vision, die er seit Monaten, wenn nicht Jahren hatte: Vor einem sanft beleuchteten Hintergrund kauerte eine Frau neben ihm. Ihr Gesicht war das eines Engels, und ihr Lächeln hätte das Schicksal jedes Mannes an diesem Ort des Todes wenden können. Ihre Augen hatten das von Braun gesprenkelte Grün der Hügel von Glencoe und lagen unter goldenen Augenbrauen. Dann verschwand seine Vision.

»*Nay, lass... Dinna leave...*«, versuchte er zu sagen. Nein, Mädchen... Geh nicht fort...

Er streckte die Hand aus, doch er traf nur auf Luft.

Isabelle saß allein an einem der Tische und kaute ihren letzten Bissen Brot, der von einem Klecks Apfelgelee gekrönt gewesen war. Ach, ihre liebe, gute Cousine! Als sie noch im Kloster zur Schule gegangen war, hatte sie sich immer rührend um sie gekümmert. Oft hatte sie ihr insgeheim Süßigkeiten unters Kopfkissen gelegt. Da sie wusste, was für ein Leckermaul sie war, hatte sie oft ihre Portion Buchweizenpfannkuchen mit Melasse für sie abgezweigt und ihr unter dem Tisch des Refektoriums zugeschoben. Isabelle hatte dann die klebrige Süßigkeit in die Tasche gesteckt, um sie nach der verordneten Mittagsruhe in ihrem Zimmer zu verspeisen.

Nachdem ihr Bedürfnis nach Nahrung befriedigt war, kehrten die Gedanken der jungen Frau zu dem Schotten zurück, und ihr schlechtes Gewissen meldete sich. Sie hatte nicht einmal versucht, ihm einen Schluck Brühe einzuflößen. Als es ausgesehen hatte, als erwache er, hatte sie Angst bekommen wie eine törichte Gans. Er hatte sie so durchdringend angeschaut… Und die Hand, die er nach ihr ausgestreckt hatte, war so groß gewesen… Ein seltsames Gefühl hatte sie ergriffen, und dann war sie in Panik geflüchtet. Was für ein dummes Benehmen! Dieser Mann stand auf der Schwelle des Todes. Was hätte er ihr schon antun können? Außerdem, hatte er nicht ihren kleinen Bruder gerettet?

Einige Minuten später stellte Isabelle die dampfende Schale auf dem Boden ab. Der Raum wurde jetzt von einer eisernen Laterne erhellt. Es herrschte Stille, die nur von Schnarchlauten und leisem Stöhnen unterbrochen wurde. Die junge Frau kauerte sich ans Lager des Schotten. Im flackernden Licht der Lampe wirkten die Züge des Mannes ganz anders als eben. Das dunkle Haar und der gebogene Nasenrücken erinnerten sie eher an einen Indianer denn an einen Soldaten aus Europa. Sie betrachtete das Grübchen in seinem Kinn. Dieses Detail war ihr zuvor entgangen. Seine Lider bebten und öffneten sich dann einen Spalt breit. Isabelle erstarrte und fuhr abrupt zurück. Der Mann zuckte zusammen, stieß ein Stöhnen aus und richtete sich halb auf.

»Es tut mir leid, ich…«

Sie unterbrach sich, wie gelähmt angesichts des Ausdrucks in seinen Augen, die von langen schwarzen Wimpern gesäumt waren und tief unter den Brauen lagen. Der Fremde atmete pfeifend und in Stößen. Offensichtlich hatte sie ihn erschreckt. Sichtlich erleichtert sah er sich in dem Krankenzimmer um, ließ sich wieder aufs Bett fallen und stieß hörbar die Luft aus.

»Habt Ihr Hunger?«

Ob er wohl Französisch verstand? Sie hielt ihm die Schale hin.

»Es ist Brühe.«

Er sah sie unverwandt an. Kein Gefühl war auf seinen angespannten Zügen abzulesen. Sie wartete und streckte ihm weiter den Napf hin. Er stöhnte leise.

»Suppe, kennt Ihr das Wort?«

Der Verwundete sah auf den Behälter hinunter, dann schloss er die Augen und legte den Kopf auf das Kissen. Seine Brust hob und senkte sich langsam, als versuchte er, seine Atmung zu kontrollieren. Die junge Frau dachte, dass sein Hals ihm große Schmerzen bereiten musste. Sie nahm an, dass er heute Abend nichts mehr essen wollte, und verließ den Raum. Es war schon spät, und sie war erschöpft. Sie beschloss, nach Hause zu fahren. Baptiste wartete auf sie, um sie zurückzubegleiten.

Am nächsten Morgen wachte Isabelle sehr spät auf. Gleichgültig gegenüber dem Elend der Welt stand die helle Sonne bereits hoch am Himmel und übergoss durch das Fenster ihres Zimmers hindurch ihr Gesicht mit ihren warmen Strahlen. Nachdem die junge Frau sich frisiert, angezogen und etwas gegessen hatte, legte sie ein paar Lebensmittel in einen Korb mit Deckel. Sie wollte ihn schon schließen, als ihr der Dolch des Schotten einfiel, der immer noch unter ihrer Matratze versteckt lag. Sie musste ihm die Waffe zurückgeben. Sie dachte an das wunderbare Motiv, das den Griff schmückte, und überlegte, dass er sicherlich sehr daran hing und sich freuen würde, ihn zurückzubekommen. Auf diese Weise konnte sie ihm ihren Dank abstatten...

Nachdem sie das Palais-Stadttor hinter sich gelassen hatte, sah sie auf dem Weg zum Hospital wieder nur Zerstörung. Die Häuser waren angezündet worden. Etliche Bäume hatte man ausgerissen, um sie als Barrikaden zu verwenden. Ihr Vater hatte ihr verboten, noch einmal zum Hospital zu gehen. Beim Frühstück hatte er erzählt, was er von der Stadtmauer aus gesehen hatte. Reihen auf Reihen von Zelten standen auf den Abrahamshöhen.

Die Engländer bauten eine Straße, die zum Strand von Foulon führte, um den Transport von Truppen und militärischer Ausrüstung zu den Stadtmauern zu erleichtern, deren Bombardement kaum nachgelassen hatte. Er hatte gehört, dass die Truppen weiter das Südufer verwüsteten und die Bauernhäuser zu Hunderten anzündeten. Der Krieg war noch nicht zu Ende. Aber lange konnte er nicht mehr dauern.

Charles-Hubert hatte zusammen mit anderen Honoratioren der Stadt einen Teil der Nacht damit zugebracht, eine Petition zu entwerfen, die noch heute Morgen auf dem Schreibtisch von Kommandant Ramezay liegen würde. Darin waren sie zu dem Schluss gelangt, dass angesichts des Mangels an Nahrungsmitteln und der Niederlage der französischen Armee eine ehrenhafte Kapitulation die einzige Möglichkeit war, das Blutvergießen zu beenden.

Isabelle hielt sich ein Taschentuch vor die Nase. Sie musste daran denken, es für den Rückweg in Essig zu tränken. Ein unbeschreiblicher Gestank begleitete sie auf dem gesamten Weg. Der Tod war überall. Im Moment beschäftigte Nicolas ihre Gedanken. Sie hatte erfahren, dass er gestern Abend in die Stadt zurückgekehrt war. Trotzdem hatte er ihr keine Nachricht geschickt. Nach und nach verwandelte sich ihre Enttäuschung in Erbitterung, umso mehr, da über den jungen Mann Gerüchte im Umlauf waren. Sie hatte gehört, er habe sich zu seiner Schwester begeben, Angélique Péan, zu der sich mehrere Damen der guten Gesellschaft geflüchtet hatten. Die Leute zerrissen sich die Mäuler darüber. Man erzählte sich, dort sei er der Hahn im Korb. Welche Schlüsse sollte sie daraus ziehen? Nicolas würde niemals... nun ja. Von Zweifeln umgetrieben, hatte sie ihren Vater gefragt. Charles-Hubert hatte die Achseln gezuckt und ein Stück Brot in seine Schale mit heißer Milch getaucht. Was wusste er darüber? Er schien in der Tat andere Sorgen zu haben, aber er hatte trotzdem versucht, sie zu beruhigen und sie daran erinnert, dass Nicolas ein Ehrenmann war. Perrine allerdings hatte ihr zugetragen, eines der Dienstmädchen aus dem Hause Péan habe sich noch heute Morgen kräftig über den jungen Mann lustig gemacht, während sie darauf warteten, dass die Bäckerei öffnete. Es hieß, der hübsche junge Herr habe die Witwe eines Hauptmanns bis spät in der Nacht getröstet! Nervös rieben Isabelles Finger über ein zusammengefaltetes Stück Papier, das tief in ihrer Tasche steckte. Wie sollte sie diesen Brief seinem Empfänger zukommen lassen?

Ihre Kutsche hielt an. Baptiste ließ die Peitsche zweimal knallen, so dass die junge Frau zusammenfuhr. Was war los? Sie hörte einen Engländer sprechen. Ohne lange nachzudenken, nahm sie den Dolch, den sie sorgfältig in einem Tuch verborgen hatte, aus dem Korb und steckte ihn in ihr Strumpfband. Er konnte ihr vielleicht von Nutzen sein. Gerade, als sie ihre Röcke zurechtrückte, wurde die Tür aufgerissen. Sie setzte ein treuherziges Lächeln auf. Ein Offizier musterte sie von oben herab. Sie reckte das Kinn, streckte die Brust heraus und erwiderte seinen Blick genauso, entschlossen, sich nicht einschüchtern zu lassen.

In trockenem Tonfall stellte er ihr eine Frage. Natürlich verstand sie kein Wort.

»*Damn French!* Verfluchtes Französisch! Wohin Ihr fahren?«

»Ich bin auf dem Weg ins Hospital, um bei der Pflege der Verwundeten zu helfen…«

Der Engländer unterbrach sie mit erhobener Hand.

»*Hospital*, hmmm?«

Der Mann verzog die Mundwinkel und beäugte Isabelles Fußknöchel. In Neufrankreich trug man die Röcke kürzer. Isabelle zupfte an dem Stoff, um ihre Füße zu verbergen.

»Die Verwundeten warten auf mich, *Sir*!«

Er schien noch ein wenig zögerlich. Dann verneigte er sich und schloss die Tür, nachdem er rasch den Inhalt ihres Korbs und den Innenraum der Kutsche inspiziert hatte. Der Wagen ruckte an und machte sich wieder auf den Weg. Sie wurden nicht noch einmal aufgehalten.

Der Knabe erging sich in Entschuldigungen. Isabelle hätte ihn am liebsten ordentlich ausgescholten, aber sie biss sich auf die Zunge und murrte nur ein wenig. Es wäre nicht recht gewesen, die schlechte Laune, in die sie die Gerüchte über die Untreue ihres Liebsten versetzt hatten, an anderen auszulassen. Wenn sie aufgepasst hätte, wohin sie trat, hätte sie sich nicht mit dem Essig vollgespritzt, den der Knabe über die Bodendielen kippte. Der scharfe Geruch der Flüssigkeit brachte sie zum Niesen. Sie trat um die Lache herum und ging zu dem mit Verwundeten vollgestopften Korridor. Sie musste Schwester Clotilde finden.

In den Räumen schien Ruhe zu herrschen. Gewiss, die Verletzten stöhnten und schrien immer noch, und die Kanoneneinschläge ließen die Wände erbeben. Aber der Eindruck von furchtbarer Eile, der gestern im Hospital geherrscht hatte, war verflogen. Das beruhigte Isabelle. Dagegen verschlugen ihr der widerliche Gestank der verstümmelten Körper und die Eimer voller Urin und Exkremente, die zu leeren offenbar niemand Zeit hatte, den Atem. Zwar standen die Fenster weit offen, aber der Geruch hielt sich, als wäre er in die Mauern eingesickert. Nachdem Isabelle sich vergewissert hatte, dass einer der Eimer tatsächlich Essig enthielt, tauchte sie ihr Taschentuch hinein und hielt es sich unter die Nase.

Auf ihrem Weg musste sie mehrmals Soldaten ausweichen, die behelfsmäßige Tragen schleppten: Man brachte die Toten hinaus. Aber sie hatte den Eindruck, dass die Leichen ihr mit Blicken folgten. Vielleicht waren sie doch nicht tot? Die Angst vor einer durch die stinkenden Ausdünstungen hervorgerufenen Epidemie zwang dazu, die Sterbenden und Toten rasch zu trennen. Für diejenigen, die sich weigerten, vor ihrem Tod zu konvertieren, hatte man außerhalb des katholischen Friedhofs Massengräber ausgehoben. Bei denjenigen, die diese Welt bereits verlassen hatten, stellte sich die Frage nicht einmal mehr. Für den zuständigen Priester, den Domherrn von Rigauville, waren die Engländer alle Protestanten oder Anglikaner. Der Unterschied war gering, sie waren einfach alle Ketzer.

Als sie an einem der Krankensäle vorbeiging, erblickte sie den Priester, der sich über einen Sterbenden beugte. Es hieß, niemand verstünde sich so wie er darauf, Menschen zum Abschwören vom falschen Glauben zu bewegen. Als sie um die

Ecke des Flurs bog, stieß Isabelle beinahe mit der strengen Mutter Saint-Claude-de-la-Croix zusammen.

»Oh! Verzeihung, ehrwürdige Mutter.«

Aus den weiten Ärmeln des schwarzen Habits schauten gefaltete Hände hervor, in denen die Nonne einen Rosenkranz hielt. Über ihrem weißen Skapulier hing an einer Kette ein wunderbar gearbeitetes goldenes Kruzifix. Während die junge Frau verlegen von einem Fuß auf den anderen trat, bedachte die Mutter Oberin sie unter der Haube, die ihre Stirn bedeckte, mit einem düsteren Blick.

»Sucht Ihr jemanden?«, verlangte sie scharf zu wissen.

»Ähem… ja. Schwester Clotilde. Sie ist Ursulinin.«

»Die Ursulininnen befinden sich im Refektorium.«

»Danke, ehrwürdige Mutter.«

Isabelle wollte sich schon wieder auf den Weg machen, als die Vorsteherin des Hospitals sie anrief und auf sie zutrat.

»Ihr helft bei der Krankenpflege, meine Tochter?«

»Ja, ehrwürdige Mutter.«

Mit ihrem langen Finger wies die Frau auf ihr Dekolletee.

»Dann bindet dieses Tuch fester um Euren Hals. Was glaubt Ihr, was Ihr diesen… Männern für ein Schauspiel bietet, wenn Ihr Euch über sie beugt? Sie sind nicht darauf aus, Euch in die Augen zu sehen.«

Isabelle war sprachlos. Unwillkürlich fuhr sie mit der Hand an ihren Ausschnitt und errötete. Die Nonne wandte sich ab und verschwand in einem der Zimmer.

»Da bist du ja endlich, Isa. Komm.«

Schwester Clotilde lief auf die junge Frau zu, die darüber sogleich vergaß, ihren Fichu zu richten.

»Ah, Cousine! Es tut mir leid, dass ich so spät komme. Ich habe verschlafen. Wie steht es heute bei den Verwundeten?«

»Ach, nicht besser und nicht schlechter als gestern. Jede Stunde sterben welche. Die Gefangenen aus unseren Regimentern hat man im Morgengrauen weggebracht.«

»Oh! Aber ich wollte einen der Verwundeten besuchen, einen Fähnrich. Er heißt Michel Gauthier und noch etwas, woran ich mich nicht mehr erinnere. Er gehörten zu den Freikompanien der Marine.«

»Sie sind alle fort, Isa. Man hat sie auf englische Schiffe geschafft.«

Enttäuscht biss die junge Frau sich auf die Lippen. Sie hätte den Offizier gern wiedergesehen und sich nach seinem Befinden erkundigt.

»Wohin bringt man sie?«

»Nach Frankreich, glaube ich.«

Die Erwähnung der französischen Soldaten erinnerte Isabelle an den Brief, den sie tief in ihrer Rocktasche trug. Die Strenge der Vorsteherin hatte ihr jede Lust genommen, sie um Hilfe zu bitten. Aber sie konnte sich an ihre Cousine wenden. Sie kramte in ihrer Tasche und zog das Papier hervor.

»Ich würde das hier gern Nicolas zukommen lassen... ähem... Monsieur des Méloizes, meine ich.«

»Pssst!«

Die Nonne sah sich in alle Richtungen um.

»Du bist ja verrückt, Isa! Wenn einer der Engländer erfährt, dass du versuchst, Kontakt zur französischen Armee aufzunehmen... Man würde dich für eine Spionin halten!«

»Es ist nicht so, wie du glaubst. Das sind nur ein paar... sagen wir, freundschaftliche Zeilen.«

Schwester Clotilde krauste ihre kleine spitze Nase und riss dann die Augen auf.

»Du meinst, dass... Monsieur des Méloizes dein Verehrer ist?«

Isabelle lächelte.

»Oh! Na, also so etwas! Ist es schon offiziell? Du hast wirklich Glück, Isa!«

Die junge Frau zuckte die Achseln. Selbst war sie sich nicht mehr so sicher. Gewiss, sie liebte Nicolas. Aber... liebte sie ihn genug, um ihm diesen Seitensprung zu verzeihen, falls sich die Gerüchte tatsächlich als wahr erweisen sollten?

»Ich weiß. Im Moment habe ich mich noch nicht entschieden. Aber ich würde gern wissen, wie es ihm geht, verstehst du? Könntest du ihm diesen Brief irgendwie zukommen lassen?«

Schwester Clotilde nahm das Papier von Isabelle entgegen und steckte es in ihre Tasche.

»Ich werde sehen, was ich ausrichten kann. Vielleicht, wenn Bigord das Holz holen kommt ... nun gut, ich bitte ihn darum. Er wohnt nicht weit entfernt vom Lager des Chevalier de Lévis.*«

»Danke.«

»Im Moment wissen wir über unsere Truppen nur, dass sie sich in die Lager in Beauport zurückgezogen haben. Aber angesichts all dieser ... Engländer, die sich in der Nähe aufhalten, werden sie nicht lange dort bleiben können. Nun, da unser teurer General tot ist ...«

»Papa sagt, dass es keine Hoffnung mehr gibt.«

Die Ordensfrau sah sich misstrauisch um.

»Ich bin mir sicher, dass sie uns nicht im Stich lassen, Isa. Wir müssen abwarten.«

»Abwarten ... Aber was können wir uns jetzt schon noch erhoffen?«, murmelte Isabelle und sah zerstreut einen Offizier an, der gerade das Zimmer, in dem Ti'Pauls Retter lag, verließ.

Der große, schlanke Mann trug genauso einen Rock wie der verletzte Soldat. Dann war er sicherlich ebenfalls Schotte. Er hielt sich stocksteif und disputierte jetzt mit einem Soldaten aus einem anderen Regiment, wobei er ab und zu seine sorgfältig frisierte Perücke schüttelte. Wahrscheinlich fühlte er sich beobachtet, denn er drehte sich zu ihr um und sah sie mit undeutbarer Miene an. Dann schenkte er ihr ein recht charmantes Lächeln, verneigte sich und ging davon.

»Hat er heute Morgen etwas gegessen?«, fragte die junge Frau abrupt und wandte ihre Aufmerksamkeit erneut der Nonne zu.

»Was? Wer?«

»Der schottische Soldat mit der Halswunde.«

---

* Francois Gaston de Lévis, Ritter des Saint-Louis-Kreuzes und Marschall von Frankreich, befand sich am 13. September in Montréal und hatte daher nicht an der Schlacht auf den Abrahamshöhen teilgenommen. Bei Montcalms Tod war er sofort nach Québec zurückgekehrt, um das Kommando über die französische Armee zu übernehmen, die er bereits erfolgreich in die Schlacht von Sainte-Foy geführt hatte.

»Ich weiß es nicht...«
»Er wird sterben, wenn er nichts isst.«
»Ich weiß. Und ich bin mir sicher, dass er sich dessen ebenfalls bewusst ist, Cousine. Mach dir keine Gedanken, er...«
»Ich gehe in die Küche.«
Isabelle ignorierte die vorwurfsvolle Miene der Schwester und verschwand um eine Ecke. Ihre Absätze klapperten auf dem Holzboden.

Der Chirurg untersuchte einen Mann, der neben dem Schotten lag. Er inspizierte das Weiße seiner Augen und seine Fingernägel, fühlte seinen Puls und überprüfte seine Temperatur. Kopfschüttelnd zog er dann die Decke bis ans Kinn des Verwundeten hoch, dessen Hautfarbe keinen Zweifel daran ließ, dass er bald sterben würde. Isabelle wandte sich ab und sah den Soldaten an, der neben ihr lag und ihr den Rücken zudrehte. Sein Oberkörper war nackt, und seine Schulter schaute unter dem Laken hervor, mit dem er zugedeckt war. Aus einigen krampfhaften Zuckungen zog sie den Schluss, dass er wohl träumte. Eine Suppenschale in den Händen, zögerte sie noch.
Sie schloss die Augen und konzentrierte sich auf die Wärme und den guten Duft, der aus dem Fayence-Gefäß aufstieg. Warum versteifte sie sich so darauf, diesen Mann zum Essen zu bewegen? Was tat sie ihm damit Gutes, wenn er unbedingt hungers sterben wollte? Trotzdem würde sie einen letzten Versuch machen. Das war sie ihm schuldig. Bei dem Gedanken, was dieser Mann für ihren Bruder getan hatte, erinnerte sie sich mit einem Mal daran, dass sie seinen Dolch mitgebracht hatte.
Isabelle setzte die Schale auf den Boden, schob, nachdem sie sich vergewissert hatte, dass niemand in ihre Richtung schaute, ihre Röcke hoch und zog die Waffe hervor, die sie unter ihr Strumpfband gesteckt hatte. Noch einmal bewunderte sie den Dolch. Das Holz des Griffs war durch den Gebrauch poliert worden, und das trug noch zu der Schönheit der Schnitzarbeit bei. Der Künstler, der dieses wunderbare Werk gestaltet hatte, musste jemand sein, der ein großes Herz und eine gewisse Weis-

heit besaß. Sie legte die Klinge auf das karierte Tuch, mit dem der Mann am Tag der großen Schlacht bekleidet gewesen war. Mit den Fingern strich sie über den Wollstoff: Er war rau wie das selbst gewebte Tuch, das die weniger wohlhabenden Einwohner von Neufrankreich trugen. Woher wohl diese außergewöhnliche Tracht stammte?

Ihr Blick fiel auf die kleine, mit Schnüren verschlossene Lederbörse, wie sie die Schotten am Gürtel trugen. Am Ende jeder Schnur baumelte eine beinerne Kugel, in die Motive, die denen auf dem Heft des Dolches ähnelten, geschnitzt waren. Die junge Frau fand, dass sie sehr hübsch aussehen würden, wenn man sie um den Hals trug. Sie nahm den Beutel und betrachtete ihn genauer. Er war ziemlich schwer. Mit den Fingerspitzen tastete sie nach dem Inhalt und erspürte einen runden, flachen Gegenstand, der ihre Neugierde anstachelte. Sie sah zu dem Schläfer und schaute sich dann um: Niemand achtete auf sie. Obwohl sie genau wusste, dass das nicht recht war, durchwühlte sie dann das Täschchen.

Ihre Finger trafen auf einige Geldstücke und andere kleine Dinge. Dann stieß sie auf das runde, flache Objekt. Es war glatt und kühl... eine Uhr. Sie zog sie heraus. Das Schmuckstück war aus Vermeil hergestellt, doch die Zeit hatte einen Teil der Vergoldung abgetragen und das polierte Silber freigelegt. Falls sie einmal eine Gravur besessen hatte, dann war diese längst verblasst. Die Uhr tickte noch. Isabelle drückte auf den Mechanismus, der sie öffnete. Das schützende Glas war gesprungen, aber die Uhrzeit war noch perfekt abzulesen. Im Inneren des Deckels stand ein Schriftzug: *Iain Buidhe Campbell*. Was für ein seltsamer Name... Ob er so hieß? Falls er die Uhr nicht gestohlen hatte, denn für einen einfachen Soldat war dies ein Gegenstand von großem Wert.

Während sie die Uhr zurücklegte, stießen ihre Finger auf etwas anderes, das sie ebenfalls herauszog; eine Miniatur, die an einer Silberkette hing. Ein von braunem Haar eingerahmtes Frauengesicht lächelte ihr entgegen. Seine Gattin? Peinlich berührt über die Indiskretion, die sie sich geleistet hatte, steckte sie das Medaillon rasch in die kleine Tasche und zog die Schnüre wieder zu.

Stoff raschelte. Sie hob den Kopf und begegnete dem Blick des Fremden. Erschrocken ließ sie den Beutel aus den Händen gleiten. Rasch fing sie ihn in ihren Röcken auf und legte ihn wieder auf das karierte Tuch. Verwirrt, mit hochroten Wangen, vermochte sie sich doch nicht von den blauen Augen loszureißen, die sie ansahen... Sie waren blau wie ein herbstlicher Himmel oder ein ruhiges Meer. Saphirblau... geheimnisvoll und betörend... Der Körper des Mannes wirkte ein wenig derb, aber in seinem Blick lag eine Sanftheit, mit der sie ganz und gar nicht gerechnet hatte.

Alexander beobachtete die junge Frau. Dieses Gesicht... er hatte es schon in einem seiner Träume gesehen. Sie stammelte Worte, die er nicht ganz verstand. Und diese Stimme... die hatte er schon einmal gehört... Er war sich nicht mehr sicher; die letzten Tage kamen ihm vor wie ein böser Traum, aus dem er jetzt erwachte. Er rückte ein wenig auf seinem Lager herum, und der Schmerz überzeugte ihn davon, dass er wieder vollständig unter den Lebenden weilte. Mühsam schluckte er und verzog das Gesicht.

Die junge Frau bückte sich und nahm eine dampfende Schale auf. Ach ja, sie war das Mädchen mit der Brühe! Offensichtlich war sie entschlossen, sie ihm einzuflößen. Der Duft, der aus dem Napf aufstieg, weckte seinen Appetit, aber schon die Vorstellung, etwas herunterzuschlucken, verschlug ihm jede Lust, irgendetwas zu sich zu nehmen.

»Ihr müsst essen«, sagte die junge Frau leise.

Er schüttelte den Kopf und wandte sich ab. Sie beharrte weiter.

»Ihr müsst etwas zu Euch nehmen, Monsieur Campbell.«

Sie erstickte fast an den letzten Worten, mit denen sie sich verraten hatte. Dabei hatte der junge Mann genau gesehen, wie sie seinen *Sporran* durchwühlt hatte. Er hatte auch ihre teure Kleidung bemerkt und ihre Haltung und Miene, die darauf hinwiesen, dass sie einer guten Familie entstammte. Zweifellos gehörte sie zu den Damen der höheren Gesellschaft, die mildtätige Werke verrichteten, um sich die Langeweile zu vertreiben. Doch er hatte sie gewähren lassen und lieber den angenehmen Anblick genossen, statt seine mageren Besitztümer zu verteidigen. Sie war so hübsch und hatte so schöne Augen... Sie erinnerten ihn an andere Augen, die von einem strahlenden, mit blassem Gold durchsetzten Grün gewesen waren, der Farbe seiner heimatlichen Hügel. *Kirsty* ...

Die junge Frau kam ein wenig näher und setzte ihm die Schale an die Lippen. Ein zarter Duft umschwebte sie...

»Kommt. Versucht es wenigstens.«

Sie hatte eine Hand in seinen Nacken gelegt und hob jetzt seinen Kopf an. Bei der Bewegung flammte der Schmerz in seinem Hals erneut auf. Doch er war so bezaubert von ihrem Gesicht und ihrer flehenden Miene, dass er sich ihrer Bitte beugte. Die heiße Flüssigkeit lief in seinen Mund. Er schluckte und wäre fast erstickt. Ein Teil der Brühe lief ihm übers Kinn. Aber er trank ergeben weiter.

Als die Schale leer war, setzte Isabelle sie wieder auf den Boden. Eine verlegene Stimmung legte sich über die beiden. Alexander hatte geglaubt, die junge Frau würde sein Lager verlassen, sobald sie ihn gefüttert hatte. Aber sie blieb neben ihm sitzen und sah ihn aus ihren großen grünen Augen an. Plötzlich erinnerte sie ihn an ein Gemälde, das die Jungfrau Maria darstellte und das er einmal bewundert hatte.

»Ich möchte Euch danken, Monsieur«, sagte sie nach langem Schweigen. »Wahrscheinlich versteht Ihr mich nicht, aber... Ich spreche Eure Sprache nicht, daher...«

Sie sah auf ihre Hände hinunter, die flach auf ihren Knien lagen. Sie dankte ihm? Aber wofür? Er runzelte die Stirn.

»Mein kleiner Bruder, wisst Ihr noch? Ihr habt ihm das Leben gerettet.«

Ihr Bruder? Wovon redete das Mädchen? Erneut stand ihm das Bild des Knaben vor Augen, der zu seinen Füßen lag, nachdem er ihm die Kehle aufgeschnitten hatte, und er biss die Zähne zusammen. Sie fuhr mit ihrer Lobrede fort und beschrieb seine Tat, offenbar in dem Glauben, dass er kein Wort davon verstand.

»Wenn Ihr ihm nicht nachgerannt wäret, hätte Euer Landsmann ihn gewiss getötet. Wir sind Euch schrecklich dankbar... zumal Ihr... nicht verpflichtet gewesen wäret... ich meine... Wir sind Kanadier und Ihr... Engländer. Versteht Ihr?«

Betrübt sah sie ihn an. Er nickte matt.

»Ihr könnt mich verstehen?«

»*Aye*...«

Das Wort kam eher wie ein Pfeifen heraus.

»Dann sprecht Ihr Französisch, Monsieur?«

»*Aye... Yes*...«

Sie schenkte ihm ein so strahlendes Lächeln, wie er es nicht mehr gesehen hatte seit... Kirsty. Zunächst schmerzte ihn diese Erkenntnis, doch dann spürte er, wie eine sanfte Wärme in seinem Herzen aufstieg. Er lächelte ihr zu, worauf sie errötete.

»Hier, bitte schön«, sagte sie und hielt ihm etwas entgegen. »Ich glaube, das hier gehört Euch.«

Sie gab ihm seinen Dolch zurück. Einen Moment lang zog er die Brauen zusammen und begriff nicht. Und dann standen ihm mit einem Mal wieder die Ereignisse vom Tag der Schlacht vor Augen, so plötzlich und grell wie ein Blitz, der in einen Baum einschlägt. Der gefangene Fähnrich, Campbell, der Knabe... Die Waffe war sorgfältig gereinigt worden. Er schlug den Blick zu ihr auf. Jetzt erinnerte er sich, wo er diese grünen, von braunen Flecken gesprenkelten Augen zuerst gesehen hatte.

»Vielen... Dank«, brachte er heraus.

Die Worte gingen ihm nicht recht über die Lippen. Es war lange her, dass er bei Großvater John die Grundbegriffe des Französischen erlernt hatte. In Schottland hatte er kaum Gelegenheit gehabt, diese Sprache zu sprechen. Er hatte eher noch Glück gehabt, auf der Heide, wo man sich hauptsächlich auf Gälisch verständigte, sein Englisch nicht verlernt zu haben. Die wenigen Begegnungen mit den Bewohnern des südlichen Flussufers hatten seine geringen Französischkenntnisse ein wenig aufgefrischt, und er war ganz gut zurechtgekommen.

»Gut, ich glaube... ich werde wieder an die Arbeit gehen.«

Die junge Frau schickte sich an aufzustehen. *Nein, bleibt doch und sprecht noch ein wenig mit mir*, flehte er lautlos. Seine Finger schlossen sich krampfhaft um das Heft seines Dolches. Sie bemerkte es und zögerte.

»Ihr müsst jetzt ausruhen. Ich vermute, Ihr werdet noch eine ganze Weile flüssige Nahrung zu Euch nehmen müssen.«

Schließlich erhob sie sich. Alexander machte eine Bewegung, um sie zurückzuhalten, doch ein heftiger Schmerz, der durch seine rechte Flanke schoss, gebot ihm Einhalt. Stöhnend ließ er sich auf sein Lager zurücksinken. Doch seine Mühen wurden belohnt. Besorgt beugte sie sich über ihn. Ihre Hand strich über seine feuchte Stirn und befreite sein Gesicht von den Haarsträhnen, die darin klebten. Sie zog eine unbewusste Grimasse, die Bände sprach. Er musste sich in einem fürchterlichen Zustand befinden.

»Wir müssen Euch dringend waschen... und entlausen«, setzte sie hinzu, zog ein Tierchen aus seinem Haar und zertrat es auf dem Parkett. »Morgen, wenn ich kann... wir werden sehen.«

Ihre Blicke trafen sich. Er vermochte sich nicht von ihr loszureißen, und schließlich war sie es, die zuerst die Augen niederschlug.

»Wusstet Ihr, dass Euer General tot ist?«, versetzte sie aus heiterem Himmel, mehr, um das lastende Schweigen zu durchbrechen, das zwischen ihnen herrschte, als um ihn zu verstören.

Wolfe war tot? Das ließ ihn vollständig kalt. Merkwürdigerweise empfand er beinahe Erleichterung. Wolfe war Hauptmann in einem der Regimenter von König George gewesen, die in der Schlacht von Culloden auf dem Moor von Drummossie gekämpft hatten, einer der Handlanger dieses verfluchten Schlächters Cumberland, des Henkers seines Volkes. Gewiss, er hatte dem General ob seiner Fähigkeit, seine Truppen zu lenken, nach und nach Achtung entgegengebracht. Wolfe, der nur zweiunddreißig Jahre alt geworden war, hatte die Stufen der militärischen Hierarchie mit atemberaubender Geschwindigkeit erklommen, was ihm Eifersucht und Neid eingetragen hatte. Trotz allem hatte Alexander ihn immer gehasst.

Mit einem Mal stiegen unzählige Fragen in ihm auf. Er wollte alles wissen: was aus seinem Bruder Coll und aus Munro geworden war, wie die Kämpfe ausgegangen waren. Nach dem Ort zu urteilen, an dem er sich befand, waren wohl die Engländer im Vorteil, denn er lag in einem Hospital in der Kolonie und nicht in dem Lazarett auf der Île d'Orléans.

»General Montcalm ist ebenfalls tot. Und Eure Truppen belagern Québec noch immer. Ich frage mich wirklich, warum sie darauf bestehen, uns weiter zu bombardieren. Von unserer Stadt sind nur noch rußgeschwärzte Ruinen übrig…«

Ihre grünen Augen sahen auf den Dolch, den er immer noch an seine Brust drückte. Was sollte er ihr darauf sagen? Er konnte ihr nur sein Mitgefühl bekunden. Er wusste, wie sie wahrscheinlich über ihn dachte, und das verdross ihn.

»Tut… mir leid«, flüsterte er.

Wenn sie zu ihm aufgeschaut hätte, dann hätte sie in seinen Augen gesehen, dass es ihm ernst war. Doch das tat sie nicht.

In der Tür erschien eine Gestalt. Isabelle hob den Kopf und erkannte den Offizier, der ihr vorhin zugelächelt hatte. Der Mann betrachtete die beiden mit gleichmütiger Miene. Dann wurden seine Züge weicher, und er lächelte. Er sprach den Verletzten in einer Sprache an, die ihr merkwürdig vorkam. Sie klang ähnlich wie das Englische und doch ganz anders.

»Madame«, wandte sich der Offizier dann in ausgezeichnetem Französisch an sie, »vergebt mir, wenn ich Euer Gespräch unterbreche, aber ich muss allein mit Soldat Macdonald reden.«

Errötend nahm Isabelle die leere Suppenschale auf, die noch auf dem Boden stand.

»Ja, … natürlich. Dann lasse ich Euch allein. Ich war ohnehin fertig, und ich habe noch viel zu tun.«

Sie deutete einen Knicks an und warf einen letzten Blick auf den verletzten Soldaten. Sein Name war Macdonald? Dann gehörte die Uhr also tatsächlich nicht ihm… Er sah sie eindringlich an, und etwas an dem Blick seiner saphirblauen Augen berührte sie. Schüchtern lächelte sie ihm zu, raffte dann ihre Röcke und ging hinaus.

Als Alexander und Archie allein waren, sahen sie sich einen Moment lang schweigend an.

»Coll... wo?«, flüsterte der Verwundete.

»Es geht ihm gut; er hat nur ein paar Kratzer abbekommen. Munro MacPhail ist verletzt worden, aber er wird sich rasch erholen. Du hast Glück gehabt, Alexander. Wie ich hörte, hat ein Wilder dir einen Gewehrkolben übergezogen und wollte dich skalpieren, als Campbell dazwischengegangen ist. Ihm selbst ist es weniger gut ergangen.«

Der Leutnant griff in eine seiner Taschen und zog einen zerknitterten Zettel heraus, den er seinem Neffen reichte. Alexander nahm den Brief und überflog die eilig hingekritzelten Worte.

»Was... ist das?«, brachte er mühsam hervor. »Kann kein... Französisch lesen.«

»Ein Gefangener hat mir das zugesteckt, ein Fähnrich mit Namen Michel Gauthier de Sainte-Hélène Varennes. Von ihm weiß ich, was dir zugestoßen ist. Erinnerst du dich an ihn?«

Alexander betrachtete das Papier und überlegte. Ein Fähnrich... ob es sich um seinen Gefangenen handelte?

»Dieser Mann hat mir versichert, du hättest ihm das Leben gerettet... Ich sehe, dass du deinen Dolch zurückbekommen hast.«

Der junge Mann umklammerte die Waffe und fragte sich, ob Gauthier seinem Onkel auch verraten hatte, auf welche Weise er sie verloren hatte. Archie nahm das Papier, um es ihm zu übersetzen.

»Also... im Großen und Ganzen steht hier Folgendes: *Sir... ich nehme mir ein paar Minuten Zeit vor meiner Einschiffung nach Frankreich... dieser Heimat, deren Boden ich nie betreten, für die ich aber gekämpft habe... um Euch meine große Dankbarkeit für den Mut zu entbieten, den Ihr bei der Rettung meines Lebens bewiesen habt... Dafür gebührt Euch meine allergrößte Hochachtung. Seid versichert, dass ich diese Ehrenschuld begleichen werde, wenn Gott es mir gestattet. Euer ergebener Michel Gauthier de Sainte-Hélène Varennes,*

Fähnrich Erster Klasse der Kompanie von Pierre-Roch Deschaillons de Saint-Ours bei den Freikompanien der französischen Marine.«

Er reichte Alexander das Papier zurück.

»Er hat mich nach deinem Namen gefragt, und ich musste ihm versprechen, dir die Nachricht persönlich zu überbringen. Du hast offenbar die Gunst eines hohen Herren erworben, mein Freund.«

Archie lächelte. Alexander bemerkte, dass unter seinem Kilt ein Verband hervorschaute.

»Die Sache wird unter uns bleiben. Was Roderick Campbell angeht… ich nehme an, Gott wird über ihn richten…«

Der Leutnant sah ihn weiter forschend an und versuchte, seinen Schutzpanzer zu durchdringen. Dann nahmen seine hellblauen Augen einen betrübten Ausdruck an. Die Kameradschaft, die sie als Knaben verbunden hatte, war auf immer dahin. Ihre kindlichen Spiele waren nichts weiter als schöne Erinnerungen. Heute waren sie Männer, die zwei völlig verschiedenen Welten angehörten. Alexander zweifelte nicht an Archies aufrichtiger Zuneigung zu Schottland und seinen Highlands. Sein Onkel war erst fünfzehn gewesen, als er bei der letzten Erhebung in den Dienst von Prinz Charles Edward getreten war. Anschließend war er wie alle anderen Jakobiten jahrelang geächtet und verfolgt worden. Doch jetzt hatte Archie sich für einen anderen König entschieden, dem er als Offizier Gehorsam schuldete. Alexander konnte sich ihm nicht anvertrauen, ohne ihn in eine prekäre Lage zu bringen. Besser, er beließ es dabei.

»Wie geht's deinem Hals?«

Die Frage ließ ihn zusammenzucken. Unwillkürlich hob er die Hand an seine Wunde.

»Besser.«

»Das ist schön. Ich hoffe, du erholst dich so rasch wie möglich. Sobald ich kann, komme ich dich wieder besuchen.«

Archie wandte sich zur Tür und zögerte dann.

»Ähem… wahrscheinlich weißt du das von unserem General schon?«

»Ja.«

In dem Blick, den sie wechselten, traten die Gefühle, welche die Nachricht in ihnen erweckte, deutlich zutage. Doch sie sagten nichts und behielten ihre Gedanken für sich.

»Townshend hat das Kommando über die Truppen übernommen, die vor Québec liegen. Er treibt das, was von den Soldaten der Garde noch übrig ist, hinter die Mauern zurück. Beten wir darum, dass dieser Krieg bald zu Ende geht. Ihre Reserven an Nahrungsmitteln und Munition müssen so gut wie erschöpft sein. In einigen Tagen müssen sie sich entscheiden, ob sie kapitulieren oder hungers sterben wollen…«

Erneut verstummte er; ihm ging sichtlich noch etwas anderes im Kopf herum.

»Die junge Frau, die eben hier war… Mir ist aufgefallen, dass sie regelmäßig an dein Bett kommt. Das ist sehr großmütig von ihr. Die Nonnen, die ihr Werk auf zutiefst christliche Weise verrichten, könnten sich ebenso gut um dich kümmern. Sie kommt aus der Stadt hierhergefahren. Das ist ziemlich unvorsichtig. Wir können nicht allen unseren Soldaten Einhalt gebieten; sie lassen sich von ihrem Siegesrausch mitreißen und plündern. Manche haben sogar schon armen Frauen in den Vorstädten Gewalt angetan.«

Alexanders Züge verhärteten sich. Archie bemerkte das und lächelte.

»Ich werde ihr eine Eskorte stellen, die sie auf ihrer Rückfahrt schützen soll. So, damit verabschiede ich mich, mein Freund. Komm wieder zu Kräften. Noch ist nicht alles vorüber.«

Der Leutnant fuhr auf dem Absatz herum und verließ das Zimmer. Alexander blieb nachdenklich zurück. Seine Finger fuhren über die geschnitzten Ornamente am Heft seines Dolches. Er kannte sie auswendig. Es war sein schönstes Werk und lag ihm sehr am Herzen. Die Hunde, die er eingearbeitet hatte, waren *cù-sìth*, Feenhunde. Aber sie erinnerten auch an den berühmten Cuchulain aus der Legende. Großmutter Caitlin hatte einst Großvater Liam mit diesem Namen geneckt. Dieses Schnitzwerk war sein Talisman. Bis zu diesem Tag hatte er ihn gut geschützt.

Er drückte die Waffe an die Brust und schloss die Augen. Da

erschien ihm Leticias Gesicht mit ihrem verhaltenen Lächeln und ihren grauen Augen. Etwas sagte ihm, dass die junge Frau noch lebte und es ihr gelingen würde, in diesem feindseligen Land zu überleben. *Roderick Campbell kann dir nichts mehr tun, Leticia. Du bist frei.* Ein Gefühl von Frieden überkam ihn, und er ließ sich vom Schlaf überwältigen.

Den ganzen 17. September über war ein feiner Nieselregen vom Himmel gefallen. Er war ein Abbild der Verzweiflung, welche die Einwohner von Québec im Lauf der Tage nach und nach überkommen hatte. Die Menschen warteten nicht einmal mehr auf Verstärkung oder Nahrungsmittel. Unter dem Befehl von Kommandant de Lévis hatte die besiegte Armee sich bis zum Jacques-Cartier-Fluss zurückgezogen. Die Männer mussten neuen Mut schöpfen, denn die Moral der Soldaten lag völlig am Boden. Hätte man diese Truppen an die Front geschickt, hätte ihnen das nur alle Kraft geraubt, die sie noch besaßen. Die Männer, die in der Umgegend der Stadt noch unter Waffen standen, nahmen jede Gelegenheit zur Fahnenflucht wahr. In Québec herrschte eine trostlose Anarchie, die Kommandant Ramezay nicht mehr zu kontrollieren vermochte. Ein einziger Gedanke beherrschte die Stadtbewohner: Man hatte sie einfach ihrem traurigen Schicksal überlassen.

Die Bewegungen der englischen Flotte und der Truppen an Land, welche die Stadt eingekreist hatten, ließen vermuten, dass sie einen neuen Angriff vorbereiteten. Ramezay, der für die Verteidigung von Québec verantwortlich war, hatte seine Offiziere versammelt, um sich noch einmal mit ihnen zu beraten. Es fehlte an allem, selbst an den einfachsten Dingen. Da sie praktisch über keine Verteidigung mehr verfügten, die dieser Bezeichnung würdig war, würde ein Blutbad unvermeidlich sein. Daher beschloss man, die weiße Fahne über den Stadtmauern zu hissen und einen Emissär zu Townshend zu schicken, der über die Kapitulationsbedingungen verhandeln sollte: Québec ergab sich.

Am frühen Morgen des 18. fiel fahles Tageslicht durch die hartnäckigen Wolken. Schüchtern gelang es dann der Sonne, einen Platz über den Höhen zu beziehen, wo die englischen Truppen aufmarschiert waren. Armand de Joannès, Kommandant der Hauptstadt von Neufrankreich, schritt ins Zentrum dieses Meeres aus scharlachroten Uniformen hinein. Den Stadtbewohnern, die von den Mauern aus zusahen, kam die Szene vollkommen irreal vor. Langsam vergingen die Minuten. Mit ungläubig aufgerissenen Augen verfolgten die Zuschauer die Zeremonie, die durch den Austausch von Unterschriften das Ende eines Regimes besiegelte. Wie hatte es nur so weit kommen können? Wie um die Kapitulation zu besiegeln, erhob sich mit einem Mal lautes Geschrei, während Joannès sich respektvoll vor Townshend verneigte. Die englischen Truppen feierten ihren Sieg. *Québec ist unser!*

Die Stadttore wurden geöffnet. Der Paradeplatz war voller Menschen. Dort hatten die französischen Offiziere unter der Lilienflagge, die zum letzen Mal wehte, Stellung bezogen. Da man bekannt gemacht hatte, dass die englische Armee in die Stadt einziehen würde, hatten sich Menschen entlang des Chemin Saint-Louis versammelt. Von den Ruinen einst prachtvoller Gebäude stieg Geschrei auf.

Isabelle hielt Madeleines Hand fest. Den beiden jungen Frauen gab es einen Stich ins Herz, die lange Prozession roter Uniformen anzusehen, die in ihre Stadt eindrangen. Brigadier Townshend ritt an ihnen vorbei. Eine von heftigen Gefühlsaufwallungen erfüllte Stille trat ein, als man begann, die französische Fahne einzuholen.

»Verfluchte Engländer!«, zischte Madeleine mit zusammengebissenen Zähnen. »Sie bekommen nichts als Ruinen. Außerdem gehört, soweit ich weiß, die Kolonie immer noch dem König von Frankreich!«

Isabelle wollte ihr schon zustimmen, als eine Abteilung Highlander vor ihr vorüberzog. Sie erkannte den eleganten Offizier, der mit ihr gesprochen hatte. Der Mann sah sie, neigte das Haupt und lächelte ihr zu. Sie musste an den Soldaten denken, der Ti'Paul das Leben gerettet hatte, und sah sich unter dem Regiment um, das ihm folgte, doch sie entdeckte ihn nicht. Sie hatte ihn seit dem Tag, an dem sie ihm seinen Dolch wiedergegeben hatte, nicht mehr besucht. Als ihr Vater Wind von ihren verbotenen Ausflügen bekommen hatte, da hatte er sich in einen solchen Zorn gesteigert, dass sie nicht gewagt hatte, noch einmal zum Hospital zu fahren. Wie auch immer, sie hatte dem Mann gedankt, wie es sich gehörte, und hatte sich daher nichts vorzuwerfen. Die Schwestern verstanden sich ausgezeichnet auf ihre Arbeit und bedurften ihrer Hilfe nicht unbedingt. Und außerdem würde es Nicolas sicherlich nicht zu schätzen wissen, wenn sie einem verletzten Gegner so viel Fürsorge erwies.

Eine Artilleriesalve ließ sie zusammenfahren. Über der Stadt wurde die englische Flagge aufgezogen. Zerstreut sah die junge Frau zu, wie der Union Jack im Wind knatterte. Um die Wahrheit zu sagen war sie erleichtert gewesen, nicht wieder ins Krankenhaus gehen zu müssen. Die ekelhaften Gerüche, die schrecklichen Verwundungen, die Toten, die ständig herausgetragen und in Massengräber geworfen wurden... All das hatte sie zutiefst erschüttert.

Eine neue Salve riss sie aus ihren Gedanken. Die französische Garnison legte die Waffen nieder, und die Rotröcke nahmen ihren Platz ein. Die Trommeln dröhnten, die Querpfeifen erklangen, und die Dudelsäcke jaulten: Die Engländer spielten ihnen ein trauriges *Te Deum*. Zornig zerdrückte Isabelle mit dem Handrücken eine dicke Träne, die ihr über die Wange rann. Was sollte nur aus ihnen werden? Und was war mit Nicolas, von dem sie zu ihrer Verzweiflung immer noch keine Nachricht hatte? Und ihren Brüdern, die zusammen mit den anderen geflohen waren? Im Grund ihres Herzens war ihr klar, dass die Kapitulation nicht so einfach akzeptiert würde. Ihre Truppen würden zurückschlagen, und erneut würde Blut fließen. Doch merkwürdigerweise ertappte sie sich bei der Hoffnung, dass die französische Armee den Eroberer nicht erneut in Kämpfe verwickeln würde.

»Damit ist es nicht zu Ende«, murrte Madeleine, die offensichtlich das Gleiche dachte, ohne jedoch dieselben Schlussfolgerungen zu ziehen. »Mein Julien und die anderen werden uns retten, du wirst schon sehen, Isabelle. Dein wunderbarer des Méloizes wird sich mit Ruhm überhäufen, und dann kannst du ihn heiraten. Das wird eine große Hochzeit...«

Isabelle gab ihr keine Antwort. Sie wusste nicht mehr so recht, woran sie mit Nicolas war. Sie hatte auf einen Brief, eine Nachricht gewartet, denn sie wünschte sich, er würde sie seiner Gefühle für sie versichern, den Gerüchten entgegentreten. Vielleicht würde sie ihm seinen Fehltritt vergeben können, wenn er... Oft wünschte sie, er würde einfach aus dem Nichts heraus auftauchen und sie mit sich fortnehmen. Aber fast sofort zögerte sie bei dem Gedanken, ihre Heimat zu verlassen. Wenn Québec in den Händen der Engländer blieb, war es möglich, dass Nicolas ins französische Exil gehen musste. Wollte sie ihm dann wirklich folgen?

Die Menge kam in Bewegung, und sie wurde angestoßen. Madeleine hielt sie energisch fest und zog sie hinter sich her. Ramezay suchte seine Wohnung auf, die er erst wieder verlassen würde, um sich nach Frankreich einzuschiffen. Die Gesichter, denen Isabelle begegnete, wirkten verhungert. Viele streckten die Arme nach den Eroberern aus und flehten um einen Bissen Brot.

»Lass uns kurz in die Kirche gehen«, bat die junge Frau.

»Warum?« Madeleine sah sie erstaunt an.

»Ich möchte für uns beten... und darum, dass Gott das Herz der Engländer erleuchtet.«

»Dazu müssten sie erst einmal eines haben«, zischte ihre Cousine hasserfüllt.

»Sie sind nicht alle schlecht, Mado. Wir dürfen sie nicht verurteilen, weil sie das tun, was man von ihnen erwartet.«

»Was weißt du schon darüber, Isa?«

Mit einem Mal standen ihr wieder die freundlichen Worte des Soldaten Macdonald und die zuvorkommende Haltung des Offiziers, dem sie im Hospital begegnet war, vor Augen. Aber sie wusste, dass sie sagen konnte, was sie wollte; die Meinung ihrer Cousine über die Engländer würde sie doch nicht ändern.

»Ich weiß es einfach, das ist alles.«

10

Lilie und Distel

Bei den Lacroix' nahm das Leben wieder seinen gewohnten Gang. Madeleine würde noch den Winter bei der Familie verbringen; ihr Haus war in Flammen aufgegangen. In den letzten Tagen hatten alle bei der Apfelernte in der Obstpflanzung geholfen. Ein Teil der Ernte war an die Augustinerinnen gegangen, die eine Presse besaßen und Apfelwein herstellen konnten. Den Rest hatten sie im kühlen Keller gelagert, so dass die Äpfel im Winter verzehrt werden konnten.

Obwohl sieben Apfelbäume durch den Beschuss lädiert worden waren, war die Ernte gut ausgefallen. Nur drei Bäume waren von den Kugeln so zerfetzt worden, dass man sie nicht mehr retten konnte. Das Haus hatte kaum etwas abbekommen, ein unerhörtes Glück. Baptiste hatte sich beeilt, das Sims und die Mauer, die beschädigt worden waren, auszubessern.

Isabelle hatte soeben ihren Korb gefüllt. Er war, zusammen mit weiteren, für die Ursulinen bestimmt, deren Obstgarten von den Bomben teilweise zerstört worden war. Die Schwestern waren jetzt seit einer Woche aus dem Hospital in ihr Kloster zurückgekehrt, reinigten die Räume und nahmen die notwendigen Arbeiten vor, um sie wieder bewohnbar zu machen.

Baptiste hievte den letzten Korb auf den Sitz des Wagens, während Isabelle sich in ihren Umhang hüllte. Der Wind war heute recht kalt. Sie kletterte hinauf und setzte sich neben Madeleine, die auf sie wartete. Dann fuhren die drei in Richtung Kloster.

Während sie die Stelle passierten, an der Nicolas sie gebeten hatte, seine Frau zu werden, spürte Isabelle, wie sie erneut von einer düsteren Stimmung ergriffen wurde. Vergangene Woche hatte Schwester Clotilde ihr endlich die lang erwartete Nachricht des jungen Herrn überbracht. Den ganzen Tag über hatte sie das zusammengefaltete Papier in ihrer Tasche betastet und darauf gewartet, dass sie es allein in ihrem Zimmer lesen konnte.

Teure Freundin,

verzeiht, dass ich Euch erst so spät antworte. Unsere Lage hat mir bis heute Abend kaum Zeit dazu gelassen. Vergesst nicht, dass ich Soldat bin und vor allem im Dienste des Königs stehe. Doch seid ohne Sorge, Ihr seid in jedem Moment, der vergeht, in meinem Herzen. Ich träume nur davon, Euch wiederzusehen. Seit unserer Niederlage am Morgen des Dreizehnten... als hätte dieses Datum das Unglück für unser Land schon vorhergesagt... ahne ich, dass Ihr eine furchtbar schlechte Meinung von unserer Armee haben müsst. Nachdem der Chevalier de Lévis nach dem Tode des Marquis de Montcalm das Kommando über unsere Armee übernommen hatte, hofften wir noch, die Engländer zurückzuschlagen und sie vor dem Winter auf ihre Schiffe zu treiben. Doch dazu hätten wir einige Tage länger gebraucht, um wieder Ordnung in die Truppen zu bringen und uns in die Lage für einen Gegenschlag zu versetzen... Ich muss zerknirscht eingestehen, dass wir viele Fehler begangen haben. Doch glaubt mir, Isabelle, ich persönlich werfe mir nur einen einzigen vor, der Euch angeht, nämlich, Euch an jenem Abend, als ich zu Monsieur de Ramezay gegangen bin, um ihm Lévis' Pläne auseinanderzusetzen, nicht aufgesucht zu haben. Da ich Euch in Sicherheit wusste und aufrichtig davon überzeugt war, dass es uns gelingen würde, Québec wieder einzunehmen, zog ich es vor zu warten... Zu meiner Entschuldigung könnte ich anführen, dass Zeitmangel die Ursache war. Doch die Wahrheit ist, dass ich den Gedanken nicht ertrug, mich erneut von Euch trennen zu müssen. Wie egoistisch ich war! Und nun halten Euch diese Mauern, die Euch vor dem Feind schützen sollten, gefangen, fern von mir... Gebt auf Euch Acht, meine Kleine. Setzt Euch nicht den Gefahren einer besetzten Stadt aus. Und, um unserer Liebe willen, behütet Euer Herz vor Lügen, die es nur sinnlos verletzen würden.

Euer zutiefst ergebener Diener
Nicolas Renaud d'Avène des Méloizes

Nicolas wusste genau, was über ihn kolportiert wurde, und rechtfertigte sich. Ohne es direkt anzusprechen, versuchte er sie versöhnlich zu stimmen. Isabelle hatte den Brief lange betrachtet, nachdem sie zu Ende gelesen hatte, und darauf gewartet, dass ein Gefühl der Erleichterung in ihr aufstieg. Doch es war ausgeblieben. Enttäuscht hatte sie den Brief unter ihr Kopfkissen gesteckt und dabei ein Schluchzen unterdrückt. In dieser Nacht hatte Madeleine gespürt, dass sie etwas bedrückte, und sie einfach in die Arme geschlossen, ohne ihr Fragen zu stellen.

Der Wagen umfuhr Schutthaufen und Bretter, die für Reparaturarbeiten bereitlagen, und hielt endlich vor dem Kloster. Das Hämmern der Zimmerleute war zu hören. Immer noch in ihre Gedanken versunken, achtete Isabelle nicht auf das junge Mädchen, das auf sie zugelaufen kam. Lange, pechschwarze Haarsträhnen flogen um das bronzefarbene Puppengesicht mit den leicht schrägstehenden Augen.

»Ist das nicht Marcelline dahinten?«, fragte Madeleine und sprang von ihrem Sitz.

Mit einem Mal wirkten die Züge des Mädchens vertraut.

»Marcelline? O Marcelline!«

Die beiden Freundinnen umarmten sich herzlich. Isabelle bot dem jungen Mädchen einen Apfel an und lud sie ein, sich mit ihr auf eine Bank zu setzen, während Madeleine sich zusammen mit Baptiste um das Abladen ihrer Ernte kümmerte. Ein starker Geruch nach Bohnerwachs wehte aus dem Kloster heran. In Isabelle stiegen Erinnerungen an die glücklichen Zeiten auf, die sie hier verlebt hatte. Während der Geigenstunden hatten die beiden Cousinen oft haltlos kichern müssen. Die arme Schwester Marie-Marthe! Aber diese Zeit lag jetzt weit zurück.

Isabelle wandte ihre Aufmerksamkeit wieder der jungen Mischlingsfrau zu und stellte ihr eine Reihe von Fragen. Marcelline erzählte ihr von der ersten, schrecklichen Nacht des Beschusses. Ihr Ziehvater und sie waren kurz vor dem Morgengrauen geflohen und hatten Zuflucht bei einer Familie in Sillery gefunden. Als sie erfuhren, dass die Stadt sich ergeben hatte, waren sie zurückgekehrt, um sich um ihren Besitz zu kümmern.

Aber von der Weinschenke Gauvain war nichts mehr übrig. Daher hatte der Mann seine Tochter den Ursulinen anvertraut, solange er noch nach einer Unterkunft suchte.

Isabelle hätte ihre Freundin gern zu sich eingeladen. Aber sie fürchtete die Reaktion ihrer Mutter, die die Indianer nicht leiden konnte und sie mit allen möglichen Beschimpfungen bedachte. Sie nahm Marcellines Hände.

»Wenn ich dir irgendwie helfen kann...«

»Es gibt nichts, das Ihr für mich tun könntet, Isa«, erklärte Marcelline betrübt und schlug die Augen nieder. »Ich werde den Winter bei den Schwestern verbringen müssen. Vielleicht kann Papa ja im Frühjahr seine Weinstube wieder aufmachen... Und dann wird alles wieder sein wie früher, nun ja, beinahe jedenfalls.«

»Hmmm... Du wirst sehen, Marcelline, hier bist du gut aufgehoben.«

»Ich weiß ja. Ich wünschte nur, ich hätte die Schachtel mit meinen Andenken bei mir, die zu Hause geblieben ist. Darin hatte ich Mamas Anhänger. Er ist alles, was ich noch von ihr habe.«

»Du kannst nicht in das Haus gehen... Das ist viel zu gefährlich!«

»Ich weiß schon, aber... wenn man durch das Kellerfenster einsteigen würde? Ich hatte die Schachtel im Keller versteckt.«

»Aber vielleicht hat sie jemand gestohlen. Seit dem Beginn der Bombardierung sind überall in den Straßen Plünderer unterwegs.«

»Übrigens, ich habe Toupinet gesehen.«

»Toupinet? Geht es ihm gut?«

»Ja, ja! Er wäre bereit, mir zu helfen, wenn ich ihm dafür etwas zu essen gebe.«

Isabelle überlegte. Vielleicht gab es ja doch eine Lösung.

»Nun gut! Ich werde etwas für ihn auftreiben, und dann gehen wir beide zu ihm. Wo wohnt er jetzt? Das Seminar ist ja schwer zerstört...«

Sie unterbrach sich abrupt und sah zu einer Nonne, die aus

dem Kloster getreten war. Ein mit einem Rock bekleideter Mann mit blondem Haar begleitete sie und nickte.

»Was ist?«, fragte Marcelline besorgt und folgte ihrem Blick. »Ach ja, die Schotten! Sie helfen den Ursulinen, die Kapelle zu säubern, in der General Montcalm begraben liegt.«

Zwei weitere Highlander gesellten sich zu den beiden. Der eine hatte so dunkles Haar wie Soldat Macdonald. Auf den ersten Blick glaubte Isabelle, ihn vor sich zu haben. Aber dieser Mann war viel größer und korpulenter als er. Merkwürdigerweise fühlte sie sich enttäuscht.

»Sie sind sogar sehr nett, Isa.«

»Kann schon sein, aber ich möchte nicht allzu viel mit englischen Soldaten zu tun haben. Du weißt doch, was man sich über sie erzählt…«

»Ihr braucht keine Angst vor ihnen zu haben. Sie sind sogar katholisch!«

Die junge Frau holte tief Luft und tat, als müsse sie in ihren Taschen nach etwas suchen. Sie kam sich ziemlich dumm dabei vor.

»Wirklich?…Ich muss mich wieder auf den Weg machen«, erklärte sie und stand unvermittelt auf. »Könntest du Mado holen gehen? Mir ist eingefallen, dass ich die Liste für die Auslieferung unserer Äpfel vergessen habe. Sie muss auf der Bank im Wagen liegen geblieben sein.«

Sie drückte ihre Freundin fest ans Herz und löste sich dann lächelnd von ihr.

»Ich freue mich, dich wiedergesehen zu haben, Marcelline. Wegen der Schachtel komme ich zu dir, sobald wir mit dem Einmachen des Apfelgelees fertig sind. Sag Madeleine, dass ich im Wagen auf sie warte. Sie soll sich beeilen! Wir haben heute viel zu tun.«

Verblüfft über das eigenartige Verhalten ihrer Freundin nickte Marcelline und lief ins Kloster, wobei sie das Kreuzzeichen schlug. Isabelle ließ sich auf den Sitz der Kalesche fallen und zog die eilig auf ein Stück Papier gekritzelte Liste hervor. Ihre nächste Station war der Notar Panet. Dann ging es zur Herberge

Gobelet Royal im Viertel um den Palast des Intendanten. Sie warf einen Blick auf den Eingang des Klosters, der jetzt verlassen dalag. Dann schmiegte sie sich an das Rückenpolster, schloss die Augen und wartete auf Madeleine und Baptiste.

Alexander hatte die junge Frau mit den grünen Augen nicht wiedergesehen. Lange hatte er auf sie gewartet, doch dann hatte er begriffen, dass sie nicht wiederkommen würde. Er war enttäuscht. Aber bestimmt war es besser so. Allein die Erinnerung an ihre wunderbaren grünen Augen ließ sein Herz schneller schlagen. Doch er wehrte sich gegen dieses Gefühl, das in ihm aufkeimen wollte.

Alexander schüttelte den Kopf, um das Bild zu vertreiben, und knöpfte seinen noch etwas feuchten Rock zu, den er soeben gereinigt hatte. Er musste auch an einigen Stellen geflickt werden. Jeder Soldat war für die Instandhaltung seiner Ausrüstung und seiner Uniform selbst verantwortlich, daher hatte er gelernt, solche Arbeiten einigermaßen geschickt zu erledigen.

Coll und Munro warteten auf ihn; anschließend würden sie auf Patrouille in den Straßen der Unterstadt gehen. Nachdem er ausreichend genesen war, hatte er das Hospital verlassen und wieder seinen Platz in seinem Regiment eingenommen, das sich in einem kleinen Vorort am Saint-Charles-Fluss niedergelassen hatte. Endlich hatte er die eroberte Stadt besuchen können, die er von den Batterien auf Point Levy aus so oft bewundert hatte.

Bestürzt hatte er gesehen, welches Ausmaß die Zerstörungen durch die Bombardements hatten. Die Straßen der Unterstadt bestanden nur noch aus Schutthaufen und den Skeletten von Häusern. Genau dieselben Verheerungen hatte er schon in seinem heimatlichen Schottland erlebt, in den grünen, stillen Tälern seiner Highlands. Auch die Schlösser und Stammsitze der geächteten Clans, deren Chiefs ins Exil gegangen waren, und die sie umgebenden Dörfer hatten die Zerstörungswut der Engländer kennengelernt, die alles vernichteten, um den Gegner besser unterjochen zu können.

Nach seiner Entlassung aus dem Hospital hatte der junge

Mann sich zum Hauptquartier begeben, das im Saint-Roch-Viertel lag. Dort hatte man ihm mitgeteilt, wo seine Kompanie zusammen mit vier weiteren Kompanien der Fraser Highlanders Quartier bezogen hatte. Der Vorort am Ufer des Saint-Charles-Flusses war erfüllt von dem unangenehmen Geruch nach Fisch und Exkrementen, der von den benachbarten Sümpfen heranwehte. Er war von den Bombardierungen größtenteils verschont geblieben. Die dortige Bevölkerung bestand größtenteils aus Handwerkern und Fischern, was die große Zahl der Weinschenken erklärte.

Normalerweise gingen die Menschen ihren Beschäftigungen nach und kümmerten sich kaum um die Soldaten. Die Besetzung Québecs durch die Engländer lag jetzt drei Wochen zurück. Die Bevölkerung schien sich ohne allzu große Probleme unter der englischen Herrschaft einzurichten. Zugegeben, der Zuwachs des Handels durch die Anwesenheit von viertausend Soldaten besänftigte den Groll. Nun, Anfang Oktober, war die Ernährung die Hauptsorge der Menschen. Die kleinen Bauern kamen zu den Engländern, um ihnen ihre Ernten und ihr Vieh zu verkaufen, während abgemagerte Frauen für eine kleine Münze oder ein Stück Brot eine andere Ware feilboten.

Etliche Stadtbewohner hatten ihre Häuser wieder in Besitz genommen, die nach einigen kleineren Reparaturen bewohnbar sein würden. Einige mildtätige Seelen hatten sogar weniger Glückliche, die alles verloren hatten, bei sich aufgenommen. Die Soldaten säuberten die konfiszierten Gebäude, um sich so angenehm wie möglich einzurichten. Die langen Wintermonate näherten sich mit großen Schritten; da hieß es, vorbereitet zu sein.

Man hatte Alexander mit einer Abteilung aus seiner Kompanie zu den Ursulinen geschickt, um beim Wegräumen der Trümmer und den dringendsten Instandsetzungsarbeiten zu helfen. Er konnte sein Talent bei der Holzbearbeitung einsetzen und ausnahmsweise einmal eine Klinge zu etwas anderem als zum Töten benutzen. Eine Art Alltag war eingekehrt.

Neben den Patrouillen und seiner Arbeit bei den Nonnen nahm der junge Mann an den Waffenübungen und militärischen

Manövern teil, die auf dem Paradeplatz unter den neugierigen Blicken der Bewohner – und den interessierteren der jungen Mädchen – abgehalten wurden. Ihre Kilts sorgten für große Aufmerksamkeit. Seine Freizeit verbrachte er oft in den Weinstuben, insbesondere in der Taverne *Zum rennenden Hasen*. Das Anknüpfen an seine alten Gewohnheiten – das Trinken und das Spiel – half ihm, die Leere in seinem Leben zu vergessen. Obwohl James Murray, der neue Gouverneur der Stadt, verboten hatte, alkoholische Getränke an die Soldaten auszuschenken, war es kein Problem, so viele Becher zu trinken, wie man wollte. Für die Tavernenwirte waren die Soldaten eine viel zu gute Gelegenheit, sich die leeren Geldschatullen wieder zu füllen!

Ein starker Teergeruch stieg Alexander in die Nase, als er aus dem Haus trat. Das Trockendock lag nur wenige Minuten von hier entfernt, am Saint-Nicolas-Ufer, direkt gegenüber den Ruinen des Intendantenpalasts. Bei Ebbe beeilte man sich, die am wenigsten beschädigten Schiffe zu reparieren und zu kalfatern. Weiter entfernt lagen die großen Kriegsschiffe auf Reede. Man hatte sie kürzlich entladen und die Vorräte unter großen Mühen in die Oberstadt geschafft, wo man sie in Lagerhäusern in Sicherheit brachte. Bald würden sie den Hafen verlassen und den Fluss hinunterfahren, um entweder nach England oder nach New York zu segeln, wo sie den Winter verbringen würden. Die sterbliche Hülle von General Wolfe hatte die Kolonie bereits an Bord der *Royal William* verlassen. Bis zum Frühjahr würde die englische Garnison auf sich gestellt sein.

Der junge Mann trat zu seinem Bruder und seinem Cousin, die mit zwei charmanten Damen plauderten. Er vermochte sich dem Zauber der wunderbaren Landschaft, die sich vor ihm ausbreitete, nicht zu entziehen. Wie ein Künstler übergoss der Herbst die Hügel und Ebenen mit warmen Farben; lebhafte Tupfer auf einem grauen Hintergrund, die in merkwürdigem Kontrast zum Panorama der zerstörten Stadt standen.

Aus der Gruppe klang leises Gelächter auf und holte ihn in die Wirklichkeit zurück. Munro musste einfach immer den Hanswurst spielen, wenn er auf Damen traf. Obwohl er nicht ein Wort der Landessprache sprach, gelang es ihm immer, sie zum Lachen zu bringen. Alexander räusperte sich, um seinen Bruder und seinen Cousin zur Ordnung zu rufen. Nachdem die drei sich freundlich von den kichernden jungen Frauen verabschiedet hatten, gingen sie davon, um ihre Kameraden abzulösen.

Die Kutsche steckte in der Rue des Pauvres in einer tiefen Spurrille fest. Daher legten Isabelle und Madeleine den Rest des Weges mit ihrem letzten Sack Äpfel zu Fuß zurück. Die strahlende Sonne versetzte sie in fröhliche Stimmung, so dass sie singend in der Herberge *Gobelet Royal* ankamen. Michel Huet, der Besitzer, empfing sie leicht humpelnd.

Früher hatte der alte Mann mit den krummen Beinen Isabelle geängstigt. Die junge Frau hatte ihn früher stets für einen Irrwisch gehalten, von denen es hieß, dass sie nachts auf der Île d'Orléans spukten. Madeleine hatte sie dafür ausgelacht. Natürlich fürchtete sie sich jetzt nicht mehr vor ihm. Doch bezüglich seiner Herkunft hegte sie immer noch ihre Zweifel. Niemand wusste etwas über ihn, nur, dass er einmal der Leutnant eines berühmten Korsaren gewesen war, der den Atlantik durchkreuzte und mit einem Brandmal in Form der bourbonischen Lilie gezeichnet war, ein ehemaliger Gefängnisinsasse also. Isabelle beunruhigte das, und sie fragte sich, warum ihr Vater Geschäfte mit einer so zweifelhaften Gestalt machte.

Nachdem die beiden jungen Damen sich mit einem Glas Mandelmilch erfrischt hatten, traten sie den Rückweg an, damit Baptiste, der inzwischen sicherlich die Kutsche freibekommen hatte, sich nicht grundlos sorgte. Sie sangen aus vollem Halse und marschierten mit ihren Holzpantinen im Takt dazu. Plötzlich fanden sie sich zwei berockten Soldaten gegenüber, die lachend aus dem Schatten einer Kutscheneinfahrt traten.

Als er sie sah, erstarrte der größere der beiden und versetzte dem anderen, der sich hinter ihm hielt und ihm über die Schulter schaute, einen Stoß mit dem Ellbogen. Wie gelähmt rückten die beiden Cousinen zusammen, bereit, das Weite zu suchen.

Sie wussten genau, dass Soldaten – ob englische oder französische – ihnen gefährlich werden konnten.

Coll, der spürte, dass die beiden jungen Damen sich unbehaglich fühlten, verneigte sich höflich und lächelte. Dennoch konnte er nicht anders, als die hübschen Wesen zu taxieren. Er hatte eine Schwäche für Blondinen und bewunderte das Goldblond des Haars, das er vor sich sah. Er fand die größere der beiden besonders anziehend. Obwohl sie mager wie alle hier war, ahnte er feste Formen, und ihre blitzenden Augen verrieten ein heftiges Temperament.

Auch Munro beugte seine schwere Gestalt und schwenkte elegant seine Mütze.

»*Sae, why ye need tae be strolling here for? 'tis no place for bonnie wee lasses tae be*«, meinte Coll freundlich. Was habt Ihr hier zu suchen? Dies ist wirklich kein Ort für hübsche junge Damen.

Dann schrie er über die Schulter.

»*Och, Alas! Will ye come out here?*« Hey, Alas! Komm doch mal her…

Ein Brummen drang vom Hof aus zu ihnen, und Isabelle erblickte einen dritten Mann, der mit dem Gesicht zur Wand stand. Ihre Wangen liefen rosig an, als sie einen kleinen Wasserstrahl bemerkte und begriff, was er tat. Endlich drehte der Soldat sich um und schüttelte die Falten seines karierten Rocks aus. Er hob den Kopf, trat näher und gab dem großen Rothaarigen Antwort.

»*'tis ma last pint I pee, Coll. I'll no listen tae ye till ma mind is…*« Erst muss ich mein letztes Pint Bier loswerden, Coll. Und ich werde dir dann zuhören, wenn ich… Alexander unterbrach sich abrupt. Er schluckte und errötete leicht.

»*Did the cat get ye tongue, Alas, or is the sight of a bonnie cratur disabling ye?*« Hat die Katze deine Zunge gefressen, oder schlägt dich der Anblick eines hübschen Mädchens mit Stummheit?

Madeleine wurde ungeduldig. Da sie die Sprache der Schotten nicht kannte und vermutete, dass die Soldaten umgekehrt kein Wort ihrer Sprache verstanden, beschloss die junge Frau, dieses einseitige Gespräch zu beenden.

»Komm mit, Isa! Baptiste wartet auf uns.«

Mit diesen Worten packte sie ihre Cousine am Arm. Noch ganz schockiert über die unverhoffte Begegnung, leistete Isabelle keinen Widerstand und stolperte hinter Madeleine her.

»Mademoiselle«, rief eine Stimme hinter ihnen. »*Please wait!*«

Sie blickte sich um: Der Soldat winkte ihr heftig zu. Madeleine zerrte an ihr, damit sie rascher lief. Sie bogen um eine Ecke in die Rue Saint-Vallier und schlugen die Richtung zur Rue des Pauvres ein. Die Schotten folgten ihnen nicht, zur großen Erleichterung von Madeleine, die Isabelle endlich losließ. Endlich kam sie zu sich und wandte sich mit zorniger Miene zu ihrer Cousine um.

»Also, so etwas! Was ist denn bloß in dich gefahren, Madeleine? Diese Männer wollten uns doch kein Leid antun!«

»Ach, wirklich? Wenn du den Unterschied zwischen einem lüsternen und einem achtungsvollen Blick nicht kennst, solltest du lieber zu Hause bleiben, Isabelle!«, schrie Madeleine.

Sie wollte noch mehr sagen, überlegte es sich aber anders. Isabelle war furchtbar ärgerlich, und sie hatte keine Lust, dort zu bleiben.

»Hältst du mich wirklich für so naiv? Oder hältst du mich für schlauer, als ich wirklich bin? Glaubst du, ich wollte diesen Soldaten schöne Augen machen?«

Die beiden Cousinen starrten einander wütend an. Dies war das erste Mal, dass sie sich so heftig stritten. Madeleine senkte betrübt den Kopf, als ihr klar wurde, dass sie zu weit gegangen war.

»Ich... nein. Entschuldige.«

Isabelle holte tief Luft, um ihre Tränen zurückzuhalten. Eigentlich hatte Madeleine nicht ganz unrecht gehabt, sie fortzubringen. Doch mehr als alles andere ärgerte es sie, dass das Wiedersehen mit Soldat Macdonald sie so erschüttert hatte.

»Schön... ich verzeihe dir. Aber du musst zugeben, dass du ein wenig übertrieben gehandelt hast.«

»Isa, hast du nicht gehört, was man sich über die englischen Soldaten erzählt? Du kannst doch nicht abstreiten, dass sie Frauen vergewaltigen, dass sie...«

»Er nicht«, schnitt ihr Isabelle das Wort ab.

Einen Moment lang stand Madeleine sprachlos da.

»Er? Wer denn?«

»Ähem ... Ich kannte den Mann, der als Letzter vom Hof der Paquins gekommen ist. Er ist der Soldat, von dem ich dir erzählt habe, der Ti'Paul und Offizier Gauthier das Leben gerettet hat. Weißt du noch?«

»Bist du dir ganz sicher?«

»Ja.«

»Du hättest mir etwas sagen können ...«

»Du hast mir keine Zeit dazu gelassen.«

»Das stimmt«, gestand Madeleine lächelnd. »Aber ich finde immer noch, dass es keine gute Idee ist, Umgang mit englischen Soldaten zu pflegen. Er könnte dich bitten, ihm deine Dankbarkeit zu erweisen ... du verstehst?«

»Das ist doch töricht, Mado! Und außerdem, wer redet denn davon, Umgang mit ihnen zu pflegen? Wir sind ihnen zufällig begegnet. Es wäre anständig gewesen, sie wenigstens zu grüßen, ehe wir weitergelaufen sind.«

Madeleine stieß ein leises Lachen aus.

»Willst du, dass wir zurückgehen, um ihnen guten Tag zu sagen, nachdem sie gesehen haben, dass wir wie die Hasen davongerannt sind?«

»Lass gut sein, Mado«, brummte Isabelle. »Jetzt ist es zu spät. Komm schon. Wo waren wir noch mit unserem Lied? Ach ja ... *Auf dem höchsten Ast sang die Nachtigall ...*«

»*Ich liebe dich schon lange, nie werde ich dich vergessen ...*«

Und sie gingen singend die Rue des Pauvres hinauf, als wäre nichts geschehen.

Alexander starrte immer noch die Stelle an, an der die beiden Frauen verschwunden waren, und versuchte seine Gefühle zu beherrschen. Ein ordentlicher Rippenstoß setzte ihm den Kopf zurecht. Seine Kameraden sahen ihn mit eigenartiger Miene und leicht verzogenen Mundwinkeln an.

»Also, Alas«, neckte ihn Coll, »haben alle Kanadierinnen eine solche Wirkung auf dich? Oder bist du so rot geworden, weil sie dich dabei ertappt haben, wie du die Wände begossen hast?«

»Aber hübsch waren sie, was Coll?«, schaltete sich Munro ein. »Ich glaube, auch dir ist ganz anders geworden, als die Große wie eine Furie losgelegt hat...«

»Geh doch zum Teufel, Munro!«

Alexander zog es vor, nichts weiter zu sagen, und machte sich auf den Weg. Die Nacht würde lang werden.

Eine Staubwolke stob auf, als Isabelle den Deckel der alten Truhe hob. Schwach fiel die Sonne durch die Läden der Dachluke und zeichnete feine Lichtstrahlen in die Luft des Dachbodens. Isabelle legte die alten Unterröcke auf den Boden und kniete sich vor das Möbelstück aus wurmstichigem Holz. Diese Truhe hatte so oft im Bauch eines feuchten Schiffsraums den Ozean überquert, dass die Zeit ihre Spuren auf ihr hinterlassen hatte und ihre Geschichten erzählte. Sie gehörte ihrem Vater, der sie einst auf seinen langen Seereisen mitgeführt hatte.

Die junge Frau strich mit den Fingerspitzen über den alten Dreispitz, der von einer halb von den Mäusen aufgefressenen Federbordüre geschmückt wurde. Darunter lag eine blaue Weste mit goldenen Knöpfen. Sie lächelte; gewiss passte dieses Kleidungsstück ihrem Vater nicht mehr; im Lauf der Jahre war seine Mitte ordentlich auseinandergegangen. Als Nächstes zog ein hölzerner Stock mit einem Messingknauf, der einen Adlerkopf darstellte, ihre Aufmerksamkeit auf sich. Erinnerungen stiegen in ihr auf. Sie sah wieder, wie ihr Vater ihr mit diesem Stock drohte, nachdem sie den Inhalt eines Tintenfasses über seinem neuen Hemd verschüttet hatte. Sie lachte. Er hatte noch nie die Hand gegen sie erhoben...

Sie hatte ganz vergessen, dass es diese Truhe gab; und dabei hatte sie als Kind oft darin gestöbert. Wie viele Stunden hatte sie damit zugebracht, sich als Kapitän zu verkleiden und sich vorzustellen, wie sie über die azurblauen warmen Meere segelte, die ihr Vater ihr beschrieben hatte! Sie brauchte nur die Augen zu schließen und den Duft der Weste einzusaugen, um sich wieder auf dem Schiff ihrer Fantasie zu befinden. Groß und majestätisch war es in ihrer Vorstellung. Sie hörte sogar das Knarren der Takelage, die Rufe der Matrosen, das Rauschen der Wogen, die der Steven durchschnitt... Isabelle seufzte.

Sie hatte keine Zeit, sich hier zu vertändeln. Das Haus musste gesäubert werden, vom Keller bis zum Dachboden. Der große Hausputz stand an! Perrine und Sidonie schafften das nicht allein, daher half sie ihnen gern und räumte ihr Zimmer auf. Sie nahm den Stapel abgelegter Unterröcke, legte sie in die Truhe und wollte den Deckel zuklappen, als sie mit dem Finger in einem verschlissenen Band hängen blieb, dass aus dem Futter hing. Neugierig zog sie daran. Die Verkleidung öffnete sich, und eine Vielzahl kleiner Blätter fiel heraus und verteilte sich in der Truhe. Ein geheimes Versteck?

Ganz aufgeregt ob ihrer Entdeckung sammelte Isabelle die Blätter ein und entdeckte, dass es sich um Briefe handelte, die an ihre Mutter gerichtet waren. Liebesbriefe? Sie konnte sich kaum vorstellen, dass ihr Vater und ihre Mutter einander jemals zärtliche Briefe geschrieben hatten... Da sie verheiratet waren, mussten sie doch irgendwann einmal etwas anderes als Respekt füreinander empfunden haben. Sie faltete eines der Papiere auseinander und überflog den Inhalt. Meine süße Justine... meine ewige Liebe... mein Herz... Die Worte drückten so starke Empfindungen aus, dass ihr die Tränen in die Augen stiegen. Ihr Vater konnte so wunderbar schreiben... Schade, dass ihre Mutter sich schon seit langer Zeit nicht mehr davon anrühren ließ.

Isabelle erlebte nur höchst selten, dass ihre Eltern sich in ihrer Gegenwart berührten. Ihre Mutter ließ sich nicht küssen, nicht einmal auf die Hand. Diese Frau war kälter als ein Klumpen Eis. Wie hatte sich ihr Vater nur in sie verlieben können? Andererseits, vielleicht war das nicht immer so gewesen. Justine Lahaye war wirklich eine sehr schöne Frau. Selbst heute war sie noch begehrenswert, nach drei Schwangerschaften und nachdem viele Jahre vergangen waren. Nun ja...

Isabelle las einige der Briefe. Ihr Vater hatte sie nicht mit seinem Namen unterzeichnet. Der Euch zutiefst ergebene Kapitän

Eures Herzens, stand da. Kapitän Eures Herzens? Kichernd faltete sie ein letztes Blatt auseinander. Dieser Brief war auf Englisch verfasst. Ihr Vater sprach Englisch? Die Schrift war jedenfalls die gleiche wie in den anderen Briefen ...

Die junge Frau hörte, wie jemand die Leiter heraufkam, und stopfte die Briefe eilig in den Deckel, den sie dann wieder schloss. Im selben Moment tauchte Madeleines rußverschmiertes Gesicht auf.

»Was machst du bloß? Ich warte schon lange auf dich. Wir brauchen Pottasche für die Wäsche. Perrine ist nicht zu finden, und Sidonie hat keine Zeit, mir welche zu holen.«

»Ich komme sofort, Mado.«

Isabelle schüttelte ihre Röcke aus, stand auf und steckte verstohlen die Hand in die Tasche. Das Papier knisterte unter ihren Fingern. Sie hatte den letzten Brief behalten.

Isabelle durchsuchte den Vorrat an Seife, der gut geschützt vor Nagern in einem Blechkasten aufbewahrt wurde, als sie hörte, wie jemand in den Keller herunterstieg. Sie wandte den Kopf und erkannte den Saum von Perrines gelbem Rock, und sie bekam plötzlich unbändige Lust, das Hausmädchen zu überraschen und sie vor Schreck aufschreien zu lassen. So versteckte sie sich hinter einem Fass, in dem Salzlake zubereitet wurde, und wartete dort freudig erregt auf den richtigen Augenblick. Doch als Perrine sich zur Speisekammer wandte, vergaß sie ihr kindliches Vorhaben, und erinnerte sich mit einem Mal daran, wie ihre Mutter am Tag der Schlacht beladen mit Vorräten aus dem Keller gekommen war. Was versteckte Justine sonst noch hier?

Die Dienstmagd griff in ihre Tasche und zog einen Schlüssel hervor, den sie ins Schloss steckte. Lautlos schwang die gut geölte Tür auf, und Perrine trat, eine Kerze in der Hand, in die Kammer. Kurz flackerte die Flamme und brannte dann ruhig weiter. Isabelle verließ ihr Versteck und schlich auf leisen Sohlen zu der Tür, die offen geblieben war. Sie beobachtete Perrine noch ein paar Sekunden und fragte sich, ob es richtig war, was sie da tat. Das Dienstmädchen rückte Gegenstände in den Regalen herum. Dann vernahm Isabelle ein vertrautes Plop und darauf ein leises Gluckern. Als sie begriff, das Perrine sich ohne Wissen der Familie selbst bediente, fand sie, dass es ihr gutes Recht war, sie zu stellen, und trat in den kleinen Raum.

Perrine stieß einen verblüfften Aufschrei aus und hätte beinahe den Krug, den sie in den Händen hielt, fallen gelassen. Der Inhalt lief ihr über das Kinn und dann an ihrem Hals hinunter in ihr Hemd. Ein starker Branntweingeruch stieg Isabelle in die Nase.

»Perrine Leblanc!«

»Mam'zelle Isa!«, schrie das Mädchen auf und versuchte viel zu spät, den Krug hinter ihrem Rücken zu verstecken. »Was macht Ihr denn hier? Wieso seid Ihr nicht zusammen mit den anderen in der Milchkammer beim Waschen?«

»Das hattest du dir wohl erhofft, nicht wahr, Perrine? Seit wann stiehlst du schon von unseren Vorräten? Du weißt genau, dass wir eine Hungersnot haben, und…«

Ihre Augen hatten sich inzwischen an das schwache Licht gewöhnt, und jetzt riss Isabelle sie verblüfft auf. Ihr erstaunter Blick glitt über die Regale, die mit Töpfen, Schalen, Vorratskrügen und Fässern aller Arten gefüllt waren. Von der Decke hingen Wurstketten und Schinken herunter. An einer anderen Wand standen Reihen um Reihen von gutem Käse, Marmeladetöpfen und allerhand eingelegten Lebensmitteln.

»Aber… woher kommt denn das alles? Ich dachte, unsere Vorräte seien erschöpft?«

»Unsere Vorräte an frischen Waren, ja«, erklärte Perrine in argwöhnischem Tonfall. »Aber Eure Mutter sorgt dafür, dass es Euch an nichts mangelt…«

»Du meinst, während die Leute hungers sterben, hortet meine hochverehrte Mutter all diese Lebensmittel? Das ist ja schrecklich!«

»Schrecklich? Ihr habt immer genug zu essen, Mam'zelle Isa. Worüber beklagt Ihr Euch?«

Isabelle inspizierte immer noch die Regale. Da waren in Salzlake eingelegte Oliven, Kapern und Sardellen. Trockenfrüchte und eingemachtes Obst. Kaffee, Zucker, Schokolade und Melasse. Und all das in ausreichender Menge, um eine achtköpfige Familie mehrere Monate lang zu ernähren. Das war ja skandalös! Sie schämte sich. Wie konnte ihre Mutter, die behauptete, so fromm zu sein, ruhig schlafen, obwohl sie wusste, dass Kinder weinten, weil sie nichts zu essen hatten und ihr Magen ihnen ohne Unterlass Hungerqualen bereitete? Wie brachte sie das fertig? Sie wandte ihren Blick erneut Perrine zu, die sich Kinn und Hals mit einem Schürzenzipfel abwischte.

»Und du, wie lange weißt du schon, was alles in diesem Raum verschlossen ist?«

»Was soll ich denn machen?«, verteidigte sich das Dienstmädchen und reckte die Brust. »Entweder ich halte den Mund, oder ich suche mir eine neue Stellung. Glaubt Ihr, ich habe Lust, auf der Straße zu stehen?«

»Weiß Mamie Donie Bescheid?«

»Nein, das glaube ich nicht.«

»Und mein Vater? Weiß er davon?«

»Natürlich! Er lässt die Sachen schließlich kommen. Steckt doch einmal den Kopf unter der Decke hervor, Mam'zelle Isa! Allzu viel Scharfsinn braucht es nicht, um sich vorzustellen, dass wir das alles nicht den Hausierern abgekauft haben.«

Die Dienerin wandte sich zum Gehen, doch Isabelle vertrat ihr den Weg. Ihr war eine Idee gekommen.

»Kommst du oft hier herunter, um dich an dem Pflaumenschnaps meines Vaters zu bedienen?«

Vor Isabelles drohendem Blick wich Perrine zurück.

»Nein ... das war das erste Mal.«

»Schwörst du mir das beim Leben des Jesuskinds? Du weißt schon, dass man für freche Lügen in die Hölle kommen kann, oder?«

»Nun ja ... vielleicht ein- oder zweimal.«

»Hmmm ... oder drei- oder viermal?«

»Ihr werdet mich doch nicht verraten, oder, Mam'zelle Isa? Was soll denn dann aus mir werden?«

Isabelle gefiel es gar nicht, so mit der armen Perrine umzugehen. Doch sie musste sich unbedingt ihrer Ergebenheit versichern.

»Étienne könnte dich zu sich nehmen. Er mag dich gern, oder?«

Die Dienstmagd erbleichte und stieß einen verblüfften Laut aus.

»Beim nächsten Mal solltest du lieber die Tür der Milchkammer verschließen, wenn du verstehst, was ich meine.«

Das war zu viel für Perrine, und sie schluchzte los. Isabelle biss sich auf die Lippen. Vielleicht war sie ein wenig zu weit gegangen.

»Ich liebe Monsieur Étienne, und er liebt mich auch. Aber bitte erzählt das nicht Eurer Mutter... Sie würde es nicht verstehen...«

»Ich werde nichts sagen, Perrine, wenn du mir dafür versprichst, nicht mehr vom Branntwein meines Vaters zu stehlen.«

»Ich verspreche es... bei unserem Herrn Jesus.«

»Gut. Du kannst mir noch einen anderen Gefallen tun.«

»Alles, was Ihr wollt, Mam'zelle Isa.«

»Der Schlüssel, mit dem du diese Tür geöffnet hast... gehört der meiner Mutter?«

Mit tränenüberströmtem Gesicht schüttelte das junge Hausmädchen den Kopf.

»Nein, das ist ein Zweitschlüssel. Sie weiß, dass ich niemandem verraten werde, was hier drin ist. Ich bekomme gut zu essen und bin gut untergebracht. Das werde ich nicht aufs Spiel setzen, indem ich über Dinge rede, die mich nichts angehen.«

»Ich glaube dir. Also, wenn ich dich darum bitte, wirst du mir ohne Widerrede den Schlüssel geben. Ich kenne da einige arme Leute, die sich freuen würden, ab und zu etwas Gutes zu essen zu bekommen, um ihr Unglück zu vergessen. Verstehst du?«

Perrine nickte so heftig, dass ihre Haube herunterzurutschen drohte.

»Ich verstehe. Ihr wollt den Armen helfen. Aber Ihr dürft die Vorratskammer nicht leeren. Das würde Eure Mutter merken.«

»Mach dir darüber keine Gedanken. Ich kümmere mich schon um meine Mutter.«

Isabelle trat zur Seite und ließ Perrine hinaus. Als sie allein war, schüttelte sie, immer noch ganz erschüttert, den Kopf.

»So etwas von scheinheilig!«, stieß sie mit zusammengebissenen Zähnen hervor.

Dass ihre Mutter sich so egoistisch verhalten konnte, erstaunte sie nicht wirklich. Enttäuscht war sie vor allem, weil ihr Vater dabei mitspielte.

Der Morgen zog kühl und frisch herauf. Isabelle warf ein schon etwas abgetragenes braunes Wollcape über und zog ihre Schuhe aus grobem Rindsleder an. Mit den Holzpantinen konnte sie nicht so rasch gehen, wie sie gern wollte. Außerdem hatte am Vortag die Sonne die Bodenrinnen und den Schlamm ausgetrocknet. Die Straßen waren relativ sauber, abgesehen von den Abfallhaufen vor den Häusern, die stanken, dass sich einem der Magen umdrehte.

Auf dem Weg zur Côte de la Canoterie ging die junge Frau mit eiligen Schritten die Rue Saint-Joachim entlang. Unterwegs begegnete sie nur wenigen Menschen. So früh war es gar nicht mehr, aber der Großteil der Bevölkerung hatte sich versammelt, um einer öffentlichen Hinrichtung beizuwohnen. Heute wurde zum ersten Mal ein Engländer gehängt. Der Soldat hatte einen Diebstahl begangen und sein Opfer, einen kanadischen Händler, mit gezogener Waffe bedroht. Die Bewohner von Québec würden sich gewiss an dieser exemplarischen Hinrichtung ergötzen, und Gouverneur Murray würde Unterstützer gewinnen.

In der Unterstadt angekommen, schlug Isabelle die Rue Sous-le-Cap ein und klopfte an der dritten Tür; wobei Tür beinahe zu viel gesagt war, denn nur ein paar schiefe Bretter verwehrten den Zutritt zu der elenden Behausung. Ein abgezehrtes Gesicht ließ sich blicken. Lächelnd hielt Isabelle der Frau einen Korb entgegen.

»Das ist für Euch und Eure Kinder, Madame Bouthillier.«

Die Angesprochene nahm den Inhalt des Korbes in Augenschein: eine schöne Wurst, ein Topf Marmelade, Käse. Sie seufzte angesichts dieser Köstlichkeiten und riss die Tür, die dabei entsetzlich knirschte, weit auf.

»Oh! Vielen Dank, Madame Lacroix! Das ist zu großzügig von Euch!«

Drei kleine, in Lumpen gekleidete und barfüßige Kinder kamen angelaufen und sprangen schreiend um die junge Frau herum.

»Was sind denn das für Manieren? Ihr sollt Euch bei Madame Lacroix benehmen, ihr kleinen Strolche! Nun nehmt euch schon davon, wenn ihr wollt.«

Das ließen sie sich nicht zweimal sagen.

»Wollt Ihr nicht hereinkommen und einen Schluck Wasser trinken, Madame Lacroix?«

Der armen Frau standen vor Rührung die Tränen in den Augen. Isabelle kannte ihre Geschichte. Ihr Mann war Kalfaterer auf Levitres Schiffswerft gewesen. Er war in die Miliz eingetreten und Anfang August bei einem Scharmützel in Château-Richer umgekommen. Die Witwe war mit ihren vier Kindern, deren jüngstes noch ein Säugling war, allein zurückgeblieben und hatte ihre mageren Ersparnisse rasch aufgebraucht. Sie besaß nichts außer ihren vier Wänden, die durch den Beschuss beschädigt worden waren, und sie konnte sie weder selbst instand setzen noch jemanden dafür bezahlen.

Isabelle hatte die Frau und ihre Kinder oft vor der Kathedrale gesehen, wenn dort Lebensmittel verteilt wurden. Die Witwe schluckte ihren Stolz herunter und fand sich regelmäßig dort ein, um das Wenige in Empfang zu nehmen, das man ihr geben konnte. Der Winter würde hart für sie werden. Einer solchen Familie einmal etwas Besonderes zukommen zu lassen war das Wenigste, was Isabelle tun konnte. Die Frau wartete darauf, dass sie auf ihre Einladung reagierte.

»Nein, danke. Ich muss wieder nach Hause.«

Die Frau nickte, nahm Isabelles Hand in ihre knochigen Finger und drückte sie fest.

»Danke.«

»Lasst es Euch schmecken.«

Den Tränen nahe nahm Isabelle ihren leeren Korb und ging die paar Stufen hinunter, die zur Straße führten. Sie hörte, wie sich hinter ihr die Tür schloss und die Kinder lautstark ihren Anteil einforderten. Wie konnte Gott nur zulassen, dass so viele Unschuldige unter derart elenden Umständen lebten, während andere, die behaupteten, seine Diener zu sein, im Überfluss schwammen? Wie zum Beispiel im Palast des Bischofs und in den Klöstern. Nein, sie war ungerecht. Der Bischofspalast lag in Trümmern. Und die Nonnen waren eine Säule der Gemeinschaft und widmeten sich mit Leib und Seele ihrem Nächsten, wie Gott es ihnen gebot. Davon hatte sie sich überzeugen können. Die Schwestern hatten Franzosen wie Engländer mit derselben christlichen Nächstenliebe und Selbstvergessenheit gepflegt. Von ihnen hätte ihre Mutter noch viel lernen können. Ein Aufenthalt im Kloster würde ihr guttun.

Die junge Frau spürte, dass sie jemand beobachtete, und öffnete die Augen: Da stand Soldat Macdonald auf einer Türschwelle und sah sie an. Sie erstarrte und konnte sich erst wieder rühren, als seine beiden Kameraden ebenfalls auftauchten. Die drei Männer besprachen sich und zögerten. Schließlich entschied Macdonald sich, auf sie zuzutreten. *Lauf weg, Isa! Bleib nicht hier stehen!* Aber ihre Beine wollten ihr nicht gehorchen. Der Wind von See ließ ihre Röcke um die Waden flattern. Sie wartete, bis er sie erreicht hatte.

»Guten Tag«, sagte er mit rauer Stimme und sah sie aus seinen schönen blauen Augen an, die sie erbeben ließen.

Er strich eine Haarsträhne weg, die ihm vors Gesicht flog, und steckte sie hinter seinem Ohr fest. Sie bemerkte, dass die Haut an seinem Hals noch leicht gelb und violett angelaufen war.

»Guten Tag«, gab sie mit gepresster Stimme zurück.

Er lächelte ihr zu und ließ den Blick über ihre Umgebung schweifen.

»Ihr … sollt hier nicht allein sein.«

»Ich weiß, aber meine Cousine konnte mich heute Morgen nicht begleiten. Sie hatte einen Besuch zu machen und …«

Der Mann runzelte die Stirn.
»Eure Cousine?«
»Madeleine, die junge Frau, die gestern mit mir hier war. Ich muss mich für ihr Benehmen entschuldigen... Sie...«
»*She disnae like us, aye?*«
Isabelle zog fragend die Augenbrauen zusammen.
»Sie... kann uns nicht gut leiden, *aye*? Ich verstehe.«
»Danke.«
»Ihr... nach Hause gehen?«
Aus dem Augenwinkel schielte Isabelle nach den beiden anderen Soldaten, die in einiger Entfernung warteten.
»Ja. Mein Vater wird sich Sorgen machen, wenn ich zu lange ausbleibe.«
»Hmmm...«
Er trommelte mit den Fingern nervös auf dem Kolben seines Gewehrs, dessen Bajonett sich zwischen seinen Füßen in den Boden bohrte. Isabelle wusste, dass es klüger gewesen wäre, sich sofort zu verabschieden. Aber etwas hielt sie zurück. Mit einem Mal wurde ihr klar, dass sie nicht einmal den Vornamen des Soldaten kannte.
»Wie ist Euer Name?«
»Alexander. Alexander Macdonald.«
»Sehr erfreut, Monsieur Alexander.«
»Und Ihr, Mademoiselle?«
»Isabelle Lacroix.«
»*Iseabail...*«
»Nein, es heißt I – sa – belle.«
»*Aye*, Isabelle. *Iseabail*... sagt man in meinem Land.«
»Ah! Das klingt... hübsch.«
»Sehr hübsch, wie Ihr.«
Er lächelte. Aufs Höchste alarmiert, wich sie einen Schritt zurück, bereit zu flüchten, als stünde sie einem ganzen Regiment von Highlandern gegenüber. Alexander fürchtete, sie würde wieder davonlaufen, und streckte eine Hand aus, um sie zum Bleiben zu bewegen. Während seiner Patrouille hatte er die ganze Nacht lang an sie denken müssen. Der einfache Umstand, dass

er endlich frei und offen mit ihr sprechen konnte, erfüllte ihn mit Freude. Er wünschte nur, sie würde ihm noch ein paar Minuten schenken.

»*Dinna go, please*. Ich möchte Euch danken, Mademoiselle Lacroix.«

Wie er ihren Namen aussprach, tat Isabelles Ohren weh. Hatten die Schotten alle einen so ausgeprägten Akzent?

»Ich habe nichts für Euch getan, was nicht auch die Nonnen getan hätten, Monsieur. Und außerdem ... war es das Mindeste, was ich tun konnte, nachdem Ihr Ti'Paul gerettet habt.«

Er zuckte die Achseln.

»Ich Euch bringen zu Eurem ... *home*?«

»Nach Hause«, verbesserte sie ihn.

»Nach Hause ... *aye*!«

»Ich komme schon zurecht. Ihr müsst gewiss auf Euren Posten zurückkehren; ich halte Euch auf.«

»Nicht nötig«, antwortete er heiter. »Patrouille ist fertig. Ich will nur schlafen gehen ...«

Hoffentlich nahm sie seinen Satz nicht für ein anzügliches Angebot!

»Ich bin müde ... Auf *patrol* ganze Nacht«, setzte er daher hinzu.

Sie nickte.

»Dann gute Nacht, Monsieur Alexander.«

Sie fühlte sich ganz eigenartig, während sie sich abwandte. Vor ihr erstreckte sich das Watt, glatt und glitzernd wie Satin in der Sonne. Frauen und Kinder, die Eimer und Schaufeln in den Händen hielten, suchten nach Muscheln. Um nicht die drei Soldaten in ihren kurzen Röcken zu passieren, musste sie die Côte de la Montagne einschlagen, was ihr ganz und gar nicht passte, denn das bedeutete einen Umweg. Da Ebbe herrschte, machte sie sich auf den Weg zur Landzunge von Pointe à Carcy, die sie auf einem Trampelpfad überqueren konnte.

Nachdem sie einige Schritte getan hatte, konnte sie sich nicht bezähmen und warf einen Blick über die Schulter. Diese Männer machten sie neugierig. Sie wirkten so eigenartig in ihrer lächerlichen Uniform. Macdonald sah immer noch in ihre Richtung; sie drehte sich ruckartig um. Von anderen Frauen hatte sie gehört, dass die Highlander primitiven Stämmen angehörten, die in entlegenen Bergregionen lebten. Doch ihre Offiziere schienen gebildet zu sein und beherrschten das Französische besser als ihre französischen Kollegen das Englische.

Schade, dass ihr Korb leer war. Wenn sie den Soldaten ein Stück Wurst oder Käse hätte anbieten können, hätte sie eine Ausrede gehabt, um noch ein wenig länger zu verweilen und etwas mehr über diese... seltsamen Männer zu erfahren. Aber jetzt kam es nicht mehr in Frage, dass sie zurückging. Am Ende würde er noch denken, dass sie... Zwei Schritte vor ihr befand sich eine tiefe Spurrille. Sie tat, als stolpere sie, und stieß einen leisen Schrei aus. Mit ein paar Sprüngen war Alexander bei ihr. Er stützte sie und führte sie zu einem umgekehrt aufgebockten verlassenen Fischerboot, an das sie sich lehnte.

»Tut es weh, Mademoiselle?«

»Ich glaube... ich habe mir den Knöchel verstaucht. Wie dumm von mir!«

»Ihr... gestatten?«, fragte er und bückte sich.

Als Isabelle begriff, dass er ihren Knöchel untersuchen wollte, tat ihr ihre kleine Komödie, die ins Ungehörige abzugleiten drohte, sofort leid. Dennoch erlaubte sie ihm, einen Blick auf ihren linken Fuß zu werfen, und verzog das Gesicht. Mit seinen Pranken hob er ihr Bein vorsichtig an und begann den Knöchel behutsam abzutasten. Seine Handflächen waren schwielig und von Abschürfungen und eingerissenen Splittern überzogen. Ob er mit Holz arbeitete?

Ein kurzes Schweigen trat ein, und die junge Frau wurde sich ihrer ein wenig verfänglichen Haltung bewusst: Sie stand auf einem Bein vor diesem Mann, der beinahe die Nase in ihre Röcke steckte und immer noch ihren Fuß in der Hand hielt. Das Blut schoss ihr in die Wangen. Auch Alexander wurde klar, wie sie für andere aussehen mussten, und tastete eilig das verletzte Gelenk ab, das im Übrigen nicht allzu sehr zu schmerzen schien, da die junge Dame sich nicht beklagte. Dann ließ er sie rasch los.

»Habt Ihr ... Schmerzen?«, fragte er trotzdem.
»Ein wenig ... Aber ich glaube, es ist nicht schlimm.«
Er nickte.
»Aber Ihr seid ja verletzt!«, rief sie aus, als sie eine entzündete Wunde an der Hand des Soldaten bemerkte. »Lasst mich einen Blick darauf werfen.«
Sie nahm seine Hand und betrachtete sie von nahem. Eine winzige Spitze ragte aus der Haut. Sie nahm den Splitter zwischen die Fingernägel und zog ruckartig daran. Aber sie vermochte nur die Hälfte des Holzsplitters herauszuziehen. Beim zweiten Versuch war sie erfolgreicher; Blut floss.
»Ihr müsst Eure Hand reinigen und jemanden bitten, auch die anderen Splitter zu entfernen, sonst entzündet sich das noch.«
Verlegen wischte er den roten Tropfen an seinem Rock ab und stotterte Dankesbezeugungen. Ihre Blicke trafen sich, und die Hitze, die Isabelle in die Wangen gestiegen war, ergriff ihren ganzen Körper. Die junge Frau biss sich auf die Lippen. Was machte sie hier nur? Dieser Mann war ein feindlicher Soldat! Vielleicht hatte er auf ihre Brüder geschossen, Madeleines und Juliens Haus angezündet, etwas aus der Weinstube Gauvain gestohlen, was wusste sie schon? Sie dürfte sich gar nicht in seiner Nähe aufhalten und schon gar nicht mit ihm sprechen...
»Kommt, ich helfe gehen.«
»Ich...«
Sie wollte Einspruch erheben, doch er hatte bereits den Arm um ihre Taille gelegt. Sein männlicher Geruch hüllte sie ein. Sie spürte, wie ihr Herz heftig in der Brust pochte und sie vor einer drohenden Gefahr warnte, und sie erstarrte. Er bemerkte es und zog rasch die Hand zurück.
»*Sorry*...«
Sie riskierte einen ersten Schritt mit ihrem »verletzten« Knöchel, dann tat sie einen zweiten und zog eine Grimasse. Da war sie in ihre eigene Falle gegangen und musste jetzt versuchen, wieder herauszukommen, ohne das Gesicht zu verlieren. Eine leise innere Stimme schalt sie aus. Sie biss die Zähne zusammen,

um einen Fluch zu unterdrücken, der Madeleine zum Lachen gebracht hätte.

»Ich glaube, es ist doch nicht so schlimm«, erklärte sie und wich seinem Blick aus.

»Hmmm...«

Dass sie wegen einer solchen Albernheit ihre Tugend aufs Spiel setzte! Wie töricht sie doch manchmal war! Schließlich war sie nicht mehr in dem Alter, in dem sie in den Gassen mit den Knaben Himmel und Hölle oder Verstecken spielte!

»Ich werde einfach langsam gehen, Monsieur Alexander«, stotterte sie und nahm ihren Korb wieder auf. »Vielen Dank für Eure Hilfe.«

»Ihr seid sicher?«

Sie sah zu ihm auf. Er war ein wenig größer als der Durchschnitt der Männer, aber er musste Nicolas um mehr als Haupteslänge überragen... Was tat sie denn jetzt schon wieder? Wie konnte sie diesen Soldaten mit ihrem Verehrer vergleichen? Ja, der Seigneur des Méloizes... Was er wohl von ihren Manieren gehalten hätte? Bestimmt würde er sich für sie schämen.

»Ganz sicher. Lebt wohl, Monsieur.«

Er trat ein paar Schritte zurück und verneigte sich. Die Straußenfeder, die sein Barett schmückte, wippte in der Brise, die mit dem Geruch des Meers gesättigt war. In einem Wirbel aus bunten Farben drehte der Soldat ihr den Rücken, entfernte sich und ging wieder zu seinen Kameraden. Anschließend verschwanden die drei um eine Straßenecke.

Noch ganz aufgewühlt machte Isabelle sich vorsichtig auf den Heimweg.

Im Laufe der folgenden Tage ging Isabelle immer öfter aus. Mit ihrem Korb voller Esswaren entdeckte sie, welches Vergnügen es bereitet, mit den Notleidenden zu teilen. Natürlich konnte sie nicht alle hungrigen Mägen füllen. Aber das Lächeln und die Freudenschreie, mit denen ihre Gaben empfangen wurden, gaben ihr das Gefühl, eine Pflicht erfüllt zu haben. Vielleicht hatte sie auch das Bedürfnis, ihr Gewissen zu erleichtern. Was hatte sie nicht an glasierten Törtchen, Pasteten, Hasenpfeffer, Cremetorten, Crêpes, Brioches und Schmalzgebackenem verschlungen! Ihre Gier hatte sie daran gehindert, die Not, die sie umgab, überhaupt wahrzunehmen.

Oft begleitete Madeleine sie. Wenn sie nach Hause gingen, legten die beiden jungen Frauen häufig einen Umweg über das Palastviertel ein und hielten bei Geneviève Guyon an, wo jetzt Françoise lebte, die mit ihren drei Kindern in die Stadt zurückgekehrt war.

Heute hatte der kleine Luc Schnupfen. Seine Mutter, die im Frühjahr wieder ein Kind erwartete, brauchte eine Ruhepause. Ohne groß darüber zu beraten, boten Isabelle und Madeleine Françoise, deren Augenschatten bei jedem Besuch tiefer wirkten, einen freien Tag an. So verbrachten sie den Rest des Vormittags damit, das Kind zu wiegen und zu unterhalten, und beschäftigten sich am Nachmittag damit, die Kleidung der älteren Kinder, die rasch wuchsen, auszulassen.

Da sie sich nicht von der Dunkelheit überraschen lassen wollten, die um diese Jahreszeit rasch hereinbrach, hielten die Cousinen sich nach dem Abendessen nicht länger auf. Als sie auf die Straße traten, dämmerte es bereits. Mit einer Laterne ausgerüstet, gingen sie schnell, um sich keinen unangenehmen Begegnungen auszusetzen. Vor dem *Rennenden Hasen* allerdings konnte Isabelle nicht anders, als langsam zu gehen und einen Blick in die brechend volle Taverne zu werfen. Der Besuch dieser Art von Lokalen war ihr ausdrücklich untersagt, doch sie faszinierte sie außerordentlich. Die Stimmung war dort so fröhlich: Lachen und Gesang erklangen und forderten die Vorbeigehenden jedes Mal, wenn die Tür sich öffnete, zum Eintreten auf.

»Komm, Isa. Das ist kein Ort für uns. Los, komm schon! Es wird dunkel...«

»Ich will ja nur ein bisschen zusehen. Daran kann doch wohl nichts Schlechtes sein.«

»Isa, du weißt doch, was dein Vater von solchen Kaschemmen hält! Wenn er davon erfährt...«

»Louis und Étienne besuchen ständig Tavernen! Und außerdem scheinen die Leute sich gut zu unterhalten...«

»Natürlich amüsieren sie sich!«, knurrte Madeleine. »Schließlich wird dort kein Meerwasser ausgeschenkt. Bald werden sie sich auf dem Boden wälzen, bis hinaus auf die Straße.«

Isabelle ignorierte die Schmährede ihrer Cousine, drückte sich die Nase an dem schmutzigen Fenster platt und sah sich neugierig im Schankraum um. Da waren viele Menschen, vor allem Soldaten. Einige Frauen waren ebenfalls anwesend. Inmitten des Radaus fiedelte fröhlich eine Geige. Ihr Gigue-Rhythmus zog einige Tänzer an, die sich drehten, in die Hände klatschten und mit den Füßen aufstampften.

Eine Gruppe im hinteren Teil des Raums erweckte ihre Aufmerksamkeit. Konzentriert wirkende Männer in roten Röcken saßen um einen Tisch und spielten Karten. Weitere Soldaten und einige aufreizend zurechtgemachte Frauen umstanden sie. Einer der Spieler stand auf und warf zufrieden lächelnd seine Karten in die Mitte des Tisches. Das Herz der jungen Frau tat einen Satz: Es war Soldat Macdonald.

Isabelle schaute zu, wie der junge Mann lachend seine Gewinne einsammelte. Er besaß nicht diese Schönheit, die eine Frau sofort dahinschmelzen ließ, doch strahlte er einen gewissen Charme aus. Jetzt nahm er erneut seinen Platz am Spieltisch ein, und sie sah nur noch sein Profil.

»Isa!«

Eine Frau beugte sich über den Schotten.

»Was machst du denn, Isa?«

»Nur ein paar Minuten.«

»Isa! Geh da nicht hinein!«

Doch Isabelle hatte bereits die Tür aufgestoßen. Die dicke, rauchgeschwängerte Luft, in der schwer die Ausdünstungen männlicher Körper hingen, verschlug ihr den Atem. Aber die heitere Stimmung, die von Rülpsern und anzüglichem Gelächter, Fürzen und Gekicher erfüllt war, lud sie zum Bleiben ein.

Zornig und nörgelnd lief Madeleine ihrer Cousine nach. Aber Isabelle hörte sie nicht mehr. Sie stellte sich auf die Zehenspitzen, um den Soldaten sehen zu können. Was genau sie da tat, wusste sie nicht, und ihr war klar, dass sie an einem solchen Ort nichts zu suchen hatte. Aber dieser Mann zog sie unwiderstehlich an. Eine heftige Aufwallung von Eifersucht zog ihr schmerzlich das Herz zusammen, als sie sah, wie die Frau, die über ihn gebeugt dastand, mit den Lippen über seinen Nacken strich…

Ein köstlicher Schauer lief Alexander den Rücken hinunter. Émilie gluckste ihm ins Ohr und flüsterte ihm Dinge zu, bei denen mancher Mann errötet wäre. Die kleine Québecerin machte ihm ja schöne Versprechungen! Er ließ eine Hand unter ihren Rock gleiten und liebkoste ihre flaumige Wade. Dann erhielt er einen Rippenstoß und verzog das Gesicht.

»Heh, hast du vergessen, dass ich eine Kugel in die Rippen bekommen habe, Munro?«

»Ich sehe etwas, worüber du deine Verletzung vergessen wirst, Alas. Sag mal, ist das nicht die schöne Bürgerstochter, mit der du kürzlich morgens gesprochen hast?«

Alexander wandte seine Aufmerksamkeit von den Karten und seiner Begleiterin ab, um in die Richtung zu sehen, die sein Cousin ihm wies, und erblickte die junge Frau. Was mochte sie hier wollen? Hatte er sich über ihre Person getäuscht? Nein, wahrscheinlich war sie einfach auf der Suche nach jemandem. Wie ein Kind, das man mit der Hand im Zuckertopf erwischt hat, zog er abrupt die Hand unter Émilies Röcken hervor und versuchte sich auf das Spiel zu konzentrieren.

»Macdonald! Gehst du mit oder nicht?«

»Ja, doch…«

Er nahm eine Karte und warf sie in die Mitte der Tischplatte, auf die anderen.

»Gehst du nicht zu ihr?«, fragte Munro in seinem rauen Gälisch.

»Gewonnen«, verkündete Alexander und nahm den Stich mit.

Dann wandte er sich seinem Cousin zu.

»Und was soll ich deiner Meinung nach zu ihr sagen?«

»Na ja … bitte sie doch an unseren Tisch.«

Der junge Mann studierte seine neuen Karten und verzog das Gesicht.

»Du beliebst wohl zu scherzen.«

»Du bist dran, mein Schatz«, flüsterte Émilie ihm ins Ohr.

Er legte eine Karte. Macpherson warf ihm einen bösen Blick zu, den er erwiderte. Der Mann wartete immer noch auf seine Revanche. Eines Tages, früher oder später, würde er sie bekommen. Die Schotten besaßen einen Sturkopf und ein gutes Gedächtnis. Sein Cousin stieß ihn von neuem an.

»Herrgott! Sie verschlingt dich buchstäblich mit Blicken, mein Alter. Wenn du diese Chance nicht nutzt, wird es ein anderer tun, und du hast die Gelegenheit ausgelassen. Ganz offensichtlich möchte sie sich ein wenig amüsieren.«

»Lass den Unsinn. So ein Mädchen ist Mademoiselle Lacroix nicht.«

»Vielleicht nicht, vielleicht auch doch! Was hätte sie sonst hier zu suchen?«

»Gehst du nun mit Macdonald, oder nicht?«, knurrte Cavanagh ungeduldig.

Seufzend fuhr der junge Mann sich durchs Haar und warf einen Blick zur Eingangstür. Da stand Mademoiselle Lacroix noch immer und schaute tatsächlich in seine Richtung … Nachdem er sie gesehen hatte konnte er sich ohnehin nicht mehr konzentrieren. Er drückte seinem Cousin seine Karten in die Hand und versprach ihm die Hälfte seiner Einnahmen, falls er diese Runde gewinnen sollte. Dann stand er auf. Émilie hängte sich kokett an seinen Arm und setzte eine schmollende Miene auf.

»Wohin gehst du, Schätzchen? Du hast deine Partie ja nicht zu Ende gespielt!«

»Ähem … ich muss mit jemandem sprechen. *Dinna fash yerself, mo maiseag, I winne be lang.*« Mach dir keine Sorgen, meine Schöne, ich bleibe nicht lange weg.

Er ließ Émilie stehen und bahnte sich durch die Menge einen Weg zu der jungen Frau, die errötete und ihm lächelnd entgegensah. In diesem Lokal wirkte sie wie ein Täubchen, das zufäl-

lig in einen Adlerhorst geraten ist. Dann erblickte er ihre Cousine, die mit abweisender Miene neben ihr stand, und sagte sich, dass er sich besser distanziert geben sollte. Er grüßte höflich.
»Guten Abend... Ähem... Wie geht es... Eurem Knochen?«
»Meinem Knochen? Ach ja, meinem Knöchel!«
Sie wies auf ihren rechten Fuß, drehte das Gelenk zwei- oder dreimal und versicherte ihm, es gehe schon viel besser. Madeleine verfolgte das Gespräch wie vom Donner gerührt. Alexander lachte.
»Und ich dachte, es war der andere Fuß?! Ich mich irren...«
Isabelle lief dunkelrot an.
»Ähem... Es geht schon so viel besser, dass ich mich kaum noch erinnern kann, welcher Knöchel es war.«
»Sicherlich!«, knurrte Madeleine, was ihr einen diskreten Tritt gegen das Schienbein eintrug.
Alexander stand mit törichter Miene da und wusste nicht recht, was er sagen sollte. Schließlich lud er das junge Mädchen ein, sich hinzusetzen. Isabelle zögerte.
»Mademoiselle Lacroix muss sofort nach Hause. Wir waren auf der Suche nach... ihrem Bruder. Da er ganz offensichtlich nicht hier ist, gehen wir gleich wieder. Guten Abend, Monsieur.«
Madeleine entfernte sich und zerrte ihre Cousine hinter sich her. Alexander sah den beiden nach. Dann, als ihm klar wurde, dass die junge Frau ihm schon wieder entwischte, trat er ebenfalls aus der Tür. Die Cousinen, die mitten auf der Straße standen und miteinander zankten, verstummten sofort und starrten ihn an. Erneut fasste Madeleine nach Isabelles Arm.
»Mesdemoiselles, *may I escort ye*? Ähem... Darf ich Euch begleiten?«
In diesem Moment traten zwei ziemlich berauschte Soldaten aus dem Lokal, gingen an den jungen Frauen vorbei und warfen ihnen eindeutige Blicke zu. Der eine von ihnen schien nicht übel Lust zu haben, Madeleines Hinterteil zu betatschen.
»Das ist sehr freundlich von Euch. Wir nehmen Euer Angebot an«, erklärte Isabelle, an Alexander gerichtet.

»Isa! Diese Soldaten sind alle gleich, verdammt!«

»Du sollst nicht vor den Leuten fluchen, Mado!«

»Ich bin mir sicher, er flucht mehr als ich!«

»Ich versichere dir, dass er nicht so ist wie die anderen. Schließlich hat er Ti'Paul gerettet. Und er hat … du erinnerst dich doch daran, was ich dir erzählt habe, oder?«

»Das heißt noch gar nichts! Er ist Engländer …«

Lächelnd wartete Alexander. Isabelle bedeutete ihm, ihnen zu folgen. Schweigend gingen sie einher und lauschten den gedämpften Geräuschen, die noch aus einigen Häusern zu ihnen drangen. Ab und zu spähte die junge Frau aus dem Augenwinkel nach dem Soldaten, der neben ihnen lief. Der prächtige Dolch hing an seinem Gürtel und schlug bei jedem Schritt gegen seinen Schenkel. Ein Knie schaute unter seinem Rock hervor und zog ihren Blick an.

Merkwürdigerweise standen ihr mit einem Mal wieder Étiennes nackte Hinterbacken vor Augen. Ob die Männer an dieser Stelle alle haarlos waren? Sie war so versunken in ihre Gedanken an die männliche Anatomie und ihre Rätsel, dass sie mit dem Fuß in ein Schlagloch geriet und strauchelte. Ein kräftiger Arm umfing sie stützend und hinderte sie daran, der Länge nach auf die Straße zu schlagen. Sie hielt sich am roten Stoff seines Rockes fest und kam wieder auf die Beine. Madeleine warf ihr einen finsteren Blick zu.

»Ich habe das Loch nicht gesehen! Es ist schließlich stockfinster. Warum hältst du die Laterne auch nicht richtig?«

»Natürlich, jetzt ist es meine Schuld … Und, hast du dir wieder etwas verstaucht?«

»Nein.«

Isabelle bemerkte, dass sie sich immer noch an den Rock des Soldaten klammerte, und ließ ihn los, als hätte sie sich verbrannt.

»Danke«, stotterte sie.

Angesichts der zum Zerreißen gespannten Stimmung zog der junge Mann es vor, nichts zu antworten. In gereiztem Schweigen schlug das Trio die Rue Saint-Jean ein. Plötzlich blieb Madeleine mitten auf der Straße stehen.

»Was hast du, Mado?«

»Du willst ihm doch wohl nicht zeigen, wo du wohnst, Isa!«

»Mado...«

Alexander mochte nicht der Grund für einen Streit zwischen den beiden jungen Damen sein, daher beschloss er, dass es Zeit war, in die Schenke zurückzukehren. Er verneigte sich.

»Mademoiselle Lacroix, Eure Cousine hat recht. Ich gehe zurück. *This part of Québec is safer than the Lower Town...*«

»Ich verstehe nicht.«

»Hier ist es sicherer als in der Unterstadt.«

»So ist es wohl, Monsieur. Ich danke Euch für Euren Schutz.«

»*The pleasure was for me,* Mademoiselle Lacroix.« Das Vergnügen war ganz auf meiner Seite...

Er verbeugte sich und wandte sich ab. Isabelle und Madeleine sahen ihm nach, bis er um die Ecke gebogen war. Dann traten sie in das Haus ein, vor dem sie stehen geblieben waren.

»Was ist denn bloß in dich gefahren?«, schimpfte Madeleine und pflanzte sich, die Hände in die Hüften gestemmt, vor ihrer Cousine auf. »Er ist ein englischer Soldat! Was denkst du dir dabei? Solche Männer muss man meiden wie die Pest.«

Isabelle reckte den Hals. Sidonie schlummerte auf ihrem gewohnten Platz im Salon. Die Tür zum Arbeitszimmer ihres Vaters war geschlossen; der Lichtschein, der darunter hervorlugte, verriet, dass er noch dort saß. Ihre Mutter war nirgendwo zu sehen. Sie wandte sich erneut Madeleine zu.

»Sie sind auch nicht schlimmer als unsere eigenen Soldaten.«

»Genau das sage ich doch! Weißt du denn nicht, dass solche Männer nur eines im Kopf und zwischen den Beinen haben? Ich sage dir, das sind alles Schürzenjäger!«, rief die Cousine, entsetzt über Isabelles Leichtsinn, aus. »Und glaub mir, wenn sie bekommen haben, was sie wollen, lassen sie dir noch ihre Visitenkarte da. Hast du nicht von gewissen Krankheiten gehört, Isa?«

»Warum glaubst du eigentlich, dass sie alle gleich sind?«

»Dann beweise mir doch das Gegenteil!«

»Du weißt genau, dass ich das nicht kann. Aber es sind nicht immer nur die Soldaten, die... Denk doch an Marguerite Dumoulin. Hat ihr vielleicht ein Soldat diesen juckenden Ausschlag angehext? Sie ist tugendsamer als eine Heilige!«

»Nein, das war ihr Mann. Er hatte wohl das Pech, etwas zu nahe an einer dieser freundlichen Damen vorbeizugehen, welche die Soldaten unterhalten! Du weißt genau, dass er oft die Taverne *Vadeboncoeur* aufgesucht hat!«

»Genau das meine ich ja. Männer sind eben Männer, Mado! Ob Ehemänner oder Soldaten, sie haben alle nur das Eine im Kopf und ... na, du weißt schon wo! Wenn die Ehefrau nicht zur Hand ist, dann schauen sie sich anderswo um.«

Madeleine lief puterrot an und musterte Isabelle.

»Willst du etwa behaupten, mein Julien ...? Also, so etwas! Und dein des Méloizes? Der ist doch auch Soldat, oder? Und ein sehr gut aussehender, nebenbei gesagt!«

»Sei doch nicht gemein, Mado«, stotterte Isabelle und unterdrückte mühsam ihre aufsteigenden Tränen. »Wir sollten uns nicht so streiten.«

»Du hast ja recht«, murmelte Madeleine nach kurzem Schweigen.

Ein merkwürdiges Gefühl beschlich Isabelle. Ihr fiel auf, dass sie nicht einen Moment lang an Nicolas gedacht hatte, während sie mit Macdonald zusammen gewesen war. Gereizt überlegte sie dann, ob er wohl einen Gedanken auf sie verschwendet hatte, während er im Bett mit ... Nein, sie wollte das Wort ihres Liebsten nicht anzweifeln, der ihr versichert hatte, alle Gerüchte über ihn seien nur üble Nachrede. Doch der Zweifel nagte weiter an ihr. Dann sah sie wieder, wie die Frau aus der Taverne sich über den gut aussehenden Alexander beugte und ihn küsste, und erriet, welches Angebot sie ihm bald machen würde – mit Läusen als kostenlose Dreingabe!

»Ach, verdammt!«, schimpfte sie. Madeleine stand sprachlos da, während sie, immer zwei Stufen zugleich nehmend, in ihr Zimmer hinaufrannte.

Der Wind von Südwest entblätterte die Bäume und wirbelte das bunte Laub umher. Am blauen Himmel zogen unter lautem Kreischen die Wildgänse. Isabelle hob den Kopf und kniff die Augen zusammen, um die winkelförmigen Formationen im grellen Sonnenlicht besser erkennen zu können. Das Wetter war milde. Sie knöpfte ihr Cape unter dem Kinn auf, um die linde Luft an ihren Hals zu lassen. Dann stand sie auf und strich ihren Rock glatt. Sie war das Warten leid.

Die junge Frau verstand ihre Cousine nicht mehr. Seit einigen Tagen verhielt Madeleine sich distanziert. Sie verschwand, ohne einen Grund dafür zu nennen, und kehrte erst nach zwei oder drei Stunden zurück. Zu Beginn hatte Isabelle geglaubt, sie treffe sich heimlich mit ihrem Mann. Dann hatte sie überlegt, ob sie sich vielleicht mit einem anderen verabredete. Doch rasch hatte sie diese Idee abgetan. Nein, Madeleine liebte ihren Julien viel zu sehr, um sich einen Liebhaber zuzulegen. Da blieb nur die unbequeme Erklärung, dass ihre Cousine ihr aus dem Weg ging, und zwar genau seit zwei Wochen, seit der Episode in der Taverne.

Daraus konnte sie nur schließen, dass ihre Cousine ihr immer noch wegen ihres Leichtsinns böse war. Das war doch albern! Sie würden sich doch wohl nicht wegen einer solchen Geschichte entzweien! Also hatte Isabelle beschlossen, ein ernstes Wort mit Madeleine zu reden. Heute wollten die beiden einen der letzten schönen Tage ausnutzen und ein Picknick in der Nähe der alten Mühle bei der Einsiedelei Saint-Roch abhalten. Isabelle, die sich noch bei den Ursulinen mit Marcelline hatte treffen müssen, um die Wiederbeschaffung ihrer kostbaren Schatulle ins Werk zu setzen, hatte ihrer Cousine vorgeschlagen, sich auf der Bank zu verabreden, die am Eingang zum Klostergarten stand. Doch nun wartete sie schon fast eine halbe Stunde, und Madeleine war immer noch nicht da. Es war Zeit, dass das aufhörte. Und außerdem bekam sie langsam Hunger ...

Laute Stimmen weckten ihre Aufmerksamkeit. Schottische Soldaten kamen aus dem Wohnhaus der Nonnen. Wider Willen hielt sie Ausschau nach der schlanken Gestalt des Mannes, der schließlich Ti'Pauls Lebensretter war, wie sie sich vor Augen hielt. Sie war zwar nicht noch einmal in das Lokal gegangen, aber sie war Alexander bei ihren Ausflügen mehrmals begegnet. Verstohlene Blicke, verlegenes Lächeln. Ein steifer Gruß. Sie hatten ein paar höfliche Worte gewechselt. Der junge Mann hatte sich ihr gegenüber ehrerbietig verhalten. Offenbar versuchte er, seine Französischkenntnisse zu verbessern, denn sie hatte deutliche Fortschritte bei ihm festgestellt. Die Vorstellung, dass die Frau aus der Taverne vielleicht seine Lehrmeisterin war, hatte sie verdrossen, indes… Alexander war nur der Lebensretter ihres Bruders, und sie empfand nichts als Dankbarkeit für ihn…

Und doch schlug Isabelle sich seit einigen Tagen mit ihrem Gewissen herum. Im Grunde ihres Herzens wusste die junge Frau genau, dass ihre Begegnungen mit dem Soldaten keineswegs zufällig waren. Sie hatte mit Absicht Straßen eingeschlagen, von denen sie wusste, dass sie ihm dort möglicherweise über den Weg laufen würde. Auf der einen Seite schalt sie sich für ihr Benehmen, das einer jungen Frau in ihrer gesellschaftlichen Stellung unwürdig war. Andererseits spürte sie das Bedürfnis, sich für die Demütigung zu rächen, die sie durch die Gerüchte über Nicolas erfahren hatte. Natürlich hatte sie nicht die Absicht, es dem jungen Mann mit gleicher Münze heimzuzahlen, o nein! Niemals würde sie so etwas tun! Aber… diese Tändelei amüsierte sie. Und was war schon Schlimmes daran, wenn Alexanders Hand die ihre streifte, wenn er sich zusammen mit ihr bückte, um den Inhalt ihres Korbs einzusammeln, den sie oft so »ungeschickt« umwarf? Nicolas' Zärtlichkeiten fehlten ihr. Bei Nacht träumte sie noch davon, und sie riefen so heftige Empfindungen in ihr hervor, dass sie ganz erschrocken aufwachte.

Diese Empfindungen, diese neuen Gefühle machten sie nachdenklich. Sie schien eine ganz neue Art von Appetit zu entwickeln. Neugierig wollte sie diese Lust erleben. Zugleich verachtete sie sich selbst wegen dieser wenig tugendhaften Gedanken und ihres leichtsinnigen Verhaltens, und sie fühlte sich wie die letzte aller Dirnen aus den übel beleumdeten Vierteln. Bevor sie zutiefst aufgewühlt wieder einschlief, gelobte sie sich jedes Mal, zu Père Baudoin zu gehen und ihn um Absolution zu bitten.

Doch früh am Morgen waren ihre guten Vorsätze stets wieder verflogen.

Sie wollte nach dem Henkel ihres Korbs greifen, als eine große Hand ihr zuvorkam. Die Finger streiften die ihren.

»Lasst Euch von mir helfen...«

Isabelle verschlug es den Atem. Sie drehte sich um und fand sich mit der Nase in der halb aufgeknöpften Weste von Alexander wieder, der ihr sein wunderbares Lächeln schenkte.

»Oh!«, stieß sie hervor und überließ dem jungen Mann ihren Korb.

Er wartete darauf, dass sie etwas sagte. Doch als er feststellte, dass sie stumm blieb, ergriff er das Wort.

»Seid Ihr auf dem Heimweg?«

»Ähem... nein. Eigentlich warte ich... auf meine Cousine Mado... die aber nicht gekommen ist. Wir wollten ein Picknick veranstalten.«

»Verstehe. Dann geht Ihr wohl allein? Wenn Ihr nicht nach Hause zurückkehrt?«

Sie erschauerte unter dem Blick seiner kristallklaren, blauen Augen und antwortete nicht sogleich.

»Das... das sollte ich wohl tun.«

Zugleich war sie sich nicht so sicher, ob sie das wirklich wollte. Die Vorstellung, sich allein zum Picknick zu setzen, wirkte nicht besonders einladend. Aber sie hatte auch keine Lust, gleich wieder nach Hause zu gehen. In der Stille erklangen die Schreie der Gänse. Mit einem Mal kam ihr eine Idee...

Und wenn sie ihn einlud? Was für eine Vorwitzigkeit! Nein, das wäre ja nur, um sich für seine mutige Tat zu bedanken. Aber das hatte sie ja schon so oft getan... Außerdem hatten sie keine Anstandsdame, die sie hätte begleiten können! Vielleicht konnte sie Mamie Donie bitten. Allerdings war die alte Dame zu betagt, um die Côte Sainte-Geneviève hinunterzuklettern und bis zur Mühle zu wandern. Und außerdem hätte ihre Amme bestimmt etwas dagegen, dass sie Umgang mit diesem Mann pflegte, und sie würde die gleichen Argumente anführen wie Madeleine. Ach, diese verflixten Anstandsregeln!

»Habt Ihr schon gegessen, Alexander?«

Er schüttelte den Kopf.

»Ich lade Euch ein… wenn Ihr mögt.«

»Mich?«

Sie lud ihn ein, mit ihr zu essen? Was für eine seltsame Frau. Er hatte schon vermutet, dass sie kühn war: Ihr Verhalten grenzte oft an Leichtsinn. Er hatte sich ihre Spontaneität mit ihrer Jugend und großen Naivität erklärt. Aber das hier? Sogar seine Schwester Mary ließ sich von einer Freundin begleiten, wenn sie mit einem jungen Mann spazieren ging. Was wollte diese junge Frau? Was erwartete sie von ihm, einem einfachen britischen Soldaten?

Er wusste, dass gewisse Kanadierinnen aus den besseren Kreisen, Witwen oder alleinstehende Damen, sich durchaus von englischen Offizieren ansprechen ließen und ohne Scheu ihre Essenseinladungen annahmen. Nachdem der französische Adel in alle Winde zerstreut war, blieb den Franzosen nichts anders übrig, als Umgang mit den Engländern zu pflegen, wenn sie sich ein wenig unterhalten wollten. So war ins Château Saint-Louis, die Residenz des Gouverneurs, erneut die Atmosphäre von einst eingekehrt, wenngleich auf Grund der Hungersnot unter weniger Prunkentfaltung.

Aber dieses Mädchen? Er konnte schwer glauben, dass eine so hübsche Frau sich für ihn interessierte. Außerdem war sie sicherlich mit einem hochrangigen Herrn aus der Kolonialgesellschaft verlobt. Vielleicht wollte sie sich ja einfach nur amüsieren, so wie die anderen. Sollte er so dumm sein und zurückweisen, was sie ihm freiwillig anbot? Er verneigte sich leicht und suchte in ihren von der Krempe ihres breiten Strohhuts beschatteten grünbraunen Augen nach dem mutwilligen Funkeln, das oft im Blick leichter Mädchen zu finden war.

»Ich begleite Euch sehr gern, Mademoiselle Lacroix, wenn Euch das Freude bereitet und Euch ein wenig zerstreut.«

Sie schenkte ihm ein seliges Lächeln, ging voran und schlug den Weg ein, der hinter der Gartenmauer zwischen den Nebengebäuden des Klosters verlief.

Isabelle ignorierte die neugierigen Blicke, mit denen sie bedacht wurden, und marschierte querfeldein. Alexander genoss es, ihr zuzusehen. Der Pflanzenwuchs schien vor der jungen Frau zurückzuweichen, die wie eine Feder im warmen Wind vor ihm herschwebte. Ihren Füßen war es offenbar gleich, wohin sie sie setzte; sie raschelten leise im Gras.

Als sie mit einer Hand ihre Röcke hob, um über einen Bach zu springen, enthüllte sie einen zarten Knöchel, der gleich wieder verschwand, als sie lachend hinüberhüpfte. Ihr bauschiger Rock breitete sich um sie wie ein Kranz von Blütenblättern. Sie wirkte wie eine Lilie in einem Strauß Disteln, als sie mit einem Lächeln herumwirbelte, um ihn anzusehen.

Im Sonnenlicht schimmerte die Haut ihres Gesichts, die ihr schneller Lauf rosig überhaucht hatte. *Gott segne den Schmetterling, der sich auf diesen cremeweißen Samt setzen darf,* dachte er. Das Bild, das sie ihm bot, ließ ganz neue Gefühle in seinem Herzen aufsteigen, und es schlug mit einem Mal in einem anderen Rhythmus.

Ihre Röcke hatten sich in einem stachligen Busch verfangen. Als sie daran zerrte, riss sie eine Blüte ab, die zu ihren Füßen in das niedergetretene Gras fiel. Er bückte sich, um sie aufzuheben.

»Wisst Ihr, was diese Blume für mich bedeutet?«, fragte er aus heiterem Himmel.

Bisher hatten die beiden kein Wort gewechselt. Sie hielt ihren Hut fest, der davonzufliegen drohte, und schüttelte den Kopf. Ihre herrlichen blonden Locken hatten die Farbe reifen Korns. Sie lösten sich aus den Bändern, die sie fesselten, und spielten in dem Wind, der das hohe Gras um sie herum wogen ließ. Wie gebannt hielt er den Atem an und vergaß beinahe, was ihn zum Sprechen bewogen hatte.

»Was sagtet Ihr, Monsieur Alexander? Würde es Euch etwas ausmachen, wenn ich Euch so nenne?«

»Nein... das ist sehr gut. Aber... Ihr könnt den *Monsieur* weglassen.«

Er lachte, und sie fiel ein.

»Und?«

»Was?«

»Die Blume. Was wolltet Ihr mir über die Disteln erzählen?«

»…Ach ja! Die Distel ist das Symbol meines Landes.«

»England?«

»Schottland«, verbesserte er sie.

»Das finde ich merkwürdig. Warum habt Ihr Euch eine so… spezielle Wildblume ausgesucht?«, fragte sie mit einem leicht spöttischen Lächeln.

»Hmmm… wegen der Engländer.«

»Der Engländer?«

Mit lebhaftem Interesse sah sie zu ihm auf.

»Die Geschichte ist schon sehr lange her, aber wir werden es nicht müde, sie wieder und wieder zu erzählen.«

»Dann erzählt sie mir ebenfalls… Alexander. Ich würde sie gerne hören.«

Sie neigte den Kopf zur Seite und zog die Augenbrauen hoch.

»Also… Es war pechschwarze Nacht. Die Engländer hatten sich in den Kopf gesetzt, einen Überfall auf das Lager eines schottischen Regiments durchzuführen. Um sich lautlos anschleichen zu können, hatten sie die Schuhe ausgezogen. Sie hatten die schlafende Truppe umzingelt und näherten sich auf leisen Sohlen. Und dann hallten grausige Schreie durch die Nacht…«

»Oh, bitte erspart mir die Einzelheiten des Blutbads! Wie entsetzlich!«

»Ganz so schlimm war es dann doch nicht. Die Schotten hatten ihr Lager mit einer Barrikade aus Distelbüschen umgeben, und die Schreie der Engländer, die in die Stacheln traten, weckten sie. Sogleich nahmen sie die Verfolgung auf und hieben ihre Feinde in… nun ja. Seitdem ist die Distel uns ein Vorbild an Entschlossenheit. *Nemo me impune lacessit*, oder: Wer mir zu nahe tritt, wird nicht ungestraft davonkommen. Das ist das Motto unseres berühmten Ordens von der Distel.«

Er trat auf Isabelle zu, sog den Duft der purpurroten Blüte ein und reichte sie ihr dann mit einer Verneigung.

»In meiner Muttersprache heißt sie *cluaran*.«

»Englisch?«

»Nein, Gälisch, eine alte Sprache mit keltischem Ursprung. Die Schotten sind nämlich keine Engländer, Mademoiselle Lacroix. Wir haben nicht dieselben Wurzeln, und daher ähneln wir ihnen nicht und denken nicht wie sie. Aber… wir mussten uns ihnen unterwerfen, genau wie Ihr.«

Verlegen sah sie auf die zarte Blüte hinunter. Mit einem Mal hatte Alexanders Stimme hart geklungen. Als sie den Kopf hob, ging Alexander bereits voraus und schlug den Weg zur Mühle ein, deren Flügel hinter einem Weidendickicht aufgetaucht waren. Sie rannte ihm nach; die Distelblüte ließ sie in ihre Tasche gleiten. Später würde sie sie in einem dicken Buch pressen.

Der Platz bot eine gewisse Abgeschiedenheit, was Alexander nicht missfiel. Außerdem schützten Büsche ihn vor dem Wind. Isabelle zog ihr Cape aus und legte es sorgfältig zusammen. Dann breitete sie ein Tischtuch über das Gras, auf das sie das Essen stellte. Sie nahm zwei Becher und reichte ihm den einen.

»Vergebt mir meine Unwissenheit… über Eure Herkunft«, begann sie, um die verlegene Stimmung zu zerstreuen, die zwischen ihnen aufgekommen war.

»Und Ihr müsst mir mein ungehobeltes Verhalten verzeihen, Mademoiselle Lacroix. Ich weiß ja, dass für Euch Schotten, Iren und Engländer alle eins sind. Ihr werdet schon noch lernen, den Unterschied zu erkennen.«

»Ja… ganz gewiss. Ähem… ich habe nur Wein zu trinken. Ich nehme an, Soldaten ziehen ein wenig… stärkere Getränke vor…«

»Ich weiß einen guten Wein zu schätzen.«

»Ja… wahrscheinlich. Tut mir leid, ich wollte Euch nicht beleidigen.«

»Das macht doch nichts. Und Ihr habt ja recht: Wenn ich die Wahl habe, bevorzuge ich tatsächlich Whisky.«

Sie lächelte. Er nahm die Flasche, die sie ihm hinhielt, und entkorkte sie. Dann goss er ein wenig von dem roten Nass in die Becher und prostete ihr damit zu.

»*Slàinte!*«

»Ist das auch Gälisch?«

Er nickte, trank einen Schluck aus seinem Becher und stellte ihn dann ins Gras.

»*Slaante*... und wie sagt man... Brot?«

»*Aran*.«

»Und... Sonne?«

»*Grian*.«

Sie sprach das Wort nach und lachte.

»Lasst uns etwas Schwierigeres versuchen. Übersetzt mir: ›Heute ist ein wunderschöner Tag.‹«

»*Tha an latha cho bréagha.*«

»*Ha an la-o ko brrriiia.*«

Jetzt war es an Alexander, vor Lachen herauszuplatzen.

»Beinahe«, meinte er, streckte die Beine auf dem Gras aus und strich sich den Kilt über den Oberschenkeln glatt.

Isabelle beäugte das »Röckchen«, wie die Leute es nannten, wenn sie von der Uniform der Schotten sprachen.

»Warum tragt Ihr diesen... Rock?«

»Das ist kein Rock, sondern ein Kilt. Er wird bei uns nur von den Männern getragen. Viel praktischer und bequemer als Kniehosen. Die Farben sind für gewöhnlich die des Clans, dem wir angehören«, erklärte er ernst. »Diese hier allerdings sind die des Fraser-Clans von Lovat, der das Regiment ausgehoben hat.«

Sie zog die Nase kraus. Praktisch sollte dieser Rock sein? Hmmm... und bei Wind?

»Sind das zugleich auch Eure Farben?«

Er setzte eine nachdenkliche Miene auf.

»Nein. Ich gehöre dem Clan der Macdonald von Glencoe an. In Schottland ist das Tragen von Tartans außer beim Militär seit 1747 verboten.«

»Ist das nicht ein wenig kühl... ich meine... mit dem Wind, im Winter?«

Er schüttete sich vor Lachen aus, was sie in Verlegenheit stürzte.

»Wenn diese Kleidung uns bei kaltem Wetter nicht angenehm wäre, dann hätten wir sie gewiss schon lange aufgegeben.«

Immer noch skeptisch, lächelte Isabelle ihm zu und reichte ihm den Teller, den sie zurechtgemacht hatte.

»Wo habt Ihr Französisch gelernt? Mir ist aufgefallen, dass – von den Offizieren abgesehen – nur wenige von euch diese Sprache beherrschen.«

»Mein Großvater mütterlicherseits hat großen Wert darauf gelegt, dass ich es lernte. Er war der Ansicht, diese Kenntnisse würden mir eines Tages von Nutzen sein. Und er ... hatte wohl recht«, setzte er hinzu und sah sie ernst an.

»Aha«, meinte sie, senkte den Kopf und errötete leicht. »Und wie hieß Euer Großvater?«

»John Campbell ... John Buidhe Campbell von Glenlyon. Die Uhr ... hat er mir geschenkt.«

Isabelle lief dunkelrot an und wandte den Kopf ab, um ihre Verlegenheit unter der Krempe ihres Huts zu verstecken.

»Die Uhr ... ja. Alexander, ich ... ich wollte Euer Eigentum nicht durchwühlen ... ich meine ...«

»Ich bin Euch deswegen nicht böse, Mademoiselle Lacroix.«

»Was ich getan habe ... war ... sehr ungehörig. Versteht Ihr ... normalerweise wühle ich nicht in den Besitztümern anderer herum. Ich bin einfach zu neugierig ... Vergebt mir.«

Alexander beobachtete die junge Frau, die nervös an ihrem Stück Brot zupfte und es auf ihrem Teller zerlegte. Das Segeltuch, mit dem die Flügel der Mühle bespannt waren, knatterte im Wind. Die Rotschulterstärlinge mit ihren schönen roten Epauletten, die noch nicht in wärmere Länder gezogen waren, zwitscherten fröhlich. Er legte den Zeigefinger unter Isabelles Kinn, damit sie ihn ansehen musste. Wie gern hätte er sie geküsst!

»Ihr habt nichts getan, das ich Euch verzeihen müsste, Mademoiselle.«

Dann zog er langsam die Hand zurück, und Isabelle fasste sich wieder.

»Erzählt mir von Euch, Alexander.«

»Was wollt Ihr denn wissen?«

»Ach, das was man sich so für gewöhnlich erzählt. Habt Ihr

Brüder und Schwestern? Wo seid Ihr geboren? Vielleicht auch ein paar Kindheitserlebnisse, die Euch besonders im Gedächtnis geblieben sind.«

Lange schwieg er, denn er hatte keine Ahnung, was er ihr Interessantes aus seinem Leben berichten sollte.

»Ich bin in einem kleinen Tal in den Highlands geboren. Wisst Ihr, wo das ist?«

Da sie den Mund voller Brot hatte, schüttelte sie nur wortlos den Kopf. Alexander war über diese Antwort nicht weiter verwundert.

»Die Highlands sind eine Gebirgsregion im Norden Schottlands. Das Tal, in dem ich geboren bin, heißt Glencoe. Mein Vater und meine Mutter hatten neun Kinder. Sechs davon leben noch... zumindest glaube ich das.«

»Dann wisst Ihr nicht, was aus ihnen geworden ist?«

»Nicht wirklich. Mein Bruder Coll allerdings dient auch in meinem Regiment. Er ist der große Rothaarige, der mich auf meinen Patrouillengängen begleitet. Der Dicke ist Munro, mein Cousin. Ich bin der Jüngste aus meiner Familie.«

»Ist es dort schön... in den Highlands?«

Er sah sie an und ließ sich von ihren grünen Augen anregen.

»Ob es schön dort ist? Ich würde sagen... großartig!«

Während er aß, beschrieb er ihr sein Land, erklärte ihr seine Traditionen und erzählte ihr ein paar komische, wenngleich harmlose Anekdoten aus seiner Kindheit. Ihr Gespräch verlief in einem scherzhaften Ton, doch ihre Augen redeten eine ganz andere Sprache. Nach einigen Minuten verstummte Alexander. In der Stille war nur das Summen der Bienen zu hören, die begehrlich die Restes ihres Mahls umschwirrten.

»Und Ihr?«, fragte er schroff, um sich wieder zu fangen.

»Ich? Was möchtet Ihr denn von mir wissen?«

Lachend streckte er sich aus und stützte sich auf einen Ellbogen. Die Sonne schien durch Isabelles fliegendes Haar und überhauchte es wie mit schimmerndem Goldstaub. Am liebsten hätte er mit der Hand darübergestrichen.

»Na ja, Ihr wisst schon! Was man sich so für gewöhnlich erzählt.«

»Ihr macht Euch lustig über mich, Alexander Macdonald«, meinte Isabelle und lachte ebenfalls. »Meine Familiengeschichte ist auf jeden Fall ein wenig komplizierter als die Eure. Ich habe zwei Brüder aus der ersten Ehe meines Vaters, und dann noch zwei weitere aus seiner zweiten mit meiner Mutter. Alles Brüder. Deswegen ist mir auch meine Cousine Madeleine so teuer. Sie ist die Schwester, die ich nie gehabt habe. Mein Vater ist Kaufmann, so wie sein Vater vor ihm.«

»Und wahrscheinlich ist auch einer Eurer Brüder Kaufmann geworden!«

»Oh! Nun ja, Étienne ist im Pelzhandel tätig, doch er interessiert sich nicht wirklich für Geschäfte. Und Louis ist Bäcker. Guillaume studiert noch am Priesterseminar. Das hat er jedenfalls... bevor der Unterricht dort eingestellt wurde.«

Isabelle hielt mit einer Hand ihren Hut fest, den der Wind ihr abzureißen drohte, und sah auf das glitzernde Wasser des Saint-Charles-Flusses, das durch die Büsche zu erkennen war. Alexander spürte ihre ungüten Gefühle und sagte sich, dass er diese Frage nicht hätte stellen dürfen. Mit Sicherheit gehörten die Brüder der jungen Frau der Miliz an. Vielleicht war ja sogar einer von ihnen bei einem Scharmützel oder bei der Schlacht auf den Höhen getötet worden.

»Verzeiht mir meine Indiskretion, Mademoiselle. Ich...«

Isabelle verzog leicht den Mund.

»Dann ist da noch der Jüngste, Paul. Er träumt von einer Militärlaufbahn.«

»Der Kleine, der auf den Höhen Krieg spielen wollte?«

»Ja, derselbe. Aber keine Bange, ich habe ihn ordentlich ausgescholten. So etwas wird er so schnell nicht mehr anstellen, glaubt mir.«

Sie löste die breite Seidenschleife unter ihrem Kinn, zog den Strohhut aus und legte ihn unter ihr Cape ins Gras. Ein paar Blätter waren auf das Tischtuch gefallen. Mit einer anmutigen Bewegung nahm sie eines weg, das auf dem Teller mit den Keksen gelandet war. Kurz betrachtete sie die lebhaften Farben und ließ es dann auf einem Luftwirbel davonschweben, der es über ein paar Essigbäume trug. Die Locken, die unter ihrer Haube hervorlugten, tanzten um ihr Gesicht. Der leichte Fichu war von ihren schmalen Schultern geglitten.

Alexander betrachtete die Rundung ihrer Brüste und ließ seinen Blick dann an dem zarten Hals entlang bis zu ihrem Rosenknospenmund hinaufwandern, der sich köstlich wölbte. Diese Frau stürzte ihn in Verwirrung. Er wurde sich bewusst, dass sein Blick sehr unschicklich war, und wandte ihn den blitzenden Sonnenreflexen auf dem Fluss zu. Doch Isabelles Bild stand ihm dennoch deutlich vor Augen.

Eine gewisse Verlegenheit bemächtigte sich der beiden. Isabelle sah sich um und kramte in dem leeren Korb herum. Eine Flut von Empfindungen brodelte in ihrem Blut.

»Mögt Ihr Oliven mit Anchovis?«, fragte sie schließlich, um ihre Unsicherheit zu kaschieren.

Er fuhr zusammen, als sie seinen Arm berührte. Ein Tropfen Wein schwappte aus seinem Glas und landete auf seinem Ärmel.

»Oh! Euer Hemd ... das gibt einen Flecken. Meine Schuld.«

»Das macht doch nichts.«

»Tut mir schrecklich leid, Alexander ... Wartet.«

Sie tränkte eine Serviette mit Wasser und rieb auf dem Flecken herum. Durch sein Hemd hindurch spürte er die Wärme ihrer Finger und schloss die Augen.

»So! Ganz habe ich ihn nicht wegbekommen, aber so lässt er sich später besser auswaschen.«

»*Tapadh leat.*«

»Was bedeutet das?«

»Danke.«

»*Yi ... wilcome, Mister Macdonald*«, radebrechte sie. Keine Ursache, Mr. Macdonald.

Sie brachen in Gelächter aus. Er fand sie so schön, wenn sie lachte. In ihren Wangen erschienen dann zwei niedliche Grübchen. Ihre vollen Lippen öffneten sich wunderschön und enthüllten perfekte Zahnreihen, die bereit schienen, in das Leben hineinzubeißen. Sie strahlte nur so vor Lebensfreude, war genau das, dessen Alexander dringend bedurfte. Er war bezaubert und konnte den Blick nicht von ihr losreißen.

Was wollte sie nur von ihm, diese kleine, unbekümmerte Bürgerstochter? Bedeutete er für sie nur eine Zerstreuung? Es gab viele Offiziere, die Mademoiselle Lacroix gern zu diesem Picknick begleitet hätten...

Mit der Spitze ihres Messers hatte Isabelle eine gefüllte Olive aufgespießt und hielt sie ihm hin. Er öffnete den Mund. Lachend sah sie ihm beim Kauen zu.

»Schmeckt das?«

»Es ist sehr salzig.«

»Ich habe eine Idee!«, rief sie aus, froh darüber, eine Ablenkung für ihre aufgewühlten Empfindungen gefunden zu haben. »Wir veranstalten ein Spiel, das ich früher immer mit Madeleine gespielt habe.«

Sie sah sich um, durchsuchte den Korb und zuckte dann die Achseln.

»Schade! Die Servietten sind zu klein... Ah! Wir nehmen meinen Fichu!«

Sie nahm das Gazetuch ab, das ihre Schultern ohnehin kaum mehr bedeckte, und war sich in ihrer Naivität nicht einmal bewusst, dass sie ihr Dekolletee enthüllte. Dann kniete sie sich vor ihn hin.

»Dreht Euch um, ich will Euch die Augen verbinden.«

Verblüfft musterte Alexander sie.

»Ich tue Euch schon nichts Böses! Ihr sollt nur den Mund öffnen und erraten, was ich Euch zu kosten gebe.«

Fügsam ließ er sich auf das Spiel der hübschen jungen Frau ein, und sie fütterte ihn mit geräuchertem Schinken, dicken Nüssen und kandierten Früchten, deren Namen er auf Französisch nicht wusste. Sie lachten, als sie ihm versehentlich etwas Marmelade auf die Wange schmierte. Sie wischte sie ab, und als sie dabei seinen Mundwinkel streifte, entfuhr ihm ein Seufzer.

»Jetzt seid Ihr an der Reihe!«

Seine Hand schwebte über all den Köstlichkeiten, die auf dem Tischtuch ausgebreitet lagen. Er schwankte zwischen kandierter Ananas und einem Stück holländischem Käse, um schließlich eine in Weinbrand eingelegte Pflaume zu ergreifen.

»Mund auf.«

Sie gehorchte brav und biss in die vor Sirup triefende Frucht. Ein Tropfen lief ihr aufs Kinn, und sie leckte ihn kichernd auf.

»Eine Pflaume in Weinbrand! Ihr habt keine Chance, Alexander!«

»*Och, 'tis not fair!* Das ist nicht fair, Ihr kennt ja alles!«

»Dann lasst ein wenig Fantasie walten, mein Freund.«

Sie lächelte und öffnete in Erwartung der nächsten Überraschung den Mund. Alexander wandte den Blick von den granatroten, vom Sirup glänzenden Lippen ab und sah sich nachdenklich unter den Leckerbissen um. Dann tauchte er ein Essiggürkchen in Marmelade und legte es auf Isabelles Zunge. Sie biss mit Appetit zu.

»Mhhh…«

Sie begann langsam zu kauen. Alexander konnte seinen Blick nicht von diesem Mund lösen, der sich genießerisch und sinnlich bewegte. Er wollte ihn kosten. Aber nein, das durfte er nicht… Einen kurzen Moment lang schwankte er. Er verbannte die Vernunft in einen entfernten Winkel seines fiebernden Geistes, rückte an sie heran und sog ihren Duft ein.

Isabelle hörte auf zu kauen und spannte sich ein wenig an, rührte sich jedoch nicht. Alexanders süßer Atem strich über ihre Haut. Ihr Herz begann wie entfesselt zu pochen, während ihr Verstand versuchte, ihr Vorschriften zu machen. Ihn zurückstoßen? Das vermochte sie nicht. Diese neue Empfindung, dieses Begehren, beherrschte sie und machte sie schwach.

Alexander wurde kühner und setzte sich über alle Anstandsregeln hinweg. Zart legte er die Lippen auf ihren mit Zucker glasierten Mund, wie ein Schmetterling, der vom Nektar einer Blüte angezogen wird. Sie stieß einen leisen Überraschungsschrei aus und zog sich ein wenig zurück. Er wartete. Aber sie nahm weder die Augenbinde ab, noch entfernte sie sich allzu weit.

»Das ist... etwas ganz Neues«, stotterte sie, nachdem sie das Gürkchen verschluckt hatte. »Süß-sauer... Schmeckt mir gut. Das war Gurke mit... noch etwas anderem...«

»Etwas anderem? Vielleicht möchtet Ihr noch einmal kosten?«

»Kosten? Ich weiß nicht... Vielleicht...«

Er beugte sich wieder über die schöne Genießerin und küsste sie sanft auf die Lippen, die ihn nicht länger flohen.

»Und jetzt, Mademoiselle Lacroix? Könnt Ihr raten, was das ist?«

Kein Laut kam über ihre bebenden Lippen. Von heftigen Gefühlen bewegt hob und senkte die Brust der jungen Frau sich rasch. Begehren flammte in ihm auf und drängte ihn erneut zu ihr. Zuerst zögernd, dann drängend erforschte seine Zunge ihren Mund. Er fasste sie an den Schultern und riss sie so brüsk an sich, dass sie aufseufzte. Sie wehrte sich nicht gegen diesen Kuss, den er ihr raubte, sondern erwiderte ihn sogar gierig.

Isabelle, die Genießerin. O ja! Die Genusssucht war eine Sünde. Unglücklicherweise war der jungen Frau viel zu schwindlig, als dass sie darüber hätte nachdenken können. Bei der ersten Berührung mit Alexanders Lippen waren in ihr tausend Schmetterlinge explodiert und hatten sie sprachlos gemacht. Jetzt flatterten diese Schmetterlinge in ihrem Leib und auf ihrer Haut und kitzelten sie mit ihren zarten Flügelspitzen. Ein seltsames, aber unglaublich köstliches Gefühl...

Sie erstickte unter diesem Mund, der sie so ungestüm erforschte, und rückte ein wenig fort. Alexander hielt sie fest und drückte sie sanft auf das Tischtuch hinunter. Das Porzellan klirrte; ein Häher krächzte. Der Wind liebkoste die beiden sanft und ließ das Laub um sie herum rascheln. Das unablässige Knirschen des Mühlrads und das Plätschern der Wogen am Ufer mischten sich mit dem fernen Geschrei spielender Kinder und dem Hämmern der Handwerker.

Doch ihre Herzen schlugen so laut, dass sie all diese Geräusche übertönten... Wieder wurde Isabelle schwindlig. Sie klammerte sich an Alexanders Hemdkragen fest. Der junge Mann presste sein Becken gegen ihres, und unreine Gedanken stiegen in ihr auf. Sie war erschüttert. Die Feinschmeckerei war eine lässliche Sünde, gewiss... Aber die Fleischeslust... Dann tauchte Nicolas' Gesicht vor ihrem inneren Auge auf.

Liebte sie Nicolas also nicht? Es war so lange her, seit sie sich gesehen hatten. Außerdem hegte sie immer noch ihre Zweifel bezüglich dessen, was damals wirklich bei seiner Schwester Angélique Péan geschehen war. Vielleicht würde ihr Verehrer mit seiner schmucken, mit Tressen verzierten Uniform ja zurückkehren. Sein schönes Antlitz würde aufleuchten, wenn er sie sah. Er würde sie küssen und ihr sagen, dass er sie liebte, sie in die Arme nehmen und zur Kirche tragen... Aber so etwas kam nur im Märchen vor. Die Wirklichkeit war da ganz anders. Und außerdem hatte Nicolas' Mund noch nie so viele Empfindungen in ihr hervorgerufen, noch nie dieses Gefühl in ihrem Leib aufsteigen lassen, das sie vollständig willenlos machte.

Herrje, sie war untreu! Was war sie nur für ein Mensch, dass sie den Versuchungen des Fleisches so leicht erlag? Sie seufzte und stieß Alexander widerwillig zurück.

»Nein, das ist... nicht gut. Wir müssen aufhören...«

Ebenso aufgewühlt wie sie zog er sich zurück. Sie blieb auf dem Tischtuch liegen, immer noch mit verbundenen Augen. Ihr Atem ging stoßweise, und ihr Mund war ein wenig angeschwollen von seinen Küssen.

»*Sorry*, Mademoiselle Lacroix. Vergebt mir meine Kühnheit... Ich... hätte das nicht tun dürfen.«

»Nein! Doch! Also, vielleicht... Ich weiß es nicht... ich...«

Sie schwieg. Sanft nahm er ihr die Augenbinde ab und streifte dabei ihre Wange. Schweigend sah sie ihn an. Die langen Wimpern des jungen Mannes säumten auf anziehende Weise seine halb geschlossenen Augen. Seine Adlernase war das, was ihr an seinem Gesicht am wenigsten gefiel, obwohl sie es sich nur schwer anders vorstellen konnte. Und sein Mund... er war so besonders, einzigartig. Sie fand ihn schön. Mit einem Mal sah sie nicht mehr einen schottischen Soldaten vor sich, sondern einfach einen Mann, den sie schrecklich gern lieben wollte, auch wenn das Wahnsinn war.

»Wie sagt man auf Gälisch: Alexander hat Isabelle geküsst?«
»*Thug Alasdair pòg do Iseabail.*«
»*Houg Alasdair pack do Iseabail*... Was für eine seltsame und zugleich so schöne Sprache! Alasdair, ist das die Übersetzung Eures Vornamens?«
»Ja.«
»Das klingt sehr schön. Alasdair...«

Er liebte es, wie sie seinen Namen aussprach. Sanft, und doch kraftvoll und eindringlich. Er erbebte vor Vergnügen. Aus ihrem Mund klang sein Name wie der eines großen Herrn, eines Königs. Aber er war kein hochwohlgeborener Herr.

Seit er sie zum ersten Mal gesehen hatte, fand er, dass von dieser Frau ein Strahlen ausging. Allein ihr Lächeln ließ ihn die Verbrechen vergessen, zu denen der Krieg ihn gezwungen hatte. Heute... er fand keine Worte, die seine Empfindungen hätten zum Ausdruck bringen können.

»Alexander?«
»Ja?«
»Ich... mag dich gern.«
»*Mo chridh' àghmor.*«

Er beugte sich leicht auf sie zu. Doch er zögerte, sie wieder zu küssen, und strich ihr eine blonde Strähne aus dem Gesicht. Isabelle berührte sanft seine Lippen und dann das Grübchen, das sein eigensinniges Kinn zeichnete.

»Und was heißt das?«
»Mein Herz... voller Freude.«

Das Blut schoss in Isabelles zarte Haut, rötete ihren lilienweißen Teint, während ihr Körper sich weiter unter ihm entspannte wie eine Taube, die sich nach und nach der Hand, die sie gefangen hat, ergibt. Ihre langen, goldenen Wimpern flatterten über ihren Pupillen wie ein Schleier vor einer unbekannten, verbotenen Welt. Entschlossen stürzte Alexander sich in dieses smaragdgrün und braun gefleckte Universum.

In einer letzten Aufwallung von Schamhaftigkeit schlug Isabelle die Augenlider nieder, um vor diesem Blick zu fliehen, der in sie eindrang und ihre Seele in Aufruhr versetzte.

»Isabelle…«, flüsterte er, damit sie wieder zu sich kam.

Ihre Lider bebten und hoben sich langsam. Dann sah sie ihn an. Und während sie seufzend einen tiefen Atemzug tat, öffneten sich ihre tiefroten, zitternden Lippen. Ein Zaunkönig hob zwitschernd und flügelschlagend vom Boden ab. Das vom Wind liebkoste Gras bewegte sich leise. Inmitten der Laute einer ganz realen Welt flüsterte sie zu ihm gewandt:

»Küss mich noch einmal, Alexander.«

11

Das Glück der Liebe

Ein eiskalter Wind pfiff unheilverkündend durch die Ritzen des grob gezimmerten Fensters, gegen das der Herbstregen trommelte. Alexander konnte nicht schlafen, daher nahm er das Stück Holz zur Hand, an dem er zu arbeiten begonnen hatte. Die Konturen waren noch ein wenig kantig. Doch wenn er sie erst mit Sand poliert hatte, würden sie ebenso glatt und sanft gewölbt sein wie...

Isabelles Bild trat vor sein inneres Auge, und während er die Formen der Muttergottes-Figur liebkoste, die er in den Händen hielt, vermeinte er die der jungen Bürgerstochter zu spüren. Er schloss die Augen, um wieder das Plätschern des Flusses, das Knarren der Windmühlenflügel und das leise Rascheln ihrer Röcke zu hören... und das hingerissene Seufzen der jungen Frau.

Er streckte den Arm nach seinem *Sgian dhu* aus und begann ohne etwas zu sehen die Falten an der Tunika seines Figürchens zu bearbeiten. Colls Pritsche knarrte. Am Rhythmus seines Atems erkannte er, dass er ebenfalls nicht schlief.

»Was machst du da?«, fragte Coll flüsternd, wie um seine Vermutung zu bestätigen.

»Nichts Besonderes.«

Sein Bruder hievte sich auf einen Ellbogen hoch und sah in seine Richtung.

»Ich dachte, du wärest fertig?«

»Nein, für mich wird sie nie wirklich vollendet sein. Aber ich muss sie wohl eines Tages bei den Ursulinen abgeben.«

»Sie wird wunderbar werden, Alas.«

»Hmmm ... ja, sehr schön.«

»Du kannst doch gar nichts sehen! Schlaf lieber.«

Ein langes Schweigen trat ein, das nur von dem Schnarchen der Männer unterbrochen wurde, mit denen sie das schlecht geheizte Zimmer teilten. Dann ließ Coll sich erneut vernehmen.

»Wo hast du eigentlich heute gesteckt? Nach unserer Schicht bei den Schwestern warst du verschwunden. Wir haben uns Sorgen gemacht. Heute Morgen ist schon wieder ein toter Soldat aufgefunden worden, in dem Graben, der an den Befestigungen entlang verläuft, ein Grenadier mit einem Messer im Leib. Das ist jetzt das vierte Mal in einem Monat und allein das zweite in dieser Woche. Bist du wenigstens vorsichtig?«

»Mach dir keine Sorgen um mich.«

Coll zögerte. Er kannte Alexander gut genug, um sich eine ziemlich zutreffende Vorstellung von seinem Gemütszustand zu machen: Sein Bruder war verliebt.

»Warst du mit dieser Frau zusammen?«, fragte er schließlich.

Das Schaben des Messers auf dem Holz verstummte.

»Mit wem, mit Émilie?«

»Doch nicht Émilie, du Schwachkopf. Der anderen, der schönen Bürgerstochter.«

Ein Brummen bestätigte Coll in seinem Verdacht.

»Bist du dir bewusst, was du da tust? Du wirst dir die Finger verbrennen, Alas, das weißt du ganz genau.«

»Ich bin mir schon klar darüber, was ich tue, Coll. Ich bin schließlich kein grüner Junge mehr.«

»Das weiß ich auch. Aber in der Liebe benehmen sich alle Männer wie Kinder.«

»Wer redet denn hier von Liebe?«

»Ich.«

»Ich bin nicht verliebt. Sie ist freundlich und hübsch und ...«

»Du bist dabei, dich in sie zu verlieben, Alas. Mach dir doch nichts vor.«

Alexander stellte sein Werk aufs Fensterbrett und setzte sich aufs Bett. Er seufzte, und seine überanstrengten Augen begannen krampfhaft zu zucken. Er schloss die Lider, um sie zu massieren.

»Ich habe keine Lust, darüber zu reden«, murmelte er.

Colls Schatten bewegte sich. Ob sein Bruder womöglich recht hatte? Seit einigen Tagen war er so ruhelos, dass er es nicht fertigbrachte, seine wirklichen Gefühle für Isabelle unter die Lupe zu nehmen. Heute Nachmittag... als er die junge Frau geküsst hatte, war ihm gewesen, als tauche er die Lippen in himmlischen Nektar. Er hatte von der Quelle des Lebens getrunken. Doch wenn er nicht Acht gab, würde dieses Elixier ihn um den Verstand bringen; und dabei hatte er sich geschworen, nie wieder zu lieben. Auf der anderen Seite wäre er schön dumm, wenn er nicht nehmen würde, was die schöne Bürgerstochter ihm bot! Wenn er diese Frau in den Armen hielt, fühlte er sich unbesiegbar. In diesem Moment war sie ein Schutzschild zwischen ihm und dem Leben gewesen, so wie alle Frauen vor ihr, denen es gelungen war, einen Weg zu seinem Herzen zu finden.

»Du hast Leticia gerade erst verloren und bist noch... verwundbar.«

»Schon gut, Coll. Ich verstehe, worauf du hinauswillst.«

»Sag mir nicht, dass Leticias Fortgang dich nicht schwer getroffen hat. Seitdem hast du nicht mehr besonders am Leben gehangen... ich meine...«

»Meine Auspeitschung? Hab nur keine Hemmungen, es auszusprechen.«

»Nun gut. Aber wenn wir beide nicht jenen Schwur abgelegt hätten, Alas, wo wärest du dann heute? Selbst Christinas Aufmerksamkeit hat dich nicht berührt.«

Alexander gab keine Antwort, sondern sah in die finstere Nacht vor dem Fenster.

»Dann sage ich es dir eben. Du wärest noch auf Point Levy, und die Würmer würden deine Eingeweide fressen. Genau da wärest du. Du bist einfach... zu empfindsam, Alas.«

»Hör auf, solchen Unsinn zu erzählen.«

»Ach, mach doch endlich die Augen auf! Begreifst du denn nicht, dass diese Frau dich an der Nase herumführt? Häng dich nicht an sie. Sie lebt nicht in derselben Welt wie wir. Bestimmt nutzt sie dich nur aus. Wahrscheinlich ist sie verheiratet oder verlobt und möchte einfach nur ein bisschen Spaß mit einem ausländischen Soldaten haben. Da wäre sie weder die Erste noch die Letzte. Und außerdem tragen ihr Vater und ihre Brüder, falls sie welche hat, bestimmt eine Uniform. Sie werden dir das Fell abziehen, so viel ist sicher. Nimm doch an ihrer Stelle die kleine Émilie, sie ist ein reizendes Ding und offensichtlich ganz vernarrt in dich!«

»Ich bin doch kein Idiot! Natürlich weiß ich genau, dass ich Isabelle niemals für mich allein haben kann. Aber… sie gefällt mir eben. Und wenn sie mich ebenfalls mag, warum sollen wir nicht unsere Zeit nutzen, solange dieser verfluchte Krieg andauert?«

Bei den letzten Worten ließ er sich brüsk und offenbar zornig auf sein Bett zurückfallen.

»Und wenn dieser Krieg vorüber ist, was willst du dann anfangen?«

»Wenn Gott mir diese Gnade erweist, werde ich sein Ende gar nicht erleben…«

Ein drückendes Schweigen, in dem unausgesprochene Andeutungen hingen, senkte sich über die Brüder.

»Tu das nicht, Alas! Kehre mit mir nach Schottland zurück«, flüsterte Coll dann. »Mach das nicht, ich beschwöre dich!«

»Was denn?«

»Dich mit dem Tod abfinden. Ein guter Krieger muss immer das Gefühl haben, unbesiegbar zu sein. Wenn man seinen Tod in Kauf nimmt, findet man sich schon im Voraus mit seiner Niederlage ab.«

»Der Tod folgt mir ohnehin auf dem Fuße, Coll, und das schon seit langer Zeit. Ich weiß nicht, warum, aber er heftet sich an meine Fersen. Im Moment hat er mich noch nicht holen wollen, aber ich spüre ihn überall um mich herum… Er wartet.«

»Er erwartet uns alle, Bruder. Aber man darf ihn nicht herausfordern.«

»Aber bedeutet Mut nicht gerade das?«

»Nein, nicht auf diese Art. Den Tod herausfordern heißt, ihn zu riskieren, ihn geradezu herbeizurufen. Mut ist, seine Feinde, seine Ängste, den Tod zu bekämpfen. Einfach abzuwarten ist ein Akt der Feigheit.«

»Das verstehst du nicht, Coll. Du hast keine Ahnung, wie mein Leben aussieht. Also verurteile mich nicht.«

»Zugestanden, ich kann nicht alles verstehen. Aber mach dir klar, dass du nicht als Einziger leidest. Und außerdem gibt es Menschen, die dich brauchen.«

Ein höhnischer Ausruf war Alexanders Antwort. Munro drehte sich brummend auf seinem Bett um. Er stieß noch ein paar unzusammenhängende Laute aus, dann war es wieder still.

»Willst du mir wieder von Vater erzählen?«

Coll wusste, dass es sinnlos war, dieses Thema weiter zu vertiefen. Alexander war stur wie ein Maulesel. Trotzdem riskierte er es, noch ein weiteres Argument anzuführen.

»Mut bedeutet, sich seinen Ängsten zu stellen, Alas. Und ich glaube, für dich gehört das Wiedersehen mit Vater zu den Dingen, die du fürchtest.«

Mit diesen Worten verstummte er. Irgendwo in ihrem Quartier knallte eine Tür. Aus der Ferne drangen erregte Stimmen zu ihnen. Ein Kind weinte und rief nach seiner Mutter. Colls Worte hallten in ihm nach und quälten ihn, denn er hatte recht. Ja, er hatte Angst... Er fürchtete sich vor dem Blick, mit dem sein Vater ihn messen würde, wenn er zurückkehrte. Vor den ersten Worten, die er zu ihm sagen, dem ersten Schritt, den er auf ihn zutun würde. Warum musste Coll auch immer recht haben?

»Toupinet? Huhu? Bist du da?«

»Bist du dir ganz sicher, dass er hier wohnt? Also, mir scheint...«

»Wartet!«, rief Marcelline aus. »Sprecht mit ihm, Mam'zelle Isa. Seit die Engländer in der Stadt sind, versteckt er sich und kommt nur noch bei Nacht heraus.«

»Ich bin es, Toupinet, Mademoiselle Lacroix! Komm, ich habe etwas für dich.«

Ein paar alte, rauchgeschwärzte Bretter bewegten sich, und

ein Haarschopf erschien. Argwöhnisch beäugte Toupinet die jungen Damen. Dann, als er sie erkannte, reckte er sich und kam aus dem Holzhaufen heraus.

»Na so etwas, der Faulpelz hat geschlafen!«

»Komm, mein Freund. Schau, was ich dir mitgebracht habe. Zwei schöne rote Äpfel und ein Stück Käse.«

»Keine Kuchen?«

»Nein, heute gibt es kein Gebäck. Du weißt doch, dass Louis' Bäckerei zerstört worden ist.«

Der Mann war ein wenig enttäuscht, nahm aber dennoch die Nahrungsmittel und stopfte sie in die Tasche seines schmutzverkrusteten Rocks. Angesichts seines jämmerlichen Äußeren vermochte Isabelle eine Grimasse nicht zu unterdrücken.

»Wer wäscht denn deine Kleider?«

»Keiner.«

»Du musst dich ein wenig säubern, Toupinet! Bestimmt bist du voller Läuse!«

Er kratzte sich den Kopf, betrachtete dann aufmerksam seine Fingernägel und steckte den Zeigefinger in den Mund.

»Puuuh!«, meinte Marcelline und wandte sich ab. »Komm, wir machen einen Spaziergang.«

Isabelle gelobte sich, dafür zu sorgen, dass Toupinet an einem angenehmeren Ort überwintern konnte. Bald würde es sehr kalt werden; heute Nacht war der erste Schnee gefallen. In der Sonne war er zwar bald geschmolzen, aber der Boden war hart gefroren und hallte unter ihren Schritten.

Die Straßen waren mit Schutt übersät, den die Handwerker aus den Skeletten der Häuser warfen. Über allem schwebte der Geruch nach feuchter Asche. Fröhlich plaudernd stiegen die drei Freunde in die Unterstadt hinab, wobei sie immer wieder frischen, dampfenden Pferdeäpfeln und spiegelglatt gefrorenen Pfützen ausweichen mussten. Marcelline schilderte witzige Episoden von der Mäusejagd im Kloster und erzählte, dass Schwester Cathérine eine vollkommen unvernünftige Angst vor den harmlosen Tierchen hatte.

In der Rue De Meules angekommen, überkam Isabelle eine

ungeheure Trauer, als sie die Fassade des einstigen Lagerhauses ihres Vaters betrachtete. Durch die Fenster und die geschwärzten Deckenbalken sah man in den blauen Himmel. Die Weinschenke befand sich in einem ebenso beklagenswerten Zustand. Sie besaß kein Dach mehr, und der Boden der zweiten Etage war zum Teil weggerissen, so dass die erste stückweise offen dalag. Das Erdgeschoss schien noch in gutem Zustand zu sein, aber die Gefahr, sich dort zu verletzen, war zu groß. Das Kellerfenster schien tatsächlich den besten Zugang zu bieten, und der kleine, schmächtige Toupinet war wie geschaffen, um sich hindurchzuschlängeln.

Marcelline erklärte Toupinet alle Einzelheiten seiner Mission, wobei sie alles zweimal sagte und ihn ihre Anweisungen wiederholen ließ, um sicherzugehen, dass er sie richtig verstanden hatte. Offensichtlich war schon jemand hier gewesen, denn das Gitter, das normalerweise das Kellerfenster schützte, war verschwunden. Doch Marcelline fürchtete nicht um ihre kostbare Schachtel. Sie hatte sie sorgfältig in der südöstlichen Ecke des Kellers vergraben.

Die beiden jungen Frauen sahen zu, wie Toupinet ins Haus kletterte und sich zu Boden fallen ließ. Marcelline dirigierte ihn zu dem Versteck, und Isabelle sprach ihm Mut zu. Doch mit einem Mal ließ ein Knacken sie erstarren. Isabelle glaubte schon, das Gebäude würde einstürzen, und wollte Toupinet gerade zurufen, er solle sofort zurückkommen, als sich eine Hand auf ihren Mund legte. Ein ekelhafter Gestank nach gekochtem Kohl stieg ihr in die Nase.

Die junge Frau schlug und trat nach Kräften um sich, doch nichts fruchtete. Der Mann zerrte sie in die feuchtkalte, dunkle Gasse, die zwischen den beiden Gebäuden hindurchführte. Gegen die Mauer gedrückt, so dass sie sich nicht rühren konnte, sah sie, wie ein zweiter Mann Marcelline derselben Behandlung unterzog. Sie kämpfte, dass ihre bunten Röcke nur so flogen. Der Mann, der sie überfallen hatte, sprach auf Englisch auf sie ein. In den drohend klingenden Worten fand sie den eigentümlichen schottischen Akzent nicht wieder und fühlte sich einen Moment lang erleichtert. Der Rüpel machte sich unter ihren Röcken zu schaffen. Da wurde ihr richtig klar, was er von ihr wollte, und sie stieß einen wutentbrannten Schrei aus, der von der Hand, die immer noch über ihrem Mund lag, erstickt wurde.

An Stelle seiner übel riechenden Hand presste der Angreifer ihr jetzt seinen Mund auf die Lippen, aus dem ein ekelhafter, nach Alkohol stinkender Atem drang. Marcelline wehrte sich so heftig, dass sie dem anderen Kerl entkommen konnte. Doch der Mann stieß ein furchterregendes Gebrüll aus, hielt sie ohne Schwierigkeiten an den Haaren fest und zog sie wieder an sich. Das heisere Gelächter der beiden Soldaten hallte unheimlich durch die enge Gasse. Isabelles Kehle war wie zugeschnürt: Der Mann würde ihr Gewalt antun.

Marcelline stieß einen spitzen Schrei aus. Isabelle konnte sich von dem schamlosen Mund befreien und brachte es fertig, den Kopf zu ihrer Freundin zu drehen. Was sie sah, bestürzte sie zutiefst: Immer wieder stieß der Mann auf Marcelline ein, die wie eine Stoffpuppe durchgeschüttelt wurde. In ihrem starren Blick stand Entsetzen. Mit einem Mal spürte Isabelle, wie die Hand ihres Angreifers sich zwischen ihre Schenkel schob. Verzweifelt schrie sie auf. Sein hartes Glied rieb sich an ihr und versuchte, in ihren jungfräulichen Körper einzudringen. Der Soldat grunzte wie ein alter Eber. Etwas Heißes lief an ihren Schenkeln hinunter, und der Lustschrei des widerwärtigen Kerls dröhnte ihr in den Ohren. Von Ekel erfüllt, kreischte sie laut.

Der Mann, der sie überfallen hatte, schlug ihr ins Gesicht, um sie zum Schweigen zu bringen, doch da schrie noch jemand. Isabelle sah, wie Toupinet, vor Wut brüllend in seinem eigenartigen Watschelgang angerannt kam. Mit erhobenen Fäusten warf er sich auf den Mann, der sie immer noch festhielt. Doch der zweite Soldat, der mit Marcelline fertig war, stand auf und stürzte sich auf ihn. Isabelle sah Stahl aufblitzen. Erst als ihr kleiner Freund auf dem Boden zusammenbrach, begriff sie, dass es sich um ein Messer gehandelt hatte.

»Neiiin! Toupinet, neiiin!«

Der schraubstockartige Griff, in dem der Mann sie gefangen hielt, löste sich. Zu Füßen ihres Angreifers sackte sie an der Mauer hinunter, während er sich laut mit seinem Gefolgsmann stritt. Dann drangen von der Rue De Meules Stimmen und Rufe zu ihnen. Es kam jemand. Die beiden Missetäter gaben Fersengeld und verschwanden am Flussufer. Isabelle kroch zu Marcelline, die sich seit Minuten nicht gerührt hatte. Sie zog ihr die Röcke über die nackten Schenkel hinunter und strich ihr über das tränennasse Gesicht.

»Sag doch etwas, Marcelline! Marcelline!«

Isabelle schüttelte ihre Freundin und rief ihren Namen. Doch Marcelline war wie in eine tiefe Erstarrung versunken. Isabelle schmiegte den Kopf an ihre Knie, sprach leise auf sie ein und strich ihr übers Haar. Sie schloss die Augen, um nicht die Leiche des armen Toupinet ansehen zu müssen, die neben ihnen lag.

Eilige Schritte ließen sich vernehmen; Stimmen näherten sich. In der Gasse erklang das Klirren von Waffen, und Gestalten drangen in die Passage ein. Noch mehr englische Soldaten... Als Isabelle spürte, wie Hände sich auf sie legten, stieß sie einen Schrei aus. Hass mischte sich in ihre Angst.

»Fasst mich nicht an! Verschwindet! Infame Ungeheuer, ihr habt die beiden umgebracht! Oh, Marcelline...«

Die Tränen rannen ihr über die Wangen. Doch man ließ sie nicht in Ruhe. Die Hände kehrten zurück und zerrten an ihren Armen, die sie fest um Marcellines Kopf geschlungen hatte. Sie weigerte sich nachzugeben. Ihre Freundin würden sie nicht bekommen; sie durften sie nicht noch einmal anrühren. Aber die Hände gaben nicht auf. Sie hörte laute Stimmen. Marcelline wimmerte. Isabelle hatte das Gefühl, ihr Kopf müsse gleich zerspringen.

»Lasst uns in Frieden! Fort mit euch, ihr Bastarde! Gauner! Schänder! Verschwindet! Geht nach Hause!«

Sie sah, wie zwei Männer Toupinets Leiche aufhoben. Jemand riss ihr schließlich Marcelline aus den Armen und zwang sie aufzustehen. Aber ihre Beine wollten ihr nicht gehorchen. Sie sank zu Boden, doch da war jemand, der sie mit festem Griff aufrecht hielt. Da sie einen roten Uniformrock vor sich sah, glaubte sie, der Mann sei zurückgekommen, um sie weiter zu traktieren. Sie schrie auf und versuchte, das Gesicht des Soldaten zu zerkratzen. Doch der Mann wich ihr aus und hielt ihre Handgelenke fest. Als Isabelle spürte, wie sich etwas Hartes in ihren Leib bohrte, glaubte sie, ihr letztes Stündlein sei gekommen, und sie stieß einen langgezogenen Seufzer aus. Der Soldat rückte das Heft seines Schwerts beiseite.

»*Dinna be afraid, Isabelle, 't is me, Alexander*...« Keine Angst, Isabelle, ich bin's, Alexander...

Einen Moment lang hatte sie keine Ahnung, wer zu ihr sprach. Dann verband sie nach und nach ein Gesicht mit dem Namen: Alexander... Alexander? Isabelle klammerte sich an diesen Rettungsanker, vergrub das Gesicht im Rock des Mannes und weinte ihren Schrecken und ihren überwältigenden Kummer heraus. Sie spürte, wie sie hochgehoben und davongetragen wurde. Sollte Alexander sie ruhig bis ans andere Ende der Welt mitnehmen, das war ihr gleich, solange er nur bei ihr blieb. Ruhig stand er jetzt da und drückte sie so fest an seine Brust, dass sie seinen Herzschlag spürte. Er murmelte Worte, deren Bedeutung sie nicht begriff. Doch aus seinem harten Tonfall schloss sie, was er sagte.

Er legte sie auf den feuchten Ufersand und sprach mit sanfter Stimme.

»*'tis over... Isabelle. A Thighearna! Mic an diabhail sin!* Herrgott, diese Teufel! Sie haben die Männer gefangen. Man wird sie vor Gericht stellen und hängen für das, was sie getan haben. Was sie dir...«

Der Rest seines Satzes blieb unausgesprochen und ging in einem eigenartigen Schluchzer unter. Isabelle wurde schwindlig; sie spürte, dass ihr Mageninhalt ihr in die Kehle stieg, und rappelte sich auf die Knie, um zu erbrechen. In ihrem betäubten Geist stieg erneut das gerade erlebte Entsetzen auf. Ein unbezwingbares Zittern ergriff sie, während die Bilder noch einmal vor ihrem inneren Auge abliefen: Marcellines Schreie; Toupinet, der zusammenbrach...

Die junge Frau nahm eine Handvoll feuchten Sand und rieb

sich damit heftig den Mund ab, um jede Spur ihres Vergewaltigers auszulöschen. Die feuchten, rauen Sandkörner zerkratzten ihre zarte Haut, doch der Schmerz tat ihr wohl. Sie nahm noch eine Handvoll Sand und begann ihr Reinigungsritual von neuem. Aber als sie ihre Röcke hochschlagen wollte, um ihre Schenkel auf die gleiche Weise zu säubern, gebot Alexander ihr Einhalt.

»Ich bin schmutzig, ich muss… ich muss…«

»Isabelle! *No!*«

»Er hat mich…«

»*No! 'tis over!*«, unterbrach er sie barsch, so aufgewühlt war er.

Alexander wollte es nicht wissen; er wollte es nicht sehen. Er mochte die Geschichte nicht hören. Ein entsetzlicher Druck lastete auf seiner Brust. Gewiss würde Isabelle jetzt nicht mehr zulassen, dass er sich ihr näherte, sie berührte. Sie würde ihren Hass und Groll gegen ihn richten, und diese Vorstellung konnte er nicht ertragen…

Mit verzerrtem Gesicht, wimmernd, kämpfte die junge Frau darum, sich aus seinem festen Griff zu befreien. Sie musste diesen ekelhaften Schmutz herunterscheuern, den Gestank der Vergewaltigung abstreifen. Doch als sie seine Miene sah, hörte sie auf zu protestieren und zu zappeln, so eigenartig und durchdringend sah er sie an. Ein dumpfer Schmerz pochte in ihrer Magengrube. In Alexanders Augen stand eine tiefe Trauer, aber auch etwas anderes… und sie bekam Angst.

»Alex…«, stöhnte sie, den Tränen nahe.

Matt schüttelte er den Kopf und schloss dann die Augen. Der Schmerz zerriss sie schier. Sie packte ihn am Hemdkragen und klammerte sich an ihn.

»Alex!«

Jetzt würde er sie nicht mehr lieben. Er würde keine Frau wollen, die entehrt war. Der abscheuliche Kerl hatte seine Tat nicht ganz zu Ende geführt, doch er hatte sie besudelt.

»Sieh mich doch an, Alex!«

Dann stieg ohne Vorwarnung eine ganz neue Furcht in ihr

auf. Und wenn sie es jetzt nicht mehr ertrug, dass ein Mann sie berührte? Wenn nun nicht mehr Tausende von Schmetterlingen in ihr flatterten, wenn sie seine Lippen auf den ihren spürte? Wenn auch sie jetzt unfähig zur Liebe war?

Wie um diese plötzliche Angst loszuwerden, presste Isabelle die Lippen auf Alexanders Mund. Zuerst versuchte er sie wegzuschieben. Doch dann, als sie sich mit der Kraft der Verzweiflung an ihn klammerte, entspannte sich sein Körper langsam. Er legte seine Pranken auf ihren Rücken und zog sie eng an sich. Sand mischte sich mit ihrem Speichel, kratzte auf der zarten Haut ihrer Lippen und knirschte zwischen ihren Zähnen. Doch in ihrem unbezähmbaren Drang, sich der bedingungslosen Liebe des anderen zu versichern, war das den beiden vollständig gleich.

»Es... tut mir leid, Alex. So... leid«, schluchzte sie.

»Mir auch, *a ghràidh*... Mir auch...«

Erschöpft, aber friedlich saßen sie noch lange eng umschlungen am Flussufer und lauschten dem Plätschern der Wellen, die sich an den Felsen brachen. Nicht weit entfernt sah Isabelle sechs Highlander-Soldaten, die dafür sorgten, dass die Neugierigen, die auf den Kais zusammengelaufen waren, Abstand hielten. Erst jetzt spürte die junge Frau die durchdringende Novemberkälte.

Blitzschnell zog Madeleine die Beine weg und stieß einen schrillen Schrei aus. Isabelle, die sich über den gelungenen Streich freute, lachte.

»Du hast ja eiskalte Füße, Isa! Leg sie doch auf den angewärmten Backstein, um Himmels willen!«

»Aber du bist viel wärmer und weicher als der Stein, teure Cousine! Ich bin es so sehr gewöhnt, mein Bett mit dir zu teilen, dass ich im Kloster gar nicht schlafen konnte.«

Der Bettwärmer war längst abgekühlt. Die beiden jungen Frauen schmiegten sich im Bett aneinander. Schweigend hing jede von ihnen ihren Gedanken nach. Draußen heulte der Wind und rüttelte an den Fensterläden. Pulverfeiner Schnee bedeckte die Stadt und legte sich im Mondlicht wie ein leuchtendes Leichentuch über die offen daliegenden Häuserruinen.

»Du hast mir gefehlt, Isa. Ich freue mich so, dass es dir besser geht.«

»Weißt du, mir ist es nicht anders ergangen. Ich schlafe nicht gern allein, besonders nicht seit...«

Madeleine nahm Isabelles Hände und hauchte darauf, um sie zu wärmen. Wenn die beiden atmeten, bildeten sich kleine weiße Wölkchen um ihre roten Nasen. Im Kamin brannte zwar ein ordentliches Feuer, aber der Wind drang durch jede kleinste Ritze ins Haus und ließ die Bewohner bis auf die Knochen frieren. Isabelle erschauerte und zog die Wolldecke über ihrer beider Köpfe, obwohl sie bereits Hauben aus Wolle trugen.

Die junge Frau war glücklich, endlich wieder zu Hause bei ihrer Familie zu sein und in ihrem eigenen Zimmer schlafen zu können. Doch am meisten hatte sie sich darüber gefreut, Madeleine wiederzusehen und festzustellen, dass zwischen ihnen wieder die alte Vertrautheit herrschte. Im Kloster war sie nachts allein in ihrer Zelle erwacht und hatte um sich geschlagen, um sich gegen imaginäre Angreifer zu wehren. Die Einsamkeit tröstete sie nicht, im Gegenteil.

Madeleines Atem zu hören wirkte beruhigend und half ihr, sich zu entspannen. Hoffentlich träumte sie heute Nacht nicht wieder schlecht!

»Wie geht es Marcelline?«

»Unverändert. Sie weigert sich, ihr Zimmer zu verlassen, und will nicht einmal zum Essen herauskommen. Das betrübt mich sehr. Ich habe versucht, mit ihr zu reden, aber ich habe den Eindruck, dass Worte die Mauer, die sie um sich herum errichtet hat, nicht durchdringen. Ich mache mir Sorgen.«

»Du musst sie verstehen, Isa. Das, was sie... was ihr durchgemacht habt...«

»Ich weiß. Aber für sie war es viel schlimmer, das kann ich dir versichern.«

Sie schwiegen.

»Hast du ihn wiedergesehen?«, fragte Madeleine dann.

»Wen, den Mann?«

»Nein ... deinen Schotten.«

Die junge Frau seufzte. Sie wusste genau, dass sie irgendwann über dieses Thema sprechen musste. Madeleine hatte erraten, was zwischen ihr und Alexander war, und sie war entsetzt gewesen. Doch zumindest hatte sie nicht versucht, sie davon abzubringen, ihn weiter zu treffen. Dafür war Isabelle ihr zutiefst dankbar.

»Nein. Ist er etwa hier gewesen?«

Mit einem Mal wurde sie unruhig.

»Hier nicht. Aber ich habe ihn gestern im Kloster gesehen. Ich dachte, er hätte dich besucht.«

»Nein, hat er nicht. Hast du mit ihm geredet?«

»Wofür hältst du mich?«

Um ihre scharfe Antwort zu mildern, schlug Madeleine einen sanfteren Ton an.

»Aber er hat mich angesehen. Ich hatte den Eindruck, dass er überlegte, ob er mich ansprechen sollte.«

»Und?«

»Dann ist er gegangen.«

»Und du bist ihm nicht nachgelaufen?«

»Isa! Das konnte ich doch nicht tun!«

Madeleine hatte nicht die geringste Lust, über diesen Mann zu reden. Obwohl sie wusste, dass er Isabelle wahrscheinlich das Leben gerettet hatte, konnte sie einfach nicht vergessen, dass er zu den Engländern gehörte, durch die Julien in Gefahr war, von dem sie keine Nachricht hatte. Seit seinem letzten Brief waren schon drei Wochen vergangen. Desjardins, der alte Schmied, hatte ihn ihr gebracht. Darin schrieb Julien, ihm gehe es gut und er sehne sich nach ihr; die Nächte ohne sie seien lang und kalt. Aber er gebe die Hoffnung nicht auf, sie bald wiederzusehen ... Vielleicht gelang es ihnen dann, das Kind zu zeugen, auf das sie schon so lange hofften ... Sie hatte stundenlang geweint, nachdem sie seinen Brief gelesen hatte.

Wenn sie wenigstens in der Lage wäre, ihm dieses Kind zu schenken, das er sich so gewünscht hatte, ehe dieser elende

Krieg begann! Dann hätte sie jetzt einen Teil von ihm bei sich gehabt. Doch durch die Schuld dieser verfluchten Engländer waren sie jetzt voneinander getrennt und hatten alles verloren. Das kreidete sie Alexander an, und sie nahm es auch Isabelle übel, die sie nicht verstand und ihr Unglück nicht mit ihr teilte. Sie beneidete sie, weil sie die Hand des Mannes, den sie liebte, berühren, ihn küssen und sich an ihn schmiegen, seine Stimme hören konnte, die ihr zärtliche Worte zuflüsterte...

Zum ersten Mal war sie wirklich eifersüchtig auf diese Cousine, die sie im Grunde wie eine Schwester liebte, und das machte sie unglücklich. Sie gab sich große Mühe, gegen dieses Gefühl anzukämpfen, doch nichts fruchtete. Wie es im Sprichwort hieß: Das Glück des einen ist das Unglück des anderen. Da sie Isabelle nicht die Schuld geben wollte, hatte Madeleine sich Alexander zum Sündenbock erkoren. Sie machte ihn für all ihr Unglück verantwortlich, das zugleich sein Glück bedeutete.

Doch Glück war etwas sehr Vergängliches, das würde der Schotte schon noch erfahren. Die junge Frau hatte eine bedeutende Mission, und sie würde sich seiner ohne sein Wissen bedienen, um den Untergang der Engländer ins Werk zu setzen. Isabelle war dazu noch zu jung und naiv. Aber eines Tages würde sie begreifen, welchen Fehler sie begangen hatte. Wie hatte sie nur so rasch den gut aussehenden Nicolas vergessen können, um sich auf eine aussichtslose Romanze mit einem ungehobelten Soldaten einzulassen? Nein... wenn die Armee des Königs von Frankreich siegreich durch die Tore von Québec marschierte und sie ihren stolzen Hauptmann auf seinem Schlachtross erblickte, würde sie sogar den Namen ihres Schotten vergessen.

»Und worüber unterhaltet ihr euch?«

»Über alles und nichts. Er erzählt mir von seinem Land und seinen Sitten und Gebräuchen. Was seine Familie oder ihn selbst angeht, ist er nicht besonders gesprächig. Ich vermute, dass er ein wenig schüchtern ist. Wusstest du, dass er die Engländer ebenso wenig liebt wie wir?«

»Warum kämpft er dann unter ihrer Flagge?«

»Er hatte keine andere Wahl. Sein Volk hungert; seine Leute werden in den Bergen, wo sie leben, verfolgt. Deswegen hat er sich als Söldner verdingt... Er sagt mir auch oft etwas in seiner Sprache vor. Kannst du dir vorstellen, dass er drei Sprachen beherrscht, Mado? Seine Muttersprache ist das Gälische. Ich habe es aufgegeben, sie zu lernen; sie ist zu schwierig. Dann spricht er Englisch, und zwar einen Dialekt, den er Scots nennt und der ganz anders klingt als das normale Englisch. Und sein Französisch ist ebenfalls gut, trotz seines starken Akzents. Ich muss gestehen, dass es mir gut gefällt, wie er meinen Namen ausspricht...«

»Redet er mit dir über Murrays Pläne?«

»Er ist nur ein einfacher Soldat, Mado, kein Offizier. Was Gouverneur Murray vorhat, ist ihm herzlich egal.«

»Aber er muss doch hören, was die Offiziere miteinander reden... Bestimmt hat er eine Vorstellung davon, wann die Verstärkung und der Nachschub erwartet werden...«

Isabelle rekelte sich im Bett.

»Warum fragst du mich das? Was interessiert dich so daran?«

Madeleine biss sich auf die Lippen und suchte nach einer Ausrede.

»Nun ja, wir haben nichts mehr zu essen, oder jedenfalls fast nichts... Und...«

»Mado?«

»Hmmm?«

»Ich glaube, ich liebe ihn.«

»Und er? Hat er dir gesagt, dass er deine Liebe erwidert?«

»Das braucht er mir nicht zu sagen; ich spüre es. Manchmal bringen Taten Gefühle besser zum Ausdruck als Worte.«

»Du solltest nicht Begehren mit Liebe verwechseln, Isa. Für einen Mann besitzt das Wort Liebe oft eine ganz spezielle Bedeutung. Er begehrt dich vielleicht. Aber liebt er dich wirklich?«

Isabelle gab keine Antwort.

»Gib ihm keine Gelegenheit, dir weh zu tun. Du wirst ganz allein leiden, während er sich bei seinen Kumpanen rühmen wird, alles von dir bekommen zu haben. Und was ist mit deinem Seigneur des Méloizes? Willst du für einen kleinen Soldaten, der nicht das Schwarze unterm Fingernagel besitzt, eine gute Partie fahren lassen? Willst du dir seinetwegen die Aussicht auf eine gute Heirat zunichtemachen?«

Isabelle drehte sich um und wandte ihrer Cousine den Rücken zu.

»Ich mache mir doch nur Sorgen um dich, Isa!«

»Ich bin müde, Mado. Gute Nacht.«

»Isa …«

Keine Antwort. Eine tiefe Trauer ergriff Madeleine. Etwas zwischen ihnen war zerbrochen. Warum musste der Krieg sogar Menschen entzweien, die sich liebten? Seufzend schloss die junge Frau die Augen.

»Gute Nacht, Cousine.«

Couperins Musik erfüllte den Salon. Isabelles Finger tanzten über die Tastatur und spielten eine Polonaise. Da störte ein Quieken die Harmonie.

»Ti'Paul! Schaff dieses Tier hier fort, ich übe!«

»Ich habe es nicht hereingelassen, Isa. So ein Schwein lässt sich nicht so leicht einfangen!«

»Pack es am Schwanz, und binde es an der Wand fest, damit endlich Ruhe ist!«

Sprachlos starrte Ti'Paul sie an.

»Ich soll ein Ferkel mit dem Schwanz an die Wand binden? Wie soll das denn gehen?«

Isabelle konnte sich vor Lachen kaum auf ihrem Schemel halten. Charles-Hubert seufzte. Es war lange her, dass er seine Tochter so herzlich hatte lachen hören. Drei Wochen waren vergangen seit … er weigerte sich, das Wort auch nur in Gedanken auszusprechen. An jenem Tag war seine Nichte Marguerite – Schwester Clotilde – in Tränen aufgelöst zu ihm gekommen. »Es ist schrecklich! Meine liebe Cousine Isa … Wie furchtbar!« Aus ihrem Schluchzen hatte Charles-Hubert die Worte *überfallen, Engländer* und *Gewalt angetan* herausgehört. Da hatte er begriffen, was sie ihm zu erklären versuchte: Sein kleines Mädchen war von einem Engländer vergewaltigt worden!

Er hatte Gehrock und Stock ergriffen und war durch die Obstpflanzung ins Kloster gestürzt. Unterwegs hatte er schon geglaubt, es nicht zu schaffen, denn er hatte mehrmals anhalten müssen, so stechend war der Schmerz in seiner Brust gewesen. Aber sein altes Herz hatte durchgehalten. Er hatte seine Tochter in einem Krankenzimmer vorgefunden, gewaschen und frisch angekleidet. Sie war ihm so zerbrechlich vorgekommen. Ihre linke Wange war von einem Schlag angeschwollen. *Das gibt sich wieder*, hatte er sich gesagt. Sorgen machte er sich vor allem um ihre Gemütsverfassung.

Die Vorsteherin des Klosters hatte ihn in ihr Arbeitszimmer gerufen. Ohne ihre strenge Miene zu verziehen, hatte sie ihm kühl die Tatsachen mitgeteilt. Auch Marcelline war den Verbrechern zum Opfer gefallen, und der unglückliche Toupinet war getötet worden. Die jungen Frauen hatten noch Glück im Unglück gehabt. Eine Abteilung Highlander war ihnen zu Hilfe gekommen. Ein wenig später, und... Es hätte viel schlimmer kommen können.

»Viel schlimmer? Aber was hätte Isabelle Schlimmeres zustoßen können, als vergewaltigt zu werden?«, hatte er ausgerufen und seinen Zorn nur mühsam gezügelt. *Sie hätten sie töten können wie Toupinet, möge Gott seiner Seele gnädig sein.* Was für ein Unglück! Gott strafte ihn für seine Fehler, und seine Tochter zahlte den Preis dafür. Welch ein Elend!

Isabelle war vom Cembalo aufgestanden, um auf dem Boden mit Blaise, dem Ferkel, und Ti'Paul zu spielen. Justine hatte ihr Buch auf die Knie gelegt und sah sie bedrückt an. Charles-Hubert wusste, dass eine Frau entsetzt über den Vorfall war. Der Vergewaltiger hatte den Akt nicht vollzogen, aber dennoch war Isabelle Gewalt angetan worden. Ihre Aussichten auf eine gute Heirat waren damit... ja, so gut wie nichtig. Es würde nicht lange dauern, bis Nicolas Renaud d'Avène des Méloizes, der sich zusammen mit der Armee auf der Flucht befand, davon erfuhr. Ohnehin war seine Beziehung zu Isabelle durch den Krieg abrupt unterbrochen worden. Die Möglichkeit, dass die jungen Leute eines Tages wieder zusammenkommen würden, war verschwindend gering...

Und dann war da noch etwas, über das Charles-Hubert nicht mit Justine zu sprechen wagte. Die Vorsteherin der Ursulinen hatte ihm anvertraut, Isabelle unterhalte eine »enge« Beziehung zu einem der Highlander-Sodaten, die gelegentlich im Kloster arbeiteten. Sie hatte eine gute Meinung von dem Manne: Er sei fleißig und künstlerisch begabt, hatte sie erklärt und ihm eine herrliche Muttergottes-Statue gezeigt, die er geschnitzt hatte; gefertigt aus einem Stück Balken aus den Trümmern der Stadt. Charles-Hubert hatte es nicht fassen können: Die Ordensfrau sang ein Loblied auf diesen Soldaten, der doch demselben Volk angehörte wie die Männer, die Isabelle einen Teil ihrer Seele geraubt hatten! Völlig außer sich war er aus dem Arbeitszimmer der Vorsteherin gestürmt, die ihm verblüfft nachgesehen hatte.

Er hatte mehrere Tage verstreichen lassen. Isabelle war nach Hause zurückgekehrt, wo man sie mit Liebe und Sorge umgab. Noch hatte er nicht gewagt, mit seiner Tochter über diese Freundschaft zu sprechen, obwohl diese Geschichte ihm seitdem Tag und Nacht im Kopf herumging. Heute jedoch wirkte Isabelle gefasster...

Eine Mischung von Gerüchen – Tinte, Leder und Tabak – erfüllte den halbdunklen Raum. Im Kamin brannte ein kräftiges Feuer und ließ die goldenen Verzierungen an dem großen Schreibtisch aufleuchten, hinter dem Charles-Hubert Platz genommen hatte. Isabelle setzte sich in den bequemen, mit granatrotem Damast bezogenen Sessel. Ihr Vater wirkte so schrecklich sorgenvoll!

Bücher lagen aufgeschlagen da, andere waren sorgfältig an einer Ecke des Möbelstücks aufgeschichtet. Überall waren zerfaserte Schreibfedern verstreut; ein offenes Tintenfass stand da. Die junge Frau bewunderte das Fläschchen aus Sèvres-Porzellan mit den zarten Motiven, die man »Chinoiserien« nannte. Ihr Vater hatte einen ganzen Teil seines Lebens in diesen vier Wänden verbracht. Wie viele Stunden hatte er wohl hier an seinem

Schreibtisch gesessen und wieder und wieder seine Geschäftsbücher überprüft? Als sie klein war, hatte er sie abends immer auf den Schoß genommen, sie auf die Wange geküsst und ihr eine gute Nacht gewünscht. Oft hatte er ein paar Minuten seiner kostbaren Zeit abgezweigt und ihr eine Geschichte oder eines seiner Abenteuer auf See erzählt. Aber heute ging es bestimmt nicht um schöne Geschichten. Ihr Vater wirkte ernst, und seine Gesichtsfarbe war grau... Plötzlich fragte sie sich, ob er nicht etwa krank war.

»Wie fühlst du dich, Isabelle?«

»Besser, Papa. Viel besser.«

Er hatte den Blick seiner hellen Augen auf sie gerichtet und sah sie eindringlich an, als versuche er, ein Rätsel zu lösen. Sie rutschte auf ihrem Sessel herum, denn sie ahnte mit einem Mal, was ihm solche Sorgen bereitete. Dieses Gespräch musste dringend geführt werden. Sie hatte damit gerechnet und war ihrem Vater dankbar dafür, dass es hinter verschlossenen Türen stattfand. Ihre Verteidigungsrede hatte sie schon fertig: Nichts und niemand würde sie daran hindern, Alexander zu lieben. Um bei ihm zu sein, war sie bereit, ins Exil zu gehen, anders als bei Nicolas. Noch hatte sie keine Ahnung, was sie Letzterem sagen sollte: Sie hatte gut ein Dutzend Briefe an ihn angefangen, die aber alle im Kaminfeuer gelandet waren.

Ihr Vater trommelte mit den Fingern auf der Schreibunterlage herum, die mit Tinte und Siegelwachs bekleckst war. Sie hatte bemerkt, dass er in letzter Zeit viel mehr Zeit in seinem Arbeitszimmer verbrachte als früher. Ob seine Geschäfte gut gingen, nachdem die Engländer in Québec die Regierung übernommen hatten?

»Isabelle«, begann er schließlich und stand auf, »ich möchte mit dir über deine Zukunft reden.«

»Über meine Zukunft?«

Er wandte ihr den Rücken und ging langsam zum Fenster.

»Ja. Du bist jetzt eine Frau und... die Männer... ich meine... Du bist alt genug, um zu heiraten. Daher müssen wir darüber nachdenken.«

Er drehte sich ein wenig zur Seite und schenkte ihr ein schwaches Lächeln. Isabelle unterdrückte ihren Drang, gleich zu protestieren, und wartete ab, um festzustellen, worauf er hinauswollte.

»Nicolas Renaud d'Avène des Méloizes hat um deine Hand angehalten... nun ja, jedenfalls inoffiziell. Offiziell kann er das ja offensichtlich momentan nicht. Doch seitdem sind schon mehr als zwei Monate vergangen, und ich finde, du hast reichlich Zeit gehabt, mit dir zu Rate zu gehen. Ich möchte also von dir wissen, was du ihm zu antworten gedenkst.«

»Ich... ich werde ihn nicht heiraten, Papa.«

Charles-Huberts Schultern sanken herab, und er ließ den Kopf hängen. Sein kahler Oberkopf glänzte im Schein des Feuers.

»So etwas hatte ich mir schon gedacht. Das tut mir leid. Und dabei schien er so verliebt in dich zu sein. Er ist ein feiner junger Mann, Isabelle, gut aussehend und mit einer vielversprechenden Zukunft. Eine solche Gelegenheit wird sich so bald nicht wieder bieten.«

»Ich weiß.«

»Hmmm... dürfte ich vielleicht den Grund für deine Ablehnung erfahren?«

»Ich liebe einen anderen. Es wäre nicht recht gegen Nicolas, wenn ich ihn heiraten würde, obwohl mein Herz einem anderen Mann gehört.«

»Verstehe. Und dieser andere Mann... dürfte ich seinen Namen erfahren?«

Isabelle sah auf ihre Hände hinunter, die flach auf ihrem Schoß lagen. Ihre Nägel waren abgekaut und die Haut um sie herum aufgesprungen. Sie zog die Finger unter die Handflächen und sah zu ihrem Vater auf.

»Alexander Macdonald.«

Er steckte den Schlag ein, ohne mit der Wimper zu zucken. *Also weiß er Bescheid*, dachte Isabelle bei sich. *Er wollte nur aus meinem eigenen Munde hören, was man ihm zugetragen hat.* Doch sie war sich sicher, dass es nicht Madeleine gewesen war, die ihm alles erzählt hatte. Ihrer Cousine hatte sie schon nach ihrem ersten Besuch bei den Ursulinen das Versprechen abgenommen, darüber zu schweigen. Schwester Clotilde? Nein, bestimmt nicht. Aber eigentlich war es ziemlich gleich, wer es gewesen war. Bald würde es die ganze Stadt wissen. Man hatte sie an jenem Morgen am Cul-de-Sac-Ufer zusammen gesehen. Wahrscheinlich zerriss man sich bereits genüsslich das Maul über sie!

»Er ist ein englischer Soldat, Isabelle!«

Sein Ton war schärfer gewesen. Die junge Frau erstarrte.

»Er ist Highlander.«

»Das kommt auf das Gleiche heraus. Er hat uns beschossen, er hat gegen deine Brüder gekämpft!«

Isabelle schloss die Augen und biss die Zähne zusammen. Diesen Ton schlug ihr Vater ihr gegenüber normalerweise nicht an. Sie stand kurz davor, in Tränen auszubrechen, doch sie beherrschte sich. Dieses Mal würde sie sich nicht beugen. Er kannte Alexander nicht und vermochte sich kein Urteil über ihn zu bilden.

»Das weiß ich ja alles. Aber Alex ist ein guter Mensch. Er hat auf den Höhen sogar einem französischen Offizier das Leben gerettet, und ...«

»Und du glaubst ihm seine Geschichten?«

»Ich war dabei, Papa!«

»Wie denn das?«

Also berichtete Isabelle, wie es dazu gekommen war, dass sie auf der Straße nach Sainte-Foy unterwegs gewesen war, und schilderte alles, was sich im Hof der Valleyrands abgespielt hatte. Sie ließ nur einige schockierende Einzelheiten aus; so verriet sie nicht, dass sie und Ti'Paul mit angesehen hatten, wie die Männer skalpiert worden waren. Dann erklärte sie, wie sie und Alexander sich später wiedergesehen hatten. Immer wieder sorgte der Zufall dafür, dass sie einander über den Weg liefen. War das nicht ein Zeichen? Charles-Hubert setzte sich wieder an seinen Schreibtisch, schwieg lange und sah mit leerem Blick auf die Zahlen in den Geschäftsbüchern, die aufgeschlagen vor ihm lagen.

»Ich verstehe. Was soll ich deiner Mutter sagen? Sie weiß noch nichts davon. Und was hast du jetzt vor?«

»Das weiß ich noch nicht. Wir sehen uns nur sehr selten. Er hat seine Pflichten und seine Waffenübungen. Im Moment ist es gut so.«

»Und wenn ihr euch trefft, seid ihr dann allein?«

»Papa!«

Charles-Hubert war vor Zorn rot angelaufen und beherrschte sich nur mühsam.

»Ich habe ein Recht zu erfahren, was meine Tochter mit diesem...«

»Nichts! Wir tun gar nichts! Außerdem sind wir nur selten allein. Sein Bruder Coll oder Madeleine begleiten uns oft.«

»Sollte dich dieser Mann jemals ausnutzen, Isabelle, dann schwöre ich dir bei allem, was mir lieb ist, dass ihm dieselbe Strafe zuteilwird wie den beiden Verbrechern, die euch überfallen haben, Marcelline und dich.«

»Das wird niemals geschehen. Ihr kennt Alexander nicht, Papa. So etwas würde er nie tun.«

»Woher willst du das wissen? Soweit ich weiß, ist er ein Mann. Er befindet sich fern von seiner Heimat und in einem eroberten Land. Für einen Soldaten ist es ziemlich reizvoll, sich der Tochter eines Besiegten zu bemächtigen! Ich möchte... nein, ich verlange, dass du ihn nicht mehr siehst!«

Sie erwiderte nichts und hielt seinem Blick stand.

»Dieser Mann wird nicht gut für dich sein, Tochter. Begreifst du das?«

»Ich liebe ihn aber! Wie könnt Ihr das von mir verlangen, Papa?«

Er hatte sich bereits abgewandt, um zu verbergen, dass ihm die Tränen in die Augen traten. Wie sollte er ihr nur begreiflich machen, welche Folgen es haben konnte, wenn man sich mit dem Feind einließ? Er konnte ja gerade noch verstehen, dass sie Gefallen an diesem Schotten gefunden hatte. Eine so hübsche, sinnliche junge Frau ließen die Komplimente eines Mannes sicherlich nicht ungerührt. Aber Isabelle war immer noch mit des

Méloizes verlobt. Sie musste lernen, sich ihrer Stellung entsprechend zu verhalten. Außerdem sollte sie daran denken, dass der Krieg noch nicht vorbei war und drei ihrer Brüder womöglich...

Ein Schmerz durchfuhr seine Brust, und sein Gesicht verzerrte sich. Seine Finger krallten sich in sein schweißdurchtränktes Hemd, und er ließ sich in seinen Sessel fallen.

»Geht es Euch gut, Papa?«

»Ja... ich glaube, Sidonies Gänseleberpastete liegt mir ein wenig schwer im Magen, nichts weiter. Lass mich jetzt allein. Ich muss über all das nachdenken...«

»Gut. Es tut mir schrecklich leid, dass ich Euch solche Sorgen bereite.«

Mit einer Handbewegung entließ er sie. Einen Moment lang dachte sie daran, ihn zu küssen, so wie sonst, wenn sie sein Arbeitszimmer verließ. Doch dann überlegte sie es sich anders und schloss im Hinausgehen leise die Tür hinter sich.

Als Charles-Hubert allein war, wartete er, bis der Schmerz verging. Dann stand er langsam auf und schenkte sich ein Glas Pflaumenschnaps ein. Mit einem Zug kippte er den Alkohol hinunter und trat an einen herrlichen Globus, den er vor zehn Jahren aus Frankreich mitgebracht hatte. Er versetzte die Sphäre in Drehung, schaute eine Weile darauf und hielt sie dann abrupt an. Sein Finger lag auf Südamerika. Er fuhr damit von einem Kontinent zum anderen und überquerte die Meere: Afrika, Europa... Ah, Frankreich. Er zögerte. Großbritannien, Schottland.

»Ein Schotte«, brummte er laut und zog eine verächtliche Miene.

Was war da schon der Unterschied zu einem Engländer? Und außerdem, was hatte dieser Schotte, was des Méloizes nicht besaß? Natürlich hatte er genau wie alle anderen gehört, was man sich über den Hauptmann erzählte... und er wusste, dass diese Gerüchte Isabelle zutiefst verletzt hatten. Doch das waren nur Verleumdungen. In den Tagen nach der Niederlage hatte des Méloizes als Verbindungsoffizier zwischen dem Lager in Beauport unter Ramezay gedient, der damals noch auf seinem Posten als Stellvertreter des Königs in Québec gewesen war. Im Rahmen seines Einsatzes, der darin bestanden hatte, Ramezay über den Abmarsch der Truppen zum Jacques-Cartier-Fluss zu informieren, hatte des Méloizes tatsächlich einen Teil der Nacht bei seiner Schwester verbracht und sich mit einer Dame in eines der Zimmer zurückgezogen.

Doch in Wahrheit hatte der junge Mann die arme Frau über den Tod ihres Gatten in Kenntnis gesetzt, der an den schweren Verwundungen, die er sich in der Schlacht auf den Höhen zugezogen hatte, gestorben war. Obwohl die Witwe abgestritten hatte, Trost in den Armen des Hauptmanns gesucht zu haben, hatte das leider ausgereicht, um die Gerüchteküche zum Brodeln zu bringen, und hinter Isabelles Rücken wurde immer noch darüber getuschelt. Doch er wusste ganz genau, dass dieser Klatsch vor allem ihn verletzten sollte, weil er ein Freund von Intendant Bigot war.

Sein Zorn verflog und machte Schuldgefühlen Platz. Charles-Hubert schüttelte den Kopf und kehrte in seinen Sessel zurück. Hatte er das Recht, von Isabelle zu verlangen, dass sie mit diesem Mann brach und ihn nie wiedersah? Er hatte immer alles getan, um sie glücklich zu machen. Würde er ihr heute ihr Glück versagen? Hatte er das Recht, seiner Tochter einen Mann aufzuzwingen, der *seiner Meinung nach* ihrer würdig war? Er wusste, wenn er es verlangte, würde sie sich seinen Wünschen beugen und des Méloizes heiraten. Aber sie liebte ihn nicht. Und was eine Ehe ohne Liebe bedeutete, das wusste er nur allzu gut...

Zugestanden, er hatte seine Kinder, die ihm viel Zuneigung entgegenbrachten. Aber Kinder wurden groß und verließen das Nest der Familie. Louis und Étienne führten schon ihr eigenes Leben. Bald kam Guillaume an die Reihe. Und jetzt Isabelle... Sein Haus leerte sich. Bald würde nur noch Paul übrig sein. Aber das reichte nicht, um den Mangel an Liebe auszugleichen, diesen Abgrund, der Justine und ihn trennte. Heute quälte ihn die Lieblosigkeit zwischen seiner Frau und ihm noch mehr als früher. Und doch, hatte er sein Unglück nicht selbst verschuldet?

Von Anfang an hatte er gewusst, dass Justine in einen anderen

Mann verliebt war. Trotzdem hatte er sich mit Pierre Lahaye darüber verständigt, seine Tochter zu heiraten. In Geschäftsdingen hatte er schon immer eine glückliche Hand gehabt. Und so hatte er mit seinem Freund das Leben einer Frau gegen einen exklusiven Importvertrag getauscht. Und heute erntete er die Früchte dieses klugen Geschäfts, das ihm Reichtum und Macht eingebracht hatte… aber keine Liebe. In seinem Egoismus hatte er Justine jede Aussicht geraubt, die wahre Liebe zu erleben, diese Liebe, die alles vergibt…

Starr blickte er wieder auf die Zahlen, die vor seinen Augen lagen, und klappte dann mit einem Knall das Register zu. Er schämte sich so sehr… für seine Begierde, seine Habsucht… Was er wollte, das bekam er. Geld war die höchste Macht. Es konnte einen Mann dazu bringen, seine Tochter zu verkaufen oder einem hungrigen Kind die Nahrung vor dem Munde wegzunehmen. Geld schenkte einem Prestige, Achtung unter seinesgleichen, gesellschaftlichen Erfolg… Aber was war das alles wert, wenn einem das Wichtigste fehlte, die Liebe?

Er war sein ganzes Leben lang einen falschen Weg gegangen, und erst jetzt, an der Schwelle des Todes, wurde ihm das klar! Was für ein Narr er doch gewesen war! Zorn überkam ihn und legte sich ihm schwer auf die Brust. Er vermochte das Schluchzen, das ihm in die Kehle stieg, nicht länger zu unterdrücken. Lange weinte er und vergoss alle Tränen, die er seit Jahren unterdrückt hatte.

Sanft wirbelten die Schneeflocken und überzogen die neuen Dächer rund um den Exerzierplatz mit einem feinen Flaum. Auf den Stufen der Augustinerkirche zankten sich Tauben um ein paar Brotkrumen.

»*Right about face!*«, brüllte der Offizier. »*Prime and load!*«

Die Gewehrkolben klapperten auf dem gefrorenen Boden. Im Takt des Trommelschlags zog Alexander eine Kartusche aus seiner Patronentasche und riss die Papierhülle mit den Zähnen auf. Dann lud er mit den gewohnten Handbewegungen sein Gewehr.

»*Port arm! ... Make ready! ... Take aim!*«

Er legte den Gewehrkolben fest an die Schulter und zielte auf die Kanone, die direkt vor ihm stand. Doch da nahm er am Rande seines Sichtfelds einen Arm wahr, der ein blaues Band schwenkte, und sein Herz tat einen Satz.

»*Fire!*«

Eine Detonation hallte über den Platz. In einem Höllenradau aus Gurren und Flügelschlagen schwirrten die Tauben panikerfüllt in alle Richtungen davon. Ein paar Federn umschwebten die Köpfe der Soldaten.

»Hast du etwa gar nicht geschossen?«, flüsterte Munro seinem Cousin zu.

»*Recover your arms! ... Kneel! ... Stand up! ... Shoulder arms!*«

Alexander schickte ein Lächeln in die Richtung, in der er das blaue Band gesehen hatte, und spitzte die Lippen, um Isabelle einen Luftkuss zuzuwerfen. Sie tat so, als finge sie ihn auf und führte ihre geschlossene Hand dann an die Brust. Dem jungen Mann fiel es schwer, sich auf die Kommandos zu konzentrieren. Seit sieben Tagen hatte er nichts von der jungen Frau gehört und sich Sorgen gemacht. Zwar hatte er Madeleine auf dem Markt gesehen, doch nicht gewagt, sie anzusprechen. Dazu kannte er ihre Meinung über die britischen Soldaten zu gut.

»*Alas...*«

Er hatte einen Befehl verpasst und noch Glück gehabt, dass der Offizier in eine andere Richtung gesehen hatte. Ansonsten hätte er sich gewiss einen Strafdienst eingefangen.

»*Left wheel, march! ... Halt!*«

Der Schnee knirschte unter ihren Tritten. Er knallte die Hacken zusammen und suchte in der Menge der Neugierigen, die sich jeden Tag versammelten, um beim Exerzieren zuzusehen, nach Isabelle.

»*Present arms! ... Dismiss!*«

Sofort lösten sich die Reihen der Soldaten auf. Alexander drückte Munro seine *Brown Bess* in die Hand und rannte zu der Stelle, an der er die junge Frau erblickt hatte. Aber sie war verschwunden. Verwirrt drehte er den Kopf in alle Richtungen. Mit einem Mal hielten zwei kleine, eiskalte Hände ihm die Augen zu, und ein köstliches Kichern drang an sein Ohr.

»Rate, wer hier ist!«

»Hmmm... Marie?«

»Wie denn, Marie?«

»Oh, bedauere... Dann muss es Jeanne sein.«

»Wie meinen?«

»Anne? Autsch!«

»Das soll dich lehren, Scherze mit mir zu treiben! Ich bin's bloß. Oder hast du mich etwa schon vergessen?«

Er fuhr herum, dass die Rotschattierungen seines Tartans nur so um ihn flogen. Dann ergriff er Isabelles Hand und hob sie an seine Lippen.

»Ah, Isabelle! Wie könnte ich die Frau vergessen, die den schönsten Namen von allen hat? Wo bist du gewesen? Ich...«

Isabelle zog ihn hinter sich her und schlüpfte zwischen den Menschen hindurch, die sich jetzt zerstreuten, um wieder an ihre Beschäftigungen zu gehen. Ein paar missbilligende Blicke trafen die beiden, doch sie gaben nichts darauf und beeilten sich, ein ruhiges Eckchen zu suchen.

»Ach, Isabelle!«, flüsterte Alexander und drückte die junge Frau im Schatten eines Portals an eine Tür.

Sie küssten sich leidenschaftlich, umschlangen einander fest und sahen sich dann in die Augen. Ihr Atem vermischte sich und bildete in der eisigen Luft eine kleine weiße Dampfwolke.

»Isabelle... wo hast du nur gesteckt? Wir haben uns schrecklich lange nicht gesehen!«

»Dann habe ich dir ein wenig gefehlt?«

»Ein wenig? Nein, sehr...«

»Wahnsinnig?«

»Ja, wahnsinnig!«

Von neuem suchte er ihre Lippen, doch sie schob ihn sanft zurück.

»Ich war krank. Nur ein Schnupfen, aber ich wollte dich nicht anstecken.«

»Aber krank war ich trotzdem... vor Sorge!«

Sie lachte in seinen Armen und schmiegte die vor Kälte und Vergnügen gerötete Wange an seine Brust.

»Jetzt bin ich ja wieder gesund. Hast du ein paar Minuten Zeit?«

»Ich muss ab Mittag zum Wachdienst antreten... *Damn it!*«

»Oh! Ich dachte, du hättest vielleicht heute Abend frei.«

Er liebkoste ihr Gesicht und betrachtete sie zärtlich. Wie sehr er sich wünschte, einmal allein mit ihr zu sein... Vielleicht fand er ja doch eine Möglichkeit.

»Bist du heute Abend zu Hause?«

»Sicher, warum?«

»Deine Schleife... binde sie an dein Zimmerfenster. Ich will dir nichts versprechen, Isabelle, aber ich werde es versuchen.«

»Du bist ja verrückt, Alex...«

»Ja, verrückt nach dir!«

Er küsste sie ein letztes Mal und zog sich dann widerwillig zurück. Vor dem Wachwechsel musste er noch mit seiner Abteilung für Feuerholz sorgen. Resigniert rannte er davon und glitt auf dem Schnee aus. Isabelle wollte ihm schon nachrufen, dass sie auf ihn warten würde, doch ein Paar, das sie kannte, starrte sie sprachlos an. Daher lächelte sie nur und schlug den Weg zum Palastviertel ein.

Der Schnee war einem Sprühregen gewichen, der die Landschaft mit Reif überzog und eine Eisschicht über den Fahrdamm legte. Die Straßen waren praktisch verlassen; die Menschen zogen es vor, sich unter einem Dach, im Warmen aufzuhalten. Die Wachsoldaten wechselten sich jede Stunde ab, um sich vor einem Blechofen aufzuwärmen, den sie mit grünem Holz zu betreiben versuchten. Die Brennstoffreserven, die noch nie so niedrig gewesen waren, reichten nicht aus, um den Bedarf der Garnison zu decken.

Die dünne Eisschicht knackte unter seinen Füßen und machte den Patrouillengang gefährlich. Bei einigen Stadtbewohnern hatte er gesehen, dass sie eine Art Eisensporne mit Lederriemen unter ihren Stiefeln befestigten. Er musste versuchen, sich aus alten Nägeln auch so etwas Ähnliches herzustellen.

Alexander und seine Kameraden hatten ihre Runde durch die Unterstadt beendet. Vor dem Wachwechsel wollte Alexander noch in der Schmiedewerkstatt vorbeigehen, um eine ganz besondere Bestellung aufzugeben. Der Laden lag in der Rue Notre-Dame, in der Nähe der Pointe à Carcy und gleich neben der Werkstatt des Böttchers Bédard.

Der junge Mann warf einen Blick auf seine Uhr. Noch drei Stunden bis zu seiner Verabredung mit Isabelle. Er hatte Glück gehabt. Wie er vermutet hatte, war bis Mitternacht Archibald Campbell als Offizier für die Wachen verantwortlich. Sollte sein Ausflug auffliegen, konnte er es immer noch riskieren, ihn zu bitten, er möge ihn decken. MacNicol war einverstanden gewesen, ihn im Austausch für eine Stunde Schneeschaufeln eine Stunde lang zu vertreten. Allerdings hatte er ihn streng verwarnt, so etwas nicht zur Gewohnheit werden zu lassen.

In Gedanken verloren war Alexander am Ladenschild des Schmieds Desjardins vorbeigegangen. Jemand tippte ihm auf die Schulter und holte ihn in die Wirklichkeit zurück.

»War es nicht hier?«, fragte Coll und wies auf das hölzerne, halb verkohlte Schild.

Wie durch ein Wunder hatten die beiden ersten Etagen des Gebäudes die Bombardements überstanden und waren von den Flammen nur leicht beschädigt worden. Coll postierte sich neben der Tür, das Gewehr umgehängt, doch so, dass es leicht erreichbar war. Finlay Gordon lehnte sich an die Wand und beäugte eine junge Frau, die eilig, einen Krug unter den Arm geklemmt, vorbeiging.

»Heda, Finlay!«, scherzte Coll. »Und Christina? Wenn sie erfährt, dass ihr Mann anderen Mädchen schöne Augen...«

»Ich mache niemandem schöne Augen, sondern habe bloß einem hübschen Mädchen nachgeschaut, das ist alles!«

»Ja, ja... Dann müssen alle Mädchen, denen wir heute Abend begegnet sind, hübsch sein!«

Finlay warf ihm einen finsteren Blick zu und wandte sich ab. Nach Alexanders Auspeitschung war Christina Leslie jeden Tag in das Feldlazarett in Point Levy gekommen, um den jungen Mann zu pflegen und ihm Gesellschaft zu leisten. Offenbar wollte sie, dass ihre Zeugenaussage glaubwürdig blieb. Und als der Verletzte entlassen worden war, hatte sie in seinem Zelt Wohnung bezogen.

Offensichtlich war es für Alexander nicht in Frage gekommen, das, was sie behauptet hatte, in die Tat umzusetzen. Aber die junge Frau und die vier Männer hatten sich rasch angefreundet. Insbesondere an Finlay hatte sie sich angeschlossen. Und so kam es, wie es kommen musste. Als die Ehefrau eines der Offiziere im Kindbett starb, hatte Finlay die Erlaubnis erhalten, sich mit der hübschen Christina zu verheiraten. Die junge Frau hatte soeben ihren vierzehnten Geburtstag gefeiert; und ab diesem Alter war die Armee nicht mehr für ihren Unterhalt verantwortlich. Seitdem ließen die beiden Turteltauben keine Gelegenheit aus, allein miteinander zu sein.

Alexander und Coll wussten, dass Finlay verliebt war und er in jeder Frau seine junge Gattin sah. Doch sie zogen ihn halt gern auf. Finlay war ein guter Bursche; er ging nur rasch an die Decke, was seine Kameraden amüsierte.

Alexander stieß die Tür der Schmiede auf und ließ zwei Kunden hinaus, ehe er selbst eintrat. Der rotglühende Ofen erfüllte die Werkstatt mit einer angenehmen Wärme. Hinter dem Wandschirm, der das Feuer vor Zugluft schützte, war der Besitzer noch mit einer Kundin beschäftigt. Während er wartete, dass er zum Ende kam, zog der junge Mann das Stück aus seinem *Sporran*, das er an eine Kette arbeiten lassen wollte. Es war ein kleines Oval, geschnitzt aus einem Rinderhorn, das er sich eigentlich zurückgelegt hatte, um daraus ein Pulverhorn zu verfertigen.

Er wusste, dass seine Arbeiten geschätzt wurden und er mit dem Pulverhorn einen hübschen Verdienst hätte einstreichen können. Aber er hatte einen bestimmten Plan im Kopf, und er hatte nichts anderes gefunden, um ihn durchzuführen. Das ovale Stück sollte nach einem Entwurf, den er aufgezeichnet hatte, auf eine bestimmte Art gefasst werden, so dass es sich wie ein Medaillon öffnen ließ. Das erforderte eine so präzise Arbeit, dass er eigentlich einen Goldschmied damit hätte beauftragen müssen. Aber dazu fehlte Alexander das Geld. Wenn der Schmied dazu in der Lage war... So hätte er etwas, das er Isabelle zum neuen Jahr schenken könnte.

Nach einer Weile wurde Alexander ungeduldig und trat diskret näher, um sich bemerkbar zu machen. Die Stimme der Kundin, die zu ihm drang, kam ihm mit einem Mal bekannt vor, und er spitzte die Ohren.

»...Dann kommt Baptiste das Pfund Nägel und das Tranchiermesser abholen.«

»Abgemacht, Madame Gosselin. Ich mache Euch alles so rasch wie möglich fertig. Kann ich Euch sonst noch mit etwas dienen?«

»Natürlich, Monsieur Desjardins. Hier, da ist die Post für meinen Julien. Ich habe bei meiner Cousine nichts über den Engländer herausbekommen können. Er hat ihr...«

Als sie die Miene ihres Gesprächspartners sah, unterbrach sie sich abrupt. Angespannt wartete Alexander ab. Als Madeleine sich umdrehte, erbleichte sie und glaubte, ohnmächtig werden zu müssen.

»Tut mir leid, Euch unterbrochen zu haben«, sagte der junge Mann gleichmütig. »Guten Abend, Madame.«

»Monsieur Macdonald... ich... ich... habe Euch nicht eintreten hören. Ich dachte...«

»...Dass die letzten Kunden gegangen sind?«, beendete er den Satz an ihrer Stelle. »Ja, ich bin ihnen begegnet. Bedaure, mich nicht eher bemerkbar gemacht zu haben.«

»Nicht so sehr wie ich.«

»Das bezweifle ich nicht. Gebt mir bitte diesen Brief, Madame.«

Madeleine krallte die Finger um das Papier in ihrer Hand und wich einen Schritt zurück. Panik ergriff sie.

»Ihr habt nicht das Recht, diesen Brief zu lesen...«, stammelte sie.

Alexander stieß einen schrillen Pfiff aus. Einige Sekunden später tauchte Coll auf, Gewehr und Bajonett in der Hand.

»Coll, ich habe diese Dame im Verdacht, in ein Komplott gegen die Regierung von Murray und damit gegen König George verwickelt zu sein. Nimm ihr diesen Brief ab...«

»Ich habe nichts damit zu tun!«, schrie der Schmied und hob abwehrend die Hände.

»Madame Madeleine«, fuhr Alexander fort und ignorierte den Mann, der hinter seinem Paravent herumgestikulierte, »kommt mit uns, bitte.«

Während die Gruppe hinausging, überschlugen sich Alexanders Gedanken. Der Soldat befand sich in einer äußerst delikaten Lage. Auf der einen Seite gefährdete er seine Beziehung zu Isabelle, indem er die Cousine der Frau, die er liebte, verhaftete. Aber andererseits riskierte er seinen Kopf, wenn er sie mit – woran er nicht zweifelte – wichtigen Informationen davonkommen ließ. Allgemein wurde vermutet, dass die französische Armee für das Frühjahr einen Gegenschlag vorbereitete. So hatte Alexander guten Grund zu glauben, dass dieser Brief möglicherweise Informationen enthielt, die den britischen Truppen schaden konnten.

Wie sollte er sich bloß aus dieser Affäre ziehen? Er zog den Brief aus seiner Tasche und entfaltete ihn. Coll warf über seine Schulter einen Blick darauf.

»Der ist auf Französisch geschrieben! Pech gehabt.«

»Ja, ja.«

Den beiden kam die gleiche Idee. Sie waren stehen geblieben. Alexander versuchte, die Botschaft zu entziffern, suchte nach einem Wort, das er kannte, einem Namen...

»Kennst du jemanden, der das lesen kann?«, fragte er Coll.

»Glenlyon. Sergeant Fraser vielleicht auch. Aber dem traue ich nicht. Für eine Belohnung würde er seine eigene Mutter verkaufen.«

»Hmmm...«

Unentschlossen sah Alexander Madeleine an. Warum musste er ihr ausgerechnet heute über den Weg laufen? Dann kam ihm ein schrecklicher Gedanke, und er spürte einen Klumpen im Magen. Und wenn Isabelle nur mit ihm gespielt hatte? Wenn es bei dieser Geschichte ihr einziges Ziel gewesen war, ihm Informationen zu entlocken, die für den Feind von Nutzen sein konnten? Rasch verscheuchte er diesen Gedanken. Nein, dann hätte sie sich an jemanden mit einem höheren Dienstgrad gehalten. Von einem Offizier hätte sie bestimmt mehr erfahren können. Außerdem war ihm nicht erinnerlich, dass sie sich irgendwie für militärische Angelegenheiten interessiert hätte.

Ehe er eine Entscheidung bezüglich Madeleines traf, musste er unbedingt wissen, was in diesem Brief stand. Während er überlegte, ging die junge Frau zögerlich dahin, ein offensichtliches Zeichen für ihre große Nervosität. Vollkommen unschuldig war sie nicht, da war er sich sicher. Mit einem Mal bedauerte er, dass er durch seine Rückkehr nach Glencoe seine Lektionen in französischer Grammatik nicht hatte fortführen können.

»Was hast du vor?«, wollte Finlay wissen.

»Das weiß ich noch nicht. Wenn ich den Brief an Leutnant Campbell übergebe, ist er verpflichtet, ihn an den Hauptmann weiterzuleiten, und man wird diese Frau verhaften.«

»Es muss doch möglich sein, jemanden zu finden, der ihn übersetzt! Müssen wir sie denn unbedingt melden?«

Coll hörte nicht auf, Madeleine Blicke zuzuwerfen. Alexander hatte ihn im Verdacht, sich in sie verschaut zu haben.

»Coll, ich würde auch lieber …«

Was für ein Durcheinander! Matt schüttelte er den Kopf und trat auf Madeleine zu, die ihn kalt musterte. *Eine solche Frau zu haben ist sicher auch nicht immer eitel Sonnenschein*, dachte er. Er hielt ihr den Brief unter die Nase.

»An wen ist dieses Schreiben gerichtet?«

»Das geht Euch nichts an.«

»Ganz Eurer Meinung, Madame. Aber vielleicht wäre Gouverneur Murray anderer Ansicht, versteht Ihr?«

»Ihr würdet mich wegen eines einfachen Stücks Papier an ihn übergeben?«

Sie schüttete sich vor Lachen aus, doch es klang falsch. Coll befand sich in äußerster Verlegenheit.

»Lass sie doch gehen, Alas. In diesem Brief steht bestimmt nichts Schlimmes.«

Gern hätte Alexander diese Frau freigelassen, die ihm nur die Zeit stahl. Aber zugleich wollte er Madeleine die überhebliche Haltung austreiben, mit der sie ihm begegnete.

»Sagt mir, was in dem Brief steht, und ich lasse Euch laufen.«

Sie sah ihn verwundert an.

»Dieser Brief ist für meinen Mann bestimmt. Ihr wisst doch, was eine Ehefrau so an ihren Gatten schreibt, Monsieur Macdonald. Unwichtige Dinge ... nichts weiter.«

»Was eine verliebte Frau ihrem Manne schreibt, ist niemals banal, und seine Antwort ist es ebenso wenig. Und wenn nun etwas ganz anderes darin steht? Ich weiß, dass Euer Gatte bei der Miliz ist. Vielleicht habt Ihr ja als Postskriptum ein paar kleine Informationen hinzugefügt?«

»Nein, Monsieur.«

»Würdet Ihr das beschwören?«

»Beschwören? Reicht Euch mein Wort etwa nicht?«

»Ist Euer Wort es denn wert, dass man ihm Glauben schenkt? Oder sollte ich gezwungen sein, mir diesen Brief von jemandem übersetzen zu lassen, den wir beide gut kennen?«

Madeleine presste die Lippen zusammen. Er hatte sie bei ihrem Stolz gepackt, und genau das war seine Absicht gewesen. Wenn sie wirklich die Person war, als die Isabelle sie geschildert hatte, dann konnte er ihr glauben.

»Ich schwöre es.«

Zufrieden warf Alexander sich in die Brust, trat einen Schritt zurück und steckte das Papier in seinen *Sporran*.

»Gebt mir den Brief zurück.«

»Nein.«

»Bitte«, flehte Madeleine und streckte ihm die Hand entgegen.

Er zögerte, blieb aber bei seinem Entschluss: Er würde den Brief behalten, um Madeleine begreiflich zu machen, dass er ihn immer noch gegen sie verwenden konnte, falls sie ihn angelogen hatte.

»*Go home*. Gehen Sie wieder nach Hause, Madame.«

Alexander hatte sich schon abgewandt und entfernte sich,

als er einen Wutschrei vernahm. Er wandte den Kopf und hatte gerade noch Zeit, eine Faust auf sich zufliegen zu sehen, die ihn am Kinn traf. Coll und Finlay überwältigten die junge Frau rasch und hielten sie an den Armen fest. Einige Minuten lang versuchte sie sich, schreiend und fluchend loszumachen. Coll bemühte sich, sie zu beruhigen, indem er beschwichtigend auf sie einsprach, doch es versetzte sie noch mehr in Rage, die Sprache des Feindes zu hören.

»*Home*? Ich habe kein *home* mehr! Ihr habt mein Haus verbrannt! Mein *home* ist in Rauch aufgegangen, Schwachkopf! Versteht Ihr, was ich sage?«

Sie schluchzte auf und brach dann mit einem Mal in Tränen aus.

»Schaut Euch doch um und seht, was von meinem Leben übrig geblieben ist! Ich habe nichts mehr... nicht einmal Julien... Ihr habt mir alles genommen... Alles!«

Mutig legte Coll ihr einen Arm um die Schultern und zog sie an sich. Sie wehrte sich nicht und vergrub das Gesicht im feuchten Wollstoff seines Umhangs. Behutsam legte er die Hand auf ihr Haar, in dem sich schmelzende Schneekristalle sammelten, strich sanft darüber und ließ sie ihren Kummer herausweinen. Nach einem Weilchen begann er ihr ins Ohr zu flüstern.

»*I'm sorry, we dinna intend tae harm ye... dinna want tae fight ye... but 'tis war, lass. 't will be over soon. I ken what ye feel, there isna a Hielanman who disna... Sassanachs dirks tinted wi' our bluid.*«

Sie schniefte und wischte sich die Augen mit dem Ärmel ab.

»Ich verstehe kein Wort Eurer verfluchten Sprache.«

»Mein Bruder entschuldigt sich für das, was Euch zugestoßen ist, Madame. Wir wollten niemals gegen Euch in den Krieg ziehen. Aber der Krieg ist nun einmal so, wie er ist. Glaubt mir, wir können nachfühlen, was Ihr empfindet.«

Sie trat ein wenig schroff von Coll fort und starrte die drei Soldaten trotzig an.

»Wie könnt Ihr die Stirn haben zu behaupten, Ihr könntet verstehen, was ich fühle?«

»Auch das Blut der Highlander hat die Dolche der Engländer gerötet. In meiner Familie gibt es nicht eine Generation, die nicht den Tod eines der Ihren durch die Hand eines Engländers beweinen musste. Ich selbst habe einen Bruder verloren...«

»Dann erklärt mir doch einmal, was Ihr in ihren Regimentern zu suchen habt? Ist das nicht ein wenig eigenartig?«

»Manchmal muss man mit dem Teufel tanzen, um ihn schwindeln zu machen.«

»Was meint Ihr damit?«

Er zögerte. Der Groll war aus dem Gesicht der jungen Frau gewichen, aber nicht diese Herablassung, die ihn verdross.

»Vielleicht ein anderes Mal«, versetzte er.

Dann sprach er Coll an.

»*Escort the lass tae the Upper-Toon.*« Begleite die junge Dame in die Oberstadt...

Das blaue Band, das am Riegel festgebunden war, schlug gegen das Holz des Fensterladens, den er offen hielt. Das Haus der Lacroix' zeichnete sich als großer, düsterer Schatten vor dem Himmel ab, an dem nach und nach die Sterne erschienen. Ein eisig kalter Wind ließ Alexanders Kilt um seine vor Kälte tauben Schenkel wehen. Der junge Mann musterte die Schatten hinter den reifbedeckten Fenstern. Er wusste, dass Isabelle mit ihrer Cousine zusammen war und zögerte noch, ihr ein Zeichen zu geben, denn er verspürte keine besondere Lust, sich Auge in Auge mit Madeleine wiederzufinden. Doch er sehnte sich schrecklich danach, Isabelle in den Armen zu halten. Am liebsten wäre ihm gewesen, sie hätte seine Anwesenheit erraten, ohne dass er etwas zu tun brauchte.

Die Stille der Nacht half ihm, sich zu beruhigen. Er hatte nur eine Stunde Zeit und musste sich rasch entscheiden. Frierend rieb er sich die eiskalten Hände, blies darauf und steckte sie unter seine Achseln, um sie ein wenig zu wärmen. Wirklich, er hatte seine wollene Unterhose heute Abend nicht umsonst angezogen.

Ein Schatten hielt vor dem Fenster an; und er erkannte sofort das Profil der Frau, die er liebte. Jetzt hielt er es nicht mehr aus, suchte nach etwas, das er werfen konnte, und hob ein Eisbröckchen auf. Er verfehlte sein Ziel ein erstes, dann ein zweites Mal. Für einen Eliteschützen gab er eine ziemlich jämmerliche Figur ab. Doch beim dritten Mal traf er endlich ins Schwarze. Der Schatten nahm deutlichere Umrisse an, als Isabelle ans Fenster trat.

»Bist du's, Alex?«

Er winkte, und sie bedeutete ihm zu warten.

Zitternd und mit vor Freude rosigen Wangen, schloss die junge Frau das Fenster wieder. Die eisige Luft, die ins Zimmer eingedrungen war, ließ die Flammen im Kamin flackern. Auf der ersten Etage besaßen nur drei Zimmer einen Kamin, und sie hatte Glück, eines davon zu bewohnen.

»Bilde ich mir etwas ein, Isa, oder ist Alexander wirklich hergekommen, um dich zu sehen?«, fragte Madeleine verblüfft.

»Du hast richtig geraten, teure Cousine. Er wartet unten auf mich.«

»Aber sein Wachdienst geht bis morgen Mittag ... Wie ...?«

»Er hat sich eben etwas einfallen lassen.«

Isabelle griff nach ihrer Haube, dann sah sie Madeleine nachdenklich an und presste die Lippen zusammen.

»Du wirst doch niemandem etwas sagen, oder, Mado?«

»Gehst du nach draußen, zu ihm?

»Glaubst du wirklich, er würde hier heraufkommen? Versprich es mir, Mado, bitte!«

»Also gut. Aber ich finde, dass du ziemlich leichtsinnig bist, Isa.«

»Verliebt, meinst du wohl!«

Sie verschwand im Korridor und überließ es ihrer Cousine, mit ihrer Eifersucht und ihrem Neid zu kämpfen. Jetzt war es fast sechs Monate her, dass Madeleine ihre Nächte nicht mehr mit Julien verbrachte. Ein paarmal hatte sie ihn sehen und etwas Zeit mit ihm verbringen können. Aber ihre Umarmungen waren immer so schrecklich kurz. Seit ihrem Treffen am Vorabend der Schlacht auf den Höhen hatte sie Julien nicht mehr wiedergesehen. Er fehlte ihr so... Sie sehnte sich so sehr danach, seinen Körper zu spüren, seine Wärme auf ihrer Haut und seine zärtlichen Finger... Sie brauchte einen Mann, der sie fest in die Arme schloss und sie tröstete.

Als Coll sie an sich gedrückt hatte, da hatte sie sich einen Moment lang vorgestellt, in Juliens Armen zu liegen. Die fremdartigen Worte, die er ihr ins Ohr geflüstert hatte, hatten sie beruhigt. Doch die Vernunft hatte sie rasch wieder zurück in die Wirklichkeit geholt. Sie hatte sich von dem Soldaten losgemacht und ihn wegen seiner ihr entgegengebrachten Zuwendung und ihrer eigenen Schwäche noch umso mehr gehasst.

»Wohin willst du, Tochter?«, sprach Justine Isabelle an. In dem dunklen Salon war sie nicht zu erkennen gewesen.

Isabelle schreckte zusammen, stieß einen leisen Überraschungsschrei aus und wirbelte herum.

»Mama? Was... was macht Ihr denn da?«

»Das frage ich dich, Isabelle. Ich warte auf deine Antwort.«

»Ich... ich wollte noch ein Stück gehen, um... den Himmel anzusehen. Er ist heute Abend so wunderschön.«

»Kommt gar nicht in Frage. Du bist ja gerade erst von deiner Krankheit genesen. Willst du dir den Tod holen? In weniger als drei Wochen ist Weihnachten, und ich möchte nicht, dass du einen Rückfall erleidest. Du könntest die ganze Familie anstecken, und wir könnten während der Feiertage weder Besuche machen noch welche empfangen. Willst du das etwa?«

Die junge Frau schlug die Augen nieder und grub die Fingernägel in die Handflächen.

»Nein...«

»Und außerdem hast du die Sperrstunde vergessen. Du möchtest dich doch wohl nicht ganz allein einer englischen Patrouille gegenüber wiederfinden, oder?«

Isabelle seufzte. Koste es, was es wolle, sie musste eine andere Möglichkeit finden. Sie zog ihr Cape aus und hängte es an die Wand. Nachdem sie ihrer Mutter eine gute Nacht gewünscht hatte, stieg sie eilig die Treppe hinauf.

Justine blieb noch lange im Dunkeln sitzen und starrte auf

die Stelle, an der ihre Tochter verschwunden war. Dann stand sie langsam aus ihrem Sessel auf, um das Buch wegzustellen, das sie schon vor einer ganzen Weile zugeschlagen hatte. Isabelle hatte sich verändert, und das verdross sie. Der schreckliche Überfall, dessen Opfer sie geworden war, hätte sie eigentlich in tiefe Melancholie stürzen müssen, so wie die kleine Marcelline. Doch stattdessen sprudelte ihre Tochter vor Glück fast über. Das war sehr eigenartig. Nur ein Gefühl hätte sie ihr schreckliches Erlebnis vergessen machen können: die Liebe. Doch Monsieur des Méloizes hatte schon lange kein Lebenszeichen mehr gegeben. Da entging ihr mit Sicherheit etwas…

Ihre Finger krallten sich in ihren Schal, und sie schloss die Augen. Dieses Kind war eine ständige Mahnung an das, was sie für immer verloren hatte. Warum hatte Gott ihr nur eine Tochter geschenkt? Um sie noch weiter zu bestrafen? Isabelle erinnerte sie zu sehr an ihre eigene Jugend, vor allem heute. Sie sah ihr sehr ähnlich, viel zu ähnlich. Ihre Tochter besaß das gleiche ovale Gesicht, die gleichen runden Wangen, in denen ein Grübchen erschien, wenn sie lächelte. Justine selbst hatte den Eindruck, seit Jahren nicht mehr gelächelt zu haben. Und so erfüllte es sie mit Groll, ihre Tochter so glücklich zu sehen, während das Unglück sie alle heimsuchte.

Das Leben hatte ihr nichts als Enttäuschungen beschert und sie in einem Ausmaß verbittert, dass sie sich selbst kaum noch ertragen konnte. Wie hatte es mit ihr nur so weit kommen können? Dabei war Charles-Hubert von Anfang an ein musterhafter Ehemann gewesen. Trotz der kaum verhüllten Kälte, die sie ihm entgegenbrachte, war er aufmerksam und liebevoll. Warum beharrte sie also so sehr darauf, in ihren Erinnerungen zu leben? Wenn sie nur gewollt hätte, wenn sie versucht hätte zu vergessen, dann hätte sie lernen können, glücklich zu sein.

Die Uhr schlug elf Mal. Sie würde Perrine bitten, ihr eine Tasse Kräutertee aufzugießen und ihr aufs Zimmer zu bringen.

Isabelle schloss die Tür hinter sich. Sie stand kurz davor, in Tränen auszubrechen.

»Was ist denn?«, erkundigte sich Madeleine, ein wenig erstaunt darüber, sie so schnell wiederzusehen. »War Alexander schon fort?«

»Oh, ich hoffe nicht, Mado!«, stotterte Isabelle und trat ans Fenster. »Mama hat mich gesehen, als ich gerade mein Cape anzog. Sie hat mir ausdrücklich verboten, nach draußen zu gehen, unter dem Vorwand, dass ich krank war. Ich werde noch verzweifeln!«

»Ganz unrecht hat sie nicht, Isa. Es ist schrecklich kalt.«

»Aber ich will Alex sehen! Das letzte Mal ist über eine Woche her.«

»Bei mir sind es Monate.«

Isabelle sah ihre Cousine mit einem merkwürdigen Blick an. In ihrem Egoismus hatte sie vergessen, dass Madeleine seit dem Frühsommer von ihrem Mann getrennt war. Wie dumm sie war! Sie stürzte sich auf Madeleine und nahm ihre Hände.

»Verzeih mir, Mado, ich bin nichts als eine arme, törichte Egoistin! Ich hatte ganz vergessen ...«

»Du brauchst dich nicht zu entschuldigen, Isa. Dazu besteht kein Anlass. Warum solltest du auch unglücklich sein, weil ich es bin? Ich bin diejenige, die sich dumm und egoistisch verhält. Ich sollte mich über dein Glück freuen ...«

»Mado ...«

Isabelle wischte ihrer Cousine eine dicke Träne ab, die ihr über die Wange rollte.

»Ich hab dich lieb, Mado. Dein Unglück ist auch das meine.«

»Und wenn du glücklich bist, bin ich es auch. Öffne das Fenster und sag ihm, dass er heraufkommen soll.«

»Was?«, rief Isabelle mit weit aufgerissenen Augen aus. »Du willst, dass Alex hierherkommt, in mein Zimmer? Wie soll denn das gehen, Mado? Wenn Mama oder Papa hereinkommen ... ich wage mir nicht einmal vorzustellen, wie sie reagieren würden!«

»Ich werde Wache stehen. Irgendwie kann ich sie schon daran hindern, die Tür zu öffnen. Wenn Gefahr im Verzuge ist, werde ich zweimal kurz an die Wand klopfen.«

»Du bist verrückt, Mado! Aber deswegen liebe ich dich ja!«
Sie küsste sie und lief zum Fenster, doch dort zögerte sie.
»Aber ... wie soll er denn heraufkommen? Ich kann ihn ja schlecht durch den Salon führen ...«
»Mein Gott, Isa! Er hat die Steilwand an der Foulon-Bucht erklettert. Was ist da eine kleine Steinmauer für ihn? Mach dir keine Gedanken. Ich bringe dir einen Strick, und dann gehe ich hinaus und erkläre ihm alles. Wenn er dich wirklich sehen will, wird er es tun.«

Die Minuten vergingen langsam. Trotz der wollenen Unterhose, die Alexander angezogen hatte, ging die schneidende Kälte ihm durch Mark und Bein. Nach einer Weile glaubte er nicht mehr daran, dass Isabelle noch kommen würde. Er schickte sich schon zum Gehen an, als er endlich sah, wie eine in einen langen Umhang gehüllte Gestalt aus dem Haus kam. Klopfenden Herzens wartete er darauf, dass sie näher kam.
»Isabelle?«
Die Gestalt verharrte. Mit einem Mal fiel ihm auf, dass sie größer und schmaler als Isabelle war. Er zog sich in den Schatten zurück, bereit, Fersengeld zu geben.
»Monsieur Macdonald ... Ich bin es, Madeleine.«
Was machte sie denn hier? Hatte Isabelle sie geschickt, um ihn von ihrer Schwelle zu weisen?
»Isabelle kann nicht zu Euch herunterkommen. Sie ... Ich habe ihr vorgeschlagen, dass ich Euch Bescheid gebe.«
Sie war ein paar Schritte vor ihm stehen geblieben und sah ihn aus ihren großen Augen an, die denen Isabelles merkwürdig ähnelten. Zum ersten Mal wurde ihm klar, wie sehr die beiden Cousinen sich glichen, und er begriff, warum Coll sich, zu seinem eigenen großen Leidwesen, in Madeleine verliebt hatte. Die junge Frau war bereits verheiratet; und schlimmer noch, sie hasste die Soldaten.
»Verstehe«, antwortete er leise. »Dann gehe ich jetzt ...«
»Steigt durch das Fenster«, fiel sie ein.
»Wie bitte?«

In diesem Moment erschien Isabelle am Fenster und warf ihm ein Seil zu, das sich im Fallen entrollte und bis zum Boden reichte.

»Glaubt Ihr, dass Ihr das schafft, Monsieur Macdonald?«

Ungläubig starrte Alexander auf das Tau, das sich im Wind bewegte. Das war ja vollständig verrückt!

»Sie will, dass ich wie ein Dieb in ... in ihr Zimmer klettere?«

»Beeilt Euch, Monsieur!«

Madeleine wich seinem Blick aus. Zögernd ergriff er das Seil. »Warum tut Ihr das?«

Nach dem, was heute Nachmittag geschehen war, kam ihm der Gedanke, dass sie ihn vielleicht aus Rache in eine Falle locken wollte. Was würde geschehen, wenn Isabelles Vater sie beide in ihrem Zimmer überraschte? Doch dann schlug er sich die Idee aus dem Kopf: Nein, sie würde niemals ihre Cousine in einen derart kaltherzigen Plan hineinziehen.

»Ich liebe Isabelle... Die Wahrheit ist, dass ich die Gefühle, die sie Euch entgegenbringt, vollständig missbillige, dass ich wünschte, dass Ihr diese Stadt, die Ihr in ein Trümmermeer verwandelt habt, mit bleigespicktem Hintern verlasst, und dass ich mit Freuden sehen würde, wie Euch die Armee des Königs von Frankreich ebenso in die Flucht schlägt, wie Ihr das mit unseren Truppen getan habt. Aber ich schäme mich dafür, dass ich Isabelle ausnutzen wollte, um mir diese Träume zu erfüllen. In dem Brief, den Ihr mir abgenommen habt, steht nichts, was Euch schaden könnte, Monsieur Macdonald. Ich habe es geschworen, und dabei bleibe ich. Doch er hätte es tun können und sollte es auch. Ich hatte die Aufgabe, alle Informationen zu übermitteln, die ich über Eure Truppen und Murrays Pläne sammeln konnte. Natürlich habe ich nichts herausgebracht. Murray ist viel zu beschäftigt damit, so etwas wie Ordnung herzustellen und wieder aufzubauen, was Ihr zerstört habt. Und Isabelle hat mir nichts Interessantes verraten... Es ist nicht so, als würde ich Euch persönlich hassen, Monsieur... Aber Ihr müsst mich verstehen...«

Der Wind heulte in den Ästen, fuhr in die Kleider der beiden und blähte sie auf, so dass sie vor Kälte zitterten. Eine Weile standen sie da und musterten einander schweigend. Eine Katze huschte zwischen Alexanders Beinen hindurch. Der junge Mann warf einen Blick zum Fenster, wo Isabelle wartete und sich die Arme rieb.

»Ich will Euch etwas verraten, Madame Madeleine. Wir haben etwas gemeinsam, nämlich den Hass auf die Engländer. Ich will mich nicht dafür entschuldigen, dass ich in diesem Krieg auf der falschen Seite stehe ... aber ich hatte keine andere Wahl.«

Madeleine zuckte die Achseln. Da sie sah, dass sich Isabelle immer noch aus dem Fenster beugte, trieb sie Alexander zur Eile an.

»Ihr müsst schnell machen, sonst holt meine Cousine sich noch den Tod!«

Der Soldat zog an dem Seil, um seine Festigkeit zu überprüfen. Madeleine hielt ihn am Arm fest.

»Eines möchte ich noch wissen ...«

»Ja?«

»Liebt Ihr Isabelle wirklich? Ich meine ... ich möchte nicht, dass sie um Euretwillen leidet ... Ich würde nicht zögern, Euch dafür büßen zu lassen.«

Alexander maß Madeleine mit einem eigenartigen Blick. Dann griff er in seinen *Sporran*, zog den Brief heraus und streckte ihn ihr entgegen.

»Würdet Ihr mir denn glauben, wenn ich Euch sagte, dass ich sie liebe? Ihr wisst ohnehin, dass ich Euch alles Mögliche vorlügen könnte, damit Ihr mir erlaubt, sie wiederzusehen ...«

Die vor Kälte tauben Finger der jungen Frau schlossen sich um das Papier.

»Das stimmt. Aber es gibt Taten, die mehr als Worte sagen. Und jetzt beeilt Euch!«

Sie trat ein Stück zurück, damit er klettern konnte. Der Wind blies seinen Umhang und den Kilt hoch, doch Madeleine bemerkte es nicht. Ihr Blick war auf den Brief geheftet, der an Julien gerichtet war. Er hatte ihn ihr zurückgegeben. Als Unterpfand seines guten Willens? Und hatte er Zeit gehabt, ihn sich vorher übersetzten zu lassen? Wie konnte sie sicher sein?

Nachdem sie das Fenster wieder geschlossen hatten, fielen Isabelle und Alexander sich in die Arme und hielten einander fest umfangen. Zitternd machte die junge Frau sich dann los und stieß einen erstickten Schrei aus.

»Du bist ja eiskalt!«

»Dann wärme mich doch...«

»Zieh den Umhang und den Rock aus. Sie sind ja ganz steif gefroren.«

Mit vor Kälte gefühllosen Fingern kam der junge Mann nur langsam ihrer Bitte nach. Isabelle hatte Mitleid und half ihm, seinen Rock aufzuknöpfen und abzulegen. Dabei streifte sie den Stoff seines Hemds und spürte die Wärme seiner Arme und das Spiel seiner Muskeln. Mit einem Mal wurde ihr klar, in welcher Situation sie sich befand, und sie fühlte sich äußerst unbehaglich. Vielleicht war es doch keine so gute Idee gewesen, Alexander in ihr Zimmer einzuladen. Zum ersten Mal waren sie an einem so intimen Ort allein.

Ihr Herz begann heftig zu pochen, und ihr Gesicht lief purpurrot an. Die beiden rührten sich nicht und schauten einander stumm an. Sie sah, dass Alexanders Brust sich rasch hob und senkte und spürte seinen warmen Atem auf ihren Wangen. Das Licht des Kaminfeuers erhellte seine Stirn, seine hervorstehenden Wangenknochen und seinen Kiefer und warf Schatten unter seinen Augenbrauen. Wieder sah sie in ihm diese wilde Schönheit, die sie im Hospital angerührt hatte. Sie fühlte sich von ihm angezogen, doch zugleich sagte sie sich, dass sie Acht geben musste, ihre Tugend zu wahren.

»Ich habe nur ein paar Minuten Zeit«, murmelte Alexander. »Dann muss ich fort, um beim Wachwechsel nicht zu fehlen... Ich habe dich vermisst, Isabelle.«

»Du hast mir auch gefehlt.«

Sie zog ihn zu einem Stuhl und setzte sich neben ihn auf den Schemel, der zum Frisiertisch gehörte.

»Erzähl mir, was du in den letzten Tagen erlebt hast.«

Ein paar Minuten lang unterhielten sie sich über ihr alltägliches Tun und andere Banalitäten und verschlangen einander dabei mit Blicken. Immer wieder berührten sie sich an den Händen und waren sich des Betts, das hinter ihnen stand, sehr bewusst. Isabelle betrachtete seine geröteten Knie, die unter dem reifüberzogenen, rauen Stoff seines Kilts hervorschauten. Sie spürte, wie eine Hand über ihre in einem wollenen Strumpf steckende Wade strich. Der junge Mann war buchstäblich ein Berg von Knochen und Muskeln und mochte auf die Idee kommen, ihre Lage auszunutzen. Sie sah zu ihm auf. Der junge Mann war verstummt. Sein vor Begehren glitzernder Blick bewies ihr, dass ihm ähnliche Gedanken im Kopf herumgingen. Langsam stand er auf, nahm ihren Kopf in seine noch kalten Hände, zog sie an sich und zwang sie, sich ebenfalls zu erheben. Zärtlich streiften seine Lippen ihren Mund.

»*A Thighearna mhór ... mo nighean a's bòidche ...* Oh Herrgott ... meine Schöne ... *Iseabail* ... Eine Woche, das ist zu lang ...«

Er bemächtigte sich ihres Mundes, während seine Hände über ihre Schultern, ihren Rücken glitten. Isabelle schloss die Augen und hatte das Gefühl, auf Wolken zu schweben. Alexanders Duft wirkte auf sie wie eine starke Liebesdroge. Als er sie gegen die Wand drückte und unter seinem schweren Körper begrub, stöhnte sie auf. Es fiel ihr sehr schwer, einen kühlen Kopf zu bewahren, so sehr wünschte sie sich, sie könnte sich ihm ergeben ...

Sie fuhr mit den Fingern in seinen dichten, feuchten Haarschopf und brachte die Eisklümpchen, die noch darin hingen, zum Schmelzen. Sie liebte sein Haar, das bei verhangenem Wetter dunkel wirkte, doch in der Sonne ganz herrliche bronzefarbene Reflexe zeigte.

Alexanders Mund zog eine feuchte Spur an ihrem Hals hinunter bis zu ihrem Dekolletee. Sie warf den Kopf zurück und stieß einen tiefen Seufzer aus. Die Bartstoppeln am Kinn des jungen Mannes rieben leicht über die Haut an ihrem Brustansatz. Sein Atem ging keuchend. Ein ekstatischer Schauer überlief sie von Kopf bis Fuß. Sie öffnete die Augen einen Spalt breit und sah sie beide im Spiegel, was sie noch stärker erregte. Dieses Bild eines verliebten Paares, das sich einer lustvollen Umarmung hingibt, erinnerte sie an das Schauspiel, das Étienne und Perrine ihr in der Milchkammer geliefert hatten. Im Geiste stellte sie sich diesen schlanken, aber kraftvollen Körper vor, der sich über sie beugte, diesen langen Rücken unter dem Hemd und die muskulösen Schenkel unter dem Kilt. Überrascht stellte sie fest, wie sie sich vorstellte, dass Alexanders Hinterbacken gewiss auch glatt sein würden, und sie spürte, wie ihr Gesicht dunkelrot anlief und Schmetterlinge in ihrem ganzen Körper flatterten. Zugleich versuchte ihre Vernunft sie daran zu erinnern, dass es Grenzen gab, die sie nicht überschreiten durfte. Doch das war so schwierig...

Eine von Alexanders Händen glitt über ihr Mieder, und Isabelles Atmung beschleunigte sich. Eine leise Stimme warnte die junge Frau davor, dass die Gefahr wuchs. Seine Finger liebkosten den braunen Filzstoff, umschlossen dann eine Brust und begannen sie sanft zu massieren. Isabelle spannte sich an. Alexander stöhnte leise, als sie die Fingernägel in seine Schultern grub. Dann traf sie im Spiegel ihren eigenen Blick und fühlte sich mit einem Mal an Marcellines entsetzte Miene erinnert, die sie über die Schulter des Mannes, der ihr Gewalt antat, erblickt hatte. Sie geriet in Panik. *Das ist Alexander, den du liebst. Er wird dir niemals ein Leid antun!*, sagte sie sich. Doch das Bild, das sie sah, erinnerte sie immer noch an ein anderes, schreckliches.

»Alex...«

Er gab keine Antwort, denn sein Mund war zu beschäftigt damit, die Haut am Ausschnitt ihres Kleides zu erforschen. Schroff stieß sie ihn zurück.

»Alex... das dürfen wir nicht!«

In ihrer Panik hatte sie ein wenig zu laut gesprochen und schlug die Hand vor den Mund. An der Wand klopfte es zweimal. Erschrocken und verwirrt richtete Alexander sich auf und wartete darauf, dass sie ihm sagte, was er tun sollte. Doch sie blieb stumm. Er nahm seinen Umhang und seinen Rock vom Bett. Von der anderen Seite der Tür her drangen Stimmen zu ihnen. Endlich rührte sich Isabelle. Sie nahm Alexander am Arm und zog ihn in eine Zimmerecke. Dann öffnete sie den großen

Kleiderschrank und schob ihn hinter die Tür des Möbels. Als Nächstes sah sie die Schnur, die noch am Bett festgebunden war, und warf einen langen Hausmantel darüber. Jemand pochte an die Tür.

»Isabelle?«

Das war die Stimme ihrer Mutter. Die junge Frau sah sich ein letztes Mal im Zimmer um und ging dann zur Tür. Als sie Madeleines Stimme hörte, wartete sie, doch sie vernahm nur Flüstern, keine verständlichen Worte. Sie beschloss, die Tür einen Spalt breit zu öffnen.

»Warum bist du um diese Zeit noch wach, Isabelle? Ich habe noch Licht unter deiner Tür gesehen... Geht es dir gut?«

»Ja, Mama. Ich... konnte nicht schlafen, und da... habe ich gelesen, das ist alles.«

Als ihre Mutter sah, dass sie vollständig angekleidet war, zog sie die Augenbrauen hoch.

»Es würde dir das Einschlafen sicherlich erleichtern, wenn du dich ausziehen und dein Korsett aufschnüren würdest.«

»Ähem... ja. Meine Lektüre hatte mich so gefesselt, dass ich...«

»Ich wollte ihr gerade beim Auskleiden zur Hand gehen, Tante. Doch vorher bin ich nach unten gegangen, um ihr einen Lindenblütentee aufzugießen, damit sie besser schlafen kann.«

Justine sah die beiden jungen Frauen fragend an und zuckte die Achseln.

»Schön... bleibt nicht mehr so lange auf, Kinder. Ich lege mich wieder hin. Gute Nacht.«

Als sie fort war, trat Madeleine ins Zimmer und schloss rasch die Tür hinter sich. Der Türflügel des großen Schrankes knarrte, und Alexander grinste ihr zu. Er hatte seinen Rock wieder angezogen, worüber sie erleichtert war. Wie berauscht über den kühnen Coup, der ihnen gelungen war, begann sie haltlos zu kichern.

»Findest du das etwa komisch?«, empörte sich Isabelle. »Ich bin vor Angst fast gestorben, und du findest das lustig? Los, jetzt mach mir schon diesen Tee, denn den kann ich jetzt gut gebrauchen.«

Madeleine warf Alexander einen Blick zu und ging hinaus. Isabelle sah auf die geschlossene Tür und stieß einen Seufzer der Erleichterung aus. Da waren sie ja gerade noch einmal davongekommen! Alexander umarmte sie von hinten und legte das Kinn auf ihren Kopf.

»Ich hätte nicht herkommen sollen. Das ist zu gefährlich für dich.«

Gefährlich für sie? O ja! Aber nicht aus dem Grund, an den er dachte.

»Und für dich nicht? Dafür könnte mein Vater dich hängen lassen!«

Alexander drehte sie in seinen Armen um und legte die Lippen auf ihre Stirn. Er musste sich fast Gewalt antun, um sich mit diesen wenigen Liebkosungen und Küssen zufriedenzugeben.

»Ich würde es sofort wieder tun und noch mehr, um solche Momente noch einmal zu erleben, Isabelle. Aber jetzt muss ich fort. Und du musst schlafen.«

Er sah zu dem großen Bett, schloss die Augen und dachte an Isabelles Kurven, die er gestreichelt hatte. Er hatte es gewagt… sie hatte gebebt… für ihn.

»Ich werde heute Nacht an dich denken.«

»Und ich an dich, Alex.«

Sie schlug die blitzenden Augen zu ihm auf und schenkte ihm ein sanftes Lächeln. Eben hatte ihre Stimme singend geklungen, so wie die von Connie. Ihr Blick erinnerte ihn an Kirsty, und um ihren Mund spielte Leticias leises, spöttisches Lächeln. Nein, er konnte es nicht länger abstreiten: Er war verliebt in Isabelle, so wie in diese anderen Frauen… die er verloren hatte.

»Isabelle?«

Er zögerte. Sie wartete darauf, dass er sprach, und ihre feinen Augenbrauen zogen sich besorgt zusammen. Er küsste sie ein letztes Mal und drückte sie so fest an sich, dass sie aufstöhnte. In seinen Eingeweiden wühlte die Angst davor, auch sie zu verlieren, nachdem er diese Worte ausgesprochen hatte.

»*I love ye...*«

Noch ganz erschüttert sah Isabelle ihm nach, wie er mit fliegendem Haar und wehendem Umhang herumfuhr und in der eiskalten Nacht verschwand. Erst Madeleine riss sie aus ihrem glückseligen Zustand, als sie brummelnd die Fensterläden zuschlug.

»Und, was ist?«

»Er hat es mir gesagt... Er liebt mich...«

12

Schwarze Tage, weiße Nächte

Die Tage vergingen; das Eis auf dem Sankt-Lorenz-Strom und dem Saint-Charles-Fluss wurde immer dicker. Mit jungen Nadelbäumen hatte man »Brücken« markiert, auf denen Fuhrwerke von einem Ufer zum anderen fahren konnten. Bei Nacht hörte Alexander die Schellen der Pferde, wenn die Wagen durch die Straße fuhren und der Schnee unter den Kufen knirschte.

Die Lebensbedingungen in der besetzten Stadt waren schwierig. Der Mangel an frischen Lebensmitteln und die dadurch bedingte schlechte Ernährung waren für die rapide Zunahme der Skorbutfälle verantwortlich. Die Militärs waren durch ihren hohen Alkoholkonsum besonders betroffen. Die Krankheit wurde zu einer größeren Bedrohung als die französische Armee, deren kleinste Bewegung man argwöhnisch verfolgte. Der Winter versprach hart zu werden, insbesondere für die Kompanien, die in den requirierten, eilig ausgebesserten und schlecht geheizten Häusern in der Stadt wohnten.

Isabelle versuchte, Alexander den Alltag zu erleichtern, indem sie ihm, wenn sie konnte, Töpfe mit Konfitüre, Äpfel und andere Leckereien brachte, die er mit seinen Kameraden teilte. Der junge Mann fand, dass sein letztes Abenteuer zu gefährlich gewesen war, und war nicht noch einmal in die Rue Saint-Jean gegangen. Die Liebenden gaben sich mit kurzen Begegnungen in einem Hinterhof oder einer Verabredung bei der Mühle von Saint-Roch, am Ufer des Saint-Charles-Flusses, zufrieden.

Oft ging Isabelle mit Madeleine zum Schlittschuhlaufen auf dem zugefrorenen Fluss, und sie sahen den »Röckchenträgern«

bei einem kuriosen Spiel zu, dem *curling*. Dabei ging es darum, dicke Steine über das Eis gleiten zu lassen, das man dazu blankfegte, damit sie so nahe wie möglich an einem Kegel landeten, und dabei, wenn nötig, auch die Steine der anderen wegzukicken. Diese Partien gingen häufig in Streitereien aus, bei denen sich die Neugierigen gut unterhielten.

Nach dem täglichen Exerzieren, zwischen seinen diversen Aufgaben – Schneeschaufeln, Latrinenreinigen oder Holzsägen – hielt sich Alexander, wenn er Isabelle nicht treffen konnte, in seinem Zimmer auf und schnitzte an Arbeiten, die andere für Geld bei ihm in Auftrag gaben, oder er ging in den *Rennenden Hasen*. Dort spielte er Karten oder Würfel, um sich von seiner Einsamkeit abzulenken und mit seinen Kameraden zu trinken.

An diesem letzten Tag des Jahres 1759 sah trotz des klaren Himmels und der milden Temperatur die Zukunft düster für ihn aus. Der junge Mann arbeitete mit seinem Messer an einer Figur und dachte an die Frau, die jetzt der Mittelpunkt seines Lebens war. In letzter Zeit hatte er viel nachgedacht... Trotz aller Liebe, die er für Isabelle empfand, konnte er sich keine Zukunft mit ihr vorstellen. Sein ganzes Vermögen bestand aus ungefähr zehn Pfund. Für einen einfachen Soldaten, der für gewöhnlich seinen Monatssold im Voraus ausgab, war das beträchtlich. Aber für eine Frau wie Isabelle, die immer nur die angenehmen Seiten des Lebens gekannt hatte, war das ziemlich lächerlich und ganz und gar nicht ausreichend, um damit ein eigenes Heim zu gründen.

Wenn er sich so niedergeschlagen fühlte, hörte Alexander die Stimme der Vernunft, die ihm riet, Isabelle zu vergessen und sich lieber ein nettes Mädchen in den Vorstädten von Québec zu suchen. Er wusste auch, dass Émilie sich nicht bitten lassen würde, wenn er ihr ein Zeichen gab. Aber sein Herz rief ihm zu, dem Schicksal zu vertrauen. Doch hatte ihn das Schicksal letztendlich nicht immer im Stich gelassen? Wieder dachte er, wie so oft, an Leticia. Rasch überschlug er die Monate, die seit ihrer Fahnenflucht vergangen waren; sie musste Evans Kind inzwischen bekommen haben. Von ganzem Herzen hoffte er, dass mit ihr und dem Kind alles gut gegangen war und beide bei guter Gesundheit waren. Er hätte ihr so gern geholfen... nun gut, das Leben hatte anders entschieden.

Oft dachte er auch an seinen Bruder John. Er bedauerte, dass er nicht den Mut gehabt hatte, ihm gegenüberzutreten und diese Geschichte in Ordnung zu bringen, die ihn nunmehr seit fünfzehn Jahren umtrieb. Sein Bruder, sein Ebenbild... Vor seinem inneren Auge sah er, wie sie beide sich in den Lochs amüsiert hatten oder über die mit Heidekraut bewachsene Ebene gerannt waren. Nostalgie stieg in ihm auf. Er hatte schreckliches Heimweh nach Schottland, obwohl er sich das selbst nicht eingestehen mochte. Sein Leben war jetzt hier, in diesem Kanada, das sich im Aufbau befand. Das Problem allerdings war, dass er keine Ahnung hatte, wohin er sich wenden oder was er mit seinem Leben in diesem neuen Land anfangen sollte.

Einige Soldaten hatten sich vorgenommen, später ihr Glück im Pelzhandel zu machen. Seine Lust am Abenteuer und die Möglichkeit, genug Geld zu verdienen, damit er um ihre Hand anhalten konnte, reizten ihn an dieser Idee. Doch dazu müsste er mehrere Monate unterwegs sein, möglicherweise Jahre. So lange würde Isabelle nicht warten, und außerdem... würde er selbst die Trennung ertragen? Ohnehin musste er erst einmal abwarten, bis dieser verdammte Krieg zu Ende war. Momentan hatte Gouverneur Murray jede Heirat zwischen Soldaten und Kanadierinnen verboten. Alexander hatte den Eindruck, sich an einem toten Punkt zu befinden.

Eine Gruppe Soldaten trat in den Raum. Sie teilten sich dieses Zimmer, das ungefähr dreißig mal sechzehn Fuß maß, zu zehnt. Das sauber und ordentlich gehaltene Zimmer besaß nur zwei Fenster und einen Kamin, an dem sie sich aufwärmen sollten, der aber stattdessen die Kälte hereinließ. Die Offiziere dagegen hatten das Glück, Zimmer mit Öfen aus Gusseisen oder Blech zu bewohnen. Abgesehen von den Strohsäcken, die an den Wänden entlang aufgereiht waren, bestand das Mobiliar nur aus einem Tisch und fünf Sitzbänken

Munro legte ein dickes Huhn auf den Tisch. Die Männer

machten sich bereits die Federn streitig, mit denen sie ihre dünnen Matratzen ausstopfen wollten. Die Soldaten teilten die Haushaltsarbeiten unter sich auf, wozu auch die Zubereitung der Mahlzeiten gehörte. Alexander hatte heute keinen Küchendienst. So sah er den anderen gleichmütig zu und wandte seine Aufmerksamkeit dann dem Jesuskind zu, das er fast vollendet hatte. Dieses Werk würde er Schwester Clotilde schenken, die ihm ein Paar Strümpfe gestrickt hatte, das bis über seine Knie reichte. Die Nonnen standen sich gut mit dem Highlander-Regiment. Gewiss hatte der Umstand, dass die Mehrheit der Soldaten katholisch war, mit dieser Mildtätigkeit zu tun, die in dieser kalten Jahreszeit mehr als willkommen war.

Jemand musste zu ihm getreten sein, denn mit einem Mal umwehte ihn Alkoholdunst. Er hob den Kopf und stellte fest, dass Coll hinter ihm stand und ihm, von einem Ohr zum anderen grinsend, einen Krug mit Branntwein anbot. Alexander nahm ihm den Behälter aus den Händen.

»Wo habt ihr das denn aufgetrieben?«

»Beim Tavernenwirt.«

»Hat er euch das geschenkt?«

»Wie kommst du denn darauf? Für die drei Krüge billigen Rum haben wir seinen Hauseingang vom Schnee freigeräumt und zwei Klafter Holz gehackt. Es ist kein Whisky aus der Destille von Glencoe, aber … immer noch besser als das dünne Wurzelbier, das man uns sonst auftischt.«

Alexander goss sich einen ordentlichen Schluck davon in den Hals und schüttelte sich, als er ihn hinunterschluckte. Das Feuer rutschte durch seine Kehle in seinen Magen. Dieser Rum war ganz schön stark! Immerhin würde er ihm helfen zu vergessen, dass er Isabelle heute nicht treffen konnte.

Im Austausch für kleine Dienstleistungen hatten die Soldaten, die auf dieser Stube wohnten, auch die Zutaten für ein Essen beschafft, das des *Hogmanay*-Tages – Silvester – würdig war. Auf der Speisekarte standen das Huhn, zwei Würste, vier Rüben und ein Kohlkopf, und dazu noch ihre übliche Tagesration an gesalzenem Rindfleisch, Erbsen, Brot und Butter. Ein richtiges

Festmahl also! Mit gut gefülltem Bauch und vom Alkohol innerlich glühend verließen die Soldaten am späteren Abend ihre Stube, um ihn in der Taverne zu beschließen. Dort würden ihnen gewiss ein paar wohltätige Damen auch noch das Herz wärmen.

Der große Gastraum des *Hasen* war brechend voll. Da der Silvestertag für die Soldaten frei war, hatten viele schon früh begonnen, sich ihren liebsten Freizeitbeschäftigungen – dem Spiel, dem Alkohol und den Frauen – hinzugeben. Einige waren schon an den Tischen eingeschlafen und schnarchten. Andere suchten sich torkelnd einen Weg zur Latrine. Würfel rollten, Silberstücke klimperten und vereinten sich mit lautem Gelächter und Murren zu einer misstönenden Symphonie. An diesem Festtag sahen die Offiziere über Verstöße hinweg, solange eine gewisse Disziplin gewahrt blieb.

Coll schob Alexander auf einen Tisch zu, an dem Whist gespielt wurde. Als die kleine Émilie Allaire sie kommen sah, lächelte sie ihnen entgegen. Alexander zögerte, doch Coll versetzte ihm einen Schubs in den Rücken, um ihn zu ermutigen. Er wusste genau, was an seinem Bruder zehrte und wollte nicht zulassen, dass er sich allein in eine Ecke verzog und Trübsal blies.

»Komm schon! Heute Abend liegen uns alle Mädchen von Québec zu Füßen. Sie sind ziemlich hübsch, findest du nicht?«

»Ein einziges würde mir schon reichen.«

»Mach dir doch keine Illusionen, Alex. Dieses Mädchen stammt aus dem französischen Großbürgertum. Du weißt genau, dass sie irgendwann... Ach, reden wir von etwas anderem! Heute Abend gebe ich dir einen aus!«

Unter großem Gelächter nahmen Alexander und Coll am Spieltisch Platz. In einer Ecke schäkerte Munro mit einem Mädchen und steckte fröhlich die Nase in ihr Dekolletee. Finlay war nirgendwo zu sehen. Alle wussten genau, warum, und wurden es niemals müde, anzügliche Bemerkungen darüber zu machen, was ihn beschäftigte. Seine Kameraden hatten sogar schon Wetten darüber abgeschlossen, wann er Vater werden würde.

Ein Geigenbogen fuhr kratzend über die Saiten einer alten Fiedel. Doch nach einigen Sekunden hatte der Spieler seinen Rhythmus gefunden und ließ sich temperamentvoller und geschickter vernehmen. Eine Querflöte und eine Maultrommel fielen ein. Die Musik klang durch die Taverne, schürte die Fröhlichkeit und belebte die ohnehin aufgereizten Sinne. Die meisten Soldaten waren Schotten oder Iren und begannen im Chor zu singen. Munro, der als guter Tenor bekannt war, stimmte unter Beifallsbekundungen eine Melodie aus seinem Repertoire an:

»*Came ye o'er frae France? Came ye down by Lunnon? Saw ye Geordie Whelps, and his bonny woman? ...*«*

Einige fielen ein, andere hörten zu und vergossen ein paar nostalgische Tränen über eine längst vergangene Zeit, in der zum Ruhme der Clans noch das Blut tapferer Männer und die Tinte der Barden geflossen waren. In dieser Nacht würde man auf das Wohl der Stuarts trinken und den jakobitischen Geist hochhalten.

Alexander hatte sich auf sein Spiel konzentriert und nicht bemerkt, dass ihn schon seit einigen Minuten ein billiges Parfüm umschwebte. Erst als zwei kleine Hände begannen, seine Schultern zu massieren, wurde ihm klar, dass Émilie hinter ihm stand, und er fuhr zusammen. Sie beugte sich über ihn und bot ihm den Anblick ihres Dekolletees, das sie vergrößert hatte, um ihn zu locken. Die Wirkung trat sofort ein. Begierig betrachtete er ihren rosigen Busen, der sich ihm zuneigte.

Durch die Enthaltsamkeit, die er sich auferlegte, seit er sich mit Isabelle traf, und den reichlich genossenen Alkohol verbreitete sich die Erregung rasch durch seinen ganzen Körper und konzentrierte sich zwischen seinen Schenkeln, was Émilie nicht entging.

---

* »Kommst du aus Frankreich, kommst du aus London? Hast du Geordie Whelps und seine hübsche Frau gesehen?« Jakobitisches Spottlied auf den protestantischen, aus Deutschland stammenden König George I. – im Lied »Geordie Whelps« –, das sich über die zahlreichen Liebschaften des Königs mokiert. (Anm. d. Übers.)

»So, mein schöner Alex... Benötigst du eigentlich deinen ›schönen Glücksbringer‹ nicht mehr?«, flüsterte die junge Frau, indem sie den schweren Akzent des Schotten nachahmte. »Und ich dachte, ich hätte dir Glück im Spiel gebracht... Doch seit einiger Zeit will mir scheinen, dass du mich vernachlässigst.«

»Oh, Émilie...«

Ihre zarten Lippen verzogen sich zu einem Lächeln, und die kleine Frau ließ sich unter den amüsierten Blicken der anderen, die sie anfeuerten, auf Alexanders Knie gleiten. Sie küsste den Soldaten leidenschaftlich und spürte zufrieden, wie sein Glied, das an ihrem Schenkel lag, sich versteifte.

»Ich finde, dass dein Französisch immer besser wird, ja sogar geradezu elegant... Dürfte ich erfahren, wer dich so gut unterrichtet? War ich etwa nicht gut genug für dich, Schätzchen?«

»*Aye*, Schätzchen, ha, ha, ha! *The wee lass is gantin for it! Ye auld devil, give her a bite in the doup!*« Das Mädel schreit doch geradezu danach! Beiss ihr in ihren drallen Hintern, du Teufelskerl.

Die Spieler, die um den Tisch saßen, johlten und lachten vor Vergnügen.

»Was erzählen denn deine Freunde?«

»Nichts Wichtiges.«

»Ich bin heute Abend ganz allein«, flüsterte die aufdringliche Schöne Alexander ins Ohr und streifte mit der Hand unauffällig sein straffes Geschlechtsteil. »Ich fände es schön, wenn du mir ein gutes neues Jahr wünschst...«

»*Bliadhna Mhath Alasdair! Ye should take a long stroll, if ye see what I meen? Go wish the lassie happy Hogmanay like a true Scotsman!*« Gutes neues Jahr, Alexander! Mach einen kleinen Spaziergang, wenn du verstehst, was das heißt, und wünsche dem Mädel ebenfalls ein gutes neues Jahr wie ein echter Schotte!

Der junge Mann war betrunken und spielte mit. Er steckte seinen Gewinn ein und folgte Émilie in einen Alkoven, der von einem einfachen Deckenvorhang abgetrennt wurde. Der Raum war nur mit einem Stuhl, einer Bank und einem kleinen Tisch möbliert. Alexander schob den Tisch und den Stuhl in eine Ecke und machte sich mit beiden Händen über die bezaubernden

Formen her, die hervorquollen, als die junge Frau ihr Mieder aufknöpfte.

Berauscht vom Alkohol und einem machtvollen fleischlichen Bedürfnis, das er nicht länger zu beherrschen vermochte, riss er Émilie an sich und stieß sie auf alle viere auf den Boden. Sie schlug ihre Röcke hoch und präsentierte ihm ihr wogendes Hinterteil, das er brutal massierte. Ohne weiteres Vorgeplänkel drang er dann heftig in sie ein und stieß einen langen, zufriedenen Seufzer aus.

Er gebärdete sich wie ein Tier. Lust und Schmerz mischten sich, als er sich bei seinen rhythmischen Bewegungen die Knie auf dem Holzboden aufscheuerte. Feuer brandete durch seine Adern. Seinen Lustschrei erstickte er im Haar der kleinen Frau. Dann waren seine Beine zu schwach, um ihn zu tragen, und er sackte auf den hölzernen Bodendielen zusammen und zog Émilie mit sich. So lagen die beiden reglos in einem Knäuel aus Gliedmaßen, Haaren und Kleidungsstücken da und lauschten der Ballade *Mo Ghile Mear*.

Nach einer Weile setzte Émilie sich auf, um Alexander, der an die Deckenbalken starrte, schweigend anzusehen. Sie wusste, dass der Soldat rettungslos in die hübsche Tochter des Kaufmanns Lacroix verliebt war. Die Leute klatschten, und Neuigkeiten verbreiteten sich rasch. Sie mochte ihn, obwohl sie begriff, dass in seinem Herzen nie ein Platz für sie sein würde. Heute Abend hatte sie seine männliche Schwäche schamlos ausgenutzt, obwohl sie genau wusste, dass sie niemals mehr von ihm bekommen würde, als er ihr gerade gegeben hatte.

Überwältigt von Schuldgefühlen und Reue richtete Alexander sich auf die Knie auf. Er sah auf Émilies halbnackten Körper hinunter und beschimpfte sich lautlos. Sein Kopf drehte sich scheußlich. Die junge Frau neigte sich zu ihm hin, legte die Lippen auf seinen Mund und ließ eine Hand in sein offenes Hemd gleiten. Doch Alexander fuhr zurück, als hätte sie ihn verbrannt.

»Es tut… mir leid… Ich hätte das nicht tun dürfen«, murmelte er.

»Du bist ein Mann, Alex, und du hast Bedürfnisse, die befriedigt werden müssen. Das ist doch ganz normal.«

Beschämt und schwankend hielt er sich am Tisch fest, um auf die Füße zu kommen. Émilie knöpfte ihr Mieder zu und sah ihn betrübt an.

»Schade, dass du dich in das falsche Mädchen verliebt hast. Ich wäre dir nämlich eine gute Frau gewesen, weißt du. Ich bin meinem Mann treu…«

Sie trat an ihn heran und richtete ruhig seine Kleider, und er ließ sie gewähren, ohne sich zu rühren.

»Und dich, dich mag ich gern.«

»Das solltest du nicht. Ich bin deiner Beachtung nicht wert.«

Aber du bist es wert, dass die Tochter des Kaufmanns dir Beachtung schenkt? Wortlos trat sie zurück und biss die Zähne zusammen.

Alexander war wütend und angeekelt von sich selbst. Er hatte Émilies Gefühle ausgenutzt und Isabelles Vertrauen missbraucht. Zum ersten Mal hinterließ die körperliche Lust einen bitteren Nachgeschmack in seinem Mund. Flüchtig streichelte er Émilie über die Wange und murmelte ein paar entschuldigende Worte; dann nahm er seinen Rock und seinen Umhang und verließ die Taverne.

Die kalte Luft brannte auf seinem Gesicht und seinem Hals, doch das tat ihm gut. Isabelle… Sie allein beschäftigte seinen Geist, seinen Körper, sein Herz… Bestürzt erkannte er, dass er eine Frau über alle Maßen liebte, die er niemals besitzen würde. Er ging ein Stück, um auf andere Gedanken zu kommen. Doch beinahe, ohne dass er es selbst bemerkt hatte, führten seine Schritte ihn in die Rue Saint-Jean. Er versteckte sich in einer Kutscheneinfahrt und beobachtete das schöne Steinhaus der Lacroix'. Seine Finger strichen über seinen *Sporran*, in dem er das Medaillon aus Horn trug, das er Isabelle bei der nächsten Gelegenheit schenken wollte.

Er war noch einmal zu dem Schmied gegangen, um sein Geschenk für Isabelle in Auftrag zu geben. Nachdem er ihm versichert hatte, er werde ihn nicht verraten, hatte Desjardins sich überschlagen, um ihm zu Gefallen zu sein. Natürlich könne man das Schmuckstück nach seiner Skizze fertigen. Sein Schwiegersohn sei Goldschmiedelehrling in Trois-Rivières. Er würde sich mit ihm ins Benehmen setzen und nichts dafür verlangen, wenn er dafür seine Verwicklung in den französischen Widerstand vergesse. Aber er müsse einige Freunde unter den Indianern, mit denen er regelmäßig Handel treibe, als Boten einsetzen; und die wollten für ihre Mühe entschädigt werden. Wenn Alexander ein Pfund aufbringen wolle... Der junge Mann war einverstanden gewesen. Gestern hatte er das Medaillon bekommen und war mit der Arbeit zufrieden. Das Schnitzwerk war in Bronze gefasst, die hübscher und widerstandsfähiger als Zinn war. Natürlich war das Schmuckstück mit nichts zu vergleichen, was ein Goldschmiedemeister aus Edinburgh wie sein Urgroßvater Kenneth Dunn hätte erzeugen können, doch es verriet, dass sein Schöpfer über ein gewisses Talent verfügte.

Eine kleine Gruppe tauchte an der Straßenecke auf, und er sah zu, wie die drei jungen Leute an ihm vorübergingen. Sie waren in den Zwanzigern, in dicke pelzgefütterte Mäntel gekleidet und trugen warme Fellmützen. Die jungen Festgäste klopften an die Tür der Lacroix', die sogleich geöffnet wurde. Musik und Gelächter schwappten in die kalte Luft hinaus. Die drei Gestalten gingen hinein, rieben sich die Hände und traten sich auf der Schwelle den Schnee von ihren Stiefeln und *Mitasses** ab. Herrgott, was hatte er eigentlich hier zu suchen? Ganz offensichtlich befand sich Isabelle in guter Gesellschaft und konnte sehr gut ohne ihn auskommen und ihn vergessen. *An donas ort, Alasdair*, geh doch zum Teufel, Alexander!, brummte er halblaut. Besser, er kehrte zu seinen Leuten zurück, in seine eigene Welt. Coll hatte wohl doch recht.

Während der junge Mann mit hängendem Kopf aus dem Schatten trat und den Rückweg antrat, bewegte sich an einem der Fenster des Hauses eine Silhouette. Isabelle richtete sich auf und legte die Hände auf das reifbedeckte Glas. Sie sah der Gestalt nach, die im Schneegestöber die Straße entlangging. Die

* Beinlinge aus Stoff, Wolle oder Leder, oft mit Fransen geschmückt.

Falten des Umhangs wehten und knatterten im Wind. Ein Soldat? Das Herz wurde ihr schwer.

Seit dem Morgen hatte sie nur an Alexander gedacht, doch sie hatte keine zwei Minuten Zeit gehabt, aus dem Haus zu schlüpfen. Perrine und Sidonie hatten Hilfe bei der Zubereitung des traditionellen Silvestermahls benötigt. Aber sie hätte Alexander schrecklich gern gesehen und ihm ein gutes neues Jahr gewünscht. Sie fragte sich, wie man wohl in Schottland den Jahreswechsel beging. Er war katholisch; ihre Bräuche mussten ähnlich sein. Was er wohl in diesem Moment tat? Wahrscheinlich amüsierte er sich mit seinen Landsleuten.

Zerstreut strich die junge Frau über den Schal, den sie um den Hals geschlungen trug. Ihre Mutter hatte ihr zugesetzt, sie solle ihn ausziehen. »Du verdirbst deine ganze Toilette!«, hatte sie gemeint. Doch Isabelle, die wie üblich tat, wonach ihr der Kopf stand, hatte Halsweh vorgeschützt, und ihre Mutter, die einen Rückfall fürchtete, hatte nicht weiter darauf beharrt. Dieser Schal wärmte ihr das Herz: Sie hatte ihn für Alexander gestrickt und hoffte, dass er ihm gefallen würde. Aber sie musste wohl eine andere Gelegenheit abwarten, ihn ihm zu schenken. Ein Seufzer entrang sich ihrer Kehle, als Madeleine ihr ein Kristallglas mit heißem Punsch reichte, der gut nach Zimt und Muskat duftete.

»Komm, Isa! Du wirst am Cembalo verlangt. Du musst uns mit deinen hübschen Fingern aufspielen.«

»Ich komme schon.«

Doch sie war nicht mit dem Herzen dabei. Sie trat vom Fenster weg und ging unlustig zum Cembalo. Da erscholl mit einem Mal aus der Küche ein Schrei. Alle stürzten dorthin, wo sie Ti'Paul in Tränen aufgelöst vorfanden. Entsetzt starrte der Knabe das Hauptgericht an, das auf dem Tisch thronte: Da lag auf einer mit gekochten Kartoffeln garnierten Zinnplatte ein mit schimmernder Gelatine überzogenes Spanferkel, in dessen Maul ein Apfel steckte. Niemand hatte es für nötig gehalten, Ti'Paul darüber aufzuklären, welches Schicksal seinem guten Freund Blaise bestimmt war. Diese Szene war ebenfalls ganz und gar nicht geeignet, Isabelle aufzuheitern.

Die Liebenden sahen einander erst vier Tage später durch Zufall wieder, als Isabelle unterwegs war, um Françoise zu besuchen, die krank war. Die beiden flüchteten in eine Toreinfahrt und fielen sich leidenschaftlich in die Arme. Die junge Frau vergrub ihre gerötete Nase in dem rauen Wollstoff seines roten Rocks und sog endlich den Duft ihres Schotten ein, dessen Hände begierig über ihre Kurven glitten.

An die Steinmauer gepresst schloss Isabelle die Augen und seufzte. Den beiden fiel es immer schwerer, die Grenzen der Schicklichkeit zu wahren. Alexanders Hände wurden gefährlich kühn. Sie spürte, wie ein köstlicher Schwindel sie ergriff, und es kostete sie ihr ganzes anerzogenes Schamgefühl, den jungen Soldaten zurückzudrängen.

»Alex... ich freue mich ja so, dich zu sehen! An Silvester wollte ich mich ein paar Minuten frei machen, aber es war unmöglich.«

»Jetzt sind wir ja endlich zusammen. Lass uns die wenigen Augenblicke auskosten!«

Er wollte den Mund wieder über ihre Lippen legen, doch sie schob ihn erneut weg und nahm ihren blauen Schal ab, den sie jeden Tag getragen hatte, in der Hoffnung, ihm auf ihren Ausgängen zu begegnen.

»Der ist für dich«, flüsterte sie und legte ihm den Schal mit einem strahlenden Lächeln um den Hals. »Ich habe ihn selbst gestrickt.«

»Für mich?«, rief er begeistert aus und bemerkte ihren Duft, mit dem sich das Gewebe vollgesogen hatte. »Danke. Er ist sehr schön.«

»Er soll dich warm halten.«

Er zog jetzt seinerseits einen Gegenstand aus seinem *Sporran*.

»Schließ die Augen. Ich habe auch etwas für dich.«

»Wirklich? O Alex!«

Er nahm ihre Hand und legte etwas Kaltes, Schweres hinein. Langsam schlug sie die Augen auf. Ihr Herz tat einen Satz, und Tränen stiegen ihr in die Augen.

»Oh!«

Etwas anderes brachte sie nicht heraus; die Kehle war ihr vor

Rührung wie zugeschnürt. Sie wischte sich die Augen und betrachtete das herrliche Medaillon, das in ihrer Handfläche lag. Es hatte diese verschlungenen Motive, die sie schon so oft bewundert hatte, eine unglaublich schöne Arbeit.

»Hast du das ... für mich gemacht?«

Er legte einen Finger unter ihr zitterndes Kinn, so dass sie den Kopf hob. Aus feuchten Augen blickte sie ihn an.

»Für dich«, flüsterte er und nickte.

Für sie hätte er den Turm zu Babel noch einmal aufgebaut.

»Lieber wäre mir gewesen, ich hätte es in Gold oder Silber fassen lassen können ...«

Lebhaft schüttelte sie den Kopf und legte ihm die behandschuhten Fingerspitzen auf die Lippen, damit er schwieg.

»In Bronze ist es herrlich, Alex. Ein schöneres Geschenk hättest du mir nicht machen können. Ich werde es mein ganzes Leben lang in Ehren halten ...«

Sie spürte, wie sie erschauerte, als sie die Worte aussprach. Warum hatte sie den eigentümlichen Eindruck, dass dieses Schmuckstück für sie so etwas wie eine Reliquie sein würde, die Erinnerung an eine Liebe, die nicht hatte sein sollen? Aus ihrem tiefsten Innern stieg ein Schluchzen auf, dem sie keinen Einhalt gebieten konnte.

»*Dinna cry*, Isabelle ...«, murmelte Alexander. Nicht weinen ...

Er legte die Arme um sie, zog sie fest an sich und küsste sie auf die geschlossenen Augen.

»Tut mir ... leid. Ich sollte glücklich sein ... statt zu weinen wie ein kleines Mädchen.«

»*Tha e ceart gu leòr* ...« Schon gut ...

Er sah ihr tief in die grünen Augen, die ihn immer an die Hügel von Glencoe erinnerten. In der Sonne glitzerten winzige Goldpartikel darin. Er würde sich niemals daran sattsehen können. Doch ein Schatten glitt über ihre Augen, und er erriet den Grund. Er wusste, dass dieses Glück, das er erlebte, nicht andauern konnte ... eines Tages würde sie ihm für seine Liebe danken, dafür, dass er sie ein Stück Weges begleitet hatte, und ihn dann bitten, sie nicht wiederzusehen. Er hatte lange über das nachgedacht, was Coll ihm ohne Unterlass predigte, seit er ihm die Liebe zu der jungen Frau gestanden hatte, und er war zu dem Schluss gelangt, dass sein Bruder recht haben musste. Am liebsten hätte er sein Leid laut herausgeschrien. Isabelle gehörte in eine Welt, die ihm verschlossen war. Und er konnte von ihr nicht verlangen, mit ihm in seiner zu leben. Ihre Liebe war ein Idyll ohne Zukunft. Gewiss hatte Isabelle das ebenfalls begriffen. Er hätte nur nicht gedacht, dass dieser Tag so rasch kommen würde.

Als wolle er heraufbeschwören, was er vorausahnte, fasste er Isabelle fest um die Schultern, zog sie an sich und küsste sie leidenschaftlich. Er presste sich gegen sie und hielt sie an der Mauer fest. Sie versuchte nicht, seine Hände wegzuschieben, die unter ihren Umhang glitten und die Formen, die ihr Mieder wölbten, liebkosten.

»Isabelle... *a ghràidh mo chridhe*... ich begehre dich so sehr, dass ich bei Nacht nicht mehr schlafen kann. Herrgott! Ich möchte, dass du ganz mir gehörst...«

»Alex...«

Als er versuchte, ihr Mieder aufzuschnüren, stieß sie ihn ein wenig brüsk zurück.

»Alex!«

Mit entsetzt aufgerissenen Augen starrte Isabelle auf einen Punkt über seiner Schulter. Er drehte sich um und sah, was sie erschreckt hatte: Da stand, so kerzengerade, als hätte er seinen Spazierstock verschluckt, ein Mann in einem schweren braunen Wollmantel und beobachtete sie. Fast unmerklich presste der Unbekannte die Lippen aufeinander, doch Alexander entging sein Mienenspiel nicht. So standen die drei einen Moment lang regungslos da, dann wandte der Mann sich um und ging seiner Wege. Seine Schritte hallten über den Boden. Isabelle stöhnte leise auf, und er schenkte ihr erneut seine Aufmerksamkeit.

»Kennst du diesen Mann?«

Sie war kalkweiß geworden und nickte.

»Der Notar Panet. Er hat meinen Vater in den letzten Tagen einige Male aufgesucht.«

»Wenn es dir peinlich ist, dass man uns zusammen sieht, Isabelle...«

»Nein, Alex«, unterbrach sie ihn, »das ist mir überhaupt nicht peinlich, das müsstest du doch wissen. Ich mache mir nur Sorgen...«

»Glaubst du, er wird deinem Vater alles erzählen?«

»Mein Vater weiß über uns Bescheid. Ich mache mir eher Gedanken um meine Mutter... Ich fürchte, sie wird sich nicht so leicht damit abfinden. Doch so, wie ich Monsieur Panet kenne, glaube ich nicht, dass er weitererzählen wird, was er gesehen hat. Jedenfalls hoffe ich das.«

Sie biss sich auf die Lippen. Alexanders Hand bewegte sich unter ihrem Umhang und erinnerte sie an die Bitte, die sie dem jungen Mann unterbreiten musste. Sie hegte diesen Wunsch nicht wirklich, doch das war die einzige Lösung, die sie sah, wenn sie ihre Tugend bewahren wollte.

»Alex... ich glaube... wir sollten uns seltener sehen.«

Na bitte, da haben wir es ja, dachte er bitter.

»Es wäre vernünftiger so... für den Moment.«

»Sicherlich...«, murmelte er und rückte von ihr ab.

Sie hielt ihn am Kragen seines Rocks fest. Ihre Miene war bekümmert, und ihr Atem ging schnell. Sie schien noch etwas hinzusetzen zu wollen, sagte dann aber nichts. Er nahm ihre Hände.

»Ich verstehe.«

Aus der Ferne hörten sie das Knallen der Brown-Bess-Gewehre der exerzierenden Soldaten. Ein Schauer überlief Isabelle, und sie schloss die Augen.

»Glaub nicht, dass ich dich nicht mehr sehen möchte, Alex. Es ist...«

Wie sollte sie ihm erklären, dass sie fürchtete, seinen Liebkosungen und der Ekstase, die sie bei ihr auslösten, zu unterliegen? Dass sie Angst vor der Stärke ihrer Gefühle hatte, den Empfindungen, die er in ihr aufsteigen ließ? Sie biss die Zähne zusammen und verfluchte sich lautlos. Warum hatte sie ausgerechnet jetzt davon sprechen müssen? Der Zauber, der sie gerade noch eingehüllt hatte, war zerstoben. Vor Angst krampfte sich mit einem Mal ihr Magen zusammen. Und wenn er eine zugänglichere Frau fand, die ihm gewährte, was sie ihm verweigerte? Schließlich war er ein normaler Mann, und in Québec fehlte es nicht an Frauen, die auf der Suche nach Zuneigung waren. Plötzlich hätte sie ihren Entschluss am liebsten zurückgenommen. Aber sie hatte entsetzliche Angst vor dem Zorn Gottes und sagte nichts. Wenn er sie liebte, würde er Verständnis haben...

Alexander zog seine Hände aus denen der jungen Frau und steckte sie unter die Achseln, um sie zu wärmen. Er spürte Isabelles Verlegenheit und führte sie darauf zurück, dass sie nach Worten suchte, um ihm zu sagen, was er schon seit einigen Wochen fürchtete. Doch sie schwieg weiter.

»Gut«, stotterte er, »ich werde auf ein Zeichen von dir warten.«

Auf gewisse Weise fühlte er sich beinahe erleichtert. Seit der kurzen Episode mit Émilie war er nur immer besessener von Isabelle, und das Verlangen, sie ganz zu besitzen, überwältigte ihn geradezu. Er hatte Angst, seine Vernunft könne ihm keinen Einhalt mehr gebieten. Eine heiße Welle stieg in ihm auf, und er wandte sich ab, um seinen Aufruhr zu verbergen. Isabelle gehörte nicht zu den Frauen, die sich nach einem einzigen leidenschaftlichen Kuss hingeben. Sicher, er spürte, wie sie vor Lust bebte, wenn er es wagte, die Grenzen der Schicklichkeit zu überschreiten, doch er fühlte auch, wie sie vor Furcht erstarrte, und hielt sich dann zurück. Es ging nicht an, dass Isabelle Lacroix sich mit einem britischen Soldaten kompromittierte.

»Ich war auf dem Weg zu Geneviève Guyon, wo meine Schwägerin wohnt«, erklärte Isabelle zögernd. »Sie erwartet ein Kind und fühlt sich nicht wohl. Ich hatte versprochen, ihr zu helfen und mich um ihren Kleinsten zu kümmern, Luc. Er zahnt und ist im Moment ziemlich unausstehlich. Möchtest... möchtest du mich begleiten? Wenn du nicht anderswo erwartet wirst?«

»Ich habe Küchendienst, aber ein paar Minuten habe ich schon noch Zeit.«

Er musste sich Gewalt antun, um zu lächeln und sich vor ihr zu verneigen.

Der Januar kam mit einem heftigen Schneesturm und Glatteis. Die steilen Wege waren nicht begehbar. Um mit ihren geladenen Gewehren gefahrlos die Hänge hinunterzukommen, mussten die Soldaten auf dem Hinterteil rutschen, worüber die Leute sich vor Lachen ausschütteten. Für die »Röckchenträger« war diese Übung naturgemäß gefährlicher als für die anderen, denn sie trugen bei dieser Übung buchstäblich ihre Haut zu Markte.

Die englische Armee führte – mit gemischtem Erfolg – einige Angriffe gegen französische Positionen durch. Die von Lévis kommandierten französischen Truppen legten sich eine Taktik der Angriffe aus dem Hinterhalt zu und traktierten und bedrohten die englischen Soldaten, die es wagten, sich außerhalb der Stadtmauern von Québec zu zeigen. Die Kämpfe flammten also wieder auf, und im Laufe des Februars nahm Alexander an mehreren Strafexpeditionen teil, von denen manche Soldaten nicht zurückkehrten.

Der März begann mit dem Angriff einer englischen Abteilung auf einen französischen Posten in Saint-Augustin. Achtzig Gefangene wurden befreit. Die Rebellenarmee zählte schätzungsweise siebentausend Männer, reguläre Soldaten, Milizionäre und Eingeborene zusammengenommen.

Am Aschermittwoch sprach Père Récher von der Kanzel. Isabelle hörte seine Predigt wie durch einen dichten Nebel. Ihr Körper ahmte die Bewegungen der anderen Kirchgänger wie ein Automat nach, die niederknieten, sich erhoben, sich setzten. Die Kirche war in ein graues Licht getaucht, in dem die duftenden Weihrauchfahnen aufstiegen. Ihre Mutter saß rechts von ihr, zu ihrer Linken hörte Ti'Paul nicht auf zu zappeln. Ihr Vater hatte erklärt, er fühle sich unwohl, und sie nicht begleitet. Ohne ihn wirkte die Bank der Familie seltsam leer. Üblicherweise verpasste Charles-Hubert nie eine Messe.

Die junge Frau hielt den Blick auf eine enthauptete Muttergottes-Statue geheftet, die über einem Meer von Lichtern hing. Ein paar Worte der Predigt drangen zu ihr: Sünde, Marie-Louison, Kind, Ketzer... Sie wandte den Kopf zu dem Priester, der sich in heiligen Zorn geredet hatte. Die Seelen der Mädchen in der Kolonie waren in Gefahr. *Der Engländer tritt die Unschuld unserer verirrten weißen Lämmer mit Füßen.*

Man musste die Jungfrauen vor den gierigen Klauen dieser rotberockten Hunde bewahren, die ihnen ein ketzerischer König aufzwang! Der Priester nannte den Namen von Marie-Louison Guérin, die für ihn der Sündenbock unter der Herde der verlorenen Schafe war. *Sie hat die schreckliche Sünde des Fleisches begangen, und das Kind, das sie trägt, ist deren verdorbene Frucht! Aber es gibt noch andere, und man muss sie auf jeden Fall anzeigen, um dem Werk Satans Einhalt zu gebieten!* Ein angstvoller Schauer überlief Isabelle, und sie spürte das glühende Verlangen, Absolution für eine Sünde zu erlangen, die sie gar nicht begangen hatte...

Seit dem Tag, an dem sie Alexander darum gebeten hatte, dass sie sich seltener treffen sollten, hatte sie ihn nur siebenmal gesehen. Sie hatte geglaubt, dadurch würden ihrer beider Empfindungen sich abkühlen. Doch das Gegenteil war geschehen; bei jedem Treffen glühte ihre Leidenschaft nur noch stärker auf. Alexander gab sich die größte Mühe, sie nicht vor den Kopf zu stoßen, doch bei der leisesten Berührung oder beim kleinsten ein wenig zu eindringlichen Blick fanden sich ihre Lippen, und ihre Körper gingen in Flammen auf.

»Vater, vergebt mir, denn ich habe gesündigt«, murmelte Isabelle mit geschlossenen Augen.

Im Beichtstuhl war es beruhigend dunkel; dennoch zog es die junge Frau vor, dem forschenden Blick von Père Baudoin, der auf der anderen Seite des Gitters saß, auszuweichen.

»Ich höre, mein Kind.«
»Nur in Gedanken, Vater«, setzte sie hastig hinzu.
»Erzählt mir von Eurer Sünde.«
»Ja...«
»Geht es dabei um einen Mann, Tochter?«

»… Ja. Ich liebe einen Mann, Vater, und er liebt mich auch.«

»Habt Ihr etwas getan, das Euch in den Augen Gottes verdammen würde?«

Nein, aber gewiss in denen der Menschen, dachte sie verbittert.

Sie raffte ihre Röcke um sich, um sich auf dem Betstuhl so klein wie möglich zu machen. In der Stille war der pfeifende Atem des Jesuitenpaters zu hören. Ihr Geständnis schien ihn nicht zu empören; in seiner Stimme hatte kein Vorwurf gelegen, sondern eher so etwas wie Überdruss. Sie hörte, wie er herumrutschte und hielt den Kopf hartnäckig gesenkt. Krampfhaft hielt sie ihr silbernes Taufkreuz umklammert, das zusammen mit dem Hornmedaillon an einem blauen Seidenband um ihren Hals hing.

»Nicht in den Augen Gottes, Vater. Unsere Liebe ist keusch, aber …«

»Die Regungen des Herzens bewegen das Fleisch, und Gott weiß, wie sehr uns im Unglück der Glaube verlassen kann. Wir müssen uns mit Willenskraft wappnen, mein Kind.«

»Ich weiß, Vater. Doch ich fürchte zu unterliegen … Gebt mir Kraft.«

»Die müsst Ihr in Euch selbst finden, mein Kind. Stärkt Euren Glauben durch das Gebet. Jeder Mensch auf dieser Erde sucht sein Heil in der Tugend. Das ist nicht immer leicht. Wie wir alle wissen, hat der Glaube seine Fallstricke, und das Fleisch ist schwach. Doch aus dem Gebet kann jeder die Kraft schöpfen, die es ihm erlaubt, den Versuchungen aus dem Weg zu gehen. Ihr müsst widerstehen. Wenn es sein muss, seht diesen Mann nicht wieder, mein Kind.«

Alexander nicht wiederzusehen … Das schien ihr das höchste Opfer zu sein, um ihre Tugend zu wahren. Würde sie das fertig bringen? Doch zugleich würde es ihr Verderben sein, wenn sie ihn weiter traf; davon war sie überzeugt. Sie waren nicht mehr in der Lage, sich zu begegnen, ohne sich zu berühren. Die Gefühle, die sie dabei empfand, machten sie willenlos – bis dann ihr Gewissen erwachte. Alexander war ein Mann von verstörender Sinnlichkeit. In ihm schlummerte eine Leidenschaft, die an Gewalttätigkeit grenzte ... und die gleichen Gefühle in ihr erweckte. Das machte ihr Angst.

»Ich werde Gott in meinen Gebeten um die nötige Kraft anflehen.«

»Ihr sagt, dass dieser Mann Euch liebt. Dann wird er auch Verständnis haben. Wenn Gott Euch füreinander bestimmt hat, wird der Tag kommen, an dem Eure Bemühungen belohnt werden. Ich werde für Euch beten, mein Kind ...«

In ihrem Glauben getröstet und von neuer Kraft erfüllt, wanderte Isabelle zwischen den Nachzüglern herum, die noch auf der Kirchentreppe standen und freundschaftlich plauderten, und suchte nach ihrer Mutter und Ti'Paul. Ungläubig und beschämt zugleich stellte sie fest, dass sie ohne sie gegangen waren. Sie raffte ihre Röcke, um sie nicht im Schlamm zu beschmutzen, und trat schmollend den Heimweg an. Doch sie hatte kaum zehn Schritte getan, als eine schrille Stimme sie anrief. Perrine kam auf sie zugelaufen und wedelte mit den Armen. Völlig außer Atem blieb sie vor ihr stehen.

»Euer Vater, Mam'zelle Isa! Er hatte ... einen Anfall!«

»Einen ... was? Wovon redest du, Perrine?«

»Euer Vater ... Sidonie hat ihn auf dem Boden seines Arbeitszimmers liegend gefunden ... Er ... ist ...«

»Tot?«, fragte Isabelle und erbleichte.

»Nein ... aber es geht ihm sehr schlecht. Baptiste ist den Arzt holen gegangen.«

Isabelle war, als tue sich die Erde unter ihren Füßen auf. Ihr Vater, der ihr alles bedeutete ... Nein, er konnte nicht sterben, das durfte er einfach nicht!

Die geschlossenen Fensterläden ließen nur einen schmalen Lichtstrahl eindringen. Auf dem Nachttisch brannte eine Kerze und warf rund um das Bett des Sterbenden tanzende Schatten an die Wand. Isabelle erinnerte sich daran, dass sie gesehen hatten, wie die Indianer auf die gleiche Weise um das Johannisfeuer hüpften. Die Huronen aus Lorette kamen oft, um an diesem christlichen Fest teilzunehmen. Niemals hatte sie bisher ihren heidnischen, gottlosen Riten beigewohnt. Doch ihre geheimnisvoll wirkenden Bewegungen faszinierten sie sehr. Sie hatte sich sogar schon gefragt, ob ihr Gott nicht barmherziger war als der ihre, den sie so fürchtete. Hätte der Gott der Huronen, den man den Großen Manitu nannte, ihr diese neue Prüfung auferlegt? Mit diesem Gedanken sprach sie ein weiteres *Gegrüßet seist du, Maria*.

Charles-Huberts Züge verrieten, dass er litt. Doch Isabelle konnte nicht ahnen, dass ihn vor allem sein seelisches Leid quälte. Der Kranke hörte die Perlen eines Rosenkranzes klicken und vernahm gemurmelte Gebete, die angesichts seines Zustands sinnlos waren. Gott gestand ihm diesen kurzen Aufschub nur zu einem ganz bestimmten Zweck zu. Er öffnete seine müden Augen einen Spalt breit und wandte den Kopf leicht zu seiner geliebten Tochter.

Durch sein Keuchen alarmiert, hob die junge Frau den Kopf; dann, als sie sah, dass er wach war, kniete sie neben dem Bett nieder. Charles-Hubert legte die Hand auf die Haube, die ihr blondes Haar bedeckte. Seine Tochter war das Licht seines Lebens gewesen. Nachdem sie die letzten Tage damit zugebracht hatte, bei ihm zu wachen und ihn zu pflegen, lagen Schatten unter ihren Augen, ein Zeichen, dass sie kaum geschlafen hatte. Er war ihr dankbar für alles, was sie tat, um ihm seine Krankheit weniger schmerzhaft zu machen. Aber er hörte nicht wirklich hin, wenn sie ihm Passagen von Rousseau oder Chrétien de Troyes* vorlas, um ihn zu zerstreuen. Seine Gedanken waren anderswo.

»Isabelle, meine Tochter ... ich bin in meinem Leben ein schlechter Untertan des Allmächtigen gewesen. Das muss ich zugeben und gestehen ... Ich habe Dinge getan, auf die ich nicht besonders stolz bin. Aber niemals, wirklich niemals, habe ich jeman-

---

* Altfranzösischer Autor, ca. 1140–1190. Seine erhaltenen Romane beschäftigen sich vor allem mit dem Sagenkreis um König Artus. (Anm. d. Übers.)

den verletzen wollen, ganz gleich wen. Ich bin nur ein Mann, der liebt, ohne dass seine Liebe erwidert wird...«

Sie sah aus feuchten Augen zu ihm auf; ihre Miene zeigte Unverständnis.

»Was habt Ihr Euch vorzuwerfen, Papa? Ihr seid der beste Vater gewesen, den ich mir nur vorstellen kann. Nein, Ihr seid ein guter und selbstloser Mann...«

»Lassen wir besser Gott darüber befinden. Ach, meine kleine Isabelle, das Leben verlässt mich früher, als ich es mir gewünscht hätte. Bevor ich gehe, wäre ich mir so gern sicher gewesen, dass du glücklich bist...«

»Seid Ihr denn niemals ein ganz klein wenig glücklich gewesen, Papa?«

»Aber natürlich... und dafür habe ich dir zu danken.«

»Hat... hat meine Mutter Euch so unglücklich gemacht?«

Seufzend wandte er sich ab.

»Deine Mutter... Du weißt, mein Schatz, dass Montesquieu gesagt hat, es gebe zwei Arten unglücklicher Menschen. Die einen besitzen eine schwache Seele. Sie ersehnen nichts, und nichts berührt sie. Derart träge sind sie, dass ihr Leben ihnen wie eine Last erscheint. Aber dennoch fürchten sie den Tod. Die anderen wünschen sich alles, was sie nicht haben, und hoffen vergeblich auf das Unerreichbare, das Unmögliche. Ihr Herz wird zerrissen von dem Wunsch, das zu erreichen, was ihnen verwehrt ist. Und zu diesen gehöre ich. Ich liebe deine Mutter, wie ich nie zuvor eine Frau geliebt habe. Aber... Justine gehört zu den Menschen, die von nichts berührt werden. Ich habe es versucht, mein Schatz, ich habe versucht, sie glücklich zu machen... Gott weiß, wie viel Mühe ich mir gegeben habe.«

»Ich weiß, Papa. Mama ist nun einmal nicht einfach...«

Fest drückte er Isabelles Hände.

»Ich hätte sie so gern lächeln gesehen, und wenn es nur ein einziges Mal gewesen wäre! Isabelle, ein so trauriges Leben möchte ich dir nicht aufzwingen.«

»Aber Ihr habt doch immer alles getan, um mich froh zu machen, Papa.«

»Ich spreche von deiner Zukunft. Dieser Mann, dieser Schotte… Du triffst ihn immer noch, obwohl ich es dir verboten habe, stimmt's?«

Charles-Hubert spürte, wie ihm die Hände seiner Tochter entglitten, und er drückte sie fester, um sie zurückzuhalten. Die junge Frau schlug die Augen nieder.

»Ja, Papa. Aber nicht sehr oft, macht Euch keine Sorgen.«
»Liebst du ihn wirklich?«
Sie zögerte.
»Mehr, als ich je für möglich gehalten hätte.«
»Hmmm…«

Isabelle sah auf die Hände hinunter, die sie festhielten, und erkannte mit einem Mal, wie stark ihr Vater gealtert war. Die mit einem weichen, goldfarbenen Flaum bedeckte Haut war so dünn wie Reispapier und ließ ein Netz bläulicher Adern durchscheinen. Ob sie auch so schwarz werden würde wie bei den Toten, die man unter einer Schneedecke liegen ließ, bis der Boden auftaute? Der Skorbut forderte so viele Opfer unter den Soldaten… Sie hatte Angst um Alexander und brachte ihm regelmäßig Äpfel aus dem Vorrat ihrer Mutter.

»Ich wünsche mir für dich ein Leben in Wohlstand und Glück. Doch oft muss man das eine für das andere opfern. Du wirst bald eine Wahl treffen müssen, Isabelle. Denk gut darüber nach.«

»Ich bin mir nicht sicher, ob ich verstehe, was Ihr mir zu sagen versucht, Papa.«

Er nickte. Sie wischte sich die Augenwinkel mit dem Laken und unterdrückte ein Schluchzen.

»Liebt er dich?«
»Alexander? Ja.«
»Hmmm… Nun ja, welcher Mann würde sich nicht in dich verlieben? Was ich dir zu sagen versuche, Tochter, ist… Du hast meinen Segen… sollte dein Herz sich für diesen Alexander Macdonald entscheiden.«

Verblüfft hob sie den Kopf.
»Euren Segen? Ihr meint…«
»Ich habe gelernt, dass man Liebe nicht befehlen kann und dass

Fügsamkeit nur eine Tugend ist, aber nicht von Herzen kommt. Manche Menschen scheinen eher dazu geeignet, sich in Gehorsam zu üben, aber ich weiß, dass du dazu nicht in der Lage sein wirst. Dafür ähnelst du deiner Mutter zu sehr… Wahrscheinlich kannst du das kaum glauben, aber Justine ist nicht immer so gewesen, wie du sie heute kennst. Einst war sie die Lebensfreude in Person. Wie ein Wirbel von Farben an einem Regentag, ein Sonnenstrahl… Doch in meiner Verbissenheit, sie zu besitzen, habe ich dieses Licht zum Verlöschen gebracht. Sie leuchtete für einen anderen als mich. Verstehst du, Isabelle, ich habe deine Mutter gezwungen, mich zu heiraten. Sie hat mich nicht geliebt.«

»Papa?«

Sein Geständnis bestürzte Isabelle. Sie ließ die Hand ihres Vaters los, die sie immer noch festgehalten hatte, und runzelte die Stirn. Mit einem Mal fielen ihr die Liebesbriefe wieder ein, die sie zufällig in der alten Truhe auf dem Dachboden gefunden hatte. Sie war selbstverständlich davon ausgegangen, dass sie von ihrem Vater stammten, obwohl die Handschrift nicht die gewesen war, die sie kannte, und sie erinnerte sich an den einen, auf Englisch verfassten Brief, den sie zwischen den Seiten eines ihrer Bücher versteckt hatte. Dann waren sie also von einem anderen Mann? Sollte ihre Mutter einen Liebhaber gehabt haben?

»Ihr braucht mir das nicht zu erzählen, Papa.«

»Doch, Isabelle, ich muss und ich will. Da sind so viele Dinge, die auf meinem Herzen lasten und mich ersticken… Dinge, von denen du nichts weißt und…«

Charles-Hubert hob eine zitternde Hand, ließ sie aufs Bett zurückfallen und ballte sie zur Faust. Er zog die Augen zusammen und sah die junge Frau mit einem seltsamen Blick an. Dann wandte er sich ab und sprach weiter.

»Mein Testament liegt bei Notar Panet, der es an einen seiner Kollegen weitergeben wird. Sein Gesundheitszustand zwingt ihn, sich auszuruhen… Alles ist bereit.«

»Sprecht nicht vom Sterben«, stöhnte Isabelle und vergrub das tränenüberströmte Gesicht in den Händen. »Ich ertrage es nicht, wenn Ihr von mir geht…«

»Meine Kräfte verlassen mich, Isabelle. Es ist Gottes Wille. Da dein Bruder Louis nicht hier ist, möchte ich mir von dir… einen letzten Dienst erbitten.«

Isabelle nickte, hob den Kopf und begegnete dem düsteren Blick ihres Vaters, der auf sie gerichtet war.

»Ich tue alles, worum Ihr mich bittet«, gelobte sie laut schluchzend.

»In meinem Arbeitszimmer, auf dem höchsten Brett des Bücherregals, befindet sich eine schwarze Kassette, die hinter meinen Logbüchern versteckt ist. Ich möchte, dass du sie nimmst und einer Freundin bringst, die mir sehr teuer ist.«

»Einer Freundin?«

»Marie-Josephte Dunoncourt. Sie lebt bei ihrer Schwester in Château-Richer, Madame Anne Chénier.«

»Anne Chénier«, wiederholte Isabelle, um sich den Namen einzuprägen. »Und wer ist diese Madame Dunoncourt?«

»Eine gute Freundin, bei der ich noch eine Schuld abzutragen habe. Wirst du es tun?«

»Ja, Papa.«

»Gut… das ist gut. Jetzt bin ich ruhiger.«

Ein Windstoß ließ die Fensterläden klappern, und der einfallende Lichtstrahl huschte über die Laken. Charles-Hubert legte die Hand auf Isabelles Kopf und streichelte sie schweigend einen Moment lang. Ein Karren fuhr vorüber.

»Du bist das Ebenbild deiner Mutter, und ich danke dem Himmel dafür, dass er dich davor bewahrt hat, die Züge deines Vaters zu erben…«

Die Tage vergingen. Charles-Hubert erholte sich kaum, und auch Françoises Zustand besserte sich nicht. Ihre Schwangerschaft neigte sich dem Ende zu, und der Arzt hatte ihr verboten, das Bett zu verlassen. Isabelle konnte ihrer Schwägerin die erbetene Hilfe nicht abschlagen. Der kleine Luc, der seine Mama vermisste, terrorisierte das ganze Haus mit seinem Geschrei, und die Einzige, die ihn beruhigen konnte, war seine geliebte Tante Isa.

Mit schwerem Herzen und schleppenden Schritten stieg die junge Frau in das Palast-Viertel hinunter. Durch die Schneeschmelze waren die Straßen für Wagen unpassierbar geworden. Die Rinnsale, die durch die Stadt liefen, schwollen an, wuschen die Wege aus und nahmen wie immer den Abfall mit, der schließlich im Fluss landete. Eine Patrouille von »Röckchenträgern« kam die Rue Saint-Vallier entlang. Was Alexander wohl in diesem Moment tat? Seit ihr Vater erkrankt war, hatte sie nicht mehr versucht, ihn wiederzusehen. Sicherlich machte er sich bereits Sorgen, weil er so lange nichts von ihr gehört hatte.

Sie steckte die Hände unter die Achseln, um sie zu wärmen. Dass sie den Soldaten nicht mit ihrem Unglück belasten wollte, war ein schöner Vorwand. Aber wem versuchte sie eigentlich etwas vorzumachen? Seit Tagen weinte sie ständig und hätte dringend seiner starken Arme bedurft. Er hätte sie zärtlich an sich gedrückt und die Last der Tragödie, die sie niederdrückte, ein wenig gemildert. Doch diese Männerarme stellten zugleich eine Gefahr dar. Das nächste Wiedersehen mit Alexander würde vielleicht eines zu viel sein. Sie hatte daran gedacht, ihm einen Brief zu schreiben, um ihm alles zu erklären. Doch nach zehn erfolglosen Versuchen hatte sie aufgegeben. Nein, sie wollte von Angesicht zu Angesicht mit ihm sprechen. Das wäre besser. Gewiss litt er darunter, dass sie nie mehr allein miteinander waren.

Sie bog in die Rue Saint-Nicolas ein. Sie wusste nicht, wo Alexander wohnte, daher würde sie in den *Rennenden Hasen* gehen. Dort würde man ihr sagen können, wo er zu finden war. So früh am Tag war es in dem Lokal noch ruhig. Der Wirt, Jean Mercier, hatte keine Ahnung, wo sich die schottischen Soldaten heute aufhielten; er konnte ihr nur sagen, dass sie erst um sechs Uhr abends dienstfrei hatten. Sie beschloss, später noch einmal zurückzukehren.

Das Holz lag sorgfältig an der Hauswand aufgestapelt. Alexander setzte sich auf den Hackklotz, um ein wenig zu verschnaufen. Er griff nach seiner Flasche, stellte fest, dass er bereits seine ganze Ration Rum ausgetrunken hatte und fluchte vor sich hin. Sein Rücken schmerzte, und allein bei der Vorstellung, noch ein einziges Stück Holz zu hacken, hätte er am liebsten geschrien. Doch er hatte noch sechs Scheite zu bearbeiten. Er stand auf, nahm seinen Mut und seine Axt in beide Hände und beendete seine Arbeit. Der Fleischer hatte ihn schon bezahlt, und er ging. Den Soldaten war es untersagt, für die Stadtbewohner zu arbeiten, doch für sie war das die einzige Möglichkeit, sich ein wenig Alkohol zu beschaffen. Alexander brauchte ihn, um zu vergessen… Von morgens bis abends ging Isabelle ihm im Kopf herum. Seit mehr als zwei Wochen hatte sie nichts von sich hören lassen.

Zu Beginn hatte er sich nicht wirklich Sorgen gemacht, als er nichts von ihr hörte. Außerdem verging bei den neuen Zimmermannsarbeiten in der Unterstadt und den immer anspruchsvolleren Waffenübungen die Zeit, ohne dass er es wirklich bemerkte. Doch dann hatte sich hinterlistig der Zweifel eingeschlichen und sich zum Bleiben eingerichtet. Sie war seiner überdrüssig, hatte ihm einen Mann aus ihrer eigenen Gesellschaftsschicht vorgezogen, der über viel feinere Manieren und ein solides Vermögen verfügte. Irgendwann hatte er sich gesagt, dass er zur Vernunft kommen musste. Doch das gelang ihm nicht. Sie war da, in seinem Kopf, in seinem Blut, unter seiner Haut… Und sein Herz litt furchtbar. Coll hatte aufgehört, ihm immer wieder zu erklären, er solle sie vergessen, da er wusste, dass es verlorene Liebesmüh war.

Die Sonne ging unter. Die Soldaten kamen zum Abendessen. Er selbst hatte keinen Hunger: Sogar sein Appetit hatte ihn verlassen. Das Einzige, das ihn ein wenig tröstete, war Émilies spontane Art. Seit einigen Tagen traf er sich regelmäßig mit ihr. Die junge Frau verstand ihn, stellte ihm keine Fragen und beschied sich mit dem, was er ihr freiwillig gab. Er stand jetzt regungslos vor der Taverne und zögerte noch einzutreten. Die kleine Dienstmagd arbeitete in der Küche des Lokals und war bestimmt in diesem Moment dort. Sie könnte ihm ein Stück Käse oder etwas anderes geben, wie sie es oft tat. Sein Magen, der es überdrüssig war, nichts anderes als Alkohol verarbeiten zu können, knurrte laut. Er stieß die Tür auf und trat ein.

Die Laterne schaukelte und warf ihren Lichtschein, der die Dunkelheit und die Ratten vertrieb, auf die Straße. Baptiste hatte Isabelle abgeholt und begleitete sie jetzt nach Hause. Bei all den Soldaten, die halb betrunken aus den Tavernen kamen, wäre es nicht klug gewesen, wenn eine junge Frau allein durch dieses Viertel ginge. Sie erkundigte sich bei dem alten Diener nach dem Befinden ihres Vaters, doch an dessen schlechtem Zustand hatte sich leider nichts geändert. Wenn sie nur Alexander sehen könnte, und wenn es nur für ein paar Augenblicke gewesen wäre ...

Der *Rennende Hase* lag nur ein paar Schritte entfernt, doch sie wagte nicht, Baptiste zu bitten, er möge sie dorthin bringen. Sie begegnete dem beinahe väterlichen Blick, mit dem er sie maß, und fand sich damit ab, fügsam nach Hause zurückzukehren.

Isabelle trat in die Küche und setzte sich an den Tisch, um sich mit einem Rest kalten Schinkens einen Imbiss zu bereiten. Ihre Mutter war nach oben gegangen, um bei ihrem Vater zu wachen. Ti'Paul schlief bereits. Madeleine und Perrine spielten im Salon Karten. Doch die junge Frau zog es vor, in dem halbdunklen Raum sitzen zu bleiben. Ein köstlicher Duft nach Taubenpastete hing in der Luft. Ein gewaltiger Schwarm Wandertauben* war auf den Feldern gelandet, und man hatte in den letzten Tagen Hunderte der Vögel mit Stockschlägen getötet. An ihrem Fleisch würden sich die Stadtbewohner noch einige Zeit ergötzen können. Das Essen für den morgigen Tag stand auf dem Feuer und würde die ganze Nacht hindurch köcheln.

Isabelle schluckte ihren letzten Bissen Brot hinunter und spülte mit Wein nach. Gerade stand sie auf, um nach oben zu gehen und sich schlafen zu legen, als es an der Küchentür klopfte. Verblüfft erblickte sie Schwester Clotilde, die sich in einem völlig

---

* Die Wandertaube war ein in Nordamerika verbreiteter Vogel, der in großen Schwärmen lebte. Heute ist diese Art ausgestorben.

aufgelösten Zustand befand. Nachdem sie ihrer Cousine einen Platz angeboten und ihr ein Glas Wein eingeschenkt hatte, erkundigte sie sich danach, was sie so verstört habe. Doch Schwester Clotilde vermochte sich nicht klar auszudrücken, sondern stammelte nur Worte, die kaum einen Sinn ergaben.

Perrine und Madeleine traten ein, von dem lauten Weinen der Ordensfrau alarmiert.

»Was ist denn los?«, verlangte Perrine zu wissen. »Unsere Schwester Clotilde ist ja ganz durcheinander.«

»Ich konnte nur aus ihr herausbringen, dass es Marcelline wohl nicht gut geht.«

»Marcelline?«

»Sie sagt immer wieder, ihre Seele sei verloren. Ich verstehe nicht...«

Als sie das hörte, schluchzte Schwester Clotilde erst recht los und stotterte noch etwas. Madeleine glaubte, endlich verstanden zu haben, und erbleichte.

»O mein Gott!«

Besorgt warf Isabelle ihr einen fragenden Blick zu.

»Wenn ich richtig verstanden habe, ist Marcelline... tot.«

»Was?«, schrie Isabelle und riss entsetzt die Augen auf. »Tot? Marcelline ist tot?«

Die arme, tränenüberströmte Nonne nickte und trank von ihrem Wein.

»Gefunden... heute Abend...«

»Gefunden? Ja, wo denn? Wovon sprichst du, meine Freundin? Erzähl doch endlich, du bereitest uns Sorgen!«

»Jacques, der Wasserträger, hat sie gefunden... an einem Ast des großen Ahorns auf dem Cap Diamant...«

Isabelle wich das Blut aus dem Gesicht. An einem Ast? Nein, sie musste Schwester Clotilde falsch verstanden haben. Doch als sie in die entsetzten Gesichter von Perrine und Madeleine sah, begriff sie, dass Marcelline sich aufgehängt hatte.

So überwältigt war sie von der schrecklichen Nachricht, dass sie sich weigerte, daran zu glauben. Marcelline... Marcelline sollte tot sein? Die junge Frau hatte sich mit den aneinandergeknoteten Streifen eines zerrissenen Unterrocks erhängt. ... Wie war das möglich? Isabelle spürte, wie sich eine schwere Last auf sie legte und sie schier zu erdrücken drohte. Sie fühlte sich mitverantwortlich für den Tod ihrer Freundin, denn sie war so beschäftigt gewesen – zuerst mit Alexander und dann mit ihrem eigenen Unglück –, dass sie Marcelline vernachlässigt hatte. Schwester Clotilde berichtete, Marcelline sei schwanger gewesen. Die junge Mischlingsfrau hatte nichts von dem Kind wissen wollen, das aus der brutalen Tat eines Engländers entstanden war. Offenbar hatte sie es nicht ertragen, mit dieser Katastrophe zu leben.

Fest entschlossen wartete Isabelle am nächsten Tag nicht darauf, dass Baptiste sie bei Madame Guyon abholte. Sie ging allein los und schlug den Weg zur Taverne ein. Sie hatte das Bedürfnis, Alexander zu sehen, und verübelte es sich schrecklich, dass sie nicht früher von sich hatte hören lassen. Die Laterne in der ausgestreckten Hand und mit einem kleinen Messer bewaffnet, schlug sie einen schnellen Schritt an. Stimmengewirr drang zu ihr. Irgendwo in einer der Straßen des Viertels, in dem die Garnison der schottischen Söldner untergebracht war, war ein Streit ausgebrochen. Wie ein Schatten huschte sie an den Mauern entlang und sah sich ständig in alle Richtungen um. Bei jedem Knacken blieb ihr fast das Herz stehen. Endlich erblickte sie das Schild mit dem rennenden Hasen, das über der Tür baumelte.

Heute Abend waren die Würfel ihm nicht wohlgesinnt. Alexander beschloss, vom Spieltisch aufzustehen und noch ein letztes Glas mit Coll und Finlay zu trinken, der die bevorstehende Geburt seines ersten Kindes feierte. Der Tag war hart gewesen, und der Alkohol umnebelte seinen Verstand. Zerstreut lauschte er den beiden anderen, die über den letzten Überfall der Franzosen sprachen. Sie hatten eine Abteilung Grenadiere attackiert, die zum Holzfällen ausgerückt waren.
 Während er trank, ließ der junge Mann seinen Blick durch den Raum schweifen. In der Nähe der Tür saßen zwei Offiziere an

einem Tisch. Der eine von ihnen, der einen Verband um den Kopf trug, hob sein Glas. Nicht weit entfernt war Arthur Lamms Stammplatz verwaist... und er würde es bleiben. Lamm war heute Morgen an Skorbut gestorben. Nie wieder würde seine Fiedel erklingen. Eine junge Schankmagd durchquerte mit wiegenden Schritten den großen Gastraum. Alexander fand sie mit ihrem roten Haar, das sie aufgesteckt hatte und unter einer makellos sauberen Haube trug, ihren runden Wangen und ihrem koketten Lächeln ziemlich hübsch. Gerade, als er sich damit unterhielt, sich den Rest ihres Körpers vorzustellen, erklang neben seinem Ohr Émilies Stimme, und er zuckte zusammen.

»Herrje, da erwische ich dich dabei, wie du die schöne Suzette beäugst!«

Er setzte ein charmantes Lächeln auf und zog die junge Frau auf seine Knie.

»Bist du etwa eifersüchtig?«

»Habe ich denn Grund dazu, Alex?«

»Das kommt auf dich an...«, flüsterte er ihr zu und küsste sie auf den Hals.

»Aber du bist ja unermüdlich!«

Sie warf ihm ein merkwürdiges Lächeln zu.

»Am Ende glaube ich noch, dass du dich in mich verliebt hast!«

Sie küsste ihn auf den Mund und wollte aufstehen; doch er fasste sie um die Taille und zog sie an sich. Kichernd tat sie, als wolle sie ihn zurückstoßen. Er packte sie nur noch fester.

»Vielleicht könnte ich das ja...«

»Rede keinen Unsinn, Alex. Du hast wieder einmal zu viel getrunken.«

»Ich bin in ausgezeichneter Verfassung, meine süße Émilie. *Let me show ye...*«

Er küsste sie mitten auf den Mund. Durch seine eigene Bewegung aus dem Gleichgewicht gebracht, fiel er rückwärts zu Boden und riss die junge Frau mit. Seine Kameraden schüttelten sich vor Lachen aus. Er hielt die Magd an sich gepresst und wälzte sich mit ihr unter den Tisch. Émilie fand das Ganze gar nicht komisch und versuchte sich loszumachen. Er stieß sie auf den Boden zurück und legte sich auf sie, damit sie sich nicht rühren konnte.

»Hör auf, Alex! Ich bin keine, die du nehmen kannst, wie und wo du willst!«

»*Alasdair, Sguir dheth*!« Lass das, Alexander!

»*Och! Coll, dinna see*…?«

»*Thig an-seo, Alas*…« Komm her, Alex…

Er stützte sich auf seine Bank, um aufzustehen. Eine eigenartige Stille hatte sich um den Tisch ausgebreitet. Er schüttelte sich wie ein junger Hund und blinzelte, um nicht mehr doppelt zu sehen. Hmmm… Émilie hatte recht, er hatte zu viel getrunken. Fluchend richtete er sich vollständig auf und drehte sich um. Er erstarrte, als er Isabelle erblickte, die ihn entsetzt ansah.

Den Mund zu einem stummen Schrei aufgerissen, schüttelte sie den Kopf. Dann rannte sie zur Tür und stieß dabei einen Gast an. Die kühle Abendluft empfing sie und ließ sie erschauern. Sie hörte, wie Alexander nach ihr rief. Wie dumm von ihr, herzukommen und zu glauben, hier würde sie Arme finden, in die sie sich werfen konnte. Offensichtlich hatte Alexander schon genug damit zu tun, eine andere zu trösten!

»Isabelle! *Wait! God damn!* Isabelle!«

Als sie flüchtete, hatte die junge Frau ihre Laterne fallen gelassen und rannte jetzt in die Dunkelheit hinein. Vor ihren Augen verschwamm alles, das Herz schlug ihr zum Zerspringen, und vor Schluchzen war ihre Kehle wie zugeschnürt. Als sie sich sicher war, nicht mehr verfolgt zu werden, fiel sie auf die Knie und ließ zu, dass der Schmerz ihren ganzen Körper ergriff. Ein Dolchstoß hätte sie nicht schlimmer verwunden können. Wie sie Alexander hasste! Nie zuvor hatte sie jemanden so gehasst. Er hatte sie verraten…

»Geh zum Teufel, Alexander Macdonald!«, stieß sie mit zusammengebissenen Zähnen hervor.

In der Dunkelheit stolperte Alexander und schlug der Länge nach auf die Straße. Isabelle war um die nächste Ecke verschwunden. Er hatte sie unwiderruflich verloren... Stöhnend stand er auf. In diesem Moment hörte er jemanden lachen und wandte den Kopf: Da stand Macpherson und grinste von einem Ohr zum anderen.

»Fahr zur Hölle, Macpherson!«

»Ich fürchte, du hast wirklich kein Glück bei den Damen, Macdonald. Sie nehmen alle Reißaus vor dir...«

»Halt dein Maul!«

Mit geballten Fäusten starrte Alexander ihn zornig an.

»Aber wie sagt man doch so schön... Ein Mann, der eine Frau verliert, schließt wieder Bekanntschaft mit seinen zehn Fingern!«, spottete er und griff sich mit einer obszönen Geste an den Schritt.

Im nächsten Moment ging er, von einem wohlgezielten Kinnhaken gefällt, vor den Neugierigen, welche die Szene verfolgt hatten, zu Boden. Alexander verzog das Gesicht, rieb sich die schmerzenden Fingerknöchel und beugte sich schwankend über ihn.

»Du hast recht: Ich bin gut Freund mit meinen zehn Fingern. Und wenn du nicht die fünf anderen auch noch kosten willst, kann ich dir nur raten, dein Maul zu halten.«

Während der darauffolgenden Woche verschlechterte sich Charles-Huberts Zustand beträchtlich. Nach einem zweiten Schlag war der Kranke halbseitig gelähmt. Isabelle wich praktisch nicht mehr vom Bett ihres Vaters, schlief in einem Sessel und aß am Schreibtisch in seinem Zimmer. Erfolglos versuchte Madeleine, sie aus dem Raum mit der düsteren Stimmung und der abgestandenen Luft zu locken; die junge Frau schien jede Lebensfreude verloren zu haben.

Am Abend des 7. April schickte Justine Baptiste und Perrine getrennt auf den Weg, um den Priester zu holen, der ihrem sterbenden Gatten das Bußsakrament, die Kommunion und die Letzte Ölung spenden sollte. Sie war überzeugt davon, dass diese englischen Ketzer den Teufel mit nach Québec gebracht hatten. Doch der Teufel, der gewiss darauf aus war, die Ankunft des Priesters zu verzögern und sich so der Seele des Sterbenden zu bemächtigen, konnte sich nicht um zwei Sendboten zugleich kümmern. Kurz vor Mitternacht tat Charles-Hubert Lacroix seinen letzten Atemzug. Er war achtundfünfzig Jahre alt geworden. Isabelle war untröstlich und vergrub sich in ihren Kummer.

Die Totenwache und das Begräbnis zogen wie ein Traum an der jungen Frau vorüber. So versunken war sie in ihren großen Schmerz, dass sie die Tränen, die ihre Mutter vergoss, gar nicht bemerkte. Anschließend verlas Pierre Larue, der junge Notar, das Testament. Interesselos hörte sie zu, wie er die Besitztümer ihres Vaters aufführte, und reagierte nicht einmal, als er enthüllte, wie schlecht es tatsächlich um die Familiengeschäfte stand. Wenn der König sich irgendwann bereitfand, das Papiergeld der Kolonialverwaltung einzutauschen, wären sie gerettet. Falls nicht, dann stand es schlecht um sie...

Justine lud Monsieur Larue noch zum Abendessen ein. Isabelle ließ die Anwesenheit des jungen Mannes, der nur Augen für sie hatte, vollkommen gleichgültig. Sie war höflich, nichts weiter, und entschuldigte sich bald, um früh zu Bett zu gehen und vielleicht im Schlaf ein wenig Vergessen zu finden.

In den darauffolgenden Tagen und Wochen strengte Madeleine ihre ganze Fantasie an, um ihre Cousine aus ihrer Erstarrung zu reißen, doch nichts fruchtete. Isabelle verweigerte jeden Kontakt mit der Außenwelt und verschloss sich in sich selbst. Wenn es niemandem gelang, sie aus ihrem verzweifelten Zustand zu holen, dachte Madeleine, würde sie bestimmt noch ihrem Vater und Marcelline ins Grab folgen. Dagegen wusste sie nur ein einziges Mittel...

Die junge Frau fand Alexander am oberen Ende der halsbrecherischen Treppe in die Unterstadt, wo er an einer Mauer lehnte und auf die stahlgrauen Fluten des Flusses hinaussah. Die Eisdecke war zerbrochen und damit die provisorische Brücke, so dass es keine Verbindung mehr zum Südufer gab. Madeleine hatte lange gezögert, bevor sie sich entschlossen hatte, den Soldaten aufzusuchen. Doch er war ihre letzte Hoffnung. Alexander fühlte sich beobachtet und drehte sich um. Zuerst wirkte er nur verblüfft, sie zu sehen. Dann malten sich Ernst, ja sogar Trauer auf seiner Miene. Er wandte sich ab und sah erneut in die Ferne. Zwischen den Liebenden musste etwas vorgefallen sein, und Madeleine begann schon daran zu zweifeln, ob sie das Richtige tat. Verlegen wollte sie sich entfernen, als er sie anrief.

»Hat sie Euch geschickt?«

»Nein. Es war meine Idee herzukommen.«

Sie tat einige Schritte auf ihn zu und stützte, genau wie er, die Ellbogen auf das hölzerne Geländer. Die ganze Stadt war erfüllt vom Gestank der verwesenden Leichen, die man im Winter nicht hatte begraben können und die nun mit der Schneeschmelze auftauten. Der Geruch war unerträglich. Madeleine trug stets ein mit Eau de Cologne getränktes Taschentuch bei sich, wenn sie das Haus verließ. Doch Alexander schien das nichts auszumachen; er sog die stinkende Luft in tiefen Zügen ein.

Nicht weit von ihnen pickten die ersten Rotkehlchen auf dem Boden und nahmen keine Notiz von ihnen. Man hatte die Bauarbeiten in der Unterstadt wieder aufgenommen, so dass die Straßen von ohrenbetäubendem Klopfen und Hämmern erfüllt waren.

»Schön. Warum seid Ihr also hier? Wollt Ihr mir eine Moralpredigt halten oder Euch bedanken, weil ich mich von ihr fernhalte?«

»Euch eine Moralpredigt halten? Warum sollte ich? Aber wenn ich Euch jetzt sagen würde, dass ich ärgerlich bin, weil Ihr sie im Stich gelassen habt?«

Alexander lachte ironisch auf und wandte sich halb zu Madeleine um. Die junge Frau konnte sich des Eindrucks nicht erwehren, dass er nicht frischer aussah als ihre Cousine. Wirklich, zwischen diesen beiden musste etwas geschehen sein.

»Wie geht es ihr?«

»Sehr schlecht, Monsieur Macdonald. Seit dem Tod ihres Vaters wird es jeden Tag schlimmer mit ihr.«

Er zog die Augenbrauen hoch.

»Ihr Vater ist gestorben?«

Er erinnerte sich vage, vom Tod eines reichen Kaufmanns aus der Stadt gehört zu haben. Aber er war so damit beschäftigt gewesen, die Trümmer seines Lebens aufzulesen, dass er nicht wirklich darauf Acht gegeben hatte. Eines Abends allerdings hatte ihn seine Patrouille an dem Haus in der rue Saint-Jean vorbeigeführt. Da er keinen Menschen sah, war er ans Fenster getreten und hatte es gewagt, einen Blick ins Innere zu werfen. Isabelle saß an einem Cembalo, und eine traurige Melodie schwebte durch den Raum. An die Mauer gelehnt, hatte der junge Mann gelauscht, und ihm war beinahe das Herz gebrochen. In der Musik hatte er den tief empfundenen Schmerz seiner Liebsten hören können und naiv geglaubt, der Grund dafür zu sein. Plötzlich war das Instrument mit einem Missklang verstummt. Er hatte gefürchtet, entdeckt zu werden, und sich entfernt. Dann hatte die junge Frau also an diesem Tag um ihren Vater geweint …

»Wann?«, erkundigte er sich mit besorgter Miene.

»Das wusstet Ihr nicht? Er ist am 7. April von uns gegangen. Und kurz zuvor ist ihre Freundin Marcelline gestorben. Ich fürchte um ihre Gesundheit. Sie isst nicht mehr, sie schläft nicht mehr. Ich hatte gehofft, Ihr könntet ihr helfen …«

»Dazu müsste sie erst einmal bereit sein, mich anzuhören.«

Von neuem sah er über die Unterstadt hinaus.

»Was ist geschehen? Habt ihr euch gestritten?«

Er gab keine Antwort, sondern zuckte nur müde die Achseln und verschränkte abweisend die Arme. Doch so leicht war Madeleine nicht loszuwerden; sie versuchte es noch einmal.

»Ihr müsst etwas für Isabelle tun, Monsieur Macdonald. Wenn Ihr sie wirklich liebt, wie Ihr behauptet …«

Er zuckte ein wenig zusammen und richtete den Oberkörper auf, so dass er starr wie eine Eisenstange dastand. Madeleine sah, wie sein Kiefer sich heftig verkrampfte, und legte eine Hand auf seinen Arm.

»Ihr liebt sie immer noch, stimmt's?«

Er schluckte und nickte dann.

»Sie wird mich nicht sehen wollen, Madame Madeleine«,

murmelte er. »Hat ... hat sie Euch nicht alles erzählt? Ich dachte ...«

»Isabelle spricht nicht mehr mit mir, Monsieur Macdonald, und auch sonst mit niemandem. Ohnehin geht es nur euch etwas an, was zwischen euch vorgefallen ist. Aber ich weiß, dass sie Euch immer noch liebt ...«

Er schlug die Augen nieder.

»Das bezweifle ich.«

»Ich habe nicht gesagt, dass sie nicht mehr böse auf Euch ist ... Wir sollten nicht versuchen, sie zu etwas zu überreden, sondern lieber ein ... zufälliges Zusammentreffen arrangieren. Sie braucht Euch.«

»Also, ich weiß nicht ...«

»Alexander«, bat sie leise, »tut es für sie!«

Das Vertrauen, das sie ihm erwies, rührte ihn, und ihm fiel auf, dass sie ihn zum ersten Mal mit dem Vornamen angesprochen hatte. Er schenkte ihr ein zaghaftes Lächeln und sah einen Moment lang auf die Hand hinunter, die seinen Arm drückte. Madeleines Finger waren lang und schmal und die sehr kurz geschnittenen Nägel blitzsauber.

»Und woran hattet Ihr gedacht?«

Zufrieden lächelte sie.

»Nun ja ... Wir sind schon sehr lange nicht mehr auf ein Picknick ausgegangen!«

13

Verbotene Wonnen

Ein schneidender Nordostwind war aufgekommen. Völlig außer Atem suchten die beiden Cousinen Zuflucht in der Mühle. Murrend schloss Isabelle die Tür, so dass sie im Halbdunkel standen. Ein Blitz erhellte das Stück Himmel, das durch das Fenster zu sehen war. Die junge Frau erschauerte. Wie sie Gewitter hasste!

»Was für ein Tag! Ich wäre wirklich viel lieber zu Hause im Warmen geblieben, statt meinen Imbiss hier in der Kälte einzunehmen, Mado. Was ist bloß in dich gefahren?«

»Du musst auf andere Gedanken kommen, Cousine. Schönes Wetter oder nicht, ich habe beschlossen, dich einmal aus deinem Sarg zu entführen.«

»Mado!«

»Entschuldige, Isa. Aber du bist ziemlich blass und brauchst ein wenig frische Luft.«

Isabelle verzog das Gesicht und ließ ihren Blick über das staubige Innere der Mühle schweifen, die seit dem Herbst leer stand.

»Hmmm ... Schöne frische Luft hier!«

Madeleine ignorierte ihre Bemerkung und tat, als suche sie etwas in ihrem Korb.

»Zu dumm! Jetzt habe ich die Gläser vergessen.«

»Dann trinken wir eben aus der Flasche.«

»Nein, ich gehe zurück und hole sie. Du bleibst hier und packst schon einmal aus. Ich bin bald wieder da.«

»Bist du noch ganz richtig im Kopf, Mado?! Das ist ja viel zu weit, und es stürmt wie verrückt. Also, das ist wirklich nicht nötig.«

Doch Madeleine war schon nach draußen verschwunden. Isabelle sah ihr nach, wie sie sich mit gesenktem Kopf gegen die Windböen und die ersten Regentropfen stemmte, die zu fallen begannen.

»Ach, Himmelherrgottsakrament... Wir wären ebenso gut ohne Gläser ausgekommen! Auf dieses ganze Picknick hätten wir bei dem Hundewetter verzichten können! Bald wird es Bindfäden regnen, und dann kann sie nicht wiederkommen! Und ich werde hier allein herumsitzen und darauf warten, dass das Gewitter aufhört.«

Mit einem kräftigen Fußtritt knallte sie die Tür zu. Der weiße Staub, der den Boden bedeckte, stieg als feine Rauchwolke auf. Immer noch verärgert ergriff sie den Besen, der an der Tür stand, und machte sich daran, eine Ecke auszufegen, um dort die Decke auszubreiten. Als das erledigt war, fasste sie in den Korb. Ein leises Klirren; sie runzelte die Stirn: Da waren ja die Gläser!

»Also, diese Mado! Sie hat wirklich ihre fünf Sinne zurzeit nicht beieinander!«

Sie breitete die Decke auf dem Boden aus und legte die Esswaren darauf. Dann setzte sie sich auf eine Holzkiste, um auf ihre Cousine zu warten. Plötzlich vernahm sie ein Geräusch und hob den Kopf. Der Hintergrund des Raums lag im Halbdunkel. Zweifellos eine Feldmaus, die vorhatte, sich ebenfalls zu dem Festmahl einzuladen. Sie zögerte einen Moment, doch das Geräusch wiederholte sich.

»Das verflixte Vieh! Es wird auf keinen Fall unseren Käse fressen!«

Sie schnappte sich den Besen und ging vorsichtig auf den großen Mehltrog zu. Ein Blitz erhellte die dunkle Ecke, und sie erstarrte und hielt die Luft an. Während der Donner grollte, erschien eine große Gestalt vor ihr. Sie schrie vor Angst auf. Alexander trat aus dem Schatten, der ihn verborgen hatte.

»*Dinna fear*, Isabelle. Keine Angst, ich bin's.«

»Alexander? Aber was... Na, so etwas!«

Er stand einige Schritte vor ihr, lächelte verlegen und räusperte sich. Isabelle drehte sich der Kopf, und widerstreitende

Gefühle überstürzten sich in ihr. Alexander, hier? Und Madeleine, die so hartnäckig darauf beharrt hatte, dass sie mit ihr an einem Regentag zu einem Picknick auszog...um dann zu verschwinden. Das roch gewaltig nach einem Komplott. Und dann stieg ihr der ganze unterdrückte Groll aus den vergangenen Wochen in die Kehle und erstickte sie beinahe. Sie packte ihren Besen fester und holte hoch über dem Kopf damit aus.

»Du elender... skrupelloser Schürzenjäger! Brünstiger Hengst! Scheinheiliger Röckchenträger! Du... du... du nichtswürdiger Romeo! Verschwinde, ich will dich nie mehr sehen, Alexander Macdonald! Du hast mich schön hinters Licht geführt, nicht wahr!? Gib doch zu, dass du dich nur über mich lustig gemacht hast! Wenn ich daran denke, dass ich mich in dich verliebt habe... Du alter Bock! Nimm das!«

In einer Mehlwolke fuhr der Besen herunter. Alexander wich ihm mit einem Sprung zur Seite aus. Trotz des Ernstes der Situation vermochte er sich ein Grinsen nicht zu verbeißen. Isabelle bemerkte die amüsierte Miene des Schotten. Wütend darüber, dass sie ihn so knapp verfehlt hatte, hob Isabelle noch einmal den Besen, drohte ihm erneut und drängte ihn gegen die Wand. Aber sie zögerte einen Moment lang, und das nutzte Alexander, um sich ihrer Waffe zu bemächtigen. Der Zorn der jungen Frau vervielfachte sich dadurch nur.

»Du bist niederträchtig, Alexander!«, kreischte sie und versuchte ihm das Gesicht zu zerkratzen. »Was du mir angetan hast, war gemein! Ich werde dir nie verzeihen!«

Dann, als sie sah, dass ihre Attacken vergeblich waren, raffte sie ihre Röcke, rannte um den Trog herum und verschwand in einer Mehlwolke aus der Mühle. Sie wollte nach Hause, in ihr Zimmer und ihr Bett... und vor allem wollte sie diesen Mann, der sie hinters Licht geführt hatte, nie wiedersehen.

»Isabelle!«

Der Wind schob Regenwände vor sich her, die ihr ins Gesicht klatschten. Das Röhren des Sturms erstickte Alexanders Rufe.

»*God damn*, Isabelle!«

Er erreichte sie und packte ihren Arm.

»Lass mich in Ruhe! Geh doch zu deinem kleinen... Flittchen! Sie... Autsch!«

Er drehte ihren Arm um und fasste sie um die Taille, damit sie ihm nicht wieder entwischte. Am Himmel zuckten Blitze und tauchten die graue Landschaft in ein bleiches Licht. Isabelle erstarrte und biss sich auf die Lippen. Dann brach ihr Zorn erneut hervor, und sie stieß einen Hagel von Beschimpfungen aus, bei dem sogar Perrine rot geworden wäre. Dicke Regentropfen zerschellten auf ihrem Gesicht und liefen ihr an Hals und Rücken hinunter.

»*Och, Isabelle, 't is enough!*«, brummte Alexander und zog die junge Frau auf die Mühle zu. Jetzt reicht es aber...

Er schloss die Tür, um den Sturm auszusperren, lehnte sich dann dagegen und sah Isabelle an, die ihre nassen Kleider ausschüttelte und vor sich hin schimpfte.

»Beruhige dich doch, Isabelle, wir müssen reden.«

Ein eigenartiges Lachen hallte durch die Mühle. Alexander schloss die Augen. Isabelles Kälte traf ihn ins Herz. Die junge Frau drehte ihm den Rücken zu, weigerte sich, ihm ins Gesicht zu sehen, und begann erneut, ihn mit Zorn und Groll zu überziehen. Er verstand sie ja, doch es fiel ihm schwer, das zu ertragen. Nach einer Weile hatte sie ihren Vorrat an Beleidigungen erschöpft und beruhigte sich.

»Reden? Worüber, kannst du mir das einmal sagen? Ich weiß, was ich an jenem Abend gesehen habe... und weitere Einzelheiten möchte ich nicht wissen, glaube mir!«

Isabelles laute, schrille Stimme brachte Alexander von neuem in Rage. Er wusste selbst, dass er einen Fehler gemacht hatte, doch er hielt sich nicht für allein verantwortlich. Schließlich war sie es gewesen, die ihn ohne Umschweife verabschiedet hatte!

»Bitte versteh doch...«

»Ich habe bereits alles verstanden, stell dir vor!«

Sie warf ihm einen vernichtenden Blick zu. Er spürte, wie der Zorn in ihm aufwallte und all seine Bemühungen, Herr seiner Gefühle zu bleiben, davonspülte. Ehe er hergekommen war, hatte er sich die verschiedensten Szenarien vorgestellt und überlegt, wie sie zu einer Lösung kommen könnten. Doch all das ging jetzt im Wirbelsturm seiner Sinne unter. Er packte Isabelles Arm, drehte sie herum und drückte sie fest gegen den Trog. Mehl verteilte sich über ihrer feuchten Haube und ihrem schwarzen Kleid und reizte sie zum Husten. Mit tränenden Augen begegnete sie dem Blick seiner saphirblauen Augen, die sie hart fixierten. Mit einem Mal fürchtete sie sich vor Alexander.

»Ich bin kein Hampelmann, Isabelle Lacroix! Und auch kein Hund, den man aussetzt und dann wieder ruft, wenn man Lust dazu hat. Tagelang habe ich darauf gewartet, dass du mir eine Nachricht schickst. Nichts! Tagelang habe ich mich zurückgehalten und bin nicht zu dir nach Hause gekommen, weil du mich darum gebeten hattest. Wie sollte ich denn erraten, was mit dir ist? Ich habe ganz einfach gedacht, du …«

Seine nächsten Worte gingen in einem Donnergrollen unter. Isabelle nahm sich zusammen und reckte die Brust. Ihr Herz schlug rascher, und mit einem Mal wurde ihr klar, wie sehr er ihr gefehlt hatte und wie dumm und egoistisch sie gewesen war. Er hatte geglaubt, sie wolle nichts mehr von ihm wissen. Wie hätte er auch etwas anderes denken können? Sie vermochte seinem eindringlichen Blick nicht länger standzuhalten und wandte sich ab.

»Es tut mir leid, Alexander. Ich weiß, ich hätte dir eine Nachricht schicken und dir alles erklären sollen. Mehrere Male stand ich kurz davor. Doch dann wollte ich dich lieber im *Rennenden Hasen* aufsuchen. Und dort … dort habe ich dich dann mit dieser Frau gesehen … Ich war dermaßen enttäuscht und verletzt! Du hast wahrhaftig nicht lange gebraucht, um eine andere an meine Stelle zu setzen …«

»Diese Frau ist nur … eine Freundin. Ich dachte, du wolltest nichts mehr mit mir zu tun haben, Isabelle. Émilie … nun ja …«

»Was ist das denn für eine Art von ›Freundin‹, mit der man sich unter dem Tisch wälzt, erkläre mir das einmal! Oder nein … Ich will es gar nicht wissen!«

Bei diesen Worten hielt sie sich die Ohren zu. Er ließ sie los und trat ein Stück von ihr zurück. Zwei dicke Tränen zogen eine Spur über die mehlbestäubten Wangen der jungen Frau.

»Isabelle... *By God! I am sae sorry.*«

»Was für eine Vergeudung, was für eine schreckliche Verschwendung!«

Der Zorn der Elemente vertrieb das Tageslicht, und in dem Raum wurde es dunkel. Über ihnen knarrte die Flügelwelle der Mühle und sorgte für eine noch unheimlichere Stimmung. Isabelle erschauerte und tat ein paar Schritte auf den Esskorb zu, den sie auf der Holzkiste stehen gelassen hatte. Sie wusste nicht recht, welche Richtung sie diesem Gespräch jetzt geben sollte.

»Bei diesem Gewitter wird Mado wohl so bald nicht zurückkehren... Und ich vermute, du hast auch noch ein wenig Zeit...«

»Ich habe noch zwei Stunden bis zur Sperrstunde.«

Sie zog ihr feuchtes Cape aus und löste die Haare, die ihr im Gesicht klebten. Dabei bemerkte Alexander die tiefen Schatten, die unter ihren Augen lagen, und dankte Madeleine stumm dafür, dass sie ihm Bescheid gegeben hatte. Sie bedeutete ihm, sich zu setzen und versuchte, die Weinflasche zu entkorken. Schweigend sah er ihr zu und nahm ihr gegenüber Platz.

Alexander hatte lange auf die beiden Cousinen gewartet und dabei ständig mit sich gerungen, ob er flüchten oder bleiben sollte. Tatsache war, dass er sich vor dem Wiedersehen mit Isabelle gefürchtet hatte. Er hatte Angst gehabt, sie werde seine Befürchtungen bestätigen. Doch er steckte zu tief in Madeleines Intrige, um noch zurückzukönnen. Niemals hätte er gedacht, dass eine Frau eine derartige Wirkung auf ihn ausüben könnte. Isabelle hatte seine triste Existenz und seine Seele auf den Kopf gestellt. Sie war so sinnlich wie Connie, so sanft wie Kirsty, aber auch so voller Kraft wie Leticia und so liebevoll wie seine Mutter... All das wollte er nicht verlieren. Um die Wahrheit zu sagen, hatte sie ihn vollständig umgekrempelt, wie einen Handschuh. Doch es fiel auch sehr leicht, einen Handschuh wegzuwerfen, wenn man ihn nicht mehr gebrauchen konnte.

»Ich muss wissen, ob du noch ein wenig für mich empfindest, Isabelle.«

Verblüfft erstarrte die junge Frau mitten in der Bewegung. Er nahm ihr die Flasche aus den Händen, öffnete sie und stellte sie zwischen sie beide auf den Boden.

»Es macht mich traurig, dass du an meinen Gefühlen für dich zweifelst, Alex.«

»Habe ich denn nicht gute Gründe dafür?«

Um dem Blick seiner blauen Augen auszuweichen, begann sie in dem Korb zu kramen. Sie fand die Gläser, die sie suchte, und tat so, als betrachte sie sie.

»Die gleiche Frage könnte ich dir stellen, Alex«, erklärte sie und sah ihn anklagend an.

Da hat sie wohl recht, sagte er sich. Am liebsten hätte er sich in eine Schildkröte verwandelt und den Kopf unter seinen Panzer eingezogen.

»Welchen Eindruck auch immer das, was du gesehen hast, auf dich gemacht hat, da ist nichts zwischen… Émilie und mir.«

Er wartete auf ihre Reaktion. Doch sie füllte nur die Gläser, biss sich auf die Lippen und sagte nichts.

»Warum hast du nicht nach mir geschickt? Ich weiß, dass du eine furchtbare Zeit durchgemacht hast… Deine Cousine war so freundlich, mir alles zu erklären.«

»Also hat Mado dieses Zusammentreffen ins Werk gesetzt«, meinte sie und lachte verbittert auf. »Ich wollte dich nicht mit meinem Kummer belasten. Eine Frau, die ständig weint, ist doch lästig.«

»Es ist nichts Schlimmes daran, über den Tod eines geliebten Menschen zu trauern. Glaubst du wirklich, ich hätte Anstoß daran genommen?«

»Ich weiß nicht… ja, vielleicht.«

In Wahrheit hatte ein anderer Grund sie daran gehindert, ihn rufen zu lassen. Doch davon erzählte sie ihm lieber nichts. Mit großen Schlucken leerte sie ihr Glas und hielt es ihm hin, damit er ihr nachschenkte. Der Alkohol wärmte sie auf, und das tat ihr gut. Einige Minuten vergingen. Draußen tobte immer noch mit einem höllischen Lärm der Sturm um die Mühle.

»Der Tod deines Vaters betrübt mich ehrlich, Isabelle…«

Sie schniefte und versuchte den Tränenstrom, der gleich wieder loszubrechen drohte, zurückzuhalten. Erneut leerte sie ihr Glas und bat ihn, es nachzufüllen.

»Ich kann immer noch nicht glauben, dass ich ihn nie mehr wiedersehen werde...«

Sie trank einen Schluck und brach dann in lautes Weinen aus.

»*Iseabail, a ghràidh*...«, flüsterte Alexander und legte vorsichtig einen Arm um ihre Schultern.

Die junge Frau schmiegte sich an ihn, so dass ihr duftendes Haar an seiner Nase kitzelte. Erleichtert strich er mit den Lippen über ihre Stirn und schloss die Augen. Er wünschte sich so sehr, ihre verfluchte Haube abzunehmen und ihr seidiges, goldenes Haar über seine Finger rinnen zu lassen. Wie sehnte er sich danach, den zarten Körper dieser Frau in seinen Armen zu halten!

»Ach, Alex! Jetzt bin ich allein, ganz allein. Was soll nur aus mir werden, nun, da mein Vater tot ist?«

»Du bist nicht allein, Isabelle... Ich bin ja da.«

In Alexanders Kopf überschlugen sich die Gedanken, und Bilder von Leichen stiegen vor ihm auf. Die Erkenntnis, wie verwundbar Isabelle und er selbst waren, erinnerte ihn an ihre Vergänglichkeit. Eines Tages würde der Tod sie heimsuchen und nur ihre kalten Körper zurücklassen, vielleicht schon morgen oder sogar in einer Stunde... Er beschloss, sich auf den wunderbaren Moment zu konzentrieren und ihn auszukosten. *Carpe diem.*

Niedergedrückt von ihrem großen Kummer – und ein wenig betrunken – schluchzte Isabelle laut in seinen Rock hinein. Er streichelte ihr zärtlich den Rücken und legte das Kinn auf ihren Kopf. Am liebsten hätte er ihr beteuert, dass er sie liebte, dass er sie fortbringen würde, um weit von hier mit ihr sein Glück zu machen. Doch die Wirklichkeit sah anders aus... Er ließ sie ihren Schmerz herausweinen und übte sich in Geduld, während er sich bemühte, seine eigene Verzweiflung niederzuringen.

Sie beruhigte sich und schniefte nur noch leise. Alexander blieb stumm. Wie er diese Augen liebte, die sie niederschlug, wenn sie seinem Blick begegnete; diese Haut, die so wunderschön rosig anlaufen konnte; diesen Atem, der sich beschleunigte und ihre wohlgerundete Brust hob! Ob sie ahnte, welche Gedanken, welche Sehnsüchte ihn umtrieben? Hegte sie die gleichen Bedürfnisse? Oder war sie so naiv, dass sie glaubte, die Gedanken und Empfindungen, die sie in ihm hervorrief, seien stets achtungsvoll und züchtig? Isabelle, die schöne, unnahbare Jungfrau ...

Doch sie war auch eine Frau, die sinnlichen Genüssen nicht abgeneigt war, die das Leben und seine Freuden liebte. Das hatte er bei ihren Begegnungen feststellen können. Er hatte gesehen, wie ihre Lippen vor Begehren bebten und sich öffneten, wenn er sich über sie beugte. Wenn er sie streichelte und kühnere Liebkosungen wagte, fühlte er, wie sie erbebte. Vorsichtig schob er die Hand auf ihr Gesicht zu. Sie wandte den Kopf nicht ab. Er sah genau, wie sie in diesem Moment mit ihrem Gewissen kämpfte: Ihr Atem ging rascher, ihre Finger verkrampften sich, und ihre Lider zogen sich zusammen. Ein Blitz erhellte die Haut Isabelles, die in Erwartung des Donnerschlags, der jetzt folgen musste, ängstlich erstarrte.

Alexander küsste die junge Frau auf die Wange. Er dürstete nach ihr und trank von den Tränen, die ihre Lippen überströmten. O Isabelle, welche Tantalusqualen! Er fühlte sich hin- und hergerissen: Natürlich wollte er sie trösten, in liebevolle Worte einhüllen; doch im Grunde seines Herzens begehrte er mehr. Zärtlich küsste er sie auf den Mund, obwohl er sich vollständig bewusst war, dass er die Situation ausnutzte.

Isabelle fühlte sich überwältigt und hielt die Augen geschlossen. Sie berauschte sich an Alexanders süßem und zugleich bitterem Atem. Die gewaltigen Pranken des Schotten legten sich um ihre Taille und zogen sie enger an ihn. In ihrem Kopf erklang eine Arie von Bach und übertönte das wütende Brüllen des Windes. Es war, als versuche der Sturm, die Mühle aus dem Boden zu reißen und die beiden in eine andere Weltgegend zu tragen, wo sie sich frei und offen lieben könnten.

Die Liebkosungen wurden kühner und gezielter, der Atem der

beiden ging schwer. Isabelle spürte, wie ihr silbernes Kreuz ihr die Haut versengte, aber nicht so sehr wie die Hände, der Mund und die Blicke des Mannes, die über sie glitten. Sie kämpfte gegen ihr Gewissen, ihr Begehren. Doch die Nähe der Sünde erregte sie auch. Sie würde beichten müssen, und dann würde man sie gewiss zum ewigen Höllenfeuer verurteilen...

Alexander legte die Lippen an ihre Schläfe und flüsterte ihr dann Worte ins Ohr, die sie nicht verstand. Seine sanfte Stimme beruhigte sie. Er strich mit dem Mund über ihren Hals, und ein heftiger Schauer erfasste sie. Die Lippen zogen eine feuchte Spur bis zu ihrer Halsbeuge und dem kleinen Grübchen an ihrem Schlüsselbein. Sie warf den Kopf nach hinten; ihre Haube rutschte herunter, und das offene Haar fiel ihr in schimmernden Kaskaden über die Schultern und den Rücken. Alexander verharrte und starrte sie einen Moment lang wie gebannt an.

»*Iseabail... mo nighean a's bòidhche...*«

Er streckte die Hand aus und fuhr mit den Fingern in die herrlichen langen Wellen. Noch nie hatte er Isabelles Haar offen gesehen. Er hatte natürlich versucht, es sich vorzustellen, aber... dieser Strom von Licht, der durch seine Finger floss... Was für ein Wunder! Er suchte den Mund der jungen Frau, schob kühn eine Hand in den Ausschnitt ihres Hemds und enthüllte und streichelte ihre seidige Haut.

»Warum hast du dich von mir entfernt?«

»Weil... ich dich liebe.«

»Du liebst mich und versuchst, mich nicht wiederzusehen?«

Er hatte beinahe Lust, über diesen Widerspruch zu lachen, doch er wollte sie nicht kränken und nahm sich zusammen. Als er sich erneut daranmachte, ihr Gesicht und ihren Hals zu erforschen, schloss sich seine Hand, die unter dem feinen Batiststoff herumfuhr, um eine warme Brust, die leicht über das Korsett quoll. Die junge Frau stieß einen tiefen Seufzer aus.

»Das dürfen wir nicht, Alex...«

Alexander legte den Mund auf ihren feuchten Hals und hinderte Isabelle so daran, in die Wirklichkeit zurückzukehren. Er zupfte am Ausschnitt ihres Kleids, das an ihrer Haut klebte. Sie spürte, wie ihre Brustspitzen sich verhärteten und an dem störrischen Stoff rieben. Bestimmt würde sie für das, was sie tat, was sie ihn tun ließ, bezahlen müssen. Denn sie hatte weder die Kraft noch den Willen mehr, ihm zu widerstehen. Die Musik, die in ihrem Kopf spielte, verbündete sich mit der Wollust.

»Isabelle, welche Strafe wäre schlimmer als die, dich nicht lieben zu können? In den letzten Tagen dachte ich, ich müsste sterben…«

Er küsste sie auf die Augenlider, auf die Wangen, die Nase. Seine Hände, die flach auf ihrem Rücken lagen, zogen sie fest an ihn. Sie erschauerte vor Lust, als sie seinen Mund in ihrem Dekolletee spürte. Er hatte recht: Welche Strafe könnte schlimmer sein, als ihn nicht von ganzem Herzen und mit ihrem ganzen Körper zu lieben? Sie war wie verzaubert, davongetragen von den Empfindungen, die seine Zärtlichkeiten und Küsse in ihr auslösten. In ihrem Leib und zwischen ihren Schenkeln flatterten wieder die Schmetterlinge, und sie zitterte.

Das Kleid glitt ihr von den Schultern; Alexander war es gelungen, es aufzuschnüren. Als die kalte Luft auf ihre Haut traf, stieß sie einen verblüfften Aufschrei aus und versuchte ihre Brüste zu bedecken, die inzwischen größtenteils aus ihrem Korsett hervorschauten. Er gebot ihr Einhalt, indem er ihre Hände nahm und ihre Arme an ihrem Körper festhielt.

»Du bist… *sae beautiful… a ghràidh…*«

Aus seinen halb geschlossenen, saphirblauen Augen sah er sie begierig an; sein Blick löste überall, wo er auf ihre Haut traf, ein Feuer aus. Trotz der Kälte war ihr heiß. Alexanders Mund umschloss eine aufgerichtete Brustwarze, und sie seufzte. Eine Träne rann über ihre Wange. Warum weinte sie, obwohl sie zugleich vor Ekstase bebte? Sie dachte an Nicolas. Sie war ihm untreu… ja, aber auch über alle Maßen verliebt. Unvermittelt hob der junge Mann sie hoch. Sie sah, wie die Steinmauern sich um sie drehten und stellte dann fest, dass sie auf einer Holzkiste saß.

»Alex…«
»*Tuch! Tuch!*«

Seine Hände machten sich an ihrer Kleidung zu schaffen und befreiten ihre Arme und Beine vom Stoff. Ungeduldig, zitternd, brachten sie in ihrer eigenen, stummen Sprache das Begehren des Mannes zum Ausdruck. Seine Augen verschlangen sie, und sein Mund fuhr genießerisch über ihre Haut und kostete von ihr, unersättlich und schamlos. Isabelle setzte ihm kaum Widerstand entgegen. Ihr Gewissen machte ihr Vorhaltungen, aber seine Mahnungen gingen im Wirbel ihrer Empfindungen unter. Wie eine Kurtisane wand sich die junge Frau unter diesen Händen, die jetzt entschlossen ihre Schenkel öffneten. Sie schloss die Augen und überließ sich den Trugbildern, die dieser faszinierende Tanz in ihr aufsteigen ließ. Mit einem Mal sah sie wieder Étiennes Hüften, die sich rhythmisch bewegten, vernahm Perrines Keuchen ... Und dann begriff sie mit einem Mal, dass sie ihren eigenen Atem hörte, und kam kurz zur Besinnung.

»Alex ... nein.«

Aber ihr Protest war so schwach ... Dunkelheit hüllte sie ein. Ein undefinierbarer Duft stieg von ihren Körpern auf und überlagerte den Geruch der Mühle. Isabelle war wie berauscht davon. Sie war dabei, das Unwiderrufliche zu tun ... und es gefiel ihr.

»Isabelle, *mo rùin*, ich möchte dich lieben ... *Let me* ...«

O ja! Sie hatte das Bedürfnis, geliebt zu werden, hatte sich ihr ganzes Leben lang inbrünstig danach gesehnt. Sie vergrub die Finger in Alexanders Haar und zog den jungen Mann an sich, um ihn zu küssen. Liebe mich, flüsterte sie lautlos, während seine Hände die intimsten Winkel ihres Körpers erforschten. Sie stöhnte lustvoll auf und schloss die Augen noch fester, um die Bilder auszuschließen, die vor ihren Augen vorbeizogen. Die Wollust überwältigte sie. Étienne und Perrine in der Milchkammer ... Alexander und sie in der Mühle ... Sie sah so vieles vor sich ... Den Teufel, Dämonen, diese Ungeheuer, welche die sündigen Seelen verschlangen ... Plötzlich machte sich dumpfes Entsetzen in ihrer Magengrube breit. Ein letztes Mal versuchte sie sich zu widersetzen, als sie sein heißes, steifes Glied spürte, das über die Innenseite ihrer Schenkel strich wie das mächtige Zepter des Bösen, das sie verdammte.

»Alex! Nein!«

»Isabelle! *Let me love ye ...*«

Die Worte, die er ihr in mehreren Sprachen zuraunte, wirkten auf sie wie Zauberformeln, die jede Zurückhaltung zunichtemachten und ihren Protest verstummen ließen. Er beherrschte sie vollkommen; sie war ihm auf Gedeih und Verderb ausgeliefert. Während er zwischen ihren Schenkeln auf der Suche nach der verbotenen Pforte war, rang sie noch mit den Dämonen, die sie in die Hölle zerrten, und kämpfte mit ihrem inneren Aufruhr.

»Alex!«

»*Winna hurt long, ma love... winna... O mo Dhia!*« Es wird nicht lange weh tun, meine Liebste... bestimmt nicht... O mein Gott!

Mit vor Schreck geweiteten Augen stieß sie einen erstickten Schrei aus. Er hielt sie fest um die Hüften gefasst und verhinderte, dass sie sich losmachte. Jetzt war er in ihr und stieß mit einer zugleich beherrschten und entfesselten Gewalt in sie hinein, bewegte sich in seinem eigenen Rhythmus. Er stöhnte und gab nichts auf ihren Widerspruch. Der Engländer beendete seine Eroberung.

Der Schmerz, mit dem ihr Jungfernhäutchen zerriss, war kurz und heftig und verflog dann. Doch eine andere, viel schrecklichere Pein stieg in ihr auf und schnürte ihr die Kehle zu. Ihre Tränen flossen in Strömen. Was hatte sie getan? Was hatte sie nur getan?! Nun war sie für immer verloren.

»*Sorry, Iseabail, dinna want tae hurt ye. Dinna ...*«, murmelte Alexander zerknirscht.

Die junge Frau schlug die Augen auf. Schwer atmend sah sie in die tiefe Dunkelheit hinein. Die Fensterläden klapperten, als klatschten die Dämonen einander Beifall für ihren Sieg. Alexanders Kopf lag schwer an ihrer Schulter; sein Haar kitzelte ihre Wangen. Der junge Mann atmete ihr laut ins Ohr. Mit einem Mal fragte sie sich, wo Madeleine wohl steckte, und stellte sich vor, sie käme in diesem Moment herein. Da würde sie aber ein Gesicht machen, sie, die sich zur Komplizin des Bösen gemacht hatte!

Sie regte sich ein wenig und streckte die Arme aus. Ihre Finger schlossen sich um ein Stück Stoff, ihren Unterrock. Sie zog daran, um ihren feuchten Leib zu bedecken. Ihre Bewegung riss Alexander aus seiner Ermattung. Er hob den Kopf, und einen Moment lang trafen sich ihre Blicke. Dann wandte Isabelle die Augen ab und schaute ins Dunkel. Endlich richtete der junge Mann sich auf und gab sie frei. Seiner Wärme beraubt, spürte sie, wie die beißende Kälte auf ihre Haut traf und erschauerte. Mit einer schroffen Geste wischte sie sich über das Gesicht.

»Isabelle…«, flüsterte Alexander vorsichtig.

Außerstande, den leisesten Laut von sich zu geben, krümmte sie sich auf der Kiste zusammen. Ihr Verstand versuchte, die Beherrschung über ihre Sinne zurückzugewinnen, und suchte nach Gründen, Alexander seine Tat nicht zu verübeln. Aber er hatte sich sein Vergnügen mit ihr geholt, so wie er es wahrscheinlich zuvor mit der Frau aus der Taverne getan hatte! Wie viele andere waren es wohl zuvor schon gewesen? Er hatte auf ihr gespielt wie auf einem Instrument, und sie war ihm unterlegen. Sie empfand tiefste Verbitterung gegen ihn; doch die schlimmsten Vorwürfe machte sie sich selbst.

»Es… tut mir leid«, murmelte er.

Isabelle verharrte unbeweglich und weinte lautlos vor sich hin. Sie wartete darauf, dass er banale Ausreden von sich geben würde, so wie *du hast nichts getan, um mir Einhalt zu gebieten*, oder sogar, *ich hatte durchaus den Eindruck, dass du Gefallen daran fandest*. Doch er sagte nichts dergleichen. Eigentlich machte sie sich selbst diese Vorhaltungen, denn im Grunde wusste sie, dass sie nur ihrer eigenen Schwäche zum Opfer gefallen war.

Als williges Opfer hatte sie sich vom Speer der Liebe durchbohren lassen. Ihr Körper hatte sich den Warnungen ihres Geistes gegenüber taub gestellt, auf die Liebkosungen des jungen Mannes reagiert und ihn ermutigt. Doch im letzten Moment, in diesem winzigen Augenblick, kurz bevor sie die Todsünde beging, war sie in Panik geraten und hatte versucht, Alexander aufzuhalten. Aber da war es zu spät gewesen...

Alexander rückte endgültig von ihr ab, wischte ihr mit ihren Röcken sanft die Innenseite der Schenkel ab und zog sie dann mit beschämter Miene herunter. Sie richtete sich auf und ordnete ihre zerwühlte Kleidung, als versuche sie, die verstreuten Teile ihrer selbst zusammenzufügen. Bedächtig, behutsam und sorgfältig zog sie sich an, brachte ihr Äußeres in Ordnung. Doch wollte es ihr nicht gelingen, ihre Persönlichkeit wieder zusammenzusetzen. Ein Teil ihres Ich war für immer verloren. Langsam wandte sie sich dem jungen Mann zu.

»Ich... muss nach Hause. Es ist spät.«

Er schloss den letzten Knopf an seiner Weste und sah beunruhigt zu ihr auf.

»*Isabelle, I thought...*«

Jetzt brachte er doch noch diese flache Ausrede vor.

»Hilf mir bitte beim Zusammenräumen.«

Seite an Seite, doch mit einem gewissen Abstand, machten sie sich in bedrücktem Schweigen auf den Rückweg. Beide waren mit dem Sturm beschäftigt, der in ihrem Inneren tobte. Es hatte aufgehört zu regnen, doch der Wind war immer noch schneidend, und gelegentlich erhellte ein Blitz die Dunkelheit. Alexander hatte Isabelle, die in ihrem immer noch triefnassen Cape fröstelte, seinen Rock um die Schultern gelegt. Nun trug er nur noch Hemd und Weste und zitterte heftig.

Eine Kurtisane! Du bist nichts weiter als ein Flittchen, Isabelle! Schlimmer noch, eine Hure! Der jungen Frau klapperten die Zähne. Alexander brachte sie nach Hause wie ein perfekter Kavalier. Und ebenso vollendet höflich würde er ihr eine gute Nacht wünschen. Dann würde er sie stehen lassen und zu seinen Kameraden laufen, um ihnen zu erzählen, wie die Tochter des Kaufmanns Lacroix ihm zu Willen gewesen war, der vollendete Bastard! Genau so würde es sich abspielen, und sie hatte ja auch nichts Besseres verdient.

Ihre nachlässig aufgesetzte Haube drohte davonzufliegen; sie hatte nicht den Mut gehabt, ihr Haar wieder darunterzustecken, so dass es jetzt in alle Richtungen flatterte. Doch das war ihr gleich. Wenigstens konnte das Unwetter ihren aufgelösten Zustand erklären. Madeleine würde ihr Rechenschaft ablegen müssen… Sie hatte das Gefühl, ihre Cousine sei verantwortlich für das, was ihr zugestoßen war.

Hinter einem Zaun kläffte ein Hund. Die junge Frau fuhr zusammen und wäre fast in eine Pfütze getreten, in der sich der Mond spiegelte, denn das Nachtgestirn lugte schüchtern hinter einem Wolkenband hervor. Alexander fing sie am Ellbogen auf. Er hätte sie so gern in die Arme geschlossen und in dem Moment, in dem sie sich, von ihrem großen Kummer überwältigt, an ihn geschmiegt hätte, von vorn angefangen.

Isabelles distanzierte Haltung und ihr anhaltendes Schweigen verärgerten ihn ein wenig, doch vor allem war er besorgt. Es wäre ihm viel lieber gewesen, sie hätte ihm eine Szene gemacht, wäre in Tränen ausgebrochen oder hätte ihn sogar mit Beschimpfungen und Faustschlägen überschüttet. Er begriff schon, dass für eine Frau der Verlust ihrer Unschuld ein entscheidender Schritt in ihrem Leben war, so eine Art Initiationsritus… jedenfalls hatte Kirsty ihm das so erklärt. Ihre Jungfräulichkeit war eine kostbare Gabe; und ob die junge Frau den Mann, dem sie diese schenkte, nun liebte oder nicht; er würde immer einen Platz in ihrem Herzen haben. Alexander fragte sich, welchen Platz Isabelle ihm vorbehalten würde…

Hatte er in einer Aufwallung von Leidenschaft alles verdorben? Doch hatte sie sich ihm nicht aus eigenem Antrieb hingegeben, weil sie ihn begehrte? Gewiss, er hatte ihr Widerstreben gespürt und in kurzen Augenblicken ihre schwachen Protestbekundungen vernommen. Aber er hatte angenommen, sie fürchte sich nur vor dem Unbekannten, denn zugleich hatte er gespürt, wie sie vor Lust bebte. Deswegen hatte er versucht, sie zu beruhigen.

Das Haus in der Rue Saint-Jean war dunkel und wirkte verlassen. Nur in der ersten Etage erhellte ein Windlicht eines der Fenster. Isabelle fand das eigenartig. Wo waren denn nur alle geblieben? Beunruhigt stieß die junge Frau das knarrende Tor der Hofeinfahrt auf. Alexander stand stocksteif da und kam sich furchtbar töricht vor. So konnten sie doch nicht auseinandergehen! Entschlossen schob er das Tor weiter auf und zog Isabelle hinter sich in den Hof hinein.

»Alex!«

Er stellte den Korb auf den Boden, umfasste ihre Schultern und zwang sie, ihn anzusehen.

»*Listen tae me, Isabelle. Ye must believe me, I dinna wanna tae hurt ye*.«

»Rede Französisch mit mir, ja?«, platzte sie schroff heraus, kurz davor, in Tränen auszubrechen.

»*Aye*«, gab er betreten zurück. »Glaube mir, Isabelle, ich wollte dir nicht weh tun.«

Sie stand regungslos da und gab keine Antwort. Ihr Schweigen quälte ihn, und er schüttelte sie ein wenig, damit sie reagierte.

»Isabelle!«

Dann gab er sie sanft wieder frei. Bestürzt sah sie ihn an, wandte sich ab und schloss die Augen. Was sollte er jetzt anfangen? Er fühlte sich so hilflos, so… dumm! Sollte er sie um Verzeihung bitten und sie küssen? Einfach davongehen und sie vergessen? Nichts davon kam ihm angemessen vor.

So streckte er die Arme aus und nahm ihre Hände, die sich zusammenkrampften. Sie fühlten sich eiskalt an und zitterten.

»Wir können doch nicht so auseinandergehen, Isabelle«, murmelte er.

Die junge Frau schluchzte auf. Rasch legte Alexander die Hände um ihr Gesicht und küsste sie zärtlich. Sie fragte sich, was er von ihr wollte, nun, da sie ihm zu Willen gewesen war. Dass sie seine Mätresse wurde, die Frau, mit der er auf angenehme Weise seine freie Zeit verbrachte?

Ein Rascheln und das Knacken von Holz unterbrachen ihre Überlegungen. Alexander zog sie schnell auf die Fliederhecke zu.

»Da kommt jemand.«

In der Tat, von der Obstpflanzung her näherten sich Stimmen. Isabelle meinte sie zu erkennen und schob den Highlander auf die Milchkammer zu.

»Bleib hier und zeig dich auf gar keinen Fall, sonst sind wir verloren!«

Sie zog die Tür hinter ihm zu, die sich mit lautem Knarren schloss. Die Stimmen verstummten. Isabelle tat einen Schritt nach vorn. Drei Gestalten kamen vorsichtig auf sie zu.

»Isa? Was machst du denn hier?«

»Louis? Étienne? Seid ihr das wirklich? Und Guillaume?«

Sie warf sich in die Arme ihres ältesten Bruders, der sie kräftig an sich drückte.

»Oh, meine Brüder! Ihr wart so lange fort! Ich habe mich schon gefragt, ob ich euch je wiedersehen würde. Was für ein Unglück! Eine Katastrophe nach der anderen kommt über uns! Unser lieber Papa…«

»Was ist denn, Isa? Ist unser Vater krank? Wo ist er? Wir sind eben angekommen und haben das Haus leer vorgefunden. Wo stecken denn alle?«

»Ich weiß es nicht. Aber Papa… ist von uns gegangen.«

Sie war so aufgewühlt, dass ihr die Stimme versagte. Louis sagte nichts, doch ein seltsamer Laut entrang sich seiner Kehle. Er wandte sich ab, krümmte sich und schlug die Hände vors Gesicht.

»Wie ist es geschehen?«, verlangte Étienne mit vom Alkohol heiserer Stimme zu wissen.

»Wir glauben, dass es sein Herz gewesen ist. Der Arzt konnte nichts mehr für ihn tun. Er ist vor drei Wochen gestorben.«

»Herrgott im Himmel«

»Das ist Teufelswerk!«, schrie Guillaume und wiegte sich von einem Fuß auf den anderen. »Die Stimmen haben mir das gesagt. Der Teufel will sich unserer bemächtigen, doch das dürfen wir nicht zulassen. Wir müssen seine Armee von Hunden vernichten!«

Isabelle runzelte die Stirn. Was erzählte Guillaume da? Im Mondschein wirkte der schwärmerisch erregte Blick des Jungen geradezu unheimlich. Die junge Frau vermutete, dass ihn die Nachricht von Charles-Huberts Tod in einen kurzen Moment der Verwirrung gestürzt hatte.

»Ihr werdet abgeholt, Isa. Pack deine Sachen, aber nimm nur das unbedingt Notwendige mit«, fiel Étienne ein, um die Fantastereien seines Bruders zu unterbrechen, der auch sogleich verstummte.

»Warum, was ist denn geschehen?«

»Lévis wird den Engländern den Gnadenstoß versetzen. Des Méloizes will nicht, dass du hier bist, wenn die französische Armee über sie herfällt«, erklärte Louis weiter und wischte sich die Augen.

»Wovon redest du?«

»Der Teufel! Der Teufel! Seht, er ist unter uns!«, kreischte Guillaume und wies mit dem Finger auf Isabelle.

»Wir rücken mit unseren Vorposten nach vorn. Truppen aus Montréal sind unterwegs«, fuhr Louis fort. »Sie sind gestern in Saint-Augustin gelandet. Sie waren dabei, den Cap-Rouge-Fluss zu überqueren und marschierten auf Sainte-Foy zu, als des Méloizes mich mit den Kundschaftern vorgeschickt hat. Er macht sich große Sorgen um dich und möchte, dass wir dich an einen sicheren Ort bringen. Das Ende ist nahe, Isa. Wir haben siebentausend Mann zusammengezogen. Die Truppenstärke der Engländer ist nur halb so groß; dagegen können sie niemals aufkommen. Wo sind denn nun deine Mutter, Ti'Paul und die anderen?«

»Ich weiß es nicht … ich …«

Isabelles geriet zunehmend in Panik. Die englische Garnison sollte angegriffen werden? Des Méloizes ließ sie holen? Aber sie konnte nicht fort! Und erst recht nicht zu Nicolas! Jetzt nicht mehr!

»Ich kann nicht …«

»Beeilt euch! Wir müssen uns verstecken!«, hob Guillaume erneut an und trat heftig von einem Bein aufs andere. »Sie werden uns alle massakrieren, diese Teufelshunde!«

Étienne trat an die Tür, die in die Küche führte. Ein Blitz

tauchte den Hof in grelles Licht. In dieser winzigen Zeitspanne erstarrte Guillaumes Gestalt zu einem unheimlichen Gemälde. Isabelle runzelte die Stirn: Was war nur mit ihrem Bruder; hatte er getrunken?

»Alle müssen fort, Isabelle. Du kommst mit uns«, beharrte Étienne, der vor der Milchkammer, in der Alexander sich versteckte, stehen geblieben war. »Julien war eben hier, um Madeleine abzuholen und sie zu seinem Cousin Louis Perron zu fahren. Wo bist du bloß gewesen? Warum bist du nicht bei den anderen?«

Plötzlich sah er sie mit merkwürdigem Blick an. Da wurde der jungen Frau bewusst, dass sie noch Alexanders Rock über den Schultern trug, die von neuem zu zittern begonnen hatten. Ein eigenartiges Schweigen trat ein. Sogar Guillaume hatte seinen wirren Monolog unterbrochen.

In der Milchkammer erstarrte Alexander, die Hand auf dem Heft seines Dolches. Er hielt den Atem an und rechnete jeden Moment damit, dass die Tür aufgerissen würde. Abrupt erschallte in der Stille ein Kanonenschlag und ließ die Krüge auf dem Bord über seinem Kopf erbeben. Die Sperrstunde, dachte er und biss die Zähne zusammen. Verflucht! Er würde beim Appell fehlen.

»Woher hast du das?«, verlangte Étienne in beinahe bedrohlichem Ton von seiner Schwester zu wissen.

Instinktiv wich Isabelle ein wenig zurück und zog die Falten des Rocks um sich zusammen.

»Woher hast du diese Uniform, Isa? Sie gehört einem dieser Hunde... Verdammt! Sag mir nicht, dass du dir jetzt von ihnen den Hof machen lässt? Hat es dir denn noch nicht gereicht, dass sie dir Gewalt angetan haben...«

»Schweig, Étienne!«, schrie Isabelle, die erbleicht war. »Das geht dich gar nichts an! Und außerdem, wer hat dir davon erzählt?«

»Madeleine hat es Julien in einem ihrer Briefe geschrieben. Du spazierst allein durch die Stadt, die voller englischer Soldaten ist... Forderst du das Unglück heraus, oder bist du noch naiver, als man meinen möchte?«

»Ich war nicht allein. Marcelline und Toupinet waren doch bei mir!«

Wie vor den Kopf geschlagen verstummte Étienne.

»Hat Madeleine nichts von ihr gesagt? Marcelline ist ebenfalls...«

»Was? Marcelline auch?«

Er stieß hörbar den Atem aus. Vor Zorn schwollen die Adern an seinem Hals an, und er stieß einen Schrei aus.

»Es tut mir so leid, Étienne... Ich habe doch geahnt, dass zwischen euch etwas war, und ich bedaure, dass ich es dir auf diese Weise mitgeteilt habe...«

Der junge Mann starrte sie wütend an. Dann, mit einem Mal, packte er den Kragen des Uniformrocks, entriss ihn ihr und schwenkte das Kleidungsstück vor ihr herum.

»Das hier, das ist die Uniform des Teufels, Isabelle Lacroix! Wo ist Marcelline? Was haben diese verfluchten Bastarde mit ihr gemacht?«

Isabelles Kinn bebte vor innerem Aufruhr. Die junge Frau war vollständig verängstigt, denn sie wusste genau, was Étienne tun würde, wenn er Alexander entdeckte, vor allem, nachdem er ihre Antwort gehört hätte.

»Sie ist... tot.«

»Tot?«

In dem Ton, mit dem er das Wort aussprach, lag ein so tiefer Schmerz, dass Isabelle spürte, wie ihr Magen sich zusammenzog. Étienne stand sprachlos da; der Rock baumelte in seiner Hand. Obwohl ihr kalt war, wagte sie nicht, ihn sich zurückzuholen.

»Tot?«

»Étienne...«, murmelte Louis und trat auf ihn zu.

»Tot? Sie ist tot? Sie haben Marcelline umgebracht?«

»Nein«, versuchte Isabelle zu erklären, »sie... hat sich erhängt.«

Étienne stieß einen markerschütternden Schrei aus, bei dem einem das Blut hätte gefrieren können. Er fiel auf die Knie und ließ den Rock fallen.

»Es tut mir leid, Étienne. Ich wusste nicht, dass du sie so sehr liebst...«

Louis nahm ihren Arm.

»Es gibt Dinge, von denen du nichts weißt, Isa. Marcelline... war seine Tochter.«

Diese Enthüllung kam so überraschend, dass sie schwankte. Sie sog scharf die Luft ein und riss die Augen auf. Étienne war stöhnend auf dem Boden zusammengesunken. Marcelline... war Étiennes Kind gewesen?

»Geh deine Sachen packen. Du kommst mit uns.«

Die Worte drangen an ihre Ohren, doch sie war wie gelähmt und hörte nichts. Immer noch starrte sie ihren Bruder ungläubig an.

»Isa!«

Jemand schüttelte sie grob, als wolle er ihr die Gedanken zurechtrütteln. Sie drehte sich um.

»Hast du verstanden?«

»Ich gehe nicht mit euch, Louis«, erklärte sie leise und machte sich los.

Étienne, der wieder aufgestanden war, warf ihr, vor Wut völlig außer sich, den roten Uniformrock ins Gesicht. Sie biss die Zähne zusammen.

»Du hast noch nicht auf meine Frage geantwortet. Wem... gehört... dieser... vermaledeite... Rock?«, schrie er, wobei er jedes Wort einzeln betonte.

»Er hat nichts mit dem zu tun, was Marcelline zugestoßen ist...«

Panik stieg in Isabelle auf. Erneut schmeckte sie die Küsse ihres Liebsten.

»Die Männer, die uns überfallen haben, sind aufgehängt worden. Gouverneur Murray...«

»Dieser Bastard Murray soll doch zur Hölle fahren! Ich hege nicht die geringste Sympathie für ihn. Dazu habe ich viel zu oft miterlebt, wie meine Kameraden von seinen verfluchten Kanonenkugeln zerrissen oder von den Säbeln dieser Horde von Wilden in Röcken in Stücke geschlagen worden sind.«

»Ja, glaubst du denn, unsere tapferen französischen Soldaten wären Heilige?«, brach es aus Isabelle heraus. »Ich versichere dir, dass sie genauso mit Witwen und Waisen umspringen würden, wenn sie sich auf englischem Boden befänden! Sie waren sich nicht zu schade, in der Stadt zu plündern, und zwar schon von Anfang der Bombardements an. Sie haben sogar unseren eigenen Frauen Gewalt angetan, Étienne!«

»Wie kannst du nur so reden, nach dem, was sie mit dir gemacht haben? Aber vielleicht hat es dir ja gefallen...«

Die schallende Ohrfeige, die Isabelle ihm versetzte, ließ Louis zusammenzucken. Étienne fasste sich an die Wange, warf seiner Schwester einen bitterbösen Blick zu und spie auf den Boden.

»Du bist nichts als ein Luder, nein, schlimmer noch, eine Verräterin! Wo ist er?«

»Er hat nichts zu tun mit... Nein, Étienne!«

Entsetzt schrie Isabelle auf. Ihr Bruder hatte seinen Dolch gezogen. Instinktiv stellte sie sich vor die Tür der Milchkammer. Er würde Alexander in Stücke hauen, um Marcelline zu rächen! Sie musste etwas unternehmen, ihn warnen! Louis packte ihren Arm.

»Alex!«

Sie kämpfte wie eine Löwin, doch vergeblich. Étienne war in die Milchkammer getreten. Ein einziger Laut drang zu ihnen; ein ersticktes Aufstöhnen und dann nichts mehr. Isabelle brach in Tränen aus.

»Nein, Alex...«

Laut schreiend prophezeite Guillaume das Entsetzen und den Wahnsinn der Apokalypse, die über die Menschen kommen würden. Die Arme zum Himmel gereckt, hüpfte er auf der Stelle. Wut ergriff die junge Frau. Louis hatte Mühe, sie festzuhalten. Knarrend öffnete sich die Tür der Milchkammer. Aus dem Dunkel leuchtete Alexanders weißes Hemd hervor. Wer hielt da wen im Griff? Eine Klinge, die an einer Kehle saß, blitzte auf. Merkwürdigerweise fühlte Isabelle sich erleichtert, als sie sah, dass Alexander Étienne vor sich her schob und mit dem Dolch keuchend in ihre Richtung wies. Guillaume zappelte immer noch herum und flehte die Barmherzigkeit des Himmels herab. Endlich ließ Louis Isabelle los, die zu ihrem Liebsten rannte.

»Dreckiges kleines Luder!«, zischte Étienne gereizt. »Du bist wahrhaftig Justines Tochter!«

»Schweig, Étienne«, meinte Louis warnend. »Gib Acht darauf, was du sagst.«

»Verflucht, Louis! Deine Schwester treibt sich mit den Engländern herum, während wir uns abschinden, um sie von hier zu vertreiben!«

»Sie ist auch deine Schwester. Beruhige dich ein wenig. Vielleicht ist es ja gar nicht so, wie du glaubst.«

Isabelle wurde von einem sarkastischen Auflachen geschüttelt. Alexander drückte sie an sich. Guillaume drehte sich, die Arme zum Himmel erhoben, um sich selbst, und stieß irre Schreie aus.

»Aber Louis! Bist du blind, oder ist es hier zu dunkel?«, brüllte Étienne. »Ich würde dir sogar schwören, dass er es ihr schon ordentlich besorgt hat!«

Verlegen sah Louis Isabelle an und wagte nicht, sie nach dem zu fragen, was er im Grunde seines Herzens schon befürchtete. Er kannte seine kleine Schwester gut: Sie war leidenschaftlich und temperamentvoll. Auf ihre wagemutige und neugierige Art stürzte sie sich Hals über Kopf ins Leben und war zu allem bereit. Sie war ein Wirbelwind, der alles davonfegte, dem er begegnete. Aber so war Isabelle nun einmal, und er liebte sie so, wie sie war. Seit ihrer Geburt war er ihr immer zärtlich zugetan gewesen. Doch an diesem Abend sah er sie im Mondschein, mit ihrem zerwühlten Haar und ihrer schmutzigen, unordentlichen Kleidung mit einem Mal als die Frau, die sie geworden war. Schön, anmutig und gierig nach den Freuden des Lebens. Eine Frau, die dazu geschaffen war zu lieben und leidenschaftlich geliebt zu werden. Doch selbst in der Liebe suchte sie unbewusst die Provokation. So war sie immer schon gewesen.

Die arme Isa! Mit ihren Eskapaden hatte sie stets die Aufmerksamkeit zu erlangen versucht, die ihre Mutter ihr so hartherzig verweigerte. Nie hatte sie verstanden, dass sie unausweichlich die gegenteilige Wirkung erzielte, als es ihre Absicht gewesen war. Des Méloizes würde sehr enttäuscht und verbittert sein. Herrgott, ein Engländer! Da hatte er aber einen starken Rivalen! Er wusste, dass die Schotten unermüdliche Krieger waren, und zwar nur allzu gut: Einer von ihnen hatte ihn an dem traurigen Vormittag, an dem sie auf den Höhen geschlagen worden waren, ein gewaltiges Schwert schwingend und wie ein Wilder brüllend bis zum Saint-Charles-Fluss verfolgt. Doch das Glück hatte gewollt, dass der Mann nicht hatte schwimmen können. Unglaublich! Er hätte ihn gewiss in so kleine Stücke geschlagen, dass man ihn an die Hunde hätte verfüttern können.

Guillaume hörte nicht auf, jedem, der es hören wollte, schreiend zu erklären, der Teufel sei unter ihnen. Louis befahl ihm zu schweigen und wandte sich seiner Schwester zu.

»Isabelle...«

»Verlange nicht von mir, dass ich fortgehen soll, Louis. Ich komme nicht mit euch.«

»Für mich existierst du gar nicht mehr!«, warf Étienne verächtlich ein.

Guillaume drehte sich im Kreis, leierte Gebete vor sich hin und bekreuzigte sich mit weit ausholenden Bewegungen. Louis war besorgt; er wusste nicht mehr, was er mit seinem kleinen Bruder anfangen sollte. Dann wandte er seine Aufmerksamkeit dem Schotten zu.

»Man hat mir zugetragen, dass Ihr Französisch sprecht... Habt Ihr alles verstanden?«

Alexander zögerte: Louis war bewaffnet. Isabelle grub die Fingernägel in seinen Arm.

»Ja.«

»Und ich kann mir vorstellen, dass Ihr die Absicht habt, alles Eurem Hauptmann zu berichten, oder?«

»Nun ja...«

Alexander sah Isabelle an, die wie Espenlaub zitterte und sich an ihn klammerte.

»Das weiß ich noch nicht.«

Étienne stieß einen Wutschrei aus und stürzte sich auf Alexander. Isabelle schrie vor Entsetzen auf.

»Nein, Étienne!«

Louis hielt seinen Bruder fest.

»Das ist nicht der richtige Moment, um sich zu prügeln, verdammt! Lassen wir ihn gehen… ansonsten fällt noch die ganze Garnison über uns her.«

»Wie bitte? Aber das geht doch nicht! Er weiß zu viel!«

Louis war klar, dass er eigentlich zulassen musste, dass Étienne den Schotten tötete. Doch da war noch Isabelle… Und außerdem gab es vielleicht eine andere Möglichkeit, wie er den Soldaten daran hindern konnte, Alarm zu schlagen. Er sah den Mann herausfordernd an.

»Wir lassen ihn gehen. Er wird doch sicherlich Isabelle keine Probleme bereiten wollen…«

Alexander sah die drei Männer, die ihm gegenüberstanden, nur weiter wortlos an. Natürlich würden sie ihn gehen lassen, um ihn ein paar Straßen weiter zum Schweigen zu bringen. Er konnte ruhig schwören, dass er nichts über das Gehörte sagen würde, das Ergebnis würde dennoch dasselbe sein. Diese Männer waren Soldaten, genau wie er selbst. Sie wussten, dass er keine andere Wahl hatte und seinem Vorgesetzten die Wahrheit berichten musste, und sei es nur, um seine Abwesenheit beim Appell zu rechtfertigen. Andererseits waren diese Männer Isabelles Brüder. Er steckte in der Zwickmühle.

Das Geräusch einer zufallenden Tür und eilige Schritte im Inneren des Hauses ließen die Lacroix-Brüder aufhorchen.

»Ich hoffe, du hast nicht sein ganzes Regiment hierher eingeladen«, brummte Étienne, als er an Isabelle vorbeiging.

Eine Gestalt tauchte auf. Der Mann blieb verblüfft stehen und musterte Étienne im Licht der Laterne, die er in der Hand trug.

»Du bist hier? Also so etwas! Ist Louis bei dir?«

»Baptiste!«, rief Louis aus und lief auf den alten Diener zu.

Isabelle löste sich von Alexander und trat zu den anderen, um sich zu erkundigen, wo ihre Mutter und Ti'Paul waren.

»Was für ein Glück, Louis! Deine Frau… ich glaube, ihr Kind wird bald kommen… Mademoiselle Isa, wir haben Euch überall gesucht! Kommt, man wird Euch heute Nacht brauchen.«

Ein starker Tabakgeruch hing in dem schlecht beleuchteten Raum. Die Spitze einer Feder kratzte über das Papier. Alexander verzog das Gesicht und rutschte zum tausendsten Mal auf seinem Stuhl herum. Er fixierte die Schnupftabakdose aus Fayence, die auf der Ecke des Schreibtisches stand; die Jagdszene, mit der sie bemalt war, verblich an zwei Stellen, und der Rand war angeschlagen.

»Möchtest du einen Schluck Wein?«, fragte Leutnant Campbell, ohne den Kopf zu heben.

»Nein danke.«

Eigentlich hätte er gern etwas zu trinken gehabt. Aber sein Wunsch, dieses Arbeitszimmer so rasch wie möglich zu verlassen, war stärker. Immer noch knirschte die Feder scheußlich vor sich hin. So lange er denken konnte, hatte sein Freund seine Schreibfedern immer so stiefmütterlich behandelt. Mit einem Mal sah Alexander sich wieder in dem Haus in Fortingall, das sein Großvater Campbell nach seiner Rückkehr aus dem französischen Exil, sechs Jahre nach der Erhebung von 1715 hatte errichten lassen. Er hatte die Gerüche in dem Raum geliebt, in dem er zusammen mit Archibald unterrichtet wurde: Tinte und der Staub der Bücher, Kaffee und Gebäck, die aus der Küche gebracht wurden. Ach, diese unbekümmerte Zeit!

Alexander, der in allem, was Buchstaben und Zahlen anging, nicht besonders begabt war, mogelte gelegentlich. Dann schickte er Archie in die Küche, um nach einer Stärkung zu fragen, und nutzte seine Abwesenheit, um seine Antworten auf die Fragenkataloge des Hauslehrers abzuschreiben. Archie war nicht begriffsstutzig und wusste genau, wie Alexander es fertig brachte, in fünf Minuten zu beenden, wozu er eine halbe Stunde gebraucht hatte. Aber er hatte nie jemandem ein Wort darüber verraten.

An schönen Tagen drangen Vogelgezwitscher und Schwärme von Fliegen durch das offene Fenster. Wenn sie während der langweiligen Stunden, in der sie sich der Lektüre widmen sollten, allein waren, unterhielt er sich damit, sie mit Büchern zu erschlagen. Das Ziel war, so viele Insekten wie möglich zu töten, bevor das Knallen und ihr unbändiges Gelächter das Hausmädchen auf den Plan riefen. Dann wurden sie unweigerlich ausgeschimpft und mit erhobenem Finger gezwungen, die Möbel und die Wände sauber zu machen, die mit gelben und schwarzen Flecken verunziert waren.

Wie oft hatte er zugehört, wie dieser Knabe, den er als eine Art älteren Bruder betrachtete, die Geschichte Schottlands neu schrieb? Im Heidekraut liegend stellten sie sich vor, wie sie unter der weißen Rose des Hauses Stuart das große schottische Schwert führen würden. Im nächsten Moment ließen sie sich von den Wolken inspirieren und erfanden fantastische Tiere. Zu dieser Zeit hatten sie noch nicht ahnen können, dass sie sich eines Tages auf die Seite ihres Unterdrückers stellen und gegen die Franzosen kämpfen würden, mit denen sie so lange Komplotte geschmiedet hatten, um die Stuarts wieder auf den Thron zu setzen. Das Leben ging manchmal seltsame Wege...

Archie war überzeugter Jakobit, genau wie sein Vater. Doch in der Familie gab es unterschiedliche politische Meinungen, so wie in zahlreichen anderen Highlander-Clans. Der älteste der Campbells, John, hegte keinerlei Sympathien für ihre Sache. Er war der Schwarzen Garde beigetreten und diente König George II. auf brillante Weise. Während sich sein Vater, John Buidhe, nach der Bezwingung der Clans in Culloden in den Bergen versteckte, hatte er die Niederlage der englisch-holländischen Armee in Fontenoy miterlebt. Er war jetzt der siebte Laird von Glenlyon und wurde allgemein *An Coirneal Dhu* genannt, der »Schwarze Oberst«.

Der jüngere John hatte nie geheiratet und widmete sein Leben der Armee. Er war schweigsam und melancholisch und überzeugt davon, dass sein nicht enden wollendes Missgeschick dem Fluch von Glencoe geschuldet war, der seit dem schrecklichen Massaker von 1692 auf seiner Familie lastete. Archie hatte Alexander von einem Tag erzählt, an dem er, was selten vorkam, mit seinem Bruder auf der Jagd gewesen war; denn angesichts seiner Unstimmigkeiten mit ihrem Vater hielt John sich vom Stammsitz der Familie fern. An diesem Tag hatte Archie, der damals noch klein und mit Feuerwaffen unerfahren war, seinen Bruder unvorsichtigerweise leicht verletzt, als er auf einen Hasen geschossen hatte. Doch sein Bruder hatte es philosophisch genommen und ihn mit den Worten getröstet, dies sei eben der Fluch, der sich wieder einmal gegen ihn gewandt habe.

Archibald legte die Feder weg und überstreute das Papier mit Asche, die er anschließend über dem Papierkorb abschüttelte. Er überflog die Zeilen ein letztes Mal und faltete das Blatt dann zusammen, um es zu versiegeln.

»So!«, erklärte er und reichte den Brief Sergeant MacAlpin, der auf seinen Befehl eingetreten war. »Lasst das sofort zu Gouverneur Murray bringen.«

»Ja, Sir!«

Die Tür schloss sich, und ein bleiernes Schweigen breitete sich aus. Die Schritte des Sergeanten entfernten sich. Im Raum waren jetzt nur noch das Knistern des Feuers und das nervenaufreibende Knarren des Zunftzeichens an der Fassade des *Goldenen Löwen* – des Gasthauses, in dem der Leutnant logierte – zu hören, das unterhalb des Fensters vom Wind bewegt wurde. Archibald, dessen kurz geschnittenes rotes Haar um seinen Kopf stand wie das Fell einer verängstigten Wildkatze, strich mit dem Zeigefinger zerstreut über seinen goldbraunen Schnurrbart. Alexander ertappte sich bei dem Gedanken, warum sein Onkel wohl noch nicht verlobt war und nicht einmal eine Geliebte hatte. Dabei war er ein sehr attraktiver Mann und ein angenehmer Mensch. Und eine außerordentlich gute Partie! Mit einem Mal ging ihm auf, dass dieser Zweig der Campbell-Familie erlöschen würde, wenn keiner von Glenlyons drei Söhnen heiratete und einen Erben zeugte. Aber vielleicht wollten die drei Männer das ja gerade, damit der Fluch von Glencoe mit ihrem Tod starb... Glaubte Archie wirklich an diese Geschichten?

»Möchtest du auch ganz bestimmt keinen Wein, Alex? Ich hätte dir gern Whisky angeboten, aber ich habe keinen mehr.«

»Wenn du mich nicht mehr brauchst, würde ich gern gehen...«

»Bedaure, Alex, aber ich muss auf die Anordnungen des Gouverneurs warten. Er wird dich sicher persönlich befragen wollen.«

Alexander vermochte ein enttäuschtes Seufzen nicht zu unterdrücken. Er schlug die Füße übereinander und verschränkte die Arme.

»Ist das alles, was du über die Pläne des Chevalier de Lévis hören konntest?«

»Ja. Wie ich dir schon sagte, befand ich mich auf der anderen Seite einer Mauer und konnte nur die Hälfte dessen verstehen, was sie gesagt haben.«

»Und du weißt nicht, wer die Männer waren? Ist denn gar kein Name gefallen?«

»Keiner. Da es stockfinster und ich nicht gut bewaffnet war, habe ich es für besser gehalten, in meinem Versteck zu bleiben. Sie waren zu mehreren.«

»Vier.«

»Drei. Auch das habe ich dir schon gesagt.«

Archies helle Augen musterten ihn prüfend. Sein Onkel war ein stiller Beobachter, dem nichts entging; er hegte den Verdacht, dass Alexander ihm nicht die ganze Wahrheit sagte. Dazu kannte er ihn zu gut. Aber Alexander hatte das Wichtigste gemeldet, und der Rest war seine persönliche Angelegenheit. Die Miene seines älteren Verwandten wirkte ein wenig streng, doch ein leises Zucken um Archies Mundwinkel verriet Alexander, dass er ahnte, worum es sich bei dieser »persönlichen Angelegenheit« handelte.

Alexander war lange auf der Straße vor der Herberge auf und ab gegangen und hatte überlegt, was er mit dem Gehörten anfangen sollte. Diese Sache war zu wichtig, um sie zu verschweigen. Auf der anderen Seite hegte er nicht den Wunsch, Isabelles Brüdern absichtlich zu schaden, und der jungen Frau schon gar nicht. Ob er nun redete oder nicht, Verrat beging er auf jeden Fall. Die Frage war ganz einfach, welche Seite er verraten sollte. Und so war er auf diese Geschichte gekommen, die nicht allzu weit von der Wahrheit entfernt war: Danach hatte er sich im Nebengebäude eines Hauses versteckt gehalten und ein Gespräch zwischen drei Männern mit angehört, von denen er vermutete, dass sie zum feindlichen Lager gehörten, die er aber nicht hatte erkennen können.

Nachdem er seine Meldung gemacht hatte, überließ er es seinem Leutnant, was er damit anfangen würde. Allerdings hatte er, um seine Anwesenheit in einem Nebengebäude in der Stadt zu erklären, gestehen müssen, dass er sich in Gesellschaft einer Dame befunden hatte, deren Namen er nicht nennen wollte. Archie hatte das ein Lächeln entlockt, und seine Augen hatten aufgeleuchtet. Aber der Leutnant war nicht weiter in ihn gedrungen.

»Der Feind befindet sich auf dem Vormarsch… Wenn die französischen Truppen gestern gelandet sind, müssten die siebentausend Mann in… sagen wir, ungefähr vier Tagen vor unseren Mauern auftauchen. Wir müssen dringend unsere Posten in Lorette und Sainte-Foy alarmieren. Aber angesichts der Krankheit, die unsere Truppen dezimiert… Seit September haben wir in unseren Regimentern fast siebenhundert Todesfälle zu beklagen, und die Anzahl der Kranken beläuft sich auf über zweitausend. Das ist katastrophal!«

Nachdenklich tippte Archie mit der Fingerspitze auf seinen Schreibtisch und sah Alexander an.

»Dein Zahnfleisch scheint mir aber gesund zu sein, mein Freund…«

»Ich glaube schon.«

Alexander bleckte die Zähne und brach dann in Gelächter aus, was die Stimmung ein wenig entspannte.

»Ich sehe, dass du gut zu essen bekommst. Die Frauen von Québec behandeln uns Highlander großzügig…«

»Ja, oft ist das so.«

»Die Dame, die du… nach Hause begleitet hast… triffst du sie häufig?«

Alexander war auf der Hut. Er setzte sich auf seinem Stuhl zurecht und entflocht nervös Arme und Beine, was Archie nicht entging.

»Reine Neugierde, Alex. Ich will ihr nichts Böses, und ich

habe es nicht für nötig gehalten, diese Person in meinem Bericht zu erwähnen. Ohnehin wäre es sinnlos, sie zu befragen und zu versuchen, die Namen der anwesenden Männer aus ihr herauszubekommen. Eine Kanadierin würde wegen einer Romanze im Mondschein nicht ihre Leute verraten. Damit würden wir nur kostbare Zeit verlieren. Ich vertraue deinem Wort und nehme eventuelle Folgen auf meine Kappe. Doch du solltest nicht vergessen, dass wir im Krieg stehen und die Bewohner dieser Stadt, so zugänglich sie sich auch zeigen mögen, im Grunde ihres Herzens Frankreich die Treue halten. Als Highlander können wir das doch auch gut verstehen, oder? Ich warne dich als Freund. Du hast heute Abend beim Appell gefehlt. Sergeant Ross hat das hervorgehoben, als er seine Meldung gemacht hat. Außerdem war dein Verhalten in den letzten paar Tagen alles andere als beispielhaft: Raufen, Saufen und jetzt die Verletzung der Sperrstunde... Ich werde mich darum kümmern, dass deine Abwesenheit beim Appell vergessen wird... Aber das kann ich nicht immer, verstehst du?«

»Ja, Sir.«

Archie verzog betrübt den Mund. Trotz dieser kleinen Verschwörung des Schweigens, die sie einander nahebrachte, würden die beiden Männer nie wieder dieselben Freunde sein wie früher.

Im Raum herrschte erdrückende Hitze. Man hatte alle Fensterläden geschlossen, damit die Morgensonne nicht eindrang. Nur ein paar fast heruntergebrannte Kerzen erhellten das Zimmer. Im Moment war Françoise in einen leichten Schlummer gefallen und gönnte ihnen allen eine kleine Atempause. Dumpf drang die Geräuschkulisse der erwachenden Stadt zu ihnen herein. Der Kanonenschlag, der die Soldaten weckte, war schon lange vorüber. Isabelle hatte unwillkürlich an Alexander denken müssen. Sie fragte sich, ob er dem Gouverneur über die bevorstehende Ankunft französischer Truppen berichtet hatte.

Während Baptiste ihr und ihren Brüdern Bescheid darüber gab, dass Françoises Wehen eingesetzt hatten, war Alexander, den über diese Nachricht alle vergessen hatten, diskret verschwunden. Isabelle nahm es ihm nicht übel, denn ihr war klar, dass Étienne nie bereit gewesen wäre, ihn lebend gehen zu lassen. Ihr Bruder hatte auch geschworen, den Schotten ohne Zögern zu töten, sollte er ihm eines Tages wieder über den Weg laufen. Dann war er zur Armee zurückgekehrt und hatte Louis und Guillaume bei der Familie in Québec gelassen.

Étiennes Reaktion auf Alexander schmerzte Isabelle. Aber sie hätte von ihm nichts anderes erwartet. Der junge Mann hatte stets leidenschaftlich seine Freiheit verteidigt; daher war es für ihn unerträglich, dass Engländer auf französischem Boden standen. Er konnte sich einfach nicht damit abfinden, dass seine Schwester sich mit einem englischen Soldaten zusammentat; er konnte sie nicht verstehen und würde auch nie in der Lage dazu sein. Darin war er so anders als ihr Vater und als Louis, der ein ausgleichendes, zugängliches Temperament besaß. Étienne ähnelte wohl seiner Mutter, Charles-Huberts erster Frau... Wenn das so war, dann musste Jeanne Lemelin eine schroffe, abweisende Frau gewesen sein.

Die Tür öffnete sich, und Perrine trat ein, eine Schüssel mit kochend heißem Wasser in den Händen. Geneviève folgte ihr mit sauberen Tüchern. Françoise stieß einen langgezogenen Seufzer aus, und der Kopf der Hebamme, die auf einem Stuhl am Bett eingenickt war, fuhr hoch. Die Gebärende delirierte. Das Kind kam nicht heraus; es war zu groß für das Becken seiner Mutter. Die ganze Nacht hindurch hatte Françoise sich stöhnend, schreiend und heulend bemüht, es auszustoßen, doch nichts hatte gefruchtet. Das Kind steckte im Geburtskanal fest. Alle fürchteten um sein Leben und das seiner Mutter. Der Abstand zwischen den Wehen wurde größer, ein eindeutiges Zeichen dafür, wie schwach Françoise war. In der Hoffnung, dass ein Wunder geschehen würde, hatte man einen Priester gerufen.

Die Hebamme beugte sich über Françoise, ging dann zu Geneviève und sprach leise mit ihr. Geneviève erbleichte und nickte dann. Eilig, mit wirbelnden Röcken, verließ sie das Zimmer. Einige Minuten später kam Louis. Nachdem sie Perrine hinausgeschickt hatte, erklärte die Hebamme dem Vater, der kurz davor schien, in Ohnmacht zu fallen, die Lage: Das Kind kam nicht heraus; man musste rasch eine Entscheidung treffen. Davon hing Françoises Leben ab.

In dem kleinen Salon war Louis weinend auf einen Stuhl gesunken. Isabelle, die auf seine Bitte hin bei ihm geblieben war, sah ihn hilflos an.
»Warum muss ich nur darüber entscheiden? Wer bin ich denn, um zwischen dem Leben einer Frau und dem eines Kindes zu wählen? Steht so etwas nicht nur dem lieben Gott zu?«
Isabelle vermochte ihm keine Antwort zu geben und schaute auf ihre Fußspitzen hinunter.
»Ich kann Françoise nicht verlieren… Ich liebe sie! Und die Kinder brauchen ihre Mutter! Ich kann sie ihnen nicht wegnehmen und ihnen dafür ein Brüderchen oder ein Schwesterchen geben… Ach, Isa! Ich muss mein Kind töten, um meine Frau zu retten; das ist nicht gerecht. Jetzt verliere ich nach meinem Vater auch noch mein Kind…«
Isabelle stand auf und nahm die Hand ihres Bruders. Sie spürte seine innere Qual, doch sie konnte nichts für ihn tun, außer ihn zu unterstützen, ganz gleich, welche Wahl er traf.
»Gott sieht in dein Herz, Louis. Er weiß, dass diese Entscheidung schwierig ist, und er wird dich nicht verurteilen.«

Angesichts dieser neuen Wendung war Madeleine zusammen mit Sidonie und Françoises und Geneviève Guyons Kindern in das Haus in der Rue Saint-Jean zurückgekehrt. Geneviève war die Freundin, die Françoise seit dem Beginn der Bombardierungen aufgenommen hatte. Justine wiegte sich vor dem Fenster, das auf den Saint-Charles-Fluss und seine Schiffswerft hinausging, hin und her und betete ihren Rosenkranz. Ein schwacher Teergeruch hing in der Luft; mit dem Beginn des Frühlings hatte man wieder mit der Überholung der Schiffe begonnen. Von fern drangen, gedämpft durch die dicken Steinmauern, die Stimmen des öffentlichen Ausrufers und seines französischen Übersetzers heran, die eine unverständliche Proklamation verkündeten.

Guillaume saß am Tisch, murmelte vor sich hin und starrte auf ein frommes Bild an der Wand, das ihn faszinierte. Sein leerer Blick beunruhigte Isabelle. Seit gestern benahm sich ihr Bruder, der für gewöhnlich so aufgeweckt war, äußerst merkwürdig. Er schien in einer ganz eigenen Welt gefangen zu sein. Doch sie hatte noch nicht gewagt, Louis darauf anzusprechen.

Dieser marschierte zwischen der Haustür und dem Fuß der Treppe, über die Françoises markerschütternde Schreie zu ihnen drangen, hin und her. Er schien zwischen Fluchtgedanken und dem Bedürfnis, seiner Frau zu helfen, zu schwanken. Dann setzte er sich mit seinen Bartstoppeln und seiner grauen Gesichtsfarbe in die Küche. Isabelle kam der Gedanke, dass er gewiss genauso litt wie seine Frau.

»Trinkt Euren Kaffee, der wird Euch guttun! Unsere Françoise ist stark! Sie schafft das, Ihr werdet schon sehen.«

Louis schaute auf die Tasse hinunter, die Perrine ihm hinhielt, ohne wirklich etwas zu sehen oder zu hören. Seine Schläfen waren feucht; seine Finger trommelten nervös auf seinem Schenkel. Mit einem Mal steigerten die Schreie sich zu einem schauerlichen Geheul. Das Dienstmädchen fuhr zusammen und ließ die Tasse fallen, die auf dem Boden zersprang. Von Panik ergriffen, trat Louis über die Scherben hinweg und rannte zur Treppe.

»Herrgott! Was tun sie ihr bloß an? Warum schreit sie so? Geh doch nachsehen, Isa! Bitte!«

Isabelle war vor Schreck wie gelähmt und rührte sich nicht. Ihr Bruder trat auf sie zu und schüttelte sie.

»Geh nachschauen, Isa! Françoise braucht dich!«

Die junge Frau nahm ihren ganzen Mut zusammen und stieg in die erste Etage hinauf. Die Zimmertür war geschlossen, doch die Schreie, die durch das dünne Holz drangen, schmerzten sie wie Messerstiche. Sie zitterte. Während sie eintrat, ließ ein neues Aufheulen sie zusammenfahren. Entsetzt erstarrte sie. Françoise lag, das Gesicht von ihren entsetzlichen Schmerzen entstellt und mit zerwühltem Haar, auf dem Bett. Man hatte ihr die Handgelenke mit Stoffbändern an den Bettpfosten angebunden, und Geneviève hielt ihre Beine auseinander, damit sie die Hebamme nicht bei ihrer schwierigen Arbeit behinderte. Man hätte meinen können, eine Wahnsinnige vor sich zu haben, die sich in einem Anfall wand. Unter ihr knäulten sich blutgetränkte Laken.

Isabelle konnte nicht erkennen, was die Hebamme, die ihr den Rücken zuwandte, tat. Sie folgte Genevièves grauenerfülltem Blick und trat an eine große Schüssel, die sie nicht gleich bemerkt hatte. Als sie die blutige Masse erblickte, glaubte sie zunächst, man habe den Mutterkuchen herausgeschnitten, damit das Kind besser herauskommen konnte. Doch als sie begriff, worum es sich handelte, stieg eine heftige Übelkeit in ihr auf: Eine Hand, deren winzige Fingerchen sich über der Handfläche krümmten, war zu erkennen, auch ein Arm... Isabelle schlug ihre eiskalte Hand vor den Mund, um ihren Aufschrei zu unterdrücken. Man schnitt das Kind in Stücke, um das Leben der Mutter zu retten...

Kein Säuglingsgeschrei, kein Händeschütteln. Auf den Gesichtern stand nicht das Glück über das Wunder des Lebens, sondern die Trauer darüber, dass ein kleines Wesen hatte geopfert werden müssen, und der Rum diente nicht dazu, auf ein glückliches Ereignis anzustoßen, sondern den großen Schmerz zu ertränken. Die ganze Familie war im Salon der Guyons zusammengekommen und saß in drückendem Schweigen beieinander. Auf Holzböcken stand ein kleiner Kasten aus Ahornholz, auf dem eine Kerze brannte. Darin ruhte der kleine Maurice Lacroix.

Vor dem Haus wartete ein Wagen. Isabelle hatte sich in einen mit abgeschabtem Drillichstoff bezogenen Sessel geworfen und wiegte sich schluchzend hin und her. Zu viel Tod, zu viel Trauer...

Françoise lag gewaschen und frisch angezogen in einem sauberen Bett im ersten Stock. Sie schrie nicht mehr, sondern war in einen tiefen Schlummer gesunken, der sie für kurze Zeit ihres Schmerzes enthob. Louis hatte sich gewaschen und rasiert und besprach mit dem Priester die letzten Einzelheiten für die Trauerfeier. Niemand hatte dem Geistlichen etwas über die Umstände gesagt, unter denen das Kind gestorben war: Es war ganz einfach tot geboren worden. Louis war sich der furchtbaren Sünde bewusst, die er zugelassen hatte, und hatte seine Seele direkt in die Hände Gottes gelegt, der ihn verurteilen würde, wenn Er ihn für schuldig hielt. Der Form halber hatte er allerdings auch um die Beichte gebeten.

Erst jetzt, als Isabelle begann, sich von der Nacht, in der sich die schrecklichen Ereignisse überstürzt hatten, zu erholen, wurde ihr langsam bewusst, was sie zusammen mit Alexander getan hatte, und welche Folgen das haben würde. Die Erkenntnis des Unwiderruflichen lastete auf ihr wie das Gewicht ihres Geliebten auf ihrem Körper. Gewissensbisse und Gleichgültigkeit, Freude und Trauer, eine ganze Reihe widersprüchlicher Empfindungen stritten in ihr, während ihr Leib noch gezeichnet war von dem Ansturm ihres Geliebten.

Hure! Gemeine Hure! Unaufhörlich hämmerten diese Worte in ihrem Kopf. Doch zugleich hatte sie nicht das Gefühl, die schlimmste aller Sünden begangen zu haben, sondern eher den Eindruck, dass ihr etwas entgangen war. Sie war wütend auf sich und enttäuscht, weil sie wusste, dass sie es sich selbst verwehrt hatte, Alexanders Lust mit ihm zu teilen.

Müde stand sie auf und tat einige Schritte auf den Spiegel zu. Minutenlang betrachtete sie ihre erschöpften Züge, die von keiner Schminke verborgen wurden. Nein, sie war keine Hure. Das Gesicht, das sie vor sich sah, war das einer liebenden Frau, die nicht die Kraft gehabt hatte, der Leidenschaft zu widerstehen, sich aber auch nicht hatte entschließen können, sich ihr vollständig hinzugeben.

Bei der Erinnerung an ihre Zärtlichkeiten spürte sie, wie sie ein ekstatischer Schauer überlief, und sie seufzte. Der dicke, noch feuchte Wollstoff ihres Capes wärmte sie nicht. Sie brauchte einen anderen Trost. Alexanders Wachdienst begann zu Mittag und würde erst morgen, um dieselbe Zeit, enden. Ob er wohl an sie dachte? Bestimmt, nur auf welche Weise? Er hatte sie ihres kostbarsten Guts beraubt, das sie für ihren Ehemann hätte bewahren müssen... nein, sie hatte es ihm freiwillig geschenkt. Das hatte er verstanden. Doch trotz der begütigenden Worte, die er ihr zugeflüstert hatte, obwohl sie bemerkt hatte, dass ihn sein Gewissen quälte, hatte sie sich ihm gegenüber kalt und distanziert verhalten. Da war es vielleicht normal, wenn er sich jetzt ebenso enttäuscht fühlte wie sie.

Heute waren starke Truppenbewegungen im Gange, aber Isabelle achtete auf dem Weg in die Kirche kaum darauf. Erst nach der Messe, auf dem Kirchenvorplatz, bemerkte sie wie alle anderen die Proklamation des britischen Gouverneurs, die an die Tür genagelt war: Man ließ ihnen dreimal vierundzwanzig Stunden Zeit, um mit ihren Familien und Besitztümern die Stadt zu verlassen, und bat sie, weitere Befehle abzuwarten, ehe sie zurückkehrten.

Louis wandte sich seiner Schwester zu. Isabelle hatte schon den Mund geöffnet, um zu Alexanders Verteidigung zu sprechen, doch er bedeutete ihr, nichts zu sagen. Unter dem Vorwand, er wolle lieber laufen, was nicht einmal ganz gelogen war, bat er sie, ihn zu Fuß zu ihrem Elternhaus zu begleiten, und ließ die anderen mit der Kutsche fahren.

»Das war ohnehin nur eine Frage der Zeit...«, begann er und schlug seinen Kragen hoch.

Ein Nordwestwind war aufgekommen und trug kühle Luft aus dem Landesinneren heran. Die Sonne versteckte sich immer wieder hinter bedrohlichen schwarzen Wolken. Isabelle ging neben ihrem Bruder her und sah ihn verständnislos an.

»Was meinst du?«

»Wir wissen, dass die Engländer regelmäßig Kundschafter zu unseren vorgeschobenen Posten schicken. Daher war es nur eine Frage von Stunden, bis sie unsere Truppenbewegungen entdecken würden. Dein... Freund hat die Dinge nur ein wenig beschleunigt.«

»Er hatte keine andere Wahl, Louis.«

»Ich weiß.«

Er seufzte. Sie betrachtete ihn aufmerksam. Nun kämpfte er

schon seit fast zehn Monaten mit den französischen Truppen. Der freundliche Bäcker, der seinen Laden am Marktplatz hatte, existierte nicht mehr. Ihr Bruder hatte sich sehr verändert und war ein wenig älter, aber viel reifer geworden. Er hatte den Krieg erlebt. Bestimmt hatte er getötet, sich vielleicht auch Skalps erbeutet. Es fiel so leicht, im Kampf den Verstand zu verlieren. Wie viele Männer ließen sich, von Angst und Zorn ergriffen, zu den schlimmsten Grausamkeiten hinreißen! Sie hatte genug schreckliche Geschichten zu diesem Thema gehört und vermutete, dass Louis keine Ausnahme von der Regel machte.

»Wie steht es nach dem Tod unseres Vaters eigentlich zu Hause?«, erkundigte sich Louis und betrachtete einen Schnitt an seinem Finger, der sich entzündet hatte.

»Na ja, irgendwie geht es schon weiter... Aber ohne Papa wird es nie wieder wie vorher sein.«

»Hmmm, wahrscheinlich nicht. Wie kommt deine Mutter zurecht?«

»Sie schließt sich oft in ihrem Zimmer ein und spricht kaum noch mit uns.«

»Der Tod ihres Mannes muss sie tiefer getroffen haben, als man denken würde.«

Isabelle runzelte die Stirn und biss sich auf die Lippen, um keine boshafte Bemerkung zu machen. Louis ging zu einem anderen Thema über, das allerdings nicht weniger heikel war.

»Des Méloizes hat mir das Versprechen abgenommen, dich in Sicherheit zu bringen.«

»Wie geht es ihm?«

»Gut. Eine Schulterverletzung bereitet ihm einige Sorgen, aber er ist ja robust. Was soll ich ihm nur sagen, Isa?«

»Ich sollte ihm vielleicht schreiben.«

»Ja, das denke ich auch. So, wie die Dinge stehen, wäre es das Mindeste, was du tun solltest.«

Die junge Frau blieb stumm. Louis legte die Hand auf ihren Arm und zog sie zu sich herum.

»Versuchst du eigentlich ihn zu strafen?«

Sie blieb stehen und sah ihn schockiert an.

»Glaubst du, ich pflege nur Umgang mit einem Briten, um mich zu rächen? Da bist du aber auf dem Holzweg, Louis!«

»Ich weiß, was man sich über des Méloizes erzählt. Du darfst diesen Gerüchten keinen Glauben schenken, Isa!«

Die junge Frau wandte sich ab und betrachtete einen Hund, der in einem Abfallhaufen wühlte.

»Das ist jetzt ohnehin nicht mehr von Bedeutung...«, murmelte sie. »Ich kann nie mehr zu Nicolas zurückkehren.«

»Hast du dir das auch gut überlegt? Ich versichere dir, dass du ihm vertrauen kannst. Damals ist nichts geschehen...«

»Ich spreche nicht von ihm, sondern von mir, Louis! Selbst wenn ich wollte, könnte ich nicht einfach zu ihm zurückgehen, als wäre nichts gewesen.«

Louis betrachtete seine Schwester aufmerksam. Sie kaute nervös auf einer Haarsträhne. Plötzlich sah er sie wieder, wie sie gestern im Hof des Hauses in der Rue Saint-Jean vor ihm gestanden hatte, mit einer merkwürdigen Miene und einem ganz eigentümlichen Strahlen in den Augen...

»Verurteile mich nicht, Louis, ich flehe dich an«, flüsterte sie.

Langsam schüttelte er den Kopf und nahm die misshandelte Haarsträhne, um sie hinter ihr Ohr zurückzustecken.

»Du hast dich sehr verändert. Jetzt bist du... nun ja... Liebst du denn diesen Mann?«

»Ja.«

»Wie ist sein Name?«

»Alexander Macdonald.«

»Hmmm... Und wie kam es, dass er dir über den Weg lief und es sogar fertig gebracht hat, dich Nicolas des Méloizes vergessen zu machen?«

»Ganz einfach durch eine Verkettung von Zufällen...«

Erneut setzten sie sich in Bewegung, und sie erzählte ihm ihre Geschichte. Er lauschte schweigend, wobei er ihr immer wieder verstohlene Blicke zuwarf. Wenn sie von Alexander sprach, lächelte sie. In ihren Augen stand dieses Leuchten, das einer verliebten Frau eigen war; er hatte es auch in Françoises Gesicht gesehen, am Morgen nach ihrer Hochzeitsnacht.

»Ich hoffe wirklich, dass er ebenso für dich empfindet, wie du ihn zu lieben scheinst, kleine Schwester. Du weißt ja, dass Männer viele schöne Reden führen, wenn sie das Herz... und den Körper... einer Frau erobern wollen.«

Isabelles Wangen liefen purpurrot an, und sie senkte den Kopf. Sie konnte es gar nicht gebrauchen, dass jemand Zweifel in ihr säte, nicht gerade jetzt.

»Isa? Ich möchte nur, dass du nicht zu vertrauensselig bist. Du bist noch sehr jung... und sehr hübsch.«

Er lächelte ihr zu. Als sie die Wachen am Saint-Jean-Stadttor passierten, verstummten die beiden, und jeder hing seinen eigenen Gedanken nach. Einer der Wachsoldaten musterte Louis misstrauisch. Doch er ließ die beiden weitergehen, ohne sie aufzuhalten.

»Wann brichst du wieder auf?«, fragte Isabelle, nachdem sie sich vergewissert hatte, dass sie außer Hörweite der Soldaten waren.

»Sobald ich Françoise und die Kinder bei unserem Cousin Perrot in Charlesbourg untergebracht habe. Du solltest mit uns kommen, Isa! Es ist gefährlich, nur mit deiner Mutter und Ti'Paul hier zurückzubleiben. Baptiste ist viel zu alt, um euch zu beschützen.«

Und was wird mit Alexander?, dachte die junge Frau, und es gab ihr einen Stich ins Herz.

Louis ging langsamer. Isabelle bemerkte seine abgetragenen, vielfach geflickten Mokassins. Ihr Bruder brauchte dringend ein neues Paar Stiefel.

»Du solltest Papas neue Stiefel nehmen.«

Er schaute auf seine Füße hinunter und zuckte die Achseln.

»Hat er sehr leiden müssen?«

»Er hat nie geklagt und viel geschlafen. Ich glaube, im Grunde hat er an seiner Seele mehr gelitten als körperlich.«

»Das kann ich mir vorstellen... Wer kann schon von sich behaupten, er könne ruhigen Herzens sterben?«

Isabelle nickte und dachte bei sich, dass auch ihr Gewissen schon eine schwere Last zu tragen hatte.

»Wer ist eigentlich Madame Dunoncourt?«, fragte sie, als ihr plötzlich die Mission, die ihr Vater ihr anvertraut hatte, wieder einfiel.

Ihr Bruder blieb abrupt stehen und warf ihr einen verblüfften Blick zu.

»Wer hat dir von Madame Dunoncourt erzählt?«

»Papa. Er wollte, dass ich ihr eine Kassette bringe.«

»Eine Kassette? Und... was hast du getan?«

»Offen gesagt... ich hatte die Sache ganz vergessen. Über allem, was inzwischen geschehen ist, habe ich bis heute nicht mehr daran gedacht. Aber ich mache es sofort, sobald...«

»Das übernehme ich«, fiel Louis mit leicht gereizter Stimme ein, was Isabelle neugierig machte.

»Hast du eine Ahnung, was sich in diesem Kästchen befindet, Louis?«

»Nichts von großer Bedeutung.«

»Bist du dir sicher? Hat es etwas mit seinen Geschäften zu tun?«

»Seinen Geschäften?«

»So naiv wie du glaubst, bin ich nun doch nicht, Louis. Ich weiß, dass Papa in unsaubere Machenschaften verwickelt war.«

»Du hast recht, Isa, Vater hat Dinge getan, die nicht immer ganz korrekt waren. Aber es hat keinen Sinn, das alles heute ans Licht zu zerren.«

»Was ist denn nun in dieser Kassette, Louis? Du weißt es doch... Papa hat mir den Auftrag, Madame Dunoncourt die Kassette zu bringen, nur erteilt, weil du nicht erreichbar warst. Ich musste ihm versprechen...«

»Darin befindet sich nichts weiter als Geld... und vielleicht ein oder zwei Erinnerungsstücke. Bevor er deine Mutter kennengelernt hat, war Madame Dunoncourt seine Mätresse. Eigentlich wollte er sie heiraten, sobald er von seiner letzten Reise nach La Rochelle zurück war. Aber das Schicksal hat gewollt, dass er sich in Justine Lahaye verliebte und sich mit ihr vermählte. Das Problem war nur, dass Madame Dunoncourt ein Kind von ihm erwartete, Isa.«

»Oh!«

Isabelle schlug die Hand vor den Mund, und Louis bedauerte sein Bekenntnis sofort. Er schlang den Arm um ihre Schultern.

»Kenne ich ... dieses Kind?«

»Erinnerst du dich noch an Marcel-Marie Brideau?«

»Den jungen Brideau, der mir den Hof gemacht hat?«

»Genau. Keine Sorge, ich habe ihn gut im Auge behalten. Zum Glück hat des Méloizes dich von ihm abgelenkt. Es tut mir leid. Ich hätte dir das nicht erzählen sollen. Papa ist tot. Vergessen wir das alles.«

Sie waren beinahe zu Hause. Durch die offenen Fenster hörten sie Guillaumes monotone Stimme. Er rezitierte lateinische Gebete. Louis stöhnte auf und warf Isabelle einen verzweifelten Blick zu. Seit der Kapitulation von Québec bereiteten seine Brüder ihm große Sorgen. Étienne neigte zunehmend zu gewalttätigen Ausbrüchen, und durch seine fortgesetzte Insubordination hatte sein Bruder sich schon manchen Tadel von Leutnant Hertel eingetragen. Wäre der Offizier nicht so gut mit Étienne befreundet gewesen, hätte Letzterer sich gewiss mehr als ein Mal in Ketten wiedergefunden. Guillaumes Probleme wiederum waren von ganz anderer Art.

»Ist dir schon aufgefallen, dass Guillaume merkwürdige Dinge sagt, Isa?«

»Ja. Gestern hatte ich den Eindruck, er hätte vielleicht zu viel getrunken. Aber heute Morgen ... kommt er mir immer noch so vor, als lebe er in einer anderen Welt.«

»Ich glaube, er verliert den Verstand.«

»Guillaume wird verrückt?«

»Nein ... es ist nur ... manchmal sind seine Sätze nicht besonders logisch und ergeben keinen Sinn. Er erzählt, er höre Stimmen, die ihn zwingen wollten, schreckliche Dinge zu tun. Eines Nachts hat mich ein lauter Streit geweckt. Ich bin aus der Hütte gelaufen und habe Guillaume gesehen, der splitternackt herumsprang und wie ein Kasper gestikulierte. Zuvor hatte ich vermutet, er streite sich mit anderen Burschen, aber er diskutierte mit Menschen, die er sich einbildete. Und wenn er so mit sich selbst spricht, hört er nicht auf uns. Sobald er die roten Uniformen unserer Feinde erblickt, behauptet er, das sei der Teufel, und beginnt irre zu reden.«

»Guillaume ist nicht verrückt! Er hat bestimmt nur zu viele schreckliche Dinge gesehen!«

»Er kann gefährlich werden, Isa. Eines Tages ist er auf seinen Freund Jasmin losgegangen, weil dieser sich leise mit einem anderen Kameraden besprochen hatte. Er hat gedacht, die beiden heckten ein Komplott gegen ihn aus und wollten ihn im Schlaf ermorden. Bei einer anderen Gelegenheit hat er einen Soldaten mit einer Axt verfolgt, nur weil dieser eine rote Kappe trug. Wenn ich nicht ständig auf ihn aufpasse, stellt er fürchterliche Dinge an…«

Bestürzt lehnte Isabelle sich an die Hauswand und stand einen Moment lang regungslos da.

»Wie lange geht das schon so?«

»Ein paar Monate. Nach der großen Schlacht auf den Höhen hat er begonnen, Selbstgespräche zu führen. Nicht oft, aber doch so häufig, dass die anderen es seltsam fanden. Dann fingen die Anfälle an, bei denen er glaubt, dass jemand ihm Böses will. Ich kann aber nicht Tag und Nacht hinter ihm her sein… Wir müssen uns etwas anderes einfallen lassen.«

»Und woran hattest du gedacht?«

»Nun, an das Hospiz. Ich finde… wir müssen ihn an einem Ort unterbringen, wo er weder sich selbst noch anderen schaden kann.«

»Das wird Mama niemals zulassen!«

»Isa… Sprich du nicht mit ihr. Das werde ich tun.«

Die Hand auf den Türgriff gelegt, sah Louis seine Schwester betrübt an. Isabelle nickte.

»Und um die Schatulle für Madame Dunoncourt kümmere ich mich morgen früh.«

Der Angriff der Franzosen auf die englische Garnison stand unmittelbar bevor. Wie es hieß, war er nur noch eine Frage von Tagen. Im Salon stapelten sich Truhen und Gepäckstücke. Isabelle irrte dazwischen herum wie in einem Labyrinth, aus dem sie nicht mehr herausfinden würde. Eine melancholische Stimmung ergriff Besitz von ihr. Sie weinte, als der Stock ihres Vaters, der vergessen an der Haustür stand, ihren Blick auf sich zog; niemand war auf die Idee gekommen, ihn fortzuräumen. Sie weinte, als sie Françoise sah, die in einen Sessel gepackt, ihre stärkende Brühe schlürfte. So blass war sie, und ihr Leib leer! Sie weinte auch, als sie ein paar Bücher aus dem Bücherregal zog und Guillaumes Schulhefte über den Boden verstreut wurden. Und die Tränen kamen ihr erneut, als Perrine das letzte Stück Schinken aus der Vorratskammer auftrug.

Der jungen Frau war, als zerfalle ihr Leben in tausend Stücke. Wie das Laub einer Eiche im Sturm wirbelten die Fragmente davon. Würde es ihr jemals gelingen, sie wieder zusammenzufügen? In der Nacht schmiegte sie sich an Madeleine und presste ihr Medaillon ans Herz. Dann fiel sie in einen tiefen Schlaf und träumte von einem riesigen Park, in dem Blumen im strahlenden Sonnenschein dufteten, plappernde Kinder spielten und ein hochgewachsener Schotte mit bronzefarben schimmerndem Haar ihr lächelnd die Arme entgegenstreckte.

14

Die letzte Schlacht

Der Gefühle des anderen ungewiss, standen sie einander auf eine Armeslänge Entfernung regungslos gegenüber und maßen sich mit fiebernden Blicken. Zögernd streckte Alexander Isabelle die geschlossene Faust entgegen und öffnete sie langsam. Beschienen vom Abendlicht, lag da ein dunkler Gegenstand, der wie poliert wirkte. Ängstlich betrachtete die junge Frau den herzförmigen Kieselstein.

»Er gehört dir.«

Alexander nahm ihre Hand, die verkrampft auf ihrem Rock lag, bog die Finger auseinander und legte den warmen, glatten Stein hinein.

»Du kannst damit tun, was du willst. Aber entscheide dich jetzt.«

Isabelle zog die Unterlippe zwischen die Zähne und nickte.

»Und wenn ich ihn wegwerfe?«

»Verschwinde ich aus deinem Leben.«

Einen Moment lang betrachtete die junge Frau den Stein, um ihn dann in die Tasche zu stecken. Eine unaussprechliche Erleichterung überkam Alexander und ließ ihn auf sie zustürzen. Er umarmte sie, drückte sie an sich und küsste sie auf die Schläfe. Seit dem frühen Nachmittag hatte er ihre Nachricht in der Hand gehalten; eine schreckliche Qual. Er hatte geglaubt...

»Isabelle...«, flüsterte er mit gepresster Stimme, »verzeih mir.«

Zur Antwort umschlang sie ihn fester. Dann hob sie ihm das Gesicht entgegen und bot ihm ihre Lippen.

Ihre langen Schatten fielen auf die Straße, die sich vor ihnen erstreckte. Der hereinbrechende Abend tauchte die Landschaft in ein sanftes, ockerfarbenes Licht. Im Zwielicht ragte die Mühle düster über den Essigbäumen auf, die sie umstanden. Alexander zog an Isabelles Arm, um sie zu einer rascheren Gangart zu bewegen.

Vor Hoffnung und Liebe schlugen ihre Herzen schneller, und sie brannten darauf, einander zu berühren. So drangen sie in das Halbdunkel im Inneren des Bauwerks ein. Sie hatten nur zwei Stunden Zeit; zwei Stunden, um Abschied voneinander zu nehmen. Die französische Armee rückte vor; und die Stadtbewohner verließen Québec. Die Kutsche der Lacroix' war beladen und bereit für ihre Flucht. Isabelle hatte versucht, ihre Mutter davon abzubringen, nach Charlesbourg zu gehen. Aber Françoise, die sich bereits dort befand, war noch nicht gesund und brauchte Pflege, und jemand musste sich auch um den kleinen Luc kümmern. »Wenn wir zurückkehren, wird die französische Fahne wieder über Québec wehen«, hatte Justine ihr versichert.

Diese Möglichkeit war Isabelle bis dahin gar nicht in den Sinn gekommen; und mit einem Mal wurde der jungen Frau bewusst, dass Alexander ebenso plötzlich aus ihrem Leben verschwinden könnte, wie er darin aufgetaucht war. Der Highlander lief Gefahr, in Gefangenschaft zu geraten und in seine Heimat deportiert zu werden, aus der er nie zurückkehren würde. Schlimmer noch, er könnte getötet werden! All diese Gedanken, die sich in ihrem Kopf überschlugen, hatten sie schließlich handeln lassen. Sie wollte wissen, welche Gefühle Alexander wirklich für sie hegte, und reinen Tisch machen, auch wenn das bedeutete, dass die Wahrheit sie für alle Zeiten niederschmettern würde. Also hatte sie dem jungen Mann eine Nachricht in den *Rennenden Hasen* geschickt und gehofft, er werde sie rechtzeitig erhalten. Ihr Wunsch war in Erfüllung gegangen. Er hatte sie auf dem Weg nach Saint-Vallier, in der Nähe der Sümpfe, erwartet.

Alexander zündete die Kerze an, die Isabelle vorausschauend mitgebracht hatte. Die junge Frau hatte auch eine dicke Decke, eine Flasche Wein und einen Topf Himbeermarmelade, die sie aus der inzwischen fast leeren Vorratskammer entwendet hatte, in ihre Tasche gesteckt. Sie breitete die Decke aus, setzte sich darauf und bedeutete dem jungen Mann, sich zu ihr zu gesellen.

»Gläser habe ich keine«, erklärte sie und hielt ihm die Weinflasche entgegen.

Er ließ sich ihr gegenüber nieder und nahm die Flasche. Ein besonderes Strahlen stand in den grünen Augen, die ihn ansahen. Seit er Isabelle kannte, hatte er viele Veränderungen an ihr beobachtet. Von der sorglosen jungen Frau, die er einst kennengelernt hatte, war fast nichts mehr übrig, nur noch dieses kristallklare Lachen, das aus ihrer Kehle aufstieg und sein Herz berührte. Heute hatte er eine Frau vor sich, die das Elend des Krieges kannte und es dennoch fertig brachte, sich an Kleinigkeiten zu erfreuen. Er selbst wusste genau, wie wichtig solche Nichtigkeiten sein konnten, wenn man am Rande eines Abgrunds stand; und wie bedeutungslos dafür Dinge werden konnten, die einem zuvor unabdingbar vorgekommen waren – das war einfach eine Überlebensstrategie des Verstandes.

»Wir verlassen die Stadt«, verkündete Isabelle, während sie die Bänder ihres Mieders aufschnürte. »Wir gehen nach Charlesbourg.«

»Charlesbourg?«, wiederholte Alexander und schaute ihr fasziniert zu. »Ähem... ja. In dieser Lage ist das wahrscheinlich besser.«

»Das finde ich nicht. Aber meine Mutter besteht darauf, und Louis will es auch so.«

»Louis?«

»Mein Bruder.«

Sie warf ihm einen Blick zu und wand sich wie ein Schmetterling, der versucht, aus seinem Kokon zu schlüpfen. Schließlich glitt ihr Oberteil mit einem leisen Rascheln zu Boden. Alexander zog die Augenbrauen hoch und verfolgte die Bewegungen der jungen Frau mit wachsendem Interesse.

»Dein Bruder... ja.«

Isabelle unterbrach ihr Tun.

»Mein Bruder Louis, der, dessen Frau ein Kind erwartet hat!«

Sie schien verärgert zu sein, weil sie ihm auf die Sprünge helfen musste. Er sah sie mit verständnisloser Miene an. Seufzend riss sie ihm die Flasche aus den Händen, nahm ein paar Schlucke und gab sie ihm dann zurück. Blinzelnd tat er es ihr nach.

»Sie hat es verloren«, sagte sie und wischte sich einen Tropfen Wein ab, der ihr übers Kinn gelaufen war.

Nachdem sie sich die Finger abgeputzt hatte, machte sie sich an den Bändern ihres Rocks zu schaffen.

»Das ... tut mir leid für die beiden«, meinte Alexander. Er war ehrlich betrübt, aber noch mehr verwirrte ihn Isabelles merkwürdiges Gebaren.

»Warst du schon einmal bei einer Geburt dabei?«

Sie wartete einige Sekunden.

»Nein«, antwortete er und bot ihr erneut die Flasche an. Isabelle nahm sie.

»Für mich war es das erste Mal, Alex.«

Sie verstummte und blickte ausdruckslos in das Halbdunkel im Inneren der Mühle. Alles war still: Die Flügelwelle des Mechanismus quietschte nicht in ihrem Stützlager, das Rad drehte sich nicht; und die Fensterläden klapperten nicht vor sich hin. Nur das abendliche Zwitschern der Vögel ließ sich vernehmen.

»Das Kind war zu groß«, murmelte sie. »Weißt du, wie man in einem solchen Falle das Kind aus dem Körper der Mutter holt?«

»Nein.«

»Man schneidet es in Stücke wie das Fleisch beim Metzger«, erklärte sie kühl.

Ein bleiernes Schweigen senkte sich über die beiden, während Alexander langsam das ganze Entsetzen aufging, das hinter ihren Worten steckte. Der junge Mann führte die Flasche zum Mund; Isabelle beschäftigte sich wieder mit ihren Schnürbändern.

»Aber zum Glück geht es Françoise jetzt gut. Dann ist da mein Bruder Guillaume. Du weißt schon, der, der die Apokalypse heraufbeschworen hat?«

»Ja, an ihn erinnere ich mich gut...«

»Nun ja, Guillaume ist ein wenig... gestört. Er sieht überall den Teufel und hört Stimmen.«

Endlich gelang es ihr, den Knoten zu lösen, und sie stand auf, um ihren Rock auszuziehen. Jetzt trug sie nur noch ihre Unterwäsche und sah mit einem merkwürdigen Blick auf ihn hinunter. Er wagte sich nicht zu rühren. Dann machte die junge Frau sich mit zitternden Fingern an den Bändern ihres Korsetts zu schaffen.

»Wir werden ihn in eine Anstalt geben müssen«, sagte sie und ließ sich wieder auf die Knie sinken. »Mein Bruder... Guillaume... eingesperrt in einem Irrenhaus. Und... und die französische Armee...«

Sie schluchzte.

»Isabelle...«

»... die französische Armee wird uns angreifen...«

»Isabelle...«

»Es wird noch mehr Tote geben. Noch mehr Menschen, deren Leben für immer zerstört werden wird, wie den kleinen Maurice, Guillaume, Marcelline, Toupinet... Unschuldige Menschen...«

Erneut wurde sie von Schluchzen geschüttelt. Sie schloss die Augen und schnürte ohne ein weiteres Wort ihr Korsett auf.

»Wir können nichts dagegen tun, so ist nun einmal der Krieg«, murmelte Alexander bedrückt.

Die kleine Kerzenflamme warf Schatten auf Isabelles Haut und hob ihren zarten Körperbau hervor. Er konnte den Rhythmus ihres schnellen Atems verfolgen, indem er einfach beobachtete, wie der Stoff ihres Hemds sich hob und senkte. Ihre zinnoberroten Lippen öffneten sich einen Spalt breit, und ein feines Dampfwölkchen entwich in die kühle Luft des Frühlingsabends. Die junge Frau erschauerte und schlug die Augen auf.

»Ich habe Angst, Alex... um dich, um uns. Und du?«

Er überlegte einen Moment lang.

»Ja, ich fürchte mich auch.«

»Und wovor?«

»Ich habe Angst, dich zu verlieren... und zu sterben. Ich fürchte mich vor dem, was uns morgen erwartet.«

Sie nickte langsam und zog ihr Korsett aus.

»Alex... ich will dich...«, flüsterte sie mit zittriger Stimme, die verriet, wie nervös sie war.

Alexander war zutiefst verwirrt über Isabelles ganz neues Verhalten und ihre Worte. Er stellte die Weinflasche ab und näherte sich der jungen Frau ohne ein Wort. Seine Finger schienen ein Eigenleben zu entwickeln und kleideten sie leicht bebend gänzlich aus. Er begann mit der Haube, an der er vorsichtig die Haarnadeln herauszog und die Bänder aufknotete. Isabelles seidige, goldblonde Lockenflut sank herab, und er steckte die Nase hinein. Ein köstlicher Duft stieg daraus auf; ganz gewiss ein französisches Parfüm. Immer noch schweigend machte er sich daran, Isabelle bewusst langsam auszukleiden, obwohl das Herz ihm in der Brust zu zerspringen drohte, während sie nun ihrerseits begann, die Bänder und Knöpfe seines Hemdes zu lösen.

»Man erzählt sich, beim zweiten Mal sei es besser«, sagte sie leise.

Merkwürdigerweise hatten sich die Scham und die Angst, die sie seit jenem Gewitterabend gequält hatten, in glühendes Begehren verwandelt. Isabelle dürstete danach zu entdecken, warum die Liebenden vor Lust schrien. Sie wollte diese Erregung erleben, dieses Erbeben des Körpers, das bis zur höchsten Ekstase führt. Und alles andere vergessen.

Seine Muskeln schwollen unter ihren Fingern und bewegten sich mit ihren Liebkosungen. Kühn geworden richtete sie sich auf die Knie auf, küsste den jungen Mann sanft auf den Mund und kostete seine Zunge, die holzig und ein wenig bitter schmeckte, nach dem Tabak, dessen Geruch ihn ständig umgab. Sie liebte es, seinen Körpergeruch zu atmen und wünschte sich, er würde sie ganz durchdringen, um ihn mitzunehmen; damit er ihr in den Nächten, in denen sie grübelnd wach liegen würde, Gesellschaft leistete.

Schüchtern schob sie das Hemd des jungen Mannes hoch und zog es über seinen Kopf. Dann legte sie eine Pause ein und nahm sich einen Moment Zeit, diesen Körper zu bewundern, den sie sich in ihren Träumen so oft ausgemalt hatte. Obwohl er recht schlank war, modellierte eine kräftige Muskulatur seine Schultern und seinen Leib.

Alexander regte sich nicht mehr. Er kniete ebenfalls; seine flachen Hände lagen auf den Hüften der jungen Frau. Also, das konnte er jetzt kaum fassen: Um nichts in der Welt hätte er damit gerechnet, dass Isabelle ihm schon so kurz nach ihrer etwas unglücklich verlaufenen Begegnung wieder erlauben würde, sie zu berühren. Als er an diesen Abend dachte und daran, wie er zu Ende gegangen war, fiel ihm ein, dass er noch etwas klarzustellen hatte.

»Isabelle, nachdem ich dich und deine Brüder allein gelassen habe, bin ich zu meinem Vorgesetzten gegangen.«

»Ich weiß.«

»Isabelle... mir blieb doch nichts anderes übrig. Ich konnte nicht...«

»Pssst!«, machte sie und legte ihm den Finger auf die Lippen. »Liebe mich, Alex. Krieg kannst du später wieder führen.«

Alexander atmete schwer; seine Brust hob und senkte sich mit einer Geschwindigkeit, die seine Empfindungen verriet. Sie streifte ihn, wohl wissend, welche Wirkung sie auf ihn ausübte. Er sah auf den nackten, bebenden Körper hinunter, der sich ihm anbot Und entdeckte die Anmut der Schöpfung. Sie war eine herrliche Frucht aus dem Garten Eden, bereit, gepflückt zu werden. Er prägte sich den perfekten Schwung ihrer Hüften ein, die leichte Wölbung des glatten Bauchs, die schmale Taille, die vollen, runden Brüste. Wo hatte er schon einmal einen ebenso herrlichen, marmorbleichen Körper gesehen? Jetzt erinnerte er sich wieder: bei seinem Großvater Campbell. Eines Tages hatte er sich allein geglaubt und hatte eine Statuette in die Hand genommen und gestreichelt.

»Sie ist schön, nicht wahr?«, sagte eine sonore Stimme hinter ihm.

Vor Angst krampften sich Alexanders Finger um die Statuette, und er fuhr herum. Sein Großvater Campbell lehnte in der Tür seines Arbeitszimmers und betrachtete ihn mit einem amüsierten Lächeln auf den Lippen.

»Es ... es tut mir leid, Großvater. Ich stelle sie sofort zurück ...«
»Warum? Wenn du möchtest, kannst du sie gern noch ein wenig bewundern, Alasdair. Zugestanden, ihre Vollkommenheit ist nicht von dieser Welt. Aber ihre Anmut ... die schon. Außerdem erfreut sie nicht allein das Auge. Weißt du, dass man auch auf andere Weise sehen kann?«
Alexander fragte sich, ob sein Großvater sich über ihn lustig machte, und nickte stumm.
»Schließ die Augen und streiche über die Skulptur. Was siehst du?«
Gehorsam ließ er die Finger über die glatt polierten Kurven gleiten und verhielt an gewissen Formen, die Empfindungen in ihm hervorriefen und seine Wangen erröten ließen.
»Ich sehe ... Sanftheit.«
Das war die schicklichste Antwort, die ihm einfallen wollte.
»Es ist gut ... wenn ich dein jugendliches Alter berücksichtige. Aber ich glaube, es steckt eine tiefere Aussage dahinter. In Wahrheit siehst du, was der Künstler gesehen hat, als er sein Werk schuf: eine Frau, die er liebte – ob er sie nun in seinen Träumen oder wirklich vor sich hatte –, und die er unsterblich machen wollte.«

Isabelle zitterte. Bis jetzt hatte sie über dem Feuer, das in ihrem Innern loderte, nicht bemerkt, dass die Kälte ihrer nackten Haut zusetzte.
»Sieh mich an«, befahl Alexander der jungen Frau flüsternd. »Schau, welche Wirkung du auf mich hast, Isabelle. Hast du überhaupt eine Ahnung davon, welche Macht du über mich und alle Männer haben kannst?«
Sie hatte die Lider einen Spalt breit geöffnet.
»Wenn du willst, kannst du von jedem Mann alles bekommen, was du willst. Verstehst du das? Ein Wimpernschlag, ein Lächeln, und er wirft sich vor dir in den Staub, Isabelle. Welch scharfe Waffen ihr Frauen doch besitzt, um die Herzen der Männer zu erobern und zu beherrschen!«
Er sprach langsam, aber bestimmt und vielleicht auch ein wenig zornig. Isabelle war ganz durcheinander. Sie bebte vor

Kälte und hätte sich am liebsten an Alexander geschmiegt, in die Wärme, die sie von seinem Körper ausstrahlen fühlte. Aber die Züge des jungen Mannes hatten sich verhärtet, und sie begriff nicht, warum das so war. War er ihr böse, weil sie heute Abend so kühn war?

»Wegen euch Frauen sind Kriege ausgebrochen, und Nationen haben einander zerstört. Wie viele Griechen und Trojaner sind wohl für die schöne Helena gefallen?«

»Alex...«

»*Tuch!* Lass mich ausreden. Ich möchte, dass du weißt, Isabelle...«

Mit seinem glühenden Blick liebkoste er den Körper, den er besitzen wollte, koste es, was es wolle.

»Ich werde diesen Krieg für dich schlagen. Du bist meine Helena, verstehst du?«

Isabelle nickte und konnte eine Träne nicht zurückhalten, die über ihre Wange rann. Er sagte nichts mehr, sondern küsste sie und sog die kristallene Perle auf. Dann sprachen nur noch ihre Körper. Alexanders Hände strichen über die Kurven der Frau, die sich ihm entgegenbog. Vor Lust aufkeuchend bäumte Isabelle sich auf und bot ihm ihren Hals dar. Begierig machte er sich darüber her. Er griff in die goldenen Locken, die über ihre Schultern sprangen, legte sie sanft auf den Rücken und beugte sich über sie.

»Liebe mich, Alexander! Liebe mich, bis ich keine Luft mehr bekomme!«

Eine gewaltige Woge des Begehrens stieg in ihm auf, und der junge Mann tat, wie ihm geheißen; mit einer mühsam beherrschten Heftigkeit, aber auch mit der ganzen Liebe, die er für Isabelle empfand. Sie klammerte sich an ihn und schlang die Beine um seine Hüften. Vage spürte sie die Narben, die seinen Rücken überzogen, unter ihren Fingern, doch sie achtete nicht darauf, denn ihre Gefühle rissen sie davon, zum höchsten Gipfel der Lust. Endlich gab sie sich voll und ganz dem Verbotenen hin und stieß den Schrei aus, der sich wie die Verkündigung ihrer Wiedergeburt in ihren Lungen gestaut hatte.

Stille senkte sich über die Mühle. Nur ihr Atem war zu hören. Die Nacht versprach ruhig zu werden, fast zu ruhig. Eng umschlungen und in Gedanken verloren lagen Isabelle und Alexander auf der Decke, dachten an die Zukunft und wagten sich nicht vorzustellen, was sie erwarten mochte. Sie würden jede Minute, die ihnen gegönnt war, auskosten. Doch ganz gleich, was geschehen würde, jetzt gehörten sie einander, hatten sich einander geschenkt. Daran konnten weder der Krieg noch die Menschen, ja nicht einmal Gott etwas ändern.

Ihre schweißbedeckten Körper begannen zu zittern. Alexander richtete sich auf, um nach seinem Plaid zu greifen. Doch als er sich umdrehte, stieß Isabelle einen Schrei aus, den sie sofort mit der Hand erstickte. Seine Finger krallten sich in den Tartan-Stoff, und er krümmte den Rücken. Es war nicht so, dass er sich für seine Narben geschämt hätte. Er hatte seine Strafe ehrenhaft und mutig ertragen, weil er für eine gerechte Sache gehandelt hatte. Aber er wollte weder ihr Mitleid, noch wünschte er sich, dass sie sich abgestoßen fühlte. Als er spürte, wie ihre warmen Handflächen sich auf seine Male legten, schloss er die Augen und biss sich auf die Lippen.

Ihre Finger bebten auf der zerfurchten Haut. Im Licht der Kerze schimmerten die langen Striemen. Isabelle wäre am liebsten in Tränen ausgebrochen, bezwang sich aber, um ihn nicht zu verletzen. Was hatte er getan, um diese Strafe zu verdienen? Es konnte noch nicht lange her sein, dass er diese Peitschenhiebe erhalten hatte, denn die Narben waren noch rosig und an einigen Stellen eher violett. Hatte er versucht zu desertieren? Doch dafür wurden Soldaten üblicherweise aufgehängt.

Das Leiden des Mannes stand auf seiner Haut geschrieben wie auf einem Pergament. Aber um die ganze Geschichte zu kennen, musste sie zwischen den Zeilen lesen. Alexander war so verschlossen und so darauf bedacht, nie über seine Vergangenheit zu sprechen... Mit einem Mal fiel ihr das Schmuckstück mit der Miniatur ein, die er in seiner Ledertasche, die er *Sporran* nannte, bei sich trug. Ein wenig verschwommen stand ihr das Frauengesicht, das darauf dargestellt war, vor Augen. Merkwürdigerweise hatte sie das ganz vergessen, was sie verdross. Wer war diese Frau? Seine Gattin, seine Schwester, seine Mutter? Hatte er sie in Schottland zurückgelassen, war sie am Leben, wartete sie noch auf ihn? Ihr Herz verhärtete sich. War Alexander ihr gegenüber ganz ehrlich gewesen? *Männer führen viele schöne Reden, wenn sie das Herz... und den Körper... einer Frau erobern wollen*, hatte Louis gesagt.

Sie spürte eine angenehme Wärme, und rauer Stoff kratzte leicht auf ihrer Haut. Alexander hatte sie beide in sein Plaid gehüllt und sah sie mit einem nicht zu deutenden Gesichtsausdruck an.

»Ich habe gestohlen«, versetzte er.

»Gestohlen?«

Sie begriff, dass er ihr erklärte, warum er ausgepeitscht worden war. Er hatte gestohlen... nichts weiter!

»Essen«, fuhr er fort und schlug die Augen nieder.

»Alex... du brauchst mir nicht...«

»Für eine Frau, Isabelle.«

Sie verstummte und starrte ihn verblüfft an.

»Eine... Frau?«

Er nickte.

»Sie war als Soldat in das Highlander-Regiment eingetreten, um ihrem Mann zu folgen. Doch er ist bei der Einnahme der Kirche von Point Levy von einem Indianer getötet worden, und sie hatte niemanden mehr, der für sie sorgte. Sie war schwanger und musste die Armee verlassen. Ich wollte ihr helfen...«

»Und du hast dich erwischen lassen?«

»Hmmm... mehr oder weniger, ja.«

»Und sie? Konnte sie fliehen?«

Er sah in die Kerzenflamme und wirkte einen Moment lang nachdenklich.

»Das hoffe ich von ganzem Herzen. Das Porträt, das du in meinem *Sporran* gefunden hast...«

»Das ist sie? Oh! Dann... bist du nicht verheiratet?«

Sie hatte laut gedacht. Er warf ihr einen eigenartigen Blick zu.

»Du dachtest, sie wäre meine Frau?«

»Nun ja ... vielleicht deine Mutter oder deine Schwester ...«
Er lachte und zog sie an sich.

»O Isabelle! Sei unbesorgt, du bist die einzige Frau, die mir etwas bedeutet ... und das wird für immer so bleiben.«

»Ich liebe dich, Alexander Macdonald.«

Aus ihren grüngoldenen Augen sah sie voller Liebe zu ihm auf. Isabelle war sein kleines Stück Schottland in Amerika, die Hügel, die er für immer verlassen hatte, der sanfte Duft des Heidekrauts. Natürlich lag darin auch ein leichter französischer Einschlag, aber das gefiel ihm gut. Die junge Frau zog ihre Tasche zu sich herüber, zog den Marmeladentopf hervor, öffnete ihn und tauchte einen Finger hinein. Lachend hielt sie ihn vor ihn hin, und er öffnete den Mund.

»Als ich ein kleines Mädchen war, hatte ich die Angewohnheit, einen Topf von unserer Marmelade unter meinem Bett zu verstecken, um nachts davon zu naschen. Am nächsten Morgen hat mich dann Mamie Donie ausgescholten, weil ich die Laken mit Flecken übersät habe. Trotzdem hat sie mich nicht bei meiner Mutter verpetzt, die jeden Tag die Speisekammer überprüft hat. Sie hat ihr dann erzählt, sie hätte den Topf meiner Cousine ins Ursulinen-Kloster geschickt ... Schmeckt es dir?«

Er nickte und öffnete von neuem den Mund wie ein Vogelküken, das nach seinem Futter verlangt. Sie steckte den Finger in den Topf und hielt ihn ihm kichernd hin. Ein dicker Tropfen fiel auf Alexanders Bauch.

»Oh! In diesen Notzeiten dürfen wir etwas so Kostbares nicht vergeuden!«

Mit diesen Worten beugte sie sich über ihn und leckte den Klecks ab. Er erschauerte, als er ihre warme, feuchte Zunge spürte, und beide bogen sich vor Lachen. So fütterten sie einander und leerten dabei die Weinflasche. Schließlich schmiegten sie sich aneinander, um diese Augenblicke, die, wie sie wussten, ihre letzten sein konnten, auszukosten. Isabelle schloss die Hand um ihr Medaillon aus Horn. Alexander zeichnete mit dem Fingernagel etwas auf ihre Schulter.

»Was machst du da?«

»Das ist eine Triquetra, ein dreifach verschlungener Knoten, der die Dreisamkeit darstellt; ein keltisches Symbol. Ursprünglich stand es für die drei Aspekte der Großen Göttin: die Jungfrau, die Mutter und die Greisin, eine heidnische Vorstellung. Heute bedeutet es für die Christen die Heilige Dreieinigkeit aus Vater, Sohn und Heiligem Geist. Aber eigentlich deutet jeder diese Dreiheit auf seine Weise.«

»Ich liebe diese Ornamente sehr. Sie sind wunderschön. Hat jedes von ihnen eine eigene Bedeutung?«

»Auf gewisse Weise stellen sie mit ihren unzähligen Windungen alle die Kontinuität des Lebens und seiner Kräfte dar. Verstehst du, für die Kelten ist der Kreislauf des Lebens unendlich und steht in enger Verbindung mit dem Unsichtbaren und dem Kreislauf von Geburt, Leben, Tod und Wiedergeburt. Schau...«

Er nahm seinen Dolch und zeichnete drei miteinander verbundene Spiralen in den Boden.

»Das ist eine Triskele. Die Spiralen stellen die Entwicklungen des Lebens dar, die nach außen gerichtet sind. Doch wenn man den Spiralen in die entgegengesetzte Richtung folgt, gelangt man nach innen und kann dort aus sich selbst neue Kraft schöpfen. Das ist eine spirituelle Sichtweise, verstehst du? Auch hier gibt es drei Zweige, so wie die drei Verschlingungen des Knotens der Dreisamkeit. Die Zahl drei besitzt bei den Kelten magische Kräfte. Man findet diese Dreigestalt überall: Erde, Wasser und Feuer; das Göttliche, das Menschliche und die Natur; oder die drei Aspekte der Götter. Alle Wesen und Elemente sind miteinander verbunden und bilden einen ewigen Kreislauf.«

»Woher weißt du das alles?«

»Ein alter irischer Priester hat es mich gelehrt.«

»Ein... katholischer Priester? Aber ist dieser Glaube nicht... heidnisch?«

Er lachte leise und erinnerte sich daran, wie er dem alten O'Shea dieselbe Frage gestellt hatte.

»Bei uns sind christlicher Glaube und Heidentum untrennbar miteinander verbunden. Nimm zum Beispiel das keltische Kreuz.

Es ist zwar dem lateinischen Kreuz nachgebildet, doch es bedeutet etwas ganz anderes. Heute wird es meist als Symbol des Triumphes des Christentums über das Heidentum ausgelegt. Doch eigentlich könnte man auch das Gegenteil behaupten. Wie du siehst...« – er zeichnete ein Kreuz und zog einen Kreis um seine Mitte – »...vollzieht sich die Existenz auf zwei Ebenen, Länge und Breite. In anderen Worten, die beiden Zweige des Kreuzes stellen die astrologische und die physische Dimension des Seins dar, also die, die unsere Gestirne betrifft, und unser körperliches Dasein. Dort, wo die beiden sich überschneiden, befindet sich so etwas wie eine Pforte zwischen zwei Welten, zwischen Leben und Tod. Dieses Tor nennen wir den ›Schleier‹. Der Kreis, der dieses Zentrum umgibt, ist dieser unendliche Kreislauf, von dem ich dir gerade erzählt habe; er vereint die beiden Dimensionen, die zwei Welten. Früher glaubte man, dass die Seele den Körper des Toten erst verließ, wenn ein Kreuz auf seinem Grab errichtet wurde. Dann erst legte sie die fleischliche Gestalt ab und stieg bis zum Schleier auf, um in die andere Welt überzugehen.«

»Gleichsam ins Paradies.«

»Ja, auf eine Weise schon.«

Ihre Blicke trafen sich. Alexander sah Isabelle so eindringlich an, dass sie nicht ein noch aus wusste.

»Deswegen habe ich dieses Symbol auf deine Schulter gezeichnet. Damit deine Seele weiß, dass wir uns eines Tages wiedersehen werden, selbst wenn ich...«

Die junge Frau legte ihm die Hand auf den Mund. Tränen traten in ihre Augen.

»Nein... sprich nicht vom Tod, Alex.«

Er schloss die Augen und küsste ihre Finger.

»Wir können nicht einfach darüber hinwegsehen, dass es so weit kommen könnte, Isabelle.«

Sie ließ den Kopf hängen.

»Ich habe kein Zeichen. Frankreich hat nur seine bourbonische Lilie.«

»Die Lilie ist sehr schön. Du ähnelst ihr im Übrigen, mit deinem Teint, deiner weichen Haut und deinem Duft...«

Sie lächelte und zeichnete mit dem Fingernagel eine Lilie auf Alexanders Schulter.

»Aber ich kenne ihre Geschichte«, erklärte sie ein wenig munterer. »Sie erinnert mich sogar etwas an die keltischen Symbole, weil sie ebenfalls drei Dinge darstellt. Die beiden äußeren Blätter der Lilie stehen für Weisheit und ritterliche Tugend. Das längere in der Mitte für den Glauben. Der Glaube muss durch die Weisheit regiert und durch das Rittertum verteidigt werden. Diese drei Werte wirken zusammen. Ohne sie würde das Königreich Frankreich nicht mehr existieren.«

Alexander verzog den Mund zu einem zärtlichen Lächeln. Dann legte er die Hand in den Nacken der jungen Frau und zog sie an sich, um sie zu küssen.

»So wird jeder das Zeichen des anderen tragen.«

Er sah auf das Medaillon aus Horn hinunter, das sie, seit er es ihr geschenkt hatte, nicht mehr abnahm. Sie folgte seinem Blick und hatte eine Idee. Sie löste das schmale Band, an dem ihr Taufkreuz hing, und knotete es um seinen Hals fest.

»Und so hat jeder einen Talisman vom anderen.«

Dicke Tränen liefen über Isabelles Wangen. Gerührt wischte Alexander sie mit einem Zipfel seines Plaids ab. Unwillkürlich streckten sie einander die Arme entgegen, als könnten sie jeden Moment auseinandergerissen werden. Vielleicht war das Leben ja tatsächlich ein Kreislauf, und sie würden sich wiedersehen, in dieser oder einer anderen Welt. Aber wie viel tröstlicher war es, sich einfach berühren zu können!

Am frühen Morgen des 28. April 1760 stieg von der Erde, die sich nach dem heftigen nächtlichen Gewitter mit Wasser vollgesogen hatte, ein feiner Dunst auf, durch den die Sonnenstrahlen fielen. Die Vögel, die eifrig ihre Nester bauten und nach Nahrung suchten, zwitscherten fröhlich, denn sie wussten nicht, in welcher Welt die Menschen lebten. Im Osten wurde der Himmel heller und nahm weiche, changierende Farbtöne an, die Alexander an die Augen seiner Mutter erinnerten.

Hinter dem Radau des militärischen Aufmarschs lag jene

zugleich wohltuende und beklemmende Stille der Stadt, deren Bevölkerung vor dem Krieg geflohen war. Alexander war am Haus der Lacroix' vorbeigegangen. Beim Anblick der geschlossenen Fensterläden war ihm das Herz schwer geworden, und ein kalter Schauer war ihm über den Rücken gelaufen. Würde er die Frau, die er liebte, je wiedersehen? Zum ersten Mal löste die Aussicht auf eine Schlacht eine so tiefe Furcht in ihm aus, dass er am liebsten die Flucht ergriffen hätte. Um sich ein wenig Mut zu machen, berührte er das kleine Silberkreuz, das er unter seiner Uniform trug.

Hinter ihm lagen die Befestigungen und Schanzanlagen, die sie im letzten Herbst angelegt und zu Beginn des Frühlings ausgebaut hatten. Und dahinter, in größerer Entfernung, ragten die Mauern von Québec auf. Aus der anderen Richtung würde der Feind anrücken, der gekommen war, sich zurückzuholen, was ihm gehörte, und, wie er vermutete, von unversöhnlichem Rachedurst beseelt sein würde. Hatte er nicht selbst schon diesen rasenden Drang empfunden, diejenigen, die seinen Besitz und sein Leben bedrohten, zu Staub zu zermalmen? Natürlich!

Die englischen Kundschafter waren in der Nacht zurückgekehrt, nachdem sie die Kirche von Sainte-Foy niedergebrannt hatten. Die französische Armee hatte das Dorf erreicht und in den Häusern an der Straße, die nach Québec führte, Stellung bezogen. Murray hatte entschieden, die Abrahams-Höhen zu kontrollieren und die Festung über der Foulon-Bucht dem Feind zu überlassen.

Das Regiment der Fraser Highlanders, das zur Hälfte aus eben erst aus dem Lazarett entlassenen Kämpfern bestand, befand sich jetzt vor den Anhöhen von Neveu, ganz in der Nähe des Abgrunds, der sich zum Fluss hin auftat. Es bildete den linken Flügel der Armee und wurde von Oberst Simon Fraser kommandiert. Wie der Rest der englischen Truppen harrten die Soldaten in Kampfposition aus, also in zwei Linien, und deckten so viel Raum wie möglich zwischen dem Abgrund und dem Weg nach Sainte-Foy ab. Zweiundzwanzig Geschütze waren aufgestellt und geladen worden; die Kanoniere warteten nur darauf, das Pulver in den Zündlöchern anzubrennen. Sie waren bereit, dem Chevalier de Lévis und seinen Männern einen würdigen Empfang zu bereiten.

Auf das Signal hin rückten die Soldaten langsam auf den Feind zu, dessen Truppen erst halb aufgestellt waren und die Deckung des Walds von Sillery nutzten. General Murray wollte sich die Gelegenheit nicht entgehen lassen, die französische Armee zu überrumpeln. Es hagelte Befehle, die Männer setzten die Gewehre an die Schulter. *Anlegen! Feuer!* Die erste Gewehrsalve hallte zugleich mit der Kanonade über die Höhen. Das Zentrum der französischen Reihen erlitt starke Verluste. Unter donnerndem Gebrüll stürmten die Männer dann voran.

Das Terrain war unwegsam; an manchen Stellen lag noch viel Schnee, an anderen war der Boden durch Schmelzwasser aufgeweicht. Energisch zog Alexander die Füße aus dem Schlamm und rannte mit gezücktem Bajonett los. *Laden, zielen, feuern…* so näherten sich die Soldaten den Befestigungen, die sie bei der Belagerung von 1759 erbaut hatten und die jetzt der Feind besetzt hielt.

»Rechts herüber!«, befahl Hauptmann Macdonald, der seine Männer mit fester Hand führte.

Unter heftigem Gegenfeuer rückten sie auf die Befestigung zu und gingen um sie herum in Stellung. Es kostete sie mehr als eine halbe Stunde harten Kampfes, bis sie den Feind in die Flucht geschlagen hatten und die Franzosen in die Wälder rannten. Anschließend erhielten sie Befehl, einer Abteilung der leichten Infanterie zu Hilfe zu eilen, welche die französischen Grenadiere aus einer Mühle vertrieben hatten.

Mit dem Schwert in der einen und seinem Dolch in der anderen Hand legte Alexander die Entfernung zurück, die ihn von dem aus Stein gemauerten Turm trennte, und umrundete auf der Suche nach dem Eingang das Bauwerk. Coll folgte ihm dichtauf. Drei Franzosen kamen heraus. Als sie die Abteilung Highlander erblickten, die schreiend auf sie zugestürmt kam, zogen sie sich wieder zurück, ohne einen Mucks von sich zu geben.

Einen Moment lang lenkte Alexander die Erinnerung daran

ab, wie er vor sechs Tagen Isabelles nackten Körper in den Armen gehalten hatte. Dann trieb ihn sein unbändiger Überlebenswille voran. Dies sollte nicht ihre letzte Umarmung gewesen sein! Brüllend nahm er die Verfolgung eines französischen Soldaten auf, der in eine Rauchwolke hineinlief.

»*Fraoch Eilean*!«

Der Gestank des Schießpulvers schnürte ihm die Kehle zu und brachte seine Augen zum Tränen. Wie besessen suchte er in den grauen Rauchschwaden nach dem Franzosen, doch vergeblich. Es war, als hätte der Mann sich in nichts aufgelöst. Doch als er sich umdrehte, um zur Mühle zurückzukehren, nahm er aus dem Augenwinkel eine Bewegung wahr. Der Franzose tauchte aus einem Busch auf, den der Rauch, der jetzt verflogen war, zuvor verborgen hatte. Er flüchtete, so rasch ihn die Beine trugen. Alexander lief ihm nach, hatte ihn nach einigen Sekunden eingeholt und warf sich auf ihn. Die beiden wälzten sich auf dem ausgedörrten Gras herum und rollten bis zu einem kleinen Bach. Kurz verschlug das kalte Wasser Alexander den Atem. Doch das Aufblitzen einer Klinge riss ihn aus seiner Starre, und er wich ihr mit knapper Not aus.

Er packte den anderen an den Haaren, riss ihn nach hinten und warf ihn auf den Rücken. Der Franzose schrie vor Schmerz und kämpfte wie ein Teufel, um sich aus seinem Griff zu befreien. Alexander fasste seinen Dolch, stieß seinem Gegner das Knie in den Leib und hielt ihn damit fest, während er ihm die Kehle aufschlitzte. Die panikerfüllten Augen, die ihn ansahen, wurden immer größer, und aus dem offenen Mund stieg ein eigenartiges Gurgeln auf.

Ein wenig schwindlig von dem faden Blutgeruch und dem Duft der feuchten Erde, die ihm zu Kopf stiegen, ließ Alexander den Haarschopf langsam los. Er erschauerte und ballte die Hand erneut zur Faust. Dann nahm er seine Waffe wieder an sich, hob sein Schwert auf und warf einen letzten Blick auf den Toten; einen Milizionär, der wie ein Wilder gekleidet war. Mit seinen fransenbesetzten Lederbeinlingen und seiner blauen Wollkappe erinnerte er ihn an Isabelles Bruder. Der Mann hätte ebenso gut Étienne sein können... Was hätte er dann Isabelle gesagt? Wie hätte er ihr noch in die Augen sehen können, nachdem er ihren Bruder getötet hatte? Doch Gott sei Dank war es nicht Étienne gewesen.

Ohne Unterlass donnerten die Kanonen, und die Geschosse taten ihr Werk und verwundeten, köpften und verstümmelten menschliche Körper. Der Tod jaulte heran und mähte die Soldaten ohne Ansehen der Person nieder. Alexander sprang über den Bach, um zur Mühle zurückzugehen, die zwischen den Soldaten der beiden Lager immer noch hart umkämpft war, als ihm ein Gedanke kam und ihn innehalten ließ. Das Wasser floss ruhig durch das leicht abschüssige Gelände und verschwand in den Wäldern. In der Nähe war niemand zu sehen. Der Stand der Sonne und sein Schatten verrieten ihm, dass er nach Nordosten sah, das hieß, in die Richtung des Dorfes, in dem Isabelle Zuflucht gesucht hatte. Es wäre so einfach gewesen, jetzt fortzulaufen... Schließlich ging ihn dieser Krieg im Grunde nichts an. Er könnte desertieren, zu Isabelle gehen und sie weit von hier fortbringen. Aber würde sie ihm überhaupt folgen wollen? Da erblickte er Colls leuchtend rotes Haar inmitten des Scharmützels an der Mühle. *Nein, ich werde mein eigen Fleisch und Blut nicht verraten!* Seine Entscheidung war gefallen, und er rannte zu den anderen.

Einige französische Grenadiere flüchteten und überließen es ihren Kameraden, gegen die wie entfesselt kämpfenden Highlander anzutreten. Alexander sah Coll, der die Gruppe um Haupteslänge überragte.

»Dort!«, brüllte ein Mann in seiner Nähe.

Als sie die Tür erreichten, öffnete sie sich und gab den Blick auf einen Grenadier in einer schmutzigen, zerrissenen Uniform frei, die mit blauen Tressen abgesetzt war. Kurz sah er in die Augen des Mannes, die über einem borstigen Schnurrbart lagen. Immer das Gleiche, dachte er: Angst und Hass mischten sich in das Grau, Blau oder Braun der Augen und erweiterten die Pupillen. Sofort knallte der Soldat die Tür wieder zu; doch Alexander hatte Zeit gehabt, seine Schwertklinge in die Öffnung zu schieben. Das Geschrei, das ihn umgab, drang kaum an seine überreizten Sinne. Das Blut pochte in seinen Schläfen, und unter dem Kragen aus dickem Leder, der seine Kehle schützte, waren sein Halstuch und sein Hemd von Schweiß durchtränkt.

»Holt mir diesen Hurensohn da heraus!«, brüllte jemand.

Ein Highlander trat die Tür auf; Kugeln pfiffen ihnen um den Kopf. Sie stürzten in das Halbdunkel hinein, überschlugen sich und schossen dann ihrerseits. Die Grenadiere flüchteten über eine kleine Leiter auf den Mahlboden. Alexander kletterte die Sprossen hinauf und hieb mit seinem Schwert blindlings drauflos. Er traf einen Mann in die Wade und schlitzte sie bis auf den Knochen auf. Ein Schrei und dann ein dumpfer Fall ließen sich vernehmen.

Er spürte einen heftigen, brennenden Schmerz am Kopf. Doch er hielt aus und rang mit dem Grenadier, dessen Hand jetzt an seiner Kehle saß. Er drückte ihm die Luftröhre zu und raubte ihm den Atem. Sein Blickfeld vernebelte sich, und er begann das Bewusstsein zu verlieren. Er nahm seine ganze Kraft zusammen, hob den Dolch und hieb blindlings in die Luft.

»*Cut down that bastard!*«, brüllte eine heisere Stimme.

Sofort ließ der Druck nach. Gierig sog Alexander die Luft ein und hustete. Dann stieß er den Angreifer weg, den MacNicol mit seinem Schwert durchbohrt hatte. Langsam richtete er sich auf die Knie auf und hielt sich an der Rinne fest, über die das Mehl in den Trog rieselte.

»Alas!«

Alexander wandte den Kopf zu seinem Bruder. Coll legte sein Gewehr an und zielte auf ihn. Ihm blieb fast das Herz stehen. Sekundenlang zogen Bilder von Culloden vor seinem inneren Auge vorüber. Um ihn herum schienen die Ereignisse langsamer abzulaufen. Er sah in die andere Richtung: Ein Grenadier hatte sein Bajonett gezückt. Im Licht eines Sonnenstrahls, der durch das Fenster fiel, sah er den herabsausenden Stahl aufblitzen. Erstickte Schreie schienen seinen Kopf auszufüllen. Er meinte die Stimme seines Zwillingsbruders John zu hören. Jemand brüllte ihm zu, er solle sich zu Boden werfen, doch er vermochte sich nicht zu rühren. John drückte den Abzug, und die dunkle Gewehrmündung spuckte mit einer gewaltigen Detonation, die ihm fast das Trommelfell zerriss, eine lange Feuerzunge. Er wurde zu Boden geschleudert, spürte einen brennenden Schmerz in der Schulter und schrie auf.

Grelles Licht stach ihm in die Augen. Hände packten ihn und schüttelten ihn grob, während jemand nach ihm rief. Undeutlich erkannte er über sich den roten Fraser-Tartan und dann eine Kappe, an der die Feder wippte. Nach und nach nahm ein Gesicht Gestalt an.

»Alas? Geht es dir gut? Sag etwas, Herrgott!«

Er stöhnte vor Schmerzen.

»Verflucht!«, brummte Coll und knöpfte seinen Rock auf.

Was war geschehen? Alexander biss die Zähne zusammen, um nicht aufzuschreien. Sein Hemd klebte an der Haut, und eiskalte Finger tasteten ihn ab. Als er den Kopf zur Seite wandte, sah er in die starren Augen des Grenadiers: Ein schwarzes Rinnsal lief an seiner Nase entlang bis zur Oberlippe, die zu einem seltsamen Ausdruck verzogen war, tropfte von dort aus auf seinen weißen Rock hinunter und färbte ihn rot. Der Mann war an der Wand zusammengesackt und hatte ein Loch zwischen den Augen.

»Kannst du aufstehen?«

»Ich ... ich weiß nicht.«

»Er hat dich nur knapp verfehlt. Ein paar Zoll tiefer, und er hätte dein Herz getroffen, Brüderchen. Komm schon!«

Drei ihrer Landsleute hatten sich an den Fenstern postiert und feuerten auf die Franzosen, die sich weigerten, die Mühle aufzugeben. Alexander verzog vor Schmerz das Gesicht, als Coll ihn auf die Füße stellte und bis zu einer Bank, auf die er sich setzen konnte, stützte. Sein Geist war noch verwirrt und begriff nicht, was geschehen war. Er hatte gesehen, wie John auf ihn schoss ...

Der Geruch von Branntwein stieg ihm in die Nase, und das Nass brannte in seiner Kehle. Er schluckte. Immer noch erklang um sie herum die misstönende Symphonie des Krieges. In der

Ferne rollten Trommeln. Er erkannte das Signal des Lascelle- und dann das des Lawrence-Regiments. Nun durchdrang das näselnde Jaulen eines Dudelsacks den höllischen Lärm. Es wurde zum allgemeinen Rückzug geblasen.

»Verflucht! Gerade haben wir diesen Franzosenteufeln die Mühle wieder abgenommen, und die wollen, dass wir uns zurückziehen?«

Sergeant Mackay riskierte einen Blick durch das Fenster.

»Sie habe unsere rechte Flanke durchbrochen! Wenn wir nicht wie die Ratten in der Falle sitzen wollen, müssen wir verschwinden! Korporal Gow!«

»Ja, Sir!«

»Wie hoch sind unsere Verluste?«

»Drei Verwundete. Aber…«

»Können sie laufen?«

»Ich glaube schon, Sir.«

»Das ist gut. Dann hinaus! Cameron, MacLeod und Shaw, Ihr gebt den Männern Deckung. Gallahan, Watson, Ihr macht den Weg frei!«

Es fiel Alexander schwer, die Leiter hinunterzuklettern. Er spürte, dass er drohte, das Bewusstsein zu verlieren. Zum Glück schlang sich ein Arm um ihn und verhinderte, dass er stürzte. Die britischen Truppen zogen sich nach Québec zurück, wobei es den Trommeln kaum gelang, eine gewisse Ordnung durchzusetzen. Die Offiziere befahlen ihren Männern, die Reihen geschlossen zu halten; doch die Aussicht, bald hinter den Mauern in Sicherheit zu sein, stachelte die Soldaten zum Ungehorsam an. So ähnelte die englische Armee mehr einer aufgeregten Menschenmenge als einem disziplinierten Bataillon.

Alexander taumelte vor sich hin und glitt immer wieder im Schnee und im Matsch aus. Seine Lungen schienen in Brand zu stehen und ließen kaum genug Luft zum Atmen ein. Er stieß gegen eine halb im Boden vergrabene Kanonenkugel und stürzte. Eine Leiche starrte ihn an, und mit einem Mal war ihm, als müsse sein Kopf von den Schreien der Sterbenden platzen. Ruckartig wandte er sich ab.

Coll zog an seinem Arm, um ihm beim Aufstehen zu helfen. Eine Kugel schlug zwischen seinen Füßen ein und ließ den Schlamm aufspritzen. Sie wollten schon weitergehen, als Alexander einen ihrer Landsleute erblickte, der mit dem Gesicht zum Boden in einem von Blut rot gefärbten Schneehaufen lag. Das rote Haar, das unter der verrutschten Perücke hervorschaute, kam ihm bekannt vor. Er stieß seinen Bruder weg, stolperte zu dem Mann und drehte ihn auf den Rücken.

»Archie Roy! Gott im Himmel, Archie Roy!«

Von Panik erfüllt beugte er sich über seinen Onkel und versuchte, seinen Herzschlag zu erspüren.

»Er lebt, Coll! Hilf mir!«

Leutnant Campbell stöhnte und stieß einen Schrei aus, als ihn die beiden Männer unter den Achseln packten und hochzogen. Entsetzt riss er die Augen auf und entspannte sich dann, als er sie erkannte.

»Ich glaube, er ist in den Unterleib getroffen worden. Komm, Archie Roy, wir bringen dich jetzt nach Hause.«

Archibald brachte ein schwaches Lächeln zustande. Es war lange her, dass jemand ihn so genannt hatte… nicht mehr, seit er Fortingall verlassen hatte. Coll hob das Gewehr des Leutnants auf. Er wollte es sich schon über die Schulter hängen, als Alexander ihm die Waffe aus den Händen riss und sich vergewisserte, dass sie geladen war. Dann legte er auf einen französischen Offizier an, der gerade dabei war, einen Highlander zu skalpieren. In dem Moment, als er abdrücken wollte, entdeckte er einen zweiten Offizier direkt hinter dem ersten. Der Mann richtete eine ebenfalls schussbereite Waffe auf ihn. Einen kurzen Moment lang trafen sich ihre Blicke. Dann detonierte ein paar Schritte von den Franzosen entfernt eine Granate, und sie verschwanden in einer Wolke aus Rauch und emporgeschleuderter Erde. Dies war das erste und letzte Mal, dass Alexander den Hauptmann und ehemaligen stellvertretenden Stadtkommandanten von Québec, Nicolas Renaud d'Avène des Méloizes, und seinen Bruder, den Leutnant Louis-François, erblickte.

Die Sonne, die von den letzten Schneeresten reflektiert wurde, blendete sie. Das grelle Licht bereitete Alexander, der bei jedem Schritt das Gefühl hatte, sein verletzter Schädel müsse bersten, großes Unbehagen. Der junge Mann sagte sich, dass er es niemals schaffen würde, wenn nicht ein starker Arm ihn stützte. Seine Wunde blutete stark, und ein rötlicher Schleier ließ seinen Blick verschwimmen. Er hörte den Wind, der durch das nackte Astwerk der Bäume pfiff. Ein paar Raben krächzten. Nachdem der Kampf vorüber und die Erregung, die ihn vorangetrieben hatte, verflogen war, hatte er nun den Eindruck, als verließen ihn seine Kräfte. Er konnte die Füße kaum mehr heben und schaffte es nicht länger, Archies Gewicht zu tragen. Er geriet ins Straucheln.

»Noch ein paar Schritte, Alas… Komm, bald sind wir in Sicherheit. Denk an Isabelle!«

Isabelle… Was sie wohl in diesem Moment tat? Sie musste wissen, dass es heute Morgen zum Kampf gekommen war… Aber welchen Tag hatten sie eigentlich? Er erinnerte sich nicht, konnte kaum noch denken.

Als das Stadttor sich hinter ihnen schloss, empfing ein Taubenschwarm sie mit wildem Flügelschlagen. Alexander war unfähig, auch nur einen einzigen Schritt weiterzugehen. Er brach zusammen und riss Leutnant Campbell mit sich.

Isabelle stand am Fenster, den Blick ins Leere gerichtet und die Hände an die kalten Scheiben gelegt. Die Sonne ging unter und nahm in einer verschwenderischen Pracht von Farbschichten den letzten Rest des Tages mit sich. Das Donnern der Kanonen war schon lange verstummt. Die Schlacht hatte drei Stunden lang getobt; drei Stunden, welche die schmerzhaftesten ihres Lebens gewesen waren. Louis hatte versprochen, ihnen einen Boten zu schicken, um ihnen den Ausgang des Kampfes mitzuteilen, falls er selbst nicht kommen könne. Wenn die französische Fahne über den Stadtmauern flatterte, würden sie bald nach Hause zurückkehren können. Andernfalls mussten sie Murrays Befehle abwarten. Wo wohl Alexander war? Ob er noch lebte?

»Du machst dir wohl Sorgen um ihn?«

Isabelle zuckte zusammen und drehte sich um. Ihre Mutter maß sie mit undurchdringlicher Miene.

»Ihn?«

»Monsieur des Méloizes natürlich«, erklärte Justine und runzelte leicht die Stirn. »Oder hast du ihn bereits vergessen? Das wäre ein Jammer!«

Die junge Frau war auf der Hut und gab keine Antwort. Ihre Mutter wollte sie auf die Probe stellen; das erriet sie an ihrem forschenden Blick. Wusste sie von Alexander? Bestimmt... Die beiden hatten sich nicht versteckt. Außerdem waren die Einwohner von Québec dermaßen dem Klatsch verfallen und amüsierten sich ohne jede Skrupel damit, den Ruf anderer Menschen zu zerstören. Unmöglich, dass Justine nichts ahnte... Isabelle reckte das Kinn und hielt dem Blick ihrer Mutter schweigend stand. Als Justine begriff, dass ihre Tochter ihr nicht antworten würde, ergriff sie mit einer aufgesetzten Ruhe, die Isabelle gar nicht gefiel, erneut das Wort.

»Du wirkst so abwesend, meine Liebe. Sorgst du dich um den Ausgang des Kampfes?«

»Ja... ein wenig.«

»Außerdem kannst du es gewiss nicht abwarten, den charmanten Hauptmann des Méloizes wiederzusehen, oder?«

»Ich... ich glaube nicht, dass er noch etwas von mir wissen will, Mama.«

Justine neigte den Kopf und zog vielsagend die Brauen hoch. Trotz der Kälte, die sie ausstrahlte, konnte Isabelle nicht umhin, sie schön zu finden. Selbst in Trauer wirkte ihre Mutter außerordentlich elegant. Ihre schwarze Kleidung betonte ihren blassen Teint und ihre tiefroten Lippen.

»Hat er dir in diesem Sinne geschrieben? Davon hast du mir gar nicht erzählt...«

»Ähem... nein.«

»Also?«

Justines Haartracht – ein perfekter, von einer Musselinhaube bedeckter Knoten, hob ihre feinen Züge hervor. Nur auf der

Stirn und rund um die Ohren umrahmten ein paar geschickt hervorgezogene Locken ihre harmonischen Züge. Doch diese Frisur unterstrich auch ihre Strenge. Isabelle kam der Gedanke, dass sie sehr gut in ein Kloster passen würde.

»Ich werde Nicolas nicht heiraten, Mama«, gestand sie schließlich. »Ich liebe ihn nicht... jedenfalls nicht genug, um mich mit ihm zu vermählen.«

»Aber was hat denn Liebe mit der Ehe zu tun? Die Ehe ist nichts weiter als ein Vertrag, den Mann und Frau vor dem Gesetz und vor Gott schließen. Wenn man Glück hat, kommt noch Liebe hinzu. Aber das ist nicht die Hauptsache...Eine Frau kann, auch ohne ihren Gatten zu lieben, sehr wohl ihre Pflicht als gute Christin erfüllen, die darin besteht, Kinder zur Welt zu bringen. Ich bin mir sicher, dass dir das bewusst ist.«

Isabelle erstarrte und spürte, wie ihr ein eisiger Schauer zuerst das Rückgrat hinunterlief und dann den Magen umdrehte.

»Ich weiß. Aber ich möchte den Mann lieben, den ich heirate. Papa hat mir versprochen, dass er mir das erlauben würde.«

»Die Liebe ist ein vergängliches Gefühl. Sie verdreht einem den Kopf und berauscht das Herz, um einem dann auf den Lippen sauer zu werden. Übrig bleibt nur Bitterkeit. Dein Vater, der diese ärgerliche Manie hatte, dich zu verwöhnen, ist tot, mein armes Kind. Da du noch nicht großjährig bist, bin ich nach dem Gesetz dein Vormund. Daher musst du dich meinen Entscheidungen beugen, ob es dir nun gefällt oder nicht.«

Erneut krampfte sich Isabelles Magen zusammen, und sie wurde immer panischer. Justine ließ ihrer Tochter nicht einmal Zeit, etwas einzuwenden, sondern fuhr fort.

»Also gut, du willst Nicolas des Méloizes nicht heiraten. Du bist dumm, eine Ehe abzulehnen, durch die du dir einen guten Platz in der Gesellschaft sichern könntest. Du wirst kaum jemals Gelegenheit haben, noch einmal einem Mann wie ihm zu begegnen. Er stammt aus einer der ältesten Adelsfamilien dieses Landes. Mit ihm hättest du nach Paris reisen und den Hof von Versailles und seine Pracht kennenlernen können. Du hättest diese elende Kolonie, die von blutrünstigen Wilden und Kolonisten bewohnt wird, die fast genauso ungehobelt sind, vielleicht sogar für immer verlassen können.«

»Aber ich will Kanada nicht verlassen und mich erst recht nicht in Versailles zur Schau stellen!«

»Sehr bedauerlich. Du wirst bald einundzwanzig und hast bisher kein anderes Heiratsangebot bekommen. Durch diesen Krieg, der sich unendlich in die Länge zieht, bist du nicht in der Lage, Bälle oder Gesellschaften zu besuchen, auf denen du einen möglichen zukünftigen Ehemann treffen könntest. Daher habe ich mir die Freiheit genommen, jemanden zum Abendessen einzuladen, den ich als gute Partie betrachte. Vor zwei Wochen ist Monsieur Larue bei mir vorstellig geworden und hat mich um die Erlaubnis ersucht, sich um dich zu bemühen. Ich habe mich einverstanden erklärt.«

»Wie bitte?«, schrie Isabelle und riss die Augen auf. »Aber...«

»Pierre Larue, der Notar. Ich hoffe doch, du erinnerst dich an ihn? Ich fand ihn sehr charmant, als er sich um Charles-Huberts Angelegenheiten gekümmert hat... Auch zuvorkommend. Was dich angeht, kann ich allerdings nicht behaupten, dass du sehr freundlich zu ihm gewesen wärest. Aber dieser Mann besitzt ein mildtätiges Herz. Er weiß über dein... Missgeschick mit dem englischen Soldaten im letzten Herbst Bescheid und hat Verständnis dafür. Glaube mir, nicht jeder Mann würde so reagieren!«

Isabelle war durch die Unverfrorenheit und Kälte ihrer Mutter derart vor den Kopf geschlagen, dass sie kein einziges Wort herausbrachte. Kopfschüttelnd ließ sie sich in den Sessel sinken, der hinter ihr stand. Justine lächelte, zufrieden mit der Wirkung, die ihre Worte auf ihre Tochter ausübten. Isabelle musste endlich zur Vernunft kommen. Es kam gar nicht in Frage, dass sie sich länger in aller Öffentlichkeit mit einem einfachen Soldaten sehen ließ, der zu allem Überfluss noch Engländer war! Das ging nun wirklich nicht an.

»Zieh dich zum Abendessen um. Und kneif dir in die Wangen, junge Dame, du bist ein wenig blass.«

»Fraoch Eilean!«, *schrie er und versuchte verzweifelt, seinen Vater einzuholen.*

Die Kanonen donnerten; der Gestank des Schießpulvers drang ihm in die Poren und brannte in seinen Lungen. Sein Bruder rannte hinter ihm her, rief nach ihm, brüllte ihm zu, er solle sofort zurückkommen. Alexander drehte sich um und wollte ihm befehlen, ihn in Ruhe zu lassen. Doch dann erstarrte er, als er in die Gewehrmündung sah, die auf ihn gerichtet war. Wollte John ihn erschießen, damit er keine Dummheit beging? Oder um sich zu rächen? Von Panik ergriffen, lief er erneut los. Er vernahm noch einen Ruf hinter sich und dann ein Krachen. In dem Moment, als der Schuss ihn in die Schulter traf und rücklings zu Boden warf, begegnete er einem Blick aus hellen Augen... und sah dann in das entsetzte Gesicht seines Vaters. Er hörte John schreien. Der körperliche Schmerz war furchtbar, aber wie viel schrecklicher noch der in seiner Seele! John... Warum? Hatte Großvater Liam seinen Finger, der auf dem Abzug lag, geführt? Alexander schloss die Augen und wünschte sich zu sterben.

Schwer atmend, die Hände in die Zudecke gekrallt, fuhr Alexander auf seiner Pritsche hoch. Coll, den sein Schrei alarmiert hatte, sprang von seinem Bett.

»Geht es dir gut, Alas?«

Angstvoll keuchend nickte er und schluckte heftig. Sein Bruder suchte seine Wasserflasche und hielt sie ihm hin.

»Immer der gleiche Albtraum?«

Alexander nickte. Seit dem Kampf in der Mühle suchte ihn fast jede Nacht derselbe Traum heim, aus dem er schweißgebadet erwachte. Doch dieses Mal war ihm, als habe sich ein neues Element zu den Bildern gesellt, die ihn ohne Unterlass verfolgten. Was genau war das? Da waren die Augen des Feindes gewesen, ebenso hellblau wie die von O'Shea. Dann, weiter dahinter, die Entsetzensschreie seines Vaters... Etwas stimmte da nicht, aber was?

Was hatte John ihm zugerufen, unmittelbar bevor der Schuss gefallen war? Wieder und wieder sah er das Gesicht seines Bruders, der sich über ihn beugte. John murmelte ihm etwas zu...

Aber was? Er konnte sich nicht darauf besinnen, alles war so verworren... An dieser Stelle endeten seine Erinnerungen: Die Highlander-Armee flüchtete, und die mit Blut und Schlamm bedeckten Beine der Männer versperrten ihm den Blick auf den Himmel. Die eigenen Leute hatten ihn niedergetrampelt. Man hatte ihn auf der Ebene von Drummossie Moor für tot liegen gelassen.

Erst viel später war er im Hof hinter einem Bauernhaus wieder aufgewacht, wohlwollend betrachtet von einem alten Mann, der eine merkwürdige Ähnlichkeit mit Gott aufwies.

Alexander, dessen Stirn bandagiert war, ölte sein Gewehr, während seine Kameraden auf einem Baumstamm in der Sonne saßen und würfelten. Die Moral der Truppen befand sich am Boden. Die Belagerer waren zu Belagerten geworden. Seit inzwischen zehn Tagen zog Lévis' Armee nun Gräben und beschoss mit den Kanonen, welche die Engländer zurückgelassen hatten, von den Höhen aus die Stadtmauern. Ihre Lage war noch nicht verzweifelt, aber dennoch bedenklich. Nur wenn Verstärkung eintraf, konnten sie einen echten Sieg erringen und die Stadt vollständig in Besitz nehmen.

Die Schlacht am Rand des Walds von Sillery und auf dem Weg nach Sainte-Foy hatte katastrophale Verluste gefordert: Zweihundertsechzig Männer waren gefallen und mehr als achthundert verwundet worden. Allgemein schätzte man, dass die Verluste auf der gegnerischen Seite ein wenig höher gewesen waren. Für die Soldaten war es nicht ermutigend, dass sie ein Viertel ihrer Truppenstärke eingebüßt hatten. Das Warten fiel ihnen schwer.

Da der Hauptmann seines Regiments in der Schlacht gefallen war, hatte man Archibald Campbell von Glenlyon ein Hauptmannspatent angeboten. Jetzt kommandierte er Alexanders Kompanie, und der junge Mann war stolz auf ihn. Obwohl seine Verwundung Archie noch starke Schmerzen bereitete, hatte er darauf bestanden, seine Männer zu inspizieren und sie zu dem Mut, den sie auf dem Schlachtfeld bewiesen hatten, zu beglückwünschen. Er hatte sich auch bei Alexander und Coll bedankt und ihnen zwei Flaschen von dem besten schottischen Whisky, den er besaß, geschickt. Die Brüder hatten sie mit ihren Zimmergenossen geteilt, und der Abend war wie üblich in der Taverne zu Ende gegangen.

Alexander hatte allerdings gefürchtet, sich der Avancen der wenigen Frauen, die noch in der Stadt geblieben waren, nicht erwehren zu können, und hatte daher beim Trinken nicht übertrieben. Er sehnte sich nach Isabelle und träumte von dem Tag, an dem er sie wiedersehen würde. Mehrmals hatte er nur um Colls willen beschlossen, doch bei der Truppe zu bleiben.

Er überprüfte den Mechanismus seiner Waffe ein letztes Mal und lehnte sie zufrieden an die Wand. Dann griff er in seinen *Sporran* und zog eine Scheibe von demselben Horn hervor, aus dem er Isabelles Medaillon geschnitzt hatte. Er hatte sie so weit bearbeitet, dass sie die Form eines Rings hatte. Die Größe hatte er festgelegt, indem er sich – etwas beschämt – Émilies Hand »ausgeliehen« hatte, die der von Isabelle ähnelte. Er wusste bereits, welches Motiv er hineingravieren würde; mit einem Stück Kohle hatte er einen Entwurf auf Papier gezeichnet.

»Was machst du da?«, fragte Coll über seine Schulter hinweg. »Hat wieder jemand etwas bei dir bestellt?«

»Nein, bloß eine kleine Spielerei«, brummte er gereizt.

Er hatte keine Lust, Coll zu erklären, was er da vorhatte, denn sein Bruder hätte gewiss etwas einzuwenden. In der Tat betrachtete er seine Arbeit mit fasziniertem Miene und seufzte dann.

»Hmmm…«, meinte er einfach und setzte sich ihm gegenüber.

»Hast du heute Morgen neue Wörter gelernt?«, fragte Alexander, dem daran gelegen war, das Thema zu wechseln.

Coll lachte und lieferte umgehend eine kleine Demonstration seiner Fortschritte im Französischen. Er hatte sich mit einer jungen Witwe angefreundet, und Alexander hatte den Verdacht, dass sein Bruder nicht nur von ihren Kenntnissen der Landessprache profitierte. In den letzten Wochen war er weit besser gelaunt als früher.

»Nicht übel ... *mon frère*. Ich freue mich für dich. Deine Lehrerin ist ebenso begabt wie charmant, während ich die Sprache der Dichter von dem alten Hector Menzies lernen musste.«

Fernes Stimmengewirr unterbrach sie. Die Würfel hörten zu klappern auf. Alle verstummten, um festzustellen, woher dieses Volksgemurmel kam. Einen entsetzten Moment lang glaubte Alexander schon, die Franzosen seien in die Stadt eingedrungen. Doch rasch zerstreute ein Freudenschrei seine düsteren Mutmaßungen. Weitere Stimmen fielen ein. Die Soldaten sprangen auf wie ein Mann und stürzten auf die Straße, wo noch mehr Männer herbeiliefen, die oft nur halb angekleidet waren und offensichtlich bei irgendeinem Tun unterbrochen worden waren.

»Ein Schiff am Horizont! Da kommt ein Schiff!«, brüllte jemand.

Die Nachricht verbreitete sich wie ein Lauffeuer. Unter Jubel und Freudenschreien rannte die ganze Garnison zu den Stadtmauern.

»Englisch oder französisch?«

»Das sieht man noch nicht.«

»Es ist eine Fregatte! Sie kommt näher!«

»Aber unter welcher Flagge segelt sie?«

»Wartet ...«

Auf den Kais der Unterstadt drängte sich eine große Menschenmenge zusammen. Auf den Höhen des Cap Diamant und auf der Terrasse des Château Saint-Louis, auf dem drei englische Fahnen im Wind knatterten, gab es ebenfalls einen Menschenauflauf. Fieberhaft wartete alles darauf, dass das Schiff Flagge zeigte. Endlich wurde auf dem Achterdeck die Fahne gehisst. Ein langes Schweigen trat ein; jedermann hielt die Luft an. Als die Flagge sich in der Brise des 9. Mai entfaltete, brach in der Stadt unfassbarer Jubel aus. Im Hafen vor den Stadtmauern ging ein erstes englisches Schiff vor Anker.

Kanonenschüsse ließen den Boden erbeben. Unter Geschrei flogen Hüte in die Luft. Die Soldaten wurden von unbeschreiblicher Freude ergriffen. Das war der Sieg! Die *Lowestoff* war der Vorposten einer Flotte, die Verstärkung brachte. Sie würden Nahrungsmittel, Material und zusätzliche Männer bekommen. Doch für Alexander bedeutete diese Aussicht viel mehr: Sie verhieß ein Wiedersehen mit Isabelle.

»Komm schnell, Baptiste! Er wird noch eine Dummheit machen!«

Guillaume fuchtelte mit dem Schürhaken herum und warf panische Blicke um sich. Isabelle hatte erfolglos versucht, ihm begreiflich zu machen, dass die Engländer nicht hierherkommen würden, um ihn zu holen. Er ließ sich nicht davon abbringen und bedrohte jeden, der in seine Nähe kam. Nur der alte Baptiste drang – mit Gewalt und guten Worten – zu ihm durch, wenn er seine Anfälle bekam.

Hinter Baptiste trat Louis in die Küche, wo sie zusammengekommen waren, als der Beschuss begann. Seit fast einer Stunde donnerten die Kanonen nun schon ohne Unterlass. Als sie Louis' niedergeschlagene Miene erblickten, glaubten sie schon, eine neue Schlacht sei ausgebrochen.

»Ein Schiff... liegt auf Reede. Es hat... die englische Flagge gehisst.«

Auf allen Gesichtern malte sich Bestürzung ab... ausgenommen vielleicht eines. Isabelle stahl sich aus dem Raum, lief aus dem Haus und rannte zur Gartenbank. Ihr Herz pochte zum Zerspringen. Sie vermochte ihre Tränen der Erleichterung nicht länger zurückzuhalten. Doch sie schämte sich auch, weil sie sich freute, während die Nachricht ihre ganze Familie niedergeschmettert hatte. Das Eintreffen des englischen Schiffes bedeutete für ihre Truppen das Ende der Belagerung und kündigte den endgültigen Verlust der Stadt an. Die französische Armee würde gezwungen sein, sich nach Montréal zurückzuziehen und die Verteidigung von Fort Lévis* und des Forts auf der Île aux Noix** zu verstärken. Die Feindseligkeiten würden erneut

---

* Fort auf einer kleinen Insel im Saint-Laurent-Strom, südlich von Montréal und einige Kilometer flussabwärts von Ogdensburg im heutigen US-Staat New York gelegen.
** Insel im Richelieu-Fluss.

aufflammen. Das hieß, dass Alexander wieder würde kämpfen müssen...

Isabelle spürte, dass jemand hinter sie getreten war, trocknete rasch ihre Augen und wandte den Kopf. Da stand Madeleine, das Gesicht von Tränen des Kummers überströmt und vor Zorn verzerrt. Ihr bleicher Teint hob sich grell von ihrem schwarzen Schal ab.

»Weinst du vor Freude oder vor Schmerz, Isa?«

Isabelle steckte die spitze Bemerkung ein, ohne mit der Wimper zu zucken. Was hätte sie von ihrer Cousine auch anderes erwarten können? Sie verstand ihre Erschütterung und wollte nicht gehässig sein. Ihr Julien war bei den Kämpfen am 28. April an der Straße nach Sainte-Foy gefallen. Seitdem hatte sie sich hinter einer Mauer des Schweigens verschanzt, und Isabelle hatte ihre Haltung respektiert. Doch nun war der Moment der Konfrontation gekommen.

»Dann will ich an deiner Stelle antworten! Du musst sehr glücklich darüber sein, was geschehen ist...«

»Sag so etwas nicht, Mado. Ich freue mich doch nicht über...«

»Erzähl deine Lügen anderen Leuten! Du hast es so eilig, deinen Schotten wiederzusehen, dass du heute noch packen würdest, wenn du könntest!«

Sinnlos, es abzustreiten; dazu kannte Madeleine sie zu gut. Sie schlug die Augen nieder, um ihrem vor Wut glühenden Blick auszuweichen, der sie als Verräterin verdammte.

»Es tut mir leid, Mado... ganz ehrlich.«

»Du weißt doch, was das heißt, oder? Die Engländer sind Protestanten. Sie werden uns zwingen, unserem Glauben abzuschwören, genau wie sie uns letzten Oktober genötigt haben, ihrem verfluchten König George die Treue zu geloben. Am Ende müssen wir noch ihre Sprache lernen! Sie werden uns zwingen, so zu leben wie sie, Isa! Bist du nun zufrieden? Du bist jetzt Engländerin! Ist dir das klar! Eine verfluchte Engländerin!«

»Das stimmt doch nicht! Sie können uns nicht gegen unseren Willen zum Konvertieren zwingen!«

»Nun gut, um Gottes willen! Aber dann tötet sie auch alle, damit nicht einer übrig bleibt, um mir später Vorwürfe zu machen!« Erinnerst du dich nicht mehr an diese Worte, die Pierre Dubois so oft zitiert hat?«

»Monsieur Dubois war ein Hugenotte aus der Schweiz; und einer seiner Vorfahren war ein Überlebender des Massakers in der Bartholomäus-Nacht. Das war damals ein Religionskrieg, Mado. Lächerlich, dieses Massaker fand im Jahre 1572 statt! Wir leben doch nicht mehr im Mittelalter!«

»Ja, glaubst du denn, die Protestanten hätten vergessen? Denkst du, seither wären die Menschen andere geworden? Komm schon, Isa! Dein Schotte ist doch auch Katholik und lebt in einem protestantischen Land, oder? Nun gut, dann frage ihn doch, was die Engländer von den *popish*, den Papisten, halten, wie sie uns nennen. Jeder Religion ihre Ketzer! Zumindest hat dein Alexander den Vorteil, dass er ihre Sprache spricht und auf ihrer Seite kämpft. Denk an Akadien, Isa, erinnere dich, was Perrine uns über die Deportationen erzählt hat. Das war auch nicht im Mittelalter!«

Erst in diesem Moment wurde Isabelle vollständig bewusst, welche Folgen die Ereignisse, die soeben abliefen, für das kanadische Volk haben würden. Ihre Cousine sah sie mit tief betrübter Miene an.

»Ich möchte, dass du das begreifst, Isa ... Du liebst einen Engländer; du liebst unseren Unterdrücker.«

Eine leichte Brise ließ Madeleines Kleid flattern und enthüllte, dass die Röcke ihr an den Hüften zu weit geworden waren. Das lange Haar flog um ihr ausgezehrtes Gesicht. Die junge Frau aß fast nichts mehr. Juliens Tod hatte sie vollkommen niedergeschmettert. Erfolglos hatte Sidonie, unterstützt von Perrine und Cathérine, der Frau von Cousin Perrot, versucht, sie zu einer

---

* Mit diesen Worten soll angeblich Heinrich von Navarra, König von Frankreich, den Befehl zu dem Massaker an den Hugenotten in der so genannten »Bartholomäus-Nacht« am 24. August 1572 erteilt haben.

richtigen Mahlzeit zu überreden. Doch sogar der Magen der Ärmsten rebellierte. Isabelle machte sich große Sorgen deswegen.

»Ich liebe einen Mann, Mado, und nicht die Uniform, die er trägt. Siehst du denn den Unterschied nicht?«

Verletzt reckte Madeleine das Kinn. Sie presste die Lippen zusammen, um nicht in Tränen auszubrechen, doch vergeblich. Isabelle reichte der Cousine ihr Taschentuch, das Angebot eines Waffenstillstands. Gleichgültig betrachtete Madeleine das Stück Baumwolle, das im Wind flatterte. Dann nahm sie es und schnäuzte sich geräuschvoll.

»Danke.«

Durfte Isabelle diesen kurzen Dank als freundliche Geste deuten? Etwas streifte an ihrem Knöchel vorbei, und dann spürte sie einen sanften Biss und zuckte zusammen. Sie bückte sich und entdeckte Grominet, der unter ihren Röcken schnurrend um ihre Beine strich. Sie setzte sich auf die Bank, nahm den Kater auf den Schoß und streichelte ihn sanft. Sogleich machte er es sich auf dem Stoff, der von der Sonne gewärmt wurde, bequem. Der Kater der Perrots, der sein Revier durch den furchteinflößenden Museau bedroht sah, beehrte die Gäste nur sehr selten mit seiner Gegenwart.

»Bist du mir sehr böse, Mado?«

Madeleine hob fragend den Kopf.

»Bist du mir sehr böse?«, wiederholte Isabelle, als ihr klar wurde, dass sie beim ersten Mal nur leise gestammelt hatte.

Ihre Cousine wahrte eine undurchdringliche Miene. Dann ließ sich leise ihre Stimme vernehmen.

»Ja.«

»Du wärest froh, wenn ich Alexander nicht mehr sehen könnte oder wenn er sogar auf den Höhen gefallen wäre?«

Madeleines Herz war so voller Bitterkeit, dass sie schon in schneidendem Ton mit »Ja« antworten wollte. Doch sie hielt sich zurück und biss die Zähne zusammen. O ja! Sie war Isabelle furchtbar böse, weil sie glücklich war, während sie selbst am liebsten vor Gram gestorben wäre. Sie hätte sie gern ebenso leiden gesehen, wie sie es selbst tat ... damit sie jetzt ihr Unglück hätten teilen können, so wie sie als Kinder ihre Glücksmomente geteilt hatten. Allerdings! Sie wollte schreien, um sich schlagen, etwas zerbrechen, töten ... Doch ihre feindselige Haltung gegenüber Isabelle hatte sie nur noch unglücklicher gemacht.

Im Namen der Bande zwischen ihnen musste sie sich in ihr Schicksal fügen. Isabelle war ihr wie eine Schwester. Sie war die ganze Familie, die sie besaß, vor allem nun, da Julien nicht mehr bei ihr war. Sollte sie das, was sie noch hatte, aus Eifersucht aufs Spiel setzen? Nein, sie musste diese Gefühle, die sie aushöhlten, beiseiteschieben und ihr Leben ertragen, das aus Gründen, die sie nicht begriff, in tausend Stücke fiel. Sie musste sich an das halten, was sie noch hatte, und nicht versuchen, alles zu verstehen, durfte ihre Kraft nicht durch Hass verschwenden. Ganz gleich, was sie tat, Julien würde nicht zurückkehren. Nie wieder würde sie das tröstliche Gewicht seines Körpers spüren. Nie wieder würde sie hören, wie er ihr leise ins Ohr flüsterte: »Ich liebe dich, meine kleine Lainie.« Isabelle war nicht für Juliens Tod und ihr Unglück verantwortlich. Jeder trug an seinem eigenen Schmerz. Isabelle hatte auch ihren Teil davon erlebt.

Sie sah ihre Cousine an und schüttelte den Kopf, da sie nicht in der Lage war, die Worte auszusprechen, die sich auf ihrer Zunge stauten. Der Schmerz schnürte ihr die Kehle zu. Sie sank auf die Knie, brach in Schluchzen aus und weinte heiße Tränen in Isabelles Rock und Grominets weiches Fell. Der Knoten hatte sich gelöst, doch die Leere, die Julien hinterlassen hatte, blieb bestehen.

Über Madeleine gebeugt, hatte Isabelle mit einem Mal das Gefühl, ihr Glück sei Verrat, und eine düstere Vorahnung überfiel sie. Sie würde einen Preis bezahlen müssen; im Leben gab es nichts umsonst, auch das Glück nicht. Eines Tages würde sie die Strafe für ihre Sünde annehmen müssen. Gott entging nichts. Gar nichts ...

Madeleine schluchzte jetzt weniger heftig, doch die junge Frau vergrub ihr Gesicht weiterhin im Fell der Katze, die ihren Körper der wärmenden Sonne entgegenhielt. Das Licht spielte auf ihrem Haar, das über Isabelles Knie fiel. Obwohl sie es vernachlässigte, hatte Madeleines langes, seidiges, schimmerndes Haar nichts von seiner Pracht eingebüßt. Isabelle streichelte sanft darüber. Ihre Cousine hob das abgemagerte Gesicht zu ihr. Die grünen Augen, in denen unermesslicher Kummer stand, flehten um Vergebung.

»Verzeih mir, Isa. Ich liebe dich zu sehr, um dich zu hassen... Auf keinen Fall wollte ich dir weh tun...«

»Ich weiß, Mado. Und du hattest ja recht; jetzt verstehe ich dich besser. Du hast alles verloren, und dass ich glücklich bin, schmerzt dich.«

»Mir ist klar, dass dein Alexander nicht für mein Unglück verantwortlich ist. Aber ich kann nicht anders, als es ihm vorzuwerfen. Du hattest Glück, ich nicht. Das ist alles. Es ist weder deine noch seine Schuld. Aber es tut trotzdem weh, Isa.«

Isabelle nickte.

»Ihr werdet bald in die Stadt zurückkehren. Aber ich bleibe hier. Ich habe nicht den Mut, dorthin zurückzugehen. Allein der Gedanke, ich könnte dem Soldaten begegnen, der meinen Julien getötet hat...«

»Ich... verstehe, Mado.«

Isabelle wurden die Augen feucht. Nun würde sie den einzigen Menschen außer ihrem Vater und Alexander verlieren, der ihr jemals echte Zuneigung entgegengebracht hatte. Sie fühlte sich schrecklich allein.

Noch sechs lange Tage donnerten die Kanonen ohne Unterlass. Die Franzosen erschöpften ihre Munition und ihre Pulvervorräte in der Hoffnung, der König von Frankreich würde ihnen die erbetene Verstärkung schicken. Dann endlich trafen die lang ersehnten Schiffe ein... doch sie segelten unter englischer Flagge. Zwei Kriegsschiffe, die *Vanguard* und die *Diane*, ankerten im Hafen von Québec. Weitere würden ihnen folgen. Alle Träume, welche die französischen Truppen noch gehegt hatten, waren endgültig zerstoben. Das französische Geschwader würde nicht mehr kommen.

Die französische Armee gab die Belagerung auf und zog sich nach Montréal zurück, wobei sie noch eine nicht unerhebliche Anzahl Soldaten durch Fahnenflucht verlor. Lévis' Flottille wurde von den englischen Schiffen verfolgt und mit Kanonen beschossen: Die *Pomonte* lief auf Grund; die *Atalante* ergab sich. Nun war nur noch die *La Mane* übrig.

Die Einwohner von Québec kehrten ruhig nach Hause zurück und nahmen rasch wieder ihre gewohnten Tätigkeiten auf. Die Stadt erwachte zum Leben, und geschäftiges Treiben herrschte.

Jeden Tag, an dem er die Möglichkeit dazu hatte, ging Alexander an dem Haus in der Rue Saint-Jean vorüber. Doch zu seiner Verzweiflung blieben die Fensterläden geschlossen, und der junge Mann verlor den Mut. Und wenn Isabelles Mutter beschlossen hatte, nicht mehr zurückzukehren? Schon der Gedanke daran, seine Liebste nie wiederzusehen, versetzte ihn in Panik und verleitete seine Fantasie zu den wahnwitzigsten Mutmaßungen. Und wenn dieser des Méloizes, dessen Namen er im Hof der Lacroix' gehört hatte, nun gekomen war und die junge Frau mit sich genommen hatte? Dieser Mann war Hauptmann in den Freikompanien der Marine und stand, soweit er wusste, einer Domäne vor, die irgendwo flussaufwärts von Québec lag. Was bedeutete er Isabelle wirklich? Bestimmt war er mehr als nur ein Freund, da war er sich sicher. Ihr Verlobter vielleicht?

Murray, dessen Macht in Québec gefestigt war, bereitete einen Feldzug vor, um Montréal unter seine Herrschaft zu bringen. Neufrankreich hatte seinen letzten Atemzug noch nicht getan. Die Generäle Haviland und Amherst hatten die Festungen, die immer noch Widerstand leisteten, bisher nicht in ihre Gewalt bringen können. Anschließend würden alle Truppen an den einzigen Ort marschieren, an dem die Kolonialmacht noch intakt war; Montréal. Die Kapitulation dieser Stadt würde die vollständige Unterwerfung der französischen Kolonie durch die neue britische Regierung besiegeln.

Umgetrieben von seinen Sorgen und außerdem zu spät schlug Alexander mit raschen Schritten den Rückweg zu den Quartieren der Soldaten im Saint-Roch-Viertel ein, als er hörte, wie jemand seinen Namen rief. Sein Herz tat einen Satz, er fuhr herum und blinzelte. Er konnte nur eine Silhouette wahrnehmen, die auf ihn zukam. Das schwarze Kleid schleifte über die Straße und wirbelte eine Staubwolke auf. Alexander hatte mit einem Mal vergessen, dass er Essensdienst hatte, und rannte, so rasch ihn seine Beine tragen wollten. Aus vollem Lauf umfing er Isabelle, wirbelte sie durch die Luft und lachte laut heraus. Sie war zu ihm zurückgekehrt!

Ihre Körper glühten vor verzehrender Leidenschaft. Völlig außer Atem rannten sie querfeldein, zur Mühle. Immer wieder drehte Isabelle sich um, weil sie sich vergewissern musste, dass sie nicht träumte. Doch er war wirklich da, in Fleisch und Blut, und lächelte ihr strahlend zu. Sie konnte es kaum abwarten, diese Lippen auf den ihren zu spüren! Der Boden strahlte eine wohltuende Wärme aus, die unter ihre Röcke stieg und ihre Schenkel und ihren Leib, die vor Begehren bebten, liebkoste.

Auf halbem Wege zwischen der Straße und der Mühle fasste Alexander die junge Frau um die Taille und drehte sie in seinen Armen um. Sie hielten es nicht länger aus und mussten ihr Glück, das sie beinahe verloren hatten, mit Händen greifen. Mit zügelloser Gier suchten sich ihre Lippen, kosteten einander und glitten hektisch über Haut und Stoff. Das Blut pochte heftig durch ihre Körper.

Wo sie gingen und standen, inmitten der trockenen Stängel und der zarten Halme, die der unendliche Kreislauf der Natur aus der Erde trieb, sanken sie zu Boden. Alexander roch nach Rum, Schweiß und Tabak. Isabelle sog seinen Duft ein und berauschte sich daran. Von seiner Haube befreit, verfing ihr langes Haar sich in den kratzigen Stoppeln, die sie in den Nacken und die Schultern stachen. Alexander streckte sich über der jungen Frau aus und hielt einen Moment inne, um sie anzusehen. Er breitete ihr Haar wie eine Aureole oder einen Strahlenkranz um ihren Kopf aus. Sie war seine Sonne… Er entdeckte alles neu, das goldene Haar, dessen herrlicher Glanz ihn beinahe blendete, den lilienweißen Teint, der unter seinen Küssen vor Lust rosig anlief, die dunkelroten Lippen, die sich zu einem wunderbaren Lächeln verzogen. Er empfand eine unaussprechliche Freude. Tief und lange küsste er sie, und Isabelle erzitterte unter ihm. Ach, zum Teufel, er konnte nicht bis zur Mühle warten!

Isabelle spürte, wie unter Alexanders Blicken all ihre aufgestauten Seufzer ihr Herz anschwellen ließen. In der Leidenschaft des Schotten fühlte sie sich geborgen. Bebend spürte sie den Drang, die Leere zu füllen, die sich durch die lange Trennung und die Furcht in ihr ausgebreitet hatte. Sie bäumte sich auf und zog ihn an sich.

Vom Boden stieg die Feuchtigkeit auf, die der letzte Regen hinterlassen hatte; ein feiner Dunst umgab sie. Um sie herum rauschten leise die trockenen Halme und übertönten ihr Seufzen. Alexander spürte, wie die Sonne seine Schenkel wärmte. Das Hemd klebte auf seiner Haut. Unter ihm wand sich Isabelle und versuchte, sich von ihren Röcken zu befreien. Er richtete sich ein wenig auf die Knie auf, um ihr zu helfen. Sie wölbte den Rücken und schlang die Beine um seine Hüften. Ihr Keuchen und der zarte Duft, der von ihrer Weiblichkeit aufstieg, erregten ihn. Sein überwältigender Hunger nach ihr, der durch das Warten noch gesteigert war, trieb ihn unwiderstehlich in sie hinein. Berauscht von der Macht ihrer Gefühle, gleichgültig gegenüber den Geräuschen des Lebens, das um sie herum weiterging, dem Krieg, der immer noch lauerte, oder der Gefahr, ertappt zu werden, gaben sie sich einander hin.

Noch hatte keiner der beiden ein Wort gesprochen. Allein die Gegenwart des anderen war genug, um ihre Ängste zu stillen. Lange blieben sie so eng umschlungen liegen und genossen die unermessliche Freude über ihr Wiedersehen. Das Kreischen der Möwen und die Brise, die vom Fluss heranwehte, umhüllten sie. Sie wagten sich nicht zu rühren, konnten sich nicht entschließen, diesem Augenblick der Gnade ein Ende zu bereiten. Wenn nur die Zeit hätte stillstehen können...

Eine flüchtige Bewegung ließ Isabelle zusammenfahren. Ganz in ihrer Nähe trippelte eine kleine Feldmaus über das Gras, das sie niedergetreten hatten. Mit einem Mal wurde der jungen Frau klar, wie unüberlegt und leichtsinnig sie gehandelt hatten, und sie warf panische Blicke um sich. Niemand. Hinter der Baumgruppe drehten sich knarrend die Flügel der Mühle. Wie war sie nur darauf verfallen, dorthin laufen zu wollen? Sicherlich war Daunais, der Müller, dabei, das wenige verbliebene Korn zu mahlen.

Hier am Boden waren sie vor den Blicken Vorübergehender verborgen. Doch sobald sie sich aufsetzten, waren sie in der Landschaft so deutlich zu erkennen wie eine Nase mitten im Gesicht. Sie wandte sich Alexander zu, der liegen geblieben war, und bemerkte eine halb verheilte Wunde an seiner Schläfe. Zögernd strich sie mit dem Finger darüber. Er ließ es geschehen und strich mit leichter Hand über ihre seidigen Schenkel.

»Tut… das weh?«

»Ein wenig. Am schlimmsten sind die Kopfschmerzen. Doch es ist auszuhalten.«

»Wie ist das geschehen?«

»Eine Kugel. Aber wie du siehst, habe ich einen so harten Schädel, dass sie von mir abgeprallt ist.«

»Das ist nicht komisch, Alex!«

Sie tastete seinen Oberkörper ab, was ihn zum Lachen brachte, und ließ die Finger dann zu seinen Schultern hinaufgleiten. Als sie die linke drückte, stieß er ein leises Stöhnen aus und erstarrte unter ihrer Hand.

»Was ist da?«

Eilig knöpfte sie sein Hemd auf, zog am Kragen und drückte ihn zu Boden, als er versuchte, ihr Einhalt zu gebieten.

»Und das da?«

»Ein… Bajonett.«

»Eine Kugel… ein Bajonett… Du lieber Gott!«

Sie beugte sich über ihn und legte die Lippen zuerst auf seine Wunde und dann an seine Wange.

»Und dein Bruder Coll… und Munro? Geht es ihnen gut?«

»Ja. Sie haben ein paar Kratzer abbekommen, nichts weiter. Und… deine Familie?«

»Ihr ist nichts geschehen.«

Erleichtert nickte er. Als sie sich aufrichtete, strich ihr langes Haar zärtlich über seinen nackten Brustkorb, und er erschauerte.

»Ich hatte schreckliche Angst um dich«, gestand sie flüsternd. Tränen glänzten in ihren Augen. Zerstreut strich sie durch sein zerwühltes Haar, um es zu entwirren. Ihre Miene wurde traurig.

»Ach, Alex! Warum musst du nur Soldat sein und gegen meine Leute kämpfen? Das ist alles so schwierig!«

Sie schlug die Augen nieder und wandte sich ab, worauf er sich auf einen Ellbogen stützte und ihr Kinn umfasste, damit sie ihn ansehen musste. Er dachte an die letzte Schlacht zurück, als er den wie einen Indianer gekleideten Kanadier getötet hatte. Natürlich war er eine Bedrohung für die Menschen, die Isabelle liebte, das ließ sich einfach nicht abstreiten. Doch es konnte auch ebenso gut umgekehrt kommen. Wenn er auf den Höhen Étienne über den Weg gelaufen wäre, hätte dieser nicht gezögert, auf ihn zu schießen. Aber das konnte er ihr nicht sagen...

»Julien Gosselin, Madeleines Mann... er ist...«

Die junge Frau war so bewegt, dass ihr die Stimme versagte. Seufzend schloss Alexander die Augen.

»Verstehe. Wie geht es ihr?«

»Nicht besonders gut, wie du dir denken kannst. Die beiden haben sich sehr geliebt.«

»Hmmm.«

Eine Hand unter den Kopf gelegt, streckte er sich im Gras aus. Isabelle schmiegte den Kopf an seine Brust und lauschte seinem Herzschlag.

»Der Krieg ist fast vorüber, Isabelle. Wir müssen nur noch Montréal einnehmen...«

Verlegen unterbrach er sich. Er sprach zu ihr von der Eroberung *ihres* Landes! Was hätte er denn empfunden, wenn ihm jemand im gleichen gelassenen Ton erklärt hätte: *Schottland wird bald unterworfen sein, Alasdair. Wir müssen nur noch die Highlands schleifen, dann ist alles erledigt...*? Er fuhr sich mit der Hand übers Gesicht.

»*Och, Alas*«, murmelte er, »*dinna have naught better tae do than dirk the lass wi' stupid words? Mo chreach!*« Herrgott, Alas, hast du nichts Besseres zu tun, als dem Mädchen mit deinen dummen Worten weh zu tun?

Ein wenig verärgert, weil sie nicht verstand, was er sagte, verzog Isabelle das Gesicht und presste die Lippen zusammen. Dann entspannte sich ihr Mund langsam, und sie setzte ein spöttisches Lächeln auf.

»*Dinna onderstande, Misterr Alas!*«, radebrechte sie auf Englisch.

Er zog die Augenbrauen hoch und warf ihr einen Seitenblick zu. Zum ersten Mal hatte sie einen so langen Satz auf Englisch herausgebracht. Er streckte die Hand nach der Wange mit dem Grübchen aus, streichelte sie sanft und lächelte ebenfalls.

»*I love ye, Iseabail.*«

»*Aie love yi aussi*«, flüsterte sie lachend und schmiegte sich an ihn. »Irgendwann einmal musst du mich deine Sprache lehren. Das wäre mir bestimmt von Nutzen. Dann könnte ich auch endlich mehr als zwei Wörter mit Coll und Munro wechseln.«

Wäre es nicht eher an ihm, an ihnen, in ihrer Sprache mit ihr zu reden? Würden die Engländer das Französische aus Kanada verschwinden lassen, genauso, wie sie versuchten, das Gälische aus den Highlands zu vertreiben? Der Gedanke bedrückte Alexander. Würden sie die Kanadier ebenso deportieren, wie sie es mit den unglücklichen Akadiern getan hatten, die jetzt über die ganze Atlantikküste verstreut lebten? Was die englische Regierung dort getan hatte, erfüllte ihn mit Bitterkeit: Man hatte die akadische Bevölkerung vertrieben, um dafür englische und schottische Bauern anzusiedeln, die selbst auf der Flucht und aus ihrem eigenen Land verbannt waren. Und all diese Menschen waren nur Schachfiguren der ökonomischen und politischen Bestrebungen des britischen Imperiums.

Um die Besiegten besser unterwerfen zu können, zögerte man nicht, ihre Kultur und ihre Traditionen mit gewaltigen Säbelhieben zu zerschlagen. *Jeden Tag werden wir ein bisschen mehr zurechtgebogen*, hatte Großmutter Caitlin ihm erklärt. *Langsam, aber sicher... Geh nach drüben, nach Amerika. Ich habe sagen hören, das Land sei riesig, und man sei dort frei. Frei?* Aber Kanada würde bald unter die britische Herrschaft fallen... Wo sollte er dann seine Freiheit suchen?

»*Damned Sassanachs!*«

»Was ist denn, Alex? Dich quält doch etwas, das spüre ich.«

Ach, Isabelle, versprich mir, dass du dich niemals ändern wirst.

»Es ist nichts. Ein leichter Kopfschmerz, nichts weiter, *mo chridh' àghmhor.*«

Isabelle verzog skeptisch die Mundwinkel und betrachtete ihn lange. Doch da sie diesen wunderbaren Moment nicht verderben wollte, bohrte sie nicht weiter. Von fern drangen Stimmen zu ihnen. Die junge Frau erstarrte. Alexander bedeutete ihr zu schweigen und setzte sich vorsichtig auf. Auf der Straße zog eine Abteilung Ranger vorbei. Das erinnerte ihn plötzlich daran, dass er ein Essen aufs Feuer zu stellen hatte.

»*Och! Should get back tae the barracks!* Coll wird mir das Fell gerben«, brummte er und sprang auf. »Ich habe heute Küchendienst. Coll wird ganz schön wütend auf mich sein.«

Isabelle war verblüfft und sah regungslos zu, wie er seine Kleidung in Ordnung brachte. Er beugte sich über sie und zog ihre Röcke über die Schenkel hinunter.

»Ich muss zurück ins Quartier, Isabelle! Ich liebe dich!«

Er küsste sie und machte sich dann seufzend von ihr los.

»Wann sehe ich dich wieder?«, fragte er und sah über die Schulter zu der sich entfernenden Abteilung.

Die junge Frau überlegte. Das würde ein Problem werden. Sie wusste, dass ihre Mutter sie auf Schritt und Tritt überwachte. Also musste sie irgendwie eine Möglichkeit finden, ihr zu entwischen... Auf Madeleines Unterstützung konnte sie nicht mehr zählen. Mamie Donie würde sie nie ohne eine passende Begleitung ausgehen lassen. Damit blieb nur Ti'Paul übrig, ihre letzte Hoffnung. Sie war sich sicher, dass er sie nicht verraten würde. Die Mühle kam ganz offensichtlich als Treffpunkt nicht mehr in Frage. Sie musste sich etwas anderes einfallen lassen.

»Hinter der Mauer unserer Obstpflanzung steht ein Holzschuppen, in dem Werkzeug aufbewahrt wird. Triff mich dort, wenn an meinem Fenster ein blaues Band weht. Glaubst du, dass dir das möglich ist?«

»Für dich würde ich zu Fuß bis nach Asien gehen, wenn es sein müsste, Isabelle!«, rief er ihr zu, während er sich entfernte.

Lachend sah sie zu, wie er davonrannte. Dann verstummte sie, und ihr Lächeln verflog. Sie hatte es nicht über sich gebracht, Alexander zu gestehen, dass ihre Mutter sie mit einem anderen Mann verkuppeln wollte.

15

Liebe und Musik

Alexander verbarg sich im Schatten und ließ das Haus nicht aus den Augen. Er hatte doch heute Nachmittag das Band am Fenster gesehen! Aber Isabelle war nicht zu ihrem Treffpunkt gekommen. Viele Minuten hatte er gewartet und war dann auf die Straße zurückgekehrt, um festzustellen, ob das Band noch am Fenster ging. Doch es war verschwunden. Verwirrt war er noch einen Moment lang stehen geblieben, hatte das Haus angestarrt und versucht, sich auf einen Grund zu besinnen, der Isabelle daran hindern könnte, zu ihm zu kommen. Ein plötzliches Unwohlsein? Eine dringende Erledigung? Aber dann hätte sie ihren kleinen Bruder mit einer Nachricht in die Taverne geschickt. Doch der Wirt hatte ihm versichert, dass niemand nach ihm gefragt hatte.

Obwohl er sich ein wenig schämte, hatte er in Isabelles Zimmer gespäht. Die junge Frau war zu Hause, er hatte sie genau gesehen. An diesem heißen Tag waren die Fenster weit geöffnet. Sie trug eine bezaubernde Toilette, was ihn neugierig gemacht hatte. Einmal beugte sie sich aus dem Fenster, als suche sie etwas. Er wollte gerade aus dem Schatten treten, um ihr ein Zeichen zu geben, als ein Passant, den er nicht bemerkt hatte, ihn anrempelte. Der Mann hatte ihn von oben herab gemustert. Dann war er, nachdem er seinen langen Gehrock aus gutem Tuch abgeklopft hatte, zum Haus der Lacroix' weitergegangen und die drei Stufen, die zur Tür führten, hinaufgestiegen.

Alexander hatte gespürt, wie ihm schwer ums Herz wurde. Wer war dieser Mann? Ein Freund der Familie, ein Onkel, ein

Cousin? Oder etwa ein Verehrer? Er wollte keine voreiligen Schlüsse ziehen und hatte daher beschlossen, vor dem Haus zu warten, hinter einem Gitter, an dem ein Weinstock rankte. Von Eifersucht gequält hatte er wieder an diesen des Méloizes denken müssen, dessen Namen einer von Isabelles Brüdern an jenem Gewitterabend gebraucht hatte.

Zum tausendsten Mal sah er auf seine Uhr: zwanzig nach neun. Nicht lange, und der Besucher musste das Haus verlassen. Ab zehn Uhr war Sperrstunde, und jeder, der nach dieser Uhrzeit auf den Straßen unterwegs war, wurde sofort festgenommen. Einige Minuten später öffnete sich endlich die Tür. Der Besucher verneigte sich vor Isabelle und ihrer Mutter. Letztere verschwand, sobald die Förmlichkeiten ausgetauscht waren, und ließ die beiden jungen Leute allein. Isabelle wirkte mit einem Mal sehr nervös und verlegen.

Alexander, der den Blick nicht von der Szene losreißen konnte, musste sich Gewalt antun, um sich nicht auf den Unbekannten zu stürzen, als dieser der Frau, die er liebte, die Hand küsste. Aufgewühlt blieb er hinter seinem grünen Schutzschild stehen und umklammerte die rostigen Eisenstäbe. Der Fremde verbeugte sich und verschwand, eine Laterne in der Hand, auf der dunklen Straße. Wie vor den Kopf geschlagen starrte der junge Mann dem immer kleiner werdenden Licht nach. Isabelle traf sich mit einem anderen...

»Und du bist dir ganz sicher, dass du ihm die Nachricht persönlich gegeben hast, Ti'Paul?«, verlangte Isabelle zu wissen.

»Natürlich, Isa. Glaubst du vielleicht, ich würde dich anlügen?«

»Nein... schon gut, danke.«

Die junge Frau wandte sich ab. Sie wusste nicht mehr, was sie davon halten sollte. Seit drei Tagen kam Alexander nicht mehr zu ihrem Treffpunkt. Beim ersten Mal hatte sie sich keine großen Gedanken gemacht: Gewiss war er aus irgendeinem Grund aufgehalten worden. Am zweiten Abend hatte sie sich Sorgen gemacht. Das sah ihm gar nicht ähnlich. Wenn er nicht hätte kommen können, hätte er sicherlich Coll geschickt, um ihr Bescheid zu geben. Ob er krank war? Oder vielleicht hatte er sich ja beim Exerzieren verletzt? Schlimmer noch, war es möglich, dass er eine Dummheit begangen und im Gefängnis gelandet war?

Drei Mal hatte sie Ti'Paul mit einer Nachricht zu ihm geschickt. Doch nichts geschah, er ließ immer noch nichts von sich hören. Aber ihr kleiner Bruder hatte ihr versichert, er habe den Schotten gestern Abend an den Quais de la Reine in der Unterstadt gesehen. Was in aller Welt ging hier vor sich?

Isabelle nahm ihr Wollcape und stieg in den Salon hinunter. Ihre Mutter war nicht dort. Umso besser, dann würde sie nicht ein weiteres Mal lügen müssen. Sie zog sich an, trat auf die Straße und ging zum Quartier der Soldaten. Für alle Fälle trug sie ein kleines Messer bei sich, das sie rasch erreichen konnte...

In der Taverne herrschte eine gewisse Hektik. Die Fiedel spielte eine fröhliche Melodie, und die vom Bier berauschten Soldaten disputierten angeregt und munter. Seit Anfang Juli sprach man nur noch von den Fortschritten, die Amhersts Truppen machten, und dem bevorstehenden Feldzug. Die Aussicht auf das nahe Ende des Krieges und den ruhmreichen Sieg über die Franzosen erfüllten die Männer mit Freude. Nun ja, fast alle...

Alexander war immer noch erschüttert über das, was er in der Rue Saint-Jean gesehen hatte. Er saß ruhig in einer Ecke, trank und war in Gedanken tausend Meilen weit fort. Er hatte der Versuchung widerstanden, auf Isabelles letzte Nachricht zu antworten. Gewiss, die Worte hatten ihn berührt. Doch als er wieder daran dachte, wie dieser Mann die Hand seiner Geliebten geküsst hatte, war erneut der Zorn in ihm aufgestiegen. Er hatte noch lebhaft vor Augen, wie das Gesicht des Unbekannten – der im Übrigen, wie er zugestehen musste, sehr gut aussah – sich über die kleine weiße Hand beugte.

Der junge Mann leerte sein Glas und schenkte sich nach. Die Wirkung des Alkohols machte sich bemerkbar. Dann schloss er die Augen, lehnte sich an die Wand und konzentrierte sich auf die Musik. Er wollte vergessen...

Mit einem Mal drückte etwas Schweres auf seine Schulter. Er geriet aus dem Gleichgewicht und ging unter dem Gelächter der Umstehenden zu Boden. Wütend und fluchend stand er auf, packte Munro am Kragen und stieß ihn gegen die Wand.

»Heda, schon gut!«, protestierte sein Cousin heftig und hob die Arme. »Da ist jemand für dich...«

Alexanders Faust verhielt ein paar Zoll vor der bereits ziemlich flachen Nase Munros, der laut keuchte. Er ließ seinen Cousin los und klopfte ihm freundlich auf den Bauch.

»Tut mir leid, mein Alter. Ich hatte dich für jemand anderen gehalten.«

»Du solltest an etwas anderes denken, wenn du träumst, Alas! Ich habe keine Lust, mich zu Brei schlagen zu lassen...«

»Wer will mich sehen?«, schnitt Alexander ihm das Wort ab und ließ den Blick über die Gästeschar schweifen.

»Sie wartet draußen, zusammen mit Coll. Er wollte sie nicht allein lassen, und sie weigert sich hereinzukommen... verstehst du?«

»Sie? Wer denn nun? Isabelle?«

»Wer denn sonst, Schwachkopf?«

Wie ein scharlachroter Wirbelwind fuhr Alexander herum und ging schnurstracks auf den Ausgang zu. So, sie hatte also den Mut... nein, die Dreistigkeit hierherzukommen! Während er unter den Menschen, die auf der Straße unterwegs waren, nach Isabelles zarter Gestalt suchte, überlegte er, wie er sich ihr gegenüber verhalten sollte. Kalt und distanziert? Oder sollte er sich gleichmütig geben, als wäre nichts gewesen? Schließlich erblickte er Colls roten Schopf, den die Sonne aufleuchten ließ, und ging in diese Richtung.

Die junge Frau war in das Gespräch mit seinem hochgewachsenen Bruder vertieft und wandte ihm den Rücken zu. Alexander blieb in einigen Schritten Entfernung stehen und beobachtete die beiden schweigend. Coll verstummte, als er ihn bemerkte. Langsam drehte Isabelle sich um. Er reckte den Hals und straffte die Schultern, um sich Mut zu machen, und atmete tief durch, um seine brodelnde Wut zu bezwingen. Die vollen

Lippen der kleinen Intrigantin verzogen sich zu einem unsicheren Lächeln.

»Alex?«

Ohne ein Wort trat er auf sie zu und packte ihren Arm.

»Komm.«

Coll zog die Augenbrauen hoch und entfernte sich. Er öffnete den Mund, um etwas zu sagen, besann sich dann aber anders, drehte sich auf dem Absatz um und schlug den Weg zur Côte de la Canoterie ein. Er wollte zu seiner schönen Witwe, um seine Französischkenntnisse zu vertiefen.

»Alex ... du tust mir weh!«

Alexander lockerte seinen Griff, ohne die junge Frau jedoch ganz loszulassen. Bestimmt zog er sie zum Ufer des Saint-Charles-Flusses, das von der Flut überschwemmt war. Dann zwang er sie, um die Ecke des Nebengebäudes einer Werft zu biegen. Dort ließ er sie endlich los und holte ein paarmal tief Luft, um die Gefühle, die in ihm tobten, zu meistern. Breitbeinig, die Arme vor der Brust verschränkt, bezog er ihr gegenüber Stellung und sah sie an.

Der durchdringende Gestank des Teers vom Kalfatern überlagerte den Geruch des Tangs, der aus dem Wasser aufstieg und über dem Ufer hing. Über ihnen kreischte eine Möwe und setzte sich auf die grauen Wrangen eines Schoners, der auf Stützbalken aufgebockt war, seit man den Bau im letzten Sommer unterbrochen hatte.

Von Licht, das hinter ihr einfiel, umgeben, sah Isabelle, die stocksteif dastand, ihn aus großen, hilflosen Augen an. Er biss sich von innen in die Wange und hasste sich selbst für das, was er tat. Doch zugleich verfolgte ihn erneut die Erinnerung daran, wie der Mund des Mannes ihre Hand berührt hatte, und steigerte seinen Zorn.

»Alex ... Was ist denn?«

»Diese Frage sollte ich eher dir stellen.«

»Das verstehe ich nicht.«

»Ach, tatsächlich?«

Prüfend musterte er jeden ihrer Züge und suchte in ihrem Gesicht nach verräterischen Anzeichen.

»Und wenn ich den Namen des Méloizes nenne?«

Sie erbleichte und presste die Lippen fest zusammen. Das verhieß nichts Gutes.

»Des Méloizes? Nicolas? Wer hat dir von ihm erzählt?«

Sieh mal an! Sie rief ihn sogar beim Vornamen! Isabelle senkte den Kopf und flüchtete sich in die Betrachtung der Kieselsteine zu ihren Füßen.

»Sieh mich an, Isabelle! Ich möchte, dass du mir auf eine Frage antwortest, eine einzige. Wenn du lügst, werde ich es in deinen Augen erkennen.«

Ängstlich schaute sie zu ihm auf und nickte schweigend. Im warmen Licht der untergehenden Sonne schimmerte ihre Haut. Der Anblick ließ ein sarkastisches Lachen in ihm aufsteigen, das er sofort unterdrückte. Wie viele Anbeter sie wohl hatte? Ihre Brust hob und senkte sich rasch. Lag das an der Hitze, oder ließ die Aussicht, demaskiert zu werden, ihren Atem rascher gehen? Eine Woge heftigen Zorns ließ ihn die Zähne zusammenbeißen. Liebkoste noch ein anderer diese Brust? Dieser ... dieser Hauptmann zum Beispiel?

»Alex ... du machst mir Angst! Erklär mir doch, was du hast.«

Sie knüllte den Stoff ihres Rocks zwischen den Händen, wartete verzagt und fragte sich, was hier vor sich ging. Was hatte sie getan, dass Alexander sich ihr gegenüber so kalt verhielt? Warum redete er von des Méloizes? Sie hatte den Offizier schon sehr lange nicht gesehen. Zwar hatte sie gehört, dass er bei der Schlacht Ende April durch eine Granatenexplosion schwer am Oberschenkel verletzt worden war, aber sie hatte ihn nicht im Hospital besucht, obwohl ihre Mutter das gewollt hatte. Natürlich war sie entsetzt über den Tod seines jüngeren Bruders Louis-François gewesen, der auf dem Schlachtfeld in seinen Armen gestorben war, aber sie hatte sich dennoch nicht überwinden können, ihm gegenüberzutreten ...

Mit einem Mal kam ihr der Gedanke, dass ihre Mutter – von der sie wusste, dass sie etwas argwöhnte – möglicherweise versuchte, sie auseinanderzubringen, und es lief ihr kalt über den Rücken. Alexander marschierte jetzt vor ihr auf und ab. Der Sand knirschte unter seinen Schritten. Sie schluckte, als er erneut den Blick auf sie richtete.

»Was bedeutet dir dieser des Méloizes, Isabelle?«

»Wie bitte?«

»Du hast mich schon verstanden!«

»Nichts! Er ist Hauptmann bei...«

»Wer er ist, weiß ich sehr wohl. Ich möchte wissen, was er dir bedeutet.«

»Zwischen mir und Monsieur des Méloizes ist nichts mehr, Alex.«

»Nichts mehr? Dann war da also einmal etwas?«

»Ähem... ja. Also, vielleicht. Aber das ist alles vorüber.«

»Das kann ja wohl auch nicht anders sein. Ich kann mir nur schwer vorstellen, dass ein Hauptmann der französischen Armee durch die Straßen von Québec spaziert, auf denen es vor Engländern wimmelt...«

»Das ist doch lächerlich, Alex! Nicolas ist in Gefangenschaft geraten und...«

»Lächerlich? Ich bin also lächerlich?«

»Aber was ist denn nur mit dir? Was habe ich getan, dass du dich so aufführst? Ich liebe dich, Alex...«

»Sieh mir in die Augen, und sag das noch einmal!«

Er war drohend auf sie zugetreten. Instinktiv wich sie einen Schritt zurück und stieß gegen die Wand des Schuppens. Was hatte er denn bloß? Langsam wurde sie ebenfalls wütend. Sie holte tief Luft und ballte die Fäuste. Er hatte sie beleidigt, indem er an ihren Gefühlen zweifelte. Jetzt würde sie gehen und darauf warten, dass er sich entschuldigte. Sie warf sich in die Brust und reckte das Kinn, wie es einer Dame der Gesellschaft gebührte. Auf unsicheren Beinen fuhr sie herum, dass ihre Röcke flogen, und begann sich zu entfernen. Doch eine eiserne Faust hielt sie zurück. Sie fand sich zwischen der Wand und Alexanders angespanntem Körper festgeklemmt wieder.

»Sag das noch einmal.«

Dieses Mal hatte seine Stimme sanfter geklungen. Sie hielt seinem forschenden Blick stand und erkannte die Angst, die in seinen Augen stand. Ihr Zorn ließ ein wenig nach.

»Ich liebe dich von ganzem Herzen, ganzer Seele und mit meinem ganzen Körper, Alex! Wie kannst du nur daran zweifeln?«

»Wer ist der Mann, der dich Mittwochabend besucht hat?«, verlangte er leise zu wissen.

Isabelle blieb fast das Herz stehen. Jetzt war ihr alles klar: Er hatte Pierre Larue gesehen, wie er ins Haus gekommen oder gegangen war, und sich Sorgen gemacht... zu Recht. Aber wie sollte sie ihm das erklären? *Er umwirbt mich und hat offensichtlich vor, mir einen Heiratsantrag zu machen, Alex. Das ist so eine Idee von meiner Mutter, aber mach dir deswegen keine Gedanken...*

»Ein Freund... Der Notar, der sich um den Nachlass meines Vaters gekümmert hat.«

»Ein *Freund*?«, knurrte er skeptisch. »Du lügst doch!«

»Das ist die Wahrheit!«

»Mir kam es vor, als... wäre er mehr als ein Freund.«

Isabelle senkte den Kopf und betrachtete das Silberkreuz, das der junge Mann um den Hals trug. Er hatte es auf eine Lederschnur gezogen, und sie fragte sich, was er mit dem blauen Bändchen angefangen hatte, an dem es vorher gehangen hatte.

Mit einer schroffen Bewegung verjagte er eine Mücke, die ihn schon einige Zeit ärgerte, und stieß einen rauen Laut aus. In seinen männlichen Geruch, der durch die Hitze verstärkt wurde, mischte sich Alkoholdunst. Er hatte getrunken, wirkte aber nicht berauscht.

»Spionierst du mir nach? Warum? Habe ich etwas getan, das dir missfallen hat?«

»An jenem Tag habe ich das Band an deinem Fenster gesehen. Dann war es auf einmal nicht mehr da. Ich wollte wissen, warum... Daher habe ich vor deinem Haus gewartet.«

Sie erinnerte sich, das Band gleich weggenommen zu haben, nachdem ihre Mutter ihr mitgeteilt hatte, sie erwarte Larue zum Abendessen. Das Band hatte nur ein paar Minuten draußen gehangen. Nie hätte sie gedacht, dass Alexander es gesehen hatte. Was für ein Durcheinander! Jetzt konnte sie sich leicht vorstellen, was er aus dem Gesehenen geschlossen hatte ... was auch immer er genau beobachtet hatte.

»Und deswegen bist du nicht mehr gekommen? Oh, Alex!«

Isabelles weicherer Tonfall besänftigte Alexanders Ängste ein wenig. Seine Hand, die um ihren Arm lag, lockerte sich ein wenig.

»Ich ... also ... ich bitte dich um Entschuldigung. Ich musste ... es genau wissen.«

»Und, bist du jetzt beruhigt? Wenn du das Bedürfnis hattest, dich meiner Gefühle zu versichern, hättest du mich bloß zu fragen brauchen, statt dich wie ein ungehobelter Klotz aufzuführen!«

Alexander seufzte beschämt. Würde er jetzt allen Männern an die Gurgel springen, die ihr nur ein wenig zu nahe kamen? Noch nie war er so eifersüchtig auf eine Frau gewesen und ärgerte sich selbst darüber. Doch die Empfindung war stärker als er. Seit einigen Tagen wurde er die Angst, sie zu verlieren, nicht mehr los. In Zukunft musste er sich beherrschen. Er fühlte sich wie ein Esel, als er die Augen schloss, ein paar Schritte zur Seite trat und ihr den Rücken zuwandte.

»Du kannst gehen. Ich halte dich nicht länger auf.«

Sie betrachtete seine Silhouette, die sich vor dem violett und tiefrot schillernden Himmel abhob. Alexander hatte das Haar zu einem Zopf geflochten, aber ein paar Strähnen hatten sich daraus gelöst und tanzten in der Brise. Sie wollte gar nicht mehr heimgehen. Zögernd trat sie von hinten an ihn heran, schlang die Arme um seine Taille und legte die Wange an seinen Rücken. Es war heiß, und der abgewetzte, feuchte Stoff klebte an ihrer Haut. Sie spürte, wie seine großen, schwieligen Hände über die ihren strichen und sie dann auf seinem Bauch festhielten.

»Was immer du dir vielleicht vorgestellt hast, Alex, ich versichere dir, dass dieser Mann nur ein Bekannter ist und uns aufgesucht hat, um meiner Mutter die traurige Lage zu erläutern, in der mein Vater seine Geschäfte zurückgelassen hat.«

Das war allerdings nur die halbe Wahrheit. Sicher, diesen Vorwand hatte der Notar Larue gebraucht, um ihnen seinen Besuch abzustatten. Doch in Wirklichkeit hatte er etwas anderes im Sinn. Den ganzen Abend über hatte er ihr vielsagende Blicke zugeworfen und sie gestreift, wann immer er konnte... Zu seinen Gunsten musste man sagen, dass er sehr freundlich, von einnehmendem Äußeren und gut situiert war. Aber sie liebte Alexander und wollte keinen anderen als ihn. Pierre konnte ihr noch so eifrig den Hof machen, sie würde niemals Liebe für ihn empfinden.

»Steht es denn so schlecht um euer Vermögen?«, fragte er nach kurzem Schweigen, als wolle er das Gespräch auf ein anderes Thema lenken.

»Ja.«

Nachdem die Schattenwirtschaft der Kolonie, die auf Papiergeld gründete, zusammengebrochen war, befanden sie sich tatsächlich in einer katastrophalen Lage. Seit ihre Mutter erfahren hatte, dass der Familie der Ruin drohte, sperrte sie sich in ihrem Zimmer ein, das sie nur noch zu den Mahlzeiten verließ. Nachts hörte Isabelle sie weinen. Doch aus Angst, zurückgewiesen zu werden, wagte sie nicht, an ihre Tür zu klopfen, um ihr ein wenig Trost zu schenken. Ti'Paul spürte, dass etwas im Gange war, und stellte viele Fragen, die Isabelle nicht zu beantworten vermochte.

»Ich fürchte, mein Vater hat uns nichts als Schulden hinterlassen. Er hatte wohl noch allerhand Außenstände... aber seine Schuldner sind nach Frankreich ins Exil gegangen oder ebenfalls ruiniert und können ihren Verpflichtungen nicht nachkommen. König Louis tauscht das Papiergeld nicht mehr ein... Frankreich ist ebenfalls bankrott. Das Lager meines Vaters ist vernichtet worden; seine Schiffe sind entweder überfallen worden oder verschwunden. Wir haben unseren ganzen Besitz verloren. Im Moment ist uns wenigstens noch das Haus in der Rue Saint-Jean geblieben, das er klugerweise auf den Namen meiner Mutter hat eintragen lassen...«

Langsam drehte Alexander sich in den Armen der jungen Frau um, damit sie einander wieder gegenüberstanden.

»*Och!* Das tut mir leid, Isabelle... Ich hätte mich nicht so hinreißen lassen dürfen.«

Eine tiefe Stille umgab sie, die nur von den durchdringenden Schreien der Seemöwen, die über ihren Köpfen dahinsegelten, durchbrochen wurde. Isabelle spürte, wie eine irrationale Furcht davor, Alexander könnte sie verlassen, in ihr aufstieg. Nein, das konnte, durfte er nicht tun... jetzt nicht mehr. Ihre Hand, die auf ihrem Leib lag, verkrampfte sich, und sie holte tief Luft.

Ein Tropfen fiel auf Alexanders Handrücken. Der junge Mann schaute nach oben: Der Himmel war klar, und der Mond stand inmitten eines verschwommenen Halos und strahlte ein milchiges Licht aus. Ein weiterer Tropfen zersprang auf seiner Haut. Neugierig beugte er sich über Isabelle und strich mit dem Finger über ihre Wange, die heiß und feucht war. Er nötigte die junge Frau, ihm ins Gesicht zu schauen. Die Hitze war drückend, aber um nichts in der Welt hätte er sich von ihr gelöst.

»Nicht weinen, *mo chridh' àghmhor*. Ich passe auf dich auf.«

Isabelle krallte die Hände in seinen Hemdrücken und brach in Schluchzen aus. Das seltsame Licht, das Alexander kurz in ihren Augen gesehen hatte, verschwand. Der junge Mann fühlte sich hilflos und vergrub das Gesicht in Isabelles angenehm duftendes Haar.

»Versprich es mir, Alex.«

»Ich verspreche es... wenn du mir gelobst, auf mich zu warten.«

»Versprochen ist versprochen und wird auch nicht gebrochen«, zitierte sie den alten Kinderreim und bekreuzigte sich.

Verblüfft sah Alexander sie an, und ein Lächeln, das er nicht zu unterdrücken vermochte, verzog seinen Mund. Ein wenig ärgerlich runzelte sie die Stirn und presste die Lippen zusammen, weil er in einem so ernsten Moment so amüsiert dreinschaute.

»Was ist?«

»Nichts...«, murmelte er, beugte sich über sie und küsste sie zärtlich. »Ich liebe dich.«

»Ich liebe dich auch.«

Der Südwestwind trug ein heftiges Gewitter heran, das den Hundstagen ein Ende bereitete und die Mückenschwärme vertrieb, die den Soldaten zusetzten. Heute Abend war die Luft frischer, und Alexander war, in seine frisch gewaschene und geflickte Weste gekleidet, fröhlichen Schrittes unterwegs in die Rue Saint-Jean. Drei Tage waren vergangen; beim Exerzieren wurden sie jetzt härter herangenommen, und wenn er abends in sein Quartier zurückkehrte, sank er erschöpft auf seinem Lager zusammen.

Die letzte Offensive wurde vorbereitet. Murray hatte dreitausendachthundert Männer für den Feldzug gegen Montréal aufgeboten. Die Soldaten sollten in neunundsiebzig Schiffen verschiedenster Tonnage den Fluss hinauffahren und unterwegs die Kolonisten unterwerfen, indem sie sie aufforderten, die Waffen niederzulegen und Neutralität zu schwören.

Die Truppen befanden sich im Alarmzustand und mussten damit rechnen, sich von einem Tag auf den anderen einzuschiffen. Sie würden erst wenige Stunden zuvor erfahren, wann sie aufbrechen mussten. Und so wurde für Alexander jede Stunde zu einer Marter: Noch zwei Tage, mehr verlangte er nicht...

Der junge Mann stand vor dem Tor, das in den Hof der Lacroix' führte, und blickte rasch um sich. Die Passanten, die sich seit Monaten an die vielen englischen Soldaten in der Stadt gewöhnt hatten, schenkten ihm keine Beachtung mehr. Er stieß das Tor auf; Isabelle sorgte dafür, dass es nicht verriegelt war, damit er hineinkonnte. Wie eine Katze huschte er hindurch und lief zum Stall, hinter dem er an der Mauer der Obstpflanzung entlanggehen konnte, ohne von den Hausbewohnern gesehen zu werden. Der schwierigste Teil war die etwa fünf Ellen lange Strecke zwischen der Hausecke und der Tür zum Obstgarten. Doch wer nicht wagt, der nicht gewinnt! Er hatte diesen Weg bereits etwa zwanzig Mal ohne Zwischenfälle zurückgelegt. Nachdem er sich vergewissert hatte, dass die Bahn frei war, rannte er los.

»Ich warte schon ziemlich lange auf dich, mein Liebster«, flüsterte Isabelle an seinem Hals, als er sie an sein Herz drückte und die Nase in ihrem Haar vergrub. Ein berauschender Thymiangeruch und die sanfteren Düfte von Gartenrosen parfümierten den Schuppen. Sie waren an die Stelle der Aromen des Flieders und der Apfelblüte getreten, die seit einigen Wochen verschwunden waren. Der Raum war vollgestopft mit diversen Gegenständen und Werkzeugen, die zum Teil verrostet waren und offensichtlich seit Jahren nicht benutzt wurden. Durch einen Spalt zwischen zwei Brettern konnten sie das Tor des Obstgartens im Auge behalten. Doch bisher war das Glück ihnen hold gewesen, und niemand war gekommen.

»Ich habe mich aus einem bestimmten Grund verspätet... ich habe eine Überraschung für dich«, murmelte er aufgeregt.

Sie löste sich ein wenig von ihm und sah ihn aus ihren großen grünen Augen an.

»Eine Überraschung? Für mich?«

»Hmmm. Glaubst du, du könntest ein paar Stunden fort?«

»Und wohin gehen wir?«

»Hol dir einen Umhang aus dunklem Stoff, und komm wieder her.«

»Wohin bringst du mich?«

Er lächelte, und seine Augen glitzerten belustigt.

»Wenn ich dir das sage, ist es ja keine Überraschung mehr!«

Glucksend klatschte sie in die Hände. Dann wirbelte sie herum, lief aus dem Schuppen und rannte zum Haus. Ihr Herz war von Freude erfüllt.

Das schöne Wetter dauerte an und bescherte ihnen einen herrlichen Sternenhimmel. Was hätten sie sich Schöneres wünschen können als diese majestätischste Kathedralenkuppel der Welt? Die kleine, einsame Lichtung war in dieser Nacht des 12. Juli von Schatten umsäumt und vom blassen Licht eines verheißungsvollen Vollmondes erfüllt. Coll und Munro erwarteten sie, schmuck in ihrer Uniform und ihrem besten Hemd. Isabelle begrüßte sie und sah dann fragend zu Alexander auf. Das breite Lächeln wollte gar nicht mehr vom Gesicht des jungen Mannes weichen. Während er eine Kerze anzündete, die Munro ihm reichte, begann er ihr zu erklären, was nun folgen sollte.

»Ich weiß, dass es ein alter heidnischer Brauch ist, aber...

für uns ist er genauso bedeutsam wie eine Hochzeit in der Kirche...«

»Eine... Hochzeit?«, rief Isabelle verblüfft aus.

Er hatte sich ihr zugewandt und streckte ihr die Hand entgegen. *Hochzeit?*, fragte sie sich noch einmal, während schon himmlische Melodien in ihrem Kopf aufklangen. Die von der Kerzenflamme beschienenen Baumstämme kamen ihr plötzlich wie stattliche Orgelpfeifen vor. Dann verwandelten sich die zarten Farnwedel zu ihren Füßen für sie in eine Schar tanzender Feen und Kobolde...

»Das *handfast*, dieser Schwur, bei dem man die Hände zusammenlegt und sich einander angelobt... Ich habe dir davon erzählt, weißt du noch?«, hörte sie Alexanders Stimme wie aus weiter Ferne.

Der junge Mann wirkte beunruhigt. Vielleicht hätte er vorher mit ihr darüber sprechen sollen. Er wusste, dass die katholischen Franzosen nicht viel von heidnisch inspirierten Riten hielten und sie als Ketzerei betrachteten... Aus strahlenden Augen sah Isabelle zuerst Munro und Coll an, die bis jetzt noch kein Wort gesagt hatten. Dann wanderte ihr Blick zu ihm. Als er das Lächeln sah, das ihr wunderschönes Gesicht leuchten ließ, verflogen seine Befürchtungen, und er schloss die Augen, um dem Allmächtigen zu danken.

Auf sein Nicken hin zog Munro sein Schwert aus der Scheide und erhob es zum Himmel, so dass es aufblitzte wie eine Kerzenflamme. Er wies damit in alle vier Himmelsrichtungen und sprach dazu Worte, die Isabelle nicht verstand. Dann legte er die frisch geschliffene Klinge, die im Abendlicht schimmerte, zu Füßen des verlobten Paares ins Gras. Schweigend warteten Alexander und Coll, bis er fertig war. Isabelle fühlte sich verzaubert und verfolgte die Zeremonie wie in einem Traum. Die Hand ihres Liebsten umschloss die ihre und nahm ihr jede Angst.

»*Ye'd best start, Munro, we'll no' wait all night.*« Fang jetzt lieber an, Munro, wir haben keine Lust, die ganze Nacht zu warten.

»Isabelle, Ihr kommen her...«, begann Coll in seinem neu erlernten Französisch.

»Aus eigenem freien Willen?«, beendete Alexander die Frage an seiner Stelle.

»Ja...«, murmelte Isabelle.

»*Aye! Hands joint, ye shall liste tae ma saying. 'tis precipitate, sae aye, ye must ken what implies...*« Gut! Legt eure Hände zusammen und hört, was ich sagen werde. Das alles ist ein wenig überstürzt, und ihr müsst verstehen, worauf ihr euch einlasst...

»*Och! Munro... D'ye ken what time 'tis?*« Herrje, Munro! Weißt du eigentlich, wie spät es ist?

»*Aye! 'tis yer handfast, Alas...*« Schon gut! Es ist dein *handfast*, Alas...

»*Sae 'tis.*« So ist es.

Isabelle, die kein Wort von alldem verstand, wartete. Ihr Herz schlug zum Zerspringen, und ihrem Verstand dämmerte langsam, was ihr Liebster vorhatte. Alexander nahm sie gemäß der Tradition der Highlands zur Frau. Der Schwur der zusammengelegten Hände. Es stimmte, er hatte ihr davon erzählt. Er hatte ihr auch erklärt, in Schottland sei diese Art der Eheschließung durch das Gesetz anerkannt. Aber... wie mochte das hier sein? Doch wie auch immer, er vermählte sich mit ihr, und wenn es nur symbolisch war.

Munro sprach immer noch in der Sprache der drei Soldaten, während Coll feierlich übersetzte, manchmal mit Alexanders Hilfe.

»Über unseren Köpfen stehen die Sterne. Unter unseren Füßen liegt die Erde. Sie sind die...«

»...Zeugen...«

»...des Vergehens der Zeit. Genau wie sie...

»...soll unsere Liebe fest und beständig sein.«

»Möge ihre Macht... *Och! Alas, 't is tae hard!*« Ach, Alas, das ist einfach zu schwer...

Alexander stieß einen tiefen Seufzer aus. Isabelle senkte den Kopf, damit die drei ihre amüsierte Miene nicht sahen. Angesichts von Colls rührenden Anstrengungen konnte sie ihr Lachen nur mit großer Mühe unterdrücken.

»Ich mache weiter, Coll«, murmelte Alexander und wandte

sich Isabelle zu, um den Rest der traditionellen Formel zu zitieren.

»Möge ihre Macht unsere Seelen inspirieren und unsere Liebe wachsen lassen, möge sie unserer Liebe durch die Stürme der Zukunft helfen, damit wir eins werden. Möge Gott, so wie die Sonne, unser Herz erhellen und uns, so wie der Erde, Fruchtbarkeit schenken...«

Sie hörte nur mit halbem Ohr zu und sah in das Gesicht des Schotten, betrachtete seine ungleichmäßigen, groben Züge. Dies war das Gesicht des Mannes, der bald ihr »Ehegatte« sein würde. Sie lächelte.

»Alas«, ließ sich Munro vernehmen. »*'tis no' my power tae do this. Handfast wi' her.*« Was jetzt kommt, steht nicht in meiner Macht. Du musst den Eid mit ihr ablegen.

Alexander kramte in seinem *Sporran* und zog ein Band hervor, das er Coll reichte. Isabelle erkannte das blaue Band wieder, an dem sie ihr Taufkreuz getragen hatte. Dann hatte er es also behalten! Behutsam nahm er ihr Handgelenk, sah darauf hinunter und streichelte es mit dem Daumen. Dann sah er sie aus verliebten Augen an.

»Uns allein steht es zu, unser Geschick zu vereinen, Isabelle. Möchtest du das?«

Der Druck der Finger, die um ihre zarten Knochen lagen, verstärkte sich ein wenig.

»Ja.«

Glücklich lächelte er. Er nahm ihre Hand, legte einen kleinen Gegenstand hinein und bog ihre Finger darüber. Als er jetzt weitersprach, hielt er ihre Hände fest.

»Im Angesicht Gottes... bei dem Leben, das in meinem Blut fließt und der Liebe, die in meinem Herzen wohnt, nehme ich, Alexander Colin Campbell Macdonald, dich, Isabelle Lacroix, zur Frau. Ich gelobe, dich aus freien Stücken zu lieben, in Gesundheit und Krankheit, in Wohlstand und Armut, in diesem Leben und im Jenseits, wo wir uns wiederfinden werden, um uns erneut zu lieben. Ich werde dich, deine Sitten und Gebräuche und dein Volk ebenso achten wie mich selbst.«

Er schwieg einen Moment lang, ließ sie nicht aus den Augen und verfolgte ihre kleinsten Regungen. Dann bat er sie, die Eidesformel, die er gesprochen hatte, zu wiederholen.

»Du bist ein freier Mensch, Isabelle... Aber wenn du es wirklich willst, in dem Bewusstsein dessen, was dieser Eid bedeutet...«

Die Hand der jungen Frau zitterte; Alexander umfasste sie fester.

»Im Angesicht Gottes... bei dem Leben, das in meinem Blut fließt und der Liebe, die in meinem Herzen wohnt, nehme ich, Marie Isabelle Élisabeth Lacroix, dich, Alexander Colin Campbell Macdonald, zum Ehegatten...«

Eine Hand auf ihren Leib gelegt und die andere in den Händen des Mannes, den sie liebte, sprach Isabelle den Schwur, der sie mit Alexander vereinte. Als sie geendet hatte, trat wieder Schweigen ein. In einer fröhlichen Abendsymphonie begannen die Grillen zu singen, die Laubfrösche quakten, und eine Eule rief. Feen und Kobolde tanzten ihren Reigen.

Tief bewegt öffnete Alexander Isabelles Hand, um den Gegenstand, den er zuvor hineingelegt hatte, zu nehmen. Dann steckte er ihr den Ring aus Horn an den Finger. Er passte perfekt. Ein wenig erstaunt sah die junge Frau darauf hinunter. Dann hatte er also seit langer Zeit Vorbereitungen für diese Zeremonie getroffen.

Munro ergriff Isabelles Handgelenk und hielt es über das von Alexander, während Coll das Band um beide schlang.

»*D'ye are now husband 'n wife*...« Jetzt seid ihr Mann und Frau.

»Mach den Sprung mit mir«, murmelte Alexander in Isabelles Ohr, während Munro seine Rede beendete.

Mit einer einzigen Bewegung sprangen sie über das Schwert, das sein Cousin daraufhin wieder an sich nahm. Die beiden Zeugen klatschten Beifall, beglückwünschten das Brautpaar herzlich und wünschten ihm Glück bis ans Ende aller Tage.

»Hier, Alas«, sagte Coll und reichte ihm ein in Zeitungspapier eingewickeltes Paket. »Es ist nicht viel, aber alles, was ich auftreiben konnte.«

Das Geschenk bestand aus Brot und Wein, die sie sich bei einem fröhlichen Mahl teilten. Dann verabschiedeten sich Coll und Munro. Isabelle und Alexander blieben allein auf der weitläufigen, von hohen Kiefern umstandenen Lichtung zurück. Die Bäume erfüllten die taufeuchte Luft mit ihrem sanften Duft. Immer noch umschlang das Band ihre Handgelenke; keiner von beiden hatte gewagt, es abzunehmen.

»Jetzt bist du meine Frau, Isabelle...«

Alexanders ernste Stimme hallte durch das Dunkel, das sich inzwischen über die Landschaft gesenkt hatte. Die Kerze flackerte und brachte die Schatten um sie herum zum Tanzen. Sie nickte. Er legte die freie Hand um ihre Taille und zog sie an sich, um sie zärtlich zu küssen. Ihre immer noch verbundenen Hände steckten zwischen ihnen. Dann ergriff sie die Leidenschaft, und sie machten das Band los...

In dieser wunderbaren Nacht voller Sterne feierten sie lange ihre Vereinigung und genossen jede Minute, denn sie waren sich bewusst, wie leicht ihr Glück zerstört werden könnte. Sie schlenderten über die Wege der Wollust und berauschten sich an den unaussprechlichen Empfindungen, die ihnen die Freude darüber schenkte, dass sie einander endlich ganz gehörten.

Ein neuer Feldzug stand unmittelbar bevor, und Alexander wusste, dass sie sich vielleicht nie wiedersehen würden. Er wollte Isabelle seinen Körper einprägen, ihr eine bleibende Erinnerung an sich zurücklassen. Und er wollte sie ganz in sich aufsaugen. Er kostete ihren Körper aus, suchte seine intimsten Winkel auf, flüsterte ihr ins Ohr, machte, dass sie in seinen Armen seufzte. Er liebkoste sie und teilte die glatten Kurven ihres opalbleichen Körpers mit dem Mond, der seinen milchweißen Schein über sie warf.

Er fühlte sich leer und erfüllt zugleich; eine eigentümliche Empfindung. Etwas hatte sich in ihm verändert. Er war ein anderer geworden; er fühlte sich frei. Isabelle war sein Licht gewesen und hatte ihn auf den Weg der Freiheit geführt. Ja, sie hatte ihn von all den ungestillten Sehnsüchten befreit, die sein Herz und seinen Geist beschwert hatten: geliebt, geehrt und respektiert zu werden. War es nicht das, wonach jeder Mensch strebte? Das Ziel jeden Lebens? Der Gedanke, dass er dieses Ziel endlich erreicht hatte, ließ ihn schwindeln.

Er regte sich, und die junge Frau, deren Kopf an seiner Brust ruhte, murmelte etwas im Schlaf und bewegte sich. Sie lagen auf seinem Plaid, das er im Gras ausgebreitet hatte, um sie vor dem Tau zu schützen, und so war der Mantel der Nacht ihre einzige Zudecke gewesen. Isabelles Bein, das auf seinen Schenkeln lag, wärmte ihn. Die junge Frau hatte eine Hand unter seine Achsel gesteckt, die andere ruhte auf seiner Schulter.

Sanft legte er die Hand in ihr Kreuz und streichelte es mechanisch. Der Rausch der körperlichen Vereinigung war verflogen, und nun waren sie von dieser Wärme erfüllt, die Körper und Geist erfüllt und das Herz wiegt. Gern hätte er die ganze Nacht neben Isabelle geschlafen, ja sein Leben lang. Doch bald würde der Morgen dämmern, und mit ihm kehrte die harte Realität des Lebens zurück. Sie hatten so wenig Zeit miteinander gehabt.

Coll und Munro hatten dafür gesorgt, dass Alexanders Abwesenheit beim Appell nicht auffiel. Der junge Mann vermutete, dass eine oder zwei Flaschen Rum nötig gewesen waren, um den Unteroffizier zu bestechen. »Eine solche Nacht ist das schon wert, Alas«, hatte sein Bruder ihm erklärt. Aber er durfte es nicht übertreiben; er musste vor dem Wecken wieder in seinem Quartier sein. Und Isabelle ging es ähnlich. Unsicher hatte er sie gebeten, noch ein paar Stunden bei ihm zu bleiben, doch sie hatte ihm versichert, die Wahrscheinlichkeit, dass ihre Mutter ihre Flucht entdecken würde, sei gering. Die Witwe lebte zurückgezogen in ihrem Zimmer, das sie bei Tag nur selten und bei Nacht niemals verließ. Und falls Perrine sie ertappen sollte, so hatte sie ihm garantiert, sie verfüge über gute Argumente, um sie zum Schweigen zu bringen.

Er sah auf die junge Frau hinunter. Die Kerze war schon lange heruntergebrannt; das Licht des Mondes hob die Konturen ihres Gesichts hervor und umgab sie mit einer Art Aura. Er strich über ihr Haar und löste eine Strähne, die an ihrer Nase klebte.

Nie wurde er es überdrüssig, sie zu bewundern. Die fein gezeichneten Brauen bildeten zwei anmutige Bogen über den geschlossenen Lidern. Die kleine Stupsnase war vollkommen proportioniert. Ihre hübschen, rundlichen Wangen wurden von zwei Grübchen verziert. Schwärmerisch betrachtete er sie. Und dieser Mund, rund wie der einer Puppe, so wunderbar voll, der zum Küssen geschaffen war... Er glaubte beinahe zu träumen.

»*Mo chridh' àghmhor*...«

Mo chridh' àghmhor... Die Worte erklangen in Isabelles Kopf. Die junge Frau regte sich ein wenig. *Mein Herz voller Freude*... Sie öffnete die Augen einen Spalt breit.

Es war noch dunkel. Sie erschauerte und rutschte herum, um ihren Arm zu befreien, der unter ihm lag und taub geworden war. Die nächtliche Kälte schob sich zwischen die beiden. Die Arme, die sie umschlossen, schlangen sich fester um sie. Noch ein wenig verwirrt hob sie den Kopf.

»Ist dir kalt?«

»Alex... Ja, ein wenig.«

Er streckte den Arm aus, griff nach seinem Hemd und legte es ihr über die Schultern. Dem Kleidungsstück haftete sein Geruch an, der in ihr eine ganze Woge von Empfindungen hervorrief. Niemals würde sie diese Nacht vergessen.

»Ich liebe dich, Alex.«

Die Hand, die ihr Haar streichelte, glitt unter ihr Kinn und hob es hoch. Es wurde langsam heller, und die Wirklichkeit brachte sich in Erinnerung. Ihr Traum war zu Ende, doch sie wollte noch nichts davon wissen. Sie klammerte sich an ihn und vermochte ein leises Schluchzen nicht zu unterdrücken. Mit dem Arm, der um ihre Taille lag, zog Alexander sie hoch auf seine Brust und sah ihr unverwandt in die Augen.

»Erinnere dich an diese Nacht, Isabelle. Erinnere dich an unser Gelöbnis.«

Sie konnte nur nicken. Er küsste sie.

»Bei dem Leben, das in meinem Blut fließt...«

»Bei der Liebe, die in meinem Herzen wohnt...«

»Hmmm...«

Alexanders Finger spielten mit ihrem Haar.

»*Thig crìoch air an t-saoghal ach mairidh ceòl is gaol*«, murmelte er.

»Was bedeutet das?«

»Ein altes gälische Sprichwort: Das Ende der Welt wird kommen, aber die Liebe und die Musik werden überdauern.«

»Ja, die Liebe und die Musik...«

Lange schwiegen sie und hörten nur den Schlag ihrer Herzen, der sich mit den Geräuschen des erwachenden Tages mischte.

Ein unzufriedenes Murren ließ sich in dem von der grellen Morgensonne erfüllten Zimmer vernehmen. Ein meergrünes Band flog quer durch den Raum und landete auf dem Schemel, wo sich bereits zahlreiche Stoffteile häuften.

»Verflixt! Ach, wenn Mado bloß da wäre!«

Isabelle saß vor ihrem Frisiertisch und dachte an ihre liebe Cousine, die ihr schrecklich fehlte. Doch sie wusste, dass Madeleine die Freude, die sie in diesem Moment empfand, ohnehin nicht würde teilen können. Nun ja... auch in ihre eigene Freude mischte sich Sorge. Nachdenklich strich sie mit der Hand über ihren Leib und drückte vorsichtig darauf. Der Ring aus Horn schmückte ihren Finger wie ein von einem Priester gesegneter goldener Ehering. Dieses Schmuckstück bedeutete ihr etwas Besonderes. Alexander hatte es geschnitzt, und es war herrlich geworden: Das Material brachte die zarten Distelblüten und Lilien zur Geltung, deren Stängel sich ohne Anfang und Ende verschlangen und ihre ewige Liebe symbolisierten. Isabelle drehte den Ring an ihrem Finger, schloss die Augen und erinnerte sich an Alexanders strahlendes Gesicht, als er ihr verkündet hatte, er habe eine Überraschung für sie.

»Auch ich habe eine Überraschung für dich, mein Liebster...«

Sie hätte ihm die Neuigkeit gern früher mitgeteilt; zuerst nach der Eifersuchtsszene am Saint-Charles-Ufer und dann in der Nacht des *handfast*. Doch sie hatte lieber warten wollen, bis die Anzeichen ihren Verdacht bestätigten. Aber heute Morgen hatte sie ihr Frühstück wieder von sich gegeben, und ihre Blutung ließ immer noch auf sich warten. Sie stellte sich vor, wie glücklich er über ihre Mitteilung sein würde, denn etwas anderes als Freude konnte er gar nicht empfinden. Er liebte sie und hatte sie geheiratet … auf seine Art vielleicht, aber dennoch. Wenn sie in Schottland wären, dann wäre sie jetzt Mrs. Macdonald gewesen. Sie musste lachen und sagte den Namen laut vor sich hin.

Sie hatte es eilig, in den *Rennenden Hasen* zu laufen und Alexander eine Nachricht zu hinterlassen. Heute Abend würden sie sich im Schuppen treffen, hinter der Mauer des Obstgartens … Das einzige Problem war, dass sie es einfach nicht fertig brachte, ihre Haarbänder richtig zu knoten. Dann eben nicht! Sie fasste in ihr Haar und zog es nach hinten, um die Wirkung zu beurteilen. Schön, dann würde sie sich halt einen Zopf flechten wie die Frauen der Indianer und ihn unter ihre Haube stecken. Das ging schneller, und außerdem würden ihr dann den Tag über nicht die Haare in die Augen fallen.

Heute hatte sie das Bedürfnis, sich besonders schön zu machen. Sie stand auf, um ihre Seidenstrümpfe zu glätten und ihre Strumpfbänder über den Knien festzuziehen. Als sie ihr Bild im Spiegel erblickte, fühlte sie sich ein wenig verlegen, denn sie trug nichts anderes als diese Strümpfe. Dennoch betrachtete sie sich ein Weilchen einmal aus verschiedenen Blickwinkeln. Das Bild ihres nackten Körpers zeigte ihr die Rundungen, die Alexander so gern liebkoste.

Isabelle dachte an eine Predigt, die sie in der Kirche gehört hatte. Darin hatte der Geistliche die Gemeindemitglieder vor dem Bösen in der Schönheit und den Versuchungen des Fleisches gewarnt. Aber warum hatte dann Gott, der Mann und Frau geschaffen hatte, die Schönheit überhaupt werden lassen, wenn sie die Seele verdarb? Warum hatte ihr der Schöpfer diese anmutigen, wohlgeformten Beine geschenkt, die bezaubernd gerundeten Schultern, dieses fröhliche Gesicht mit den zwei niedlichen Grübchen, diesen Hals, der die Männer zum Küssen verleitete und dieses Geschlecht, das nur danach verlangte, seine Geheimnisse zu enthüllen? Und die lustvollen Empfindungen, die damit verbunden waren, warum ließ Gott die dann zu?

Gedankenverloren neigte sie den Kopf zur Seite und fragte sich, wie die Tugend neben der Schönheit existieren konnte… Sie betrachtete sich von der Seite, um den Umriss ihres Rückens und ihres Bauchs anzusehen, der die noch unsichtbare Frucht ihrer Liebe trug. Dann fiel ihr ein, welch gewaltigen Umfang Françoise am Ende ihrer Schwangerschaft gehabt hatte. Woher sollte sie nur die ganze Haut nehmen, die dazu nötig war? Ihr Becken war ein wenig schmal, doch das würde bald breiter werden. Und ihre Brüste… Sie betrachtete sie aus zusammengezogenen Augen und presste unsicher die Lippen aufeinander. Indem sie die Hände darunterlegte und sie wie in einem Korsett umschloss, erzeugte sie die Formen, welche die Blicke der Männer so magisch anzogen und sie bewog, ihr aufs Dekolletee zu starren. Was Alexander wohl davon halten würde, wenn er sie mit dem Kind teilen musste? Aber waren sie nicht eigentlich dazu geschaffen, die kleinen Wesen zu nähren? Sie lachte.

Achselzuckend drehte sie sich um sich selbst. Dann bückte sie sich, hob ihr Unterhemd vom Boden auf und streifte es über. Anschließend legte sie ihr Korsett aus Castagnette-Stoff* an. Lächelnd überlegte sie, dass ihr Liebster – besser gesagt ihr Gatte – sich einen Blick in ihren Ausschnitt nicht würde verwehren wollen. Die Männer waren doch alle gleich… Monsieur Larue machte da keine Ausnahme. Sie hatte genau gesehen, wie er auf ihre Brust geschielt hatte, als sie sich gebückt hatte, um eine Serviette, die auf den Boden gefallen war, aufzuheben. Der junge Notar hatte ihnen in letzter Zeit keinen erneuten Besuch abgestattet, und Isabelle hoffte, dass er bereits zum Sainte-Anne-Fluss in der Domäne Sainte-Anne-de-la-Pérade abgereist war. Dort sollte er Station machen, bevor er nach Montréal zurückkehrte, wo sich seine Kanzlei befand.

---

* Castagnette d'Amiens, ein Stoff aus Wolle, Seide und Leinen, der in alter Zeit in Amiens gefertigt wurde.

Isabelle legte ihren Reifrock und die gesteppten Unterröcke an und zögerte dann angesichts der beiden Kleider, die auf dem Bett ausgebreitet lagen. Sollte sie das blaue anziehen, das sie bei dem Picknick getragen hatte, damals bei ihrem ersten Kuss? Oder doch das grüne aus Camelot-Stoff? Sie hatte eine Vorliebe für Grün, denn die Farbe passte so gut zu ihren Augen. Gut, dann also das grüne! Schließlich bedeckte sie ihr Dekolletee mit einem Schal aus mit Picots verziertem Etamine, warf einen letzten Blick in den Spiegel, um ihre Haube zurechtzurücken, und verließ das Haus.

Auf den Straßen herrschte eine ungewöhnliche Geschäftigkeit. Viele Menschen hatten es eilig, in die Unterstadt zu kommen. Ein Mann stieß sie an und hätte sie beinahe umgeworfen. Er fing sie auf, erging sich in Entschuldigungen und verneigte sich vor ihr.

»Monsieur Lapierre!«

Der Mann runzelte die struppigen Augenbrauen, unter denen seine Augen milchig wirkten. Er erinnerte an einen Spaniel und litt offensichtlich an Kurzsichtigkeit.

»Isabelle Lacroix. Ihr erinnert Euch doch an mich?«

»Isabelle! Oh, die kleine Isa. Das ist aber lange her.«

Er hängte sich ein wenig unschicklich über ihr Dekolletee, um sie genauer anzusehen und schenkte ihr dann ein breites Lächeln, das zahlreiche Zahnlücken enthüllte.

»Na, so etwas! Ihr seid aber ganz schön gewachsen!«

Monsieur Lapierre war Bootsmann auf einem der Schiffe ihres Vaters gewesen. Sie hatte ihn nicht mehr gesehen, seit er seinen Abschied genommen und sich auf die Ländereien seines ältesten Sohns in Beauport zurückgezogen hatte. Fast acht Jahre war das jetzt her.

»Ein wenig schon!«, gab Isabelle lachend zurück. »Sagt mir doch, Monsieur Lapierre, wisst Ihr, wohin all diese Leute wollen? Mir will scheinen...«

»Was, habt Ihr es denn noch nicht gehört? Gestern Abend wurde auf dem Großen Platz ausgerufen, dass Murrays Truppen noch heute Morgen nach Montréal aufbrechen...«

Isabelle spürte, wie ihr das Blut aus dem Gesicht wich, und meinte, ihr Herz müsse stehen bleiben.

»Heute... Morgen? Seid Ihr sicher?«

»Ganz sicher. Wollt Ihr mit mir kommen?«

Ihr Blut begann wieder zu fließen und raste geradezu durch ihre Adern. Schwindel erfasste sie, und sie musste sich am Arm des alten Mannes festhalten.

»Ähem... nein. Ich glaube... ich gehe wieder nach Hause. Mir dreht sich der Kopf... Das macht wohl die Hitze...«

»Wie Ihr wünscht, Mademoiselle Isa. Es hat meinem Herzen wohlgetan, Euch zu sehen. Richtet Eurem Vater meine Grüße aus, ja?«

»Ja, gewiss, Monsieur Lapierre...«, murmelte sie zerstreut. »Einen guten Tag.«

Der Mann verschwand. Unter der Nachwirkung des Schrecks stand Isabelle immer noch wie erstarrt da. Die Truppen brachen auf? Das hieß, dass Alexander... Ach, du lieber Gott!

Eine schreckliche Vorahnung ergriff sie. Sie raffte ihre Röcke und rannte den steilen Weg hinab, der in das Palast-Viertel führte. Endlich stürzte sie in die Taverne zum *Rennenden Hasen*. Der Wirt, der seine Zinnkrüge gespült hatte und sie auf einem Bord über seinen Zapfhähnen aufstellte, wandte sich zu ihr um. Da er sie erkannte und sie keuchend und in Schweiß gebadet sah, bot er ihr lächelnd eine Erfrischung an. Sie machte sich nicht einmal die Mühe einer Antwort; sie musste unbedingt erfahren, ob die Highlander-Regimenter bereits fort waren.

»Seit einer Stunde, meine kleine Mademoiselle! Ach, jetzt hätte ich fast vergessen, Euch das hier zu geben...«

Panisch und schwer atmend riss Isabelle ihm das Briefchen fast aus den Händen und steckte es in ihre Tasche; sie würde es später lesen. Jetzt hatte sie vielleicht noch Zeit, Alexander auf dem Kai zu finden.

Sie drängte sich zwischen Menschen, leeren Marktständen und Mist- und Abfallhaufen hindurch, die vor den Häusern lagen, und rannte so schnell wie noch nie in ihrem Leben in die Unterstadt. Mehrmals wäre sie auf der staubigen, von tiefen

Spurrillen gefurchten Straße um ein Haar der Länge nach hingeschlagen.

Das Rollen der Trommeln und das Murmeln der Menschenmenge leiteten sie. Sie sah die scharlachroten Uniformröcke auf den Quais du Roi. Mehrere Schiffe hatten bereits die Anker gelichtet und bewegten sich flussaufwärts. Sie betete zum Himmel, Alexander möge sich nicht auf einem davon befinden. Kähne mit flachem Kiel entfernten sich über das Wasser und brachten die Soldaten weg, damit sie die großen Kriegsschiffe, die noch auf Reede lagen, bestiegen. Mit heftig pochendem Herzen und schweißnass drängte sie sich durch die Neugierigen, was ihr einiges Geschimpfe und Murren eintrug. Wo waren nur die Highlander?

Auf den Quais du Roi waren die schottischen Soldaten nicht; sie lief zu den Quais de la Reine. Ein vertrauten Jaulen ließ sie zusammenfahren. Ein Dudelsack! Endlich! Sie stieß Menschen beiseite und konnte sich einen Weg bis zum Ufer bahnen, das von Grenadieren in ihren hohen Uniformmützen, die mit Gewehren und Bajonetten bewaffnet waren, bewacht wurde, und erblickte die »Röckchenträger«, die zu Hunderten an Bord leichter Boote gingen.

»Alexander! Alex!«, schrie sie aus vollem Halse und schwenkte die Arme.

Einige Highlander drehten sich um, ein paar lächelten ihr sogar zu. Sie musterte die Gesichter, suchte nach dem dunklen Haar ihres Liebsten und dem flammend roten seines Bruders, das an seiner Seite sein musste. Aber offenbar war ein jeder vierte Schotte rothaarig! Sie konnte sie nicht entdecken… Das Herz wurde ihr schwer, und die Tränen, die sie nicht mehr zurückhalten konnte, liefen ihr über die staubigen Wangen.

»Alex… mein Liebster… Lebewohl.«

Der letzte Mann war in das Boot gestiegen, das noch leicht schaukelte. Die Leinen wurden losgemacht. Das Gewehr zwischen den Schenkeln und den Ranzen auf dem Rücken, starrte Alexander auf den Kai und suchte unter der Menschenmenge nach Isabelles Gesicht. Schweren Herzens, mit zugeschnürter Kehle, war er sich schon sicher, dass sie nicht gekommen war, und wollte sich abwenden, als er eine kleine Gestalt erblickte, die ihre Arme über dem Kopf schwang und seinen Namen rief. Aber in den Regimentern von König George gab es so viele Soldaten, die auf den gleichen Vornamen hörten wie er ...

Er beschattete die Augen mit der Hand und zog die Augen zusammen, um das grüne Kleid, das sich am Ufer bewegte, besser erkennen zu können. Isabelle ...

»Sie ist gekommen!«, murmelte er, immer noch wie betäubt von dem Kummer, der seit dem Morgengrauen auf ihm lastete. »Sie ist da, Coll! Siehst du sie? Ist sie das wirklich?«

Coll, der gar nicht auf die Neugierigen geachtet hatte, die zusammengelaufen waren, um ihrem Aufbruch beizuwohnen, musterte jetzt ebenfalls die Menge.

»Dort!«, wies Alexander ihm mit vor Aufregung zitternder Hand die Richtung.

»Ich glaube schon, dass sie es ist, Alas. Du hast Glück!«

Unter Missachtung der Vorschriften sprang Alexander auf, schwenkte sein Gewehr und schrie. Die Gestalt löste sich aus der Menschenmenge, huschte an den wachsamen Grenadieren vorbei, welche den Ablauf der Einschiffung überwachen sollten, und rannte zu den Landungsstegen.

»*Iseabail! I love ye!*«

»Ich liebe dich auch, Alex! Komm wieder!«

Im Heck des Bootes brüllte ein Offizier, und Alexander spürte, wie die Spitze eines Bajonetts in seine Schulter stach. Coll zerrte am Kilt seines Bruders, so dass dieser sich wieder setzen musste.

»Lebe wohl, meine Liebste. Vergiss unser Gelübde nicht ...«, flüsterte er.

Der Grenadier schob die junge Frau behutsam bis zur Absperrung zurück. Isabelle wehrte sich, und der Mann wurde energischer.

»*Lady, please, return over there. You cannot come ...*« Geht wieder nach hinten, Lady. Ihr dürft hier nicht ...

»Alex! Alex!«

»By God! Lady, get back there! Come on, hurry up!«

Der Soldat verlor die Geduld, packte die junge Frau am Arm und stieß sie grob auf die Menge zu. Sie zappelte und versuchte wieder zur Anlegestelle zu laufen. Gereizt richtete er die Waffe auf sie, was einen Proteststurm unter den Neugierigen an der Absperrung hervorrief.

»Please, Lady!«

Der Mann wollte ihr kein Leid antun, doch er hatte seine Befehle. Isabelle, der mit einem Mal aufging, dass sie im Mittelpunkt der allgemeinen Aufmerksamkeit stand, nickte langsam und mischte sich wieder unter die Schaulustigen. Die Umstehenden, die bestürzt darüber waren, wie brutal der Grenadier mit der jungen Frau umgesprungen war, begannen Beschimpfungen zu rufen. Da Isabelle nicht der Anlass für einen Aufstand sein wollte, zog sie sich in die Menge zurück, ohne jedoch das Boot, das Alexander fortführte, aus den Augen zu lassen. Eine Hand auf ihren Leib gelegt, in dem ihr Kind zu wachsen begann, sah sie zu, wie es auf die großen Schiffe zuglitt. Dann, als das Boot nicht mehr zu sehen war, sank sie mit tränenüberströmtem Gesicht an einer Mauer zusammen und griff in ihre Tasche, um das Briefchen, das der Tavernenwirt ihr gegeben hatte, hervorzuziehen. Jede Bewegung bereitete ihr Schmerzen, und die schlimmste Qual war es, das eselsohrige Stück Karton auseinanderzufalten.

Zehn Millionen sorgfältig gewählte und geschickt formulierte Worte hätten die Gefühle eines liebenden Mannes nicht besser ausdrücken können als die zwei Wörter, die auf eine Herzass-Karte gekritzelt waren: *Love you.* Aller Reichtum und alle Schönheit des Universums lagen in diesem schönsten Gedicht der Welt...

»Ich warte auf dich... Wir beide werden auf dich warten, Alexander Macdonald.«

Ihr Liebster war fort, und auch die Musik hatte sie verlassen. Isabelle starrte auf das Notenblatt mit der Sonate, die zu spielen sie nicht mehr fertig brachte. In Gedanken war sie anderswo. Aus der Küche drangen das Scheppern von Töpfen und gedämpftes Gelächter zu ihr. Fünfzig Tage... Der morgige würde der einundfünfzigste sein und übermorgen der... *Bring einen Tag nach dem anderen hinter dich... Er wird zurückkehren...*, sagte sie sich immer wieder.

Sie zog ihr Tuch enger um die Schultern. Es war ein wenig frisch, und durch den Regen, der seit dem Morgen fiel, war die Luft mit Feuchtigkeit gesättigt. Die Zeit verging langsam, zu langsam. Ein paarmal hatten sie etwas von den englischen Truppen gehört. Ende August hatte es geheißen, Murray habe in der Gegend von Sorel eine Kirche anzünden lassen, um Druck auf die Bevölkerung auszuüben. Immer noch gab es Kolonisten, die sich weigerten, einen Eid auf ihre Neutralität zu leisten. Aber konnte man ihnen das verübeln? Wenn sie sich weigerten, für ihr Land zu den Waffen zu greifen, drohten die kanadischen Autoritäten ihnen dort, wo sie noch die Macht hatten, mit dem Tod. Doch wenn sie sich den Engländern nicht unterwarfen, mussten sie zusehen, wie ihre Häuser und ihre Ernten in Flammen aufgingen. So saßen sie zwischen den Stühlen und wählten das kleinere Übel.

Außerdem hatten sie erfahren, dass die Garnison, die das Fort auf der Île aux Noix besetzte, die Festung Havilands Männern überlassen und sich nach Saint-Jean zurückgezogen hatte. Nachdem die Abteilung das Dorf angezündet hatte, war sie nach Montréal gezogen. Gleichzeitig hatte Amherst in der Festung Lévis die Kapitulation von Kommandant Pouchot entgegengenommen. Jetzt lag nichts mehr zwischen den Engländern und der letzten französischen Festung. Das Ende der französischen Herrschaft war nahe. Isabelle freute sich darüber und schämte sich zugleich.

Die junge Frau wünschte sich nur eines: wieder in Alexanders starken Armen zu liegen und dem Highlander zu sagen, dass er bald Vater werden würde...

Bisher hatte sie zu allen möglichen Listen Zuflucht genommen, um ihren Zustand zu verbergen. Doch sie wusste, dass es so nicht mehr lange weitergehen konnte. Im Moment war Perrine noch die Einzige, die etwas ahnte.

Es war vor ein paar Tagen gewesen. Sie stand in ihrem Zimmer vor dem Spiegel, der ihr das Bild ihres Körpers zurückwarf, der sich unaufhaltsam verwandelte. Ihr Nachthemd begann über dem Bauch zu spannen. Bald würde ihre Mutter ihren Zustand bemerken... Da öffnete sich die Tür und Perrine trat, von einem Luftzug begleitet und mit einem Korb voller Schmutzwäsche, herein. Isabelle zog ihr Hemd wieder herunter, verschränkte die Arme und errötete heftig. Das Dienstmädchen, das stehen geblieben war, beäugte sie argwöhnisch.

»Was macht Ihr eigentlich mit Euren Binden, Mam'zelle Isa? Mir scheint, ich habe lange keine mehr von Euch gewaschen.«

»Ich... ich wasche sie jetzt selbst.«

Perrine sah sie mit eigenartiger Miene an und schaute auf ihren gerundeten Leib, der durch den feinen Batiststoff hindurch zu erkennen war. Isabelle hatte instinktiv die Hände darüber gelegt. Mehr brauchte die Dienstmagd nicht, um den Verdacht bestätigt zu finden, der ihr im Kopf herumgegangen war, denn es war jetzt drei Monate her, dass sie die Binden ihrer jungen Herrin nicht mehr zum Waschen bekommen hatte.

»Mein Gott!«, stieß sie hervor und ließ den Wäschekorb fallen. » Mam'zelle Isa! Ihr seid... schwanger?!«

Sie warf einen Blick in den Korridor, schloss die Tür hinter sich und schaute wieder Isabelle an.

»Da bildest du dir etwas ein, Perrine...«

»Versucht nicht, mir etwas vorzumachen, Mam'zelle, ich bin keine dumme Gans und erkenne eine Frau, die Nachwuchs erwartet, wenn ich sie sehe. Keine Angst, ich helfe Euch, ich habe das auch schon hinter mir und weiß ein wenig darüber, was jetzt zu tun ist. Versteht Ihr, als in Akadien 1755 die ›große Störung‹ begann, haben drei betrunkene Soldaten mir Gewalt angetan und mich dann geschlagen. Diese englischen Bastarde! Nun versteht Ihr sicher, warum ich sie so hasse. Als sie fertig waren, haben sie mich für tot im Wald liegen gelassen. Ich weiß nicht, ob ich das Glück nennen kann, aber eine Familie, die auf der Flucht war, hat mich gefunden und in einem Micmac*-Dorf zurückgelassen. Ich kann Euch versichern, dass ich nicht in der Lage gewesen wäre weiterzureisen. Die Wilden haben mich gepflegt und von dem Ding befreit, das in meinem Bauch wuchs. Ich wollte kein Balg von einem Engländer. Als der Winter vorüber war, haben zwei von ihnen sich Flüchtlingen, die versuchten, nach Neufrankreich zu gelangen, als Führer angeboten. Ich bin mit ihnen gegangen. Und so bin ich hierhergekommen.«

Bestürzt über Perrines Geschichte hatte Isabelle sich auf ihre Bettkante gesetzt und sagte kein Wort. Das Mädchen nahm neben ihr Platz.

»Ich kenne eine Frau, die Kinder wegmacht. Eine Mischlingsfrau aus Lorette. Sie benutzt Kräuter, um die Schwangerschaft zu beenden. Natürlich ist das auch gefährlich, aber immer noch weniger als die Methoden der verrückten ›alten Metzgersfrau‹. Die Frau trägt ihren Namen wahrhaftig zu Recht!«

Isabelle hatte von der jungen Gilbertine Lataille gehört, die vor zwei Jahren nach einer Abtreibung durch die »alte Metzgersfrau« verblutet war. Die Alte benutzte einen langen Kupferlöffel, um schwangeren, verzweifelten Frauen zu »helfen«.

»Wir müssen zu Josette, der Hexe, gehen, Mam'zelle Isa. Ich verspreche Euch, dass es so am besten für Euch ist! Eure Mutter braucht nichts davon zu erfahren!«

»Du wirst ihr doch nichts sagen, oder, Perrine?«, flehte Isabelle und grub die Fingernägel in den Unterarm der Dienstmagd. »Sie darf es nicht wissen!«

»Wenn Ihr nichts tut, wird sie es bald erraten, bei Eurem Bauch, Ihr Armes!«

»Aber ich will das Kind behalten! Ich habe nicht vor, es loszuwerden!«

Perrine sah sie lange an.

---

* Indianisches Volk, das im östlichen Nordamerika lebt. Der ehemalige Lebensraum umfasste Neuschottland, Prince-Edward-Insel, Teile Neubraunschweigs und die Gaspé-Halbinsel in Québec. (Anm. d. Übers.)

»Euer Engländer wird es nicht wollen, glaubt mir«, erklärte sie dann mit ernster Miene.

»Mein... Woher weißt du überhaupt, dass er Engländer ist?«

»Also wirklich, Mam'zelle Isa! Da hätte ich ja blind sein müssen!«

»Oh!«

»Seht Euch doch die kleine Mercereau an, Mam'zelle Isa, die im siebten Monat schwanger ist. Der Priester hat von der Kanzel mit dem Finger auf sie gezeigt, und ihre Eltern wagen sich nicht einmal mehr vor die Tür. Wo ist er jetzt, ihr Soldat? Desertiert. Und Josephte Belisle und Marguerite Favre? Die haben ihren Liebsten auch nicht wiedergesehen. Und genauso wird es Euch ergehen, wenn Ihr ihm sagt, in welchem Zustand Ihr seid.«

»Du irrst dich, Perrine. Wir lieben uns. Ich weiß ja, dass du das nicht verstehen kannst, aber...«

»Und Ihr seid Euch ganz sicher, dass er Euch liebt? Ein Mann, der die Tugend einer Frau nicht achtet, kann sie nicht wirklich lieben.«

»Das verstehst du einfach nicht, Perrine.«

Angesichts der Verstocktheit ihrer Herrin hatte Perrine einen Brief an Madeleine geschrieben, den Baptiste überbrachte. Zwei Tage darauf verließ Isabelles Cousine ihren Zufluchtsort und stellte ihr Gepäck in der Rue Saint-Jean ab. Die lange Trennung hatte die Spannungen zwischen den Cousinen verringert, und für eine kurze Zeit hatte die Wiedersehensfreude der beiden jungen Frauen die Stimmung im Haus aufgehellt.

Doch das währte nicht lange. Madeleine hatte sich mit Perrine zusammengetan und sie zu überreden versucht, die mysteriöse Josette aufzusuchen. Darüber waren ihre Unstimmigkeiten wieder aufgebrochen, und Isabelle war in tiefe Niedergeschlagenheit versunken. Vor einigen Tagen hatten die Cousinen sich erneut heftig über das Thema gestritten.

»Du bist im vierten Monat schwanger, Isa! Verflixt, du musst etwas unternehmen, ehe es zu spät ist!«

»Ich will Alexanders Kind nicht töten! Und ich dachte, du hättest begriffen, wie es zwischen uns beiden steht. Wir sind verheiratet, und er hat mir versprochen, zu mir zurückzukehren.«

»Du weißt ganz genau, dass das keine richtige Heirat war. Und wenn er nicht wiederkommt? Er könnte ebenso gut auf dem Feldzug umkommen. Bis jetzt haben sie Montréal noch nicht angegriffen.«

»Sag so etwas nicht, Mado, das bringt Unglück! Er hat es mir versprochen!«

Isabelle wurde von widerstreitenden Gefühlen gepeinigt. Sie nahm Madeleine übel, dass sie Zweifel in ihr geweckt hatte, die sie jetzt nicht wieder verlassen wollten. Natürlich war es möglich, dass Alexander niemals von dem Feldzug gegen Montréal zurückkehren würde. Was würde sie dann anfangen, mit einem kleinen Bastard am Rockzipfel? Denn genau das würde das Kind vor dem Gesetz und in den Augen aller sein.

Die Idee, das Kind loszuwerden, war ihr ebenfalls schon gekommen und hatte ihr Herz gequält. Das Kind des Mannes opfern, den sie über alles liebte? Gewiss, sie konnten immer noch andere bekommen. Aber diese Erinnerung würde sie für alle Zeit verfolgen. Sie fühlte sich hin- und hergerissen…

»Du bist ja nur neidisch!«, warf sie ihrer Cousine gereizt vor.

In Anbetracht von so viel Bosheit blieb Madeleine eine ganze Weile stumm und kämpfte die zornigen Erwiderungen nieder, die ihr auf der Zunge lagen. Isabelle litt und dachte wahrscheinlich nicht darüber nach, was sie sagte. Irgendwo tief in ihrem Inneren wusste sie allerdings, dass in den anklagenden Worten ihrer Cousine ein Körnchen Wahrheit steckte. Ja, sie war eifersüchtig. In zwei Jahren Ehe war es ihr nicht gelungen, schwanger zu werden. Auf gewisse Weise beneidete sie Isabelle und versuchte vielleicht, ihr das zu nehmen, was sie selbst nicht haben konnte, indem sie sie zur Abtreibung, die eine Sünde war, drängte.

»Ein wenig hast du schon recht… Ich beneide dich darum, dass du ein Kind erwartest. Aber wir müssen der Wirklichkeit ins Auge sehen, Isa. Ich möchte nicht, dass du unglücklich wirst. Du bist nicht richtig verheiratet...«

Angesichts Isabelles Verzweiflung verstummte Madeleine und gelobte sich, nicht wieder davon anzufangen. Ihre Cousine war entschlossen, das Kind zu behalten, komme, was wolle. Da konnte man nur hoffen, dass es eben *nicht* schlimm kam und ihr Liebster so rasch wie möglich zurückkehrte. Da er katholisch war, würde es den beiden nicht schwerfallen, einen Priester zu finden, der sie traute, wie sich das gehörte. Falls Alexander bereit dazu war...

Madeleine setzte sich neben ihre Cousine, nahm sie in die Arme und ließ sie weinen.

»Im Grunde«, flüsterte sie in ihr Haar hinein, »habe ich große Lust, mich um einen neuen kleinen Cousin zu kümmern. Er wird bestimmt sehr hübsch!«

»O Mado!«

Eine unbeschreibliche Mischung von Freude und Trauer ergriff Isabelle. Sie klammerte sich an Madeleine wie an einen Fels in der Brandung. Sie hatte ihre Cousine wieder, ihre Freundin, ihre Schwester. Doch die dicken schwarzen Wolken hingen immer noch über ihr und schienen noch dichter zu werden, so dass das Licht, welches das Ende ihrer Prüfungen bedeutete, sie nicht durchdringen konnte.

»Kaum größer als ein Ei, war doch voller Neid das Tier; / Es reckt und bläst sich auf mit seinen... Kräften allen, / dem feisten Rind an Größe gleich zu sein. / Drauf... spricht es: ›Schau, mein Brüderlein, / Ist's nun genug? Bin ich so groß wie du?‹ – ›O nein‹ – ›Jetzt aber?‹ – ›Nein!‹ ... Aber das geht doch gar nicht, oder?«, fragte Ti'Paul und sah von seinem Heft auf.

»Und wieso nicht?«

»Na, wenn der Frosch nur so groß wie ein Ei ist... Er muss doch einsehen, dass er nicht so groß werden kann wie der Stier, und wenn er sich noch so aufbläst!«

Justine seufzte; sie stand kurz davor, die Geduld bei ihren täglichen Unterrichtsstunden zu verlieren. Ti'Paul warf seiner

Schwester einen Blick zu. Sie saß zutiefst niedergedrückt auf dem Schemel ihres Cembalos, das seit dem Abmarsch von Murrays Truppen stumm geblieben war.

»Spiel du doch den Frosch, Isa, und ich bin der Stier, ja? Es macht viel mehr Spaß, wenn wir die Fabel zusammen aufführen, statt sie zu lesen!«

»Ein andermal, Ti'Paul...«

Sie schenkte ihm ein schwaches Lächeln, denn sie war sich bewusst, dass er versuchte, sie aus ihrer Apathie zu reißen. Er wusste, dass sie Kummer hatte, ohne allerdings den wirklichen Grund zu kennen...

Der Mond schien durch die Vorhänge, die am Zimmerfenster ihres Bruders hingen. Isabelle klappte das Buch zu und legte es auf den Nachttisch. Seit ihre Mutter sich schon früh, nach dem Abendessen, in ihrem Zimmer einschloss, hatte sie sich angewöhnt, Ti'Paul jeden Abend eine Fabel von La Fontaine vorzulesen. Sie deckte ihn zu und küsste ihn auf die Wange.

»Weißt du, bald wirst du so groß sein, dass ich dich nicht mehr küssen kann. Bald werden dir die zärtlichen Küsse der hübschen Mädchen lieber sein.«

»Ich will gar nicht, dass die Mädchen mich küssen! Bähhh!«

Sie lachten. Dann zog Ti'Paul eine merkwürdige Miene.

»Liebst du ihn, deinen Engländer?«

»Er ist eigentlich gar kein Engländer, Ti'Paul.«

»Er spricht Englisch und kämpft unter britischer Flagge. Wo ist da der Unterschied?«

»Für ihn macht das sehr viel aus! Er ist Schotte. Du sprichst doch auch Französisch, und deine Brüder kämpfen unter der französischen Fahne. Aber deswegen seid ihr noch lange keine Franzosen.«

»Na ja... Aber wir sind französische Untertanen, oder?«

»Ja, Untertanen, die ihrem König vollständig egal sind! Wir sind Kanadier, Ti'Paul. Vergiss das niemals: Ob unser König nun Franzose oder Engländer ist, wir werden immer Kanadier sein. Und bei Alexander ist es das Gleiche, verstehst du?«

»Meinst du, er wird zurückkommen? Weißt du, ich glaube, er mag dich sehr gern.«

»Ja, er liebt mich sehr, und ich bete jeden Abend zu Gott, er möge heil und gesund zurückkehren.«

»Mam'zelle Isa! Wenn Ihr keine Lust habt, Eure Etüden zu spielen, dann kommt doch und geht uns zur Hand!«, schrie Perrine vom anderen Ende des Hauses her, was Isabelles Mutter zutiefst verdross. Ein äußerst unangenehmer Geruch zog durch das Haus und schnürte allen die Kehle zu. Es war Waschtag, und Perrine und Sidonie kochten die Wäsche in einem großen Bottich, in den sie Soda gegeben hatten.

»Kommt schon, Mam'zelle Isa! Ihr müsst Euch ein wenig bewegen, sonst rostet Ihr noch ein... Und das dürft Ihr nicht, weil uns heute Abend der schöne Notar besuchen kommt.«

Wie von der Tarantel gestochen fuhr Isabelle hoch und sah zu ihrer Mutter, die sie aus dem Augenwinkel beobachtete. Empört über Justines eigenmächtige Einladung stand sie auf und stellte sich vor sie hin.

»Ich habe Euch bereits gesagt, dass es sinnlos ist, wenn Ihr das weiter versucht, Mama. Ich werde diesen Mann nicht heiraten. Ich liebe ihn nicht und...«

»Das reicht jetzt!«

Justine sprang von ihrem Stuhl auf und wandte sich dann an ihren jüngsten Sohn, der dem Gespräch aufmerksam folgte.

»Du kannst draußen spielen gehen. Sidonie, Perrine! Geht zum Markt und seht, was ihr zum Abendessen auftreiben könnt. Ich behalte den Waschtrog im Auge.«

Wie Mäuschen, die flüchten, wenn die große Katze ihr Fell sträubt, stoben alle ohne Widerrede davon, und Isabelle fand sich allein mit ihrer Mutter wieder.

Justine tat einige Schritte auf den Kamin zu, in dem kein Feuer brannte, und legte die Hände auf die Rückenlehne des Sessels, in dem sich ihr verstorbener Mann gern ausgeruht hatte. Im Stillen bat sie Charles-Hubert um Vergebung für das, was sie tun würde. Doch die Situation ließ ihr kaum eine andere Wahl.

Sie musste das Versprechen zurücknehmen, Isabelle den Mann heiraten zu lassen, den ihr Herz erwählte. Und nicht, dass er Engländer war, bereitete ihr Sorgen. Hielt ihre Tochter sie für dumm? Sie hatte sehr wohl ihre ausgelassenen Mieder bemerkt und die Umschlagtücher, die sie selbst an den heißesten Tagen trug. Außerdem redeten die Leute... Nein, sie musste dieser Beziehung, die nur in eine Katastrophe führen konnte, ein Ende bereiten. Auf das Wort eines Soldaten war kein Verlass... Davon konnte sie ebenfalls ein Lied singen. Sie grub die Fingernägel in das abgeschabte Leder und schloss die Augen.

»Du wirst ihn heiraten, Isabelle. Ich habe es so beschlossen.«

»Ihr könnt mich nicht dazu zwingen«, stotterte Isabelle, wie gelähmt angesichts der kalten Entschlossenheit, die ihre Mutter ausstrahlte. »Ich liebe einen anderen...«

»Ich weiß. Er heißt Alexander Macdonald und ist Soldat im Highlander-Regiment. Er ist mit Murrays Bataillon ausgezogen, um auch noch den Rest unserer Heimat zu verheeren.«

Einen Moment lang wurde Isabelle schwindlig.

»Das habt Ihr alles gewusst?«, murmelte sie wie vor den Kopf geschlagen. »Und Ihr habt nichts gesagt?«

Justine drehte sich ein wenig, um ihre Tochter anzusehen, und schaute ihr unverwandt in die Augen.

»Ja, und ich schäme mich, es zuzugeben... weil es auch ein wenig meine Schuld ist, dass du dich heute in dieser... traurigen Lage befindest. Ich weiß schon seit einigen Monaten Bescheid, aber ich habe nichts unternommen, um dich daran zu hindern, diesen Mann zu treffen. Der Tod deines Vaters hat mich so niedergeschmettert, dass mir alles gleichgültig war. Aber damit ist jetzt Schluss. Ich werde nicht zulassen, dass diese Geschichte weitergeht und dass du dich auf diese Weise mit einem englischen Soldaten kompromittierst. Ein Mann wie er ist kein Umgang für eine junge Dame in deiner Stellung. Außerdem ist, wie ich dir bereits sagte, die Liebe keine unabdingbare Voraussetzung für eine Ehe. Mit der Zeit lernt man, seinen Ehepartner zu achten.«

»Liebe!«, schrie Isabelle, bleich vor Zorn. »Was wisst Ihr schon von Liebe? Habt Ihr jemals geliebt, *Mutter*?«

Eine Ohrfeige hätte Justine nicht härter treffen können. Sie steckte die Attacke ein, indem sie das Gesicht verzog und sich eine bittere Erwiderung verbiss. Dann atmete sie tief durch. Wenn es sein musste, würde sie dies hier auf die ganz harte Weise beenden.

»Monsieur Larue ist ein Ehrenmann, der eine beneidenswerte Stellung in unserer Gesellschaft innehat. Er ist zwar nicht reich, doch in der Lage, für all deine Bedürfnisse aufzukommen. Seine Ländereien am Sainte-Anne-Fluss sind von den Flammen der Engländer verschont geblieben. Er lebt als wohlhabender Mann in Montréal.«

»Er wird mich nicht mehr heiraten wollen, wenn er erfährt...«

»In deinem Zustand«, schnitt Justine ihr scharf das Wort ab, »kannst du nichts Besseres erwarten. Im Übrigen habe ich Pierre Larue davon in Kenntnis gesetzt. Er ist bereit, darüber hinwegzusehen, was zeigt, dass er dir aufrichtig zugetan ist. Außerdem sind angesichts der betrüblichen Lage, in der mein verstorbener Gatte uns zurückgelassen hat, ohne eine angemessene Mitgift deine Aussichten, eine gute Ehe zu schließen, gleich null.«

»In meinem... Zustand?«

»Hältst du mich für eine Idiotin, Isabelle? Nur ein Blinder könnte übersehen, dass du ein Kind von diesem... Oh, welch ein Skandal! Die Tochter eines der wohlhabendsten Kaufleute von Québec, schwanger von einem gemeinen englischen Soldaten! Diese Schmach! Du bist ein Schandfleck für die Familie. Die Klatschmäuler werden nur zu gern noch abstoßende Einzelheiten zu dieser Geschichte hinzuerfinden. Und wenn die Nachricht die Runde durch die Salons macht... Ich will mir das gar nicht vorstellen! In der Kirche kann ich mich dann nicht mehr zeigen: Der Priester wird von der Kanzel herunter mit dem Finger auf mich zeigen. Wahrscheinlich kann ich mich gar nicht mehr vor die Tür wagen.«

Wie vom Donner gerührt hielt sich Isabelle am Tischrand fest und starrte ihre Mutter ungläubig an. Sie wusste es? Sie hatte es die ganze Zeit gewusst und sich nichts anmerken lassen?!

»Dies ist der Lohn für die Fleischeslust, Isabelle. Glaube mir, du wirst die Last deines Fehlers tragen und deine Sünde bis zum Tag deines Todes büßen. Und danach wird Gott über dich richten und dich strafen. Von mir brauchst du nichts zu erwarten. Du überziehst den Namen deines Vaters mit Schande und beschmutzt den meinen. Ich sollte dich deinem Schicksal überlassen ... Aber als gute Christin vermag ich das nicht, und sei es nur um des Kindes willen, das du in dir trägst. Du wirst Pierre Larue vor dem Ende der nächsten Woche heiraten und nach Montréal abreisen, sobald die Zeremonie vorüber ist.«

»Niemals! Habt Ihr mich verstanden? Niemals!«, kreischte Isabelle voller Panik. »Niemals werde ich diesen Mann heiraten. Ich bin bereits Alexanders Frau ...«

Sie streckte ihrer verblüfften Mutter ihren Ring entgegen.

»Wer ... wer hat euch getraut?«

Justine war das Blut aus dem Gesicht gewichen.

»Welcher Priester hat euch die Gelübde abgenommen?«, beharrte sie energischer.

Isabelle antwortete nicht und schlug die Augen nieder, denn sie wusste, dass ihre Argumente die Mutter nicht überzeugen würden. Als Justine ihre geschlagene Miene sah, fand sie ihre Fassung wieder.

»Ich verstehe. Ihr habt euch einander angelobt. Leider existiert kein Vertrag, der diesen Namen verdient und der diese Ehe beurkunden würde.«

»Ich laufe weg!«

»Dann sorge ich dafür, dass Alexander wegen Verführung eines jungen Mädchens und Entführung angeklagt wird. Dafür wird man ihn hängen.«

»Ihr seid ... niederträchtig.«

»Ich werde alles tun, was nötig ist, um dich zur Vernunft zu bringen. Wenn ich dich dazu zwingen muss, ins Kloster zu gehen, werde ich auch das tun. Die Ursulinen werden ein armes verirrtes Schaf gern aufnehmen ...«

»Gut. Wenn das so ist, gehe ich ins Kloster. Lieber das, als einen Mann zu heiraten, den ich nicht liebe!«

»Dann kommt das Kind in ein Waisenhaus, Isabelle. Hast du das begriffen?«

Diese Idee war ihr gar nicht gekommen. Instinktiv legte sie die Hände über den Leib. Ihr Kind, Alexanders Kind... Nein...

»Ihr nennt Euch eine Christin, Ihr gefallt Euch darin, von Barmherzigkeit zu reden... Das Volk von Québec war dabei, hungers zu sterben, und Ihr, Ihr habt Euren Keller mit Nahrungsmitteln gefüllt, die der Tafel eines Königs würdig gewesen wären! Schöne christliche Nächstenliebe! Und außerdem weise ich Euch darauf hin, dass die Trauerzeit noch nicht vorüber ist. Ich kann nicht heiraten...«

»Es würde mir nicht allzu schwerfallen, bei Vikar Briand einen Dispens zu erwirken.«

»Gott, was habt Ihr bloß dort, wo andere Menschen ein Herz haben? Habt Ihr niemals auch nur ein bisschen Mitgefühl mit jemand anderem empfunden?«

Justines Schultern zuckten ganz leicht, doch Isabelle bemerkte es. Da fielen ihr die Briefe wieder ein, die sie in der alten Truhe gefunden und von denen sie geglaubt hatte, ihr Vater habe sie verfasst. Damit hatte sie die perfekte Waffe, um ihre Mutter zu verletzen und vielleicht ein wenig zugänglicher zu machen. Zugleich war das auch die letzte Karte, die sie ausspielen konnte.

»Aber... vielleicht habt Ihr ja doch einmal geliebt... War er nicht Engländer?«

Justine runzelte die Stirn und schaute mit einem Mal besorgt drein.

»Wovon redest du? Ich habe niemals...«

»Ach nein? Und all die schönen Briefe, die ich oben auf dem Dachboden gefunden habe, woher kommen die? Von wem sollen sie wohl stammen, wenn nicht von Eurem Liebhaber? Papa konnte kein Englisch schreiben. Und doch ist da einer dabei, der an Euch gerichtet und auf Englisch verfasst ist, Mutter.«

Justine erbleichte. Ihre verloren gegangenen Briefe... Wie waren sie in Isabelles Hände geraten?

»Wo hast du diese... Korrespondenz gefunden?«

»In Papas Truhe.«

»Herrgott!«, hauchte Justine erschüttert. Aber Peter hatte ihr doch nie auf Englisch geschrieben...

»Wo befinden diese Briefe sich jetzt?«, fragte sie und brachte es fertig, wieder einen gebieterischen Tonfall anzuschlagen. Sie konnte es sich nicht leisten, in dieser Situation das Gesicht zu verlieren.

»Sie sind noch dort; bis auf den einen, der auf Englisch geschrieben ist.«

Mit einer gewissen Befriedigung musterte Isabelle das bleiche Gesicht ihrer Mutter. Sie war sich sicher, dass sie einen Weg gefunden hatte, ihre Mutter zum Einlenken zu bewegen.

»Diese Briefe sind mein Eigentum, Isabelle. Ich befehle dir, sie mir zurückzugeben.«

»Dann habt Ihr also einen Liebhaber gehabt? Und Papa hat es gewusst...«

Zutiefst getroffen bedachte Justine ihre Tochter mit einem zornigen Blick.

»Ich habe deinen Vater niemals hintergangen, junge Dame. Diese Briefe stammen aus der Zeit vor unserer Ehe. Er... er hat sie wahrscheinlich genommen...«

»Den letzten nicht.«

Isabelle fuhr mit einer abrupten Handbewegung durch die Luft und reckte die Brust. Als Justine ihrer Tochter in die Augen sah, musste sie sich Mühe geben, die Fassung zu wahren.

»Auf jeden Fall hat das nichts mit dir zu tun. Ich bin deine Mutter und bis zu deinem fünfundzwanzigsten Geburtstag dein Vormund. Dir bleibt nichts anderes übrig, als dich meinen Entscheidungen bezüglich deiner Person zu beugen. Ganz gleich, was du sagst oder tust, ich werde meine Meinung nicht ändern!«

Justines eisige Worte ließen Isabelle vor Entsetzen erstarren.

»Dann bringe ich mich um, habt Ihr verstanden? Ich bringe mich um!«

»Durch diese Tat, meine liebe Tochter, würdest du dich in den Augen Gottes einer noch verdammungswürdigeren Sünde schuldig machen. Außerdem trägst du ein Kind. Das wäre also Mord. Nur Gott hat das Recht, ein Leben zurückzunehmen, das er gegeben hat.«

»Er hat mir das Kind geschenkt, das ich trage, und Ihr wollt es mir entreißen! Mit welchem Recht? Ich hasse Euch!«

Isabelle weinte bittere Tränen. Doch ihre Mutter hatten Isabelles letzte Worte stärker verletzt, als diese wahrscheinlich vermutet hätte. Justine biss die Zähne zusammen und wahrte angesichts der hasserfüllten Miene ihrer Tochter Haltung. Sie würde schon noch verstehen... später, genau wie sie sich eines Tages hatte fügen müssen.

»Ich habe nicht die Absicht, dir dein... Kind wegzunehmen. Du allein entscheidest über sein Schicksal. Der Heiratsvertrag mit Monsieur Larue liegt zur Unterschrift bereit. Wenn du möchtest, kann ich seinen heutigen Besuch auf morgen Abend verschieben, damit du darüber nachdenken kannst. Aber länger nicht, die Zeit drängt«, setzte sie hinzu und warf einen Blick auf ihren Bauch, der sich zu runden begann und der Welt ihre Sünde vor Augen führen würde. »Das Aufgebot wird am Sonntag verlesen, und am Freitag darauf wirst du heiraten. Anschließend wirst du dieses Haus verlassen und nach Montréal reisen. Nebenbei gesagt glaube ich, dass du nicht über die neuesten Ereignisse auf dem Laufenden bist... Der Chevalier de Lévis hat auf der Île Sainte-Hélène die französische Flagge verbrannt. Montréal ist ohne Blutvergießen gefallen... vor zwei Tagen.«

Der Schlag traf Isabelle direkt ins Herz. Montréal hatte kapituliert, Alexander würde zurückkommen... und sie würde mit einem anderen verheiratet sein. Sie hörte das Ticken der Uhr. Ihr Vater hatte ihr doch versprochen... Mit einem Mal empfand sie einen unbändigen Zorn: auf ihren Vater, der sie verlassen hatte; auf ihre Mutter, die sie nicht liebte; auf Alexander, weil er ihr mit diesem Kind ein zweischneidiges Geschenk gemacht hatte; auf ihre Cousine, die nicht mehr tun konnte, als sie zu trösten; auf Perrine, die sie nicht verstand... Sie zürnte der ganzen Welt ob des Unglücks, das sie getroffen hatte. Ihr war, als erstarrte ihr ganzes Leben in diesem Moment zu einem Gemälde in düsteren Farben, in dem die Vögel sich versteckten und Blitze den Himmel zerrissen. Sie stieß einen gellenden Schrei aus. Doch es nützte nichts. Der Schmerz blieb und ließ kein bisschen nach. Der Tod wäre gnädiger gewesen.

16

Aus der Tiefe rufe ich, Herr, zu dir

Hätte er den Zeitpunkt seines Todes wählen können, dann wäre es der Herbst gewesen, wenn die Natur nach der strahlenden Pracht des Sommers in einer bunt gescheckten Landschaft friedlich einschläft, kurz bevor der düstere Winter sich zum Bleiben einrichtet. Doch im Moment sehnte sich Alexander nicht nach dem Tod, ganz im Gegenteil. Der Tag, von dem er seit drei Monaten geträumt hatte, kam näher: Endlich würde er Isabelle wiedersehen.

Das Ufer glitt an ihm vorüber, und seine leuchtenden Farben spiegelten die Gefühle, die sein Herz bewegten. Der azurblaue Himmel jubelte mit ihm über sein Glück. Er berauschte sich an der reinen Luft. Québec kam in Sicht. Er erblickte seine Kirchtürme, die wie Pfeile in die Luft ragten, die Reede, auf der nach und nach das triumphierende Geschwader einlief. Auf den Kais sah er viele Menschen, die gekommen waren, um der Rückkehr des Regiments in sein Winterquartier beizuwohnen.

Der Krieg in Nordamerika war beendet. Lévis und seine Männer waren in ihre Heimat zurückgekehrt. Wenn in Europa die Kanonen ebenfalls schwiegen und der Friedensvertrag unterzeichnet war, konnte er die Frau heiraten, die er liebte, und sesshaft werden… endlich.

Zwei Tage. Zwei nicht enden wollende, anstrengende Tage. Er hatte seine Befehle befolgt, bei der Einrichtung der neuen Quartiere für die Kompanie mitgearbeitet und keine Minute für sich gehabt. Isabelle hatte ihm seit seiner Rückkehr kein Lebenszeichen gegeben, was ihn stark beunruhigte. Ob sie krank war? Doch auch ihr Bruder Ti'Paul, der früher den Boten für die beiden gemacht hatte, war nicht aufgetaucht.

Die Menschen gingen ihren Tätigkeiten nach und kamen und gingen, ohne sich allzu sehr um den jungen Soldaten zu kümmern, der vor dem Haus in der Rue Saint-Jean stand. Er hielt sich schon einige Minuten dort auf und musterte in der Hoffnung, die Gestalt seiner Liebsten zu erblicken, die Fenster. Nichts. Das Haus wirkte merkwürdig ruhig. Waren vielleicht alle zu einem Verwandtenbesuch außerhalb der Stadt aufgebrochen? Das hätte Isabelles Schweigen erklärt. Er zögerte noch, wieder fortzugehen, denn er war schrecklich enttäuscht, zudem er den ganzen Abend frei hatte.

Eine flüchtige Bewegung zog seine Aufmerksamkeit auf sich. Er wandte den Kopf zu einem der Fenster. Nein, er hatte nicht geträumt: Der Vorhang bebte. Da war doch jemand in dem Haus. Sein Herz begann rascher zu schlagen. Er trat auf die Tür zu, doch er wusste nicht recht, was in diesem Fall angemessen war. Aber er hatte keine Lust mehr, sich zu verstecken. Er wollte, dass Isabelle an seinem Arm über die Straße ging, damit alle sie sehen konnten. Alexander fasste sich ein Herz, pochte an die blau gestrichene Tür und wartete. Ein wenig später klopfte er erneut, kräftiger, in dem Glauben, man habe ihn nicht gehört.

Niemand öffnete ihm. Eine böse Vorahnung stieg in ihm auf, als er auf der anderen Straßenseite Stellung bezog und mit düsterem Blick die steinerne Fassade musterte. Da war etwas vorgefallen, das spürte er. Isabelle war etwas zugestoßen.

»Sucht Ihr jemanden, Monsieur?«, fragte eine zittrige Stimme hinter ihm.

Mit fliegendem Plaid wirbelte er herum und sah sich einer alten Frau mit freundlichem Gesicht gegenüber, die ihn zuvorkommend anlächelte.

»Ja. Ich bin auf der Suche nach Mademoiselle Isabelle Lacroix. Könntet Ihr mir vielleicht sagen, ob sie noch hier wohnt? Ich wollte sie begrüßen…«

»Seid Ihr ein Freund?«, erkundigte sich die Frau.

»Ein Freund? Ähem... ja.«

»Ah! Mademoiselle Lacroix lebt nicht mehr hier, junger Mann. Sie hat letzten Monat geheiratet, einen Notar, wie ich gehört habe. Anschließend ist sie mit ihm fortgezogen...«

Die Worte hallten in seinem Kopf wider; ihm war, als gehe rund um ihn ein schwarzer Vorhang nieder. Er zog die Augen zusammen. Bestimmt hatte er etwas falsch verstanden... oder die Nachbarin irrte sich!

»Geheiratet?«, murmelte er. »Seid Ihr Euch ganz sicher, dass wir von Isabelle Lacroix reden?«

»Aber ja, die Tochter des Kaufmanns.«

»Das... das ist doch gar nicht möglich! Aber... wen denn?«

»Nun, seinen Namen weiß ich nicht. Aber er war sehr gut gekleidet; ein wohlsituierter Herr. Die Hochzeit war eine Überraschung für uns alle, das kann ich Euch sagen! Gewiss, man hat ihn diesen Winter ein paarmal gesehen, als er die Lacroix' besuchte. Aber ich hätte nie gedacht, dass die Kleine so rasch heiraten würde.«

Alexander wurde von Panik ergriffen. Sein Herz pochte wild, sein Atem ging rasch, und er hätte die alte Dame am liebsten geschüttelt, um alles, was sie über Isabelle wusste, schneller aus ihr herauszuholen. Doch er nahm sich zusammen und gab sich Mühe, seine Frage nicht herauszuschreien.

»Wo? Wohin ist sie gezogen?«

»Das weiß ich nicht mehr. Oder doch! Montréal, genau! Wie man so schön sagt, wer sich einen Gatten erwählt, entscheidet sich auch für sein Land...«

»Fort... Verheiratet... Isabelle?«

Die Frau war verstummt und sah Alexander besorgt an.

»Geht es Euch auch gut, junger Mann? Ihr seid plötzlich so blass geworden.«

Mit weichen Knien, eine Hand aufs Herz gepresst, fuhr Alexander heftig vor ihr zurück, als wäre sie die *banshee*-Fee*. Ihm stockte das Blut im ganzen Körper, und vor Verzweiflung und

---

* In der schottischen Folklore eine unheilbringende Fee.

Zorn hätte er am liebsten laut aufgeschrien. Isabelle verheiratet und fort? Nein! Das konnte nicht sein! Sie hatten sich einen Eid geschworen, sie gehörten einander!

»Nein... nein... Das ist gelogen«, stammelte er.

Er wirbelte herum und sah erneut zum Haus. Wieder bewegte sich der Vorhang. Aha, man hatte also auf ihn gewartet und beobachtete ihn, machte sich über ihn lustig! Isabelle hatte ihn an der Nase herumgeführt. Der Mann, den er hier gesehen hatte, war tatsächlich ein Verehrer gewesen. Sie hatte ihn angelogen!

Er stürmte zur Tür und hämmerte so wütend dagegen, dass sie in den Angeln erbebte.

»Isabelle!«, brüllte er verzweifelt. »Isabelle! God damn! *Dinna do this...*« Tu mir das nicht an...

Zitternd, mit wild pochendem Herzen, lehnte Justine sich an die Wand. Der Schotte war wieder da. Da sie wusste, dass Murrays Truppen aus Montréal zurückgekehrt waren, hatte sie ängstlich darauf gewartet. Doch als sie ihn jetzt sah, wie er vor ihrer Tür seinen Schmerz herausschrie, fühlte sie sich schrecklich. Ein eigenartiges Gefühl ließ sie schwindeln. Reue? Hatte sie sich vielleicht geirrt, als sie Isabelle zu dieser überstürzten Heirat gezwungen hatte? Ihre eigene bittere Erfahrung, dass Männer ihre schönen Versprechungen nicht einlösen, und der aufrichtige Wunsch, ihre Tochter zu beschützen, hatten sie dazu bewogen. Sie hatte geglaubt, das Beste zu tun.

Sie zerdrückte eine Träne, so wie sie es an jenem Morgen kurz vor der Hochzeitszeremonie getan hatte. Wieder sah sie Isabelle vor sich, die ganz in Schwarz wirkte, als sei sie für eine Beerdigung gewandet und nicht für eine Hochzeit. Der Blick, den die junge Frau ihr zugeworfen hatte, als sie in die Kutsche gestiegen war, die sie in die Kirche bringen würde... Bei der Erinnerung erschauerte sie und erinnerte sich an eine andere junge Frau, die vom Deck einer Brigantine aus den Mann, der am Kai stand, auf dieselbe Weise angesehen hatte... Das war in La Rochelle gewesen. Isabelle würde ihr nie verzeihen, so wie sie selbst ihrem Vater nie vergeben hatte, dass er sie zur Ehe mit Charles-Hubert gezwungen hatte. Ihre einzige Tochter würde sie bis in den Tod hassen.

Mit zitternden Fingern strich Justine über den Brief, den sie jetzt in ihrer Tasche immer bei sich trug; den letzten Brief von Peter Sheridan, ihrer einzigen Liebe. Er war zwei Monate nach ihrer Hochzeit verfasst... Wie war Charles-Hubert an ihre Korrespondenz gekommen? Wenn sie recht überlegte, konnte sie es sich denken. In La Rochelle hatte sie ihre Briefe in einer Hutschachtel versteckt. Dann, bei ihrer Ankunft in Québec, war sie zu krank gewesen, um ihr Gepäck selbst auszupacken, so dass er das übernommen hatte. Zweifellos hatte er sie zufällig entdeckt und anschließend aus Eifersucht an sich genommen. Eigentlich konnte sie ihm das nicht einmal verübeln.

Doch den Brief, der in den Tiefen ihrer Tasche knisterte, hatte sie nie in die Hand bekommen. Er hatte sich nicht in dem Stapel befunden, den sie bei dem Gedanken an ihre baldige Hochzeit mit Peter so oft an ihr Herz gedrückt hatte. Ihr Liebster hatte ihn ihr offensichtlich nach La Rochelle geschrieben, an die Adresse ihres Vaters. Wer ihr den Brief wohl nach Québec nachgeschickt hatte? Ihre Mutter? Sie würde es nie erfahren. Und wenn sie es gewusst hätte, dann hätte das auch nichts geändert. Der Brief war zwei Monate zu spät gekommen. Hätte ihr Vater doch nur gewartet! Sie hatte ihn so flehentlich darum gebeten. »Die Engländer halten ihr Wort nicht!«, hatte er gebrüllt. »Und ein Soldat erst recht nicht. Und so, wie die Dinge stehen, musst du einfach annehmen. Eine solche Gelegenheit wird sich gewiss nicht wieder bieten...« Ja, Isabelle würde sie genauso hassen, wie sie selbst ihren Vater verabscheut hatte. Die junge Frau konnte ja nicht verstehen, warum ihre Mutter so gehandelt hatte.

Der Schotte hatte aufgehört, an die Tür zu hämmern. Justine wagte nicht, aus dem Fenster zu schauen, um festzustellen, ob er immer noch auf der Straße stand. Sidonie saß in einer Ecke des Salons, strickte Babysöckchen und warf ihr Blicke zu, die überdeutlich zum Ausdruck brachten, was sie dachte. Sie verübelte es ihrer Herrin zutiefst, dass sie die junge Frau zu dieser Ehe gezwungen hatte. In der kommenden Woche würde Isabelles alte

Amme zu den Ursulinen übersiedeln. Sie war Isabelle sicherlich eine bessere Mutter gewesen, als sie selbst es je war. Nun, da die junge Frau fort war... hielt sie nichts mehr hier.

Perrine war vor zwei Tagen geflüchtet und hatte nicht einmal ihren Lohn für die vergangenen zwei Wochen eingefordert. Die kleine Dirne war sicherlich zu Étienne gelaufen. Ihr Fehlen machte sich im Haushalt deutlich bemerkbar. Sidonie war zu alt, um alles allein zu bewältigen. Für den Übergang hatte Justine ein junges Mädchen eingestellt, das ihre Nachbarin ihr empfohlen hatte... In einigen Monaten würde das Problem sich ohnehin nicht mehr stellen.

Bekümmert raffte Justine mit einer Hand ihre Röcke und begab sich ins Arbeitszimmer ihres verstorbenen Gatten. Sie blieb im Türrahmen stehen und ließ bedrückt den Blick durch den Raum schweifen. Sie hatte ihre Entscheidung lange bedacht und würde sie nicht rückgängig machen. Jetzt hatte sie nur noch einen langen Brief zu schreiben.

Mit diesem Gedanken sperrte sie den Raum hinter sich ab, in dem noch Charles-Huberts moschusartiger Körpergeruch hing. Eigenartig, aber ihr Mann fehlte ihr. Er hatte sich immer darauf verstanden, ihr die Ängste mit einem freundlichen Wort oder einer zärtlichen Berührung zu nehmen, was sie heute schmerzlich vermisste. Trauer, nichts als Trauer über das Vergangene! Sie setzte sich in den Sessel und nahm ein Blatt Papier aus dem Schreibtisch aus blutrotem Kirschholz. Eine Träne fiel auf das Blatt, das dieses Zeugnis ihres Kummers gierig aufsog. Wie sollte sie beginnen?

Coll sah, wie sein Bruder stolperte, aufstand, weiterrannte und erneut stürzte. Als Isabelle sich so lange nicht gemeldet hatte, da hatte er schon etwas geargwöhnt, und anscheinend hatte er sich nicht geirrt. Er wusste nicht, was die alte Frau Alexander erzählt hatte. Doch die völlig aufgelöste Miene des jungen Mannes und seine heftige Reaktion verhießen nichts Gutes. Sein Bruder brauchte ihn.

Seine Schritte hatten ihn an den Rand des Steilhangs geführt. Alexander ließ sich auf die Knie fallen, umklammerte den Kopf mit den Händen und öffnete den Mund, um seinen vernichtenden Schmerz herauszuschreien. Doch nur ein langgezogenes, heiseres Stöhnen stieg aus seiner Kehle auf. Er hielt sich die Ohren zu, um die schrecklichen Worte nicht mehr zu hören, die sein Universum zum Einsturz gebracht hatten, doch vergeblich. Ein ums andere Mal hallten sie in seinem Kopf wider und bereiteten ihm Todespein. Sein Herz, das noch vor ein paar Minuten vollkommen unbeschwert gewesen war, fühlte sich jetzt so schwer an, dass er nur mit Mühe seinen Körper dahinschleppen konnte. Sein Leid zerriss ihn und bereitete ihm Folterqualen, bis nicht anderes mehr auf dieser Welt existierte.

Sein Blick verlor sich in dem schäumenden Wasser tief unter ihm. Eine Vielzahl von Gedanken und Gefühlen überschlugen sich in seinem Innern. Er konnte es einfach nicht begreifen. Was war da nur geschehen? Isabelle hatte ihn betrogen! Sie hatte ihn verraten! Er vermochte es nicht zu glauben. Und dennoch... er wusste genau, dass die Nachbarin nicht gelogen hatte.

Er warf den Kopf in den Nacken und heulte aus vollem Halse zum Himmel auf. Isabelle hatte ihn getötet, sein Herz durchbohrt. Sie hatte ihm sein kostbarstes Gut geraubt, das er noch nie jemandem offenbart und das er über all die Jahre für sie bewahrt hatte: seine Seele.

Mit bebender Hand zog er langsam seinen langen Dolch aus der Scheide und betrachtete ihn durch einen Schleier brennender Tränen. Der Stahl blitzte in den letzten Strahlen der Herbstsonne. Er hob die Waffe auf die Höhe seiner Brust und schloss die Augen. Bilder seines verlorenen Glücks zogen an ihm vorüber: Isabelle, wie sie ihm zulächelte, mit verbundenen Augen, schimmernden Lippen und Locken, die ihr Gesicht umrahmten; Isabelle, die auf einem Felsbrocken saß und einen französischen Kinderreim sang, während sie auf ihn wartete und ihre nackten Füße baumeln ließ; Isabelle im Mondlicht, das Gesicht vor Lust verzerrt, von einer Aureole aus goldener Lockenpracht umgeben, die sich auf dem Gras ausbreitete. Das war in der Nacht gewesen, als sie das *handfast*-Gelübde abgelegt hatten. Aber sie hatte ihren Eid gebrochen... Er konnte es nicht begreifen... Warum nur?

Die Klinge zitterte. Das Bedürfnis, Antworten auf seine Fragen zu finden, hatte ihn verlassen. Sein ganzes Leben lang hatte er danach gestrebt; nun hatte er genug. Er war es gründlich leid, zu sterben, wiedergeboren zu werden, weiter zu leiden... und immer wieder zu sterben. All dem wollte er ein Ende setzen... Der Dolch schwankte und kam näher.

»Was tust du da, Alas? Nein!«

Leichenblass, mit flehendem Blick stand Coll vor ihm.

»Verschwinde!«

»Nein! Leg deinen Dolch weg, Alas.«

»Misch dich da nicht ein! Geh weg!«

»Auf keinen Fall! Ich werde nicht zulassen, dass du das tust. Ich beschwöre dich, Alas... Ich weiß nicht, was geschehen ist, aber vielleicht hast du nicht alles richtig verstanden...«

Alexander zog die Augenbrauen hoch und musterte seinen Bruder einen Moment lang schweigend. Den Dolch hielt er immer noch gegen seine Brust gerichtet. Er spürte, wie ihm ein schmerzhaft brennendes Lachen in die Kehle stieg und seine Schultern beben ließ.

»Da gibt es nichts zu deuten, Coll. Isabelle ist verheiratet.«

»Oh, Alas! Bist du dir sicher?«

Alexander antwortete nicht, sondern schlug nur die Augen nieder. Sein Gesicht verzerrte sich vor Schmerz. In seinem Blick lag ein so tiefer Kummer. Warum musste das Leben seinem Bruder bloß immer so zusetzen? Coll sah den Knaben vor sich, der Alexander einmal gewesen war: den ungestümen Alasdair, den Rebellen; den sensiblen Alasdair, der stets nach Liebe und Aufmerksamkeit hungerte. Sein ganzes Leben lang hatte sein Bruder bei Frauen die Liebe gesucht, die seinen inneren Aufruhr beruhigte... Die Frauen... Er hatte ihm von Connie und Kirsty erzählt. Dann war da Leticia gewesen. Sie alle hatten ihn so akzeptiert, wie er war, ihn aber schließlich verlassen.

»Alas… wenn sie fort ist, dann hatte sie dich auch nicht verdient. Keine Frau ist das wert, was du da vorhast.«

Mit einem Mal richtete die Waffe sich auf Coll.

»Schau dir diesen Dolch gut an, Bruder… und versuche dir vorzustellen, wie die Klinge sich langsam durch die Haut bohrt. Glaube mir, dieser Schmerz wäre süßer als das, was ich in diesem Moment empfinde. Ich habe genug, Coll!«

»Ich weiß… Aber du musst weitermachen. Herrgott! Es gibt noch andere Frauen, und der Krieg ist fast vorüber…«

»Das verstehst du nicht! Ohne sie bin ich nichts mehr!«

Mit diesen Worten richtete Alexander die Waffe erneut gegen sich selbst.

»Weißt du überhaupt noch, wer du bist?«, schrie Coll zornig. »*Is thusa Alasdair Cailean MacDhòmhnuill!* Du bist Alexander Colin Macdonald! Du bist der Abkömmling vieler, vieler Männer, die um ihr Überleben und das ihres Volkes gekämpft haben. Unser Volk hat jahrelang die schlimmste Behandlung und die übelsten Demütigungen erfahren. Es ist geächtet und massakriert worden. Doch dank seines Mutes existiert es noch. Ich habe Verständnis für deinen Schmerz, Alas. Aber eine Frau ist nicht alles.«

Die Waffe verhielt bebend auf der Höhe von Alexanders Herz.

»Und außerdem bist du mein Bruder, Alas! Ein Bruder, auf den ich stolz bin, ein Mann, der seines Vaters würdig ist!«

Alexander starrte auf die Klinge. Sein Mund verzog sich unsicher, und sein Atem beschleunigte sich.

»Alas… ich flehe dich an!«

Sein Bruder holte mit dem Dolch aus, und Coll sah den Wahnsinn in seinen Augen aufblitzen. Verzweifelt versuchte er ihm in den Arm zu fallen. Doch Alexander wich ihm aus und stieß mit einem grauenhaften Aufschrei zu. So viel Kraft legte er in seinen Hieb, dass die Klinge bis zum Heft in den Boden fuhr. Ein wenig benommen sah Alexander auf den Dolch hinunter. Ein unerträglicher Schmerz pochte in seiner Brust. Er schloss die Augen und sank im Gras zusammen. Aufgewühlt und am ganzen Leibe zitternd zog Coll die Klinge aus dem Boden, wobei er ein Schluchzen unterdrückte. Dann wischte er die schwarze Erde ab, die an dem scharfen Stahl klebte.

»Gott sein Dank!«, seufzte er.

Die vergängliche Schönheit des Oktobers war novemberlichem Grau gewichen. Die Pfützen und die Fensterscheiben hatten sich mit Reif überzogen. Dann war im Dezember Schnee gefallen und hatte einen makellos weißen Mantel über die trübe Landschaft gebreitet, der mehr und mehr zu einer schweren Decke wurde, unter der Alexander sein Leid begraben hatte.

Der junge Mann hatte sich zum Weiterleben entschlossen, und das tat er nun maßlos und voller Zorn. Ein Tag folgte auf den anderen, und jeder hatte seine Dosis Alkohol, seine Streitereien, eine Insubordination... Die Strafdienste und die drohende Auspeitschung hatten nicht die geringste Wirkung auf Alexanders Verhalten. Archie, den es schmerzte, ihn so zu sehen, hatte seinen Neffen schon mehrmals verwarnt und ihn darauf hingewiesen, dass er sich mit seinem Benehmen Feinde mache und in der Kompanie bereits Stimmen laut wurden, die verlangten, ihn zu versetzen. Lange würde er ihn nicht mehr schützen können...

»Mich beschützen?«, hatte Alexander lachend ausgerufen. »Aber das ist vollkommen unnötig, Archie!«

Dann hatte er Hauptmann Campbell ernst angesehen.

»Nicht einmal der Tod will etwas von mir wissen...«

Er hatte sich abgewandt und war zu Émilie gegangen. Ob man ihn auspeitschte oder aufhängte, war ihm einerlei. Er war bereits tot.

Im *Rennenden Hasen* herrschte großer Trubel. Nachdem Alexander auf die Würfel gepustet hatte, warf er sie auf den Tisch und sah zu, wie sie rollten und dann zur Ruhe kamen. Macpherson lachte wiehernd und steckte die Einsätze ein.

»Ich fürchte, dein Stern hat dich verlassen, Macdonald! Wie viel hast du heute Abend schon verloren? Einen Shilling und sechs Pence? Meine Güte!«

Murrend kramte Alexander in seinem *Sporran*. Von dem gesamten Geld, das er damals zusammengetragen hatte, um mit Leticia zu fliehen, und das er anschließend gespart hatte, um Isabelle heiraten zu können, war nur noch ein Zweipence-Stück übrig. Zögernd und verbittert drehte er es zwischen den Fingern. So weit war es also mit ihm gekommen! Er ließ die Münze auf den Tisch fallen.

»Letzte Chance, mein Alter!«, erklärte Macpherson ihm grinsend. »Kredit gibt es bei mir keinen!«

Munro hatte das Spiel von Anfang an verfolgt. Jetzt schüttelte er den Kopf.

»Solltest du nicht besser aufhören, Alas?«

Alexander ignorierte den Einwurf seines Cousins, nahm die Würfel und warf sie. Einige Minuten später stand er unter dem zufriedenen Blick von Macpherson, der endlich seine Revanche bekommen hatte, vom Spieltisch auf. Schleppenden Schrittes ging er zur Theke, wo Émilie einen Gast bediente.

»Komm«, sagte er einfach, maß sie aber mit einem Blick, der keinen Zweifel an seinen Absichten ließ.

»Ich will nicht, Alex. Nicht heute Abend.«

Der Gast ging davon. Émilie wandte sich ab, um ein paar Gläser ins Regal einzuräumen.

»Émilie!«

Sein Tonfall war hart und gebieterisch und ließ die junge Frau so zusammenzucken, dass ihr fast das Glas, das sie in der Hand hielt, heruntefiel. Betrübt presste sie die Lippen zusammen; Alexander hatte sich in letzter Zeit so verändert...

»Wenn das so ist«, murmelte er nach kurzem Schweigen hinter ihrem Rücken, »dann gehe ich eben zu Suzette...«

»Nein!«, rief die junge Schankmagd und fuhr herum, dass ihre Röcke wirbelten.

Der Mann, der vor ihr stand, wirkte unglaublich zynisch und enttäuscht... Sie wusste über Isabelle Bescheid; Coll hatte ihr alles erzählt. Auch war sie sich vollständig darüber im Klaren, dass Alexander sie nicht liebte, sondern sich ihrer nur bediente, um seinen Schmerz zu lindern. Aber sie hegte immer noch die

Hoffnung, dass er die andere irgendwann vergessen würde. Aus diesem Grund unterzog sie sich auch gleichmütig seinen erotischen Attacken, bei denen es ihm nur darauf ankam, seine eigenen Bedürfnisse zu befriedigen. Von einem anderen Mann hätte sie eine solche Demütigung nicht hingenommen. Aber ihn liebte sie.

Nachdem sie Suzette mit einem Nicken bedeutet hatte, dass sie kurz hinausgehen würde, trat Émilie hinter den Vorhang, der den großen Gastraum vom Lager trennte. Alexander folgte ihr in den hinteren Teil des Raums, wo es nach ranzigem Fett und Schimmel roch. Das Schankmädchen wusste im Voraus, wie sich ihre Begegnung abspielen würde. In fünf Minuten würde alles vorüber sein, und dann würde er sie um einen Becher Bier angehen, den er allein, in einer Ecke sitzend, trinken würde.

»Alex... wach auf! Gleich ist Sperrstunde! Du musst zurück in dein Quartier!«

Alexander grunzte. Er verströmte einen scheußlichen Alkoholgeruch. Émilie sah, wie er ein Augenlid hob und ein glasiges Auge enthüllte, das sie anstarrte, ohne sie wirklich zu erkennen. Er war sturzbetrunken. Mit einem dumpfen Knall fiel sein Kopf schwer auf den Tisch zurück, und dann regte er sich nicht mehr. Entmutigt sah die Schankmagd sich um. Munro war schon gegangen, und Coll war heute Abend gar nicht aufgetaucht. Doch ein paar Soldaten saßen noch in der Taverne, insbesondere zwei, die zur selben Kompanie gehörten wie der junge Mann. Entschlossen trat sie auf die beiden zu und wies mit dem Finger auf ihren zusammengesunkenen Kameraden.

»Bringt ihn zurück, Macpherson, ich selbst kann das nicht... Heda! Pfoten weg!«, empörte sie sich und warf dem Soldaten, der kühn eine Hand nach ihrem Mieder ausgestreckt hatte, einen scharfen Blick zu.

»*Och! Come on*, komm schon, Kleine!«, gab Macpherson in gebrochenem Französisch zurück. »Ein Gefallen für einen anderen, *aye*?«

»Nein!«

Brüsk trat der Mann zurück, zuckte die Achseln und wandte sich zusammen mit Fletcher zum Gehen. Sie hielt ihn am Arm fest.

»Morgen gebe ich dir einen Krug Bier aus. Wäre das in Ordnung?«

Er drehte sich zu ihr um und sah sie aus blutunterlaufenen Augen an.

»*For Fletcher and me?*«

Sie biss sich auf die Lippen und verfluchte lautlos alle Männer der Welt.

»Einverstanden, einen Krug für jeden von euch, und nichts weiter. *Understand?*«

»*'tis a deal,* Kleine, wir sind im Geschäft«, meinte Macpherson zustimmend und versetzte der kleinen Frau einen Klaps aufs Hinterteil.

Auf der Straße herrschte Schneegestöber. Der Wind fuhr unter die Kilts der Männer und wehte sie hoch. Macpherson brummte und fluchte. Fletcher stolperte und riss im Fallen seine beiden Kameraden mit.

»Verflucht noch eins, Macdonald! Könntest du uns nicht ein wenig helfen?«

Ein Grunzen war die einzige Antwort, die er erhielt.

»Er ist voll wie eine Haubitze, Herrgott! Wenn wir ihn in Ruhe lassen, wird er die ganze Nacht hier liegen bleiben.«

Fletcher schüttelte sein Plaid aus. Mit der Stiefelspitze stieß Macpherson Alexander an, der sich kaum rührte.

»Ich hätte nicht übel Lust, ihm eine Lektion zu erteilen.«

»Du hast ihm heute Abend eine Menge Geld abgenommen, Macpherson. Solltet ihr beiden nicht quitt sein?«

Macpherson sah sich auf der Straße um und verzog kurz darauf die Lippen zu einem Lächeln. Ein abgedeckter Karren stand angespannt vor einem Lagerhaus. Er beugte sich über Alexander und packte ihn unter den Achseln.

»Was hast du vor?«, fragte Fletcher besorgt, denn er wusste, zu welchen Schandtaten sein Freund in der Lage sein konnte.

»Ich würde gern noch einmal sehen, wie er die Peitsche zu spüren bekommt, Fletch. Dieser Bastard nutzt es aus, dass der Hauptmann die Hand über ihn hält, und wir bekommen es beim kleinsten Fehler mit der neunschwänzigen Katze zu tun! Aber... ha, ha, ha! Heute Abend wird er beim Appell fehlen, und dann bleibt Campbell nichts anderes übrig: Er wird sich an die Vorschriften halten müssen wie bei jedem anderen.«

»Das kannst du doch nicht tun! Er wird erfrieren!«

»Halt's Maul, Fletch! Innerhalb der nächsten Stunde wird ihn bestimmt jemand finden. Der Fahrer des Karrens kommt bald zurück. Außerdem wird ihm der ganze Alkohol, den er getrunken hat, das Blut wärmen, da brauchst du dir keine Sorgen zu machen... Und wenn du irgendjemandem ein Wort sagst, dann werde ich dir eine unangenehme Viertelstunde bereiten, verstanden?«

Fletcher sah auf Alexanders reglosen Körper hinunter.

»Verstanden, Fletch?«

Er wusste, dass Macpherson seine Drohung in die Tat umsetzen würde, und nickte.

»Schon gut...«

Der andere quittierte seine Antwort mit einem neuerlichen ordinären Lachen. Gemeinsam hievten die beiden ihren Kameraden auf den hinteren Teil des Karrens. Alexander protestierte nur schwach.

»Schöne Träume, Macdonald!«, grinste Macpherson und zog die Plane aus Öltuch wieder herunter.

Zehn Minuten später traten der Fahrer und sein Handlanger mit den unterzeichneten Lieferdokumenten aus dem Lager.

»Mach die Plane wieder zu, Marcel«, befahl Ersterer und kletterte auf den Bock.

Der Helfer ging nach hinten und erklärte dann, alles sei erledigt.

»Hast du auch nachgesehen, ob dort alles gut verschnürt ist, junger Mann? Ich habe keine Lust, die Hälfte meiner Waren auf der Straße zu verlieren, bei Gott!«

Marcel brummte, alles sei in bester Ordnung, und er garantiere dafür, dass alles gut festgemacht sei. Er hatte die Ladung zweimal überprüft, bevor er, während sein Herr noch mit den Papieren beschäftigt war, nach drinnen gegangen war, um sich aufzuwärmen. Er brauchte dringend ein wenig Ruhe. Sie hatten einen weiten Weg vor sich...

Ein dumpfes, fernes Grollen; stechende Kopfschmerzen. Alexander wälzte sich auf die Seite und stieß mit der Schulter gegen eine harte Oberfläche. Ihm wurde übel, und er biss die Zähne zusammen. Das Donnern wurde plötzlich lauter. Er nahm wahr, dass er grob durchgeschüttelt wurde, und öffnete die Augen: Er war von Halbdunkel umgeben, in das ein winziger Lichtstrahl einfiel. Mit zusammengezogenen Augen musterte er den Ort, an dem er sich befand. Aufgestapelte Holzkisten und Fässer schwankten gefährlich und knarrten, wurden jedoch von Hanfstricken festgehalten.

Es dauerte ein wenig, bis sich der Nebel in seinem Kopf verzog. Alexander hatte Mühe, seine Gedanken zu ordnen. Er erinnerte sich an sein katastrophales Würfelspiel... dann daran, wie er Émilies weiße Hüften bestiegen hatte. Noch so ein Zechgelage, dachte er verbittert.

Erneut wurde ihm schlecht, und er stemmte sich auf den Ellbogen mühsam hoch. Befand er sich auf einem Schiff? Er steckte dem Kopf durch den Schlitz in der Plane, durch die der schmale Lichtstrahl eindrang, und wurde sogleich von der weißen Landschaft geblendet. Herrgott, wie sein Schädel brummte! Sein Magen rebellierte jetzt erst recht, und er erbrach sich über den Rand des Karrens. Eines war sicher: Auf dem Wasser befand er sich nicht. Schnee umwehte den Karren. Wo war er, und wohin fuhr er? Ganz bestimmt hatte er die Sperrstunde verpasst und beim Appell gefehlt. Archie würde ihm wieder Vorhaltungen machen, so viel war sicher!

Bei diesem Gedanken stieß er ein verächtliches Schnauben aus und ließ sich schwer auf den Boden des Karrens zurücksacken. Mit vor Kälte tauben Gliedmaßen schlummerte er wieder ein.

Ein Tritt in die Rippen riss ihn abrupt aus seinem traumlosen

Schlaf; mit einem Aufschrei fuhr er hoch. Sein Kopf platzte fast, und er stöhnte.

»Raus, elender Schmarotzer!«, brüllte der Fahrer. »Das geht ja wohl nicht an, so einfach auf meine Kosten zu reisen!«

Die Kälte weckte Alexander endgültig. Er spuckte einen dünnen Faden Speichel und Galle aus.

»Los! Verschwinde!«, schrie der Mann gereizt und drohte ihm mit dem Kolben seines Gewehrs. »Ich habe keine Lust, mich aufhängen zu lassen, weil ich einem Deserteur geholfen habe! Du steigst hier aus.«

»*Aye! Aye! Dinna ... fash yerself!* Regt Euch bloß nicht auf!«

Langsam stand Alexander auf und sah sich um. Er befand sich in einem Dorf. Vor ihm stand die Kirche, hoch aufragend und anheimelnd in ihrer ländlichen Umgebung. Daneben befand sich ein großes Gebäude, das er für das Pfarrhaus hielt. Etwa ein Dutzend Häuser und mit Reif überzogene Bäume säumten die Straße. Dahinter erstreckte sich weites, offenes Land, und dann kamen die Wälder.

»Wo sind wir?«, fragte er mit belegter Stimme.

»Du befindest dich in Sainte-Anne-de-la-Pérade, mein Alter!«

Der Fahrer machte sich an den Stricken zu schaffen, die er löste.

»La Pérade? *God damn!*«

Noch ganz benommen rieb sich Alexander die Augen und versuchte nachzudenken. Sainte-Anne ... Hier waren sie auf dem Feldzug nach Montréal durchgekommen, um den Einwohnern ihren Eid abzunehmen. Wie weit lag das von Québec entfernt? Und wie war er hierhergeraten?

Mit vor Kälte gefühlloser Hand suchte er in seinem *Sporran* herum, zog seine Taschenuhr hervor und hielt sie ans Ohr. Sie war stehen geblieben, denn er zog sei schon lange nicht mehr auf. Er fragte den Mann nach der Uhrzeit. Dieser seufzte.

»Ich besitze nicht die Mittel, um mir eine Uhr zu kaufen, und ich kann mir schon gar nicht leisten, meine Zeit zu vergeuden! Ich habe acht Kinder durchzufüttern, und im Frühling erwartet meine Frau ein weiteres. Also wirst du mir die Freude machen, dich sofort zu verziehen. Andernfalls rufe ich den Priester, der dem hiesigen Befehlshaber melden wird, dass sich im Dorf ein Deserteur aufhält. Hast du das verstanden?«

»*Aye...*«, murmelte Alexander. »Schon gut. *I'm gone.*«

»Englischer Bastard!«

Alexander zog den Kopf zwischen die Schultern und ging auf der Straße davon, ohne zu wissen, welche Richtung er einschlug. Die Kälte stach ihm in die Schenkel. Seine Füße waren eiskalt, und jeder Schritt bereitete ihm heftige Schmerzen. Er steckte die blaugefrorenen Hände unter die Achseln, um sie zu wärmen.

Ein Stück weit vom Weg entfernt erblickte er ein kleines Bauernhaus. Bestimmt konnte er dort ein Eckchen finden, wo er sich aufwärmen und ein wenig über seine Lage nachdenken konnte, ehe er wieder aufbrach.

Das Quieken von Schweinen riss ihn aus seinem Halbschlaf. Schwach drang eine tiefe Stimme zu ihm; ein Mann hatte den Stall betreten. Alexander versteckte sich im Heu und hoffte, dass er ihn nicht entdecken würde. Er hörte, wie der Bauer ein Weilchen in seinen Gerätschaften herumkramte. Dann knarrte die Tür, und es wurde wieder still. Der Stall lag wieder im Dunkel. Ein starker, beißender Gestank stieg Alexander unangenehm in die Nase. Im Heu regte sich ein Lamm. Das Tier blökte und bedachte den Mann mit einem neugierigen Blick.

Gegen Mittag kehrte der Bauer zurück, um seine Tiere zu versorgen. Steif vor Kälte und mit klappernden Zähnen wartete Alexander, bis der Mann fertig war und wieder ging. Dann drängte er sich zwischen den Schweinen hindurch und stürzte sich auf die Gemüseschalen und Speiseabfälle, die sich noch im Trog befanden. Anschließend trank er Wasser aus einem mit einer dünnen Eisschicht überzogenen Kübel. Dann steckte er noch eine ordentliche Portion von diesem »Proviant« in seine Taschen und verließ den Stall.

Greller Sonnenschein empfing ihn, so dass er die Augen schließen musste und erst einige Sekunden später in der Lage war, sie wieder zu öffnen. Obwohl er wusste, welche Gefahr er damit einging, musste er nach Québec zurückkehren. Wenn ihm das überhaupt gelang! Kein Zweifel, man würde ihn wegen Fahnenflucht verurteilen. Er hatte auch die Möglichkeit erwogen, das Weite zu suchen. Aber mitten in einem eisigen Winter und in einem Land, das ihm feindlich gesinnt war, hatte er kaum eine Aussicht, das zu überleben. Er konnte sich nicht erklären, wie er auf den Karren geraten war. Zweifellos war er in seinem betrunkenen Zustand auf dem Heimweg hineingefallen und dort eingeschlafen. Vielleicht würde man ihm ja glauben und ihn freisprechen. Versuchen musste er es. Reuige Soldaten, die sich ohne Widerstand ergaben, waren schon oft begnadigt worden. Ohnehin hatte er keine andere Wahl.

Alexander überprüfte den Stand der Sonne am weiten azurblauen Himmel und wandte sich gen Nordwesten. In diese Richtung würde er gehen und dabei dem Fluss folgen. Mühsam und mit unsicheren Schritten bewegte er sich in dem hohen Schnee, der ihm oft bis zu den Oberschenkeln reichte und ihn bis auf die Knochen frieren ließ. Er hatte das Gefühl, als bohrten sich Dutzende Klingen in seine eisigen Füße. Niemals würde er das schaffen!

Während er sich einen Weg durch den Schnee bahnte, überlegte er immer wieder, wie er wohl in diesen Karren geraten sein mochte. Vergeblich versuchte er sich zu erinnern, da war dieser Nebel in seinem Kopf... Vage hörte er, wie Émilie ihn daran erinnerte, dass bald Sperrstunde sein würde. Er erinnerte sich auch noch an den eiskalten Wind, der seinen Kilt gebläht hatte. Doch der Rest lag im Dunkel.

Mit den Füßen verfing er sich in einem Bündel von Ästen und fiel in den Schnee. Völlig außer Atem blieb er einen Moment lang liegen und sah zum Himmel auf. Die Sonne hatte den Zenit überschritten und setzte ihren Weg in Richtung Westen fort. Er musste einen Platz finden, an dem er sich aufwärmen und ausruhen konnte... Er nahm seine ganze Kraft zusammen und rappelte sich auf. Dann steckte er sich noch ein Stück Rübenschale und eine Handvoll Schnee in den Mund und machte sich, tief in seine Gedanken versunken, wieder auf den Weg.

Durchgefroren, wie er war, konnte er gar nicht mehr mit dem Zähneklappern aufhören und wurde immer langsamer. Die Erschöpfung überwältigte ihn, und in seinem Kopf verschwamm die Grenze zwischen Traum und Wirklichkeit. Er ging auf den zugefrorenen Fluss zu, den er durch eine Baumgruppe aus Birken und Weiden hindurch erkennen konnte. Ein wenig früher hatte er einen Karren über das Eis fahren sehen; und ihm war die Idee gekommen, es auf die gleiche Art zu probieren. Vielleicht würde er einem Fuhrwerk begegnen, das nach Québec unterwegs war… falls der Kutscher bereit war, ihn mitzunehmen. Auf der anderen Seite würde er so ein gutes Ziel für den Bauern abgeben, der möglicherweise Rache suchte. Alles in allem war es besser, die Deckung der Bäume zu nutzen. Sie schützten ihn vor Blicken und zugleich vor dem Wind, der unablässig heulte. Wie viele Stunden mochte es her sein, dass er Sainte-Anne-de-la-Pérade verlassen hatte? Die Sonne sank, und bald würde es Nacht werden. Immer noch hoffte er, unterwegs auf eine menschliche Behausung zu treffen…

Alexanders Vorräte waren erschöpft, und er hatte nichts mehr, um sich auch nur ein wenig den Magen zu füllen. Sinnlos, noch zu hoffen, er könnte es schaffen; der Tod würde ihn holen, ehe die Nacht vorüber war. Er dachte an Coll und Munro. Und dann merkwürdigerweise an John. War sein Zwillingsbruder desertiert, oder war er umgekommen? Betrübt sagte er sich, dass er das jetzt nie mehr erfahren würde. Er sah zum Himmel auf. An dem in Violett- und Fuchsiatönen prangenden Himmelsgewölbe nahm der Mond Gestalt an. Auf seinen Lippen schmolzen einige verirrte Schneeflocken, die der brüllende Wind aufgewirbelt hatte. Er hatte den Eindruck, dass die Erde ihm noch seinen letzten Rest Körperwärme raubte…

»Isabelle…«, flüsterte er leise. »Warum? Ich habe dich geliebt…«

Dann, nach kurzem Schweigen, fuhr er fort.

»Aus der Tiefe rufe ich, Herr, zu dir. Herr, höre meine

Stimme... Lass deine Ohren merken auf die... Stimme meines Flehens...«*

Seine Worte verhallten in dem unerbittlichen Schweigen des Sonnenuntergangs in diesem weiten Land im hohen Norden. Gott war nicht hier, er hörte ihn nicht. An diesem Januarabend im Jahre 1761 wurde Alexanders Gebet von der eisigen Luft davongetragen und blieb unbeendet.

Verzweifelt kauerte der junge Mann sich unter einen Baum und rollte sich zusammen. Er spürte seinen Körper nicht mehr; er empfand gar nichts mehr.

Mit großen Sprüngen wie ein Eichhörnchen durchquerte der Indianer den Schnee und kam wieder auf sie zu. Mit weit aufgerissenen Augen klatschte er in die Hände.

»Da, ein *pas de culotte*, ein Mann ohne Hosen!«, schrie er und wies mit dem Finger auf die Stelle.

»Wo denn das? Wovon redest du, Kleiner Wolf?«

»Da liegt einer von den Männern ohne Hosen, ein Engländer!«

Er bedeutete den fünf Trappern, ihm zu folgen, und ging zurück. Einer der Männer beugte sich bereits über die halb zugeschneite Gestalt, die von einem hellen Mond beleuchtet wurde. Der »Mann ohne Hosen« hatte sich zusammengerollt wie ein Igel in seinem Nest.

»Zünde eine Fackel an, Lebarthe!«, befahl der Trapper mit starkem ausländischen Akzent.

Im Licht der Flamme wirkte der Schnee orangefarben, und die Dunkelheit, die sie umgab, schien noch tiefer zu werden. Der Mann hielt die Fackel über den Körper.

»Glaubst du, er ist noch am Leben, Jean?«, fragte einer der Trapper.

»Das wäre schon ein Wunder«, gab ein anderer zurück.

Vorsichtig stieß er den Körper mit dem Gewehrkolben an und drehte ihn um. Der Fremde war noch nicht steif gefroren. Ein

---

* Psalm 130, 1–2, auch 6. Bußpsalm genannt. (Anm. d. Übers.)

langes Schweigen trat ein, als der Lichtschein der Fackel auf das Gesicht des Mannes fiel. Die verblüfften Blicke der Männer richteten sich auf den Trapper, der sich über den Fremden beugte und den alle Jean nannten. Dieser war totenbleich geworden.

»Gütiger Gott«, hauchte jemand, »ich traue meinen Augen nicht!«

Der Ablauf der Jahreszeiten verwandelte die Natur und schenkte dem Licht eine andere Tönung, doch er änderte nichts an dem Schmerz, der Isabelles Körper und Seele erfüllte. Die junge Frau fühlte sich wie gefangen in ihrem Kummer, der sie beschwerte und lähmte, während sich um sie herum die Welt weiterdrehte, gleichgültig gegenüber ihrem Zustand.

Für Isabelle war ein sonniger Tag trübe, und das fröhliche Zwitschern eines Vogels klang traurig. Ein frisch gepflückter Apfel kam ihr sauer vor, der Duft einer Rose viel zu schwer. Der jungen Frau war, als habe die Natur nur noch eine Jahreszeit, die der Bitterkeit.

Isabelles Hände lagen auf ihrem schrecklich aufgeblähten Leib. Sie schloss die müden Augen und ließ sich gegen die Rückbank des Wagens sinken. Die Kutsche rollte flott über den zugefrorenen Fluss; ihre Glöckchen klingelten durch die Nacht. Das Kind war schwer und ermüdete sie sehr.

Sie trug das Kind des Mannes, den sie liebte, doch er wusste nichts davon und würde es nie kennenlernen. Isabelle hatte Angst, es könnte seinem Vater ähnlich sehen. Sie würde es nicht ertragen, jeden Tag Alexander vor sich zu sehen, wenn sie das Kind anschaute. Deswegen wünschte sie sich auch ein Mädchen; das würde es für sie leichter machen. Zu Beginn hatte die Ankunft des kleinen Wesens sie mit Freude erfüllt; so konnte sie einen Teil von Alexander in sich bewahren. Doch das, was ihr zuerst wie ein Geschenk erschienen war, hatte sich rasch als Fluch erwiesen. Statt sie mit ihrem Liebsten zu verbinden, trennte das Kind sie unwiderruflich von ihm.

Nein, sie erwartete dieses Kind, das bald auf die Welt kommen würde, nicht mit Freude. Es war Alexanders Kind... das

Kind des Mannes, den sie geliebt hatte und den sie jetzt zu vergessen suchte. Sie war dem jungen Schotten böse, weil er sie nicht vor dem Altar gerettet hatte, kurz bevor sie das »Ja« ausgesprochen hatte, das sie in alle Ewigkeit an einen Mann band, den sie kaum kannte und nicht liebte. Sie hasste ihn, weil er nicht gekommen war, um sie von den ehelichen Pflichten zu befreien, die sie zu erfüllen hatte. Sie verabscheute ihn, weil er zuließ, dass ein anderer Mann sein Kind in den Armen halten und die Vaterrolle an sich reißen würde. Wo steckte er nur? Warum war er sie nicht holen gekommen? Er musste doch wissen, wo sie war! Ließ er sie einfach gehen, ohne einen Versuch zu unternehmen, um sie zu kämpfen? Konnte er nicht verstehen, in welcher Lage sie sich befand?

»Ist Euch kalt?«, fragte Pierre besorgt.

Sie nickte. Seit Québec hatte sie den Eindruck, dass ihr gar nicht mehr warm wurde. Ihr Gatte legte die Hand auf die ihre. Sie war zu matt, um sie wegzuschieben. Sie sehnte sich nach Schlaf. Doch das unablässige Rütteln den Wagens ließ sie keinen Schlummer finden. Wenn sie Sorel erreichten, konnte sie sich endlich dem Schlaf ergeben, dem einzigen Zustand, der ihr Erleichterung verschaffte.

Das Kind war unermüdlich. Es bewegte sich, trat gegen ihr Becken, boxte sie in die Rippen und schnitt ihr den Atem ab. Sie wölbte den Rücken leicht. Höchstens noch einen Monat, und sie war es los. Dieses Kind war der Grund für diese erzwungene Heirat gewesen. »Bis dass der Tod euch scheidet«, hatte der Priester gesagt. Diese Worte hatte sie genau gehört.

Ansonsten verschwamm ihr Hochzeitstag in ihrer Erinnerung: das Rauschen ihres schwarzen Taftkleids; das Weinen des kleinen Luc, in das sie am liebsten eingefallen wäre; der schwere Geruch des Weihrauchs; Madeleine, die sie umarmte und ihr halb traurig, halb spöttisch zuflüsterte, sie hätte Pierre die Strumpfbänder verknotet – angeblich machte das einen Mann unfähig, seine ehelichen Pflichten zu vollziehen –; Pierre, der sie ansah; die nasale Stimme des Priesters... *Ego conjugo vos in matrimonium*... Ich gebe euch als Eheleute zusammen...

Sobald die Zeremonie vorüber und die Kirchenregister unterzeichnet waren, hatte ihr Mann ihr geholfen, in die Kutsche zu steigen, die sie zum Sainte-Anne-Fluss bringen würde. Dort waren sie einige Wochen geblieben, während er sich um den Familienbesitz kümmerte, den er im vergangenen Jahr geerbt hatte. Da angekommen, hatte sie sein Zimmer und sein Bett teilen müssen.

In den ersten Nächten hatte Pierre sie in Ruhe gelassen, damit sie sich in den Schlaf weinen konnte, und war ihr nicht zu nahe getreten. Doch in der fünften Nacht war er ein wenig angetrunken ins Zimmer gekommen. Sie hatte getan, als schlafe sie, während er sich auf einen Stuhl am Bett setzte. Doch er hatte nicht viel darum gegeben. Er war aufgestanden, hatte sich vollständig ausgekleidet und neben sie gelegt.

»*Ich weiß, dass Ihr nicht schlaft, Isabelle*«, *murmelte er.* »*Euer Atem geht viel zu schnell ... und Ihr zittert. Ich will Euch nichts Böses, mein Engel ... Aber ich glaube, ich habe lange genug gewartet. Jetzt habe ich das Recht auf eine richtige Hochzeitsnacht.*«

Er ließ die Hand über das Laken, unter ihr Hemd und über ihre Schenkel gleiten. Mit zusammengebissenen Zähnen unterdrückte sie ein Aufschluchzen. Sie wusste ja genau, dass sie sich ihrem Mann irgendwann hingeben musste. Er legte sie auf den Rücken, liebkoste ihren leicht gerundeten Bauch und lächelte ihr im Halbdunkel zu.

»*Es wird meinen Namen tragen ... genau wie Ihr, Isabelle. Ihr seid meine Frau, und ich begehre Euch ...*«

Er spreizte ihre Schenkel und schob sich auf sie. Sanft und langsam drang er in sie ein, als habe er Angst, das kleine Wesen zu verletzen, das in ihr heranwuchs. Seine Rücksichtnahme gegenüber dem Kind rührte sie beinahe. Sie schloss die Augen und wartete darauf, dass er zum Ende kam.

Der Besitz der Familie Larue war in drei Parzellen aufgeteilt, deren jede drei Morgen in der Breite umfasste, und erstreckte sich vom Fluss aus über sechzig Morgen weit. Pierre, seine Schwester Cathérine und sein Bruder Louis-Joseph hatten jeweils eine

Parzelle geerbt. Das Land, das Pierre zugefallen war, verwaltete sein Cousin René Larue, denn der Notar, der seine Kanzlei in Montréal eingerichtet hatte, war nicht in der Lage, sich selbst um sein Land zu kümmern. Außerdem gab es noch eine zweite Schwester, Félicité, die als Nonne im Ursulinen-Konvent von Montréal lebte und der eine Geldsumme zustand, die dem Landbesitz der anderen entsprach. Um diesen Nachlass zu regeln, war Pierre ursprünglich im Spätherbst 1759 nach Québec gekommen.

Der Vater, der nach langer Krankheit gestorben war, hatte die Bücher, in denen die Einnahmen und Ausgaben des Familienbesitzes festgehalten waren, viel zu lange vernachlässigt. Pierre hatte sie auf den neuesten Stand bringen müssen, und diese Aufgabe hatte ihn mehr Zeit als vorgesehen gekostet. Das erzwungene Zusammenleben mit der Familie des Cousins war schwierig für Isabelle gewesen. Der runde Bauch der jungen Frau hatte die Blicke auf sich gezogen, doch niemand hatte etwas gesagt, obwohl sich alle sichtlich Fragen stellten... Bei diesem ärgerlichen Gedanken zog Isabelle brüsk ihre eiskalte Hand aus Pierres warmen Fingern.

»Ist das Kind schwer?«, erkundigte sich ihr Mann rücksichtsvoll und tat, als hätte er ihre Bewegung nicht bemerkt.

Sie seufzte. Er war zu freundlich, zu geduldig, zu sanft... Alles an diesem Mann reizte sie; sogar sein unbestreitbar gutes Aussehen. Mit seinem schönen, welligen Blondhaar und seinen blaugrauen Augen war Pierre sogar sehr attraktiv. Obwohl er kleiner war als Alexander, war seine Gestalt kräftig, und seine üppigen Mahlzeiten hatten noch keine Spuren an seiner Taille hinterlassen.

»Ja«, antwortete sie freundlicher.

»Wir können in Trois-Rivières Halt machen, wenn Ihr möchtet, mein Engel.«

Sie presste die Lippen zusammen, als sie den Kosenamen hörte, der seine Zuneigung bekunden sollte.

»Nein, wir sind ohnehin schon spät dran!«

Der Wagen fuhr langsamer, und dumpf drang die Stimme des

Kutschers zu ihnen. Pierre runzelte die Stirn, öffnete das Fenster in der Tür und beugte sich hinaus. Sofort trieb der Wind den Schnee in den Innenraum, der sich wie ein Pulverschleier über das Leder der Sitzbänke und die Knie der Passagiere legte.

»Was ist, Basile?«, rief Pierre.

»Reisende, Monsieur!«

Auf dem Weg, der auf dem zugefrorenen Fluss mit kleinen Tannen markiert war, kam die Kutsche vollständig zum Stehen. Besorgt machte Pierre seine Pistole schussbereit. Isabelle sah ihm aus großen, entsetzten Augen zu.

»Rührt Euch nicht von der Stelle. Ich sehe nach, worum es geht.«

Er küsste sie auf die Nasenspitze und stieg aus. Dann blieb es unendlich lange still, und Isabelle stellte sich schon – mit einem gewissen Vergnügen, das sie jedoch sofort bereute – vor, wie eine Räuberbande Pierre attackierte und totschlug. Doch nach einigen Minuten kehrte ihr Gatte heil und gesund zurück und beruhigte sie.

»Trapper. Einer von ihnen ist verletzt und halb erfroren. Sie bitten uns, einen ihrer Schlitten bis zur Mündung des Batiscan-Flusses ins Schlepptau zu nehmen. Aber wenn Euch das nicht recht ist...«

»Nur zu!«, meinte Isabelle und reckte den Hals. »Wir können den armen Mann schließlich nicht in der Kälte sterben lassen!«

Die Schlittenhunde kläfften. In der Nacht bewegten sich von Fackeln beleuchtete Gestalten, die sie ausspannten. Einer der Reisenden trug einen Kapuzenmantel aus dickem Wollstoff, der um die Taille von einem der typischen bunten Flechtgürtel der Trapper zusammengehalten wurde, und eine Pelzmütze. Er sprach mit Pierre, und sein Gesicht lag im Dunkel. Doch als er sich der Kutsche zuwandte, erhellte die Fackel, die er trug, seine Züge. Isabelle spürte, wie ihr Herz einen Satz tat. Sie hätte schwören können... Nein, das war unmöglich!

Zutiefst aufgewühlt zog sie sich vom Fenster zurück und drückte sich auf die Bank, eine Hand auf dem Leib und die andere vor ihren vor Verblüffung aufgerissenen Mund gelegt. Die

Ähnlichkeit war frappierend, aber das konnte nur ein Zufall sein. Alexander befand sich in Québec, bei seinen Verwandten und seinem Regiment.

Der Mann, der mit knapper Not dem Tod entronnen war, lag in einem durch heiße Ziegelsteine gewärmten Bett unter einem Berg Wolldecken. Einige Zeit hatten seine Retter um seine Füße gebangt; doch nachdem sie seine Gliedmaßen lange massiert hatten, war der Blutkreislauf wieder in Gang gekommen. Die rissige, aufgesprungene Haut hatte eine normale Farbe angenommen, und man hatte sie mit einem Balsam aus Lebertran eingerieben. Der Zustand seiner Hände gab größeren Anlass zur Besorgnis. Drei Finger, zwei an seiner Linken und einer an seiner Rechten, waren weiß geblieben. Wenn das Blut nicht wieder zurückströmte, würde man sie amputieren müssen, damit kein Wundbrand eintrat.

Im Kamin knisterte das Feuer und verbreitete eine wohlige Wärme im Raum. Der Mann, der sich »Jean l'Écossais« – John, der Schotte – nennen ließ, saß reglos auf seinem Stuhl am Bett des Verletzten. Sein Blick ging ins Leere, und er sagte sich, dass Gott ihm diesen Soldaten aus einem ganz bestimmten Grund über den Weg geschickt hatte; nämlich, um ihm eine Chance zu geben, Wiedergutmachung zu leisten. Nichts geschah durch Zufall, alles wurde vom Schicksal bestimmt. Einige unvorhergesehene Ereignisse hatten ihn bewogen, früher als ursprünglich gedacht nach Trois-Rivières aufzubrechen. Wäre seine Gruppe zur geplanten Zeit losgegangen, hätten die Männer nur noch eine Leiche im Schnee gefunden. Außerdem hatte bestimmt das unerwartete Auftauchen der Kutsche und die Hilfe, welche die Insassen ihnen hatten zukommen lassen, dazu beigetragen, dass sie die Füße des Verletzten hatten retten können. Es hatte nur wenig gefehlt. Als sie den Soldaten entdeckt hatten, war sein Puls kaum noch wahrnehmbar gewesen. Nur der feine Niederschlag seines Atems auf einem Silberfläschchen hatte den Trappern gezeigt, dass in diesem starren Körper noch Leben wohnte. Doch es hing an einem ziemlich dünnen Faden… Zögerlich streckte Jean l'Écossais die zitternde Hand nach seinem Bruder aus.

»Wirst du mir jemals verzeihen, Alas?«, flüsterte er aufgewühlt, während dicke Tränen über seine Wangen liefen.

Einen Augenblick lang verharrte seine Hand über dem Körper und legte sich dann sanft auf Alexanders Stirn. Seine Haut fühlte sich warm an und war, abgesehen von den Schrammen und Druckstellen, rosig. Alexander würde leben, und das war im Augenblick alles, worauf es ankam.

John wachte zwei Tage am Bett seines Bruders; allerdings nur, wenn dieser schlummerte. Er war noch nicht bereit, sich Alexander zu stellen und zog es vor, damit zu warten, bis dieser vollständig genesen war. Wenigstens würden sie einander dann von gleich zu gleich gegenüberstehen. Im Grunde seines Herzens wusste er allerdings, dass er das Unvermeidliche damit nur hinausschob.

Das Haus, in dem die Trapper Zuflucht gesucht hatten, gehörte der Witwe eines kanadischen Händlers, André Michaud, für den John im vergangenen Winter gearbeitet hatte. Michaud hatte das Pech gehabt, bei Tauwetter in den Batiscan-Fluss zu fallen, und war vor den Augen des entsetzten Schotten ertrunken. Er hatte versucht, ihn zu retten, doch die Eisschollen und die starke Strömung hatten ihn daran gehindert. Marie-Anne Durand-Michaud war so gütig gewesen, ihm und den anderen Trappern einige Tage lang Unterkunft zu gewähren. Doch bald würden sie wieder aufbrechen müssen.

John war Michaud einige Wochen nach seiner Fahnenflucht begegnet. Damals hatte er sich damit abgeplagt, einen Hasen zu fangen, der zu schlau war, in seine Fallen zu gehen. Der Kanadier und die beiden Indianer – Kleiner Wolf und der, den sie Le Chrétien, den Christen, nannten – hatten ihn ohne sein Wissen von ihrem Felsvorsprung aus beobachtet und über ihn gelacht. Da er die Kleidung trug, die er bei dem Kampf um die Kirche von Point Levy einem gefallenen Milizionär abgenommen hatte, ahnten die drei Männer zu Beginn nicht, dass John aus der britischen Armee desertiert war. Als er allerdings den Mund öffnete, um ihre Fragen zu beantworten, erkannten sie an seinem starken Akzent gleich, wer er war. Der eine der Eingeborenen hatte ihn sofort gepackt und ihm das Messer an den Haaransatz gesetzt. Doch die anderen berieten sich, und Michaud befahl Kleiner Wolf, ihn nicht so rasch zu skalpieren. Jemand, der aus der Besatzungsarmee desertiert war, mochte für sie durchaus von Nutzen sein.

So hatten sie John das Leben gelassen, aber sie hatten ihn auf die Probe gestellt. Um sich selbst zu retten, hatte er bei einem Zusammenstoß, den Michaud inszeniert hatte, zwei seiner Landsleute töten müssen. Der Schotte hatte inbrünstig darum gebetet, seine Brüder möchten nicht zu der Abteilung gehören, die sie angriffen; der Rest war ihm ziemlich gleichgültig gewesen.

Seitdem war er mit Michaud, der seinen Fleiß, seine Schießkunst und seine körperliche Ausdauer schätzte, als Trapper unterwegs gewesen. Mit der Zeit hatten die anderen Vertrauen zu ihm gefasst, und er hatte sich einen Platz in der Gruppe erarbeitet. Bald zögerte der reisende Pelzhändler auch nicht mehr, ihm immer wichtigere Aufgaben zu übertragen. Beim letzten Mal hatte er ihn gebeten, seine schöne Gattin Marie-Anne nach Trois-Rivières zu ihrer sterbenden Mutter zu begleiten, da er selbst durch ein Fieber ans Bett gefesselt war.

Unterwegs hatte ein heftiges Gewitter sie überrascht. Nass bis auf die Knochen hatten die beiden jungen Leute Unterschlupf in einer Scheune suchen müssen, bis der Sturm nachließ. Später konnte John sich nicht mehr erklären, wie es dazu gekommen war, aber kurz darauf hatten sie sich nackt und eng umschlungen im Heu wiedergefunden und sich geliebt…

Jetzt saß Marie-Anne auf einem Stuhl, schlürfte aus einer schönen französischen Fayence-Tasse ihren Kaffee und sah ihn aus großen Rehaugen an. Sie war schön, die junge Witwe, und das wusste sie nur allzu gut. Kokett lächelte sie ihm zu und sog den angenehmen Duft ein. Als er an ihre Tür geklopft und um Asyl für seinen Bruder, seine Begleiter und sich selbst gebeten hatte, da hatte sie ihn mit offenen Armen empfangen… und in ihr Bett eingeladen. Doch lange würde er es hier nicht aushalten; die Wälder riefen nach ihm. Wenn sie wollte, würde er vielleicht wiederkommen, aber mehr würde daraus nicht werden.

Seine Gedanken wandten sich erneut Alexander zu. Er wusste nicht mehr, was er tun sollte. Der kleine Finger seiner linken Hand schien endgültig verloren zu sein. Er fürchtete, dass sie ihn würden amputieren müssen. Alexander hatte hohes Fieber und halluzinierte, daher lag die Entscheidung bei ihm.

Drei Tage später blieb ihm keine andere Wahl mehr: Alexanders Fingerspitze begann sich schwarz zu verfärben, ein untrügliches Zeichen dafür, dass der Wundbrand eingesetzt hatte. Er hatte einen Kameraden gebeten, die Amputation vorzunehmen, wozu ihm als einziges Werkzeug eine scharfe Axt zu Gebote stand. Cabanac galt als Meister dieser Operation; er vertraute ihm. Anschließend würden sie die Wunde mit einem glühenden Eisen ausbrennen, und mit etwas Glück würde sie sich dadurch nicht entzünden.

John flüchtete in den kleinen Salon und trank einen Schluck Marc. Der starke Tresterschnaps ließ eine angenehme Wärme in seinem verknoteten Magen aufsteigen und half ihm, sich zu entspannen. Marie-Anne, die hinter ihm stand, schlang die Arme um seine Taille und verschränkte sie vor seinem verkrampften Leib.

»Alles wird gutgehen, Jean«, murmelte sie an seiner Schulter. »Es ist schließlich nur ein Finger, und dazu noch der, den man am wenigsten braucht! Du wirst schon sehen, er wird wieder gesund.«

John zog eine Grimasse, in der sich Abscheu und Bitterkeit mischten. Nur ein Finger! Er fragte sich, ob die junge Frau das Gleiche gesagt hätte, wenn es um ihren eigenen Finger gegangen wäre. Da hallte ein Schrei durch das ganze Haus, bei dem einem das Blut hätte gefrieren können. John biss die Zähne zusammen, bis sein Kiefer schmerzte. Dann stieß er mit einem Laut, der wie ein Schluchzen klang, die angehaltene Luft aus und schenkte sich noch einen Schnaps ein. Er leerte das Glas in einem Zug, stellte es auf das Sims des Fensters, an dem er Stellung bezogen hatte, und sah auf seine zitternden, aber unversehrten Hände hinunter.

Immer noch hing ein widerlicher Gestank nach verbranntem Fleisch in dem Zimmer, und John überfielen Erinnerungen: Culloden und sein Entsetzen stiegen aus der Vergangenheit empor; dieser Tag in der Hölle... Wieder sah der junge Mann, wie Alexander auf nackten Füßen durch den Schneeregen auf das Moor von Drummossie hinauslief, sein rostiges Schwert hoch über dem Kopf schwenkte und aus voller Kehle brüllte. »Das ist doch dumm, Alas!«, hatte er an jenem verfluchten Tag gerufen. Wenn Alexander nur dieses eine Mal auf jemand anderen als auf sich selbst gehört hätte, dann hätte alles anders kommen können, und ihr Vater hätte keinen Stock zum Gehen nötig. Doch auch Alexander hätte ihn an jenem Tag als »dummer Bruder« beschimpfen können, denn wenn er selbst überlegter gehandelt hätte, wäre ihre Mutter vielleicht noch am Leben. Alexander war immer ihr Liebling gewesen; und sein Verschwinden hatte ihre ohnehin angeschlagene Gesundheit weiter untergraben.

In den Tagen nach der Schlacht von Culloden war John in der Umgebung von Drummossie Moor umhergestreift und hatte versucht, Alexander zu finden. Man hatte Scheiterhaufen errichtet, und panisch hatte er seinen Bruder unter den Leichen gesucht. Doch ohne Erfolg. Alexander schien sich in Luft aufgelöst zu haben. Hatte man ihn schon weggebracht? Aber an der Stelle, an der er zu Boden gegangen war, lagen die Leichen seiner Landsleute noch immer im gefrorenen Schlamm. Er hatte dieses Rätsel nie aufklären können, und die Ungewissheit hatte an ihm genagt. Was er ebenfalls nicht begriff, war, warum Alexander nie nach Glencoe zurückgekehrt war. Allerdings hatte er so eine Ahnung... Aber was genau wusste sein Bruder?

Gewissensbisse und ein seltsames Gefühl von Furcht schnürten ihm das Herz zusammen, während er Alexanders Gesicht betrachtete. Er setzte sich auf den Stuhl, der am Bett stand. Sein Bruder lag in einem unruhigen Schlaf und schwitzte stark.

»Du wart nicht feige, Alas«, begann John im Flüsterton, »aber ich bin es gewesen. Du warst immer der Mutigere von uns beiden. Ich war eifersüchtig auf dich; ich glaube, ich bin es immer gewesen. Wir beide hätten eine Einheit sein sollen, doch man hat uns getrennt und einander entfremdet. Alles, was dir geschenkt wurde, blieb mir verwehrt. Du konntest das Wohlwollen von Großvater Campbell genießen, während ich ihn nie besuchen durfte. Du hast keinen Hunger gekannt, während wir uns manchmal von unverdaulichen Wurzeln ernähren mussten, die uns Bauchkrämpfe bescherten. Du hast auf einer Matratze aus weichen Federn geschlafen, während wir in kalten, feuchten Höhlen genächtigt haben. Du hast eine gute Ausbildung erhalten und kannst einen Roman lesen, während ich gerade einmal meinen Namen schreiben und ein paar Wörter entziffern kann. Ja, ich habe dich beneidet, Alas... Aber ich war nie in der Lage, dich zu hassen. Ganz gleich, was du glaubst... ich liebe dich. Was ist nur an jenem Tag geschehen, an dem Großvater Liam tödlich verwundet wurde? Seitdem bist du nie wieder derselbe gewesen. Ich habe niemals gewagt, dich nach dem Grund zu fragen... Vielleicht hätte ich es ja tun sollen. Das hätte wahrscheinlich meinen Verdacht zerstreut. Auf der anderen Seite glaube ich, dass ich es gar nicht wissen wollte. Wenn wir damals miteinander gesprochen hätten, wären wir heute wohl nicht hier. Wie ein Narr habe ich mir in dem Gedanken gefallen, dass du nur böse auf mich bist, weil ich dich daran gehindert habe, Großvater zu Hilfe zu kommen! Und dabei hätten wir nichts für ihn tun können. Die Soldaten hätten uns in Stücke gehackt, wenn wir dazugekommen wären... Aber heute bin ich mir sicher, dass dich etwas anderes umtreibt... etwas, das mich angeht. Ich glaube, deswegen bist du mir so feindlich gesinnt und bist aus dem Clan geflohen. Verstehst du... an diesem Tag, Alas... hatte ich gehofft, nur Gott wäre Zeuge dessen gewesen, was auf dem Rannoch Moor wirklich geschehen ist... Es war... ein Unfall. Herrgott! Wir waren doch bloß Kinder, die von ihrem Rachedurst geblendet waren!«

Alexanders Lider flatterten und öffneten sich einen Spalt

breit, doch sein Blick war glasig. John erstarrte und hielt den Atem an. Die blauen Augen richteten sich auf ihn. Er wartete und glaubte, den Bruchteil einer Sekunde lang ein besonderes Licht darin aufblitzen zu sehen. Doch Alexander zeigte keine weitere Reaktion, und seine Lider schlossen sich erneut.

Seufzend betrachtete John den blutigen Verband an der linken Hand seines Bruders. Allein der Anblick der Verstümmelung tat ihm weh. Wenn er die Hand mit ihm hätte tauschen können, er hätte es getan.

Er kramte in seiner Schultertasche und zog eine Miniatur hervor, das Porträt einer Frau. Die Augen waren von einem sehr hellen Blau, das von einem dunkelblauen Rand umgeben war, und besonders gut getroffen. Betrübt strich John mit dem Finger über die Züge des geliebten Gesichts, an das er so oft am liebsten das seine geschmiegt hätte. Dann legte er das Porträt auf das Bett, unter Alexanders gesunde Hand.

Erneut steckte er die Hand in die Tasche und zog einen Louisdor, sechs französische Pfund und zehn Sous hervor. Er zögerte. Wenn man einen so hohen Geldbetrag bei einem Deserteur fand, würde man ihn ganz gewiss des Diebstahls bezichtigen. Widerwillig behielt er den Louisdor und steckte den Rest in den *Sporran* seines Bruders, den er dann wieder auf das sorgsam zusammengefaltete Plaid legte.

Nach langem Überlegen hatte er seine Entscheidung getroffen. Wozu sollte es gut sein, all diesen Staub aus vielen Jahren wieder aufzuwirbeln? Das würde sie noch weniger in die Lage versetzen, klar zu sehen. Und außerdem hatte ihn die kalte, distanzierte Haltung, die Alexander seit ihrer Begegnung auf der *Martello* an den Tag gelegt hatte, davon überzeugt, dass er ihn nicht wiedersehen wollte. Er erriet den Grund und hatte beinahe Verständnis dafür. Nun, da er wusste, dass sein Bruder gesund und in Sicherheit war, konnte er zum Témiscamingue-See aufbrechen. Er hatte seine Expedition schon zu lange aufgeschoben; die Männer wurden ungeduldig. Michel und Joseph hatten die Fallen und ihre ganze Ausrüstung überprüft. Kleiner Wolf und sein Bruder, Le Chrétien, hatten sich um die Hunde gekümmert.

Lebarthe hatte Vorräte und Munition aufgestockt. Er selbst hatte zusammen mit Cabanac die Route für die kommenden Monate festgelegt. Kurz gesagt, alles war bereit.

Morgen bei Tagesanbruch würde er sich nach einer letzten Nacht in den Armen der freundlichen Marie-Anne wieder auf die Reise machen. Für Alexander und ihn trennten sich hier ihre Wege; jeder würde sein eigenes Leben weiterführen. Ob er seinen Bruder jemals wiedersehen würde? Er bezweifelte es. Das Herz war ihm schwer, als er sich über den Verletzten beugte und ihn auf den Mund küsste. Dann wischte er sich eine Träne ab und summte eines ihrer alten Lieder vor sich hin.

»*Gleann mo ghaoil, is caomh leam gleann mo ghràidh, an gleann an Fhraoich bi daoine, 'fuireach gu bràth ... Beannachd, Alasdair.*« Mein süßes Tal, ich liebe mein wunderbares Tal, in diesem Tal wird das Volk der Heide bis in alle Ewigkeit leben ... Lebe wohl, Alexander ...

Ihre Hände waren sanft, und das warme Wasser tat ihm gut. Die junge Frau tupfte seine Haut mit einem sauberen Tuch ab. Dann fuhr sie mit dem Finger in einen Topf, der ein grünliches, ein wenig streng riechendes Fett enthielt, und verteilte etwas davon vorsichtig auf seinem Fingerstumpf. Wie immer seit inzwischen zehn Tagen sah Alexander ihr schweigend zu. Er nutzte die Gelegenheit, um ihren nackten Hals zu beobachten, über den ein paar lose braune Haarsträhnen fielen, und die Kurven ihrer Brust, die in den Tiefen ihres Mieders, das sie ein wenig gelöst hatte, verschwanden.

»So«, schloss Marie-Anne und wischte sich die Hände an der Serviette ab, »Eure Genesung ist auf dem besten Wege. Ihr habt wirklich Glück gehabt, dass Ihr Euren Unfall ohne weitere Blessuren überstanden habt.«

Konnte man das wirklich Glück nennen? Er dachte an die Hand von Pater O'Shea, an der zwei Finger gefehlt hatten. Nun ja ... es gab Schlimmeres, als einen Finger zu verlieren, da hatte sie wohl recht. Doch leider nahm das nicht die Last von ihm, die auf seiner Brust lag. Tatsächlich hätte er es vorgezogen, dort im

Schnee zu sterben, für immer einzuschlafen. Doch auf geheimnisvolle Weise flohen ihn sowohl der Tod wie das Glück.

Die Frau hatte den Kopf zur Seite geneigt und betrachtete ihn mit einem seltsamen Blick. Sie hatte sich eine bunte Seidenblume an ihr Mieder gesteckt, direkt neben den Ausschnitt... um seine Aufmerksamkeit zu erwecken, vermutete Alexander. Sie lächelte und musterte ihn unverhüllt. Dann setzte sie eine verführerische Miene auf und verzog die Lippen zu einem sinnlichen Schmollmund. Sanft legte sie ihre kühlen Hände auf Alexanders nackten Oberkörper und sah ihn aus ihren veilchenfarbenen Augen eindringlich an.

»Eigenartig, wie ähnlich Ihr Eurem Bruder seht... Das bringt mich ganz durcheinander.«

»Liebt Ihr ihn?«

»Er liebt die Wälder, genau wie mein verstorbener Mann. Aber ich will keine Liebe mehr, die mich dazu verurteilt, monatelang darauf zu warten, dass mein Mann heimkehrt. Das bringt mich um.«

»Gibt es denn eine Liebe, die einen nicht umbringt, Madame?«

Marie-Anne hörte die Verbitterung, die in Alexanders Stimme schwang, und sagte nichts. Was dieser Mann auch erlebt hatte, er hatte eine schrecklich traurige Lehre daraus gezogen. Lieber wechselte sie das Thema.

»Und was habt Ihr jetzt vor?«

»Ich werde morgen nach Québec zurückkehren.«

»Aber Ihr seid desertiert! Sie werden Euch...«

»Aufhängen? Ich bin kein Deserteur.«

»Darauf werden Eure Vorgesetzten nichts geben.«

Alexander sah auf die Hände der jungen Frau hinunter, die auf seiner Brust lagen, und überlegte einen Moment. Er hatte seine Chancen abgewogen, bei einem Prozess freigesprochen zu werden. Doch je mehr Tage vergingen, umso unwahrscheinlicher erschien ihm diese Aussicht.

»Dieses Risiko muss ich eingehen. Ich bin nicht desertiert. Wenn ich mich freiwillig stelle, wird man vielleicht ein milderes Urteil verhängen und mich einfach nur auspeitschen lassen...«

»Ihr könntet hierbleiben. Jean kehrt im Frühling zurück...«

»Auf gar keinen Fall! Ich ... verzeiht. Nein, ich habe dort noch einen anderen Bruder. Ich muss ihn wiedersehen und ihm alles erklären, versteht Ihr? Er soll nicht glauben, dass ich...«

Stirnrunzelnd nickte sie. Die Wahrheit war, dass sie nicht die Hälfte von dem, was er sagte, verstand.

»Habt Ihr dort auch eine Liebste zurückgelassen?«

Er zögerte kurz, während er die Motive auf der Steppdecke betrachtete, die über der unteren Hälfte seines Körpers lag.

»Nein.«

»Keine Liebste?«, murmelte sie wehmütig und musterte Alexanders düstere Miene.

Seiner negativen Antwort zum Trotz spürte die junge Frau, dass unter ihren Händen ein gequältes Herz schlug. Sie ließ die Finger in das weiche Vlies auf seinem Brustkorb gleiten und riss ihn so aus seinen Gedanken. Er hob ihr sein Gesicht entgegen, diese Züge, die ihr so vertraut waren und die sie erst in einigen Monaten wiedersehen würde.

»Und ich habe keinen Liebsten mehr...«

Sie fuhr mit den Fingerspitzen über sein Schlüsselbein und zog es bis zur Schulter nach. Alexander war erschüttert: Isabelle hatte genau das Gleiche getan. Er konnte sich des Bildes nicht erwehren, das vor seinem inneren Auge stand: die junge Frau in den Armen dieses Mannes, der ihn vor dem Haus in der Rue Saint-Jean angestoßen hatte. Ein Notar von gesichertem Wohlstand, dessen Name bekannt und geachtet war und der einen beneidenswerten Platz in dieser verfluchten Gesellschaft hatte... Zorn ergriff ihn und wirbelte allen Groll auf, der ihm das Leben sauer machte. Mit einer schroffen Bewegung stieß er die leichte Hand weg, die auf seiner Schulter lag. Verblüfft schlug Anne-Marie die Augen zu ihm auf.

»Oh!«, meinte sie errötend. »Ich dachte...«

Sie nahm die Hand weg, doch Alexander, der gegen seinen Willen erregt war, hielt sie energisch fest.

»Ich bin nicht John.«

»Einverstanden. Und ich bin nicht ... diese andere Frau.«

Nachdem sie das klargestellt hatten, maßen sie sich mit ihren Blicken. Dann, von einem Moment auf den anderen, trafen sich ihre Lippen. Sie liebten sich heftig und dann wieder voller Zärtlichkeit, jeder in seinen eigenen Abgrund versunken, beide in dem Versuch, in ihrem Gegenüber den Menschen zu sehen, der ihnen fehlte, und Empfindungen noch einmal zu erleben, die ihre Haut und ihre Körper in ihrer Erinnerung bewahrt hatten. Wie in einem Traum ließen sie das Vergangene wiederauferstehen; doch obwohl sie die Augen geschlossen hielten, war ihnen schmerzhaft klar, dass sie einander höchstens einen flüchtigen Trost spenden konnten.

Munro kam die Rue des Pauvres heruntergerannt und bog um die Ecke der Rue Saint-Nicolas, wobei er fast auf einer zugefrorenen Pfütze ausrutschte. Er erblickte seinen Cousin Coll und wedelte mit den Armen, um seine Aufmerksamkeit auf sich zu ziehen. Als Coll seine völlig aufgelöste Miene sah, kam er zu ihm gelaufen.

»Sie haben ... sie haben ihn ... gefangen!«

»Wen haben sie gefangen? Wen? Alasdair? Sie haben Alas gefunden?«

Munro nickte heftig und rollte die großen, erschrockenen Augen. Die beiden Soldaten wussten genau, welche Strafe Alexander drohte. Ohne weitere Fragen zu stellen, folgte Coll seinem Cousin durch das abschüssige Labyrinth der Gassen von Québec bis zum Großen Platz. Eine Menschenmenge hatte sich um einen von zwei Pferden gezogenen Schlitten, ein *Sleigh*, versammelt. Im hinteren Teil des Fahrzeugs lag ein in Ketten geschlagener Mann, dessen eine Gesichtshälfte mit getrocknetem Blut verkrustet war. Coll versuchte sich einen Weg zu ihm zu bahnen, wurde aber grob zurückgestoßen.

»Alas!«, schrie er über die Menge hinweg. »Alasdair!«

Alexander erkannte die Stimme seines Bruders und hob den Kopf. Das Klirren der Kette hallte schmerzhaft in seinem Schädel wider, und er stöhnte. Als er sich ein wenig aufrichtete, konnte er Coll sehen. Er sah, dass seine Lippen sich bewegten, doch durch den ohrenbetäubenden Lärm ringsum verstand er nicht, was er rief. Dann las er das Wort »warum« von seinen Lippen. *Weil ich mich so entschieden habe,* antwortete er ihm lautlos. Er lächelte. Der Offizier beendete seine Verlesung der Anklagepunkte gegen den Gefangenen. Dann fuhr der *Sleigh* wieder ab. Man brachte Alexander ins Gefängnis der Intendantur.

Die Hände im Nacken verschränkt, betrachtete Alexander einen Riss in der gegenüberliegenden Wand. Er konnte nicht mehr schlafen. Ständig musste er an John denken. Unaufhörlich drehten sich seine Gedanken um die vergangenen Wochen und alles, was geschehen war, seit er im Schnee eingeschlummert war.

In den ersten Tagen nach seiner Rettung hatte er in seinem Fieberwahn immer wieder kurze lichte Momente gehabt. Da hatte er gespürt, dass ein Blick auf ihm ruhte und eine Hand beruhigend über seine malträtierte Haut glitt. Da hatte er noch nicht gewusst, wer bei ihm wachte, aber diese stumme Gegenwart hatte ihn getröstet. Dann war eine Stimme aus dem Dunkel gekommen, und er hatte John erkannt. Sein Bruder hatte das Lied gesummt, das sie als Kinder gemeinsam zu singen pflegten, wenn die Sonne hinter den Bergen verschwand und ihr Tal mit Gold übergoss. Während dieser ganzen Zeit, in der er bei ihm saß, hatten sie kein einziges Wort gewechselt. Aber diese unsichtbare Verbindung zwischen ihnen war wieder da gewesen, das hatte er gespürt... genau wie früher. Erinnerungsfetzen waren in ihm aufgestiegen, und er hatte daran gedacht, wie sie sich einst ohne Worte verstanden hatten.

Die beiden glichen sich wie ein Ei dem anderen. Wie oft hatten sie sich als Kinder damit unterhalten, ihre Umwelt zu verwirren und sich wechselseitig füreinander auszugeben? Das war ihnen leichtgefallen; ihre Gedanken liefen auf die gleiche Weise ab, ganz natürlich. Dann war diese Verbindung zerrissen. Wann war das gewesen, und warum? Er wusste es nicht mehr genau.

Seit dem Tod von Großvater Liam vielleicht? Ja, seit diesem Tag hatte ihre Beziehung sich verändert. Aber steckten wirklich die Beweggründe dahinter, die er argwöhnte?

John war fortgegangen, bevor er mit ihm hatte sprechen können. Das hätte eigentlich seine Vermutung bestätigen müssen, dass sein Bruder ihm immer noch grollte. Doch da passte etwas nicht zusammen: Warum hatte John ihm dann das Leben gerettet, obwohl er ihn einfach im Schnee hätte liegen lassen können, damit die Natur seinen versuchten Brudermord vollendete? Vielleicht hatte er ja das Bedürfnis, seine Rache selbst auszuführen und sein Blut fließen zu sehen.

Doch er hatte den Eindruck, dass John ebenso vor ihm flüchtete, wie er vor ihm geflohen war. Er hatte eine tiefe Trauer bei seinem Bruder wahrgenommen. Was mochte der Grund dafür sein? Plagten ihn Gewissensbisse? Er hätte gern gewusst, was John am Todestag von Großvater Liam gesehen hatte, und auch, was wirklich auf der Ebene von Drummossie Moor geschehen war. Seltsamerweise widersprach Johns Verhalten allem, was er immer geglaubt hatte.

Ein schrecklicher Zweifel stieg in ihm auf und stellte alles in Frage, woran er glaubte. Und wenn er sich geirrt hatte? Wenn er sein Leben damit vergeudet hatte, sich Dinge einzubilden und zu glauben, dass andere ihm grollten? Wenn er seine Ungeheuer, seine Ängste und alles, was ihm im Weg stand, selbst geschaffen hatte? Seine Finger hatten sich um seinen Hals gekrallt, und aus seinen vor Schreck über diese Gedanken aufgerissenen Augen starrte er immer noch den Riss im Mauerwerk an.

Stimmen und Schritte rissen ihn aus seiner Erstarrung. Er wandte sich zur Tür. In der kalten, dunklen Zelle war ein metallisches Klicken zu hören, ein Knarren, und dann öffnete sich die Tür. Zwei Männer, von denen einer einen Stuhl trug, traten im schwachen Licht ihrer Fackeln ein. Der Wachsoldat ging hinaus und ließ Alexander mit dem Besucher allein.

Lange blieb die hochgewachsene Gestalt reglos stehen. Das Leder der Stiefel und die goldenen Knöpfe an seinem Rock schimmerten leicht. Kupferfarbene Reflexe umgaben das Gesicht, das im Dunkel lag. Alexander zog die Augen zusammen und richtete sich auf seinem schäbigen Strohsack auf.

»Hauptmann Campbell?«

Offensichtlich verlegen räusperte sich der Offizier.

»Ich bin als Familienmitglied hergekommen, Alexander. Als Freund, wenn du das vorziehst. Ich heiße Archie Roy, weißt du noch?«

Alexander setzte sich auf den Rand des Strohsacks.

»Archie Roy...«

Archibald Campbell setzte sich auf den Stuhl und sah seinen Neffen an. Ihm fehlten die Worte, und sein kummervolles Herz schlug heftig. Am liebsten hätte er laut geschrien. Er hatte sich gelobt, die Uniform zu vergessen, die er trug. Aber die Gewohnheit beherrschte schon so lange seine einfachsten Handlungen... Er zwang sich immerhin, eine entspanntere Haltung einzunehmen, indem er die Beine, die er vor sich ausgestreckt hatte, übereinanderschlug.

»Wie geht's deiner Hand?«

»Besser.«

»Wirst du gut behandelt?«

»Einigermaßen.«

»Und frierst du bei Nacht?«

»Schon in Ordnung.«

»Hmmm...«

Archie entflocht seine Beine und schlug sie andersherum übereinander.

»Ich habe den Bericht von Leutnant Rose gelesen, Alex. Ich weiß nicht, was ich sagen soll...«

Peinlich berührt verstummte er einen Moment lang, dann sprach er mit unsicherer Stimme weiter.

»Ich würde gern aus deinem eigenen Munde hören, dass du wirklich desertieren wolltest. Alex, ich weiß, dass das Leben bei der Armee nicht leicht ist. Und ich weiß auch von... dieser Frau, mit der du Umgang gepflegt hast, und es hat mich aufrichtig betrübt, davon zu hören. Ich weiß nicht, was passiert ist, aber... ich kann mir nicht vorstellen, dass du desertiert bist.«

In dem verschwommenen Zwielicht, das in der nur vom Licht der Fackel erhellten Zelle herrschte, schaute Alexander seinen Onkel an. Archie kannte ihn gut. Sinnlos, ihm etwas vorzumachen.

»Um ganz ehrlich zu sein, Archie, ich weiß nicht einmal, wie ich dorthin gekommen bin. Ich bin ganz einfach auf einem Karren in Sainte-Anne-de-la-Pérade aufgewacht. Was soll ich dir anderes sagen? Ich habe natürlich versucht, das den Männern, die mich verhört haben, zu erklären, aber… sie haben mir nicht geglaubt.«

»Nein… wohl nicht. Du musst ja auch zugeben, dass die Geschichte zweifelhaft klingt! Trotzdem würde ich dir raten, eine Aussage zu machen und alles zu erzählen, woran du dich erinnerst. Und du hast wirklich nicht die geringste Ahnung, wie du in diesen Karren gekommen sein könntest?«

»Nein.«

»Wo bist du an dem Abend gewesen, der diesem betrüblichen Ereignis vorausging, und mit wem warst du zusammen?«

Das Erste, was Alexander in den Sinn kam, war das Bild von Émilies prallem Hinterteil… Er lächelte. Dann erinnerte er sich an seine Niederlage beim Würfeln. Aber all das half ihm nicht weiter.

»Ich habe den Abend im *Rennenden Hasen* verbracht und wohl ein wenig zu viel getrunken…«

»Hmmm…«, brummte Archie gereizt und streckte erneut die Beine aus. »Dein Dossier ist wirklich nicht besonders hübsch anzusehen, Alex. Dein Benehmen während der Wochen vor deinem… Verschwinden wird im Prozess stark gegen dich sprechen. Ich brauche etwas Besseres, um dich zu entlasten, sonst…«

»Ich weiß. Aber etwas anderes habe ich nicht«, gab Alexander mit leiser Stimme zurück.

»Ich werde die Schankmägde in dem Etablissement befragen. Vielleicht hat ja eine von ihnen etwas mitbekommen, das uns helfen könnte, dieses Rätsel zu lösen… Hast du die Taverne allein verlassen? War die Sperrstunde bereits angekündigt?«

»Ich weiß es nicht mehr, Archie! Ich erinnere mich an nichts!«

Einen Moment lang schwieg Alexander und sah gedankenverloren auf das Stroh, mit dem der Boden bestreut war. Dann musste er wider Willen lachen.

»Ich nehme an, dass man es keinen ehrenhaften Tod nennen kann, wenn man wegen Fahnenflucht aufgehängt wird. Aber wenigstens bin ich ehrlich geblieben. Ich hätte ja nicht zurückzukommen brauchen.«

Ein bleiernes Schweigen senkte sich herab. Weit weg knarrte eine Tür, und das metallische Klacken eines Riegels war zu hören. Dann entfernten sich die Schritte der Wärter, die sich leise besprachen.

»Was wirst du tun, wenn der Krieg vorüber ist, Archie?«, fragte Alexander zusammenhanglos, um das Gespräch auf ein anderes Thema zu lenken.

Der Stuhl knarrte, als Archie sich nach vorn beugte und die Ellbogen auf die Knie stützte. Die hellen Augen, die ihn ansahen, erinnerten Alexander an die Miniatur seiner Mutter, die er am Tag nach der Amputation beim Aufwachen vorgefunden hatte. Zugleich musste er an John denken.

»Ich weiß es noch nicht. Der Boden hier ist gut und bringt dem, der ihn achtet, gute Erträge. Vielleicht werde ich ja ein Gesuch auf die Zuteilung einer Parzelle einreichen. Es heißt, in der Gegend von Baie-des-Chaleurs, in der Nähe von Montréal, sei das Klima angenehmer als in Québec. Aber meinen Posten beim Militär würde ich gern behalten. England wird seine Truppen nicht vollständig abziehen, sondern eine Garnison zurücklassen, um den Schutz des Landes zu gewährleisten und neue Straßen zu bauen. Für mich wird es hier immer etwas zu tun geben. Mein Bruder John kümmert sich um Glenlyon; David ist Arzt auf Jamaika. Wirklich, nichts zieht mich zurück nach Schottland.«

»Nicht einmal eine Frau?«

»Nicht einmal eine Frau.«

Archie wollte Alexander schon fragen, was denn er nach dem Krieg vorhabe. Doch als ihm die Absurdität der Frage aufging, klappte er den Mund wieder zu, so dass seine Zähne hörbar klackten, und sah auf seine Hände herunter, die er umeinandergeschlungen hatte.

»Ich«, begann Alexander, als hätte er die Frage doch gestellt, »glaube, ich werde dasselbe tun. Warum sollte ich nach Schottland zurückkehren? Weißt du noch, Archie, wie wir an unseren freien Tagen in der Heide gelegen haben und darüber diskutiert haben, wie wir das Vaterland befreien würden? Hmmm… damals wussten wir schon, dass es ein Übel an sich ist, Schotte zu sein; aber wir hatten nicht bedacht, dass es ein Fluch ist, Highlander-Blut zu haben…«

Zynisch lachte er auf.

»Falls wir nicht doch noch zu Reichtum gelangen… sag mir, was uns dazu bewegen sollte, in unser Heimatland zurückzukehren, wo uns doch Hunger und Krankheiten den Garaus machen würden?«

Archie sah seinen Neffen mit undeutbarer Miene an. Dann presste er verbittert die Lippen zusammen und sprang auf.

»Bei allen Heiligen!«, brüllte er und bedachte den Stuhl, der umgestürzt war, mit einem Fußtritt. »Warum? Ich hatte es versprochen…!«

Alexander hob den Kopf.

»Versprochen? Was genau hast du versprochen, und wem?«

»Marion«, erklärte Archie mit gepresster Stimme. »Ich habe deiner Mutter auf dem Totenbett versprochen, dich zu finden und nach Hause zu bringen. Sie hat niemals glauben wollen, dass du tot bist. Verstehst du, sie besaß das zweite Gesicht. Sie wusste, dass du am Leben warst, Alex, und sie hat schrecklich darunter gelitten, dass du niemals zu ihr zurückgekehrt bist…«

Ein Schluchzen entrang sich Alexanders verkrampfter Brust. Der junge Mann hatte das Gefühl, als lege sich eine bleierne Last auf ihn und drücke ihm das Rückgrat zusammen.

»O mein Gott!«

Erneut wurde es still in der stinkenden kleinen Zelle.

»Ich kann nichts mehr für dich tun, mein Freund und Bruder.

Jetzt müssen wir alles in die Hände des Gerichts und Gottes legen.«

»Du hast dir nichts vorzuwerfen, Archie Roy. Ich bin kein Knabe mehr.«

»Ja, ich weiß. Und ob ich das weiß… Brauchst du etwas? Ich meine, hättest du einen speziellen Wunsch an mich? Das ist leider das Einzige, was ich dir anbieten kann.«

»Etwas zu schreiben. Kannst du mir das besorgen?«

»Selbstverständlich. Noch etwas? Eine Frau vielleicht?«

»Ich würde gern meinen Bruder Coll sehen.«

»Ja, natürlich. Ich lasse ihn kommen, Alexander.«

»Danke. Das ist alles.«

»Gut…«

Archie trat zu seinem Neffen und legte ihm die Hand auf die Schulter. Tief bewegt nahm Alexander sie und drückte sie fest.

»Du bist mein liebster und bester Freund gewesen, Archie.«

»Das kann ich zurückgeben, Alexander Colin Macdonald.«

Am 5. Februar 1761 fand der Prozess gegen Alexander Macdonald statt, Soldat des 78. Highlander-Regiments Seiner Majestät und wegen Fahnenflucht festgenommen. Der Angeklagte erklärte sich für nicht schuldig.

Wie Archibald vorhergesagt hatte, waren die Indizien, die dem Gericht vorlagen und die sich insbesondere auf das rebellische Verhalten des Angeklagten vor seiner Fahnenflucht stützten, erdrückend; und das ungeachtet dessen, dass er sich den Behörden selbst gestellt hatte, bei seiner Fahnenflucht stark betrunken gewesen war und seine Verletzung ihn daran gehindert hatte, eher zurückzukehren und sich bei seinem Hauptmann zu melden. Gemäß Artikel 1 des sechsten Abschnitts des Kriegsrechts verurteilte man den Angeklagten zum Tod durch Erhängen. Das Urteil würde in vier Tagen vollstreckt werden.

Archibald, der leichenblass geworden war, suchte Alexanders Blick, doch der verbarg die Augen hinter halb geschlossenen Lidern. Dafür begegnete er Colls panischem Blick. Er glaubte, ohnmächtig werden zu müssen, und klammerte sich an seinen Stuhl. Am liebsten hätte er losgebrüllt: Sie würden Marions Sohn hängen, den er immer als seinen kleinen Bruder betrachtet hatte!

Er hatte alles getan, um das zu verhindern, die Schankmägde und den Wirt im *Rennenden Hasen*, Alexanders Zimmergenossen und einige Stammgäste der Taverne verhört. Aber diese Informationen hatten nur bestätigt, was der junge Mann bereits gesagt hatte. Archibald hatte nichts Neues erfahren.

Schwach drang eine Stimme zu ihm, und langsam riss er sich aus seinen düsteren Gedanken. Ein Sergeant rief ihn an; jemand verlangte ihn zu sprechen.

»Wer?«

»Eine gewisse Émilie Allaire, Sir.«

»Sie soll an einem anderen Tag wiederkommen! Mir ist heute nicht danach, Bittsteller zu empfangen…«

»Sie sagt, es sei wichtig, und sie…«

Zornig fuhr Archibald zu seinem Untergebenen herum.

»Ein andermal, Sergeant Robertson! Ist das klar?«

»Sie sagt, sie sei Schankmagd im *Rennenden Hasen*, Sir. An dem Tag, an dem Ihr Eure Befragung durchgeführt habt, habt Ihr sie nicht verhören können, da sie zu der Zeit Besorgungen erledigte.«

Archie sah an dem Sergeanten vorbei und erblickte in der Tür eine kleine Frau, die in ihre Richtung schaute. Sie kam ihm vage bekannt vor. Bah! Vielleicht war er ihr irgendwo begegnet, als sie einem seiner Offiziere in seinem Zimmer einen Besuch abgestattet hatte. Sie lächelte ihm zu und knickste. Da traf es ihn wie eine Kanonenkugel: Alexander… das war Alexanders Mätresse.

»Ist sie das?«

Robertson folgte seinem Blick und nickte.

»Führt sie sofort in mein Arbeitszimmer, Sergeant. Ich komme nach. Und betet zu Gott, dass es nicht vergeblich ist.«

Die Tür schloss sich hinter Coll, der regungslos in der Mitte der Zelle stehen blieb. Einen Moment lang musterten die Brüder einander, ohne ein Wort zu sagen. Alexander wirkte vollkommen gleichmütig, was Colls Unbehagen noch verstärkte.

»Du wolltest mich sehen?«

Etwas Besseres war ihm für den Anfang nicht eingefallen.

»Ja. Ich möchte, dass du mir einen Gefallen tust.«

Er griff unter seinen schäbigen Strohsack, zog einige Briefe hervor und hielt sie ihm hin.

»Die sind für Vater und für John. Ich möchte, dass du sie ihnen gibst.«

»Aber John ist ...«

»Er lebt, Coll.«

Coll fuhr zusammen und stieß einen verblüfften Laut aus. Alexander nahm die Miniatur, die sein Zwillingsbruder ihm gegeben hatte, aus seinem *Sporran*. Man hatte ihm erlaubt, sie bei sich zu behalten.

»Der Zufall oder die Vorsehung haben dafür gesorgt, dass unsere Wege sich noch einmal gekreuzt haben. Ich habe keine Lust, in Einzelheiten zu gehen, aber ich kann dir so viel sagen, dass es mir ... auf gewisse Weise die Augen geöffnet hat, ihn wiederzusehen. Ich habe auch einen Brief für dich, Coll. Wenn du ihn gelesen hast, wirst du alles verstehen.«

Er stand auf und ging in dem engen Raum ein paar Schritte. Dann wandte er sich seinem Bruder zu, der sich keinen Zoll bewegt hatte und ihn mit bestürzter Miene ansah, und reichte ihm die Miniatur.

»Alas ...«, hauchte Coll und sah ungläubig auf das lächelnde Gesicht seiner Mutter hinunter. »Wie ... Ich erinnere mich an dieses Porträt. John hat es gemalt.«

»John? Ich wusste gar nicht, dass er das kann.«

»Er ist ebenso geschickt mit dem Pinsel wie du mit einem Schnitzmesser. Dieses Porträt hat er vor dem Tod unserer Mutter angefertigt.«

Seit ihrem Wiedersehen auf der *Martello* hatten sie niemals über Marions Tod geredet. Tatsächlich hatten beide dieses Thema sorgfältig vermieden, als berge es ein schreckliches Geheimnis, das keiner von ihnen ansprechen wollte.

»Hat sie ... sehr gelitten?«

»Schwer zu sagen. Sie war ja schon so viele Jahre krank, dass sie wahrscheinlich auf gewisse Weise daran gewöhnt war. Aber nach Culloden haben ihre Augen nicht mehr so geleuchtet wie früher. Es war, als hätte das Leben sie längst verlassen, als der Tod sie holen kam.«

»... Meinetwegen?«

Nach kurzem Zögern nickte Coll. Er war zu bewegt, um zu sprechen. Er gab Alexander das Porträt zurück, der es mit neuen Augen ansah.

»John ist es gelungen, ihr auf diesem Bild das Leben zurückzugeben. Bevor er Glencoe verließ, hat er eine Kopie für Vater angefertigt.«

Duncan, ihr Vater ... Alexander versank in seinen Erinnerungen. Er schloss die Augen und versuchte sich an sein Gesicht zu erinnern.

»Verstehst du, ich wollte euch niemals weh tun. Ich bin mir nie darüber im Klaren gewesen, dass ich nicht nur mein eigenes Leben verpfuscht, sondern damit auch andere unglücklich gemacht habe. Jetzt kann ich nichts mehr gutmachen; ich habe keine Zeit mehr, auf irgendeine Art Buße zu tun ... Ich kann nur zu erklären versuchen, warum ich mich von euch ferngehalten habe, zumindest am Anfang ... Ich möchte, dass Vater mich versteht und mir vielleicht eines Tages vergeben kann.«

»Das hat er längst getan, Alas.«

»Vielleicht«, murmelte Alexander und wandte sich ab, um seine Tränen zu verbergen. »Versprich mir, dass du John zurückholst!«

»Ich kann dir nur versprechen, es zu versuchen. Das Land ist riesig, und vielleicht möchte er ja, genau wie du, gar nicht gefunden werden ...«

»Ja ... Und sag Munro ...«

Ihm versagte die Stimme.

»Er wird dich vermissen, Alas. Und ich ebenfalls, *a bhràthair* ...«

»Wenn du ... eines Tages Isabelle sehen solltest ... sag ihr ...«

Er verstummte lange. Dann stieß Alexander einen tiefen Seufzer aus. Isabelle... sein Engel, sein Wahnsinn und der liebste Mensch, den er zurückließ. Die Frauen, die an irgendeinem Punkt auf dem gewundenen Pfad seines Lebens seine Hand gehalten hatten, waren Leuchtfeuer gewesen, die verhindert hatten, dass er sich verirrte. Doch Isabelle war der Leuchtturm gewesen, zu dem der Weg ihn geführt hatte. Als er sie verlor, hatte er das Gefühl gehabt, seine Orientierung zu verlieren... Die Wahrheit würde er nie erfahren, doch er konnte nicht glauben, dass sie in der Lage gewesen war, ihn die ganze Zeit zu belügen, ohne dass er es bemerkt hätte. Coll wartete immer noch darauf, dass er weitersprach.

»Nein, sag ihr nichts... Es ist gut. Lebe wohl, Coll... Ich liebe dich.«

»Herrgott, Alas!«

Die Brüder umarmten sich ein letztes Mal und vermochten ihr Schluchzen kaum zu unterdrücken. Als Alexander wieder allein war, ergab er sich ohne jede Scham dem Gram, der ihn niederdrückte. Der Tod, der ihn anscheinend während all dieser Jahre stets begleitet hatte, machte ihm keine Angst mehr. Doch ein kleiner Teil seiner selbst wollte weiterleben und flehte um die Barmherzigkeit Gottes.

An diesem Montag, dem 9. Februar, schien das Rad der Zeit stillzustehen. Über dem Galgen, der auf dem Marktplatz errichtet war, hielt der Wind den Atem an. Ein Engländer wurde aufgehängt. Manchen Menschen bereitete das Freude. Andere würden für den Verurteilten beten. Über den Mann ging ein Gerücht um, das mitfühlende Seelen rührte: Halbtot vor Kummer sollte er versucht haben, zu der Frau zu gelangen, die er liebte und die ihn verlassen hatte. Auf diese Weise entstanden Legenden und starben Helden.

Friedlich angesichts der Gewissheit, dass sein Leidensweg bald ein Ende haben würde, erstieg Alexander zum düsteren Rollen der Trommeln erstaunlich gelassen die Stufen. Oben erwarteten ihn der Henker und ein Priester. Rasch überflog sein

Blick die Menge auf der Suche nach Colls flammend rotem Haar, doch er sah es nicht und fühlte sich auf gewisse Weise erleichtert. Andererseits war er sich sicher, dass sein Bruder hier irgendwo war.

Während der Mann Gottes, der eine Bibel in seinen geröteten, kalten Händen hielt, versuchte, seine Seele zu trösten, ließ er seinen Geist zu den grünen Hügeln von Glencoe schweifen. Bald würden ihn die tröstenden Arme seiner Mutter umschließen. Das Hängen war nur ein unangenehmer Moment, den er hinter sich bringen musste... Dann sah er Isabelles strahlendes Gesicht vor sich und geriet in Panik, denn er hätte sich so sehr gewünscht, die junge Frau noch ein letztes Mal zu sehen... ihren Duft zu riechen, ihre zarte Haut und ihr seidiges Haar zu berühren...

»In nomine patris, et filii, et spiritus sancti, Amen.«

»Amen.«

Der Henker verband ihm die Augen und legte ihm den Strick um den Hals. Die Schlinge lastete, genau wie seine Trauer, schwer auf seinen Schultern und zog sich zu. Er schluckte und hielt den Kopf hoch erhoben. Nur nicht schwach werden, nicht zulassen, dass ihm die Knie weich wurden. Er war Alasdair Cailean MacDhòmhnuill, und er würde bis zum Ende aufrecht stehen und sich seinem Schicksal stellen. So hätte es sein Vater gewollt, darauf wäre er stolz gewesen.

Trommelwirbel...

»Trinkt das«, befahl die junge Élise und reichte ihr eine dampfende Tasse mit einem Aufguss aus Bilsenkraut und Hundskamille. »Das wird Euch guttun.«

Isabelle warf ihrer Zofe einen vernichtenden Blick zu. Am liebsten hätte sie dieser dummen Gans die hervorquellenden, blau unterlaufenen Augen herausgerissen! Wenn sie gekonnt hätte, dann hätte sie allen, die sie in diesem Moment umstanden, die Augen ausgekratzt. Doch eine heftige Wehe kam, und sie konzentrierte sich auf den Schmerz, diese Pein, die sie nun seit fast zwanzig Stunden unablässig quälte.

In einer Ecke stand die kleine Marie und sah sie ängstlich an. Das Indianermädchen rührte sich nicht, als sie angesprochen wurde. Sie hatte schon mehrere Entbindungen miterlebt, aber diese hier...

»Leg noch ein Scheit aufs Feuer!«, befahl ihr die Hebamme barsch und wischte sich den Schweiß von der Stirn. »Dann geh in die Küche, und setz noch einen Topf Wasser auf!«

Marie legte ein Scheit Ahornholz in den Kamin. Dann fuhr sie zurück, stieß sich an der Kommode und rannte aus dem überheizten Zimmer. Als die Hebamme sah, dass das Mädchen ihre Anweisung befolgt hatte und die Wehe der Gebärenden vorüber war, seufzte sie laut und versenkte erneut ihre dick eingefettete Hand zwischen Isabelles Beinen. Diese stieß einen entsetzlichen Schrei aus. Madeleine, die leichenblass war, biss sich auf die Lippen, damit sie es ihr nicht nachtat.

»Nehmt Eure dreckigen Pfoten weg!«, kreischte Isabelle und wand sich vor Schmerzen.

»Das Kleine liegt mit dem Steiß voran, Madame. Wir müssen es drehen!«

»Aber das versucht Ihr nun schon seit drei Stunden«, schaltete sich Madeleine ein, die nicht mehr zusehen konnte, wie ihre Cousine litt.

»Ich muss seine Beine an die richtige Stelle bringen! Schreibt mir nicht vor, wie ich meine Arbeit zu tun haben, Madame!«

Kurz darauf zog sie mit zufriedener Miene ihre blutige Hand hervor und drückte dann auf Isabelles Leib, um den Körper des Kindes in der gewünschten Position zu halten.

»So!«, meinte sie und seufzte erneut. »Entweder es kommt jetzt heraus oder nicht. Wir werden sehen. Das Becken der Kleinen ist ziemlich eng!«

Isabelle biss in das bereits nasse Laken und schloss die Augen, um die entsetzlichen Bilder, die auf sie einstürmten, nicht sehen zu müssen.

»Nein!«, schluchzte sie. »Schneidet mein Kind nicht in Stücke... Ich will mit ihm sterben... Oh, Mado, lass das nicht zu... Nicht so wie bei Françoises Kind...«

Madeleine tupfte Isabelle die schweißüberströmte Stirn ab und flüsterte ihr begütigende Worte zu, obwohl sie selbst genau so entsetzt war wie ihre Cousine. Sie warf der Hebamme einen Blick zu, um zu erraten, wie die Aussichten standen. Doch die Matrone hatte genug damit zu tun, alles zu unternehmen, damit das Kind geboren werden konnte. Eine weitere Wehe kündigte sich an, und Isabelle grub stöhnend die Fingernägel in Madeleines bereits stark malträtierten Arm.

»Es ist gut, Ihr könnt pressen! Richtig… Weiter… Ich kann es schon sehen… Ja, noch ein bisschen…«

»Dreckiger Schotte!«, schrie Isabelle und ließ sich schwer zurück auf ihr Schlachtfeld fallen. »In der Hölle sollst du verfaulen, Alexander!«

Coll hockte in einer Ecke, barg den Kopf in den Händen und weinte lautlos. Die Trommeln hallten von den Steinmauern des Marktplatzes wider, und die Aufregung der Menge, die gekommen war, um der Hinrichtung seines Bruders beizuwohnen, stach ihm ins Herz. Er hatte nicht die Kraft, aufzustehen und zuzuschauen. Wie sollte er das seinem Vater beibringen? Wie sollte er John davon erzählen, falls er ihn fand?

Marions Porträt lag auf seinen Knien. Traurig und glücklich zugleich sah sie ihn an. Ihre Mutter würde endlich den Sohn wiedersehen, um den sie so viel geweint hatte… Coll hatte Alexanders Brief gelesen. Sein Bruder hatte sein ganzes Leben lang geglaubt, sein Zwilling habe ihn umbringen wollen! Das war unvorstellbar! So etwas hätte John nie getan, niemals!

»O Mama… Nimm ihn zu dir und tröste ihn… Er braucht es so sehr!«

All dieses Leid, all diese Verbitterung… Alexander litt derartige Seelenqualen, dass der Tod eine Erlösung für ihn war. Und all das wegen eines schrecklichen, furchtbar dummen Missverständnisses…

»O mein Gott! Hilf ihm, und schenke ihm Frieden…«

Pierre Larue saß an seinem Schreibtisch und starrte in den Cognac, den er in seinem Glas kreisen ließ. Von hier aus konnte er die Schreie seiner Frau hören, die Beschimpfungen und unflätigen Worte, die sie ausstieß. Seine Finger krampften sich um die Lehne des Sessels, und er schloss die Augen.

Der Alkohol brannte ihm auf der Zunge, im Hals und im Magen wie ein Schwall Säure. Eine Grimasse verzerrte seine bereits von Seelenqualen gezeichneten Züge. Er wünschte sich dieses Kind so sehr, und die Mutter fand er so überaus bezaubernd ... Vor Freude war er ganz verrückt. Als er sich bereit erklärt hatte, sich um den Nachlass des Kaufmanns Lacroix zu kümmern, hätte er sich nie vorgestellt, dass sein Leben eine so unerwartete Wendung nehmen würde. Er hatte sich so rasch in Isabelle verliebt, dass sein flatterhaftes Herz, das für gewöhnlich von einer Frau zur nächsten hüpfte, sofort gewusst hatte, dass sie die Richtige war.

Auf gewisse Weise war ihm klar, dass ihn die List einer Witwe, die nichts anderes im Sinn hatte, als die – leider begründeten – Gerüchte zu ersticken, die über ihre Tochter in Umlauf waren, in diese Ehe gelockt hatte. Die Dame war so klug gewesen, ihm den Köder vorzuhalten, ehe sie ihm die Wahrheit eingestanden hatte: Isabelle war von einem Schotten verführt worden, der dann mit Murrays Truppen das Weite gesucht hatte. Diese Nachricht hatte ihn zutiefst verstört, und er hatte einige Wochen lang überlegen müssen. Aber seine Gefühle hatten die Oberhand über die Vernunft gewonnen. Er war in die Rue Saint-Jean zurückgekehrt und hatte bei der Witwe um die Hand der jungen Frau angehalten.

Zunächst hatte er geglaubt, Isabelles Niedergeschlagenheit sei eine Folge ihres Zustands. Doch jetzt wurde ihm klar, dass dahinter ein tiefer Kummer darüber steckte, dass dieser Macdonald sie verlassen hatte. Diese Erkenntnis warf einen Schatten über sein Glück. Heute verfluchte Isabelle den Mann, der sie verführt hatte. Aber was würde morgen sein, wenn sie die Schmerzen der Geburt vergessen hatte? Er hatte nicht vor, sie mit diesem Schotten zu teilen, nicht einmal mit ihren Erinnerungen an ihn. Sie musste vergessen. Er würde seine Frau für sich gewinnen, sie zärtlich umwerben und mit Schätzen überhäufen. Damit sie diesen Soldaten vergaß, war er zu allem bereit...

Keuchend richtete Isabelle sich im Bett auf. Die Schmerzen schienen ihren Körper entzweireißen zu wollen. Nein, sie konnte nicht mehr! Sie stieß einen weiteren Schwall unschicklicher Schmähungen aus und spürte, wie die neue Wehe ihren Leib folterte. Nun gut! Dann sollte man ihr dieses Unglückskind aus den Eingeweiden reißen, wenn es nur endlich vorüber wäre!

»Noch einmal, Madame«, ermunterte die Hebamme sie mit ihrer tiefen, fast männlichen Stimme. »Es kommt durch... ja... Genau so... Weiter...«

Isabelle stöhnte vor Anstrengung, während die große Hand der Frau rücksichtslos in ihrem Inneren wühlte. Der Schmerz war nicht mehr zu ertragen, und sie wollte diese Frau nur noch loswerden, alles wegwischen, alles um sich herum zerschlagen. Noch nie hatte sie so entsetzliche Schmerzen erlebt.

»Ich hoffe, dass du bereits in der Hölle schmorst, Alexander Macdonald, und dass du genauso leidest wie ich!«, schrie sie mit vor Erschöpfung heiserer Stimme.

Madeleine löste ihr die Haarsträhnen, die auf ihren Wangen klebten. Die Hebamme drückte auf ihren Bauch. *Sie wird das Kind umbringen! Sie wird mich umbringen! Gott, hilf mir!* Als sie schon glaubte, schlimmer könne es gar nicht mehr kommen, raubte ihr ein grauenhafter, reißender Schmerz den Atem. Kreischend bäumte sie sich auf, um die Hand der Hebamme abzuschütteln, und spürte, wie sie die Besinnung zu verlieren begann.

»Mado... Mado...«, flüsterte sie am Ende ihrer Kraft. »Ich schaffe es nicht... ich kann nicht mehr... Es tut zu weh!«

»Es ist fast vorbei, Isa, du wirst...«

»Herrgott im Himmel!«, fluchte die Matrone und zog noch kräftiger an dem Kind. »Willst du jetzt herauskommen oder... Ja!«

Wie ein Champagnerkorken kam das Kind mit einem schmatzenden Geräusch endlich aus dem zu engen Geburtskanal.

»O mein Gott! Was ist das?«, rief Madeleine aus, als sie die Blutlache erblickte, die sich zwischen Isabelles Schenkeln bildete.

Die junge Frau stöhnte nur noch schwach. Teilnahmslos entfernte die Hebamme zunächst gekonnt den Schleim aus dem Hals des Kindes, das sogleich kräftig zu schreien begann. Sie durchtrennte die Nabelschnur und verknotete sie und wickelte das Kind dann fest in eine Decke, die sie vor dem Kamin angewärmt hatte. Madeleine, die angesichts des Blutes, das aus dem Körper ihrer Cousine trat, von panischer Angst ergriffen wurde, nahm ein Laken und zerriss es, um eine Kompresse herzustellen.

»Sie wird verbluten! So tut doch etwas!«

»Ein schöner strammer Junge«, erklärte die Hebamme zufrieden lächelnd.

Dann riss sie Madeleine energisch das Laken aus den Händen, tränkte es in reichlich Essig und stopfte es Isabelle, die nur noch halb bei Bewusstsein war, zwischen die Schenkel.

»Ob sie leben wird oder nicht, liegt bei Gott. Allein Er entscheidet.«

Verstohlen betrachtete sie das pausbäckige Baby, dessen Haar so rot leuchtete wie ein Johannisfeuer. Jetzt hegte sie keinen Zweifel mehr daran, wer der Vater war. Die Gebärende hatte den Namen eines gewissen Macdonald, eines Schotten, mit Schimpf überzogen. Und hatten die Schotten nicht alle rotes Haar? *Noch ein Kind, das in Sünde empfangen wurde,* dachte sie bitter. Diese verfluchten Engländer besudeln den Leib unserer Mädchen! Gott wird entscheiden, ob diese Frau für ihren Fehler büßen muss...

Mit einem Mal schwiegen die Trommeln, und auch das Vogelgezwitscher verstummte. Alexander hörte nur noch das Raunen der Menschenmenge und seinen eigenen Herzschlag. Das Letzte, was er vor seinem inneren Auge sah, als er spürte, wie sich die Falltür zu seinen Füßen öffnete, war Isabelle, die lachend durch sein grünes Tal rannte. Sie drehte sich zu ihm um, sah ihn aus schelmisch blitzenden Augen an und schenkte ihm dieses strahlende Lächeln, das seine düstere Existenz erhellt hatte…

»Aufhören!«, brüllte jemand. »Brecht die Hinrichtung ab! Befehl von Gouverneur Murray!«

Der Ruck traf ihn wie ein Blitzschlag; sein Körper wurde in die Länge gezogen, seine Wirbel lösten sich voneinander. Instinktiv versuchte er, Halt am Boden zu finden, und zappelte frenetisch mit den Beinen. Der Strick schnitt ihm in den Hals, brannte auf seiner Haut. Er erstickte. NEIN, ICH WILL NICHT STERBEN!, schrie er lautlos. Doch kein Laut drang aus seiner zerdrückten Kehle, genau wie kein Lufthauch hineinkonnte. Sein Genick war nicht gebrochen; jetzt würde der Strick ihn erdrosseln…

»Verdammt! Schneidet den Strick durch!«

Hände ergriffen seinen Körper, hoben ihn hoch, schüttelten ihn. Wie durch ein Wunder strömte endlich Luft in seine Lunge, und zusammen mit ihr das Leben. Mehrmals atmete er tief ein und erstickte fast daran.

»Alexander, hörst du mich? Alex!«

Man nahm ihm die Augenbinde ab. Eine Silhouette, die von dem milchig weißen Himmel herabgestiegen schien, beugte sich über ihn. Jemand tastete seinen Hals und seine Brust ab.

»Antworte mir doch, Herrgott, Alexander!«

Helle Augen musterten ihn flehend und besorgt. Einen kurzen Moment lang glaubte er, seine Mutter vor sich zu sehen.

»Arrr… chie.«

Mit seiner verletzten Kehle brachte er den Namen kaum heraus. Er hob eine zitternde Hand und klammerte sich an den Rock seines Onkels, der ihm ein Dokument mit dem Siegel des Gouverneurs von Québec vor die Nase hielt.

»Du bist begnadigt worden, Alexander! Murray hat dich freigesprochen, und Macpherson und Fletcher haben alles gestanden. Verstehst du? Du bist frei!«

Der junge Mann nickte und schloss die Augen, doch die Tränen wollten nicht kommen. Gott sei's gedankt, er lebte! Aber frei war er deswegen nicht…

Marie wedelte mit den nassen Fingern über dem Hemd herum. Mehrmals schlug sie die Hand aus und übersäte den Stoff mit winzigen Wassertröpfchen, die dann zischend unter dem Bügeleisen verdampften. Isabelle schaute ihr zu, ohne wirklich etwas zu sehen. Sie war mit den Gedanken anderswo.

Justine, Madeleine und Ti'Paul lasen mit verteilten Rollen eine Fabel von La Fontaine. Auch das drang nicht bis in Isabelles Hirn. Die junge Mutter hörte nur das Schmatzen des Säuglings, der an der gewaltigen Brust seiner leise vor sich hinsummenden Amme lag. Auf der Erde stand eine Wiege aus Ahornholz, in der ein weiteres Kind wartete.

Ihr in Windeln gewickeltes Kind schwenkte die Fäustchen: Gabriel... Zwei Tage nach der Entbindung hatte Madeleine sie gedrängt, sich endlich für einen Namen zu entscheiden. »Wenn du ihm keinen gibst, Isa, dann muss ich es tun!«, hatte sie gemeint. Der Priester wartete darauf, das Kind taufen zu können. Schließlich konnte man nicht wissen, ob das Neugeborene wirklich lebensfähig war.

Isabelle interessierte sich weder für das Kind noch für sonst etwas und hatte sich keine Gedanken über einen Namen gemacht. Pierre hatte den Wunsch geäußert, das Kind möge nach ihm benannt werden, doch Isabelle hatte sich aus reinem Widerspruchsgeist geweigert und als Vorwand angeführt, wie ärgerlich es auf lange Sicht sein müsse, wenn in einem Haushalt zwei Personen den gleichen Namen trügen. Da würde es ja ständig zu Verwechslungen kommen...

Zuerst hatte sie an Charles gedacht, dann an Hubert. Aber die Erinnerung an das nicht eingelöste Versprechen ihres Vaters hatte sie davon abgebracht. Alexander oder Alex kamen ganz offensichtlich nicht in Frage. Pierre hatte den Vornamen seines Vaters vorgeschlagen, Joachim, doch Isabelle hatte nur das Gesicht verzogen. Schließlich war sie nach vielem Grübeln und Zögern auf Gabriel verfallen. Manchen würde es Wunder nehmen, dass sie sich von dem Namen der Straße hatte inspirieren lassen, in der das Kind zur Welt gekommen war. Doch sie konnte immer noch behaupten, der Erzengel selbst habe ihr die Idee zugeflüstert. Wie auch immer, der Name klang recht schön und erweckte keine unangenehmen Erinnerungen in ihr. Nun gut, dann eben Gabriel, wie der Erzengel. Am nächsten Tag war das Kind dann endlich nach dem Ritus der katholischen Kirche auf den Namen Joseph Gabriel Charles Larue getauft worden.

Seitdem war ein Monat vergangen. Isabelle erholte sich langsam von der Geburt, die sie beinahe das Leben gekostet hätte und an deren letzte Phase sie sich nur noch verschwommen in Form großer Schmerzen erinnerte. Vage vermeinte sie sich an Gabriels Weinen und Madeleines Schreie zu entsinnen. Als Nächstes wusste sie wieder, wie Pierre zu ihr gekommen war, erst am Tag darauf und voller Zorn. Ja, er hatte das Kind gesehen, das gesund und kräftig war und wunderbar gedieh. Doch, er war stolz darauf, einen Sohn zu haben. Aber… »Inzwischen weiß bestimmt jeder Mensch von La Prairie bis nach Verchères, wer wirklich der Vater ist!«, hatte er mit einer Kälte, die sie an ihm bisher nicht gekannt hatte, gebrüllt. Isabelle war das herzlich egal. Für sie kam es nur darauf an, dass Gabriels leuchtend rotes Haar *sie* daran erinnerte, woher ihr Sohn stammte.

Ein Weinen stieg aus der Wiege auf, die sich in Schwingungen versetzt hatte. Madame Chicoine warf einen Blick hinein, während sie noch ihrem eigenen Söhnchen auf den Rücken klopfte. Ein lautes Aufstoßen unterbrach Madeleine in ihrer Lektüre, und sie wandte sich in die Richtung, aus der das Geräusch gekommen war. Verstohlen beobachtete sie dann, wie ihre Cousine reagieren würde, wenn die Amme den Kleinen ablegte, um den anderen Jungen hochzunehmen, der mit lautem Geschrei ihre Beachtung einforderte.

Isabelle betrachtete das alles mit einer aufgesetzten Gleichgültigkeit, die Madeleine einen Stich ins Herz versetzte. Wie konnte eine Mutter nur ihr Kind weinen hören und dabei so kalt bleiben? Dass eine andere Frau dem Kleinen die Brust gab, ging noch an; in den bürgerlichen Schichten war es üblich, sich eine Amme zu nehmen. Aber dass diese Fremde auch das Bedürfnis des Kindes nach Zuneigung erfüllen musste, war nun wirklich nicht richtig! Seit seiner Geburt hatte Gabriel nicht ein einziges

Mal das Glück erlebt, von seiner Mutter umarmt zu werden. Isabelle weigerte sich stur, ihn hochzunehmen. Während der ersten Tage hatte sie ihn nicht einmal ansehen wollen. Madeleine kannte zwar die Freuden der Mutterschaft nicht, doch sie war zutiefst besorgt.

Isabelle wirkte immer niedergeschlagener und zog sich in sich selbst zurück. Als Madeleine sah, wie sehr sie sich gehen ließ, hatte sie sich entschlossen, nach Justine zu schicken. Nicht, dass sie glaubte, das könne hilfreich sein, aber ... etwas anderes war ihr ganz einfach nicht eingefallen. Vielleicht würde es ihre Cousine zumindest ein wenig aufrütteln.

Gabriels Weinen wandelte sich zu einer Folge gurgelnder, zufriedener Schnaufer. Isabelle, die matt auf ihrem Stuhl saß, betrachtete gleichgültig das Bild, das die Amme und der Säugling abgaben. Unwillkürlich biss sie die Zähne zusammen, als ihre Brüste zu schmerzen begannen. Sie stand auf und verließ die Küche, um auf ihr Zimmer zu gehen.

Strahlender Sonnenschein strömte in den weitläufigen Raum, den Pierre für sie hatte einrichten lassen. Er war mit gut gearbeiteten Möbeln ausgestattet und bot alle Annehmlichkeiten. Das mit vielen Kissen geschmückte Bett war so weich, wie man es sich nur wünschen konnte, und erinnerte sie an ihre Kindheit. Immerhin hatte sie es noch nicht mit ihrem Gatten teilen müssen, der ihr Zeit ließ, sich von der schweren Geburt zu erholen. Doch nach den Blicken zu urteilen, die er ihr seit einigen Tagen zuwarf, vermutete sie, dass es nicht mehr lange dauern würde, bis er an ihre Tür klopfte.

Sie setzte sich auf den Schemel vor dem Frisiertisch, über dem ein Spiegel angebracht war. Dann stellte sie eine Schüssel auf ihre Knie, befreite ihre schmerzenden Brüste aus ihrem Korsett und massierte die eine, wie Madame Chicoine es ihr gezeigt hatte. Die Milch spritzte zwischen ihren Fingern hervor wie der Saft aus einer reifen Frucht und verdeckte nach und nach das Muster in der Fayence-Schale. Sie weigerte sich zwar einerseits, Gabriel zu stillen, hatte aber ihre Brust auch nicht abbinden wollen, um das Einschießen der Milch zu verhindern.

Die junge Frau hatte die Monate, die auf ihre Hochzeit gefolgt waren, wie einen Traum erlebt, aus dem sie irgendwann in Alexanders Armen erwachen würde. Die Schmerzen der Geburt hatten sie aus ihren Tagträumen gerissen und sie brutal in die Wirklichkeit zurückgeholt, aus der sie so verzweifelt zu fliehen suchte. Nicht Alexander hatte an diesem Tag in ihren Armen gelegen, sondern ein kleines, schreiendes und strampelndes Bündel, das der Grund für all ihr Unglück war. Indem sie das Kind zurückwies, konnte sie eine Distanz zu allem wahren, was sie enttäuscht hatte und ihr Schmerz bereitete.

Seitdem wurde ihr das Leben immer mehr zur Last. Alles schien ihr zu anstrengend zu sein. Die kleinste Handlung lag vor ihr wie ein Berg, den sie erklimmen musste und der täglich steiler wurde. Sie spürte, wie ihre Kräfte schwanden und ihr Mut sie verließ. Das Leben hatte einen sauren Geschmack angenommen, der ihr bei jedem Atemzug die Kehle verätzte, sie von innen auffraß und eine große Leere hinterließ, in der sie nur das Schreien des kleinen Wesens hörte, das sie auf die Welt gebracht hatte.

Merkwürdigerweise schmerzte es sie immer mehr zu sehen, wie eine Fremde ihrem Sohn die Brust gab. Widerstreitende Gefühle rangen in ihr. Sie hatte sich bemüht, dem Weinen ihres Kindes gegenüber gleichgültig zu bleiben, doch ohne Erfolg. Von Tag zu Tag fiel es ihr schwerer. Wenn sie geglaubt hatte, sie könne den Vater vergessen, indem sie sein Kind ignorierte, dann hatte sie sich vollständig geirrt.

Hatte sie das Recht, Gabriel für ihr eigenes Leiden zu bestrafen? War es gerecht, ihn zum Sündenbock zu machen und all ihren Hass, all den Groll, den sie gegen ihre Mutter, ihren Vater, gegen Pierre und Alexander hegte, auf ihn zu häufen? Gabriel hatte schließlich nichts verbrochen; er war ein unschuldiges Kind!

Die Hand auf ihre schmerzende Brust gelegt, musterte sie das Bild, das der Spiegel ihr zurückwarf. Mit dem glanzlosen Haar, dem leeren Blick und der aschfahlen Haut hatte sie nicht die geringste Ähnlichkeit mehr mit jener sorglosen, lebenslustigen jungen Frau, die sie einmal gewesen war. Doch das Gesicht, das sie heute sah, kam ihr ebenfalls bekannt vor. »Du ähnelst ihr so sehr...«, hatte ihr Vater gesagt. Die Erkenntnis überkam sie wie ein Schlag; sie fuhr zusammen und hätte beinahe die Schüssel mit ihrem kostbaren Inhalt fallen lassen. Das, was sie sich bis jetzt nicht hatte eingestehen wollen, traf sie wie eine Ohrfeige. Dieser Blick, der ihr entgegensah, diese feinen Züge, die von dem sevillanischen Blut auf dieser Seite der Familie herrührten, diese stolze Haltung des Kopfes und der anmutige, sanft geschwungene Hals... Ihre Mutter. *Du ähnelst ihr so sehr...*, hörte sie wieder die Stimme ihres Vaters, kurz vor seinem Tod.

»Nein!«, schrie sie und sprang auf.

Die Schüssel zerschellte zu ihren Füßen auf dem Parkett. Sie sah zu, wie die weißliche Flüssigkeit sich inmitten der Scherben über die Maserung des Holzes ausbreitete.

»Nein, ich bin nicht wie sie! Niemals werde ich so sein!«

Verzweifelt bedeckte sie die Brüste, aus denen die Milch herausrann, mit den Händen. Sie hörte das schrille Geschrei des hungrigen Säuglings, der nach ihr rief, und sah vor ihrem inneren Auge, wie er die kleinen Fäustchen hob und nach der Liebe verlangte, die sie ihm so hartnäckig verweigerte. Ihr Kind brauchte sie, und sie überließ es einer fremden Frau; genau wie ihre eigene Mutter es bei ihr und ihren Brüdern getan hatte. Es war ihr Sohn... und der Sohn Alexanders, der Liebe ihres Lebens. Wenn sie den Vater nicht mehr lieben konnte, dann würde sie ihre Liebe wenigstens ihrem Sohn schenken. Jedes Kind hatte es verdient, von seiner Mutter geliebt zu werden.

»Ich will nicht so sein wie sie, niemals! Ich liebe Gabriel, ich liebe meinen Sohn!«

Laut schrie sie die Wahrheit heraus, die ihr endlich aufgegangen war. Isabelle rückte eilig ihr Mieder zurecht und lief hinaus. Auf dem Korridor begegnete sie ihrem erschreckten Gatten, der ihr Schreien und Weinen gehört hatte und herbeigerannt war. Sie ignorierte ihn, stieg eilig die Treppe hinunter und trat entschlossen in die Küche, wo die Amme ihren Sohn gerade an die andere Brust legen wollte.

»Gebt mir meinen Sohn! Ich will mein Kind zurück!«

Madame Chicoine starrte sie verständnislos an. Madeleine war ebenfalls bestürzt und stand auf. Justine und Ti'Paul taten es ihr nach. Isabelle trat auf die Amme zu und nahm ihr Gabriel aus den Armen, um ihn endlich an sich zu drücken. Sie weinte jetzt, und das Kind, das erschrocken und der Brust beraubt war, fiel ein.

»Lass deinen Sohn zu Ende trinken, Isabelle! Du kannst ihn nachher halten.«

Doch Isabelle ging schon zur Treppe. Sie drehte sich um und maß ihre Mutter mit einem vernichtenden Blick.

»Ich werde Gabriel geben, was eine Mutter ihren Kindern schuldig ist, so unglücklich sie selbst auch sein mag. Ich rede von Liebe, Mutter, von echter Liebe!«

Justine erbleichte und gab keine Antwort. Schlaff ließ sie sich wieder auf einen Stuhl fallen, während die junge Frau auf der Treppe verschwand. Nun hatte sie ihre Tochter endgültig verloren. Um sich vor Isabelles Hass zu schützen, betrachtete sie den Kupferstich in dem aufgeschlagenen La Fontaine-Band: Er zeigte den Fuchs, wie er begierig einen schönen Käse anschaut, den der Rabe im Schnabel trägt. Ein trockenes Schluchzen entrang sich ihr. Es war Zeit, dass sie fortging. Alles war vorbereitet. Was Guillaume anging, so stand die Diagnose des Arztes jetzt fest: Der junge Mann war geisteskrank und würde nach seinen Kenntnissen und seiner Erfahrung wahrscheinlich nie wieder gesund werden. Im besten Falle würde sein Zustand sich für eine mehr oder weniger lange Zeit verbessern. Da sein Fall besonders schwer war, hatte man Guillaume in einem Hospital untergebracht, um ihn selbst und seine Familie zu schützen.

Paul konnte das Jesuitenkolleg in Québec, das auf unbestimmte Zeit geschlossen war, nicht weiter besuchen. Daher hatte Justine an einen Onkel in Frankreich geschrieben und ihn gebeten, für ihn einen Platz in der besten Schule von Paris zu finden, die sie sich von dem Geld, das ihr Mann ihr hinterlassen hatte, leisten konnte. Jetzt hielt sie nichts mehr in diesem

Land. Höchste Zeit, dass sie die kanadische Wildnis hinter sich ließ und in die Zivilisation zurückkehrte.

Isabelle sog den süßlichen Duft des Kindes ein. Der Kleine zappelte mit den Händchen und versuchte seine Faust in den Mund zu stecken. Unzufrieden verzog er dann das Gesicht und stieß ein schrilles Heulen aus.

»Hast du Hunger, Gaby?«, murmelte sie zärtlich, trat in ihr Zimmer und verschloss die Tür sorgfältig hinter sich.

Gabriel, der zweifellos erstaunt und neugierig war, beruhigte sich und schlug die Augen auf. Isabelle streichelte über das feine, leuchtend rote Haar auf dem runden Köpfchen und liebkoste eine Wange. Das Kind glaubte wohl, es bekomme erneut die Brust geboten und wandte den Kopf. Doch als es vergeblich suchte, begann es erst recht zu brüllen.

»Ich habe ja verstanden! Sofort!«

Lachend machte Isabelle eine Brust frei, und das Kind sog die Spitze gierig in den Mund. Die ersten paar Züge taten ihr weh, doch bald verflog das Unwohlsein und wich einer tief empfundenen Zufriedenheit. Als sie ihr Kind so an sich drückte, hatte die junge Frau das Gefühl, dass nichts auf der Welt ihr etwas anhaben konnte.

»O mein kleiner Gaby! Vergib mir, *mo cri*«, versuchte sie sich auf Gälisch. (*Mo chridh' àghmor*, hatte Alexander sie immer genannt.) »Wie konnte ich nur...«

Tränen liefen über ihre Wangen und tropften in den Haarschopf ihres Sohnes. Ein tiefes Schluchzen stieg aus ihrer Brust auf; sie fühlte sich wie befreit, endlich. An sie geschmiegt, voller Vertrauen und in der Gewissheit, dass er von seiner Mutter, die ihm das Leben geschenkt hatte, die ganze Liebe erhalten würde, die ihm zustand, hörte der Kleine kurz zu trinken auf. Er drehte das Köpfchen und sah sie aus seinen winzigen runden Augen an, die von einem tiefen Meerblau waren.

Mit dem Frühling kehrten die Schwalben zurück, leicht wie die Brise, die sie trug. In der Sonne verschwand die Mattigkeit des langen Winters zusammen mit den Strömen schmutzigen Schmelzwassers, die durch die Straßen von Montréal flossen. Isabelle konnte beinahe hören, wie sich die Knospen an den drei Apfelbäumen auf dem Hof in der warmen Luft dieses beginnenden Aprils vor Freude aufblähten.

Mit geschlossenen Augen überließ die junge Frau ihr Gesicht der Liebkosung der neuen Jahreszeit. Nun, da Madeleine abreiste, zerriss der letzte Faden, der sie noch an ihr »vorheriges« Leben band. Was war ihr von damals noch geblieben? Nur das Kind, das schwer an ihrer Schulter lag. Gabriel bewegte sich, und seine orangefarbenen Locken kitzelten ihre Wangen. Sie hörte ihn im Schlaf wimmern und sah dann, wie er leise lächelte.

Zum ersten Mal seit einem Jahr trug sie etwas anders als Schwarz. Um sich an diesem traurigen Tag, an dem ihre Cousine sie verließ, etwas aufzuheitern, hatte sie ein neues Kleid aus einem zitronengelben, mit kleinen blauen Blumen bedruckten Baumwollstoff angezogen. Dadurch, dass Marie ihr Korsett jeden Morgen ein wenig enger schnürte, gewann sie langsam ihre Taille zurück. Um ihr eine Freude zu bereiten, hatte Pierre eine Schneiderin ins Haus kommen lassen, Mademoiselle Joséphine Godbout, damit sie ihr eine neue, modische Garderobe schneiderte.

Da Pierre in der Geschäftswelt von Montréal sehr gefragt war, ahnte Isabelle, dass sie in Zukunft die Rolle der vorbildlichen Notarsgattin würde spielen müssen. Schon jetzt trafen regelmäßig Einladungen zu Abendgesellschaften und Bällen ein. Natürlich hatte sie bis jetzt, so kurz nach der Geburt, ihren Mann noch nicht zu solchen gesellschaftlichen Anlässen begleiten können. Doch nun hatte sie ihre schmale Taille zurückgewonnen und trug keine Trauer mehr, da würde sie ihre neue Stellung ernst nehmen müssen. Vielleicht würde ja der Strudel der Feste ihr helfen, die Vergangenheit zu vergessen…

Die Tür öffnete sich, und Basile trat heraus, schwer gebeugt unter dem Gewicht von Madeleines zwei herrlichen ledernen Reisetaschen. Sie selbst hatte sie ihrer Cousine zum Abschied geschenkt, natürlich erst, als Pierre dies taktvoll vorgeschlagen hatte. Madeleine folgte dem Diener, zog sich die Handschuhe an und blinzelte in das grelle Tageslicht.

»Ich habe Glück«, meinte sie in einem etwas bedrückten Tonfall, der Isabelle einen Seufzer entlockte, »heute wird die Sonne meine Begleiterin sein. Bleibt nur zu hoffen, dass sie während der vier Reisetage an meiner Seite bleiben wird.«

Sie beugte sich über Isabelle, deren Wangen der Frühling mit ein wenig Farbe überhaucht hatte. Madeleine spürte einen leichten Anflug von Neid und zugleich Trauer. Der kleine Gabriel schlummerte friedlich und steckte die Nase unter seiner Decke hervor. Keine der Cousinen hatte die frappierende Ähnlichkeit des Kindes mit seinem Vater angesprochen. Worte waren in diesem Fall überflüssig, und ihre Blicke sagten genug.

Nachdem Madeleine sich sicher war, dass ihre Cousine nicht mehr Gefahr lief, in Melancholie zu versinken, hatte sie beschlossen, dass es Zeit war, nach Québec und auf ihre Insel zurückzukehren, wo sie versuchen würde, ihr Leben neu aufzubauen. Justine war bereits vor zwei Wochen mit Ti'Paul dorthin zurückgereist, nachdem sie angekündigt hatte, sie werde Kanada verlassen und nach Frankreich gehen. Isabelle war darüber zutiefst bestürzt gewesen. Nicht, dass es sie übermäßig bekümmert hätte, ihre Mutter nie mehr wiederzusehen; aber sie hing sehr an Ti'Paul. Diese Trennung hatte dazu beigetragen, dass ihr Sohn, den sie fast nie aus den Augen ließ, ihr noch stärker ans Herz wuchs. Isabelle sah, wie ihre Welt rund um sie zusammenfiel, und klammerte sich an das, was sie noch hatte.

»Versprich mir, dass du mich bald wieder besuchen kommst«, bat Isabelle und unterdrückte ein Schluchzen.

Ebenso bewegt nickte Madeleine.

»Versprochen.«

Sie drehte sich zu Pierre um. Lässig hatte er seinen gestiefelten Fuß auf das Trittbrett der Kutsche gestellt, die sie für die Reise gemietet hatten und die vor dem großen Steinhaus an der Ecke der Rue Saint-Gabriel und der Rue Sainte-Thérèse wartete. Er sprach mit dem Kutscher, behielt aber die beiden jungen Frauen im Auge. Der Mann war eine stattliche Erscheinung und verhielt sich seiner Gattin gegenüber zärtlich und rücksichtsvoll. Offensichtlich war er verliebt in sie, und mit der Zeit würde Isabelle schon lernen, seine Liebe zu erwidern.

»Wenn du etwas hörst …«

Madeleine wandte sich um und sah ihre Cousine an, die den Kopf senkte.

»Ich schreibe dir, Isa.«

»Wirst du mir berichten, wie es ihm geht?«

Wie sollte sie ihr erklären, was sie wusste? Justine hatte ihr in allen Einzelheiten von Alexanders Todesurteil und seiner Rettung durch eine Begnadigung in letzter Minute erzählt. Doch das konnte Madeleine niemals an Isabelle weitergeben. Sie ahnte, dass das Unglück des Schotten womöglich Isabelles Groll gegen ihn milderte, und es ließ sich leichter vergessen, wenn man hasste. So war es besser, im Interesse der jungen Frau wie in dem des Kindes.

»Und du wirst mir hoffentlich alles über meinen entzückenden kleinen Cousin schreiben, oder?«, fragte sie, um nicht auf Isabelles Frage antworten zu müssen.

Isabelle rieb ihre Wange an der ihres Sohnes, was ihre vollen Lippen betonte.

»Natürlich, Mado. Als seiner Taufpatin werde ich dir zuallererst über seine Fortschritte und über seine ersten Worte berichten.«

Madeleine lachte frei heraus, so glücklich war sie darüber, ihre Cousine endlich einmal wieder in heiterer Stimmung zu erleben.

»Ich hoffe doch, dass ich euch besuchen kann, bevor er zu sprechen anfängt, Isa!«

Die beiden verstummten. Die Pferde scharrten ungeduldig mit den zottligen Hufen und wirbelten eine Staubwolke auf. Madeleine legte die Hand auf Isabelles Arm und sah ihr in die Augen. Darin sah sie Wehmut schimmern, und auch Angst.

»Pierre wird schon auf dich aufpassen, Isa. Du wirst sehen, er ist ein guter Mensch!«

Mit zugeschnürter Kehle nickte Isabelle. Sie würde mit Pierre leben müssen. Ob sie wohl eines Tages in der Lage sein würde, ihn zu lieben? Es würde ihr ausreichen, wenn sie sich nur einigermaßen verstanden. Doch im Moment schenkte sie ihrem Sohn ihre ganze Kraft. Gabriel würde sie Mama rufen und sie mit seinem Ungeschick und seinen Dummheiten zum Lachen und mit seinen kleinen Missgeschicken zum Weinen bringen. Durch ihn würde sie ganz neue Gefühle kennenlernen, die ihr helfen würden, ihren Liebeskummer zu überwinden, und sie könnte vielleicht vorübergehend vergessen, dass auch dieses kleine Wesen eines Tages erwachsen werden, sie verlassen und dann das einzige Licht mit sich nehmen würde, das ihre Tage noch erhellte. Der Rest ihres Lebens war vorgezeichnet.

Unbewusst führte sie die Hand an ihr Herz, wo früher, vor Blicken geschützt, das fein ziselierte Hornmedaillon gehangen hatte. Seit ihrem Hochzeitstag trug sie es nicht mehr. Mit einem Mal erinnerte sie sich wieder daran, wie Alexander es ihr geschenkt hatte, und an das Gefühl, das dabei in ihr aufgestiegen war, dass dieses Schmuckstück einmal zu einer Art Reliquie für sie werden würde. An diesem Tag hätte sie vor Alexander fliehen sollen, um ihn nie wiederzusehen. Doch damals hatte sie noch nicht ahnen können, wie rasch sich die Süße des Lebens in Bitternis verwandeln konnte.

Inhalt

Historische Anmerkung zum Siebenjährigen Krieg 9

TEIL EINS

1745
No man's land

1. *In memoriam.* Glencoe, 1745 13
2. *Per mare, per terras, ne obliviscaris* 33
3. Das verfluchte Land. August 1746,
   Highlands, Schottland 48
4. Morgen wird die Sonne im Westen aufgehen.
   Juli 1757 106

TEIL ZWEI

1759
Annus mirabilis

5. Die Engländer kommen! 175
6. Schwanengesang 232
7. Verwirrte Herzen 280
8. Mut ist eine Tugend 342

TEIL DREI

1759–1760
Die Eroberung

 9. Die letzten Tage von Québec 397
10. Lilie und Distel 427
11. Das Glück der Liebe 479
12. Schwarze Tage, weiße Nächte 529
13. Verbotene Wonnen 566
14. Die letzte Schlacht 611
15. Liebe und Musik 656
16. *Aus der Tiefe rufe ich, Herr, zu dir.* 699

Danksagungen

Ich möchte folgenden Menschen danken:
  Meiner Familie und meinen Freunden für ihre Unterstützung und Ermutigung; Angus Macleod für seine unschätzbare Hilfe bei der Korrektur der gälischen Dialoge; Jean-Claude Larouche, meinem Herausgeber, und seinem ganzen Team für die wunderbare Arbeit; Bérengère Roudil für die konstruktiven Kommentare und die sorgfältige Korrektur.

Dem Gedenken an meinen Vorfahren Samuel Marman gewidmet, Soldat des Zehnten Königlichen Veteranenregiments, das im Dienste von König George III. im Dezember 1811 kanadischen Boden betrat. Nach dem Krieg ließ er sich mit Christine Gagnier, die er kurz zuvor geehelicht hatte, in Cap-Saint-Ignace nieder, das in einigen Kilometern Entfernung von Montmagny liegt. Mit ihm hat alles begonnen. Mir gefällt der Gedanke, dass diese Geschichte auch die seine sein könnte…

Exil bedeutet nicht, in einem fremden Land zu leben, sondern eher, sich im Körper eines Menschen zu befinden, den man nicht kennt.

Eric Walz bei Blanvalet

So bunt, farbenprächtig und detailreich wie ein Glasfenster im Dom zu Trient.

36718

Lesen Sie mehr unter:
www.blanvalet.de